주해 청구야담

II

최 웅

국학자료원

# 머리말

야담은 설화, 소설과 더불어 비교적 자료가 풍부한 우리의 귀중한 서사문학 유산이다. 야담은 견문(見聞)을 기록한 것인데, 단순한 견문의 기록을 뜻하는 '잡록(雜錄)'·'수록(隨錄)'·'만록(漫錄)'과는 구별되는 특성을 갖고 있다. 즉 야담은 민간적 견문을 바탕으로 실제와 허구가 뒤섞인 일관된 이야기 줄거리를 가지고 있는 서사성으로 보아 설화와 소설의 중간에 자리잡는다. 따라서 야담은 고전소설의 발전 과정에서 중요한 구실을 한 것으로 판단된다. 아울러 야담은 간단한 기사(記事)에서부터 기이한 전설이나 온갖 부류의 역사적 인물에 관한 일화 등, 갖은 화제를 담고 있는데 그 가운데서도 당대(17-19세기)의 현실을 소재로 한 이야기가 대부분이어서 조선조 후기의 사회상을 파악하는데도 유용한 단서를 제공하는 사료로서의 구실도 하고 있다.

문학적으로나 역사적으로 이와 같은 의의를 갖고 있는 야담을 모아놓은 수십여종의 야담집 가운데서도 특히 '청구야담(靑邱野談)'은 '계서야담(溪西野談)'·'동야휘집(東野彙輯)'과 함께 야담집을 대표하는데, 18세기 중엽에 이루어진 '학산한언(鶴山閒言)'·'기문총화(記聞叢話)'·'선언편(選言篇)' 등의 야담집을 저본으로 하고 기타 야담들을 집대성하여 19세기 중반에 완성된, 야담집 중 양과 질에서 최우량본으로 손꼽히고 있다.

'청구야담'에는 불리한 생활 여건을 개인의 지혜나 의지로 극복하는, 다시 말해서 소극적인 운명론에서 벗어나 적극적인 현실주의적 세계관을 기반으로 하는 이야기들이 많고, 부(富)의 위력이 신분적 특권

에 우선하는 이야기들이 주종을 이루는 바, 굴종적인 봉건주의적 세계관에서 점차 탈피해 가는 18-19세기 한국 사회의 전환기적 제반 양상을 확인할 수 있다. 그런데 이러한 현실주의적 세계관과 자본주의적 사고 방식의 출현 등은 같은 시대 실학자(實學者)들의 한문소설과도 정신적 유대를 맺는 것들이기도 하여 '청구야담'의 가치를 더욱 높이고 있다.

이러한 가치를 갖고 있는 '청구야담'을 비롯하여 야담 일반에 관한 연구는 이야기의 구조와 작가 의식에 대한 분석, 그리고 가치 평가에 이르기까지 비교적 활발하게 이루어져 왔다. 중요한 업적을 들어 보면, 이우성과 임형택에 의해 야담 자료가 우리의 귀중한 민족 문화 유산임이 밝혀지고 각종 야담집 중에서 우선적으로 관심을 끌 수 있는 상당수 이야기들이 발췌 번역되어 '이조한문단편집(전 3권)'이란 제호로 출간되었다. 뒤를 이어 김기동의 '한국문헌설화전집(전 10권)', 정명기의 '한국야담자료집성(전 23권)'이란 제호로 수십종의 야담집들이 총집 출간되었고, 이경우 등에 의해 야담이 문학의 한 갈래로 인식되기에 이르렀다. 또 박희병과 이강옥 등에 의해 야담의 문학적 가치 및 이야기구조 작가의식 등이 분석되었다. 한편 조희웅과 서대석 등은 이들 야담을 문헌설화로 취급하여 그 설화적 특징을 밝히는 데에 주력하였다.

그러나 야담에 관한 이런 연구들은 모두 전문가에 의한, 전문가를 위한 연구로서의 성격을 지니는 것이어서 일반 독자나 인접 학문을 위한편의 제공이라는 측면은 소홀히 된 면이 없지 않았다. 더구나 '청구야담'의 경우를 제외한 각종 야담집들은 한결같이 한문으로만 기록되어 있어서, 야담은 이 방면의 소수 전문가들을 제외한 일반 독자들에게는 매우 생소한 고전 자료로서 인식될 수 밖에 없는 것이 그 동안의 사정이었다. 따라서 야담은 이제 그것이 지니고 있는 문학적 또는 역사적 가치에 상응할 수 있도록 많이 읽히는 문학으로 재정리되어야하는 일이 과제로 떠오른다고 하겠다. 그런 의미에서 독자를 위한 야담의 재정리 또는 번역 작업이 늦게나마 이루어지고 있음은 다행스러운 일이다. 서대석은 각종 야담집들의 내용을 단락 중심으로 요약 정리하여 '조선조문헌설화집요'라는 이름으로 계속 출간하고 있고, 이월영과 시귀선은 국립중앙도서관 소장 한문본 '청구야담'을 우리말로 번역함으로써 독자들이 부담없이 야담에 접할 수 있는 길을 열어 놓았다.

본 규장각 소장 한글본 '청구야담'의 주해 작업도 읽히는 고전 자료를 좀더 풍부히 마련하자는 뜻에서 진행되었다. 규장각본이 한글본이라 하여도 민체 흘림으로 필사되었고, 18-19세기의 우리말 고어와 생경한 한자어가 적지 않게 쓰이고 있어 일반 독자들에게는 이 또한 야담을 읽는 데에 장애물로 작용하고 있기 때문이다. 아무튼 앞으로는 우리의 고전 자료에 대한 이런 작업이 좀더 활발하게 이루어져 깊이 있는 연구와 널리 읽히는 고전문학의 세계가 펼쳐졌으면 하고 바랄 뿐이다.

끝으로 상업성을 기대하지 않고 흔쾌히 출간을 맡아준 국학자료원 정찬용 사장께 감사드리며 아울러 편집부원 여러분께도 고마움을 표한다. 그리고 주해 과정에서 함께 강독과 토론을 하며 도움을 준 한국고전문학 원전강독 전공세미나 교실원 여러분과, 특히 컴퓨터에의 원고입력을 도와준 제자 신장섭 교수와 함복희·석세기 군, 그리고 색인작업을 맡아 준 김복순 군의 노고를 깊이 기억한다.

1996년 여름 더위가 시작하는 때에
백령서실에서　　　　　　최　웅

# 일 러 두 기

이 책은 다음과 같은 요령으로 엮었다.

1. 대본은 서울대학교 규장각 소장 한글본 '청구야담(青邱野談)'으로 하였다.
2. 체재는 원문을 현대 국어 정서법에 맞게 정리하는 것을 원칙으로 하고, 후미에 원문도 영인(影印)하여 수록함으로써 참조하기에 편리하도록 하였다.
3. 고어 중에서 되살려 사용할 가치가 있는 고유어 어휘는 우리말의 자연스러움과 문학성을 살리기 위해 그대로 사용하고 주석란에서 뜻을 풀이하였다.
4. 주석은 본문에 번호를 붙이고 하단에 각주(脚註)하는 것을 원칙으로 하였다.
5. 한자어는 모두 괄호 안에 한자를 병기하여 고유어와 한자어의 구별을 뚜렷이 하였다.
6. 방언은 방언 그대로 표기하고, 주석란에서 표준말을 밝혔다.
7. 이 책에서 사용한 주요 부호는 다음과 같다.
   1) ( ):음이 같은 한자를 병기함.
   2) [ ]:보충 설명을 나타냄.
   3) ) :주석 번호를 나타냄.
   4) " ":대화나 인용을 나타냄.

5) <　　>:원문 방주(傍註)를 나타냄.

6) ‘　　’:책이름이나 작품이름을 나타냄.

7) ( ?　):불확실한 경우를 나타냄.

8) (글자):원문에 빠진 글자를 보충함.

# 차 례



## 청구야담 권지칠(靑邱野談 卷之七)

## 청구야담 권지팔(靑邱野談 卷之八)



## 청구야담 권지구(靑邱野談 卷之九)

## 청구야담 권지십(靑邱野談 卷之十)

## 청구야담 권지십일(靑邱野談 卷之十一)



## 청구야담 권지십이(靑邱野談 卷之十二)

## 청구야담 권지십삼(靑邱野談 卷之十三)

# 청구야담 권지칠(青邱野談 卷之七)

## 1. 청기어패자등과(聽妓語悖子登科)[1]

한 재상(宰相)이 평안 감사(平安監司)하였을 제 한 아들이 있으니 나이 십삼세(十三歲)에 용모(容貌)가 아름답고 재주가 많으나 그 재상(宰相)이 편애(偏愛)함이 심(甚)하여 기생(妓生) 중(中) 나이 상적(相適)[2]하고 재주 있고 자색(姿色) 있는 아이를 써 하여금 아들 있는 방(房)에 두어 문묵(文墨)의 희롱(戲弄)을 받들게 하니 해 넘도록 서로 더불어 교환(交歡)[3]함에 정(情)이 심(甚)히 탐탐(耽耽)하더니[4], 그 재상(宰相)이 과만(瓜滿)함을 당(當)하여 차마 서로 떠나지 못하여 손을 잡아 서로 울고 이별(離別)하여 상경(上京)하였더니, 그 재상(宰相)이 가중(家中)이 번요(煩擾)하여 아들의 공부(工夫)가 전일(專一)치 못함을 민망(憫惘)히 여겨 서책(書冊)을 싸 절간에 보내어 공부(工夫)를 하라 하였더니, 산사(山寺)에 있은 지 두어 달만에 그 기생(妓生) 생각함을 참지 못하여 홀연(忽然) 단신(單身)으로 도망(逃亡)하여 관서(關西)로 향(向)하여 그기

1) 기생의 말을 듣고 패륜아가 과거에 급제하다.
2) 양편 실력이 서로 거의 비슷함.
3) 즐김으로써 서로 사귐.
4) 마음에 들어 즐겁고 좋더니.

생(妓生)의 집을 찾으니 기생(妓生)은 없고 그 어미만 있으나 처음부터 서로 알지 못하였는지라. 이에 스스로 내가 뉘라 이르고 그 딸이 어데 갔느뇨 물으되 그 노고(老姑)가 대답(對答)하여 가로되,

"딸이 바야흐로 사또의 수청(守廳)이 되어 총애(寵愛)함을 입어 잠시(暫時)도 나오기를 허(許)치 아니하시니 이제 비록 멀리 와 계시나 얻어 볼 길은 없나니이다."

생(生)이 그 말을 듣고 낙담(落膽)하여 가로되,

"내 천리(千里) 발섭(跋涉)하여 한 번(番)도 보지 못하고 무단(無端)히 돌아가면 오지 아니함만 같지 못하니 청(請)컨대 노고(老姑)는 나를 위(爲)하여 계교(計巧)를 베풀어 한 번(番) 상면(相面)하게 하면 노고(老姑)의 은혜(恩惠) 적지 아니하고 또 내의 원(願)을 풀리로다."

하니 때마침 동절(冬節)이라. 노고(老姑)가 가로되,

"만일(萬一) 눈이 오면 성내(城內) 백성(百姓)이 영문(營門)에 들어가 소설(掃雪)하나니 그때나 혹(或) 촌민(村民) 중(中)에 섞여 들어가면 요행(僥倖)으로 한 번(番) 얻어 볼가 하노라."

생(生)이 그렇이 여겨 그날부터 눈 오기를 기다리니 홀연(忽然) 하룻밤에 대설(大雪)이 왔는지라. 영하(營下) 백성(百姓)이 들어가 소설(掃雪)할 새 생(生)이 또한 머리에 평양(平壤)자를 쓰고 허리에 새끼를 띠여 손에 비를 들고 촌민(村民)에게 섞여 영중(營中)에 들어가나 뜻이 소설(掃雪)에 있지 아니하고 다만 자조 평양(平壤)자를 들어 당상(堂上)을 바라보니, 그때 수청 기생(守聽妓生)들이 문(門)에 비겨 관광(觀光)하다가 그 서생(書生)의 거동(擧動)이 완만(緩慢)함을 보고 서로 더불어 손가락질하여 웃으니, 이때 생이 머리 들어 한 번(番) 볼 즈음에 그 기생(妓生)이 또한 그 중(中)에 있다가 또한 보고 몸을 돌이켜 들어가고 다시 나오지 아니하거늘, 생(生)이 길이 탄식(歎息)하고 나와 그 노고

(老姑)더러 일러 가로되,

"나는 차마 잊지 못하여 도보(徒步)하야 내려 왔거늘 저는 나를 한 번(番) 보고 도로 피(避)하여 다시 보지도 아니하니 어찌 무정(無情)함이 이렇듯 하뇨."

다만 탄식(歎息)하고 전전(轉輾)하여 잠을 이루지 못하더니, 때에 설월(雪月)이 조요(照耀)하고 북풍(北風)이 한렬(寒冽)한지라. 홀연(忽然) 들으니 노랫소리 먼 데로부터 점점(漸漸) 가까이 오니 그 노래에 가랐으되,

"눈이 개이고 구름이 흩어지고 북풍(北風)이 참이여. 초수(楚水)와 오산(吳山)의 도로(道路)가 어렵도다."

하는 소리 청절(淸絶)하여 점점(漸漸) 그 집을 향(向)하여 들어오며 그 어미를 불러 가로되,

"아무 서방(書房)님이 와 어디 계시니이꼬."

생(生)이 듣고 문(門)을 밀치고 뛰어 나와 보니 그 기생(妓生)이라. 즉시(卽時) 손을 잡고 집에 들어가 상사(相思)하던 정(情)을 가로되,

"내 너를 이별(離別) 후(後) 화조 월석(花朝月夕)에 어느때 생각이 없으리오. 천리(千里)에 도보(徒步)하여 왔다가 하마 상면(相面)치 못하고 갈랐다."

그 기생(妓生)이 가로되,

"내 지금(只今) 사또의 근행(近幸)[5]함을 입어 경각간(頃刻間)이라도 떠나지 못하되 서방(書房)님 오신 줄 알고 어찌 상면(相面)치 않으리이까. 내 사또를 속여 망부(亡父)의 제(祭)라 하고 하루밤 틈을 얻었으니 하늘이 밝으면 마땅히 들어갈지라. 둘이 서로 모임이 이 밤 뿐이요, 이후(以後)는 비록 다시 오나 상면(相面)할 길이 없으리니

---

5) 가까이하여 친히 귀여워하는 것.

어찌 한심(寒心)치 않으리오. 이때를 당(當)하여 남모르게 도망(逃亡)하여 길이 비익(比翼)[6]의 낙(樂)을 이룸이 또한 즐겁지 않으리이까."

생(生)이 가로되,

"심(甚)히 좋다. 네 말이 진정(眞正)한 말이냐."

기생(妓生)이 드디어 상자(箱子)를 열고 금은(金銀) 보배와 능나 금수(綾羅錦繡) 의상(衣裳)을 수습(收拾)하여 싸 가지고 그 어미께도 이르지 아니하고 드디어 생(生)으로 더불어 야반(夜半)에 도망(逃亡)하여 은산(殷山) 땅에 이르러 조그마한 집을 사고 가져간 보물(寶物)을 다 팔아 자생(資生)하더니, 일일(一日)은 기생(妓生)이 생(生)더러 일러 가로되,

"우리 둘이 망명(亡命)[7]하여 이곳에 있으니 비록 소원(所願)을 이뤘으나 길게 이 모양(模樣)으로 있지 못할 것이요, 하물며 서방(書房)님은 재상(宰相) 댁(宅) 서방(書房)님의 자제(子弟)로서 하천(下賤)한 창기(娼妓)에게 익애지정(溺愛之情)[8]을 이기지 못하여 부모(父母)를 돌아보지 아니하고 도망(逃亡)하여 이 땅에 은거(隱居)하니 윤기(倫紀)[9]에 득죄(得罪)함이 이에서 큼이 없는지라. 장차(將次) 어찌 써 세상(世上)에 서리오."

생(生)이 그 말을 듣고 비로소 확연(確然)히 깨달아 가로되,

"그러한 즉(卽) 어찌하리오."

기생(妓生)이 가로되,

"오직 급제(及第)를 하여야 가(可)히 써 속죄(贖罪)할 것이니 서방주(書房主)가 전일(前日)에 읽지 못한 글이 무엇이니이까."

---

6) 두 마리의 새가 서로 날개를 가지런히 함. 곧, '부부의 사이가 썩 화목함'의 비유.
7) 망명 도주(亡命逃走).
8) 지나치게 사랑에 빠져든 정분.
9) 윤리와 기강.

하고, 드디어 그 책(冊)을 사와 써 읽기를 권(勸)하되, 일시(一時)라도 게을리함이 있으면 반드시 그 반찬(飯饌)을 감(減)하고 괴로이 권(勸)하니, 이같이 한 지 수년(數年)이라.

일일(一日)은 기생(妓生)이 생(生)더러 일러 가로되,

"서방주(書房主)가 스스로 생각컨대 복중(腹中)에 쌓인 글이 과문(科文)을 지으리이까."

생(生)이 가로되,

"짓고자 하여도 과문(科文)의 규식(規式)을 알지 못하니 어찌하리오."

기생(妓生)이 이에 전(前)의 글 잘하는 사람의 지은 글과 근래(近來) 과장 문법(科場文法)을 두루 구(求)하여 주며 왈(曰),

"이 글을 의방(依倣)[10]하여 지으라."

하니, 생(生)이 본대 재주가 있고 또 수년(數年)을 공부(工夫)하였는지라. 일취 월장(日就月將)하여 과문(科文) 육체(六體)[11]에 무비(無非) 가작(佳作)이거늘, 기생(妓生)이 또 생(生)으로 하여 등서(謄書)하라 하여 근처(近處) 글 잘하는 사람에게 고평(考評)하니 칭찬(稱讚) 않을 이 없는지라. 마침 대비지과(大比之科)[12]가 있거늘 기생(妓生)이 가로되,

"이제 가(可)히 과거(科擧)를 보시리이까."

생(生)이 가로되,

"가(可)하다."

이에 노수(路需)를 갖추어 생(生)을 보내니 드디어 서울 가 여사(旅

10) (남의 것을) 본 받음.
11) 과거(科擧)에 시험 보이던 시(詩), 부(賦), 표(表), 책(策), 논(論), 의(疑)의 문체(文體).
12) 조선조 때의 과거. 14대 선조 36(1603)년에 처음 실시, 3년에 한 번씩 시험을 보였음. 일종의 식년시(式年試)로 전시(殿試)와 같은 것임.

舍)에 머물러 과거(科擧)날 효두(曉頭)[13]에 제생(諸生)을 따라 장중(場中)에 들어가 현제(懸題)를 보고 종이를 잡아 일필 휘지(一筆揮之)하니 문불가점(文不加點)[14]이라. 제일천(第一天)[15] 선장(先場)[16]하니라.

그 재상(宰相)이 마침 명관(命官)[17]으로 참예(參預)하였다가 그 글을 빼어 제일(第一)에 두거늘 상(上)이 보시고 또한 칭찬(稱讚)하심을 마지아니하샤 어수(御手)로 비봉(秘封)을 떼이시니 그 이름을 알지 못하시되 부명(父名)을 보신 즉(卽) 곧 명관(命官)이라. 상(上)이 즉시(卽時) 명관(命官)을 돌아보샤 가로되,

"경(卿)의 아들이 급제(及第)하였다."

하시고, 글장(帳)[18]을 명관(命官)의 앞에 던지시니 받자와 본 즉(卽) 부명(父名)은 비록 같으나 직함(職銜)이 전평안 감사(前平安監司)이라. 마침내 현연(泫然)[19]히 눈물을 흘리거늘 상(上)이 괴이(怪異)히 여기샤 연고(緣故)를 물으신대, 명관(命官)이 기복(起伏)[20]하여 아뢰신되,

"신(臣)이 한 자식(子息)이 있어 죽은 지 이제 십년(十年)이오니 진실(眞實)로 그 어떠한 사람인 줄 알지 못하리로소이다."

상(上)이 즉시(卽時) 호명(呼名)하여 입시(入侍)하라 하시니 생(生)이 즉시(卽時) 탑전(榻前)에 들어와 진복(進伏)[21]하거늘, 상(上)이 가라사

---

13) 새벽.
14) 문장이 썩 잘되어서 점하나 더 찍을 만한 흠도 없음.
15) '일천(一天)'은 과거(科擧) 때 맨 먼저 바치는 글장.
16) 옛날 과거 때 문과(文科) 장중(場中)에서 가장 먼저 글장을 바치던 것. 또 그 순간.
17) 조선조 때의 시험관. 특별히 과거를 보는 경우 임금이 친림(親臨)하여 임명한 관리.
18) 과거(科擧)에 글을 지어 올린 종이. 권자(券子).
19) 눈물이 줄줄 흐르는 모양.
20) 임금께 아뢸 때에 먼저 일어났다가 다시 엎드려 절함.
21) 편전(便殿)에서 임금을 대할 때 탑전에 엎드림.

되,

"네 전후(前後) 소종래(所從來)[22]를 가초 아뢰라."

하신되, 생(生)이 즉시(卽時) 기복(起伏)하여 자초지종(自初至終)을 낱낱이 직고(直告)하니 명관(命官)이 또한 곁에 있다가 듣기를 다함에 비로소 자식(子息)이 죽지 아니함을 알더라.

상(上)이 들으시고 크게 기이(奇異)히 여기샤 특별(特別)히 사악(賜樂)[23]하시고 명관(命官)으로 하여금 솔방(率榜)[24]하여 집에 돌아가게 하시고, 즉시(卽時) 본도(本道) 본읍(本邑)에 행회(行會)[25]하여 그 기생(妓生)을 치송(治送)할 새 교자(轎子)태워 올려 길이 소실(小室)을 삼으니라.

22) 지내온 내력. 근본 내력.
23) [임금이] 신하에게 풍류를 내리어 줌, 또는 그 풍류.
24) 방방(放榜)한 이튿날 급제(及第)한 사람이 임금을 뵙고 사은(謝恩)할 때, 집안의 선진자(先進者)가 따라가서 지도하는 일.
25) 조정의 지시 명령을 관청의 장이 그 부하들에게 알리고, 또한 그 실행 방법을 논정(論定)하기 위한 모임.

## 2. 피실적노진재절간(被室適露眞齋折簡)[26)]

광주(廣州) 땅에 한 사람이 있으되, 글도 못하고 활도 못쏘고 지벌(地閥)이 낮고 가세(家勢)도 빈한(貧寒)하여 능(能)히 농업(農業)을 힘쓰지 못하고 오직 아내의 도움으로써 견디어 가더니, 약간(若干) 세의(世誼)[27)]와 척분(戚分)[28)]이 있는 사람을 찾아 경향(京鄕)에 출몰(出沒)한지 삼십여년(三十餘年)에 인물(人物)과 재화(才華)가 하나도 가(可)히 취(取)할 것이 없는지라. 뉘 깊이 사귈 이 있으리오.

그 아내 꾸짖어 가로되,

"선비 경성(京城)에 노는 자(者)가 태반(殆半)이나 공부(工夫)를 착실(着實)히 하여 공명(功名)을 취(取)하고 그렇지 않으면 명문 거족(名門巨族)에 사귀어 의탁(依托)을 삼을 것이어늘 가군(家君)에게 이르러는 이미 글자 없으니 과거(科擧)는 이무가론(已無可論)[29)]이요, 삼십년(三十年) 경성(京城)에 출입(出入)하였으매 마땅히 정친(情親)한 사람이 있을 것이어늘 일찍 존문(存問)[30)] 한 장(狀)[31)]도 하는 사람이 없으니 첩(妾)의 마음에 의혹(疑惑)함이 적지 아니한지라. 혹(或) 주색(酒色)에 침닉(沈溺)하며 잡기(雜技)에 외입(外入)함이 있나니이까."

그 아내의 말이 유리(有理)함을 부끄려 대답(對答)할 말이 없더니,

---

26) 아내의 권(勸)에 못이겨 노진재(露眞齋)로 편지를 보내다.
27) 대대로 사귀어 온 정의(情誼).
28) 척(戚)이 되는 관계.
29) 이미 거론할 수 없음.
30) 고을의 원이 형편을·알아보려고, 자기가 관할하고 있는 백성을 방문함.
31) 여기서는 '존문장' 곧, 존문하는 뜻을 적은 편지를 뜻함.

침음 양구(沈吟良久)에 가로되,

"내 풍병(風病) 들린 사람이 아니니 삼십년(三十年) 경사(京師)에 놂이 어찌 공연(空然)히 하였으리오. 과연(果然) 아무 성(姓) 아무 사람과 자소(自少)로 사귀어 정(情)이 친밀(親密)하더니 내의 곤궁(困窮)함을 가긍(可矜)히 알아 항상(恒常) 가로되, '내 평안 감사(平安監司)를 하거든 일가산(一家産)을 주마.' 하더니, 그 사람이 작년(昨年)에 등과(登科) 이래(以來) 응교(應敎)[32] 벼슬을 하였으니 내 서울 올라가면 매양(每樣) 그 사람의 집에서 유숙(留宿)하니 조만(早晩)에 반드시 그 힘을 입으리라."

그 부인(婦人)이 듣고 매양(每樣) 초하루 보름에 반드시 시주를 써놓고 하늘께 빌되, 아무 사람으로 평안 감사(平安監司)하기를 축원(祝願)하고 매양(每樣) 아무 사람의 승품 여부(陞品與否)를 물은 즉(卽) 그 가장(家長)이 아직 멀었으므로 칭탁(稱託)하여 육칠년(六七年)을 지냈더니, 그 후(後)에 마침 친척(親戚) 옴을 인(因)하여 아무 사람이 평안 감사(平安監司)하였단 말을 들었더니 마침 저의 가장(家長)이 서울 갔는지라. 그 돌아옴을 기다려 급(急)히 내려 맞아 가로되,

"아무 사람이 평안 감사(平安監司)를 하였다 하니 어찌 가보지 아니하느뇨."

가장(家長)이 듣고 마음에 민박(悶迫)하여 이에 거짓 가로되,

"도임(到任)이 쉬웠으니 잠간(暫間) 후일(後日)을 기다릴 것이라. 어찌 조급(躁急)히 구느뇨."

아내 그 말을 믿었더니, 수삭후(數朔後)에 또 재촉하여 가로되,

"어찌 가지 아니하느뇨."

대답(對答)하여 가로되,

---

32) 조선조 때 홍문관의 정5품 벼슬. 홍문관 직제학(直提學) 이하 교리(敎理) 중에서 겸임시켰음. 또는 조선조 때 예문관(藝文館)에 딸린 정4품 벼슬.

"말이 없어 못가노라."

세(貰)말을 얻어 준 즉(卽) 또 칭탈(稱頉)[33]하여 가로되,

"신병(身病)이 있어 못가노라."

그 아내 가로되,

"사람을 보냄이 어떠하뇨."

가로되,

"뉘 나를 위(爲)하여 천리(千里) 걸음을 하리오."

아내 가로되,

"이미 동리(洞里) 사람을 얻어 노비(路費)를 준비(準備)하였으니 서간(書簡)[34]을 쓰라."

하되 또 종이 없다 하거늘,, 즉시(卽時) 큰 간지(簡紙)[35]로써 준대 가장(家長)이 차탈피탈(此頉被頉)[36]하여 백단 모피(百端謀避)[37]하되 무가내하(無可奈何)[38]이라. 이에 밤이 맟도록 생각타가 못하여 드디어 편지(便紙) 겉봉에 써 가로되,

"기영 절하 하집사 입납 (箕營[39] 節下[40] 下執事入納)이라. 노진재(露眞齋) <진정(眞情)을 드러내는 말이라> 상후서(上候書)라."

하고, 안 면(面)에 써 가로되,

"소생(小生)이 오괴[41]하는 유생(儒生)으로써 명도(命途)[42]가 기구(崎嶇)하여 궁달(窮達)의 현격(懸隔)함을 가리지 아니하고 소매(素昧)

---

33) 무엇 때문이라고 핑계함.
34) 편지.
35) 편지쓰는 용지.
36) 이리저리 핑계함.
37) 여러 가지로 피할 궁리를 함.
38) 어찌할 수가 없이 됨. 어쩔 수 없음. 막가내하(莫可奈何).
39) 평안도 감영(平安道監營).
40) 장수에 대한 경칭. 휘하(麾下).
41) 사리에 어둡고 괴벽함. 우괴(迂怪)가 원말임.
42) 명수(命數).

경성(京城) 재상(宰相) 앞에 헛 편지를 올리나니 아지 못게라. 대감(大監) 소견(所見)이 어떠하실른지."

실상(實狀)을 녹지(綠紙)[43]에 하였으되,

"소생(小生)이 본대 오활(迂闊)하와 마음 가지기를 방탕(放蕩)히 하여 어려서 글을 못하고, 자라매 농업(農業)을 힘쓰지 못하고, 경향(京鄕)에 출몰(出沒)하여 처자(妻子) 보기를 초월(楚越)같이 하고, 산업(産業)을 다스리지 아니하니 향당(鄕黨)이 천(賤)히 여기고, 친척(親戚)이 훼방(毁謗)하되 다만 아내 현철(賢哲)[44]하니 제사(祭祀)를 받들고 자녀(子女)를 길러 초성모양(稍成貌樣)[45]하오니 소위(所謂) 가장(家長)은 유불여무(有不如無)[46]이라. 이같이 하기를 삼십여년(三十餘年)을 하였더니, 하루는 실인(室人)이 소생(小生)더러 하는 말이 적년(積年) 유경(遊京)에 한 재상(宰相)도 사귀지 못하였다 하여 매양(每樣) 질책(叱責)하니 비록 부녀(夫女)의 말이라도 실(實)로 대답(對答)할 말이 없는지라. 합하(閤下)[47]가 선비 때로부터 지벌(地閥)과 문망(文望)이 장차(將次) 크게 되실 것이라. 그러므로 합하(閤下)의 명자(名字)를 기다려 말씀을 꾸며 써 아내를 위로(慰勞)하되 아무 사람이 날과 가장 절친(切親)하고 또 정녕(丁寧)히 언약(言約)하여 가로되 내 만일(萬一) 평안 감사(平安監司)를 하면 한 장학(庄壑)을 주마 한뜻으로 아내를 속여 온 지 이미 육칠년(六七年)이라. 실(實)은 일시(一時) 미봉(彌縫)하온 계교(計巧)이러니 노처(老妻)는 실상(實狀)으로 알고 일자이후(一自以後)[48]로 시루를 쪄 빌고 목욕(沐浴) 기도(祈禱)하되

43) 남에게 보이기 위하여 일의 요긴한 것만 추려서 적은 종이쪽.
44) 어질고 슬기롭고 사리에 밝음.
45) 겨우 모양이나 형체를 갖춤.
46) [있어도 없는 것과 같다는 뜻으로] 있으나 마나 함.
47) 정1품 벼슬아치에 대한 높임말.
48) 그 뒤부터 지금까지.

아무 사람이 평안 감사(平安監司)하기를 축원(祝願)하더니, 합하(閤下) 등과(登科) 이후(以後)로 정성(精誠)을 더욱 부지런히 하여 매양(每樣) 아무 대인(大人)이 이제 무슨 벼슬에 이르렀는고 주야(晝夜)에 바라니, 생(生)이 합하(閤下)로 더불어 비록 면분(面分)이 없으나 다만 전말(顚末)이 귀어허지(歸於虛地)[49] 될까 저어 써 이르되, 거년(去年)에는 아무 벼슬하고 금년(今年)에는 아무 가자(加資)를 하시다 일일(一一)히 대답(對答)하여 진개(眞個)[50] 친밀(親密)함 같이 하였더니, 향자(向者)에 노처(老妻)가 친족(親族)으로 인(因)하여 대감(大監)이 서백(西伯)으로 좌정(坐定)하심을 듣고 소생(小生)으로 하여금 친(親)히 가 걸태[51]하라 하오니 소생(小生)의 번뇌(煩惱)하옴이 마땅히 어떠하오리이까. 말이 없다 칭탁(稱托)하온 즉(卽) 세마(貰馬)를 얻어 등대(等待)하고 신병(身病) 있다 칭탁(稱托)하온 즉(卽) 사람을 사 대령(待令)하고 심지어(甚至於) 종이 없다 칭탁(稱托)하온 즉(卽) 대간(大簡)[52]을 얻어 주오니 정지(情地)[53]가 이에 이름에 더욱 민망(憫惘)하고 답답한지라. 진실(眞實)로 중지(中止)코자 한 즉(卽) 전말(顚末)이 허망한 것이 탄로(綻露)하고 편지(便紙)를 닦고자 한 즉(卽) 본대 대감(大監)을 모르매 어찌하리이까. 소생(小生)이 이제 박액(迫阨)[54]하고 번뇌(煩惱)하온 뜻으로써 부득이(不得已)하여 전후(前後) 사연(事緣)을 다 펴오니 오직 합하(閤下)는 애련(哀憐)히 여기사 서량

48) 그 뒤부터 지금까지.
49) 오직 수고스럽기만 하고 헛노릇이 됨.
50) 참으로. 정말로 과연.
51) 염치나 체면을 돌보지 아니하고 탐욕스럽게 재물을 긁어들임.
52) 길고 넓게 만든 간지(簡紙). 편지지로 씀.
53) 딱한 사정에 있는 가엾은 처지.
54) 옹색함. 좁고 답답함. 또는, 제게 이로운 것만 생각하고 남의 어려운 사정은 돌보지 아니함.

(恕涼)[55]하옵소서."

쓰기를 마치매 그 아내를 주니 아내 즉시(卽時) 이웃 사람을 불러 반전(盤纏)[56]을 차려 즉시(卽時) 보내니라.

그 사람이 평양(平壤)에 가 서간(書簡)을 올리니 순상(巡相)이 편지(便紙)를 떼어 보고 두세 번(番) 생각하되 내 옥당(玉堂)한 후(後)로부터 매양(每樣) 삭망(朔望)이면 꿈에 한 집에 이른 즉(卽) 그 집 부인(婦人)이 정결(精潔)히 목욕(沐浴)하고 시루를 쪄 하늘께 축원(祝願)하되 아무로 하여금 평안 감사(平安監司)를 시켜 달라 하니 아무사람인 즉(卽) 곧 자가(自家) 성명(姓名)이라. 마음에 심(甚)히 괴(怪)히 여기되 그 연고(緣故)를 알지 못하였더니 이제 편지(便紙)를 보니 몽조(夢兆)와 서로 합(合)한지라. 드디어 온 하인(下人)을 불러 앞에 앉히고 물으되,

"그 댁(宅) 생애(生涯) 어떠하며 질병(疾病)이나 없으며 아이들도 잘 자라는가."

낱낱이 하문(下問)하니 죽마 고우(竹馬故友)같은 모양이라. 그 하인(下人)이 심중(心中)에 헤어 가로되,

"아무 생원주(生員主)가 과연(果然) 경성(京城)에 절친(切親)한 벗이 있도다. 비록 향곡(鄕曲)에 처(處)하였으나 어찌 두렵지 않으리오."

하더라.

순상(巡相)이 그 하인(下人)을 사처(私處)에 머무르고 수일(數日) 후(後)에 순상(巡相)이 궐한(厥漢)을 불러 가로되,

"너의 댁(宅) 생원주(生員主)가 과연(果然) 날과 죽마 붕우(竹馬朋友)이니 마땅히 재물(財物)을 보낼 것이로되 네 복중(卜重)[57]함으로써 부쳐 보내지 못하니 마땅히 영문(營門)으로 수송(輸送)할 것이요,

55) 사정을 헤아려 용서함. 사정을 살피어 양해함.
56) 노자(路資).
57) 약간 무거움. 좀 묵직함.

너의 생원주(生員主)가 약과(藥果)를 편기(偏嗜)[58]하기로 한 궤(櫃)를 보내노라."

하고, 열어 뵈니 과연(果然) 유밀과(油蜜果) 뿐이라. 인(因)하여 유지(油紙)로 싸고 세승(細繩)으로 얽어 답인(踏印)하고 또 물으되,

"네 부모(父母)가 있다 하니 대약과(大藥果) 이십오개(二十五箇)를 따로 봉(封)하노니 돌아가 네 부모(父母)를 주라."

하시고, 반전(盤纏)을 후(後)히 주고 서찰(書札)을 주어 급(急)히 돌아가라 하다.

그 놈이 돌아올 한(限)이 가까웠더니 부인(婦人)은 돌아오기를 날로 기다리되 생원(生員)은 허무 맹랑(虛無孟浪)한 일로써 만단 우환(萬端憂患)이 되어 병(病)없는 병(病)으로 지내더라.

일일(一日)은 그 아내 바삐 고(告)하여 가로되,

"평양(平壤) 갔던 하인(下人)이 오나이다."

이윽하여 문(門) 밖에 이르니 노처(老妻)는 마루 앞에 나와 서되 생원(生員)은 감(敢)히 문(門) 열지 못하고 문틈으로 여어보니 궐한(厥漢)이 과연(果然) 들어오는데 등에 봉물(封物)을 졌는지라. 장신 장의(將信將疑)할 즈음에 궐한(厥漢)이 내정(內庭)에 들어와 절을 하거늘,, 부인(婦人)이 먼저 무사(無事)히 왕래(往來)함을 묻고 또 진 것이 무엇이뇨 하고 답장(答狀)을 바삐 찾아 생원(生員)을 주니 겉봉(封)에 노진재 집사 회납(露眞齊執事回納)이라 하고, 또 기백 사장(箕伯謝狀)이라 하고 안 면(面)에 가랐으되,

"멀리서 편지(便紙) 받자와 펴보매 얼굴을 대(對)한 듯하도다. 저는 도임(到任)한 지 오래지 아니하여 공사(公事)가 다단(多端)하니 번

---

58) 일방적으로 치우치게 즐김. 어떤 음식을 유난히 즐김.

뇌(煩惱)함을 어찌 다 말하리오. 관서 천리(關西千里)에 비록 왕림(枉臨)하기 어려우나 일후(日後) 경사(京師)로 만난 즉(卽) 오래 못본 회포(懷抱)를 펴리로다. 여불비(餘不備)[59] 장상(狀上)이라. 약과(藥果) 일궤(一櫃) 보내노라."

하였더라.

생원(生員)이 생기(生氣)를 크게 내어 쾌(快)히 사대부(士大夫) 기상(氣像)으로 자처(自處)하여 영창(映窓)을 밀치고 일어 앉아 궐한(厥漢)을 크게 불러 가로되,

"무사(無事)히 내왕(來往)한가."

궐한(厥漢)이 가로되,

"하렴(下念)입사와 무고(無故)히 왕환(往還)하옵고 또 순(巡) 사또의 관후(寬厚)하오신 은택(恩澤)을 입사와 소인(小人)까지 약과(藥果)를 주시니 막비(莫非) 생원주(生員主) 덕택(德澤)이로소이다."

하고, 별봉약과(別封藥果)를 가져다가 저의 부모(父母)를 먹이니 또한 양반(兩班) 생색(生色)이 적지 아니타 하더라.

생원(生員)이 즉시(卽時) 안에 들어가 궤(櫃)를 풀고 약과(藥果) 한 입을 내어 먹으니 평생(平生) 처음 먹는 맛일러라. 부부(夫婦)가 서로 보며 그 맛이 이상(異常)함을 일컫고 차차(次次) 풀어보니 약과(藥果)는 불과(不過) 두 겹이요, 궤(櫃) 속에 또 가운데 층(層)이 있으되 가(可)히 한 손가락 들어갈 구멍이 있거늘 열어본 즉(卽) 천은(天銀) 한 말을 넣었으니 그 값을 의논(議論)하면 거의 만금(萬金)이라. 생원(生員) 부부(夫婦)가 대경 대희(大驚大喜)하여 몸이 세 길이나 솟는 줄 깨닫지 못

59) 여불비례(餘不備禮). 나머지 예를 갖추지 못한다는 뜻으로, 편지의 본문 뒤에 쓰는 말.

하더라.

즉시(卽時) 은자(銀子)를 팔아 전답(田畓) 장만하여 지금 광주(廣州) 갑부(甲富)가 되니라.

## 3. 송부금성녀격고(訟夫錦城女擊鼓)[60]

나주(羅州)에 한 선비 있으되 집이 간난(艱難)하고 비복(婢僕)이 없어 스스로 농업(農業)을 힘쓰더니, 아내 그 딸로 더불어 문(門) 앞 채전(菜田) 두어 이랑을 기음[61] 맬 새, 그 딸인 즉(卽) 이미 비녀 꽂을 나이 지났는지라. 본대 이웃 상한배(常漢輩)로 더불어 내외지별(內外之別)이 없이 지낸 고(故)로 서로 이웃하여 밭을 맬 즈음에 상한(常漢)이 지나가는 말로 그 처녀(處女)를 침노(侵擄)하여 업수이 여긴대, 처녀(處女)가 노(怒)하여 가로되,

"나는 사족(士族) 여자(女子)이요, 너는 상한배(常漢輩)라. 어찌 감(敢)히 나를 침모(侵侮)하는가."

그 놈이 가로되,

"너같은 양반(兩班)은 내 집 마루 밑에 우물우물하다."

하니, 그 처녀(處女)가 분노(憤怒)함을 이기지 못하야 즉시 집에 돌아와 간수(水)를  먹고 죽으니 그 아비 있어 상(常)놈이 그 딸을 핍박(逼迫)하여 죽었다 함으로 무고(誣告)하니 관가(官家)가 그 놈을 착취(捉取)하여 엄(嚴)히 다스려 굳이 가두고 억지로 다짐받아 한 달에 세 번(番)씩 동추(同推)[62]하니, 그 놈이 죄(罪)없이 이리 됨을 지원 극통(至寃極痛)하여 옥중(獄中)에 있어 주야(晝夜) 호곡(號哭)하니 두 눈이 다 멀었는지라. 그 놈의 처(妻)가 동서(東西)로 구걸(求乞)하여 써 옥바라지를 자뢰(資賴)하더니 오래 이어줄 길이 없는지라. 가산(家産)을 다 팔

---

60) 금성(錦城)의 여인이 남편의 소송 때문에 신문고(申聞鼓)를 울리다.
61) 논밭에 난 잡풀.
62) 같은 모양으로 문초함.

아 겨우 돈 두어 관(貫)[63]을 만들어 그 지아비를 주어 가로되,

"내 이제 힘이 다하여 서로 자뢰(資賴)할 길이 없기로 겨우 돈 두어 관(貫)을 얻어왔고 나는 장차(將次) 상경(上京)하여 신문고(申聞鼓)[64]를 치고자 하니 기간(其間)에 이 돈으로써 연명(延命)하여 죽지 말고 내 돌아 오기를 기다리라."

하고, 서로 통곡(痛哭)하여 이별(離別)하고 전전(轉轉)[65]히 빌어 먹어 경사(京師)에 올라오니 이때는 경희궁(慶熙宮)[66]이 시어소(時御所)[67]이라. 찾아 궐문(闕門) 앞에 이르러 술 파는 집 고공(雇工)이 되니 사람 되옴이 근실(勤實)하여 매사(每事)를 주인(主人)의 뜻에 맞게 하니 그 집 사람이 다 기꺼하더라.

일일(一日)은 주가(酒家) 노파(老婆)에게 물어 가로되,

"들으니 신문고(申聞鼓)가 궐(闕) 안에 있어 원억(寃抑)한 자(者)가 친다 하니 어찌하면 한 번(番) 치기를 얻으리이까."

노파(老婆)가 가로되,

"네 무슨 원통(寃痛)한 일이 있어 신문고(申聞鼓)를 치고자 하느뇨."

궐녀(厥女)가 그제야 전후 수말(前後首末)을 일일(一一)이 이르고 인(因)하여 비읍(悲泣)함을 마지 아니하니 노파(老婆)가 그 말을 가긍(可

---

63) 꿰미.

64) 조선조 3대 태종 1(1401)년부터 백성의 원통한 일을 하소연하여 당부에서 이를 알도록 치게 한 북. 대궐 문루(門樓)에 달아 두었음. 등문고(登聞鼓). 승문고(升聞鼓).

65) 여기저기로 돌아다니거나 옮겨 다님.

66) 서울 서대문 안에 있던 궁. 조선조 광해군 8(1616)년에 건립하여 경덕궁(慶德宮)이라 하던 것을 21대 영조 36(1760)년에 경희궁으로 개칭함. 한일 합방 후 건물이 없어짐.

67) 그 당시에 왕이 거처하는 궁전. 시좌궁(時座宮). 시좌소(時座所).

矜)히 여겨 대궐(大闕) 안 군사(軍士)의 무리 와 술먹는 때를 인(因)하여 저 계집의 원통(寃痛)함을 가초 이르고 하여금 주선(周旋)하여 써 한 번(番) 치기를 얻은대, 그 계집이 드디어 들어가 한 번(番) 치니 신문고(申聞鼓) 소리에 궐내(闕內) 놀라 그 계집을 잡아 추조(秋曺)[68]로 보내어 공초(供招)를 받아드릴 새 형조(刑曺) 이배(吏輩)들이 들으매 실(實)로 애매(曖昧)하고 또한 그 계집의 정성(精誠)을 가긍(可矜)히 여겨 원정(寃情)[69]을 써 잘 지어 아뢰니, 상(上)이 감(感)하시고 칭찬(稱讚)함을 마지 아니하샤 즉시(卽時) 어사(御史)를 명(命)하여 보내실 새, 형조(刑曹) 관문(關文)[70]이 먼저 감영(監營)에 이르러 선성(先聲)이 나주(羅州)에 미치니 옥졸(獄卒)이 듣고 급(急)히 달아 와 죄수(罪囚)를 불러 가로되,

"아무야, 아무야. 네 처(妻)가 서울 올라가 신문고(申聞鼓)를 쳐 심리 어사(審理御使)[71]가 금방(今方) 내려 온다."

하니 궐한(蹶漢)이 듣고 크게 불러 가로되,

"과연(果然) 그러하냐."

하고, 벌떡 일어날 새 두 눈이 다 뜨였더라.

어사(御使)가 내려와 문부(文簿)를 살펴 낱낱이 전문안(前文案)과 뒤집어 시러곰 무사(無事)히 옥중(獄中)에 나오니라.

---

68) 조선조 때 형조(刑曹)를 달리 이르던 말.
69) 억울한 죄의 정상.
70) 조선조 때 상급 관청과 하급 관청 사이에 주고 받던 공문서.
71) 옥수(獄囚)의 죄안(罪案)을 특지(特旨)로써 재심하는 어사.

# 4. 사구습여웅투강중(肆舊習與熊鬪江中)[72]

노귀찬(盧貴贊)이라 하는 놈은 재상가(宰相家) 노자(奴子)로서 죄(罪)를 짓고 도망(逃亡)하여 여주(驪州)에 있어 배부리기를 위업(爲業)하나, 그러나 완만(頑慢)[73]함이 짝이 없어 이르기를 '악선인(惡船人)'이라 하더니, 일일(一日)은 장사의 물건(物件)을 싣고 서울로 갈 새 언덕 밑을 지나더니, 한 선비 강(江)가에 섰으니 키 작고 얼굴이 수척(瘦瘠)하고 염발(髥髮)이 반(半)만 희여 갈옷을 이기지 못하는 듯하되 등에 푸른 봇짐을 지고 손에 한 막대를 잡고 서서 불러 가로되,

"원(願)컨대 나를 건너 적이 늙은이 다리를 쉬게 하라."

귀찬(貴贊)이 뉜 줄 모르고 눈을 들어 보다가 아래 건너는 데를 가리켜 가로되,

"저 언덕에 가 기다리라."

그 선비 그 말과 같이 하야 언덕을 좇아 빨리 달아 그 배 지남을 밋지 못할가 하여 헐떡이며 그 곳에 가 기다리니, 귀찬(貴贊)이 미처 와 보지 않은 체하고 배를 급(急)히 저어 내려가거늘 선비가 또 부른대, 귀찬(貴贊)이 또 아래 포구(浦口)를 가리키거늘 선비가 또 언덕을 좇아 갈 새 숨이 턱에 차 죽도록 달아 가리킨 곳에 이르러 막대를 짚고 섰더니, 귀찬(貴贊)이 또 보지 못한 체하고 배를 저어 내려가니 이같이 하기를 삼사 번(番)을 하되 건너줄 뜻이 없거늘, 선비 오히려 좇아 행(行)하다가 언덕에서 배에 가기 십여보(十餘步)는 되는지라. 선비가 적이 몸을 움쳐 한 소리에 벌써 배에 뛰어 오르니 배 가운데 사람이 크

72) 옛날의 습관을 버리고 강 가운데서 곰과 싸우다.
73) 억세고 거만함.

게 놀라더라.

귀찬(貴贊)이 처음에는 업수이 여기다가 용쓰는 양을 보고 부복(俯伏)하야 죄(罪)를 청(請)하되 선비가 대답(對答)치 아니하고 배 동편(東便) 머리에 앉아 봇짐을 풀어 자 남짓한 총(銃)을 내어 재약(藥)하여[74] 불을 가지고 도로 앉아 귀찬(貴贊)을 불러 가로되,

"네 저 서편(西便) 머리에 가 앉으되 내 얼굴을 향(向)하여 꿇라."

하니, 귀찬(貴贊)이 감(敢)히 한 말도 못하고 물러 서편(西便) 머리에 앉아 다만 자주 선비 거동(擧動)을 보니 선비 총(銃)을 들어 정(正)히 귀찬(貴贊)의 미간(眉間)을 향(向)하여 놓을 듯하다가 놓지 아니하기를 여러 번(番) 하니 귀찬(貴贊)의 얼굴이 흙빛이 되어 오직 손을 고초와[75] 빌어 가로되,

"소인(小人)이 죽을 죄(罪)를 지었나이다."

하고, 몸을 조금도 동요(動搖)치 못하거늘, 그 선비 두 눈을 뚜렷이 뜨고 이윽히 보다가 별안간(瞥眼間)에 총(銃)을 놓으니 소리 백일뇌정(白日雷霆)[76]같은지라. 귀찬(貴贊)이 이미 거꾸러지니 배 가운데 사람이 다 경황(驚惶)하여 귀찬(貴贊)이 이미 죽은 줄을 알되 또한 감(敢)히 말할 자(者)가 없더라.

그 선비가 천천히 총(銃)을 행장(行裝)에 감추고 귀찬(貴贊)에게 나아가 그 멱을 추어 들어 기운(氣運)을 진정(鎭靜)케 하니 이윽하여 다시 살았으나 혼신(渾身)[77]이 상(傷)한 곳이 없으되 오직 그 상투 간 곳이 없더라. 그 선비가 다시 귀찬(貴贊)을 불러 하여금 배를 저어 가에 대이라 하고, 인(因)하여 배에 내려 높은 언덕에 올라 앉아 귀찬(貴贊)더

74) (총에) 화약을 재어.
75) 곧추 세워. '고추다'는 곧추 세우다의 뜻을 갖는 옛말.
76) 마른 하늘에 격렬한 천둥과 벼락.
77) 온 몸.

러 배에 내리라 하니 귀찬(貴贊)이 내리거늘 또 귀찬(貴贊)더러 바지 벗고 엎드라 하되 귀찬이 엎드거늘 그 선비가 막대를 들어 세 개(箇)를 치니 그 매 각각(各各) 살에 묻히어 피 돌쳐 흐르니 귀찬(貴贊)이 죽었다가 다시 깨어나는지라. 이에 그 선비가 수염(鬚髥)을 어루만지며 소리를 가다듬어 꾸짖어 가로되,

"내 발이 부르터 촌보(寸步)를 걷기 어려운 고(故)로 네 배 타기를 청(請)하였거늘 네 나를 태우지 아니한 일은 무슨 일이며 또 태우지 아닐 시(時)는 옳커니와 삼사차(三四次) 속인 도리(道理)는 어찜인고. 이후(以後)는 다시 이런 악습(惡習)을 말라. 이제 다행(多幸)히 나를 만난 고(故)로 네 성명(性命)[78]을 보전(保全)하였거니와 뉘 길게 너를 살리리오."

귀찬(貴贊)이 머리를 조아 은택(恩澤)을 사례(謝禮)할 새 마침 나귀를 타고 지나가는 소년(少年)이 보고 앞에 나와 읍(揖)하고 가로되,

"쾌재(快哉)라. 저 놈이 일찍 나를 곤욕(困辱)하던 놈이로소이다. 저 적에 나를 배 태웠다가 속여 잠간(暫間) 도로 내리라 하고 돗 달고 도망(逃亡)하니 내 도보(徒步)하여 갈 제 거의 과거(科擧)날을 못 미칠 번(番)하고, 돌아올 제 또 두미(斗尾)[79]에서 만나 동행(同行)하여 갈 제 나를 잡아 물 가운데 밀치고 저는 능(能)히 물에 자맥질하여 물 속에 출몰(出沒)하기를 오리같이 하여 그 두려움 없음을 뵈고 물 가운데 서서 나를 욕(辱)하니 내 비록 분기 탱중(憤氣撑中)[80]하나 어찌할 길 없더니, 이제 선생(先生)이 소년(少年)의 전일(前日) 부끄러움을 적이 씻었나이다."

그 선비가 대답(對答)치 아니하고 표연(飄然)히 용문산(龍門山)을 바

78) 생명.
79) 지명인 듯함.
80) 분한 마음이 가득 솟아오름.

라고 향(向)하여 가니 그 걸음이 나는 듯하더라.

귀찬(貴贊)이 업히여 제 집에 와 조리(調理)한 지 세여(歲餘)[81]에 일어나 매 맞은 흔적(痕迹)이 검고 푸르고 붉어 세 배암이 가로 누은 듯하니 이로부터 귀찬(貴贊)이 배 부리는 생업(生業)을 버리고 스스로 울울불낙(鬱鬱不樂)[82]하더니, 그 후(後)에 저의 상전(上典)이 도망(逃亡)[83]한 죄(罪)를 사(赦)하여 다시 경사(京師)에 내왕(來往)하기를 예같이 하더니, 한 번(番)은 밤에 종로(鍾路)에 이르러 술집에 들어가 취(醉)토록 먹고 나오다가 순라군(巡邏軍)에게 붙들려 순라군(巡邏軍)의 흉복(胸腹) 통 차니 여러 군사(軍士)가 함께 내달아 결박(結搏)하여 대장(大將)께 아뢴대, 대장이 귀찬(貴贊)을 잡아들여 크게 꾸짖어 가로되,

"범야(犯夜)한 죄(罪)도 놓기에 어렵거든 하물며 순라(巡邏)를 치니 그 죄(罪) 반드시 죽음 즉(卽) 하다."

하고, 장차(將次) 중장(重杖)하려 할 새 볼기를 보니 세 곳 큰 흔적(痕跡)이 있으되 배암 누운 것 같거늘 대장(大將)의 성품(性品)이 배암을 싫어 하는지라. 그 배암 같은 것을 보고자 아니하여 종사관(從事官)에게 미뤄 다스리니 이로써 적이 누임을 얻어 도망(逃亡)하여 다시 여주(驪州)로 돌아가 삼년(三年)을 감(敢)히 나지 못하더니, 하루는 귀찬(貴贊)이 배를 타고 상류(上流)로 다니며 놀 새 상류(上流)의 높은 뫼 절벽(絶壁)같이 강변(江邊)에 임(臨)하였으니 이르되 '백암(白巖)'이라. 초동(樵童)이 귀찬(貴贊)더러 일러 가로되,

"이 바위 위에 큰 곰이 바야흐로 자는데 살이 쪄 백(百) 사람이 가(可)히 먹음 직하더라."

하거늘,, 귀찬(貴贊)이 듣고 급(急)히 배를 저어 바위 아래 대이고 인

81) 1년 남짓한 동안.
82) 기분이 펴이지 않고 즐겁지 않음.
83) 원문의 '되망'은 '도망'의 잘못 표기.

(因)하여 손에 상앗대를 가지고 그 바위 위에 올라 보니 곰이 바야흐로 잠이 깊었는지라. 힘을 다하야 치니 그 곰이 크게 놀라 일어나 소리를 흉악(凶惡)히 지르며 큰 돌을 빼어 내리치니 그 소리가 큰 북소리 같아서 바로 귀찬(貴贊)을 향(向)하여 달아드니 귀찬(貴贊)이 쫓기여 달아난대 곰이 또한 쫓아오는지라. 귀찬(貴贊)이 배를 급(急)히 저어 상류(上流)에 이르러 돌아보니 그 곰이 이미 배 꼬리에 다다랐는지라. 귀찬(貴贊)이 돗대를 들어 치니 그 곰이 돗대를 빼앗아 꺾어 버리거늘, 귀찬(貴贊)이 또 다른 돗대를 들어 치니 곰이 또 빼앗아 버리는지라. 귀찬(貴贊)이 배 가운데 다시 칠 기계(器械) 없는지라. 다만 빈손으로 어찌 곰을 당(當)하리오. 그 곰이 배를 잡아다리니 배 장차(將次) 엎더지는지라. 귀찬(貴贊)이 황급(遑急)히 피(避)코자 하여 스스로 자맥질 잘함을 믿어 몸을 번드쳐 물로 들어가니 곰이 또 쫓아가 물로 들어간대, 이날 강변(江邊)에 구경하는 자(者)가 구름같이 모였더라.

사람과 곰이 함께 물에 들어간 후(後)에 적연(寂然)히 자취 없더니 이윽고 파도(波濤)가 흉용(洶湧)[84]하여 용(龍)이 싸우는 듯하더니 귀찬(貴贊)이 떠오르되 이에 주검이요, 곰은 얕은 곳으로 쫓아 나오되 사람이 감(敢)히 가까이 할 자(者)가 없더라. 곰이 천천히 지평(砥平)땅으로 갔더니 그 후(後)에 들은 즉(卽) 추읍산(趨揖山)으로 갔더라.

---

84) 물결이 매우 세차게 일어남.

## 5. 정명혈우와임간(定名穴牛臥林間)[85]

옛적 호서(湖西) 땅에 한 선비가 있어 친산(親山) 면례(緬禮)를 위(爲)하야 적년(積年) 경영(經營)하더니, 박상의(朴尙義)라 하는 사람이 당시(當時)에 명풍(名風)[86]이란 말을 듣고 나직한 말씀과 두터운 예물(禮物)로써 맞아 가중(家中)에 이르러 별당(別堂)을 정결(淨潔)히 수소(修掃)[87]하고 공궤(供饋)함을 지성(至誠)껏하니 수륙 진미(水陸珍味)를 일일(一一)히 영(令)대로 진배(進排)하되, 일언 반사(一言半辭)[88]를 일찍 거스르지 아니하여 이같이 하기를 삼년(三年)이 되도록 감(敢)히 게을리 아니하더니 때마침 심동(深冬)이라. 박상의(朴尙義) 주인(主人)더러 일러 가로되,

"이제 가(可)히 구산(求山)길을 지으리라."

한대, 주인(主人)이 크게 기꺼 안마(鞍馬)를 준비(準備)하고 행장 제구(行裝諸具)를 차려 한가지로 타고 행(行)하여 노성(魯城) 땅 경천(敬天) 술막(幕) 근처(近處)에 이르러 말께 내려 걸어 산(山)으로 들어갈새 반(半)쯤 가서 박상의(朴尙義) 홀연(忽然) 복통(腹痛)을 일컬어 가로되,

"이 병(病)에는 생(生)미나리 나물과 말 간(肝)을 먹어야 바야흐로 가(可)히 나으리라."

하되, 주인(主人)이 가로되,

"그러하면 집으로 돌아가셔야 가(可)히 써 주선(周旋)하리라."

---

85) 소가 누었던 숲 사이를 명혈로 알고 묘지(墓地)를 정하다.
86) 유명한 풍수가(風水家).
87) 새로 고쳐서 깨끗이 치워 놓음.
88) 일언 반구(一言半句). 단 한마디의 말.

박상의(朴尙義) 가로되,

"백마(白馬) 간(肝)이 더욱 좋은 약(藥)이라. 이제 주인(主人)의 탄 말이 백마(白馬)이니 어찌 퇴살(椎殺)하여 간(肝)을 내지 아니하느뇨."

주인(主人)이 듣기를 다하매 노기 대발(怒氣大發)하여 드디어 마부(馬夫)를 불러 박상의(朴尙義)를 잡아 내려 수죄(數罪)[89]하여 가로되,

"내 친산(親山) 면례(緬禮)를 위(爲)하여 네 산안(山眼)이 심(甚)히 높음을 들은 고(故)로 맞아 가중(家中)에 이르러 여러 해 공궤(供饋)하여 네의 하는 말을 일호(一毫) 어김이 없어 옳지 않은 일과 마음에 거슬리는 일을 많이 보았으되 위친(爲親)하는 큰일에 성의(誠意)를 다치[90] 아니치 못할 고(故)로 뜻을 굽혀 참아옴이 이제 삼년(三年)에 이르렀은 즉(卽) 나의 정성(精誠)이 가(可)히 지극(至極)치 아니타 못할 것이어늘, 이제 구산(求山)의 행(行)에 졸지(猝地)에 복통(腹痛)을 일컬으니 너의 하는 바가 극(極)히 흉악(凶惡)하고, 생마(生馬) 간(肝)과 생미나리 구(求)하는 지경(地境)에 이르러는 더욱 극(極)히 통한(痛恨)하되 내 오히려 거역(拒逆)치 못하여 집으로 돌아가자 하였으니 내 뜻을 가(可)히 볼 것이요, 저 말을 잡음이 또한 어렵지 아니하되 집에 돌아간 후(後)에 가(可)히 써 퇴살(椎殺)할 것이어늘 네 고집(固執)하여 여기서 잡고자 하니 네 스스로 잡고자 하느냐, 나로 하여금 잡고자 하느냐. 이같은 심술과 이같이 방자(放恣)한 놈을 가(可)히 한 번(番) 통치(痛治)[91]하여 이러한 기습(氣習)을 다시 내지 못하게 하리라."

하고, 드디어 의복(衣服)을 벗기고 단단히 결박(結縛)하여 소나무에

89) 죄를 저지른 행위를 들추어 열거함.
90) 다하지.
91) 엄히 다스림. 엄치(嚴治).

높이 달고 인(因)하여 그 노복(奴僕)을 거느리고 산(山)에 내려 갔더니, 노성(魯城) 땅에 있는 윤창세(尹昌世)라는 사람이 우연(偶然)히 산(山)에 다니다가 홀연(忽然) 멀리서 사람의 소리 있는 듯함을 듣고 드디어 찾아 나아가니 점점(漸漸) '사람 살리라' 하는 소리 나무사이로 나거늘, 급(急)히 가본 즉(卽) 과연(果然) 한 사람이 전신(全身)에 옷 없이 결박(結縛)하여 나무 끝에 달렸으되 전체(全體) 다 얼어 거의 죽을 지경(地境)에 이르렀거늘, 크게 놀라고 애긍(哀矜)히 여겨 결박(結縛)한 것을 풀어 내려 자기의 옷을 벗어 입히고, 손을 붙들고 내려와 집에 이르러 온돌에 누이고, 요와 이불을 덮어 주고 더운 물 넣으며 미음(米飮)을 먹이니 비로소 회생(回生)하는지라. 그 위절(委折)을 자세(仔細)히 물어 명풍(名風) 박상의(朴尙義)인 줄 알고 또한 친산(親山) 면례(緬禮)를 하고자 하여 바야흐로 구산(求山)하는 차(次)이라.

박상의(朴尙義) 재생지은(再生之恩)[92]을 감격(感激)하여 윤창세(尹昌世)더러 일러 가로되,

"산지(山地)를 얻고자 하느냐."

가로되,

"불감청(不敢請)이언정 고소원(固所願)이로다."

박상의(朴尙義) 가로되,

"다만 나를 따라 오라."

동행(同行)하여 한 산중(山中)에 이르러 가로되,

"이 가운데 명혈(名穴)이 있으니 곧 아무 사람<욕 뵈이던 사람이라>을 주고자 하던 땅이니 거기 면례(緬禮)를 지내면 마땅히 크게 발복(發福)[93]하리라."

92) 죽게 된 목숨을 다시 살려준 은혜.
93) 운이 틔어 복이 들어옴.

하고, 인(因)하여 혈(穴)을 가리키지 아니하고 즉시(卽時) 하직(下直)하고 가거늘, 윤창세(尹昌世) 비록 명묘(名墓) 대지(大地)를 얻었으나 어느 곳이 명혈(名穴)인지 알지 못하는지라. 여러 번(番) 지사(地師)를 청(請)하여 산곡(山谷)에 오르내리되 마침내 정혈(定穴)을 얻지 못하였더니, 일일(一日)은 여러 지사(地師)를 데리고 또 갈 새 주인(主人)은 소를 타고 가서 혈(穴)을 정(定)코자 여러 사람의 의논(議論)이 불일(不一)하여 주저(躊躇)할 즈음에 타고 갔던 소가 간 곳이 없거늘, 사방(四方)으로 찾은 즉(卽) 수목(樹木) 가운데 그 소가 누워 끌어도 일어나지 아니하고 쳐도 움직이지 아니하여 발을 허위며 입으로 그윽히 가리켜 뵈는 듯하거늘,, 윤창세(尹昌世) 깨달아 소 누운 앞에 나아가 가로되,

"네 누운 곳이 정혈(定穴)이냐. 과연(果然) 정혈(定穴)이어든 즉시(卽時) 기동(起動)하라."

하니, 그 소가 듣는 듯하여 즉시(卽時) 일어나거늘 윤창세(尹昌世) 드디어 여러 의논(議論)을 물리치고 소 누웠던 곳으로써 재혈(裁穴)하여 친산(親山)을 면례(緬禮)하니 이는 곧 노성(魯城) 유봉산(酉峯山)이라.

그 후(後)에 윤창세(尹昌世) 오자(五子)를 두었으니 곧 팔송형제(八松兄弟)이라. 자손(子孫)이 번성(繁盛)하여 관면(冠冕)[94]이 끊이지 아니하고 명공 거경(名公巨卿)이 대대(代代)로 핍절(乏絶)치 아니하니 비단(非但) 노성(魯城) 갑족(甲族) 뿐아니라, 국내 (國內) 거족(巨族)이 되어 짝할 이 없다 하더라.

대저(大抵) 윤창세(尹昌世) 상해 하절(夏節)을 당(當)하여 무론(毋論) 모처(某處)하고 만일(萬一) 소가 폭양(曝陽)에 매었음을 보면 수음(樹陰) 중(中)에 옮겨 매는 고(故)로 마침내 소의 보은(報恩)함을 입었다 하더라.

---

94) 벼슬하는 것을 이르는 말.

## 6. 노학구차태생남(老學究借胎生男)[95]

옛적 서울 한 선비 있어 일을 인(因)하여 영남(嶺南)에 갈 새 태백산(太白山) 중(中)에 이르러 길을 몰라 점막(店幕)[96]을 지나고 날이 어두운지라. 드디어 한 촌사(村舍)에 이르러 들어가니 그 집이 안과 밖이 다 기와집이라. 서울집과 다름이 없더라. 주인(主人)을 보니 의용(儀容)이 심(甚)히 웅위(雄偉)하고 수발(鬚髮)이 반백(半白)이라. 쾌(快)히 허락(許諾)하고 석반(夕飯)을 정(正)히 하여 대접(待接)하고 물어 가로되,

"나이 얼마나 하며 자녀간(子女間) 몇이나 두었느뇨."

사인(士人)이 가로되,

"나인 즉(卽) 삼십(三十)이 차지 못하였으되, 아들인 즉(卽) 열에 가까우니이다."

하니, 주인(主人)이 가로되,

"나이 젊은 사람이 어찌하여 자식(子息)을 그리 많이 두었느뇨."

사인(士人)이 대하여 가로되,

"대개(大槪) 한 번(番) 범방(犯房)한 즉(卽) 문득 잉태(孕胎)하오나 집이 본대 빈한(貧寒)하여 자식(子息) 많음이 도리어 우환(憂患)이라."

한대, 주인(主人)이 전연(全然)히 흠선(欽羨)[97]하는 빛을 두고 탄식(歎息)하여 가로되,

"어떠한 사람은 저렇듯한 복(福)이 있는고."

---

95) 늙은 훈장이 태(胎)를 빌려 아들을 낳다.

96) 음식을 팔기도 하고 나그네를 묵게 하는 것으로 업을 삼는 집.

97) 우러러 흠앙(欽仰)하여 부러워 함.

사인(士人)이 웃고 대답(對答)하여 가로되 ,

"우환(憂患) 중(中) 큰 우환(憂患)이거늘 어찌 복력(福力)이라 일컬으시니이까."

주인(主人)이 가로되,

"나는 나이 육십(六十)이 지났으되, 한 번(番)도 생산(生産)치 못하였으니 비록 만석(萬石)꾼이나 무슨 세상(世上)에 즐거움이 있으리오. 나로 하여금 만일(萬一) 한 자식(子息)이 있으면 조반 석죽(朝飯夕粥)[98]하여도 한이 없으리로다. 이제 그대의 말을 들으니 어찌 흠선(欽羨)한 뜻이 없으리오."

하더니, 그 이튿날 사인(士人)이 하직(下直)하고 가고자 하거늘, 주인(主人)이 만류(挽留)하여 닭을 삶고 개를 잡아 공궤(供饋)함을 풍족(豊足)히 하고 밤에 이르러 좌우(左右)를 물리치고 사인(士人)을 인(因)하여 협실(夾室)로 들어와 종용(慫慂)히 말하여 가로되,

"내 심중(心中)에 말이 있어 고(告)하노니 내 부가(富家)에서 생양(生養)하여 이제 백수(白首)에 이르렀으되, 간곤(艱困)한 형상(形狀)을 알지 못하니 무슨 원(願)이 있으리오마는 다만 자궁(子宮)이 기박(奇薄)하여 한 자식(子息)도 낳지 못하므로 자식(子息) 보기를 위(爲)하여 부실(副室) 측실(側室)이 또한 많지 아니함이 아니요. 또 기도(祈禱) 의약(醫藥)을 다 쓰지 아니함이 없고, 평일(平日)에 자식(子息) 나음 즉(卽)한 여자를 보아도 또한 태기(胎氣) 없으니 나이 점점(漸漸) 늙어 궁독(窮獨)함을 면(免)치 못하게 되고 이제 있는 소실(小室)이 셋이로되, 연미이십(年未二十)에 또한 희소식(喜消息)이 없으니, 비록 다른 사람의 아들이라도 한 번(番) 아비라 부르는 소리를 들으면 지

98) 아침에는 밥, 저녁에는 죽을 먹는다는 뜻이니 가까스로 지내가는 가난한 살림을 이르는 말.

금(只今) 죽어도 가(可)히 눈을 감을지라. 이제 들으니 그대 한 번(番) 동침(同寢)하면 곧 잉태(孕胎)한다 하니 원(願)컨대 객주(客主)의 복력(福力)을 빌어 잉태(孕胎)하는 법(法)을 시험(試驗)코자 하나니 아지 못게라. 어떠하뇨."

사인(士人)이 놀라 가로되,

"이 무슨 말씀이니이꼬. 남녀 유별(男女有別)함이 예절(禮節)에 중(重)하여 유부녀통간(有夫女通姦)의 법(法)이 극(極)히 엄(嚴)하니 비록 평생(平生) 소매(素昧)[99] 사이라도 감(敢)히 마음을 두지 못하려든 하물며 수일(數日) 주객지의(主客之誼)에 어찌 차마 이런 말씀을 과객(過客)에게 하시나니이까. 상한(常漢)의 계집도 오히려 그렇지 못하거든 하물며 사부(士婦)의 별실(別室)이리까."

주인(主人)이 가로되,

"첩(妾)은 본대 비천(卑賤)한 것이요, 또 내 스스로 말하였으니 조금도 혐의(嫌疑)로움이 없을 것이오. 밤이 깊고 인적(人跡)이 고요하니 일후(日後) 자식(子息)이 나면 뉘 능(能)히 알리오. 말이 심복(心腹)으로 나고 호발(毫髮)도 식사(飾詐)[100]함이 없으니, 바라건대 이 놈의 신세(身世)를 어여삐[101] 여겨 즉시(卽時) 허락(許諾)하여 자식(子息) 없는 늙은이로 하여금 아들 낳은 희보(喜報)를 듣게 하면 세세생생(世世生生)[102]에 어찌 이런 은혜(恩惠) 있으리오. 그대에게는 적선(積善)이 될 것이요, 내게는 무궁(無窮)한 은혜(恩惠)되리니 일이 양편(兩便)함이 이에서 더함이 없거늘 어찌코자 하느뇨."

사인(士人)이 이윽히 생각다가 마음에 헤오되,

---

99) 견문이 좁고 사리에 어두움.
100) [남을 속이기 위해] 거짓으로 꾸밈.
101) 불쌍히.
102) 몇 번이든지 다시 환생하는 일, 또는 그 때.

"주인(主人)이 이미 간청(懇請)함이요, 내 스스로 잠통(潛通)[103]함과 다르니 다른 염려(念慮)는 없을 듯하고, 비록 외면 인사(外面人事)로써 재삼(再三) 사양(辭讓)하였으나 남녀간(男女間) 대욕(大慾)이야 뉘 없으리오."

하고, 이에 가로되,

"도리(道理)로써 말한 즉(卽) 만만 불가(萬萬不可)하나 주인(主人)의 청(請)함이 이같이 간절(懇切)하시니 명(命)대로 하려니와 내 마음인 즉(卽) 심(甚)히 불안(不安)하와이다."

주인(主人)이 듣기를 다함에 크게 기꺼 손을 곧추어 사례(謝禮)하여 가로되,

"이제 객주(客主)의 덕(德)을 입어 가(可)히 아비 부르는 소리를 드르리로다."

하고, 급(急)히 들어가 그 연유(緣由)를 모든 첩(妾)에게 말하고 객(客)을 들여보내어 하룻밤씩 지내매, 그 세 첩(妾)이 또한 반드시 생자(生子)할 줄 알고 사인(士人)의 거주(居住) 성명(姓名)을 물어 가만히 심중(心中)에 기록(記錄)하더라.

삼일(三日)을 지난 후(後) 객(客)이 인(因)하여 하직(下直)한대, 주인(主人)이 두터이 주는 바가 있거늘, 다 복중(卜重)[104]하므로써 사양(辭讓)하고 산(山)에 나와 서울로 돌아왔으나 자식(子息)이 많은 연고(緣故)로써 조도(調度)[105]가 극난(極難)하고 자녀(子女) 손이 삼십여수(三十餘手)이라, 수간 모옥(數間茅屋)에 용슬(容膝)할 길이 없고 삼순 구식(三旬九食)[106]과 십년 일관(十年一冠)을 또한 변통(變通)할 길이 없는

---

103) 몰래 통함.
104) 약간 무거움. 좀 묵직함.
105) 정도에 알맞게 살아가는 계교.
106) 서른 날에 아홉 끼니 밖에 먹지 못한다는 뜻으로 집안이 매우 가난하게

지라, 드디어 모든 자식(子息)을 분산(分散)하여 처가(妻家)살이 시키고 다만 부처(夫妻)와 및 맏아들로 더불어 한가지로 살아 거연(居然)[107]히 이십년(二十年)이 되었더라.

일일(一日)은 무료(無聊)히 앉았더니, 홀연(忽然) 묘소년(妙少年) 세 사람이 준마(駿馬)를 타고 차례(次例)로 들어와 당(堂)에 올라 절하거늘,, 사인(士人)이 그 의복(衣服)이 화려(華麗)하며 거지(擧止) 단아(端雅)함을 보고 황망(慌忙)히 답례(答禮)하여 가로되,

"손님이 어디로서 오니까."

세 소년(少年)이 가로되,

"우리 등(等)은 곧 생원주(生員主)의 아들이로소이다. 생원주(生員主)가 능(能)히 아무 해 아무 땅에 이리이리하신 일을 기억(記憶)치 못하시나니이까. 우리 등(等)이 다 그때 잉태(孕胎)하여 한 달에 낳으되, 날인 즉(卽) 차차(次次) 선후(先後)가 있어 이제 나이 십구세(十九世)니이다. 어렸을 적에는 다만 노인(老人)의 아들인 줄로만 알았삽더니 십여세(十餘歲)에 이르러 모친(母親)이 자세(仔細)히 그 곡절(曲折)을 이르시기로 비로소 생원주(生員主)의 아들인 줄 아오나, 그러나 생원주(生員主)는 어디 계신 줄 알지 못하고, 또한 십여년(十餘年) 양육(養育)한 은혜(恩惠) 극(極)히 융중(隆重)한지라, 차마 일조(一朝)에 배반(背反)치 못하고 노인(老人)이 별세(別世)하기를 기다려 와 모시고자 하였더니, 십오세(十五歲)에 한날 취처(娶妻)하여 신부례(新婦禮)를 행(行)하고 재작년(再作年) 이월(二月) 분에 그 노인(老人)이 별세(別世)하니 향년(享年)이 팔십일세(八十一歲)라. 초종(初終)을 후(厚)히 하고 길지(吉地)를 가리어 장례(葬禮)하고 삼년상(三年喪)을 입어

지냄을 이르는 말.
107) 모르는 사이에 슬그머니.

써 그 은혜(恩惠)를 갚아 이제 대상(大祥)[108]과 담제(禫祭)[109]를 이미 마친 고(故)로 모친(母親)의 기록(記錄)한 바를 의지(依支)하여 형제 삼인(兄弟三人)이 말머리를 연(聯)하여 이제 와 뵈옵나이다."

사인(士人)이 황연(晃然)히 크게 깨달아 모양(模樣)을 자세(仔細)히 살핀 즉(卽) 과연(果然) 서로 같은지라. 이 사연(事緣)을 처자(妻子)와 및 자부(子婦)에게 자세(仔細)히 말하고 하여금 각각(各各) 절하여 뵈라 하고, 또 물어 가로되,

"너의 노모(老母)가 이제 나이 얼마나 되었으며 다 무양(無恙)하냐."

삼자(三子)가 각각(各各) 대답(對答)하고 가로되,

"생원주(生員主)의 가세(家勢)를 살펴보온 즉(卽) 말이 못되나이다."

하고, 행중(行中)에 있는 바를 노자(奴子)로 하여금 풀어 돈을 내어 쌀을 팔고 나무를 사 조석(朝夕) 먹을 것을 하고, 그 밤에 삼자(三子)가 종용(慫慂)히 말하여 가로되,

"생원주(生員主) 춘추(春秋)가 이미 높으시고 서방주(書房主)가 또한 일찍 학업(學業)을 잃어 계시니 과거(科擧)와 벼슬은 바랄 것이 없고 또 입추지지(立錐之地)[110] 없어 가을을 당(當)하여도 담석(儋石)[111]이 없으니 적수 공권(赤手空拳)으로 백사지지(白沙之地)[112]에

---

108) 죽은지 두 돌 만에 지내는 제사.
109) 상례에서 대상을 치른 다음다음 달에 지내는 제사.
110) (송곳 하나를 세울 만한 땅이란 뜻으로) 매우 좁아 조금도 여유가 없음을 이르는 말.
111) ['담(儋)'은 두 섬, '석(石)'은 한 섬으로 옛 중국의 분량의 단위임] '한두 섬의 곡식'이라는 뜻으로, 얼마되지 않는 적은 분량의 곡식을 이르는 말.
112) 곡식이 자라지 못하는 메마른 땅.

어찌 써 자생(資生)하시리이까. 낙향(落鄕)하여 써 여년(餘年)을 맞게 하심만 같지 못하나이다."

사인(士人)이 가로되,

"내 또한 이 뜻이 있으되, 전토(田土)와 가세(家勢) 없으니 어찌하리오."

"우리 전(前) 노인(老人)이 누거만금(累巨萬金) 부자(富者)로서 작고(作故)하시고 다른 친척(親戚)이 없어 그 허다(許多) 재산(財產)이 다 우리 무리의 둔 바가 되었으니, 혼실(渾室)이 그곳으로 행차(行次)하신 즉(卽) 가(可)히 요족(饒足)하여 근심 없으리이다."

사인(士人)이 듣기를 다함에 크게 기꺼 가로되,

"그러면 무슨 걱정이 있으리오."

하고, 드디어 말과 교자(轎子)를 세(貰)내어 택일(擇日)하여 길을 떠나 그 집에 이르러 세 첩(妾)과 세 며느리를 다 본 후(後)에 사인(士人)은 큰 집에 들고, 삼자(三子)는 각각(各各) 그 모(母)를 받들어 이웃 집에 들게 하고, 수일(數日)을 지낸 후(後)에 사인(士人)이 제물(祭物)을 갖추어 노인(老人)의 무덤에 가 울어 제(祭)하고, 그 처가(妻家)살이 갔던 아들을 차차(次次)로 데려와 재산(財產)을 분배(分配)하여 한 동리(洞里)에 거(居)하니, 전후 좌우(前後左右)에 수십여가(數十餘家)이라. 그 사인(士人)이 두루 삼첩(三妾)의 집에 윤회(輪廻)하여 자, 써 옛 인연(因緣)을 맺고 호의 호식(好衣好食)하며 여년(餘年)을 지낼 새 그 노인(老人)의 제(祭)는 삼자(三子)의 몸이 맞도록 폐(廢)치 아니케 하더라.

## 7. 향선달체인송명(鄕先達替人送命)[113]

판서(判書) 신여철(申汝哲)[114]이 기사년(己巳年)[115] 후(後)에 남인(南人)이 용사(用事)[116]함을 인(因)하여 장임(將任)을 바치고 집에 있더니, 갑술년(甲戌年)[117]에 이르러 곤전(坤殿)[118]이 복위(復位)하실 기미(機微)를 신판서(申判書)가 수일전(數日前) 먼저 알고 장차 장임(將任)을 도로하여 써 판세(勢)를 바꿀 새, 모든 남인(南人)들이 또한 가만히 그 기틀을 살피고 여러 길로 물어 탐지(探知)하여 미리 활 잘쏘는 자(者) 수삼인(數三人)을 언약(言約)하여 살촉(鏃)에 약을 바르고 중로(中路)에서 기다려 쏘아 죽일 계교(計巧)를 하더니, 신판서(申判書)가 또한 기미(機微)를 알았더라.

동리(洞裏)에 무변(武弁) 한 사람이 시골로서 와 집이 심(甚)히 간난

113) 시골 무변으로 하여금 대신 목숨을 바치게 하다.

114) 조선조 숙종 때의 무신. 형조 판서, 훈련 대장(訓練大將) 등을 지내고, 1694년 갑술옥사(甲戌獄事) 때에는 판의금부사(判義禁府事)로 장희재(張希載) 등을 처벌함.

115) 조선조 숙종 15년(1689). 이해에 희빈 장씨(禧嬪張氏) 소생의 아들을 세자로 삼으려는 숙종에 반대한 송시열(宋時烈) 등 서인이, 이를 지지한 남인에 의하여 패배당하고 정권이 서인에서 남인으로 바뀐 기사 환국(己巳換局)이 일어났음.

116) 멋대로 권세를 씀. 용권(用權).

117) 조선조 숙종 20년(1694). 이해에 기사 환국 후 실각하였던 소론의 김춘택(金春澤) 한중혁(韓重爀) 등이 중심이 되어 폐비 복위 운동을 일으켰을 때, 이를 계기로 남인인 민암(閔黯) 등이 소론을 제거하려다 실패하여 화를 당한 사건인 갑술 옥사(甲戌獄事)가 일어났음. 민암은 사사(賜死)되고 기타 남인들이 유배되었으며 소론이 대거 기용되고, 왕비 장씨가 다시 희빈으로 격하된 반면, 인현 황후가 복위되었음.

118) 중궁전(中宮殿).

(艱難)한지라. 주야(晝夜) 불계(不計)하고 매양(每樣) 와 찾으니 신공(申公)이 비록 집에 먹을 것이 넉넉하지 못하나 매양(每樣) 주식(酒食)으로써 먹이고 혹(或) 양찬(糧饌)[119]을 주니 그 무변(武弁)이 또한 노론(老論)이라, 그런 고(故)로 여러 해 절굴(折屈)하여 두록(斗祿)[120]도 얻지 못하였더니, 일일(一日)은 신판서(申判書)가 그 무변(武弁)을 불러 이르되,

"오늘 마침 적료(寂寥)하여 소일(消日)하기 심(甚)히 어려우니 나로 더불어 장기(將棋)나 두고 놂이 어떠하뇨. 장기(將棋)는 잡기(雜技)라. 내기한 바가 없으면 무미(無味)하니 내 지거든 마땅히 천금(千金)을 줄 것이요, 그대 만일(萬一)지거든 반드시 내 말대로 좇으라."

그 무변(武弁)이 허락(許諾)하고 한 판을 둘 새, 신판서(申判書)가 졌는지라. 그 저녁으로 천금(千金)을 보내니 무변(武弁)이 써 하되,

"일시(一時) 농담(弄談)이라, 이같이 시행(施行)하심을 뜻하지 아니하였다."

하고, 크게 놀라고 괴이(怪異)히 여기더니, 그 이튿날 또 무변(武弁)을 청(請)하여 장기(將棋)판을 벌여 가로되,

"이제 한 판 진 것이 분(忿)한지라. 오늘 또 내기하여 설치(雪恥)하리라."

하고, 드디어 판을 대하니 그 무변(武弁)이 졌는지라, 무변(武弁)이 인(因)하여 가로되,

"금일(今日)은 소인(小人)이 졌으니 내기를 마땅히 시행(施行)할지라, 사또 분부(分付)하시는 대로 소인(小人)이 좇고자 하나이다."

신판서(申判書)가 가로되,

---

119) 양식과 반찬.
120) 적은 녹봉(祿俸).

"종당(從當)[121] 가르칠 바가 있을 것이니 아직 내 집에 머물러 석반(夕飯)을 먹고 한가지로 자자."

한대, 그 무변(武弁)이 감(敢)히 어기지 못하여 드디어 유숙(留宿)하더니, 그 밤에 밀지(密旨)로써 신판서(申判書)를 대장(大將)을 배(拜)하여 계신지라. 새벽에 마땅히 대궐(大闕)에 나아가 병부(兵符)를 받아오려 하고 드디어 갑주(甲冑) 두 벌을 내어 한 벌은 그 무변(武弁)을 입으라 하고 한 벌은 신판서(申判書)가 입고, 또 노복(奴僕)을 명(命)하여 빨리 두 필(匹) 말을 안장(鞍裝)지워 기다리라 하니 그 무변(武弁)이 신공(申公)의 명(命)으로써 부득이(不得已) 면종(勉從)[122]하였으나, 의괴(疑怪)함이 만단(萬端)이요, 당황(唐慌)함을 측량(測量)키 어려운지라. 인(因)하여 물어 가로되,

"사또가 소인(小人)으로 더불어 심야(深夜)에 갑옷입고 투구 쓰시니 장차(將次) 무엇하려 하시며 또 말 안장(鞍裝)지어 대령(待令)하라 하시니 장차(將次) 어디로 가고자 하시나니이까."

신공(申公)이 가로되,

"장차(將次) 갈 곳이 있으니 그대 어찌 써 알리오. 다만 내 말만 좇으라."

하고, 드디어 새벽 누수(漏水)[123]가 진(盡)함을 미처 조반(朝飯)을 배불리 먹고 자가(自家) 평일(平日)에 타던 말을 끌어내어 그 무변(武弁)을 태우고 신공(申公)은 다른 말을 타고, 그 무변(武弁)으로 하여금 앞에 세우고 신공(申公)은 뒤에 서서 궐하(闕下)에 나아갈 새, 관상감(觀象監)[124] 재를 지나니 남인(南人)들이 신공(申公)이 오늘 새벽에 이 길

---

121) 이 뒤에 마땅히.

122) 마지 못하여 복종함.

123) 누수기(漏水器)의 물. '누수기'는 물시계의 하나. 위쪽 그릇에 담은 물이 아랫그릇에 흘러 떨어진 양을 보고 시간을 재는 옛날의 물시계.

로 말미암아 올 줄 탐지(探知)하고 미리 활 잘쏘는 자(者)를 매복(埋伏)하여 활을 달이어 기다리더니, 저 무변(武弁)이 갑옷 입고 투구 쓰고 준마(駿馬) 타고 전후(前後)로 웅위(雄偉)하여 지나는 양(樣)을 보고 써 신공(申公)이라 하여 활을 쏘니 활시위를 응(應)하여 그 무변(武弁)이 거꾸러지거늘, 신공(申公)이 그 틈을 타 말을 달려 지나가니 흉당(凶黨)이 진개(眞箇)[125] 신공(申公)이 아닌 줄을 알고 비록 박랑사(博浪沙) 중(中)의 그릇 맞힘[126]을 뉘우치나 마릉(馬陵)[127] 도방(道傍)에 만뢰 구발(萬賴俱發)함을 믿지 못하니 통분(痛憤)하나 무가내하(無可奈何)이라.

신공(申公)이 드디어 화(禍)를 면(免)하고 궐중(闕中)에 들어가 병부(兵符)를 받으니 군국(軍國)의 큰 권세(權勢)[128] 다시 신공(申公)에게 돌아갔는지라. 인(因)하여 남인(南人)의 무리를 다 쫓으며 서인(西人)을 나오고, 또 관곽(棺槨)과 의금(衣襟)을 갖추어 그 무변(武弁)을 후(厚)히 장사(葬事)하고, 그 가속(家屬)을 고휼(顧恤)하며 그 자식(子息)이 결복(結服)하기를 기다려 군문 후료(軍門厚料)[129]에 부치니라.

---

124) 조선조 때, 천문(天文), 지리(地理), 역수(曆數), 측후(測候), 각루(刻漏) 등의 일을 맡아보던 관부(官府).

125) 참으로. 정말로. 과연.

126) '박랑사'는 중국 하남성(河南省) 무양현(武陽縣)의 고적으로, 이곳에서 장량(張良)이 역사(力士)들로 하여금 철퇴(鐵槌)로 진시황제(秦始皇帝)를 저격하게 하였으나 성공하지 못하였음.

127) 춘추(春秋) 시대 위(衛)나라의 땅 이름. 전국(戰國) 시대 위(魏)나라의 장수 방연(龐涓)이 제(齊)나라의 장수 전기(田忌)·손빈(孫臏)에게 패하여 자살한 곳임. 지금의 하북성(河北省) 대명현(大名縣) 동남쪽에 있음.

128) 병권(兵權)을 뜻함.

129) 많고 넉넉한 급료를 받는 군직(軍職).

## 8. 굴은옹노과성가(掘銀甕老寡成家)[130]

옛적 여염(閭閻)의 한 과녀(寡女)가 있으니 청년(青年)에 지아비를 잃고 다만 유하(乳下)에 두 자식(子息)을 두었으나 집이 빈한(貧寒)하여 조불여석(朝不慮夕)이라. 그 집이 육각(六角)재 아래 있으니 뒤에 동산이 가(可)히 밭하염 직한지라.

일일(一日)은 나물 심어 자생(資生)코자 하여 밭갈고 호미로 맬 즈음에 쟁연(錚然)하는 소리 나거늘 보니 한 돌이 방정(方正)하여 큰 합(盒)두에[131] 같은지라. 삽으로 그 곁을 파고 돌을 들어본 즉(卽) 그 아래 큰 독 하나가 있으되, 그 가운데 은(銀)이 가득하였거늘, 드디어 급(急)히 뚜에[132] 돌을 덮고 묻어 밟아 평평(平平)히 하고 집사람에게도 이르지 아니하니 아는 자(者)가 없더라.

집이 극(極)히 간난(艱難)하나 두 자식(子息) 교회(教誨)[133]하기를 부지런히 하여 차례(次例)로 성취(成就)하니 다 문필(文筆)이 유여(裕餘)하여 도리(道理)를 알고 사체(事體)를 알아 문득 이서배(吏胥輩)의 아름다운 자제(子弟) 되었는지라. 드디어 각각(各各) 재상가(宰相家) 겸종(傔從)이 되어 그 인사(人事)가 영리(怜悧)하고 문필(文筆)이 능(能)하므로써 마음을 정백(精白)[134]히 하니 그 재상(宰相)이 총애(寵愛)하여 오래지 아니하여 맏은 혜청(惠廳) 서리(胥吏)를 하고 아우는 호조(戶曹) 서리(胥吏)를 하여 가세(家勢) 점점(漸漸) 요족(饒足)하니 그 어미 비록 과

130) 늙은 과부가 은항아리를 파내어 가업을 이루다.
131) '뚜껑'의 옛말.
132) 뚜껑
133) 가르침.
134) 순백(純白)

거(寡居)하나 늙도록 병(病)이 없어 길이 영양(榮養)[135]을 누리고 손자(孫子)가 또한 칠팔인(七八人)이라. 성장(成長)한 자(者)가 혹(或) 겸종(傔從)도 되며 혹(或) 전인(廛人)[136]도 되었더니, 그 어미 자여손(子餘孫)[137]과 및 며느리를 데리고 후원(後園) 은(銀) 묻힌 곳에 가 하여금 흙을 헤치고 뚜에를 들어 모든 사람더러 보라 하니 모두 보고 놀라 크게 놀라 가로되,

"은(銀)이 이 땅에 묻힘을 어찌 알아 계시니이까."

그 어미 가로되,

"삼십년(三十年) 전(前)에 치포(治圃)코자 하여 친(親)히 다스릴 새 호미 두를 즈음에 이 돌이 들어나는 고(故)로 흙을 헤치고 뚜에를 들어본 즉(卽) 은(銀)이 속에 가득하였으니, 그때에 생계(生計)어려운 때라. 팔면 가(可)히 부자(富者)될 것이로되, 다만 생각컨대 너희 무리 오히려 강보(襁褓)에 있어 지각(知覺)이 좁고 중심(中心)이 정(定)치 못하고 그 부자(富者)의 모양(模樣)만 익히 보아 세간(世間) 간고(艱苦)한 이를 알지 못하고 호의 호식(好衣好食)하여 그 사치(奢侈)에 욕심(慾心)이 좇아 나는 줄을 알지 못하고 그 교만(驕慢)한 성품(性品)을 기르면 어찌 즐겨 학문종사(學文從事)[138]하는 업(業)을 알리오. 만일(萬一) 주색(酒色)에 침닉(沈溺)하며 잡기(雜技)에 외입(外入)하면 어찌하리오. 그러므로 시약불견(視若不見)[139]하여 묻어 두고 너희로 하여금 기한(飢寒)의 가(可)히 근심된 것과 재물(財物)의 가(可)히 아까움을 알게 하여 생각이 잡기(雜技)에 및고 또 주색(酒色)에 침닉

135) 지위와 명망이 높아져서 부모를 영화롭게 잘 모심.
136) 가게를 내고 물건을 파는 사람.
137) 아들과 손자.
138) 글을 배우는 것에 마음과 힘을 기울여 함.
139) 보고도 못본 체함.

(沈溺)함을 겨를치 못하게 하여 하여금 문묵(文墨)의 일을 자자(孜孜)히[140] 하고 생애(生涯)의 업(業)을 근근(僅僅)케 함이러니, 이제는 너희 무리 다 성취(成就)하여 나이 이미 장성(長成)하고 각각 위업(爲業)하는 바가 있어 가세(家勢) 점점(漸漸) 요부(饒富)하고 뜻 세움이 이미 높았으니 비록 은(銀)을 파 쓰나 너무 남비(濫費)할 리 없을 것이요, 또 외입(外入)할 염려(念慮) 없는 고(故)로 너희 무리를 지시(指示)하여 하여금 파내어 일용(日用)을 보태게 하노라"

이후(以後)로부터 차차(次次) 팔아 수만전(數萬錢)을 얻어 드디어 거부(巨富)가 되니 그 어미 좋은 일하기를 힘써 하는 고(故)로 주리는 자(者)는 밥 먹이고, 추워하는 자(者)는 옷을 입히고, 친척(親戚)이 곤궁(困窮)하여 능(能)히 혼장(婚葬)[141] 못하는 자(者)는 다 후(厚)히 부조(扶助)하고, 또 겨울이면 반드시 버선 수십(數十) 벌을 지어 교자(轎子)를 타고 다니며 발 벗은 걸인(乞人)을 만나면 반드시 주니, 대개(大槪) 엄동(嚴冬)에 가장 견디기 어려운 것은 발 시린 연고(緣故)이라. 또한 친(親)한 사람 아니라도 곤궁(困窮)하면 매양(每樣) 그 급(急)함을 구(救)하고, 초가(草家)집이 상(傷)하여도 덮지 못하는 자(者)이면 반드시 이어주고, 기와집이 이지러진 자(者)는 하여금 고쳐주니 그 심덕(心德)으로 나이 팔십(八十)이 넘도록 병이 없고, 그 아들들이 나이 칠십(七十)이 넘어 퇴리(退吏)하여 동지(同知) 가자(加資)까지 하고 삼대(三代) 추영(追榮)[142]하니, 그 후(後) 자손(子孫)이 번성(繁盛)하여 혹(或) 무과(武科)도 하며 혹(或) 주부(主簿)[143] 찰방(察訪)[144]도 지내며 혹(或) 군문

140) 꾸준하게 부지런히.

141) 혼례와 장례.

142) 나라에 공로 있는 벼슬아치의 죽은 뒤 그 관위(官位)를 높여줌.

143) 조선조 때 돈령부(敦寧府), 봉상시(奉常寺), 내의원(內醫院), 사복시(司僕寺) 및 그 밖의 여러 관아에 딸린 종6품의 낭관 벼슬.

144) 조선조 때 각 도의 역(驛)의 말에 관계되는 일을 맡아보던 외직(外職) 문

(軍門) 구근(久勤)[145]으로 점차(漸次) 만호(萬戶)[146]도 하다 하더라.

관 벼슬. 종6품 관직임.
145) 한 가지 일에 오랫동안 힘써 옴.
146) 조선조 때 무관직의 하나. 각 도의 여러 진(鎭)에 딸린 종4품의 군직임.

## 9. 창의병현모욱자(倡義兵賢母勖子)[147]

김병사(金兵使) 견신(見臣)은 의주(義州) 장교(將校)이라. 그 어미 처음에 동향(同鄕) 아무 성(姓) 사람과 혼인(婚姻)을 정(定)하고 납채(納采)를 보내지 아니하여 그 지아비 병(病)들어 죽거늘, 견신(見臣)의 어미 써 하되,

"비록 초례(醮禮)는 아니하였으나 이미 그 폐백(幣帛)을 받았으니 감(敢)히 다른 데 가지 못하리라."

하고, 인(因)하여 문부(聞訃)[148]하고 즉시(卽時) 발상(發喪)하여 납폐(納幣)하였던 집으로 가 구고(舅姑) 받들기를 정성(精誠)껏 하여 부지런히 하기를 삼사년(三四年)을 하더라.

일일(一日)은 구고(舅姑)께 고(告)하여 귀녕(歸寧)[149]함을 청(請)하고 갔더니, 동리(洞里) 부자(富者) 김모(金某)는 곧 수십만(數十萬) 거부(巨富)이라. 때에 마침 환거(鰥居)하더니, 그 여인(女人)의 정렬(貞烈) 현숙(賢淑)함을 듣고 재취(再娶)를 삼고자하여 그 여인(女人)의 부형(父兄)을 보고 만금(萬金)으로써 바치고 사위되기를 청(請)하니 여인(女人)의 부형(父兄)이 본대 간난(艱難)한지라. 만금(萬金) 주마 함을 들음에 마음에 비록 탐(貪)하나 그 딸의 열절(烈節)한 마음을 헤아린 즉(卽) 실(實)로써 발설(發說)치 못할지라. 드디어 사례(謝禮)하여 가로되,

"폐백(幣帛)이 비록 두터우나 여아(女兒)의 수절(守節)이 심(甚)히 곧아 가(可)히 그 뜻을 빼앗지 못하리라."

---

147) 어진 어머니가 의병을 일으키도록 아들을 돕다.
148) 부고(訃告)를 들음.
149) 근친(覲親). [시집간 딸이] 친정에 가서 어버이를 뵘.

하되, 김모(金某)가 누차(累次)코 청(請)하나 종시(終是) 허락(許諾)치 아니하니, 김모(金某)가 드디어 사례(謝禮)하고 갔더니, 그 집이 본대 안방(房)과 사랑(舍廊)이 격(隔)한지라. 그 여자(女子)가 안에 있어 가만히 듣고 손이 가기를 기다려 그 아비에게 물어 가로되,

"아까 온 손이 무슨 말씀을 하더이까."

그 아비 가로되,

"별(別)로 말한 바가 없더라."

그 여자(女子)가 여러 번(番) 묻거늘 이에 가로되,

"비록 하는 말이 있으나 가(可)히 너를 대(對)하여 이르지 못하리로다."

그 딸이 또 간절(懇切)히 묻거늘 기이지 못할 줄 알고 이에 가로되,

"김모(金某)가 만금(萬金)으로써 너를 취(娶)하여 아내를 삼고자 하되, 내 차마 허락(許諾)치 못하였노라."

그 딸이 가로되,

"부친(父親)의 빈궁(貧窮)함이 소녀(小女)의 상해 민박(憫迫)[150]함이 짝이 없으나, 받들어 도울 계교(計巧)가 없어 하더니 이제 만금(萬金)이 진실(眞實)로 큰 재물(財物)이라. 부친(父親)이 이를 얻은 즉(卽) 평생(平生)을 가(可)히 좋게 살으실 것이니 어찌 소녀(小女)의 지원(至願)이 아니리이꼬. 또한 우리 무리는 천(賤)한 사람이라. 어찌 수절(守節)함이 있다 이르며 또 하물며 그 납채(納采)만 받았을 뿐이요, 일찍 더불어는 배(盃)를 합(合)한 일도 없어 죽어 지아비 면목(面目)도 알지 못하거늘, 이를 지키어 종신(終身)함이 또한 의미(意味)없는지라. 원(願)컨대 부친(父親)께서 바삐 그 사람을 청(請)하여 허혼(許婚)하소서."

150) 애가 탈 정도로 걱정이 몹시 절박함.

그 아비 이 말을 듣고 인(因)하여 밖으로 나와 급(急)히 사람을 불러 김모(金某)를 청(請)하니 오거늘, 여아(女兒)의 말대로 허락(許諾)하니 김모(金某)가 크게 기꺼 즉시(卽時) 만금(萬金)을 보내고 택일(擇日) 초례(醮禮)하고 인(因)하여 부부(夫婦)가 되니 김모(金某)는 곧 견신(見臣)의 아비러라.

그 여자(女子)가 김문(金門)에 들어감에 친척(親戚)이 화목(和睦)하고, 비복(卑僕) 거느리기를 은위(恩威)로써 하며, 빈객(賓客)을 대접(待接)하고, 산업(產業)을 다스림에 법도(法道)가 있으니 가도(家道)가 점점(漸漸) 흥(興)하더라.

오래지 않아 아들을 낳으니 이는 곧 김견신(金見臣)이라. 견신(見臣)이 점점(漸漸) 자라매 가르침이 법도(法道)가 있어 의주(義州) 장교(將校)에 수행(隨行)하였더니, 이때는 신미년(辛未年) 겨울이라. 가산(嘉山) 도적(盜賊) 경래(景來)[151] 취당(聚黨)[152]하니 견신(見臣)이 나이 삼십일세(三十一歲)라. 마침 소임(所任)이 없어 가중(家中)에 있더니, 그 어미 견신(見臣)을 불러 일러 가로되,

"이제 국가(國家)에 난적(亂賊)이 있어 도내(道內)에 변(變)이 일어나거늘, 네 장부(丈夫)의 몸으로써 어찌 가히 수수 방관(袖手傍觀)[153]하리오. 첫째는 가(可)히 의(義)로써 군병(軍兵)을 모아 도적(盜賊)을 칠 것이요, 둘째는 가(可)히 써 군문(軍門)에 나아가 영문(營門)

151) 조선조 23대 순조 때의 혁명가. 평안도 용강(龍岡) 사람. 웅기(雄氣)와 지혜가 있고 문재(文才)에 뛰어나며 무예에 능하였음. 지방 차별의 폐습으로 과거에 낙방하자 부패한 국정에 불만을 품고, 순조11(1811)년 12월에 평안북도 가산에서 군사를 일으켜 혁명을 꾀하다가 그 이듬해 4월 정주(定州)에서 관군에게 패사(敗死)하였음.

152) 무리의 동아리를 불러 모음.

153) (팔짱을 끼고 그냥 보고만 있다는 뜻으로) 직접 손을 내밀어 간섭하지 않고 그대로 내버려 둠을 이르는 말.

의 지휘(指揮)를 들을 것이요, 세째는 가(可)히 몸소 항오(行伍)에 참예(參預)하여 힘을 다하고 수고로움을 헤아리지 않을 것이어늘, 어찌 다른 사람의 일 보듯하고 편안(便安)히 집에 있느뇨."

견신(見臣)이 가로되,

"삼가 명(命)을 받들리이다."

하고, 드디어 재산(財産)을 헤쳐 백성을 자모받으며 군복(軍服)을 지으며 기계(器械)를 만들어 의병(義兵) 수천(數千)을 거느리고 순무 중영(巡撫中營)에 나아가 정주성(定州城) 밖에 결진(結陣)하고, 의(義)를 짚어 도적(盜賊)을 쳐 베인 바가 많으니 적병(賊兵)이 감(敢)히 서(西)으로 오지 못하고 움쳐 정주성(定州城)으로 들어감은 다 견신(見臣)의 공일러라.

정주성(定州城) 함몰(陷沒)하기에 이르러 바로 도적(盜賊)의 굴혈(掘穴)에 들어가 그 적취(積聚)를 소멸(掃滅)하니 도신(道臣)[154]이 그 공(功)을 올리거늘, 국가(國家)가 크게 아름답게 여기시어 인(因)하여 내금장 선전관(內禁將宣傳官)을 시키시고, 또 충청(忠淸) 병사(兵使)를 제수(除授)하시고, 또 별군직(別軍職)을 시키신 후(後)에 개천 군수(价川郡守)를 하게 하시니, 대개(大槪) 개천(价川)은 의주(義州)에 속(屬)한 고을이라. 금의(錦衣)로 환향(還鄕)하여 그 어미를 받들고 관름(官廩)[155]으로써 봉양(奉養)하게 하시니 도내(道內) 사람이 다 흠선(欽羨)치 아닐이 없더라.

154) 도백(道伯).
155) 조선조 때 벼슬아치의 봉급.

# 10. 치정성과효배불상(致精誠課曉拜佛像)[156]

옛적에 한 선비 있으니 성(姓)은 이(李)라. 강경(講經) 공부(工夫)를 힘써 식년 초시(式年初試)를 함에 회시강(會試講)이 명춘(明春)에 있는지라. 회시강(會試講)을 위(爲)하여 친구(親舊) 수삼인(數三人)으로 더불어 책(冊)을 가지고 북한(北漢) 중흥사(中興寺)에 가 유벽(幽僻)한 방(房)을 가리어 정소(淨掃)[157]하고 들어 뜻을 전일(專一)히 하여 주야(晝夜) 공부(工夫)하더니, 이사인(李士人)이 매양(每樣) 새벽에 머리 빗고 목욕(沐浴)하고 불당(佛堂)에 가 불상(佛像)을 향(向)하여 분향 재배(焚香再拜)하고 암축(暗祝)[158]하니 모든 벗들이 매일(每日) 기롱(譏弄)하여 웃되, 이사인(李士人)이 들은 체 아니하고 정성(精誠)을 부지런히 하여 비록 바람이 차고 눈이 쌓이며 하늘이 음음(陰陰)하고 비오는 밤이라도 빌기를 한 번(番)도 폐(廢)치 아니하니, 그 중(中)의 한 벗이 속이고자 하여 이사인(李士人) 먼저 불당(佛堂)에 가 몸을 부처의 뒤에 감추어 기다리더니, 오래지 않아 사인(士人)이 과연(果然) 와 분향(焚香)하고 기도(祈禱)하니 그 비는 말에 가로되,

"평생(平生) 소원(所願)이 한갖 과거(科擧)에 있기로 정성(精誠)을 다하여 묵축(默祝)[159]하기를 게을리 아니하오니 복원(伏願) 영(靈)하신[160] 부처는 자비지심(慈悲之心)을 드리우시어 보시(普施)[161]의 덕

156) 정성을 다하여 새벽마다 불상(佛像)에 축원하여 과거(科擧)의 과제를 얻다.
157) 깨끗하게 소제함.
158) 마음 속으로 축원함.
159) 암축(暗祝).
160) 신령(神靈)하신.
161) 은혜를 널리 베풀어 줌.

(德)을 베풀어 하여금 명춘(明春) 과거(科擧)를 마치게 하되, 일곱 대문(大文)을 미리 가르치샤 써 전일(專一)히 강습(講習)케 하소서."

그 벗이 거짓 부처인 체하여 말하여 가로되,

"네 정성(精誠)이 한결같아서 게으르지 아니하니 극(極)히 가상(嘉尙)한지라. 명춘(明春) 회시(會試)에 마땅히 날 강장(講章)을 먼저 이르노니 주역(周易)의 아무 과(課)와 서전(書傳)의 아무 장(章)과 대학(大學)의 아무 장(章)이 날 것이니 네 모로미 전심(專心)하여 익히 송독(誦讀)하면 가(可)히 순통(純統)[162]하리라."

하되, 이생(李生)이 부복(俯伏)하여 공손(恭遜)히 듣기를 마치매 또 재배(再拜)하고 치사(致謝)하여 가로되,

"부처가 신령(神靈)을 내리우샤 이렇듯 가르치시니 은택(恩澤)이 하늘같다."

하고, 이후(以後)로부터 다른 장(章)을 읽지 아니하고 다만 가르친 바 일곱 대문(大文)을 읽어 주야(晝夜)로 송습(誦習)하되, 자기를 잊고 먹기를 폐(廢)하여 소주(小註)까지 다 돌송(突誦)[163]하니, 그 벗이 처음에는 비록 속이고 조종(操縱)하여 이 거조(擧措)를 하였으나 그 진개(眞箇) 부처의 가르침으로 알고 혹(惑)하여 믿음이 이 지경(地境)에 이를 줄 알지 못하였더니 도리어 나로 말미암아 치패(致敗)할 염려(念慮)가 있는지라. 저 사람이 속임에 드는 형상(形狀)과 우준(愚蠢)[164]한 거조(擧措)가 가(可)히 웃음직하되, 일변(一邊) 민망(憫惘)히 여겨 이생(李生)더러 일러 가로되,

"부처가 비록 칠대문(七大文)을 일렀으나 부처의 영(靈)하고 영(靈)치 못함을 가(可)히 알지 못할 것이어늘 그대 다만 그 말을 믿어 칠

162) 책을 외고 그 음과 뜻에 통달함.
163) [글을] 거침없이 줄줄 잘 내리 욈.
164) 어리석고 민첩하지 못함.

대문(七大文)만 읽으니 만일(萬一) 명춘(明春) 회시(會試)에 강장(講章)이 이 밖에 나면 어찌 낭패(狼狽) 아니랴. 그대 어찌 고혹(蠱惑)히 믿음이 이렇듯 심(甚)하뇨."

이생(李生)이 가로되,

"정성(精誠) 소도(所到)에 신명(神明)이 또한 감동(感動)하여 이렇듯 미리 가르침이 있으니 어찌 무령(無靈)할 리 있으리오. 그대는 다시 말 말고 다만 명춘(明春)에 과거(科擧)하는 것을 보라."

그 벗이 민박(憫迫)함을 이기지 못하여 실정(實情)을 토(吐)하여 가로되,

"그대의 기도(祈禱)함이 미치고 어리석은 고(故)로 내 일시(一時) 희롱(戱弄)코자 하여 써 몸을 부처의 뒤에 감추고 부처의 말을 가탁(假託)하여 일곱 대문(大文)을 이름이요, 부처의 말은 아니거늘 그대 이같이 심(甚)히 믿고 마음을 돌리지 아니하니 어찌 그 우준(愚蠢)하며 어찌 그 미혹(迷惑)하뇨. 내 진실(眞實)로 뉘웃도다. 그대 자못 칠서(七書)를 다 송독(誦讀)하였다가 강(講)을 임(臨)하여 낭패(狼狽)없게 하라."

이생(李生)이 가로되,

"그렇지 아니하다. 나의 일편(一偏)된 정성(精誠)은 천지(天地)의 한가지로 감동(感動)하시는 바이요, 신명(神明)의 한가지로 살피시는 바이라. 천지 신명(天地神明)이 회시(會試)에 날 대문(大文)을 미리 가르쳐 나로 하여 강습(講習)케 하시니 어찌 능(能)히 순순(諄諄)히 낫하여[165] 가르치시리오. 그런 고(故)로 그대로 하여금 대신(代身)하여 일렀으니 이는 시동(尸童)[166]의 신어(神語) 전(傳)함과 축관(祝

165) 나타나서. 기본형 '낫다'는 나타나다의 뜻으로 스인 옛말.

166) 옛날에, 제사 지낼 때에 신위(神位) 대신으로 그 자리에 앉히던 어린 아이.

官)[167]의 뜻을 고(告)함과 같은지라. 이로 말미암아 의논(議論)한 즉(卽) 그대 비록 희롱(戱弄)의 거조(擧措)를 하였으나 그대의 스스로 한 바가 아니요, 하늘이 실(實)로 부리심이며 신명(神明)의 일로 명(命)하심이니 그대의 말은 곧 천신(天神)의 말이라. 비록 뭇 기롱(譏弄)과 모든 조롱(嘲弄)이 사면(四面)으로 이르나 만(萬) 번(番) 회심(回心)할 리 없다."

하고, 이로부터 문을 닫고 손을 보지 아니하고 홀로 앉아 마음으로 외우며 입으로 읽기를 다만 이 칠대문(七大文)만 하더니, 명춘(明春) 회시(會試)에 이생(李生)이 강석(講席)에 들어가 앉으니 이윽고 강지(講紙) 장(帳) 안으로 나오거늘 급(急)히 보니 이는 곧 작동(昨冬)에 강습(講習)하던 칠대문(七大文)이라. 대희(大喜)하여 다시 생각도 아니하고 즉시(卽時) 고성 대독(高聲大讀)[168]하여 음석(音釋) 앞 주(註)까지 일자(一字)도 차착(差錯)함이 없어 그 형세(形勢), 경거(輕車)를 큰 길에 몰며 준마(駿馬)가 준판(峻阪)[169]에 달음 같으니 칠시관(七試官)이 크게 칭찬(稱讚)하고 각각(各各) 사실(事實)을 내니 순통(純通)[170]으로 과연(果然) 급제(及第)하니라.

167) 종묘 · 사직 · 문묘의 제사 때 축문을 맡아 읽던 벼슬아치.
168) 높은 목소리로 크게 읽음.
169) 몹시 가파른 언덕.
170) 책을 외우고 그 내용에 통달함.

## 11. 송은택매반칭민야(誦恩澤每飯稱閔爺)[171)]

어의(御醫)에 안효남(安孝男)이 일찍 공경(公卿) 사대부(士大夫) 사이에 놀매 이름이 있는지라. 효묘 조문(孝廟弔問) 안계실 때[172)]에 여러 번(番) 탕제(湯劑)를 드려 문득 효험(效驗)을 보신 고(故)로 특별(特別)히 첨지(僉知) 가자(加資)를 제수(除授)하여 계시더니, 늙게에 해서(海西) 재령(載寧) 땅에 내려가 살다가 나이 구십(九十)에 죽으니라.

장사(葬事) 지낸 후(後) 십년(十年) 신해(辛亥) 분(分)에 해 크게 주리는지라. 때에 여양(驪陽) 민상공(閔相公)이 황해 감사(黃海監司)를 하여 왔더니 안효남(安孝男)은 본대 민상공(閔相公)의 집에 근로(勤勞)한 사람이라. 하루는 여양공(驪陽公)이 꿈을 꾸니 효남(孝男)이 와 찾거늘 이미 죽은 줄을 깨닫지 못하고 흔연(欣然)히 회포(懷抱) 펴기를 평일(平日)같이 하다가 안효남(安孝男)이 가로되,

"금년(今年)이 크게 주려 모든 일가(一家) 백여구(百餘口)가 장차 구학(溝壑)에 메이게 되었으니 원(願)컨대 대야(大爺)는 특별(特別)히 애련(哀憐)히 여기시어 구활(救活)하여 주소서."

민공(閔公)이 그 말을 긍측(矜惻)히 여겨 허락(許諾)하고 또 물으되,

"그대 가속(家屬)이 이제 어디 있느뇨."

가로되,

"천(賤)한 손자(孫子)의 이름은 세원(世遠)이니 재령(載寧) 유동(柳洞)에 사나이다."

수작(酬酌)을 마치지 못하여 한 번(番) 기지개에 깨니 남가일몽(南柯

---

171) 밥 먹을 때마다 어버이와 같은 민공(閔公)의 은덕을 칭송하다.
172) 효종께서 아직 돌아가시기 전.

一夢)[173]이라. 크게 괴(怪)히 여겨 드디어 촉(燭)을 밝히고 일어나 이불을 두르고 앉아 즉시(卽時) 재령(載寧) 유동(柳洞) 안세원(安世遠) 일곱 자(字)를 써 기록(記錄)하고, 그 이튿날 본읍(本邑)에 발관(發關)[174]하여 가로되,

"모인(某人)의 손자(孫子) 안세원(安世遠)이 유동(柳洞)에 있다 하니 즉시(卽時) 찾아 올리라."

본관(本官)이 관자(關子)[175]보고 세원(世遠)이 죄 있는가 의심(疑心)하여 즉시(卽時) 차사(差使)를 발(發)하여 성화(星火)같이 영문(營門)에 압송(押送)하니, 여양공(驪陽公)이 보고 웃으며 나아오라 하여 종용(慫慂)히 물으니 낱낱이 몽중(夢中)에 하던 말과 같아서 일호 차착(一毫差錯)이 없는지라. 드디어 효남(孝男)의 꿈에 하던 말로써 이르고 인(因)하여 백미(白米) 오십석(五十石)을 체(帖)하여 주니, 그때 각읍(各邑) 수령(守令)이 다 진휼사(賑恤事)로 영문(營門)에 왔다가 이 말을 듣고 이상(異常)히 여기며 그 의(義)를 흠탄(欽歎)하여 또한 각각(各各) 백미(白米)며 다른 물건을 처급(處給)하니 그 수(數)가 적지 아니한지라. 민공(閔公)이 다 수운(輸運)하여 제 집으로 보내어 주니 세원(世遠)의 일가(一家) 백여구(百餘口)가 시러곰 온전(穩全)함을 얻고, 또 나머지로써 전토(田土)를 장만하여 한아비[176] 제사(祭祀)를 받드니, 이로부터 안씨(安氏)의 집 노소(老少)없이 매양(每樣) 밥 먹을 적이면 먼저 제(祭)하고 손을 곶추어 빌어 가로되,

"이 뉘 준 바이뇨."

---

173) [중국 당나라의 소설『남가기(南柯記)』에서 유래한 말] '덧없이 지나간 한때의 행복과 영화'를 꿈과 같다는 뜻으로 이르는 말.
174) 상관이 하관에게 관문(關文)을 내보내던 일.
175) 관문(關文). 조선조 때 상급 관청과 하급 관청 사이에 주고 받던 공문서.
176) 할아버지.

다 가로되,

"민감사(閔監司) 대야(大爺)이라."

하고, 반드시 밥을 먹으니 드디어 가법(家法)이 되어 대대(代代)로 또 그러하니 사람이 혹(或) 물은대,

"무슨 일로 이같이 하느냐."

대답(對答)하여 가로되,

"조상(祖上)적부터 이같이 하는 고(故)로 우리도 이같이 하나, 실(實)로 연고(緣故)를 알지 못하노라."

또 민감사(閔監司)의 성명(姓名)을 물은대 또,

"누구인 줄 모르노라."

하니, 대저(大抵) 명명지중(冥冥之中)[177] 민공(閔公)의 은덕(恩德)을 가(可)히 알리러라.

---

177) 듣거나 볼 수 없이 은연 중에 느껴지는 가운데.

# 12. 반동도당고초중(班童倒撞藁草中)[178)]

옛적에 한 양반(兩班) 아이가 있으니 가세(家勢) 영체(零替)[179)]하고 부모(父母)가 구몰(俱沒)하여 외로운 몸이 고고(孤苦)하되, 적이 문자(文字)를 아는 고(故)로 매양(每樣) 본(本) 고을 이방(吏房)의 집에 가 그 문부(文簿)의 수고로움을 대신(代身)하여 호구지계(糊口之計)를 하더니, 고을 안에 한 시내 있고 시냇가에 한 민가(民家)의 여자(女子)가 있어 나이 장성(長成)하되, 혼인(婚姻)을 정(定)치 못하였더니, 일일(一日)은 그 부모(父母)가 친척(親戚)의 혼인(婚姻)을 보기 위하여 일시(一時)에 함께 나가고 다만 그 여자(女子)가 집에 있어 빨래하거늘,, 그 양반(兩班) 아이 전(前)부터 익히 보아 마음에 흠모(欽慕)하여 지내더니 그 여자(女子)가 홀로 있는 줄을 알고 가만히 그 집에 가 뒤로 그 여자(女子)의 허리를 안은대, 그 여자(女子)가 가로되,

"내 도령주(道令主)의 뜻을 아나니 내 본대 상한(常漢)의 여자(女子)로써 양반(兩班)으로 더불어 혼인(婚姻)함이 어찌 영화(榮華)롭지 않으리오. 이제 반드시 이렇듯 무례(無禮)히 할 것이 아니라 내 이미 마음에 허락(許諾)하였으니 부모(父母) 오기를 기다려 마땅히 혼인(婚姻)을 의논(議論)하고 날을 가리어 성례(成禮)할 것이니 아직 돌아가 기다리소서."

그 아이 그 말을 옳이 여겨 드디어 허락(許諾)하고 갔더니, 그 여자(女子)가 부모(父母) 돌아온 후(後)에 그 위절(委折)로써 고(告)하여 장

---

178) 짚더미 속에 거꾸러져 있는 양반 소년을 구해내다.
179) 세력이나 살림이 아주 보잘것없이 구차하게 됨. 영락(零落).

차 택일(擇日)하려 할 새, 그 여자(女子)의 외족 원촌(外族遠寸)[180]의 한 아이놈이 있어 그 여자(女子)의 용모(容貌)를 흠모(欽慕)하여 여러 번(番) 구혼(求婚)하되, 그 집에서 마침내 허락(許諾)치 아니하였더니, 이제 그 여자가 반동(班童)으로 더불어 혼인(婚姻) 언약(言約)함을 듣고 하루는 반동(班童)을 달래어 데려다가 그 수족(手足)을 매고 버선으로 입을 막아 짚동 쌓은 가운데 거꾸로 박았더니, 그 여자(女子)가 반동(班童) 없음을 알고 이방(吏房)의 집에 가 물은대, 또한 없거늘 크게 의혹(疑惑)을 내어 바로 그 외족(外族) 아이의 집에 가 일러 가로되,

"네 집에서 아무 도령(道令)을 어디 감추었느뇨. 사속(斯速)히 내어 보내라."

하니 그 집이 크게 발명(發明)하고 또 꾸짖은대, 그 여자(女子)가 들은 체 아니하고 그 집 내외(內外)를 두루 뒤져 마침내 보지 못한지라. 차차(次次) 후정(後庭)으로 들어가 그 짚동을 헤치고 보니 그 아이 과연(果然) 그 가운데 거꾸러져 얼굴이 죽은 상(相) 같고 숨이 끊어지고자 하거늘, 급(急)히 안아내어 먼저 입막은 버선을 빼고, 다음 수족(手足) 결박(結縛)한 것을 풀어 등에 업고 돌아와 제 집에 누이고, 어미로 하여금 조리(調理)시키라 하고, 바로 관정(官庭)에 들어가 절절(節節)히 그 수말(首末)을 고(告)하니 관가(官家)가 크게 칭찬(稱讚)하고 그 외족(外族) 아이 놈을 잡아 들여 엄형 정배(嚴刑定配)하고 혼수(婚需)를 우수(優數)히 주어 성혼(成婚)하니라.

180) 외가(外家)의 먼 촌수(寸數) 일가.

# 청구야담 권지팔(青邱野談 卷之八)

## 1. 향변자수통제사(鄕弁自隨統制使)[1]

용인(龍仁) 땅의 한 무변(武弁)이 있으되, 의기(義氣) 뇌락(磊落)[2]하고 또 권술(權術)[3]이 많더니, 일일(一日)은 신(新) 제수(除授) 통제사(統制使)가 장차(將次) 하림(下臨)함을 듣고 주립(朱笠)[4]과 호수(虎鬚)[5]와 동개[6]와 도편(刀鞭)[7] 등물(等物)을 갖추고, 또 말 한 필(匹)을 사 통제사(統制使)의 지나기를 기다려 그 무변(武弁)이 융복(戎服)[8] 제구(諸具)

---

1) 시골의 무변(武弁)이 스스로 통제사를 따르다.
2) 마음이 활달하여 작은 일에 구애하지 아니함. 뇌뇌(磊磊).
3) 권모술수(權謀術數)의 준말.
4) 문무 당상관이 융복(戎服)을 입을 때 쓰는 붉은 칠을 한 갓. 호수(虎鬚)와 패영(貝纓)을 갖추어 꾸밈.
5) 옛 무장(武裝)의 한 가지. 주립(朱笠)의 모자 전후 좌우에 장식으로 꽂는 흰 빛깔의 털.
6) 활과 화살을 넣어 등에 지는 제구. 가죽으로 만드는데, 활은 반만 들어가고 살은 아랫도리만 들어가게 되었음.
7) 무장(武裝)할 때 갖추는 칼과 채찍.
8) 철릭과 주립(朱笠)으로 된 옛 군복(軍服)의 한 가지. 철릭은 길이가 길고 허리에 주름을 잡았으며, 주립은 호박(琥珀) 마노(瑪노) 수정(水晶) 등으로 장식하였음. 무신이 입었으며 문신이라도 전시에 임금을 호종(扈從)할 때엔 입었음.

를 갖추고 길 곁에 나아가 맞으니 통제사(統制使)가 보고 물어 가로되,

"네 어떠한 사람고."

그 무변(武弁)이 국궁(鞠躬)[9]하여 나아가 가로되,

"들으니 사도(使道)가 장차(將次) 통영(統營)에 부임(赴任)하시는 고(故)로 뫼시고 가기를 원(願)하여 감(敢)히 와 뵈나이다."

통제사(統制使)가 그 사람의 용모(容貌)를 보니 얼굴이 준위(俊偉)하고 성음(聲音)이 웅장(雄壯)하고 의복(衣服)이며 말이 또한 선명(鮮明)한지라. 웃고 허락(許諾)하니 후배(後陪) 비장(裨將) 수십인(數十人)이 서로 눈주어 웃지 않을 이 없으되, 조금도 혐의(嫌疑)치 아니하고 날마다 수행(隨行)하여 모든 비장(裨將)으로 더불어 문안(問安)하더니, 통제사(統制使)가 도임(到任)한 이튿날 조사(朝仕)[10] 후(後)에 영리군관(營吏軍官)[11] 좌목(座目)[12] 패(牌)를 올리거늘, 통제사(統制使)가 비장(裨將)들을 돌아보아 가로되,

"그대는 어느 사람의 청(請)으로 왔느뇨."

대답(對答)하여 가로되,

"소인(小人)은 아무 댁(宅) 사람이로소이다."

차차(次次) 묻기를 다 못하여서 그 무변(武弁)이 나아와 가로되,

"소인(小人)은 용인(龍仁) 중로(中路)에서 원(願)하여 왔나이다."

통제사(統制使)가 머리를 끄덕이고 청(請)한 바 긴헐(緊歇)[13]을 헤아려 방임(房任)을 차정(次定)할 새 최말(最末)에 다만 한 박과(薄窠)[14]가 남았거늘, 아직 이 무변(武弁)으로 차정(次定)하였더니, 오래지 않아 서

---

9) 존경하는 뜻으로 몸을 굽힘.

10) 옛날, 벼슬아치가 아침마다 으뜸 벼슬아치에게 뵈는 일.

11) 감영(監營) 이나 병영(兵營) 수영(水營)의 서리(胥吏) 군관(軍官).

12) 석차(席次)를 적은 목록.

13) 소용됨과 소용되지 못함.

14) 보잘 것 없는 자리.

울로서 온 비장(裨將)들이 방임(房任)이 혹(或) 박(薄)하다 하여 가기를 구(求)하며 혹(或) 총(寵)을 다투어 하직(下直)하고 가니 궐(闕)있는 과(窠)를 점점(漸漸) 그 무변(武弁)에게 이획(移劃)하여 여러 달 신임(信任)하매, 하는 바를 살펴본 즉(卽) 아는 것이 많고 매사(每事)가 근간(勤幹)하여 인품(人品)과 재국(才局)이 다른 사람에게 지나는지라. 이에 더욱 신임(信任)하여 좋은 과(窠)의 긴(緊)한 소임(所任)을 많이 환차(換差)[15]하니 절친(切親)한 비장(裨將)들이 서로 알소(訐訴)[16]도 하며 참소(讒訴)도 하되, 또한 의심(疑心)치 아니하고 더욱 친신(親信)하여 영중(營中)의 모든 일을 다 총찰(總察)케 하더니, 과만(瓜滿) 기약(期約)이 점점(漸漸) 가까움에 홀연(忽然) 하루밤에 고(告)치 아니하고 달아났거늘 이에 모든 비장(裨將)들이 일제(一齊) 들어와 가로되,

"사도주(使道主)가 소인배(小人輩)의 말을 믿지 아니하시고 근착(根着) 없이 중로(中路)에서 따라온 놈을 믿으시어 영문(營門) 전재(錢財)를 다 그 손에 맡기시더니, 이제 일야(一夜)에 도주(逃走)하오니 세상(世上)에 어찌 이렇듯한 허망(虛妄)한 일이 있으리이까."

기롱(譏弄)하여 웃는 소리 좌우(左右)로 일어나니 통제사(統制使)가 모든 비장(裨將)을 데리고 각고유재(各庫有財)[17]를 점고(點考)한 즉(卽) 비지 아니한 것이 없는지라. 통제사(統制使)가 망연(茫然)히 바람을 잃고 천(天)장만 보고 길이 탄식(歎息)할 따름이러니, 오래지 아니하여 과만(瓜滿)이 차 체귀(遞歸)[18]하니, 이때 세도(勢道)가 환국(換局)하여 남인(南人)이 다 척퇴(斥退)하니 통제사(統制使)가 또한 남인(南人)이라. 침체(沈滯)하여 낙사(落仕)한 지 수년(數年)에 가세(家勢) 영체(零替)한

15) 돌려가며 시킴.
16) 남을 헐뜯기 위하여 사실을 날조하여 웃사람에게 고해 바침.
17) 각 창고에 남아 있는 재물.
18) 벼슬을 내어 놓고 돌아옴.

지라. 서울 집을 방매(放賣)하고 남대문(南大門) 밖 이문(里門)골에 살되, 옛날 비장(裨將)이 한 사람도 와 보는 자(者)가 없고 조석(朝夕)을 여러 날 궐(闕)하니 근심하고 울울(鬱鬱)하여 날마다 앞 창(窓)을 열고 길만 보더니, 하루는 어떠한 사람이 준마(駿馬)타고 뒤에 복마(卜馬)[19] 일필(一匹)이요, 추종(追從)이 오륙(五六)이라. 남문(南門)을 향(向)하여 가더니 이윽고 바로 이문(里門)골로 들어 자가(自家)의 대문(大門)으로 들어와 말께 내려 절하거늘 통제사(統制使)가 답례(答禮)하고 좌(座)을 정(定)하매 그 무변(武弁)이 먼저 가로되,

"사도(使道)가 소인(小人)을 기록(記錄)치 못하시나니이까."

통제사(統制使)가 놀라 가로되,

"과연(果然) 알지 못하노라."

그 사람이 가로되,

"사도(使道)가 년전(年前) 통제사(統制使) 도임(到任)하여 계실 제 중로(中路)에서 따라 갔던 비장(裨將)을 기억(記憶)치 못하시나니이까."

통제사(統制使)가 비로소 크게 깨닫고 궁곤(窮困)할 때에 찾아옴을 기꺼 물어 가로되,

"그 사이에 어디 갔으며 이제 무슨 연고(緣故)로 왔느뇨."

대답(對答)하여 가로되,

"소인(小人)이 팔면부지(八面不知)[20]의 사람으로 자천(自薦)하여 따라가니 모든 웃음과 모든 기롱(譏弄)이 사면(四面)으로 이르되, 사도(使道)가 한 번(番)도 듣지 아니하시고 편애(偏愛)하샤 신임(信任)하시니 소인(小人)이 목석(木石)이 아니라 어찌 감격(感激)함을 모르리

---

19) 짐을 싣는 말.
20) 팔방으로 아는 이가 없음.

이까. 그때 사세(事勢)를 보니 사도(使道)가 오래지 아니하여 이 지경(地境)을 당(當)하여 여간(如干) 월름(月凜) 나머지로 집에 돌아가 몇 해를 쓰시지 못하실지라. 그런 고(故)로 소인(小人)이 사도(使道)를 위하여 별(別)로 한 계교(計巧)를 내어 은덕(恩德)을 갚을 마음이 있으되, 만일(萬一) 그때 미리 고(告)한 즉(卽) 반드시 허락(許諾)치 아니하실지라. 그러므로 소인(小人)이 과연(果然) 기망(欺罔)하온 죄(罪)를 아오되, 또한 겨를치 못하여 영문(營門) 재물(財物)을 가만히 수운(輸運)하여 모처(某處)에 가 한 장학(庄壑)을 얻어 가사(家舍)와 전리(田里)를 베풀고 제반(諸般) 경영(經營)이 이미 정돈(整頓)한 고(故)로 감(敢)히 와 사도(使道)를 청(請)하오니 원(願)컨대 그 집에 가 계셔 써 여년(餘年)을 마치소서. 사도(使道)가 스스로 헤아리시건대 이제 이 세상(世上)의 사환(仕宦) 길이 막히었음에 기곤(飢困)함이 점점(漸漸) 심(甚)하실지라. 어찌 능(能)히 울울(鬱鬱)히 오래 이에 계시리이꼬.”

통제사(統制使)가 듣고 황연(晃然)히 깨달아 생각하니 그 말이 유리(有理)한지라. 드디어 허락(許諾)하니 무변(武弁)이 이에 데리고 온 추종(騶從)[21]을 분부(分付)하여 밥 두 상(床)을 정비(整備)히 차려 한 상(床)은 사도(使道)께 드리고, 한 상(床)은 내당(內堂)에 드리고, 삼일(三日)을 유(留)하여 가산(家産)을 수습(收拾)하고 교마(轎馬)를 갖추어 드디어 가심을 청(請)한대, 통제사(統制使)가 부인(婦人)으로 더불어 일제(一齊)히 발행(發行)하여 무변(武弁)을 따라 행한 지 수일(數日)에 점점 산곡(山谷) 가운데로 들어가 한 말[22]을 넘으니 당전(當前)하여 태령(太嶺)[23]이 하늘에 닿았는지라. 통제사(統制使)가 비록 마음에 의심(疑心)

---

21) 높고 귀한 사람을 뒤따라 다니는 하속(下屬).
22) (산)마루.
23) 험하고 높은 재.

하고 두리나 이 지경(地境)에 이르러 또한 어찌할 길이 없더라.

무변(武弁)이 먼저 재 위에 올라 말을 내리거늘 통제사(統制使)가 또한 미좇아 말을 내려보니 사면(四面)에 뫼가 둘렀고 그 가운데 평(平)한 들이 넓으며 기와집이 즐비(櫛比)하고 화곡(禾穀)이 들에 가득하였는지라. 무변(武弁)이 가리켜 뵈어 가로되,

"이는 사도(使道) 계실 집이오."

또 그 곁을 가리켜 가로되,

"이는 소인(小人)의 집이라. 들의 전답(田畓)은 아무데로부터 아무 곳에 이르러는 사도(使道) 댁(宅)에서 거두실 바이요, 아무 곳으로부터 아무 곳에 이르러는 소인(小人)의 거둘 것이니이다."

통사(統使)가 이를 보고 마음과 눈이 황홀(恍惚)하여 웃음을 비로소 열고 드디어 재에 내려 그 집에 들어가니 방벽(防壁)이 정쇄(精灑)하고 제도(制度)가 기묘(奇妙)한지라. 들어가 안집을 보니 또한 한가지요, 앞에 각고(各庫)를 벌여 다 봉쇄(封鎖)하였더라.

무변(武弁)이 수노(首奴)를 불러 분부(分付)하여 가로되,

"너의 상전주(上典主)가 와 계시니 너희 등(等)은 각각(各各) 현신(現身)하라."

이에 남(男)종 수십인(數十人)이 일제(一齊) 현알(現謁)하거늘 또 여(女)종을 불러,

"현신(現身)하라."

하고, 각고(各庫)의 열쇠를 모아 드디어 통제사(統制使)께 드리고 돌아다니며 열어 뵈어 가로되,

"이는 아무 곳간(庫間)이요, 저는 아무 곳간(庫間)이라."

하니 미곡(米穀)과 전재(錢財) 고중(庫中)에 차이었고, 다시 내당(內堂)에 들어가 본 즉(卽) 가장집물(家藏什物)과 일용제구(日用諸具)가 다

갖추었는지라. 통제사(統制使)가 이에 크게 기꺼하더라.

무변(武弁)이 또한 청(請)하여 저의 집에 가니 간수(間數)는 비록 적으나 정쇄(精灑)하기는 일반(一般)이라. 이로부터 조석(朝夕) 왕래(往來)하며 혹(或) 서로 더불어 장기(將棋)도 두며 혹(或) 한가지로 가 들도 보니 기꺼하는 정(情)이 무간(無間)하더니, 일일(一日)은 무변(武弁)이 가로되,

"사도(使道)가 이미 여기 계시니 어찌 사도(使道)이며 소인(小人)이라 칭(稱)하리이꼬. 청(請)컨대 서로 평교(平交)함이 좋을 듯하니이다."

통제사(統制使)가 또한 기꺼 종신(終身)토록 평교(平交)로 우유(優遊)하더라.

## 2. 축관장지인타협(逐官長知印打頰)[24)]

호남(湖南) 땅에 한 원(員)이 있어 정령(政令)이 엄급(嚴急)하고 형벌(刑罰)이 혹독(酷毒)하니 사람이 다 황황(遑遑)하여 조석(朝夕)을 보전(保全)치 못할 듯하더니, 일일(一日)은 수리(首吏) 관속(官屬)을 모아 꾀하여 가로되,

"관가(官家)의 정사(政事)가 전도(顚倒)하고 형벌(刑罰)이 잔혹(殘酷)하니 관가(官家)에 하루 있음이 진실(眞實)로 열흘 해 되는지라. 만일(萬一) 여러 해를 지낸 즉(卽) 비단(非但) 우리 무리 나머지 없을 뿐 아니라, 일읍(一邑)이다 흩어지리니 이렇고 어찌 고을이 되리오."

드디어 쫓기를 꾀할새, 그 중(中)에 한 아전(衙前)이 가로되,

"여차여차(如此如此)하면 어떠하뇨."

모두 가로되,

"이 계교(計巧)가 가장 묘(妙)하다."

하여 난만 상확(爛漫相確)[25)]하더니, 하루는 그 원(員)이 조사(朝仕)를 받은 후(後)에 마침 공사(公事)가 없어 홀로 앉아 책(冊)을 보더니, 불의(不意)에 작은 통인(通引)이 앞에 나아와 손을 들어 빰을 치니 그 원(員)이 성(性)이 조급(躁急)하여 분(憤)함이 탱중(撑中)[26)]한지라. 영창(映窓)을 밀치고 서안(書案)을 박차 크게 소리하여 통인(通引)을 불러 잡아 내리라 한대, 모든 통인(通引)이 면면(面面) 상고(相顧)[27)]하고 하나도

---

24) 관장(官長)을 쫓아버리려고 통인(通引)이 빰을 때리다.
25) 시간을 두고 충분히 의논하여 확정함.
26) 화나 욕심 따위가 가슴 속에 가득 차 있음.
27) 서로 돌아봄.

영(令) 좇는 자(者)가 없거늘, 또 급창(及唱)[28]이 와 사령배(使令輩)를 부른대 다 대답(對答)치 아니하고 입을 가리고 웃어 가로되,

"어찌 통인(通引)이 안전주(案前主)[29]의 빰을 치리이까."

원(員)이 분(憤)하고 급(急)하여 창(窓)을 치며 어지러이 꾸짖으니 거조(擧措)가 황잡(荒雜)하고 언어(言語)가 도착(倒錯)하여 미처 말을 바로 못하는지라. 통인배(通引輩) 책실(冊室)에 고(告)하여 가로되,

"안전주(案前主)가 홀연(忽然) 병환(病患)이 나서 능(能)히 안정(安靜)치 못하시고 광기(狂氣) 대발(代發)하였다."

하거늘, 그 자제(子弟)와 책방(冊房)[30]이 창황(蒼黃)히 올라온 즉(卽) 그 원(員)이 앉으락 일어나락하며 혹(或) 손으로 서안(書案)도 치며 혹(或) 발로 창(窓)도 박차며 동지(動止)[31] 만분(萬分) 수상(殊常)하더니, 책방(冊房)이 올라옴을 보고 그 통인(通引)의 빰치던 일과 관속(官屬)의 거역(拒逆)하던 일을 말할 제 분기 충천(忿氣沖天)하여 말이 차례(次例) 없고 또 심화(心火)가 대발(大發)하여 안정(眼睛)[32]이 다 붉고 온 몸에 땀이 흐르며 입에 거품이 흐르니 책실(冊室)이 이 모양(模樣)을 보매 미친 병(病) 발(發)함이 십분(十分) 의심(疑心)이 없고, 또 통인(通引)의 일로 말하여도 이미 목도(目睹)한 바가 없고 떳떳한 이(理)로써 말할지라도 그런 일이 없을 듯하여 드디어 종용(從容)히 고(告)하여 가로되,

"대인(大人)은 평안(平安)히 앉아서 성정(性情)을 낮추소서. 통인배(通引輩) 비록 몰지각(沒知覺)하여 인사(人事)가 없으나 어찌 이러할 리 있으리이까. 병환(病患)이신 듯하와이다."

---

28) 군아(軍衙)에서 부리는 사내종.
29) 안전(案前)님. '안전(案前)'은 하급 관리가 상급 관리에게 하는 존칭 대명사.
30) 조선조 때, 고을 원의 비서(祕書) 사무를 맡아보던 사람. 또, 그 사람이 거처하는 방. 관제에 있는 것이 아니고 사사로이 임용하였음. 책실(冊室).
31) 행동거지의 준말.
32) 눈동자. 원문의 '안청'은 잘못된 표기.

그 원(員)이 더욱 분노(憤怒)하여 크게 꾸짖어 가로되,

"네 내 자식(子息)이 아니로다. 네 통인배(通引輩)를 위(爲)하여 원정(原情)코자 하느냐. 급급(急急)히 나가 다시 현형(現形)치 말라."

그 아들이 이에 읍중(邑中) 의원(醫員)을 청(請)하여 진맥(診脈)하고 약(藥) 드리기를 청(請)한대, 그 원(員)이 막아 가로되,

"내 무슨 병(病)이 있어 약(藥)을 먹으리오."

의관(醫官)을 꾸짖어 물리치고 종일(終日)토록 실성(失性)한 사람같이 하니 책방(冊房) 이하(以下)가 다 참 병환(病患)으로 아니, 뉘 다시 그 말을 신청(信聽)하리오. 오늘 이렇듯하고 또 명일(明日) 이렇듯하여 자기를 잊고 먹기를 폐(廢)하여 참 광증(狂症)이 되니 관기(官妓) 읍촌(邑村)이 모르는 자(者)가 없더라.

감사(監司)가 듣고 즉시(卽時) 장파(狀罷)[33]하니 부득이(不得已) 치행(治行)하여 상경(上京)할 새 지나다가 감사(監司)를 본대 감사(監司)가 물어 가로되,

"들으니 신절(愼節)[34]이 있다 하더니 지금은 어떠하뇨."

그 원(員)이 가로되,

"참 병듦이 아니라."

하고, 그 사단(事端)을 내려 하거늘 감사(監司)가 문득 손을 저어 가로되,

"그 증세(症勢) 다시 발(發)한 듯하니 속속(速速)히 나가라."

한대, 감(敢)히 말을 다시 못하고 물러 하직(下直)하고 그 집에 돌아와 고요히 그때 일을 생각하고 분(憤)을 이기지 못하여 조금 발설(發說)코자 하면 문득 구병(舊病)이 복발(復發)함으로 돌려 의관(醫官)을

---

33) 죄를 저지른 수령(守令)을 그 도(道)의 감사(監司)가 왕에게 장계(狀啓)하여 벼슬을 떼던 일.

34) '남의 병(病)'의 존칭.

청(請)하여 약(藥)을 물으니 마침내 구두(口頭)에 올리지 못하더니, 쇠로지경(衰老之境)에 이르러 써 하되,

"이젠 즉(卽) 해 오래고 나이 늙어 이미 선천사(先天事)[35]가 되었으니 비록 다시 발설(發說)하나 어찌 구병(舊病)에 돌리리오."

하고, 이에 모든 아들을 모아 말하여 가로되,

"내 아무 해 아무 고을 갔을 제 통인(通引)이 빰친 일을 이제까지 광증(狂症)으로 아느냐."

모든 아들들이 악연(愕然)히 서로 돌아보아 가로되,

"대인(大人)의 이 병환(病患)이 오래 발(發)치 아니하시더니 이제 홀연(忽然)히 다시 발(發)하시니 이를 장차(將次) 어찌하리오."

하고, 근심하고 민박(憫迫)[36]히 여기는 형상(形狀)을 두거늘 그 사람이 감(敢)히 다시 말을 못하고 인(因)하여 크게 웃고 그쳐, 몸이 맟도록 분(憤)을 품었다가 종시(終是) 그 말을 밝히지 못하였다 하더라.

---

35) 옛 일.
36) 걱정이 아주 절박함.

## 3. 감재상궁변거흉(憾宰相窮弁據胸)[37]

옛 한 무변(武弁)이 있어 다른 친지(親知)없고 다만 한 재상(宰相)의 집에 출입(出入)한 지 여러 해에 근사(勤仕)를 모았더니[38] 그 재상(宰相)이 이병판(吏兵判)[39]을 다 지내고 세 아들이 다 등과(登科)하여 맏은 승지(承旨)요, 둘째는 옥당(玉堂)이요, 세째는 한림(翰林)이라.

무변(武弁)이 명도(命途) 기박(奇薄)함으로 한 번(番)도 효험(效驗)을 보지 못하고 비록 당(當)한 과궐(窠闕)이 있으나, 혹(或) 세가(勢家)의 청(請)한 바가 되며 혹(或) 세의(世誼)[40]에 앗긴 바가 되어 말망(末望)에도 일찍 참예(參預)치 못하되 감(敢)히 원구(怨咎)치 아니하고 나아가 뵈옵기를 오직 부지런히 하여 스스로 써 하되 맹상군(孟嘗君)의 지기(知己)[41]라 하더니, 홀연(忽然) 그 재상(宰相)이 중병(重病)이 있어 여러 달 신고(辛苦)하니 무변(武弁)이 드디어 그 집에 머물러 시탕(侍湯)[42]할새, 달이 지나되 한결같이 게으르지 아니하여 약(藥) 달임과 의복(衣服)의 벗고 입음을 다 친히 간검(看檢)하니 비록 다른 문객(門客)과 및 겸종(傔從)이 있으나 그 재상이 써 하되 그 무변(武弁)의 영리(怜悧)함과 민첩(敏捷)함만 같지 못하다 하여 잠간(暫間)도 떠나지 못하게 하니 밤

---

37) 곤궁한 무변이 재상에게 유감이 있어 가슴 복판에 올라 타다.
38) '근사 모으다'는 오랫동안 힘써 은근히 공을 들이다는 뜻.
39) 이조 판서와 병조 판서.
40) 대대로 사귀어 온 정의(情誼).
41) 맹상군(孟嘗君)의 알아줌. 맹상군은 중국 전국(戰國) 시대 제(齊)나라의 공족(公族) 출신 정치가로 성은 전(田), 아름은 문(文). 식객(食客)을 좋아하였는데, 진(秦)나라에 들어가 소왕(昭王)에게 피살될 뻔 하였을 때에 식객 중의 두 선비에 의해 위기를 면한 이야기는 유명함.
42) 약 시중하는 일.

에도 옷을 벗지 못하고 앉아서 조을 따름이라. 대소변(大小便) 볼 제와 좌와(坐臥)[43]할 즈음에 또한 반드시 친(親)히 붙들어 호발(毫髮)도 싫어하며 괴로워하는 빛이 없더니, 그 재상(宰相)이 병세(病勢) 점점 침중(沈重)하여 말이 어눌(語訥)하여 곁에 사람이 능(能)히 알아 듣지 못하고 별증(別症)이 또 나니 온 집안이 다 황황(遑遑)하여 연일(連日) 달야(達夜)할 즈음에, 하룻밤은 세 아들이 피로(疲勞)함을 견디지 못하여 각각(各各) 돌아가 쉬고 겸종(傔從)과 노예(奴隷) 다 곤(困)하여 조을고 방중(房中)에 무변(武弁)하나만 있어 지키더니, 가만히 자가(自家) 신세(身世)를 생각하니 가련(可憐)함을 측량(測量)치 못하리로다.

"내 이 재상(宰相)의 친자질(親子侄)이 아니요, 또 노복(奴僕)이 아니로되, 문하(門下)에 출입(出入)한 지 십여년(十餘年)의 한 번(番)도 은혜(恩惠)를 입지 못하고 시병(侍病)한 지 십여삭(十餘朔)에 또 한갖 수고와 괴로움만 하도다. 비록 효자 효손(孝子孝孫)이나 이에서 더하지 못하리니 세간(世間)에 어찌 이렇듯 가련(可憐)하고 가소(可笑)로운 일이 있으리오. 또 병세(病勢)를 생각컨대 만분(萬分) 위중(危重)하여 시각(時刻)의 염려(念慮)가 있고 다시 여망(餘望)이 없도다"

하고, 인(因)하여 분한(憤恨)한 마음을 내어 길이 탄식(歎息)하는 두어 소리에 드디어 재상(宰相)의 가슴에 앉아 칼을 빼어 일러 가로되,

"내 네 집에 무슨 전생(前生) 업원(業寃)[44]이 있관대 여러 해 근고(勤苦)하여 분효(分效)도 보지 못하고 이제 누삭 병중(屢朔病中)에 정성(精誠)으로 시약(侍藥)하니 이른 바, 네 아들 승지(承旨) 옥당(玉堂) 한림(翰林)이 어찌 나같이 지성(至誠)껏하여 구호(救護)하는 이 있느냐. 그러하되 하나도 감격(感激)하는 뜻과 불안(不安)하는 빛이 없으

43) 앉음과 누움.
44) 전생에서 지은 죄로 이승에서 받는 괴로움.

니 이 같은 놈은 어찌 빨리 죽지 아니하느뇨."

하고, 인(因)하여 물러나 한 모퉁이에 앉았으니 그 재상(宰相)이 입으로는 비록 말을 못하나 정신(精神)은 여전(如前)하여 그 하는 바를 보고 그 하는 말을 들으매 분통(憤痛)함을 이기지 못하되, 또한 어찌할 길이 없더니, 이윽고 모든 아들이 와 문후(門候)하거늘 그 재상(宰相)이 아까 그 광경(光景)을 지내고 병중(病中)에 분노(憤怒)함을 더하여 기색(氣色)이 엄엄(嚴嚴)하니 승지(承旨) 무변(武弁)더러 물어 가로되,

"병환(病患)이 아까에서 기운(氣運)이 천촉(喘促)[45]하시니 아지 못게라. 무슨 실섭(失攝)[46]함이 계시뇨."

무변(武弁)이 가로되,

"별(別)로 실섭(失攝)함이 아니 계시되, 아까 소변(小便) 한 번(番) 보신 후(後)에 잠간(暫間) 조으시더니 홀연(忽然) 해소(咳嗽)[47] 두어 소리에 깨시니 그 후(後)로 기색(氣色)이 저렇듯하시더이다."

그 재상(宰相)이 이 말을 들으매 무비백지허언(無非白地虛言)[48]이라. 더욱 분기(憤氣)를 이기지 못하여 비록 말하고자 하나 능(能)히 소리를 내지 못하니 진실(眞實)로 할 일 없는지라. 인(因)하여 손으로써 자가(自家) 가슴을 가리키고 또 손으로써 무변(武弁)을 가리켜 현연(顯然)히 말하고자 하는 뜻이 있으니, 재상(宰相)인 즉(即) 심중(心中)에 아까 무변(武弁)의 한 일을 형용(形容)함이나 방인(傍人)이 보건대 어찌 심중(心中)에 먹은 바 일을 알리오.

다만 무변(武弁)의 적공(積功)함을 잠시(暫時)도 잊지 못하여 일후(日後) 구처(區處)할 도리(道理)로써 부탁(付託)함인 줄 알고 다 대답(對答)

---

45) 숨이 차서 가쁘고 힘없는 기침을 자꾸 하는 병증.
46) 몸조섭을 잘 하지 못함.
47) 기침.
48) 사실이 아닌 헛된 소리 아님이 없다. 생판 거짓말이라는 뜻임.

하여 가로되,

"비록 친(親)히 가리키지 아니하시나 이 무변(武弁)의 은(恩)[49] 살을 베이고 털을 끊으나 무슨 아까움이 있으리이까. 마땅히 극력(極力)하여 성취(成就)함이 있게 하리다."

그 재상(宰相)이 듣고 연(連)하여 손을 저으며 또 흉당(胸膛)[50]과 무변(武弁)을 가리키니 비록 만번(萬番) 이러하나 모든 아들이 어찌 써 그 본의(本意)를 알리오. 다만 병중(病中)에 헛손질로 알았더니, 그 이튿날 그 재상(宰相)이 일지 못하니 장사(葬事)한 후(後)에 세 아들이 허희(歔欷) 탄식(歎息)하며 사람을 만난 즉(卽) 문득 부탁(付託)하여 그 겨울 도정(都政)에 선전관(宣傳官)을 하여 차차(次次) 승천(陞遷)[51]하여 여러 고을을 지내고 군수(郡守)까지 하였다 하더라.

---

49) '은덕은' 또는 '은혜는'에서 두 자가 탈락된 원문 잘못.
50) 가슴의 한 복판. 복장.
51) 직위가 올라감. 승직(陞職).

# 4. 착흉승기성백화구(捉凶僧箕城伯話舊)[52)]

황판서(黃判書) 인검(仁儉)[53)]이 평안 감사(平安監司)를 하니, 그때 아무 고을에 살옥(殺獄)이 있으나 정범(正犯)한 놈을 잡지 못한 지 여러 해라. 대저(大抵) 그 고을의 양반의 부녀(婦女)로서 성혼(成婚)한 지 오래지 아니하여 그 지아비 병(病)들어 죽으매 그 부녀(婦女)가 장사(葬事) 지낸 후(後) 무덤 곁에 초막(草幕)을 짓고 홀로 가 분묘(墳墓)를 지키어 조석곡(朝夕哭)에 애절(哀切)함을 극(極)히 하며 조석(朝夕) 제전(祭奠)을 반드시 정성(精誠)껏하니 그 분묘(墳墓)에서 집에 가기 멀지 아니한지라. 도로(道路)에서 보는 자(者)가 위(爲)하여 슬퍼 아닐 이 없더니, 하루는 부지하허인(不知何許人)[54)]에게 찔려 죽은 바가 된지라. 본읍(本邑)이 듣고 즉시(卽時) 와 검시(檢屍)한 즉(卽) 칼로 찌른 흔적(痕迹)이 분명(分明)하되, 그 정범(正犯)을 잡지 못하여 어떤 놈인 줄을 모르더라.

황판서(黃判書)가 젊어서 산사(山寺)에 가 공부할 때에 한 중으로 더불어 친밀(親密)하더니 산에 내려온 후(後)에 그 중이 자주[55)] 들어와 뵐 새 본 즉(卽) 반드시 수일(數日)을 머물어 더불어 담화(談話)하더니, 평안 감사(平安監司)하였을 때 미쳐 그 중이 또 와 뵈거늘 책실(冊室)에 머물러 두고 매양(每樣) 공사(公事)한 후(後)에 무론(無論) 주야(晝夜)하고 반드시 더불어 담소(談笑)가 자약(自若)하되, 매양(每樣) 원통

52) 평안 감사가 옛 일을 말하게 하여 흉악한 중을 체포하다.
53) 조선조 숙종 때의 문신. 대사간 대사헌 등을 거쳐 형조 판서와 이조 판서를 지냄. 경상 감사도 역임했으나 평안 감사를 지낸 것은 확인되지 않음.
54) 누구인가 알 수 없음.
55) 원문의 '자로'는 자주의 옛말.

(寃痛)한 옥사(獄死)를 시러곰 결단(決斷)치 못하므로 염려(念慮)하는 중(中) 마음에 혜오되, '저러한 중은 널리 다니니 반드시 풍문(風聞)한 일이 있으리라' 하여 홀로 종용(從容)히 중에게 일러 가로되,

"아무 고을에 여차여차(如此如此)한 의옥(疑獄)이 있어 다년(多年) 근포(跟捕)[56]하되, 정범(正犯)을 지우금(至于今) 잡지 못하였으니 너는 출가(出家)한 사람이라. 도로(道路)에 전(傳)하는 말을 혹(或) 들음이 있느냐."

그 중이 비록 들은 바가 없어라 대답(對答)하나 자세(仔細)히 기색(氣色)을 살핀 즉(卽) 자못 수상(殊常)한 빛이 뵈는지라. 밤이 깊은 후(後) 감사(監司)가 좌우(左右)를 물리고 중의 손을 잡고 무릎을 대어 일러 가로되,

"내 너로 더불어 사귐이 젊어서부터 이제 이르기 여러 십년(十年)에 교분(交分)이 심(甚)히 두텁고 정의(情誼) 상통(相通)하여 간담(肝膽)이 서로 비치니 네 내게 아무 일이 있어도 일호(一毫)나 어찌 가(可)히 숨기리오. 모름지기 본 바와 들은 바로써 낱낱이 말하라. 밤이 깊고 사람이 고요하여 곁에 듣는 자(者)가 없으니 말이 네 입에서 나매 바로 내 귀로 들어올 따름이라. 어찌 누설(漏泄)할 리 있으리오."

수차(數次) 좋은 말로 달래어 물으니 그 중이 평일(平日) 정의(情誼)를 생각하며 오늘밤 정담(情談)을 들으매 말하여도 방해(妨害)로움이 없을 듯한지라. 드디어 그 실상(實狀)을 토(吐)하여 가로되,

"소승(小乘)이 과연(果然) 연전(年前) 왕래(往來)하올 길에 그 계집을 한 번(番) 보매 욕심(慾心)이 불같이 발(發)하여 그 약(弱)함을 업수히 여겨 밤을 타 돌입(突入)하여 강박(强迫)히 가까이 하고자 하니

---

56) 죄인을 수탐하여 쫓아가서 잡음.

그 부인(婦人)이 죽기로 한(限)하여 힘써 막거늘, 소승(小僧)이 그 좇지 아니함을 분한(忿恨)하여 칼을 빼어 찌르고 즉시(卽時) 도망(逃亡)하여 갔나이다."

말을 마치매 황감사(黃監司)가 즉시(卽時) 크게 소리하여 좌우(左右)를 불러 이 중을 잡아 내리라 하여 그 죄를 수죄(數罪)하고 박살(搏殺)하여 그 열녀(烈女)의 여러 해 원통(寃痛)함을 씻어주니 당시(當時)에 의논(議論)하는 자(者)가 혹(或) 어렵다 하며 혹(或) 박정(薄情)이라 하더라.

## 5. 설신원완산윤검옥(雪神寃完山尹檢獄)[57]

옛적 아무 재상이 전라 감사(全羅監司)하였을 제 하루는 본관(本官)으로 더불어 선화당(宣化堂)에서 말하다가 밤이 깊은 후(後)에 본관(本官)이 물러오니 감사(監司)가 이미 퇴청(退廳)을 내리우고 바야흐로 취침(就寢)할 새, 홀연(忽然) 들으니 여자의 곡성(哭聲)이 심(甚)히 처량(凄凉)하여 멀리 들리더니 차차 (次次) 가까와 삼문(三門) 안에 들어와는 곡성(哭聲)이 드디어 그치고 인적(人跡)이 있는 듯하여 차차(次次) 섬[58]을 지나 청(廳)에 올라 문을 열고 들어오거늘, 감사(監司)가 머리를 들어 보니 한 처녀(處女)가 누른 저고리에 붉은 치마를 입었으되 얼굴이 또한 절묘(絶妙)한지라. 괴(怪)히 여겨 물어 가로되,

"네 사람이냐, 귀신이냐. 어찌하여 왔느뇨."

그 여자(女子)가 대답(對答)하여 가로되,

"소녀(小女)는 곧 본관(本官) 이방(吏房)의 딸이라. 가세(家勢)가 요부(饒富)하여 어미 죽은 후(後)에 소녀(小女)의 아비 다시 후처(後妻)를 얻어 한 자식(子息)을 낳고, 계모(繼母)의 동생(同生)이 있어 소녀(小女)의 집 재물(財物)을 욕심(慾心)내어 다 빼앗을 뜻이 있으되 다만 소녀(小女)가 집에 있고 소녀(小女)의 아비 소녀(小女)를 편애(偏愛)하옵는 고(故)로 그 계교(計巧) 발뵈지 못하더니, 월전(月前)에 소녀(小女)의 아비 관가(官家) 일로써 다른 데 나가오니 그 왕반(往返)[59]을 헤아릴진대 마땅히 오륙일(五六日)이 될지라. 소녀(小女)의

57) 전라 감사가 옥사(獄事)를 검사하여 원통함을 풀어 주다.
58) 섬돌.
59) 갔다 옴.

계모(繼母)가 그 동생(同生)으로 더불어 한가지로 모의(謀議)하고 소녀(小女)로 하여금 지게에 나가 다듬이 하라 하고 가만히 등 뒤으로 목침(木枕)을 들어 뇌후(腦後)를 치니 즉각(卽刻)에 땅에 엎더져 꼭뒤[60]가 벌어져 죽으니 이 의복(衣服)으로 소렴(小殮)[61]하여 관(棺) 속에 넣어 십리(十里) 밖 대로(大路) 곁에 묻으니 흙이 오히려 마르지 아니하였는지라. 소녀(小女)의 아비 일을 맞고 돌아와 소녀(小女)의 없으므로 찾아 후처(後妻)더러 물은 즉(卽) 써 대답(對答)하되, '그대 나간 지 수일(數日) 만에 홀연(忽然)히 흉복통(胸腹痛)이 급(急)히 발(發)하여 불일내(不日內)에 죽었다.' 하니, 소녀(小女)의 아비는 그 위절(委折)[62]을 모르고 다만 통곡(痛哭)할 따름이니 엎드려 빌건대 사도(使道)가 소인(小人)을 위(爲)하여 이 원통(寃痛)함을 벗겨 주심을 감(敢)히 앙달(仰達)하노이다."

감사(監司)가 드디어 그 아비 성명(姓名)과 그 계모(繼母) 동생(同生)의 성명(姓名)을 묻고 인(因)하여 가로되,

"내 마땅히 너를 위(爲)하여 설치(雪恥)하리라."

그 여자(女子)가 드디어 재배(再拜)하고 물러남에 곡성(哭聲)과 종적(蹤迹)이 들리지 아니하거늘, 즉시(卽時) 촉(燭)을 밝히고 일어 앉아 통인(通引)을 보내어 본관(本官)을 급(急)히 오라 하니, 본관(本官)이 영문(營門)에 가 종용(從容)히 담화(談話)하다가 야심(夜深) 후(後)에 취(醉)하여 돌아와 바야흐로 옷을 벗고 잠들어 신혼(神魂)[63]이 몽롱(朦朧)한 가운데 홀연(忽然)히 들으니 상영(上營) 통인(通引)이 사도(使道) 분부(分付)로써 급(急)히 진래(進來)하라 하거늘, 이에 크게 놀라 일어나 가

60) 뒤통수의 한 가운데.
61) 시체를 옷과 이불로 쌈.
62) 곡절(曲折).
63) 정신과 혼백.

로되,

"아지 못게라. 무슨 큰 일이 있어 급(急)히 부르는고."

하고, 드디어 의관(衣冠)을 전도(顚倒)[64]하고 창황(蒼黃)히 진래(進來)하니 감사(監司)가 촉(燭)을 밝히고 기다리거늘 드대(여)[65] 뵈옵고 물으되,

"무슨 큰 일이 있나니이(까)."

감사(監司)가 가로되,

"시급(時急)히 검시(檢屍)할 일이 있으니 급(急)히 관십리(官十里) 길 가에 가 날이 밝기를 가다려 검시(檢屍)하여 오라."

하고, 인(因)하여 소록(小錄)[66]을 써 주니 본관(本官)이 본 즉(卽) 이에 이름 적은 녹지(錄紙)라. 본관(本官)이 즉시(卽時) 환관(還官)하여 건장(健壯)한 장교(將校)와 장정(壯丁)한 군사(軍士)를 발(發)하여 녹명(錄名) 종이를 의지(依支)하여 급(急)히 잡아와 큰 칼을 엄(嚴)히 쓰이고 몰아 관십리(官十里) 길 곁에 가 새 무덤을 파 관(棺)을 깨치고 신체(身體)를 내어 검시(檢屍)할 새 차차(次次)로 자세(仔細)히 점검(點檢)한 즉(卽) 십오륙세(十五六歲) 여자(女子)이요, 얼굴빛이 산뜻하고 한 곳도 상(傷)한 흔적(痕迹)이 없거늘, 시체(屍體)를 뒤쳐 본 즉(卽), 꼭뒤 깨어져 유혈(流血)이 오히려 마르지 아니하고 그 소렴(小殮)한 의상(衣裳)이 어젯밤에 뵈던 바와 같거늘, 드디어 후처(後妻)의 동생(同生)과 및 이방(吏房)을 잡아들여 낱낱이 엄문(嚴問)하니 그 놈들이 감(敢)히 발명(發明)치 못하고 일일(一一)히 승복(承服)하거늘, 드디어 아울러 다 타살(打殺)하고, 이방(吏房)인 즉(卽) 제가(齊家) 잘못한 죄(罪)로 정배(定配)하니 영읍(營邑) 대소 민인(大小民人)이 그 신명(神明)함을 칭찬(稱讚)치 않을 이 없더라.

---

64) 위와 아래를 바꾸어서 거꾸로 함.
65) 드디어.
66) 요점만 간단히 적은 종이쪽.

# 6. 최곤륜등제배맹(崔昆侖登第背盟)[67)]

최부제학(崔副提學) 창대(昌大)[68)]는 다만 문장(文章)이 숙취(夙就)하고 재명(才名)이 세상(世上)에 넘을 뿐 아니라 용모(容貌)가 출중(出衆)하고 풍채(風采) 사람에게 동(動)하나 과거(科擧)를 못하였더니, 이때 모춘(暮春)에 알성과(謁聖科)를 당(當)하여 나귀를 타고 한 곳을 지날새 홀연(忽然) 어떠한 사람이 나귀 앞에 와 절하여 뵈거늘, 최생(崔生)이 물으되,

"네 어떤 사람고. 내 기억(記憶)치 못하노라."

그 사람이 가로되,

"소인(小人)은 곧 지전(紙廛) 시정(市井) 아무로소이다. 일찍 일차(一次) 문안(問安)도 못하였으되 그윽히 충곡(衷曲)[69)]에 아뢰올 일이 있으니 종용(從容)치 못한 즉(卽) 써 진정(眞情)으로 고(告)치 못하올지라. 소인(小人)의 집이 곧 이 집오니 비록 극(極)히 황송(惶悚)하오나 감(敢)히 청(請)하노니 행차(行次)는 잠간(暫間) 들어 쉬소서."

최생(崔生)이 그 말을 이상(異常)히 여겨 드디어 나귀에 내려 그 밧사랑(舍廊)[70)]으로 들어가니 방벽(房壁)이 정쇄(精灑)하고 서화(書畵)가 벽상(壁上)에 가득하였는지라. 좌(坐)를 정(定)하매 그 전인(廛人)이 몸

---

67) 최부제학(崔副提學)이 과거에 급제하고는 혼인 언약을 지키지 않다.

68) 조선조 숙종 때의 문신. 호는 곤륜(昆侖). 영의정 최석정(崔錫鼎)의 아들. 이조 참의(吏曹參議)·부제학(副提學) 등을 역임했고, 제자백가(諸子百家)와 경서(經書)에 밝아 당시 사림에게 촉망을 받았으며 문장에 능하고 글씨도 잘 썼음.

69) 심곡(心曲). 간절하고 애틋한 마음.

70) 바깥 사랑.

을 굽혀 앞에 나아와 가로되,

"소인(小人)이 한 딸자식(子息)이 있으니 나이 이팔(二八)이요, 적이 자색(姿色)이 있어 평생(平生) 소원(所願)이 소년 명사(少年名士)의 부실(副室)이 되고자 하는 고(故)로 일찍 정혼(定婚)한 곳이 없더니, 어젯밤 꿈에 정초지(正草紙)[71] 한 장(張)이 홀연(忽然) 화(化)하여 황룡(黃龍)이 되어 공중(空中)을 향(向)하여 날아 올라가니 깨매 이상(異常)히 여겨 몽중(夢中)에 용(龍)되던 종이를 찾아 여러 번(番) 싸서 봉치(封置)하여 써 하되 금번(今番) 과거(科擧)에 이 종이로 관광(觀光)하는 자(者)는 반드시 높이 오를 것이니 제 스스로 가리어 주고 인(因)하여 소실(小室)이 되리라 하옵고, 소인(小人)의 집이 마침 대로(大路) 가에 있어 아침부터 행랑(行廊) 한 간(間)을 정(淨)히 쓸고 발을 바깥 창(窓)에 드리고 종일(終日)토록 왕래(往來)하는 사람을 보다가 마침 서방주(書房主)의 행차가 지나가심을 보고 급(急)히 소인(小人)을 불러 행차(行次)를 맞아 오라 하는 고(故)로 당돌(唐突)히 감(敢)히 청(請)하였나이다."

하고, 이슥고 한 대탁(大卓)을 내어오니 음식(飮食)이 다 정결(淨潔)하고 또 여자(女子)를 내어 뵈니 화용 월태(花容月態)[72] 진짓 경성(京城)의 색(色)이요, 미목(眉目)이 청수(淸秀)하고 거지(擧止) 한아(閑雅)하여 여염(閭閻) 여자(女子)의 유(類)가 아니라. 그 전인(廛人)이 또 정초(正草) 한 장(張)을 꿇어 올려 가로되,

"이는 소인(小人)의 딸 꿈에 용(龍)되어 오르던 종이라. 과일(科日)이 또한 가까우니 서방(書房)님이 이 종이로써 정권(呈券)하신 즉(卽) 반드시 급제(及第)하시리니 창방(唱榜)[73]하는 날에 비천(卑賤)함으로

---

71) 과시(科試)에 쓰던 종이. 시지(試紙).
72) 아름다운 여자의 고운 용태(容態)를 이르는 말.
73) 방목(榜目)에 적힌 과거 급제자의 이름을 부름.

써 혐의(嫌疑)치 마르시고 즉시(卽時) 교자(轎子)를 갖추어 이[74] 딸을 데려다가 길이 기추(箕箒)의 첩(妾)을 삼음이 평생(平生) 원(願)이오니 천만 복축(千萬伏祝)[75]하노이다."

최생(崔生)이 이미 여색(女色)의 출중(出衆)함을 흠모(欽慕)하며 또한 몽조(夢兆)에 비상(非常)함을 기꺼 드디어 정녕(丁寧)히 허락(許諾)하고 굳게 언약(言約)하여 갔더니 및 과일(科日)을 당(當)하여 최생(崔生)이 그 정초지(正草紙)로 장중(場中)에 들어가 일필 휘지(一筆揮之)하여 즉시(卽時) 정권(呈券)하니 장원(壯元)에 빼인지라. 어전(御前)에 창명(唱名)[76]하여 어사화(御賜花)[77]를 꽂고, 사악(賜樂)[78]하시매 그 대인(大人) 최상공(崔相公)[79]이 후배(後陪)로 나오니 선악(仙樂)이 하늘에 들리고 영광(榮光)이 세상(世上)에 빛나 집에 돌아오니 헌초(軒軺)[80]가 문(門)에 메이고 하객(賀客)이 당(堂)에 가득하며 노래하는 아이와 춤추는 계집이 전후(前後)에 벌였고, 진수 성찬(珍羞盛饌)이 좌우(左右)에 교착(交

74) 원문의 '일 딸'은 '이 딸'의 잘못 표기.
75) 천만 번 삼가 축원함.
76) 호명(呼名).
77) 옛날 문무과(文武科)의 급제자에게 임금이 하사하던 꽃. 길고 가는 참대오리 둘에 푸른 종이를 감고 서로 비틀어 꼬아서 그 사이에 종이로 보라, 다홍, 누렁의 세 가지 무궁화 송이 조화(造花)를 만들어 끼었음. 한 끝을 복두(幞頭)의 뒤에 꽂고 다른 한 끝을 붉은 명주 실로 잡아매어 머리 위로 휘어 넘기게 하고 실을 입에 묾. 신래(新來)는 이 꽃을 꽂고 삼일 유가(三日遊街)에 나서게 함. 모화(帽花).
78) 임금이 음악을 내리어 줌. 또, 그 음악.
79) 조선조 숙종 때 영의정을 지낸 최석정(崔錫鼎)을 이름. 최석정은 조선조 현종·숙종 때의 문신. 호는 명곡(明谷). 남구만·박세채의 문인. 문장과 글씨에 뛰어나고, 할아버지인 최명길(崔鳴吉)의 학문을 계승하여 양명학(陽明學)을 발전시킴.
80) 초헌(軺軒). 종2품 이상의 벼슬아치가 타던 수레. 썩 긴 줏대에 외바퀴가 밑으로 달리고, 앉는 데는 의자 비슷하게 되었으며, 위는 꾸미지 않았음.

着)하였는데, 관현(菅絃)은 즐김을 돕고 창우(倡優)[81]는 재주를 드리니 보는 자(者)가 뜰에 가득하고 골에 메인지라.

어언지간(於焉之間)에 일색(日色)이 저물고 빈객(賓客)이 흩어지니 최급제(崔及第)가 향일(向日) 정녕(丁寧)한 언약(言約)을 잊지 아니하였으나 마침내 이 소년 인사(少年人士)이라. 생각이 들리지 못하여 감(敢)히 그 대인(大人)께 연유(緣由)를 고(告)치 못하고 또한 분총(奔悤)[82]함을 인(因)하여 미처 자하(自下)[83]로 주선(周旋)치 못하여 바야흐로 자저(赼趄)하더니, 홀연(忽然) 대문(大門) 밖으로부터 곡성(哭聲)이 심(甚)히 애통(哀痛) 참절(慘絶)하거늘 다만 보니 한 사람이 가슴을 두드리고 방성대곡(放聲大哭)하며 바로 대문(大門) 안으로 들어오거늘, 하예배(下隷輩) 백단(百端)으로 몰아 내친대, 그 사람이 울며 이르되,

"지원(至寃)한 일이 있어 장차(將次) 선달(先達)님께 아뢰리라."

하고, 죽기로써 들어오니 그 대인(大人)이 듣고 회괴(駭怪)함을 이기지 못하여 그 사람으로 하여금 울기를 그치라 하고 앞에 앉혀 물은대,

"네 무슨 원통(寃痛)한 일이 있건대 댁(宅)의 경하(慶賀)하는 날을 당(當)하여 이렇듯 해괴(駭怪)한 거조(擧措)를 하느뇨."

그 사람이 또 울며 또 절하고 목이 메어 가로되,

"소인(小人)은 곧 지전(紙廛) 시정(市井) 성명(姓名)은 아무개로소이다."

하고, 인(因)하야 그 딸의 몽중지사(夢中之事)와 및 상약(相約)하던 수말(首末)을 자세(仔細)히 고(告)하고, 또 가로되,

"소인(小人)의 딸이 과일(科日)을 당(當)하여 아침부터 먹지 아니하

---

81) 인형극 · 가면극 같은 연극이나 줄타기 · 땅재주 같은 곡예(曲藝)를 놀리는 사람. 또, 판소리를 하는 것을 업으로 삼는 사람. 광대, 배우(俳優).
82) 몹시 급하고 바쁜 모양.
83) 윗사람을 거치지 아니하고 자의로 해나아감. 자하거행(自下擧行)의 준말.

고 오직 방(榜) 소식(消息)만을 기다려 자주 서방(書房)님 등과 여부(登科與否)를 탐지(探知)하옵는 고(故)로 소인(小人)이 연(連)하여 탐지(探知)하온 즉(卽) 댁(宅) 서방주(書房主) 장원 급제(壯元及第)하심이 정녕(丁寧)하온 고(故)로 인(因)하여 회보(回報)를 제게 전(傳)하니, 제 환천 희지(歡天喜地)[84]하여 오직 교자(轎子)를 갖추어 데려갈 소식(消息)을 기다려 간절(懇切)히 바라더니, 날이 장차(將次) 저물되 동정(動靜)이 없으매 소인(小人)의 딸이 잠간(暫間) 누우며 잠간(暫間) 일어 어린 듯 미친 듯하여 다시 다른 말이 없고 오직 장탄식(長嘆息) 두어 소리하니 소인(小人)이 차마 그 형상(形狀)을 보지 못하야 만단(萬端)으로 개유(開諭)하여 가로되, '창방(唱榜)하는 날은 자연(自然) 분요(紛繞)함이 많고 하객(賀客)이 문(門)에 가득하고 수응(酬應)이 호번(浩繁)[85]하여 한만(閑漫)한 일에 염려(念慮)가 미처 겨를치 못하리니 그 서방(書房)님의 잠간(暫間) 망각(忘却)하심도 혹(或) 괴이(怪異)치 아니하고 비록 혹 잊지 아니하였으나 분총(奔忩)함에 인(因)하여 미처 주선(周旋)치 못함도 또한 예사(例事)이니 내 마땅히 그 댁(宅)에 가 하례(賀禮)하고 인(因)하여 동정(動靜)을 보고 와도 또한 늦지 아니타.' 하니, 딸이 가로되, '만일(萬一) 중심(中心)에 감추었으면 어찌 잊었을 리 있으며 만일(萬一) 깊은 정(情)이 있으면 비록 분요(紛繞)하나 교자(較子) 갖추어 데려감이 불과(不過) 한 분부사(分付事)이니 어찌 그 틈이 없으랴. 그 서방(書房)님 마음 가운데 이미 소녀(小女)의 생각이 없는 고(故)로 지금(至今) 소식(消息)이 없으니 사람이 이미 나를 잊고 데려갈 뜻이 없은 즉(卽) 나로 먼저 탐지(探知)함이 또한 부끄럽지 않으며 내 가서 탐지(探知)함을 인(因)하여

---

84) 하늘과 땅에 대하여 환희한다는 뜻으로, 썩 즐겨하고 기뻐함을 일컫는 말.
85) 넓고 큼직하며 번다(繁多)함.

비록 강잉(强仍)하여 데려가나 또한 무슨 자미(滋味)[86] 있으리오. 백년(百年)을 한가지로 즐김은 정의(情誼)로 믿음이거늘 꽃다운 맹세(盟誓) 차지 않아 이렇듯 변역(變易)함이 있으니 또 무엇을 다른 날 바라리오. 내 뜻이 이미 결단(決斷)하였으니 다시 말 말라.' 하고 인(因)하여 방(房) 안으로 들어가 자결(自決)하니 소인(小人)의 분한(憤恨)함이 가슴에 맺히고 애원(哀寃)함이 하늘에 사무치옵기로 감(敢)히 이에 와 고(告)하나이다."

최정승(崔政丞)이 듣고 경해(驚駭)하여 참혹(慘酷)함을 이기지 못함에 양구(良久)히 말이 없다가 그 아들을 불러 꾸짖어 가로되,

"이 어떠한 대사(大事)완대 네 이미 저로 더불어 상약(相約)하고 이렇듯 배약(背約)함이 있으니 세상(世上)에 어찌 이같이 몰풍채(沒風采)하고 신의(信義) 없음이 있으랴. 박정(薄情)이 심(甚)하고 적원(積寃)이 극(極)한지라. 내 처음 뜻에는 너를 큰 그릇으로 알았더니 이로써 보건대 족(足)히 볼 것이 없는지라. 무슨 일을 가(可)히 판단(判斷)하며 무슨 벼슬을 가(可)히 하리오."

차탄(嗟歎)하기를 마지 아니하고, 또 가로되,

"즉시 전수(奠需)[87]를 잘 차리고 제문(祭文)을 지으되 가초 죄 앎을 말하고 후회(後悔)하여 및지 못함을 사죄(謝罪)하고 시체(屍體) 앞에 울며 그 빈렴(殯殮)할 제구(諸具)를 갖추되 또한 몸소 간검(看檢)하여 하여금 여감(餘感)[88]이 없게 하여 적이 언약(言約) 저버린 죄(罪)를 속(贖)하여 써 유명(幽冥)의 한(恨)을 위로(慰勞)함이 가(可)타 가(可)타."

하고, 또 관곽(棺槨)과 의금(衣衾)과 영장(永葬) 제구(諸具)를 넉넉히

86) 재미.
87) 제수(祭需).
88) 남은 유감(遺憾).

주어 하여금 매장(埋葬)하게 하였더니, 그 후(後)에 최곤륜(崔昆侖)<급제(及第)의 별호(別號)이라>이 벼슬이 부제학(副提學)[89]에 이르고 조졸(早卒)하니라.

89) 조선조 때, 홍문관(弘文館)에 둔 정3품 당상관(堂上官)의 벼슬.

# 7. 차오산승흥제화병(車五山乘興題畫屛)[90]

월사(月沙) 이상공(李相公)[91]이 중원(中原)[92]에 사신(使臣) 행차(行次) 하였을제 유명(有名)한 재사(才士)를 택출(擇出)하여 데려갈 새 차오산(車五山) 천로(天輅)[93]는 문장(文章)으로 빼이고, 한석봉(韓石峯) 호(濩)[94]는 명필(名筆)로 빼이어 가더니, 심양(瀋陽)에 이르러 들은 즉(卽)한 부자(富者) 사람이 만금(萬金)으로써 채색(彩色) 병풍(屛風) 한 좌(座)를 꾸몄으니 황금(黃金)빛과 비단(緋緞) 채색(彩色)이 극(極)히 휘황찬란(輝煌燦爛)한지라. 천하(天下)의 명화(名畵)를 구(求)하여 홍도(紅桃) 벽도(碧桃) 두 나무 속에 앵무(鸚鵡) 한 쌍(雙)을 그리고, 또 다시 천하(天下)의 문장(文章) 명필(名筆)을 구(求)하여 화제(畵題)를 지어 쓰고자 하더니, 서촉(西蜀) 땅의 두 사람이 문장(文章) 명필(名筆)로써 천하(天下)에 천명(擅名)함을 듣고 폐백(幣帛)을 후(厚)히 싸고 사람을 부려 가청(請)하여 아직 돌아오지 못하였고, 그 병풍(屛風)인 즉(卽) 저의 집에 두어 아무 사람이라도 와 보자 한 즉(卽) 반드시 내어 뵈인다 하더니, 차(車)・한(韓) 두 사람이 듣고 하나는 시사(詩思)가 도도(滔滔)하며 하

---

90) 차오산(車五山)이 흥이 나 병풍에 화제(畵題)를 하다.

91) 조선조 인조(仁祖) 때의 상신이며 문장가인 이정구(李廷龜). 호는 월사(月沙). 한문학의 대가로 글씨에도 뛰어났음. 시호는 문충(文忠).

92) 중국.

93) 조선조 선조(宣祖) 때의 문장가. 호는 오산(五山). 제술관(製述官)으로 이름이 높아 동방 문사(東方文士)라고 하여 중국에서도 널리 알리어졌음.

94) 조선조 선조 때의 명필. 호는 석봉(石峰). 어려서부터 어머니의 격려로 서예에 정진하여 각 체에 모두 정묘(精妙)하지 않은 것이 없었으며, 그 이름은 중국에까지 알려져서 외국 사신들은 모두 그의 글씨를 구하여 갔다고 함. 후기의 김정희(金正喜)와 함께 조선 서예계의 쌍벽을 이루고 있음. 보통, 호(號)로써 한석봉으로 더 알려짐.

나는 필흥(筆興)이 발발(勃勃)하여 가(可)히 금(禁)치 못할지라. 인(因)하여 가 본 즉(卽) 그 그림과 장황(裝潢)[95]한 제도(制度)가 진실(眞實)로 처음 보는 바이라. 더욱 그 흥(興)을 이기지 못하여 차오산(車五山)이 한석봉(韓石峰)더러 일러 가로되,

"내 화제(畵題)를 지을 것이니 그대는 모로미 붓을 들어 쓰라. 소위(所謂) 서촉(西蜀)의 문필(文筆)이 정녕(丁寧)히 우리 두 사람에서 나올 리 없으리라."

하고, 그 주인(主人)이 마침 없는 때라, 석봉(石峰)은 먹을 갈아 붓을 빼어 들고 오산(五山)은 글 읊기를 마지 아니하여 칠언절구(七言絶句) 일수(一首)를 지어 그 위에 썼으니 가롰으되,

| | |
|---|---|
| 일양도화색부동(一樣桃花色不同) | 한 모양(模樣) 도화(桃花)빛이 같지 아니하니 |
| 난장차의문동풍(難將此意問東風) | 이 뜻을 가져 동풍(東風)에 묻기 어렵도다 |
| 기간행유능언조(其間幸有能言鳥) | 그 사이에 다행(多幸)히 능(能)히 말하는 새 있어 |
| 위보심홍영천홍(爲報深紅暎淺紅) | 위(爲)하여 보(報)하되 심홍(深紅)이 천홍(淺紅)에 비치었도다 |

한석봉(韓石峰)이 붓을 둘러 쓰기를 다하고 즉시(卽時) 수레를 몰아 연경(燕京)으로 향(向)하여 갔더니, 그 병풍(屛風) 주인(主人)이 들어와 그 도말(塗抹)[96]한 모양(模樣)을 보고 크게 노(怒)하여 가로되,

---

95) 책이나 서화첩(書畵帖)을 꾸미어 만드는 일. 표구(表具). 장정(裝幀).
96) 이리저리 임시 변통으로 발라 맞추어 꾸밈.

"내 만금(萬金)을 아끼지 아니하고 이 병풍(屛風)을 꾸민 후(後) 천하(天下)의 문장(文章) 명필(名筆)을 구(求)하여 화제(畵題)를 써 전가(傳家)의 보배를 삼고자하여 방장(方將)[97] 서촉(西蜀) 선비를 청(請)하여 오기를 기다리더니 어떠한 조선(朝鮮) 사람이 제 감(敢)히 담큰 체하고 나 없는 사이를 타 나의 지극(至極)한 보배 더럽히기를 이같이 하뇨."

하고, 통분(痛憤)하고 돌탄(咄嘆)하기를 마지 아니하더니, 이윽고 서촉(西蜀) 두 선비 들어와 본 즉(卽) 이미 다른 사람이 먼저 착수(着手)하였는지라. 보기를 오래하다가 즉시 일어 당(堂)에 내려 공손(恭遜)히 재배(再拜)하고 예(禮)를 행(行)하고 인(因)하여 탄식(歎息)하여 가로되,

"이 진짓 천하 문장(天下文章)이며 천하 명필(天下名筆)의 수단(手段)이로다. 우리 같은 사람은 감(敢)히 당(當)치 못하리라."

하고, 인(因)하여 붓을 던지고 물러나니 그 주인(主人)이 그제야 바야흐로 진개(眞箇)[98] 문장(文章) 명필(名筆)인 줄 알고 크게 기꺼하여 윤필지자(潤筆之資)[99]를 후(厚)히 차려 놓고 사행(使行) 회환(回還)하기를 기다려 차(車)·한(韓) 양인(兩人)을 맞아들여 백배 치사(百拜致謝)하고 후(厚)히 폐백(幣帛)을 봉(封)하여 주어 보내니, 이로부터 차오산(車五山)·한석봉(韓石峰)의 이름이 대국(大國)에 천자(擅恣)[100]하더라

97) 이제 곧.
98) 참으로. 정말로.
99) 서화(書畵) 문장을 쓴 보수.
100) 제 마음대로 하여 기탄없음.

## 8. 편향유박영성등과(騙鄕儒朴靈城登科)[101]

영성군(靈城君) 박문수(朴文秀)[102]의 형제(兄弟) 다 문필(文筆)은 부족(不足)하되 요행(僥倖)으로 감시(監試) 초시(初試)에 참예(參預)하니 그 형(兄)이 근심하여 가로되,

"우리 형제(兄弟) 다 무문 무필(無文無筆)하고 또 기구(器具)없어 가(可)히 써 문필(文筆)을 얻어 사지 못하고 회시(會試) 장차(將次) 가까우니 어찌 써 관광(觀光)하리오."

영성(靈城)이 가로되,

"온 장중(場中) 문필(文筆)이 다 우리 형제(兄弟)의 문필(文筆)이니 당일(當日) 글장 바침이 무슨 근심이 있으리오."

하고, 드디어 날마다 성내(城內)에 출입(出入)하여 아무 시골 아무가 거벽(巨擘)[103]이며 어느 고을 어느 선비 사수(寫手)[104]인 줄 탐지(探知)하고, 이에 한 번(番) 그 얼굴을 상면(相面)하였다가 입장(入場) 날에 미쳐 형제(兄弟) 각각(各各) 시지(試紙) 한 장(張)씩 가지고 먼저 장중(場中)에 들어가 앉아 모입(冒入)<초시(初試)를 사 가지고 들어 온단 말이다>하는 자(者)를 본 즉(卽) 문득 일어 맞아 말하여 가로되,

"대법(大法)을 범(犯)하고 모입(冒入)함이 미안(未安)치 아니하냐,"

이렇듯 하기를 삼사차(三四次)하매, 그 모입(冒入)하는 자(者)가 만면

---

101) 영성군(靈城君) 박문수(朴文秀)가 시골 선비를 속이고 과거에 급제하다.

102) 조선조 영조 때의 문신. 암행 어사(暗行御使)로 이름이 높았고, 호조 판서(戶曹判書)로 있으면서 균역법(均役法)을 만드는 데 힘을 썼음. 영성군(靈城君)에 봉군(封君)됨.

103) 학식이 뛰어난 사람.

104) 글씨를 베끼어 쓰는 사람.

수참(滿面羞慙)[105]하여 관무사촌무사(官無事村無事)[106]하기를 애걸(哀乞)하거늘 영성(靈城)이 가로되,

"우리 형제(兄弟)의 글을 지어 써 주면 무사(無事)하리라."

하고, 인(因)하여 가로되,

"이는 우리 형(兄)님의 거백(巨擘)이요, 이는 우리 형(兄)님의 사수(寫手)이라."

하고, 각각(各各) 스스로 배정(排定)하니 그 선비들이 감(敢)히 한 소리를 내지 못하고 각각(各各) 시지(試紙)를 펴고 한 사람은 부르며 한 사람은 써 경각(頃刻)에 지어내니 문불가점(文不加點)[107]이요, 필법(筆法)이 또한 비등(比等)한지라. 드디어 회시(會試)에 연벽(聯壁)[108]하다.

그 후(後) 증광(增廣)[109]에 영성(靈城)이 또 초시(初試)를 하였으나 회시(會試)는 더욱 관광(觀光)할 길 없더니, 마침 호서(湖西)의 한 선비 향시(鄕試) 초시(初試)를 하여가지고 서울을 나와 사관(舍館)을 정(定)하여 머문단 말을 듣고 짐짓 찾아가 은근(慇懃)한 정(情)을 펴고 이르되,

"우리 마땅히 회시(會試)를 볼지라. 회시(會試) 전(前)에 약간(若干) 공부(工夫)를 수습(修習)함이 좋을 듯하되 고명(高名)한 접장(接長)[110]이 없어 하더니 그대를 만나니 명일(明日)부터 동접(同接)하여 익힘이 어떠하뇨."

---

105) 부끄러워하는 빛이 온 얼굴에 가득히 차 있음.
106) 공사간(公私間)에 아무 일이 없음.
107) 문장이 썩 잘 되어서 점 하나 더 찍을 곳이 없음. 곧, 흠잡을 곳이 없음.
108) 형제가 동시에 과거에 급제함.
109) 증광시(增廣試). 조선조 때, 나라에 큰 경사가 있을 경우에 기념으로 보이던 과거. 식년시(式年試)와 같이 그 절차가 생진과(生進科) 초시(初試)와 복시(覆試), 문과(文科) 초시 · 복시 · 전시(殿試)의 5단계로 나뉘어지며, 시험 과목도 같았음.
110) 선생(先生)의 속칭.

그 선비 내심(內心)에 헤오되 '이 사람이 경화 사족(京華士族)[111]이요, 인물(人物)과 모양(模樣)이 저렇듯 풍후(豊厚)하니 반드시 동접(同接)함이 유익(有益)하리라.' 하고 즉시(卽時) 허락(許諾)하거늘, 서로 기약(期約)하고 돌아갔다가 그 이튿날 또 찾아와 보고 가로되,

"오늘부터 책문(策文) 글제(題)를 내어 서로 지음이 좋다."

하니 그 선비 가로되,

"내 비록 책문(策文) 공부(工夫)에 실(實)함이 있으나 서울 사람의 안목(眼目)에 비(比)할 바가 아니니 그대 먼저 책문(策文) 글제(題)를 써 내라."

하니, 영성(靈城)이 가장 생각하는 체하여 침음(沈吟)하기를 오래하다가 이에 글제(題)를 써 내고 가로되,

"나는 이미 일세(日勢) 저물었으니 내일 찾으리라."

하고, 하직(下直)코 돌아가니 그 선비 생각하되, '저 사람의 글제(題) 내는 양(樣)을 보니 과연(果然) 문필(文筆)이 유여(有餘)하고 글제(題) 뜻이 날렵하다.' 하야 써 흠선(欽羨)[112]히 여기더니, 그 이튿날 또 찾아와 보고 방장(方將)[113] 또 글제(題)를 내어 서로 지으려 할 즈음에 한 하인(下人)이 모립(毛笠)[114]쓰고 숨을 헐떡이고 급(急)히 들어와 물으되,

"박진사주(朴進士主)가 여기 계시니이까."

하거늘, 영성(靈城)이 보니 이에 자가(自家)의 노자(奴子)이라. 그 하인(下人)이 황망(慌忙)히 고(告)하여 가로되,

"신래(新來) 부인주(婦人主)께옵서 졸연(猝然) 흉복통(胸腹痛)이 크

111) 서울의 문벌 좋은 선비.
112) 우러러 흠앙하여 부러워함.
113) 이제 곧.
114) 옛날에 하인들이 쓰던 벙거지.

게 발(發)하여 위태(危殆)함이 경각(頃刻)에 있아오니 진사주(進士主)가 빨리 행차(行次)하사이다."

영성(靈城)이 가로되,

"실인(室人)의 이렇듯한 병세(病勢) 종종 있어 한 번(番) 발(發)하면 반드시 십여일(十餘日)을 위독[115]하니 불가불(不可不) 아니 가지 못하리라."

하고, 인(因)하여 갔다가 십여일(十餘日) 지난 후(後)에 비로소 또 찾아보고 가로되,

"나의 실우(室憂)[116]가 비록 조금 나으나 오히려 염려(念慮)를 놓지 못하고 또 회시(會試) 날이 멀지 아니 하였으니 다시 서로 지을 길이 없는지라. 극(極)히 한탄(恨歎)합다."

하고, 인(因)하여 회시(會試) 날 장중(場中) 문(門)밖에서 서로 만나 입장(入場)하여 동접(同接)함을 언약(言約)하니 그 선비 또한 높은 수단(手段)이 있는지라, 동접(同接)함이 좋을 듯하여 흔연(欣然)히 허락(許諾)하니 원래(原來) 영성(靈城)이 제술(製述) 재주는 없으나 남의 글을 한 번(番) 보고 한 번(番) 들으면 지니고 외우는 재주는 세상(世上)에 덮을 이 없는지라. 이런 고(故)로 당초(當初)에 책문(策文) 글제(題)를 생각하는 체하여 써 내고 글짓는 체하고 지어내던 글이 다 다른 사람이 지은 글이로되, 그 선비는 전연(全然)히 알지 못하고 가장 저에게 유익(有益)함이 있을가 하여 깊이 허심(許心)하였더니, 회시(會試) 날을 당(當)하야 영성(靈城)이 공석(空席) 한 닙과 정초(正草) 한 장(張)을 가지고 장중(場中) 문(門)밖에 앉아 그 향유(鄕儒)의 왕래(往來)하는 모양(模樣)을 보되 가장 못보는 체하고 다른 사람으로 더불어 수작(酬酌)을

115) 원문의 '위돈'은 '위독'의 잘못 표기.
116) 부인의 근심거리.

자약(自若)히 하거늘, 그 선비 그 하는 양(樣)을 보고 차탄(嗟嘆)하여 가로되,

"서울 사람은 진실(眞實)로 믿지 못하리로다. 한가지로 입장(入場)함을 정녕(丁寧)히 상약(相約)하고 이제 이르러 이렇듯이 매몰(埋沒)한 빛을 뵈니 이는 나로 더불어 입장(入場)함이 저의 과사(科事)에 무익(無益)함을 혐의(嫌疑)함이라."

하고, 인(因)하여 친(親)히 나아가 먼저 접어(接語)하여 가로되,

"내 오는 양(樣)을 보고 외면(外面)하기는 무슨 일고. 이미 상약(相約)하고 이같이 냉락(冷落)함이 심(甚)히 괴이(怪異)타."

하니, 영성(靈城)이 내심(內心)에 그 선비 한가지로 입장(入場)치 아니할가 두려하나 외면(外面)에는 가장 마지 못하여 하는 체하고 동접(同接)함을 허락(許諾)하고 인(因)하여 한가지로 들어가 동접(同接)하여 앉았더니, 조금 있다가 현제(懸題)[117]하매 각각(各各) 정초(正草)를 잡아 쓰기를 반(半) 쯤하여 영성(靈城)이 그 선비더러 일러 가로되,

"얼마나 지었느뇨."

그 선비 가로되,

"중간(中間)까지 지었노라."

하고, 인(因)하여 내어 뵈어 가로되,

"무슨 병통(病痛)이 있거든 자세(仔細)히 가르치라."

영성(靈城)이 자가(自家)의 글초는 하는 체하되 글자마다 먹으로 흘리어 다른 사람으로 하여금 알아보지 못하게 하여 방석(方席) 밑에 넣어 두고 그 선비의 글초를 가지고 일어나며 가로되,

"내 소변(小便)이 심(甚)히 급(急)하니 조금 기다리라. 나의 초지(草紙)는 방석(方席) 아래 있다."

---

117) 과거에서 글제를 내걺.

하고, 몸을 돌이켜 소변(小便) 보는 모양(模樣) 하다가 문득 피(避)하여 친(親)한 사람의 우산(雨傘) 아래 휘장(揮帳) 속으로 들어가 자가(自家)의 시지(試紙)를 펴놓고 그 선비의 글을 쓰고 중간(中間) 써 아래는 다른 사람의 글을 얻어 써 정권(呈券)하였더니, 과연(果然) 급제(及第)에 참방(參榜)하야 무신년(戊申年) 난(亂)[118]을 당(當)하여 종사관(從事官)[119]으로 양무훈록(揚武勳錄)에 들어 영성군(靈城君)을 봉(封)하고 벼슬이 판서(判書)에 이르니 평생(平生)에 권술(權術)[120]이 많고 회해(詼諧)[121]를 좋이 여기고 또 수의(繡衣)[122] 잘다니기로 지금(只今)까지 유명(有名)하더라.

---

118) 조선조 영조 4년(1728)에 일어난 이인좌(李麟佐)의 난을 뜻함.

119) 조선조 때, 각 군영(軍營) 포도청(捕盜廳)의 종6품 벼슬. 조선조 때, 통신사(通信使)를 따라가던 임시 벼슬로 당하(堂下)의 문관을 시켰는데, 서장관(書狀官)과 직권이 같음.

120) 권모 술수(權謀術數).

121) 해학(諧謔).

122) 암행 어사(暗行御史).

# 9. 무거빙사굴시관(武擧聘辭屈試官)[123)]

한 거자(擧子)가 있어 무과(武科) 강(講)을 응거(應擧)[124)]할새, 마침 '백이[125)] · 숙제[126)] 채미가(伯夷叔齊採薇歌)' 대문(大文)을 내었는지라. 시관(試官)이 글뜻을 물어 가로되,

"대저(大抵) 고사리 먹는 법(法)이 그 줄기를 먹고 그 뿌리는 먹지 아니하거늘 백이(伯夷) · 숙제(叔齊)는 홀로 그 뿌리를 캐어 먹었다 하니 이 무슨 뜻이뇨."

그 거자(擧子)가 대답(對答)하여 가로되,

"선생(先生)이 진실(眞實)로 이 뜻을 알지 못하고 물으시나니이까. 또한 이미 알으시고 시험(試驗)하여 물으시나니이까. 고사리 줄기 먹기는 고금(古今)의 떳떳한 일이거늘 어찌 백이(伯夷) · 숙제(叔齊) 홀로 알지 못하였으리이까마는 주(周)나라 사람의 고사리 먹기는 마땅히 그 줄기를 먹을 것이요, 백이(伯夷) · 숙제(叔齊)는 마땅히 그 뿌리를 먹음이 또한 마땅치 않으리이까. 주(周)나라 우로(雨露)가 이미 그 고사리 줄기에 젖었는지라. 백이(伯夷) · 숙제(叔齊) 주(周)나라 곡식(穀食) 먹지 아니한 의(義)로써 볼진대 어찌 그 줄기를 먹으리오. 이러므로 그 주(周)나라에 자란 줄기는 먹지 아니하고 그 은(殷)나라에 있던 뿌리를 먹으며 진실(眞實)로 은(殷)나라 선비로 은(殷)나라 노래

---

123) 무과에 응시한 사람이 적절한 말로 시험관을 굴복시키다.

124) 과거에 응시함.

125) 중국 은(殷)나라의 처사(處士). 고죽군(孤竹君)의 장남이며 숙제의 형임. 주(周)의 무왕(武王)이 은을 치려는 것을 말리다가 듣지 않으므로 주나라의 곡식 먹기를 부끄러이 여기어 수양산(首陽山)에 들어가 고사리를 캐어 먹으며 숨어 살다가 굶어 죽음. 아우와 함께 백이 · 숙제로 병칭됨.

126) 중국 은나라 말기의 처사. 백이의 아우. 행적은 백이의 경우와 같음.

를 하여 써 은(殷)나라 절(節)을 마침이라. 만일(萬一) 이제(夷齊)로 하여금 고사리 줄기를 먹었으면 가로되, '옳은 일이라' 하오리이까."

이렇듯이 대답(對答)하니 당초(當初) 시관(試官)의 물은 뜻은 고사리 캐어 먹다 하는 말로써 그 거자(擧子)를 기롱(譏弄)하여 대답(對答)이 막히게 하고자 함이러니 이 거자(擧子)의 대답(對答)이 극(極)히 궁통(窮通)하고 또한 유리(有理)하여 자가(自家)의 소견(所見)에서 십배(十倍)나 뛰어나는지라. 크게 놀라 다시 물어 가로되,

"그러하면 백이(伯夷)·숙제(叔齊) 주려 죽다 하였으니 간지(干支)로써 헤어보면 어느날 죽었는고."

또 대답(對答)하여 가로되,

"경오일(庚午日)이로소이다."

시관(試官)이 가로되,

"어찌 아는고."

거자(擧子)가 대답(對答)하여 가로되,

"법화경(法華經)[127]에 일렀으되 '무론(無論) 아무 사람이라도 주려 죽는 자(者)가 사나이는 칠일(七日)이요, 여자(女子)는 구일(九日)이라' 하였으니 은(殷)나라 망(亡)한 날이 갑자일(甲子日)이매 백이(伯夷) 숙제(叔齊) 밥 아니 먹기를 마땅히 이날부터 하였을 것이니 갑자일(甲子日)로부터 헤어본 즉(卽) 경오일(庚午日)이 제칠일(第七日)이니 법화경(法華經)에 이른 바 남칠(男七)의 한(限)이 곳 이날이라. 이로써 아나이다."

시관(試官)이 세세(細細)히 생각하니 개개(箇箇) 유리(有理)한지라. 크

---

127) 묘법 연화경(妙法蓮華經). 대승(大乘) 경전의 하나로, 중국의 나집(羅什)이 번역한 책. 8권 28품(品)으로 되어 있는데, 가야성(迦耶城)에서 도(道)를 이룬 부처의 본도(本道)를 말한 것으로, 모든 경전 중에서 가장 존귀하게 여기어지는 경전임.

게 기특(奇特)히 여겨 무기(武技)의 고하(高下)를 의논(議論)치 아니하고 갑과(甲科)에 빼어 장원(壯元)하니라.

# 10. 함사명이상서쟁춘(啣使命李尙書爭春)[128)]

이판서(李判書) 익보(益輔)[129)]가 본대 정친(情親)[130)]한 벗이 있으니 나이 동갑(同甲)이요, 거주(居住)도 한 동리(洞里)요, 어려서부터 동문생(同門生)이요, 또 자라매 학업(學業)을 한가지하여 사마(司馬) 진사(進士)와 급제(及第)하기까지 동방(同榜)이요, 내각(內閣) 옥당(玉堂) 대간(臺諫) 통천(通薦)하기에 또한 같이 빼이고, 지벌(地閥)과 의표(儀表)와 문한(文翰)과 물망(物望)이 서로 우열(優劣)이 없어 다른 사람이 능(能)히 고하(高下)를 의논(議論)치 못하더라.

마침 그 벗으로 더불어 홍문관(弘文官)의 반직(伴直)[131)]이 되어 서로 재주와 의표(儀表)의 승부(勝負)를 다투어 겨루기를 마지 아니하더니, 인(因)하여 서로 언약(言約)하여 가로되,

"우리 어려서부터 지금(只今)까지 한가지 아닌 것이 없어 우열(優劣)을 정(定)키 어려운지라. 들으니 남원(南原) 땅에 한 기생(妓生)이 있어 우리 나라의 일색(一色)이라 하니 우리 두 사람 중(中)에 이 기생(妓生)을 먼저 얻는 사람으로 마땅히 제일(第一)을 삼을지라."

이렇듯이 말을 하였더니 오래지 아니하여 그 벗이 전라 좌도(全羅左道) 경시관(京試官)[132)]으로 차정(差定)[133)]하여 가니, 이 다른 사람의 유

---

128) 사명(使命)을 띠고 간 이판서가 춘정(春情)을 다투다.

129) 조선조 영조 때의 문신. 병조와 이조 판서를 역임했으며, 좌참찬(左參贊)으로 있을 때 함경도 백성들의 편익을 위해 앞서 제정했던 상정제(詳定制)가 폐단이 생기자 이를 개정했음.

130) 정분이 썩 가까움. 정의(情誼)가 아주 두터움.

131) 두 사람이 당번으로 한 곳에 숙직함.

132) 3년마다 각 도에서 과거를 보일 때에 서울에서 파견하던 시험관.

133) 사무를 담당시킴.

탈(遺脫)한 대신(代身)이라. 과일(科日)이 박두(迫頭)하여 내일(來日) 장차(將次) 하직(下直)하고 떠날 새 시소(試所)[134] 고을은 곧 남원(南原) 고을이라. 이판서(李判書)가 마침 입직(入直)하였다가 이 소문(所聞)을 듣고 크게 놀라고 탄식(嘆息)하여 바로 즉지(卽地)[135]에 날아서 먼저 가고자 싶으되 어찌할 길 없는지라. 통분(痛憤)함을 마지 아니하여 밤이 새도록 잠을 이루지 못하였더니, 이튿날 그 벗이 하직(下直)하고 나가다가 이판서(李判書)의 직소(直所)에 들어와 의기 양양(意氣揚揚)하여 현저(顯著)히 압두(壓頭)할 마음이 있어 크게 말하여 가로되,

"이제로부터는 내 마땅히 그대를 이기리라."

하거늘, 이판서(李判書)가 비록 강잉(强仍)하여 수작(酬酌)하고 전송(餞送)하여 보냈으나 고개를 숙이고 기운(氣運)이 막히여 지내더니, 홀연(忽然) 입직(入直) 옥당(玉堂) 이아무 입시(入侍)하라 하시는 전교(傳教)가 계시거늘, 이판서(李判書) 전도(顚倒)히 탑전(榻前)에 입시(入侍)하니 봉서(封書) 한 장(張)과 마패(馬牌) 유척(鍮尺)[136]등을 내어 주시거늘, 이판서(李判書)가 크게 기꺼하여 내심(內心)에 헤오되 '이 반드시 호남(湖南) 어사(御使)이라' 하고 즉시(卽時) 바로 남문(南門) 밖에 나가 봉서(封書)를 떼어보니 과연(果然) 호남 좌도(湖南左道) 어사(御使)이라. 그 일자(日字)를 헤아려 본 즉(卽) 그 벗이 아무 날은 마땅히 남원(南原)에 들어갈지라. '내 반드시 당일(當日) 발정(發程)하여 배도(倍道)하여 빨리 가면 넉넉히 당(當)하리라' 하고 종인(從人)과 비장(裨將)을 미처 지휘(指揮)치 못하고 급급(急急)히 본집에 사람을 부려 반당(伴倘)[137] 하나와 노자(奴子) 하나를 거느려 약간(若干) 반전(盤纏)[138]으로

134) 과시(科試)를 치르는 곳.
135) 즉석(卽席).
136) 놋쇠로 만든 자. 지방 수령이나 암행 어사가 검시(檢屍) 때에 썼음.
137) 서울의 각 관아에서 부리던 사환.
138) 노자(路資).

도보(徒步)하여 발행(發行)하고, 종인(從人)과 의복(衣服)은 뒤좇아[139] 남원(南原)으로 보내라 하고 바로 남원(南原) 땅에 다다라 경시관(京試官) 행지(行止)[140]를 탐청(探聽)한 즉(卽), 경시관(京試官)이 오늘 아침에 들어왔다 하거늘 인(因)하여 급급(急急)히 염탐(廉探)하여 두어 가지 조건(條件)을 얻어 가지고 바로 객사(客舍)에 출도(出道)하니, 이때 남원(南原) 관가(官家)와 및 경시관(京試官)이며 읍내(邑內) 이민(吏民)이 다 어사(御使)의 선성(先聲)을 듣지 못하였다가 졸연(猝然)히 출도(出道)하는 소리를 듣고 사람마다 창연(愴然) 실색(失色)하여 일읍(一邑)이 진동(震動)하는지라. 이방(吏房)과 좌수(座首)[141]와 각창(各倉)빗을 잡아들여 낱낱이 치죄(治罪)한 후(後) 분부(分付)하여 가로되,

"본읍(本邑)으로 수청 기생(守廳妓生)을 차정(差定)하여 들이라."

하여 들인 후(後) 그 좌목(座目)을 보니 그 기생(妓生)의 이름이 없는지라. 호장(戶長)[142]을 잡아들여 물어 가로되,

"남원(南原)이 본대 국내(國內)의 색향(色鄕)이요, 또 어사(御使) 행차(行次)가 제일(第一) 높은 별성(別星)이거늘 지금(只今) 수청 기생(守廳妓生)이 전불성형(全不成形)[143]하니 이 무슨 도리(道理)뇨. 사속(斯速)히 다시 차정(差定)하여 들이라."

하니 어사(御使)의 분부(分付)를 뉘 감(敢)히 거역(拒逆)하리오.

즉시(卽時) 바꾸어 들이거늘 그 좌목(座目)을 보니 또 그 성명(姓名)

---

139) 원문의 '미조차'는 '미좇다'의 활용형. '미좇다'는 '뒤미쳐 좇다'의 뜻으로 쓰인 옛말.

140) 행동거지(行動擧止).

141) 조선조 때, 지방의 주(州), 부(府), 군(郡), 현(縣)에 두었던 향청(鄕廳)의 우두머리. 향청은 수령을 보좌하고, 풍속을 바로잡고 향리(鄕吏)를 규찰하며, 정령(政令)을 민간에 전달하고, 민정(民情)을 대표하는 지방 자치 기관이었음.

142) 향리(鄕吏)의 으뜸 구실.

143) 전혀 모습을 드러내지 아니함.

이 없는지라. 어사(御使)가 크게 노(怒)하여 호장(戶長)과 수노(首奴)와 수기(首妓)를 일병(一竝) 나입(拿入)하여 꾸짖어 가로되,

"내 본대 네 고을의 아무 이름 가진 기생(妓生)이 있는 줄을 알았거늘 두 번(番) 환차(換差)하되 종시(終是) 그 기생(妓生)의 성명(姓名)은 없으니 너희 거행(擧行)이 십분(十分) 만홀(漫忽)[144]한지라. 그 기생(妓生)으로 빨리 현신(現身)하게 하라."

호장(戶長) 등(等)이 꿇어 사뢰어 가로되,

"그 기생(妓生)은 이미 경시관(京試官) 행차(行次)에 수청(守廳)으로 차정(差定)하여 들였으매 다시 고치기 어렵사와이다."

어사(御使)가 더욱 크게 노(怒)하여 호령(號令)이 추상(秋霜)같아서 별(別)로이 삼(三)모장(杖)[145]을 들이라 하여 호장(戶長) 등(等) 삼인(三人)을 형틀에 올려 매고 소리를 매이하여 가로되,

"너희 무리 그 기생(妓生)을 어느 곳에 감추어 두고 경시관(京試官)을 가탁(假託)하여 종시(終是) 현형(現形)치 아니하니 만만 통해(萬萬痛駭)한지라. 만일(萬一) 즉각내(卽刻內)로 대령(待令)치 아니하면 너희 등(等)이 마땅히 이 형장(刑杖) 아래 물고(物故)[146]하리라."

하고, 집장 사령(執杖使令)[147]을 분부(分付)하여 매매[148] 고찰(考察)하니 호령(號令)이 서리같고 일읍(一邑)이 진동(震動)한지라. 호장(戶長) 수노(首奴) 수기(首妓)의 가속(家屬)과 및 삼반 관속(三班官屬)[149]이 다 경시관(京試官) 하처(下處)에 들어가 울며 호소(呼訴)하여 가로되,

"호장(戶長)과 좌수(座首)와 수기(首妓) 세 사람의 성명(性命)이 지

---

144) 한만(汗漫)하고 소홀(疏忽)함.
145) 삼각주 모양으로 된 곤장.
146) 죄인이 죽음. 또, 죄인을 죽임.
147) 장형(杖刑)을 집행하는 사령.
148) 몹시 심하게 자꾸.
149) 지방 각 부군(府郡)의 이교노령(吏校奴令).

금(只今) 경각(頃刻)에 달렸사오니 엎드려 빌건대 경시관(京試官) 사도(使道)는 애긍(哀矜)하시는 덕택(德擇)을 내리오샤 이 기생(妓生)을 내어주시면 잠시간(暫時間)에 어사(御使) 사도(使道)께 현신(現身)하옵고 세 사람의 죄(罪)를 면(免)하온 후(後) 아무쪼록 도로 데려와 사도(使道) 수청(守廳)을 드리울 것이니 장하(杖下)에 죽어가는 목숨을 살와 주심을 천만(千萬) 바라나이다."

경시관(京試官)이 내심(內心)에 헤오되 '만일(萬一) 이 기생(妓生)을 내어 주지 아니하였다가 저의 무리 무죄(無罪)히 죽으면 도리어 원망(怨望)이 될 것이요, 또 어사(御使)가 뉜지 모르되 조그마한 기생(妓生)으로 말미암아 서로 혐의(嫌疑)를 지음이 역시(亦是) 아름다운 일이 아니라' 하고, 인(因)하여 내어주기를 허(許)하여 가로되,

"특별(特別)히 너희 잔명(殘命)을 위(爲)하여 내어주노니 잠간(暫間) 현신(現身)만 시키고 데려 오라."

하되, 관속(官屬)들이 백배 치사((百拜致謝)하여 가로되,

"사도(使道)의 상덕(上德)[150]이 이렇듯하시니 한 번(番) 현신(現身) 한 후(後) 즉시 (卽時) 데려오리이다."

하고, 인(因)하여 기생(妓生) 데려다가 어사(御使)에게 현신(現身)한대, 어사(御使)가 크게 기꺼 본 즉(卽) 과연(果然) 절대 묘색(絶大妙色)이라. 드디어 하리(下吏)를 다 물리고 그 기생(妓生)을 이끌어 운우지희(雲雨之戱)를 난만(爛漫)히 마친 후(後)에 그 기생(妓生)을 데리고 바로 경시관(京試官) 하처(下處)에 들어가 부채로 차면(遮面)하고 대청(大廳)에 올라가 그 벗의 자호(字號)를 불러 가로되,

"이제야 내 쾌(快)히 이기었노라."

하니, 경시관(京試官)이 비록 어사(御使) 출도(出道)한 줄은 알았으나

150) 웃어른에게 받은 은덕.

그 성명(姓名)을 알지 못하고 또 자가(自家) 하직(下直)하고 내려올 때에 이판서(李判書)를 옥당(玉堂) 번소(番所)에서 보았는지라. 한 번(番) 봄에 크게 놀라운 중(中) 또 그 기생(妓生)을 양두(讓頭)[151]하였는지라. 더욱 통분(痛憤)함을 이기지 못하여 거의 기절(氣絶)할 듯하더라.

대개(大槪) 자상(自上)으로 또 이판서(李判書)가 그 벗으로 더불어 상약(相約)한 일을 알으신 고(故)로 짐짓 경시관(京試官) 하직(下直)하는 날에 특별(特別)히 수의 어사(繡衣御使)를 명(命)하사 하여금 서로 우등(優等)을 다투게 하심이러라.

---

151) 지위를 남에게 넘겨 줌.

# 11. 염의사풍악봉신승(廉義士楓岳逢神僧)[152]

염시도(廉時道)는 이서(吏胥) 다니는 사람이라. 수진방(壽進坊) 골에 거(居)하여 천성(天性)이 진실(眞實)하고 염개(廉介)[153]한지라. 허적(許積)[154]의 겸종(傔從)이 되어 심(甚)히 사랑하고 신임(信任)하더니, 일일(一日)은 허상(許相)이 시도(時道)더러 이르되,

"명일(明日)에 사환(使喚)할 곳이 있으니 일찍 대령(待令)하라."

하였더니, 그날 밤에 시도(時道)가 벗 수삼인(數三人)으로 더불어 야회(夜會)하다가 잠을 깊이 들어 날이 이미 새는 줄을 몰랐더니, 급(急)히 일어 가장 분주(奔走)히 갈 새 제용감(濟用監)[155] 안으로 지날 제 길가 빈터에 고목(古木)이 있고 고목 아래 무성(茂盛)한 풀이 있고 풀 사이에 푸른 봇짐이 드러남을 보고 나아가 본 즉(卽) 봉(封)하고 싼 것이 심(甚)히 주밀(周密)하고 듦에 심(甚)히 무거운지라. 허리에 차고 사직(社稷)골 허상공(許相公) 집에 이르러 늦게 대령(待令)함을 청죄(請罪)한대, 허상(許相)이 가로되,

"이미 다른 하인(下人)을 부렸으니 네 무슨 죄(罪) 있으리오."

시도(時道)가 청하(廳下)에 물러와 그 청보(靑褓)를 풀어 본 즉(卽) 속에 또 싸고 그 안에 이백십삼냥(二百十三兩) 중은(重銀)이 있거늘 혼잣말로 가로되,

---

152) 염의사(廉義士)가 금강산에서 신승(神僧)을 만나다.

153) 청렴하고 결백함.

154) 조선조 숙종 때의 대신. 호는 묵재(默齋). 남인의 거두로 영의정을 지냈으며, 재정의 고갈을 막기 위해 상평통보(常平通寶)를 주조하였음. 숙종 6년(1680)에 서자 견(堅)의 역모 사건에 관련되어 사사(賜死)됨.

155) 조선조 때 포물(布物) 인삼의 진헌(進獻) 및 의복, 사(紗)·나(羅)·능(綾)·단(緞)의 사여(賜與)와 포화(布貨)의 염직(染織)을 맡아 보던 관아.

"이는 중(重)한 재물(才物)이라. 무론(無論) 아무하고 잃은 사람의 마음이 어떠할고. 내 가(可)히 엄치(掩置)[156]하여 기물(器物)을 삼을 것이로되 소민(小民)의 횡재(橫財)함이 길조(吉兆)가 아니라. 의(義)에 취(取)치 않을진대 차라리 상공(相公)께 드림만 같지 못하다."

하고, 은(銀)을 가지고 나아가 은(銀) 얻은 연유(緣由)를 상공(相公)께 고(告)하고 바치기를 청(請)한대, 허상(許相)이 가로되,

"너의 얻은 바가 내에게 무엇이 관계(關係)하며 또 네 취(取)치 않은 것을 내 어찌 취(取)하리오."

시도(時道)가 참괴(慙愧)하여 물러갔더니, 이슥고 허상(許相)이 시도(時道)를 불러 이르되,

"수일전(數日前)에 병판(兵判)의 말값이 은(銀) 이백냥(二百兩)이라. 광성부원군(光城府院君)[157]이 그 말을 산다 하더니 그 은(銀)인가 싶으니 네 시험(試驗)하여 가 물으라."

하니, 병판(兵判)은 청성(靑城) 김공(金公)[158]이라. 시도(時道)가 그 말을 좇아 이튿날 김공(金公)께 가 현알(現謁)하고 여짜오되,

"댁(宅)에서 혹(或) 잃은 것이 있나니이까."

김공(金公)이 가로되,

"없노라."

하고, 문득 창두(蒼頭)를 불러 가로되,

"아무 노자(奴子)가 말을 이끌고 간 지 이미 수일(數日)이로되 오히려 회보(回報)가 없으니 어찐 일고. 빨리 잡아오라."

---

156) 숨기어 둠.
157) 숙종의 장인인 김만기(金萬基)임.
158) 김석주(金錫胄). 조선조 숙종 때의 상신. 우의정을 지냈음. 음험한 수법으로 남인의 타도를 획책했다 하여, 같은 서인의 반감을 사서 노론(老論)과 소론(少論) 분열의 원인이 됨.

창두(蒼頭)가 가로되,

"그 노자(奴子)가 죄(罪) 있으므로 감(敢)히 나아와 뵈지 못한다 하나이다."

김공(金公)이 꾸짖어 가로되,

"이 어찐 말고. 빨리 잡아들이라."

창두(蒼頭)가 그 노자(奴子)를 잡아들여 뜰에 꿇린되, 노자(奴子)가 여짜오되,

"소인(小人)이 일만(一萬) 번(番) 죽사올 죄(罪) 있사오니 감(敢)히 명(命)을 바치나이다."

김공(金公)이 그 연고(緣故)를 물은대, 노자(奴字)가 가로되,

"소인(小人)이 재동(齋洞) 광성댁(光城宅)에 가와 말값을 받아 가지고 오옵다가 중로(中路)에서 잃었나이다."

김공(金公)이 크게 노(怒)하여 가로되,

"노자(奴子)의 간사(奸詐)함이 이렇듯하고녀. 네 농간(弄奸)하여 없이하고 와 나를 속이는도다."

급(急)히 형장(刑杖)을 베퍼 박살(撲殺)하려 하니 시도(時道)가 곁에 있다가 여짜오되,

"잠간(暫間) 형벌(刑罰)을 머물으시고 은(銀) 잃은 소유(所由)를 물으소서."

김공(金公)이 깨달아 형벌(刑罰)을 머물으고 다시 힐문(詰問)한대, 그 노자(奴子)가 아뢰되,

"소인(小人)이 처음에 말을 이끌고 광성댁(光城宅)에 가온 즉(卽) 상공(相公)이 소인(小人)을 명(命)하여 '말을 구경 들이라' 하시고, 가로되, '과연(果然) 신기(神騎)로다.' 그 살찌고 윤택(潤澤)함을 탄상(歎賞)하시고 이르샤되, '이 말을 네가 먹였느냐.' 가로되, '그러하이다.'

상공(相公)이 기특(奇特)히 여기샤 가로되, '인가(人家)에 노자(奴子)가 이같이 신실(信實)한 자(者)가 있도다.' 인(因)하여 앞으로 나아오라 하여 가로되, '네 능(能)히 술 마시느냐.' 대(對)하여 가로되, '능(能)히 하노이다.' 상공(相公)이 감홍로(甘紅露)[159] 한 사발을 가득 부어 세 번(番)을 연(連)하여 주시고 은(銀) 이백냥(二百兩)을 혬하여 주시며 또 십삼냥(十三兩)을 더하여 가로되, '이는 네 말 잘 먹인 상급(賞給)이라.' 하시니 소인(小人)이 하직(下直)하고 나올 새 날이 저문지라. 심취(甚醉)하와 행보(行步)할 수 없사와 노방(路旁)에 거꾸러져 어느 곳인 줄 알지 못하옵더니, 밤이 깊어 선선하오매 술이 적이 깨어 동편(東便)의 쇠북소리 들리거늘 겨우 일어나 돌아오옵고 은봉(銀封)은 어디 떨어졌는지 전연(全然)히 알지 못하와 실상(實狀)이 이러하오매 죄범(罪犯)이 지중(至重)하와 죽을 줄만 아옵기로 자저(趑趄)[160]하와 감(敢)히 진알(進謁)치 못하였나이다."

시도(時道)가 수말(首末)을 다 들은 후(後)에 즉시(卽時) 은(銀) 얻은 소유(所由)를 아뢰고 급(急)히 돌아와 은(銀)을 가져 드리니 봉(封)한 바와 및 은(銀) 수효(數爻)가 과연(果然) 잃은 자(者)의 말과 같은지라. 김공(金公)이 탄상(歎賞)하여 가로되,

"네 금세상(今世上) 사람이 아니로다. 그러나 근본(根本) 잃은 것이라 그 반(半)으로써 너를 상급(賞急)하나니 네 사양(謝讓)치 말라."

시도(時道)가 웃어 가로되,

"가령(假令) 소인(小人)이 탐재(貪財)할 마음이 있사와 숨기고 말 아니하면 그 뉘 알리오. 이미 내의 둠이 아니면 오직 더럽힐가 저어

159) 지치 뿌리를 꽂고 꿀을 넣어서 밭은, 빛이 붉고 맛이 단 평양 특산의 소주. 소주에 누룩·계피·용안(龍眼)의 열매·진피(陳皮)·방풍(防風)·정향(丁香) 등을 넣어서 우린 술.

160) 머뭇거리며 망설임.

하거늘 어찌 상급(賞給)하심을 받자오리까."

김공(金公)이 송연(悚然)히 안색(顔色)을 고치고 상은(賞銀) 이자(二字)를 재거(再擧)치 아니하고 오래 차탄(嗟嘆)하다가 술을 주어 위로(慰勞)하고 노자(奴子)를 쾌(快)히 방석(放釋)하니라.

시도(時道)가 하직(下直)하고 문(門)에 나오니 한 소년 여자(少年女子)[161]가 뒤으로 빨리 불러 가로되,

"원(願)컨대 승(丞)[162]님은 조금 머물으소서."

시도(時道)가 돌아 보고 소유(所由)를 물은대, 그 여자(女子)가 가로되,

"아까 은(銀) 잃은 자(者)는 나의 오라비라. 내 의지(依支)하여 살더니 이제 승(丞)님을 힘입어 오라비 다시 세상(世上)을 보니 이 은혜(恩惠)를 어찌 갚으리오. 내 안에 들어가 대부인(大夫人)께 이 말씀을 아뢴 즉(卽) 극(極)히 탄상(歎賞)하시고 주찬(酒饌)을 주사 대접하여 보내라 하시기에 잠간(暫間) 청(請)한 바이로라."

하고, 낭하(廊下)에 자리를 펴고 도로 들어가 한 대탁(大卓)[163]을 받들고 나와 진수 미찬(珍羞美饌)을 벌였으니 시도(時道)가 취포(醉飽)하고 돌아오니라.

경신년(庚申年)[164]을 당(當)함에 허상(許相)이 죄(罪)로써 사사(賜死)하니 시도(時道)가 돌연(突然)히 들어가 약기(藥器)를 붙들고 나와 마시

---

161) 나이 어린 여자.

162) 조선조 때, 봉상시(奉常寺), 전중시(殿中寺), 사농시(司農寺) 여러 관아의 벼슬. 종5품에서 정9품까지의 품계이었음.

163) 큰 상(床).

164) 숙종6년(1680). 이 해에 '경신 출척(庚申黜陟)'으로 불리우는, 남인이 쫓겨나고 서인이 득세한 사건이 일어남. 당시의 영의정인 허적(許積)의 서자 허견(許堅)이 복선군(福善君)을 끼고 역모한다고 서인 김석주 · 김만기 등이 고발하여 남인 일파를 몰아 내었음.

고자 하거늘 도사(都事)[165]가 끌어 내치니라. 허상(許相)이 이미 죽으매 시도(時道)가 주야(晝夜) 호통(號慟)하여 다시 세념(世念)이 없는지라. 인(因)하여 집을 버리고 방랑(放浪)하여 산수(山水)에 오유(娛遊)할 새 족형(族兄)이 강릉(江陵) 땅에 있음을 듣고 찾은 즉(卽) 이미 승(僧)이 되어 간 바를 알지 못하는지라. 인(因)하여 풍악(楓岳)에 유람(遊覽)할 새 표훈사(表訓寺)[166]에 이르러 거(居)하는 승(僧)더러 물어 가로되,

"내 높은 중을 얻어 내 스승을 삼아 의지(依支)코자 하노니 뉘 가(可)한 자(者)이뇨."

다 가로되,

"묘길상(妙吉祥) 뒤 고암(高庵) 수좌승(首座僧)[167]은 곧 생불(生佛)이니라."

시도(時道)가 찾아가니 과연(果然) 한 승(僧)이 고요히 앉았거늘 시도(時道)가 앞에 엎드려 지성(至誠)으로 섬길 뜻을 뵈고 또 삭발(削髮)하기를 청(請)한대, 그 승(僧)이 본 체 아니하거늘 시도(時道)가 엎드려 일지 아니하니 날이 이미 저문지라. 승(僧)이 문득 가로되,

"시렁 위에 쌀이 있으니 석반(夕飯)을 짓지 아니하느뇨."

시도(時道)가 일어나 보니 과연(果然) 쌀이 있는지라. 지어 먹고 또 전(前)같이 엎드려 아침에 이르니 승(僧)이 또 밥하라 하거늘 이같이 한 지 오륙일(五六日)이로되 승(僧)이 마침내 접어(接語)하지 아니하는지라. 시도(時道)가 정성(精誠)이 차차 풀려 문외(門外)에 나가 두루 구경할 새 암자(庵子) 뒤에 수간(數間) 모옥(茅屋)이 있거늘 그 안에 들어가니 한 여자(女子)가 방년(芳年)이 이팔(二八)에 자색(姿色)이 있는지

165) 조선조 때 의금부(義禁府)의 한 벼슬. 처음에는 종5품이었으나 뒤에 종6품에서 종9품 또는 종8품까지 여러 품질(品秩)로 갈림.
166) 금강산에 있는 유점사(楡岾寺)의 말사(末寺).
167) 우두머리 중.

라. 시도(時道)가 한 번(番) 보매 심혼(心魂)이 비월(飛越)하고 정욕(情欲)을 금(禁)치 못하여 양류세요(楊柳細腰)[168]을 덥석 안고 겁박(劫迫)하고자 하니 여자(女子)가 품 속으로 칼을 내어 자결(自決)코자 하거늘, 시도(時道)가 경겁(驚怯)[169]하여 물러 앉아 그 소종래(所從來)를 물은대, 가로되,

"나는 이 동구(洞口) 밖에 있는 여자(女子)이러니 오라비 이 산(山)에 출가(出家)하여 암승(庵僧)을 섬기매 모친(母親)이 암승(庵僧)을 신인(神人)이라 하여 나의 명수(命數)를 물은 즉(卽) 암승(庵僧)이 이르되 '귀에 복록(福祿)이 무궁(無窮)하나 사오년(四五年) 액(厄)이 있사오니 만일(萬一) 인간사(人間事)를 사절(謝絶)하고 이 암자(庵子) 뒷방(房)에 있은 즉(卽) 가(可)히 재액(災厄)을 소멸(消滅)할 것이요, 또 아름다운 인연(因緣)이 있으리라.' 하니 모친(母親)이 그 말을 믿어 이에 모옥(茅屋)을 얽어 나로 더불어 수년(數年) 경영(經營))을 하더니, 모친(母親)이 마침 촌가(村家)에 나간 사이에 문득 그대의 핍박(逼迫)한 바가 되어 이 사경(死境)에 이르니 이 이른바 대액(大厄)이 아니냐. 이미 모친(母親)의 명(命)이 없으니 죽을지언정 어찌 욕(辱)을 받으리오. 그러나 이 일이 우연(偶然)치 아니한지라. 신승(神僧)의 가연(佳緣) 있단 말이 반드시 금일사(今日事)를 위(爲)함이로다. 이미 한 번(番) 서로 접면(接面)하매 천지(天地) 증참(證參)[170]이 되고 신명(神明)이 밝게 알으시니 어찌 다른 데 가리오. 맹세(盟誓)코 그대를 좇으리니 다만 모친(母親)의 돌아오심을 기다려 성친(成親)[171]을 명백(明白)히 함이 또한 가(可)치 아니하냐."

---

168) 버들가지처럼 가는 허리. 미인의 허리를 묘사하는 관용어로 잘 쓰임.
169) 놀라서 겁을 냄.
170) 참고될 만한 증거. 증좌(證左).
171) 친척을 이룬다는 뜻으로 '혼인'을 달리 이르는 말.

시도(時道)가 그 말을 기이(奇異)히 여겨 하직(下直)하고 암중(庵中)에 돌아오니 승(僧)이 또 말하는 바가 없는지라. 이 밤에 시도(時道)가 일심(一心)이 경경(耿耿)[172]하여 여자(女子)의 염용(艷容)[173]이 암암하매[174] 도(道)를 구(求)하는 뜻이 전(全)혀 없고 명일(明日) 여자(女子)의 모친(母親) 일언(一言)을 고대(苦待)하더니 및 아침에 잠을 깨매 승(僧)이 홀연(忽然) 일어서 크게 꾸짖어 가로되,

"어떠한 괴물(怪物)이 나를 요란(擾亂)케 하느뇨. 반드시 죽인 후(後) 말리로다."

하고, 육환장(六環杖)[175]을 들어 장차(將次) 치려하니 시도(時道)가 황겁(惶怯)하여 암자(庵子) 밖으로 달아났더니, 이슥고 승(僧)이 불러 앞에 가까이 하여 좋은 말로 일러 가로되,

"네 상모(狀貌)를 보니 출가한 사람이 아니요, 후암(後庵)의 여자(女子)는 반드시 네게 돌아갈 것이니 다만 이로조차 가고 조금도 지류(遲留)치 말라. 비록 이 앞에 조금 놀라움이 있으나 복록(福祿)이 이로부터 장원(長遠)하리라."

하고, 여덟 글자를 써주되 '이성득전작교가연(以姓得全鵲橋佳緣)'이라 하니 <성으로써 온전(穩全)함을 얻고 오작교(烏鵲橋)의 아름다운 인연(因緣)이라>, 시도(時道)가 눈물을 뿌려 하직(下直)하고 표훈사(表訓寺)에 이르러는 앉은 자리 덥지 못하여 홀연(忽然) 기포(譏捕)[176] 군관(軍官)이 돌입(突入)하여 시도(時道)를 긴긴(緊緊)히 결박(結縛)하고 항쇄족쇄(項鎖足鎖)[177]하여 풍우(風雨)같이 몰아 수일(數日)이 못하여 경성

172) 마음에 잊혀지지 아니하고 염려가 됨.
173) 아리따운 용모.
174) 잊혀지지 아니하고 가물가물 보이는 듯하매.
175) 고리가 여섯 개 달린 지팡이.
176) 조선조 때 강도나 절도를 탐색하여 체포하던 일.
177) 목에 씌우는 칼과 발에 채우는 차꼬. 죄인을 단단히 잡죔을 이르는 말.

(京城)에 다다라 큰 칼 씌워 하옥(下獄)하니, 이때 허적(許積)의 옥사(獄事) 연좌(連坐)가 많은지라. 친근(親近)한 겸종((傔從)을 추착(推捉)할 새 시도(時道)가 또한 초사(招辭)에 든 연고(緣故)일러라. 및 금부(禁府) 국청(鞫廳)[178] 좌기(坐起)[179] 날을 당(當)하매 청성(青城) 김공(金公)이 안옥(按獄)하고 모든 재상(宰相)으로 벌여 앉았더니, 나졸(拿卒)이 시도(時道)를 잡아들일 때에 신문(訊問)하는 자(者)가 많으되 청성(青城)이 살피지 아니함은 그 시도(時道)를 위(爲)함이라. 일차(一次) 평문(平問)[180] 후(後) 하옥(下獄)하라 하니 마침 청성(青城)의 밥 가지고 온 비자(婢子)는 곧 은(銀) 잃은 자(者)의 누이라. 시도(時道)의 착가(着枷)[181]함을 보고 차악(嗟愕)[182]히 여겨 돌아가 부인(夫人)께 고(告)한대, 부인(夫人)이 또한 불쌍히 여겨 서간(書簡)을 청성(青城)에게 보내어 시도(時道)의 애매(曖昧)함을 구제(救濟)하소서 하였거늘, 청성(青城)이 즉시(卽時) 시도(時道)를 잡아들여 약간(若干) 힐문(詰問)하니 증험(證驗)이 없는지라.

이에 가로되,

"차인(此人)은 의사(義士)라. 청천 백일(青天白日) 같은 심사(心思)를 내 깊이 아는 바이니 어찌 역모(逆謀)에 참예(參預)하리오."

특별(特別)히 방석(放釋)하니 시도(時道)가 겨우 금부(禁府) 문(門) 밖에 나오매 은(銀) 잃은 노자(奴子)가 일습(一襲) 새옷을 가지고 이미 기다린지라. 드디어 한가지로 집에 돌아와 접대(接待)를 극진(極盡)히 하고 노수(路需)와 및 마필(馬匹)을 주어 하여금 상고(商賈)의 일을 하게 하니라.

---

178) 역적 따위 중한 죄인을 신문하기 위하여 임시로 만든 곳.
179) 관청의 우두머리가 사진(仕進)하여 일을 봄.
180) 조선조 때, 형구(刑具)를 써서 닥달하지 않고 그냥 죄인을 심문함을 일컬음.
181) 죄인의 목에 칼을 씌움.
182) 탄식하며 몹시 놀람.

이때 허적(許積)의 생질(甥姪) 신후재(申厚載)[183] 상주(尙州) 목사(牧使)가 된지라. 시도(時道)가 내려가 보려할 새 때마침 칠월(七月) 칠일(七日)이라. 이른바 견우(牽牛) 직녀(織女)가 서로 만나매 오작(烏鵲)이 다리를 이루는 날이라. 이미 상주(尙州)의 지경(地境)에 들매 날이 저물고 말이 빨리 달려 산벽(山僻) 소로(小路)로조차 한 촌가(村家)로 들어가니 시도(時道)가 연망히 따라간 즉(卽) 말이 이미 마구(馬廐)에 매였고 한 여자(女子)가 뜰에서 베를 매다가 피(避)하여 방중(房中)으로 들어가거늘, 시도(時道)가 말 맨 것을 끌르려 한대 노구(老嫗)가 안으로조차 나와 가로되,

"그대 어찌 끌르려 하느뇨. 말은 돌아올 바를 아는도다."

시도(時道)가 망연(茫然)히 그 뜻을 알지 못하고 절하고 또 청(請)하여 가로되,

"한 적도 뵈지 못한지라. 주모(主母)의 이르시는 바를 살피지 못하리로소이다. 말은 돌아올 바를 안다 함은 어찌 이름이뇨."

노구(老嫗)가 자리에 맞아 좌정(坐定) 후(後) 가로되,

"내 장차(將次) 말하리라."

하더니, 홀연(忽然) 창(窓) 안에서 목맺혀 우는 소리 나거늘 노구(老嫗)가 가로되,

"어찌 우느뇨. 기쁨이 극(極)하여 그러하냐."

시도(時道)가 더욱 의심(疑心)하여 급(急)히 그 소유(所由)를 청(請)한대,

"아무 연분(年分)에 한 여자(女子)를 금강산(金剛山) 암자(庵子) 뒤에서 만남이 없느냐."

---

183) 조선조 숙종 때의 문신. 도승지(都承旨)를 지냈음. 남인에 속하여 경신 출척, 기가 환국, 갑술 옥사 등으로 부침이 심하였으며, 이런 환경 때문에 갑술 옥사 후 은퇴하여 학문에만 전심함.

가로되,

"그러하다."

노구(老嫗)가 가로되,

"이는 내 여식(女息)이라. 이제 방(房)에서 우는 자(者)가 곧 이 아이요, 또 암승(庵僧)의 내력(來歷)을 아느냐. 이는 곧 그대 강릉(江陵) 족형(族兄)이라. 본대 신승(神僧)으로 묘법(妙法)이 있어 사람의 장래사(將來事)를 앎이 귀신(鬼神) 같은지라. 내 여식(女息)의 길흉(吉凶)을 일러 가로되 '이 여아(女兒)가 내 족제(族弟) 염(廉) 아무로 인연(因緣)이 있으되 수년(數年) 재액(災厄)이 있으니 만일(萬一) 집을 떠나 산사(山寺)에 거(居)하면 액(厄)을 면(免)할 것이요, 자연(自然) 인연(因緣)을 이루나 동실(同室)[184]치 못하리니 동실(同室)할 곳은 곧 영남(嶺南) 상주(尙州)의 땅에 있으되 모년(某年) 모월(某月) 모일(某日)이라.' 하기에 내 여식(女息)을 데리고 승(僧)에게 나아가 액(厄)을 지나려 할 새, 그때 마침 그대 왔으되 내 촌가(村家)에 갔다가 미처 보지 못한지라. 그 후(後) 암승(庵僧)이 옮아 가매 향(向)할 바를 알지 못하고 나의 자식(子息)이 또한 이 땅 절간에 우거(寓居)하매 내 저를 따라 여기 있는지라. 및 오늘에 이르러는 그대 반드시 올 줄 알았노라."

하고, 인(因)하여 딸을 불러 나오라 하니 여자(女子)가 눈물을 거두며 아미(蛾眉)를 숙이고 나와 맞으니 과연(果然) 풍악(楓岳) 암후(庵後)에서 보던 여자(女子)이라. 안모(顔貌)가 더욱 풍영(豊盈)하고 아름답거늘 시도(時道)가 처창(悽愴)함을 이기지 못하고 여자(女子)가 또한 비희(悲喜) 교집(交集)하더라.

석반(夕飯)을 내오매 진찬(珍饌)이 가득하니 다 미리 판비(辦備)한 것

184) 방을 같이 함.

이라. 이 밤에 성친(成親)하니 신승(神僧)의 주던 바 여덟 글자가 다 맞은지라. 머문지 수일(數日)에 시도(時道)가 본수(本倅)를 가 보고 중간(中間) 지난 일을 자세(仔細) 고(告)한대, 상목(尙牧)[185]이 또한 이상(異常)히 여겨 후(後)히 뇌물(賂物)을 주니라.

이때 시도(時道)의 전처(前妻)는 죽은 지 오래고 가사(家事)는 족인(族人)에게 부탁(付託)하여 간검(看檢)하라 하였더니, 시도(時道)가 드디어 그 모녀(母女)를 데리고 경성(京城)에 들어와 다시 구택(舊宅)에 거(居)하니 시도(時道)의 이름이 세상(世上)에 진동(震動)하고 청성(靑城)의 고호(顧護)[186]함이 또한 지극(至極)하니 가계(家計) 요족(饒足)하고 사람이 다 염의사(廉義士)라 일컫더라.

부처(夫妻)가 다 복록(福祿)을 누리고 시도(時道)가 나이 팔십여(八十餘)에 졸(卒)하니 이제 그 자손(子孫)이 안국동(安國洞)에 거(居)하여 번성(繁盛)하더라.

185) 상주 목사를 줄여 쓴 말.
186) 돌보아 줌.

# 청구야담 권지구(靑邱野談 卷之九)

## 1. 오안사영호봉설생(吳按使永湖逢薛生)[1]

광해조(光海朝) 시절(時節)에 설생(薛生)이라 하는 자(者)가 청파(靑坡)에 거(居)하여 문사(文辭)가 넉넉하고 기운(氣運)을 숭상(崇尙)하여 과장(科場)에 여러 번(番) 출입(出入)하되 수기(數奇)[2]한 양 한 번(番)도 마치지 못한지라. 일찍 추판(秋判)[3] 오윤겸(吳允謙)[4]으로 더불어 정의(情誼) 친밀(親密)하더니 계축(癸丑) 폐모변(廢母變)[5]을 당(當)하매 생(生)이 개연(慨然)히 추판(秋判)더러 일러 가로되,

"윤기(倫紀) 멸(滅)한지라. 어찌 써 벼슬에 거(居)하리오. 그대 능(能)히 나로 더불어 한가지로 물외(物外)에 놂이 어떠하뇨."

추판(秋判)이 양친(兩親)이 당(堂)에 계시니 가(可)히 멀리 가지 못하

---

1) 안절사(按節使) 오윤겸(吳允謙)이 영랑호(永浪湖)에서 설생(薛生)을 만나다.
2) 운수가 기박함.
3) 조선조 때, 형조 판서(刑曹判書)의 별칭.
4) 조선조 인조(仁祖) 때의 상신(相臣). 광해군 9년(1617) 통신사로 일본에 건너가 임진 왜란 때 잡혀간 포로를 데리고 왔음. 성품이 공평 무사하여 사람을 쓸 때 유능한 사람이면 친소를 가리지 않고 등용하고 무능하면 딱 잘라 거절했음.
5) 광해군 5년(1613) 인목대비(仁穆大妃) 폐출 사건을 가리킴.

므로 말하고, 수월(數月) 후(後) 생(生)을 찾은 즉(卽) 부지거조(不知擧措)이라.

반정(反正)[6] 후(後) 갑술년(甲戌年)[7]에 오공(吳公)이 관동(關東)에 안절사(按節使)가 되어 순력(巡歷) 나[8] 간성(杆城)에 이르러 배를 영랑호(永郎湖) 물가에 띄웠더니, 홀연(忽然) 물가에 배를 끌고 오는 자(者)가 있거늘 점점(漸漸) 가까이 오매 살펴본 즉(卽) 곧 설생(薛生)이라. 크게 놀라 주중(舟中)에 맞아들이니 서로 기쁨을 측량(測量)치 못할지라. 그 거(居)하는 곳을 물은대 생(生)이 가로되,

"내 집은 양양(襄陽) 읍내(邑內) 동남(東南)으로 육칠리(六七里) 허(許)에 있으니 동명(洞名)은 회룡(回龍)골이라. 지형(地形)이 유벽(幽僻)하여 인적(人迹)이 드물고 다만 여기서 멀지 아니하니 불과(不過) 반일(半日)에 가(可)히 왕환(往還)할지라. 청(請)컨대 그대는 나의 있는 곳으로 한 번(番) 구경함이 어떠하뇨."

공(公)이 좇아 장차(將次) 석양(夕陽)에 견여(肩輿)[9]를 타고 동구(洞口)에 들어가니 산로(山路)가 기구(崎嶇)하여 수리(數里)를 가더니, 푸른 뫼가 깎은 듯이 우뚝 서 기이(奇異)한 형상(形相)이 눈에 현란(絢爛)하고 중간(中間)에 석문(石門)이 열려 맑은 시내 석문(石門) 곁으로 솟아나니 이는 회룡동(回龍洞)이라. 석경(石徑)이 돌문(門) 터진 데로 조금 꺾어 올라간 즉(卽) 참암(巉岩)[10] 굴곡(屈曲)하여 칡을 이끌고 나무를 받들어 나아가매 비로소 굴(窟)이 있으니 몸을 구부려 들어가는지라. 이미 들어간 즉(卽) 땅이 심(甚)히 광평(廣平)하고 전토(田土)가 기름지며 인가(人家)가 즐비(櫛比)하니 뽕

6) 인조 반정(仁祖反正).
7) 인조 8년(1634).
8) 나가.
9) 좁은 길을 지날 때에 임시로 쓰는 상여(喪輿).
10) 높고 위태한 바위.

과 삼이 좌우(左右)에 둘렀고 배와 대추나무가 전후(前後)에 총밀(叢密)하여 별유천지비인간(別有天地非人間)[11]이라.

생(生)의 있는 바는 굴(窟) 안에 당중(當中)하여 집을 지었으되 극(極)히 정쇄(淨灑)하고 그윽한지라. 공(公)을 맞아 당(堂)에 올리고 산미(山味)로 대접(待接)하니 향기(香氣)로운 나물과 기이(奇異)한 실과(實果)가 벌였고 인삼 정과(人蔘正果)[12]가 살찌고 크기 팔뚝 같은지라. 요기(療飢)한 후(後) 손을 이끌어 나가 놀 새 봉만(峰巒)[13]과 암석(岩石)이 기괴(奇怪)하고 장려(壯麗)하여 가(可)히 형용(形容)치 못할지라. 공(公)이 황연(晃然)히 삼신산(三神山)[14]에 이른 듯하여 스스로 부귀(富貴)의 더러움을 알지라.

공(公)이 가로되,

"여차(如此) 승계(勝界)는 진실(眞實)로 은자(隱者)의 있을 바이나 그대 가계(家計) 요족(饒足)치 못하니 산중(山中)에 어찌 이를 판득(辦得)하뇨."

생(生)이 웃어 가로되,

"내 세상(世上)을 피(避)하므로써 임의(任意)로 두루 놀며 널리 볼새, 하루도 한가(閑暇)함이 없어 서(西)으로 속리산(俗離山)과 북으로 묘향산(妙香山)과 남으로 가야산(伽倻山) 두류산(頭流山)[15] 승경(勝境)을 찾아 무릇 동방(東方) 산천(山川)의 기이(奇異)한 곳을 들으면

11) 인간이 사는 속된 세상과는 아주 다른 세상.
12) 인삼을 꿀이나 설탕물에 조리어 만든 과자.
13) 산꼭대기의 뾰족뾰족 솟은 봉우리.
14) 중국의 전설에 나오는 봉래산(蓬萊山), 방장산(方丈山), 영주산(瀛州山)의 세 산. 동해(東海)에 있다 하며, 진시황(秦始皇)과 한무제(漢武帝)가 동남동녀(童男童女) 수천 명을 보내어 불로불사약(不老不死藥)을 구하였다는 이야기가 있음. 우리 나라의 금강산(金剛山)과 지리산(智異山)과 한라산(漢拏山)을 가리키는 말이라 함.
15) 지리산(智異山)의 다른 이름.

족적(足跡)이 아니 미친 곳이 없어 뜻에 맞으면 문득 풀을 베어 집을 짓고 거친 땅을 열어 밭을 만들어 거(居)한 지 혹(或) 일년(一年)이며 혹(或) 이삼년(二三年)에 흥(興)이 진(盡)하면 문득 옮아 다른데로 가니, 나의 거(居)한 곳은 산(山)의 기이(奇異)함과 물의 절승(絶勝)함과 모옥(茅屋)의 정결(淨潔)함과 전포(田圃)의 생곡(生穀)하는 자(者)가 이에서 십배(十倍)나 나은 자(者)가 많으되 다만 세인(世人)이 알지 못하느니라."

공(公)이 생(生)의 종복(從僕)이 다 준미(俊美)하며 풍류(風流)에 능(能)함을 보고 물으니 다 첩(妾)의 소생(所生)이요, 화월(花月)같은 소년(少年) 절염(絶艶)이 청가(淸歌) 묘무(妙舞)로 좌우(左右)에 벌여 행락(行樂)하는 자(者)가 수십(數十)이거늘, 공(公)이 기이(奇異)하여 생(生)의 평생(平生) 뜻을 얻음을 보고 스스로 진세(塵世)에 욕(辱)됨을 돌아보매 위(爲)하여 허희(歔欷) 탄식(歎息)하고 시(詩)를 지어 주어 머문 지 이일(二日)에 비로소 떠날 새, 생(生)에게 언약(言約)하여 가로되,

"후(後)에 반드시 나를 경사(京師)에 찾으라."

하였더니, 그 후(後) 삼년(三年)에 과연(果然) 와 공(公)을 찾으니 이때 공(公)이 이판(吏判)으로 있는지라. 생(生)을 천거(薦擧)하여 사로(仕路)에 남을 청(請)한대, 생(生)이 참괴(慙愧)하여 하직(下直)치 아니코 바로 가니라.

그 후(後)에 공(公)이 한가(閑暇)한 때를 타 영(嶺)을 넘어 회룡굴(回龍窟)에 가 생(生)을 찾은 즉(卽) 생(生)은 없고 빈 터만 남았으되 사람이 알 이 없는지라. 공(公)이 크게 탄식(歎息)하고 기이(奇異)히 여겨 돌아오니라.

## 2. 여묘측효감천호(廬墓側孝感泉虎)[16)]

성묘조(成廟朝)[17)] 시절(時節)에 호남(湖南) 홍덕(興德) 고을 화룡리(化龍里)에 오준(吳浚)[18)]이라 하는 자(者)가 있으니 사족(士族)이라. 어버이 섬김을 지극(至極)한 효도(孝道)로 하더니 어버이 몰(歿)하매 영취산(靈鷲山)에 장사(葬事)하고 무덤 곁에 막(幕) 매어 날마다 흰죽(粥) 한 그릇을 마실 뿐이요, 곡읍(哭泣)을 슬피 하매 듣는 자(者)가 또 눈물을 흘리더라.

제전(祭奠)[19)]에 상해 현주(玄酒)[20)]를 쓸 샘이 산곡중(山谷中)에 있어 맛이 극(極)히 청렬(淸冽)하니 무덤에서 가기 오리(五里)라. 오생(吳生)이 반드시 몸소 병(甁)을 가지고 물을 길을 새 풍우 한서(風雨寒暑)에도 조금도 게을리 아니하더니, 하루 저녁에 무슨 소리 산중(山中)으로부터 나매 뇌성(雷聲) 같아서 온 산(山)이 흔들리는 듯하더니, 아침에 일어나 본 즉(卽) 난데없는 샘이 무덤 곁으로 솟아나오니 감렬(甘冽)함이 전(前)에 긷던 샘 같거늘 그 샘을 가 보니 이미 말랐더라. 이 후(後)로조차 멀리 가 물긷는 수고를 면(免)하니 읍인(邑人)이 이름을 효감천

16) 무덤옆에 여막(廬幕)을 지어 놓고 봉양하는 효성에 샘물과 호랑이도 감동하다.
17) 조선조 제9대 임금 성종(成宗). 학문을 좋아하고 글씨와 그림에 능하였으며 유학(儒學)을 장려하였음. 당시의 법률 및 제도의 기초 서적인 '경국대전(經國大典)'을 출판하였음.
18) 조선조 성종 때의 효자. 부모에 대한 지극한 효성으로 인해 천거되어 군자감 직장(軍資監直長)에 제수되었으나 부임하지 않음.
19) 의식을 갖춘 제사와 의식을 갖추지 아니한 제사의 통칭.
20) 제사 때 술 대신 쓰는 냉수.

(孝感泉)이라 하다.

거(居)한 바 여막(廬幕)이 심산 궁곡(深山窮谷)에 홀로 있으매 호표(虎豹)의 이웃이요 도적(盜賊)이 모이는 바이라. 집 사람이 심(甚)히 근심하더니, 이미 소상(小祥)을 지나매 일일(一日)은 큰 범이 여막(廬幕) 앞에 준좌(蹲坐)[21]하였거늘 오생(吳生)이 경계(警戒)하여 가로되,

"네 나를 해(害)코자 하느냐. 내 이미 피(避)치 못할 터인 즉(卽) 너 할대로 하려니와 다만 내 죄(罪) 없노라."

그 범이 꼬리를 흔들고 머리를 숙여 공경(恭敬)하는 뜻이 현연(顯然)하거늘 오생(吳生)이 가로되,

"이미 해(害)치 않을진대 어찌 가지 아니하느뇨."

그 범이 인(因)하여 문(門) 밖에 나가 엎드리고 가지 아니하여 이같이 한 지 여러 날이 되매 마침내 어루만지고 희롱(戲弄)함을 계견(鷄犬)같이 하여 지내니, 이 후(後)로 매양(每樣) 삭망(朔望)을 당(當)하면 그 범이 산록(山鹿)[22]과 산저(山猪)[23]를 물어 와 여막(廬幕) 앞에 놓아 제수(祭需)를 이바지하여 주년(周年)에 한 번(番)도 궐(闕)치 아니하니 맹수(猛獸)와 도적(盜賊)이 감(敢)히 가까이 못하더라.

오군(吳君)이 결복(闋服)[24] 후(後) 집에 돌아오매 범이 비로소 나가니라.

그 다른 효감(孝感)과 이적(異蹟)이 많으되 감천(感泉)과 범의 일은 가장 나타난지라. 도신(道臣)[25]이 오군(吳君)의 효행(孝行)을 조정(朝廷)

21) 주저앉음. 쭈그리고 앉음.
22) 사슴.
23) 멧돼지.
24) 삼년상을 마침. 해상(解喪). 결제(闋制).
25) '관찰사(觀察使)'의 이칭(異稱).

에 올린대 상(上)이 특별(特別)히 정문(旌門)하시고 금백(金帛)을 사급(賜給)하시니라. 오군(吳君)이 육십오(六十五)에 졸(卒)하니 사복정(司僕正)[26]을 추증(追贈)하시고 읍인(邑人)이 향현사(鄕賢祠)를 지으니라.

26) 사복시(司僕寺)의 정(正). 사복시는 조선조 때 궁중의 여마(輿馬), 구목(廐牧)에 관한 일을 맡아 보던 관아.

## 3. 연부명성동천신(延父命誠動天神)[27]

이종희(李宗禧)는 전의(全義) 사람이라. 구세(九歲)에 합가(闔家)[28]가 운기(運氣)[29]를 만나니 그 부모(父母)와 비복(婢僕)이 일시(一時)에 누으되 종희(宗禧) 홀로 병(病)이 없어 구완할 새 기부(其父)가 냉기(冷氣) 가득한지라. 종희(宗禧) 황황 망조(遑遑罔措)하여 급(急)히 미음을 달이고 칼로 네 손가락을 찍어 피를 미음에 타 기부(其父)의 입을 어긔고[30] 미음을 흘리니 반 그릇을 쓰매 코와 입으로 숨이 적이 통(通)하거늘 종희(宗禧) 기꺼 한 그릇을 다 쓰매 기부(其父)가 이에 완연(宛然)히 소생(蘇生)하는지라. 이튿날 신시(申時)에 기부(其父)가 또 전(前)같이 기식(氣息)하거늘 종희(宗禧) 호읍(號泣)하여 하늘께 빌고 남은 손가락을 도마에 놓고 어지러이 찍으니 피 흐르는지라. 즉시(卽時) 미음에 타 기부(其父)의 입에 흘리니 생기(生氣) 돌아오더라.

미음을 내어올 때에 문득 들으니 공중(空中)에서 불러 이르되,

"종희(宗禧)야, 네 정성(精誠)을 상천(上天)이 감동(感動)하시매 명부(冥府)에서 너의 부친(父親) 생도(生道)를 허(許)하였으니 방심(放心)하고 비통(悲痛)치 말라."

가중(家中) 상하(上下)의 병(病)들어 누웠던 자(者)가 다 듣고 가로되,

"장단(長湍) 생원주(生員主)의 어음(語音)이라."

하니, 장단(長湍) 생원(生員)은 곧 종희(宗禧)의 외조(外祖) 윤겸(尹謙)이니 죽은 지 이미 오랜지라. 기부(其父)가 살아남을 얻어 점점(漸漸)

---

27) 아버지의 수명을 늘리려는 정성에 천신이 감동하다.
28) 한 집안. 온 가족.
29) 전염하는 열병(熱病).
30) '어긔다'는 '어기다'의 옛말.

소완(蘇完)[31]하고 기모(其母)가 또 이어 나으니 종희(宗禧) 효행(孝行)을 원근(遠近)이 일컫고 본읍(本邑)이 단자(單子)를 정(定)한대, 읍수(邑倅)가 기이(奇異)히 여겨 상영(上營)[32]에 보장(報狀)[33]하니 도백(道伯) 이성룡(李聖龍)이 복호(復戶)[34] 주고 조정(朝廷)에 들려 정문(旌門)하니라.

---

31) 소생하여 완쾌됨.
32) 감영(監營).
33) 상관에게 보고하는 공문. 보고장.
34) 조선조 때 충신, 효자, 절부(節婦)가 난 집에 요역(徭役)과 전세(田稅) 이외의 잡부금을 면제하여 주던 일.

## 4. 득금항양부인상양(得金缸兩夫人相讓)[35)]

김재해(金載海) 학행(學行)이 높아 성문(聲聞)이 자자(藉藉)하더니, 일찍 가사(家舍)를 매득(買得)하매 값이 오륙십냥(五六十兩)이니 본주(本主)는 과부(寡婦)이라. 김공(金公)이 이미 옮아 들매 장원(莊園)이 퇴비(頹圮)[36)]하므로써 장차(將次) 다시 쌓으려 하여 가래질하여 터를 열 새 문득 한 항아리를 얻으니 항아리 속에 은(銀)이 백냥(百兩)이 있는지라. 김공(金公)이 써 하되,

"전(前)에 든 과부(寡婦)가 이 주인(主人)이라."

하여, 그 처(妻)로 하여금 편지(便紙)를 그 과부(寡婦)에게 통(通)하여 은(銀) 얻은 연고(緣故)를 자세(仔細) 고(告)한대, 과부(寡婦)가 크게 감격(感激)하여 몸소 김공(金公)의 집에 가 가로되,

"이 은(銀)이 비록 내 옛집에서 났으나 실(實)로 댁(宅)에서 얻은 것이니 어찌 내 기물(器物)을 삼으리오. 이미 내게 보낸 것이니 반(半)씩 나눔이 어떠하뇨."

김공(金公)의 부인(婦人)이 가로되,

"만일(萬一) 분반(分半)할 뜻이 있으면 곧 취(取)할 것이니 어찌 보낼 리 있으리오. 내 또한 부인(夫人)의 기물(器物)인 줄로 알지 아니하되 나는 밖에 군자(君子)가 있으니 비록 이 은(銀)이 아니라도 족(足)히 보전(保全)하려니와 부인(夫人)은 문호(門戶)를 부지(扶持)할 이 없어 가사(家事)를 지내기 어려우니 다행(多幸)히 사양(辭讓)치 말라."

---

35) 금이 든 항아리를 얻은 두 부인이 서로 양보하다.
36) 쇠퇴하여 문란함.

하고, 굳이 받지 아니하니 과부(寡婦)가 감(敢)히 다시 말 못하고 비록 가지고 돌아오나 김공(金公)의 덕(德)을 감동(感動)하여 몸이 맟도록 잊지 못하더라.

## 5. 채산삼이약상병명(採山蔘二藥商幷命)[37]

영평(永平) 땅에 한 김가(金哥) 백성(百姓)이 있어 삼(蔘)캐기로 업(業)을 삼더니, 일일(一日)은 두 동류(同類)로 더불어 백운산(白雲山) 깊은 곳에 들어가 높은 봉(峰)에 올라 굽어 본 즉(卽) 아래 큰 구렁이 있으되 사면(四面)으로 깎아 세운 듯 병풍(屛風)같이 둘렀고 가운데 인삼(人蔘)이 총밀(叢密)하여 심(甚)히 아름다운지라. 삼인(三人)이 기쁨을 이기지 못하여 캐려 하되 가(可)히 반연(攀緣)[38]할 길이 없는지라. 드디어 풀을 맺어 농(籠)을 만들고 칡으로 동아줄을 만들어 김가(金哥)를 농(籠)에 앉히고 줄을 내리니 김(金)이 내려가 삼(蔘)을 많이 캐어 십여속(十餘束)을 묶어 농(籠)에 담아 올린대, 두 사람이 위에서 줄을 당기어 놓고 인(因)하여 또 농(籠)을 내리어 연(連)하여 캐어 올려 삼(蔘)이 거의 다하매 양인(兩人)이 삼(蔘)을 분반(分半)하고 농(籠)을 버리고 가니, 김공(金公)이 낙심 천만(落心千萬)하여 사면(四面)을 돌아본 즉(卽)[39] 깎은 벽(壁)이 백장(百丈)이라. 몸에 날개 없으니 어찌 가(可)히 나오며 또 먹을 것이 없는지라. 남은 삼(蔘)을 캐어 먹으니 육칠일(六七日) 화식(火食)을 아니하여도 기운(氣運)이 충실(充實)하여 밤이면 바위 밑에서 자고 낮이면 석벽(石壁) 가운데 돌아다녀 아무리하여도 세상(世上)에 나감이 무가내하(無可奈何)이라. 죽기를 기다릴 뿐일러니, 일일(一日)은 우러러 본 즉(卽) 구렁 밖 바위가에 풀이 쓰러지며 소리 풍

---

37) 산삼(山蔘)을 캐는 두 명의 약장수가 목숨을 잃다.
38) 기어 올라감.
39) 원문에는 '돌아본' 다음에 '깎은 벽'으로 이어짐. '즉'이 필사 과정에서 빠진 것으로 보임.

우(風雨) 같더니 이윽고 한 대망(大蟒)[40]이 머리는 물레 같고 두 눈은 횃불 같아서 바로 굴(窟) 속으로 내려오니 곧 김(金)의 앉은 데라. 김(金)이 헤오되 '이제는 내 죽었다' 하고 앉았더니, 그 대망(大蟒)이 김(金)의 앞으로 지나가 농(籠)과 줄 드리우던 석벽(石壁)을 향(向)하여 몸은 벽(壁)에 붙여 걸리고 꼬리는 김(金)의 앞에 두어 흔들거늘, 김(金)이 생각하되 '이 대망(大蟒)이 사람을 보되 해(害)치 아니하고 꼬리를 흔듦이 이같으니 필연(必然) 나를 구(救)하려 하노라' 하고, 드디어 허리띠를 끌러 한 끝은 대망(大蟒)의 꼬리에 매고 또 한 끝은 자기(自己) 몸을 매어 굳이 잡으니 대망(大蟒)이 한 번(番) 두르매 몸이 어느덧 굴(窟) 밖에 나온지라. 김(金)은 운소(雲霄)에 오른 듯하고 대망(大蟒)은 수풀로 들어가 간 곳을 알지 못할러라.

김(金)이 드디어 옛 길을 찾아 산(山)에 내려온 즉(卽) 두 사람이 나무 아래 준좌(蹲坐)하였거늘 김(金)이 멀리서 보고 일러 가로되,

"그대 등(等)이 오히려 나를 기다리고 있느냐."

한대 답(答)치 아니하거늘, 의아(疑訝)하여 앞에 나아가 본 즉(卽) 이미 죽은 지 오랜지라. 그 삼(蔘)은 하나도 유실(流失)된 바가 없거늘 김(金)이 그 연고(緣故)를 알지 못하고 급(急)히 돌아와 두 집에 고(告)하여 가로되,

"내 양인(兩人)으로 더불어 한가지 삼(蔘)을 캐다 홀연(忽然) 구토(嘔吐)를 얻어 나는 겨우 살고 두 사람은 구(救)치 못하니 독(毒)한 것을 혹(或) 먹었는지 참혹(慘酷)함을 어찌 측량(測量)하며 시체(屍體)는 아무 곳에 있으니 바삐 상여(喪輿)에 메어 오라."

하고, 산삼(山蔘)을 두 집에 분반(分半)하여 다 주니 양가(兩家)가 본대 이 사람을 깊이 믿는지라. 급(急)히 한가지로 그곳에 가 시체(屍體)

---

40) 이무기.

를 거두니 상(傷)한 곳이 하나도 없으매 더욱 의심(疑心)이 없고, 김(金)은 삼(蔘)을 한 뿔[41]도 가지지 아니코 다 나놔 줌을 감격(感激)하여 하더라.

김(金)의 나이 구십(九十)이 되도록 강건(康健)함이 소년(少年) 같고 아들 오인(五人)을 낳아 장성(長成)하매 세간을 내어 다 부명(富名) 있으며 향중(鄕中)에 천명(擅名)하니, 근본(根本)은 이담석(李聃錫)의 집 종으로 속량(贖良)하여 양인(良人)이 되고 나이 백세(百歲) 넘도록 병(病)이 없고 죽기를 임(臨)하매 비로소 채삼(採蔘)하던 일을 모든 아들더러 일러 가로되,

"무릇 사람의 사생 화복(死生禍福)이 다 하늘에 있으니 너의 일절(一切) 악념(惡念)을 내어 두 사람같이 말라."

하더라.

41) 뿌리.

# 6. 연천금홍상서의기(捐千金洪象胥義氣)[42]

역관(譯官)의 홍순언(洪純彦)[43]이 만력(萬曆)[44] 병술년(丙戌年)[45]에 절사(節使)[46] 행차(行次)를 따라 황성(皇城)에 들어가니, 그때 한 청루(青樓)를 새로 일으키고 현판(懸板)에 하였으되 '은(銀) 천냥(千兩)이 아니면 청루(青樓)에 들지 못하리라' 하였으니 탕자배(蕩子輩) 그 값이 중(重)함을 혐의(嫌疑)하여 감(敢)히 생의(生意)치 못하더니, 홍역관(洪譯官)이 듣고 뜻에 혜오되, '값이 이같이 중(重)하면 누중(樓中) 내아(內兒)는 필연(必然) 천하 일색(天下一色)이라. 은(銀) 천냥(千兩)을 어찌 아끼리오. 한 번(番) 시험(試驗)하리라.' 하고 자세(仔細)히 물은 즉(卽) 노류 장화(路柳墻花)가 아니요, 곧 아무 시랑(侍郎)[47]의 여자(女子)로 그 부친(父親)이 공전(公錢) 누만금(累萬金)을 범용(犯用)하매 옥중(獄中)에 엄수(嚴囚)하고 방장(方將)[48] 일률(一律)을 쓰려 할 새 가산(家産)

---

42) 역관 홍순언(洪純彦)이 의기(義氣)로 천금을 버리다.

43) 조선조 선조 때의 역관(譯官). 사신 행차를 수행하여 중국에 갔을 때, 청루(青樓)에서 의기를 발휘하여 구해 준 여인이 후일 명나라 병부 상서(兵部尙書)의 후취(後娶)가 되므로써 임진 왜란시 명나라의 구원병이 오게 되는 데에 일조를 하였다는 일화(逸話)가 전함.

44) 중국 명(明)나라 신종(神宗)의 치세 연호(年號).

45) 조선조 선조 19년(1586).

46) 동지(冬至), 정조(正朝), 성절(聖節) 따위와 같이 해마다 제철이나 명절에 보내는 사신. 조선조 초기에는 절일(節日) 때마다 사신을 보내었으나 조선조 인조 22년(1644) 이후부터는 1년에 한 번 동지 전후하여 보내게 되었으므로 동지사(冬至使)라 일컫기도 하였음.

47) 중국의 관명(官名). 진(秦) 한(漢) 때에는 낭중령(郎中令)의 속관으로, 궁문(宮門)을 지키는 구실. 당(唐)나라 때에는, 중서(中書) 문하(門下) 두 성(省)의 실질상의 장관. 후세에는 육부(六部)의 차관(次官).

48) 이제 곧.

을 탕진(蕩盡)하고 인족(姻族)에게 족징(族徵)[49]하되 삼천금(三千金)이 오히려 부족(不足)하니 명(命)을 기다릴 뿐이요, 다른 변통(變通)이 없는지라. 이미 자식(子息)이 없고 다만 일개(一箇) 여아(女兒)가 있으니 자색(姿色)이 일세(一世)에 제일(第一)이라. 여자(女子)가 비원(悲寃)함을 이기지 못하여 몸을 팔아 금(金)을 얻어 여전(餘錢)을 필납(畢納)하여 그 부친(父親)의 명(命)을 구(救)코자 하매 마지 못하여 이 거조(擧措)를 하였다 하거늘, 홍역관(洪譯官)이 들으매 그 정성(精誠)을 가긍(可矜)히 여겨 감(敢)히 그 여자(女子) 보기를 구(救)치 아니하고 행중(行中) 제인(諸人)의 은(銀)을 다 뒤어내니[50] 그 수(數)가 천(千)에 찬지라. 인(因)하여 청루(青樓)에 보내고 사행(使行)을 따라 나오니라.

그 여자(女子)가 몸을 더럽히지 아니하고 삼천냥(三千兩)을 얻어 공전(公錢)을 준납(準納)[51]한 후(後) 그 부친(父親)을 구활(救活)하매 홍역(洪譯)의 은덕(恩德)을 생각하니 산(山)이 높고 바다가 깊은지라. 중심(中心)에 새겨 몸이 맞도록 결초(結草)코자 하더라.

이미 청루(青樓)를 파(罷)하고 본가(本家)에 돌아왔더니, 후(後)에 석상서(石尙書)[52]의 후취(後娶)가 되매 별(別)로 비단(緋緞)을 짜되 필(匹)마다 보은(報恩) 이자(二字)를 수(繡)놓아 매양(每樣) 사행(使行) 편(便)에 신근(辛勤)[53]히 부쳐 보내어 종시(終是) 폐(廢)치 아니하더라. 및 임

49) 지방 고을의 이속(吏屬)들이 공금이나 관곡(官穀)을 포흠(逋欠)해 내었거나, 군정(軍丁)이 도망 또는 사망하여 군포세(軍布稅)가 축났을 때, 이를 대충하기 위하여 억지로 그 일족(一族)에게서 추징(追徵)해 내는 일.
50) 뒤져내니.
51) 일정한 기준대로 바침.
52) 중국 명나라의 문신(文臣)인 석성(石星)을 이름. 석성은 벼슬이 병부 상서(兵部尙書)에 올랐고, 임진 왜란 때 이여송(李如松) 등을 원군으로서 우리나라에 파견하고, 한편으론 일본과의 화의(和議)를 추진함.
53) 고된 일을 맡아 부지런히 일함.

진 왜란(壬辰倭亂)을 당(當)하매 대가(大駕)가 용만(龍灣)[54]에 파천(播遷)하시고 사신(使臣)을 부려 구완을 대국(大國)에 청(請)할 새, 이때 홍역(洪譯)이 따라갔더니 석상서(石尙書)는 시임(時任) 병부 상서(兵部尙書)로 있어 홍역관(洪譯官)의 높은 의(義)를 부인(夫人)에게 익히 들었더니, 그때 부인(夫人)이 홍역(洪譯)의 옴을 듣고 상서(尙書)에게 간청(懇請)하여 그 주선(周旋)함을 극(極)히 애걸(哀乞)한대, 상서(尙書)가 위로 황제(皇帝)께 고(告)하고 아래로 조정(朝廷)에 부탁(付託)하여 특별(特別)히 이제독(李提督) 여송(如松)을 보내어 장수(將帥) 삼십여원(三十餘員)과 병마(兵馬) 수만명(數萬名)을 거느려 구완하게 하고 또 양곡(糧穀)과 은자(銀子)를 내려 접제(接濟)할 방도(方道)를 삼아 마침내 왜적(倭賊)을 소평(掃平)하고 궁금(宮禁)[55]을 숙청(肅淸)하여 거가(車駕)가 환궁(還宮)하시니, 진실(眞實)로 신종 황제(神宗皇帝)[56] 소국(小國)을 자휼(慈恤)[57]하시고 번병(藩屛)[58]을 재조(再造)하신 은덕(恩德)이 천지(天地) 같고 또 석상서(石尙書) 부인(夫人)의 힘을 많이 입으니라.

---

54) 의주(義州)의 별칭.
55) 궁궐(宮闕).
56) 중국 명나라 제13대의 임금.
57) 사랑하여 은혜를 베풂.
58) 나라를 지키는 제후(諸侯). 여기서는 당시 중국에 대해서 사대(事大)의 예를 펴고 있었던 우리 나라를 뜻함.

# 7. 득이첩권상사복연(得二妾權上舍福緣)[59)]

안동(安東) 땅에 권진사(權進士)가 있으니 소년(少年)에 진사(進士)는 하였으나 가세(家勢) 지빈(至貧)하고 삼십(三十)이 못하여 또 상배(喪配)하니 이미 자녀(子女)가 없고 또 비복(婢僕)이 없는지라. 신세(身世) 궁곤(窮困)하고 정상(情狀)이 가긍(可矜)하더니, 이웃에 한 과녀(寡女)가 있으되 자색(姿色)이 있고 가세(家勢) 요족(饒足)하매 청년(靑年)에 상부(喪夫)하고 실절(失節)치 말자 맹세(盟誓)하여 몸가지기를 정결(貞潔)히 하니 촌리(村里)의 악소배(惡少輩)[60)] 감(敢)히 생의(生意)치 못하는지라. 권진사(權進士)가 그 일을 익히 아나 요행(僥倖)으로 매파(媒婆)를 여러 번(番) 보내어 그 동정(動靜)을 탐지(探知)하매 과녀(寡女)가 일향(一向) 매매(浼浼)[61)]하니 막가내하(莫可奈何)[62)]이라.

일일(一日)은 진사(進士)가 뜰에서 배회(徘徊)하더니, 그 과녀(寡女)가 마침 지나다가 보고 문득 물어 가로되,

"진사주(進士主)가 근일(近日) 평안(平安)하시냐. 일동(一洞)의 소년(少年)이 일찍 왕래(往來)치 아니하고 금일(今日)이 심(甚)히 종용(從容)한지라. 오늘 석반(夕飯)은 내 집에서 자심이 어떠하뇨."

진사(進士)가 상해 유의(留意)하는 바이나 말붙이기 어렵더니 금일(今日) 과녀(寡女)의 말이 실(實)로 의외(意外)라. 어찌 기쁘지 않으리오. 고소원(固所願)이언정 불감청(不敢請)[63)]이니 이만 다행(多幸)함이 없는

---

59) 권진사가 두 첩을 얻어 복록을 누리다.
60) 불량 소년들.
61) 창피할 정도로, 거절하는 태도가 야멸침.
62) 어찌할 수 없음.
63) 본디 바라던 바이나 감히 청할 수 없음.

지라. 드디어 허락(許諾)하고 날이 기욺을 고대(苦待)하여 바삐 그 집에 간대, 과녀(寡女)가 흔연(欣然)히 맞아 석반(夕飯)을 성(盛)히 하여 대접(待接)하며 한가지로 담소(談笑)를 자약(自若)히 하다가 문득 가로되,

"진사주(進士主)가 상투를 풀어 머리를 땋고 나로 더불어 의복(衣服)을 바꾸어 입고 일시 희롱(戱弄)을 삼음이 어떠하니이꼬."

진사(進士)가 그 뜻을 알지 못하나 천만 다행(千萬多幸)한 중(中)에 능(能)히 어긔지 못하여 저의 말대로 하니 과녀(寡女)가 손을 이끌고 방(房)에 들어가 금침(衾枕)을 펴 누이고 가로되,

"진사주(進士主)는 먼저 취침(就寢)하소서. 첩(妾)은 대변(大便)을 보고 들어오리이다."

하고, 문(門)을 열고 나간 지 오래되 오지 아니하거늘 진사(進士)가 의괴(疑怪)하여 전전(轉輾)하고 잠을 이루지 못하더니, 삼경(三更)이 못하여 창(窓)밖에 들리는 소리 나며 여러 장정(壯丁)이 일제(一齊)히 돌입(突入)하여 불문 곡직(不問曲直)하고 이불을 말아 긴긴(緊緊)히 결박(結縛)하여 지고 거리로 나가 수십리(數十里)를 행(行)하매, 한 대문(大門)으로 들어가 일간(一間) 정사(淨舍)를 가리어 짐을 내려 놓고 그 결박(結縛)한 것을 풀어 놓으니, 진사(進士)가 그 악소배(惡少輩) 과녀(寡女) 탈취(奪取)하는 일인 줄 아나 아직 시종(始終)을 보려 하여 소리를 내지 아니하고 동정(動靜)을 살핀 즉(卽) 본읍(本邑) 이방(吏房)의 집이라.

이윽고 이방(吏房)이 들어와 미음을 권(勸)하여 놀람을 진정(鎭靜)하라 하거늘, 진사(進士)가 짐짓 이불을 무릅써 얼굴을 드러내지 아니하고 미음을 물리쳐 마시지 아니한대, 이방(吏房)이 가로되,

"오늘 밤인 즉(卽) 자연(自然) 놀라 심사(心思)가 산란(散亂)할 것이니 아직 편(便)히 쉬게 하리라."

하고, 여아(女兒)로 하여금 한가지 자게 하여 일변(一邊) 놀란 마음을 위로(慰勞)하고 일변(一邊) 사리(事理)를 들어 이르게 하라 하니, 이방(吏房)의 딸은 나이 이팔(二八)이요 안색(顔色)이 절묘(絶妙)한지라. 부명(父命)을 어기지 못하여 이불을 가지고 방(房)에 들어가 부드러운 말로 위로(慰勞)하고 드디어 연침(聯枕)[64]하여 이불을 펴고 곁에 누으니 진사(進士)가 적년(積年) 환거(鰥居)로 심야(深夜) 정적(靜寂)한 때를 당(當)하여 처녀(處女)로 동침(同寢)하매 어찌 헛되이 지내리오.

그러나 종적(蹤迹)이 탄로(綻露)할가 저어 말을 아니하고 다만 가만히 처녀(處女)의 손을 이끌어 이불 속에 넣어 뺨을 대이며 젖을 만지니 처녀(處女)가 비록 의괴(疑怪)하나 이미 과녀(寡女) 겁탈(劫奪)한 줄을 알았는지라. 어찌 다른 염려(念慮)가 있으리오. 그 즐기는 마음을 얻고자 하여 서로 더불어 희학(戲謔)하더니, 진사(進士)가 그 여자(女子)의 세요(細腰)를 긴(緊)히 안고 하는 일이 극(極)히 수상(殊常)한지라. 처녀(處女)가 당황(唐慌)하고 경겁(驚怯)[65]하니 유약(柔弱)한 여자(女子)가 어찌 강장(强壯)한 남자(男子)를 당(當)하리오. 감(敢)히 한 소리를 못하고 부수 종명(俯首從命)[66]하니 일장(一場) 운우(雲雨)를 마친지라.

날이 밝기를 기다리지 못하고 즉시(卽時) 나와 수괴(羞愧)한 마음이 죽고자 하나 아직 그 일을 부모(父母)에게 설도(說道)치 못하였더니, 진사(進士)가 아침에 이불을 두르고 일어 앉아 창(窓)을 밀치고 이방(吏房)을 불러 소리를 크게 하여 가로되,

"네 딸로써 양반(兩班)에게 드리고자 할진대 종용(從容)히 내게 품(稟)하여 그 가부(可否)를 들은 후(後)에 행(行)할 것이어늘 어찌 감(敢)히 깊은 밤에 양반(兩班)을 위겁(危劫)[67]으로 결박(結縛)하여 몰

64) 베개를 나란히 함.
65) 놀라서 겁을 냄.
66) 머리를 숙이고 명을 따름. 곧, 어쩔 수 없이 시키는 대로 함.
67) 위협하여 겁을 줌.

아와 네 딸로 동침(同寢)하게 함이 무슨 도리(道理)뇨. 내 이 일로써 관가(官家)에 고(告)한 즉(卽) 네 죄(罪) 장차(將次) 어느 지경(地境)에 갈까."

이방(吏房)이 처음부터 과녀(寡女)를 결박(結縛)하여 온 줄만 알았거니 어찌 양반(兩班)을 그릇 동여 온 줄을 알리오.

분부(分付)를 들으매 황겁(惶怯)함을 이기지 못하다가 우러러 본 즉(卽) 평일(平日) 친(親)한 바 권진사(權進士)이라. 일이 불의(不意)에 나매 망지소조(罔知所措)하여 엎드려 떨며 아뢰되,

"소인이 죽을 때 당(當)하오매 망사지죄(罔赦之罪)[68]를 범(犯)하였사오니 죽이거나 살리거나 진사주(進士主) 처분(處分)만 바라나이다."

하고, 만단 애걸(萬端哀乞)[69]하거늘 진사(進士)가 의관(衣冠)을 대령(待令)하라 하고 가로되,

"네 죄상(罪狀)을 생각하면 죽기를 면(免)치 못할 것이로되 네 딸로 더불어 일야(一夜) 연분(緣分)이 있으니 인정(人情)이 없지 못할지라. 십분(十分) 짐작(斟酌)하여 아직 안서(安恕)하거니와 너의 장획(庄獲)[70]을 반분(半分)하여 네 딸을 주고 네 딸은 즉금(卽今)으로 교마(轎馬)를 차려 본댁(本宅)으로 치송(治送)함이 가(可)하린저."

이방(吏房)이 사중득생(死中得生)하매 만분(萬分) 희행(喜幸)[71]하여 머리를 조아 사례(謝禮)하며 가로되,

"분부(分付)대로 하리이다."

권진사(權進士)가 조식(朝食) 후(後) 완보(緩步)하여 그 집에 돌아오니 그 이웃 과녀(寡女)가 또한 왔는지라. 웃음을 머금고 가로되,

---

68) 용서할 수 없는 큰 죄.
69) 여러 가지로 사정을 말하여 애걸함.
70) 토지와 노비. 곧, 재산.
71) 기쁘고 다행스러움.

"내 상부(喪夫)한 후(後)로 개가(改嫁)치 말자 맹세(盟誓)하여 일심(一心)이 이미 굳으매 만언(萬言)이 돌이키기 어려운지라. 일전(日前)에 전(傳)하는 말을 들은 즉(卽) 본읍(本邑) 이방(吏房)이 장차(將次) 모야(某夜)에 겁취(劫娶)함을 행(行)한다 하오매 심(甚)히 경송(驚悚)한지라. 몸이 이미 유약(柔弱)하오니 만일(萬一) 이 지경(地境)을 당(當)하온 즉(卽) 한 번(番) 죽는 외(外)에 다른 도리(道理) 없을지라. 그러나 인명(人命)이 지중(至重)하니 어찌 허탄(虛誕)히 죽으리오. 그 강포(强暴)에게 봉욕(逢辱)함으론 차라리 양반(兩班)에게 훼절(毁節)함이 가(可)하고, 또 진사주(進士主)가 내게 유의(留意)하신 지 오랜 줄을 아오며 순숙(純淑)하신 성정(性情)을 마음에 항상(恒常) 일컫던 바이라. 진사주(進士主) 섬김을 이미 허(許)한 고(故)로 작야(昨夜)에 진사주(進士主)를 달래어 의상(衣裳)을 환착(換着)[72]하여 여인(女人)의 모양(模樣)을 꾸며 당야(當夜)에 욕(辱)을 피(避)하고 진사주(進士主)로 대신(代身)하여 일야(一夜) 풍파(風波)는 조금 당(當)하오나 첩(妾)이 착실(着實)한 중매(仲媒) 되어 가인(家人)을 얻으시고 또 부가옹(富家翁)이 되사 복록(福祿)을 누릴 것이요, 내 수절(守節)한 여자(女子)로 무단(無斷)히 이웃 양반(兩班)으로 더불어 손을 이끌고 방(房)에 들어 의상(衣裳)을 바꾸어 입어 평생(平生) 정절(貞節)이 이미 무너졌사오니 이제 장차(將次) 진사주(進士主)를 모시리니 일조(一朝)에 두 미첩(美妾) 두심을 하례(賀禮)하나이다."

이윽고 이방(吏房)이 딸을 치송(治送)하고 장획(庄獲)과 집물(什物)을 언약(言約)같이 드리니 진사(進士)가 기쁨이 극(極)하고 또 과녀(寡女)의 가재(家財)를 합(合)하니 일향(一鄕) 갑부(甲富)이라. 일실(一室)이 화목(和睦)하고 자손(子孫)이 선선[73]하더라.

---

72) 바꾸어 입음.
73) 끊이지 않고 계속 이어진다는 뜻인듯?

# 8. 안빈궁십년독서(安貧窮十年讀書)[74)]

이사인(李士人)의 집이 남산(南山) 아래 있어 심(甚)히 간난(艱難)하되 글읽기를 좋이 여겨 그 처(妻)더러 일러 가로되,

"내 십년(十年) 주역(周易)을 읽고자 하니 그대 능(能)히 식량(食糧)을 이을 소(所)냐."

그 처(妻)가 가로되,

"낙(諾)다."

생(生)이 드디어 문(門)을 닫고 방(房)에 들어가 봉쇄(封鎖)하고 창(窓)구멍을 한 그릇 겨우 용납(容納)하여 조석(朝夕)을 공궤(供饋)하게 하고 독서(讀書)하기를 주야 불철(晝夜不撤)[75)]하여 칠년(七年)에 이르렀더니, 일일(一日)은 창(窓)틈으로 우연(偶然)히 보니 한 머리 민 승(僧)이 창(窓)밖에 누웠거늘 경괴(驚怪)하여 문(門)을 열고 보니 그 아내라. 생(生)이 가로되,

"이 무슨 모양(模樣)이뇨."

그 처(妻)가 가로되,

"내 먹지 못한 지 이미 오일(五日)이라. 칠년(七年)을 이바지하매 일발(一髮)도 남지 아니하니 이제 어찌할 길이 없도소이다."

생(生)이 탄식(歎息)하고 문(門)에 나와 일국(一國) 부자(富者) 홍동지(洪同知) 집에 가 홍동지(洪同知)더러 일러 가로되,

"그대 나로 더불어 비록 면분(面分)이 없으나 내 쓸 곳이 있으니 그대 삼만금(三萬金)을 능(能)히 꾸이랴."

---

74) 가난하고 곤궁함을 편안히 여겨 10년 동안 독서하다.
75) 밤낮으로 그치지 아니함.

홍(洪)이 이윽히 보다가 허(許)하여 가로되,

"백여태(百餘馱)[76] 물건(物件)을 어느 곳으로 구처(區處)하랴."

생(生)이 가로되,

"금일(今日) 내(內)로 내 집에 실어 보내라."

하고 드디어 돌어왔더니, 이윽고 수레에 싣고 말께 수운(輸運)하여 반일(半日)에 다 이르렀거늘, 생(生)이 처(妻)더러 이르되,

"이제는 돈이 있으니 내 다시 주역(周易)을 읽어 십년(十年) 한(限)을 채우려 하니 그대 능(能)히 이 돈을 취식(取殖)하여 조석(朝夕)을 이을 소(所)냐."

처(妻)가 가로되,

"무엇이 어려우리오."

생(生)이 이에 도로 방(房) 안에 들어가 의구(依舊)히 읽으니라.

기처(其妻)가 본대 총혜(聰慧)한 재주로 돈을 놀려 천(賤)하면 무역(貿易)하고 귀(貴)하면 척매(斥賣)하며 겸(兼)하여 산업(産業)을 다스리니 삼년(三年) 사이에 이(利) 남은 것이 누만금(累萬金)이라.

생(生)이 읽기를 마치매 책(冊)을 덮고 돈연(頓然)히 나와 그 돈을 본리(本利) 병(竝)하여 홍가(洪哥)의 집에 실린대 홍(洪)이 가로되,

"나의 돈이 삼만금(三萬金)이니 이 수(數) 외(外)에 어찌 받으리오."

생(生)이 가로되,

"내 그대 돈으로 식리(殖利)한 것이니 곧 그대 돈이라. 내 어찌 가지리오."

홍(洪)이 가로되,

"이는 내 그대를 꾸임이요, 빗으로 줌이 아니니 어찌 이자(利子)를

76) 말 백여 마리에 실을 수 있는 짐.

말하리오.”

하고, 본전(本錢)만 받으니 생(生)이 마지 못하여 갑제(甲第)[77]를 짓고 가산(家産)을 널리 하며 관동(關東) 심협(深峽)에 전토(田土)를 많이 장만하고 인민(人民)을 자모(自募) 받아 들어와 살게 하여 자연(自然) 대촌(大村)을 이루니 일년(一年) 추수(秋收)가 수천여석(數千餘石)이라. 이는 다 그 부인(婦人)의 식리(殖利)한 돈과 홍생(洪生)의 받지 아니한 이자(利子)로 말미암아 써 금일(今日)에 이름일러라.

그 후(後) 임진란(壬辰亂)에 팔도(八道) 생민(生民)이 다 어육(魚肉)이 되대 홀로 이생(李生)의 일촌(一村)은 병화(兵禍)를 겪지 아니하니 이름을 산도원(山桃源)이라 하니라.

77) 크고 너르게 아주 잘 지은 집.

# 9. 선희학일시우거(善戱謔一時寓居)[78]

직장(直長)[79] 이종순(李鐘淳)과 도사(都事) 한용용(韓用鏞)이 상방(尙方)[80] 직소(直所)에 모였더니, 그때 직장(直長) 최홍대(崔弘岱) 입직(入直)하여 제조(提調)[81] 분부(分付)로 기생(妓生)을 볼기 스물을 치라 하였거늘, 이직장(李直長)이 힘써 말린대 최직장(崔直長)이 가로되,

"옛적에 청천(靑泉) 유한(維翰)[82]이 연일(延日) 현감(縣監) 하였을 제 마침 순영(巡營)에 갔더니 순사(巡使)가 영기(營妓) 죄(罪)에 범(犯)하므로 태(笞)하려 하거늘, 청천(晴泉)이 굳이 청(請)하여 태(怠)치 말라 한대 순사(巡使)가 가로되, '그 죄(罪)를 가(可)히 용서(容恕)치 못하리로다.' 청천(晴泉)이 가로되, '저가 지극(至極)한 보배 있으니 사도(使道)가 어찌 태(怠)하려 하시나니이꼬. 옛말에 일렀으되 기화가거(奇貨可居)[83]라 하였으니 하관(下官)이 그 가운데 거(居)하려 하리이다.' 곁에 한 기생(妓生)이 있다가 웃어 가로되, '나라 여기 거(居)코자 하실진대 사당(祠堂)을 장차(將次) 어느 곳에 정(定)하려 하시나

---

78) '잠시 깃들어 산다'는 뜻의 우스갯 소리를 잘하다.

79) 조선조 때, 봉상시(奉尙寺) 사옹원(司饔院) 의금부(義禁府) 등의 부서에 두었던 종7품 벼슬.

80) 상의원(尙衣院). 조선조 때, 어의대(御衣帶)를 진공(進供)하고 대궐 안의 재물과 보물을 맡아 관리하던 관아.

81) 각 사(司) 또는 각 청(廳)의 관제상(官制上)의 우두머리가 아닌 사람이 그 관아의 일을 다스리게 하던 벼슬로서, 종1품 또는 2품의 품질(品秩)을 가진 사람이 되는 경우의 일컬음.

82) 조선조 후기의 문장가. 호는 청천(靑泉). 제술관(製述官)으로 일본에 다녀와서 '해유록(海遊錄)'을 지었음.

83) 진귀한 물건이니 사두었다 뒤에 이득을 얻도록 하여야 한다는 뜻으로, 좋은 기회를 놓치지 말라는 뜻.

니이꼬.' 청천(青泉)이 가로되, '괴이(怪異)타, 네 말이여. 일시(一時) 우거(寓居)하매 어찌 사당(祠堂)을 쓰리오.' 하니, 그대 뜻이 또한 청천(青泉)과 같으냐."

이직장(李直長)이 한도사(韓都事)를 돌아보아 가로되,

"그대 모로미 말리라."

한도사(韓都事)가 가로되,

"그대 어찌 말리지 아니하고 나더러 말리라 하느냐."

이직장(李直長)이 가로되,

"나는 원거인(原居人)[84]이요, 그대는 우거인(寓居人)[85]이라."

하니 <한도사(韓都事)는 원주(原州) 사람으로 경중(京中)에 여환(旅宦)[86]하는 연고(緣故)이라> 좌중(座中)이 절도(絶倒)하더라.

---

84) 원래 거처하는 사람.
85) 임시로 거처하는 사람.
86) 객지에 기거하며 벼슬살이함.

# 10. 문유채출가벽곡(文有采出家僻穀)[87)]

문유채(文有采)는 상주(尙州) 사람이라. 일찍 부상(父喪)을 만나 삼년(三年) 시묘(侍墓)하매 족적(足迹)이 문에 이르지 아니하였더니, 결복(闋服) 후(後)에 비로소 집에 돌아온 즉(卽) 기처(其妻) 황씨(黃氏) 실행(失行)하여 일녀(一女)를 낳았는지라. 문생(文生)이 내친대, 황씨(黃氏) 인(因)하여 피(避)하니 황씨(黃氏)의 족당(族黨)이 생(生)이 죽인가 의심(疑心)하여 관가(官家)에 고(告)한대, 관리(官吏) 잡아 힐문(詰問)하되 그 실상(實狀)을 얻지 못하여 칠년(七年)을 옥(獄)에 갇혔더니, 조상서(趙尙書) 정만(正萬)[88)]이 상주 목사(尙州牧使) 되었을 때에 그 원억(寃抑)함을 알고 황녀(黃女)를 근포(跟捕)[89)]하여 장문(杖問)[90)]하고 죽이니 문생(文生)이 비로소 놓이니라.

생(生)이 출가(出家)하여 산사(山寺)에 길들이고 벽곡법(僻穀法)을 행(行)하여 십여일(十餘日)을 먹지 아니하되 한 번(番) 먹으면 문득 오륙승(五六升)을 내오고, 행보(行步)가 나는 듯하여 날로 사백리(四百里)를 행(行)하고, 한 홑옷으로 여름과 겨울을 지나되 더우며 참을 알지 못하고, 상해 나무신을 신고 사방(四方)에 주유(周遊)하나 옥같은 얼굴이 일찍 변(變)치 아니하더라.

경술년(庚戌年)[91)] 겨울에 해주(海州) 신광사(神光寺)에 이르러는 눈이 산(山)같이 쌓인지라. 생(生)이 단고(單袴)[92)]를 입었으되 조금도 추워하

---

87) 문유채(文有采)가 집을 나가 곡식을 먹지 않고 지내다.
88) 조선조 영조 때의 문신. 공조와 형조 판서를 거쳐 지중추부사에 이름.
89) 죄인을 수탐(搜探)하여 쫓아가서 잡음.
90) 곤장을 치며 신문함.
91) 조선조 영조 6년(1730).
92) 사내의 홑바지. 고의(袴衣).

는 빛이 없고 석반(夕飯)을 대접(待接)하되 먹지 아니하고 밤을 냉지(冷地)에서 지내니 제승(諸僧)이 다 기이(奇異)이 여기더라.

이때 우설(雨雪)이 그치지 아니하여 삼일(三日)을 머물되 먹지 아니하고 졸지 아니하니 제승(諸僧)이 다 이인(異人)이라 칭(稱)하여 일제(一齊)히 나아와 가로되,

"이 절이 비록 간난(艱難)하나 어찌 손님 일시(一時) 받들 자뢰(資賴) 없으리이꼬. 생원주(生員主)가 삼일(三日)을 머무시되 자시지 아니하시니 소승배(小僧輩) 무슨 득죄(得罪)함이 있나니이까. 듣기를 원(願)하나이다."

생(生)이 웃어 가로되,

"내 또한 식량(食量)이 넓으니 제승(諸僧)이 나를 먹고자 할진대 각각(各各) 한 홉 쌀을 내어 밥을 지어 오라."

승도(僧徒) 수십(數十)이 이에 각각(各各) 쌀을 내어 합(合)한 즉(卽) 일두(一斗)에 가까운지라. 밥을 지어 내오니 생(生)이 손을 씻고 밥을 뭉쳐 입에 들이치고 큰 두구리[93]의 장(醬)을 들어 마셔 한 번(番)에 다 하니 모두 놀라고 괴이(怪異)히 여기더라.

생(生)이 먹기를 마치매 장차(將次) 가려 하거늘 수승(首僧)이 걸음 잘 걷는 자(者)를 가리어 그 뒤를 밟으니 생(生)이 석담서원(石潭書院)에 배알(拜謁)하고 제명(題名)하니 비로소 문유채(文有采)인 줄을 알러라. 생(生)이 행보(行步)가 신속(迅速)하매 승(僧)이 능(能)히 따르지 못하고 돌아오니라.

생(生)이 평거(平居)에 평량자(平涼子)[94]를 쓰고 낡은 옷을 입으며 성품(性品)이 고요함을 좋이 여기고 번요(煩擾)함을 싫게 여겨 궁벽(窮

---

93) 약두구리. 탕약을 달이는데 쓰이는 자루가 달린 놋그릇.

94) 패랭이. 댓개비로 엮어 만든 갓의 한 가지. 역졸(驛卒), 보부상(褓負商) 등 천인(賤人)이나 상인(喪人)이 썼음.

僻)한 곳이 아니면 처(處)하지 아니하더라.

추동간(秋冬間)에 절정(絶頂) 폐사(廢寺)에 올라간 후(後) 눈이 쌓이고 길이 막혀 성식(聲息)이 돈절(頓絶)하니 제승(諸僧)이 다 이르되,

"문처사(文處士)가 동사(凍死)하였다."

하더니, 및 봄이 돌아와 눈이 녹은 후(後)에 올라가 찾은 즉(卽) 생(生)이 홑베적삼으로 낙엽(落葉)을 쌓고 소연(蕭然)히 꿇어 앉아 안색(顔色)이 풍후(豊厚)하고 얼굴에 주린 빛이 없어 홀로 외로운 암자(庵子)에 염불(念佛)하는 소리 청아(淸雅)한지라. 혹(或) 듣는 자(者)가 있으면 즉시(卽時) 걷고 불경(佛經)에 익은 선사(禪師)가 더불어 의논(議論)코자 하면 다만 이르되,

"읽을 줄만 알고 불경(佛經) 뜻은 모르노라."

하니, 그 천심(淺深)을 알지 못할러라.

백화암(白華庵)에 있더니, 미구(未久)에 마가암(摩呵庵)으로 옮아 죽으니라.

## 11. 채사자발분역학(蔡士子發憤力學)[95]

영광(靈光) 땅에 한 채성(蔡姓) 사인(士人)이 있어 과공(科工)을 부지런히 하되 마침내 이룬 바가 없고, 만년(晚年)에 일자(一子)를 두었으되 다시 글은 가르치지 아니하고 다만 성장(成長)하여 계사(繼嗣)하기만 바라더니, 그 아들이 미쳐 자라지 못하여 사인(士人)이 졸(卒)하나 그러나 가세(家勢)는 요족(饒足)하여 일자 무식(一字無識)하되 능(能)히 세업(世業)을 지키더라.

일일(一日)은 동리(洞里) 풍헌(風憲)[96]이 와 관가(官家) 전령(傳令)을 뵈고 그 뜻을 물은대 채생(蔡生)이 받아 보기를 이윽히 하다가 땅에 던져 가로되,

"알지 못하노라."

풍헌(風憲)이 가로되,

"사자(士者)라 이름하고 일자(一字)를 알지 못하니 저러한 사자(士者)는 견양(犬羊)과 무엇이 다르리오."

하니, 채생(蔡生)이 부끄럽고 통한(痛恨)함을 이기지 못하여 감(敢)히 한 말도 못하니, 때에 채생(蔡生)의 나이 사십(四十)이라.

이웃집에 훈학(訓學)하는 선배(先輩) 있거늘 채생(蔡生)이 즉시(卽時) 사략(史略) 초권(初卷)을 끼고 나아가 배우기를 청(請)한대 훈장(訓長)이 가로되,

"그대 나이 어찌 초학(初學)할 때냐."

채생(蔡生)이 가로되,

---

95) 채씨 성의 선비가 분을 내어 학업에 힘쓰다.

96) 조선조 때, 향소직(鄕所職)의 하나. 면(面)이나 이(里)의 일을 맡아 봄.

"나이는 비록 늦었으나 글자나 알면 다행(多幸)하오니 선생(先生)은 다만 가르쳐 주소서."

훈장(訓長)이 책(冊)을 대(對)하여 천황씨(天皇氏) 한 줄을 글자와 글 뜻을 중언 부언(重言復言)가르치되 잊거늘, 훈장(訓長)이 가로되,

"과연(果然) 가르치기 어렵다."

하고, 가라 하니 생(生)이 일어 재배(再拜)하고 굳이 청(請)한대 훈장(訓長)이 그 정성(精誠)을 감동(感動)하여 다시 가르칠 새, 잊은 즉(卽) 곁드려 읽히고 또 잊은 즉(卽) 또 여차(如此) 읽혀 날이 맟도록 흘흘(屹屹)하다가 겨우 깨닫고 가더니, 제삼일(第三日) 만에 비로소 또와 배우려 하거늘 훈장(訓長)이 가로되,

"어찌 더디뇨."

생(生)이 가로되,

"글 뜻과 글자 음(音)이 익지 못할가 근심하와 자연(自然) 삼일(三日)을 읽었나이다."

훈장(訓長)이 가로되,

"몇 번(番)이나 읽었느뇨."

생(生)이 가로되,

"녹두(綠豆) 세 되를 셈놓아 읽었나이다."

이미 외우기를 마치매 또 지황씨(地皇氏) 인황씨(人皇氏)를 가르치니 읽는 법(法)이 곧 순(順)한지라. 이튿날 또 와 배우니 그 날은 녹두(綠豆) 수(數)가 반 되에 이르렀다 하더라.

그 후(後)로부터 일취 월장(日就月將)하니 대개(大蓋) 정성소발(精誠所發)[97]로 글구멍이 절로 열림이라. 반권(半卷)에 이르매 문리(文理) 대진(大進)하여 칠권(七卷)을 다 읽고 또 통감(通鑑)[98] 전질(全秩)을 읽어

97) 정성 들인 효과가 나타남.
98) 자치통감(資治通鑑). 중국 송(宋)나라 사마광(司馬光)이 저술한 편년체의 역

외우기를 정숙(精熟)히 하고 연(連)하여 사서 삼경(四書三經)을 널리 보아 과문육체(科文六體)[99]를 능(能)히 하니 입학(入學)한 지 칠년(七年)에 문명(文名)이 일도(一道) 거벽(巨擘)이라. 진사(進士)에 빼인 지 오년(五年)에 또 명경과(明經科)[100]에 빼이니 시년(時年)이 오십(五十)이라. 오래지 않아 고을 태수(太守)가 되매 전일(前日) 풍헌(風憲)을 찾은 즉(卽) 이미 죽고 아들이 있는지라. 불러 가로되,

"너의 아비 욕(辱) 곧 아니면 어찌 이에 이르리오. 은혜(恩惠) 진실(眞實)로 크다."

하고, 드디어 데리고 임소(任所)에 가 누월(屢月)을 머문 후(後) 돈과 재물(財物)을 합(合)하여 두어 바리를 실려 보내니라.

---

사 책. 주(周)나라 위열왕(威烈王)으로부터 후주(後周) 세종(世宗)에 이르기까지의 113왕 1362년 간의 사실(史實)을 기술한 것으로서, 후세 편년사의 전형이 됨.

99) 과거 시험에 쓰이는 여섯 가지 문체.

100) 식년 문과(式年文科)의 복시 초장(覆試初場). 시험 과목은 오경(五經) 중 춘추의(春秋義)를 제외한 사경(四經)과 사서(四書) 중 의(疑) 1편임. 초기에는 전국에서 700명, 후기에는 540명을 선발했음.

## 12. 퇴전야정돈령향복(退田野鄭敦寧享福)[101)]

양파(陽坡) 정공(鄭公) 태화(太和)[102)]의 선군(先君) 지돈령공(知敦寧公)[103)]이 수원(水原) 상부촌(桑阜村)에 퇴로(退老)하였더니, 양파(陽坡)가 장자(長子)로써 벼슬이 상상(上相)[104)]에 거(居)한 지 수십년(數十年)이라. 양파(陽坡)의 장자(長子) 참의공(參議公) 재대(載岱) 대신(代身)하여 좌우(左右)에 뫼셔 동정(動靜)을 살펴 봉양(奉養)을 극진(極盡)히 하니 공(公)의 천성(天性)이 검소(儉素)하여 덮는 바 이불이 연구(年久)하여 더럽고 떨어진지라. 일찍 참의공(參議公)더러 일러 가로되,

"내 신후(身後) 소렴(小殮)은 이 이불로 하라."

하고, 앉은 요가 떨어지면 한 편(便)에 옮겨 앉고 비자(婢子)로 하여금 떨어진 데를 기우라 하고 자제(子弟)를 교훈(敎訓)함이 심(甚)히 엄하더라.

그 중자(仲子) 좌의정(左議政) 치화(致和)[105)]가 일찍 서백(西伯)[106)]이 되어 내려가 하직(下直)할 새 마침 추수(秋收) 때를 당(當)한지라. 공

---

101) 시골로 은퇴한 정돈령공(鄭敦寧公)이 복록을 누리다.

102) 조선조 효종(孝宗) 때의 상신(相臣). 호는 양파(陽坡). 여섯 차례나 영의정을 지냈음. 병자 호란 때 항전하여 많은 전과(戰果)를 세웠으며, 청나라와의 능란한 외교로써 나라에 많은 공헌을 하였음. 특히 성격이 원만하여 조정의 인화에 공헌함이 많았음.

103) 지돈령(知敦寧)은 지돈령부사(知敦寧府使)의 약칭. 지돈령부사는 조선조 때 돈령부의 정2품 벼슬. 여기서의 지돈령공은 조선조 인조 때의 문신인 정광성(鄭廣成)을 말함.

104) 영의정(領議政).

105) 조선조 현종(顯宗) 때의 문신. 정태화(鄭太和)의 동생. 우의정을 거쳐 좌의정을 지냈음. 숙종 초기 서인이 몰락할 때에도 온건한 성품으로 화를 입지 않았음.

106) 평안 감사(平安監司).

(公)이 일러 가로되,

"네 형(兄)은 자식(子息)이 있어 대신(代身)하여 나를 섬기고 너는 아직 자식(子息)이 없으니 마땅히 네가 추수(秋收)를 간검(看檢)하라."

의정공(議政公)이 감(敢)히 사양(辭讓)치 못하고 밭두렁 위에 일산(日傘)을 받고 종일(終日) 앉아 살핌을 게을리 아니하니 이제 이르니 아름다운 일이라 일컫더라.

돈령공(敦寧公)이 복록(福祿)이 구전(俱全)하여 장자(長子)는 영의정(領議政)[107]이요, 차자(次)는 평안 감사(平安監司)요, 제삼자(第三子) 참판(參判) 만화(萬和)[108]가 등제(登第)하매 양파(陽坡)가 그 아우 신은(新恩)[109]을 데리고 수원(水原) 근친(覲親)할 새, 상공(相公)이 나간 즉(卽) 도신(道臣)이 전례(前例) 배행(陪行)하는지라. 조지(朝紙)[110]에 가로되,

"영의정(領議政) 근친사(覲親事)로 수원지(水原地) 출거(出去)하니 경기 감사(京畿監使)는 정모(鄭某) 영의정(領議政) 배행사(陪行事) 출거(出去)이라."

하니, 형제(兄弟) 삼인(三人)이 일시(一時)에 사화(賜花)[111] 머리에 꽂았더라.

아국(我國) 풍속(風俗)이 매양(每樣) 경과(慶科)[112]에 비록 직품(職品)

---

107) 조선조 때, 의정부(議政府)의 으뜸 벼슬. 내각(內閣)을 총할하는 최고의 지위임.

108) 조선조 현종 때의 문신. 정태화의 아우. 현종 7년(1666) 평안도 관찰사로 선정을 베풀어 이원익(李元翼)과 함께 평양에 생사당(生祠堂)이 세워졌음. 문장이 뛰어났음.

109) 과거에 새로 합격한 사람. 신래(新來).

110) 승정원(承政院)에서 처리한 일을 매일 아침 적어서 반포(頒布)하던 일. 또는 그것을 적은 종이. 조보(朝報).

111) 어사화(御賜花). 옛날 문무과의 급제자에게 임금이 하사하던 꽃.

112) 나라에 경사가 있을 때에 보이는 과거.

이 높은 자(者)이라도 선진(先進)[113]이 있은 즉(卽) 문득 불러 진퇴(進退)하는지라. 이때 돈령공(敦寧公)이 비록 슬하(膝下)에 경사(慶事)를 만났으나 엄연(儼然)히 움직이지 아니하니 타인(他人)이 감(敢)히 불러내지 못하는지라. 이때 상상(上相)이 한 측실(側室)이 있으니 성품(性品)이 총혜(聰慧)한지라. 가로되,

"금일(今日)은 비록 영의정(領議政)이라도 어찌 신은(新恩)을 진퇴(進退)치 아니하리오. 사람이 부르는 자(者)가 없으니 내 마땅히 부르리라."

하고, 소리를 높이 하되,

"영의정(領議政)은 신은(新恩)을 불러오라.[114]"

하니, 양파(陽坡)가 드디어 머리를 숙이고 추창(趨蹌)[115]하니 그 영화(榮華) 성만(盛滿)함이 이같더라.

그 후(後) 대대(代代)로 경상(卿相)이 연면(延綿)하고 자손(子孫)이 번성(繁盛)하니 다 돈령공(敦寧公)의 가법(家法)이 근후 공검(謹厚恭儉)함을 대대(代代)로 지킨 효험(效驗)이러라.

---

113) 먼저 과거에 급제한 선배.

114) 옛 풍습에 과거에 새로 급제한 사람을 선배들이 축하하는 뜻으로, 그의 얼굴에 먹으로 앙괭이를 그리고 '이리워' '저리워'하며 앞뒤로 오랬다 가랬다 하여 견디기 어려울 만큼 놀렸는데, 이를 가리켜 '신래(新來) 불리다' 또는 '신은(新恩) 불리다' 라고 하였음.

115) 예도(禮度)에 맞도록 허리를 굽히고 빨리 걸어감.

# 13. 식사기신주촌지음(識死期申舟村知音)[116]

신만(申曼)[117]의 자(字)는 만천(曼倩)이니 의술(醫術)이 신명(神明)하여 병인(病人)을 한 번(番) 보면 그 사생(死生)을 알더니, 세시(歲時)를 당(當)하여 그 고모(姑母)에게 세배(歲拜)하니 고모(姑母)는 이부제학(李副提學) 지항(之恒)의 부인(夫人)이라. 마침 족인(族人)의 세배(歲拜)하는 자(者)가 있어 부인(夫人)은 문(門)을 당(當)하여 앉았고 객(客)은 청상(廳上)에 앉았더니, 만천(曼倩)이 방(房)안에서 객(客)이 고모(姑母)로 더불어 수작(酬酌)하는 소리를 듣고 방(房)안에서 소리를 높이 하여 가로되,

"객(客)이 뉜 줄 알지 못하되 금년(今年) 사월(四月)에 마땅히 죽으리로다."

그 고모(姑母)가 원조(元朝)[118]의 불길(不吉)한 말을 민망(憫惘)히 여겨 꾸짖어 가로되,

"이 아이 미쳤느냐."

하고, 객(客)을 위로(慰勞)하여 이르니 객(客)이 그 성명(聲名)을 아는 고(故)로 다만 강잉(强仍)하여 웃어 가로되,

"이 신생원(申生員)이냐."

드디어 하직(下直)코 가니라.

부학(副學)[119]의 손자(孫子) 이진(李震)이 그때 나이 십세(十歲)라. 물

116) 주촌(舟村) 신만(申曼)이 친척이 죽을 시기를 알아 맞추다.
117) 조선조 현종 때의 학자. 호는 주촌(舟村). 영의정 신흠(申欽)의 종손으로 송시열의 문인임.
118) 설날 아침.
119) 부제학(副提學).

어 가로되,

"아까 신숙(申叔)의 말씀이 이상(異常)하니 어찌 약(藥)을 명(命)하여 살리지 아니하느뇨."

만천(曼倩)이 웃어 가로되,

"이 아이 기특(奇特)하도다. 사람을 살리고자 함이여."

드디어 동의보감(東醫寶鑑)[120]을 가져오라 하니 마침 집에 없는지라. 이공(李公)이 나이 어리므로 다른 데 빌어오지 못하고 공총(倥傯)[121]하여 다시 제기(提起)치 아니하였더니, 그 해 사월(四月)에 그 사람이 과연(果然) 죽으니라.

공(公)이 그 후(後)에 신생(申生)더러 그 전일(前日) 말을 물은대 답(答)하되,

"기인(其人)의 산증(疝症)[122]이 이미 성음(聲音)에 나타났는 고(故)로 그 일월(日月)을 혜아리니 마땅히 사월(四月)인 즉(卽) 산증(疝症)이 거슬러 올라 머리에 이르면 반드시 죽을지라. 그런 고(故)로 우연(偶然)히 말함이로라."

이공(李公)이 일찍 말하되,

"기인(其人)이 신의(神醫)를 만나 생도(生道)를 묻지 아니하였으니 그 죽음이 마땅하다."

하더라.

---

120) 조선조 선조(宣祖) 때, 의관(醫官) 허준(許浚)이 왕명으로 편찬한 의서(醫書). 우리 나라와 중국의 의서를 모아서 저술한 것으로, 동양에서 가장 우수한 의학서의 하나로 꼽힘.

121) 이것저것 일이 많아 바쁨.

122) 고환(睾丸) 부고환(副睾丸) 음낭(陰囊) 등의 질환으로 일어나는 신경통과 요통(腰痛) 및 아랫배와 불알이 붓고 아픈 병의 총칭.

# 14. 훼음사사귀걸명(毁淫祠邪鬼乞命)[123)]

경상도(慶尙道) 조령(鳥嶺)[124)] 위에 한 총사(叢祠)[125)]가 있으니 자못 영험(靈驗)한지라. 전후(前後) 관찰사(觀察使)가 이 영(嶺)을 넘는 자(者)가 반드시 남여(藍輿)[126)]를 내려 절하고 돈을 거두어 신당(神堂)에 굿하고 지나가되 만일(萬一) 그렇지 아니하면 반드시 재앙(災殃)이 있더니, 한 방백(方伯)이 강견(剛堅)하여 일찍 화복(禍福)으로 마음을 동(動)치 아니하더니, 그 임소(任所)에 갈 제 길이 총사(叢祠) 아래로 지나는지라. 장교(將校)와 안전(案前)[127)]이 일제(一齊)히 진알(進謁)하고 고사(故事)로써 아뢴대, 그 방백(方伯)이 호령(號令)하여 요란(擾亂)타 물리치고 쌍교(雙轎)[128)]를 몰아 일리(一里)를 행(行)치 못하여 과연(果然) 큰 바람과 급(急)한 비 경각(頃刻) 사이에 진동(震動)하니 중인(衆人)이 크게 두리거늘, 방백(方伯)이 분노(憤怒)하여 추종(騶從)으로 하여금 사우(祠宇)를 불지르되,

"영(令)을 어기는 자(者)이면 죽기를 면(免)치 못하리라."

중(衆)이 다 강잉(强仍)하여 좇으니 아이(俄而)오 아로새긴 기와며 단청(丹靑)한 기둥이 일시(一時)에 재가 된지라.

인(因)하여 멍에를 재촉하여 문경(聞慶) 관사(館舍)에 자더니 꿈에 한 백발(白髮) 노인(老人)이 와 꾸짖어 가로되,

---

123) 바르지 못한 귀신을 모시는 집채를 헐으니 사악한 귀신이 목숨을 빌다.
124) 새재. 경상 북도 문경군과 충청 북도 괴산군 사이에 있는 재.
125) 잡신(雜神)을 제사하는 사당집.
126) 의자 비슷하고 위를 덮지 아니한 작은 승교(乘轎).
127) 하급 관리가 상급 관리에게 하는 존칭 대명사.
128) 쌍가마(雙駕馬).

"나는 조령(鳥嶺) 신령(神靈)이라. 공산(空山) 향화(香火)로 백세(百歲)를 포식(飽食)하더니 그대 이미 예(禮)를 아니하고 또 나의 소혈(巢穴)을 태우니 내 마땅히 그대 장자(長子)를 죽여 이 원수(怨讐)를 갚으리라."

한대, 방백(方伯)이 꾸짖어 가로되,

"우매(牛魅)<쇠귀신(鬼神)>와 사신(蛇神)<배암귀신(鬼神)>이 음사(淫祠)를 웅거(雄據)하니 내 왕명(王命)을 받아 일도(一道)를 순성(巡省)[129]하매 요물(妖物)을 없이 하고 민해(民害)를 덜어 직업(職業)을 닦거늘 감(敢)히 당돌(唐突)히 혀를 놀려 나를 경동(驚動)코자 하느냐."

그 노귀(老鬼) 노(怒)하여 가니라.

문득 좌우(左右)가 급(急)히 흔들어 깨워 가로되,

"큰 서방주(書房主)가 노독(路毒)을 인(因)하여 병(病)이 극중(極重)타."

하거늘 방백(方伯)이 병증(病症)을 본 즉(卽) 이미 구(救)치 못한지라. 길가에 빈소(殯所)하고 본영(本營)에 도임(到任)한 즉(卽) 그 밤에 또 노인(老人)이 꿈에 와 가로되,

"그대 만일(萬一) 전과(前過)를 고쳐 내 영정(影幀)을 평안(平安)케 아니한 즉(卽) 그대의 차자(次子)가 또 무사(無事)치 못하리라."

방백(方伯)이 안연부동(晏然不動)[130]하고 전(前)과 같이 꾸짖어 물리쳤더니, 잠을 미쳐 깨지 못하여 가인(家人)이 급(急)히 고(告)하되,

"이랑(二郎)이 또 폭사(暴死)하였다."

하니, 방백(方伯)이 비통(悲痛)하고 치상(治喪)하였더니 거무하(居無

---

129) 돌아다니며 두루 살핌.
130) 마음이 침착하고 편안하여 전혀 움직이지 아니함.

何)에[131] 노인(老人)이 또 와 가로되,

"한 번(番) 따고 두 번(番) 따매 그대 지엽(枝葉)이 점점(漸漸) 드문지라. 삼랑(三郞)을 당차(當次)[132]로 잡아갈 것이어니와 일이 너무 혹독(酷毒)하기로 특별(特別)히 먼저 고(告)하노니 빨리 내 사당(祠堂)을 영건(營建)하여 다행(多幸)히 이 화(禍)를 면(免)하라."

방백(方伯)이 조금도 요동(搖動)치 아니하고 사기(士氣) 더욱 맹렬(猛烈)하니 노인(老人)이 만단(萬端)으로 위협(威脅)하여 말을 현황(眩慌)히 하거늘, 방백(方伯)이 크게 노(怒)하여 칼로 찌르려 한대 노인(老人)이 물러가 뜰에 엎드려 가로되,

"복(僕)이 이로조차 길이 의지(依支)할 곳이 없는지라. 복(僕)이 능(能)히 사람을 화복(禍福)치 못하되 사람의 화복(禍福)을 미리 아는지라. 존가(尊家)의 쌍옥(雙玉)은 명(命)이 이미 요사(夭死)할 수(數)이요, 또 귀부(鬼府)에서 유지(有旨) 왔기로 복(僕)이 스스로 위엄(威嚴)을 뵈었거니와 제 삼랑(三郞)은 작위(爵位) 삼공(三公)에 이를 것이요, 복(福)과 수한(壽限)이 무궁(無窮)하니 어찌 감(敢)히 범(犯)하리오. 이제 황설(謊說)로 요동(搖動)케 함이 계교(計巧)가 극(極)히 천로(淺露)[133]하되 대인(大人)이 정도(正道)를 지키어 돌이키지 아니하시매 꾀로 속이기 어려우니 이로조차 길이 헌하(軒下)[134]를 하직(下直)하나이다."

방백(方伯)이 가로되,

"네 황사(荒祠)에 길들여 천겁(千劫)을 지내니 내 어찌 일조(一朝)에 급(急)히 헐리오마는 깊이 네게 노(怒)한 바는 그 요술(妖術)로 사

131) 있은 지 얼마 안되어서.
132) 순번적으로 돌아오는 차례를 당함.
133) 얕아서 겉으로 드러남.
134) 남을 높이어 이르는 말.

람 제어(制御)함을 가증(可憎)히 여겨 이 거조(擧措)를 함이니, 이제 네 실상(實狀)을 고(告)하매 내 마음이 도리어 측달(惻怛)[135]하니 마땅히 네 집을 중건(重建)하여 곳을 잃지 아니케 할 것이니, 만일(萬一) 다시 행인(行人)을 침노(侵擄)하여 전습(前習)을 고치지 아니하면 즉시(卽時) 훼파(毁破)하여 길이 요대(饒貸)[136]치 아니하리라."

노인(老人)이 감읍(感泣)하고 가거늘 방백(方伯)이 다시 묘사(墓舍)를 세우고 그 꿈에 현형(現形)한 형상(形像)을 탱(幀)하여 앉히니, 이후(以後)로 귀환(鬼患)이 없고 삼랑(三郞)이 연수(年壽)와 관위(官位)가 그 노인(老人)의 말과 같으니라.

---

135) 가엾게 여기어 슬퍼함.
136) 너그러이 용서함.

## 15. 폐관정의구보주(吠官庭義狗報主)[137)]

영남(嶺南) 하동(河東) 땅에 한 수절(守節)한 과부(寡婦)가 있어 다만 어린 딸과 아이 여종으로 한가지 있더니, 일일(一日)은 이웃에 있는 모가비[138)] 담을 넘어 자는 방(房)에 들어와 겁박(劫迫)하려 하거늘, 과녀(寡女)가 죽기로 막으니 모가비 칼을 빼어 과녀(寡女)와 그 딸과 및 종을 다 죽이고 가니, 그 집에 다른 삶이 없으매 뉘 알리오.

세 주검이 방에 있으되 지원(至寃)을 신설(伸雪)할 이 없더니 관문(官門) 밖에 한 개 오락가락하며 뛰놀거늘, 문(門) 지킨 사령(使令)이 쫓은 즉(卽) 잠간(暫間) 피(避)하였다가 도로 와 이같이 하여 여러 번(番)이라. 관가(官家)가 듣고 그 형상(形狀)을 괴이(怪異)히 여겨 하여금 가는 바대로 두라 하니, 그 개 바로 관문(官門) 안에 들어와 정각(政閣)[139)] 앞에 이르러 머리를 우러러 부르짖어 하소하고자 하는 듯하거늘 관가(官家)가 장교(將校)를 명(命)하여 개를 따라 가보라 하니, 그 개 곧 관문(官門)으로 나와 한 초옥(草屋)에 이르니 방문(房門)이 닫혔고 사람의 소리 적연(寂然)한지라. 그 개 장교(將校)의 옷자락을 물고 방문(房門)을 향(向)하거늘, 장교(將校)가 괴(怪)히 여겨 지게를 열고 본즉(卽) 방중(房中)에 세 주검이 있고 피 흘러 방(房) 안에 가득하니 장교(將校)가 코가 시고 마음이 떨려 급(急)히 돌아와 그 사유(事由)를 아뢴대, 관가(官家)가 검시(檢屍)코자 하여 빨리 달려가 그 이웃에 의막(依幕)[140)]하니 곧 모가비의 집이라. 모가비 관가(官家)가 제 집에 임

---

137) 의로운 개가 동헌 뜰에서 짖어 주인에게 보답하다.
138) 막벌이꾼이나 광대 같은 낮은 패의 우두머리.
139) 옛날 시골의 관아. 정당(政堂).
140) 임시로 거처하게 된 곳.

(臨)함을 보고 마음이 자연(自然) 겁(怯)하여 창황(蒼黃)히 피(避)하거늘 그 개 모가비의 앞에 달려가 모가비를 물고 너흐는지라.[141] 관가(官家)가 괴(怪)히 여겨 개더러 물으되,

"이 너의 수인(讐人)[142]이냐."

그 개 머리를 끄덕이거늘, 관가(官家)가 모가비를 잡아 내려 엄(嚴)히 힐문(詰問)하니 불하일장(不下一杖)[143]에 개개(箇箇) 승복(承服)하는지라. 즉시(卽時) 상영(上營)에 보(報)하여 모가비를 죽이고 그 가속(家屬)을 엄형(嚴刑) 정배(定配) 후(後) 그 삼개(三箇) 시체(屍體)를 후(厚)히 영장(永葬)하니, 그 개 무덤 곁에 달려가 일장(一場)을 부르짖으고 인(因)하여 죽으니 촌인(村人)이 그 개를 무덤 앞에 묻고 비(碑)를 세워 써 가로되,

"의구총(義狗塚)이라."

하다.

그 후(後) 선산(善山) 땅에 또 의구(義狗)가 있으니 그 주인을 따라 밭에 갔다가 그 주인(主人)이 저물게 돌아올 새 침취(沈醉)[144]하여 밭 가운데 넘어졌더니, 마침 불이 이러나 장차(將次) 누운 곳에 붙어 들어오거늘 그 개 즉시(卽時) 냇가에 가 꼬리를 물에 적셔 그 곁에 뿌려 시러곰 불을 끄고 힘이 다하여 죽으니, 그 주인(主人)이 깨어 알고 그 개를 염습(殮襲)하여 묻으니 이제 이르러 의구릉(義狗陵)이 있는지라.

슬프다. 선산구(善山狗)는 주인(主人)을 구(救)하여 자폐(自斃)하고 하동구(河東狗)는 처음에 원억(冤抑)함을 관가(官家)에 고(告)하고 마침내

141) 물어뜯는지라. '너흘다'는 물다, 물어뜯다, 씹다, 널다는 뜻으로 쓰인 옛말.

142) 원수(怨讐).

143) 죄인이 채 매 한 대도 맞기 전에 미리 자백함.

144) 술이 몹시 취함.

수인(讐人)을 너홀어 그 원수(怨讐)를 갚으니 뉘 금수(禽獸)가 무지(無知)하다 이르리오. 선산구(善山狗)에 비(比)컨대 진실(眞實)로 낫도다.

# 16. 관서백일기치기(關西伯馹騎馳妓)[145]

양녕 대군(讓寧大君)[146]은 세종(世宗)[147]의 형님이라. 일찍 수유(受由)[148]하고 관서(關西)에 유람(遊覽)할 새, 세종(世宗)이 이별(離別)을 임(臨)하시매 신신(申申)[149]히 여색(女色)을 경계(警戒)하시니 대군(大君)이 공경(恭敬)하여 사례(謝禮)하고 가니라.

상(上)이 관서(關西) 도신(道臣)에게 명(命)하사 대군(大君)이 만일(萬一) 압근(狎近)[150]하는 기생(妓生)이 있거든 즉시(卽時) 역마(驛馬) 태워 올리라 하시다.

대군(大君)이 성교(聖敎)를 받자오매 열읍(列邑)에 엄칙(嚴勅)하여 기생(妓生) 수청(守廳)을 물리치니라. 방백(方伯) 수령(守令)이 이미 명(命)을 받자오매 명기(名妓)를 자모(自募)하여 백반(百般)으로 고혹(蠱惑)케 하더라.

대군(大君)이 정주(定州) 땅에 이르러는 청산(靑山) 녹수(綠水) 사이에 죽림(竹林)이 있고 죽림(竹林) 사이에 수간(數間) 정사(亭舍)가 있는데, 한 미인(美人)이 소복(素服)으로 은영중(隱影中)에 있어 슬피 우는 소리 멀리 들으매 사람의 간장(肝腸)이 녹아지고 반(半)만 드러내는 화

---

145) 관서(關西)의 도백(道伯)이 기생을 역마 태워 올려 보내다.

146) 조선조 태종(太宗)의 폐세자(廢世子). 세종의 맏형. 세자로서의 실덕이 많았으므로, 궁중에서 쫓겨나 전국을 유랑하며 풍류로 일생을 마침.

147) 조선조 제4대 왕. 태종의 제3자. 조선조 5백년을 통하여 가장 뛰어난 임금으로 집현전을 열어 학문을 장려하고, 훈민정음(訓民正音)을 창제 반포하였으며, 음률을 정비하고 측우기(測雨器) 등 과학 기구를 만들게 하였음. 육진(六鎭)을 개척하는 등 외치에도 힘썼음.

148) 말미.

149) 부탁 같은 것을 거듭거듭 하는 모양.

150) 부담 없이 남에게 가까이 다가붙음.

용 월태(花容月態) 가까이 보매 심신(心身)이 비월(飛越)한지라. 대군(大君)이 한 번(番) 보매 정(情)을 이기지 못하여 사람으로 하여금 가 부르니 스스로 헤오되, '오늘날 이 일은 귀신(鬼神)도 능(能)히 알지 못하리라' 하여 그 밤에 더불어 친압(親狎)하고 한 절구(絶句)를 지어 주니 가랐으되,

| | |
|---|---|
| 명월불수규수침(明月不須窺繡枕) | 밝은 달은 모로미 수침(繡枕)을 엿보지 못하는데 |
| 야풍하사권나위(夜風何事捲羅幃) | 밤바람은 무슨 일로 나위(羅幃)를 걷으치는고 |

요 하니, 그 은밀(隱密)한 뜻을 이름이라.

이튿날 도백(道伯)이 그 기녀(妓女)를 역마(驛馬) 태워 올린대 상(上)이 그 기녀(妓女)로 하여금 일야(日夜)로 그 시(詩)를 익혀 노래하더니, 대군(大君)이 돌아오매 상(上)이 맞아 위로(慰勞)하시고 인(因)하여 가라사되,

"임별(臨別)할 때에 여색(女色) 경계(警戒)하라 한 말씀을 능(能)히 기억(記憶)하느냐."

대군(大君)이 가로되,

"어찌 잊으리이꼬. 감(敢)히 가까이 한 바가 없나이다."

상(上)이 가라사되,

"우리 형장(兄丈)이 능(能)히 금수총중(錦繡叢中)에 <비단(緋緞)옷과 수(繡)를 놓은 총중(叢中)이라> 경계(警戒)를 지키어 돌아오니 그 아름답고 기쁨을 위(爲)하여 한 가희(佳姬)를 자모(自募)받아 써 기다렸다."

하시고, 인(因)하여 궁중(宮中)에 잔치를 배설(排設)하사 기녀(妓女)로

하여금 그 시(詩)를 노래하여 써 술을 권(勸)하시니 대군(大君)이 밤에 잠간(暫間) 가까이한지라. 그 면목(面目)을 알지 못하였더니 그 시가(詩歌)를 들으매 섬에 내려 땅에 엎드려 대죄(待罪)한대, 상(上)이 친(親)히 뜰에 내리샤 그 손을 잡고 웃으시고 드디어 그 기녀(妓女)를 대군(大君)의 궁(宮)으로 보내시니라.

및 아들을 낳으매 그 기모(其母)의 성향(姓鄕)[151]을 알지 못하는지라. 명(命)하여 가로되,

"고정정(考定正)[152]이라."

하니, 이제 이영하(李令夏)는 그 자손(子孫)이라. 고정정(考定正)이 미친 종실(宗室)로서 어육(魚肉)을 무역(貿易)하여 좋지 아니한 즉(卽) 비록 삶은 것이라도 도로 물르는 고(故)로 풍속(風俗)이 전(傳)하여 억지로 물르는 것을 고정정(考定正)이라 하더라.

이참의(李參議) 영하(令夏)가 일찍 그 부인(夫人)으로 더불어 바둑 두다가 억지로 물르려 한대 부인(夫人)이 가로되,

"그대 이 고정정(考定正)이냐. 어찌 억지로 물르려 하느뇨."

참의(參議) 노(怒)하여 가로되,

"어찌 바둑 연고(緣故)로써 사람의 조상(祖上)을 희롱(戲弄)하느뇨."

이런 고(故)로 이등제(李登第)[153] 노처(老妻) 퇴평(推枰) <늙은 아내 바둑판(板)을 밀침이라> 으로써 희제(戲題)를 삼으니라.

---

151) 관향(貫鄕).
152) 살펴서 올바르게 바로 잡아야 한다는 뜻임.
153) '등제(登第)'는 과거에 급제했다는 뜻.

## 17. 청주수권술포도(淸州倅權術捕盜)[154)]

이지광(李趾光)이 선치(善治) 수령(守令)으로 이름이 자자(藉藉)하여 송사(訟事) 결단(決斷)함에 귀신(鬼神)같더니, 청주(淸州) 도임(到任)하매 한 중이 들어와 하소하되,

"소승(小僧)이 종이를 팔아 자생(資生)하옵더니 오늘 장시(場市)에 백지(白紙) 한 덩이를 지고 저자 곁에 쉴 새 잠간(暫間) 짐을 벗어 놓고 소피(所避)하옵고 즉시(卽時) 돌아보온 즉(卽) 종이짐이 부지거처(不知去處)이라. 사면(四面)으로 찾으되 마침내 얻지 못하오니 엎드려 빌건대 신명지하(神明之下)에 찾아 주옵소서."

관가(官家)가 가로되,

"네 간수(看守)치 못하고 인해(人海) 중(中)에 잃었으니 비록 찾아 주고자 하나 장차(將次) 어느 곳에 가 물으리오. 네 번거히 말고 물러 가라."

이윽고 다른 일을 인(因)하여 멍에를 명(命)하여 십리(十里) 밖에 갔다가 저물게 아중(衙中)으로 돌아올 새 길가의 장승(長丞)을 보고 가로되,

"이 어떠한 것이언데 관행(官行) 앞에 감(敢)히 언연(偃然)[155)]히 섰느뇨."

하예(下隷) 가로되,

"이는 사람이 아니요 장승(長丞)이로소이다."

관가(官家)가 가로되,

154) 청주의 원이 권술(權術)로서 도둑을 잡다.
155) 거드름을 피우고 거만스러운 모양.

"비록 장승(長丞)이나 심(甚)히 거만(倨慢)하니 나래(拿來)하여 밖에 구류(拘留)하였다가 명일(明日) 대령(待令)하고 또한 밤에 도망(逃亡)할 염려(念慮)가 있으니 삼반 관속(三班官屬)[156]이 일병(一竝) 수직(守直)하라."

관예(官隷) 비록 응낙(應諾)하나 면면(面面)이 돌아보아 그윽히 웃고 일인(一人)도 지키는 자(者)가 없는지라. 관가(官家)가 짐짓 그러한 줄을 알고 밤이 깊은 후(後) 영리(怜悧)한 통인(通引)을 분부(分付)하여 장승(長丞)을 다른 곳에 옮겨 두고, 이튿날 평명(平明)에 나졸(羅卒)을 호령(號令)하여 장승(長丞)을 잡아 들이라 하니 나졸(羅卒)이 급(急)히 그 곳에 간 즉(卽) 간 곳이 없는지라. 비로소 황겁(惶怯)하여 근처(近處)에 두루 찾을 새 관가(官家) 호령(號令)이 급(急)한지라. 나졸배(羅卒輩) 하릴없어 장승(長丞) 잃은 사유(事由)를 아뢰고 대죄(待罪)한대, 관가(官家)가 거짓 노기(怒氣)를 발(發)하여 가로되,

"네 관속(官屬)이 되어 관령(官令)을 좇지 아니하고 수직(守直)을 잘못하여 마침내 견실(見失)하였으니 벌(罰)이 없지 못할지라. 수리(首吏) 이하(以下)로 벌지(罰紙) 일속(一束)씩 즉각(卽刻) 대령(待令)하되 만일(萬一) 어기는 자(者)이면 태(笞) 이십도(二十度)로 대신(代身)하리라."

삼번(三番) 하인(下人)이 일시(一時)에 백지(白紙)를 드려 관정(官庭)에 쌓아놓거늘, 즉시(卽時) 작일(昨日) 청소(請訴)하던 중을 불러 하여금 잃은 종이를 이 가운데 찾아 가라 하니, 승(僧)의 종이는 본대 표(標)한 것이 있는지라. 그 표(標)를 보아 손을 따라 뒤져내니 한 덩이에 찬지라. 관가(官家)가 가로되,

"이미 네 종이를 찾았으니 물러가고 차후(此後)는 조심(操心)하여

156) 지방 각 부군(府郡)의 이교노령(吏校奴令).

간수(看守)하라."

승(僧)이 백배 치사(百拜致謝)하고 나가니라.

관가(官家)가 그 종이 소종래(所從來)를 사핵(查核)한 즉(卽) 장시변(場市邊) 한 무뢰배(無賴輩)의 도적(盜賊)한 바이라. 제 집에 쌓았다가 관가(官家)에서 별지(別紙) 독납(督納)할 때에 종이값이 고등(高登)할 줄 알고 내어 팖이러라. 이에 궐한(厥漢)을 잡아들여 그 죄(罪)를 다스리고 그 값을 물려 사온 관속(官屬)을 나눠주고 그 남은 종이는 드린 바 제인(諸人)으로 하여금 각각(各各) 찾아가게 하니, 이에 일읍(一邑)이 그 신명(神明)함을 항복(降伏)하더라.

## 18. 투양제병유연운(投良劑病有年運)[157)]

동현(銅峴)에 큰 약국(藥局)이 있더니, 일일(一日)은 한 늙은 선배(先輩) 폐의 초리(敝衣草履)[158)]로 홀연(忽然)히 들어와 한 모퉁이에 앉아 일언(一言)을 아니하고 날이 기울도록 가지 아니하거늘 주인(主人)이 괴(怪)히 여겨 물으되,

"어느 곳 객(客)이건대 무슨 일로 왔느뇨."

기인(其人)이 가로되,

"내 객(客)으로 더불어 이 곳에서 모이기를 언약(言約)한 고(故)로 와 이제 고대(苦待)하노니 귀사(貴舍)에 오래 머묾이 불안(不安)함이라."

주인(主人)이 가로되,

"무엇이 불안(不安)하리오."

이윽고 주인(主人)이 석반(夕飯)을 권(勸)한 즉(卽) 기인(其人)이 응(應)치 아니하고 바로 문(門) 밖으로 나가 밥집에 가 밥을 사먹고 다시 와 여전(如前)히 앉아 수일(數日)이로되 기다리는 바 손을 보지 못하는지라. 주인(主人)이 의괴(疑怪)하나 또한 박절(迫切)히 물리치지 못하더니, 문득 일인(一人)이 와 가로되,

"처(妻)가 바야흐로 해산(解產)하다가 졸연(猝然) 일신(一身)이 뻣뻣하여 불성인사(不省人事)하니 원(願)컨대 양제(良劑)[159)]를 얻어 급(急)함을 구(救)하려 하나이다."

---

157) 질병에, 그 해의 운수에 맞추어 좋은 약처방을 내리다.
158) 헤어진 옷과 짚신. 곧, 너절하고 구차한 차림새.
159) 좋은 약처방.

주인(主人)이 가로되,

"그대 무식(無識)하도다. 약(藥) 파는 자(者)가 약간(若干) 의술(醫術)을 안다 하여 혹(或) 병증(病症)을 묻는 이 있으나 내 의원(醫員)이 아니어니 어찌 이러한 대증(對症)에 방문(方文)을 내이리오. 만일(萬一) 의가(醫家)에 물어 화제(和劑)[160]를 내어 오면 즉시(卽時) 지어 주리라."

기인(其人)이 가로되,

"본래(本來) 의가(醫家)를 모르오니 바라건대 약(藥)을 얻어 사람을 살리소서."

그 선배(先輩) 내달아 가로되,

"만일(萬一) 곽향정기산(藿香正氣散)[161] 삼첩(三貼)을 쓴 즉(卽) 즉시(卽時) 낳으리라."

주인(主人)이 웃어 가로되,

"이 약(藥)은 막힌 것을 내리고 답답한 기(氣)를 트는 방문(方文)이니 해산병(解産病)에 쓴 즉(卽) 빙탄(氷炭)이라. 그대 한갓 입에 익어 솔이(率爾)[162]히 말함이로다."

그 선배(先輩) 고집(固執)하거늘 주인(主人)이 가로되,

"일이 급(急)하다 하니 아무리나[163] 써보라."

하고, 지어 주니 기인(其人)이 창황(蒼黃)히 가지고 가더라.

저녁 때에 또 일인(一人)이 와 가로되,

"내 이웃의 아무의 처(妻)가 임산(臨産)하여 죽게 되었더니 신약

---

160) 약방문(藥方文).

161) 향기가 많은 정기산의 하나. 정기산은 위장을 범한 외감(外感)을 다스리는 탕약.

162) 급한 모양. 경솔한 모양.

163) '아무려나'의 방언.

(神藥)을 귀사(貴舍)에서 얻어 회생(回生)하였으니 여기 반드시 명의(名醫) 있는 듯하기로 왔사오니 나의 치자(穉子)[164]가 방금(方今) 세 살에 역환(疫患)이 극중(極重)하니 양제(良劑)를 구하나이다."

그 선배(先輩) 또 가로되,

"곽향정기산(藿香正氣散) 삼첩(三貼)을 또 쓰라."

주인(主人)이 가로되,

"서인배(庶人輩)는 일찍 약(藥)을 먹지 아니한 고(故)로 그 강장(强壯)한 자(者)는 혹(或) 이 약(藥)으로 효험(效驗)을 보거니와 강보(襁褓)를 면(免)치 못한 아이는 결단(決斷)코 이 약(藥)을 쓰지 못할 것이요, 하물며 역환(疫患)에는 만만 부당(萬萬不當)하니라."

기인(其人)이 굳이 청(請)하거늘 주인(主人)이 마지 못하여 또 지어 주었더니, 이윽고 기인(其人)이 와 치사(致謝)하되,

"그 약(藥)에 신효(神效)를 보았나이다."

이로부터 문풍(聞風)한 자(者)가 문(門)에 가득하되 그 선배(先輩) 밑쳐 곽향정기산(藿香正氣散)으로 응(應)하매 득효(得效) 아니한 이 없더라.

거(居)한 지 수월(數月)이로되 가지 아니하고 기다린다 하는 손도 오는 바가 없더라.

일일(一日)은 재상(宰相)의 자제(子弟) 문외(門外)에 왔거늘 주인(主人)이 당(堂)에 내려 맞고 쇄소(刷掃)를 정결(淨潔)히 하고 거가(擧家)가 분주(奔走)하되, 그 노유(老儒)가 홀로 목궤(木櫃) 위에 앉아 일호 부동(一毫不動)하더니, 재상자(宰相子)가 물어 가로되,

"친환(親患)이 침면(沈綿)[165]하신 지 수월(數月)이로되 백약(百藥)

---

164) 어린 아들. 여남은 살 안팎 되는 어린 아이.
165) 깊게 뻗침.

이 무효(無效)하여 원기(元氣) 점점(漸漸) 쇠진(衰盡)하시는지라. 이제 영남(嶺南) 한 의원(醫員)을 맞아 보제(補劑)를 명약(命藥)할 새 의원(醫員)이 이르되, '묵은 약재(藥材)는 득효(得效)하기 어려우니 친(親)히 약국(藥局)에 가 새로 나온 당재(唐材)를 가리어 초구[166]를 법제(法劑)하면 가(可)히 공효(功效)를 바라리라.' 하는 고(故)로 주인(主人)을 찾아 왔으니 부디 상품(上品)을 극택(極擇)하여 방문(方文)대로 정(正)히 지으면 은혜(恩惠)를 갚으리라."

하고, 또 소리를 나직히 하여 물어 가로되,

"저 궤(櫃) 위에 앉은 손이 뉘뇨."

주인(主人)이 가로되,

"요사이 이상(異常)한 일이 있다."

하고, 드디어 수말(首末)을 이른대, 재상자(宰相子)가 이에 정금(整襟)[167]하고 그 앞에 나아가 친환(親患) 증세(症勢)를 고(告)하고 양제(良劑)를 청(請)하니, 그 노유(老儒)가 얼굴을 고치지 아니하고 다만 가로되,

"곽향정기산(藿香正氣散)이 가(可)하니라."

재상자(宰相子)가 암소(暗笑)[168]하고 전약(煎藥)[169]을 지어 가지고 돌아가 일변(一邊) 약(藥)을 달이며 기친(其親)을 향(向)하여 그 노유(老儒)의 말을 하고 한 번(番) 웃은대 재상(宰相)이 가로되,

"이 약(藥)이 당제(當劑)[170] 아닌 줄 모르니 한 번(番) 시험(試驗)함이 어떠하뇨."

---

166) 미상(未詳).
167) 옷깃을 가다듬음.
168) 마음 속에서 비웃음.
169) 달여 놓은 약(藥).
170) 그 병에 맞는 약제.

자제(子弟)와 문객(門客)이 다 가로되,

"원기(元氣) 적패(積敗)[171]하온대 어찌 소산(消散)할 약(藥)을 쓰리이꼬. 결단(決斷)코 명(命)을 받들지 못하리로소이다."

재상(宰相)이 묵연(默然)하더라.

이미 약(藥)을 달여 왔거늘 재상(宰相)이 가로되,

"먹은 것이 소화(消化)치 아니하였으니 아직 두라."

하고, 밤들게 약(藥)을 가만히 엎치고 좌우(左右)로 하여금 곽향정기산(藿香正氣散) 삼첩(三貼)을 몰래 지어 한 데 섞어 큰 차관(茶罐)[172]에 합(合)하여 달여 삼분(三分)하여 마시고 이튿날 일어 앉은 즉(卽) 정신(精神)이 상연(爽然)하고 기운(氣運)이 평안(平安)하여 병근(病根)이 이미 놓인지라. 기자(其子)가 문후(問候)한대 재상(宰相)이 가로되,

"숙증(宿症)이 돈연(頓然)히 없노라."

기자(其子)가 가로되,

"영남(嶺南) 모의(某醫)는 가위(可謂) 편작(扁鵲)[173]이로소이다."

재상(宰相)이 가로되,

"아니라. 약사(藥舍)의 노유(老儒)는 어느 곳 사람인지 모르되 진실(眞實)로 신의(神醫)로다."

하고, 인(因)하여 전약(煎藥)을 엎지르고 곽향정기산(藿香正氣散) 달여 먹은 일을 이르고 또 가로되,

"수삭(數朔) 위증(胃症)이 일조(一朝)에 낳았으니 그 은혜(恩惠) 큰지라. 네 친(親)히 가 맞아옴이 가(可)하니라."

기자(其子)가 명(命)을 받들어 급(急)히 약사(藥舍)에 가 감사(感謝)한 뜻을 말하고 함께 감을 청(請)한대, 그 노유(老儒)가 옷을 떨치고 일어

---

171) 기운이 몹시 지침.
172) 찻물을 달이는 그릇. 모양이 주전자 비슷함.
173) 중국 전국 시대의 명의(名醫). 성은 진(秦). 이름은 월인(越人).

나 가로되,

"내 그릇 경성(京城)에 들어와 이런 더러운 말을 듯괘라. 내 어찌 막중빈(幕中賓)[174]이 되리오."

드디어 표연(飄然)히 가거늘, 기자(其子)가 무료(無聊)히 돌아와 그 연유(緣由)를 말한대 재상(宰相)이 가로되,

"개결(介潔)[175]하다. 풍속(風俗)에 빼어난 사람이로다."

하고, 차탄(嗟歎)함을 마지 아니하더라.

이윽고 상후(上候)[176]가 미령(未寧)하샤 점점(漸漸) 침중(沈重)하시니 조야(朝野)가 다 초민(焦悶)하고 황박(遑迫)[177]하더니, 그 재상(宰相)이 그때에 약원 제조(藥院提調)를 겸(兼)한지라. 마침 전일(前日) 자가(自家)의 일을 감동(感動)하여 들어가 진후(診候)하고 탑전(榻前)에 구달(口達)하되,

"곽향정기산(藿香正氣散)이 유익(有益)할 줄은 모르오나 또한 해(害)로운 바가 없나이다."

하고, 인(因)하여 달여 드려 진어(進御)하신 지 익일(翌日)에 옥후(玉候)가 평복(平復)하시니 상(上)이 더욱 차탄(嗟歎)하샤 물색(物色)으로 찾으되 마침내 얻지 못한지라. 식자(識者)가 가로되,

"이는 이인(異人)이라."

하더라.

대개(大槪) 의서(醫書)에 이르되, 연운(年運)이 순환(循環)함이 있으니, 일시간(一時間)에 백병(百病)이 비록 다르나 그 병근(病根)인 즉(卽) 연운(年運)의 부린 바이라. 진실(眞實)로 그 연운(年運)을 얻어 합당(合

---

174) 식객(食客).
175) 성질이 단단하고 깨끗함.
176) 임금의 안후(安候). 성후(聖候).
177) 당황하고 급박함.

當)한 양약(良藥)을 쓴 즉(卽) 비록 상당(相當)한 증(症)이 아니라도 효험(效驗)이 있거든, 근세(近世) 용의(庸醫)는 이 이치(理致)를 모르고 다만 증세(症勢)를 따라 약(藥)을 쓰매 공연(空然)히 사람을 죽이는 바이라. 대저(大抵) 이 사람은 미리 옥후(玉候)가 계실 줄 알아 이 약(藥)이 아니면 능(能)히 평복(平復)하시기 어려운 고(故)로 짐짓 약사(藥舍)에서 이 일을 행(行)함인저.

# 19. 실가인삭탄박명(失佳人數歎薄命)[178]

이업복(李業福)은 겸종(傔從)의 무리라. 아이 적부터 소설책(小說冊)을 잘 읽으니, 그 소리 혹(或) 노래 같으며, 혹(或) 우는 듯하며, 혹(或) 웃는 듯하며, 혹(或) 호방(豪放)하여 열사(烈士)의 형상(形狀)을 하며, 혹(或) 완미(婉媚)하여 가인(佳人)의 태도(態度)를 지으니, 대개(大槪) 그때 글지은 시경(時境)을 따라 각각(各各) 그 능(能)함을 뵈매 당시(當時) 호부(豪富)한 유(類)가 다 불러 듣더니, 한 서리(胥吏)의 부부(夫婦)가 그 재주를 탐혹(耽惑)하여 업복(業福)을 먹이고 길러 대접(待接)함이 친당(親黨)같이 하여 통가지의(通家之誼)[179]를 허(許)하더라.

서리(胥吏)의 한 딸이 있으니 성품(性品)이 단정(端正) 유순(柔順)하고 자색(姿色)이 빼어나 천태 만상(千態萬象) 천고 절염(千古絶艶)이라. 업복(業福)이 마음이 어리고 정신(精神)이 표탕(飄蕩)하여 능(能)히 정(情)을 정(定)치 못하고 매양(每樣) 눈으로 맞치되 기녀(其女)가 정색(正色)하고 응(應)치 아니하더니, 일일(一日)은 서리(胥吏) 부부(夫婦)가 절일(節日)을 당(當)하여 합가(闔家)[180]가 분묘(墳墓)에 가고 여아(女兒)가 홀로 규중(閨中)에 잘 새 문(門)을 엄(嚴)히 잠갔더니, 업복(業福)이 가만히 담을 넘어 누운 안에 들어가니 기녀(其女)가 바야흐로 잠이 깊었거늘, 업복(業福)이 그 곁에 누워 세요(細腰)를 끌어 안은대, 기녀(其女)가 크게 놀라 일어나 가로되,

"네 어떤 사람이뇨."

---

178) 아름다운 여인을 잃고 운수가 박(薄)함을 한탄하다.
179) 절친한 친구간에 통내외(通內外)하고 지내는 정의(情誼).
180) 한 집안. 온 가족.

가로되,

"아무이로라."

기녀(其女)가 더욱 노(怒)하여 가로되,

"네 우리 부모(父母)의 양육(養育)한 정의(情誼) 지극(至極)함을 생각치 아니하고 도리어 구체(狗彘)[181]의 행실(行實)을 하느냐."

하고 옥경(玉鏡)을 들어 친대, 업복(業福)이 받아 가로되,

"낭자(娘子)의 벌(罰)이 달기 엿같도다."

기녀(其女)가 더욱 분노(憤怒)하여 또 후려치니 면상(面相)이 상(傷)하여 가죽이 떨어졌으되, 업복(業福)이 오히려 유순(柔順)한 말로 사리(事理)를 풀어 이르니 여자(女子)의 성품(性品)이 본대 유약(柔弱)하고 또 불쌍히 여겨 드디어 몸을 허(許)하되 업복(業福)이 비로소 기꺼 일장(一場) 운우(雲雨)를 마친 후(後) 기녀(其女)가 염용(斂容)[182]하고 가로되,

"이미 네 원(願)을 마쳤으니 빨리 물러가라."

업복(業福)이 강잉(强仍)하여 나가니라.

익일(翌日)에 서리(胥吏) 부부(夫婦)가 돌아오거늘 업복(業福)이 문후(問候)할 새 기녀(其女)가 곁에 있어 옥용(玉容)이 참담(慘憺)하고 향수(香愁)가 아미(蛾眉)를 담았으니 일지(一枝) 이화(梨花)가 찬 비를 띤 듯하여 용태(容態) 가련(可憐)한지라. 업복(業福)이 물러 오매 더욱 잊지 못하여 일봉(一封) 서신(書信)을 가만히 낭자(娘子)에게 보내니 대개(大槪) 모일(某日)에 동원(東園)에 모임을 기약(期約)함이라. 기녀(其女)가 과연(果然) 언약(言約)같이 이르매 혼자 말로 중중거리며 완연(完然)히 정신(精神) 잃은 사람같거늘 업복(業福)이 가로되,

---

181) 개와 돼지.
182) 용모를 단정히 함.

"낭자(娘子)의 거조(擧措)가 어찌 이리 수상(殊常)하뇨."

기녀(其女)가 가로되,

"마침 들으니 요지(瑤池)[183] 서왕모(西王母)[184]가 청조사(靑鳥使)[185]를 보내어 말을 전(傳)하되 '네 사람의 달래고 협박(脅迫)함을 인(因)하여 더러운 욕(辱)을 받아 방질(方質)[186]이 이미 이즈러지고 업원(業寃)[187]이 진실(眞實)로 갚힌지라. 이제 선부(仙府)로 돌아오고 길이 진연(塵緣)을 사절(謝絶)하라.' 하고 사자(使者)를 보낸 고(故)로 내 장차(將次) 따라 가려 하노라."

업복(業福)이 웃어 가로되,

"사자(使者)가 어디 있느뇨."

기녀(其女)가 가로되,

"사자(使者)가 내 곁에 있다."

하고, 공중(空中)을 향(向)하여 언사(言辭)가 자약(自若)하고 제 옥지환(玉指環)을 끌러 사람을 주는 형상(形狀)도 하며 사람의 신을 벗겨 제 발에 신는 모양(模樣)도 하여 해망(駭妄)한 거조(擧措)가 천태만상(千態萬象)이로되 사람은 보지 못할러라.

업복(業福)이 가로되,

---

183) 중국 곤륜산(崑崙山)에 있다는 못. 선인(仙人)이 살았다고 함. 주(周)나라 목왕(穆王)이 서왕모(西王母)를 만났다는 이야기로 유명한 곳.

184) 중국 상대(上代)에 받들었던 선녀의 하나. 성은 양(楊). 이름은 회(回). 주나라 목왕이 곤륜산에 사냥 나갔다가 서왕모를 만나서 요지에서 노닐며 돌아올 줄을 몰랐다 하며 또, 한(漢)나라 무제(武帝)가 장수(長壽)를 원하매 그를 가상히 여기어 하늘에서 선도(仙挑) 일곱 개를 가져다 주었다 함. '산해경(山海經)'에는 그 모양이 반인반수(半人半獸)로 표범 꼬리에 범의 이를 가지고, 더벅머리에 풀다리를 썼다고 함. 그 여자의 남쪽에는 세 청조(靑鳥)가 있어서 그 여자의 먹을 것을 마련하여 준다고 함.

185) 파랑새 사신(使臣).

186) 바른 자질.

187) 전생에서 지은 죄로 이승에서 받는 괴로움.

"낭자(娘子)가 뉘로 더불어 관흡(款洽)[188]하느뇨."

기녀(其女)가 가로되,

"사자(使者)이니라."

업복(業福)이 크게 놀라고 두려, 나오니 이로부터 홀로 말하는 것이 다 사자(使者)로 더불어 수작(酬酌)함이러라.

일일(一日)은 기녀(其女)가 새벽에 일어 간 바를 알지 못하매 그 부모(父母)가 또한 업복(業福)으로 말미암아 화근(禍根)이 된 줄을 알지 못하고 두루 찾으되 마침내 얻지 못하니라. 업복(業福)이 상해 자가(自家)의 신수(身數)가 박(薄)하여 이러한 가인(佳人)으로 해로(偕老)치 못함을 한탄(恨歎)하더라.

188) 우정이 두터움. 극친함.

## 20. 탁종신여협연생(托終身女俠捐生)[189)]

이참판(李參判)의 이름은 광덕(匡德)[190)]이요, 별호(別號)는 관양(冠陽)이라. 일찍 왕명(王命)을 받자와 북관(北關)[191)]에 암행(暗行)할 새 종적(蹤迹)을 감추고 간난(艱難)을 가초 겪어 수령(守令)의 장부(臧否)[192)]를 염탐(廉探)하며 백성(百姓)의 폐악(弊惡)을 채득(採得)[193)]하더니, 장차(將次) 함흥(咸興)에 이르러 자취를 드러내고자 하여 종자(從者) 수인(數人)으로 더불어 저물게 성내(城內)에 들어가니 만성(滿城) 인민(人民)이 창황(蒼黃) 분주(奔走)하여 가로되,

"수의(繡衣) 장차(將次) 이른다."

하거늘 이공(李公)이 의아(疑訝)하여 가로되,

"일도(一道)에 두루 행(行)하되 나를 아는 자(者)가 없더니 이제 이렇듯 훤괄(喧聒)[194)]하니 혹(或) 종인(從人)의 누설(漏泄)함인가."

의심(疑心)하고 도로 성(成) 밖에 나와 모든 추종(騶從)을 힐문(詰問)한대 끝이 없는지라.

수일(數日) 후(後) 다시 성내(城內)에 들어가 비로소 출도(出道)하여 공무(公務)를 판결(判決)하고, 또 읍리(邑吏)더러 물어 가로되,

---

189) 한 평생을 의탁한 여협(女俠)이 목숨을 스스로 끊다.

190) 조선조 영조 때의 문신. 관찰사를 역임함. 노소론의 당쟁이 심할 때, 중간적인 입장에 있었으므로 극렬 분자의 미움을 받았고, 1741년 동생 광의(匡誼)가 천거(薦擧)의 폐해를 논하다가 의금부에 투옥되자 이에 연좌되어 해남(海南) 등지로 유배됨. 뒤에 풀려나 한성부 좌윤에 임명 되었으나 취임하지 않고 은거함.

191) 함경 북도 지방을 두루 일컫는 말.

192) 착함과 착하지 못함. 선악(善惡).

193) 수탐하여 사실을 찾아냄.

194) 시끄럽게 떠듦.

"너의 무리 어찌 향일(向日)에 나의 올 줄 알았느뇨."

관리(官吏) 여짜오되,

"만성(滿城)이 훤전(喧傳)하니 어느 사람의 입에서 먼저 난 줄 알지 못하나이다."

이공(李公)이 명(命)하여 가로되,

"말 근원(根源)을 캐어 들이라."

관리(官吏) 물러와 궁탐(窮探)[195]한 즉 칠세(七歲) 가련(可憐)[196]의 창기(唱起)함이라. 들어와 그 실상(實狀)을 아뢴대 이공(李公)이 가련(可憐)을 불러 앞에 앉히고 물어 가로되,

"네 겨우 강보(襁褓)를 떠나 어찌 능(能)히 사성(使星)[197]을 분변(分辨)하뇨."

대(對)하여 가로되,

"천인(賤人)의 집이 길가에 있삽더니 향일(向日)에 우연(偶然)히 창(窓)을 밀치고 보온 즉(卽) 두 걸인(乞人)이 길가에 병좌(竝坐)하매 한 걸인(乞人)은 옷이 비록 때묻으나 두 손이 심(甚)히 고운 고(故)로 스스로 놀라고 의심(疑心)하되 기한(飢寒)에 골몰(汨沒)하는 자(者)는 수족(手足)이 추(醜)하고 검을 것이어늘 어찌 저리 고우뇨. 십분(十分) 아혹(訝惑)할 즈음에 그 걸인(乞人)이 옷을 풀고 이를 잡은 후(後) 도로 입을 제 곁에 걸인(乞人)이 받들어 입히고 거동(擧動)이 공손(恭遜)하여 겸종(傔從)이 귀인(貴人)에게 함과 같은 고(故)로 그 수의(繡衣) 신출(新出)을 분명(分明)히 알고 가인(家人)에게 가초 고(告)하였더니, 경각(頃刻)에 자연(自然) 훤전(喧傳)하여 일성(一城)이 분요(紛擾)하기에 이르렀나이다."

---

195) 깊이 탐색함.
196) 인명(人名).
197) 임금의 명령으로 지방에 심부름 가는 관원(官員).

이공(李公)이 그 영오(穎悟)[198]함을 심(甚)히 기이(奇異)히 여겨 심(甚)히 사랑하더니 및 돌아올 제 일수(一首) 시(詩)를 지어 주니, 가련(可憐)이 또 공(公)의 기우(器宇)[199]와 문화(文華)를 탄복(歎服)하고 탁신(托身)할 뜻을 두어 연광(年光)이 이팔(二八)에 오히려 비홍(秘紅)[200]을 지키어 공(公)의 말을 기다리고 몸을 타인(他人)에게 허(許)치 아니함을 맹세(盟誓)하니, 공(公)은 실상(實狀) 알지 못하더라.

그 후(後) 공(公)이 일에 좌사(坐事)[201]하여 북관(北關)에 찬배(竄配)하매 한 이배(吏輩)의 집에 주인(主人)하니 가련(可憐)이 찾아와 뫼시매 조석(朝夕)으로 게으르지 아니하니, 공(公)이 또 그 지성(至誠)을 감동(感動)하나 몸이 죄중(罪中)에 있으매 여색(女色)을 가까이 못하리라 하여 더불어 있은 지 사오년(四五年)이로되 일찍 압일(狎逸)한 바가 없으니 가련(可憐)이 더욱 공(公)의 위의(威儀)와 도량(度量)을 흠탄(欽歎)하더라.

공(公)이 가련(可憐)더러 일찍 적인(適人)[202]함을 권(勸)하되 저사(抵死)[203]하고 듣지 아니하니라.

가련(可憐)의 천성(天性)이 강개(慷慨) 뇌락(磊落)하여 제갈공명(諸葛孔明)[204]의 전후출사표(前後出師表)[205] 읊기를 좋이 여기매, 매양(每樣) 맑

198) 남보다 뛰어나게 총명함.
199) 사람의 덕망과 재능. 기량(器量).
200) 정조(貞操)?
201) 일에 연루됨.
202) 다른 사람에게 시집감.
203) 죽기를 각오함.
204) 중국 삼국 시대 촉한(蜀漢)의 정치가이자 전략가. 이름은 양(亮), 자는 공명(孔明). 공전(空前)의 전략가로 유비(劉備)의 삼고초려(三顧草廬)에 감격, 그를 도와 오(吳)와 연합하여 조조(曹操)의 위군(魏軍)을 적벽(赤壁)에서 대파하고 파촉(巴蜀)을 얻어 촉한국(蜀漢國)을 세우고 유비가 제위에 오르자 승상(丞相)이 되었음. 유비가 죽은 후 남방의 만족(蠻族)을 평정, 이어 위(魏)를 여러 차례 기산(祁山)에서 쳤으나 성공하지 못하고 오장원(五丈原)에서 사마의(司馬懿)와 대전 중 병사 하였음. 시호는 충무(忠武). 무후(武侯).
205) 출병할 때에 그 뜻을 적어서 임금께 올리는 글. 중국 촉나라의 제갈량이

은 밤과 밝은 달에 공(公)을 위(爲)하여 한 번(番)씩 외우니 성음(聲音)이 요량(嘹喨)[206]하여 백학(白鶴)이 벽공(碧空)에 울고 황앵(黃鶯)이 녹류(綠柳)에 노래함 같으니 공(公)이 위(爲)하여 눈물을 내려 옷깃을 적시고 일절(一節)을 읊어 가로되,

| | |
|---|---|
| 함관여협만두사(咸關女俠滿頭絲) | 함관(咸關)의 여협(女俠)의 머리에 가득한 실은 |
| 위아고가양출사(爲我高歌兩出師) | 나를 위(爲)하여 높이 양출사(兩出師)를 노래하도다 |
| 창도초려삼고지(唱到草廬三顧地) | 읊음이 초려(草廬) 삼고(三顧) 땅에 이르매 |
| 축신청루만행수(逐臣淸淚萬行垂) | 축신(逐臣)의 맑은 눈물이 일만(一萬) 줄 깃드렸도다 |

일일(一日)은 공(公)이 사(赦)를 입어 장차(將次) 돌아올 새 비로소 견권(繾綣)[207]함을 얻으니 공(公)의 견확(堅確)함과 가련(可憐)의 정렬(貞烈)을 가(可)히 알러라.

공(公)이 효유(曉諭)하여 가로되,

"나의 행리(行李) 격일(隔日)하였으니 비록 너와 한가지로 가고자 싶으나 사(赦) 내리신 은명(恩命)이 오래지 아니하매 기아(妓兒)를 후거(後車)에 실음이 내 차마 하지 못할 바이라. 전리(田里)에 돌아간 후(後) 너를 데려올 것이니 조금 더딤을 한(恨)치 말라."

---

유비의 사후에, 위나라 정벌에 앞서 후주(後主) 유선(劉禪)에게 바친 전후 두 편의 출사표가 우국 충정(憂國衷情)이 넘치는 글로 특히 유명함.

206) 음성이 낭랑하고 맑음.

207) 마음에 깊이 서리어 생각하는 정이 못내 잊히지 아니함.

가련(可憐)이 기쁨을 미간(眉間)에 띄어 개연(慨然)히 응낙(應諾)하니라.

공(公)이 돌아온 지 오래지 않아 병(病)을 인(因)하여 세상(世上)을 버리니, 가련(可憐)이 흉음(凶音)을 듣고 제전(祭奠)을 베풀어 일장(一場) 통곡(痛哭)한 후(後) 자결(自決)하니 인(因)하여 길가에 장사(葬事)하니라.

그 후(後) 영성군(靈城君) 박문수(朴文秀)가 북관(北關)을 안찰(按察)할 새 가련(可憐)의 무덤을 지나다가 그 비(碑)에 써 가로되, "함관여협가련지묘(咸關女俠可憐之墓)"[208]이라 하니라.

---

208) 함경도 여자 호걸 가련의 묘.

# 청구야담 권지십(青邱野談 卷之十)

## 1. 택부서혜비식인(擇夫婿慧婢識人)[1)]

옛적 한 참정(參政)[2)]이 훤당(萱堂)[3)]의 시양(侍養)[4)]할 뜻이 간절(懇切)하되 공사(公私)에 다단(多端)함과 사무(事務)의 총집(叢集)함이 많아 상해 뫼심을 겨를치 못하고, 가중(家中)의 한 여비자(女婢子)가 연광(年光)이 삼오(三五)에 용색(容色)이 풍염(豊艶)하고 성도(性度)[5)]가 총혜(聰慧)하여 대부인(大夫人)의 뜻을 잘 봉승(奉承)하여 기포 한난(飢飽寒暖)[6)]에 마땅함을 따라 받들고 좌우동작(左右動作)의 기미를 살펴 붙드니, 대부인(大夫人)이 이로써 친심(親審)[7)]을 기쁘게하고 가인(家人)이 이로써 수고를 대신(代身)하니 참정(參政)이 사랑함이 심(甚)하여 상(賞)

---

1) 총명한 계집종이 사람을 알아보아 남편으로 택하다.
2) 참지정사(參知政事)의 준말. 참지정사는 고려 때 중서 문하성(中書門下省)의 종2품 벼슬. 여기서는 그에 상응하는 품계의 벼슬을 뜻함.
3) 남에게 대하여 자기의 어머니를 겸손하게 이르는 말.
4) 양사자(養嗣子)를 할 목적이 아니고, 동성(同姓) 이성(異姓)임을 가리지 않고 남의 자식을 맡아서 기름.
5) 성격과 도량.
6) 굶주리거나 배부르거나 춥거나 따뜻함.
7) 몸소 심사하거나 심리함.

주는 것이 수(數)가 없더라.

이 비자(婢子)가 행랑(行廊) 밖에 별(別)로이 한 방(房)을 두어 서화(書畵) 집물(什物)을 극(極)히 선명(鮮明)히 하여 조금 틈이 있으면 한가(閑暇)히 나와 쉴 곳을 만드니 장안(長安) 부가(富家) 자제(子弟) 청루(靑樓)에 일삼는 자(者)가 다투어 천금(千金)으로써 한 번(番) 보기를 구(求)하되 비자(婢子)가 일병(一竝) 물리치고 일심(一心)에 스스로 맹세(盟誓)하되, 만일(萬一) 마음을 천하(天下)에 두는 자(者)가 아니면 차라리 공방(空房)에 늙기를 감심(甘心)[8]하더니, 일일(一日)은 비자(婢子)가 부인(夫人)의 명(命)으로 친당(親黨)에 전갈(傳喝) 맡아 갔다가 돌아오는 길에 급(急)한 비를 길에서 만나 바삐 집에 돌아온 즉(卽), 한 걸인(乞人)이 봉두 구면(蓬頭垢面)[9]으로 대문(大門) 곁에 비를 피(避)하거늘 비자(婢子)가 한 번(番) 살펴보매 비상(非常)한 골격(骨格)이 있는지라. 끌고 제 방(房)으로 들어가 앉힌 후(後)에 부탁(付託)하여 가로되,

"그대 잠간(暫間) 여기 머물라."

하고, 인(因)하여 돌쳐 나가 그 문(門)을 잠그고 창황(蒼黃)히 안으로 들어가니 그 걸인(乞人)이 천사 만상(千思萬想)[10]하여도 그 곡절(曲折)을 알지 못할지라. 하회(下回)를 보려하더니, 이윽고 비자(婢子)가 나와 문(門)을 열고 들어와 다시 걸인(乞人)을 살펴보고 기쁜 빛이 미우(眉宇)[11]에 가득하여 먼저 물을 데워 걸인(乞人)의 전신(全身)을 세척(洗滌)하고 일변(一邊) 밥을 차려 먹일 새, 진수 미찬(珍羞美饌)[12]은 장위(腸胃)를 놀래고 화기 주반(畵器朱盤)[13]은 안목(眼目)을 현란(絢爛)케

8) 마음에 달게 여김.
9) 헙수룩하게 흐트러진 머리털과 때묻어 더러워진 얼굴.
10) 천 번 만 번 생각함.
11) 이마의 눈썹 근처.
12) 맛이 좋고 많이 잘 차린 음식. 진수 성찬(珍羞盛饌).
13) 그림무늬를 한 사기그릇과 붉게 채색한 소반.

하는지라.

이윽고 쇠북이 울고 등(燈)불이 몽롱(朦朧)할 새 금요(衾褥) 수침(睡寢)에 춘몽(春夢)이 완전(完全)한지라.

익일(翌日)에 걸인(乞人)으로 하여금 상토를 올려 성관(成冠)하고 일습(一襲) 의복(衣服)을 내어 입히니 과연(果然) 의용(儀容)이 풍후(豊厚)하고 용모(容貌)가 헌앙(軒昂)하여 전일(前日) 추레한 모양(模樣)이 일분(一分) 없는지라. 비자(婢子)가 이르되,

"그대 가(可)히 대감(大監)과 부인(夫人)께 현알(見謁)할 것이니 만일(萬一) 물으심이 있거든 대답(對答)을 여차여차(如此如此)하라."

궐한(厥漢)이 '유유(唯唯)'[14]하고 참정(參政)께 현알(見謁)하니 참정(參政)이 가로되,

"비자(婢子)가 전일(前日)에 저의 배필(配匹)을 제가 가린다 하더니 제 홀지(忽地)에 성친(成親)하니 반드시 가의(可意)한 사람이로다."

하고, 인(因)하여 앞에 가까이 하여 가로되,

"네 업(業)한 바가 무엇이뇨."

대(對)하여 가로되,

"약간(若干) 전화(錢貨)를 가지고 팔로(八路)에 장사하와 귀천(貴賤)을 변환하여 때를 따라 이(利)를 취(取)하나이다."

참정(參政)이 깊이 믿더라.

이로부터 궐한(厥漢)이 빛난 의복(衣服)과 좋은 음식(飮食)에 잠기어 한 일도 아니하거늘 비자(婢子) 가로되,

"사람이 세상(世上)에 나매 각각(各各) 업(業)이 있거늘 난의 포식(暖衣飽食)[15]하고 하는 일이 없으면 어찌 생도(生道)를 얻으리오."

---

14) '예, 예' 대답하는 소리.
15) 따뜻한 옷을 입고 배불리 먹음.

궐한(厥漢)이 가로되,

"만일(萬一) 요리(要利)하여 자생(資生)코자 할진대 모로미 십두(十斗) 은자(銀子)를 얻어야 이에 가(可)하니라."

비자(婢子)가 가로되,

"내 그대를 위(爲)하여 주선(周旋)하리라."

하고, 인(因)하여 틈을 타 대부인(大夫人)께 그 말씀을 고(告)하고 십두(十斗) 은(銀)을 간청(懇請)한대, 대부인(大夫人)이 참정(參政)에게 누누(屢屢)이 말하니 참정(參政)이 훤당(萱堂)의 뜻을 승순(承順)하여 응낙(應諾)하거늘 드디어 은(銀)을 내어다가 준대, 궐한(厥漢)이 그 은(銀)을 팔아 돈을 가지고 장안(長安) 장(場)의 의전(衣廛)에 가 잠간(暫間) 입었다가 벗은 의복(衣服)을 도고(都庫)[16]하여 종루(鐘樓) 거리에 쌓아 놓고 평일(平日) 한가지로 개걸(丐乞)하던 동류(同類)를 모아 의복(衣服)을 다 입히고, 또 강교(江郊)의 걸인(乞人)을 무론(無論) 남녀(男女)하고 전(前)같이 다 입히며, 또 근읍(近邑)과 원향(遠鄕)의 유리 개걸(遊離丐乞)[17]하는 유(類)를 찾아 하나 낙루(落漏) 없이 다 입힌 후(後)에 그 남은 의복(衣服)을 말께 실리고 사람에게 지워 팔도(八道)로 돌아다니며 분급(分給)하니, 다만 일필(一匹) 마(馬)와 수습(數襲) 의복(衣服)이 남은지라.

이에 대련 속에 넣어 말등에 깔고 행(行)하니 때마침 중추(仲秋)이라. 개인 달이 산(山)에 오르고 맑은 안개 들에 빗겼는데 수십리(數十里) 평원(平原) 광야(廣野)에 행인(行人)이 없는지라. 말을 몰아 길을 재촉하여 가더니 길에 큰 다리 있고 다리 아래 빨래하는 소리 있거늘, 깊은 밤 넓은 들에 인적(人迹)을 의심(疑心)하여 말께 내려 다리 아래를

16) 물건을 도거리로 혼자 맡아서 파는 일. 또, 그런 행위를 하는 개인이나 조직.

17) 이리저리 빌어 먹으며 돌아다님.

굽어 본 즉(卽) 한 노옹(老翁)과 한 노고(老姑)가 벌거벗고 그 입은 옷을 세척(洗滌)하다가 사람의 규시(窺視)[18]함을 부끄려 손을 둘러 적신(赤身)을 가리거늘, 궐한(厥漢)이 그 형상(形狀)을 가긍(可矜)히 여겨 그 노옹(老翁)을 다리 위에 불러내어 대련 속에 두었던 수습(數襲) 의복(衣服)을 다 내어 준대, 노옹(老翁) 부부(夫婦)가 복복 치사(僕僕致謝)하고 손을 들어 계변(溪邊) 촌가(村家)를 가리키며 맞아 들어감을 간청(懇請)하거늘, 한가지로 집에 들어간 즉(卽) 수간(數間) 두옥(斗屋)[19]이 겨우 풍우(風雨)를 가리었더라.

말을 밖에 매고 실중(室中)에 들어가니 노옹(老翁) 부부(夫婦)가 분주(奔走)히 날반(糲飯)[20] 고채(菰菜)[21]를 판비(辦備)하여 대접(待接)하거늘 포식(飽食)한 후(後) 헐숙(歇宿)[22]할 새, 목침(木枕)을 청(請)한대, 노옹(老翁)이 서까래 사이에 달린 한 표자(瓢子)를 내려 주어 가로되,

"가(可)히 이를 베개하라."

궐한(厥漢)이 받아 베고 누웠더니 어두운 가운데 표자(瓢子)를 만진즉(卽) 금석(金石)도 아니요 토목(土木)도 아니라. 자세(仔細)히 어루만지되 알 길이 없더니, 홀연(忽然) 문(門) 밖에 훤화(喧譁)[23]하는 소리 심(甚)히 위엄(威嚴)이 있어 귀자(貴者)가 문(門)에 임(臨)함 같더니 아이(俄而)오 한 군사(軍士)가 영(令)을 응(應)하여 표자(瓢子)를 탈취(奪取)코자 하거늘 궐한(厥漢)이 가로되,

"이는 나의 베게한 바이니 주지 못하노라."

수졸(數卒)이 이어 들어와 공갈(恐喝)하고 또 억탈(抑奪)코자 하되 궐

18) 엿봄. 규견(窺見).
19) 매우 작고 초라한 집.
20) 애벌만 찧은 쌀로 지은 밥.
21) 연한 줄기로 만든 나물.
22) 어떤 곳에 대어 쉬고 묵음. 헐박(歇泊).
23) 시끄럽게 떠듦. 훤조(喧噪).

한(厥漢)이 일향(一向) 굳이 막으니 거무하(居無何)에[24] 귀인(貴人)이 홍포 옥대(紅袍玉帶)로 몸소 들어와 꾸짖어 가로되,

"네 어찌 이 표자(瓢子)를 얻어 이같이 지보(至寶)인 줄 아느냐."

궐한(厥漢)이 가로되,

"이미 내 손에 들었으니 이에 가벼웁게 허(許)치 못할 것이나 실(實)로 쓰는 법(法)을 모르노라."

귀자(貴者)가 가로되,

"이는 식화(殖貨)하는 보배라. 만일(萬一) 흩어진 금(金)과 부서진 은(銀)을 그 가운데 넣고 흔든 즉(卽) 경각(頃刻)에 은금(銀金)이 표자(瓢子) 안에 차느니 네 반드시 삼년(三年) 후(後)에 동작진(銅雀津)에 던지고 타인(他人)으로 하여금 알게 말라."

궐한(厥漢)이 크게 기꺼 한 번(番) 소리하니 이에 침상일몽(寢上一夢)이라.

날이 새고자 하거늘 옹(翁)의 부부(夫婦)가 이미 일어 조반(朝飯)을 차리니 궐한(厥漢)이 저의 말로써 표자(瓢子)를 바꾸자 한대, 노옹(老翁)이 미미(微微)히 웃고 물리쳐 가로되,

"이것이 한 푼(分)도 싸지 아니하거늘 어찌 준마(駿馬)와 바꾸리오."

궐한(厥漢)이 제 옷을 벗어 벽에 걸고 노옹(老翁)의 벗은 헌옷을 구(求)하여 입고 말을 문(門)턱에 매고 표자(瓢子)를 짚자리에 싸 메고 노옹(老翁)을 하직(下直)하고 행로(行路)에 걸식(乞食)하니 완연(宛然)히 전일(前日) 형상(形狀)이라.

천리(千里)를 간관(間關)[25]하여 여러 날 만에 경성(京城)에 들어 참

24) (시간적으로)있은 지 얼마 안 되어서.
25) 길이 험하여 걷기 어려운 상태.

정(參政)의 집을 바라고 나아올 새 문득 생각하되, '전일(前日) 문(門)에 날 제 찬찬(粲粲)[26] 의복이더니 금일(今日) 돌아올 제 현순 백결(懸鶉百結)[27]이라. 견문(見聞)에 의구(疑懼)함이 있으리니 아직 인정(人定) 때를 기다려 인적(人迹)이 고요함을 인(因)하여 가만히 들어감이 무방(無妨)하다' 하고, 이에 몸을 주사(酒肆)[28]에 감추어 야색(夜色)이 혼흑(昏黑)하기를 기다려 별안간(瞥眼間) 그 집에 들어간 즉(卽) 행랑문(行廊門)이 반(半)만 닫히고 방문(房門)을 잠갔는지라. 궐한(厥漢)이 어둑한 구석에서 숨을 들이쉬고 기운(氣運)을 숨겨 가만히 섰더니, 아이(俄而)오 비자(婢子)가 안으로 나와 지게를 밀치고 들어오며 혼잣말로 이르되,

"금일(今日)도 겸점이 벌써 내리고 낭군(郎君)의 소식(消息)이 망연(茫然)하니 내 그릇 사람을 보았던가. 지금(只今)에 뉘우치나 설마 그릇 보았으랴. 장차(將次) 어찌하리오."

궐한(厥漢)이 미미(微微)히 기침한대, 비자(婢子)가 놀라 가로되,

"뉘뇨."

가로되,

"내로라."

가로되,

"어디 갔다가 왔느뇨."

가로되,

"문(門)열고 불켜라."

이에 그 짐을 이끌고 방중(房中)에 들어가 촉하(燭下)에 서로 대(對)한 즉(卽) 초췌(憔悴)한 용모(容貌)와 남루(襤褸)한 의복(衣服)이 전일(前

26) 환하고 산뜻함. 또는 그 모양.
27) 가난하여 옷이 갈갈이 해어지고 누덕누덕 기워 짧아진 옷을 이르는 말.
28) 술집.

日)에 비(比)컨대 수참(愁慘)[29]함이 배(倍)나 한지라. 비자(婢子)가 목이 메어 울고 문(門)에 나가 석반(夕飯)을 내와 먹이고 한가지로 쉬더니, 새벽에 북이 울매 비자(婢子)가 궐한(厥漢)을 깨워 여간 경보(輕寶)[30]를 보(褓)에 싸고 한가지로 도망(逃亡)하여 은(銀) 잃은 죄(罪)를 면(免)코자 한대, 궐한(厥漢)이 가로되,

"내 실상(實狀)을 고(告)하고 차라리 죄(罪)를 얻을지언정 어찌 서로 도망(逃亡)하여 화(禍)를 더하리오."

비자(婢子)가 노(怒)하여 가로되,

"그대 능(能)히 일처(一妻)를 보전(保全)치 못하고 도리어 큰 말을 하나 어찌 나로 말미암아 그대를 곤(困)케 하리오. 마지 못하여 이 거조(擧措)를 함이거늘 오히려 장부(丈夫)의 일을 하려 하느냐."

궐한(厥漢)이 가로되,

"낭자(娘子)가 만일(萬一) 일향(一向) 의혹(疑惑)을 할진대 내 참정(參政)께 아뢰어 자연(自然) 무탈(無頉)하게 하리라."

비자(婢子)가 하릴없어 안으로 들어가거늘, 궐한(厥漢)이 이에 표자(瓢子)를 내어 손에 들고 또 은(銀) 조각을 낭자(娘子) 상중(箱中)[31]에서 뒤져내어 그 가운데 넣고 가만히 축원(祝願)하고 흔든 후(後) 표자(瓢子)를 본 즉(卽) 백설(白雪)같은 은(銀)이 가득하였거늘 방(房) 구석에 쏟아 놓고 흔들고, 또 흔들어 쏟은 위에 또 쏟으니 조금 사이에 집과 가지런하거늘, 비로소 너른 보(褓)로 가리고 베개를 높이 하고 졸더니, 비자(婢子)가 양구(良久)에 나와 홀연(忽然) 무엇이 방(房)에 가득함을 보고 의아(疑訝)하여 보(褓)를 들치고 본 즉(卽) 편편 백은(片片白銀)이 쌓이기를 구산(丘山)같이 하였으니 그 몇 천두(千斗)를 알지 못할러

29) 몹시 비참함. 매우 을씨년스럽고 슬픔.
30) 가볍고 몸에 지니고 다니기에 쉬운 값진 보배. 금 주옥 등.
31) 상자 가운데.

라.

놀라고 기쁜 마음에 눈이 둥그렇고 입이 뻣뻣하여 겨우 정신(精神)을 차려 가로되,

"차물(此物)이 어디로조차 났느뇨."

궐한(厥漢)이 가로되,

"소소(小小)한 아녀자(兒女子)가 어찌 장부(丈夫)의 주사(主事)를 알리오."

인(因)하여 웃음을 띠어 서로 희학(戲謔)하고 날새기를 기다려 새옷을 갈아 입고 참정(參政)께 뵈오니, 참정(參政)이 처음에 가중(家中)에 저축(貯蓄)한 은(銀)을 다 궐한(厥漢)을 주었더니 한 번(番) 나간 후(後) 형영(形影)이 없으매 마음에 심(甚)히 아혹(訝惑)하더니, 문득 작석(昨夕)에 한 겸인(傔人)이 궐한(厥漢)의 낭패(狼狽)하여 돌아옴을 보고 참정(參政)께 가초 고(告)하니 참정(參政)이 악연(愕然)하여 밤에 잠을 편안(便安)히 못하였다가 궐한(厥漢)이 찬찬(粲粲) 의복(衣服)으로 진알(進謁)[32]함을 보고 급(急)히 물으되,

"네 흥리(興利)를 여의(如意)히 하였느냐."

궐한(厥漢)이 가로되,

"대감주(大監主) 도우심을 힘입사와 득리(得利)함이 과연(夥然)[33]하오니 청(請)컨대 이십두(二十斗) 은(銀)을 드려 자모지리(子母之利)[34]를 충수(充數)하여지이다."

참정(參政)이 가로되,

"내 어찌 이조(利條)[35]를 받으리오. 다만 본은(本銀)만 갚고 다시

---

32) 높은 사람께 나아가 뵈옴.
33) 매우 많은 모양.
34) 원금에 이자가 붙는 이익.
35) 이자조(利子條)의 준말. 본전에 대한 이자의 부분.

번설(煩說)치 말라.”

궐한(厥漢)이 가로되,

“소인(小人)이 죽을지언정 이조(利條)는 가(可)히 드리지 아니치 못하리로소이다.”

인(因)하여 은(銀)을 여수(餘數)히 드리니 빛이 눈이 바애고[36] 가(可)히 삼사십두(三四十斗)가 되는지라. 참정(參政)이 본대 탐객(貪客)이라. 처음은 사양(辭讓)하다가 흔연(欣然)히 받으니 비자(婢子)가 또 십두(十斗)를 대부인(大夫人)께 드려 정(情)을 표(表)하고, 또 수십두(數十斗)로써 모든 부인(夫人)께 나놔 드리고, 기여(其餘) 겸종(傔從)과 비복배(婢僕輩)를 다 우수(優數)히 나놔 주니 거개(擧皆) 고마이 여기고 칭사(稱謝)함을 마지 아니하더라.

참정(參政)이 작석(昨夕)에 겸인(傔人)의 무소(誣訴)[37]를 깨달아 훤당(萱堂)에 고하여 가로되,

“차겸(此傔)이 비자(婢子)를 시기(猜忌)하고 무소(誣訴)하여 금의(錦依) 입은 자(者)를 남루(襤褸)하다 이르고 흥리(興利)하고 온 자(者)를 낭패(狼狽)하였다 하니 그 심정(心情)이 부직(不直)하다.”

하고, 이에 질책(叱責)하니 겸인(傔人)이 원굴(寃屈)[38]함을 일컫고 궐한(厥漢)이 또 발명(發明)하여 무사(無事)하니라.

궐한(厥漢)이 장안(長安)에 갑부(甲富)가 되어 기처(其妻)를 속량(贖良)[39]하고 고대 광실(高臺廣室)에 백년 해로(百年偕老)하고 삼년(三年) 후(後) 표자(瓢子)는 동작진(銅雀津)에 던지니 그 비자(婢子)의 식감(識鑑)과 궐한(厥漢)의 복록(福祿)이 세상(世上)에 드물더라.

---

36) 무슨 뜻의 용언인지 미상(未詳).
37) 터무니없는 일을 있는 것처럼 꾸미어서 송사를 일으킴. 또는 그런 송사.
38) 원통하게 누명을 써서 마음이 맺히고 억울함.
39) (몸값을 받고)종을 풀어 주어서 양민(良民)이 되게 함. 속신(贖身).

## 2. 이후종역행효의(李後種力行孝義)[40)]

이후종(李後種)은 청주(淸州)의 수군(水軍)이라. 신의(信義) 향리(鄕里)에 나타났더니 동리(洞里)에 거(居)하는 사인(士人)이 수사(水使)[41)]에게 편지(便紙)하여 후종(後種)의 천역(賤役)을 면(免)하여 주고자 하더니, 후종(後種)이 사인(士人)에게 뵈어 가로되,

"듣자오니 생원주(生員主)[42)]가 수사(水使)께 간청(懇請)하여 소인(小人)의 천역(賤役)을 면(免)코자 하신다 하오니 과연(果然) 그러하시니이까."

가로되,

"그러하다."

후종(後種)이 가로되,

"가(可)치 아니하이다. 국가(國家) 군역(軍役)을 소인(小人)같은 연소(年少) 역강(力强)한 자(者)가 만일(萬一) 모면(謀免)하오면 어찌 군액(軍額)을 충수(充數)하오며 하물며 저는 소민(小民)이라. 역사(役事)가 없지 못하리니 원(願)컨대 그만두오소서."

하고, 육십(六十)이 넘도록 응역(應役)함을 게을리 아니하더라.

그 아자비 나이 늙고 처자(妻子)가 없거늘 후종(後種)이 제 집에 모셔 봉양(奉養)함을 지성(至誠)으로 하더니, 아자비 오래 병(病)들어 대소변(大小便)을 금(禁)치 못하거늘 후종(後種)이 그 중의(中衣)를 시냇가에 가 손수 빨더니, 촌인(村人)이 마침 지나다가 보고 가로되,

---

40) 이후종이 효도와 의리를 힘써 행하다.

41) 수군절도사(水軍節度使). 조선조 때 수군을 통솔 지휘하기 위하여 둔 정3품의 당상관. 각 도에 1~3명씩 배치하였음.

42) 생원님.

"어찌 부녀(婦女)로 하여금 세척(洗滌)치 아니하고 친(親)히 세탁(洗濯)하느뇨."

후종(後種)이 가로되,

"부부(夫婦)는 의(義)로 모인 것이라. 골육지정(骨六之情)이 어찌 나만 하리오. 만일(萬一) 혹(或) 마음에 더러이 여긴 즉(即) 성심(誠心)으로 봉양(奉養)하는 도리(道理) 아닌 고(故)로 친(親)히 빠노라."

그 아비 일찍 사람에게 십두(十豆) 맥(麥)을 꾸이고 추수(秋收) 때에 갚으라 하였더니, 이 해에 보리는 귀(貴)하고 벼는 천(賤)한 고(故)로 벼 이십오두(二十五斗)를 달라 한대, 그 사람이 간난(艱難)하여 능(能)히 다 갚지 못하고 먼저 이십두(二十斗)를 보내었더니, 후종(後種)이 밖으로조차 오다가 듣고 놀라 가로되,

"보리는 추(醜)하고 벼는 정(精)한지라. 이제 십두(十斗) 조(租)를 받아도 오히려 과(過)하거든 어찌 십두(十斗) 맥(麥)으로써 이십두(二十斗) 조(租)를 받으리오."

하고, 그 부친(父親)에게 간걸(懇乞)하여 다만 십두(十斗)를 받으니라.

후종(後種)이 소시(少時)로부터 갓짓기를 업(業)하더니 기부(其父)가 문득 저자에 가 팔거늘, 일일(一日)은 홀연(忽然) 일을 걷고 아니하는지라. 기부(其父)가 민망(憫惘)히 여겨 이웃 양반(兩班)에게 청(請)하여 가로되,

"소인(小人)의 자식(子息)이 갓을 짓다가 무단(無斷)히 그치오니 청(請)컨대 다스려 주소서."

사인(士人)이 불러 물으니 답(答)하되,

"소인(小人)이 갓을 지으매 소인(小人)의 아비 저자에 매매(賣買)할 제 준가(準價)[43]를 받고자 함은 인지상정(人之常情)이라. 값을 다툴

43) 제 가치에 꽉 찬 값.

즈음에 혹(或) 강포(强暴)한 자(者)에게 후욕(詬辱)[44]한 바가 된 즉(卽) 이는 손으로써 아비께 욕(辱)을 끼침이라. 차라리 농업(農業)을 힘써 봉양(奉養)함이 옳은 고(故)로 걷었나이다."

하더라.

일찍 가뭄을 만나 도랑을 막고 물을 저수(貯水)하였다 이앙(移秧)하려 하더니, 이 밤에 촌인(村人)이 물을 터 제 논에 대이니 기부(其父)가 노(怒)하여 크게 시비(是非)하고자 하거늘, 후종(後種)이 간(諫)하여 가로되,

"한절(旱節)을 당(當)하여 제 논에 물을 대이고자 함은 사람마다 소욕(所欲)이라. 그 논이 우리 논 위에 있으니 비록 트고자 하나 어찌 얻으며 하물며 이제 튼 후(後)에 가(可)히 거슬러 올라가지 못할 것이니 사람을 욕(辱)하여 무엇하리오."

하니, 대개(大蓋) 후종(後種)의 평생(平生)이 이같더라.

---

44) 꾸짖고 욕함. 후매(詬罵).

## 3. 덕원령천명기국(德原令擅名棋局)[45]

덕원(德原) 고을 원(員)이 바둑을 잘 두어 국수(國手)로 이름이 자자(藉藉)하더니, 일일(一日)은 한 사람이 말을 뜰에 매고 문안(問安)하거늘 영(令)이 물으되,

"뉘뇨."

대(對)하여 가로되,

"소인(小人)이 향군(鄕軍)으로 상번(上番)[46]하와 평생(平生)에 바둑 두기를 좋아하옵더니, 대야(大爺)의 국수(國手)란 말씀을 듣잡고 일국(一局)을 대(對)하려 하나이다."

영(令)이 흔연(欣然)히 허락(許諾)하거늘 기인(其人)이 대(對)하여 앉아 문득 가로되,

"대국(對局)하오매 내기를 아니치 못할 것이오니 노야(老爺)가 지신 즉(卽) 석 달 양식(糧食)을 이우시고,[47] 소인(小人)이 지온 즉(卽) 소인(小人)이 말 기벽(奇癖)이 있사와 매인 말이 준마(駿馬)이오니 드리기를 원(願)하나이다."

영(令)이 가로되,

"그리하라."

이미 결판(決判)하매 기인(其人)이 한 집을 지고 또 한 판을 마치매 또 한 집을 졌는지라. 드디어 그 말을 드린대 영(令)이 가로되,

"너희 농(弄)엣 말이니 어찌 네 말을 받으리오."

---

45) 덕원(德原) 고을 원(員)이 바둑으로 이름을 떨치다.
46) 외방의 군인이 서울로 번(番) 들러 올라가던 일.
47) 이게 하시고.

기인(其人)이 가로되,

"노야(老爺)가 소인(小人)으로써 식언(食言)하는 사람이라 하시나니이까."

인(因)하여 말을 두고 하직(下直)하거늘 영(令)이 마지 못하여 머물러 먹이더니, 두 달이 지난 후(後) 기인(其人)이 다시 와 하번(下番)[48]함을 고(告)하고 다시 한 판 둠을 간청(懇請)하여 가로되,

"전(前)같이 내기하와 노야(老爺)가 지시거든 그 말을 도로 주시고 소인(小人)이 지면 또 일필(一匹) 준마(駿馬)를 드리리이다."

하거늘, 영(令)이 허락(許諾)하고 두다가 두 판을 연(連)하여 지매 돈연(頓然)히 가(可)히 및지 못할지라. 놀라 가로되,

"네 나의 적수(敵手)가 아니라."

하고, 그 말을 주어 가로되,

"처음에 네 어찌 내게 지뇨."

기인(其人)이 웃어 가로되,

"소인(小人)의 성품(性品)이 말을 사랑하와 상번(上番)하여 경사(京師)에 가 있사오매 말을 잘 먹이지 못하면 반드시 여윌 것이요, 또 가(可)히 맛길 곳이 없는 고(故)로 감(敢)히 작은 재주로써 노야(老爺)를 속임이로소이다."

하더라.

그 후(後)에 한 중이 문(門)을 두드려 가로되,

"소승(小僧)이 바둑 조박(糟粕)[49]을 아옵기로 한 번(番) 대국(對局)하려 왔나이다."

영(令)이 허락(許諾)하고 기국(碁局)을 벌여 두더니, 그 승(僧)이 한

48) 군인이 군영에서 돌림차례를 마치고 나오는 번(番).
49) 무슨 학문이나 서화나 음악 등에 있어서 옛 사람이 다 밝혀 낸 찌끼의 비유.

점(點)을 놓으매 심(甚)히 어려워 능(能)히 수(手)를 풀기 어려운지라. 영(令)이 잠심(潛心)하기를 오래하거늘 승(僧)이 염수(斂手)[50]하고 사례(謝禮)하여 가로되,

"소승(小僧)이 갈 길이 바빠 가나이다."

영(令)이 좋은 수(手)를 생각하기에 취(醉)한 듯 어린 듯하여 묻는 말을 능(能)히 대답(對答)치 못하니 승(僧)이 하직(下直)하고 갔더니, 영(令)이 오래게야 황연(晃然)히 수(手)를 깨닫고 격절(擊節)[51]하여 가로되,

"어느 곳 승(僧)이 이렇듯이 능(能)히 삼십팔수(三十八手)를 보았느뇨."

판(板)을 치고 눈을 들어 보니 승(僧)이 이미 갔는지라. 방인(傍人)더러 물어 가로되,

"승(僧)이 어디 있느뇨."

답(答)하되,

"승(僧)이 여러 번(番) 가기를 고(告)하되 노야(老爺)가 답(答)치 아니하신 고(故)로 문(門) 위에 무엇을 쓰고 가더이다."

이윽고 본 즉(卽) 가랐으되,

"저러한 수(手)로 바둑둔다 일렀느냐."

하였더라.

병자란(丙子亂)에 영(令)의 자제(子弟) 청노(淸虜)에게 사로잡힌 바가 되었더니, 능원대군(綾原大君)[52]이 사행(使行)으로 연경(燕京)에 가거늘

---

50) 두 손을 마주 잡고 공손히 서 있음.

51) 감탄하여 무릎이나 넓적다리를 손으로 침.

52) 조선조 선조(宣祖)의 손자로 인조(仁祖)의 아우. 인조 10년(1632)에 능원대군으로 진봉(進封)되었음. 병자 호란 때에 척화(斥和)를 주장했으나 1637년 화의가 성립되자 다시는 조정에 나가지 않았음.

조정(朝廷)이 서교(西郊)에 전송(餞送)할 새 영(令)이 또한 재좌(在座)하였더니, 대군(大君)이 유찬홍(庾贊弘)으로 대국(大局)하기를 청(請)하니 찬홍(贊弘)은 바둑 수(手)가 영(令)으로 더불어 같지 못한지라. 상해 치선(置先)[53]을 접고 두더니, 대군(大君)이 가로되,

"금일(今日)에 만일(萬一) 찬홍(贊弘)이 지거든 재물(財物)을 내어 영(令)의 자제(子弟)를 놓아 들여보내고 영(令)이 만일(萬一) 지거든 접는 것을 내려 적수(敵手)가 됨이 가(可)하니라."

찬홍(贊弘)이 또한 허락(許諾)하니 영(令)이 천하(天下) 국수(國手)로 나이 이미 칠십(七十)이 넘고 찬홍(贊弘)은 연소(年少) 예기(銳氣)로 재주가 날렵하매 스스로 써 하되, '넉넉히 상적(相敵)하리라' 하여도 영(令)이 마침내 즐겨 허(許)치 아니하고 접어 대국(大局)하여 승부(勝負)를 겨루매 찬홍(贊弘)이 매양(每樣) 굴복(屈服)치 아니하고, 또 자기(自己) 역관(譯官)으로써 재물(財物)이 넉넉한 중(中) 대군(大君)의 말이 이 같고 찬홍(贊弘)도 또한 자원(自願)하는 바이라. 이 날에 영(令)이 드디어 냉수(冷水)에 눈 씻고 정신(精神)을 수습(收拾)하여 평일(平日)에 치선(置先)만 접다가 금일(今日)에 도리어 사개(四箇)를 접어 주니, 찬홍(贊弘)이 마지 못하여 두어 판을 대(對)하매 연(連)하여 삼배(三倍)를 진지라. 찬홍(贊弘)이 드디어 영(令)의 자제(子弟)를 속환(贖還)하니 이로부터 영(令)이 안혼(眼昏)[54]하여 바둑을 폐(廢)하니라.

53) 치중선수(置中先手)의 준말. 바둑에서 복판에다 치중한 사람이 선수함.
54) [늙어서] 눈이 어두움. 안력이 흐림.

# 4. 택당우승담역리(澤堂遇僧談易理)[55)]

이택당(李澤堂) 식(植)[56)]이 소시(少時)로부터 병(病)이 많아 과업(科業)을 폐(廢)하고 전(專)혀 병조리(病調理)함을 일삼더라.

집이 지평(砥平)[57)] 백아곡(白鴉谷)에 있으니 용문산(龍門山)이 가까운지라. 일찍 주역(周易)을 가지고 용문사(龍門寺)에 이접(移接)[58)]하여 역리(易)理)를 침잠(沈潛)하더니, 일승(一僧)이 부목한(負木漢)[59)]으로 생애(生涯)하매 해어진 장삼(長衫)과 한 바리때[60)]라. 사중(寺中)의 제승(諸僧)이 인수(人數)에 치지 아니하더라.

공(公)이 매양(每樣) 밤이 깊도록 등(燈)을 대(對)하여 글읽기를 부지런히 하니 제승(諸僧)은 다 자되 부목승(負木僧)이 홀로 불빛을 빌어 짚신을 삼고 자지 아니하더라.

일일(一日)은 공(公)이 문의(文意) 구색(究索)하기를 심(甚)히 고(苦)로이 하여 날이 새기에 이르거늘 부목승(負木僧)이 입안의 말로 가로되,

"연소(年少) 서생(書生)이 및지 못할 정신(精神)으로써 억지로 현미(玄微)[61)]한 역리(易理)를 구색(究索)하니 한갖 심력(心力)만 허비(虛費)할 따름이라. 어찌 과공(科工)을 옮기지 아니하느뇨."

---

55) 택당(澤堂) 이식(李植)이 중을 만나 주역(周易)의 이치를 말하다.

56) 조선조 인조 때의 문신. 호는 택당(澤堂). 한문 사대가(漢文四大家)의 한사람임. 이조 판서를 지냈고, 병자 호란 때 김상헌(金尙憲)과 함께 척화파로 청나라에 잡혀갔다 돌아옴. 선조 실록(宣祖實錄)을 전담하여 수정함.

57) 경기도에 있는 지명. 양평군(楊平郡) 지평면.

58) 거처를 잠시 옮겨 자리를 잡음.

59) 절에서 땔나무를 해들이는 사람.

60) 중이 쓰는 밥그릇. 나무로 대접처럼 안팎에 칠을 하여 만듦.

61) 유현(幽玄)하고 미묘함.

공(公)이 희미(稀微)히 듣고 익일(翌日)에 그 승(僧)을 이끌어 궁벽(窮僻)한 곳에 이르러 밤에 들은 말로써 힐문(詰問)하고 또 가로되,

"선사(禪師)가 반드시 역리(易理)를 깊이 아는 것이니 배워지라."

한대, 그 승(僧)이 가로되,

"개걸(丐乞)하는 용승(庸僧)이 무슨 지식(知識)이 있으리오. 다만 뵈오니 서방주(書房主)가 공부(工夫)를 각골(刻骨)히 하시매 귀체(貴體) 손상(損傷)함이 계실가 염려(念慮)하온 고(故)로 우연(偶然)히 하온 말씀이거니와 문자(文字)에 이르러는 본주(本主)[62]가 몽매(蒙昧)하오니 하물며 주역(周易)이리이까."

공(公)이 가로되,

"만일 모르면 어찌 현미(玄微)타 일렀느뇨. 선사(禪師)는 마침내 숨기지 말고 다행(多幸)히 나를 가르치라."

지성(至誠)으로 간청(懇請)한대, 그 승(僧)이 가로되,

"그대는 모름지기 문의(文意)에 의심(疑心)된 곳에 찌지(紙)[63]를 붙여 나의 한가(閑暇)한 때를 기다리라."

공(公)이 크게 기꺼 의심(疑心)난 곳마다 표(票)를 붙여 수목 무밀(樹木茂密)한 가운데 승(僧)을 언약(言約)하고 혹(或) 제승(諸僧)이 잠든 때를 타 종용(從容)히 문난(問難)하니 그 승(僧)이 현묘(玄妙)한 이(理)를 분석(分析)하매 구름을 헤쳐 청천(晴天)을 봄 같더라.

공(公)이 상해 그 부목승(負木僧)을 엄사(嚴師)로 대접(待接)하나 제승(諸僧) 있는 데는 막연(漠然)히 서로 알지 못하는 듯하더니 및 공(公)이 하산(下山)하매 그 승(僧)이 산문(山門)에 나와 하직(下直)하고 명년(明年) 정월(正月)에 공(公)을 경사(京師)에 찾음을 기약(期約)하였더니,

---

62) 본임자, 소유자의 뜻이나 여기서는 자신을 나타내는 일인칭 대명사로 쓰임.

63) 무엇을 표하거나 또는 적어서 붙이는 작은 종이 쪽지. 부표(附票).

과연(果然) 그 달에 승(僧)이 이르거늘 공(公)이 내재(內齋)로 맞아 삼일(三日)을 머물게 하니, 그 승(僧)이 공(公)을 위(爲)하여 명수(命數)를 추점(推占)[64]하여 평생(平生)을 논정((論定)하고 또 가로되,

"병자년분(丙子年分)[65]에 병화(兵禍)가 크게 일 것이니 반드시 영춘(永春)[66] 땅으로 피(避)하면 가(可)히 화(禍)를 면(免)하리라. 또 아무 연분(年分)에 공(公)을 서관(西關)에서 만날 것이니 다행(多幸)히 기록(記錄)하라."

하고, 드디어 손을 나누니라.

후(後)에 병자란(丙子亂)을 당(當)하여 공(公)이 모부인(母夫人)을 모시고 영춘(永春)으로 들어가 안과(安過)하고[67] 및 경재(卿宰)[68]에 올라 서관(西關)에 사행(使行)으로 묘향산(妙香山)에 유람(遊覽)할 새, 승도(僧徒)가 남여(籃輿)를 메었으니 그 앞에 일인(一人)이 곧 그 승(僧)이라. 안색(顔色)이 강장(强壯)하여 용문사(龍文寺)에 있을 제와 같더라.

공(公)이 심(甚)히 반겨 사중(寺中)에 들어가 별(別)로 일실(一室)을 쇄소(刷掃)하고 손을 잡아 별래(別來)를 말하고 즐거움이 극(極)한지라. 소찬(素饌)[69]을 정비(整備)히 하여 대접(待接)하고 삼일(三日)을 연침(連寢)하여 정회(情懷)를 서로 토(吐)할 새, 위로 국사(國事)며 아래로 가사(家事)에 유루(有漏)한 바가 없는지라. 공(公)이 또한 깊은 도(道)를 듣고 서로 이별(離別)한 후(後) 다시 만나지 못하니라.

---

64) 앞으로 올 일을 미리서 점을 침.
65) 병자년 어떤 때.
66) 충청 북도에 있는 지명. 단양군(丹陽郡) 영춘면.
67) 탈 없이 평안하게 지냄.
68) 재상(宰相).
69) 고기붙이나 생선이 섞이지 않은 반찬.

## 5. 이상사인병오도묘(李上舍因病悟道妙)[70)]

진사(進士) 이광호(李光浩)가 적년(積年) 고질(痼疾)이 있어 방서(方書)를 널리 상고(詳考)하여 문득 묘술(妙術)을 깨달아 기이(奇異)한 일이 많더라. 상해 냉수(冷水)를 마시고 한 동이를 대청(大廳) 위에 두고 누워 구르기를 수차(數次) 하고, 몸을 높은 데 거꾸로 달려 물을 토(吐)하여 장위(腸胃)를 세척(洗滌)한다 이르고, 또 일찍 멀리 나가 놀 새 홀연(忽然) 뻿뻿이 죽었다가 수일(數日) 후(後) 도로 깨어나더니, 일일(一日)은 가인(家人)더러 일러 가로되,

"내 이제 멀리 가 달이 넘은 후(後) 돌아올 터인 고(故)로 한 친(親)한 벗을 청(請)하여 내 몸을 대신(代身)하여 지킬 것이니 반드시 잘 대접(待接)하라."

말을 마치매 기절(氣絶)하더니, 식경(食頃)에 다시 살아 일어 앉아 그 아들더러 일러 가로되,

"그대 반드시 나를 알지 못할 것이니 내 그대 부친(父親)의 지기지우(知己之友)이라. 마침 원행(遠行)하매 나를 청(請)하여 몸을 지키라 하기로 왔나니 그대는 괴이(怪異)히 여기지 말라. 나는 영남(嶺南) 사람이로라."

하니, 그 몸은 이군(李君)이로되 언어(言語)와 거지(擧止)는 판이(判異)한지라. 이군(李君)의 처자(妻子)가 받들기를 심(甚)히 각근(恪謹)[71)] 히 하나 감(敢)히 안에 들어가지 못하더라.

---

70) 상사(上舍) 이광호(李光浩)가 병(病)으로 인(因)하여 묘한 도술(道術)을 터득하다.

71) 조심함.

이같이 한 지 월여(月餘)에 일일(一日)은 홀연(忽然) 땅에 넘어지더니 이윽고 눈을 열고 일어 앉으니 그 언어(言語) 행동(行動)이 곧 이군(李君)이라. 처자(妻子)가 심(甚)히 기뻐하여 일년(一年)에 문득 이삼차(二三次) 여차(如此) 광경(光景)이 있더라.

그러나 위태(危殆)한 말과 과격(過激)한 의논(議論)이 많기로 일에 좌죄(坐罪)하여 저자에 베일 새 목에 피 없고 흰 기름이 젖 같더라.

이군(李君)의 벗 권모(權某)가 경강(京江) 가에 있더니, 이날 신시(申時)에 이군(李君)이 권가(權家)에 이르니 주인(主人)은 마침 나가고 다만 아이들만 있는지라. 필연(筆硯)을 취(取)하여 장(障)지[72] 위에 써 가로되,

평생장충효(平生杖忠孝)　　평생(平生)에 충효(忠孝)를 지었더니
금일유사앙(今日有斯殃)　　오늘날 이 재앙(災殃)이 있도다
사후승정백(死後昇精魄)　　죽은 후(後)에 정백(精魄)이 오르니
신소일월장(神霄日月長)　　신소(神霄)의 일월(日月)이 길었도다

쓰기를 마치매 홀연(忽然)이 일어 문(門)에 나가 두어 걸음에 다시 뵈지 아니하니 그 집이 크게 놀라더니, 이윽고 흉문(凶聞)이 이르더라.

선시(先時)에 이군(李君)이 천불도(千佛圖)<부처 천(千)을 그린 것이라> 한 폭(幅)이 있으되 기이(奇異)한 것을 알지 못하더니, 한 중이 망기(望氣)[73]하고 이르러 이군(李君)의 서화(書畵)를 청(請)하여 볼 새 천불도(千佛圖)에 이르러는 배궤(拜跪)[74]하고 쌍수(雙手)로 받들어 가로

72) 방과 방 사이나 또는 방과 마루 사이 같은 데에 가려 막은 미닫이처럼 생긴 문. 미닫이와 비슷하나 운두가 높고 문턱이 낮음.
73) 나타나 있는 기운을 보아서 징조를 살핌.
74) 절하고 꿇어 앉음.

되,

"천하(天下)의 절보(絶寶)이라. 원(願)컨대 공(公)은 이로 시주(施主)하시면 마땅히 후(厚)히 갚으리이다."

이군(李君)이 허락(許諾)하고 그 절보(絶寶)되는 줄을 물은대, 그 승(僧)이 냉수(冷水)로 화폭상(畵幅上)에 뿜고 일광(日光)을 쏘인 즉(卽) 천불(千佛)이 개미같은 자(者)가 미목(眉目)이 다 살아 움직이더라.

승(僧)이 농중(籠中)의 약(藥) 한 줌을 내어 주어 가로되,

"이는 신약(神藥)이라. 매양(每樣) 아침에 냉수(冷水)에 세 환(丸)씩 갈아 마셔 먹기를 다하면 눈이 밝을 뿐 아니라 복록(福祿)이 또한 융성(隆盛)하려니와, 만일(萬一) 세 환(丸)이 지난 즉(卽) 반드시 큰 화(禍)가 있을 것이니 삼가라."

하니, 대저(大抵) 그 약(藥)이 삼씨같고 빛이 검더라.

이군(李君)이 본대 숙증(宿症)[75]이 있더니 그 말대로 복약(服藥)하매 고질(痼疾)이 다 풀리고 안색(顔色)이 홍윤(紅潤)[76]하며 기력(氣力)이 강건(强健)한지라. 이군(李君)이 대락(大樂)하여 먹기를 거의 다하고 십여환(十餘丸)이 남았더라. 문득 중의 경계(警戒)를 잊고 다 갈아 마셨더니 후(後)에 그 승(僧)이 이르러 크게 탄식(歎息)하여 가로되,

"나의 말을 쓰지 아니하니 그 화(禍)를 면(免)치 못하린저."

및 죽으매 그 벗이 남중(南中)으로부터 오는 자(者)가 이군(李君)을 직산(稷山) 고을 노상(路上)에서 만나니 포의(布衣) 추레하고 용색(容色)이 처참(悽慘)한지라. 풀을 펴고 앉아 평석(平昔)[77]같이 언사(言笑)가 자약(自若)히 하되 그 벗이 가는 바를 물은 즉(卽) 다른 일로써 대답(對答)하더라.

---

75) 오래도록 지니고 있는 병증. 숙환(宿患).
76) 붉고 윤기가 있음.
77) 보통 때의 과거.

그 벗이 경사(京師)에 이르러 들으니 이군(李君)의 죽은 날은 곧 직산(稷山)에서 만나던 날일러라.

## 6. 차오산격병호백운(車五山隔屛呼百韻)[78)]

차오산(車五山) 천로(天輅[79)])의 문장(文章) 시구(詩句)가 일세(一世)에 유명(有名)하여 비록 정(精)하고 추(麤)함이 서로 섞이나 즉시(卽時) 만언(萬言)을 이루어 도시(都是) 흥(興)이 도도(滔滔)하여 궁진(窮盡)치 아니하니 세상(世上)에 감(敢)히 대적(對敵)할 자(者)가 없더라.

선묘(宣廟) 말년(末年)에 천사(天使[80)]) 주지번(朱之蕃)이 조선(朝鮮)에 나오니 주공(朱公)은 본대 풍류 남자(風流男子)로 강남(江南) 재사(才士)이라. 이르는 곳마다 사한(詞翰)이 빛나 천하(天下)에 훤자(喧藉)하니 조가(朝家[81)])에서 빈사(賓使[82)])를 각별(各別) 택차(擇差[83)])할 새, 이월사(李月沙[84)])로 접반사(接伴使[85)])를 삼고 이동악(李東岳[86)])으로 접위관

78) 오산(五山) 차천로(車天輅)가 병풍을 사이에 두고 오언시(五言詩) 백운(百韻)을 지어 부르다.
79) 조선조 선조 때의 문신. 호는 오산(五山). 명나라에 보내는 대부분의 외교문서를 담당하여 문명이 명나라에까지 떨쳐 동방 문사(東方文士)라는 칭호를 받았음. 특히 시에 뛰어나 한호(韓濩)의 글씨, 최립(崔岦)의 산문과 함께 송도 삼절(松都三絶)이라 일컬어짐.
80) 중국의 사신을 높여 부르는 말.
81) 조정(朝廷).
82) 접반사(接伴使). 외국 사신을 대접하기 위하여 임시로 파견하던 관원.
83) 쓸 만한 인재를 골라서 벼슬을 시킴.
84) 월사(月沙) 이정구(李廷龜). 조선조 인조 때의 문신. 형조·예조·병조 판서를 거쳐 우의정과 좌의정을 차례로 지냈음. 외교에 능하여, 조선에서 왜병을 끌어들여 중국을 침범하려 한다고 한 중국 정응태(丁應泰)의 무고 사건을 해결했으며 자주 중국에 사신으로 파견되었음. 한문학 사대가의 한 사람으로 일컬어지며 글씨에도 뛰어났음.
85) 사신이 유숙하는 곳에 임시로 파견되어 사신을 맞아 접대하던 관원. 정3품 이상에서 임명함.
86) 동악(東岳) 이안눌(李安訥). 조선조 인조 때의 문신, 시인. 예조 판서, 예문

(接慰官)[87]을 삼고 그 남은[88] 막좌(幕佐)가 다 명가(名家) 재사(才士)이라. 연로(沿路)에 내려갈 새 경처(景處)를 음영(吟咏)하더니, 평양(平壤)에 이르러 천사(天使)가 저녁을 당(當)하여 기도회고(箕都懷古)<기자(箕子) 도읍(都邑)에 옛을 생각함이라> 오언율시(五言律詩) 백운(百韻)을 빈막(賓幕)에 내려 새벽에 지어 들이라 하니 월사(月沙)가 크게 두려 제인(諸人)을 모아 의논(議論)한대, 다 가로되,

"밤이 정(正)히 짧은 때라. 한 사람이 능(能)히 할 바가 아니니 만일(萬一) 나놔 지어 합(合)하여 일편(一篇)을 만들면 거의 가(可)히 미치리이다."

월사(月沙)가 가로되,

"사람이 각각(各各) 뜻이 같지 아니하니 오로지 한 사람에게 맡김만 같지 못한지라. 오직 차오산(車五山)이 가(可)히 소임(所任)을 당(當)하리라."

하고, 드디어 맡기니 천로(天輅)가 가로되,

"좋은 술 한 동이와 대병풍(大屛風) 한 좌(座)와 한경홍(韓景洪)[89]의 집필(執筆) 곧 아니면 가(可)치 아니타."

하거늘, 월사(月沙)가 명(命)하여 대병(大屛)을 대청(大廳) 가운데 베풀고 지주(旨酒)[90]를 대령(待令)하니 천로(天輅)가 수십(數十) 두구리[91]

---

관(藝文館) 제학(提學)을 역임함. 선조 때의 권필(權韠)과 쌍벽을 이루는 시인으로서 이태백에 비유되었고, 글씨에도 능했음. 청백리에 녹선(錄選)됨.

87) 조선조 때 왜사(倭使)가 올 때 영접하던 관원.

88) 나머지는.

89) 조선조 선조 때의 명필 한호(韓濩)의 자(字). 호는 석봉(石峯). 글씨의 천재로 왕희지 안진경의 체를 익혀 해서(楷書) 행서(行書) 초서(草書) 등의 각 체에 뛰어났음.

90) 맛있는 좋은 술.

91) 탕약을 다리는 데 쓰이는 자루가 달린 놋그릇.

를 통음(痛飮)하고 병풍(屛風) 안에 들어가 한석봉(韓石峯)은 병풍(屛風) 밖에 앉히고 십장(十張) 연폭(聯幅)한 큰 화전(華牋)[92]을 펼치고 붓을 들고 기다리더니, 천로(天輅)가 병풍(屛風) 안에서 서안(書案)을 쳐 읊다가 조금 사이에 소리를 높이 하여 가로되,

"경홍(景洪)아 글귀를 받아 쓰라."

하고, 연속 부절(連續不絶)하여 답쌓아 부르니 한호(韓濩)가 부르는대로 받아 쓰더니, 이윽고 부르짖으는 소리가 진동(震動)하며 머리를 풀어 흩고 전체(全體)를 들어내어 병풍(屛風) 위에 출몰(出沒)하니 빠른 매와 놀란 잔나비[93]라도 족(足)히 비(比)치 못할지라. 입 가운데 부르는 글귀 물이 솟으며 바람이 발(發)함 같으매 한호(韓濩)의 신속(迅速)한 필법(筆法)으로도 오히려 겨를치 못하는지라. 반(半) 밤이 못하여 오율(五律) 백운(百韻)이 이뤘더니, 천로(天輅)가 대호(大呼) 일성(一聲)에 취(醉)하여 거꾸러지니 퇴연(頹然)[94]한 적신(赤身)이라. 제공(諸公)이 모여 그 시(詩)를 취(取)하여 일편(一篇)을 보매 기이(奇異)하고 쾌(快)히 아니 여길 이 없더라.

닭이 미처 우지 아니하여 통사(通使)[95]를 불러 바치라 한대, 주공(朱公)이 즉시(卽時) 일어나 촉(燭)을 밝히고 크게 읽을 새 읽기를 반(半)이 못하여서 잡은 바 화선(畵扇)이 두드리는데 다 부서지고 읊는 소리 낭연(朗然)히 밖에 들리더니, 명조(明朝)에 빈사(賓使)를 대(對)하여 책책 칭선(嘖嘖稱善)[96]하더라.

---

92) 질 좋은 종이

93) 원숭이.

94) 힘없이 보이는 모양. 취하여 쓰러지는 모양.

95) 통인(通引)과 사령(使令). 여기서는 단순히 심부름하는 사람이란 뜻으로 쓰임.

96) 큰 소리로 떠들어 가며 좋은 것을 칭찬함.

## 7. 한석봉승흥쇄일장(韓石峯乘興灑一障)[97]

한석봉(韓石峯)이 일찍 조천사(朝天使)[98]를 따라 연경(燕京)에 갔더니, 그때에 한 각로(閣老)[99]가 오단(烏緞)[100]으로써 한 장자(障子)[101]를 만들어 서당(書堂) 위에 걸고 천하(天下) 명필(名筆)을 모아 장자(障子)에 쓰는 자(者)이면 장차(將次) 상(賞)을 후(厚)히 하려 하더니, 석봉(石峯)이 또한 가니 장자(障子)가 찬란(燦爛)하고 서수필(鼠鬚筆)[102]을 풀어 유리완(琉璃椀) 이금(泥金)[103] 가운데 잠궜으니 명필(名筆)로 훤자(喧藉)한 자(者)가 수십인(數十人)이로되 서로 도라보고 감(敢)히 생의(生意)치 못하는지라. 석봉(石峯)이 필홍(筆興)이 발(發)하매 능(能)히 금(禁)치 못하여 붓대를 잡아 금(金)물 가운데 둘러 희롱(戱弄)하다가 붓을 날려 뿌려 장자(障子)에 점점(點點)이 떨어지니 방관(傍觀)이 크게 놀라고 주인(主人)이 또한 심(甚)히 노(怒)하거늘, 석봉(石峯)이 가로되,

"염려(念慮)말라. 나도 또한 동방(東方)의 명필(名筆)이라."

하고, 인(因)하여 붓을 잡고 일어서 장자(障子)에 휘쇄(揮灑)[104]할 새 진초(眞草)[105]를 섞이여 그 필채(筆彩) 극진(極盡)하니 점점(點點)이 떨

---

97) 한석봉(韓石峯)이 홍이 일어 장(障)지에 붓을 뿌려 글씨를 쓰다.
98) 조선조 때 명(明)나라에 파견한 사신을 일컬음.
99) 당(唐)나라 명(明)나라 때의 재상(宰相)의 일컬음.
100) 까만 비단.
101) 장(障)지.
102) 쥐의 수염으로 만든 붓.
103) 아교풀에 갠 금박(金箔) 가루. 그림을 그리는 데에나 글씨를 쓰는 데에 사용함. 금니(金泥).
104) 휘호(揮毫). 붓을 휘두른다는 뜻으로, 미술품으로서의 글씨를 쓰거나 그림 그리는 것을 이르는 말.
105) 진서(眞書). 곧 해서(楷書)와 초서(草書).

어진 금점(金點)이 다 획(劃) 가운데 들어 하나도 유루(有漏)함이 없어 신묘(神妙) 기이(奇異)함을 가(可)히 형상(形狀)치 못할러라.

만당(滿堂) 관광(觀光)하는 자(者)가 다 책책 칭탄(嘖嘖稱歎)하고 주인(主人)이 또 기꺼 잔치를 베풀어 관대(寬待)하고 윤필지자(潤筆之資)[106]를 후(厚)히 하니, 석봉(石峯)의 이름이 이로부터 중화(中華)에 자자(藉藉)하여 천하(天下)에 독보(獨步)로 일컫더라.

국인(國人)이 평(評)하여 가로되,

"안평대군(安平大君)[107]의 필법(筆法)은 구포(九苞)[108] 봉추(鳳雛)가 상해 운소(雲霄)에 꿈을 둠 같고 한호(韓濩)의 필법(筆法)은 천년(千年) 노호(老狐)가 능(能)히 조화(造化)의 자취를 도적(盜賊)함 같다."

하더라.

선묘조(宣廟朝)에서 한호(韓濩)의 필법(筆法)을 심(甚)히 사랑하샤 일찍 글씨를 써 들이라 하샤 상사(賞賜)를 후(厚)히 하시고 진수(珍羞)[109]를 여러 번(番) 내리시어 드디어 동방 필가(東方筆家)의 제일(第一)이 되니라.

---

106) 남에게 서화 문장을 써 달라고 부탁할 때에 주는 사례금. 윤필료(潤筆料). 휘호료(揮毫料). 윤필(潤筆)은 붓을 적신다는 뜻으로 그림을 그리거나 글씨를 쓰는 일을 일컬음.

107) 조선조 제4대 임금인 세종(世宗)의 세째 아들. 이름은 용(瑢). 자는 청지(淸之), 호는 비해당(匪懈堂). 계유정난(癸酉靖難) 때에 강화도로 유배되었다가 사사(賜死)됨. 시문에 뛰어났고 당대의 명필이었음. 시호는 장소(章昭). 문집으로 비해당집(匪懈堂集)이 있음.

108) 봉황의 아홉 가지 깃털색.

109) 보기 드물게 진귀한 음식.

## 8. 협맹오독타인축(峽氓誤讀他人祝)[110]

한 재상(宰相)의 자제(子弟) 부친(父親) 상고(喪故)를 당(當)하여 삼상(三喪)을 맞고[111] 일찍 일을 인(因)하여 협중(峽中)으로 가더니, 날이 저물고 주막(酒幕)이 먼지라. 한 민가(民家)에 헐숙(歇宿)[112]함을 청(請)하니 그 집에서 바야흐로 개와 돝[113]을 대어 난만(爛漫)히 팽임(烹飪)[114]하거늘, 공자(公子)가 그 사유(事由)를 힐문(詰問)한 즉(卽) 그날 밤이 주인(主人)의 제사(祭祀)라. 밤이 깊도록 훤요(喧擾)하매 접목(接目)을 못하였더니, 및 닭이 울매 지껄임이 전(前)에서 십배(十倍)나 하고 제수(祭需)를 진설(陳設)하는 그릇 소리 귀를 요란(擾亂)케 하며 및 독축(讀祝)할 제 축사(祝辭)에 가로되,

"유세차(維歲次)[115] 계유(癸酉) 오월(五月) 이십일(二十日)이라."

하니, 공자(公子)가 누워 듣고 웃어 가로되,

"금일(今日)인 즉(卽) 갑술(甲戌) 오월(五月) 십육일(十六日)이거늘 어찌 작년(昨年) 오월(五月)로 독축(讀祝)하는고."

심(甚)히 아혹(訝惑)할 즈음에 또 들으니 '효자(孝子) 아무이라' 하니 공교(工巧)히 자가(自家)[116] 이름과 동명(同名)이라. 또 들은 즉(卽) '감소고우현고 대광보국숭록대부 의정부 영의정 영경연 춘추관 홍문관 예문관 관상감사 세자사부 모공 부군(敢昭告于顯考 大匡輔國崇祿大夫 議

110) 두메에 사는 농사꾼이 다른 사람의 축문을 잘못 읽다.
111) 마치고.
112) (선박 따위를) 어떤 곳에 대어 쉬고 묵음.
113) '돼지'의 옛말.
114) 음식을 삶고 지져서 만듦.
115) 제문(祭文)의 첫머리에 쓰는 말.
116) 자기(自己).

政府 領議政 領經延 春秋館 弘文館 藝文館 觀象監事 世子師父 某公府君)'[117]이라 하거늘, 공자(公子)가 놀라 혼자 말로 '주인(主人)이 옛적 영합(領閤)[118]의 아들인가. 어찌 유락(遊落)하여 이에 있느뇨. 그러나 직함(職銜)과 시호(諡號)가 나의 선고(先考)[119]로 같으니 또한 이상(異常)한 일이로다.' 또 들은 즉(卽) '현비(顯妣) 정경부인(貞敬夫人)[120] 모관모씨(某貫某氏)라' 하니 또 자가(自家)의 선비(先妣)[121] 관향(貫鄕)과 성씨(姓氏)로 다름이 없는지라. 비로소 의심(疑心)하여 철찬(撤饌)[122]하기를 기다려 급(急)히 주인(主人)을 불러 가로되,

"너의 선세(先世) 일찍 무슨 벼슬을 하였느뇨."

주인(主人)이 황공(惶恐) 대왈(對曰),

"어찌 벼슬하였으리이꼬. 매양(每樣) 종신(終身) 금위군(禁衛軍)으로 면(免)치 못함을 한(恨)하나이다."

또 물으되,

"네 이름이 무엇고."

대(對)하여 가로되,

"아무로소이다."

또 물으되,

"네 모(母)의 성(姓)이 무엇고."

대(對)하되,

"소인(小人)이 어려서 부모(父母)를 여의어 성자(姓字)를 모르나이

117) '감히 대광보국 숭록대부 의정부 영의정 영경연 춘추관 홍문관 예문관 관상감사 세자의 스승 아무개 공 부군께 밝히 고하노니...'의 뜻.
118) '영의정'을 달리 이르던 말.
119) 돌아가신 아버지.
120) 조선조 때 정1품이나 종1품인 문무관의 아내에게 주던 봉작(封爵).
121) 돌아가신 어머니.
122) 제사지낸 음식을 거두어 치움.

다."

또 물으되,

"네 능(能)히 글자를 아느냐."

대(對)하되,

"다만 언문(諺文)만 아나이다."

또 물으되,

"너의 축문(祝文)을 눌로 하여금 대서(代書)하뇨."

대(對)하여 가로되,

"소인(小人)이 평생(平生)에 축문(祝文) 규식(規式)을 알지 못하옵더니 어제 공자(公子)의 귀복(貴僕)이 소인(小人)의 제사(祭祀) 차림을 보옵고 물으되, '축문(祝文)이 있느냐.' 하옵기에 '없다.' 하온 즉(卽) 웃으며 이르되 '축문(祝文) 없이 제(祭)하면 제(祭)치 아닌 작시라.' 하옵거늘 소인(小人)이 탁주(濁酒)를 많이 대접(待接)하고 축식(祝式) 배우기를 청(請)하온 즉(卽) 귀복(貴僕)이 일장(一張) 백지(白紙)를 찾아 언문(諺文)으로 등서(謄書)[123]하여 소인(小人)을 숙독(熟讀)하게 하오매, 소인(小人)이 여러 번(番) 읽으매 심(甚)히 어렵지 아니하온 고(故)로 기쁨을 이기지 못하여 일동(一洞) 제인(諸人)으로 더불어 이 종이를 간수(看守)하여 일후(日後) 연년(年年) 기일(忌日)마다 집집이 돌려 독축(讀祝)하려 하오매 소인(小人)이 오늘 새벽에 먼저 시험(試驗)하였나이다."

공자(公子)가 크게 경해(驚駭)하여 사리(事理)로써 풀어 이르고 즉지(卽地)[124]에 축문(祝文)을 소화(消火)하고 기복(其僕)을 대책(大責)한대, 기복(其僕)이 가로되,

---

123) 원본에서 옮겨 베낌. 등초(謄抄). 등기(謄記).

124) 즉석(卽席).

"소인(小人)이 매양(每樣) 상전댁(上典宅) 기일(忌日)에 축문(祝文)을 익히 듣잡고 습송(習誦)하와 마음에 혜오되 세상(世上) 축식(祝式)이 다 이같다 하온 고(故)로 이 일이 있나이다,"

공자(公子)가 마음에 심(甚)히 미안(未安)하되 이미 하릴없는지라. 다시 생각한 즉(卽) 아까 독축(讀祝)하던 연월(年月) 간지(干支)는 곧 거년(去年) 자가(自家) 친기(親忌)날이라. 주인(主人)이 설제(設祭) 독축(讀祝)할 제 그릇 타인(他人)의 귀신(鬼神)을 청(請)하고 공자(公子)로 일러도 그 친제(親祭)를 궁향(窮鄕) 타인가(他人家)에서 지내어 설만(褻慢)함이 심(甚)하니 주객(主客)의 치소(嗤笑)와 낭패(狼狽) 일반(一般)이로다.

## 9. 재상희국매화족(宰相戲掬梅花足)[125]

옛적 한 재상(宰相)의 부인(婦人)이 성품(性品)이 엄(嚴)하고 법도(法度)가 있으니 재상(宰相)이 심(甚)히 기탄(忌憚)하여 상해 부인(婦人)의[126] 견모(見侮)[127]할가 두려하더니, 그 집에 한 비자(婢子)가 있으니 이름은 매화(梅花)이라. 연광(年光)이 삼오(三五)에 양자(樣姿)가 심(審)히 고우니 재상(宰相)이 매양(每樣) 뜻을 두되 비자(婢子)가 부인(婦人)의 좌우(左右)에 있으매 그 틈을 얻지 못하고 오직 추파(秋波)로써 은근(慇懃)한 마음을 보낸 즉(卽) 비자(婢子)가 냉락(冷落)함이 심(甚)하니, 대개(大槪) 부인(婦人)의 강정(剛正)함을 두림[128]이러라.

일일(一日)은 재상(宰相)이 내방(內房)에 앉았을 제 부인(婦人)이 대청(大廳)에서 일을 보살피더니, 비자(婢子)가 부인(婦人)의 명(命)으로 방(房) 안에 들어와 다락에 올라갈 새 한 발이 다락 문 밖에 드리웠더니, 재상(宰相)이 그 발을 살펴본 즉(卽) 희기 엉긴 서리 같은지라. 어여삐 여김을 이기지 못하여 손으로 움키니 그 비자(婢子)가 크게 놀라 부르짖으니 부인(婦人)이 정색(正色)하고 가로되,

"대감(大監)이 연로(年老) 위고(位高)하시거늘 어찌 자중(自重)치 아니하시나니이꼬."

재상(宰相)이 가로되,

"그릇 경경(卿卿)[129]의 발로 알고 짐짓 범(犯)하였노라."

---

125) 재상이 희롱할 뜻으로 매화의 발을 움켜 잡다.
126) ~에게.
127) 업신여김을 당함.
128) 두려워함.
129) 2인칭 '당신'의 뜻으로 쓰임.

시인(詩人)이 위(爲)하여 이르되,

상사일야매화발(想思一夜梅花發)하니 서로 생각하매 하루밤의 매화(梅花) 피었으니

홀도창전의시군(忽到窓前疑是君)이라 홀연(忽然)히 창(窓) 앞에 이르매 의심(疑心)컨대 이 군(君)[130]이라 하였더라.

130) 2인칭 '당신'.

## 10. 득첨사아시유약(得僉使兒時有約)[131)]

백사(白沙) 이공(李公)[132)]이 일찍 한가(閑暇)히 앉았더니, 맹인(盲人) 함순명(咸順命)이 와 뵈거늘, 공(公)이 가로되,

"무슨 일로 우중(雨中)에 왔느뇨."

순명(順明)이 가로되,

"진실(眞實)로 긴급(緊急)한 일이 아니면 어찌 비를 무릅쓰고 오리이꼬,"

공(公)이 가로되,

"아직 너의 청(請)하는 바를 두고 내 청(請)을 들음이 어떠하뇨."

박판서(朴判書) 연(遾)이 아시(兒時)에 공(公)에게 수학(修學)하여 바야흐로 재좌(在座)한지라. 공(公)이 박아(朴兒)의 사주(四柱)를 가리켜 물어 가로되,

"이 아이 명수(命數)가 어떠하뇨."

순명(順命)이 이윽히 추수(推數)[133)]하여 가로되,

"이 아이 가(可)히 병판(兵判)에 이르리이다."

백사(白沙)가 탄식(歎息)하여 가로되,

"너의 술수(術數)가 정(精)하도다. 차아(此兒)가 원래(原來) 가(可)히 이 벼슬에 이를 것이니라."

---

131) 어렸을 때의 약속이 있어서 첨사(僉使) 벼슬을 얻다.

132) 이항복(李恒福). 백사(白沙)는 그의 호. 조선조 선조 때의 상신. 영의정을 지냈음. 임진 왜란 때 요직에 있으면서 국난을 수습하는데에 힘을 다 해 공훈을 세우고 오성부원군(鰲城府院君)에 봉군됨. 광해군 때 인목대비 폐모론에 반대하다가 북청(北靑)으로 귀양가 그곳에서 죽음. 어려운 때에도 항상 해학을 즐겨 여유로운 생활 태도를 보여줌.

133) 앞으로 닥쳐올 운수를 미리 헤아리어 앎.

순명(順命)이 박아(朴兒)더러 가로되,

"그대 갑오년간(甲午年間)에 가(可)히 마땅히 대사마(大司馬)[134]를 하리라."

이때에 공(公)의 서자(庶子) 기남(箕男)이 박아(朴兒)로 더불어 동학(同學)하더니, 기남(箕男)이 가로되,

"그대 만일 병판(兵判)에 거(居)하거든 마땅히 나를 병사(兵使)를 시킴이 어떠하뇨."

박아(朴兒)가 웃어 가로되,

"그리하리라."

하였더니, 그 후(後) 갑오년(甲午年)에 과연(果然) 중권(重權)을 맡은지라. 기남(箕男)이 가보아 다시 한 말도 아니하고 하직(下直)코 나올 때에 박공(朴公)의 측실(側室) 소아(小兒)가 앞에 있거늘, 기남(箕男)이 그 아이를 결박(結縛)하여 끌고 담 밖으로 나오니 병판(兵判)이 놀라 그 연고(緣故)를 물은대, 기남(箕男)이 가로되,

"내 오성부원군(鰲城府院君) 첩자(妾子)로서 병판(兵判)으로 더불어 아시(兒時) 숙약(熟約)이 있어도 서로 고념(顧念)치 아니하거든 하물며 예사(例事) 병판(兵判)의 첩자(妾子)야 살아 무엇하리오. 죽여 아깝지 아니토다."

박공(朴公)이 가로되,

"내 비록 아시(兒時)에 너를 허락(許諾)하였으나 조가 정격(朝家政格)[135]이 절엄(截嚴)[136]하니 어찌 감(敢)히 서얼(庶孼)로써 병사(兵使)를 하리오."

기남(箕男)이 가로되,

---

134) '병조 판서(兵曹判書)'를 예스럽게 이르는 말.
135) 조정 정사(政事)의 격식.
136) 지엄(至嚴).

"그러면 그대 마땅히 상소(上疏)하여 그 아시(兒時)의 언약(言約)을 베퍼 중권(重權)의 명(命)을 응치 아니함이 가(可)하니라."

박공(朴公)이 웃어 가로되,

"내 네 뜻을 아노라. 백령(白翎)[137] 첨사(僉使)[138]를 근래(近來) 작과(作窠)[139]하였으니 뜻이 네게 있노라."

기남(箕男)이 개연(慨然)히 가로되,

"병사(兵使)로써 첨사(僉使)를 대신(代身)함이 실(實)로 겸연(歉然)[140]하나 또한 어찌하리오."

마침내 백령(白翎) 첨사(僉使)를 하니라.

---

137) 백령진(白翎鎭). 황해도 강령(康翎)의 옛 이름.
138) 첨절제사(僉節制使)의 약칭. 조선조 때, 각 진영에 딸린 종3품 무관 벼슬.
139) 인물을 등용하기 위하여 현임자(現任者)를 사면(辭免)시킴.
140) 만족하지 않은 모양.

## 11. 양장원매과필몽(養壯元每科必夢)[141]

낙정(樂靜) 조공(趙公)[142]이 장원 급제(壯元及第)하였을 제 방하 동년(榜下同年)[143]이 전례(前例) 창방(唱榜)[144] 전(前)에 장원(壯元)에게 뵈는지라. 동년(同年) 중(中)에 수발(鬚髮)이 반백(頒白) 된 자(者)가 와 뵐 시(時), 좌정(坐定)에 기인(其人)이 눈을 들어 익히 보다가 웃어 가로되,

"이상(異常)하고 괴이(怪異)하도다. 장원(壯元)을 길러 내어 한가지 등과(登科)하니 어찌 늙지 않으리오."

공(公)이 가로되,

"어찌 이름고."

기인(其人)이 가로되,

"나는 호남(湖南) 사람으로 과장(科場)에 늙은지라. 자소(自少)로[145] 경사(京師)에 들어와 과거(科擧) 봄이 그 수(數)를 알지 못할지라. 행(行)하여 매양(每樣) 진위(振威) 갈원(葛院)에 이르러는 꿈에 한 아이를 본 즉(卽) 낙방(落榜)하는지라. 이후(以後)로 행(行)할 제마다 문득 몽중(夢中)에 만나니 그 아이 점점(漸漸) 자라매 면목(面目)이 익어 해제(孩提)[146] 희소(戲笑)할 제 서로 흔연(欣然)한지라. 이에 깨

---

141) 과거 보러 갈 때마다 반드시 꿈에 보이던 아이를 장원 급제 시키다.

142) 조석윤(趙錫胤). 낙정(樂靜)은 그의 호. 조선조 인조 때의 문신. 대사간 대제학 등을 역임. 응교(應敎)로 있을 때 그가 올린 상소문에 왕의 뜻을 거스른 부분이 있어 왕이 수정을 명했으나 죄를 받을지언정 문자을 고칠 수 없다고 한 일이 있음.

143) 급제한 동년배들.

144) 조선조 때 과거에 급제한 사람에게 증서(證書)를 주던 일. 문무과의 대과(大科)에 급제한 사람에게는 홍패(紅牌)를, 소과(小科)에 급제한 사람에게는 백패(白牌)를 각각 내렸음. 영패(領牌). 방패(放牌).

145) 젊고 어렸을 때부터.

146) 어린아이.

매 반드시 그 낙방(落榜)할 줄 알아 마음에 심(甚)히 싫게 여겨 그 숙소(宿所)를 옮겨 비록 갈원(葛院)에 자지 아니하고 수십리(數十里)를 물러가 자되 전(前)같이 꿈에 뵈고, 또 그 길을 고쳐 안성(安城)으로 말미암아 서울로 올 새 갈원(葛院) 마주 뵈는 곳을 지나면 문득 몽중(夢中)에 만나 마침내 무가내하(無可奈何)[147]이라. 도로 전(前)길로 행(行)하니 그 아이 장성(長成)하여 이미 가관(笳冠)하였으되 또한 여러 번(番) 뵈여 서로 친(親)하더니, 금행(今行)에 또 여전(如前)히 꿈에 뵈는 고(故)로 낙과(落科)함을 혜아려 마음이 참연(慘然)하나 이미 온지라. 망종(亡終)[148] 입성(入城)하여 관광(觀光)이나 하고 다시 과장(科場)에 단념(斷念)하려 하였더니, 금번(今番)에 홀연(忽然) 등과(登科)하매 그 연고(緣故)를 알지 못할러니 이제 와 정(正)히 장원(壯元)을 뵈오니 완연(完然)히 몽중(夢中) 안면(顔面)이라. 진실(眞實)로 이상(異常)한 일이라."

과제(科第)의 조만(早晩) 득실(得失)이 다 천정(天定)일러라.

---

147) 어찌할 수가 없이 됨. 어쩔 수 없음.
148) 마지막.

## 12. 결방연이팔낭자(結芳緣二八娘子)[149)]

영묘조(英廟朝) 말년(末年)에 채성(蔡姓) 사인(士人)이 가세(家勢) 빈곤(貧困)하여 남문(南門) 밖 만리(萬里)재에 우거(寓居)하니 와옥(蝸屋)[150)]이 다 무너지고 단표(簞瓢)[151)]가 여러 번(番) 비더라.

생(生)의 부친(父親)이 개제(愷悌)[152)]하고 졸직(拙直)[153)]하여 염정(恬靜)[154)]으로써 그 몸을 지키고 기한(飢寒)으로써 그 뜻을 바꾸지 아니하여, 오직 그 자제(子弟)를 엄(嚴)히 가르쳐 가성(家性)[155)]을 잇고자 하여 한 옳지 아니한 곳을 보면 일찍 용대(容貸)[156)]치 아니하여 반드시 발가 벗겨 노망(網)태[157)] 속에 넣어 높이 들보에 달고 큰 매를 쳐 가로되,

"내 문(門)[158)]의 홍망 성쇠(興亡盛衰) 네 일신(一身)에 매였으니 모진 벌(罰)이 아니면 어찌 가(可)히 허물을 고치리오."

생(生)의 시년(是年)이 십팔(十八)이라. 우수현(禹水峴) 목씨(睦氏)의 집에 입장(入丈)[159)]하니 비록 결친(結親)[160)]하는 날이라도 또한 일과

---

149) 열여섯 살 낭자(娘子)와 아름다운 인연을 맺다.
150) 달팽이의 껍질처럼 작은 집이란 뜻으로 작게 지은 누추한 집을 비유하는 말.
151) 도시락과 표주박. 조촐한 음식을 일컬음.
152) 얼굴과 기상(氣像)이 화락하고 단아함.
153) 성질이 고지식하고 조금도 변통성이 없음.
154) 안정(安靜).
155) 한집안의 대대로 내려오는 품성.
156) 용서(容恕).
157) 노망태기. 노로 그물처럼 떠서 만든 망태기.
158) 가문(家門).
159) 장가듦.
160) 사돈 관계를 맺음.

(日課)를 폐(廢)치 아니하고, 권귀(捲歸)[161]한 후(後)에 임석지사(衽席之事)[162]를 다 날을 가르쳐 허(許)하더라.

일일(一日)은 생(生)을 불러 가로되,

"한식(寒食)날이 다만 사일(四日)이 격(隔)하였으니 절사(節祀)[163]를 마땅히 몸소 행(行)할지라. 네 성관(成冠)한 후(後)에 오히려 성묘(省墓)를 못하였으니 정리(情理)에 미안(未安)한지라. 가(可)히 내일(來日) 새벽에 길을 떠나 삼일(三日)이면 백여리(百餘里)를 득달(得達)하여 기약(期約)에 미쳐 성묘(省墓)할 것이니 제사(祭祀) 받들 제(際) 모름지기 정성(精誠)을 극진(極盡)히 하여 배궤 진퇴(拜跪進退)[164]를 조금도 범홀(泛忽)히 말고 행로(行路)에 만일(萬一) 여색(女色)과 상여(喪輿)를 만나거든 반드시 회피(回避)하여 마음 재계(齋戒)를 힘쓰라."

생(生)이 복복(僕僕)[165]이 엄명(嚴命)을 받아 익일(翌日) 첫 닭이 울매 행장(行裝)을 차리고 하직(下直)하니, 기부(其父)가 또 문(門)에 나와 부탁(付託)하여 가로되,

"먼 길에 긴 날을 허랑(虛浪)히 지내지 말고 가만히 일경(一經)을 외우고 주막(酒幕) 들어 반드시 음식(飮食)을 존절(撙節)[166]히 하여 병(病)이 나지 말게 하라."

생(生)이 일일(一一) 승명(承命)하고 남문(南門) 안 네거리를 지날 새 포의 마혜(布衣麻鞋)로 행색(行色)이 초초(草草)하더니, 홀연(忽然) 호한

161) 거두어 가지고 돌아감. 여기서는 '친영(親迎)'을 뜻함.
162) 부부가 잠자리를 같이 하는 일.
163) 절기나 명절을 따라 지내는 제사.
164) 절하고 무릎꿇고 물러가고 다가가는 것. 곧, 제사 때의 절차에 따른 행동.
165) 거듭거듭.
166) (씀씀이를) 아껴서 알맞게 씀.

(豪悍)한 오륙(五六) 노복(奴僕)이 일필(一匹) 준총(駿驄)을 이끌고 길가에 배알(拜謁)하니 금안 수천(金鞍繡韉)[167]이 월하(月下)에 바애는지라. 생(生)이 수상(殊常)히 여겨 빨리 걸어 달으니 노자배(奴子輩) 단단히 에워싸고 가로되,

"소인(小人)의 댁(宅)에서 공자(公子)를 맞아 오라 하오니 원(願)컨대 빨리 말께 오르소서."

생(生)이 겁(怯) 내어 가로되,

"그대 뉘 집 노복(奴僕)이뇨. 내 사고 무친(四顧無親)[168]하거늘 뉘 나를 빨리 부를 리 있으리오."

노배(奴輩) 다시 답(答)치 아니하고 일제(一齊)히 모두 생(生)을 말께 얹고 한 번(番) 채를 치매 빠름이 비룡(飛龍) 같은지라. 생(生)이 눈이 당황(唐惶)하고 정신(精神)이 현란(眩亂)하여 불러 가로되,

"네 내 말을 들으라. 나의 훤당(萱堂)이 융로(隆老)[169]하시고 또 형제(兄弟) 없으니 너의 자비지심(慈悲之心)을 드리워 잔명(殘命)을 구(救)하라."

노배(奴輩) 겉으로 대답(對答)하는 체하고 다만 몰아 가더니, 이윽고 한 개(箇) 문(門)으로 들어가 무한(無限)히 둘러 작은 중문(中門)에 든즉(卽), 큰 사랑(舍廊)이 있으니 제도(制度)가 굉장(宏壯)하여 분장(分墻)이 겹겹이요 화동(畵棟)이 층층(層層)이라. 문득 노복(奴僕)이 생(生)을 협액(挾腋)[170]하여 당(堂)에 올리니, 당상(堂上)에 홍안 백발(紅顔白髮) 일노인(一老人)이 머리에 오사절풍건(烏紗折風巾)[171]을 쓰고 명주(明珠)

167) 황금으로 만든 안장과 수놓은 천으로 만든 언치.
168) 친한 사람이라곤 도무지 없음.
169) 칠팔십 세 이상 되는 노인.
170) 겨드랑이에 팔을 껴서 부축함.
171) 검은 깁으로 만든 절풍건(折風巾). 절풍건은 고구려 때 쓰던 관모(冠帽)의

편영(片纓)으로 매었으니 두 귀 밑에 일쌍(一雙) 금관자(金貫子)[172]가 빛이 황홀(恍惚)하고, 몸에 대화청금창의(大花靑錦氅衣)[173]를 입었으며 허리에 일조진홍당사대(一條眞紅唐紗帶)[174]를 띠고 높이 침향교의(沈香交椅)[175] 위에 앉았으니 남극(南極) 선옹(仙翁)이 강림(降臨)한 듯하고, 오륙(五六) 차환(叉鬟)[176]이 녹의 홍상(綠衣紅裳)으로 벌여 뫼셨더라.

생(生)이 처음 보매 황홀(恍惚)하여 급(急)히 절하고 엎디니[177] 주옹(主翁)이 붙들어 일으켜 한훤(寒暄)을 마치매 생(生)의 성명(姓名)과 문벌(門閥)과 연기(年紀)를 가초 물은대, 생(生)이 일일(一一)히 대답(對答)하니 주옹(主翁)이 미우(眉宇)에 기쁜 빛을 띄어 가로되,

"그러한 즉(卽) 여식(女息)이 박명(薄命)치 아니하고 노생(老生)이 헐복(歇福)[178]치 아니토다."

생(生)이 종시(終是) 우해(愚懈)하여 그 일을 해득(解得)치 못하고 그 말을 알아듣지 못하여 면색(面色)이 통홍(通紅)[179]하여 길이 읍(揖)하고 곁에 앉은대, 주옹(主翁)이 가로되,

"내 집이 대대역관(代代譯官)으로 가업(家業)을 자뢰(資賴)하여 작

---

하나. 모양은 고깔 비슷하며, 재료는 얇고 탄력 있는 깁 따위를 썼으며 관모 좌우에 네 줄의 흰 끈이 달려 있어 턱 밑에 매게 되어 있음. 관직에 있는 사람은 이 건의 좌우 또는 앞쪽에 새의 깃털이나 새꼬리 둘을 꽂았으며, 벼슬 품계에 따라 여러 가지 빛깔이 있음.

172) 금이나 도금으로 만든 망건 관자. 정2품·종2품의 벼슬아치가 붙임.

173) 큰 꽃이 수놓아진 청색 비단으로 지은 창의. 창의는 벼슬아치가 일상에 입고 있는 옷으로 소매가 넓고 뒷솔기가 갈라져 있음.

174) 한 줄 아주 붉은 중국제 비단 허리띠.

175) 침향나무로 만든 교의. 교의는 (전날)회자(會坐)할 때 당상관(堂上官)이 앉던 의자.

176) 머리를 얹은 젊은 여자 종을 이르는 말.

177) 엎드리니.

178) 복이 없음.

179) (주로 낯빛이) 붉어짐.

위(爵位) 금옥(金玉)[180]에 모첨[181]하고 가산(家産)이 요족(饒足)하니 무엇이 부족하리오마는 다만 슬하(膝下)에 한 여식(女息) 뿐이라. 사람의 폐물(幣物)을 받아 합근(合巹)[182]을 미쳐 못하여 부서(夫婿)가 문득 요사(夭死)하여 청춘공규(靑春空閨)의 정사(情事)가 가련(可憐)한지라. 예(禮)로 지킴이 한(限)이 있고 청문(聽聞)[183]에 거리낌이 있어 문득 개가(改嫁)치 못하고 거연(居然)[184] 삼년(三年)이 된지라. 여식(女息)이 홀연(忽然) 전소(前宵)[185]에 애호(哀號)함을 마지 아니하니 소리마다 한(恨)이 맺히고 마디마다 창자가 끊어지니 비록 행로지인(行路之人)이라도 또한 위(爲)하여 감창(感愴)하려든 하물며 일점혈육(一點血肉)일 때여. 일일(一日)을 대(對)하매 문득 일일(一日) 근심이 있고, 백년(百年)을 참아 지내매 문득 백년(百年) 즐거움이 없을지라. 도로(徒勞) 인생(人生)이 백구 과극(白駒過隙)[186]이라. 비록 사죽(絲竹)으로 귀를 지껄이고 금수(錦繡)로 눈을 현란(眩亂)하고 고량(膏粱)으로 입을 즐길지라도 오히려 여일(餘日)이 부다(不多)하거든, 내 또 무슨 연고(緣故)로 눈물로 일용(日用)을 삼고 애원(哀願)으로 가계(家計)를 삼으리오. 일이 궁박(窮迫)하고 계교(計巧)가 막힌지라. 이에 노복(奴僕)으로 하여금 새벽에 가로(街路)에 나가 기다려 무론(無論) 현우 귀천(賢愚貴賤)하고 반드시 처음 만나는 소년(少年) 장부(丈夫)를 맞아 극력(極力)하여 데려 오라 하여 써 가연(佳緣)을 점(占)하려 하더니, 뜻 아닌 낭군(郎君)이 식녀(息女)로 더불어 월노사(月老

180) 금관자 옥관자.
181) 미상(未詳).
182) 구식 혼례식의 절차의 하나로 신랑 신부가 잔을 주고 받는 일. 또는 혼례식을 지냄의 뜻.
183) 남의 이목.
184) 아무도 모르게 슬그머니.
185) 어젯밤.
186) 흰 망아지가 빨리 닫는 것을 문틈으로 본다는 뜻으로, 인생과 세월이 덧없고 짧음을 이르는 말. 원문의 '백구 광음'은 '백구 과극'의 잘못 표기.

師)[187]의 삼생연(三生椽)을 맺어 우합(遇合)이 심(甚)히 공교(工巧)하니 천만(千萬) 바라건대 그 정상(情狀)을 가긍(可矜)히 여겨 하여금 건즐(巾櫛)을 받들게 하라."

생(生)이 더욱 당황(唐惶)하여 감(敢)히 응(應)치 못하거늘, 주옹(主翁)이 가로되,

"춘소(春宵)[188]가 괴로이 짧고 닭이 거의 새벽을 보(報)할지라. 원(願)컨대 그대는 밝지 않음을 미쳐 화촉(華燭)을 이루라."

하고, 인(因)하여 생(生)을 껴 일으켜 이끌고 행각(行閣)으로 들어가 굴러 일좌(一坐) 화원(花園)에 이르니, 주위(周圍) 수백보(數百步)에 분장(分墻)이 사면(四面)으로 둘렸는데 분장(分墻) 안에 연못 파고 작은 배를 그 가에 매었으니 겨우 양삼인(兩三人)을 용납(容納)할러라.

이에 한가지로 타고 건너가니 연(蓮) 줄기 묶어 세운 듯하여 천심(踐深)을 가(可)히 분변(分辨)치 못할러라.

거슬러 향기(香氣)로운 가운데로 들어가니 섬 언덕이 우뚝 서고 문석(紋石)[189]으로 층층(層層)이 쌓아 가운데 사다리를 놓고 그 위에 오르게 하니, 생(生)이 배에 내려 섬돌에 올라 층계(層階)를 다하매 십이층(十二層) 난간(欄干)에 인석(茵席)[190]이 찬란(燦爛)하고 주렴(珠簾)이 영롱(玲瓏)한지라. 주옹(主翁)이 생(生)을 인도(引導)하여 밖에 머물으고 들어가거늘, 생(生)이 머물러서 눈을 흘려 본 즉(卽) 기초 명화(奇草名花)와 이석 진금(異石珍禽)이 좌우(左右)에 벌였으니, 창해(滄海) 신루

---

187) 월하 노인(月下老人). [중국 당나라의 위고(韋固)에게 달빛에 만난 노인이 장래의 아내에 대하여 예언해 주었다는데서]부부의 인연을 맺어 준다는 전설상의 노인. 남녀의 인연을 맺어 주는 사람.
188) 봄철의 밤.
189) 무늬 있는 돌.
190) 왕골이나 부들로 매거나 또는 친 기직 자리.

(蜃樓)[191]와 파사 보시[192] 같아서 가(可)히 형상(形狀)치 못할러라.

거무하(居無何)에 두 청의(青衣) 생(生)을 맞아 인도(引導)하니 생(生)이 따라 일좌(一座) 홍원(紅院)에 이른 즉(卽) 벽사창(碧紗窓) 안에 은촉(銀燭)이 휘황(輝煌)하고 향연(香烟)이 요요(寥寥)[193]한대, 이팔 낭자(二八娘子)가 월태 화용(月態花容)[194]에 응장 성식(凝粧盛飾)[195]으로 명월선(明月扇)[196]을 반(半)만 가리우고 지게 안에 아렸다이[197] 섰으니 장강(長江) 반희(班姬)[198]에 색덕(色德)이 겸비(兼備)하고 왕모(王母)[199] 상아(孀娥)[200]에 연분(緣分)이 적강(謫降)한지, 촉광(燭光)이 은영(隱映)[201]하고 용체(容體)가 현회(顯晦)[202]한지라. 생(生)이 머뭇거려 나아가니 낭자(娘子)가 연보(蓮步)[203]를 잠간(暫間) 옮겨 나아와 읍(揖)하고

191) 신기루(蜃氣樓).
192) 미상(未詳).
193) 괴괴하고 쓸쓸함.
194) 꽃다운 얼굴과 달 같은 자태라는 뜻으로 아름다운 여인의 모습을 이르는 말. 화용 월태(花容月態).
195) 얼굴과 옷을 아름답게 단장하고 치장함.
196) 달 모양의 둥그런 부채.
197) 아름답게.
198) 반녀(班女). 기원 전 1세기 경, 한(漢)나라의 여류 시인. 성제(成帝) 때 뽑혀서 첩여(婕妤)가 되었으나 조비연(趙飛燕) 자매에게서 미움을 받아 장신궁(長信宮)으로 물러가 태후(太后)의 시중을 드는 동안 '원가행(怨歌行)을 지었음. 반첩여(班婕妤).
199) 서왕모(西王母). 중국 상대(上代)에 받들었던 선녀(仙女)의 하나. 성은 양(楊), 이름은 회(回). 주나라 목왕(穆王)이 곤륜산(崑崙山)에 사냥 나갔다가 서왕모를 만나서 요지(瑤池)에서 노닐며 돌아올 줄을 몰랐다 하며, 또 한(漢)나라 무제(武帝)가 장수(長壽)를 원하매, 그를 가상히 여기어 하늘에서 선도(仙桃) 일곱 개를 가져다 주었다고 함.
200) 달 속에 있다고 하는 선녀. 항아(姮娥).
201) 겉으로 들어나지 않게 비침.
202) 반은 나오고 반은 들어감.
203) 미인의 걸음걸이.

생(生)을 맞아 들여 사배(四拜)를 마치매 생(生)이 또한 답배(答拜)하고 화석 홍전(花席紅氈) 위에 대(對)하여 앉았더니, 시비(侍婢) 일쌍(一雙)이 섬수(纖手)로 상(床)을 내어오니 수륙 진미(水陸珍味) 앞에 방장(方丈)[204]이요 금은 보기(金銀寶器) 좌우(左右)에 착종(錯綜)[205]하니, 생(生)이 수란(愁亂)[206]하여 감(敢)히 하저(下箸)치 못하거늘, 주옹(主翁)이 가로되,

"여식(女息)이 비록 재덕(才德)이 겸비(兼備)치 못하나 다만 그대에게 믿는 밧자는 만일(萬一) 은정(恩情)이 무간(無間)하고 참소(讒訴)가 들지 아니한 즉(卽) 가(可)히 백년 금슬(百年琴瑟)을 즐길 것이니 그대는 도모(圖謀)하라."

생(生)이 능(能)히 답(答)치 못하고 어린 듯이 앉았더니, 주옹(主翁)이 몸을 번드쳐 나가매 유모(乳母)가 양개(兩箇) 금침(衾枕)을 칠보상(七寶床) 위에 펴고 생(生)을 청(請)하여 장(帳)에 들인대, 생(生)이 강잉(强仍)하여 들어가매 유모(乳母)가 또 낭자(娘子)를 인도(引導)하여 생(生)을 더불어 함께 앉히고 인(因)하여 유소장(流蘇障)[207]을 내리고 문서(紋犀)[208]로써 누르니 생(生)이 도차지두(到此地頭)[209]하여 진퇴 양난(進退兩難)이라. 정신(精神)을 정(定)치 못하여 완랑(阮郎)이 천태산(天台山)에 들고[210] 유의(柳毅) 동정호(洞庭湖)에 놂을[211] 스스로 비겨 이

---

204) 사방 열자 길이의 크기. 여기서는 성대한 밥상을 일컬음.
205) 여러 가지가 뒤섞여 모임.
206) 수심이 많아서 정신이 어지러움.
207) 오색(五色)실로 만든 술로 된 장(障)자.
208) 문채나는 코뿔소 뿔.
209) 이 지경에 이르름.
210) 후한(後漢) 시절, 완조(阮肇)라는 사람이 천태산에 약초 캐러 들어갔다가 선녀를 만나 놀았다는 고사(故事)가 전함.
211) 유의는 당나라 이조위(李朝威)가 지은 전기(傳奇) '유의전(柳毅傳)의 주인공으로, 작중에서 그는 동정호의 용녀(龍女)와 짝을 맺었음.

에 촉(燭)을 물리고 베개를 섞이여 일장 운우(一場雲雨)에 하늘이 밝은 지라. 비로소 깨어본 즉(卽) 입었던 의대(衣袋) 곁에 없거늘, 생(生)이 경아(驚訝)함을 이기지 못하여 낭자(娘子)에게 물은대, 낭자(娘子)가 가로되,

"옷 견양(見樣)[212]을 내어 짓고자 하여 가져 갔나이다."

말을 마치매 유모(乳母)가 화죽 상자(花竹箱子)[213]를 드려 가로되,

"새 옷을 이미 갖추었으니 낭군(郎君)은 입으소서."

생(生)이 본 즉(卽) 찬찬 의복(衣服)이 몸에 은칭(穩稱)[214]한지라. 입고 보니 선풍 도골(仙風道骨)이 옷으로조차 나타나더라.

조반(朝飯)을 마치매 주옹(主翁)이 들어와 기거(起居)를 묻거늘, 생(生)이 가로되,

"대야(大爺)가 한미(寒微)한 종적(蹤迹)을 더러이 아니 여기사 은애(恩愛) 지중(至重)하시니 오래 생관(甥館)[215]에 거(居)하여 미성(微誠)을 표(表)코자 아님이 아니로되, 다만 절일(節日)이 격일(隔日)하옵고 전도(前途)가 요원(遼遠)하오니 만일(萬一) 일각(一刻)을 지체(遲滯)한 즉(卽) 기약(期約)이 및지 못할 듯하오매 감(敢)히 이로조차 하직(下直)하옵나니 우러러 빌건대 하량(下諒)[216]하옵소서."

주옹(主翁)이 가로되,

"선롱(先壟)[217]이 여기서 몇 리뇨."

---

212) 어떠한 물건에 겨누어 정한 치수와 본새. 겨냥.
213) 꽃무늬를 새긴 대나무 상자.
214) 꼭 들어맞음.
215) 옛날 중국의 요(堯)임금이 자기의 사위인 순(舜)을 거처하게 한 곳. 전하여 사위가 거처하는 곳을 의미함.
216) '웃사람이 아랫사람의 심정을 살피어 알아줌'을 아랫사람이 높이어 이르는 말.
217) 선조의 무덤.

"백리(百里) 남짓 하이다."

주옹(主翁)이 가로되,

"간관(間關)이 곤보(困步)[218]한 즉(卽) 가(可)히 삼일(三日)을 허비(虛費)하려니와 만일(萬一) 한 번(番) 준엽(駿鬣)[219]을 달린 즉(卽) 반일(半日)이 못하여 득달(得達)할 것이니 아직 양일(兩日)을 머물라."

생(生)이 가로되,

"춘정(椿庭)[220] 훈계(訓戒) 극(極)히 엄(嚴)하시니 만일(萬一) 지체(遲滯)하였다가 좋은 말에 빛난 의복(衣服)으로써 돌아간 즉(卽) 일이 발각(發覺)하기 쉬우니 원(願)컨대 대야(大爺)는 세 번(番) 생각하소서."

주옹(主翁)이 가로되,

"내 이미 익히 헤아렸도다. 일이 무사(無事)할 것이니 삼가 염려(念慮)치 말라."

생(生)이 실(實)로 차마 놓을 마음이 없더니 및 이 말을 들으매 도리어 다행(多幸)히 여기더라.

주옹(主翁)이 생(生)을 이끌고 산정(山頂)에 이르니 녹죽 청송(綠竹青松)이 눈을 기껍게 하고 마음을 상연(爽然)케 하니 개개(箇箇) 그윽하고 절승(絶勝)한지라. 주옹(主翁)이 가로되,

"내 성(姓)은 김(金)이요 벼슬은 지추(知樞)[221]이라. 세상 사람이 서로 더불어 과장(誇張)하여 나의 재산(財産)이 일국(一國)의 갑부(甲富)이라 이르는 고(故)로 천(賤)한 이름이 원근(遠近)에 훤자(喧藉)하니 그대 혹(或) 들었느냐."

---

218) 기운이 없어서 잘 안 걸리어 가까스로 걷는 걸음.
219) 준마(駿馬).
220) 춘부장(椿府丈).
221) 지중추부사(知中樞府事)의 준말. 조선조 때 중추부의 정2품 무관 벼슬.

생(生)이 가로되,

"아동 주졸(兒童走卒)[222]이라도 다 귀함(貴銜)[223]을 알거든 하물며 소생(小生)이 익히 듣자와 우뢰(雨雷) 귀에 닿임 같사이다."

주옹(主翁)이 가로되,

"내 사속(嗣續) 없음을 인연(因緣)하여 원림(園林)의 승경(勝景)을 궁극(窮極)히 하여 써 여년(餘年)을 마치려 할 새 누대(樓臺)와 화원(花園)이 실(實)로 과분(過分)함이 많으매 세상 사람에게 전설(傳說)[224]하여 써 죄(罪)에 및게[225] 말라."

생(生)이 '유유(唯唯)'하더라.

양일(兩日)이 지나매 생(生)이 새벽에 일어 떠나려 할 새 행구(行具)가 이미 갖추니 준마(駿馬) 건복(健僕)이 전차 후옹(前遮後翁)[226]하여 묘하(墓下) 오리지경(五里之境)에 이르니 날이 겨우 신시(申時)[227]러라.

생(生)이 이에 구의(舊衣)를 환착(換着)하고 발을 싸고 들어가 익조(翌朝)에 행제(行祭)하고 돌아올 새 십리(十里) 못하여 거마(車馬)가 이미 길가에 대령(待令)한지라. 생(生)이 금의(錦衣)를 개착(改着)[228]하고 달려 김가(金家)에 돌아와 서서 말하고 인(因)하여 집으로 돌아가고자 하거늘, 주옹(主翁)이 가로되,

"존당(尊堂)이 그대 도보(徒步)함만 헤아리고 그대 거마(車馬) 있는 줄은 헤아리지 못하니 백리(百里) 장정(長程)을 일일(一日)에 돌아간즉(卽) 종적(蹤迹)이 탄로(綻露)할 것이요, 미봉(彌縫)이 극(極)히 어려

222) 철없는 아이들과 어리석은 사람들.
223) 상대방의 이름을 높여 가리키는 말.
224) 전언(傳言).
225) 미치게.
226) 많은 사람이 앞뒤로 보호하여 따름.
227) 십이시의 아홉째. 곧, 오후 3시~5시까지.
228) (옷을) 갈아입음. 개의(改衣).

우리니 다시 양일(兩日)을 지내고 귀근(歸覲)하라."

생(生)이 그렇이 여겨 향규(香閨)에 온숙(穩宿)[229]하매 신정(新情)이 관흡(款洽)한지라. 수일(數日)에 분수(分手)[230]할 새 눈물이 낯에 입히는지라. 낭자(娘子)가 느끼며 아미(蛾眉)를 나직히 하여 후회(後會)를 물은대, 생(生)이 가로되,

"친교(親敎)가 엄중(嚴重)하시니 놀매 반드시 방소(方所)가 있는지라. 만일(萬一) 춘추(春秋) 묘사(墓祀)에 나로 제행(祭行)한 즉(卽) 마땅히 금일(今日)같이 모이려니와 그렇지 아니하면 경세(頃歲) 경년(頃年)[231]에 낭자(娘子)는 문득 이 일반 과부(一般寡婦)[232]이라."

하고, 말이 눈물로 더불어 한가지로 떨어지니 별봉이란(別鳳離鸞)[233]의 정회(情懷) 심(甚)히 초창(悄愴)한지라. 생(生)이 나이 차지 못하고 마음이 오히려 어려 생래(生來) 소원(所願)이 좋은 부쇠[234]와 빛난 금낭(錦囊)[235]이로되 집이 간난(艱難)하기로 얻지 못하였더니, 및 김가(金家)의 표정(表情)한 바 수낭(繡囊)이 화려(華麗)하고 제도(制度)가 정묘(精妙)함을 보매 가장 사랑하고 귀(貴)히 여기거늘, 낭자(娘子)가 가로되,

"이 금낭(錦囊)을 낭군(郎君) 줌치[236] 속에 넣은 즉(卽) 사람이 보지 못하리니 옛옷을 바꾸어 입고 이 줌치를 가짐이 무슨 어김이 있으리오."

---

229) 편안하게 잠을 잠.
230) 이별(離別).
231) 경세(頃歲) 경년(頃年) 모두 근년(近年)의 뜻.
232) 과부(寡婦)와 일반. 곧 과부와 매 한가지라는 말임.
233) 난새와 봉황이 이별함.
234) 부시. 부싯돌을 쳐서 불을 일으키는 쇳조각. 주머니칼을 접은 것과 비슷함. 화도(火刀).
235) 비단으로 만든 주머니.
236) 주머니(경상도 방언).

생(生)이 그 말같이 하여 그 금낭(錦囊)을 포낭(布囊)에 넣고 집에 돌아가 복명(復命)한대, 기부(其父)가 먼저 선영(先塋) 안부(安否)를 묻고 또 재계(齋戒)의 정성(精誠)과 만홀(慢忽)을 물은대, 생(生)이 대(對)함을 심(甚)히 자세(仔細)히 하거늘 즉시(卽時) 돌아가 글 읽으라 하니 생(生)이 입으로 비록 읽으나 마음은 김가(金家)에 전(全)혀 있는지라.

일일(一日)은 기부(其父)가 생(生)더러 내침(來寢)하라 하거늘, 생(生)이 밤에 내실(內室)에 들어가니 뚫어진 창(窓)과 무너진 첨하(檐下)[237]에 찬 바람이 뼈를 사무치고 부들자리와 베이불[238]에 조갈(蚤蝎)[239]이 살을 침노(侵擄)하는 중(中), 때 낀 얼굴과 짧은 치마로 몸을 일어 생(生)을 맞거늘, 생(生)이 살펴 보매 하나도 칭의(稱意)[240]한 것이 없는지라. 한 말을 아니하고 벽(壁)을 향(向)하여 누워 경경(耿耿)[241] 일념(一念)이 김가(金家) 홍규(紅閨)[242]에 있으니 향일(向日) 행락(行樂)을 생각컨대 일장 춘몽(一場春夢)이요 후회기약(後會期約)이 천리만리(千里萬里)라. 인(因)하여 가만히 한 글을 외우니 하였으되,

| | |
|---|---|
| 증경창해난위수(曾經滄海難爲水) | 일찍 창해(滄海)를 지나매 물되기 어렵고 |
| 제각무산불시운(除却巫山不是雲) | 무산(巫山)을 제각(除却)하면 이 구름이 아니라 |

이라 하니, 이는 원미지(元微之)[243]의 지은 바 글일러라.

---

237) 처마의 아래.
238) 삼베로 만든 이불.
239) 이와 전갈. 여기서는 온갖 물것의 뜻으로 쓰임.
240) 마음에 맞음.
241) 마음에 잊혀지지 아니함.
242) 화려하게 꾸며 놓은, 부녀자들이 거처하는 방.
243) 당나라의 시인인 원진(元稹). 미지(微之)는 그의 자(字). 백거이(白居易)와

읊기를 마치매 스스로 신세(身世) 의합(意合)함을 알고 장우단탄(長吁短歎)[244]하여 전전(轉輾)히 자지 못하더니, 계명(鷄鳴)에 미쳐 비로소 접목(接目)하여 날이 새는 줄 깨닫지 못한지라. 기처(其妻)가 미명(未明)에 먼저 일어 앉아 스스로 생각하되, '낭군(郎君)이 평일(平日)에 금슬(琴瑟)이 심(甚)히 고르더니 한 번(番) 추행(楸行)[245] 후(後)로부터 일절(一切) 은정(恩情)이 냉락(冷落)하니 반드시 타인(他人)에게 머문 정(情)이 있는 연고(緣故)이로다' 하고, 인(因)하여 생(生)의 용색(容色)과 의복(衣服)을 두루 살피되 현로(顯露)한 바가 없더니, 우연(偶然)히 생(生)의 포낭(布囊)을 본 즉(卽) 전에는 비었더니 이제 홀연(忽然) 부름을 보고 마음에 심(甚)히 의아(疑訝)하여 가만히 낭중(囊中)에 든 것을 더듬어 내어 본 즉(卽), 과연(果然) 일개(一箇) 금낭(錦囊)이 있고 가운데 붕어 부쇠와 전복(全鰒) 차돌이 있으며 겸(兼)하여 바둑은(銀) 삼사개(三四箇) 있거늘, 기처(其妻)가 크게 노(怒)하여 상상(床上)에 벌여 놓고 생(生)의 잠깨기를 기다려 그 곡절(曲折)을 묻고자 하더니, 거무하(居無何)에 기부(其父)가 소리를 매이하여 들어와 가로되,

"돈견(豚犬)[246]이 그저 자느냐. 어느 겨를에 글 한 자(字)를 읽으리오."

하고, 인(因)하여 지게를 열고 꾸짖으니 생(生)이 놀라 일어 문후(問候)하거늘, 기부(其父)가 눈을 두를 즈음에 상상(床上)의 소낭(小囊)을 보고 통해(通駭)[247]함을 이기지 못하여 생(生)을 벗겨 망태기에 넣어 들보에 달고 무수난타(無數亂打)[248]하니 생(生)이 아픔을 견디지 못하

---

더불어 당시 시단의 쌍벽을 이루었음.

244) [긴 한숨과 짧은 탄식이라는 뜻에서] 탄식하여 마지 않음을 이르는 말.

245) 조상의 산소에 성묘하러 감.

246) 남에 대하여 '자기 아들'을 겸손하게 이르는 말. 돈아(豚兒).

247) 썩 놀라운 모양.

248) 수없이 마구 때림.

여 일일(一一) 토실(吐實)한대, 기부(其父)가 노(怒)함이 가일층(加一層)하여 길길이 뛰놀며 이웃집의 노자(奴子)를 빌어 하여금 김령(金令)을 부르니, 김령(金令)은 자래(自來)[249] 호화(豪華)한지라. 비록 경재상(卿宰相)이라도 임의(任意)로 앉아 불러 맞지 못하거든 하물며 한 포의(布衣) 선비의 한낱 종을 보내어 어찌 불러오리오마는 한갖 여식(女息)의 귀속(歸屬)함으로써 능욕(凌辱)을 감수(甘受)하고 즉시(卽時) 달려와 본대, 생부(生父)가 소리를 매이하여 크게 꾸짖어 가로되,

"그대 한 번(番) 예절(禮節)을 헐어 여자(女子)의 음분(淫奔)[250]을 허(許)하니 이미 그대의 집에 아름다운 일이 아니거늘 또 내 자식(子息)조차 그릇되게 함은 어찌뇨."

김(金)이 가로되,

"일이 심(甚)히 공교(工巧)하여 피차(彼此) 불행(不幸)이라. 하릴없으매 이젠 즉(卽) 행운 유수(行雲流水)[251]같아서 서로 간섭(干涉)치 않은 즉(卽) 양가(兩家)가 다 평안(平安)할 것이어늘, 어찌 고성(高聲)하여 사람의 흔구(痕咎)[252]를 말하느뇨."

생부(生父)가 다시 대답(對答)이 없는지라. 김(金)이 곧 하직(下直)코가 가로되,

"이로조차 피차(彼此) 잊을 것이니 서로 핍박(逼迫)치 말지어다."

하고, 인(因)하여 표연(飄然)히 가니라.

일년(一年)이 지나매 김(金)이 비를 무릅쓰고 채가(蔡家)에 오니 채로(老)가 가로되,

---

249) 자고이래(自古以來).

250) 음란한 행동.

251) [떠가는 구름과 흐르는 물이라는 뜻으로] 곧 일을 거침없이 처리하거나 마음씨가 시원시원하고 씩씩하거나, 일정한 형체가 없이 늘 변하는 것의 비유.

252) 허물.

"주석(疇昔)[253]에 피차(彼此) 잊자 한 언약(言約)이 있거늘 이제 어찌 또 오뇨."

김(金)이 가로되,

"마침 교외(郊外)에 갔다가 홀연(忽然) 폭우(暴雨)를 만나 다른 친지(親知) 없는 고(故)로 감(敢)히 귀제(貴第)에 이르러 조금 비를 피(避)코자 함이니 천만(千萬) 서량(恕量)하라."

채로(蔡老)가 이연(怡然)히 가로되,

"우중(雨中)에 홀로 앉아 심(甚)히 적막(寂寞)하더니 다행(多幸)히 그대를 만나니 가(可)히 한담(閑談)하리로다."

김(金)이 집례(執禮)함을 심(甚)히 공순(恭順)히 하고 담소(談笑)가 미미(亹亹)[254]하되 전(前) 일을 조금도 제기(提起)치 아니하더라.

채로(蔡老)가 평생(平生) 좇아 놀기를 궁유 한사(窮儒寒士)로조차 하매 종일(終日) 접(接)에 오직 빈궁(貧窮)을 교계(教誡)할 뿐이더니 및 김령(金令)의 활달(豁達)한 언변(言辯)을 들으매 가슴이 훤츨하며[255] 겸(兼)하여 첨소(諂笑)로써 아당[256]을 드리매 크게 '기꺼 마음이 취(醉)한 듯하니, 김령(金令)이 이에 가만히 그 뜻을 맞추어 즉시(卽時) 복(僕)종을 불러 가로되,

"내 시장함이 심(甚)하니 먹을 것을 가져오라."

복(僕)종이 즉시(卽時) 가효 진수(佳肴珍羞)를 내어오거늘 김령(金令)이 한 그릇 술을 가득히 부어 꿇어 채로(蔡老)에게 드린대, 채로(蔡老)가 비위(脾胃) 당기고 입에 침이 흘러 한 번(番) 들어다 마시고자 하되 거짓 사양(辭讓)하거늘, 김(金)이 가로되,

---

253) 그렇게 오래지 않은 옛적.
254) (서로의 이야기가)멈칫거리거나 쉼이 없음.
255) 환하며. 훤츨하다는 환하다의 뜻임.
256) '아첨'의 뜻으로 쓰인 옛말.

"노소(老少)가 일반(一般)이라. 소매평생(素昧平生)[257]에도 서로 수작(酬酌)하거든 하물며 우리 탁계(托契)[258]함이 이미 오래고 면분(面分)이 이미 두터우니 어찌 차마 한가지로 앉아 홀로 마시리오."

채로(蔡老)가 말이 막히어 한 번(番) 들어 통음(痛飮)하니 아이(俄而)오 취안(醉眼)이 몽롱(朦朧)하고 언소(言笑)가 단란(團欒)하더라.

김(金)이 즐김을 다하고 돌아감을 고(告)한대, 채로(蔡老)가 가로되,

"그대는 이 좋은 일개(一箇) 주붕(酒朋)이라. 자주 왕고(往顧)함을 바라노라."

김(金)이 가로되,

"마침 천우(天雨)로 인연(因緣)을 삼아 다행(多幸)히 금일(今日) 수작(酬酌)함을 얻으나 나의 공요(公擾)[259]와 사고(私故)[260]가 날로 다첩(多疊)하니 어찌 시러곰 추신(抽身)[261]하여 다시 이르리오."

채로(蔡老)가 문외(門外)에 나와 보내고 취(醉)함을 타 집에 돌아와 김령(金令)의 위인(爲人)을 성(盛)히 일컫고, 인(因)하여 침취(沈醉)[262]하여 평명(平明)에 이에 깨달아 작일(昨日)에 속인 바가 됨을 뉘우치나 가(可)히 및지 못할지라.

그 후(後) 김(金)이 가만히 가인(家人)으로 하여금 채가(蔡家)의 동정(動靜)을 살피더니, 일일(一日)은 가인(家人)이 돌아와 고(告)하되,

"채댁(蔡宅)이 오일(五日)을 절화(絶火)하여 내외(內外) 다 늘어져 경색(景色)이 참혹(慘酷)하다."

하거늘, 김(金)이 이에 생(生)에게 편지(片紙)하고 수천냥(數千兩) 돈

---

257) 견문이 없고 세상 형편에 깜깜한 채 지내는 한 평생.
258) 인연을 맺음.
259) 공무(公務)로 인한 번거로움.
260) 개인적인 까닭.
261) 바쁜 중에 몸을 뺌.
262) 술이 몹시 취함.

을 보내니 생(生)의 합가(闔家)[263]가 흔약(欣約)하여 죽(粥)과 밥을 갖추어 옹(翁)으로 하여금 알리지 아니하고 남에게 취대(取貸)하였다 칭탁(稱託)하니, 옹(翁)이 먹기에 급(急)하여 궁힐(窮詰)[264]함을 겨를치 못하였으나 한 이틀 삼사일(三四日)이 지나도 조석(朝夕) 근심이 없는지라. 비로소 괴(怪)히 여겨 물은대, 생(生)이 그 소유(所由)를 가초 고(告)하니 채로(蔡老)가 노(怒)하여 가로되,

"차라리 구학(溝壑)[265]에 엎드러질지언정 어찌 차마 이름없는 물건을 받으리오. 기왕지사(既往之事)이라. 하릴없고 또 갚을 길이 망연(茫然)한지라. 이 후(後)는 삼가 받지 말라."

생(生)이 '유유(唯唯)'이 퇴(退)하니라.

어언간(於焉間)에 돈이 진(盡)하고 기갈(飢渴)이 더욱 심(甚)하나 채로(蔡老)가 성품(性品)이 근본(根本) 용졸(庸拙)하여 생도(生道)에 소여(掃如)하니, 생(生)이 모친(母親)으로 더불어 동(東)을 걷어 서(西)를 깁고 아래를 빼어 위를 괴어 끌어 일년(一年)을 가매 형세(形勢) 백척 간두(百尺竿頭)[266]에 이르매 적채(積債)가 산 같아서 사망(死亡)의 급(急)함이 호흡(呼吸)에 있은지라. 김(金)이 또 저런 모양(模樣)을 탐지(探知)하고 다시 열 섬 쌀과 백냥(百兩) 돈으로써 생(生)을 위(爲)하여 보내니 생(生)이 어찌 차마 부모(父母)가 사경(死境)에 이름을 보리오. 마음이 타는 듯하여 이때를 당(當)하여는 비록 도우탄(屠牛坦)[267]의 일을 하라 하여도 사양(辭讓)치 않으려든 하물며 사람이 좋은 뜻으로써 보내일 때여.

263) 온 집안 가족.
264) 죄를 끝까지 캐서 물음.
265) 구렁.
266) 아주 높은 장대 끝에 오른 것과 같이, '더할 수 없이 위태하고 어려운 지경에 이른 것'을 이르는 말.
267) 소를 잡는 것을 업으로 삼는 사람. 쇠백장.

이에 흔연(欣然)히 받아 써 감지(甘旨)를 풍족(豊足)히 하니 기부(其父)가 병(病) 아닌 병(病)으로 바야흐로 혼혼(昏昏)하다[268]가 마른 창자를 적시며 고량 진미(膏粱珍味)를 날로 먹으며 보제(補劑)로 약(藥)을 지어 쓰니 병(病)이 차복(差復)[269]하고 기력(氣力)이 강건(强健)한지라. 기부(其父)가 가로되,

"전곡(錢穀)을 눌로조차 판득(辦得)하뇨."

생(生)이 또 그 형상(形狀)을 고(告)하되 기부(其父)가 희미(稀微)히 웃어 가로되,

"김령(金令)이 어찌 때때로 주급(周急)[270]하느뇨. 이 후(後)는 결연(決然)히 받지 말라. 만일(萬一) 다시 받으면 중장(重杖)[271]하리라."

생(生)이 '유유(唯唯)'하니라.

기부(其父)가 이로조차 와옥(蝸屋)에 높이 누워 식음(食飮)이 편안(便安)하고 만념(萬念)이 소여(掃如)하니, 이렇듯한 지 오륙삭(五六朔)에 저축(貯蓄)한 바가 또 다하니 수란(愁亂)함이 전(前)에서 십배(十倍)나 하여 허다(許多) 일월(日月)을 애과(捱過)[272]하고, 또 기일(忌日)을 당(當)하매 제수(祭需)가 몰책(沒策)[273]이라. 정사(情事)[274]가 처절(悽絶)하매 부자(父子)가 상대(相對)하여 마음이 민망(憫惘)할 뿐이더니, 문득 두 노자(奴子)가 이백금(二百金) 돈을 드리니 김령(金令)의 보낸 바이라. 생(生)이 이미 부교(父敎)를 받았으매 물리치고자 하거늘, 기부(其父)가 가로되,

---

268) 가물가물하다.
269) (병이 나아서)회복함.
270) 썩 다급한 형편에 있는 사람을 구하여 줌.
271) 몹시 치는 장형(杖刑).
272) 간신히 지냄.
273) 계책이 없음.
274) 처지.

"제 이미 급인(急人)하는 풍도(風度)[275]로 나의 제수(祭需)를 도우니 정리(情理)에 가(可)히 뇌거(牢拒)[276]치 못할 것이라. 반(半)은 받고 반(半)은 도로 보냄이 실(實)로 득중(得中)할 듯하도다."

생(生)이 '유유(唯唯)'하니라.

익일(翌日)에 김(金)이 식탁(食卓)을 갖추어 생(生)을 먹이니 생(生)이 물리치고자 하거늘, 기부(其父)가 가로되,

"이미 익은 음식(飮食)을 그저 돌려 보내면 낭패(狼狽) 적지 않을 것이니 가(可)히 아직 받고 이 후(後)는 일절(一切) 방색(防塞)[277]하라."

하고, 인(因)하여 혼실(渾室)이 일탁(一卓) 진수(珍羞)를 싫도록 먹고 기리는 소리 우뢰(雨雷) 같더라.

일일(一日)은 김령(金令)이 지주(旨酒)와 가효(佳肴)를 또 가지고 와 은근(慇懃)히 채로(蔡老)를 권(勸)하니 채로(蔡老)가 또 사양(辭讓)치 아니하고 이취(泥醉)[278]토록 먹은 후(後) 인(因)하여 문경지교(刎頸之交)[279]를 맺고, 또 생(生)더러 이르되,

"네 김가(金家) 규수(閨秀)로 더불어 근본(根本) 초월(楚越)[280]의 밀모(密謀)로써 진진(秦晋)의 좋음[281]을 이루니 어찌 천연(天緣)이 아

---

275) 급인지풍(急人之風). 남의 위급한 곤란을 구원하여 주는 의협(義俠)스러운 기풍.

276) 아주 거절함. 굳이 거절함.

277) 들어오지 못하게 막음.

278) 술이 곤드레 만드레하게 취함.

279) 죽고 살기를 같이하여 목이 떨어져도 두려워하지 않을 만큼 치한 사귐.

280) 서로 떨어져 상관이 없는 사이. [중국 초나라와 월나라의 사이라는 뜻으로] 서로 원수처럼 여기는 사이를 이르는 말.

281) 진진지호(秦晋之好). 혼인을 맺은 두 집 사이의 가까운 정의를 가리키는 말. 진진지의(秦晋之誼).

니라. 네 가(可)히 등기(等棄)[282]하여 사람의 평생(平生)을 그르게 않을 것이라. 금일(今日)이 심(甚)히 길(吉)하니 가(可)히 한 번(番) 자고 돌아오라."

생(生)이 크게 기꺼 낙락(樂樂)하니 김(金)이 재배(再拜)하여 사례(謝禮)하고 급(急)히 한 필(匹) 나귀로써 생(生)을 태워 집에 보내고, 자가(自家)는 혹(或) 채로(蔡老)의 마음이 변(變)할가 의심(疑心)하여 짐짓 천연(遷延)하여 일모(日暮) 후(後)에 가니라.

생(生)이 익조(翌朝)에 반면(反面)[283]한대, 채로(蔡老)가 혼연(渾然)히 작일(昨日) 설화(說話)를 잊고 이에 괴(怪)히 여겨 물어 가로되,

"네 어찌 관대(冠帶)를 일찍 정제(整齊)하뇨."

생(生)이 작일사(昨日事)로써 대(對)한대 기부(其父)가 뉘우치나 감(敢)히 책(責)치 못하고, 이로조차 생(生)에게 맏겨 그 하는 바대로 두어 규각(圭角)[284]을 내지 아니하고 제사(祭祀) 의식(衣食) 등절(等節)을 다 김령(金令)에게 자뢰(資賴)하니, 김령(金令)이 날마다 술을 싣고 와 중정(中情)을 토론(討論)하더라.

채로(蔡老)가 소시(少時)로부터 간난(艱難)에 상(傷)한지라. 노처(老妻)로 더불어 머리털이 희도록 만고 풍상(萬古風霜)[285]을 지냈더니, 이제 이르러 유의 유식(遊衣遊食)[286]하고 날로 진취(盡醉)하매 전일(前日) 수척(瘦瘠)하던 기부(肌膚)가 완연(完然)히 윤택(潤澤)하더라.

일일(一日)은 김령(金令)이 종용(從容)히 말하되,

"공자(公子)의 내 집에 왕래(往來)함이 사람의 견문(見聞)에 거리끼

282) 탐탁하지 않게 여겨서 버림. 대단찮게 여겨서 돌보지 않음.
283) 어디를 갔다가 돌아와서 부모를 뵈옵는 일. 반면(返面).
284) 물건이 서로 들어 맞지 않는 모. 말이나 행동이나 뜻이 남과 서로 맞지 않고 두드러지게 드러나는 모.
285) 이 세상에서 오랜 동안 겪어 온 갖가지 고생.
286) 하는 일 없이 놀면서 입고 먹음.

니 이로조차 길이 끊노라."

채로(蔡老)가 가로되,

"이 어찐 말고. 그러한 즉(卽) 내 마침내 내 며느리를 가만히 데려와 종적(蹤迹)을 모르게 함이 어떠하뇨."

김령(金令)이 가로되,

"공자(公子)는 포의(布衣)라. 위로 쌍친(雙親)이 계시고 아래로 정실(正室)이 있으니 잉첩(媵妾)을 가(可)히 집에 두지 못할 것이니라."

채로(蔡老)가 가로되,

"다만 묘책(妙策)을 생각하여 써 나의 우매(愚昧)함을 열라."

김령(金令)이 가로되,

"내 따로 한 집을 귀택(貴宅) 곁에 얻어 써 조석(朝夕) 왕래(往來)를 편(便)케 하리니 존의(尊意) 어떠하니이꼬."

채로(蔡老)가 가로되,

"그러한 즉(卽) 가사(家舍)를 높이 말고 비복(婢僕)을 간략(簡略)히 써 두고 창고(倉庫)를 풍후(豊厚)케 말아 내 집의 한미(寒微)함을 지키게 하라."

김령(金令)이 가로되,

"낙(諾)다."

이에 집에 돌아가 재물(財物) 내어 와가(瓦家)를 창건(創建)하여 일구(一區) 갑제(甲第)[287]를 이루니 실(實)로 채로(蔡老)의 하고자 하는 바가 아니나 어찌 할 길이 없는지라. 그윽히 돌탄(咄嘆)[288]하거늘 김령(金令)이 가로되,

"제택(第宅)은 써 자손(子孫)에게 전(傳)하는 바이라. 그윽히 보건

287) 크고 너르게 아주 잘 지은 집.

288) 혀를 차며 탄식함.

대 그대 옥(玉)을 품은 재주로써 세상(世上)에 쓰이지 못하니 영자(令子)[289]와 현부(賢婦)가 마땅히 그 보응(報應)을 받을지라. 어찌 문호(門戶)를 고대(高大)케 않으리오."

채로(蔡老)가 크게 기꺼 그치니라.

집이 이루매 낙성연(落成宴)을 지내고 김령(金令)이 모야(暮夜)에 여식(女息)을 채가(蔡家)에 보내어 구고(舅姑)에게 예(禮)로 뵈고, 여군(女君)[290]을 지성(至誠)으로 받들어 인(因)하여 새집에 머물러 삼일 소연(三日小宴)하고 오일 대연(五日大宴)하여[291] 써 구고(舅姑)를 즐기게 하고, 비복(婢僕)을 은위(恩威)로 부리니 일실(一室)이 화목(和睦)하고 인리(隣里) 일컫더라.

생(生)이 그 모친(母親)께 고(告)하여 가로되,

"존당(尊堂) 양위(兩位) 평생(平生) 고생(苦生)을 가초 지나시고 춘추(春秋)가 또 높으시며 미식(微息)[292]의 학식(學識)이 용렬(庸劣)하고 연기(年紀) 옅어 과영(科榮)을 기약(期約)하기 어려운지라. 이제 일분(一分) 공양(供養)할 도리(道理)는 다만 새집에 계셔 부귀(富貴)를 안향(安享)코자 하옵나이다."

기모(其母)가 가로되,

"내 만일(萬一) 이접(移接)하면 김가(金家)가 미안(未安)히 여길가 하노라."

---

289) 남을 높이어 그의 "아들'을 일컫는 말. 영식(令息).

290) 첩(妾)의 본처(本妻)에 대한 호칭.

291) '삼일 소연(三日小宴)에 오일 대연(五日大宴)'은 중국의 삼국 시대에 일시 항복한 관우(關羽)를 조조(曹操)가 자신의 심복지인(心腹之人)으로 만들기 위하여 베풀었던 여러 가지 특별한 은전(恩典) 가운데의 하나로, 사흘마다 한 번씩 작은 잔치를 열고 닷새마다 한 번씩 큰 잔치를 연다는 뜻. 관우는 조조의 이러한 환대에도 불구하고 그의 의형(義兄)인 유비(劉備)의 소식을 탐지하고는 끝내 떠나갔음.

292) 미미한 자식. 부모께 자신을 낮추어서 일컫는 말.

생(生)이 가로되,

"이는 김령(金令)과 측실(側室)의 뜻이니 소자(小子)는 명(命)을 전(傳)할 따름이니이다."

기모(其母)가 좋이 여겨 채로(蔡老)에게 고(告)한대, 채로(蔡老)가 가로되,

"경경(卿卿)[293] 망령(妄靈)된 말하는도다."

기처(其妻)가 노(怒)하여 가로되,

"내 그대를 좇아옴으로부터 일찍 하루도 편(便)할 날이 없어 만고풍상(萬古風霜)을 이때까지 겪더니, 이제 다행(多幸)히 의식(衣食)을 얻어 평안(平安)히 거(居)함은 다 차부(此婦)의 대은(大恩)이라. 이제 지성(至誠)으로 우리를 맞아 써 여년(餘年)을 봉양(奉養)하려 하니 무엇이 해(害)로움이 있건대 좇지 아니하느뇨."

채로(蔡老)가 가로되,

"경경(卿卿)은 홀로 가라. 나는 마땅히 궁려(窮廬)를 지키리라."

기처(其妻)가 이에 택일(擇日)하여 반이(搬移)하니 기부(其父)가 때때로 가 본 즉(卽) 수십(數十) 겸복(傔僕)이 문(門)에 맞아 좌우(左右)로 뫼셔 별당(別堂)에 들어가니, 별당(別堂)은 생(生)의 부친(父親)을 위(爲)하여 창건(創建)하여 써 내왕(來往)을 편(便)케 함이러라.

당(堂)에 들어간 즉(卽) 도서(圖書)가 시렁에 가득하고 화초(花草)가 눈에 현란(絢爛)하며 사령(使令)이 앞에 족(足)하여[294] 응대(應對)함이 물흐르는 듯이 하고, 내당(內堂)에 들어가 노처(老妻)를 대(對)한 즉(卽) 또한 그러하니 앉아 말하기를 이윽히 하매 차마 놓고 떠날 뜻이 없으나 강잉(强仍)하여 집에 돌아간 즉(卽) 파옥(破屋) 수간(數間)이 의구(依

---

293) 그대.
294) 충분하여.

舊)히 소조(蕭條)하니 스스로 생각하되, 내 여년(餘年)이 머지 아니하니 어찌 고초(苦楚)함을 이렇듯 하리오.

급(急)히 생(生)을 불러 가로되,

"내 홀로 빈 집에 있어 네게 전식(傳食)[295]함이 도리어 폐(弊)되고 또 실가(室家)에 분거(分居)함이 노경(老境)에 극난(極難)하니 새집에 한가지로 있어 여년(餘年)을 평안(平安)케 함이 네 뜻에 어떠하뇨."

생(生)이 크게 기꺼 즉일(卽日)에 이접(移接)하니 일실(一室)이 화락(和樂)하더라.

김령(金令)이 또 만금(萬金) 전답(田畓) 문권(文券)을 생(生)에게 분급(分給)하니 가산(家產)이 요족(饒足)하고 미기(未幾)[296]에 생(生)이 등제(登第)하여 공명(功名)이 일세(一世)에 진동(震動)하니라.

---

295) 음식을 날라 옴.

296) 얼마 오래지 않음. 미구(未久).

# 청구야담 권지십일(靑邱野談 卷之十一)

## 1. 시신술토정청부인(試神術土亭聽夫人)[1)]

이지함(李之菡)[2)]의 별호(別號)는 토정(土亭)이라. 천생(天生)이 신이(神異) 영오(穎悟)하여 천문(天文) 지리(地理)와 의약(醫藥) 복서(卜筮) 술수지학(術數之學)을 무불통지(無不通知)하고 과거미래사(過去未來事)를 여합부절(如合符節)하니 세상(世上)사람이 신인(神人)이라 일컫더라.

일찍 뒤웅박[3)] 삼개(三箇)를 가져 두 발에 하나씩 매고 하나는 지팡이 끝에 매고 만경창파(萬頃蒼波)에 횡행(橫行)하기를 평지(平地)같이 하기로, 족적(足迹)이 천하(天下)에 아니 미친 곳이 없어 소상(瀟湘)[4)] 동정호(洞庭湖)[5)]며 강남(江南)의 허다(許多) 명승지(名勝地)를 역력(歷

---

1) 토정 이지함(李之菡)이 부인의 말을 들어 신이한 술법을 시험하다.

2) 조선조 선조 때의 학자. 호는 토정(土亭). 기재(奇才)와 탁행(卓行)으로 유명하며 '토정비결(土亭秘訣)'은 그의 저(著)라 함. 물욕이 없어 평생토록 가난했으며, 괴상한 언동 · 예언 · 술수(術數) 등 일화가 많음.

3) 쪼개지 아니하고 꼭지 근처에 구멍만 뚫고 속을 파낸 바가지.

4) 중국 호남성(湖南省) 동정호(洞庭湖) 남쪽에 있는 소수(瀟水)와 상강(湘江)의 병칭. 부근에 유명한 팔경(八景)이 있음.

5) 중국 호남성 북동부에 있는 이 나라 제2의 담수호.

歷)히 완상(玩賞)하고, 사해(四海)에 주류(周流)하여 널리 본 고(故)로 바다물빛이 각각(各各) 방위(方位)를 따라 동해(東海)는 푸르고 남해(南海)는 붉고 서해(西海)는 희고 북해(北海)는 검다 하더라. 집이 극히 빈한(貧寒)하여 조석(朝夕) 계공(繼供)[6]할 것이 없으되 조금도 마음에 거리끼는 바가 없더라.

일일(一日)은 그 부인(夫人)과 내당(內堂)에 앉았더니, 부인(夫人)이 가로되,

"세상(世上) 사람이 다 그대 신통(神通)한 술법(術法)이 있다 일컫거늘 이제 양식(糧食)이 없어 절화(絶火) 지경(地境)에 이르렀으되 어찌 한 번(番) 신술(神術)을 시험(試驗)하여 이렇듯 군급(窘急)[7]함을 구제(救濟)치 아니하느뇨."

공(公)이 웃어 가로되,

"부인(夫人)의 말이 저렇듯하니 내 마땅히 시험(試驗)하여 보려니와 부인(夫人)은 나로써 허랑(虛浪)타 하지 말라."

하고, 즉시(卽時) 비자(婢子)를 명(命)하여 작은 유식기(鍮食器)[8] 한 개(箇)를 주며 이르되,

"네 이제 이 그릇을 가지고 곧 서문(西門) 밖 경교(京橋) 다리로 가면 필연(必然) 한 노구(老嫗)가 있어 사자 할 것이니 한 냥(兩) 돈을 받고 팔아 오라."

비자(婢子)가 명(命)을 받들어 간 즉(卽) 과연(果然) 노구(老嫗)가 있어 사기를 원(願)하거늘 값을 여수(如數)히 받고 팔아온대, 또 이르되,

"이 한 냥(兩) 돈을 가지고 급(急)히 서문(西門) 밖 사(四)거리에 가면 필연(必然) 삿갓 쓴 사람이 시저(匙箸)[9] 한 벌을 가지고 급(急)

6) 계속해서 공급함.
7) 몹시 군색함.
8) 놋쇠로 만든 밥그릇.
9) 수저.

히 팔고자 할 것이니 이 값을 주고 사오라."

비자(婢子)가 또 가본 즉(卽) 과연(果然) 그 말 같은지라. 시저(匙著)를 사 가지고 왔거늘 닦아본 즉(卽) 천은(天銀) 시저(匙著)이라. 또 이르되,

"이것을 가지고 바로 경기(京畿) 감영(監營) 앞에 가면 뉘 집 하인(下人)이 방장(方將) 은저(銀箸)를 잃고 황황(遑遑)히 동색(同色) 은저(銀箸)를 구(求)할 것이니 십오냥(十五兩) 돈을 받고 팔아 오라."

비자(婢子)가 또 그 말대로 십오냥(十五兩)을 받아온대, 다시 한 냥(兩) 돈을 주어 가로되,

"아까 식기(食器) 샀던 노구(老嫗)가 당초(當初)에 식기(食器)를 잃었기로 대봉(代捧)[10]하려 함이더니 이제 잃었던 식기(食器)를 찾은지라. 지금(只今)은 환퇴(還退)코자 하나니 빨리 가 물려 오라."

비자(婢子)가 급(急)히 간 즉(卽) 과연(果然) 환퇴(還退)한지라. 공(公)이 그 식기(食器)와 십사냥(十四兩) 돈을 부인(夫人)께 전(傳)하여 시량(柴糧)[11]을 준비(準備)케 하니 부인(夫人)이 고쳐 한 번(番) 더 하기를 청(請)한대, 공(公)이 웃어 가로되,

"이만하여도 족(足)한지라. 기타(其他) 분외(分外)의 생각을 내지 말라."

하니, 대저(大抵) 이렇듯 신기(神奇)함이 많더라.

---

10) 셈할 돈이나 물건을 대신하여 다른 것으로 주고받음.
11) 땔감과 식량.

## 2. 혹요기책실축지인(惑妖妓冊室逐知印)[12)]

정판서(鄭判書) 민시(民始)[13)] 평안 감사(平安監事) 하였을 때에 그 조카 주서(注書)[14)]의 이름은 상우(尙愚)이라. 책방(冊房)[15)]에 있어 영문(營門) 기생(妓生)의 민애(閔愛)를 총애(寵愛) 침혹(沈惑)하여 잠간(暫間)도 떠나지 아니하더니, 평양(平壤) 외성(外城) 사는 이좌수(李座首)는 누만금(累萬金) 거부(巨富)이라. 돈 일천냥(一千兩)을 봉치(封置)하고 말을 전파(傳播)하되,

"민애(閔愛) 만일(萬一) 나와 하룻밤만 친압(親狎)하면 이 돈을 주리라."

하니, 민애(閔愛) 비록 이 소문(所聞)을 들었으나 추신(抽身)[16)]할 계교(計巧)가 없더니, 일일(一日)은 정주서(鄭注書)를 대하여 오열(嗚咽) 유체(流涕)하거늘 주서(注書)가 그 연고(緣故)를 놀라 물은대, 민애(閔愛) 눈물을 거두고 대왈(對曰),

"소인(小人)이 일찍 생모(生母)를 여의고 외조모(外祖母)에게 길린지 여러 해에 은애(恩愛) 심중(甚重)하옵더니, 죽은 후(後) 오늘이 젯(祭)날이오나 외가(外家)에 봉사(奉祀)할 이 없사와 필연(必然) 제(祭)

---

12) 요사스런 기생에게 홀려 책방(冊房)이 지인(知印)을 내쫓다.

13) 조선조 정조 때의 문신. 평안도 관찰사, 병조 판서, 대사간 등을 역임함. 오랫동안 선혜청에 있으면서 삼남(三南)에서 진상하는 약재(藥材)를 반감케 하고 미곡 운반과 조세의 수납 사무를 통일하는 등, 백성의 부담을 덜고 특히 왕을 보필하며 당시 문물의 개화에 크게 이바지하였음.

14) 조선조 때 승정원(承政院)의 정7품 벼슬.

15) 조선조 때 고을 원의 비서 사무를 맡아보던 사람. 또, 그 사람이 거처하는 방. 관제(官制)에 있는 것이 아니고 사사로이 임명하였음. 책실(冊室).

16) 바쁜 중에서 몸을 빼침.

를 궐(闕)하겠삽기로 심회(心懷) 자연(自然) 비감(悲感)하여이다."

주서(注書)가 듣고 측은(惻隱)히 여겨 위선(爲先) 영고(營庫)로 제수(祭需)를 비급(備給)하고 잠간(暫間) 나가 행사(行祀)하기를 허락(許諾)하였더니, 보낸 후(後) 마음이 놓이지 아니하여 밤든 후(後) 친신(親信)한 통인(通引)을 보내어 탐지(探知)하니 방장(方將) 이좌수(李座首)로 더불어 행락(行樂)하는지라. 통인(通引)이 본 대로 돌아와 고(告)한대, 주서(注書)가 대로(大怒)하여 급(急)히 선화당(宣花堂)에 올라가 침실문(寢室門)을 두드리니 때에 밤이 깊은지라. 감사(監事)가 대경(大驚)하여 문왈(問曰),

"네 어이 반야(半夜)에 자지 아니코 왔느냐."

대왈(對曰),

"민애(閔愛)란 년이 저의 할미 젯(祭)날이라 하고 나를 속이고 나가 외성(外城) 있는 이좌수(李座首) 놈과 행락(行樂)하오니 세상(世上)에 이러한 분(忿)한 일이 있으리까. 원(願)컨대 대인(大人)은 급(急)히 나졸(邏卒)을 발(發)하여 년놈을 일병(一竝) 잡아와 엄치(嚴治)하시기를 바라나이다."

감사(監事)가 꾸짖어 왈(曰),

"무슨 큰 일이건대 심야(深夜) 사경(四更)에 이렇듯 소요(騷擾)히 구느냐. 바삐 돌아가 자라."

주서(注書)가 발을 구르며 왈(曰),

"대인(大人)이 소질(小姪)의 말을 아니 들으시면 소질(小姪)은 죽겠나이다."

하거늘, 감사(監事)가 통탄(痛歎)하여 양구(良久)에 인(因)하여 좌우(左右)를 명(名)하여 입직(入直) 포교(捕校)를 불러 분부(分付)하되,

"네 이제 입번(入番) 나졸(邏卒)을 전수(全數)히 거느리고 나가 민

애(閔愛)의 집을 환위(環圍)[17]하고 남녀(男女)를 한 데 결박(結縛)하여 오라."

포교(捕校)가 승명(承命)하고 그 집을 위립(圍立)하고 문(門)을 두드리니 이좌수(李座首)가 놀라 방중(房中)에서 떨거늘, 민애(閔愛) 가로되,

"조금도 겁내지 말고 의관(衣冠)을 수습(收拾)한 후 뒤로 내 허리를 안고 따라 나오라."

마침 그때에 세우(細雨)가 미미(微微)한지라. 치마로 머리를 덮어 비피(避)하는 모양(模樣)으로 이좌수(李座首)의 몸을 가리고 문(門) 안에서 묻는 말이,

"심야(深夜)에 무슨 일로 문(門)을 두드리느뇨."

포교(捕校)가 가로되,

"다만 문(門)을 바삐 열라."

민애(閔愛) 문(門)을 열며 가만히 이모(李某)를 문 뒤에 세우고 천연(天然)히 섰더니, 교졸배(校卒輩) 불문 곡직(不問曲直)하고 바로 방(房) 안으로 들어가 수탐(搜探)하니 그 사이에 이모(李某)는 몸을 빼쳐 앞집으로 피(避)하니, 이 집은 옥당(玉堂)의 집이러라. 교졸(校卒)이 안팎을 뒤지되 종적(蹤迹)이 없는지라. 민애(閔愛) 소리를 가다듬어 물어 가로되,

"너희 무슨 일로 왔느냐."

교졸(校卒)이 답(答)하되,

"사또 분부(分付)에 너와 외성(外城) 이좌수(李座首)와 동침(同寢)하는 사연(事緣)이 염문(廉問)에 들리어 우리로 하여금 한 사슬에 결박(結縛)하여 오라 하여 계시니 이모(李某)는 어디 있느뇨."

민애(閔愛) 선웃음치며 가로되,

17) 둘러 쌈. 포위(包圍).

"이곳에 사람의 그림자도 없음은 십목소시(十目所示)[18]니 이모(李某)가 파리와 모기 같은 미물(微物)이 아니거든 어찌 숨기리오. 아무쪼록 뒤져 보라."

교졸(校卒)이 두루 뒤(지)다가 못 찾고 할 수 없어 돌아가 형적(形迹)없는 연유(緣由)로 고(告)하니라.

그날 밤에 민애(閔愛) 이모(李某)로 더불어 옥당(玉堂)의 집에 종야(終夜) 행락(行樂)하고, 이튿날 편지(片紙)를 주서(注書)에게 보내어 하직(下直) 왈(曰),

"소첩(小妾)이 나리를 뫼신 지 오래오나 별로이 득죄(得罪)한 일이 없삽거늘 야반(夜半)에 발군(發軍)하여 가내(家內)를 수탐(搜探)하시니 소첩(小妾)이 일찍 역률(逆律)에 범(犯)치 아니하였거늘 무슨 일로 적몰(籍沒)코자 하시니, 나리 전(前)의 상덕(上德)은 못 입사온들 인리(隣里)의 치소(嗤笑)를 받게 하시니 하면목(何面目)으로 거두(擧頭)하여 사람을 대(對)하오리까. 원(願)컨대 나리께서도 소첩(小妾)같이 행실(行實) 추잡(醜雜)하온 년을 다시 생각치 말으시고 고쳐 행실(行實) 조촐한 계집을 구(求)하소서. 소첩(小妾)도 사람이거든 어찌 외조모(外祖母) 기일(忌日)에 행음(行淫)하오리까. 지원(至冤) 애매(曖昧)하괘라."

하였더라.

주서(注書) 글월을 보고 반신 반의(半信半疑)하여 수일(數日) 거절(拒絶)하였더니, 종시(終是) 연연 불망(戀戀不忘)하여 침식(寢食)이 불안(不安)한지라. 편지(片紙)로 사과(謝過)하고 부르되 간악(奸惡)을 부리고 들어오지 아니하기를, 또 수삼일(數三日)이 지나매 주서(注書)가 여취 여

18) 여러 사람이 보고 있는 바임. 곧, 세상 사람을 속일 수 없음을 가리키는 말.

광(如醉如狂)하여 지접(止接)할 곳이 없어 일일지내(一日之內)에 오륙차(五六次) 왕복(往復)이 되어 간절(懇切)하되 종시(終是) 교긍(驕矜) 부려하는 말이,

"염문(廉問)한 놈의 성명(姓名)을 가르치면 들어 가겠노라."

하니, 주서(注書)가 하릴없어 통인(通引)의 성명(姓名)을 이른대, 민애(閔愛) 왈(曰),

"향자(向者)에 나리께서 행차(行次)하고 아니 계실 때에 그 통인(通引)이 첩(妾)을 희롱(戲弄)하고 첩(妾)의 손목을 잡삽기로 첩(妾)이 그 놈의 뺨을 치고 꾸짖어 거절(拒絶)하였삽더니, 그 놈이 혐의(嫌疑)로 이렇듯 모함(謀陷)하였사오니 그 놈을 치죄(治罪)하고 내친 연후(然後)에 가겠노라."

하거늘, 주서(注書)가 즉시(卽時) 수리(首吏)에게 분부(分付)하여 엄형(嚴刑) 제안(除案)[19]하여 내치니 민애(閔愛) 그제야 들어와 화회(和會)하고 여일(如一) 전총(專寵)하더라. 그 후(後)에 이좌수(李座首)가 허락(許諾)한 천금(千金) 외(外)에 오백금(五百金)을 더 주어 왈(曰),

"당초(當初)에 네 기이(奇異)한 꾀 아니런들 내 대욕(大辱)을 면(免)치 못할 뻔하였기로 오백금(五百金)을 더 주노라."

하니, 민애(閔愛) 즉시(卽時) 그 돈으로 성중(城中)의 대가(大家)를 사고 이좌수(李座首)와 행락(行樂)하더라.

19) 죄과(罪科) 있는 이례(吏隷)의 성명을 녹명안(錄名案)에서 빼어 버림.

## 3. 긍박동령성주혼(矜朴童靈城主婚)[20]

영성군(靈城君) 박문수(朴文秀)가 암행 어사(暗行御史)로 다닐 때에 날이 늦도록 밥을 먹지 못하여 한 집을 향(向)하고 가 문(門)을 두드리니 나와 응문(應問)하는 동자(童子)가 나이 십오륙세(十五六歲)된 아이라. 앞을 당(當)하여 한 그릇 밥을 빈대, 대답(對答)하여 가로되,

"편모시하(偏母侍下)에 가계(家計) 빈곤(貧困) 절화(絶火)한 지 수일(數日)이라. 손님 대접(待接)할 밥이 없나이다."

하거늘 공(公)이 곤비(困憊)하여 잠간(暫間) 앉았더니, 동자(童子)가 여러 번(番) 벽(壁) 위에 걸린 종이 주머니를 치밀어 보고 참연(慘然)한 빛이 있더니, 그 주머니를 끌러 가지고 안으로 들어가니 수간 두옥(數間斗屋)의 지게문(門) 안이 곧 내당(內堂)이라. 밖에서 들은 즉(卽) 동자(童子)가 호모(呼母)하여 가로되,

"밖에 과객(過客)이 있어 한 때 밥을 청(請)하니 사람의 배곯아함을 보고 구제(救濟)치 않을 길이 없사오니 이로나 밥을 지으소서."

기모(其母) 왈(曰),

"이로 밥을 지으면 네 친기(親忌)[21]를 궐(闕)하리라."

동자(童子)가 가로되,

"그는 비록 절박(切迫)하나 사람의 주린 형상(形狀)을 보고 어찌 구(救)치 아니하리오."

기모(其母)가 즉시(卽時) 받아 밥을 짓거늘 공(公)이 그 말을 들으매 마음에 심(甚)히 측은(惻隱)하더니, 동자(童子)가 나오거늘 공(公)이 그

20) 영성군(靈城君) 박문수가 박소년을 가엾게 여겨 혼인을 주선하다.
21) 부모의 제사.

연유(緣由)를 물은대, 답왈(答曰),

"손님이 이미 듣고 알아 계시니 속이지 못할지라. 나의 친기(親忌) 불원(不遠)하되 제사(祭祀) 지내올 길이 없더니 마침 한 되 쌀이 있기로 종이 주머니를 지어 넣어 달아 두고 비록 몇 끼를 굶으나 차마 먹지 못하였더니, 이제 손님이 주리시고 집에 또 다른 양미(糧米) 없으매 부득이(不得已) 이 쌀로 밥을 짓더니 불행(不幸)하여 손님의 알으신 바가 되니 참괴(慙愧)함을 이기지 못하리로소이다."

이렇듯 수작(酬酌)할 즈음에 한 노예(奴隷) 들어와 고성(高聲)하여 가로되,

"박도령(朴都令)은 빨리 나오라."

그 동자(童子)가 애걸(哀乞)하여 가로되,

"오늘은 가지 못하리로다."

공(公)이 그 성(姓)을 들은 즉(卽) 자가(自家)와 동성(同姓)이라. 신기(神奇)히 여겨 그 하인(下人)의 하는 말과 위절(委折)을 물은대, 답왈(答曰),

"이는 이 고을 좌수(座首)의 종이온대 내 나이 이미 장성(長成)하매 좌수(座首)의 딸이 있음을 듣고 통혼(通婚)하였더니, 좌수(座首)가 업수이 여겨 도리어 욕(辱)을 보았다 하고 하예(下隷)를 보내어 나를 잡아다가 누차(屢次) 후욕(詬辱)[22]하더니 이제 또 잡으러 왔나이다."

하거늘, 공이 그 하인(下人)을 꾸짖어 왈,

"나는 이 도령(都令)의 숙부(叔父)이니 내 대신(代身)하여 가리라."

하고, 밥 먹은 후(後) 그 종을 따라간 즉(卽) 좌수(座首)라 하는 자(者)가 잡아들이라 하거늘, 공(公)이 바야흐로 노색(怒色)을 지어 바로 청상(廳上)에 올라가 이르되,

---

22) 꾸짖고 욕설을 함.

"내 조카의 문벌(門閥)이 그대에서 승(勝)하거늘 특별(特別)히 집이 간난(艱難)하기로 그대에게 통혼(通婚)하였더니, 만일(萬一) 뜻과 같지 않을진대 그만둠이 옳거늘 어찌하여 매양(每樣) 잡아다가 욕(辱)을 뵈니 그대는 읍중(邑中) 수향(首鄕)[23]으로 권력(權力)이 있어 그렇듯 행악(行惡)하느냐."

좌수(座首)가 대로(大怒)하여 그 종을 잡아들여 꾸짖어 가로되,

"내 박동(朴童)을 잡아오라 하였거늘 어찌 이런 광객(狂客)을 잡아와 네 상전(上典)으로 하여금 욕(辱)을 보게 하느냐."

하거늘, 공(公)이 소매 속으로 마패(馬牌)를 잠간(暫間) 드러내어 뵈며 가로되,

"네 어찌 이렇듯 방자(放恣)하뇨."

좌수(座首)가 한 번(番) 보매 얼굴이 흙빛 같아서 계하(階下)에 내려 부복(俯伏)하여 가로되,

"죽어 지만(遲晩)이라."

하거늘 공(公)이 가로되,

"이제는 결혼(結婚)하겠느냐."

대왈(對曰)

"명(命)하시는 대로 하리이다."

또 가로되,

"내 책력(冊曆)을 보니 재명일(再明日)이 대길(大吉)하니 이날 마땅히 신랑(新郞)을 데려올 것인 즉(卽) 혼구(婚具)를 갖추고 기다리라."

좌수(座首)가 부복(俯伏) 응낙(應諾)하거늘, 공(公)이 인(因)하여 문(門)을 나와 바로 읍내(邑內)에 들어가 출도(出道) 후(後) 본관(本官)에게 부탁(付託) 왈(曰),

---

23) '좌수(座首)'의 별칭.

"내 종질(從姪)이 있더니 아무 촌(村)에서 이 고을 좌수(座首)로 더불어 혼인(婚姻) 지내는 길일(吉日)이 재명일(再明日)이니, 이때에 바깥 제구(諸具)와 잔치 찬수(饌需)를 관가(官家)로 준비(準備)하여 줌이 어떠하뇨."

본관(本官) 왈(曰),

"이는 좋은 일이니 마땅히 우후(優厚)히 부조(扶助)하리이다."

하거늘, 또 인읍(隣邑) 수령(守令)을 청(請)하라 하고, 이날에 신랑(新郎)으로 더불어 자가(自家) 하처(下處)에 이르러 관복(官服)을 정제(整齊)하고 공(公)이 위의(威儀)를 갖추어 뒤를 따르니, 좌수(座首)의 집에 구름 차일(遮日)이 하늘에 연(連)하였고 수륙 진찬(水陸珍饌)이 반상(飯床)에 낭자(狼藉)한 가운데 좌상(座上)에 어사공(御使公)이 주벽(主壁)[24] 하고 모든 수령(守令)이 열좌(列坐)하니 좌수(座首)의 집이 일층(一層) 광채(光彩) 휘황(輝煌)하더라.

행례(行禮) 후(後) 신랑(新郎)이 나오거늘 어사(御使)가 명(命)하여 좌수(座首)를 나입(拿入)하니 좌수(座首)가 고두(叩頭)하거늘, 어사(御使)가 가로되,

"네 전답(田畓)과 노비(奴婢)와 우마(牛馬)와 기명집물(器皿什物)이 얼마나 되느뇨."

답왈(答曰),

"전답(田畓)은 몇 석(石) 지기고 노비(奴婢)는 몇 구(口)고 우마(牛馬)는 몇 필(匹)이고 기명(器皿) 수효(數爻)는 얼마라."

일일(一一)이 고(告)하니 공(公)이 가로되,

"분반(分半)하여 사위를 주겠느냐."

답(答)하여 가로되,

---

24) 좌우로 벌여 앉은 자리의 한가운데의 주되는 자리나, 거기에 앉은 사람.

"명(命)대로 하리이다."

하거늘, 어사(御使)가 명(命)하여 문서(文書)를 쓰고 증인(證人)을 둘 새 머리에 어사(御使) 박문수(朴文秀)이라 하고, 버거 본관(本官)의 성명(姓名)을 쓰고, 각읍(各邑) 수령(守令)이 열서(列書)하여 마패(馬牌)를 쳐서 준 연후(然後)에 인(因)하여 다른 고을로 가니라.

# 4. 택손서신재선상(擇孫婿申宰善相)[25]

신판서(申判書)의 별호(別號)는 한죽당(寒竹堂)[26]이라. 지인지감(知人之鑑)[27]이 있더니, 독자(獨子)를 두었다가 일찍 죽으매 그 유복녀(遺腹女)가 있어 나이 과년(瓜年)[28]하였는지라. 그 과거(寡居)하는 며느리 매양(每樣) 시부(媤父)에게 청(請)하여 왈(曰),

"이 딸의 신랑(新郞)은 존구(尊舅)가 친(親)히 보고 가리소서."

공(公)이 가로되,

"네 어떤 신랑(新郞)을 구(求)하느뇨."

대왈(對曰),

"장수(長壽)하고 부귀(富貴) 다남자(多男子)한 사람을 구(求)하소서."

공(公)이 웃어 가로되,

"네 말 같을진대 세상(世上)에 어찌 이같이 겸비(兼備)한 사람이 있으리오. 진실(眞實)로 어렵도다."

하더니, 이후(以後)로 매양(每樣) 출입(出入)하였다가 돌아오면,

"신랑(新郞)에 가합(可合)한 사람을 얻었나니이까."

묻더라.

일일(一日)은 신공(申公)이 장동(壯洞)을 지나다가 여러 아이들이 희학(戲謔)하는 중(中)에 한 아이 나이 십여세(十餘歲)는 되고 봉두 난발

---

25) 신판서가 관상을 잘 보아 손주 사위를 가리다.
26) 신임(申銋). 한죽당은 그의 호. 대사간, 대사헌, 공조 판서 등을 역임함. 시와 글씨에 뛰어났음.
27) 사람을 잘 알아 보는 감식(鑑識).
28) 여자가 혼인의 과기(瓜期)에 이른 나이. 즉, 여자의 15-16세 때.

(蓬頭難髮)[29]에 대막대를 타고 좌우(左右)로 치빙(馳騁)하거늘, 공(公)이 초헌(軺軒)을 머무르고 살펴본 즉(卽) 의복(衣服)이 남루(襤褸)하고 얼굴에 때 묻었으나 비상(非常)한 골격(骨格)이 외모(外貌)에 나타나거늘, 하예(下隷)를 명(命)하여 불러오라 한 즉(卽) 그 아이 머리를 흔들며 즐겨 오지 아니하거늘 공(公)이 모든 하예(下隷)로 붙들어 오라 한대, 그 아이 울며 왈(曰),

"어떠한 관원(官員)이 공연(空然)히 나를 잡아 오라 하니 내 무슨 죄(罪) 있건대 이렇듯 하느뇨."

하예(下隷) 붙들어 초헌(軺軒) 앞에 이르거늘 공(公)이 물어 가로되,

"너의 문벌(門閥)이 어떠한 사람고."

대(對)하되,

"내 문벌(門閥)인 즉(卽) 사부(士夫)거니와 이제 물어 무엇하시느뇨."

또 물으되,

"네 성명(姓名)은 무엇이며 나이는 몇 살이며 집은 어디뇨."

대왈(對曰),

"용모 파기(容貌疤基)[30]하여 군정(軍丁)에 충수(充數)코자 하시는가. 그러나 내 성(姓)은 유가(兪哥)고 나이는 십삼세(十三歲)고 집은 건너골이오니 이제는 수이 놓아 보내소서."

하거늘, 공(公)이 즉시(卽時) 그 집을 찾아간 즉(卽) 수간 두옥(數間斗屋)에 풍우(風雨)를 가리지 못한지라. 다만 그 과거(寡居)하는 부인(婦人)이 있거늘 그 비자(婢子)를 부러 전갈(傳喝)하되,

"나는 아무데 사는 신판서(申判書)이러니 손녀(孫女)가 있어 과년

---

29) 쑥대강이같이 흐트러진 머리털.

30) 어떠한 사람을 잡기 위하여 그 사람의 용모와 특징을 기록함. 또, 그 기록.

(瓜年)하기로 댁(宅) 자제(子弟)와 정혼(定婚)하고 가니 그리 알으소서."

하고, 인(因)하여 하예(下隸)를 당부(當付)하여 집에 돌아가 이런 말 말라 하고 다른데 갔다가 저물게 돌아온 즉(卽), 그 며느리 또 신랑(新郞) 재목(材木) 얻음을 묻거늘 공(公)이 웃어 왈(曰),

"네 어떠한 신랑(新郞)을 구(求)하느뇨."

대답(對答)이 처음 말과 같거늘 공(公)이 소왈(笑曰),

"오늘이야 얻었도다."

그 며느리 흔연(欣然)히 물으되,

"뉘 집 아들이며 집은 어디니이꼬."

공(公)이 가로되,

"구태여 급(急)히 알아 무엇하리오."

하더니, 및 수채일(受采日)[31]을 당(當)하매 비로소 자세(仔細)히 이르니, 며느리 급(急)히 일 아는 비자(婢子)를 보내어 그 집 가계(家計)와 신랑(新郞) 위인(爲人)을 보고 오라 하였더니 이윽고 돌아와 고(告)하되,

"집은 수간 두옥(數間斗屋)에 풍우(風雨)를 가리우지 못하고 부엌에 이끼 나고 솥 위에 거미줄 치며 신랑(新郞)은 눈이 광주리만 하고 머리는 다복쑥 같아서 일무가취(一無可取)라. 꽃 같은 우리 소저(小姐)를 어찌 그런 집에 보내리이까."

하거늘, 그 며느리 이 말을 들으매 담(膽)이 떨어지고 혼(魂)이 날아나되 수채(受采)하는 날이라 하릴없어 눈물을 머금고 혼구(婚具)를 차리더니, 이튿날 신랑(新郞)이 들어와 행례(行禮)하거늘 살펴본 즉(卽)

31) 신랑 집에서 보내는 납채(納采)를 신부 집에서 받는 날.

과약기언(果若其言)[32]이라. 마음이 부서지는 듯한들 어찌하리오. 삼일(三日)을 지난 후(後) 신랑(新郎)을 보냈더니 저녁 때에 도로 돌아오거늘 신공(申公)이 물으되,

"네 어찌하여 다시 오느냐."

답왈(答曰),

"집에 돌아간 즉(卽) 저녁 밥이 없고 마침 순귀(順歸)[33]한 인마편(人馬便)이 있기로 돌아왔나이다."

공(公)이 웃고 머물어 두었더니, 이후(以後)로 인(因)하여 머물어 연일(連日) 내침(內寢)하매 신부(新婦)가 약질(弱質)로 장부(丈夫)에게 이아쳐[34] 거의 병(病)이 날 지경(地境)이라. 공(公)이 근심하여 신랑(新郎)더러 왈(曰),

"네 어찌 연일(連日) 내침(內寢)하리오. 오늘은 밖에 나와 나로 더불어 같이 자라."

신랑(新郎) 왈(曰),

"하라 하시는 대로 하리이다."

하더니, 공(公)이 취침(就寢)하매 신랑(新郎)이 침구(寢具)를 가져다가 공(公)의 앞에 펴고 누웠더니, 공(公)이 잠간(暫間) 잠들매 유랑(兪郎)이 손으로 공(公)의 가슴을 치거늘 공(公)이 놀라 가로되,

"네 어찌하여 이러하느뇨."

유랑(兪郎) 왈(曰),

"소서(小壻)가 잠자리 편(便)치 못하면 혼몽중(昏夢中)에 매양(每樣) 이러한 일이 있나이다."

---

32) 과연 그 말과 같음.
33) 돌아옴.
34) '이아치다'는 거치적거려 일에 방해가 되다는 뜻임. 또는, 못된 짓으로 방해를 끼치다는 뜻. 여기서는 성적(性的)으로 시달린다는 뜻으로 쓰인 듯함.

공(公)이 가로되,

"이렇듯 말라."

하였더니, 오래지 않아 또 발로 차거늘 공(公)이 놀라 깨어 꾸짖었더니, 잠간(暫間) 있다가 또 손으로 치며 발로 차거늘 공(公)이 견디지 못하여 가로되,

"너는 들어가 자라."

하니, 유랑(兪郞)이 즉시(卽時) 침구(寢具)를 걷어 가지고 안으로 들어간 즉(卽) 마침 일가(一家)집 부녀(婦女) 둘이 와 신방(新房)에서 유숙(留宿)하다가 심야(深夜) 사경(四更)에 별안간(瞥眼間) 신랑(新郞)이 들어 오는지라. 모두 놀라 일어나 피(避)하니 신랑(新郞)이 소리를 높이 하여 가로되,

"모든 부녀(婦女)는 다 피(避)하고 유서방댁(兪書房宅)만 머물라."

하니, 이런 고(故)로 처가(妻家) 사람이 다 싫어하고 괴로워하더라.

신공(申公)이 황해(黃海)를 안찰(按擦)할 새 내행(內行)을 거느려 내려가매 유랑(兪郞)으로 하여 거느려 오게 하니 그 며느리 청(請)하여 가로되,

"유랑(兪郞)은 가(可)히 내려가지 말고 머물러 두어 딸로 하여금 잠시(暫時)라도 편(便)히 쉬게 함이 좋을 듯하이다."

공(公)이 허락(許諾)치 아니하고 거느려 갔더니, 마침 먹 진상(進上)할 때라. 유랑(兪郞)을 불러 왈(曰),

"너도 먹을 쓰고자 하느냐."

가로되,

"주시면 쓰겠나이다."

공(公)이 먹을 가르쳐 가로되,

"네 마음대로 가리어 가지라."

유랑(兪郞)이 대절묵(大折墨) 백동(百同)을 가리어 두거늘 해감(該監) 비장(裨將)이 아뢰어 가로되,

"만일 이렇듯 하면 진상(進上)을 궐(闕)할 염려(念慮)가 있나이다."

공(公)이 가로되,

"급(急)히 다시 지으라."

유랑(兪郞)이 서실(書室)에 돌아와 하예(下隸)를 다 나눠 주고 한 개(箇)도 나머지 없더라.

유랑(兪郞)은 곧 유상국(兪相國) 척기(拓基)[35]라. 나이 팔십(八十)을 누리고 내외(內外) 해로(偕老)하고 아들이 사형제(四兄弟)고 집이 요부(饒富)하니 과연(果然) 신공(申公)의 상법(相法)이 맞췄더라.

그 후(後)에 유공(兪公)이 해백(海伯)[36]을 하여서 그 여서(女婿) 홍익삼(洪益三)을 거느려 갔더니, 또한 먹 진상(進上)할 때를 당(當)하였는지라. 홍랑(洪郞)을 불러 가로되,

"먹을 쓸 데 있거든 가리어 가지라."

하니, 홍랑(洪郞)이 대절묵(大折墨) 이동(二同)과 중절묵(中折墨) 삼동(三同)과 소절묵(小折墨) 오동(五同)을 가리어 두거늘, 공(公)이 가로되,

"더 가지라."

홍랑(洪郞) 왈(曰),

"온갖 물건(物件)이 다 한정(限定)이 있나니 소서(小婿)가 만일(萬一) 더 가지면 진상(進上)을 무엇으로 하며 서울 문문(問問)[37]은 무엇으로 하시려 하나니이까."

공(公)이 눈을 흘기어 보고 웃어 가로되,

35) 조선조 영조 때의 상신(相臣). 호는 지수재(知守齋). 평안도 관찰사, 호조판서, 우의정 등을 역임함. 당대의 명필이었음.

36) 조선조 때 황해도 관찰사의 별칭.

37) 남의 슬픈 일이나 경사로운 일에 물건을 보내어 축하하거나 위문함.

"긴(緊)하기는 하거니와 너는 가(可)히 남행(南行)38)이나 할 재목(材木)이라."

하더니, 과연(果然) 그 말과 같더라.

38) 고려, 조선조 때 과거(科擧)에 의하지 않고 부조(父祖)의 공으로 자손 친척이 얻어하거나 천거에 의해 하는 벼슬. 음직(蔭職).

## 5. 진미감유상청가어(進米泔柳瑺聽街語)[39]

유상(柳瑺)은 숙묘조(肅廟朝)의 이름난 의원(醫員)이라. 더욱 역질(疫疾) 방문(方文)에 정밀(精密)하여 남의 어린 아이를 많이 살렸더니, 그 동리(洞里)의 한 중촌(中村)에 집이 있으되 부요(富饒)하고 두 대(代)를 과거(寡居)하여 다만 유복자(遺腹子)가 있으니 나이 십칠세(十七歲)라. 역질(疫疾)을 지나지 못하였더니, 그 어미 집을 유상(柳瑺)의 집 근처(近處)에 사고 그 아이를 유상(柳瑺)에게 부탁(付託)하여 찬품(饌品)의 새로 나는 것과 주효(酒肴)를 풍비(豊備)히 하여 날마다 보내기를 두어 해 되도록 조금도 게을리 아니하니, 유상(柳瑺)이 그 뜻을 감동(感動)하여 그 아이를 데려다가 두고 글 가르치더니, 일일(一日)은 그 아이 역신(疫神)[40]하매 시통(始痛)날[41]부터 다스리지 못할 증세(症勢) 많은지라. 유상(柳瑺)이 마음에, '이 아이를 구(救)하여 내지 못하면 다시 의술(醫術)을 행(行)치 아니하리라' 하고 탕관(湯罐) 오륙개(五六箇)를 앞에 벌이고 증세(症勢)를 따라 약(藥)을 쓰더니, 일일(一日)은 사몽 비몽(似夢非夢) 간(間)에 한 사람이 와 유상(柳瑺)의 이름을 불러 가로되,

"네 어찌하여 이 아이를 구(救)하려 하느냐."

유의(柳醫) 가로되,

"아이 집 정성(精誠)이 가긍(可矜)하기로 반드시 구(救)하여 살리려 하노라."

기인(其人)이 가로되,

---

39) 명의(名醫) 유상(柳瑺)이 항간의 말을 듣고 쌀뜨물을 진어(進御)하시게 하다.

40) 천연두.

41) 처음 아프기 시작한 날.

"너는 반드시 살리고자 하되 낸 즉(卽) 반드시 죽이리라."

유의(柳醫) 가로되,

"네 어찌하여 이 아이를 죽이려 하느냐."

기인(其人)이 가로되,

"이 아이 나로 더불어 숙원(宿怨)이 있기로 죽이려 하나니 네 아무리 약(藥)을 써도 효험(效驗)이 없으리라."

유의(柳醫) 가로되,

"네 비록 죽이려 하여도 나는 기연(期然)[42]히 살리리라."

기인(其人)이 가로되,

"네 아무케나 두고 보라."

하고, 분기(憤氣)를 띠어 나가거늘 유의(柳醫) 연(連)하여 약(藥)을 써 간신(艱辛)히 이십일(二十日)에 이르렀더니, 그 사람이 또 와 물어 가로되,

"네 이제도 이 아이를 살리려 하는가. 아무케나 보라."

하고, 나가더니 이윽고 문(門) 밖이 들에며[43] 약원(藥院) 서리(胥吏)와 사령(使令)이며 정원(政院) 하인(下人)들이 숨을 헐떡이며 와 말하되,

"상후(上候)가 두질(痘疾)로 미령(靡寧)하시니 사속(斯速) 입시(入侍)하라."

하고, 연망(連忙)히 재촉하거늘 빨리 달려 입궐(入闕)한 후(後)로 인(因)하여 수일(數日)을 나오지 못하였더니, 그 아이를 구(救)치 못하니라.

자(玆)[44] 상두후(上痘候)[45]가 극중(極重)하시매 유의(柳醫) 저미고(楮尾膏)를 쓰고자 하매 이 뜻으로 명성대비(明聖大妃)[46] 전(前)에 품달(稟達)

42) 결(決)하고 꼭.
43) 떠들썩하며. '들에다'는 '떠들썩하다'의 뜻을 가진 옛말.
44) 이에.
45) 임금의 천연두 증세.
46) 조선조 현종(顯宗)의 비(妃). 성은 김씨. 숙종과 세 공주를 낳았음.

하니, 대비(大妃)께오서 크게 놀라 가라사대,

"이 같은 준제(峻劑)를 어찌 진어(進御)하시리오. 이는 대불가(大不可)하다."

하시니, 유의(柳醫) 이때에 주렴(珠簾) 밖에 복지(伏地)하였더니 대비(大妃) 하교(下敎)하시되,

"네 이 약(藥)을 쓰고자 하느냐."

유의(柳醫) 아뢰되,

"가(可)히 아니 쓰지 못하리로소이다."

대비(大妃) 노(怒)하여 가라사대,

"네 목이 두 벌이냐."

유의(柳醫) 부복(俯伏)하여 아뢰되,

"소신(小臣)의 머리를 비록 베이실지라도 이 약(藥)을 진어(進御)하옵신 후(後)에야 죽어지이다."

대비(大妃) 마침내 불윤(不允)하시거늘, 유의(柳醫) 이에 약(藥)그릇을 소매 속에 넣고 들어가 진맥(診脈)하는 체하고 가만히 진어(進御)하왔더니, 식경(食頃) 후(後)에 모든 증세(症勢) 다 나으시고 성후(聖候)가 평복(平復)하시니, 비록 조종(祖宗)의 도우심을 힘입으시나 또한 유상(柳瑺)의 술법(術法)도 신기(神技)라 이를러라.

그 후(後)에 이 공로(功勞)로 풍덕 부사(豊德府使)를 제수(除授)하샤 부임(赴任)하였더니, 일일(一日)은 숙묘조(肅廟朝)에서 연포탕(軟泡湯)[47]을 진어(進御)하시고 인(因)하여 관격(關格)[48]하시매 발마(撥馬)[49]를 띄

47) 무·두부·고기 등을 맑은 장에 넣어서 끓인 국. 상사(喪事)난 집에서 흔히 끓임. 연폿국.

48) 음식물이 급하게 체하여, 가슴이 꽉 막히어 답답하고, 먹지도 못하고 토하지도 못하며 대소변도 잘 못 보고 정신을 잃는 위급한 병.

49) 발군(撥軍)이 타던 역마. '발군'은 역마를 급히 몰아서 중요한 공문서를 체

위 유의(柳醫)를 불러들여 진맥(診脈)하라 하시니, 유의(柳醫) 망야(忘夜)하여 서문(西門)에 이른 즉(卽) 문(門)을 아직 열지 아니하였거늘, 문(門) 안으로부터 병조(兵曹)에 고(告)하여 품달(稟達)하고 문(門)을 열매 그 왕래(往來)할 사이 잠간(暫間) 더딘지라. 성(城) 밑에 한 초당(草堂)이 있어 등(燈)불이 형연(熒然)하거늘 인(因)하여 그 집에 가 잠간(暫間) 쉬더니, 늙은 할미 방(房) 안에 있는 계집더러 물어 왈,

"아까 쌀뜨물을 어디 두었는고. 행(幸)여 두부(豆腐)에 떨어질세라."

하거늘, 유의(柳醫) 괴이(怪異)히 여겨 물은대, 답(答)하되,

"쌀뜨물이 두부(豆腐)에 떨어진 즉(卽) 즉시(卽時) 삭아지나이다."

말할 사이에 성문(城門)이 열리거늘 유의(柳醫) 이에 입궐(入闕)하여 증후(症候)를 물은 즉(卽) 연포(軟泡)에 체(滯)하신지라. 내국(內局)[50]으로 쌀뜨물 한 그릇을 들여 따스게 데워 진어(進御)하였더니 이윽고 체기(滯氣) 내리시니 이 일이 또한 이상(異常)하더라.

---

송(遞送)하는 군졸.

50) 내의원(內醫院).

## 6. 도대액박엽수신방(度大厄朴燁授神方)[51]

박엽(朴燁)[52]이 평안 감사(平安監司)로 있을 때에 친구(親舊)의 재상(宰相)이 그 아들을 보내며 부탁(付託)하여 왈(曰),

"이 아이를 복자(卜者)에게 수(數)를 물은 즉(卽) 금년(今年)에 큰 액(厄)이 있으니 만일(萬一) 장군(將軍)의 슬하(膝下)에 둔 즉(卽) 무사(無事)하리라 하기로 이 아이를 보내니, 빌건대 머물어 두어 제도(濟度)하여 주소서."

박엽(朴燁)이 허락(許諾)하고 머물어 두었더니, 일일(一日)은 그 아이 낮잠 자거늘 박엽(朴燁)이 흔들어 깨워 일러 왈(曰),

"오늘 밤에 네게 큰 액(厄)이 있으니 만일(萬一) 내 말대로 한 즉(卽) 가(可)히 액(厄)을 면(免)할 것이요, 그렇지 않은 즉(卽) 면(免)치 못하리라."

그 아이 가로되,

"명(命)대로 하리이다."

박엽(朴燁)이 가로되,

"아직 저물기를 기다리라."

하더니, 황혼(黃昏) 후(後)에 자가(自家) 타던 노새를 끌어내어 안장(鞍裝)을 갖추어 그 아이를 태우고 경계(警戒)하여 가로되,

---

51) 박엽(朴燁)이 큰 액을 무사히 넘길 신묘한 방책을 주다.

52) 조선조 광해군 때의 문신. 호는 국창(菊窓). 광해군 때 함경도 병마절도사가 되어 성지(城池)를 수축, 방비를 굳게 했고, 평안도 관찰사가 되어서는 규율을 확립, 국방을 튼튼히 함으로써 재직 6년간 외침을 당하지 않았음. 당시의 권신 이이첨도 그의 명성에 눌려 굴복할 만큼 명망이 있었으나, 1623년 인조 반정 때 훈신(勳臣)들에 의해 학정(虐政)의 죄로 사형당했음.

"네 이 노새 가는 대로 몇 리(里)를 가면 그쳐 서는 곳이 있을 것이니 네 비로소 내려 걸어 길을 찾아 들어가면 큰 절이 있을지라. 그 상방(上房)에 들어간 즉(卽) 큰 호피(虎皮) 한 장(張)이 있을 것이니 네 그 호피(虎皮)를 무릅쓰고 누웠으면 한 노승(老僧)이 들어와 그 호피(虎皮)를 찾을 것이니 일절(一切) 주지 말고 만일(萬一) 앗길 지경(地境)에 이르거든 칼로 그 호피(虎皮)를 베이는 양(樣)하면 감(敢)히 앗지 못할지라. 이렇듯 상지(相持)하여 닭이 운 즉(卽) 무사(無事)할 것이니 닭이 운 후(後)에 비로소 그 호피(虎皮)를 준 즉(卽) 네 액(厄)을 면(免)하리라."

그 아이 가로되,

"삼가 가르치시는 대로 하리이다."

하고, 인(因)하여 노새를 타고 문(門)을 난 즉(卽) 그 행(行)함이 나는 듯하여 들리느니 바람 소리 뿐이라. 가는 향방(向方)을 알지 못하고 산(山)을 지나며 영(嶺)을 넘어 한 산곡(山谷)에 이르러 머물러 서거늘, 인(因)하여 안장(鞍裝)에 내려 희미(稀微)한 월광(月光)을 띄어 초로(草路)로 찾아 들어가더니, 과연(果然) 한 폐사(廢寺)가 있거늘 들어가 그 상방(上房)을 열고 본 즉(卽) 티끌이 쌓이고 방(房) 안에 큰 호피(虎皮) 한 장(張)이 있는지라. 인(因)하여 그 호피(虎皮)를 무릅쓰고 누웠더니 두어 식경(食頃) 후(後)에 홀연(忽然) 한 노승(老僧)이 들어오니 상모(狀貌)가 흉녕(凶獰)한지라. 문(門)을 열고 들어와 가로되,

"이 아이 왔도다."

하고, 앞에 나아와 가로되,

"네 어찌 이 호피(虎皮)를 무릅쓰고 누웠느냐. 빨리 벗어내라."

하거늘, 그 아이 대답(對答)치 아니하고 누웠기를 자약(自若)히 하니 그 중이 곧 벗기고자 하거늘 칼을 들어 그 호피(虎皮)를 베이는 체하니

그 중이 물러 앉기를, 이렇듯 오륙차(五六次) 상지(相持)할 즈음에 원촌(遠村) 닭 우는 소리 나니 그 중이 웃어 가로되,

"이는 박엽(朴燁)의 이른 바이로다마는 또한 어찌하리오."

하고, 인(因)하여 그 아이를 불러 왈,

"이제는 호피(虎皮)를 나를 주어도 해(害)로움이 없으리니 일어 앉으라."

그 아이 이미 박엽(朴燁)의 말을 들은 고(故)로 인(因)하여 그 호피(虎皮)를 주고 일어 앉은대, 그 중이 가로되,

"네 입은 의복(衣服)을 벗어 나를 주고 일절(一切) 문(門) 열고 보지 말라."

그 아이 그 말대로 벗어 주니 그 중이 옷과 호피(虎皮)를 가지고 문(門) 밖으로 나가거늘, 그 아이 창(窓) 틈으로 엿본 즉(卽) 그 중이 호피(虎皮)를 무릅쓰고 변(變)하여 큰 범이 되어 소리를 벽력(霹靂)같이 지르며 앞을 향(向)하여 그 옷을 물고 폭폭(幅幅)이 찢더니, 인(因)하여 호피(虎皮)를 벗고 다시 노승(老僧)이 되어 문을 열고 들어와 해어진 상자(箱子)를 열고 중의 상하(上下) 의복(衣服)을 내어 입히고, 또 주지(周紙)[53] 한 축(軸)을 내어 뒤어 보고[54] 붉은 붓으로 그 아이 이름 위에 점(點) 치고 가로되,

"가 박엽(朴燁)더러 천기(天機)를 누설(漏泄)치 말라 하라. 너는 이후(以後)로 비록 호랑총중(虎狼叢中)[55]에 드나 상(傷)할 염려(念慮)가 없으리라."

하고, 유지(油紙) 한 조각을 주어 가로되,

"이를 가지고 가다가 혹(或) 길을 막는 자(者)가 있거든 이 종이를

53) 두루마리.
54) 뒤집어 보고.
55) 호랑이 무리 가운데.

내어 뵈라."

그 아이 그 말을 듣고 문(門)을 난 즉(卽) 곳곳이 호랑(虎狼)이 있어 길을 막으면 매양(每樣) 이 종이를 내어 뵌 즉(卽) 머리를 숙이고 가더니, 동구(洞口)에 밎지 못하여 한 범이 앞을 막거늘 이 종이를 내어뵌 즉(卽) 돌아보도 아니하고 물려 하거늘, 그 아이 가로되,

"만일(萬一) 이같이 하면 나로 더불어 한가지로 사중(寺中)에 가 노승(老僧)에게 가 결송(決訟)하자."

하니, 그 호랑(虎狼)이 머리를 좁거늘[56] 더불어 사중(寺中)에 이르니 노승(老僧)이 그저 있거늘 그 사연(事緣)을 고(告)하니 노승(老僧)이 그 호랑이를 꾸짖어 가로되,

"네 어찌 내 영(令)을 여기는가."

그 범이 가로되,

"영(令)을 알지 못함이 아니라 내 주린 지 삼일(三日)이매 고기를 보고야 어찌 놓아 버리리오. 비록 영(令)을 어기나 놓아 보내지 못하리로소이다."

노승(老僧) 왈(曰),

"그러하면 동(東)으로 좇아 반리(半里)만 가면 한 전립(氈笠)[57] 쓴 사람이 올 것이니 그를 대신(代身)하여 요기(療飢)하라."

하니, 그 호랑(虎狼)이 그 말을 듣고 문(門)을 난 지 두어 식경(食頃)에 홀연(忽然) 포성(砲聲)이 멀리서 나거늘, 노승(老僧)이 웃어 왈(曰),

"그 놈이 죽었도다."

하거늘, 그 아이 연고(緣故)를 물은대 노승(老僧) 왈(曰),

"그 놈이 나의 군사(軍士)로서 영(令)을 좇지 아니하는 고(告)로 동

---

56) 조아리거늘. 기본형 '좁다'는 '쪼다'의 방언. '쪼다'는 '조아리다'의 방언.

57) 조선조 병자호란 이후, 무관 사대부들이 쓴, 돼지털을 깔아 덮은 모자. 군뢰복다기.

(東)으로 가 포수(砲手)의 손에 죽게 하였노라."

그 아이 하직(下直)하고 동구(洞口)를 난 즉(卽) 하늘이 장차(將次) 밝고 노새는 풀을 뜯거늘 인(因)하여 타고 돌아와 박엽(朴燁)을 보고 그 형상(形狀)을 일일(一一)이 말하니, 박엽(朴燁) 왈(曰),

"그러하리라."

하고, 그 아이를 치송(治送)하여 올려 보내었더니 그 후(後)에 그 아이 크게 달(達)하니라.

# 7. 낙계촌이재봉향유(樂溪村李宰逢鄕儒)[58]

이참판(李參判) 태영(泰永)의 아들 희갑(羲甲)[59]이 적소(謫所)에 가매 벼슬을 버리고 낙계촌(樂溪村) 새 집에 가 살며 밭갈기와 고기 낚기로써 세월(歲月)을 보내더니, 구월(九月) 절(節)을 당(當)하여 신곡(新穀)이 더욱 풍등(豊登)하니 정히 풍국 가절(楓菊佳節)[60]이라. 이참판(李參判)이 육칠(六七) 관자(冠者)로 더불어 사립(蓑笠) 쓰고 낚대를 둘러 메고 이웃 늙은 사람들과 섞이여 시냇가에서 고기 낚더니, 홀연(忽然) 한 선비 청보(青褓)를 지고 죽장(竹杖)을 끌고 와 냇가에 앉으며 물어 왈(曰),

"그대 어느 곳에서 사느뇨."

답왈(答曰),

"이 안마을에서 사노라."

또 물어 왈(曰),

"그대의 금관자(金貫子)를 보니 납속 당상(納粟當上)[61]하였는가."

답왈(答曰),

"과연(果然) 그러하이다."

기인(其人) 왈(曰),

"납속 가자(納粟加資)를 하였으면 집이 부요(富饒) 하리로다."

---

58) 낙계촌(樂溪村)에서 이재상(李宰相)이 시골 선비를 만나다.

59) 조선조 영조 때의 문신. 황해도 관찰사, 대사간, 형조 판서 등을 역임함.

60) 단풍 들고 국화꽃 피는 좋은 계절. 곧, 가을을 말함.

61) 납속 가자(納粟加資)로 된 당상. '납속 가자'는 흉년과 병란이 있을 때 곡식을 많이 바친 사람에게 정3품의 벼슬을 주어 포상하던 일. 공명첩(空名帖)과 같이 이름만의 벼슬임.

답왈(答曰),

"약간(若干) 부명(富名)이 있나이다. 생원(生員)은 어느 곳에 계시며 무슨 연고(緣故)로 이에 지나시더니이까."

기인(其人) 왈(曰),

"나는 호중(湖中) 아무 곳에서 살더니 경성(京城) 번화(繁華)함을 듣고 이번 구경코자 하여 이에 지나더니 들은 즉(卽) 이 촌(村)에 경중(京中) 사람 이참판(李參判) 영감(令監)이 평안 감사(平安監事)를 갈고 여기 와 산다 하니 적실(適實)한가."

답왈(答曰),

"그러하이다."

기인(其人) 왈(曰),

"그 영감(令監)이 후덕(厚德) 군자(君子)로 금세(今世)에 유명(有名)한 복인(福人)으로 경향(京鄕)에 훤자(喧藉)하니 한 번(番) 뵈옵고자 하되 인도(引導)할 사람이 없어 한(恨)하노니 그대는 이 영감(令監)을 아는가."

답왈(答曰),

"그 동네에서 살며 어찌 모르리오."

기인(其人) 왈(曰),

"그러하거든 나를 위(爲)하여 한 번(番) 뵈옵게 함이 어떠하뇨."

대(對)하여 왈(曰),

"나같은 시골 사람이 감(敢)히 재상(宰相) 댁(宅)에 천거(薦擧)하리오. 이는 무가내하(無可奈何)라."

하니, 기인(其人) 왈(曰),

"그대는 아들이 몇이나 있느뇨."

답왈(答曰),

"칠팔(七八) 형제(兄弟) 있나이다."

기인(其人) 왈(曰),

"유복(有福)하기는 이참판(李參判)과 같도다."

하고, 남초(南草)[62]를 청(請)하거늘 남초합(南草盒)을 그 앞에 놓으니 기인(其人)이 합(盒)을 열어보고 놀라 가로되,

"이는 삼등초(三登草)이라. 어디서 얻었느뇨."

답왈(答曰),

"이참판(李參判) 댁(宅) 동네서 살기로 그 댁(宅)에서 얻었노라."

기인(其人) 왈(曰),

"이같은 담배는 처음 보는 바이라. 조금 줌이 어떠하뇨."

공(公)이 웃고 그 반(半)을 준대 기인(其人)이 칭사(稱謝)하고 가로되,

"내려 갈 때에 이 곳에 와 다시 찾으리라."

하고, 가거늘 좌중(座中) 사람이 절도(絶倒)치 않을 이 없어 왈(曰),

"이 사람이 눈이 있어도 망울이 없도다. 의표(儀表)를 볼지라도 어찌 야로(野老)[63]로 방불(彷佛)하리오."

하거늘, 이참판(李參判)이 소왈(笑曰),

"향곡(鄕曲) 연천(年淺)한 사람이 모르고 그러하기로 괴이(怪異)치 아니하고, 내 또한 반일(半日) 소견(消遣)[64]이 착실(着實)하다."

하고, 크게 웃고 돌아오니라.

---

62) 담배.
63) 농촌에 사는 노인.
64) 소일(消日).

## 8. 경포호순상인선연(鏡浦湖巡相認仙緣)[65)]

강릉(江陵) 땅에 경포대(鏡浦臺) 있으니 집이 호상(湖上)에 있고 십리(十里)에 평평(平平)한 물이 거울 같아서 깊지 아니하매 자고이래(自古以來)로 빠져 죽는 자(者)가 없으니 일명(一名)은 군자호(君子湖)이라. 호(湖) 밖에 바다가 있어 빛이 하늘 같고, 한 모래 언덕이 막히어 날마다 급(急)한 파도(波濤)가 들이치되 일찍 무너지는 바가 없으니 또한 이상(異常)한 일이더라.

시속(時俗)에 이르되 경호(鏡湖) 터는 옛적에 한 부요(富饒)한 사람이 살 때에 곡식(穀食)을 만(萬) 섬이나 쌓고 살되 성품(性品)이 인색(吝嗇)하여 한 싸라기도 남을 주지 아니하더니, 일일(一日)은 문(門) 밖에 한 노승(老僧)이 와 양식(糧食)을 빌거늘 주인(主人)이 답(答)하되,

"양식(糧食)이 없노라."

승(僧)이 정색(正色) 왈(曰),

"곡식(穀食)을 전후(前後)에 뫼같이 쌓고 없다함은 어찜이뇨."

주인(主人)이 노(怒)하여 가로되,

"중놈이 어찌 감(敢)히 이렇듯 하리오."

하고, 인(因)하여 똥을 떠 준대 승(僧)이 아무 말도 아니하고 자루를 열고 받은 후(後) 인(因)하여 절하고 가더니, 오래지 아니하여 뇌전(雷電)이 대작(大作)하며 큰 비 붓듯이 오더니 땅이 두려빠지며 큰 호(湖)가 되니 일문(一門) 사람이 하나도 죽기를 면(免)한 자(者)가 없고, 쌓았던 곡식(穀食)이 다 흩어져 들어가 화(化)하여 조개 되니, 이름하여 제곡(齊穀)이라 하고 강변(江邊) 남녀(男女)가 아침 저녁으로 주워다가

---

65) 순찰사(巡察使)가 경포호에서 신선인 줄 알다.

먹고, 또 흉년(凶年)에 구황(救荒)한다 이르더라.

호중(湖中)에 홍장암(紅嬙巖)이라 하는 바위 있고 근처(近處)에 홍장(紅嬙)이라 하는 명기(名妓) 있으니, 그때 순사(巡使)로 아무가 순력(巡歷)할 제 이 땅에 이르러 홍장(紅嬙)을 수청(守廳) 들이고 심(甚)히 총애(寵愛)하더니, 그 후(後)로 능(能)히 정(情)을 잊지 못하여 매양(每樣) 본관(本官)을 만난즉 미미(娓娓)히[66] 말하니 그 원(員)은 순상(巡相)과 절친(切親)한 벗이라. 속이고자 하여 거짓말로 가로되,

"월전(月前)에 홍장(紅嬙)이 죽었다."

하니 순상(巡相)이 망연(茫然)히 슬퍼하더니, 그 후(後)에 또 순력(巡歷)으로 이 땅에 이르러 창연(愴然)히 무엇을 잃은 듯하여 홀홀(忽忽)히 즐겨 아니하거늘, 원(員)이 가로되,

"금야(今夜)에 월색(月色)이 정(正)히 좋으니 한 번(番) 경호(鏡湖)에 놂이 어떠하뇨. 들으니 경호(鏡湖)는 신선(神仙)의 곳이라. 매양(每樣) 풍청 월백(風淸月白)한 즉(卽) 왕왕(往往)이 생소(笙簫)와 난학(鸞鶴)의 소리 들린다 하니 홍장(紅嬙)은 명기(名妓)라 혹(或) 신선(神仙)이 되어 선관 선녀(仙官仙女)를 따라와 노는지 어찌 알리오. 만일(萬一) 이러한 즉(卽) 혹(或) 만날까 하노라."

순사(巡使)가 흔연(欣然)히 좇아 배를 호중(湖中)에 띄우니 맑은 달빛은 정신(精神)을 어리고 좌우(左右) 산천(山川)은 그림 같은데, 물과 하늘이 한 빛이고 푸른 갈대와 흰 이슬에 연기(煙氣)는 사라지고 바람은 맑은데 밤이 삼경(三更)이더니, 홀연(忽然) 들으니 멀리서 옥저(玉笛) 소리 오오열열(嗚嗚咽咽)[67]하거늘 순사(巡使)가 귀를 기울이고 듣다가 옷깃을 여미고 문왈(問曰),

---

66) 되풀이하여.
67) 매우 흐느껴 욺.

"이 무슨 소리뇨."

원(員)이 가로되,

"이느 반드시 해상(海上) 선녀(仙女)가 놂이니 사도(使道)가 선연(仙緣)이 있기로 이 소리를 얻어 들음이요, 또한 그 소리 이 배를 향(向)하여 오는 듯하니 또한 일이 이상(異常)하와이다."

순사(巡使)가 흔연(欣然)하여 향(香)을 피우고 기다리더니, 이윽고 일엽 소선(一葉小船)이 바람을 따라 지나거늘 살펴본 즉(卽) 한 학발노인(鶴髮老人)이 선관 우의(仙冠羽衣)로 단정(端整)히 선상(船上)에 앉았고, 앞에 청의 동자(靑衣童子)가 옥소(玉簫)를 불고 곁에 한 소아(小娥)가 취수 홍상(翠袖紅裳)으로 옥배(玉盃)를 받들어 뫼셨으니 표표(飄飄)하여 능운 보허(凌雲步虛)[68]하는 태도(態度)가 있거늘, 순사(巡使)가 어린 듯 취(醉)한 듯 눈을 쏘아본 즉(卽) 완연(宛然)한 홍장(紅嬙)이라. 인(因)하여 몸을 일어 선상(船上)에 뛰어 올라 머리 조아 가로되,

"하계(下界) 범골(凡骨)이 상계(上界) 진선(眞仙)의 강림(降臨)하심을 알지 못하옵고 영후(迎候)하는 예(禮)를 잃었으니 원(願)컨대 죄(罪)를 사(赦)하소서."

노선(老仙)이 소왈(笑曰),

"그대는 상계(上界) 신선(神仙)으로 인간(人間)에 적강(謫降)한 지 오래더니 오늘밤에 만나니 또한 일단(一段) 선연(仙緣)이라."

하고, 곁에 있는 가인(佳人)을 가르쳐 왈(曰),

"그대는 이 낭자(娘子)를 아는가. 이 또한 옥제(玉帝) 향안(香案)[69] 전(前) 시아(侍兒)로 인세(人世)에 적강(謫降)하였더니 이제 기한(期限)이 차매 돌아가느니라."

---

68) 구름을 뚫고 허공을 걸어 다님.
69) 제사 지낼 때에 향로나 향합을 올려 놓는 상.

하거늘, 순사(巡使)가 눈을 들어본 즉(卽) 과연(果然) 전일(前日) 홍장(紅嬙)이라. 청산(青山)을 잠간(暫間) 찡그고 추파(秋波)를 반(半)만 움직여 원망(怨望)하는 듯 슬퍼하는 듯하거늘, 순사(巡使)가 그 손을 잡고 울어 가로되,

"네 차마 어찌 나를 버리고 어디로 가려 하느뇨."

홍장(紅嬙)이 또한 눈물 뿌려 대왈(對曰),

"인간(人間) 인연(因緣)이 이미 진(盡)하매 어찌할 길 없더니 상제(上帝)께오서 상공(相公)이 첩(妾)을 권연(眷然)하는 정성(精誠)을 감동(感動)하사 하루밤 말미를 주샤 그대로 하여금 한 번(番) 모이게 하시니이다."

하거늘, 순사(巡使)가 노선(老仙)을 대(對)하여 왈(曰),

"이미 옥제(玉帝)의 명(命)이 계신 즉(卽) 마땅히 홍장(紅嬙)을 허(許)하소서."

노선(老仙)이 가로되,

"그러면 그대는 홍낭(紅娘)으로 더불어 배를 한가지 타고 돌아가라."

하고, 또 홍낭(紅娘)을 경계하여 가로되,

"이미 상제(上帝)의 정(定)하신 연분(緣分)이 있으니 이 사람으로 더불어 하룻밤 자고 오라. 내 미명시(未明時)에 마땅히 이곳에서 배를 매고 기다리리라."

홍낭(紅娘)이 염임(斂衽)[70] 대왈(對曰),

"삼가 가르치심을 받들리이다."

노선(老仙)이 표연(飄然)히 일어 순사(巡使)와 홍장(紅嬙)을 선상(船上)에 올려 보내고 일진 청풍(一陣淸風)에 돛을 돌이켜 가더라.

---

70) 삼가 옷깃을 바로 잡음. 염금(斂襟).

순사(巡使)가 홍장(紅嬙)으로 더불어 성중(城中)에 들어가 침실(寢室)로 이끌어 들어가니 견권(繾綣)[71]의 정(情)과 운우(雲雨)의 꿈이 상시(常時)로 다름이 없더라.

날이 밝은 후(後) 놀라 깨어 마음에 생각하되 홍장(紅嬙)이 이미 갔으리라 하였더니, 눈을 들어 본 즉(卽) 홍장(紅嬙)이 곁에 앉아 단장(丹粧)을 다스리거늘 흔들어 연고(緣故)를 물은대 답(答)치 아니하더니, 문득 또 보니 본관(本官)이 들어와 웃으며 왈(曰),

"양대(陽臺)의 꿈[72]과 낙포(洛浦)의 연분(緣分)이 어떠하뇨. 하관(下官)에게 월로(月老)[73]의 공(功)이 없지 못하리라."

하거늘, 순사(巡使)가 비로소 속은 줄 알고 서로 더불어 대소(大笑)하더라.

경호(鏡湖)의 홍장암(紅嬙巖)과 명기(名妓) 홍장(紅嬙)의 일은 또한 읍지(邑誌)에 기록(記錄)함이 있더라.

---

71) 마음에 깊이 서리어 생각하는 정이 못내 잊히지 아니함.

72) 송옥(宋玉)이 "고당부(高唐賦)"에서, 양대(陽臺)의 신녀(神女)가 초(楚)나라 양왕(襄王)의 꿈에 나타났다고 읊었음. '양대'는 중국 사천성(四川省) 동북부에 있는 산 이름.

73) [중국 당(唐)나라의 위고(韋固)에게 달밤에 만난 노인이 장래의 아내에 대하여 예언해 주었다는 데서] 부부의 인연을 맺어 준다는 전설상의 노인. 남녀의 인연을 맺어 주는 사람. 월하노인(月下老人). 월하빙인(月下氷人).

# 9. 우병사부방득현녀(禹兵使赴防得賢女)[74]

병사(兵使) 우하형(禹夏亨)[75]은 평산(平山) 사람이라. 집이 빈궁(貧窮)하되 처음 등과(登科)한 후(後) 관서(關西)에 변장(邊將) 갔더니, 한 계집이 관가(官家)에 물긷기로 면역(免役)하는 자(者)가 있어 모양(模樣)이 면추(免醜)하였거늘 하형(夏亨)이 더불어 동처(同處)하더니, 일일(一日)은 그 계집이 하형(夏亨)더러 왈(曰),

"선달(先達)[76]께오서 이미 나로 첩(妾)을 삼아 계시니 장차(將次) 무엇으로써 의식(衣食)을 이으라 하시나니까."

하형(夏亨) 왈(曰),

"내 본대 간난(艱難)하고 또한 천리객중(千里客中)에 손에 가진 것이 없으니 너로 더불어 동처(同處)함이 소망(所望)이다만 더러운 옷을 빨며 해어진 것을 기울 따름이라. 무엇이 네게 미칠 것이 있으리오."

궐녀(厥女)가 가로되,

"첩(妾)도 또한 익히 아는지라. 이미 몸을 허(許)하여 첩(妾)이 되었은 즉(卽) 선달(先達)님의 의식지재(衣食之財)는 내 알 것이니 염려(念慮) 말으소서."

하고, 이후(以後)로 바느질과 길쌈하기를 부지런히 하여 의복(衣服) 음식(飮食)이 추레함이 없더니, 변장(邊將) 과만(瓜滿)이 차 장차(將次)

---

74) 우병사(禹兵使)가 변방을 지키러 갔다가 어진 여자를 얻다.

75) 조선조 영조 때의 무신. 영조 4년(1728) 이인좌의 난 때 곤양 궁수(昆陽郡守)로서 진주의 군사를 이끌고 거창에 이르러 선산 부사(善山府使) 박필건(朴弼健) 등과 함께 난을 평정함. 황해도와 경상도의 병마절도사를 역임함.

76) 문무과에 급제하고 아직 벼슬하지 않은 사람.

집으로 돌아가려 할 새 궐녀(厥女)가 물어 왈(曰),

"선달주(先達主)가 서울 올라가 벼슬을 구(求)하려 하시나니까."

하형(夏亨) 왈(曰),

"내 적수 공권(赤手空拳)으로 서울 아는 벗도 없고 또 무슨 양식(糧食)으로 서울 두류(逗留)하리오. 고향(故鄕)에 돌아가 선산(先山)하(下)에서 늙어 죽으려 하노라."

궐녀(厥女)가 왈(曰),

"내 선달주(先達主) 기상(氣像)을 보온 즉(卽) 전정(前程)이 초초(草草)치 않아 가(可)히 곤수(梱帥)[77]에 이를 것이오니 재물(財物)이 없다 하고 초야(草野)에 앉아 늙음이 심(甚)히 아까운지라. 내 여러 해 두고 모은 재물(財物)이 육칠백냥(六七百兩)이 있으니 이것을 가지고 안마(鞍馬)를 사며 노자(路資)를 써, 고향(故鄕)에 가시지 말고 곧 서울로 향(向)하여 구사(求仕)하기를 십년(十年) 위한(爲限)한 즉(卽) 가(可)히 얻음이 있으리이다. 나는 천인(賤人)이라 선달주(先達主)를 위하여 수절(守節)할 길 없어 몸을 다른 데 의탁(依託)하였다가 선달주(先達主)가 만일(萬一) 본도(本道)에 외방(外方)하신 기별(奇別)을 들은 즉(卽) 당일(當日) 진알(進謁)하오리니 원(願)컨대 보중(保重)하소서."

하형(夏亨) 왈(曰),

"의외(意外)에 재물(財物)을 얻으니 마음에 그윽이 다행(多幸)하다."

하고, 드디어 궐녀(厥女)로 더불어 눈물 뿌려 이별(離別)하고 떠나니라.

궐녀(厥女)가 하형(夏亨)을 이별(離別)한 후(後) 본읍(本邑)에 환거(鰥

77) 병사(兵使)나 수사(水使)를 예스럽게 부르는 말.

居)하는 장교(將校)의 집에 몸을 의탁(依託)하니 그 장교(將校)가 궐녀(厥女)의 영리(怜悧)함을 보고 인(因)하여 후실(後室)을 삼으니 그 집이 간난(艱難)치 아니한지라. 궐녀(厥女)가 장교(將校)에게 왈(曰),

"전(前) 사람이 쓰고 남은 재물(財物)이 얼마나 되느뇨. 범어사(凡於事)[78]를 명백(明白)히 아니치 못할 것이니 일년(一年)에 들어오는 곡수(穀數)는 얼마며 기명집물(器皿什物)은 얼마나 되는지 다 명색(名色)을 열서(列書)하여 책(冊)에 기록(記錄)하라."

하니, 장교(將校)가 가로되,

"이미 부부지간(夫婦之間)이 되었은 즉(卽) 있으면 쓰고 없으면 조비(措備)함이 옳거늘 무엇을 혐의(嫌疑)하여 이 거조(擧措)를 하느뇨."

궐녀(厥女)가,

"그렇지 아니타."

하고는 청(請)하기를 마지 아니하거늘, 장교(將校)가 그 말대로 책(冊)에 기록(記錄)하여 주니 궐녀(厥女)가 받아 상자(箱子)에 감추고 세간살이를 부지런히 하니 가산(家産)이 점점 부요(富饒)하더라.

궐녀(厥女)가 장교(將校)에게 일러 왈(曰),

"내 약간(若干) 문자(文字)를 아니 서울 조보(朝報)와 정사(政事) 보기를 좋아하니 그대는 나를 위(爲)하여 경중문보(京中文報)를 얻어 봄이 어떠하뇨."

장교(將校)가 그 말을 좇아 문보(文報)를 얻어 뵈더니, 수년간(數年間)에 선전관(宣傳官)의 우하형(禹夏亨)이 주부(主簿)로 경력(經歷)을 지내고 승탁(昇擢)하여 관서(關西) 고을을 제수(除授)하였는지라. 궐녀(厥女)가 그 후(後)에 또 조보(朝報)를 본 즉(卽) 모월(某月) 모일(某日)에

---

78) 세상의 모든 일.

모읍원(某邑員) 우하형(禹夏亨)이 하직(下直) 숙배(肅拜)하였거늘, 궐녀(厥女)가 장교(將校)에게 왈(曰),

"내 이 곳에 오래 있으려 함이 아니라 이제는 영결(永訣)하노라."

한대, 장교(將校)가 악연(愕然)하여 그 연고(緣故)를 물으니 궐녀(厥女)가 가로되,

"일의 본말(本末)은 물을 일이 아니라. 나는 갈 곳이 있으니 그대는 유련(留戀)치 말라."

하고, 전일(前日) 물종(物種) 기록(記錄)한 책(冊)을 내어 뵈어 왈(曰),

"내 칠년(七年)을 남의 계집이 되어 가산(家産)을 다스리되 만일(萬一) 일분(一分)이나 전(前)에서 감(減)함이 있은 즉(卽) 가는 사람의 마음이 어찌 평안(平安)하리오. 이제 다행(多幸)히 전(前)에서 감(減)함이 없고 가(可)히 삼사(三四) 배(倍)나 더할 듯하니 나의 마음이 쾌(快)하도다."

하고, 인(因)하여 장교(將校)로 더불어 작별(作別)하고 사람을 사 복태(卜馱)[79]를 지이고 남자(男子)의 복색(服色)을 개착(改着)하고 도보(徒步)하여 하형(夏亨)의 고을에 가니, 이때 하형(夏亨)이 도임(到任)한 지 겨우 일일(一日)이라. 송민(訟民)으로써 일컫고 관정(官庭)에 들어가 가로되,

"비밀(秘密)히 아뢸 일이 있사오니 원(願)컨대 섬에 올라 아뢰어지다."

태수(太守)가 괴이(怪異)히 여겨 처음에는 허(許)치 아니하다가 마지못하여 허락(許諾)한대, 또 청(請)하되,

"창(窓) 앞에 가 아뢰리이다."

태수(太守)가 더욱 괴(怪)히 여겨 허락(許諾)하니 기인(其人) 왈(曰),

---

79) 말에 실은 짐바리.

"관전(官前)께오서 소인(小人)을 알아 보시나니이까."

태수(太守)가 왈(曰),

"내 이 땅에 새로 도임(到任)하매 이 고을 백성(百姓)을 어찌 알리오."

기인(其人) 왈(曰),

"아무 연분(年分) 아무 땅에 부임(赴任)하여 계실 제 동처(同處)하던 사람을 생각하시나니이까."

태수(太守)가 이윽히 보다가 대경(大驚)하여 급(急)히 일어나 손을 잡고 물어 가로되,

"네 어찌 이 모양(模樣)으로 왔느뇨. 내 부임(赴任)한지 이튿날 네 또한 왔으니 이는 진실(眞實)로 기회(機會)라."

하고, 피차(彼此)가 그 기쁨을 이기지 못하여 서로 중간(中間) 회포(懷抱)를 펴더니, 이때에 하형(夏亨)이 이미 상배(喪配)하였는지라. 인(因)하여 궐녀(厥女)를 내아(內衙) 정당(正堂)에 처(處)하게 하고 가정(家政)[80]을 총찰(總察)케 하니 그 적자(嫡子)를 무휼(撫恤)하며 비복(婢僕)을 부리매 법도(法度)가 있어 은위(恩威) 병행(竝行)하니 합내(閤內)[81] 흡연(洽然)하더라.

매양(每樣) 하형(夏亨)으로 권(勸)하여 비국(備局)[82] 서리(胥吏)를 물선(物膳)을 주며 부탁(付託)하여 매삭(每朔) 조보(朝報)를 얻어 보게 하니 이는 궐녀(厥女)가 성심(誠心)으로 당시(當時)의 용권(用權)하는 곳에 선사(膳賜)를 후(厚)히 함이라. 이런 고(故)로 시재(時宰)[83] 극력(極力)하여 천거(薦擧)하니 이미 삼사(三四) 고을을 지나매 가계(家計) 점점 요

---

80) 집안 살림을 다스리는 일.
81) 남의 가족을 공대하여 일컫는 말.
82) 비변사(備邊司).
83) 그 당시의 재상(宰相).

부(饒富)하더라.

물선(物膳)을 더욱 후(厚)히 하여 보내매 차차(次次) 승천(陞遷)하여 절도사(節度使)에 이르고 연근팔십(年近八十)에 고향(故鄕)에 돌아가 죽으니 궐녀(厥女)가 예(禮)로써 치상(治喪)하고, 성복(成服)을 지나매 그 적자(嫡子) 상인(喪人)에게 일러 가로되,

"영감(令監)께오서 향곡(鄕谷) 무변(武弁)으로 아장(亞將)[84]에 이르니 벼슬이 이미 극진(極盡)하고 연세(年歲) 칠십(七十)이 넘었으니 수(壽)도 또한 극(極)한지라. 무슨 여한(餘恨)이 있으며 또 나로 말할지라도 계집이 되어 남편(男便) 섬김이 당연(當然)한 도리(道理)거늘 어찌 적년(積年) 구사(求仕)하는데 찬조(贊助)함을 자긍(自矜)하리오. 하늘이 도우사 지우금(至于今) 평안(平安)히 지냄을 얻으니 나의 소임(所任)이 이미 다하였는지라. 나는 하방(遐方) 천인(賤人)으로 무재(武宰)의 소실(小室)이 되어 여러 고을에 후록(厚祿)을 누리니 나의 영화(榮華)가 또한 극(極)한지라. 무슨 원통(寃痛)함이 있으리오. 영감(令監) 계실 때에는 나로 하여 가정(家政)을 총찰(總察)케 하시니 이는 부득불(不得不) 그러하였거니와 이제 상주(喪主)께오서 장성(長成)하시고 적자부(嫡子婦)가 또 가정(家政)을 살핌 직하니 나는 오늘부터 가정(家政) 대소사(大小事)를 환봉(還奉)[85]하노라."

적자(嫡子)와 자부(子婦)가 울며 사양(辭讓)하여 왈(曰),

"내 집이 이에 이름이 다 서모(庶母)의 공(功)이라. 우리 등(等)은

---

84) 조선조 때, 포도 대장(捕盜大將)·용호 별장(龍虎別將)·도감 중군(都監中軍)·금위 중군(禁衛中軍)·어영 중군(御營中軍)·병조 참판(兵曹參判)의 총칭.

85) 원래의 뜻은 딴 곳으로 옮기었던 신주(神主)를 도로 제 자리로 모신다는 것임. 여기서는 서모(庶母)의 입장에서 맡았던 가정사를 도로 돌려준다는 뜻으로 쓰임.

다만 의지(依支)하여 힘입어 우러러 지낼 따름이거늘 어찌 이같이 말씀하시나니이까."

서모(庶母)가 가로되,

"가(可)치 아니하다. 만일 이같이 아니하면 이는 가도(家道)가 어지러움이라."

하고, 이에 물건(物件) 기명(器皿)과 전곡(錢穀) 기록(記錄)한 책(冊)을 다 내어 전(傳)하고 적자(嫡子) 양위(兩位)는 정당(正堂)에 처(處)하게 하고 자가(自家)는 건너 편(便) 한 간(間) 방(房)에 처(處)하여 가로되,

"금일(今日)로부터 다시 나오지 아니하리라."

문(門) 닫고 입에 작수(勺水)[86]를 마시지 아니한 지 수일(數日)만에 죽으니 적자배(嫡子輩) 애통(哀痛)하여 가로되,

"우리 서모(庶母)는 심상(尋常)치 아니한 사람이라. 어찌 서모(庶母)로 대접(待接)하리오."

하고, 성복(成服) 후(後) 석 달 만에 장사(葬事)하여 정구(停柩)[87]하더니, 우병사(禹兵使)의 장기(葬期) 임박(臨迫)하였는지라. 장차(將次) 천구(遷柩)할 새 담군(擔軍)[88]들이 비록 십백인(十百人)이라(도) 움직이지 못하거늘 모든 사람이 다 가로되,

"소실(小室)을 잊지 못하여 그러함인가."

하고, 인(因)하여 소실(小室)의 상여(喪輿)를 치행(治行)하여 같이 발(發)한 즉(卽) 상여(喪輿)가 가벼이 행(行)하니 모두 이상(異常)히 여기더라.

---

86) 한 구기의 물.
87) 행상(行喪) 때 상여가 길에 머무름.
88) 물건을 메어서 옮기는 사람.

## 10. 면대화무녀새신[89](免大禍巫女賽神)[90]

유참판(柳參判)의 명(名)은 의(誼)[91]니, 영남 어사(嶺南御使)로 행(行)할 때에 진주(晉州)에 이르러 들으니 좌수(座首)가 사오등(四五等)을 인임[92]하여 불의지사(不義之事)를 행(行)한다 하거늘 출도(出道) 후(後) 타살(打殺)하려 하여 읍저(邑底)로 향(向)할 새, 십리(十里)에 밎지 못하여 일세(日勢) 늦었고 길에 빼치어[93] 곤비(困憊)하여 우연(偶然)히 한 집에 들어가니, 집이 정결(精潔)하고 당(堂)에 오르매 십여세(十餘歲) 된 동자(童子)가 있어 상좌(上座)에 맞으니 그 작인(作人)[94]이 총혜(聰慧)하고 민첩(敏捷)한지라. 타고 간 말을 분별(分別)하여 먹이고, 종을 불러 석반(夕飯)을 갖추라 하니 인사범백(人事凡百)이 엄연(儼然)히 장성(長成)한 사람 같거늘 그 나이를 물으며,

"이 집은 뉘 집이뇨,"

대답(對答)하여 가로되,

"시임(時任) 좌수(座首)의 집이니이다."

또 문왈(問曰),

"너는 좌수(座首)의 아들이냐."

답(答)하여 가로되,

"그러하이다."

---

89) 원문의 '건신'은 '새신'의 잘못 표기.
90) 무녀(巫女)가 큰 화를 면하게 하려고 굿을 하다.
91) 조선조 영조 때의 문신. 여러 차례 암행 어사로 명성을 날리고, 홍주 목사(洪州牧使)로 나가 선정을 베풀었으며 대사헌에 이르름.
92) 갈릴 기한이 된 관리를 그대로 두는 일.
93) 시달리어서 느른하고 기운이 없어서.
94) 사람의 생김생김이나 됨됨이.

또 물어 왈(曰),

"너의 부형(父兄)은 어디 갔는가."

대(對)하여 가로되,

"임소(任所)에 있나이다."

하거늘, 그 응대(應對) 접빈(接賓)이 경근(敬謹)함을 보고 유어사(柳御使)가 기특(奇特)히 여겨 마음에 생각하되, '간사(奸邪)한 좌수(座首)에게 저러한 기재(器才) 있는고' 하더니, 밤이 들어 취침(就寢)하매 홀연(忽然) 흔들어 깨우는 자(者)가 있거늘 놀라 깬 즉(卽) 등촉(燈燭)이 휘황(輝煌)하고 앞에 큰 상(床)에 어육(魚肉)과 주효(酒肴)를 많이 벌였거늘, 의아(疑訝)하여 문왈(問曰),

"이 어찐 음식(飮食)이뇨."

그 아이 답왈(答曰),

"금년(今年)에 가옹(家翁)이 신수(身數)가 불길(不吉)하여 반드시 관재(官災) 있다 하는 고(故)로 무녀(巫女)를 불러 기도(祈禱)하온 찬수(饌需)이러니, 감(敢)히 손님을 접대(接待)하나니 원(願)컨대 하저(下箸)하소서."

유어사(柳御使)가 웃기를 참고 배불리 먹으니라.

이튿날 읍내(邑內)에 들어가 출도(出道)하매 그 좌수(座首)를 잡아들여 수죄(數罪)하고 일러 왈(曰),

"내 이번 행(行)하매 너를 때려 죽이려 하였더니 어젯밤 네 아들을 보니 너에서 배승(倍勝)한지라. 이에 네 집에서 자고 주식(酒食)을 배불리 먹고 너를 죽임이 인정(人情)이 아니라."

하고, 엄형 원배(嚴刑遠配)[95]하고 돌아오다.

유어사(柳御使)가 매양(每樣) 남을 향(向)하여 그 일을 말하여 왈(曰),

---

95) 엄히 가스려 멀리 귀양 보냄.

"무당(巫堂)이 귀신(鬼神)에게 빎이 허사(虛事)가 아니라. 좌수(座首) 죽일 신령(神靈)은 곧 나이거늘 주육(酒肉)으로써 내게 빌어 화(禍)를 면(免)하니 과연(果然) 절도(絶倒)할 일이로다."
하더라.

# 11. 소연로충복명원(訴輦路忠僕鳴寃)[96]

영천(榮川)에 민봉조(閔鳳朝)라 하는 사람이 한 아들이 있어 혼인(婚姻) 지낸 일년(一年)에 그 아들이 죽고, 과부(寡婦) 며느리 박씨(朴氏) 집상(執喪)[97]하기를 예(禮)로 하고 구고(舅姑)를 효봉(孝奉)하니 동리(洞里) 사람이 일컫더라.

시집 올 때에 아이 종 일인(一人)을 데리고 오니 이름은 만석(萬石)이라. 민씨(閔氏)의 집이 본대 빈궁(貧窮)하거늘 박씨(朴氏) 몸소 길쌈하며 종은 나무 베며 물 길어 조석(朝夕) 공궤(供饋)를 하더라.

동리(洞里)에 사는 김조술(金祖述)이라 하는 사람이 또한 반명(班名)이 있고 가세(家勢) 누만금(累萬金) 부자(富者)이라. 우연(偶然)히 울 틈으로 박씨(朴氏)의 고움을 엿보고 마음에 흠모(欽慕)하더니, 일일(一日)은 민씨(閔氏) 출입(出入)하고자 하여 조술(祖述)의 집에 휘항(揮項)[98]을 빌러 갔더니, 조술(祖述)이 그 없음을 알고 틈을 타 사람을 부려 박씨(朴氏)의 방(房)을 알고 월색(月色)을 띄어 그 집에 들어가니, 박씨(朴氏) 침방(寢房)이 그 시어미 방(房)과 한 벽(壁)이 막히고 사이에 작은 문(門)이 있으니 박씨(朴氏) 잠을 깨어 들은 즉(卽) 창(窓) 밖에 신발 소리 있거늘, 박씨(朴氏) 겁(怯)내어 일어나 문(門)을 열고 그 시어미 방(房)으로 들어가니, 시어미 괴(怪)히 여겨 그 연고(緣故)를 물은대, 박씨(朴氏) 인적(人跡) 있음을 말하고 고부(姑婦)가 서로 앉았더라.

그 종 만석(萬石)이란 놈은 조술(祖述)의 집 비부(婢夫)가 되었더니,

---

96) 충성스런 노복이 거둥길에 호소하여 억울함을 풀다.
97) 어버이 상사(喪事)에 있어 예절을 지킴.
98) 머리에 쓰는 방한구(防寒具)의 한 가지. 남바위같이 생겼으나, 뒤가 훨씬 길고 제물로 볼끼가 있어서 목덜미와 뺨까지 싸게 되었음.

그 날은 마침 그 집에 가 자고, 이곳에 아무도 없음을 알고 왔다가 발각(發覺)한 바가 되었는지라. 문(門) 밖에 내질러 가로되,

"박씨(朴氏) 과연(果然) 나로 더불어 사통(私通)한 지 오래니 빨리 내어 보내라."

하거늘, 그 시어미 소리를 질러 동리(洞里) 사람을 불러,

"도적(盜賊)이 들었다."

하니, 모든 사람들이 불 켜들고 모이거늘 조술(祖述)이 쫓기어 집으로 가니라.

민생(閔生)이 돌아와 그 말을 듣고 분(忿)함을 이기지 못하여 관정(官庭)에 정소(呈訴[99])하려다가 소문(所聞)이 좋지 못할까 하여 참았더니, 조술(祖述)이 동리(洞里)에 전파(傳播)하여 가로되,

"박씨(朴氏) 나로 더불어 사통(私通)하여 잉태(孕胎)한 지 이미 삼사삭(三四朔)이 되었다."

하니 소문(所聞)이 자자(藉藉)하거늘, 박씨(朴氏) 듣고 가로되,

"이제는 할 길 없으니 관가(官家)에 정소(呈訴)하여 설치(雪恥)하리라."

하고, 치마로 얼굴을 가리고 관정(官庭)에 들어가 조술(祖述)의 죄악(罪惡)과 자가(自家)의 원통(寃痛)한 정상(情狀)을 아뢰어 송사(訟事)할새, 조술(祖述)이 재물(財物)을 관속(官屬)에게 흩어 주고 또한 일읍(一邑) 관속(官屬)이 조술(祖述)의 노속(奴屬)이라. 다 말하되,

"이 계집이 자래(自來)로 행음(行淫)하는 소문(所聞)이 난 지 오래니라."

본읍(本邑) 원(員) 윤이현(尹彛鉉)이 관속(官屬)의 말을 듣고 가로되,

"네 만일(萬一) 정절(貞節)이 있으면 비록 남의 거짓말을 입을지라

99) 소장(訴狀)을 관청에 바침. 정장(呈狀).

도 스스로 벗을 것이거늘 어찌 몸소 관정(官庭)에 들어와 방자(放恣)히 아뢰는가. 물러가라."

하거늘, 박씨(朴氏) 가로되,

"만일(萬一) 관가(官家)에서 김가(金哥)의 죄(罪)를 엄치(嚴治)하고 첩(妾)의 원통(寃痛)함을 변백(辨白)치 아니하시면 첩(妾)이 마땅히 관정(官庭)에 목 찔러 죽으리이다."

하고, 찼던 칼을 빼며 사기(辭氣)[100] 강개(慷慨)하거늘, 원(員)이 노질(怒叱)[101] 왈(曰),

"네 이같이 나를 공동(恐動)[102]하는구나. 네 만일(萬一) 죽고자 한즉(卽) 네 집에 가 죽음이 옳거늘 예서 작은 칼로 어루 저히는가.[103] 빨리 내어 보내라."

하니, 관비(官婢) 등 밀어 관문(官門) 밖에 내친대, 박씨(朴氏) 쫓기어 나와 방성 대곡(放聲大哭)하며 드디어 자문(自刎)하니 보는 자(者)가 차악(嗟愕)히 않을 이 없더라.

원(員)이 비로소 놀라 그 시체(屍體)를 운전(運轉)하여 보낸대, 민생(閔生)이 분(忿)을 이기지 못하여 관정(官庭)에 들어가 발악(發惡)하거늘, 원(員)이 가로되,

"네 토민(土民)이 되어 토주(土主)를 침핍(侵逼)하니 만만(萬萬) 해연(駭然)하다."

하고, 민생(閔生)을 영문(營門)에 보장(報狀)하여 안동부(安東府)에 이수(移囚)하였더라.

---

100) 말과 얼굴빛.
101) 노하여 꾸짖음.
102) 위험한 말로 사람을 두렵게 함.
103) '저히다'는 두렵게 하다는 뜻의 옛말.

그 종 만석(萬石)이 서울 올라가 격쟁(擊錚)[104]하니,

"해도(該道)로 사실(査實)하여 올리라."

하신 하교(下敎)가 계오시거늘, 판부(判府)가 사실(査實) 차(次)로 행(行)할 때에 조술(祖述)이 누천금(累千金)을 동리(洞里) 사람과 영(營) 본읍(本邑) 관속(官屬)들에게 흩어 주고 거짓말로 전파(傳播)하되,

"박씨(朴氏) 칼로 찔러 죽음이 아니라 잉태(孕胎)한 말이 수괴(羞愧)하여 약(藥)을 먹어 죽었다."

하고, 또 천금(千金)을 주어 증참(證參)[105]이 되게 하니, 그런 고(故)로 옥사(獄事)를 오래 결단(決斷)치 못하여 사오년(四五年)에 이른지라. 민가(閔家)에서 박씨(朴氏)의 신체(身體) 염(殮)도 아니하고 관(棺)에 두에[106]도 덮지 아니하고,

"이 원수(怨讐)를 갚은 후(後) 고쳐 염(殮)하고 장사(葬事)하리라."

하여 건넌 방(房)에 둔 지 사년(四年)이로되, 신체(身體) 조금도 상(傷)함이 없어 생시(生時)와 같고 그 문(門)에 들어도 조금도 더러운 악취(惡臭)가 없고 파리도 가까이 오는 바가 없으니 또한 이상(異常)한 일이러라.

봉화(奉化) 원(員) 박시원(朴時源)[107]은 박씨(朴氏)와 재종(再從) 남매(男妹) 간(間)이러니 와서 그 영연(靈筵)[108]에 곡(哭)하고 관(棺)을 열어

---

104) 원통한 일이 있는 사람이 임금에게 하소연하려 할 때, 도성(都城) 밖에 거둥하는 길가에서 꽹가리를 쳐서 하문(下問)을 기다리던 일. 신문고(申聞鼓)를 폐지한 후, 꽹가리를 쳐서 재판의 불복을 호소하게 하였는데, 명종 15년(1560)부터는 궁중에 들어와 격쟁함을 금하고, 정조때 신문고로 복귀했다가, 철종 9년(1858)에 위와 같이 정함.

105) 참고될 만한 증거.

106) '뚜껑'의 옛말.

107) 조선조 헌종(憲宗) 때의 문신. 여러 벼슬을 거쳐 사간(司諫)에 이르름. 성리학을 깊이 연구했고, 문장에도 능했음.

108) 영위(靈位)를 모시어 놓은 자리.

본 즉(卽) 생시(生時)와 다름이 없는지라. 그때에 종 만석(萬石)이 조술(祖述)의 집 비부(婢夫)가 되어 일남 일녀(一男一女)를 낳았더니, 이때를 당(當)하여 그 계집을 좇고 영결(永訣)하여 가로되,

"네 주인(主人)은 내 주인(主人)의 원수(怨讐)이라. 부부지의(夫婦之義) 중(重)하나 노주지분(奴主之分)이 또한 가볍지 아니하니 너는 네 주인(主人)에게 가라. 나는 내 주인(主人)을 위하여 죽으리라."

하고, 인(因)하여 경향(京鄉)에 분주(奔走)하여 원수(怨讐)를 갚으려 하더니, 김상서(金尙書) 상휴(相休) 공(公)이 감사(監司)로 있을 때에 만석(萬石)이 서울 올라가 격쟁(擊錚)하니 계하(啓下)하여 본도(本道)로 명사관(明査官)을 정(定)하여 궁핵(窮覈)[109]할 새, 민씨(閔氏)의 집에서 박씨(朴氏)의 관(棺)을 메어다가 관정(官庭)에 놓으니 관(棺) 속으로서 비단 찢는 소리 나거늘, 민씨(閔氏) 집 사람이 관개(棺蓋)를 열고 명사관(明査官)을 뵈거늘 명사관(明査官)이 관비(官婢)로 시험(試驗)하여 본 즉(卽), 면색(面色)이 생전(生前) 같고 두 뺨에 붉은 빛이 있고 목 아래 칼 흔적(痕迹)이 그저 있고 뱃가죽이 등에 붙어 있고 기부(肌膚)가 돌같이 굳어 조금도 부상(腐傷)[110]한 뜻이 없더라.

약(藥) 팔던 장사와 약(藥) 사던 노구(老嫗)를 엄형 국문(嚴刑鞠問)한즉(卽) 비로소 실정(實情)을 아뢰어 가로되,

"김조술(金祖述)이 돈 이백냥(二百兩)씩 주는 고(故)로 이 일을 행(行)하였나이다."

하거늘, 이로써 장문(杖問)하고 조술(祖述)과 노구(老嫗)와 양(兩) 장사를 다 저자에 베고, 박씨(朴氏)를 정려(旌閭)하고 만석(萬石)을 복호

---

109) 원인을 깊이 캐어 찾음.
110) 썩어서 상함.

(復戶)[111] 주니, 영남(嶺南) 사람들이 만석(萬石)의 충성(忠誠)을 기록(記錄)하여 비(碑)를 세우니라.

111) 조선조 때, 충신 효자 절부가 난 집에, 요역(徭役)과 전세(田稅) 이외의 잡부금을 면제하여 주던 일.

## 12. 외엄구한부출시언(畏嚴舅悍婦出矢言)[112)]

안동(安東) 권진사(權進士)가 있으니 집이 부요(富饒)하고 성(性)이 엄준(嚴峻)하여 치가(治家)함에 법도(法度)가 있더니, 독자(獨子)를 두어 며느리를 취(娶)하매 성(性)이 투기(妬忌)하고 사나와 제어(制御)키 어려우되 그 시아비 엄준(嚴峻)함으로써 감(敢)히 기운(氣運)을 부리지 못하더라.

권진사(權進士)가 만일(萬一) 노(怒)한 일이 있은 즉(卽) 자리를 대청(大廳)에 펴고 앉아 혹(或) 비복(婢僕)을 타살(打殺)하며 죽지 아니한 즉(卽) 피나는 것을 보고야 그치니, 이러므로 대청(大廳)에 자리를 본 즉(卽) 집 사람들이 다 숨을 헐떡이며 두려워하더라.

그 아들의 처가(妻家)가 이웃 고을이라. 아들이 처(妻)의 부모(父母)를 보고 돌아오다가 길에서 비를 만나 주막(酒幕)에 들어 피우(避雨)하더니, 먼저 들어온 소년(少年)이 있어 청상(廳上)에 앉았고, 말 오륙필(五六匹)을 마구(馬廐)에 먹이며 비복(婢僕)들이 많으니 내행(內行)을 거느려 오는 행차(行次)더라.

그 소년(少年)이 권소년(權少年)을 보고 서로 한훤(寒暄)을 파(罷)한 후(後) 주효(酒肴)를 권(勸)하니 술이 심(甚)히 청열(淸烈)하고 찬효(饌肴)도 또한 풍비(豊備)한지라. 서로 성명(姓名) 거주(居住)를 물을 새 권소년(權少年)은 실정(實情)으로 대답(對答)하되 그 소년(少年)은 다만 그 성(姓)만 이르고 거처(居處)는 이르지 아니하며,

"우연(偶然)히 지나다가 비를 피(避)하여 점사(店肆)에 들었더니 다

---

112) 엄한 시아버지가 두려워서 사나운 며느리가 맹세의 말을 하다.

행(多幸)히 연배(年輩) 가붕(佳朋)[113]을 만나니 어찌 즐겁지 않으리오."

하며 연(連)하여 수작(酬酌)할 때에 술이 대취(大醉)하여 권소년(權少年)이 먼저 취(醉)하여 자더니, 밤든 후(後)에 눈을 들어 살펴본 즉(卽) 술 먹던 소년(少年)은 간 데 없고 곁에 소복(素服)한 아름다운 계집이 있으니 나이 십팔구(十八九)는 하고 용모(容貌)의 단정(端整)함이 상천(常賤)[114]한 사람이 아닐러라.

권생(權生)이 크게 경해(驚駭)하여 문왈(問曰),

"그대는 뉘 집 어떠한 부녀(婦女)로 이 곳에 있느뇨."

그 여자(女子)가 부끄럼을 띄어 대답(對答)치 아니하거늘 묻기를 재삼(再三)하되 마침내 입을 열지 아니하더니, 수식경(數食頃) 후(後) 비로소 소리를 나직히 하여 왈(曰),

"나는 서울 벼슬하는 양반(兩班)의 딸로 십사세(十四歲)에 출가(出嫁)하여 십오세(十五歲)에 상부(喪夫)하고, 또 엄친(嚴親)이 조세(早世)하시고 남형(男兄)이 집을 주관(主管)하더니, 형(兄)의 성품(性品)이 고집(固執)하여 시속(時俗)을 좇지 아니하고 예(禮)를 숭상(崇尙)하되 어린 누의 과거(寡居)함을 불쌍히 여겨 개가(改嫁)할 곳을 구(求)코자 한 즉(卽), 종당(宗黨)의 시비(是非) 크게 일어나 문호(門戶)의 욕(辱)이 된다 하고 엄절(嚴切)히 물리치매 부득이(不得已) 인(因)하여 교마(轎馬)를 갖추어 나를 싣고 문(門)을 나매 거처(居處) 없이 행(行)하여 전전(轉轉)[115]이 이 곳에 이름은 다름 아니라, 만일(萬一) 합의(合意)한 남자(男子)를 만난 즉(卽) 부탁(付託)하여 맡기고 자가(自家)는 피(避)하여 모든 족당(族黨)의 이목(耳目)을 가리고자 함이

113) 좋은 동무.
114) 상사람과 천인(賤人).
115) 이리저리 굴러 다님.

러니, 어제 밤에 그대 취(醉)함을 타 그대를 업어다가 이 곳에 누이고 가형(家兄)은 인(因)하여 떠나며 곁에 있는 상자(箱子)를 가르쳐 왈(曰), '이 속에 오륙백(五六百) 은자(銀子)가 들었으니 이로써 첩(妾)의 의식지자(衣食之資)를 삼으라' 하더이다."

권생(權生)이 신기(神奇)히 여겨 밖에 나와 본 즉(卽) 소년(少年)과 허다(許多) 인마(人馬)가 다 간 곳이 없고 다만 계집종 둘이 곁에 있더라.

생(生)이 도로 안에 들어와 그 계집과 동침(同寢)하매 운우지정(雲雨之情)이 비(比)할 데 없더라.

자고 깨어 생각한 즉(卽) 엄부시하(嚴父侍下)에 사사(私私)로이 취첩(娶妾)함이 크게 죄(罪) 있을 듯하고, 또 그 처(妻)의 투기(妬忌)한 성정(性情)에 서로 용납(容納)치 못할 듯하니 장차(將次) 이를 어찌하면 좋을고. 천사 만상(千思萬想)[116]하여도 실로 좋은 계교(計巧)가 없고 또한 이상(異常)히 만난 가인(佳人)을 어찌할 길 없으니 큰 두통(頭痛)이 되었더라.

밝기를 기다려 비자(婢子)로 하여금 삼가 문호(門戶)를 지키라 하고 그 여자(女子)에게 왈(曰),

"집에 엄친(嚴親)이 계시니 돌아가 품(稟)한 후(後) 다시 와 거느려 갈 것이니 아직 기다리라."

하고, 점주(店主)를 불러 신칙(申飭)하여,

"착실(着實)히 공궤(供饋)하라."

하고, 문(門)을 나 친구(親舊) 중(中) 가장 지혜(智慧) 있는 사람의 집에 가 찾아 보고 실정(實情)을 고(告)하며,

"원(願)컨대 나를 위하여 양책(良策)을 생각하라."

하니, 그 벗이 침음 양구(沈吟良久)에[117] 가로되,

116) 천 번 만 번 생각함. 곧, 온갖 생각을 다함.
117) 입 속으로 웅얼거리어 깊이 생각한 지 매우 오랜 뒤에.

"크게 어렵도다. 실(實)로 좋은 묘책(妙策)이 없으되 다만 한 계교(計巧)가 있으니 그대는 집에 돌아가라. 수일(數日) 후(後)에 내 주찬(酒饌)을 베풀고 청(請)할 것이니 그 이튿날 그대 또 주찬(酒饌)을 벌이고 나를 청(請)하면 내 스스로 좋은 계교(計巧)가 있으리라."

하거늘 권생(權生)이 집에 돌아왔더니, 수일(數日) 후(後) 사람 부려 간청(懇請)하되,

"마침 주효(酒肴)가 있어 모든 벗이 모였으니 이 좌석(座席)은 형(兄)이 잠간(暫間) 한 번(番) 왕림(枉臨)할 것이라."

하였거늘, 권생(權生)이 또 그 부친(父親)에게 품(稟)하고 갔더니, 그 이튿날 권생(權生)이 또 그 부친(父親)에게 품(稟)하되,

"아무 벗이 작일(昨日) 술을 두고 소자(小子)를 불러 즐겼사오니 수답(酬答)하는 예(禮) 없지 못할지라. 금일(今日) 약간(若干) 주찬(酒饌)을 갖추고 모든 벗을 청(請)함이 좋을 듯하이다."

기부(其父)가 허락(許諾)하거늘, 주석(酒席)을 베풀고 그 사람과 및 동중(洞中) 제소년(諸少年)을 청(請)하니 모든 소년(少年)이 다 모여 권진사(權進士)께 절하여 뵌대, 진사(進士)가 가로되,

"소년배(少年輩)들은 서로 주회(酒會)하되 한 번(番)도 늙은 나는 청(請)치 아니하니 이 무슨 도리(道理)뇨."

소년(少年)들이 대(對)하여 가로되,

"존장(尊丈)께오서 만일(萬一) 자리에 앉으신 즉(卽) 연소(年少) 시생(侍生)들이 기거(起居)를 임의(任意)로 못하고, 또 존장(尊丈)의 성도(性度)[118]가 엄준(嚴峻)하시매 시생(侍生)이 잠시(暫時) 배알(拜謁)하옵기도 조심(操心)되어 혹(或) 허물을 뵈올까 두리거늘 종일(終日)

---

118) 성품과 도량.

토록 어찌 주석(酒席)에 뫼시리이까."

진사(進士)가 웃어 왈(曰),

"주석(酒席)에 어찌 장유(長幼)의 차례(次例) 있으리오. 금일(今日) 주석(酒席)은 내 스스로 주인(主人)이 되어 종일(終日) 즐길 것이니 그대 배(輩) 비록 백(百) 번(番)이나 실체(失體)하여도 책망(責望)치 아니할 것이니 노부(老夫)의 일일(一日) 고적(孤寂)한 회포(懷抱)를 위로(慰勞)하라."

제소년(諸少年)이 일시(一時)에 경락(輕諾)[119]하고 장유(長幼)가 섞이어 앉아 잔(盞)을 들 새 술이 반취(半醉)하매 그 지혜(智慧) 있는 소년(少年)이 가까이 나아가 가로되,

"시생(侍生)이 고담(古談)이 있으니 한 번(番) 아뢰리이다."

권진사(權進士)가 가로되,

"극(極)히 좋으니 한 번(番) 듣고자 하노라."

그 사람이 이에 권생(權生)이 객점(客店)에서 여자(女子) 만나던 일을 고담(古談)으로 말하니 진사(進士)가 절절(切切)히 일컬어 왈(曰),

"기이(奇異)코 기이(奇異)하다. 예는 혹(或) 이러한 기특(奇特)한 연분(緣分)이 있으되 이제는 듣도 못하였노라."

기인(其人)이 가로되,

"만일(萬一) 존장(尊丈)께서 이런 일을 당(當)하신 즉(卽) 어찌 처치(處置)하시며 중야(中夜)[120] 무인지경(無人之境)에 절대 가인(絶對佳人)이 곁에 있은 즉(卽) 장차(將次) 가까이 하실 뜻이 있으리이까. 가까이 하신 즉(卽) 그 여자(女子)를 데려가시리이까. 물리쳐 버리이까."

---

119) 쾌히 승낙함.
120) 한밤중.

진사(進士)가 가로되,

"가인(佳人)을 황혼(黃昏)에 만나 어찌 헛되이 지날 리 있으며 이미 동침(同寢)하였은 즉(卽) 불가불(不可不) 데려갈 것이니 어찌 버려 남에게 적악(積惡)하리오."

기인(其人)이 가로되,

"존장(尊丈)의 성도(性度)가 엄절(嚴切)하시기로 비록 이런 때를 당(當)하셔도 반드시 훼절(毁節)치 않으실 듯하이다."

진사(進士)가 머리를 흔들어 가로되,

"그렇지 아니하다. 나로 하여금 당(當)할지라도 훼절(毁節)치 아니치 못할 것이니 미색(美色)을 보고 마음이 동(動)함은 이 상사(常事)이고, 겸(兼)하여 그 여자(女子)가 사족(士族) 부녀(婦女)로서 이같은 일을 행(行)하니 기정(其情)이 척의(慽矣)[121]라. 여혹(如或)[122] 한 번(番) 보고 버린 즉(卽) 제 반드시 원(怨)을 머금고 죽을 것이니 어찌 적악(積惡)이 아니리오. 사부(士夫)의 행사(行事)는 이같이 악착(齷齪)히 못하리니라."

기인(其人)이 가로되,

"과연(果然) 그러하오리까."

권진사(權進士) 가로되,

"어찌 다른 뜻이 있으리오. 단정(斷定)코 박정(薄情)한 사람이 되지 아니함이 옳으니라."

기인(其人) 왈(曰),

"이는 고담(古談)이 아니라 곧 영윤(令胤)[123]이 일전(日前)에 지낸 일이라. 존장(尊丈)께서 이미 사리(事理) 당연(當然)타 하시고 재삼(再

121) 근심함이라. 의(矣)는 종결사.
122) 만일 혹시.
123) 남의 아들의 경칭.

三) 옳다 하신 말씀이 계시니 이제는 자제(子弟)가 거의 죄책(罪責)을 면(免)할까 하나이다."

진사(進士)가 청파(聽罷)에 반향(半晑)이나 말이 없더니 정색(正色)코 소리를 가다듬어 가로되,

"그대들은 다 파(罷)하여 가라. 내 처치(處置)할 도리(道理) 있으리라."

제인(諸人)이 황겁(惶怯)하여 흩어지다.

권진사(權進士)가 안으로 들어가 소리 질러 왈(曰),

"빨리 자리를 베풀라."

하니, 가중(家中) 사람과 노복(奴僕)들이 다 송연(悚然)하여 장차(將次) 누구를 치죄(治罪)할 줄 알지 못하더라.

진사(進士)가 자리에 안고 대호(大號) 왈(曰),

"급(急)히 작도(斫刀)[124]를 가져오라."

하니, 노자(奴子)가 작도(斫刀)를 뜰에 놓거늘 진사(進士)가 고성(高聲)하여 가로되,

"서방(書房)님을 잡아 내어 작도(斫刀) 판에 업지르라."

노자(奴子)가 권소년(權少年)을 잡아내려 목을 작도(斫刀)에 넣은대, 진사(進士)가 대질(大叱) 왈(曰),

"패악(悖惡)한 자식(子息)이 부모(父母)에게 고(告)치 아니하고 사사(私私)로이 작첩(作妾)하니 이는 망가(亡家)할 행실(行實)이라. 내 생전(生前)에 오히려 이같거든 하물며 내 사후(死後)랴. 이같은 역자(逆子)를 두어 쓸 데 없으니 내 생전(生前)에 저 놈의 머리를 베어 후환(後患)을 없이 하리라."

하고, 언파(言罷)에 노자(奴子)를 호령(號令)하여 작도(斫刀)를 누르라

124) 작두.

하니 가중(家中) 제인(諸人)이 황황(遑遑)하여 얼굴이 흙빛 같고, 그 처(妻)와 자부(子婦)가 당(堂)에 내려 업드려 애걸(哀乞) 왈(曰),

"제 죄(罪)는 죽임 직하거니와 차마 목전(目前)에 어찌 독자(獨子)의 죽음을 보리오."

울며 간(諫)하기를 마지 아니하거늘 진사(進士)가 꾸짖어 물리치니, 그 처(妻)는 경겁(驚怯) 황황(遑遑)하여 피(避)하고, 그 며느리 머리를 땅에 부딪쳐 피 흘러 낯을 덮고 아뢰어 가로되,

"설혹(設或) 방자(放恣)히 자전(自專)하온 죄(罪) 있사오나 존구(尊舅)의 혈속(血屬)이 다만 이 뿐이라. 존구(尊舅)가 어찌 차마 이같은 일을 행(行)하사 누세(累世) 봉사(奉祀)를 일조(一朝)에 끊으려 하시나니이까. 청(請)컨대 자부(子婦)가 몸으로써 그 죽음을 대(代)하여지이다."

진사(進士)가 가로되,

"집에 패자(悖子)가 있어 망가(亡家)할 때의 욕(辱)이 선조(先祖)에 미칠 것이니 차라리 목전(目前)에 죽임이 옳다."

하고, 호령(號令)하여 찍으라 재촉이 대발(大發)하거늘 노자(奴子)가 비록 입으로 대답(對答)하나 차마 못하는지라. 그 며느리 울며 간(諫)함을 마지 아니하거늘, 진사(進士)가 가로되,

"이 자식(子息)이 망가(亡家)할 일이 한 가지 뿐 아니라. 시하(侍下) 사람으로 사사(私私)로이 작첩(作妾)하니 그 망조(亡兆)가 한 가지고, 네 투기(妬忌)하면 반드시 서로 용납(容納)치 못하여 가도(家道)가 날로 어지러우리니 그 망조(亡兆)가 두 가지라. 일찍 죽여 없이할 만 같지 못하다."

한대, 그 며느리 가로되,

"첩(妾)도 또 사람이거늘 이 광경(光景)을 목도(目睹)하고 어찌 투

기(妬忌)할 생각이 있으리이꼬. 만일(萬一) 존구(尊舅)가 한 번(番) 용서(容恕)하심을 입사오면 불초(不肖) 자부(子婦)가 마땅히 더불어 동처(同處)하여 조금도 화기(和氣)를 잃지 아니하오리니 원(願)컨대 존구(尊舅는 이로써 염려(念慮)치 말으시고 특별(特別)히 광탕지은(曠蕩之恩)[125]을 베푸소서."

진사(進士)가 가로되,

"네 금일(今日) 이 거조(擧措)를 보고 마지 못하여 이 말을 함이라. 겉으로 허락(許諾)하고 마음인 즉(卽) 그렇지 아니하리라."

며느리 가로되,

"어찌 이러할 리 있으리이까. 여혹(如或) 이러한 도리(道理) 있은 즉(卽) 하늘이 반드시 죽이시고 귀신(鬼神)이 반드시 베이리이다."

권진사(權進士)가 가로되,

"내 생전(生前)에 혹(或) 그러함이 없다가 내 사후(死後)에는 반드시 그 악(惡)을 베풀 것이니 그때에는 저 역자(逆子)가 감(敢)히 너를 제어(制御)치 못하리니 이는 망가(亡家)할 일이 아니랴. 일찌기 죽여 그 화근(禍根)을 끊음 만 같지 못하니라."

며느리 가로되,

"존구(尊舅)가 백세(百歲) 후(後)에 일분(一分) 그른 마음을 두면 견돈(犬豚)만 같지 못하니 마땅히 맹세(盟誓)를 써 올리리이다."

진사(進士)가 왈(曰),

"만일(萬一) 이같으면 종이에 써 올리라."

그 며느리 금수(禽獸)에 비(比)하여 맹세하고 끝에 가로되,

"만일(萬一) 한 번(番)이라도 명(命)을 어김이 있은 즉(卽) 자부(子婦)가 부모(父母)의 고기를 씹으리라. 맹세(盟誓)를 이같이 하되 존구

---

125) 특별히 용서해 주는 은전.

(尊舅)가 신청(信聽)치 않으시면 죽을 따름이니라."

진사(進士)가 이에 사(赦)하고 사랑(舍廊)으로 나아가 수노(首奴)를 불러 분부(分付) 왈(曰),

"네 바삐 교마(轎馬)와 인부(人夫)를 거느리고 아무 주점(酒店)에 가 서방(書房)님 소실(小室)을 데려오라."

노자(奴子)가 승명(承命)하고 데려오매 구고(舅姑)에게 뵈옵는 예(禮)를 행(行)하고, 정실(正室)에게 배현(拜見)한 후(後) 동실(同室)에 거(居)하니 그 며느리 감(敢)히 한 말도 내지 못하고 늙도록 화동(和同)하더라.

# 청구야담 권지십이(青邱野談 卷之十二)

## 1. 입이적궁유성가업(入吏籍窮儒成家業)[1]

옛적에 한 재상(宰相)이 동학(同學)하던 사람이 있으니 문화(文華)[2]가 민첩(敏捷)하되 여러 번(番) 낙방(落榜)하고 집이 빈궁(貧窮)하여 능(能)히 자존(自存)치 못하더니, 마침 그 재상(宰相)이 안동 부사(安東府使)를 하여 내려 가거늘 그 벗이 와 보고 말하여 왈(曰),

"이제 영감(令監)께서 안동(安東) 원(員)을 하시니 이제는 내 살 일을 얻었도다."

재상(宰相)이 가로되,

"내 원(員)을 하매 그대 의식지재(衣食之財)를 어찌 넉넉히 도우리오."

기인(其人) 왈(曰),

"영감(令監)이 전재(錢財)를 많이 줄 것이 아니라 안동(安東) 도서원(都書員)이 소식(所食)[3]이 많다 하니 이로써 나를 줌이 좋을 듯하이다."

---

1) 서리직(壻吏職)에 적을 둔 궁한 유생(儒生)이 가업을 이루다.
2) 문장과 재화(才華).
3) 벼슬아치의 잡급(雜給).

재상(宰相) 왈(曰),

"안동(安東)은 향리지읍(鄕吏之邑)이라. 도서원(都書員)은 방임(房任)[4]의 우과(優窠)이니 어찌 공연(空然)히 경중 유생(京中儒生)을 주리오. 이는 비록 관가(官家) 위령(威令)으로도 이루지 못하리로다."

기인(其人) 왈(曰),

"영감(令監)께오서 빼앗아 줄 바가 아니라 내 먼저 내려가 이안(吏案)에 붙을 것이니 이미 이안(吏案)에 붙은 후(後)에 무슨 불가(不可)함이 있으리오."

재상(宰相) 왈(曰),

"그대 비록 내려가나 용이(容易)히 이안(吏案)에 붙으리오."

기인(其人) 왈(曰),

"영감(令監)이 도임(到任)하신 후(後) 백성(百姓)의 소지제사(訴之題辭)[5]를 부를 때에 형리(刑吏) 만일(萬一) 받아 쓰지 못하거든 죄(罪)를 주고 태기[6]하며 수리(首吏)를 치죄(治罪)하여 매양(每樣) 이같이 한 즉(卽) 가(可)히 할 도리(道理) 있을 듯하고, 공첩(公牒)[7] 문자(文字)를 내 손에서 나거든 잘 하였다 하기를, 여러 날 지낸 후(後) 출령(出令)하되, '형리(刑吏)를 취재(取材)하리니 물론(勿論) 시임(時任) 한산(閑散)[8]하고 문필(文筆) 가합(可合)한 자(者)이거든 다 취재(取材) 들라.' 하면 내 자연(自然) 거수(居首)[9]로 빼어 형리(刑吏) 되리라. 나로 형리(刑吏)를 삼은 후(後) 도서원(都書員)을 분부(分付)하신 즉(卽)

---

4) 지방 관아(官衙)의 육방(六房)의 임무.
5) 관부(官府)에서 고소인이 제출한 소장(訴狀)이나 원서(願書)에 쓰는 관부의 판결이나 지령(指令).
6) 세차게 메어치거나 넘어뜨리는 것. 태질.
7) 공사에 관한 서류.
8) 물론~한산:현직에 있든 없든 가리지 않음.
9) 으뜸가는 자리를 차지함.

막을 자(者)가 없을 것이요, 만일(萬一) 그러한 즉(卽) 외간사(外間事)를 내 마땅히 기록(記錄)하여 드릴 것이니 소록(所錄)대로 시행(施行)하시면 영감(令監)께서 신이(神異)한 이름을 얻으시리이다."

재상(宰相) 왈(曰),

"그러하면 아무케나 하여 보라."

기인(其人)이 먼저 내려가 인읍(隣邑) 포리(捕吏)라 일컫고 조석(朝夕) 밥을 주막(酒幕)에 부쳐 먹고 이청(吏廳)에 왕래(往來)하여 혹(或) 대서(代書)도 하며 문서(文書)도 간검(看檢)하니, 그 사람 되옴이 민첩(敏捷)하고 글과 산(算) 놓기에 넉넉하니 모든 아전(衙前)들이 다 대접(待接)하며 밥은 이청(吏廳) 고직(庫直)에 부치고 잠은 이청(吏廳)에서 자며 모든 문서(文書)를 상의(相議)하여 하더니, 신관(新官)이 도임(到任)한 후(後) 백성(百姓)의 송사(訟事) 제사(題辭)를 부르매 형리(刑吏) 받아 쓰지 못한 즉(卽) 잡아내려 엄곤(嚴棍)[10]하니 하루 사이에 죄(罪)를 받은 자(者)가 많고, 보장(報狀)과 전령(傳令)의 탈을 잡아 엄치(嚴治)하고 또 수리(首吏)를 잡아들여 형리(刑吏)를 가리지 못한 죄(罪)로 매일(每日) 치죄(治罪)하니, 이런 고(故)로 이청(吏廳)이 날마다 난리(亂離)를 만난 듯하고, 형리(刑吏)는 감(敢)히 가까이 할 이 없고 문보(文報) 거래(去來)에 이 사람의 필적(筆跡)이 들어간 즉(卽) 필야(必也) 무사(無事)하니, 연고(然故)로[11] 일청(一廳) 아전(衙前)들이 오직 이 사람이 달아날까 두려워하더라.

하루는 본관(本官)이 수리(首吏)에게 분부(分付)하되,

"내 서울서 들으니 이 고을이 본대 문향(文鄕)으로 일컫더니 이제 보건대 가위(可謂) 한심(寒心)하다. 형리(刑吏)에 가합(可合)한 자(者)

10) 엄하게 곤장을 침.
11) 그러한 까닭으로.

가 일인(一人)도 없으니 네 청(廳)으로 시사(時仕)하는 아전(衙前)과 읍저(邑底) 사람의 문필(文筆) 있는 자(者)를 취재(取材)하여 들이라."

수리(首吏) 승명(承命)하고 나가 모든 아전(衙前)의 문필(文筆)을 취재(取材)하여 들인 즉(卽) 이 사람이 괴수(魁殊)가 된지라. 인(因)하여 물으되,

"이는 어떠한 아전(衙前)인가."

대왈(對曰),

"본읍(本邑) 아전(衙前)이 아니고 인읍(隣邑) 퇴리(退吏)로 소인(小人)의 청(廳)에 부치어 있는 자(者)이로소이다."

원(員)이 가로되,

"이 사람의 문필(文筆)이 유여(有餘)하고 인읍(隣邑) 이역(吏役)하던 사람이라 하니 또한 무방(無妨)한지라. 그 사람을 이안(吏案)에 붙이고 형리(刑吏)를 차정(差定)하라."

수리(首吏) 그 말대로 거행(擧行)하니 이날부터 그 아전(衙前)이 홀로 거행(擧行)하더라.

그 아전(衙前)이 형리(刑吏)된 후(後)로 한 번(番)도 죄책(罪責)이 없으니 수리(首吏) 이하(以下)로 비로소 방심(放心)하고 청중(廳中)이 무사(無事)하더라.

아전(衙前)의 방임(房任)을 주청(奏請)할 때에 특별(特別)히 도서원(都書員)을 겸(兼)하여 거행(擧行)하라 하니 한 사람도 시비(是非) 줄 자(者)가 없더라.

그 아전(衙前)이 기생(妓生)을 치가(治家)하여 집 사고 살며 매양(每樣) 문첩(文牒) 거행(擧行)할 즈음에 외간(外間) 소문(所聞)을 기록(記錄)하여 가만히 방석(方席) 밑에 넣고 나가면 본관(本官)이 내어 보니, 연

고(然故)로 백성(百姓)의 은조(隱租)[12]한 일과 아전(衙前)의 간활(奸猾)함을 귀신(鬼神)같이 아니 이민(吏民)이 다 습복(慴伏)[13]하더라.

명년(明年)에 또 도서원(都書員)을 겸대(兼帶)하니 양년(兩年) 소출(所出)이 만여금(萬餘金)이라. 가만히 서울 집으로 보내고 본관(本官)의 과체(瓜遞)[14]하는 전(前)날 밤에 인(因)하여 도망(逃亡)하니 아전(衙前)이 황황(遑遑)하여 수리(首吏)에게 일러 관가(官家)에 고(告)한대, 본관(本官) 왈(曰),

"그 계집을 데리고 도망(逃亡)하였느냐."

답왈(答曰),

"가족(家族)을 다 버리고 단신(單身)으로 갔나이다."

본관(本官) 왈(曰),

"혹(或) 포흠(逋欠)[15]진 바가 있느냐."

대왈(對曰),

"없나이다."

"그러하면 또한 괴이(怪異)한 일이로다. 이미 도망(逃亡)하였은 즉(卽) 부운(浮雲) 종적(蹤迹)을 어디 가 찾으리오. 버려 두라."

하니라.

그 사람이 집을 사며 전토(田土)를 장만하니 가계(家計) 부요(富饒)하더라. 그 후(後)에 과거(科擧)하여 고을 원(員)을 여러 번(番) 지내니라.

---

12) 세금을 덜 내기 위하여 재산을 은닉하는 일.
13) 두려워 엎드림. 황송하여 엎드림.
14) 벼슬의 임기가 차서 갈림.
15) 관물을 사사로이 소비함.

## 2. 강양민공립청백사(江陽民共立淸白祠)[16]

이부제학(李副提學) 병태(秉泰)[17] 처음으로 경상 감사(慶尙監司)를 제수(除授)하니 사양(辭讓)하고 부임(赴任)치 아니하거늘, 상(上)이 노(怒)하사 합천(陜川)에 보위(補位)하시니 고을 사람이 와 본 즉(卽) 절화(絶火)한 지 수일(數日)이라. 소견(所見)에 민박(憫迫)[18]하여 좁쌀 한 말과 청어(靑魚) 한 두름과 나무 두 동을 사 들여 보내었더니, 공(公)이 하직(下直) 숙배(肅拜)하고 나와 본 즉(卽) 밥과 어탕(魚湯)이 있거늘 물으되,

"이것이 어디서 났느뇨."

집사람이 실상(實相)을 대답(對答)하니 공(公)이 정색(正色) 왈(曰),

"어찌 하예(下隸)의 무명지물(無名之物)을 받으리오."

그 반갱(飯羹)[19]을 도로 내어 주니라.

고을에 도임(到任)한 후(後) 일호(一毫)를 취(取)한 바가 없고 백성(百姓)을 정성(精誠)으로 다스리더라.

마침 크게 가물어 일도(一道)가 다 기우(祈雨)하되 효험(效驗)이 없더니, 공(公)이 행사(行祀)한 후(後) 인(因)하여 단(壇) 아래 폭양(暴陽) 가운데 업드려 마음에 맹세(盟誓)하여 가로되, 비를 얻지 못한 즉(卽) 죽기로 기약(期約)하여 다만 미음만 마시고 마음으로 빌더니, 제(祭) 삼일(三日) 아침에 한 떼 검은 구름이 기도(祈禱)하는 산상(山上)에서 일어

16) 강양(江陽)의 백성들이 함께 청백사(淸白祠)를 세우다.
17) 조선조 영조 때의 청백리(淸白吏). 호는 동산(東山). 여러 벼슬을 거쳐 승지(承旨)로 임명되었으나 사퇴하고, 합천 군수로 선정을 베풂.
18) 걱정이 아주 절박함.
19) 밥과 국.

나며 잠시간(暫時間)에 큰비 붓듯이 그 마을만 오고 인읍(隣邑)은 한 점(點) 비도 옴이 없고, 일도지내(一道之內)에 홀로 합천(陜川)이 대풍(大風)하니 또한 이상(異常)하더라.

해인사(海印寺)에서 종이 바치므로 고폐(痼弊)[20] 되었더니, 공(公)이 도임(到任)한 후(後)로 한 장(張)도 증출(增出)함이 없더라.

하루는 간지(簡紙)를 쓸 데 있어 삼폭(三幅)을 사승(寺僧)에게 분부(分付)하니 각방(各房) 제승(諸僧)이 모여 공론(公論)하고 십폭(十幅)을 바쳤거늘, 공(公)이 간지(簡紙) 바치러 온 승(僧)을 잡아들여 분부(分付) 왈(曰),

"관가(官家)에서 삼폭(三幅)을 바치라 하였으니 일폭(一幅)을 가감(加減)하여도 죄(罪)거늘 네 어찌 감(敢)히 칠폭(七幅)을 가수(加數)하여 바쳤는가."

하고, 삼폭(三幅)만 두고 칠폭(七幅)을 도로 주니 그 승(僧)이 받아 가지고 나가다가 관예(官隷)를 준 즉(卽) 받지 아니하거늘 그 간지(簡紙)를 외삼문(外三門) 잣나무에 걸고 갔더니, 그 후(後)에 공(公)이 마침 문(門)을 나다가 보고 괴이(怪異)히 여겨 물은 즉(卽) 하예(下隷)들이 실(實)로 고(告)하니 공(公)이 웃고 떼어 내려다가 책상(冊床)에 두었더니, 원(員)을 갈고 돌아올 때에 본 즉(卽) 일폭(一幅)을 쓰고 육폭(六幅)이 남았거늘 중기(重記)[21]에 치부(置簿)하여 신관(新官)에게 넘기니라.

공(公)이 하루는 해인사(海印寺)에 놀 새 제명(題名)하려 하고 용추(龍湫) 위에 특립(特立)한 바위를 가르쳐 왈(曰),

"이 돌이 제명(題名)하기 좋으되 물 깊은 곳에 섰으매 접족(接足)할 곳이 없어 새기기 어렵도다."

---

20) 뿌리가 깊어 고치기 어려운 폐단.
21) 사무를 인계할 때에 전하는 문서.

제승(諸僧)이 이 말을 듣고 칠일(七日) 재계(齋戒)하고 산신(山神)께 기도(祈禱)하니, 이때 오월(五月)이라도 물이 합빙(合氷)하거늘 나무를 베어 운제(雲梯)[22]를 만들어 얼음 위에 매고 올라가 새기니라.

체귀(遞歸)할 때 읍중(邑中) 대소민(大小民)이 길을 막아 업드려 가로되,

"원(願)컨대 아무 것이나 한 가지를 주시면 영세(永世) 불망지재(不忘之財)를 삼아지이다."

공(公)이 가로되,

"내 고을에 와서 한 가지 없고 추포(麤布)[23] 도복(道服)이 한 벌이 있으니 가져가라."

하고, 내어 주니 백성(百姓)들이 이로써 사당(祠堂)을 세우고 이름하여 청백사(淸白祠)라 하고 지우금(至于今) 춘추(春秋) 제향(祭享)하니라.

22) 높은 사닥다리.
23) 발이 굵고 거칠게 짠 베.

## 3. 흥원사종유청학동(興元士從遊青鶴洞)[24]

김진사(金進士)의 이름은 기(錡)니 참판공(參判公) 선(銑)[25]의 아우라. 집이 원주(原州) 홍원창(興元倉) 아래 있고 한 독자(獨子)가 있으니 나이 이십(二十)이라. 문필(文筆)과 재예(才藝) 유명(有名)하더니, 하루는 낮에 앉았더니 한 건장(健壯)한 사람이 수염(鬚髥)이 주홍(朱紅) 빛 같은 자(者)가 안장(鞍裝) 갖춘 백마(白馬)를 이끌고 와 가로되,

"소인(小人)의 주인(主人)이 청(請)하오니 이 말을 타고 행(行)하소서."

하니, 김생(金生)은 그 사람을 보되 다른 사람은 보지 못하더라.

인(因)하여 말을 타고 문(門)을 나니 그 행(行)함이 나는 듯하여 산(山)을 지나며 영(嶺)을 넘어 한 동구(洞口)에 이른 즉(卽) 기화 이초(奇花異草)와 진금 이수(珍禽異獸)가 왕래(往來) 희롱(戲弄)하니 또한 별세계(別世界)라. 한 백발 노인(白髮老人)이 맞으며 소왈(笑曰),

"네 나로 더불어 연분(緣分)이 있는 고(故)로 청(請)하여 왔으니 나를 좇아 도(道)를 배우라."

하거늘, 인(因)하여 머물러 있으니 동학(同學)하는 자(者)가 십여인(十餘人)이요, 그 중(中)에 도고(道高)한 자(者)가 세 사람이니 하나는 강남(江南) 사람이요, 하나는 자가(自家)요, 하나는 일본국(日本國) 대판성(大阪城) 사람이고, 동명(洞名)은 청학동(青鶴洞)이라. 머문 지 여러 달에 그 도(道)를 통(通)하였거늘 인(因)하여 하직(下直)코 집에 돌아오니

---

24) 원주(原州) 홍원창(興元倉) 사는 선비가 이인(異人)을 따라 청학동에 가서 놀다.

25) 조선조 순조(純祖) 때의 문신. 형조 판서, 한성부 판윤 등을 역임.

라.

김생(金生)이 이후(以後)로 눈을 감고 정신(精神)을 모으고 앉았은 즉(卽) 홀연(忽然)히 사람이 있어 대령(待令)하고 왕래(往來) 무상(無常)하더라.

혹(或) 문(門)을 닫고 눈을 감고 앉아 자기를 삼사일(三四日) 육칠일(六七日) 후(後)에 비로소 깨니 집안 사람들이 다 괴(怪)히 여기더라.

하루는 청학동(青鶴洞)에 들어가 그 스승을 모시고 산상(山上)에 소요(逍遙)하더니, 스승 왈(曰),

"너희 등(等)의 변화(變化)함을 구경하여 한 번(番) 웃고자 하노라."

하니, 강남(江南) 사람은 백학(白鶴)이 되어 날고 일본(日本) 사람은 큰 호랑(虎狼)이 되어 꿇어 앉고 김생(金生)은 화(化)하여 추풍 낙엽(秋風落葉)이 되어 표표(飄飄)히 내려지니 그 선생(先生)이 크게 웃더라.

일일(一日)은 양친(兩親)에게 하직(下直)하여 왈(曰),

"나는 오래 진세(塵世)에 있을 사람이 아니오니 이제 영별(永別)하옵나니 부모(父母)님은 소자(小子)를 괘념(掛念)치 말으소서."

하고, 또 그 아내와 영결(永訣)하고 앉아 죽으니, 그 부모(父母)가 처음에는 미친 병(病)으로 알았더니 그 후(後)에 우연(偶然)히 그 아들의 상자(箱子)를 뒤져본 즉(卽) 청학동(青鶴洞) 일기(日記)와 신이(神異)한 일이 많이 있더라.

# 4. 솔내행옹천봉뇌우(率內行甕遷逢雷雨)[26]

군자정(軍資正) 이산중(李山重)이 간성(杆城) 원(員)으로 있을 때에 그 아들 태영(泰永)의 처(妻)가 잉태(孕胎)하여 만삭(滿朔)하니 해산(解産)을 서울 집에 와 하려 하고 발행(發行)하매 태영(泰永)이 호행(護行)하여 옹천(甕遷) 땅에 이르렀더니, 급(急)한 비 붓듯이 오며 뇌정(雷霆)이 대작(大作)하니 독교(獨轎)[27] 실은 말이 자주 놀라거늘, 태영(泰永)이 독교(獨轎)를 내려 인부(人夫)에 메이려 하고 내려 미쳐 사람의 어깨에 닿지 못하여서 일성 벽력(一聲霹靂)이 말머리를 지나가 앞에 있는 회화나무[28]를 쳐 부서지니, 말이 놀라 뛰어 바위 위를 치닫다가 굴러 바다에 내려져 죽고 독교(獨轎)는 이미 사람에 메인 바가 되더니, 태영(泰永)이 대경(大驚)하여 급(急)히 독교(獨轎)를 길가에 내려 놓고 발을 들어본 즉(卽) 그 부인(夫人)이 몸이 곤(困)하여 잠이 들어 깨지 아니하고 마침내 무사(無事)하였더니, 칠월(七月)에 이르러 희갑(羲甲)[29]을 낳으니라.

나이 사세(四歲)에 그 대부인(大夫人)을 따라 수교(水橋) 외가(外家)에 머물더니, 마침 그 집이 화재(火災)를 만나 다시 고치려 하고 동우(棟宇)와 들보와 연목(椽木)을 뒤뜰에 쌓았더니 희갑(羲甲)이 그 아래서 놀다가 쌓은 재목(材木)이 일시(一時)에 무너져 그 밑에 든지라. 집 사람들이 경황(驚惶)하여 반드시 죽었으리라 하고 그의 조부(祖父)가 또

26) 아내를 데리고 가다가 옹천 땅에서 벼락을 만나다.
27) 말 한 마리가 메고 끄는 가마.
28) 콩과에 속하는 낙엽 활엽 교목. 정원수 가구재로 쓰며, 꽃과 과실은 약용함. 홰나무.
29) 조선조 순조 때의 문신. 형조 판서, 판의금부사, 이조 판서 등을 역임.

한 차악(嗟愕)하여 어찌할 줄 몰라 급(急)히 노복(奴僕)으로 하여금 나무를 옮기고 본 즉(卽), 세 나무가 서로 엇이어 섰고 그 아이 그 속에 업드려 놀라 얼굴이 흙빛 같으되 한 곳도 상(傷)한 바가 없으니 그의 조부(祖父)가 항상(恒常) 말하되,

"이 아이는 크게 달(達)하리라."

하더라.

## 5. 구처녀화담시신술(救處女花潭試神術)[30)]

서화담(徐花潭) 경덕(敬德)[31)]은 박학 다문(博學多聞)하고 천문 지리(天文地理)와 술수지학(術數之學)을 무불통지(無不通知)하고 장단(長湍) 화담(花潭)이라 하는 시내 위에서 살기로 별호(別號)를 화담(花潭)이라 하다.

일일(一日)은 제자(弟子)들을 모아 강론(講論)할 새 한 노승(老僧)이 와 절하여 뵈고 간 후(後)에 화담(花潭) 선생(先生)이 홀연(忽然) 차탄(嗟歎)하거늘, 한 제자(弟子)가 그 연고(緣故)를 물은대, 화담(花潭) 왈(曰),

"네 이 승(僧)을 아는가."

제자(弟子)가 왈(曰),

"알지 못하나이다."

선생(先生) 왈(曰),

"이는 아무 산(山)에 있는 신호(神虎)이라. 이 동리(洞里)에 있는 사람의 딸이 내일(來日)은 시집갈 날인데 그 호랑(虎狼)에게 해(害)를 볼 터이니 가(可)히 불쌍한 일이로다."

그 제자(弟子)가 왈(曰),

"선생(先生)이 이미 알으신 즉(卽) 구(救)할 도리(道理) 없으리이까."

선생(先生) 왈(曰),

---

30) 처녀를 구하려고 서화담(徐花潭)이 신술(神術)을 시험하다.

31) 조선조 명종 때의 학자. 벼슬에 뜻을 두지 않고 도학(道學)에만 전념하였음.

"구(救)할 도리(道理) 있으되 다만 보낼 사람이 없도다."

제자(弟子)가 왈(曰),

"원(願)컨대 제자(弟子)가 가리이다."

선생(先生) 왈(曰),

"네 가려하면 이 책(冊)을 가지고 가라."

하고, 책(冊) 한 권(卷)을 주어 왈(曰),

"이는 불경(佛經)이니 그 집이 예서 백리(百里) 땅 아무 촌(村)이니 이 경(經)을 가지고 그 집에 가면 자연(自然) 알리니 먼저 누설(漏泄)치 말고 저희로 하여금 향탁(香卓)과 등촉(燈燭)을 청상(廳上)에 벌이고 그 처녀(處女)를 방중(房中)에 넣어 사면(四面) 문(門)을 잠그고 건장(健壯)한 계집종 오륙인(五六人)으로 굳이 붙들어 나가지 못하게 하고, 너는 청상(廳上)에 앉아 이 경(經)을 읽으되 한 대문(大文)도 그릇 읽지 말면 계명(鷄鳴) 후(後) 자연(自然) 무사(無事)할 것이니 삼가 조심(操心)하라."

그 제자(弟子)가 승명(承命)하고 그 집에 이른 즉(卽) 거가(擧家)가 분운(紛紜)[32]하거늘 그 연고(緣故)를 물은 즉(卽) 과연(果然) 명일(明日) 혼인(婚姻)날이라 하거늘, 그 사람이 들어가 주인(主人)을 보고 한훤(寒暄)을 파(罷)한 후(後) 가로되,

"오늘 밤에 주인(主人)의 집에 큰 액(厄)이 있기로 내 위(爲)하여 왔으니 여차여차(如此如此)하라."

주인(主人)이 믿지 않아 왈(曰),

"어디 있는 과객(過客)이 미친 말 하느뇨."

기인(其人) 왈(曰),

"나의 미치고 아니 미침은 물론(勿論)하고 오늘 밤 지나면 자연(自

32) 여러 사람의 의논이 일치하지 아니하고 이러니저러니하여 부산함.

然) 알 도리(道理) 있으니 아무케나 내 말대로 하라."

주인(主人)이 마음에 의아(疑訝)하여 그 말대로 대청(大廳)에 배설(排設)하고 기다리며 그 처녀(處女)를 방(房) 안에 가두고 기인(其人)은 청상(廳上)에 앉아 독경(讀經)하더니, 삼경(三經)에 홀연(忽然) 벽력(霹靂) 소리 나거늘 집안 사람이 다 놀라 피(避)하여 본 즉(卽) 한 대호(大虎)가 뜰 아래 꿇어 앉아 소리 지르거늘 인(因)하여 독경(讀經)하기를 마지 아니하니, 이때의 그 처녀(處女)가 똥 마렵다 하고 한사(限死)코 나가려 하거늘 모든 시비(侍婢)들이 붙들어 나가지 못하게 하니 처녀(處女)가 견디지 못하여 뛰놀더니, 그 범이 크게 소리지르고 마루 귀틀을 물어 떼며 인(因)하여 부딪기를 세 차례(次例)를 하더니, 인홀불견(因忽不見)[33]하고 그 처녀(處女)는 혼절(昏絶)하거늘 집 사람들이 비로소 정신(精神)을 수습(收拾)하여 더운 물로 처녀(處女)의 입에 넣으니 잠간(暫間) 깨어나거늘, 그 사람이 경(經) 읽기를 그치고 밖으로 나온 즉(卽) 거가(擧家)가 칭사(稱謝)하며 수백금(數百金)으로 그 은혜(恩惠)를 갚고자 하되, 그 사람이 사양(辭讓) 왈(曰),

"나는 재물(財物)을 취(取)하여 옴이 아니라."

하고, 옷을 떨쳐 돌아와 선생(先生)께 복명(復命)하니 선생(先生) 왈(曰),

"네 어찌하여 세 곳을 그릇 읽었느뇨."

제자(弟子)가 왈(曰),

"그릇 읽은 곳이 없나이다."

선생(先生) 왈(曰),

"아까 그 중이 여기 와 다녀가며 나의 활인(活人)한 공(功)을 사례(謝禮)하고 왈(曰), 경서(經書)를 세 곳을 그릇 읽기로 마루 귀틀을

33) 인하여 홀연 보이지 않음.

세 번(番) 깨물어 알게 하고 가니라."

그 사람이 생각한 즉(卽) 과연(果然) 그때 그릇 읽었더라.

## 6. 수경사영작지은(隨京師靈作知恩)[34]

박능주(朴綾州)의 이름은 우원(右源)이니, 남중(南中) 원(員)으로 있을 때에 그 부인(夫人)이 관가(官家) 뜰 앞 나무 위에서 까치 새끼 떨어짐을 보고 집어다가 조석(朝夕)으로 밥 먹여 길러 방중(房中)에 두매 날아가지 아니하고 혹(或) 나무 위에도 날아 앉으며 혹(或) 부인(夫人)의 어깨 위에 깃들여 놀더니, 박공(朴公)이 장성(長城) 원(員)으로 옮을 새 발행(發行)하는 날 홀연(忽然) 간 곳을 알지 못하더니, 내행(內行)이 장성(長城) 아문(衙門)에 이른 즉(卽) 그 까치 들보 위에서 부인(夫人)의 어깨 위에 또 내려 앉으니 부인(夫人)이 또 밥먹여 길들이더니, 뜰 앞 나무에 집을 짓고 새끼 쳐 기르며 거래여상(去來如常)하더니, 그 후(後)에 능주(綾州)로 옮음에 여전(如前)히 따라와 있다가 원(員)을 갈고 서울 집으로 돌아오매 또 따라왔더니, 그 부인(夫人)이 죽으매 그 까치 울며 빈소(殯所)를 떠나지 아니하고 행상(行喪)할 제 관(棺) 위에 앉아 가며 산상(山上)에 이르러 묘상각(墓上閣)[35]에 올라 앉아 울기를 마지 아니하더니, 하관(下棺)할 때에 관(官)을 향(向)하여 울고 인(因)하여 날아가 간 곳을 알지 못하니 비록 미물(微物)이나 은혜(恩惠) 앎이 이같더라.

---

34) 영험스런 까치가 은혜를 알아 서울까지 따라오다.

35) 장사(葬事) 때 비와 햇볕을 가리기 위하여 임시로 뫼의 구덩이 위에 베푸는 뜸집. 옹가(甕家).

# 7. 정겸재중국천화명(鄭謙齊中國擅畵名)[36]

정겸재(鄭謙齊)의 이름은 선(敾)[37]이고 자(字)는 원백(元伯)이니 그림 잘 그리기로 유명(有名)하되 더욱 산수(山水) 그리기에 절묘(絶妙)하니, 그림 구(求)하는 자(者)가 많으되 수응(酬應)하기를 게을리 아니하더라.

동리(洞里)에 사는 선비 산수(山水) 그림 삼십여첩(三十餘帖)을 얻어 두고 보배같이 사랑하더니, 일일(一日)은 그 선비 사천(槎川) 이공(李公)을 가 뵈옵고 그 시렁을 보니 당판(唐板) 책(冊)이 많이 쌓였거늘, 문왈(問曰),

"당책(唐冊)이 어찌 이렇듯 많으니이꼬."

공(公)이 소왈(笑曰),

"이것이 다 정원백(鄭元伯)에게서 난 줄 뉘 알리오. 다름 아니라 북경(北京)에 그림 매매(賣買)하는 저자가 많으되 원백(元伯)의 그림은 손바닥만 하여도 중가(重價)를 주고 사는지라. 내 원백(元伯)과 최친(最親)한 고(故)로 그 그림을 많이 얻어 매양(每樣) 사행(使行) 편(便)에 부치어 봄직한 책(冊)을 많이 사온 고(故)로 이같이 많이 얻었으니 비로소 중원(中原) 사람의 그림 알아봄을 알 것이요, 아국(我國) 사람은 이름만 취(取)할 따름이라."

하더라.

중촌(中村) 집 부인(婦人)이 비단 치마를 입고 겸재(謙齊)의 집에 왔

---

36) 겸재(謙齋) 정선(鄭敾)이 중국에서 그림으로 이름을 드날리다.

37) 조선조 후기의 화가. 국내 명승 고적을 찾아다니면서 진경적(眞景的)인 사생화(寫生畵)를 많이 그려 한국적 산수화풍(山水畵風)을 세운 공로자임. 현재(玄齋) 심사정(沈師正), 관아재(觀我齋) 조영석(趙榮祏)과 함께 삼재(三齋)로 일컬어짐.

다가 육즙(肉汁)에 더럽힌 바가 되니 안에서 심(甚)히 근심하거늘, 겸재(謙齋) 가져오라 하여 본 즉(卽) 더러운 곳이 넓거늘 즉시(卽時) 빨아 사랑(舍廊)에 두었더니, 일일(一日)은 일기(日氣) 청상(淸爽)하고 필흥(筆興)이 대발(大發)하거늘 채색(彩色) 벼루를 열고 비단 폭(幅)을 펴 놓고 풍악산(楓嶽山)[38] 전도(全圖)를 그리니 찬란(燦爛)한 빛이 흐르고 두 폭(幅)이 남았거늘 금강산(金剛山) 절묘(絶妙)한 곳을 다 그리니 지극(至極)한 보배 된지라. 그 후(後)에 치마 주인(主人)이 왔거늘, 겸재(謙齋) 왈(曰),

"내 마침 화흥(畵興)이 발(發)하되 좋은 화본(畵本)이 없더니 그대의 집 치마가 와 있다 하기로 화본(畵本)을 만들어 금강산(金剛山) 일만이천봉(一萬二千峯)을 그 가운데 옮겼으니 그대의 집안에서 보면 크게 놀랄 것이니 어찌하리오."

그 사람이 또한 화격(畵格)을 아는 고(故)로 복복 치사(僕僕致謝)하고 돌아가 주효(酒肴)를 성비(盛備)하여 가지고 와 대접(待接)하고, 그 전폭(前幅)은 집에 감추어 가보(家寶)를 삼고 두 폭(幅)은 사신(使臣) 행차(行次)에 붙이어 연경(燕京)에 보내었더니, 마침 촉(蜀)나라 중이 청성산(靑城山)으로조차 와 그 그림을 보고 크게 칭찬(稱讚) 왈(曰),

"내 나라에 새로 절을 지었으니 이로 부처에게 공양(供養)하겠사오니 원(願)컨대 백금(百金)으로 바꾸어지이다."

기인(其人)이 허락(許諾)할 즈음에 남경(南京) 사람이 보고 왈(曰),

"마땅히 이십냥(二十兩)을 더 줄 것이니 청(請)컨대 내게 팔라."

하거늘, 그 중이 대로(大怒) 왈(曰),

"이 이미 값을 정(定)하였으니 네 어찌 이리하느뇨. 삼십냥(三十兩)을 더 주리라."

---

38) 금강산(金剛山)의 가을철 이름.

하고, 그림을 불 가운데 던져 왈(曰),

"세상(世上) 인심(人心)이 여차(如此)하니 내 이 그림을 탐(貪)하면 어찌 이 사람과 다르리오."

하고, 소매를 떨쳐 가거늘, 그림 주인(主人)이 또한 백냥(百兩)을 취(取)치 아니코 돌아오니라.

일일(一日)은 겸재(謙齊) 새벽에 잠을 깨었더니 문(門) 열라 하는 소리 있거늘, 나가본 즉(卽) 친(親)한 사람이거늘 맞아들인 즉(卽) 공첩(空帖)을 드려 왈(曰),

"이제 장차(將次) 연행(燕行)하려 하매 원(願)컨대 공(公)은 잠간(暫間) 붓을 들어주시면 행심(幸甚)일까 하나이다."

말할 사이에 동창(東窓)이 이미 밝고 아침 기운(氣運)이 심(甚)히 청상(淸爽)하거늘, 겸재(謙齊) 이에 공첩(空帖)을 펴 놓고 바닷물을 그리고 파도(波濤)가 흉용(洶湧)[39]한대 한 작은 배 파도(波濤)에 쫒기어 반(半)만 쓰러져 아득히 뵈이게 그려 주니 그 사람이 사례(謝禮)하고 가더니, 북경(北京)에 들어가 그림 저자에 가 주인(主人)을 뵌대, 주인(主人) 왈(曰),

"이는 반드시 새벽에 그린 바이로다. 정신(精神)이 흔연(欣然)히 풍범(風帆) 위에 들었다."

하고, 선초향(扇貂香)[40] 한 궤(櫃)를 주고 바꾸거늘 그 사람이 받아가지고 향(香)을 세어본 즉(卽) 오십개(五十箇)요, 길이 두어 치는 다 되더라. 연고(緣故)로 역관(譯官)들이 겸재(謙齊)의 그림을 얻으면 보배로 여기더라.

39) 물결이 매우 세차게 일어남.
40) 부채 고리에 다는 장식품 향.

## 8. 맹감사동악문기사(孟監司東岳聞奇事)[41)]

맹감사(孟監司)의 이름은 주단(胄端)[42)]이니 산수(山水)를 사랑하매 소시(少時)에 금강산(金剛山)에 들어가 유심처(幽深處)에 이르니 한 암자(庵子)가 있으되 극(極)히 정결(淨潔)하고, 한 노승(老僧)이 있으니 나이 백여세(百餘歲)나 되고 용모(容貌)가 고건(古健)하거늘 맹공(孟公)이 기이(奇異)히 여겨 인(因)하여 유숙(留宿)하더니, 그 중이 홀연(忽然)히 그 상(上)재[43)]를 불러 왈(曰),

"명일(明日)은 내 스승의 기일(忌日)이니 찬수(饌需)를 장만하라."

하니, 상(上)재 대답(對答)하고 새벽에 찬수(饌需)를 베푸니 노승(老僧)이 울기를 슬피하거늘, 맹공(孟公)이 문왈(問曰),

"노사(老師)의 스승은 이름이 무엇이며 도고(道高)함이 어떠한지 듣고자 하노라."

노승(老僧)이 척연(慽然) 왈(曰),

"소승(小僧)은 조선(朝鮮) 사람이 아니오라 일본국(日本國) 사람이요, 나의 스승은 또한 중이 아니라 선비 사람이요, 내 비로소 임진년(壬辰年) 전(前)에 본국(本國)에서 우리 여덟 사람을 빼내어 보내니 다 지혜(智慧) 많고 효용(驍勇)한지라. 조선(朝鮮) 팔도(八道)를 각기 맡아 산천(山川) 험악(險惡)과 도로(道路) 원근(遠近)과 관애(關隘) 충

---

41) 맹감사가 금강산에서 기이한 일을 듣다.

42) '주단'은 '주서(胄瑞)'의 원전 잘못. 조선조 현종 때의 문신. 우승지(右承旨), 충청도 관찰사 등을 역임함. 안동 부사로 있을 때 선정을 베풀어 가선대부(嘉善大夫)에 오름.

43) 사승(師僧)의 대를 이을 여러 사람 중에서 가장 높은 사람. 상좌(上佐).

요(衝要)[44]를 가만히 기록(記錄)하고 조선(朝鮮) 사람의 지략(智略) 재용(才勇)있는 자(者)를 다 죽인 후(後)에 비로소 복명(復命)하기를 언약(言約)하고, 여덟 사람이 다 조선(朝鮮)말을 배워 동래(東萊) 왜관(倭館)으로 나와 조선(朝鮮) 중의 복색(服色)을 변착(變着)하고 장차(將次) 발행(發行)할 즈음에 서로 의논(議論)하여 왈(曰), '조선(朝鮮) 금강산(金剛山)은 명산(名山)이니 이 산(山)에 들어가 기도(祈禱)한 후(後)에 각각(各各) 흩어지자.' 하고 동행(同行)한 지 십여일(十餘日) 만에 회양(淮陽) 땅에 이르니 한 선비 나무신 신고 황소를 타고 산곡(山谷)으로 나오거늘, 동행중(同行中) 일인(一人)이 가로되, '우리 연일(連日) 주려 기력(氣力)이 피곤(疲困)하니 이 사람을 죽여 그 고기를 먹음이 좋을 듯하다.' 하고 드디어 그 선비에게 달려드니 그 선비 왈(曰), '너희 무리 어찌 감(敢)히 무례(無禮)히 구는가. 너희 놈들은 왜국(倭國) 간첩(間諜)이라. 내 어찌 모르리오. 마땅히 다 죽이리라.' 하니, 팔인(八人)이 대경(大驚)하여 일제(一齊)히 칼을 빼어들고 달려드니 그 선비 주머귀[45]를 뽐내고 다리를 날려 빠르기 귀신(鬼神) 같으니 우리 중(中)에 머리 깨어지고 사지(四肢) 부러져 죽은 자(者)가 다섯이요 남은 자(者)가 셋이라. 땅에 업드려 살기를 빈대 그 선비 왈(曰), '네 과연(果然) 성심(誠心)으로 귀복(歸伏)[46]하려 하면 사생간(死生間) 나를 따르랴.' 삼인(三人)이 머리 조아 하늘을 가리켜 맹세(盟誓)하니 그 선비 우리 삼인(三人)을 거느리고 집에 돌아와 일러 왈(曰), '너희 비록 왜국(倭國) 사자(使者)가 되어 아국(我國) 사람의 지려 천단(知慮淺短)을 보고자 하나 너희 술법(術法)이 심(甚)히 적으니 어찌 감(敢)히 엿보리오. 너희 이제 이미 하늘께 맹세(盟誓)하

44) 요충(要衝).
45) '주먹'의 옛말.
46) 귀순하여 항복함.

고 귀복(歸伏)하니 너희 마음을 가(可)히 알지라. 내 마땅히 검술(劍術)을 가르칠 것이니 만일(萬一) 왜병(倭兵)이 오면 너희 등(等)을 거느려 군사(軍士)를 일으켜 마도(馬島)[47]를 지킨 즉(卽) 족(足)히 적병(敵兵)을 막으리니 너희는 비록 타국(他國) 공훈(功勳)이나 유방백세(流芳百世)[48]함이 어떠하뇨.' 삼인(三人)이 배사(拜謝)하고 한가지로 검술(劍術)을 받아 능(能)하기에 이르매 그 선비 심(甚)히 믿고 사랑하더니, 하루는 삼인(三人)이 한가지로 자다가 아침에 일어나 본 즉(卽) 그 선비 홀연(忽然) 해(害)를 입어 유혈(流血)이 당(堂)에 가득하였거늘, 소승(小僧)이 대경(大驚)하여 양인(兩人)에게 물은 즉(卽) 답왈(答曰), '비록 이 사람을 섬겨 그 검술(劍術)을 배웠으나 같이 온 팔인(八人)의 은정(恩情)이 형제(兄弟) 같거늘 이제 다 이 사람에게 죽은 바가 되었으니 이는 원수(怨讐)이라. 갚고자 한 지 오래되 틈을 얻지 못하였더니 이제 다행(多幸)히 틈을 얻었기로 죽였노라.' 소승(小僧)이 대책(大責) 왈(曰), '우리 등(等)이 재생지은(再生之恩)을 받아 하늘께 맹세(盟誓)하였으니 은의(恩義) 부자(父子)같거늘 어찌 원수(怨讐)를 의논(議論)하여 이렇듯 악사(惡事)를 하뇨.' 하고 인(因)하여 양인(兩人)을 다 죽이고 산(山)에 들어와 중이 되어 상(上)재를 얻고 이 암자(庵子)에 유(留)하여 나이 백세(百歲) 지나되 매양(每樣) 스승의 재주와 정의(情誼)를 애석(哀惜)하여 지극(至極)한 설움이 마음에 새긴지라. 이러므로 스승의 기일(忌日)을 당(當)한 즉(卽) 애통(哀痛)함을 억제(抑制)치 못하나이다."

맹공(孟公)이 청필(聽畢)[49]에 장탄(長歎)하여 왈(曰),

"존사(尊師)의 밝은 식견(識見)으로 어찌 두 사람의 불의지심(不義

---

47) 대마도(對馬島).

48) 꽃다운 이름이 후세에 길이 전함.

49) 듣기를 마침.

之心) 품은 줄을 모르고 마침내 해(害)를 보았느뇨."

노승(老僧) 왈(曰),

"스승이 어찌 모르리오마는 그 재주를 사랑하여 행(幸)여 그 힘을 얻어 쓰고자 함이요, 나의 재주는 출류(出類)하다 하여 우심(尤甚)[50] 사랑하시는 고(故)로 내 친척(親戚)을 버리고 고토(故土)를 잊고 섬김을 게을리 아니한 지 여러 십년(十年)이도록 잊지 못하노이다."

맹공(孟公)이 청(請)하여 왈(曰),

"선사(禪師)의 검술(劍術)을 잠간(暫間) 구경함이 어떠하뇨."

노승(老僧) 왈(曰),

"내 늙고 폐(廢)한지 오랜지라. 공(公)은 수일(數日) 머물어 내 기력(氣力)이 잠간 (暫間) 낫기를 기다리면 시험(試驗)하여 보리라."

하더니, 일일(一日)은 맹공(孟公)을 청(請)하여 한 곳에 이르니 잣나무가 열 남짓 섰는데 승(僧)이 소매 안으로서 노로 얽은 둥근 것 두 개(箇)를 내어 그 맨 것을 끄르고 주머귀 만한 쇳덩이를 손으로 잡아 편즉(卽) 두어 자 되는 칼이라. 걷었다가 폈다가 하기를 종이같이 하더니 일어나 춤춤이 점점 신속(迅速)하여 바람이 나더니 이윽고 공중(空中)에 올라 오락가락하거늘, 자세(仔細)히 본 즉(卽) 은(銀)독 일(一) 패(牌) 나뭇잎 사이로 들락날락하더니 번갯불이 일어나며 불빛이 동학(洞壑)에 가득하여 잣나무 잎이 분분(紛紛)히 비오듯 떨어지는지라. 맹공(孟公)이 혼백(魂魄)이 표표(飄飄)하여 바로 보지 못하더니 양구(良久)에 승(僧)이 나무 아래 내려서 숨을 내쉬며 왈(曰),

"기운(氣運)이 쇠(衰)하여 소년(少年) 때만 못하도다. 내 소년(少年)에 이 나무 아래서 검무(劍舞)하면 잎을 가는 실같이 베이더니 이제는 온전(穩全)한 잎이 많도다."

---

50) 더욱 심하게.

맹공(孟公)이 가로되,

"선사(禪師)는 신인(神人)이로다."

노승(老僧) 왈(曰),

"내 오래지 아니하여 죽을지라. 차마 내 재주를 영별(永別)치 못하여 공(公)에게 말하노라."

하더라.

# 9. 종음덕윤공식보(種陰德尹公食報)[51)]

윤공(尹公)의 이름은 변(忭)[52)]이니 형조 정랑(刑曹正郎)으로 있을 때에 김안로(金安老)[53)]이라 하는 자(者)가 상해 국권(國權)을 잡아 위복(威福)[54)]을 천자(擅恣)[55)]하여 양민(良民)을 잡아다가 노복(奴僕)을 삼더니, 한 사람의 자손(子孫) 수십인(數十人)이 다 형조(刑曹)에 구수(拘囚)[56)]가 되었더니, 판서(判書) 허항(許沆)[57)]이 안로(安老)의 부촉(咐囑)[58)]을 받아 형벌(刑罰)을 낭자(狼藉)히 하매 원성(怨聲)이 등천(登天)하여 할 수 없이 거의 종이 될 지경(地境)이라. 윤공(尹公)이 홀로 의심(疑心)하여 그 문안(文案)을 번고(煩考)[59)]하니 그 원통(寃痛)함을 알고 변백(辨白)하는 글을 지어 변백(辨白)코자 하더니, 마침 세말(歲末)을 당(當)하여 결옥(決獄) 문안(文案)을 계달(啓達)[60)]할 때라. 공(公)이 탑전

---

51) 음덕을 베푼 윤공(尹公)이 보답을 받다.
52) 조선조 중종 때의 문신. 조광조의 문인(門人)으로 기묘사화(己卯士禍)에 조광조가 투옥되자 성균관 유생들과 함께 대궐에 가서 그의 무죄를 호소했음.
53) 조선조 중종(中宗) 때의 권신(權臣). 호는 희락당(希樂堂) 또는 용천(龍泉). 좌의정까지 지냈고, 여러 번 큰 옥사를 일으켜 자기의 반대파 들을 내쫓았음. 허항(許沆) 채무택(蔡無擇)과 함께 정유 삼흉(丁酉三凶)이라 하였음.
54) 때로 위압을 가하고 때로는 복덕을 베풀어서 사함을 복종시키는 일.
55) 제 마음대로 하여 기탄없음.
56) 구속된 죄수.
57) 조선조 중종 때의 권신(權臣). 부제학(副提學) 등을 거쳐 김안로가 집권하자 대사간 대사헌을 역임하면서 김안로와 함께 옥사를 함부로 일으키고 무고한 사림(士林)들을 죽이는 등 행패를 자행하다가 사사(賜死)됨. 정유 삼흉(丁酉三兇)의 한 사람.
58) 부탁하여 위촉함.
59) 번민하며 생각함.
60) 임금에게 의견을 아룀. 계품(啓稟).

(榻前)에 들어가 이 문안(文案)을 주달(奏達)하니 상(上)이 한 번(番) 보시매 즉시(卽時) 김안로(金安老)를 내치시고 그 죄수(罪囚)를 다 놓으시니 여러 해 원억(寃抑)함을 일조(一朝)에 쾌설(快雪)하니라.

윤공(尹公)이 이미 연기(年紀) 쇠(衰)하고 후취(後娶)하되 자식(子息)이 없어 심(甚)히 우탄(憂歎)하더니, 이듬해에 숙천 부사(肅川府使)를 제수(除授)하시니 조정(朝廷)에 서경(署經)[61] 들고 저녁 때에 광통교(廣統橋)를 지나더니, 홀연(忽然) 한 노옹(老翁)이 말 앞에서 절하니 공(公)은 알지 못하는지라. 기인(其人) 왈(曰),

"소인(小人)은 양민(良民)이옵더니 세가(勢家)의 핍박(逼迫)한 바가 되어 남의 종이 될 터이로되 호소(呼訴)할 곳이 없더니, 공(公)의 덕택(德澤)을 입어 자손(子孫) 수십인(數十人)이 다 보전(保全)함을 얻으니 은혜(恩惠)를 폐부(肺腑)에 새겨 갚고자 하되 길을 얻지 못하였더니, 일후(日後) 계사년(癸巳年)에 공(公)이 마땅히 남자(男子)를 낳을 것이로되 다만 수(壽)와 복록(福祿)이 길지 못할 것이니 한 가지 구(救)할 일이 있다."

하고, 소매 속으로 한 장(張) 종이를 내어 두 손으로 받들어 드리거늘 펴보니 종이에 썼으되, '모년(某年) 모월(某月) 모일(某日)에 생남자(生男子)이라' 쓰고, 그 하편(下便)에 '수부귀다남자(壽富貴多男子)'이라 쓰고, 그 우편(右便)에 축원문(祝願文)이 있고 그 성명(姓名) 자리를 비웠거늘, 공(公) 왈(曰),

"이는 어찌함이뇨."

노옹(老翁) 왈(曰),

---

61) 임금이 관원을 서임(敍任)한 뒤에 그 사람의 성명 · 문벌 · 이력을 갖추어 써서 대간(臺諫)에게 서명(署名)으로써 그 가부를 구하던 일. 또는 고을 원이 부임할 때 상신(相臣) · 장신(將臣) · 육경(六卿) · 전관(銓官)들에게 고별하는 일. 여기서는 두번 째의 뜻으로 쓰임.

"아이 나이는 후(後)에 공(公)이 이 종이를 가지고 강원도(江原道) 금강산(金剛山) 유점사(楡岾寺)[62]에 들어가 황촉(黃燭) 오백쌍(五百雙)으로써 부처에게 공양(供養)하고 축원(祝願)한 즉(卽) 반드시 상서(祥瑞)로운 일이 있을 것이니 족(足)히 소인(小人)의 보은(報恩)이 될 듯하이다."

하고, 여러 번(番) 의탁(依託)하거늘, 공(公)이 그 소종래(所從來)를 물으려 하더니 노옹(老翁)이 홀연(忽然) 간 데 없거늘 공(公)이 대경(大驚)하여 집에 돌아와 그 종이를 깊이 감추었더니, 계사년(癸巳年)에 이르러 과연(果然) 남자(男子)를 낳았거늘 공(公)이 즉시(卽時) 유점사(楡岾寺)에 들어가 부처에 공양(供養)하고 축원(祝願)함을 마치매 그 종이를 펴본 즉(卽) 수(壽) 자(字) 아래 옳을 가(可) 자(字), 늙을 질(耋) 자(字), 스스로 자(自) 자(字)와 족할 족(足) 네 자(字)가 있고, 귀(貴) 자(字) 아래 없을 무(無) 자(字)와 비할 비(比) 자(字), 두 자(字)가 있고, 다남자(多男子) 아래 다 개(皆) 자(字), 귀할 귀(貴) 자(字), 두 자(字)가 있으되 가늘기 터럭같고 해자(楷字)로 썼으되 청화(靑華)[63]로 먹인 듯하여 그 연고(緣故)를 알지 못할러라.

공(公)이 더욱 신통(神通)히 여겨 집에 돌아와 궤(櫃)에 깊이 감추었더라.

그 아이 별호(別號)는 오음공(梧陰公)이고 이름은 두수(斗壽)[64]고 벼

62) 강원도 고성군(高城郡)에 있는 절. 신라 때 지은 것으로 추정됨. 임진 왜란 때에 이 곳에 사명당(四溟堂)이 있었는데 왜병도 그의 도에 압도되어 오히려 사명당을 모셨다고 함.

63) 중국에서 나는 푸른 물감으 한 가지. 나뭇잎이나 풀 같은 것을 그리는데 씀.

64) 조선조 선조 때의 문신. 호는 오음(梧陰). 임진왜란 때에 우의정을 거쳐 좌의정이 되었으며, 함흥으로 몽진(蒙塵)하자는 것을 막고 의주로 갈 것을 주장하여 그의 선견지명을 칭찬받았음. 문장과 글씨에 뛰어났음. 시호는

슬이 영상(領相)이고 집이 유족(裕足)하고 나이 칠십팔세(七十八歲)고, 아들 다섯에 장자(長子) 방(昉)[65]은 영의정(領議政)이고, 차자(次子) 흔(昕)[66]과 삼자(三子) 휘(暉)[67]와 사자(四子) 훤(暄)[68]은 다 판서(判書)에 이르고, 제오자(第五子) 간(旰)은 지사(知事) 벼슬하니 훈업(勳業)이 당세(當世)에 혁연(赫然)하여 대가(大家)를 이루더라.

---

문정(文靖).

65) 조선조 인조 때의 상신. 이이(李珥)의 문인. 광해군 시절 폐모론에 불참하고 사직, 은퇴했다가 인조 반정 후 예조 판서로 등용되어 이후 영의정에까지 이르름.

66) 조선조 인조 때의 문신. 성혼(成渾)의 문인. 정묘 호란 때 왕을 강화로 호종하여 강화를 반대하였고, 지중추부사에 이르름.

67) 조선조 인조 때의 문신. 성혼의 문인. 병자 호란 때 왕을 남한산성에 호종, 적진에 왕래하면서 화의 교섭을 했음. 이후 청나라와의 외교를 전담했고, 형조 판서를 거쳐 우찬성(右贊成)에 이르름.

68) 조선조 인조 때의 문신. 성혼의 문인. 평안도 관찰사를 지낸 후, 1627년 정묘 호란이 일어나자 부체찰사(副體察使)로서 적과 싸웠으나 안주(安州)를 빼앗기고, 이어 병력과 장비의 부족으로 평양에서 철수하여 성천(成川)으로 후퇴함으로써 전세를 불리하게 한 죄로 의금부에 투옥되어 사형, 효시(梟示)됨.

## 10. 왕남경정상행화(往南京鄭商行貨)[69)]

옛적 정가(鄭哥) 성(姓) 한 사람이 북경(北京)에 왕래(往來)하여 큰 장사질하더니, 외입(外入)으로 평안 감영(平安監營)에 은(銀) 칠만냥(七萬兩)을 지고 영문(營門)에 잡히어 갇히매 간신(艱辛)히 오만냥(五萬兩)을 갚고 이만냥(二萬兩)이 남았더니, 그때에 감사(監司)가 잡아가두고 독촉(督促)하되 가계(家計) 탕진(蕩盡)하여 판비(辦備)할 길이 없는지라. 정모(鄭某)가 옥(獄)에 있어 말하여 왈(曰),

"몸이 갇히어 죽으면 공사(公私)에 다 이(利)치 못하오니 청(請)컨대 다시 이만냥(二萬兩)을 더 주시면 삼년내(三年內)에 마땅히 사만냥(四萬兩)을 갚으리이다."

하니, 감사(監司)가 그 뜻을 장(壯)히 여겨 은(銀) 이만냥(二萬兩)을 여수(如數)히 주니, 정모(鄭某)가 의주(義州)로부터 연해(沿海) 제읍(諸邑)의 부명(富名)있는 사람들을 방문(訪問)하여 매매차(賣買次)로 왕래(往來)하여 부민(富民)들을 다스리어 두고 주효(酒肴)를 갖추어 한 자리에서 먹으니 정의(情誼) 심밀(甚密)하매 부인(富人)들이 애중(愛重)치 않을 이 없더라.

인(因)하여 은냥(銀兩)을 대용(貸用)하매 한 번(番)도 어김이 없이 신실(信實)히 갚으니 모든 부민(富民)들이 더욱 믿어 은(銀) 칠만냥(七萬兩)을 내어 주거늘, 인삼(人蔘)과 돈피(獤皮)[70)]를 사가지고 다시 북경(北京)에 들어가니 그 주인(主人)은 옛날 좋은 사이라. 정모(鄭某)가 달

---

69) 정상인(鄭商人)이 남경에 가서 장사를 하다.

70) 담비 종류 동물의 모피의 총칭. 품질에 세 등급이 있는데, 상등은 검은 담비의 모피인 '잘', 중등은 노랑가슴담비의 모피인 '초서피(貂鼠皮)'와 노랑담비의 모피인 '돈피', 하등은 흰담비의 모피인 '백초피(白貂皮)'임.

래어 왈(曰),

"이 물화(物貨)를 가지고 남경(南京)에 간 즉(卽) 마땅히 중가(重價)를 받으리라."

한대, 주인(主人)이 그렇이 여겨 허락(許諾)하거늘, 인(因)하여 주인(主人)으로 더불어 견고(堅固)한 선척(船隻)을 세(貰)내어 물화(物貨)를 싣고 통주(通州)로 발선(發船)하여 순풍(順風)을 만나 십일(十日)이 못하여 양주강(楊州江)에 이르렀더니, 당인(唐人)의 작은 배 지나거늘 정모(鄭某)가 드디어 그 배에 들어가 선주(船主)에게 물어 물화(物貨) 귀천(貴賤)과 인심(人心) 선악(善惡)을 탐지(探知)한 후(後)에 물화(物貨)를 많이 주어 친교(親交)를 맺으니 그 사람이 감사(感謝)하거늘, 정모(鄭某)가 가로되,

"만일(萬一) 성사(成事)하거든 중(重)히 갚으리라."

하고, 드디어 양강(楊江)으로부터 조수(潮水)를 따라 석두성(石頭城)하(下)에 이르니 당인(唐人)의 집이 강변(江邊)에 많이 있는지라. 드디어 배를 언덕 아래 대이고, 이튿날 두어 선부(船夫)로 더불어 당의(唐衣)를 입고 당인(唐人)을 따라 남경(南京) 성내(城內)에 들어가니 십리(十里) 누대(樓臺)에 염막(簾幕)[71]이 휘황(輝煌)하고 좌우(左右) 저자에 보화(寶貨)가 산(山)같이 쌓이었더라.

당인(唐人)이 정모(鄭某)를 이끌고 한 약포(藥鋪)에 들어가 말하되,

"이는 조선(朝鮮) 사람으로 중화(重貨)를 가지고 왔으니 가(可)히 매매(賣買)하고 누설(漏泄)치 말라."

주인(主人)이 대희(大喜)하여 청(請)하여 들이고 부옹(富翁)들을 청(請)하여 교화(交貨)하기를 언약(言約)하거늘, 정모(鄭某)가 인삼(人蔘)과 초피(貂皮)를 가져다가 뵈니 주인(主人)이 보고 값을 수응(酬應)하매 본

71) 발과 장막.

국(本國)에 비(比)컨대 수십배(數十倍)나 한지라. 정모(鄭某)가 후(厚)한 재물(財物)로 당인(唐人)을 주고 돌아와 북경(北京)에 이르러 수천금(數千金)으로 주인(主人)을 주고 십여(十餘) 격군(格軍)[72]을 천금(千金)씩 나눠 주고 본국(本國)에 돌아오니 불과(不過) 수월(數月)이라. 감영(監營) 은(銀) 사만냥(四萬兩) 을 갚고 연해(沿海) 읍(邑) 부민(富民)의 은(銀)을 다 갚고 나머지 누거만(累巨萬)일러라.

감사(監司)에게 그 연고(緣故)를 고(告)하고 남경(南京) 물화중(物貨中) 귀(貴)한 것을 다섯 바리를 드리니 감사(監司)가 탄식(歎息) 왈(曰),

"이는 영웅(英雄)이로다."

하고, 재상(宰相)에게 천거(薦擧)하여 변장(邊將) 등(等)을 여러 번(番) 지내니라.

72) '곁꾼'의 취음(取音). '곁꾼'은 곁에서 남의 일을 거들어 도와주는 사람.

## 11. 문명복중로우구복(問名卜中路遇舊僕)[73)]

인동(仁同) 사람 조양래(趙陽來) 점(占)치기를 잘하더니, 동향(同鄕) 무변(武弁)이 과거(科擧)에 갈 새 조가(趙家)에 가 길흉(吉凶)을 물은대, 양래(陽來) 괘(卦)를 짓고 혀 차 가로되,

"그대 호랑(虎狼)에게 해(害)는 볼 것이로되 과거(科擧)를 기필(期必)하리라."

하고, 인(因)하여 돌탄(咄歎)하거늘 무변(武弁)이 점지[74)]를 듣고 겁(怯)하나 과거(科擧)하기에 급(急)한지라. 드디어 발행(發行)한 지 수일(數日) 만에 한 무인지경(無人之境)에 이르러 일모 월출(日暮月出)한 때에 한 적한(賊漢)이 돌연(突然)히 내달아 그 무변(武弁)을 말께 끌어 내려 그 멱살을 잡고 발로 가슴을 디디고 칼을 빼어 찌르려 하거늘, 무변(武弁) 왈(曰),

"네 하고자 하는 바가 불과(不過) 재물(財物)이라. 내게 있는 바가 불과(不過) 마필(馬匹) 의복(衣服)이니 네 임의(任意)대로 가져 갈 것이거늘 어찌 나를 찌르려 하느뇨."

적한(賊漢) 왈(曰),

"내 어찌 네 재물(財物)을 취(取)하리오. 부모(父母)의 원수(怨讐)를 갚고자 함이니라."

무변(武弁) 왈(曰),

"내 일찌기 사람 죽임이 없거늘 너로 더불어 무슨 원수(怨讐)가

---

73) 이름난 점쟁이에게 점을 묻고, 과거보러 가는 길에 옛 종을 만나다.

74) 신불(神佛)이 사람에게 자식을 낳게 하여 주는 일. 여기서는 점의 내용을 뜻함.

있으리오."

적한(賊漢) 왈(曰),

"자세(仔細)히 생각하여 보라."

무변(武弁) 왈(曰),

"소년(少年)에 성내어 한 비자(婢子)를 때렸더니 홀연(忽然)히 죽은 지라. 이 밖은 나로 말미암아 죽은 자(者)가 없느니라."

적한(賊漢) 왈(曰),

"나는 그 비자(婢子)의 아들이라. 내 어미 죽은 후(後)에 남의 수양(收養)이 되어 장성(長成)하매 하루도 원수(怨讐)를 잊지 아니하고 갚으려 하니 너는 모르되 나는 틈을 기다린 지 오래더니 다행(多幸)히 예서 만났으니 어찌 너를 놓으리오."

무변(武弁) 왈(曰),

"그러면 네 임의(任意)로 하라."

적한(賊漢)이 이윽히 생각타가 칼을 던지고 땅에 업드려 왈(曰),

"이제는 서로 원(怨)을 풀었으니 빨리 행(行)하소서."

무변(武弁) 왈(曰),

"네 이미 나로 원수(怨讐)가 있으면 어찌 죽이지 아니하느뇨."

적한(賊漢)이 가로되,

"내 들으니 주인(主人)이 비록 내 어미를 죽였으나 후(後)에 뉘우쳐 매양(每樣) 죽은 날을 당(當)하면 제사(祭祀)를 지낸다 하니 이도 또한 은혜(恩惠)라. 상전(上典)이 비록 노비(奴婢)를 죽이나 종이 어찌 감(敢)히 갚기를 바라리오마는 마음에 맺히어 한 번(番) 보수(報讐)하기를 생각하더니, 이제 돌이켜 생각하니 상전(上典)의 멱을 잡고 칼로 겨누었으니 일찍 죽이지 아니하였으나 뜻은 조금 풀린지라. 종으로 상전(上典)을 능모(凌侮)[75]하여 이 지경(地境)에 써 이르렀으

75) 깔보고 업신여김.

니 죄(罪)를 또한 사(赦)하기 어렵기로 이제 상전(上典)의 앞에서 죽으리이다."

하거늘, 무변(武弁) 왈(曰),

"이는 예사(例事)이라. 어찌 가(可)히 죽으리오. 나로 더불어 상경(上京)하면 내 잘 대접(待接)하리라."

하고, 그 성명(姓名)을 물은대, 답왈(答曰),

"소인(小人)의 이름은 호랑(虎狼)이옵고 또한 생각하온 즉(卽) 종으로 상전(上典)의 멱살을 잡고 어찌 다시 종이라 하리오."

하고, 즉시(卽時) 칼을 들어 자결(自決)하기늘 무변(武弁)이 대경(大驚) 차악(嗟愕)하여 눈물 나는 줄을 깨닫지 못하더라.

무변(武弁)이 인(因)하여 상경(上京)하여 장원 급제(壯元及第)하고 내려간 후(後) 그 시신(屍身)을 거두어 묻으니라.

# 12. 환금탁강도화양민(還金橐强盜化良民)[76]

허찰방(許察訪)[77]의 이름은 정(정)이니 일찍 서관(西關)에 일이 있어 보고 돌아올 때에 새벽길을 났더니 길 위에 녹피(鹿皮) 주머니 한 개(箇) 있거늘, 종을 명(命)하여 집어본 즉(卽) 수백냥(數百兩) 은봉(銀封)[78]이거늘, 안장(鞍裝)에 걸고 앞 주막(酒幕)에 들어 밥 먹고 발행(發行)치 아니하고 노복(奴僕)으로 문(門) 밖에 있어 찾는 자(者) 있음을 살피라 하였더니, 일중(日中)이 지나매 한 사람이 의복(衣服)이 선명(鮮明)하여 좋은 말을 타고 점중(店中)에 이르러 왈(曰),

"녹피(鹿皮) 주머니 얻은 자(者)가 있거든 나를 주면 후(厚)히 갚으리라."

하고, 기색(氣色)이 창황(蒼黃)하거늘 공(公)이 듣고 불러들여 그 소유(所由)를 물은대, 기인(其人) 왈(曰),

"주머니에 은(銀) 삼백냥(三百兩)을 넣어 말에 얹고 오더니 말이 심(甚)히 사나워 횡주(橫走)[79]하거늘 부득이(不得已) 말에 내려 끌고 오더니, 그 주머니 땅에 떨어져 간 곳을 알지 못하나 생각컨대 내 뒤에 오는 자(者)가 얻었으면 이 점(店)에 들었을 듯하기로 묻나이다."

공(公)이 주머니를 내어 주어 왈(曰),

"삼백냥(三百兩)이 적은 재물(財物)이 아닌 고(故)로 발행(發行)치

---

76) 가죽 돈주머니를 돌려주니 강도가 뉘우쳐 양민이 되다.

77) '찰방'은 조선조 때 각 역(驛)의 역참(驛站) 일을 맡아 보던 외직의 종6품 문관 벼슬. 마관(馬官).

78) 돈주머니.

79) 함부로 여기저기 날뛰어 다님.

아니하고 찾는 자(者)를 기다리더니 과연(果然) 그대를 만나니 다행(多幸)하도다."

기인(其人)이 크게 감동(感動)하여 무수(無數)히 사례(謝禮)하고 가로되,

"행차(行次)는 세상(世上) 사람이 아니로다. 이는 본대 잃은 재물(財物)이니 원(願)컨대 반(半)을 드리나이다."

공(公)이 소왈(笑曰),

"내 만일(萬一) 재물(財物)을 취(取)하면 모두 가질 것이거늘 어찌 너를 기다리리오. 사부(士夫)의 행실(行實)은 그렇지 아니하니 다시 말 말라."

기인(其人)이 잠잠(潛潛)하고 앉았더니 홀연(忽然) 크게 울거늘, 공(公)이 괴(怪)히 여겨 그 연고(緣故)를 물은대, 기인(其人)이 울기를 그치고 대왈(對曰),

"슬프다. 생원주(生員主)는 어떠한 양반(兩班)이며 나는 어떠한 사람인지 이목구비(耳目口鼻)는 한가지로되 마음은 같지 아니하니이꼬. 공(公)은 홀로 착한 양반(兩班)이 되고 나는 악(惡)한 사람이 되니 어찌 슬프지 아니하오리까. 나는 본대 도적(盜賊)이라. 수십리(數十里) 땅의 부자(富者)의 집이 있기로 내 그 집에 들어가 은(銀)을 도적(盜賊)하여 내매 종적(蹤迹)을 따를까 하여 산곡(山谷) 소로(小路)로 창황(蒼黃)히 오기로 단단히 맬 겨를이 없이 대로(大路)에 나오매 말이 횡주(橫走)하여 주머니 떨어짐을 알지 못하였으니 당차지시(當此之時)하여 내 마음의 악(惡)함이 어떠하리이꼬. 이제 행차(行次)를 뵈오니 극(極)히 빈한(貧寒)하시되 재물(財物) 보시기를 분토(糞土)같이 하여 주인(主人)을 찾아주시니 나로써 공(公)에게 비(比)컨대 참괴(慙愧)함이 어떠하리이까. 이런 고(故)로 눈물남을 깨닫지 못하여이다.

자금(自今) 이후(以後)로 이 마음 고치고 공(公)의 종이 되어 몸이 맞기를 원(願)하나이다."

공(公)이 가로되,

"네 개과(改過)함이 진실(眞實)로 착하거늘 어찌 남의 종이 되리오."

기인(其人) 왈(曰),

"소인(小人)은 상한(常漢)이라. 이 마음을 이미 고치매 공(公)을 아니 좇고 누를 좇으리오. 원(願)컨대 막지 말으소서."

하고, 인(因)하여 공(公)의 성씨(姓氏)와 향리(鄕里)를 물어 왈(曰),

"소인(小人)이 이 은(銀)을 본주(本主)에게 도로 주고 처자(妻子)를 거느려 와 종이 되어 공(公)의 행사(行事)를 본받기를 원(願)하나이다."

하고, 절하고 나가 공(公)의 종을 불러 주육(酒肉)을 장만하여 드리고 가거늘, 공(公)이 또한 발행(發行)한 지 수일(數日) 만에 송도(松都) 널문(門)이 주막(酒幕)에 이르렀더니, 기인(其人)이 처자(妻子)를 데리고 가산(家産)을 말에 싣고 또 따라오거늘 공(公)이 그 은(銀) 처치(處置)한 연유(緣由)를 물어 알고 크게 기특(奇特)히 여기니, 인(因)하여 공(公)을 따라 광주(廣州) 쌍교촌(雙橋村)에 이르러 낭저(廊底)[80]에 들어 사환(使喚)하기를 부지런히 하며 출입(出入)에 항상(恒常) 따라다니니 그 충성(忠誠)되옴이 비길 데 없더니, 그 후(後)에 공(公)의 집에서 죽으니라.

80) 대문간에 붙어 있는 조그만 방.

## 13. 보희신역마장명(報喜信櫪馬長鳴)[81]

금양위(錦陽尉) 박공(朴公)이 말을 잘 알아 보더니, 일일(一日)은 길에서 한 거름 싣고 가는 말을 보고 하인(下人)으로 하여금 이끌고 집에 돌아와 보니 등이 굽어 산(山)같고 파리한 뼈골(骨)이 능층(稜層)[82]한 둔마(鈍馬)이거늘, 문왈(問曰),

"네 이 말을 팔려 하는가."

마부(馬夫)가 왈(曰),

"소인(小人)은 남의 종으로 말을 몰 따름이라 매매(賣買)할 줄은 모르나이다."

공(公)이 집채같은 달마(㺚馬) 한 필(匹)과 건장(健壯)한 말 한 필(匹)과 두 필(匹)을 준대, 마부(馬夫)가 대경(大驚) 왈(曰),

"달마(㺚馬) 한 필(匹)만 하여도 값이 배(倍)나 더하거늘 한 필(匹)을 더 주시니 감(敢)히 받지 못하리로소이다."

공(公)이 소왈(笑曰),

"비록 두 필(匹)이라도 반(半) 값이 되지 못할 것이니 네 어찌 알리오. 가져갈 따름이라."

하였더니, 이윽고 금군(禁軍) 다니는 사람이 문(門)에 와 고(告)하여 왈(曰),

"소인(小人)은 아무 곳에서 사옵더니 공(公)이 말 값을 과도(過度)히 주심을 미거(未擧)한 종놈이 받아 왔삽기로 감(敢)히 받지 못하여 와 뵈옵고 바치나이다."

---

81) 기쁜 소식을 알리려고 구유에 감추어 둔 말이 크게 울다.
82) 모서리가 뾰족뾰족 나오고 겹친 모양.

공(公)이 불러들여 일러 왈(曰),

“이 말이 세상(世上)에 드문 말인 줄 네 어찌 알리오. 네 만일(萬一) 안 즉(卽) 아까 준 말은 십분(十分)의 일(一)도 당(當)치 못하리라.”

기인(其人)이 답왈(答曰),

“건마(健馬) 한 필(匹)만 하여도 값이 족(足)하니 달마(㺚馬)는 죽어도 받지 못하리이다.”

공(公)이 노왈(怒曰),

“무론(無論) 값지다소(之多少)[83]하고 귀인(貴人)이 주거늘 네 어찌 사양(辭讓)하리오. 잔말 말고 가져 가라.”

하고, 마부(馬夫)를 분부(分付)하여 잘 먹이라 하였더니, 수월(數月) 후(後)에 말이 살찌고 신채(神彩)[84] 사람의 눈이 현황(眩慌)하더라.

매양(每樣) 조회(朝會)에 타고 내왕(來往)하니 금양위(錦陽尉) 집 등굽은 말이라 성명(姓名)이 자자(藉藉)하더라.

광해조(光海朝)에 공(公)이 영광(靈光) 땅에 찬배(竄配)하고 그 말이 궁중(宮中)에 몰입(沒入)하매 광해조(光海朝)가 심(甚)히 사랑하여 매양(每樣) 궐내(闕內)에서 치빙(馳騁)하더니, 일일(一日)은 그 마부(馬夫)를 물리치고 스스로 후원(後苑)에 달리더니 말이 홀연(忽然) 횡일(橫逸)[85]하여 광해조(光海朝)가 땅에 떨어져 중(重)히 상(傷)한지라. 말이 내뛰어 달으니 빠르기 번개 같아서 사람이 감(敢)히 가까이 못하는지라. 말이 궐문(闕門)으로 나와 소리를 지르고 살같이 달아나니 쫓는 자(者)가 천백(千百)이라. 쫓아 강변(江邊)에 이르니 말이 물에 헤엄쳐 강(江)을 건너가더니 소향(所向)을 알지 못할러라.

---

83) 값의 많고 적음.
84) 뛰어난 풍채.
85) 방자함.

금양위(錦陽尉) 이때 적소(謫所)에 있어 한가(閑暇)히 앉았더니 집 뒤 죽림(竹林)에서 말 우는 소리 나거늘, 사람으로 하여금 가본 즉(卽) 등 굽은 말이라. 등 위에 어안(御鞍)[86]이 있고 고삐와 다래 다 떨어졌거늘, 공(公)이 대경(大驚) 왈(曰),

"이 말이 금중(禁中)에 들어간 지 오래거늘 홀연(忽然) 멀리 왔으니 도로 끌어다가 바치고자 하되 길이 없고 혹(或) 중로(中路)에서 횡일(橫逸)한 즉(卽) 자취를 찾기 어려울 것이요, 이 소문(所聞)이 전파(傳播)하면 죄상첨죄(罪上添罪)[87]라."

하고, 노복(奴僕)으로 하여 땅을 파고 말을 감출 새 공(公)이 경계(警戒)하여 왈(曰),

"네 능(能)히 천리(千里)에 와 주인(主人)을 찾으니 신기(神奇)한 짐승이라. 내 할 말이 있으니 네 들으라. 네 이미 탈신(脫身)하여 왔으니 나로 하여 죄(罪)를 더할지라. 이제 다른 계교(計巧)가 없어 네 종적(蹤迹)을 감출 것이니 네 만일(萬一) 알음이 있거든 소리하지 말라. 외인(外人)으로 하여금 모르게 하라."

하니, 말이 드디어 울지 아니하더라.

거(居)한 지 일년(一年) 만에 일일(一日)은 머리를 들어 길게 우니 소리 산악(山岳)이 진동(震動)하는지라. 공(公)이 대경(大驚) 왈(曰),

"이 말이 울지 않은 지 오래더니 홀연(忽然) 크게 소리하니 반드시 일이 있도다."

하더니, 인조 대왕(仁祖大王) 반정(反正)한 기별(奇別)이 이르니 말 울던 날일러라.

공(公)이 사(赦)를 만나 조정(朝廷)에 돌아와 타기를 여전(如前)히 하

86) 임금의 말안장.
87) 죄 위에 죄를 보탬.

더니, 그 후(後)에 사신(使臣)이 심양사(瀋陽事)로 발정(發程)하매 도강(渡江)할 날이 하루를 격(隔)하였더니, 조정(朝廷)이 비로소 자문(咨文)[88] 중(中) 고칠 글자 있음을 깨닫고 모든 의논(議論)이 다 이 말이 아니면 명일(明日)에 밎지 못하리라 하니, 인묘조(仁廟祖)가 공(公)을 불러 물으신대, 공(公)이 대왈(對曰),

"국가 대사(國家大事)에 신자(臣子) 성명(性命)도 아끼지 못하려든 하물며 말이리이까."

하고, 인(因)하여 타고 가는 사람에게 일러 왈(曰),

"이 말이 의주(義州)에 이르거든 아무 것도 먹이지 말고 두어 주야(晝夜)를 달아 두어 그 기운(氣運)이 정(定)한 후(後) 먹이면 살 것이고 그렇지 아니하면 죽으리라."

하니, 기인(其人)이 대답(對答)하고 간 지 이튿날 미명(未明)에 의주(義州)에 이르러 공첩(公牒)을 드리고 드디어 기색(氣塞)하여 말을 못하는지라. 급(急)히 약(藥)물을 넣어 구(救)할 즈음에 사람이 본 즉(卽) 타고 온 말이 금양군(錦陽君) 집 등 굽은 말이라 하고 물과 콩을 먹이니 말이 즉사(卽死)하니라.

88) 중국과 왕복하던 문서.

## 14. 문과성몽접가징(聞科聲夢蝶可徵)[89)]

곽천거(郭天擧)는 괴산(槐山) 교생(校生)[90)]이라. 그 처(妻)로 더불어 동침(同寢)하더니, 그 처(妻)가 자다 홀연(忽然) 울거늘 깨어 물은대, 처(妻)가 왈(曰),

"꿈에 황룡(黃龍)이 하늘로 내려와 그대를 물고 가는 고(故)로 울었노라."

천거(天擧)가 왈(曰),

"내 들으니 꿈에 용(龍)이 뵈면 과거(科擧)한다 하되 내 글을 못하니 어찌하리오."

아침에 일어나 논에 물대러 가더니, 한 사람이 옷을 헤치고 급(急)히 가거늘 물어 왈(曰),

"무슨 연고(緣故)로 저리 급(急)히 가느뇨."

기인(其人)이 답왈(答曰),

"조정(朝廷)에서 새로 별과(別科)[91)]를 뵈기로 급(急)히 영남(嶺南) 아무 고을 수령(守令)의 아들에게 고(告)하러 가노라."

하거늘, 천거(天擧)가 돌아와 그 처(妻)에게 왈(曰),

"밤에 그대 이상(異常)한 꿈이 있더니 오늘 내 들으니 별과(別科)를 뵌다 하되 내 글자를 알지 못하니 무가내하(無可奈何)로다."

그 처(妻)가 반전(盤纏)[92)]을 갖추어 주며 서울 가 과거(科擧)보기를

---

89) 과거본다는 소리를 듣고 과거장에 나아가 길몽을 징험하다.
90) 향교(鄕校)의 유생(儒生)의 일부. 뒷날에 향교의 심부름꾼이 되었음. 공생(貢生).
91) 본과 외에 따로 설치하여 보는 과거시험.
92) 노자(路資).

원(願)하거늘 천거(天擧)가 처음으로 서울 가매 친지(親知) 없고 남대문(南大門) 들어 창(倉)골 막바지에 가 한 집 처마 밑에 앉아 쉬더니, 그 집 사람이 재삼(再三) 나와 보고 들어갔다가 다시 나와 가로되,

"주인(主人)이 청(請)하나이다."

천거(天擧)가 들어가 주인(主人)을 보고 말하여 왈(曰),

"과거(科擧)보러 처음 서울 오매 접족(接足)할 곳이 없나이다."

주인(主人)이 인(因)하여 머물러 두고 한가지로 과장(科場)에 가자 하니, 주인(主人) 이상사(李上舍[93])이라 하는 사람은 본대 거벽(巨擘[94])으로 과장(科場)에 늙어 사초(私草)한 것이 적성권축(積成卷軸[95])하매 과장(科場)에 들어갈 때에 천거(天擧)로 하여금 책(冊)을 지고 들어가 하여금 그 책중(冊中)의 글제(題) 같은 것을 상고(詳考)하라 하니 천거(天擧)가 향교(鄕校) 읍생(邑生)인 고(故)로 겨우 글자를 아는지라. 글제(題)를 상고(詳考)할 즈음에 이생원(李生員)이 벌써 글을 바쳤는지라. 천거(天擧)가 상고(詳考)한 글제(諸)를 얻어 시지(試紙)에 써 바쳤더니 초시(初試)에 참방(參榜)하였거늘, 천거(天擧)가 대희(大喜)하여 돌아가기를 청(請)하여 왈(曰),

"초시(初試)만 하여도 면군역(免軍役)하기는 넉넉하니 급제(及第)하나 다르리오."

하거늘, 이생(李生)이 만류(挽留)하여 한가지로 회시(會試[96])에 들어

93) 생원(生員) 또는 진사(進士). 생원은 소과(小科) 종장(終場)의 경의(經義) 시험에 합격한 사람. 진사는 소과의 첫시험에 급제한 사람. 우리 나라에서는 고려 4대 광종 9년(958)에 쌍기(雙冀)의 건의를 받아들여 과거를 실시, 시(詩), 부(賦)·송(頌) 및 시무책(時務策)으로써 처음으로 진사를 뽑기 시작하였음.

94) 학식이 뛰어난 사람.

95) 쌓인 것이 두루마리를 이룸.

96) 소과(小科)의 초시(初試)에 합격한 사람에게 보이던 복시(覆試). 여기에서

갔더니, 마침내 급제(及第)하니 천거(天擧)가 성품(性品)이 질박(質樸)하여 그 문필(文筆)을 은휘(隱諱)치 아니하여 벼슬이 봉상정(奉常正)[97]에 이르니라.

---

합격한 사람은 대과(大科)에 응시할 자격을 얻었음

97) 봉상시(奉常寺)의 정(正) 벼슬. '봉상시'는 조선조 때, 제향과 시호(諡號)를 맡아보던 관아.

## 15. 요관문두아승당(鬧官門痘兒升堂)[98)]

영광읍(靈光邑) 중(中)에 사는 이모(李某)는 향곡(鄕谷) 천품(賤品)이라. 그 아들이 겨우 말 배울 때에 역질(疫疾)하매 증세(症勢) 크게 위태(危殆)하더니, 일일(一日)은 홀연(忽然) 일어 앉아 그 아비 이름을 크게 불러 왈(曰),

"네 나를 업고 가르치는대로 가자."

하거늘 아비 가로되,

"역질(疫疾)에 바람이 해(害)로우니 네 장차(將次) 어디로 가려 하느뇨."

그 아이 울며 면상(面上)을 뜯거늘, 그 아비 상(傷)할까 두려 업고 문(門)을 나서니 아이 관문(官門)을 가르치며,

"저리 가자."

하거늘, 아비 듣지 아니한대 아이 또 크게 울거늘 부득이(不得已) 관문(官門)에 이르니, 또 아중(衙中)으로 들어가자 하거늘 문(門)지킨 사령(使令)이 막은대 아이 발을 구르며 크게 우니 소리 아중(衙中)에 들리는지라. 태수(太守)가 듣고 물은대 사령(使令)이 그 형상(形狀)을 아뢰거늘 명(命)하여 불러들이라 한대, 이생(李生)이 아이를 업고 관정(官庭)에 이르니 아이 홀연(忽然) 뛰어 내려 걸어 올라가 태수(太守)의 상좌(上座)에 앉아 노색(怒色)을 띠고 태수(太守)의 아명(兒名)을 불러 왈(曰),

"네 어찌 이렇듯 무례(無禮)하뇨. 나는 네 죽은 아비라. 내 죽을 때에 말을 못하여 가사(家事)를 다 부탁(付託)치 못한지라. 지하(地

98) 역질 걸린 아이가 관가(官家) 문앞에서 시끄럽게 하여 당(堂)에 오르다.

下)의 유한(遺恨)이 되었더니 이제 두신(痘神)이 되어 읍중(邑中) 이생(李生)의 집에 있더니, 다행(多幸)히 네 마침 이 고을 원(員)으로 있으니 기특(奇特)히 만난지라. 이로조차 유혼(遊魂)이 진세(塵世)를 영별(永別)하노라."

태수(太守)가 황홀(恍惚)하여 반신 반의(半信半疑)하거늘, 그 아이 왈(曰),

"네 나를 믿지 아니하면 마땅히 가내사(家內事)를 말하리라."

하고, 인(因)하여 문벌(門閥)과 자손(子孫)과 전장(田庄) 일동 일정(一動一情)을 말하매 과연(果然) 차착(差錯)이 없는지라. 태수(太守)가 황공(惶恐) 청죄(請罪)하거늘, 아이 왈(曰),

"네 누이 영정(零丁)[99] 고고(孤苦)하여 명도(命道)가 기박(奇薄)하기로 내 아무 곳 전답(田畓)을 주려 하였더니, 급(急)히 병(病)들어 뜻대로 못하고 죽으니 네 누이 빈한(貧寒)함이 극(極)하매 불쌍함이 갈수록 심(甚)하거늘, 너는 집이 부요(富饒)하되 처자(妻子)에게만 급급(汲汲)하고 동기지정(同氣之情)은 생각치 아니하니 내 이로써 한(恨)이 되는 고(故)로 특별(特別)히 와 너를 경계(警戒)하노라."

태수(太守)가 울며 왈(曰),

"소자(小子)가 불초(不肖)하와 유명(幽冥)에 근심을 끼치오니 전죄(前罪)를 고치고 가산(家產)을 나눠 주리이다."

아이 왈(曰),

"나 있는 이생(李生)의 집이 빈한(貧寒)하여 신령(神靈)을 먹일 양식(糧食)이 없으니 내 주림이 또한 심(甚)한지라. 너는 모름지기 주선(周旋)하라."

말을 마치며 땅에 엎어지거늘 좌우(左右)가 급(急)히 구(救)하여 반향

99) 영락(零落)하여 의지할 곳이 없이 고독한 모양.

(半餉) 후(後) 회생(回生)하거늘, 이생(李生)의 집으로 업혀 보내고 쌀과 돈을 후(後)히 주니 그 저녁에 아이 병(病)이 쾌차(快差)하니라.

## 16. 천장옥수재대책(擅場屋秀才對策)[100)]

이공(李公)의 이름은 일제(日躋)니 당세(當世)에 유명(有名)한 선비라.

일일(一日)은 과장(科場)에 들어가 동접(同接)을 잃고 창황(蒼黃)하더니, 현제판(懸題板)[101)] 아래 이르러 보니 우산(雨傘) 오륙개(五六箇) 모이어 꽂히고 등(燈)대와 장막(帳幕)이 극(極)히 정려(精麗)하고 진수 성찬(珍羞盛饌)이 낭자(狼藉)하거늘, 이공(李公)이 휘장(揮帳)을 헤치고 들어가니 한 소년(少年) 수재(秀才) 궤(櫃)를 의지(依支)하여 앉았고 여러 선비 각각(各各) 시지(試紙)를 가지고 그 곁에 둘러 앉아 그 수재(秀才)의 입으로 부르는 대로 쓰매 수재(秀才) 좌수 우응(左酬右應)[102)]하여 조금도 어려운 빛이 없거늘, 공(公)이 곁을 엿본 즉(卽) 개개(箇箇) 정치(精緻)하여 일자(一字) 차착(差錯)이 없는지라.

공(公)이 대경(大驚) 왈(曰),

"세상(世上)에 어찌 이러한 인재(人材) 있으리오."

하고, 그 성명(姓名)을 물은대 대답(對答)치 아니하고 한 사람으로 하여금 시권(試券)을 바치더니, 이윽고 회보(回報)하여 가로되,

"시권(試券)이 나왔다."

하거늘, 또 시권(試券)을 주어 왈(曰),

"아무케나 또 바치라."

이윽하여 또 낙방(落榜)함을 고(告)한대, 수재(秀才) 또 시권(試券)을 주어 바치라 하기를 오륙차(五六次) 하매 날이 오히려 기울지 아니하였

---

100) 과거 시험장에서 수재가 책문(策文) 짓는 재주를 드날리다.

101) 과거 때 글제를 내거는 널빤지.

102) 이리저리 여러 군데 바쁘게 수응(酬應)함

는지라. 수재(秀才) 크게 웃고 일어나며 왈(曰),

"여러 편(篇)을 아름다이 지었으되 한 번(番)도 빼임을 입지 못하니 하늘이로다. 무슨 면목(面目)으로 다시 바치리오."

하고, 인(因)하여 우산(雨傘)을 걷어 가지고 나가거늘 이공(李公)이 종자(從者)에게 물은 즉(卽) 이는 북헌(北軒)[103] 김공(金公)일러라.

103) 조선조 숙종 때의 문인인 김춘택(金春澤)의 호. 김춘택은 김만중(金萬重)의 종손으로 시와 글씨에 뛰어났으며, '구운몽'과 '사씨남정기'를 한역(漢譯)했음.

## 17. 봉기연빈사득이랑(逢奇緣貧士得二娘)[104]

옛적에 한 선비 있으니 집이 동소문(東小門) 밖이요, 가세(家勢) 빈한(貧寒)하여 나물과 재강[105]도 이으지 못하고 날마다 태학(太學)[106]에 나아가 조석(朝夕) 식당(食堂)을 참예(參預)하고 남은 밥을 가지고 돌아와 내자(內子)를 먹이더니, 일일(一日)은 밥을 소매에 넣고 돌아오다가 중로(中路)에서 한 미인(美人)이 뒤를 따라오거늘 생(生)이 돌아보아 왈(曰),

"어떠한 여자(女子)이관대 나를 따라오느뇨."

미인(美人) 왈(曰),

"그대로 더불어 같이 가 집의 첩(妾)이 되고자 하노라."

생(生) 왈(曰),

"내 집이 가난하여 일처(一妻)도 오히려 근심되거늘 하물며 어찌 첩(妾)을 두리오. 미인(美人)이 만일(萬一) 나를 좇으면 반드시 기사지귀신(飢死之鬼神)[107]이 되리로다."

미인(美人) 왈(曰),

"생사(生死)는 명(命)이 있고 빈부(貧富)는 하늘에 있으니 때가 돌아오면 고목(枯木)에도 꽃이 피는지라. 위수(渭水)[108]의 고기 낚던

---

104) 기이한 인연으로 가난한 선비가 두 처녀를 얻다.
105) 술을 거르고 남은 찌끼. 술비지. 술찌끼.
106) 조선조 때의 성균관(成均館)의 별칭.
107) 굶어 죽은 귀신.
108) 중국 감숙성(甘肅省) 중부에서 발원하여 섬서성(陝西省)을 관류, 이성의 동단에서 황하(黃河)에 들어가는 강. 유역의 위수 분지는 중국 고대 문명 발상지의 하나임.

강태공(姜太公)[109]은 팔순(八旬)에 서백(西伯)[110]을 만나고, 헌 옷 입던 소진(蘇秦)[111]이는 일조(一朝)에 육국(六國) 정승인(政丞印)을 찼거늘 어찌 일시(一時) 궁곤(窮困)함으로 평생(平生)을 자단(自斷)하리오."

하고, 따라오거늘 생(生)이 부득이(不得已) 머물어 두었더니, 이튿날 미인(美人)이 가지고 온 돈으로 양식(糧食)을 사며 나물을 사 조석(朝夕)으로 봉공(奉供)하기를 일일(日日) 여전(如前)하니 이로 부부(夫婦)가 주림을 면(免)하고 돈이 다한 즉(卽) 또 얻어 잇기를 사오삭(四五朔) 하더니, 미인(美人)이 생(生)더러 일러 가로되,

"이 땅이 궁박(窮迫)하여 살기 어려우니 성내(城內)에 들어가 삶이 어떠하뇨."

생(生) 왈(曰),

"집이 없으니 어찌하리오."

미인(美人) 왈(曰),

"성내(成內)에 들어가려 하면 어찌 집없음을 근심하리오."

하더니, 일일(一日)은 창두(蒼頭)[112] 칠팔인(七八人)이 교자(轎子) 두 차(車)와 말 두 필(匹)과 청의 소동(靑衣小童)을 데리고 오거늘, 미인(美人)이 농(籠)을 열고 새로 지은 남녀(男女) 의복(衣服)을 내어 한 벌은 정댁(正宅)에게 드리고 한 벌은 자가(自家)가 입고, 처첩(妻妾)이 한 교

---

109) 태공망(太公望) '여상(呂尙)'의 속칭. 주(周)나라 초기의 정치가로 문왕(文王)이 위수 가에서 처음 만나 스승으로 삼았으며, 뒤에 무왕(武王)을 도와 은(殷)나라를 멸하고 천하를 평정하여 그 공으로 제(齊)나라에 봉함을 받아 그 시조가 되었음.

110) 주나라 문왕이 은나라의 제후로 있을 때의 칭호.

111) 중국 전국시대의 모사(謀士). 합종책(合從策)을 주장하여 6국의 힘을 모아 진(秦)나라에 대항하였음.

112) 노복(奴僕).

자(轎子)씩 타고 생(生)은 노새 타고 배후(陪後)하여 성내(城內)에 들어와 한 집에 이르러 처첩(妻妾)은 내당(內堂)에 들어가고 생(生)은 바깥뜰에서 방황(彷徨)하며 보니 집이 굉장(宏壯)하고 화초(花草)가 삼렬(森列)한지라. 작은 아이 나와 생(生)을 맞아 안에 들어가니 아내는 내당(內堂)에 앉고 첩(妾)은 건넌방(房)에 들었고, 일용(日用) 기명(器皿)이 갖추지 않음이 없고 남노 여복(男奴女僕)이 부지기수(不知其數)일러라.

생(生) 왈(曰),

"이 뉘 집이뇨."

미인(美人)이 소왈(笑曰),

"댁(宅)을 보매 어찌 주인(主人)이 모르리오. 거(居)한 자(者)가 곧 주인(主人)이니라."

이후(以後)로 의식(衣食)이 유족(裕足)하고 거처(居處)가 편안(便安)하매 파리한 얼굴이 다시 윤택(潤澤)하여 부가옹(富家翁)을 부러워 아니하더라.

그때에 이동지(李同知)라 하는 자(者)가 간혹(間或) 와 보거늘 그 미인(美人) 왈(曰),

"이는 근족(近族) 어른이라."

하고 왕래(往來)하더니, 일일(一日)은 미인(美人)이 생(生)더러 일러 왈(曰),

"낭군(郎君)이 또 미첩(美妾)을 얻고자 하나니이까."

생(生)이 대경(大驚) 왈(曰),

"내 낭자(娘子)로 더불어 만난 후(後)로 낭자(娘子)의 힘을 입어 일신(一身)이 안보(安保)하고 만사(萬事)가 족(足)하거늘 어찌 다른 뜻이 있으리오."

미인(美人) 왈(曰),

"천여불수(天與不受)면 반수기앙(反受其殃)이라.[113]"

하고, 힘써 권(勸)하거늘, 생(生) 왈(曰),

"내자(內子)로 더불어 상의(相議)하여 처치(處置)하자."

하고, 그 말대로 의논(議論)한대, 처(妻)가 가로되,

"이같은 첩(妾)은 열인들 무엇이 방해(妨害)로우리오."

하거늘 생(生)이 허락(許諾)하였더니, 일일(一日)은 저녁에 한 소년(少年) 부인(婦人)이 월색(月色)을 띄어 걸어 오고 두 차환(叉鬟)[114]이 전도(前導)하니 용색(容色)이 절미(絶美)하고 거지(擧止) 단정(端正)하여 부끄리는 태도(態度)를 띄었으니 결단(決斷)코 상천(常賤)한 유(類)가 아니라. 생(生)이 한 번(番) 보고 놀라며 기꺼 드디어 운우(雲雨)의 즐거움을 이루니, 첩(妾) 왈(曰),

"이 사람은 사족 부녀(士族婦女)이라. 첩(妾)에게 비(比)할 바가 아니니 예(禮)로써 대접(待接)하소서."

생(生)이 그 말대로 경대(敬對)하니 삼녀(三女)가 동실(同室)하여 규문(閨門)[115]이 화목(和睦)하더라.

일일(一日)은 이동지(李同知) 와 생(生)더러 일러 왈(曰),

"금일(今日) 또 정사(政事)[116]를 보니 그대 능참봉(陵參奉)[117] 수망(首望)[118]에 들었더라."

생(生) 왈(曰),

"내 성명(姓名)을 알 리 없고 또 친지(親知) 없어 천거(薦擧)할 이

113) 하늘이 주는 것을 받지 않으면 도리어 재앙을 입음.
114) 가까이 모시는 젊은 여자 종.
115) 규중(閨中).
116) 벼슬아치의 임면 출척(黜陟)에 관한 일.
117) 능을 맡아 일보던 종9품 벼슬.
118) 조선조 때, 관원을 서임할 때 이조(吏曹) 병조(兵曹)가 올리는 삼망(三望) 중의 첫째.

없거늘 어찌 이럴 리 있으리오. 전(傳)하는 자(者)가 그릇함이로다."

이동지(李同知) 왈(曰),

"내 눈으로 정사(政事)를 보았으니 어찌 그대의 성명(姓名)을 알지 못하리오."

하더니, 이윽고 원예(院隷) 정망(政望)[119]을 가지고 와 아무 댁(宅)이냐 묻거늘, 생(生)이 그 성명(姓名)을 보니 과연(果然) 그르지 않은지라. 마음에 경아(驚訝)하여 출사(出仕)하였더니 그 후(後)에 차차(次次) 승탁(昇擢)[120]하여 웅주 거목(雄州巨牧)[121]을 지내니라.

일일(一日)은 생(生)이 그 첩(妾)에게 물어 왈(曰),

"낭자(娘子)로 더불어 동거(同居)한 지 수십년(數十年)이요, 이제 늙어 죽기에 이르도록 낭자(娘子)의 내력(來歷)을 알지 못하니 전(前)에는 비록 기(忌)[122]였거니와 이제 말함이 어떠하뇨."

첩(妾)이 탄식(歎息) 왈(曰),

"이동지(李同知)는 곧 첩(妾)의 아비라. 첩(妾)이 청년 과부(青年寡婦)가 되어 음양(陰陽)을 알지 못하오매 부모(父母)가 불쌍히 여기더니, 일일(一日)은 첩(妾)에게 일러 왈(曰), '오늘 저녁에 네 문(門)을 나가 처음 남자(男子)를 따라가 섬기라.' 하거늘, 첩(妾)이 전도(顚倒)히 나와 낭군(郎君)을 먼저 만났으니 막비연분(莫非緣分)이고 집을 사며 산업(産業) 장만함은 첩(妾)의 아비 준비(準備)함이요, 저 낭자(娘子)는 즉금(卽今) 아무 재상(宰相)의 딸로 합궁전(合宮前) 과부(寡婦)이라. 첩(妾)의 아비 그 재상(宰相)과 절친(切親)하여 비록 가간(家間) 세쇄(細瑣)한 일이라도 서로 의논(議論)하더니, 두 집에 다 청년

119) 정사(政事)에서 뽑힌 명부.
120) 등용.
121) 땅이 넓고 물산이 많은 고을의 원.
122) 꺼림.

과부(靑年寡婦)가 있는지라. 마음에 서로 긍측(矜惻)하더니 첩(妾)의 아비 첩(妾)을 구처(區處)한 연유(緣由)로 고(故)하니 그 재상(宰相)이 추연(惆然)[123] 양구(良久)에 왈(曰), '나도 또한 이 뜻이 있노라.' 하고, 드디어 그 딸이 병(病)들어 죽었다 하고 시집에 부고(訃告)를 전(傳)하고 산하(山下)에 허장(虛葬)하고 낭군(郎君)을 만나게 함이고, 향자(向者)에 초사(初仕) 벼슬하기는 그 재상(宰相)의 지휘(指揮)함이니이다."

생(生)이 청파(聽罷)에 비로소 탄식(歎息) 왈(曰),

"이는 진실(眞實)로 천연(天緣)[124]이로다."

하고, 처첩(妻妾) 삼인(三人)이 백수 해로(白首偕老)[125]하고 자녀(子女)를 많이 낳고 여러 번(番) 외임(外任)을 지내니라.

123) 슬퍼 한탄하는 모양.
124) 하늘이 만들어준 인연.
125) 흰 머리가 되도록 함께 늙어 감.

## 18. 복원중구처수계(伏園中舊妻授計)[126)]

병자 호란(丙子胡亂)에 송도(松都) 상고(商賈)하는 사람의 처(妻)가 잡혀간지라. 상고(商賈)가 그 처(妻)를 잃고 상성(喪性)[127)]하여 은(銀)을 모아 가지고 심양(瀋陽)에 들어가니 그 처(妻)가 마장군(馬將軍)의 첩이 되었는지라. 상고(商賈)가 은(銀)을 가지고 동인(洞人)들 사는 곳에 가 방문(訪問)한 즉(卽) 잡혀온 사람이 일러 왈(曰),

"네 처(妻)가 마장군(馬將軍)의 총첩(寵妾)이 되었으니 속신(贖身)할 도리(道理) 만무(萬無)한지라. 너는 급(急)히 돌아가라."

하거늘, 상고(商賈)가 오히려 잊지 못하여 그 얼굴이나 한 번(番) 보기를 원(願)한대, 동리(洞里) 사람이 가로되,

"깊이 감추어 나오지 못하니 일이 극(極)히 어려우되 마장군(馬將軍)이 매양(每樣) 밤마다 자야수(子夜水)[128)]를 먹으매 그 계집이 물 길러 나올 것이니 가만히 그 동산(洞山)에 숨었으면 혹(或) 볼 듯하되 심(甚)히 위태(危殆)하다."

하거늘, 그 사람이 밤에 동산(洞山) 가운데 숨었더니, 그 처(妻)가 과연(果然) 밤중에 나오거늘 나아가 그 손을 잡은대 그 처(妻)가 아무 말도 아니하고 떨쳐 들어가더니 잠간(暫間) 사이 다시 나와 조그마한 싼 것을 주며 왈(曰),

"내 비록 무상(無常)하여 호로(胡虜)[129)]에게 실신(失身)하였으나 또한 일단(一端) 심정(心情)이 있는지라. 남아(男兒)가 나를 연연(戀

---

126) 집 뜰에 숨어 있던 중 옛 처가 계교를 주다.
127) 본디의 성질을 잃어버림.
128) 한 밤중에 먹는 물.
129) 외국인을 얕잡아 이르는 말.

戀)하여 이에 이르니 첩(妾)이 어찌 괄시(恝視)하리오마는 탈신(脫身)할 길이 만무(萬無)하고, 만일(萬一) 돌아가고자 한 즉(卽) 도리어 화(禍)가 몸에 미칠 것이니 이것을 가지고 본국(本國)에 돌아가 나에서 승(勝)한 첩(妾)을 사 잘 살고 나같은 것은 생각치 말고 급(急)히 돌아가라. 만일(萬一) 지체(遲滯)한 즉(卽) 따르는 사람이 있을 것이니 바삐 촌가(村家)에 가 밥지어 먹고 삼일(三日)을 기다려 가라."

하고, 손으로 건넌 산(山)을 가리켜 왈(曰),

"저 산(山)위에 석굴(石窟)이 있으니 그곳에 숨었다가 삼일(三日) 후(後) 나간 즉(卽) 가(可)히 면화(免禍)하리라."

하거늘, 상고(商賈)가 그 말대로 전촌(前村)에 가 밥지어 먹고 석굴(石窟) 속에 숨었더니, 이튿날 아침에 멀리 엿본 즉(卽) 그 처(妻)가 동산(洞山) 가운데 이별(離別)하던 곳에서 자결(自決)하였더라.

마장군(馬將軍)이 알고 대경(大驚)하여 아마도 조선(朝鮮) 사람이 왔던가 보다 하고 군사(軍士)를 발(發)하여 삼일(三日)을 찾으되 얻지 못하고 이에 그치니 그 사람이 비로소 나와 본국(本國)으로 돌아오니라.

## 19. 심고묘목은현몽(尋古墓牧隱現夢)[130)]

이감사(李監司)의 이름은 태연(泰淵)[131)]이니 제학공(提學公) 종학(種學)[132)]의 후손(後孫)이라. 소시(少時) 때에 꿈에 한 노인(老人)이 와 말하되,

"나는 너의 선조(先祖) 목은(牧隱)[133)]이러니 내 일찍 작은 아들 종학(種學)을 사랑하더니 이제 자손(子孫)이 그 묘(墓)를 잃어 초목(草木)을 금(禁)치 못하는지라. 내 심(甚)히 슬퍼하노니 너는 종학(種學)의 후예(後裔)라. 그 묘사(墓祀)를 찾음이 가(可)하니라."

하거늘, 이공(李公)이 몽중(夢中)이나 절하고 공경(恭敬) 대왈(對曰),

"비록 찾고자 하나 무엇을 말미암아 찾으리이까."

노인(老人) 왈(曰),

"나의 문적(文籍)을 구(求)하여 보면 자연(自然) 알 도리(道理) 있으리라."

하거늘, 놀라 깨달으니 황연(晃然)히 그 이른 바를 알지 못할러라.

목은(牧隱)의 문집(文集)을 상고(詳考)하되 가(可)히 증험(證驗)할 곳이 없으니 매양(每樣) 영남(嶺南) 사람을 만나면 문득 목은(牧隱) 선생(先生)의 끼친 문적(文籍)을 구(求)하더니, 한 선비 말하되,

"영남(嶺南) 아무 고을 사람의 집에 약간(若干) 유문(遺文)이 있다."

---

130) 목은(牧隱)이 현몽하여 옛 무덤을 찾게 하다.

131) 조선조 현종 때의 문신. 경상도 관찰사, 대사간 등을 역임함.

132) 고려말의 문신·학자. 이색(李穡)의 아들. 고려가 망하자 정도전이 보낸 자객에게 살해됨. 문장으로 이름이 높았으며 사실(史實)에 밝았음.

133) 고려말의 문신·학자인 이색의 호.

하거늘 취(取)하여 보고자 하더니, 공(公)이 마침 공산 현감(公山縣監)을 하여 내려가니 곧 그 선비 있는 고을이라. 공(公)이 사람을 보내어 구(求)하여 자세(仔細)히 살펴본 즉(卽) 그 중(中)에 제학공(提學公) 묘표(墓表)[134]가 황해도(黃海道) 토산(兎山) 아무 동리(洞里)에 있다 하였거늘, 비로소 그 꿈이 헛되지 않은 줄 알고 환조(還朝) 후(後)에 옥당(玉堂) 언사(言事)로 파직(罷職)하매 한가(閑暇)한 때를 타 토산(兎山)에 내려가 일경(一境)을 찾으되 망연(茫然)히 알 길이 없거늘, 한 촌(村)에 가 유숙(留宿)하며 그 주인(主人)에게 물어 가로되,

"근처(近處)에 혹(或) 고총(古塚)이 있어 유전(流傳)하기를 옛 재상(宰相)의 분묘(墳墓)이라 하는 곳이 있느냐."

주인(主人) 왈(曰),

"내 집 뒤 산록(山麓)에 고총(古塚)이 있다 하더이다."

하거늘, 공(公)이 인(因)하여 유숙(留宿)하고 촌민(村民)에게 채문(採問)[135]하니 이르되,

"그 묘소(墓所)가 처음에는 표석(表石)이 있어 음기(陰記)[136]에 묘전 묘답(墓田墓畓)을 기록(記錄)한 고(故)로 촌인(村人)이 빼어 묻고 그 묘전(墓田)을 도적(盜賊)하였나이다."

하거늘, 그 비석(碑石) 묻은 곳을 찾아내니 묘(墓)앞 논 속이요, 자획(字劃)이 완연(宛然)하거늘 드디어 묘노(墓奴)[137]를 두어 지키게 하고 향화(香火)를 그치지 아니하니라.

---

134) 무덤 앞에 세우는 푯돌. 품계, 관직, 성명 등을 새김.
135) 탐문.
136) 비갈(碑碣)의 등 뒤에 새긴 글.
137) 묘지기.

# 20. 홍사문동악유별계(洪斯文東岳遊別界)[138)]

홍초(洪僬)는 아산(牙山) 대동촌(大同村) 사람이라. 일찍 금강산(金剛山)에 놀더니, 외산(外山)에서 한 승(僧)을 만나니 심(甚)히 바삐 가거늘 홍생(洪生)이 그 가는 곳을 물은대, 승(僧) 왈(日),

"소승(小僧)의 사는 곳이 심(甚)히 머니이다."

생(生) 왈(日),

"나와 한가지 감이 어떠하뇨."

승(僧) 왈(日),

"다리 힘이 없으면 능(能)히 가지 못하리이다."

생(生)이 굳이 청(請)한대, 승(僧)이 이윽히 보다가 왈(日),

"족(足)히 가리로다."

하고, 드디어 동행(同行)하여 산벽(山壁) 소로(小路)로 행(行)하여 몇 날을 가는지 알지 못하더니, 한 높은 영(嶺)이 있고 그 밑에 흰 모래 봉(峯)이 있거늘, 승(僧) 왈(日),

"이 모래 심(甚)히 고와 발을 옮기기 어렵고 더딘 즉(卽) 무릎까지 빠지나니 나의 운보(運步)하는 법(法)을 보아 자주 걸으면 가(可)히 환(患)을 면(免)하리라."

생(生)이 발을 자주 놀려 승(僧)을 따라 봉두(峯頭)에 이르니 길이 끊어지고 아래는 만장 절벽(萬丈絶壁)이라. 봉(峯)에서 언덕에 가기 상거(相距)가 한 발이 넘는데 승(僧)이 무난(無難)히 뛰어 건너가되 생(生)은 좇아갈 계교(計巧)가 없더니, 승(僧)이 그 언덕에 몸을 걸고 누워 생(生)으로 하여금 뛰어 건너 가슴에 안기라 하거늘 생(生)이 그 말대로

138) 홍생(洪生)이 금강산 별세계를 유람하다.

한 번(番) 뛰니 승(僧)이 문득 안아 건너는지라. 이로조차 기구(崎嶇)한 데를 지나 한 곳에 이른 즉(卽) 별유천지(別有天地)고 비인간(非人間)이라.[139] 경개(景槪) 절승(絶勝)하고 전답(田畓)이 비옥(肥沃)하며 수십(數十) 초가(草家)가 있으되 다 승당(僧堂)이라. 집이 시냇물을 연접(連接)하여 둘렀고 전후좌우(前後左右)가 다 배나무이라. 집마다 배를 쌓았고 사람마다 풍족(豊足)한지라. 외객(外客)이 이르면 심(甚)히 사랑하여 서로 들여 맞아다가 공궤(供饋)하더라.

한 달이 넘으매 생(生)이 돌아오고자 하여 오던 길을 찾은 즉(卽) 망연(茫然)한지라. 승(僧) 왈(曰),

"자연(自然) 나갈 날이 있다."

하고, 짚을 엮어 방석(方席) 둘을 만들어 가지고 동구(洞口)에 나와 두어 시내를 건너니 한 준령(峻嶺)이 있고 그 아래 반석(盤石)이 누웠으니, 정(淨)하고 넓어 끝이 뵈지 아니하거늘 승(僧)이 가져온 방석(方席) 하나는 생(生)을 주고 하나는 승(僧)이 가져 각각(各各) 등에 짊어지고 반석(盤石) 위에 누워 요동(搖動)하여 차차(次次) 흘러 내리기를 오래 만에 비로소 땅에 내려 보니 앞에 한 봉(峯)이 있어 설색(雪色)이 차아(嵯峨)[140]하고 봉(峯) 위에 큰 둥근 돌이 있고 그 위에 뿔같이 생긴 돌이 마주 섰거늘, 승(僧) 왈(曰),

"생원주(生員主)가 기이(奇異)한 일을 보고자 하시나니까."

하고, 그 봉(峯) 머리에 올라가 돌을 들어 그 뿔 같은 것을 두드리니 그것이 부러지더니 잠간(暫間) 사이에 아주 무너져 들어가거늘, 생(生) 왈(曰),

"이 무슨 물건(物件)이뇨."

---

139) 사람이 살지 않는 별세계. 곧, 이상향(理想鄕)을 뜻함.
140) 산이 높고 험함.

승(僧) 왈(曰),

"이는 큰 소라요 속명(俗名)은 고동이니 본대 고산 준령(高山峻嶺)에 있는지라. 아국(我國)에서 얻으면 군문(軍門)에 불어 호령(號令)하는 기계(器械)를 만든다 하더이다."

이로부터 거의 삼십리(三十里)나 행(行)하여 나오니 고성(高城) 땅이라. 승(僧) 왈(曰),

"우리 사는 동명(洞名)은 이화동(梨花洞)이니 꽃필 때면 황란(晃瀾)하여 눈온 날 같다."

하더라.

# 21. 성허백남로우선객(成虛白南路遇仙客)[141)]

성허백(成虛白)의 이름은 현(俔)[142)]이니 옥당(玉堂)[143)] 벼슬로 있더니, 수유(受由)하고 남중(南中)에 갔다가 돌아오더니 때마침 하절(夏節)이라. 시냇가에 수음(樹蔭)이 아름답거늘 말을 내려 쉬더니 홀연(忽然) 과객(過客)이 나귀 타고 소동(小童)은 채찍 잡고 따라와 나귀에 내려 수음(樹蔭)에서 쉬거늘, 허백(虛白)이 객(客)으로 더불어 양구(良久)히 말하다가 시장하거늘 종자(從者)에 명(命)하여 먹을 것을 가져오라 하니, 객(客)이 또한 소동(小童)을 명(命)하여 합(盒)을 가져오니 한 어린 아이를 무르게 삶은 것이요, 한 표자(瓢子)를 가져오니 술이 있으되 빛이 피 같아서 버러지 가득하고 또 두어 송이 꽃을 띄웠더라.

객(客)이 아이 사지(四肢)를 찢어 먹거늘 허백(虛白)이 크게 놀라 문왈(問曰),

"이는 무슨 물건(物件)이뇨."

객(客) 왈(曰),

"이는 영약(靈藥)이니라."

허백(虛白)이 얼굴을 찡기어[144)] 감(敢)히 바로 보지 못하더니, 객(客)이 아이 다리 하나를 권(勸)하거늘, 허백(虛白) 왈(曰),

"이같은 물건(物件)은 먹지 못하노라."

---

141) 허백당(虛白堂) 성현(成俔)이 남쪽 길에서 선객(仙客)을 만나다.

142) 조선조 성종 때의 학자. 호는 용재(慵齋) 또는 허백(虛白堂). 예악(禮樂)에 밝고 문장이 탁월하였음.

143) '홍문관(弘文館)'의 별칭. 또, 홍문관의 부제학(副提學) 이하 교리(校理) 부교리(副校理) 수찬(修撰) 부수찬(副修撰) 등 홍문관의 실무에 당하던 관원의 총칭.

144) 찡그리어. '찡기다'는 '찡그리다'의 방언.

객(客)이 또 표자(瓢子)를 들어 주며 왈(曰),

"이것이나 마실까보냐."

허백(虛白)이 또 사양(辭讓)한대 객(客)이 웃고 이끌어 마시고, 표자(瓢子)에 띄웠던 꽃을 잘게 씹어 먹고 그 아이 나머지로 소동(小童)을 주니, 소동(小童)이 수풀 아래 앉아 먹거늘, 허백(虛白)이 동자(童子)에게 문왈(問曰),

"주인(主人)은 어떠한 사람이며 어느 곳에 있느뇨."

동자(童子)가 왈(曰),

"알지 못하나이다."

허백(虛白) 왈(曰),

"어찌 종이 되어 주인(主人)을 모르리오."

답왈(答曰),

"내 따라 다닌 지 수백년(數百年)이로되 누군지 알지 못하나이다."

허백(虛白)이 더욱 놀라 굳이 물은대, 동자(童子)가 왈(曰),

"의심(疑心)컨대 순양선생(純陽先生)인가 하나이다."

허백(虛白) 왈(曰),

"아까 먹던 것이 무슨 물건(物件)인고."

대왈(對曰),

"천년(千年) 묵은 동자삼(童子蔘)이니이다."

"술 가운데 뜬 것은 무엇이뇨."

대왈(對曰),

"영지초(靈芝草)이니이다."

허백(虛白)이 놀라고 뉘우쳐 객(客)의 앞에 나아가 절하고 왈(曰),

"속안(俗眼)이 몽매(蒙昧)하여 대선(大仙)의 강림(降臨)을 알지 못하고 예(禮)를 잃었으니 사죄사죄(死罪死罪)로소이다. 그러나 이제 연분(緣分)을 받들어 만나뵈오니 또한 우연(偶然)치 아니하오며 아까 그 동삼(童蔘)과 영지(靈芝)를 맛보오리이까."

객(客)이 웃고 동자(童子)에게 왈(曰),

"먹던 것이 남았는가."

동자(童子)가 가로되,

"다 먹었나이다."

허백(虛白)이 뉘우치고 한(恨)함을 마지 아니하더니, 객(客)이 일어나 읍(揖)하고 장차(將次) 행(行)하려 하거늘 동자(童子)가 향(向)할 곳을 물은대 객왈(客曰),

"달주(㺚州)로 가려 하노라."

하니 날이 이미 서산(西山)에 비낀지라. 살펴 보니 객(客)의 나귀 수척(瘦瘠)하고 작아 행(行)함이 심(甚)히 빠르지 못하되 눈두를 사이에 이미 묘연(杳然)한지라. 허백(虛白)이 말을 놓아 쫓아 겨우 한 재를 넘어가니 이미 뵈지 아니하더라.

# 권지십삼(青邱野談 卷之十三)

## 1. 홍상국조궁만달(洪相國早窮晩達)[1]

홍상국(洪相國)의 이름은 명하(命夏)[2]요, 별호(別號)는 기천(沂川)이니 김판서(金判書) 좌명(佐明)[3]으로 더불어 동양위(東陽尉)[4]의 여서(女婿)이라. 김공(金公)은 일찍 등과(登科)하여 성명(姓名)이 훤혁(煊赫)[5]하되 홍공(洪公)은 사십(四十) 궁유(窮儒)로 가빈(家貧)하여 처가(妻家)살이하니 옹주(翁主)[6] 이하(以下)로 다 천대(賤待)하고, 처남(妻男) 신면(申冕)[7]이 또 일찍 등과(登科)하고 위인(爲人)이 교만(驕慢)하여 기천(沂川)

---

1) 상국(相國) 홍명하(洪命夏)가 젊어서는 곤궁했으나 만년(晩年)에는 영달하다.
2) 조선조 효종(孝宗) 때의 문신. 호는 기천(沂川). 예조 병조 판서를 거치고 삼정승을 두루 역임함. 성리학에 조예가 깊었으며 특히 효종의 신임이 두터워 왕을 도와 북벌(北伐) 계획을 적극 추진했음.
3) 조선조 현종(顯宗) 때의 문신. 호는 귀천(歸川). 병조판서로 군율을 바로잡아 병기 군량을 충실히 하고, 군사 훈련을 엄격히 실시하였음.
4) 신익성(申翊聖). 조선조 인조 때의 문신. 영의정 신흠(申欽)의 아들로 선조(宣祖)의 사위. 12세 때 선조의 딸 정숙옹주(貞叔翁主)와 혼인, 동양위(東陽尉)에 봉해짐. 척화 오신(斥和五臣)의 한 사람으로 널리 알려짐.
5) 환히 빛나는 모양. 전(轉)하여, 위세가 대단한 모양.
6) 조선조 때 임금의 후궁(後宮)이 낳은 딸.
7) 조선조 인조 때의 문신. 신익성의 아들. 이조 정랑을 거쳐 부제학 대제학 등을 역임함. 효종 2년(1651) 김자점(金自點)의 옥사가 일어나자 그 일당으로 국문을 받다가 자결함.

대접(待接)하기를 더욱 박(薄)히 하더라.

일일(一日)은 홍공(洪公)이 대반(對飯)할 새 마침 꿩의 다리를 구워 놓았거늘 신면((申冕)이 들어 개를 던져 주어 왈(曰),

"빈사(貧士)의 상(床)에 어찌 꿩의 다리를 놓으리오."

기천(沂川)이 다만 웃음을 머금고 조금도 노의(怒意) 없더라.

동양위(東陽尉) 홀로 그 만달(晩達)할 줄을 알아 매양(每樣) 그 아들을 꾸짖고 기천(沂川)에게 뜻을 더하더라.

김공(金公)이 문형(文衡)[8]하였을 때 기천(沂川)이 두어 수(首) 표(表)를 지어 뵈어 가로되,

"가(可)히 과업(科業)을 하랴."

김공(金公)이 보지 아니코 부채로 날려 가로되,

"이것도 표(豹)냐. 이것도 표(彪)냐."

기천(沂川)이 웃고 거두니라.

일일(一日)은 동양위(東陽尉) 출입(出入)하였다가 저물게 돌아와 소(小) 사랑에 풍악(風樂) 소리를 듣고 방인(傍人)더러 물은 즉(卽), 대(對)하되,

"영감(令監)이 김참판(金參判) 영감(令監)과 다른 재상(宰相)으로 더불어 놀으시나이다."

신공(申公)이 물으되,

"홍생(洪生)이 좌상(座上)에 있더냐."

가로되,

"아랫방(房)에서 자나이다."

신공(申公)이 눈썹을 찡기어 가로되,

"아배(兒輩)의 일이 해괴(駭怪)하도다."

---

8) 조선조 때의 대제학(大提學)의 별칭.

인(因)하여 홍생(洪生)을 청(請)하여 물어 왈(曰),

"어찌 아배(兒輩)의 유석(遊席)에 참예(參預)치 아니하뇨."

가로되,

"재상(宰相)의 모꼬지[9]에 유생(儒生)이 어찌 참예(參預)하며 하물며 불청객(不請客)이니이다."

신공(申公) 왈(曰),

"너는 나로 더불어 한 번(番) 놂이 가(可)하다."

하고, 인(因)하여 기악(妓樂)[10]을 명(命)하여 즐김을 다하고 파(罷)하니라.

신공(申公)이 병(病)이 중(重)하여 임종(臨終)에 기천(沂川)의 손을 잡고 주배(酒杯)를 권(勸)하여 가로되,

"내 일언(一言)을 네게 부탁(付託)할 것이니 가(可)히 이 술을 마시고 나의 유언(遺言)을 들으라."

기천(沂川)이 사례(謝禮) 왈(曰),

"무슨 교명(教命)인지 알지 못하거니와 먼저 교명(教命)을 듣고 후(後)에 술을 마시리이다."

신공(申公)이 가로되,

"마신 후(後) 말하리라."

기천(沂川)이 굳이 좇지 아니하니 신공(申公)이 사오차(四五次)를 권(勸)하다가 잔(盞)을 땅에 던지고 낙루(落淚)하여 가로되,

"내 집이 망(亡)하리로다."

인(因)하여 명(命)이 진(盡)하니 대개 아들 부탁(付託)하려는 말일러라. 그 후(後)에 기천(沂川)이 등제(登第)하여 십여년(十餘年) 간(間)에

9) 여러 사람이 놀이나 잔치 또는 그 밖의 다른 일로 모이는 일.
10) 기생과 악공(樂工).

위(位) 좌상(左相)[11]에 이른지라.

숙묘조(肅廟朝)에 신면(申冕)의 옥사(獄事)가 나매 상(上)이 기천(沂川)더러 물어 가로사,

"신면(申冕)은 어떠한 사람고."

기천(沂川)이 알지 못하므로 아뢰니, 인(因)하여 복법(伏法)[12]하니 신면(申冕)의 평일(平日) 행사(行事)를 기천(沂川)이 함분(含憤)한 지 오랜지라. 다만 동양위(東陽尉)의 앎을 받은 즉(卽) 한 말로 구(救)하여 동양(東陽)의 지우(知遇)[13]를 갚음이 가(可)하거늘 이를 하지 아니하니 일이 극(極)히 돌탄(咄歎)하도다.

기천(沂川)이 배상(拜相)[14]한 후(後)에 김공(金公)이 오히려 문형(文衡)으로 있는지라. 연경(燕京) 주문(奏文)을 문형(文衡)이 제진(製進)하매 먼저 대신(大臣)께 감(鑑)하고 입계(入啓)[15]함이 전례(前例)라. 김공(金公)이 지은 바 표(表)로써 대신(大臣)에게 드리니 홍상(洪相)이 부채로 날려 가로되,

"이것이 표(豹)냐. 이것이 표(彪)냐."

하니, 이 또한 양(量)이 좁은 일이로다.

---

11) 좌의정(左議政)의 약칭.
12) 형벌에 복종하여 죽음을 받음. 복주(伏誅).
13) 나의 인격 학식을 알아서 남이 후히 대우함. 또, 그 대우.
14) 정승(政丞)을 배명(拜命)함.
15) 계장(啓狀)을 왕에게 올림.

## 2. 유상사선빈후부(柳上舍先貧後富)[16)]

유생(柳生) 모(某)는 낙하(洛下) 사람이라. 일찍 문명(文名)이 있어 이십(二十) 전(前)에 진사(進士)하였으되 집이 심(甚)히 빈곤(貧困)하여 수원(水原) 땅에 거(居)하고, 그 아내 재질(才質)이 구비(具備)하여 침선(針線)으로 자생(資生)하더니, 일일(一日)은 문외(門外)에 한 여자(女子)가 검무(劍舞)를 잘한다 이르거늘 유생(柳生)이 내정(內庭)에 불러들여 재주를 시험(試驗)하려 하더니, 그 여자(女子)가 유처(柳妻)를 익히 보다가 곧 청상(廳上)에 올라 서로 안고 방성 대곡(放聲大哭)하니 생(生)이 그 연고(緣故)를 알지 못하여 기처(其妻)더러 물은 즉(卽), 답(答)하되,

"일찍 친숙(親熟)한 바이라."

하고, 인(因)하여 검기(劍技)를 시험(試驗)치 아니코 머문 지 수일(數日)에 보내니라.

오륙일(五六日) 후(後) 홀연(忽然) 바라보니 전로(前路)에 양개(兩箇) 교마(轎馬)가 있고 말 앞에 비자(婢子) 수쌍(數雙)이 또 말타고 바로 자가(自家) 집으로 향(向)하거늘, 생(生)이 괴(怪)히 여겨 사람으로 하여금,

"어느 곳 내행(內行)이 그릇 내 집에 오뇨."

하예(下隷) 답(答)치 아니하고 교자(轎子)를 문(門) 안에 내려 놓고 인마(人馬)는 다 술막(幕)으로 가거늘, 생(生)이 더욱 의아(疑訝)하여 서자(書字)로써 그 처(妻)에게 물은 즉(卽), 답(答)하되,

"종차(從次) 알리니 묻지 말으소서."

하고, 이날로부터 찬품(饌品)이 풍비(豊備)하여 수륙(水陸)을 갖추었

---

16) 유생원이 빈곤하게 살다가 나중에 부자가 되다.

으니 생(生)이 날로 아혹(訝惑)하여 또 서자(書字)로 물은 즉(卽), 답(答)하되,

"다만 배불리 자실 것이니 어찌 자주 물으리오. 수일(數日)은 반드시 안에 들어오지 말으소서."

그 명일(明日)에 조석(朝夕) 식물(食物)이 전(前)같더니, 지난 지 수일(數日)에 내서(內書)로써 하되 일제(一齊)히 서울로 반이(搬移)[17]한다 하니 생(生)이 놀라고 괴(怪)히 여겨 중문(中門)으로 청(請)하여 잠간(暫間) 보고 가로되,

"내행(內行)은 어디로조차 오며 조석 공궤(朝夕供饋)는 어찌 풍족(豊足)하며 반이(搬移)한다 함은 어찐 말인지, 치행(治行)은 어찌하려 하느뇨."

기처(其妻)가 웃어 왈(曰),

"종차(從次) 알으실 것이니 초초(草草)히 묻지 말으소서. 경행(京行) 범구(汎具)는 스스로 판비(辦備)할 것이니 그대 고념(顧念)치 않을 바이요, 다만 배행(陪行)만 할 따름이니라."

생(生)이 마지 못하여 그 하는대로 두더라.

익일(翌日)에 세 교자(轎子)를 말께 싣고 자가(自家) 기마(騎馬)도 대령(待令)하였거늘, 배후(陪後)[18]하여 경성(京城) 남문(南門)에 들어 회동(會洞)을 들어가 한 대가(大家)에 이르러 자가(自家)는 대문(大門) 안에 말을 내리고 교자(轎子)는 안 문(門)으로 뫼시거늘, 생(生)이 큰 사랑(舍廊)으로 들어간 즉(卽) 한 빈 집이라. 문방 사우(文房四友)와 서책(書冊) 집물(什物)을 좌우(左右)에 벌여 두고 관자(冠者)[19] 수인(數人)이 앞에서 사환(使喚)하고 노비(奴婢) 사오인(四五人)이 뜰에 진알(進謁)하니 생

17) 짐을 날라 이사함.
18) 뒤를 따름.
19) 관례(冠禮)를 행한 사람. 곧, 성인(成人).

(生)이 문왈(問曰),

"너희는 뉘뇨."

답왈(答曰),

"소인(小人)은 다 댁(宅) 노자(奴子)이니이다."

생(生) 왈(曰),

"이 댁(宅)은 뉘 댁(宅)이뇨."

답왈(答曰),

"진사주(進士主) 댁(宅)이니이다."

또 물으되,

"포진(鋪陳)[20]은 어디서 얻어 왔느뇨."

답왈(答曰),

"진사주(進士主) 수용(需用)하실 집물(什物)이니이다."

생(生)이 운무중(雲霧中)에 앉은 듯 놀람을 마지 아니하더니, 기처(其妻)가 서자(書字)로 이르되,

"금야(今夜)에 마땅히 한 미인(美人)을 내어 보낼 것이니 고적(孤寂)한 회포(懷抱)를 위로(慰勞)하소서."

생(生)이 답서(答書)하되,

"미인(美人)은 뉘며 이 일은 어찐 일고."

기처(其妻)가 답(答)하되,

"종차(從次) 알리라."

하더니, 밤든 후(後) 겸종(傔從)이 다 밖으로 나가고 안 문(門)을 일쌍(一雙) 차환(叉鬟)이 일개(一介) 미인(美人)을 뫼셔 나오니 응장 성식(凝粧盛飾)[21]으로 촉하(燭下)에 앉았더니, 시비(侍婢) 금침(衾枕)을 포설

20) 바닥에 깔아 놓는 방석·요·돗자리 같은 것의 총칭.
21) 얼굴을 단장하고 옷을 훌륭하게 차림.

(鋪設)하고 나가거늘 생(生)이 내력(來歷)을 물은 즉(卽) 웃고 답(答)치 아니하는지라. 인(因)하여 취침(就寢)하니 견권(繾綣)의 정(情)이 깊으니라.

익일(翌日)에 기처(其妻)가 서자(書字)로 신인(新人) 얻음을 하례(賀禮)하고 또 가로되,

"금야(今夜)에 마땅히 다른 미인(美人)을 내어 보내리라."

하니, 생(生)이 그 연고(緣故)를 알지 못하여 의아(疑訝)할 따름이러니, 그 밤에 시비(侍婢) 전(前)같이 또 한 미인(美人)을 뫼셔 나오니 생(生)이 촉하(燭下)에 서로 대(對)한 즉(卽) 월태 화용(月態花容)이 어젯밤 미인(美人)과 일반(一般)이라. 생(生)이 인(因)하여 동침(同寢)하니라.

기처(其妻)가 또 서자(書字)로 하례(賀禮)하니라.

오후(午後)에 문외(門外)에 갈도(喝道)[22] 소리 나더니 일예(一隷) 들어와 가로되,

"권판서(權判書) 대감(大監)이 오시나이다."

생(生)이 놀라 당(堂)에서 내려 공수(拱手)하고 섰더니, 한 백발(白髮) 노재상(老宰相)이 초헌(軺軒)을 타고 들어와 흔연(欣然)히 생(生)의 손을 잡고 당(堂)에 올라 좌정(坐定)에 생(生)이 재배(再拜) 문왈(問曰),

"대감(大監)은 어디로서 오신 존위(尊位)신지 소생(小生)이 한 적도 승안(承顔)[23]치 못하오니 어찌 강림(降臨)하시니이꼬."

노재(老宰) 웃어 가로되,

"그대 오히려 번화(繁華)의 꿈을 깨지 못하였도다. 내 자세(仔細)히 말하리니 그대같은 호팔자(好八字)는 금고(今古)에 드무니라. 연전(年前)에 그대의 빙가(聘家)와 내 집과 및 역관(譯官) 현지사(玄知事)

---

22) 지위 높은 사람이 다닐 때, 길 인도하는 하예(下隷)가 앞에 서서 소리를 질러 행인을 금하던 일. 가금(呵禁). 가도(呵道).

23) 처음으로 만나 뵈옴. 어른을 만나 뵘.

집으로 더불어 격장(隔墻)이러니, 동년(同年) 동월일(同月日)에 삼가(三家)가 함께 생녀(生女)하니 일이 심(甚)히 공교(工巧)하고 이상(異常)한지라. 삼가(三家)가 항상(恒常) 서로 여아(女兒)를 보내어 보더니 및 점점(漸漸) 자라매 삼가(三家)가 여아(女兒)가 조석(朝夕) 상종(相從)하여 서로 유희(遊戲)할 제 거배(渠輩)[24] 스스로 사사(私私)로이 마음에 맹세(盟誓)하되 일인(一人)을 한가지로 섬기자 하였으되 내 또 알지 못하고 제 집에서도 또한 모르는지라. 그 후(後) 그대 빙가(聘家)를 옮아 성식(聲息)을 알지 못하니 나의 여아(女兒)는 측실(側室)의 소생(所生)이라. 및 나이 차매 의혼(議婚)하려 한 즉(卽) 여아(女兒)가 저사(抵死)[25]하여 가로되, '이미 정약(定約)이 있으니 마땅히 그대 현합(賢閤)[26]을 좇아 일인(一人)을 섬길 것이요 기외(其外)는 비록 늙어 죽어도 결단(決斷)코 타문(他門)에는 가지 않으리라.' 하고, 현가(玄家) 여자(女子)가 또 이같이 하니 양가(兩家)가 꾸짖고 달래되 종시(終始) 회심(回心)치 아니하고 이십오세(二十五歲) 되도록 오히려 처녀(處女)이라. 향일(曏日) 들은 즉(卽) 현가(玄家) 여자(女子) 검술(劍術)을 배워 남복(男服)을 꾸미고 두루 놀아 그대의 빙가(聘家)를 찾는다 하더니 일전(日前)에 수원(水原) 지경(地境)에서 만났다 하니, 재작야(再昨夜)의 미인(美人)은 곧 나의 여아(女兒)요, 작야(昨夜) 가인(佳人)은 곧 현가(玄家)의 여자(女子)요, 가사(家舍) 노비(奴婢)와 전답등속(田畓等屬)은 내 현군(玄君)으로 더불어 배치(排置)한 것이라. 그대 힘을 허비(虛費)치 아니하고 일거 양득(一擧兩得)하니 진소위(眞所謂) 호팔자(好八字)이로다."

인(因)하여 사람부려 현지사(玄知事)를 청(請)하니 수유(須臾)에 한

24) 저희(인칭대명사).
25) 죽기를 각오하고 굳세게 저항함. 저사위한(抵死爲限)의 준말.
26) 남의 아내를 공경하여 일컫는 말.

노인(老人)이 순금관자(純金貫子)에 진홍(眞紅) 분합대(分合帶)[27]를 띠고 와 절하거늘, 권공(權公)이 가르쳐 가로되,

"이는 현지사(玄知事)이라."

삼인(三人)이 대좌(對坐)하여 주효(酒肴)를 베풀어 종일(終日) 진취(盡醉)하고 파(罷)하니 권판서(權判書)는 곧 권대운(權大運)[28]일러라.

생(生)이 일처이첩(一妻二妾)으로 동실(同室) 화락(和樂)하여 지내더니, 수년(數年) 후(後) 기처(其妻)가 생(生)에게 왈(曰),

"이제 남인(南人)이 득시(得時)하매 권모(權某)가 남인(南人)의 괴수(魁首)로 당국(當局)하니[29] 근일(近日)의 일이라. 멸륜(滅倫)의 거조(擧措)가 많으니 오래지 아니하여 반드시 패(敗)할 것인 즉(卽) 화(禍)가 장차(將次) 미칠지라. 일찍 낙향(落鄕)하여 화(禍)를 면(免)함만 같지 못하니이다."

생(生)이 그 말을 좇아 가산(家産)을 척매(斥賣)하여 처첩(妻妾)으로 한가지로 환향(還鄕)하고 다시 경성(京城)에 절(絶)하니라. 곤전(坤殿)[30] 복위(復位)하신 후(後) 남인(南人)이 다 주찬(誅竄)하매[31] 권판서(權判

27) 넓고 납작하게 만들어서 웃옷에 눌러 띠는 실띠.
28) 조선조 숙종 때의 상신(相臣). 호는 석담(石潭). 병조 판서 좌의정을 지낸 뒤, 숙종 6년(1680) 경신대출척으로 남인이 실각하자 영일(迎日)에 부처된 후 위리안치되었다가, 숙종 15년(1689) 기사환국으로 풀려나 영의정에 오름. 이때 유배중인 송시열을 사사케 하고 서인에 대한 탄압을 가혹하게 하다가 숙종 20년(1694) 갑술옥사로 실각 귀양갔다가 죽음.
29) 조선조 숙종 15년(1689)의 기사환국(己巳換局) 때의 일을 말함. 기사환국은 희빈(禧嬪) 장씨(張氏) 소생의 아들을 세자로 삼으려는 숙종에 반대한 송시열(宋時烈) 등 서인(西人)이, 이를 지지한 남인(南人)에 의하여 패배 당하고 정권이 서인에서 남인으로 바뀌게 된 사건.
30) 왕비. 중궁전(中宮殿). 여기서는 인현왕후를 가리킴.
31) 조선조 숙종 20년(1694)의 갑술옥사(甲戌獄事) 때의 일을 말함. 갑술옥사는 기사환국(己巳換局) 후 실각하였던 소론(少論)의 김춘택(金春澤) 한중혁(韓重爀) 등이 중심이 되어 폐비[인현왕후 민비(閔妃)] 복위 운동을 일으켰

書)가 또한 그 중(中)에 들되, 생(生)이 홀로 수좌(隨坐)[32]의 율(律)을 입지 아니하니 유처(柳妻)는 가(可)히 여중(女中) 유식(有識)한 자(者)이라 이르리로다.

을 때, 이를 계기로 남인(南人)인 민암(閔黯) 등이 소론을 제거하려다 실패하여 화를 당한 사건. 이때 민암은 사사(賜死)되고 기타 남인들이 유배되었으며, 소론이 대거 기용되고, 왕비 장씨가 다시 희빈(禧嬪)으로 격하된 반면, 인현 왕후가 복위되었음. 이 사건을 계기로 소론이 집권하여 노소(老少)의 쟁론이 시작되었음.

32) 연좌(連坐)함.

## 3. 노옥계선부봉가기(盧玉溪宣府逢佳妓)[33)]

노옥계(盧玉溪)의 이름은 진(禛)이니 일찍 부친(父親)을 여의고 가세(家勢) 또 빈곤(貧困)하여 남원(南原) 땅에 거(居)하고 나이 이미 장성(長成)하되 취처(娶妻)할 수 없는지라. 그 당숙(堂叔)이 마침 선천 부사(宣川府使)를 하였더니, 모친(母親)이 권(勸)하여 가 혼수(婚需)를 얻어 오라 하니 옥계(玉溪) 편발(編髮)[34)]로 도보(徒步)하여 간신(艱辛)히 선천(宣川)에 이르러 혼금(閽禁)[35)]이 지엄(至嚴)하기로 시러금 들어가지 못하고 노상(路上)에 방황(彷徨)하더니, 마침 한 동기(童妓) 의상(衣裳)이 선명(鮮明)한 자(者)가 지나다가 연보(蓮步)[36)]를 멈추고 이윽히 보다가 물어 가로되,

"도령이 어디로조차 왔느뇨."

옥계(玉溪) 실사(實事)로써 말한대, 동기(童妓) 가로되,

"내 집이 예서 멀지 아니하니 도령이 소녀(小女)의 집에 하처(下處)하심을 바라나이다."

옥계(玉溪) 허락(許諾)하고 간신(艱辛)히 관문(官門)에 들어가 그 숙부(叔父)를 보고 내려온 소유(所由)를 말한 즉(卽), 기색(氣色)이 좋지 않아 가로되,

"도임(到任)한 지 미기(未幾)에 관채(官債) 여산(如山)하니 심(甚)히 민망(憫惘)하다."

---

33) 옥계(玉溪) 노진(盧禛)이 선천(宣川)에서 아리따운 기생을 만나다.

34) 관례를 하기 전에 머리를 땋아 늘이던 일. 또, 그 머리.

35) 관청에서 잡인의 출입을 금지하는 일.

36) [중국 남제(南齊)의 동혼후(東昏侯)가 번비(潘妃)에게 금으로 만든 연꽃 위를 걷게 했다는 고사에서] 미인의 걸음걸이를 비유하는 말.

하고 말이 냉낙(冷落)하거늘, 옥계(玉溪) 하처(下處)에 감으로써 고(告)하고 문(門)에 나와 곧 동기(童妓)의 집을 찾아가니 동기(童妓) 흔연(欣然)히 받고 기모(其母)로 하여금 석찬(夕饌)을 정비(精備)히 하여 나오고 그 밤에 더불어 동침(同寢)하니라.

동기(童妓) 가로되,

"내 사도(使道)를 보건대 수단(手段)이 심(甚)히 부족(不足)하여 비록 지친간(至親間)이라도 혼수(婚需)의 부조(扶助)를 가(可)히 얻지 못할 것이라. 내 도령의 기골(氣骨)을 본 즉(卽) 미구(未久)에 크게 현달(顯達)할 것이니 어찌 걸객(乞客)의 행사(行事)를 하리오. 내 저축(貯蓄)한 은(銀)이 오백여냥(五百餘兩)이니 내 집에 몇 달을 머무르시고 반드시 관문(官門)에 들어가지 말으샤 은(銀)을 가지고 돌아가심이 가(可)하니이다."

옥계(玉溪) 가로되,

"가(可)치 아니하다. 행지(行止) 이같이 표홀(飄忽)[37]한 즉(卽) 당숙(堂叔)이 어찌 나를 준책(峻責)[38]치 않으랴."

동기(童妓) 가로되,

"도령이 비록 지친(至親)의 정(情)을 믿으시나 지친(至親)이 어찌 도령을 믿으랴. 여러 날을 머물면 사람의 괴로움만 볼 것이요 및 하직(下直)할 제 불과(不過) 수십금(數十金)을 신행(贐行)[39]하리니 장차(將次) 어디에 쓰리오. 이로조차 발행(發行)함만 같지 못하니이다."

수일(數日) 후(後) 낮이면 그 당숙(堂叔)에게 들어가 뵈고 밤이면 기가(妓家)에서 자더니, 일일(一日)은 동기(童妓) 등하(燈下)에 행장(行裝)을 차리고 은자(銀子)를 보(褓)에 싸고 일필마(一匹馬)에 짐을 실어 하

---

37) 급히 얼씬하는 모양.
38) 준절히 꾸짖음.
39) 먼 길을 떠나는 사람에게 주는 시문(詩文)이나 물건.

여금 발행(發行)하기를 재촉하여 가로되,

"도령이 십년(十年) 내(內)에 반드시 대귀(大貴)하리니 내 마땅히 몸을 조촐히 하여 기다릴 것이니 서로 모일 기약(期約)이 금번(今番)이 길에 있는지라. 올라 가오셔 과업(課業)을 힘써 수이 편모(偏母)에게 영화(榮華)를 뵈시고 또 숙녀(淑女)를 가리어 혼취(婚娶)하소서. 별회(別懷) 창연(愴然)하오나 천만(千萬) 보중(保重)하여 바삐 떠나소서."

옥계(玉溪) 마지 못하여 그 당숙(堂叔)에게 하직(下直)도 아니하고 발행(發行)하니, 익일(翌日)에 본관(本官)이 그 돌아감을 듣고 행색(行色)이 광망(狂妄)함을 괴(怪)히 여기나 중심(中心)에 그 전냥(錢兩)을 허비(虛費) 아니함을 다행(多幸)히 여기더라.

옥계(玉溪) 집에 돌아와 은자(銀子)로써 취실(娶室)하고 산업(産業)을 영판(營辦)[40]하니 의식(衣食)이 넉넉한지라. 이에 과공(科工)을 부지런히 하여 사년내(四年內)에 등과(登科)하여 상총(上寵)[41]이 융중(隆重)한지라. 미구(未久)에 관서(關西) 수의(繡衣) 되어 곧 동기(童妓)의 집을 찾은 즉(卽) 기모(其母)가 홀로 있어 옥계(玉溪)의 안면(顔面)을 알고 그 손을 잡아 울어 가로되,

"여식(女息)이 그대 보낸 후(後)로부터 어미를 버리고 도주(逃走)하여 거처(居處)를 알지 못한 지 이제 사년(四年)이라. 노신(老身)이 주야(晝夜) 생각하매 눈물이 마를 날이 없더니 그대를 보니 딸을 본 듯하도다."

옥계(玉溪) 망연 자실(茫然自失)[42]하여 써 하되,

"내 이 곳에 옴은 전혀 고인(故人)을 위함이더니 이제 형영(形影)

---

40) 경영하여 갖춤.
41) 임금의 총애.
42) 정신을 잃고 어리둥절함.

이 없으니 심담(心膽)이 떨어지는지라. 제 반드시 나를 위(爲)하여 자취를 숨긴 연고(緣故)이라."

하고, 인(因)하여 물어 왈(曰),

"귀녀(貴女)가 한 번 나간 후(後)로 존몰(存沒)[43]을 과연(果然) 듣지 못하였느냐."

대(對)하여 왈(曰),

"근자(近者)에 들으니 여식(女息)이 선천(宣川) 경내(境內) 산사(山寺)에 머물어 자취를 감추매 사람이 그 얼굴을 본 자(者)가 없다 하니 풍전(風傳)[44]에 들리는 말을 가(可)히 믿지 못할 것이요, 노신(老身)이 연쇠무기(年衰無氣)[45]하고 또 사속(嗣屬)이 없사와 써 그 종적(蹤迹)을 추심(追尋)치 못하였노라."

옥계(玉溪) 듣기를 파(罷)하매 즉일(卽日) 성천(成川)으로 향(向)하여 일경(一境) 사찰(寺刹)을 궁수(窮搜)[46]하되 마침내 형영(形影)이 없더니, 행(行)하여 한 암자(庵子)에 이르니 천인 절벽(千仞絶壁) 위에 일간 초옥(一間草屋)이 참암(巉岩)[47]하여 발 붙이기 어렵더라.

옥계(玉溪) 천신 만고(千辛萬苦)하여 겨우 올라간 즉(卽) 수삼(數三) 승도(僧徒)가 있거늘 물은 즉(卽), 답(答)하되,

"사오년(四五年) 전(前)에 일개(一箇) 여자(女子)가 연기(年紀) 이십(二十)에 여간(如干) 은냥(銀兩)을 수좌승(首座僧)에게 부쳐 써 조석(朝夕)을 자취(自炊)케 하라 하고 인(因)하여 불탁(佛卓)[48] 아래 엎드려 머리를 풀어 낯을 가리고 조석(朝夕)에 일기반(一器飯)을 창(窓)

43) 생사(生死).
44) 바람결에 전함. 곧, 근거 없이 들리는 소문.
45) 나이가 많아 기운이 없음.
46) 샅샅이 찾음.
47) 높고 위태한 바위.
48) 불상(佛像)을 봉안한 상(床).

틈으로 들이고 대소변(大小便)만 잠간(暫間) 출입(出入)하니 이같이 한 지 여러 해라. 소승배(小僧輩) 써 하되 생불 보살(生佛菩薩)이라 하여 감(敢)히 앞에 가까이 못하나이다."

옥계(玉溪) 그 동기(童妓)인 줄 뜻하고 인(因)하여 수좌승(首座僧)으로 하여금 창(窓) 틈으로조차 말을 전(傳)하여 가로되,

"남원(南原) 노(盧)도령이 이제 낭자(娘子)를 위(爲)하여 왔으니 어찌 문(門)을 열고 맞아 보지 아니하느뇨."

기녀(其女)가 승(僧)을 인(因)하여 물어 왈(曰),

"노(盧)도령이 만일(萬一) 왔으면 등과(登科)하였느냐. 그렇지 않으면 보지 아니할 것이니 언약(言約)을 맺고 어찌 고치리오."

옥계(玉溪) 그 의(義)를 중(重)히 여기고 그 정(情)을 불쌍히 여겨 드디어 등과(登科)하여 금방 수의(繡衣)로 온 일을 이른대, 기녀(其女)가 가로되,

"이같이 정녕(丁寧)한 즉(卽) 내 여러 해 고생(苦生)함이 전(全)혀 낭군(郎君)을 위(爲)함이니 어찌 기쁘지 않으리오. 즉시(卽時) 나가 뵐 것이로되 적년(積年) 귀형(鬼形)을 장부(丈夫) 안전(眼前)에 뵈옵기 어려우니 만일(萬一) 나를 위(爲)하여 십일(十日)만 머무르시면 첩(妾)이 마땅히 때를 씻고 단장(丹粧)을 다스려 그 본형(本形)을 회복(回復)한 후(後)에 서로 봄이 좋지 않으리이까."

옥계(玉溪) 허락(許諾)하고 십여일(十餘日) 후(後) 기녀(其女)가 응장성식(凝粧盛飾)으로 나와 뵈거늘, 비희(悲喜) 교집(交集)하여 손을 잡고 적회(積懷)를 펴니 모든 중이 비로소 알고 차탄(嗟歎)하기를 마지 아니하더라.

드디어 본부(本府)에 기별(寄別)하여 교마(轎馬)를 빌어 선천(宣川)에 보내어 모녀(母女)가 서로 보게 하고, 복명(復命) 후(後) 비로소 인마(人

馬)를 보내어 솔래(率來)[49]하여 몸이 맞도록 동실(同室) 화락(和樂)하니 라.

49) 데리고 옴. 인솔(引率)하여 옴.

# 4. 투삼귤공중현영(投三橘空中現靈)[50)]

이좌랑(李佐郞) 경류(慶流)[51)]가 병조 좌랑(兵曹佐郞)으로 임진 왜란(壬辰倭亂)을 당(當)하매 그 중씨(仲氏)는 무직(武職)으로 있더니, 장군(將軍) 변기(邊璣) 출전(出戰)할 때에 그 중씨(仲氏)로써 종사관(從事官) 계하(啓下)[52)]할 제 명자(名字)를 그릇 공(公)으로 한지라. 중씨(仲氏) 가로되,

"나로써 계하(啓下)할 때 그릇 네 이름으로 하였으니 내 가(可)히 가리로다."

공(公)이 가로되,

"이미 내 이름으로 계하(啓下)하였은 즉(卽) 내 마땅히 가리라."

하고, 인(因)하여 행장(行裝)을 단속(團束)하여 모친(母親)에게 하직(下直)하고 창황(蒼黃)히 진중(陣中)으로 달아드니, 변기(邊璣) 영우(嶺右)에 나가 진(陣)쳤다가 크게 패(敗)하여 달아나니 군중(軍中)에 주장(主將)이 없는지라. 인심(人心)이 대란(大亂)하거늘 공(公)이 순변사(巡邊使)[53)] 이일(李鎰)[54)]이 상주(尙州)에 있음을 듣고 단기(單騎)로 달려

---

50) 귤 세개를 던지며 공중에서 모습을 드러내다.

51) 조선조 선조 때의 문신. 1592년 임진 왜란 때 병조 좌랑으로 조방장(助防將) 변기(邊璣)의 종사관이 되어 출전, 상주의 싸움에서 분전 끝에 상주 판관 권길(權吉)과 함께 전사했음. 정문(旌門)이 세워지고 상주의 민충단(民忠壇)에 제향됨.

52) 임금의 재가를 받음.

53) 조선조 때, 왕명으로 군무(軍務)를 띠고 변경을 순찰하던 특사(特使).

54) 원문의 '이감(李鑑)'은 '이일(李鎰)'의 잘못 표기. 이일은 조선조 선조 때의 무신. 일찌기 니탕개(尼湯介)의 난을 제압하여 무명을 떨치고, 임진 왜란이 일어나자 순변사로서 왜군을 상주와 충주에서 맞아 싸웠으나 패배, 그 후 임진강 평양 등지를 방어하고 이듬해 평안도 병마절도사로서 명나라 원병

윤공(尹公) 섬(暹)[55]과 박공(朴公) 지(篪)로 더불어 한가지로 막하(幕下)에 처(處)하였더니, 또 싸워 이(利)치 못하여 일진(一陣)이 함몰(陷沒)하니 윤박(尹朴) 양공(兩公)이 다 해(害)를 입으니라.

공(公)이 진(陣)에 나간 즉(卽) 노자(奴子)가 말을 이끌고 기다리다가 공(公)을 보고 울며 고(告)하여 가로되,

"사이지차(事已至此)[56]하니 원(願)컨대 속속(速速)히 경성(京城)으로 돌아가사이다."

공(公)이 웃어 왈(曰),

"국사(國事)가 이같으니 어찌 차마 홀로 살리오."

하고, 인(因)하여 지필(紙筆)을 찾아 노친(老親)과 및 백중씨(伯仲氏)에게 영결(永訣)을 고(告)하여 옷깃 속에 감추어 노자(奴子)로 하여금 전(傳)하게 하고, 돌쳐 적진(敵陣)에 향(向)코자 하되 노자(奴子)가 안고 울며 놓지 아니하거늘, 공(公)이 가로되,

"너의 정성(精誠)이 지극(至極)하니 내 마땅히 네 말을 좇을 것이나 내 주림이 심(甚)하니 네 가(可)히 밥을 얻어 오라."

노자(奴子)가 그 말을 믿어 촌가(村家)를 찾아 밥을 얻어온 즉(卽) 공(公)이 이미 없는지라. 노자(奴子)가 적진(敵陣)을 바라보고 통곡(痛哭)하고 돌아오니라.

공(公)이 노자(奴子)를 보내고 인(因)하여 몸을 돌이켜 적진(敵陣)에 달아 들어 손으로 수인(數人)을 쳐 죽이고 인(因)하여 우해(遇害)[57]하니 시년(時年)이 이십사(二十四)요, 그 날은 사월(四月) 이십사일(二十四日)

---

과 함께 평양을 수복했음.

55) 조선조 선조 때의 문신. 임진 왜란 때 교리(校理)로서 순변사 이일의 종사관이 되어 상주에서 적을 맞아 분전하다가 성의 함락과 함께 전사함. 시호는 문렬(文烈).

56) 일이 이미 이와 같이 되어 버림. 후회하여도 이제는 미치지 못함.

57) 해를 입음.

이요, 그 사지(死地)는 상주(尙州) 북문(北門) 왼 편(便)이라.

노자(奴子)가 빈 말만 이끌고 돌아오니 거가(擧家)가 비로소 흉보(凶報)를 듣고 발서(發書)하던 일자(日字)로 기일(忌日)을 삼아 비로소 거애(擧哀)하니, 노자(奴子)가 목 찔러 죽고 말이 또한 먹지 아니코 죽으니라.

기친 바[58] 의관(衣冠)으로 염(殮)하여 입관(入棺)하여 광주(廣州) 돌마면(突馬面) 선영(先塋) 하(下)에 영장(永葬)하고 그 아래 또 그 노자(奴子)와 말을 매장(埋葬)하니 상주(尙州) 사림(士林)이 단(壇)을 베풀어 조두(俎豆)[59]의 예(禮)를 행(行)하고, 조가(朝家)로 도승지(都承旨) 증직(贈職)하시고, 정묘조(正廟朝)에서 친필(親筆)로 충신(忠臣)의 사단(士壇)이라 사액(賜額)하시고, 제각(祭閣)을 상주(尙州)에 세우고 명(命)하여 윤박공(尹朴公)으로 배향(配享)하여 춘추(春秋)에 행사(行祀)하게 하시니라.

공(公)이 죽은 후(後) 매양(每樣) 가중(家中)에 와 성음소(聲音笑)[60]에 완연(宛然)히 생시(生時) 같아서 부인(夫人)을 대(對)하여 수작(酬酌)이 평석(平昔)같고, 매양(每樣) 식상(食床)을 갖추어 나온 즉(卽) 음식(飮食)하기는 상시(常時) 같으되 상(床)을 물린 즉(卽) 찬물(饌物)은 의구(依舊)하더라.

매양(每樣) 날이 어두우면 오고 달이 이울면 나가더라.

부인(夫人)이 물으되,

"그대 해골(骸骨)이 어디 있느뇨. 만일(萬一) 알면 거두어 반장(返葬)[61]하리이다."

---

58) 남긴 바. '기치다'는 '끼치다'의 옛말로 '남기다'의 뜻을 가짐.
59) 제기(祭器)의 이름.
60) 목소리와 웃음소리.
61) 객사(客死)한 사람을 제 곳으로 옮겨다가 장사함.

공(公)이 천연(天然)히 가로되,

"백골(白骨) 총중(叢中)에 어찌 분변(分辨)하리오. 그저 두니만 같지 못하고, 또 나의 백골(白骨) 묻힌 곳이 스스로 방해(妨害)롭지 아니하다."

하고, 기타(其他) 가사(家事)에 구처(區處)하기는 한결같이 평시(平時) 같더라.

소상(小祥) 후(後)는 간일(間日)하여 오더니 및 대상(大祥)일을 당(當)하매 하직(下直)을 고(告)하여 가로되,

"이로조차 내 다시 오지 못하리라."

때에 그 아들 제(穧)의 나이 겨우 사세(四歲)라. 공(公)이 이마를 어루만져 차탄(嗟歎)하여 가로되,

"이 아이 반드시 등제(登第)할 것이나 불행(不幸)한 일을 당(當)하리니 그때에 내 마땅히 다시 오리라."

하고, 문(門)을 나니 이후(以後)로 다시 현형(現形)이 없더라.

기후(其後) 십년(十年) 후(後) 기자(其子)가 등제(登第)하여 사당(祠堂)에 현알(現謁)할 새 공중(空中)에서 신은(新恩)을 불러 진퇴(進退)하니 사람이 다 이상(異常)히 여기더라.

그 자당(慈堂)이 상해 병환(病患)이 있더니 때 유월(六月)이라. 침이 마르고 마음이 번다(煩多)하여 아들을 불러 왈(曰),

"어찌하면 귤(橘) 하나를 얻어 먹을고. 만일(萬一) 얻어 먹으면 갈증(渴症)이 풀리리라."

하였더니, 수일(數日) 후(後) 공중(空中)에서 형(兄)을 부르는 소리 있거늘 백씨(伯氏) 뜰에 내려 우러러 본 즉(卽) 운무중(雲霧中)에 공(公)이 귤(橘) 삼개(三箇)를 주어 가로되,

"노친(老親)이 귤(橘)을 생각하시는 고(故)로 내 동정호(洞庭湖)에

가 귤(橘)을 얻어 왔사오니 급(急)히 드리소서."

하니 이후(以後) 병환(病患)이 쾌차(快差)하니라.

매양(每樣) 공(公)의 기신(忌辰)[62]을 당(當)하여 행사(行祀)하고 합문(闔門) 후(後)에는 반드시 시저(匙著) 소리 있고, 종가(宗家) 행사(行祀)할 때에 반갱(飯羹)과 병면(餠麵)에 만일(萬一) 머리털이 들었으면 파사(罷祀)한 후(後)에 사랑에서 노자(奴子) 부르는 소리 있어 들어간 즉(卽) 하여금 떡치던 비자(婢子)를 잡아내어 분부(分付) 왈(曰),

"신도(神道)는 사람의 모발(毛髮)을 기(忌)하나니 네 어찌 살피지 아니하느뇨. 네 죄(罪) 가(可)히 달(撻)[63]함 직하다."

하고, 매우 달초(撻楚)[64]하니 이로조차 매양(每樣) 기신(忌辰)을 당(當)하매 비록 연구(年久)한 후(後)라도 가인(家人)이 감(敢)히 소홀(疏忽)히 못하더라.

---

62) 기일(忌日)을 높여 부르는 말.

63) 매를 때림.

64) 잘못을 저질렀을 때, 어버이나 스승이 징계하느라고 회초리로 볼기나 종아리를 때림. 초달.

## 5. 섬군사정상영남(殲群蛇亭上逞男)[65]

이판서(李判書) 복영(復永)이 대대(代代)로 결성(結城)[66] 삼산(三山)에 있으니 이 땅은 해변(海邊)이라. 매양(每樣) 조석수(潮汐水)[67]가 이르고 해상(海上)에 삼도(三島)가 있어 바라보매 삼봉(三峯)같은 고(故)로 인(因)하여 삼산(三山)이라 칭(稱)하더라.

뒤에 산정(山亭)이 있으니 사면(四面)에 난함(欄檻)[68]을 높이 하고 공(公)이 상해 거(居)하더니, 앞에 한 큰 괴목(槐木)이 있어 너비 수십(數十) 아름이고 길이 천(千) 길이라. 아침에 그 가운데로서 운무(雲霧)가 일어 뜰에 두루 덮으니 지척(咫尺)을 분변(分辨)키 어렵더라.

공(公)이 일일(一日)에 지게를 열고 여겨본[69] 즉(卽) 운무중(雲霧中)에 나무 구멍으로조차 일물(一物)이 머리를 들거늘 공(公)이 괴(怪)히 여겨 마침 마상총(馬上銃)[70]이 곁에 있는지라. 인(因)하여 놓으니 궐물(厥物)이 맞아 머리를 움츠리고 들어가더니, 아이(俄而)오 벽력(霹靂)소리 나거늘 놀라 일어 본 즉(卽) 나무 부러지고 한 대망(大蟒)이 피를 흘리고 몸을 반(半)만 드러내니 그 크기 몇 아름인지 알지 못하고, 뿔과 나룻이 또 가장 길어 그 구멍으로부터 나오는 자(者)가 부지기수(不知其數)이라. 대자(大者)는 흑연묵(黑燃墨) 같고 소자(小者)는 간죽(簡竹) 같은 자(者)가 서로 이어 사면(四面)으로 둘러 장차(將次) 정상(亭上)으

---

65) 쾌남아가 정자 위에서 뭇 뱀을 모조리 죽이다.
66) 충청 남도에 있는 지명.
67) 밀물과 썰물.
68) 난간(欄干).
69) '여겨보다'는 정확하게 오래 기억되도록 자세히 보다. 눈여겨 똑똑히 보다.
70) 기병(騎兵)이 쓰는 작은 총.

로 향(向)하거늘, 공(公)이 이에 옷을 벗고 총(銃)을 빼어 들고 두루 난간(欄干) 가에 향(向)하는 배암의 머리를 타살(打殺)하여 빠르기 풍우(風雨) 같은지라. 날이 남으로부터 오후(午後)에 이르러 잠간(暫間)도 쉬지 못하니 유혈(流血)이 뜰에 가득하고 성취(腥臭)[71] 코를 찌르니 배암이 다 죽으매 공(公)이 또한 피곤(疲困)하여 숨을 헐떡이고 누웠더니, 가인(家人)이 공(公)의 오래 나오지 않음을 괴(怪)히 여겨 와 본즉(卽) 죽은 배암이 뜰에 산(山)같이 쌓였거늘 건노(健奴)로 하여금 쓸어 해수(海水) 중(中)에 던지니 마침내 무사(無事)하니라.

---

71) 비린내.

## 6. 촉석루수의장종(矗石樓繡衣藏踪)[72]

영성군(靈城君) 박문수(朴文秀)가 소시(少時)에 내구(內舅)[73] 진주(晉州) 임소(任所)에 따라가 한 기생(妓生)을 수청(守廳) 들이고 대혹(大惑)하여 사생(死生)으로써 맹세(盟誓)하니라.

일일(一日)은 박공(朴公)이 서실(書室)에 있더니, 한 추악(醜惡)한 비자(婢子)가 물을 긷고 지나거늘 제인(諸人)이 가르쳐 웃어 가로되,

"차녀(此女)가 나이 삼십(三十)이로되 추악(醜惡)한 연고(緣故)로 오히려 음양지리(陰陽之理)를 알지 못한지라. 만일(萬一) 가까이 하는 자(者)이면 적선(積善)이 될 것이니 반드시 신명(神明)이 도움이 있으리라."

박공(朴公)이 그 말을 듣고 측은(惻隱)히 여겨, 그 밤에 궐비(厥婢) 또 지나거늘 인(因)하여 불러 들여 동침(同寢)하니 궐비(厥婢) 크게 즐겨 가더라.

및 환경(還京)하매 즉시(卽時) 등제(登第)하여 십년간(十年間)에 암행(暗行)으로 진주(晉州)에 이르러 전(前)에 유정(有情)하던 기가(妓家)를 찾아 문(門) 밖에 서고 밥을 빈 즉(卽) 안으로서 한 노구(老嫗)가 나와 보고 가로되,

"괴이괴이(怪異怪異)하도다."

박공(朴公)이 가로되,

"노구(老嫗)가 어찌 이름이뇨."

노구(老嫗)가 가로되,

72) 촉석루에서 암행 어사가 신분을 감추다.
73) 외숙(外叔). 편지 같은 데에 쓰는 말.

"그대 안면(顔面)이 전전(前前) 등내(等內) 박서방주(朴書房主) 모양(模樣)과 흡사(恰似)한 고(故)로 괴(怪)히 여기노라."

박공(朴公)이 가로되,

"내 과연(果然) 그러하도다."

노구(老嫗)가 놀라 가로되,

"이 어찐 일이뇨. 서방주(書房主)가 걸객(乞客)될 줄 뜻하지 아니하였노라."

하고,

"방(房) 안에 들어가 밥이나 자시고 가소서."

하거늘, 박공(朴公)이 방(房)에 들어가 좌정(坐定)에 물으되,

"그대 딸이 어디 있느뇨."

답왈(答曰),

"본부(本府) 수청기(守廳妓)로 장번(長番)[74]하여 나오지 않았나이다."

하고 불을 살라 밥을 지으려 하더니, 홀연(忽然) 신 끄는 소리 나며 기녀(妓女)가 부엌 아래 이르니 기모(其母)가 가로되,

"모처(某處) 박서방주(朴書房主)가 왔도다."

기녀(妓女)가 가로되,

"어느 때 여기 왔으며 무슨 연고(緣故)로 인연(因緣)하여 왔느뇨."

기모(其母)가 가로되,

"그 형상(形狀)이 가련(可憐)하니 폐의 파립(敝衣破笠)이 정녕(丁寧) 걸인(乞人)이라. 그 위절(委折)을 물은 즉(卽) 그 전전(前前) 사도(使道)의 집에 쫓겨 전전(轉轉)[75] 걸식(乞食)하여 이 곳에 온 뜻은

74) 장기간 교대 없이 번(番)드는 일.
75) 이리저리 굴러다님.

일찍 전(前)에 오래 머물던 곳이라 관청(官廳) 이배(吏輩)의 안면(顔面)있는 고(故)로 전냥(錢兩)을 얻고자 하여 옴이라 하더라."

기녀(妓女)가 작색(作色)하여 가로되,

"이런 등사(等事)[76]의 말을 어찌 나를 대(對)하여 이르느뇨."

기모(其母)가 가로되,

"너를 한 번(番) 보고자 왔으니 일차(一次) 들어가 보라."

기녀(妓女)가 가로되,

"보아 무엇하리오. 차등인(此等人)은 보기를 원(願)치 아니 하나니 병사도(兵使道) 생일(生日)이 명일(明日)이라. 수령(守令)이 많이 모여 촉석루(矗石樓)에 대연(大宴)을 배설(排設)할 새 영본읍(營本邑) 기배(妓輩) 의복(衣服) 치장(治粧)으로 신칙(申飭)이 절엄(切嚴)하니 내 의상(衣裳) 중(中)에 신건(新件) 의상(衣裳)이 있으니 모씨(母氏)는 나의 옷을 내어 오소서."

기모(其母)가 가로되,

"내 어찌 알리오. 네 들어가 보라."

기녀(妓女)가 마지 못하여 문(門)을 열고 들어갈 새 노색(怒色)이 발발(勃勃)하여 눈을 두르지 아니하고 방벽(房壁)을 둘러 와 상자(箱子)를 열어 의복(衣服)을 내어 가지고 돌아보지 아니코 나오거늘, 공(公)이 기모(其母)를 불러 가로되,

"주인(主人)이 너무 냉락(冷落)하니 이로조차 하직(下直)하노라."

기모(其母)가 만류(挽留) 왈(曰),

"연소(年少)한 여아(女兒)가 일을 경력(經歷)치 못하여 그러하니 어찌 족(足)히 책망(責望)하리오. 석반(夕飯)이 거의 익었으니 조금 앉아 요기(療飢)하고 가소서."

---

76) ~같은 종류의 일 또는 사건.

공(公)이 듣지 아니코 문(門)을 나와 또 비자(婢子)의 집을 찾은 즉(卽) 그 비자(婢子)가 오히려 급수(汲水)[77]하는지라. 급수(汲水)하고 오다가 그 상모(狀貌)를 보고 양구(良久)히 숙시(熟視)하여 가로되,

"괴이(怪異)하고 괴이(怪異)하도다."

공(公)이 가로되,

"어찌 사람을 보고 괴이(怪異)타 하느뇨."

비자(婢子)가 가로되,

"안면(顔面)이 전등(前等)[78] 책방(冊房) 박서방주(朴書房主)와 흡사(恰似)한 고(故)로 괴이(怪異)타 함이로소이다."

공(公)이 가로되,

"내 과연(果然) 그로라."

그 비자(婢子)가 동이를 땅에 놓고 손을 잡고 통곡(痛哭) 왈(曰),

"이 어찐 일이며 이 어찐 모양(模樣)이뇨. 내 집이 멀지 아니하니 함께 가심이 어떠하뇨."

공(公)이 따라간 즉(卽) 수간 두옥(數間斗屋)이라. 손을 이끌고 방(房)에 들어 좌정(坐定)하매 그 개걸(丐乞)[79] 사유(事由)를 울며 묻거늘, 공(公)이 기모(妓母)에 대답(對答)하던 말과 같이 하니 비자(婢子)가 놀라 가로되,

"내 서방주(書房主)로써 대귀(大貴)하리라 하였더니 어찌 이에 이를 줄 알리오. 금일(今日)부터 내 집에 머물라."

하고, 한 추(醜)한 상자(箱子)에 일습(一襲) 주의(紬衣)[80]를 내어 권(勸)하여 입으라 하거늘, 공(公)이 가로되,

---

77) 물을 길음.
78) 전번의 등내.
79) 빌어먹음. 거지질함.
80) 명주옷. 비단옷.

"이 옷이 어디로조차 나뇨."

비자(婢子)가 가로되,

"이는 내 적년(積年) 물 품판 것이라. 돈을 모아 면주(綿紬)를 무역(貿易)하여 값 주어 지어 상중(箱中)에 간수(看守)하와 차생(此生)에 만일(萬一) 서방주(書房主)를 만나거든 정(情)을 표(表)하고자 함이로소이다."

공(公)이 사양(辭讓)하여 왈(曰),

"내 폐의(敝衣)로 다니다가 이제 문득 이 옷을 입은 즉(卽) 사람이 수상(殊常)히 여길 것이라. 종당(終當) 입을 것이니 아직 두라."

비자(婢子)가 주하(廚下)에 들어가 석반(夕飯)을 갖추고 후면(後面)으로 들어가 중중거리며 기명(器皿)을 열파(裂破)하는 소리 있거늘, 공(公)이 괴이(怪異)히 여겨 물은 즉(卽), 대(對)하여 가로되,

"남중(南中)이 귀신(鬼神)을 공경(恭敬)하는지라. 내 서방주(書房主)를 보낸 후(後)로 신위(神位)를 베풀고 기도(祈禱)하여 다만 서방주(書房主) 입신 양명(立身揚名)하기를 원(願)하옵더니 귀신(鬼神)이 만일(萬一) 영험(靈驗)이 있으면 서방주(書房主)가 어찌 차경(此境)에 이르리오. 이러므로써 아까 열파(裂破)하여 불에 넣었나이다."

공(公)이 웃음을 참고 그 성의(誠意)를 감동(感動)하더니, 이윽고 석반(夕飯)을 내오거늘 공(公)이 돈복(頓服)[81]하고 유숙(留宿)하니 정의(情誼) 더욱 지극(至極)하더라.

익일(翌日)에 조반(朝飯)을 재촉하여 가로되,

"내 볼 일이 있다."

하고, 먼저 촉석루(矗石樓)에 가 가만히 누하(樓下)에 숨었더니, 날이 나매 관리(官吏) 분분(紛紛)히 수소(修掃)하고 연석(宴席)을 포설(鋪設)

81) 한꺼번에 많이 먹음.

하니 조금 사이에 병사(兵使)와 본관(本官)이 나오고 인읍(隣邑) 수령(守令)이 일제(一齊)히 모인지라. 공(公)이 홀연(忽然)히 나와 자리에 올라 병사(兵使)를 향(向)하여 가로되,

"과객(過客)이 성연(盛宴)에 참예(參預)코자 왔노라."

병사(兵使)가 가로되,

"말석(末席)에 앉아 관광(觀光)함이 무방(無妨)하니라."

이윽고 배반(杯盤)이 낭자(狼藉)하고 생가(笙歌)가 요량(嘹喨)[82]한데 그 기녀(妓女)가 본관(本官) 등 뒤에 모셨으니 복색(服色)이 선명(鮮明)하고 교태(嬌態) 선연(嬋姸)한지라. 병사(兵使)가 돌아보고 웃어 가로되,

"본관(本官)이 근일(近日)에 궐녀(厥女)에게 대혹(大惑)하여 신색(神色)이 전(前)만 같지 못하도다."

본관(本官)이 웃어 가로되,

"이럴 리 있으리오. 명색(名色)은 두었으나 실(實)로는 없나이다."

병사(兵使)가 웃어 왈(曰),

"이 꾸미는 말이로다."

인(因)하여 불러 하여금 행배(行杯)[83] 하니 기녀(其女)가 섬수(纖手)로 옥배(玉杯)를 받들어 차차(次次) 권주가(勸酒歌)로 진전(進前)하거늘, 공(公)이 가로되,

"과객(過客)도 또한 일배(一杯)를 청(請)하나이다."

병사(兵使)가 가로되,

"네 가(可)히 나아가 주배(酒杯)를 드리라."

기녀(其女)가 이에 술을 부어 지인(知印)을 주어 가로되,

"저 손에게 드리라."

---

82) 음성이 낭랑하고 맑음.
83) 잔에 술을 부어 돌림. 행주(行酒).

공(公)이 가로되,

"이 객(客)도 또한 남자(男子)이라. 기녀(妓女)의 수중배(手中杯)를 마시고자 하노라."

병사(兵使)와 본관(本官)이 작색(作色)하여 가로되,

"마시면 좋을 것이니 어찌 기수(妓手)를 원(願)하리오."

공(公)이 인(因)하여 받아 마시니라.

식상(食床)을 각인(各人) 앞에 드릴 새 다 대탁(大卓)이로되 자가(自家)의 앞에는 두어 그릇 뿐이라. 공(公)이 가로되,

"동시(同時) 양반(兩班)이라. 음식(飮食)에 어찌 층하(層下)하느뇨."

본관(本官)이 노(怒)하여 왈(曰),

"장자(長者)의 모꼬지에 어찌 이리 지번(支煩)[84]하뇨. 음식(飮食)을 얻어 먹었으면 빨리 갈 것이어늘 어찌 여러 말 하느뇨."

공(公)이 또한 노(怒)하여 가로되,

"나도 또한 장자(長者)이라. 내 이미 유처 유자(有妻有子)하고 수발(鬚髮)이 창연(蒼然)한 즉(卽) 내 어찌 소년배(少年輩)냐."

본관(本官)이 노(怒)하여 가로되,

"이 걸객(乞客)이 극(極)히 망패(妄悖)[85]하니 쫓아 내치라."

하고, 인(因)하여 분부(分付)하여 잡아내리라 하니 관예(官隷) 누하(樓下)에서 포갈(咆喝)[86]하여 가로되,

"빨리 내려오라."

공(公)이 가로되,

"내 어찌 내려가리오. 본관(本官)이 가(可)히 내려갈 것이니라."

본관(本官)이 더욱 노(怒)하여 왈(曰),

---

84) 지리하고 번거로움.
85) 망령되어 이치에 어그러짐.
86) 크게 소리지름.

"이 손이 참 광객(狂客)이라. 하예(下隷) 어찌 끌어내리지 아니하느뇨."

호령(號令)이 추상(秋霜)같으니 지인배(知印輩) 소매를 들고 등을 밀거늘, 공(公)이 소리를 매이하여 가로되,

"너희 무리나 가(可)히 나가라."

말을 맟지 못하여 역졸(驛卒)이 삼문(三門)을 두드리고 크게 불러 가로되,

"암행 어사(暗行御史) 출도(出道)라."

하니, 병사(兵使) 이하(以下)로 면색(面色)이 찬 재 같아서 창황(蒼黃)히 흩어 나가니, 공(公)이 웃어 가로되,

"의호(宜乎)[87] 이같이 나갈 것이로다."

하고, 인(因)하여 병사(兵使)의 자리에 앉으니 병사(兵使) 이하(以下)로 다 사모 관복(紗帽官服)하고 일일(一一)이 예현(禮現)함을 파(罷)한 후(後), 그 기녀(妓女)의 모녀(母女)를 잡아들여 분부(分付)하여 가로되,

"연전(年前)에 내 너로 더불어 정의(情誼) 어떠하더뇨. 산(山)이 무너지고 바다가 마르도록 변(變)치 말자 언약(言約)하였거늘, 이제 내 걸인(乞人)의 모양(模樣)으로 온 즉(卽) 네 구일(舊日) 정의(情誼)를 베퍼 한 말로 위로(慰勞)함이 가(可)하거늘 어찌 도리어 발노(發怒)하느뇨. 이른바 동냥도 아니 주고 쪽박조차 깨침이로다. 소당(所當) 즉지(卽地) 타살(打殺)할 일이로되 네게 무엇을 책망(責望)하리오. 약간(若干) 태벌(笞罰)을 행(行)하리라."

하고, 기모(妓母)에게 일러 가로되,

"너는 조금 인사(人事)를 아는 고(故)로 네 안면(顔面)을 보아 아직 죽이지 아니 하노라."

---

87) 마땅히.

하고, 명(命)하여 미육(米肉)을 주고, 또 가로되 내 유정(有情)한 여자(女子) 급수비(汲水婢)를 불러 누헌(樓軒)에 앉히고 인(因)하여 기안(妓案)의 행수(行首)[88]를 삼은 후(後) 모기(某妓)는 강정(降定)하여 급수비(汲水婢)에 충수(充數)하여 영영(永永) 탈역(脫役)치 못하게 하고, 또 본부(本府) 이방(吏房)을 불러 돈 이백냥(二百兩)을 사속(斯速)히 가져오라 하여 써 비자(婢子)를 주고 신(信)을 끊지 말라 하니라.

88) 행수기생(行首妓生). 기생의 우두머리.

## 7. 연광정경교행령(練光亭京校行令)[89)]

김상공(金相公) 약노(若魯)[90)]가 기백(箕伯)[91)]으로부터 병판(兵判)을 제수(除授)하니 공(公)이 기영(箕營) 진무(鎭撫)한 지 오래지 않은지라. 강산(江山) 누대(樓臺)에 연연(戀戀)하여 능(能)히 잊지 못하고 증(症)내어 가로되,

"병조(兵曹) 하예(下隸) 만일(萬一) 혹(或) 내려온 즉(卽) 마땅히 타살(打殺)하리라."

하니, 용호영(龍虎營)[92)] 장교(將校)들이 상의(相議)하여 가로되,

"장령(將令)이 이같으니 진실(眞實)로 내려가지 못할 것이고 내려가지 아니하면 또한 만시(晩時)한 죄(罪) 있을 것이니 장차(將次) 어찌하리오."

기중(其中) 한 장교(將校)가 가로되,

"내 마땅히 무사(無事)히 뫼셔 올 것이니 어찌할고."

다 가로되,

"만일(萬一) 그리하면 우리 마땅히 주찬(酒饌)을 성비(盛備)하여 대접(待接)하리라."

그 장교(將校)가 가로되,

"그러면 내 장차(將次) 치행(治行)하리라."

---

89) 연광정에서 서울서 온 장교가 명령을 내리다.

90) 조선조 영조 때의 상신. 호는 만휴당(晩休堂). 육조 판서를 두루 거치고, 좌의정을 지냄.

91) '평안도 관찰사'의 아칭(雅稱).

92) 조선조 때, 대궐의 숙위(宿衛) 왕가(王駕)의 호종 등을 맡아 보던 관아.

하고, 인(因)하여 순뢰(巡牢)[93] 중(中) 키크고 섭수[94]와 여력(膂力) 있는 자(者)를 가리어 복색(服色)을 다 새로 짓고, 대답(對答) 소리와 곤장(棍杖) 쓰는 법(法)을 연습(鍊習)하여 열 쌍(雙)을 가리어 더불어 동행(同行)하니라.

이때 김공(金公)이 매일(每日) 연광정(練光亭)에 기악(妓樂)으로 놀더니, 문득 바라보니 장림(長林) 사이에 쌍쌍(雙雙)이 오는 자(者)가 있거늘 마음에 심(甚)히 아혹(訝惑)하더니, 이윽고 일교(一校)가 의복(衣服)이 선명(鮮明)하고 추창(趨蹌)[95]하고 나아와 하예(下隷)로 하여금 병조(兵曹) 교련관(敎鍊官)[96]이 현신차(現身次)로 고(告)하니, 김공(金公)이 대로(大怒)하여 책상(冊床)을 쳐 소리를 높이 하여 가로되,

"병조(兵曹) 교련관(敎鍊官)이 어찌하여 왔느뇨."

기인(其人)이 인(因)하여 계(階)에 올라 군례(軍禮)를 행(行)한 후(後)에 호령(號令)하여 가로되,

"순령수(巡令手)[97]는 사속(斯速)히 현신(現身)하라."

소리를 맞지 못하여 이십개(二十箇) 순뢰(巡牢)가 추창(趨蹌)하여 들어와 뜰 앞에 고두(叩頭)한 후(後) 동서(東西)로 나눠 서니 그 신수(身手)와 복색(服色)이 기영(箕營) 나졸(邏卒)에 비(比)하면 소양(素養)이 판이(判異)한지라. 장교(將校)가 문득 또 호령(號令)을 높이 하여 가로되,

"좌우(左右)에 훤화(喧譁)[98] 금(禁)하라."

이같이 수차(數次)에 품(稟)하여 가로되,

---

93) 순령수(巡令手)와 뇌자(牢子).

94) 수단.

95) 예도(禮度)에 맞도록 허리를 굽히고 빨리 걸어감.

96) 조선조 말에, 현대식 군제(軍制)에 의하여 군대를 교련하던 장교.

97) 대장의 전령과 호위를 맡고 또는 순시기(巡視旗)·영기(令旗)를 드는 군사. 기수(旗手).

98) 지껄이어서 떠듦.

"사도(使道)가 비록 방백(方伯)으로 이곳에 행차(行次)하오시나 진실(眞實)로 감(敢)히 이같지 못할 것이거늘 이제는 대사마(大司馬) 대장군(大將軍) 행차(行次)시라. 저희 무리 어찌 감(敢)히 이같이 훤화(喧譁)하리이꼬. 읍교(邑校)는 시러금 금(禁)치 못하느냐. 읍교(邑校)를 가(可)히 나입(拿入)하여 죄(罪)를 다스리지 아니치 못하리라."

하고, 인(因)하여 호령(號令)을 내려 가로되,

"좌우(左右)는 어지러이 말고 읍교(邑校)를 나입(拿入)하라."

순뢰(巡牢)가 영(令)을 응(應)하여 나아가 쇠사슬로써 읍교(邑校)의 목을 매어 나입(拿入)하니, 장교(將校)가 또 분부(分付) 왈(曰),

"사도(使道)의 행차(行次)가 비록 일도(一道) 방백(方伯)이라도 가(可)히 훤화(喧譁)치 못하려든 하물며 이제 대사마(大司馬) 대장군(大將軍)이시라. 너희 무리 어찌 감(敢)히 잡란(雜亂)하리오."

인(因)하여 의법(依法)하라 하니 순뢰(巡牢)가 그 가지고 간 병조(兵曹) 백곤(白棍)을 잡아 옷을 매고 서니, 수장(水漿)을 든 후(後)에 수뢰(首牢)가 곤장(棍杖)을 들어 치매 소리 집마루를 진동(震動)하니 그 응대(應對)하는 소리와 곤장(棍杖) 쓰는 법(法)이 곧 경영(京營)에서 하는 전례(前例)요, 기영(箕營) 거행(擧行)으로 대상부동(大相不同)[99]하니 김공(金公)이 마음이 상쾌(爽快)하고 기운(氣運)을 내려 그 경교(京校)의 하는 바를 맡기니, 칠도(七度)에 이르러는 그 장교(將校)가 또 품(稟)하여,

"곤장(棍杖)이 칠도(七度)에 지나지 아니하오니 해박(解縛)하여 내리나이다."

김공(金公)이 영리(營吏)를 불러 가로되,

"영문(營門) 부과기(附過記)[100]를 가져다가 경교(京校)를 주라."

---

99) 조금도 비슷하지 않음. 대단히 다름.

100) 부과(附過) 명부. '부과'는 관리나 군병의 공무상 과실이 있을 때에 곧 처벌하지 아니하고 관원 명부에 적어 두는 일.

하니, 기교(其校)가 받아 낱낱이 그 죄(罪)를 수죄(數罪)하여 곤장(棍杖)을 혹(或) 오도(五度)하며 혹(或) 육도(六度)하여 끌어 내치니, 김공(金公)이 가로되,

"전(前) 부과기(附過記) 효주(爻周)[101]한 자(者)를 아뢰어 경교(京校)에게 부치라."

하니, 기교(其校)가 또 전(前) 거행(擧行)과 같이 하거늘, 김공(金公)이 크게 기꺼 경교(京校)에게 물어 가로되,

"네 나이 몇이며 뉘 집 사람이뇨."

대왈(對曰),

"소인(小人)의 나이 이십칠(二十七) 세(歲)옵고 모(某) 댁(宅) 사람이로소이다."

공(公)이 가로되,

"네 기성(箕城)에 초행(初行)인가."

가로되,

"그러하이다."

김공(金公)이 가로되,

"이같이 좋은 강산(江山)을 어찌 한 번(番) 유상(遊賞)치 않으리오."

인(因)하여 행하기(行下記)[102]를 들여 전문(錢文)[103] 백냥(百兩)과 백미(白米) 오석(五石)을 주어 가로되,

"명일(明日) 네 이 연광정(練光亭)에서 놀라. 기악(妓樂)과 음식(飮

---

101) '효(爻)'자 모양의 표를 연해 그어서 글을 지워 버림.
102) '행하(行下)' 장부. '행하'는 경사가 있을 때에 주인이 자기 하인에게 내리어 주는 금품. 또, 놀이나 놀음이 끝난 뒤에 기생이나 광대에게 주는 보수.
103) 돈.

食)은 반드시 비급(備給)하리라."

하고, 인(因)하여 신임(信任)하기를 숙면(熟面)같이 하고 수일(數日) 후(後) 더불어 상경(上京)하니라.

## 8. 연상녀재상촉궁변(憐孀女宰相囑窮弁)[104)]

옛적 한 재상(宰相)의 딸이 출가(出嫁)한 지 미기(未朞)[105)]에 상부(喪夫)하고 부모(父母) 슬하(膝下)에 의지(依支)하더니, 일일(一日)은 재상(宰相)이 밖으로부터 들어 오다가, 그 여아(女兒)가 아랫방(房)에서 응장 성식(凝粧盛飾)으로 체경(體鏡)을 대(對)하여 스스로 비추더니 거울을 던지고 낯을 가리고 크게 울거늘, 재상(宰相)이 그 형상(形狀)을 보고 마음에 심(甚)히 측은(惻隱)히 여겨 밖으로 나와 앉아 식경(食頃)이나 말이 없더니, 마침 친(親)한 무변(武弁)이 문하(門下)에 출입(出入)하여 연소(年少) 장건(壯健)하되 미실 미가(靡室靡家)[106)]하여 한궁(寒窮)한 사람이라. 와 문후(問候)하거늘 재상(宰相)이 사람을 물리치고 말하여 가로되,

"자(子)[107)]의 신세(身世) 이같이 궁곤(窮困)하니 나의 여서(女婿)가 됨이 어떠하뇨."

기인(其人)이 황축(惶蹙)[108)]하여 가로되,

"이 어찐 말씀이니이꼬. 소인(小人)이 존의(尊意)를 알지 못하와 감(敢)히 명(命)을 받들지 못하리로소이다."

재상(宰相) 왈(曰),

"내 희언(戲言)이 아니라."

하고, 인(因)하여 궤(櫃) 가운데로조차 세 봉(封) 백은(白銀)과 일(一)

---

104) 과부된 딸을 불쌍히 여겨 재상이 곤궁한 무변에게 딸려 보내다.
105) 1년이 채 않됨.
106) 가난하고 집이 없어 거처할 곳이 없음. 무실 무가(無室無家).
107) 너. 2인칭 대명사.
108) 황송하여 걱정됨.

봉(封) 황금(黃金)을 내어주어 가로되,

"이를 가지고 교마(轎馬)를 준비(準備)하고 오늘 밤 파루(罷漏)[109] 후(後)를 기다려 우리 집 뒷문(門)으로 와 기약(期約)을 잃지 말라."

기인(其人)이 반신 반의(半信半疑)하여 받아 그 말대로 교마(轎馬)를 갖추어 파루(罷漏) 후(後) 뒷문(門)에 기다리더니, 어두운 가운데로조차 재상(宰相)이 한 여자(女子)를 데리고 나와 하여금 교자(轎子) 속에 넣고 경계(警戒)하여 가로되,

"곧 북관(北關)으로 가 거접(居接)하고 문하(門下)에 절적(絶跡)하라."

기인(其人)이 어찐 위절(委折)을 모르고 다만 교자(轎子)를 따라 성(城)에 나가니라.

재상(宰相)이 아랫방(房)에 들어가 울어 가로되,

"여아(女兒)가 자결(自決)하였도다."

하니 거가(擧家)가 경황(驚惶)하여 다 거애(擧哀)하거늘, 재상(宰相)이 인(因)하여 왈(曰),

"내 딸이 평석(平昔)에 가로되 사람을 보고자 아니하니 내 손수 습렴(襲殮)할 것이니 비록 저의 남형(男兄)이라도 반드시 들어와 보지 못하리라."

하고, 인(因)하여 금침(衾枕)으로 신체(身體) 모양(模樣)을 만들어 이불로 덮고 비로소 그 구가(舅家)에 통(通)하여 입관(入棺) 후(後)에 구가(舅家) 선산하(先山下)에 보내어 영장(永葬)하니라.

십여년(十餘年) 후(後)에 그 아들이 수의(繡衣)로 북관(北關)을 염탐(廉探)할 새, 행(行)하여 일처(一處)에 이르러 한 집에 들어간 즉(卽) 주

---

109) 오경 삼점(五更三點)에 큰 쇠북을 삼십 삼천(三十三天)의 뜻으로 서른 세 번 치던 일. 서울 도성 안에서 인정(人定) 이후 야행(夜行)을 금하였다가 파루를 치면 풀리었음.

인(主人)이 일어나 맞고 아이들이 곁에 있어 글을 읽으매 상모(狀貌)가 청수(淸秀)하고 자못 자가(自家) 죽은 매씨(妹氏)의 안면(顔面)과 흡사(恰似)하니 마음에 괴(怪)히 여기고, 일세(日勢) 이미 저물고 또 곤비(困憊)함이 자심(滋甚)하여 밤이 깊은 후(後) 인(因)하여 자려 하더니, 한 여자(女子)가 안으로조차 나와 수의(繡衣)의 손을 잡고 크게 울거늘 놀라 익히 본 즉(卽) 이미 죽은 매씨(妹氏) 살아 왔는지라. 경아(驚訝)함을 이기지 못하여 시종(始終)을 자세(仔細) 물은 즉(卽) 친교(親校)를 인(因)하여 이곳에 와 거(居)하고 이미 두 아들을 낳으니 이 그 아이라 한대, 수의(繡衣) 반향(半晑)이나 말이 없다가 약간(若干) 회포(懷抱)를 펴고, 본읍(本邑)에 출도(出道)하여 수리(首吏)에게 전문(錢文) 삼백냥(三百兩)과 백미(白米) 오십석(五十石)을 구청(求請)하여 친(親)한 사람이 있다 하고 그 집으로 보내니라.

복명(復命)하고 집에 돌아와 그 대인(大人)에게 뫼시매 마침 종용(從容)하거늘, 소리를 나직히 하여 가로되,

"금번(今番) 북관(北關) 행중(行中)에 극(極)히 괴이(怪異)한 일이 있더이다."

재상(宰相)이 눈을 부릅뜨고 익히 보아 말을 아니하거늘 기자(其子)가 감(敢)히 발설(發說)치 못하여 물러가니, 재상(宰相)의 이름은 기록(記錄)치 아니하니라.

## 9. 진제수영리기이반(進祭需嶺吏欺李班)[110]

이충주(李忠州) 성좌(聖佐)는 광좌(光佐)[111]의 종형(從兄)이라. 천성(天性)이 과직(過直)[112]하여 일찍 광좌(光佐)를 역적(逆賊)으로 지목(指目)하여 끊고 왕래(往來)치 아니하더라.

광좌(光佐)가 영백(嶺伯)[113]으로 있을 제 종가(宗家)의 연고(緣故)로써 매양(每樣) 기일(忌日)과 및 사절(四節) 제수(祭需)를 보내니 영거(領去)[114]하는 이배(吏輩) 매양(每樣) 이공(李公)에게 중장(重杖)을 입고 오니, 만일(萬一) 봉송(封送)하는 때면 이배(吏輩) 다 피(避)하더니, 한 아전(衙前)이 영거(領去)하기를 원(願)하거늘 일영(一營) 상하(上下)가 다 괴(怪)히 여겨 하여금 올라가라 하니, 모(某) 아전(衙前)이 제물(祭物)을 거느리고 새벽에 그 집에 이르니, 이공(李公)이 아직 일지 아니하고 자리에 누워서 가인(家人)으로 하여금 조수(照數)[115]하여 받으라 하거늘, 그 아전(衙前)이 제수(祭需)를 드리지 아니하고 인(因)하여 간 곳이 없으니 사람이 다 괴이(怪異)히 여기더라.

명일(明日)에 이같이 하고 우명일(又明日)에 또 이같이 하니 이공(李公)이 대로(大怒)하여 그 아전(衙前)을 잡아들여 꾸짖어 가로되,

"네 어떠한 놈이관대 이미 제수(祭需)를 받들고 왔으면 드릴 것이

---

110) 제수(祭需)를 받들어 간 영남의 이속이 이씨 양반을 속이다.

111) 조선조 영조 때의 상신. 호는 운곡(雲谷). 소론의 거두로 처세에 파란이 많았고, 영조에게 탕평책(蕩平策)을 건의하는 등 당쟁의 폐습을 막는 데 힘썼음.

112) 지나치게 강직함.

113) 경상도 관찰사.

114) 보호하여 가지고 감.

115) 수효를 맞추어 봄.

거늘 연삼일(連三日)을 잠간(暫間) 왔다가 돌아가 조종(操縱)함이 있는 듯하니 영하(營下) 소습(所習)이 본디 이러하냐, 너의 순상(巡相)이 지시(指示)함이냐. 네 죄(罪) 마땅히 죽이리로다."

그 아전(衙前)이 엎드려 가로되,

"원(願)컨대 한 말만 하고 죽어지이다."

물으되,

"무슨 말고."

아전(衙前)이 가로되,

"소인(小人)의 순사도(巡使道)께오서 제수(祭需)를 봉(封)하실 제 도포(道袍)를 입으시고 포진(鋪陳)을 베풀어 궤좌(跪坐)하시고 감봉(監封)하시며 그 봉과(封裹)[116]를 마치매 말에 실릴 제 계(階)에 내려 재배(再拜)하고 보내시니, 이는 다름이 아니고 소중(所重)을 위(爲)하심이라. 이제 나리는 건즐(巾櫛)[117]을 아니하시고 누워 제수(祭需)를 받으시니 소인(小人)이 의(義)에 욕(辱)되지 아니케 하온 고(故)로 과연(果然) 삼일(三日)을 드리지 아니하였나니, 이 제수(祭需)를 조선(祖先) 기신(忌辰)을 위하여 쓰시려 하온 즉(卽) 나리께오서 마땅히 이 같이 설만(褻慢)[118]히 아니하실 듯하온지라. 영남(嶺南) 풍속(風俗)은 비록 하예(下隷)의 미천(微賤)함으로도 제수(祭需)의 중(重)함을 알거든 하물며 경화(京華) 사대부(士大夫)시리이까. 원(願)컨대 나리께오서 의관(衣冠)을 정제(整齊)하시고 상석(床席)을 포진(鋪陳)하시고 당(堂)에 내려서신 즉(卽) 소인(小人)이 삼가 드리리이다."

이공(李公)이 하릴없어 그 말과 같이 한 즉(卽) 그 아전(衙前)이 각각(各各) 물종(物種)을 드리고 고성(高聲)하여 가로되,

116) 물건을 싸서 봉함.
117) 낯을 씻고 머리를 빗는 일.
118) 행동이 거만하고 무례함.

"이는 모물(某物)이라."

하고, 바치니 이공(李公)이 공수(拱手)하고 서서 마음에 자못 착히 여기고 및 돌아갈 제 답서(答書)에 그 아전(衙前)이 지예(知禮)하다 일컬으니, 순상(巡相)이 듣고 크게 웃고 인(因)하여 우과(優窠)[119]를 차접(差帖)[120]하니라.

119) 좋은 자리.
120) 하리(下吏) 임명의 사령서(辭令書).

# 10. 초옥각이병사고용(超屋角李兵使賈勇)[121]

이병사(李兵使) 일제(日濟)는 판서(判書) 기익(箕翊)[122]의 손(孫)이라. 용력(勇力)이 절인(絶人)하여 빠름이 비조(飛鳥)같은지라. 소시(少時)로부터 호방(豪放)하여 문자(文字)를 등한(等閒)히 하니 판서공(判書公)이 매양(每樣) 근심하더라.

십사오세(十四五歲)에 비로소 가관(加冠)[123]하고 미처 취처(娶妻)치 못하였더니, 일일(一日)은 밤에 가만히 창가(娼家)에 간 즉(卽) 별감(別監) 포교(捕校)의 무리 만좌(滿座)하고 배반(杯盤)이 낭자(狼藉)하거늘, 일제(日濟) 한낱 소년(少年)으로 곧 좌상(座上)에 돌입(突入)하여 기아(妓兒)로 더불어 난만(爛漫)히 희학(戲謔)하여 방약무인(傍若無人)하니 좌중(座中)이 다 가로되,

"이같이 무례(無禮)한 자(者)는 타살(打殺)함이 가(可)하다."

하고, 인(因)하여 뭇발길로 차니 일제(日濟) 손으로 한 사람의 발을 잡아 한 번(番) 두르니 다 땅에 넘어지거늘, 일제(日濟) 인(因)하여 던지고 문(門)에 나와 몸을 날려 집 위에 올라 내달을 새 혹(或) 오륙간(五六間)을 뛰니, 이때 한 포교(捕校)가 소피(小避)로 밖에 나와 그 일을 참예(參預)치 않은지라. 마음에 그윽히 이상(異常)히 여겨 또한 뛰어 집에 올라 뒤를 밟으니 판서(判書) 집에 들어간 즉(卽) 포교(捕校)는 곧 친지(親知)의 사람이라. 익일(翌日) 와 이 일을 전(傳)한대 판서공(判書公)이 중장(重杖)하여 시러곰 문(門) 밖에 나지 못하게 하니라.

---

121) 병사(兵使) 이일제(李日濟)가 지붕을 뛰어넘어 용력을 날리다.

122) 조선조 영조 때의 문신. 호는 시은(市隱). 강원도 관찰사 시절 선정을 베풀고, 병조 참판 공조 판서 등을 역임함.

123) 관례(冠禮)를 행하여 갓을 씀.

그 후(後)에 일제(日濟) 화류차(花柳次)로 남산(南山) 잠두(蠶頭)에 오르니, 이때 남촌(南村) 활량[124] 수십인(數十人)이 송음(松陰)에 모여 일제(日濟)의 옴을 보고 써 하되 '요기차(療飢次) 온다.' 하고, 일시(一時)에 일어 그 소매를 이끌어 장차(將次) 거꾸로 들고 동상례(東床禮)[125]를 받으려 하거늘, 일제(日濟) 몸을 솟아 한 번(番) 뛰어올라 소나무 가지를 꺾어 좌우(左右)로 두르니 다 쓰러져 일지 못하는지라. 인(因)하여 완완(緩緩)히 내려오니라. 이로부터 이름이 차차(次次) 전파(傳播)하여 별천(別薦)에 들어 무직(武職)에 부쳐 위(位) 아경(亞卿)[126]에 이르니라.

조판서(趙判書) 엄(曮)[127]이 통신사(通信使)로 일본국(日本國)에 갈 제 일제(日濟)로써 막빈(幕賓)[128]을 계달(啓達)하여 장차(將次) 해상(海上)에 중류(中流)하였더니, 상선(上船)에서 실화(失火)하여 화염(火焰)이 창천(漲天)하니 모든 사람이 다 왜인(倭人) 구급선(救急船)에 뛰어내리고 정신(精神)을 수습(收拾)하여 각인(各人)을 상고(詳考)한 즉(卽) 홀로 일제(日濟) 없는지라. 대개(大槪) 일제(日濟) 상선(上船)에 취(醉)하여 자더니 제인(諸人)이 창황중(蒼黃中) 살피지 못함이라. 잠을 깨어 화세(火勢)를 보고 상거(相距)가 수십간(數十間) 되는 방선(旁船)에 뛰어 내리니 그 신용(神勇)이 이같더라.

---

124) 활을 쏘는 사람. 무위도식하는 사람.

125) 혼례가 끝난 뒤에 신부 집에서 신랑이 자기 벗들에게 음식을 대접하는 일.

126) 경(卿)의 다음 벼슬. 곧, 육조의 참판(參判), 좌우윤(左右尹) 등을 공(公) 정경(正卿) 등에 상대하여 이르는 말.

127) 조선조 영조 때의 문신. 영조 39년(1763) 통신사로 일본에 갔을 때 고구마 종자와 그 재배 저장법을 익히고 돌아와 우리 나라 최초의 고구마 재배를 실현하였음.

128) 비장(裨將). 조선조 때 감사(監司), 유수(留守), 병사(兵使), 수사(水使) 등 지방 장관과 견외사신(遣外使臣)을 수행하던 관원의 하나.

## 11. 득가기심상국성명(得佳妓沈相國成名)[129]

심일송(深一松) 희수(喜壽)[130]가 일찍 부친(父親)을 여의고 학업(學業)을 폐(廢)하여 편발(編髮)로부터 전(專)혀 호탕(豪宕)을 일삼고, 일야(一夜)에 청루(青樓) 주사(酒肆)에 왕래(往來)하여 공자(公子) 왕손(王孫)의 연석(宴席)과 가아(歌娥) 무녀(舞女)의 향국(享局)에 아니 가 노는 곳이 없어 봉두 난발(蓬頭難髮)과 폐의 파립(弊衣破笠)으로 조금도 수습(收拾)함이 없으니 사람이 다 광동(狂童)[131]으로 지목(指目)하더라.

일일(一日)은 귀재(貴宰)[132] 연석(宴席)에 가 홍록총중(紅綠叢中)에 섞여 사람이 꾸짖어도 돌아보지 아니하고 구축(驅逐)하여도 가지 아니하더라.

기아중(妓兒中)에 한 명기(名妓) 있으니 이름은 일타홍(一朶紅)이라. 새로 금산(錦山)으로부터 와 용모(容貌)와 가무(歌舞)가 일세(一世)의 독보(獨步)이라. 심동(沈童)이 그 자색(姿色)을 사모(思慕)하여 돗글[133] 접(接)하여 앉아 희학(戲謔)코자 하되 조금도 싫어 하는 빛이 없고 추파(秋波)로써 가만히 그 동정(動靜)을 살피고 인(因)하여 일어 측간(厠間)에 가 손으로써 심동(沈童)을 부르거늘, 급(急)히 일어 간 즉(卽) 홍기(紅妓) 그 귀에 대어 가로되,

"그대 집이 어디 있느뇨."

---

129) 상국 심희수(沈喜壽)가 아리따운 기녀를 만나 이름을 이루다.
130) 조선조 광해군 때의 문신. 호는 일송(一松). 임진 왜란 때 왕을 의주로 호송한 후 이조 판서가 되었고, 좌의정을 역임한 후 광해군 12년(1620) 판중추부사에 임명되었으나 국사를 비관하여 취임하지 않았음.
131) 미친 아이.
132) 존귀한 재상.
133) 돛자리를

심동(沈童)이 모동제(某洞第) 기가(幾家)[134]를 자세(仔細)히 이르니 홍기(紅妓) 가로되,

"그대 모로미 먼저 가면 첩(妾)이 좇아 뒤를 따라 갈 것이니 부디 첩(妾)을 기다리고 실신(失信)치 말으소서."

심동(沈童)이 대희(大喜) 과망(過望)하여 창황(蒼黃)히 먼저 돌아가 가내(家內)를 수소(修掃)하고 기다리더니, 날이 저문 후(後) 홍기(紅妓) 과연(果然) 오거늘 심동(沈童)이 흔행(欣幸)함을 이기지 못하여 더불어 접슬(接膝)하고 수작(酬酌)하더니, 한 동비(童婢) 안으로조차 나와 형상(形狀)으로 보고 들어가 그 모부인(母夫人)께 고(故)한대, 부인(夫人)이 기자(其子)의 광탕(狂宕)하므로써 장차(將次) 불러 꾸짖으려 하더니, 홍기(紅妓) 동비(童婢)를 불러내어 가로되,

"내 장차(將次) 부인(夫人) 좌전(座前)에 현신(現身)코자 하노라."

하고, 동비(童婢)로 더불어 함께 들어가 계하(階下)에 재배(再拜)하고 가로되,

"소녀(少女)는 금산(錦山)서 새로 온 창기(娼妓)옵더니 금일(今日) 아무 재상(宰相) 연석(宴席)에 마침 귀댁(貴宅) 도령을 뵈온 즉(卽) 제인(諸人)이 다 광동(狂童)으로 지목(指目)하되 소첩(小妾)의 우견(愚見)에는 가(可)히 대귀인(大貴人) 기상(氣象)을 알지라. 그러하오나 그 기운(氣運)이 너무 추조(麤粗)[135]하오니 이제 만일(萬一) 억제(抑制)치 아니하온 즉(卽) 성인(成人)하기 어려우리니 그 세(勢)를 인(因)하여 인도(引導)하옴만 같지 못하올지라. 소첩(小妾)이 금일(今日)로조차 도령을 위(爲)하여 가무화류지장(歌舞花柳之場)에 절적(絶跡)하여 지필연묵지간(紙筆硯墨之間)에 주선(周旋)하와 그 성취(成就)하올 도

134) 몇 집.
135) 크고 거칠음.

리(道理) 있을까 바라오니 아지 못게라. 부인(夫人) 존의(尊意) 어떠하니이꼬. 첩(妾)이 만일(萬一) 정욕(情欲)으로 이런 말이 있아온 즉(卽) 어찌 호화(豪華) 부귀(富貴)의 자제(子弟)를 버리고 빈한(貧寒)한 과택(寡宅)의 광동(狂童)을 취(娶)하리이까. 소첩(小妾)이 비록 곁에 모시나 결단(決斷)코 임석(衽席)[136]의 정(情)으로 상(傷)함을 받지 아니케 하오리니 이는 염려(念慮)치 말으소서."

부인(夫人)이 가로되,

"오아(吾兒)가 일찍 가엄(家嚴)을 여의고 학업(學業)을 파기(破棄)[137]하고 방탕(放蕩)을 주장(主掌)하니 노신(老身)이 제어(制御)하기 어려워 바야흐로 이로써 주야(晝夜) 마음이 타는 듯하더니, 이제 어디로서 좋은 바람이 너같은 가인(佳人)을 불어 보내어 아가(我家)의 광동(狂童)으로 하여금 성취(成就)코자 하니 이만 큰 은혜(恩惠) 없는지라. 내 무슨 혐의(嫌疑)하며 무슨 의심(疑心)하리오마는 내 집이 본래 빈곤(貧困)하여 조석(朝夕)이 어려우니 네 금의 옥식(錦衣玉食)에 젖어 호사(豪奢)한 기아(妓兒)로 어찌 기한(飢寒)을 참아 머물 소냐."

홍기(紅妓) 가로되,

"천불생무록지인(天不生無祿之人)[138]이오니 이는 조금도 혐의(嫌疑)할 바가 아니오니 일만(一萬) 번(番) 바라건대 염려(念慮) 말으소서."

그 패물(佩物)과 수식(首飾)[139]을 팔아 조석(朝夕) 감지(甘旨)[140]를 받드니 생애(生涯) 적이 족(足)한지라. 이로부터 창루(娼樓)에 절족(絶

136) 잠자리. 이부자리.
137) 원문의 '차기'는 '파기'의 잘못 표기?
138) 하늘은 먹을 것이 없는 사람을 태어나게 하지 않음. 즉, 사람은 누구나 먹고 살게 마련이라는 뜻.
139) 여자의 머리를 치장하는 장식품. 비녀 장식빗 떨잠 뒤꽂이 댕기 따위.
140) 맛이 좋은 음식.

足)[141]하고 심가(沈家)에 은신(隱身)하여 그 머리 빗기고 때 씻는 절(節)을 종시(終是) 게을리 아니하고, 날이 난 즉(卽) 하여금 책(冊)을 주어 인가(隣家)에 가 배우고, 돌아온 즉(卽) 책상(冊床) 머리에 앉아 신석(晨夕)으로 권과(勸課)하여 과정(科程)을 엄(嚴)히 세워 조금 해타(懈惰)한 뜻이 있으면 발연(勃然)히 작색(作色)하여 가려는 말로 공동(恐動)[142]하니, 심동(沈童)이 그 뜻을 받아 심(甚)히 기탄(忌憚)하고 과공(課工)을 부지런히 하더라.

및 의혼(議婚)할 때에 심동(沈童)이 홍기(紅妓)의 연고(緣故)로써 취처(娶妻)코자 아니하거늘, 홍기(紅妓) 그 뜻을 알고 이에 엄책(嚴責)하여 가로되,

"그대 명가(名家) 자제(子弟)로서 전정(前程)이 만리(萬里)라. 어찌 한 천기(賤妓)를 인연(因緣)하여 대륜(大倫)을 폐(廢)코자 하느냐. 나의 연고(緣故)로써 집을 망(亡)치 아니케 하리니 첩(妾)이 이로조차 가리이다."

심동(沈童)이 마지 못하여 취실(娶室)하니 홍기(紅妓) 기운(氣運)을 내리고 낯빛을 화(和)히 하여 동동촉촉(洞洞燭燭)[143]하여 여군(女君)[144] 섬김을 노부인(老夫人)같이 하고, 일한(日限)을 정(定)하여 사오일(四五日) 만에 내침(內寢)하게 하고, 일월(一月)에 한 번(番)씩 제 방(房)에 들어오게 하여 만일(萬一) 혹(或) 기약(期約) 어기는 일이 있으면 문(門)을 닫고 들이지 아니하니, 이같이 한 지 수년(數年)에 심생(沈生)이 학업(學業)을 싫어하는 마음이 날로 심(甚)하여 일일(一日)은 책(冊)을 홍기(紅妓)에게 던지고 누워 가로되,

---

141) 발을 끊음.
142) 위험한 말로 사람을 두렵게 함.
143) 공경하고 삼가서 매우 조심스러움.
144) 첩의 본처(本妻)에 대한 호칭.

"네 비록 권과(勸課)하기에 부지런하나 내 하고자 아니하매 어찌 하리오."

동기(童妓) 그 태타(怠惰)[145]한 마음을 헤아리건대 가(可)히 구설(口舌)로써 다투지 못할 것이라. 심생(沈生)이 출입(出入)한 때를 타 노부인(老夫人)께 고(告)하여 가로되,

"서방주(書房主) 글 싫어하는 뜻이 근일(近日) 우심(尤甚)하오니 비록 첩(妾)의 성의(誠意)라도 무가내하(無可奈何)이라. 첩(妾)이 이로조차 하직(下直)을 고(告)하노니 첩(妾)의 가옴이 이 곧 격권(激勸)[146]하는 도(道)이니 첩(妾)이 비록 나가나 어찌 아주 가리이꼬. 만일(萬一) 등과(登科)하신 소식(消息)을 듣자온 즉(卽) 마땅히 즉지(卽地) 돌아오리이다."

하고, 인(因)하여 배사(拜辭)한대 노부인(老夫人)이 손을 잡고 가로되,

"네 내 집에 들어옴으로부터 광패(狂悖)한 아이 엄사(嚴師)를 얻음 같아서 다행(多幸)히 몽학(蒙學)[147]을 면(免)함은 다 너의 힘이라. 어찌 염독(厭讀)의 세사(細事)를 인(因)하여 나의 모자(母子)를 버리고 가리오."

홍기(紅妓) 일어 절하여 가로되,

"첩(妾)이 목석(木石)이 아니오니 어찌 이별(離別)의 괴로움을 알지 못하리이까마는 아랑(阿郎)을 격동(激動)케 함이 오직 이 한 일에 있아오니 아랑(阿郎)이 돌아와, 첩(妾)의 하직(下直)을 고(告)하고 등과(登科)한 후(後) 다시 만남을 언약(言約)하온 말을 들으면 반드시 발분(發憤)하여 과업(課業)을 힘쓰리니 멀면 육칠년(六七年)이오 가까우면 사오년간(四五年間) 일이라. 첩(妾)이 마땅히 몸을 지키어 써 등과

145) 게으름.
146) 격려하여 권함.
147) 어린이들의 공부.

(登科)할 기약(期約)을 기다리오리니 바라건대 이 뜻으로 전(傳)하소서."

또 여군(女君)에게 효봉편모(孝奉偏母)[148]하며 승순군자(承順君子)[149]하여 시시(時時) 규간(規諫)[150]함으로써 권(勸)하고, 인(因)하여 개연(慨然)히 문(門)에 나 노재상(老宰相) 중(中) 내권(內眷)이 없는 집을 두루 방문(訪問)하여 일처(一處)를 얻어 그 주인(主人) 노재(老宰)를 보고 가로되,

"화가(禍家) 여생(餘生)이 탁신(托身)할 곳이 없사와 귀택(貴宅)을 찾아와 비자(婢子) 반열(班列)에 참예(參預)하여 작은 정성(精誠)을 표(表)하고 침선(針線) 주식(酒食)은 삼가 간검(看檢)하리이다."

노재(老宰) 그 단정(端整)하며 총혜(聰慧)함을 보고 사랑하고 가긍(可矜)하여 그 주접(住接)함을 허(許)하니, 홍기(紅妓) 그날부터 주방(廚房)에 들어 감지(甘旨)를 극진(極盡)히 하여 그 식성(食性)을 맞추니 노재(老宰) 더욱 기(奇)히 여겨 가로되,

"내 기궁(奇窮)한 몸으로 다행(多幸)히 너 같은 사람을 얻어 의복(衣服) 음식(飮食)이 구체(口體)에 편(便)하여 이제 의지(依支)함이 있는지라. 내 이미 마음을 허(許)하고 너도 또한 정성(精誠)을 다하니 이제로부터 부녀(父女)의 정(情)을 맺음이 가(可)하다."

하고, 이에 하여금 안방(房)에 처(處)하여 딸로써 부르더라.

심생(沈生)이 집에 돌아온 즉(卽) 홍기(紅妓) 이미 거처(居處) 없는지라. 괴(怪)히 여겨 물은 즉(卽) 모부인(母夫人)이 그 이별(離別)할 때 말을 전(傳)하고 꾸짖어 가로되,

"네 염학(厭學)의 연고(緣故)로 차경(此境)에 이르니 장차(將次) 무

148) 홀어미를 효도로써 봉양함.
149) 남편의 명을 순순히 좇음.
150) 옳은 도리로써 간함.

슨 면목(面目)으로써 세상(世上)에 서리오. 제 이미 너의 등과(登科)함으로 기약(期約)하였으니 그 위인(爲人)이 반드시 식언(食言)치 않을지라. 네 만일(萬一) 등과(登科)치 못한 즉(卽) 차생(此生)에 다시 만나볼 기약(期約)이 없으리니 오직 네 뜻대로 하라."

생(生)이 듣고 민망(憫惘)하여 잃은 바 있음 같더라.

수일(數日)을 두루 경성(京城) 내외(內外)에 찾으되 마침내 종적(蹤迹)이 없는지라. 이에 마음에 맹세(盟誓)하여 가로되,

"내 한 여자(女子)에게 버린 바가 되니 무슨 낯으로 사람을 대(對)하리오. 제 이미 과후(科後) 언약(言約)이 있으니 내 마땅히 과공(科工)을 골똘히 하여 써 고인(故人)을 서로 만나리라."

하고 드디어 두문 사객(杜門謝客)[151]하고 책상(冊床)을 다그어 독서(讀書)하매 주야 불철(晝夜不撤)하더니, 겨우 수년(數年)을 지나매 용문(龍門)에 고등(高等)[152]하니 생(生)이 신은(新恩)으로 유가(遊街)하는 날에 두루 선진(先進)의 노재(老宰)를 찾을 새, 일처(一處) 노재(老宰)는 곧 심공(沈公)의 부집(父執)[153]이라. 역로(歷路)에 배알(拜謁)한 즉(卽) 노재(老宰) 흔연(欣然)히 맞아 고의(故誼)를 펴고 인(因)하여 머물러 말할 새 서로 정(情)을 토(吐)하더니, 이슥고 안으로서 신은(新恩)을 먹일 새 공(公)이 배반(杯盤)과 찬품(饌品)을 보고 초연(悄然)히 안색(顔色)을 변(變)하거늘, 노재(老宰) 괴(怪)히 여겨 물어 가로되,

"그대 식물(食物)을 대(對)하여 비회(悲懷) 있음은 어찜이뇨."

심공(沈公)이 드디어 홍기(紅妓)의 말로써 자세(仔細)히 말하고 가로되,

151) 문을 닫고, 찾아오는 손을 만나기를 사절함.
152) 과거에 급제함.
153) 아버지의 친구로 아버지와 나이가 비슷한 어른. '부집존장(父執尊長)'의 준말.

"시생(侍生)의 각골(刻骨)히 공부(工夫)하여 금일(今日)에 이름은 전(專)혀 고인(故人)을 위함이라. 이제 찬품(饌品)을 보니 완연(宛然)히 홍기(紅妓)의 솜씨라. 이러므로 자연(自然) 슬퍼하나이다."

노재(老宰) 그 연기(年期) 상모(狀貌)를 물어 가로되,

"내 일개(一箇) 양녀(養女)가 있으니 어디로조차 온 줄 알지 못하니 이 여자(女子)가 아니냐."

말을 맞지 못하여 문득 일가인(一佳人)이 뒷창(窓)을 밀치고 돌입(突入)하여 신은(新恩)을 안고 통곡(痛哭)하거늘, 심공(沈公)이 가로되,

"존장(尊丈)이 이젠 즉(卽) 이 여자(女子)를 가(可)히 시생(侍生)에게 허(許)치 아니치 못할 것이니이다."

주인(主人)이 가로되,

"내 조모지년(朝暮之年)[154]에 다행(多幸)히 이 여자(女子)를 얻어 서로 의지(依支)하여 지내더니 이제 만일(萬一) 보낸 즉(卽) 노부(老夫)가 좌우수(左右手)를 잃음 같은지라. 일이 비록 난처(難處)하나 그 일이 심(甚)히 기이(奇異)한 고(故)로 사랑함이 이같으니 내 어찌 가(可)히 허락(許諾)치 않으리오. 신(信)이나 끊지 않음을 바라노라."

심공(沈公)이 일어 절하여 복복 칭사(僕僕稱謝)하니라.

날이 이미 저물매 홍기(紅妓)로 더불어 교마(轎馬)를 갈와 타고 횃불로 앞을 인도(引導)하여 십분(十分) 희색(喜色)을 띄고 집에 돌아와 소리를 빨리 하여 모부인(母夫人)을 불러 가로되,

"홍랑(洪娘)이 왔나이다. 홍랑(洪娘)이 왔나이다."

모부인(母夫人)이 기행(奇幸)함을 이기지 못하여 발바닥으로 내달아 홍랑(洪娘)의 손을 잡고 울어 가로되,

"꿈이냐. 상시(常時)냐."

---

154) 죽을 날이 얼마 남지 않은 나이. 곧, 노년.

말이 없다가 인(因)하여 기절(氣絶)하니 좌우(左右)가 주물러 정신(精神)을 차린 후(後) 붙들어 당(堂)에 올라 중간사(中間事)를 서로 일컫고, 필경(畢竟) 영화(榮華)로 상봉(相逢)함을 기꺼하더라.

심공(沈公)이 후(後)에 이조(吏曹) 낭청(郎廳)[155]이 되었더니, 한 날 저녁에 홍기(紅妓) 종용(從容)히 가로되,

"첩(妾)이 일단 성심(一丹誠心)이 전(專)혀 나리 성취(成就)를 위(爲)하여 십여년(十餘年)에 고향(故鄕) 생각이 간절(懇切)하오나 부모(父母)의 안부(安否)를 망연(茫然)히 듣지 못하니, 이 첩(妾)의 일야(日夜)로[156] 마음에 맺히는 바이라. 나리 이제 가(可)히 하실 만한 처지(處地)를 당(當)하여 계시니 다행(多幸)히 첩(妾)을 위하여 금산수(錦山守)를 구(求)하여 첩(妾)으로 하여금 부모(父母)를 생전(生前)에 만나봄이 이 첩(妾)의 지원(至願)이로소이다."

심공(沈公)이 가로되,

"이 지이(至易)한 일이라."

하고, 이에 걸군(乞郡)[157] 상소(上疏)하여 과연(果然) 금산수(錦山守)가 된지라. 홍랑(紅娘)을 데리고 도임(到任)하는 날에 홍랑(洪娘)의 부모(父母) 안부(安否)를 물은 즉(卽) 다 무고(無故)한지라.

삼일(三日) 후(後) 홍랑(洪娘)이 관부(官府)로 주찬(酒饌)을 갖추어 본가(本家)에 나가 부모(父母)께 뵈고, 친당(親黨)을 모아 잔치하고, 의복(衣服) 수용(需用)의 자(資)를 극(極)히 풍족(豊足)히 하여 그 부모(父母)께 드려 가로되,

"관부(官府)가 사실(私室)에서 다르고 관가(官家)의 내권(內眷)이

155) 조선조 때, 각 관아의 당하관(堂下官)의 총칭.
156) 낮이나 밤이나.
157) 조선조 때 문과 급제자로서, 부모는 늙고 집안은 가난한 시신(侍臣)이 부모를 봉양하기 위하여 고향의 수령 자리를 주청(奏請)하던 일.

더욱 타인(他人)에서 자별(自別)하니 부모(父母)와 형제(兄弟) 만일(萬一) 인연(因緣)하여 빈삭(頻數)히 출입(出入)한 즉(卽) 인언(人言)[158]을 부르고 관정(官廷)에 누(累)가 되나니, 여아(女兒)가 이제 아중(衙中)에 들어가면 다시 나오지 못할 것이고 또 상통(相通)치 못하리니 서울 있는 모양(模樣)으로 알고 다시 왕래(往來)치 말아 써 내외(內外)의 분(分)을 엄(嚴)히 하라."

하고, 인(因)하여 하직(下直)코 들어와 한 번(番)도 서로 통(通)치 아니하니라.

내아(內衙)에 있은 지 반년(半年)에, 일일(一日)은 비자(婢子)가 소실(小室)의 말로 공(公)에게 들어오심을 청(請)하니 마침 공사(公事)가 있어 즉시(卽時) 들어가지 못하더니, 비자(婢子)가 연속(連續)히 여쭙거늘 공(公)이 괴(怪)히 여겨 안에 들어와 본 즉(卽) 홍랑(洪娘)이 신별의상(新別衣裳)[159]을 입고 신건침석(新件枕席)[160]을 포설(鋪設)하였으니, 별(別)로 질양(疾恙)이 없으되 처창(悽愴)한 안색(顔色)을 띄어 가로되,

"첩(妾)이 금일(今日)에 나리를 영결(永訣)하는 날이오니 원(願)컨대 나리는 천만(千萬) 보중(保重)하샤 길이 영귀(榮貴)를 누리시고, 첩(妾)의 연고(緣故)로써 상훼(傷毁)치 말으시고, 첩(妾)의 시체(屍體)를 다행(多幸)히 나리 선영(先塋) 아래 묻어 주심이 이 원(願)이로소이다."

말을 마치매 엄연(奄然)히 몰(沒)하니, 심공(沈公)이 애연(哀然)히 일장 통곡(一場痛哭)하고 가로되,

"나의 외임(外任)은 다만 홍랑(洪娘)을 위(爲)함이거늘 제 이미 신사(身死)하니 내 어찌 홀로 있으리오."

---

158) 다른 사람의 말.
159) 새롭게 구별되는 옷.
160) 새로운 잠자리.

인(因)하여 사장(辭狀)[161]하여 갈고, 홍랑(洪娘)의 영구(靈柩)로써 동행(同行)하여 금강(錦江)에 이르러 슬픈 뜻으로 시(詩)를 지으니라.

기시(其詩)에 가롰으되,

| | |
|---|---|
| 일타홍연재유거(一朶紅蓮載柳車) | 한 송이 홍련(紅蓮)을 유거(柳車)에 실었으니 |
| 향혼하처사지주(香魂何處乍踟躕) | 향혼(香魂)이 어느 곳에 잠간(暫間) 지주(踟躕)[162]하느뇨. |
| 금강추우단정습(錦江秋雨丹旌濕) | 금강(錦江) 가을비에 단정(端整)히 젖었으니 |
| 의시가인읍별여(疑是佳人泣別餘) | 의심(疑心)컨대 이 가인(佳人)의 울고 이별(離別)한 남음이라. |

161) 사표(辭表).
162) 머뭇거리며 망설임.

## 12. 췌유장이학사망명(贅柳匠李學士亡命)[163)]

연산조(燕山朝)에 사화(士禍)가 크게 일어 한 이성인(李姓人)이 교리(校理)로 망명(亡命)하여 보성군(寶城郡)에 이르러는 갈증(渴症)이 심(甚)하여 한 동네 여자(女子)가 천변(川邊)에 급수(汲水)함을 보고 급(急)히 달려 물을 구(求)한대, 기녀(其女)가 박에 물을 뜨고 버들잎을 훑어 물 가운데 띄워 주니 심(甚)히 괴(怪)히 여겨 물어 가로되,

"과객(過客)이 갈심(渴甚)하여 급(急)히 물을 마시려 하거늘 어찌 버들잎으로 물에 띄워 주느뇨."

기녀(其女)가 가로되,

"목마름이 심(甚)한 때에 급(急)히 냉수(冷水)를 마신 즉(卽) 반드시 병(病)이 나는 고(故)로 짐짓 유엽(柳葉)을 띄워 입으로 불어 완완(緩緩)히 마셔 기운(氣運)을 통(通)하게 함이라."

기인(其人)이 크게 놀라고 기(奇)히 여겨 물으되,

"뉘 집 여자(女子)이뇨."

대(對)하여 가로되,

"건넌 마을 유기장(柳器匠)[164)]의 여아(女兒)이로소이다."

기인(其人)이 그 뒤를 따라 유장(柳匠) 집에 가 그 여서(女壻)가 됨을 구(求)하여 탁신(託身)코자 하니, 유장(柳匠)은 허(許)치 아니하되 기녀(其女)가 가로되,

"그 남자(男子)로 언어(言語)를 통(通)하고 수수(授受)를 친(親)히 하였으니 어찌 다른 사람에게 가리이꼬."

---

163) 학사(學士) 이장곤(李長坤)이 고리장이의 데릴사위가 되어 망명하다.
164) 고리버들로 키나 고리짝을 만드는 것을 업으로 삼는 사람.

그 부모(父母)가 마지 못하여 데릴사위를 삼으니 경화(京華) 귀객(貴客)이 어찌 유기(柳器) 결는 법(法)을 알리오. 날마다 하는 일이 없고 낮잠으로 벗을 삼으니 유장(柳匠)의 부처(夫妻)가 노(怒)하여 가로되,

"내 여서(女婿)를 얻음인 즉(卽) 유기(柳器) 역사(役事)를 도울까 바라더니 이제 조석(朝夕) 밥만 먹고 주야(晝夜) 졸음만 탐(探)하니 곧 한 밥줌치라."

하고, 이날부터 조석(朝夕) 밥을 반(半)을 감(減)하여 먹이니 그 아내 불쌍히 여기고 민망(憫惘)하여 솥밑 눌은밥을 더하여 대접(待接)하니 부부(夫婦)의 정(情)이 심(甚)히 지극(至極)하더라.

수년(數年) 후(後) 중묘(中廟)[165]가 등극(登極)하시매 조정(朝廷)이 새로와 혼조(昏朝)의 침폐(沈廢)한 뉴(類)를 일병(一竝) 서용(敍用)할 새, 이생(李生)의 관작(官爵)을 환부(還付)하고 팔도(八道)에 행회(行會)[166]하여 하여금 심방(尋訪)할 새, 전설(傳說)이 자자(藉藉)하니 이생(李生)이 풍편(風便)에 들었더라.

매양(每樣) 초(初)하루 날이면 주옹(主翁)이 유기(柳器)를 관가(官家)에 드리더니, 이날 이생(李生)이 주옹(主翁)에게 일러 가로되,

"금번(今番)은 유기(柳器)를 내 마땅히 관가(官家)에 바치리이다."

주옹(主翁)이 가로되,

"그대 같은 잠꾸러기 동서(東西)를 알지 못하거늘 어찌 유기(柳器)를 관문(官門)에 드리리오. 내 비록 가져가 친(親)히 드릴지라도 매매(每每)히 물리침을 보거든 그대 같은 자(者)가 어찌 무사(無事)하리오."

즐겨 허(許)치 아니하거늘, 기처(其妻) 가로되,

---

165) 조선조 11대 임금인 중종(中宗).

166) 조정의 지시 명령을 관청의 장이 그 부하들에게 알리고, 그 실행 방법을 논정(論定)하기 위한 모임.

"가(可)함을 시험(試驗)하고 이에 말 것이거늘 어찌 못하리라 하고 미리 보내지 아니하느뇨."

주옹(主翁)이 비로소 허(許)한대, 이생(李生)이 등에 지고 관문(官門)에 이르러 바로 관정(官庭)에 들어가 소리를 높여 가로되,

"아무 곳 유장(柳匠)이 납기차(納器次)로 대령(待令)하였나이다."

본관(本官)은 곧 이생(李生)의 평일(平日) 절친(切親)한 무변(武弁)이라. 그 모양(模樣)을 살피며 그 소리를 듣고 크게 놀라 당(堂)에 내려 손을 잡고 상좌(上座)에 맞아 가로되,

"공(公)이여, 공(公)이여. 어느 곳에 자취를 피(避)하여 이제 이 모양(模樣)으로 왔느뇨. 조정(朝廷)의 공(公)을 찾으심이 이미 오래매 영문(營門) 관자(關子)[167]가 팔도(八道)에 성화(成火) 같으니 공(公)은 사속(斯速)히 상경(上京)함이 가(可)하니라."

인(因)하여 주찬(酒饌)을 내오고 의관(衣冠)을 내어 개복(改服)하게 한대, 이생(李生)이 가로되,

"죄(罪) 중(重)한 사람이 유장가(柳匠家)에 투생(偸生)[168]하여 이제 이르러 명(命)을 연(連)하였더니 어찌 천일(天日)을 다시 볼 줄 뜻하였으리오."

본관(本官)이 이교리(李敎理) 읍내(邑內)에 있음으로 상영(上營)에 보(報)하고, 역마(驛馬)를 재촉하여 하여금 상경(上京)하게 하니 이생(李生)이 가로되,

"삼년(三年) 주객(主客)의 정(情)을 가(可)히 돌아보지 아니치 못할 것이고, 또 조강(糟糠)의 정(情)이 있으니 내 마땅히 주옹(主翁)에게 하직(下直)함이 가(可)한지라. 이제 장차(將次) 나가노니 그대 모름지

---

167) 상관이 하관에게, 또 상급 관청이 하급 관청에게 보내는 공문서. 관문(關文).

168) 죽어야 옳을 때에 안 죽고 욕되게 살기를 꾀함.

기 명조(明朝)에 나의 소주처(所住處)를 존문(存問)[169]하라."

본관(本官)이 가로되,

"낙(諾)다."

이공(李公)이 구의(舊衣)를 환착(換着)하고 유장(柳匠)의 집을 향(向)하여 기색(氣色)을 시치고[170] 들어가 가로되,

"금번(今番) 유기(柳器)는 무사(無事)히 상납(上納)하였나이다."

주옹(主翁)이 가로되,

"이상(異常)토다. 솔개 천년(千年)을 늙으면 능(能)히 꿩 하나를 챈다 함이 허언(虛言)이 아니로다. 우리 사위 또한 일을 이룸이여. 기이(奇異)하고 기이(奇異)하다. 오늘 저녁은 밥을 많이 주라."

이튿날 평명(平明)에 이공(李公)이 일찍 일어 소세(掃洗)한 후(後)에 뜰을 쓸거늘, 주옹(主翁)이 가로되,

"내 사위 작일(昨日)에 유기(柳器)를 잘 바치고 금조(今朝)에 또 능(能)히 비를 잡으니 오늘은 해가 서(西)에서 돋으리로다."

이공(李公)이 또 초석(草席)을 뜰에 펴니 주옹(主翁)이 가로되,

"포진(鋪陳)은 무슨 일고."

공(公)이 가로되,

"본관(本官) 안전(案前)[171]이 금일(今日) 이곳에 행차(行次)하실 듯한 고(故)로 이같이 하노라."

주옹(主翁)이 냉소(冷笑) 왈(曰),

"그대 꿈 밖의 말을 하느뇨. 관사주(官司主)가 어찌 내 집에 강림(降臨)하시리오. 이는 천불사만부당(千不似萬不當)[172]한 황설(荒

169) 고을 수령이 그 지방의 찾아볼 만한 사람을 인사로 방문함.
170) 씻고. '시치다'는 '씻다'의 전라도 방언.
171) 하급 관리가 상급 관리에게 하는 존칭 대명사.
172) 조금도 비슷하거나 합당하지 않음.

說)[173]이라. 이제 생각컨대 어제 유기(柳器)를 잘 드렸단 말이 반드시 노상(路上)에 버리고 돌아와 빈 말을 과장(誇張)함이로다."

말을 맞지 못하여 본읍(本邑) 공리(工吏), 병풍(屛風) 차일(遮日) 등물(等物)을 드리고 목에 숨이 차 와 일변(一邊) 방중(房中)에 포진(鋪陳)하고 가로되,

"관사주(官司主)의 행차(行次)가 금방 오신다."

하니, 유장(柳匠) 부처(夫妻)가 창황(蒼黃) 실색(失色)하고 일실(一室)이 분주(奔走)하여 숨더니, 조금 사이 전도(前導) 소리 문(門)에 들리며 본관(本官)의 좌마(坐馬)가 벌써 다다랐는지라. 본관(本官)이 말에 내려 방(房)에 들어와 한훤(寒暄)을 마치매 인(因)하여 물어 가로되,

"수씨(嫂氏) 어디 계시뇨. 뵈옴을 청(請)하나이다."

이공(李公)이 이에 그 처(妻)를 명(命)하여 나와 뵈라 하니 기처(其妻)가 형차 포군(荊釵布裙)[174]으로 나와 재배(再拜)하니 의상(衣裳)은 비록 폐추(弊醜)[175]하나 용의(容儀)는 수려(秀麗)하여 상천(常賤)의 태(態) 없는지라. 본관(本官)이 답배(答拜) 치경(致敬)[176]하여 가로되,

"이학사(李學士)가 몸이 궁도(窮途)에 있으매 수씨(嫂氏)의 힘을 입어 시러곰 금일(今日)에 이르니 비록 의기(義氣) 남자(男子)라도 이에서 낫지 못할지라. 가(可)히 흠탄(欽歎)치 아니하리오."

기녀(其女)가 염임(斂衽)하고 대(對)하여 가로되,

"지극(至極)히 비천(卑賤)한 촌부(村婦)로서 외람(猥濫)히 군자(君子)의 건즐(巾櫛)을 뫼셔 이같으신 귀인(貴人)을 전(全)혀 모르고 그 접대(接待) 주선(周旋)에 무례(無禮)함이 극(極)한지라. 어찌 존객(尊

---

173) 허황한 말. 엉터리없는 말.

174) 가시나무로 만든 비녀, 베로 만든 치마라는 뜻으로, 초라한 행색을 일컬음.

175) 해어지고 추함.

176) 경의를 표함.

客)의 치사(致謝)하심을 당(當)하리이꼬. 금일(今日) 상천(常賤) 누추(陋醜)한 땅에 강림(降臨)하시니 영요(榮耀)가 극(極)한지라. 천첩(賤妾)의 집이 손복(損福)할까 두리나이다."

본관(本官)이 듣기를 파(罷)하매 하예(下隸)를 명(命)하여 유장(柳匠)의 부처(夫妻)를 불러 주식(酒食)을 먹이고 치사(致謝)하니라.

인읍(隣邑) 수령(守令)이 속(速)히 와 보고 순상(巡相)이 또 막객(幕客)을 보내어 전갈(傳喝)하니 유장(柳匠)의 문(門) 밖에 인마(人馬)가 연속(連續)하고 관광(觀光)하는 자(者)가 다 책책 칭선(嘖嘖稱善)하더라.

이공(李公)이 본관(本官)에게 일러 가로되,

"제 비록 상천(常賤)이나 내 이미 조강(糟糠)을 맺었으니 나의 배필(配匹)이라. 다년(多年) 근고(勤苦) 성의(誠意) 비진(備盡)하니 내 이제 가(可)히 귀(貴)함으로써 바꾸지 못할 것이니 원(願)컨대 한 교자(轎子)를 빌리면 더불어 동행(同行)하려 하노라."

본관(本官)이 즉지(卽地) 교자(轎子)를 차려 행구(行具)를 다스려 보내니라.

이공(李公)이 입궐(入闕) 사은(謝恩)할 때에 자상(自上)으로 이공(李公)의 유리(流離)하던 수말(首末)을 물으시니 공(公)이 그 일을 자세(仔細)히 아뢴대, 상(上)이 재삼(再三) 칭탄(稱歎)하시고 가라사대,

"이 여자(女子)는 가(可)히 소실(小室)로 대접(待接)치 못할 것이니 특별(特別)히 후처(後妻)를 삼음이 가(可)하니라."

이공(李公)이 차녀(此女)로 더불어 해로(偕老)하여 영귀(榮貴)함이 비(比)할 데 없고, 자녀(子女)가 선선하니 이는 이판서(李判書) 장곤(長坤)[177]의 일이라 하더라.

---

177) 조선조 초기의 문신. 교리(校理)로 있다가 갑자사화(甲子士禍) 때 유배되었으나 함흥으로 도주하였다가, 중종 반정 후 다시 기용되어 대사헌(大司憲) 좌찬성(左贊成)에 오름.

# 사람이름 찾기

* 한자 숫자와 아라비아 숫자는 각각 원전의 권과 편을 가리킴.

## (ㄱ)

(ㄴ)

## (ㅅ)

## (ㅇ)

## (ㅈ)

## (ㅊ)

(ㅍ)



(ㅎ)

# 땅이름 찾기

※ 한자 숫자와 아라비아 숫자는 각각 원문의 권과 편을 가리킴.

## (ㄱ)

(ㄴ)



(ㄷ)

(ㅁ)



(ㅂ)

(ㅅ)

## (ㅇ)

## (ㅈ)

## (ㅊ)



## (ㅌ)



## (ㅍ)

## (ㅎ)

# 원 문

# 靑邱野談

七

지은아니 ᄒᆞ셔 어지 셩ᄒᆞ미 이엇ᄎᆞ ᄒᆞ도다 만단 ᄒᆞᆫ 젼
면ᄒᆞ여 잠을 일우지 못ᄒᆞ더니 계ᄯᆡ 셜월이 도도ᄒᆞᆫ 븍풍
이 ᄒᆞᆫ볼ᄒᆞ지라 ᄒᆞ믈며 ᄃᆞᄅᆞᄂᆞᆫ 노ᄅᆡ 소ᄅᆡ 먼 져ᄅᆞᆯ 부터 졍ᄂᆞᆫ 듯ᄒᆞ여
노ᄅᆡ 그 노ᄅᆡ에 ᄉᆡ거 ᄉᆡ쳐 ᄒᆞᆫ이 개이ᄂᆞᆫ 구름이 이히며 지ᄂᆞᆫ 븍풍이 ᄒᆞ미
여 주ᄌᆞ와 노산의 두릐어셤 도다 ᄒᆞᆫᄉᆞᆫ시 쳥쳘ᄒᆞ여 졍〻 그
졉을 ᄒᆡᆼᄒᆞ여 두러노며 주어미ᄅᆞᆯ 불너 ᄒᆞ오되 여보 ᄎᆞ니 방ᄂᆡ이와
이제 계셔 니의ᄂᆞᆫ 셩이 드ᄂᆞᆫ 곳을 밀지ᄂᆞᆫ 쳑이 나와 보니 그 기ᄉᆡᆼ이라
ᄌᆞ시 ᄉᆞᆫ믈 쌋ᄂᆞᆫ 집의 드러가 쌈ᄉᆞᆫ ᄒᆞ고 뎐졍을 펴 ᄒᆞ오셔 내니ᄅᆞᆯ
내 일후 ᄒᆞᆫ쥬 ᄒᆞᆫ 쳘셕의 여 녀셔 셩ᄌᆞᆨ이 업ᄉᆞ니 으뎐 ᄐᆡ에 드ᄂᆞ로 ᄒᆞ여
밧디가 ᄒᆞ야 샹뎐 지못ᄒᆞ 탈 밧다 구기ᄉᆡᆼ이 ᄒᆞ오셔 내 져 ᄒᆞᆫᄉᆞᆫ
내 손힝〻 ᄂᆞᆫ 븟업어 졍의 ᄀᆞ이라도 녀 나셔 못ᄒᆞ여 져 방ᄋᆡᆫ ᄋᆡᆫ ᄒᆞᆫ

져ᄆᆞᆫ 쳔ᄀᆞ 드ᄃᆡ여 ᄒᆞ뎌 ᄒᆞᆼ창 가의 계ᄉᆞ 이 새 졍을 니거셔 못ᄒᆞ여
부ᄭᅩ러워 ᄒᆞ뵈 보지 아니 ᄒᆞᄂᆞᆫ 도망ᄒᆞ여 이 ᄯᅢ 드시 ᄋᆞᆫ 거ᄒᆞ니 안지ᄯᅢ 듀지
ᄒᆞ뫼 이 ᄯᅢ셔 구미 업ᄂᆞᆫ지라 장ᄎᆞᆺ 어지 ᄲᅧ 세상의 셔ᄒᆞ오 셩이 구ᄇᆡᆯ을
듯구 이ᄅᆞᆯ ᄉᆞ환 ᄒᆞ던 야셔 극ᄒᆞ라 ᄒᆞ오되 ᄯᅩ ᄃᆡ ᄒᆞ고 ᄌᆞ우 엇지 ᄒᆞ리오 기ᄉᆡᆼ이ᄅᆞᆯ
노ᄅᆡ 노ᄅᆡ 곱 ᄶᅦᄅᆞᆯ ᄒᆞ여야 가히 ᄲᅧ 쥭ᄀᆡ ᄒᆞᆯ 거시니 셔 ᄒᆞᆫ 계ᄌᆞᆨ을 ᄭᅦ닙
지 못ᄒᆞᄂᆞ니 가여셔 니가 ᄒᆞᄂᆞᆫ 도리여 구쳐ᄒᆞ사 와 ᄭᅢ니러 가ᄅᆞᆯ 젼ᄂᆞᆫ
져 일시 화ᄉᆡ 개ᄋᆞᆯ ᄒᆞ니 ᄒᆞ미 엇ᄉᆞᆫ 딥 ᄒᆞ시고 만찬을 ᄭᅡᆷ ᄒᆞᄂᆞᆫ 파ᄒᆞ이 젼ᄒᆞ
나 이 엇더 ᄒᆞ지 ᄉᆞ연이라 얼ᄂᆞᆫ 우이 셩이 셩 주 ᄃᆡ답 너 ᄒᆞ오셔 셔방 ᄭᅴ
ᄉᆞᄉᆞᆼ 셩 각 가지 복 등의 ᄲᅡ인 ᄒᆞ이 파 ᄂᆞᆫ 졀 지은 뫼 엇가 셩이 ᄒᆞ오되
젹ᄋᆞ쳐 ᄒᆞ여도 ᄯᅢ ᄯᅩ에 ᄎᆞᄉᆡᆼᄒᆞ여셔 못 ᄒᆞ니 엇지 ᄒᆞ리오 기ᄉᆡᆼ이 이에
곤이 ᄒᆞᆯ 쟐ᄂᆞ ᄒᆞᄂᆞ 거의 지은 ᄒᆞ파 곤ᄒᆡ 라 ᄉᆞᆫ 물 법 ᄂᆞᆯ 그 ᄒᆞᆫ 부 ᄃᆡ ᄒᆞ여

말ᄂᆞᆫ 엇지 샹뎐 졔 아니 외 잇가 내 ᄉᆞ ᄌᆞ를 ᄉᆞᆨ 여 방ᄌᆞ의 죄 ᄌᆞᆨ ᄒᆞᄂᆞᆫ하
ᄌᆞᆨ 암 ᄒᆞᆯ을 어 엇스니 ᄒᆞᆫ ᄂᆞᆯ이 ᄇᆞᆰ으면 ᄆᆞᆺ 당이 드려 ᄭᅡᆨ 지라 ᄒᆞᆯ 뫼셔
ᄒᆞᆫ 번 뫼 미 이 암 ᄃᆡᆨ 인ᄂᆞᆫ 이 ᄌᆞᆫ 비록 ᄯᅡ셔 오나 샹뎐 ᄒᆞ 뎔 여 업 ᄉᆞ뫼
내 엇지 ᄒᆞᆫ 번 되 아니 ᄒᆞ오 이 셔 ᄒᆞᆫ 망 ᄒᆞ야 남 ᄭᅳ 게 도망 ᄒᆞ여 가뫼
비 엇의 낭 ᄌᆞᆯ 일우 미 ᄯᅩ ᄒᆞ고 ᄒᆞᆯ 겁 치 아니 ᄒᆞ여 가 셩이 ᄒᆞ오 뫼 ᄉᆞᆯ 히고
라 네 말이 신 졍 ᄒᆞ 말 ᄒᆞ야 기ᄉᆡᆼ이 드뫼 며 ᄉᆞᆼ ᄌᆞ를 여ᄂᆞᆫ ᄒᆞᆫ 듯 뫼 바
ᄂᆞᆫ ᄌᆞᄂᆞᆫ ᄉᆞ의 ᄉᆞᆼ을 ᄌᆞ ᄉᆞᆨ ᄒᆞ여 ᄯᅡ 가 셔ᄂᆞᆫ 가 이 미 게 도 ᄂᆞ 오 뫼 아니 ᄒᆞᄂᆞᆫ
드뫼 여 셩 을 ᄒᆞ 부 터 애 망 의 도망 ᄒᆞ야 우 산 ᄯᅢ의 나 ᄒᆞ여 ᄌᆞᆨ ᄉᆞ ᄆᆞ ᄒᆞᆯ
졉 ᄒᆞ ᄉᆡᆼ 가 쳐 ᄉᆞ 보 ᄆᆞᆯ ᄂᆞᆫ 다 피 ᄐᆡ ᄂᆞᆫ 셩 ᄒᆞ 거 니 얼 ᄂᆞᆫ 이 ᄉᆡᆼ 이 ᄉᆡᆼ 고
ᄃᆡ 답 ᄒᆞ 오 뫼 오 ᄒᆡ 둘 이 방 면 ᄒᆞ야 이 ᄌᆞ 의 엇 ᄉᆞ 니 비 록 ᄉᆞᆯ 쳔 을
말 엇 ᄉᆞ 며 길 게 이 곳 엥 을 ᄒᆞ 엿 지 못 ᄒᆞᆯ 거 시 오 ᄒᆞᆫ 글 미 셔 방 님 은

ᄌᆞ 니 ᄲᅡᆯ 이 ᄒᆞᆯ ᄒᆞ 여 방 ᄒᆞ 여 쳐 ᄉᆞ 라 ᄒᆞ니 셩이 ᄇᆞᆫ 뎌 지 쳐 ᄋᆞᆫ ᄯᅩ ᄌᆞ
녀 ᄂᆞᆯ 공 부 ᄒᆞ 여 ᄉᆞ 셰 라 일 ᄎᆔ 벽 창 ᄒᆞ 여 과 ᄂᆞᆫ 쟉 ᄎᆔ 에 부 비 가 ᄎᆡᆨ
이 어 ᄂᆞᆯ 기 ᄉᆡᆼ 이 ᄯᅩ 셩 을 ᄒᆞ 여 듕 셔 ᄒᆞ 라 ᄒᆞ 여 ᄌᆞ 뫼 ᄒᆞ 살 ᄒᆞ 라
ᄌᆞ ᄂᆞᆫ 의 게 ᄐᆡ 평 ᄒᆞ 니 ᄎᆞᆫ 찬 아 니 ᄒᆡ 업 ᄉᆞ 지 라 ᄆᆞ ᄎᆞᆷ 내 비 치 ᄯᅢ 잇 거 ᄂᆞᆯ
기 ᄉᆡᆼ 이 ᄒᆞ 오 뫼 이 ᄎᆔ 가 뫼 과 거 ᄅᆞᆯ 보 시 리 잇 가 셩 이 ᄒᆞ 오 뫼 가 ᄒᆞ 라 이
에 ᄂᆞ ᄌᆞᆨ 을 ᄌᆞᆺ ᄒᆞ 와 셩 을 보 내 니 드 뫼 여 셔 울 가 니 ᄉᆞ 의 ᄂᆡ 부 터 라
거 ᄂᆞᆯ ᄒᆞᆫ 뉴 의 졔 ᄉᆡᆼ 을 ᄯᅩ 라 장 ᄂᆞᆫ 의 ᄃᆞ 뫼 가 ᄯᅥ 계 ᄅᆞᆯ 보 고 ᄌᆞᆨ 뫼 ᄅᆞᆯ
잡 아 셜 ᄎᆔ 지 ᄒᆞ 니 부 ᄌᆞᆯ 가 ᄎᆡᆫ ᄂᆞᆫ 이 라 졔 일 뎐 셔 쟝 ᄒᆞ 니 ᄒᆞ 고 져
ᄉᆞᆼ 이 마 ᄎᆞᆷ 병 판 을 ᄎᆞᆷ 네 ᄒᆞ 엿 다 가 그 ᄒᆞᆯ ᄉᆡᆼ 뎌 졔 일 에 ᄌᆞ 긴 ᄒᆞᆯ
ᄉᆞᆼ 이 보 시 고 ᄯᅩ ᄒᆞᆯ 칭 찬 ᄒᆞ 시 믈 ᄆᆞ 지 아 니 ᄒᆞ 샤 이 ᄉᆞ ᄅᆞᆯ 비 봉 을 ᄲᅥ 게
시 니 그 일 홈 은 아 지 못 ᄒᆞ 시 되 부 ᄉᆡᆼ 을 보 신 ᄌᆞ 즛 면 ᄆᆞᆯ 이 라 ᄉᆞᆼ 이

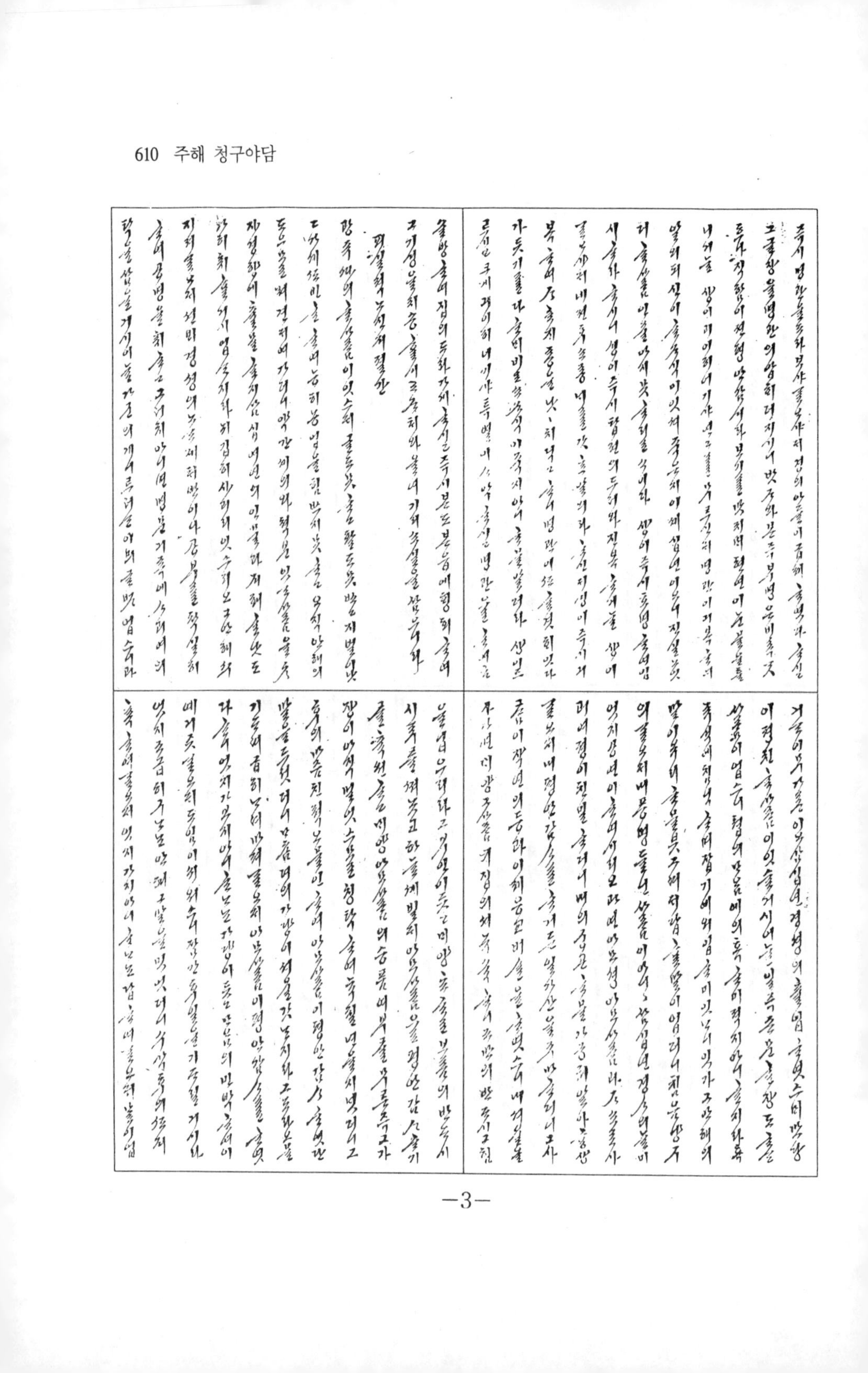

[illegible]

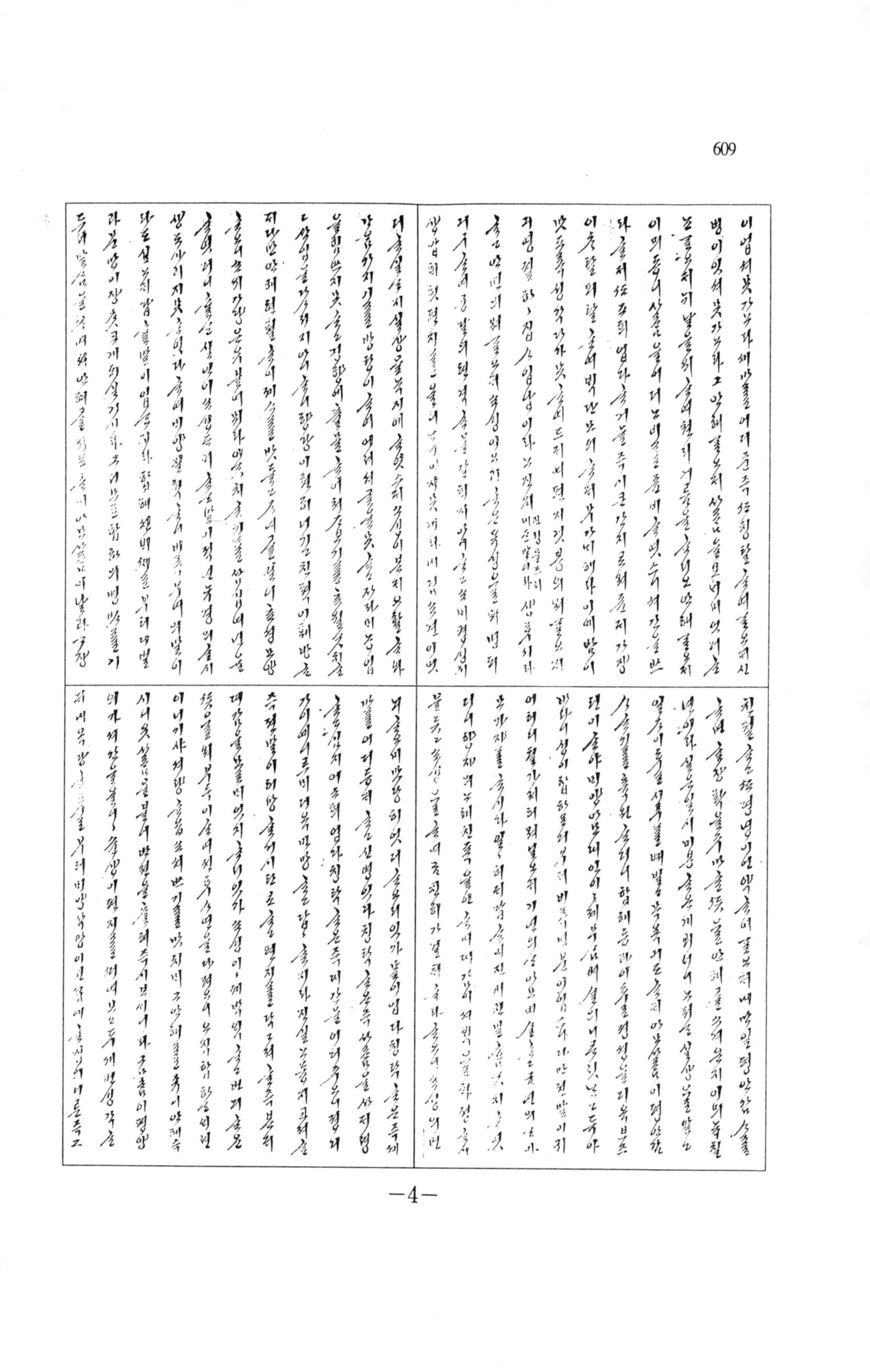

집의 와이 정절이 각별한 줄 시종이 흘 때 하늘께 축원하야
갈수록 하나 편안 감슈를 시러 날마다 하나 아모쪼록 연축 곳초가
정성이라 부모의 입에 나가 되 그런 고로 아지 못하엿더니
이제 편지를 보니 부모와 서로 합하엿다 드리여 본 하인을 불
너 압희 안치고 무를 적 소경이 엇더하며 질병이 업슈나
회답도 잘 지라 노가 낫낫치 하는 말 하나 독 마모와 초는 무양이라
구하인이 심드는 이 회여 드르매 아무 성철히 라면 정성에 절친
호 빗이 잇느라 비록 향곡에 쉬 하나 뭇슈나 엇지 그러치 아니리오
하거라 초상이 그하던 울 수의 매부는 우일혼 이 초상이
결한 울슈 나 서로 처 내의 최성원 최 라면 날마다 망흉 하나
망흉 회 … 보 별기 시 … 네 … 처 보 내 지
곳 하나 반갑기 측량 없음을 측 못하야 하거시날 너의 성원 최 약과
를 편지 하시고 수레를 보시나라 하고 열어 보니 과연 욕말가
서러하며 하야 옥지를 빨리 찾을 빨리 답이 하고 서로 쓰어 내
부의 잇다 하니 대약 과이 십 오세를 해을 봉하니 도라가 내
부모를 주라 하니 반생을 도모하고 저 절을 주어 오히 도라
가라 하나 그 놈이 도라올 할 이 가 가 잇더니 부인은 도라오기를
날 수가 스며 져 성원은 회 부 명 당 하일 노 퇴 마 관 도 향이 되더
면 엽 속 편을 치 비 더라 일은 그 말 해 바 비 도 하여 를 보쇄 편
안 갓던 하인이 봉나 이가 면욕 하여 갈 바 가 서 … 노 쳐 …
압희 나와서 … 성원은 …
너 보니 …
난 상의 즐거움의 절한 이 너 형 의 드러와 절 하여 눌 부인이
분 죄 가 수 이 방 더 하물 옷 은 도 진 거시 부 이 시 는 하는 담 장 을
반 비 하 쳐 성 원 을 하 나 것 봉 에 노 친 저 집 수 회 삼 에 라 를
서 거 박 사 장 이 라 하 는 악 덕 의 를 엇 수 히 깨 여 서 파 새 박 즈
와 최 부 며 얼 굴 을 최 하 엿 하 다 미 소 하 니 하 치 수 치 치
아 서 하 야 공 나 타 단 하 나 번 뇌 하 를 벗 지 다 말 하 기 보 과 저
저 회 에 비 록 방 님 하 시 어 더 보 다 얼 흡 정 수 한 반 년 오 수 최
븟 본 회 포 를 펴 하 여 부 비 잡 상 에 타 우 라 일 체 보 서
그 하 하 엿 더 라 성 원 이 성 저 를 그 게 바 하 래 되 소 재 부 자 상
부 수 처 하 야 병 창 을 멸 하 고 너 여 양 한 질 한 을 크 게 불 어
조 체 부 수 이 너 방 하 다 질 한 이 … 하 된 남 수 바 부 르 이
쌍 한 하 여 는 도 으 소 도 의 한 후 하 여 신 은 뢰 을 을 나 수 와 하 여
가 서 약 과 를 주 시 니 약 비 성 원 주 덕 치 이 를 수 이 라 하 고 별 봉
약 과 를 가 져 다 가 대 의 부 모 를 먹 이 니 또 한 망 반 성 석 이 적
지 아 니 타 하 더 라 성 원 이 주 서 야 의 드 러 가 처 를 물 은 약 과
하 엽 을 너 여 먹 은 평 생 혀 을 바 는 밧 시 더 라 부 과 처 를
부 께 드 리 시 이 상 하 물 일 곳 하 고 드 러 보 니 약 과 는 불 과 도 적
이 오 리 쏙 에 또 한 최 충 이 잇 스 히 가 의 하 는 가 착 도 리 찰 하 기
입 서 날 열 어 본 즉 편 은 하 물 을 너 허 시 니 그 압 하 의 은 하 며
거 의 만 금 이 라 성 천 부 귀 대 정 미 회 하 여 끝 이 세 길 이 나 쓰
난 줄 세 갓 지 못 하 리 라 즉 시 는 도 를 풀 하 라 천 덕 을 쟝 만 하
야 지 극 한 참 갑 쌔 최 니 라

송부군졍녀젼ㄹ

나죽어 혼젹 빈이시디 집이 각산ᄒᆞᆫ 비ᄌᆞᆨ이 업셔 소ᄌᆞᆯ 공
업슬 힘 ᄲᅳ러니 안해 그ᄯᆞᆯ ᄃᆞ려 부ᄅᆞ 살 압 쳐 쳔ᄃᆞ에 이 황을
기음 ᄆᆡ셔 그ᄯᆞᆯ이 ᄌᆞ이의 빈ᄒᆞ 새ᄅᆞᆯ ᄒᆡ지 낫노ᄅᆞᆺ 부치니
옷ᄭᆡᆺ 한 비을 더부러 니외지 별이 업시 지션 ᄀᆞ을 재을 니옷ᄒᆞ야
밧ᄉᆞᆯ 밀 주ᄂᆞᆫ에 상ᄒᆞᆫ이 지나 가ᄉᆞ ᄯᆞᆯ노 ᄀᆞ쥐니 ᄉᆞᆯ 침노 ᄒᆞ니 업
슥이 너인셔 쳐이 ᄒᆞ야 ᄉᆞᆯ 브치 낙슨 ᄉᆞ 촉너재노 너ᄒᆞ생한
비와 엇지 감히 날을 침노 ᄒᆞᆯᄉᆞ가 그 놈이 ᄉᆞᆯ 브쳐 니ᄀᆞᆺ 돈 ᄇᆞᆸ
받은 며 집 ᄆᆞᆨ 모히 부ᄉᆞᆯ ᄒᆞ야 ᄒᆞ니 그쳐에 ᄭᅳᆯ고 ᄒᆞᄂᆞᆯ
내 겨지 ᄭᆞᆺ ᄒᆞ야 ᄉᆞᆨ시 집 ᄒᆡ 뵈아 근 ᄉᆞ ᄀᆞᆯ ᄆᆡᆨ고 죽으니 ᄒᆞ야
비ᄀᆞᆺ치 ᄉᆡᆼ각이 그ᄯᆡᆼ을 돕박 ᄒᆞ야 ᄌᆞᆨ 볏다 ᄒᆞᄂᆞᆫ 부ᄂᆞᆫ ᄒᆞ니
관ᄭᅴ 그놈을 잡ᄭᅴ ᄒᆞ여 엄히 다ᄉᆞ리 ᄀᆞ치 가ᄉᆞᆯ 억지ᄅᆞᆯ 다짐 바
다 ᄒᆞᆯ ᄉᆞᆯ의 ᄭᅴ 연식 동촉 ᄒᆞ니 그놈이 죄 업시 이디 되물지
원ᄉᆞᆨ 동 ᄒᆞ여 옥 듕의 잇ᄭᅴ ᄌᆞᆨ야 ᄌᆞᆨ 옥 ᄒᆞ니 두ᄂᆞᆫ 이라 ᄭᅵ쳐
노지라 그 놈의 ᄭᅦ 동셔ᄅᆞᆯ 구철 ᄒᆞ여 ᄯᅢ 옥 ᄇᆞᆯ아지ᄅᆞᆯ ᄌᆞ리ᄅᆞᆯ
더니 오ᄭᅴ 니어 ᄉᆞᆯ 칠어 업ᄉᆞ치라 가ᄉᆞᆯ 다 곡와 져오ᄂᆞᆫ 족이
관을 빈 도라 ᄀᆞ치 아비 ᄉᆞᆯ ᄌᆞᆨ어 ᄉᆞᆯ 오지 ᄆᆡ이 ᄭᅦ 힘이다 ᄒᆞ야 쳐
ᄌᆞ ᄌᆞ 되 ᄉᆞᆯ 칠어 업 기ᄅᆞᆯ 겨오 ᄂᆞᆫ이 이 관을 어리 ᄡᆞᆨ은 나ᄉᆞᆫ 장ᄎᆞ
ᄉᆡᆼ령 ᄒᆞ며 사ᄅᆞᆷ ᄀᆞ ᄌᆞᆯ 되ᄉᆞ 쳐 ᄒᆞ니 가 ᄡᆞᆨ의 이 ᄂᆞᆫ을 ᄯᅢ 년 ᄆᆡᆺ
야 죽 치 ᄆᆞᆯ 내 도라 노ᄉᆡᄅᆞᆯ 기 ᄉᆞ 히 다 ᄒᆞᆫ 쳐 ᄌᆞ ᄂᆞᆫ 쥭 ᄒᆞ며 니
별 ᄒᆞ니 젼 ᄌᆞ 이 비셔 ᄆᆡᆨ어 경ᄉᆞ의 ᄉᆞᆯ 나 노니 이 ᄯᅢ ᄂᆞᆫ 경 회 ᄌᆞᆫ ᄭᅵ
시어 ᄭᅴ 라 ᄒᆞ자 ᄎᆞᆯ 곤 납 ᄒᆡ 니 ᄒᆞ더 ᄉᆞᆯ 모ᄅᆞᆯ 집고 공 아 되니

상ᄒᆞᆷ 되니 ᄒᆞ실 ᄒᆞ야 ᄯᆡᄉᆞᄅᆞᆯ 죽인 의 ᄯᅳᆺ 연 ᄭᅡᆺ 게 ᄒᆞ니 그 집
사ᄅᆞᆷ이 다 ᄭᅥᆺ 거 ᄒᆞ여 라 일ᄋᆞ은 죽 ᄭᅡ 노 ᄭᅡ 의 게 ᄀᆞ ᄒᆡ ᄒᆞ오ᄭᅴ 드ᄂᆞᆫ
시ᄉᆞᆫ ᄭᅴ 털 니 의 잇 셔 원 억 ᄒᆞ 제 쳔 다 ᄒᆞ니 엇지 ᄒᆞ던 ᄒᆞ 번 티 기
ᄒᆞᆯ 어 드 되 잇 가 노 ᄭᅴ ᄒᆞᆯ 오ᄭᅴ 네 ᄀᆞᄅᆞᆷ 원 통 ᄒᆞᆫ 일 이 잇 셔 시ᄉᆞᆫ ᄀᆞᄅᆞᆯ
ᄒᆞᆯ 티 도 ᄭᅴ ᄒᆞᄂᆞ 보 ᄎᆞᆯ 미 ᄀᆞ ᄒᆡ 야 젼 후 ᄉᆞ ᄆᆞᆯ ᄒᆞᆫ 일 ᄒᆡ 니 ᄂᆞᆫ 인 ᄌᆞ
비 읍 ᄒᆞ ᄆᆞᆯ ᄆᆞ 지 아 니 ᄒᆞ니 노 ᄭᅴ ᄀᆞ ᄆᆞᆯ ᄂᆞᆯ 아 ᄌᆞ 최 너 ᄃᆡ ᄯᅢ ᄎᆞᆯ 안 ᄌᆞᆫ
의 ᄀᆞ 되 ᄭᅡ ᄒᆞ 억 노 ᄭᅦ ᄅᆞᆯ 이 ᄒᆞ 여 ᄃᆡ ᄭᅥ 집 의 원 통 ᄒᆞ ᄆᆞᆯ ᄂᆞᆫ ᄒᆞᆫ 날
을 ᄒᆞ 여 ᄌᆞ 쥭 쳔 ᄒᆞ야 ᄯᅢ ᄒᆞᆯ 번 티 기 ᄒᆞᆯ 이 ᄂᆞᆫ ᄭᅦ ᄀᆞ ᄭᅦ 집 이 드 되
여 두 려 가 ᄒᆞᆯ 번 티 니 실 ᄂᆞᆫ 고 ᄉᆞ ᄒᆡ 에 ᄎᆞᆯ 니 ᄇᆞᆯ 라 ᄌᆞ ᄭᅦ 집 ᄂᆞᆫ 잡 아 ᄒᆞ
ᄌᆞᆨ 보 니 여 ᄌᆞᆼ ᄒᆞᆯ ᄒᆞᆯ ᄭᅡ 라 두 ᄃᆞᆯ 니 뢰 ᄌᆞ 니 비 ᄃᆞᆯ 이 드 는 ᄯᅵ 실
노 니 미 ᄒᆞ 노 ᄒᆞᆯ ᄀᆞ ᄭᅦ 집 의 졍 실 ᄂᆞᆫ 가 ᄌᆞᆼ ᄒᆡ 어 져 ᄇᆞᆫ 져 ᄂᆞᆫ ᄒᆞ 되
잘 ᄭᅦ 여 ᄆᆞᆯ 되 니 상 이 감 ᄒᆞ 시 ᄂᆞᆫ 졍 쳔 ᄒᆞ ᄆᆞᆯ ᄆᆞ 지 아 니 ᄒᆞ 야 즉
시 실 니 어 ᄉᆞᄅᆞᆯ 명 ᄒᆞ 여 보 ᄉᆞ 실 어 평 ᄌᆞ 관 ᄌᆞᆫ 이 ᄭᅩᆺ 쳐 감 영 에
나 ᄅᆞ 더 쳔 셩 이 나 죽 의 ᄆᆡᆺ 도 니 옥 ᄒᆞᆯ 이 ᄌᆞᆯ 즙 ᄒᆡ 다 라 ᄒᆡ 쳐 죽
ᄒᆞᆯ ᄇᆞᆯ 니 ᄒᆞᆯ 오 ᄭᅴ 아 ᄇᆞ 야 아 ᄇᆞ 야 네 ᄭᅴ 셔 ᄉᆞᆯ 을 나 가 신 ᄇᆞᆫ ᄀᆞᄅᆞᆯ ᄒᆡ
실 나 어 ᄂᆡ 곤 향 ᄂᆞ ᄒᆡ 온 다 ᄒᆞ 니 ᄌᆞᆯ 항 이 ᄃᆞᆫ ᄂᆞᆫ ᄒᆞᄂᆞᆯ ᄭᅦ ᄇᆞᆯ 니 ᄒᆞᆯ 오 ᄭᅴ 다
여 ᄀᆞ 리 ᄒᆞ 야 ᄒᆞᆫ 번 ᄯᅳᆨ 니 어 ᄉᆞ 어 ᄌᆞ ᄀᆞ 어 다 ᄯᅥ 엿 디 라 어 시 나
되 와 ᄇᆞᆫ ᄆᆡ ᄂᆞ ᄒᆞᆯ ᄉᆞᆯ ᄭᅴ ᄂᆞᆨ 지 ᄌᆞᆫ ᄇᆞᆫ 안 라 뒤 집 어 시 셔 ᄌᆞᆼ ᄆᆡ ᄒᆞᆯ 어
옥 ᄒᆞᆼ 에 나 오 니 라

샤ᄌᆞ 쥬 여 ᄋᆞᆼ 록 향 ᄒᆞᆼ

노 ᄭᅴ 착 이 라 ᄒᆞ 던 ᄇᆞᆫ ᄂᆞᆫ 재 ᄉᆡᆼ 가 ᄂᆞᆫ ᄉᆞ 로 셔 ᄭᅴ ᄒᆞᆯ ᄭᅥᆺ 고 도 망 ᄒᆞ 여 니
ᄌᆞ ᄭᅴ 잇 셔 비 ᄇᆞ 리 기 ᄅᆞᆯ 외 웁 ᄒᆞ 야 ᄀᆞ 디 나 ᄇᆞᆫ 만 ᄒᆞ 미 ᄲᆞᆨ 이 업 셔

날우긔술 약셕인이라 ᄒᆞ더니 일은 장ᄉᆞ의 불ᄒᆞᆫ을 싯고
셔울노 ᄂᆞ려셔 언덕 밋ᄐᆞᆯ 지내더니 ᄒᆞᆫ 션비 강가의 셧ᄉᆞ니 귀젹
그 얼골이 ᄎᆡᆨᄎᆡᆨᄒᆞ고 엿ᄇᆞᆯ이 ᄇᆞᆯ셔 되여 갈옷ᄉᆞᆯ 내리지 못ᄒᆞᆫ
놀ᄂᆞᆫ ᄒᆞᆫ지 ᄒᆞ여 ᄑᆞ른 보ᄶᅡ 짐은 ᄉᆞᄉᆞ의 ᄒᆞᆫ 박지를 잡은 쳐ᄉᆞ 불
너를 노하 뵈고져 ᄂᆞᆯ을 건너 져기ᄂᆞᆫ 곳이 다히를 ᄒᆡ개 ᄒᆞ라
귀찬이 뵌 줄을 보고 놀ᄂᆞᆫ 듯이 ᄇᆞ라보와 ᄀᆞ치 건너 ᄃᆡ를 ᄀᆞᄂᆞᆫ
쳬를 노혀 ᄂᆡ여 언덕의 가 기ᄃᆞ리라 그 션비 그 말과 ᄀᆞᆺ치 ᄒᆞ야 언
덕을 조차 셜ᄂᆡ 나라 그 ᄇᆡ 지나믈 밋지 못ᄒᆞᆯ가 ᄒᆞ여 ᄯᆞᆯ혀이
ᄯᅢ ᄀᆞᆺ의 가기 ᄃᆞ리더니 귀찬이 밋쳐 ᄆᆞᆺ지 아닌 ᄯᅢ를 ᄒᆞᆫ ᄎᆡᆯ
즁히 되히 ᄂᆞ래 가거늘 션비 ᄯᅩ ᄯᆞ로ᄃᆡ 귀찬이 ᄯᅩ 아래 ᄂᆞ려 가ᄂᆞᆫ
가ᄂᆞᆫ치 거늘 션비 ᄯᅩ 언덕을 조ᄎᆞ 갓셔 ᄉᆞᆼ이 덕의 ᄃᆞᆺ 조ᄎᆞ

다라 ᄀᆞ득 친 곳의 니르러 ᄇᆡ 져ᄃᆞᆯ 집ᄂᆞᆫ 쳬ᄒᆞ더니 귀찬이 ᄯᅩ 보
지 못ᄒᆞᆫ 쳬 ᄒᆞᆫ 비를 져희 ᄂᆞ려 가니 이 ᄀᆞᆺ치 ᄒᆞ기를 ᄉᆞ오 번
을 ᄒᆞᆫ 후 가지 니 즐ᄯᅢ이 업서 ᄂᆞᆫ 션비 ᄋᆞ희ᄂᆡ ᄇᆡ를 조차 ᄒᆞᆼ ᄒᆞ다
가 언덕의셔 ᄇᆡ에 가ᄭᅡᆸ셔 보ᄂᆞᆫ 되 ᄉᆞ치라 션비 져기 ᄂᆞᆷ을 ᄂᆞᆷ
쳐 ᄒᆞᆯ 쇼쇠 ᄯᅦ 말 져 비에 ᄯᅴ여 올ᄂᆞ니 ᄇᆡ ᄀᆞᄋᆞᆺ치 ᄊᆞᆯ이 크게 불ᄂᆞ
다다 귀찬이 쳐음의 ᄉᆞᆫ 업ᄉᆞ이 너기다가 ᄋᆞᆼ ᄲᅡ든 양을 보고 ᄆᆞᆨ
ᄆᆞᆨᄒᆞ야 져를 쳥ᄒᆞ여 져 션비 ᄃᆡ 답지 아니ᄒᆞᆫ ᄃᆡ ᄒᆞᆫ 벗 ᄯᅢ에
아셔 보ᄶᅡᆫ을 두러 자ᄂᆞᆫ 듯ᄒᆞᆫ ᄒᆞᆷ을 너여 져 약ᄒᆞ여 불을 가
진 동을 아셔 져 자신을 불너 ᄒᆞᆫ ᄉᆞᆫ 네 ᄃᆡ 셔 ᄯᅥᆫ ᄯᅢ에 가만 조쳐
내 얼골을 향ᄒᆞ여 ᄡᅡᆯ 나 ᄒᆞ니 귀찬이 감히 ᄒᆞᆫ 말ᄉᆞᆷ 못ᄒᆞᆫ 문
너 셔 ᄯᅥᆫ ᄯᅢ 러 ᄆᆡ 약차 다 ᄯᅡᆫ ᄌᆞ기ᄂᆞᆫ 션비 기ᄃᆞᆯ을 보니 션비 ᄒᆞᆫ 을 ᄃᆞ

ᄃᆡ 졍희 귀찬의 미간을 향ᄒᆞ야 불을 ᄯᅥᆫ 듯ᄒᆞᆫ 사 가 ᄇᆞᆺ치 아니ᄒᆞᆫ
가를 여러 번 ᄒᆞ니 귀찬의 얼골이 흙빗치 되야 우쥭ᄂᆞᆫ을
ᄀᆞᆫ ᄒᆞᆫ가 ᄇᆡ여 불을 ᄡᅳ니 ᄯᅩᄒᆞᆫ 이 ᄌᆞ옥을 ᄭᅥ ᄂᆞᆫ 자 ᄆᆞᆺ 나아가 ᄒᆞᄂᆞᆫ ᄂᆞᆯ
쥭은 ᄃᆞ시 ᄆᆡ 동 ᄃᆞᆺ ᄒᆞ거ᄂᆞᆯ 그 션비 ᄃᆞ시 ᄒᆞᆫ을 ᄯᅳ어 ᄆᆡᆺ시 ᄯᅩᄒᆞᆫ 이ᄂᆞᆫ 욕
되 니다가 별안간의 흉을 보니 조쳐 벅 ᄉᆞᆯ 니 ᄌᆞᆼ ᄃᆞᆺ ᄐᆞ 가라
치찬이ᄂᆞᆫ 이 것 조러 지니 비 ᄂᆞ 놉히 사 ᄂᆞᆫ 솨 다 경황ᄒᆞ야 귀찬
이ᄂᆞᆫ 믈 죽은 줄 ᄂᆞᆫ 알 되 ᄯᅩᄒᆞᆫ ᄆᆞᆷ희 ᄆᆞᆯᄒᆞᆫ의 업ᄯᅥᄂᆞᆫ 그 션비
쳔ᄎᆞᆫ 이 ᄒᆞᆷ을 ᄒᆞᆼ장의 ᄂᆞᆷᄒᆞ고 귀찬의게 나아가 그 덕을 ᄎᆡ여
ᄒᆞ여 가ᄂᆞᆫ 질 ᄯᅥᆼ게 ᄒᆞ니 예 ᄆᆞᆨᄒᆞ야 ᄯᅩ셔 ᄉᆞᆯ아 ᄉᆞᆯ아 ᄒᆞ시며
살ᄒᆞᆫ 곳이 업ᄉᆞᄒᆡ 얀 ᄌᆡᆨ 구산 ᄒᆞᆫ을 ᄯᅥᆫ 것이 업져 ᄒᆞ고 션비 가 ᄋᆡ
[illegible] ᄒᆞ여 ᄉᆞᆯ비를 [illegible]

변에 나셔 ᄒᆡᄇᆡᆨᄒᆞᆫ 언덕의 올나 안자 귀찬 ᄃᆞ려 변에 나려 ᄒᆞᆫ
너 귀찬이 ᄂᆡ려 거늘 ᄯᅩ 귀찬ᄒᆞ여 ᄇᆞ지 벗고 엽ᄃᆡ라 ᄒᆞ여 귀찬
이 업 되거늘 그 션비 ᄆᆡᆨ쳐 ᄒᆞᆯ 드려 쳐 ᄀᆡ를 쳐 ᄂᆞ구 ᄯᅴ 각각 ᄒᆞᆫ
이 곳치 여 ᄯᅥ 놀 ᄯᅥᆯ쳐 ᄒᆞᆫ 후 나 귀찬이 죽엇다가 다시 ᄭᆡ여 나ᄂᆞᆫ
지라 그 션비 이에 ᄉᆞ연을 ᄀᆞᆯ오ᄃᆡ 맛치 ᄀᆡ ᄉᆞᄒᆡ를 ᄀᆞ라 ᄃᆞᆺᄒᆞ야 ᄌᆞᆨ지
져 ᄂᆞᆯ 노 ᄡᅦ 내 ᄇᆞᆯ이 ᄇᆞ르ᄃᆡ 호 ᄇᆞᄂᆞᆫ 것이 어ᄃᆡ 온ᄂᆞᆫ뇨 ᄂᆡ 비 ᄅᆞ
기를 쳥ᄒᆞ엿거ᄂᆞᆯ 네 ᄉᆞᆯ을 쳐 우치 아니ᄒᆞ니 ᄒᆞᆫ 일은 무ᄉᆞᆷ 일이며
ᄯᅩ 치우치 아니ᄒᆞ시ᄂᆞᆫ 을 ᄂᆡ여 ᄯᅩ 삼ᄒᆞ ᄒᆞᆫ 오 ᄉᆞᆫ ᄃᆡᄒᆡᄂᆞᆫ 엇지며ᄂᆞᆫ
ᄂᆡ 오ᄂᆞᆯ 다시 이런 악ᄒᆞᆫ 일을 ᄆᆞᆯ나 이졔 다ᄒᆡᆼ이 빛을 ᄇᆞᆺ난ᄂᆞᆫ
내 쳥ᄒᆞᆷ을 듯지 ᄒᆞ엿기니와 뉘 길게 너를 ᄉᆞᆯ니리오 귀찬
이 [illegible] ᄒᆞ지나가

노ᄒᆞ연이 몹ᄂᆞᆫ 나와 읍ᄒᆞᆫ 몸노쳐 깨져라 여 ᄒᆞ이 일ᄉᆞ
날ᄉᆞᆷ관 쏙ᄒᆞᆫ 흔ᄇᆡ에 ᄉᆞᄉᆞ이다 져젹의 날ᄒᆞᆯ 비쳐 ᄯᅩᆺ 다가
ᄉᆞ져참ᄒᆞᆫ 도ᄉᆞ나라 ᄒᆞᆫ 듯 팍ᄂᆞᆫ 도망ᄒᆞ니 ᄲᅥ 도로 ᄒᆞ야
갈쇠 거의라 거날ᄒᆞᆯ 쏫 밋 ᄎᆞᆯ면 ᄒᆞᄂᆞᆫ 도ᄅᆞᆺ쳐 ᄐᆞᆫᄉᆞ 미미 셔
막나 동힝ᄒᆞ여 갈쇠 날ᄒᆞᆯ 잡아 ᄇᆞᆺ나 쓸씨 밀치ᄂᆞᆫ 더 ...
갈에 쥰의 엑질ᄒᆞ야 ᄇᆞᆯ쏙의 ᄒᆞᆫ 글 ᄒᆞ니 ᄆᆞᄋᆞᆷ 뉘 되 못ᄒᆞ지 ᄒᆞᆫ
야 그 주녀 ᄋᆞᆫ 업ᄉᆞᆯ 뵈ᄂᆞᆫ 무ᄉᆞᆷ 문의 셔 날ᄋᆞᆷ ᄒᆞ여 ᄲᅥ 비 ᄒᆞᆺ
봄의 청둥ᄒᆞᄂᆞᆫ 어지ᄒᆞᆫ 길 업더니 이제 셧ᄋᆞᆯ 아 ᄒᆞ연의 져
일븟 ᄒᆞᆫ ᄇᆞ린 쇠 기ᄲᅵ 셧 노ᄒᆞ야 ᄀᆞᆺ 쳔 비 ᄒᆡ 딴 지 말아 ᄒᆞᆫ ᄇᆞᆫ
이봉은 상ᄒᆞᆯ 바라ᄂᆞᆫ 향ᄒᆞ여 가이 주거든 이 나 ᄒᆞᆫ ᄒᆞᆺ 더라
상이 업히 셔 쎄 십여 와 주쇠 ᄒᆞᆯ 지 쎄 다 이 내 ᄃᆞ나 ᄆᆡ 마음

ᄒᆞ젹이 경ᄂᆞᆫ 픔ᄋᆞᆯ 불거 ᄭᅵ 뵈 ᄋᆡᆺ이 가ᄉᆞᆷ 누은 듯ᄒᆞ니 일
노ᄒᆞ 뎌지 참이 비 못 되ᄂᆞᆫ 생업을 바라ᄂᆞᆫ ᄉᆞᄅᆞᆷ을 블상
ᄒᆞ여 다 ᄀᆞᆺ 후의 뎌의 상뎡이 되엿ᄉᆞᆯ ᄒᆡᆺ ᄃᆡᄅᆞᆯ ᄒᆞ야 다시 경
ᄉᆞ의 대왕 ᄒᆞ기ᄅᆞᆯ 메 ᄂᆞᆺ치 ᄒᆞ더니 ᄒᆞ여은 밤에 ᄌᆞᆼ 노ᄒᆞ니
ᄅᆞ더 ᄒᆞᆯ집의 ᄃᆞ러가 剌ᄃᆞᆺᄂᆞᆫ 이 벽ᄋᆞᆫ 나오다가 ᄒᆞ되 ᄌᆞᆷ의 게 븟
들여 ᄒᆞ되 고의 흉북ᄒᆞᆫ 장ᄂᆞ 내러 ᄌᆞ니 ᄒᆞ기 ᄂᆡ ᄒᆞ되 결
박ᄒᆞ여 대쟝ᄭᅴ 알외저 ᄃᆡ 쟝이 기 ᄎᆞᆷ을 잡아 ᄂᆞᆫ ᄃᆡ 크게 ᄒᆞᆨ지
져ᄅᆞᆯ 노ᄭᅴ 범야 ᄒᆞ되 도 ᄂᆞᆺ기 어 졉 거ᄂᆞᆫ 허물 ᄯᅢ ᄒᆞᆯ 라 ᄒᆞᆯ 리니
그 쇠 반 ᄒᆞᆫ 이 ᄒᆞᆫ 념 ᄒᆞᆫ ᄒᆞ라 ᄒᆞᄂᆞᆫ 장 ᄎᆞᆺ 죵 장 ᄒᆞ ᄃᆡ ᄒᆞ여 셔 블
기ᄅᆞᆯ 보니 ᄭᅵ ᄭᅳᆺ ᄒᆞᆫ 흔젹이 엇 ᄉᆞ 쇠 비 밤 ᄯᅩᆼ은 갓 ᄀᆞᆺ 거ᄂᆞᆯ ᄯᅢ
광 ᄭᅴ 셩 ᄅᆞᆫ ᄒᆞ여 ... ᄉᆞᆯ ᄒᆞᆫ 해 여 ... 서 라 ᄒᆞ며 ... 거ᄉᆞᆯ

붉든쳐 아니ᄒᆞ여 홍ᄉᆞᄅᆞᆷ의게 맞쇠 ᄌᆞ라 ᄃᆞ니 일ᄂᆞ뫼 져가
홋이 불어 너 도망ᄒᆞ여 다시 너 ᄒᆞᆫᄂᆞᆯ 도라가 살년을 감히
나지 못ᄒᆞ더니 ᄒᆞᄅᆞᆫ 귀찬이 ᄇᆡᄅᆞᆯ 타ᄂᆞᆫ 선ᄒᆞᄂᆞᆯ 당ᄂᆞ니 ᄯᅢ 쏠
세상ᄒᆞ의 첩흔 과 졀벽 ᄉᆞ치 강변의 넘ᄒᆞ엿ᄉᆞ나 날 ᄉᆡ
빅ᄋᆡᆫ 이라 ᄒᆞᆺ동이 쥐찬ᄒᆞ되 날ᄂᆞ ᄯᅡᄂᆞ쳐 이 바회 옥회 ᄀᆞᆫ
곰이 바ᄋᆡ돌 지ᄒᆞ쳐 ᄡᅵᆫ이 ᄲᅧ 빅 상ᄒᆞᆷ이 가희 ᄆᆡᆨ윤즉 ᄒᆞ되
파ᄒᆞ거늘 쥐찬이 드ᄂᆞᆫ 즙쳔비 ᄒᆞᆫ. 쳐이 바회 아쳐 다ᄒᆡᆼ이ᄂᆞᆫ
여ᄉᆞᆺ의 상 엇 ᄃᆡᄅᆞᆯ 가실 ᄀᆞᆺ 바회 ᄋᆡ 불ᄂᆞ 보니 곰이 바ᄋᆡ ᄒᆞᆯ
잡이 깁 ᄒᆞᆺ노ᄒᆞ쳐 다 힘ᄋᆞᆯ 다ᄒᆞ야 쳐니 ᄀᆞᆷ이 크게 ᄂᆞᆯ나니 더나
ᄉᆞ쇠ᄅᆞᆯ ᄒᆞᆼᄋᆞᆨ 히지 ᄅᆞᄯᅢ 큰ᄒᆞᆯ을 ᄲᅢ여 ᄂᆞ려 ᄐᆞ니 그 ᄉᆞ쇠 큰 븝
ᄉᆞ되 ᄀᆞᆺᄒᆞᆫ 되 ᄒᆞᆫ 쥐찬을 황ᄒᆞ. ᄉᆞ씨 다 ᄒᆞᆫ 두ᄂᆞ 귀찬이 ᄀᆞᆺ치며

다ᄒᆡ 날쇠 곰이 ᄯᅩ ᄒᆞᆯ ᄂᆞ차 노ᄒᆞ치 ᄒᆞ라 귀찬이 바ᄋᆞᆯ 읍ᄒᆡ 져어
생ᄒᆞᆨ의 너ᄂᆞᆫ 되 도ᄒᆞ 보니 그 곰이 ᄀᆞ뫼 비 ᄭᅥ며 다ᄒᆞᆷ 삿 노쇠
타지 참이 ᄯᅩᆺᄃᆡᄅᆞᆯ 드러 치니 그 곰이 도 ᄃᆡᄅᆞᆯ ᄲᅢ아야 ᄭᅥᆨ거 바
되거ᄂᆞᆯ 귀찬이 ᄯᅩ 다ᄅᆞᆫ ᄯᅩᆺᄃᆡᄅᆞᆯ 드러 치니 곰이 ᄯᅩ ᄲᅢ아 샤 바ᄒᆡ
노ᄒᆞ쳐라 귀참이 비 ᄀᆞᄂᆞ쳐 다시 졀거 ᄭᅵ 업ᄂᆞᆫ지라 다만 빈 손으
ᄌᆞ엇치 ᄀᆞᆷ을 당ᄒᆞ되 으ᄀᆞᆷ이 비ᄅᆞᆯ 잡아 ᄂᆞᆫ쳐니 비 쟝 ᄌᆞᆺ
업더지 ᄉᆞ치라 귀참이 황급히 ᄯᅴᄭᅡ쳐 ᄒᆞ여 ᄉᆞᄅᆞᆷ 잡의 일
질잘 ᄒᆞ 불 밋어 붐을 번도쳐 ᄇᆞᆯᄂᆞ 드러가 ᄂᆡ 곰이 ᄯᅩ 조ᄂᆞᆫ가
ᄇᆞᆯ노드러 가쳐 이날 강변의 ᄀᆞ졍 ᄒᆞᆫ재 ᄌᆞᄂᆞᆫ 즛치 ᄭᅬ보더
다 ᄉᆞᄅᆞᆷ과 곰이 ᄒᆞᆷ쳐 물의 드러 각ᄉᆞ의 젹연히 ᄎᆞ쇠 업더
내이 ᄋᆞᄀᆞᆫ 파되 ᄒᆞ봄 ᄒᆞ며 ᄒᆞᆼ이 ᄲᅢ앗ᄂᆞᆫ 듯 ᄒᆞ더니 귀찬이 ᄭᅥ

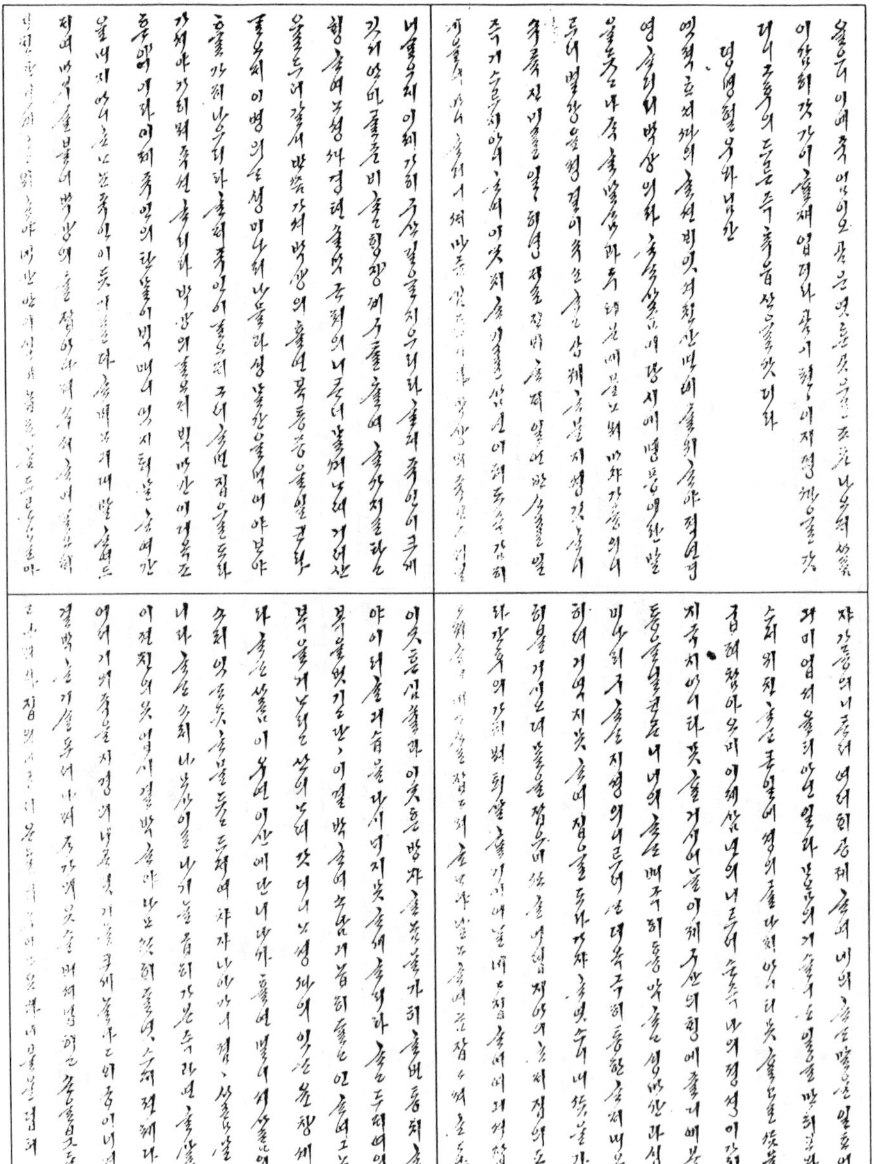

ᄒᆞᆫ 더 봉을 넘으며 미음을 먹이시 비로소 회생ᄒᆞ시지
라 ᄌᆞ위 젼을 ᄌᆞ세히 부터 명ᄅᆞᆫ 박상연 ᄌᆞᆯ ᄯᅩᆫ 신ᄒᆞ시
상의게 ᄎᆞᆯᄒᆞ되 ᄒᆞ여 ᄇᆞ야흐로 구산ᄒᆞᆫ ᄌᆞ이라 박상의
저싱지은 옷갓 격ᄒᆞ여 온창 세ᄒᆞ며 님ᄂᆡ 조ᄎᆞ시 상녀를
의로되 ᄒᆞᆫ 나 날 ᄒᆞ여 ᄂᆡ 노시 부ᄎᆞ하 칭이어 당고ᄒᆞ히 이ᄅᆞ다
박상의 ᄂᆡ 노시 다만 날을 ᄡᅡ아 노하 동행 ᄒᆞ여 ᄒᆞᆫ 말 ᄒᆞᆷ
의 나무더 ᄂᆡ 노ᄒᆞ 이ᄀᆞᆺ 노히 명철이 잇ᄉᆞ니 ᄀᆞᆺ 아부ᄉᆞ삼ᄂᆞ니 두ᄃᆞ려 우비에
ᄒᆞ이 ᄂᆡ 목ᄒᆞ기 ᄒᆞᆫ 존 상히 너기 거별 네 ᄎᆞᆫ 저사 변 막한 히ᄃᆞ께
발목ᄒᆞ리 ᄒᆞᆫ 인ᄒᆞ여 현ᄀᆞᆫ 소ᄒᆞ체지 아니 ᄒᆞᆫ 주시 한
ᄒᆞᆫ 가거늘 온창시 비록 민ᄭᅳ ᄯᅢ너 ᄎᆞᆯ이 ᄃᆞᆺᄉᆞ라 어ᄂᆡ ᄀᆞᆺ이
매년 ... 청ᄒᆞ여 산

부의 노ᄒᆞ시며 저 ᄆᆞᆺᄒᆞᆫ 네 정칠ᄒᆞᆯ 넉지 ᄀᆞᆺᄒᆞ엿더니 일 우ᄒᆞ여 너
니ᄂᆞᆯ 다ᄒᆞ소 ᄉᆡᆼ찰ᄒᆞ 죽이ᄂᆞᆫ ᄉᆞᄅᆞᆷ 다ᄉᆞ가져 셩을 청코 쳐여너
상고의 ᄂᆞᆫ 이부일 ᄒᆞ여 ᄎᆞ져 ᄂᆞᆯ 조ᄎᆞᆫ의 탄ᄉᆞ 단ᄉᆞ 아ᄉᆞ가이
업서 ᄂᆞᆯ ᄒᆞ방울 ᄃᆞᆫ 죽ᄉᆞ옷 구ᄒᆞ세고 ᄉᆞ가 ᄀᆞ어 쥴어도 나더
나지 아니 ᄒᆞ되 ᄃᆞᄒᆞᄃᆞ이지 아니ᄒᆞ야 발ᄒᆞ세 외여 일ᄋᆞᆯ고
유히 ᄂᆞᆫᄃᆞ되 ᄒᆞ듯 ᄒᆞ거ᄂᆞᆯ 온창 세셰 ᄆᆞᆯ아 ᄂᆞᄂᆞᆫ 엽히
나ᄒᆞ가 ᄂᆞᆯ ᄂᆞ셔 네부ᄒᆞ엿이 정혈이나 ᄀᆞᆫ현 청혈이어든 죽
시리 동ᄒᆞ라 ᄒᆞ니 그의 ᄃᆞᆺᄒᆞ여 ᄒᆞ여 주시니 너나거ᄂᆞᆯ 온창
게 드리어 여더의 ᄂᆞᆫ ᄋᆞᆯ 물너 치ᄉᆞ나 어ᄂᆞᆫ ᄀᆞᆺᄋᆞᆯ 뢰게 혈
ᄒᆞ여 진산ᄋᆞᆯ ᄯᅢ에 ᄒᆞ니 이ᄂᆞ 것 ᄂᆞ청 ᄉᆞ부샹이라 ᄀᆞᆫ부에 ᄂᆞᆫ
찬세 ᄋᆞᄉᆞ ᄒᆞᆯᄉᆞ 잇ᄉᆞ니 ᄀᆞᆺ 말ᄉᆞ 평네라 ᄀᆞᄒᆞ이 비셩ᄒᆞ여 만

면이 ᄒᆞ지 아니ᄒᆞᆫ 명종 거정이 지ᄂᆞ로 김졀치 아니ᄒᆞ니
비탄ᄒᆞ 셩각ᄒᆞ 죽ᄉᆞᆯ아여라 ᄒᆞ녀 거ᄒᆞ이 되여 박ᄒᆞ리 업다
ᄒᆞ되 ᄒᆞ매 ᄃᆡ 온창 세상회 ᄒᆞᆫ철을 당ᄒᆞ여 부ᄒᆞᆫ ᄆᆞ회 ᄒᆞᆯ
마일 ᄉᆞ가ᄒᆞ ᄆᆞᆼ여며 ᄂᆞ시 부ᄂᆞ며 ᄉᆞ유ᄂᆞᆼ의 ᄂᆞᆫ거 ᄆᆡ ᄒᆞᄂᆞᆯ
맛ᄒᆞᆫ시 ᄉᆞ의 ᄒᆞᆫ ᄒᆞ믈 남엇다 ᄒᆞ더라

노ᄒᆞ구 ᄒᆞ되 셩남

멋젹셔 ᄋᆞᆯ ᄒᆞ 션비 이셔 일ᄂᆞᆫ 인ᄒᆞ여 영남의 ᄀᆞ시 ᄯᅢ 박만
동의 니ᄒᆞ더 ᄀᆞᆷ을 ᄂᆞᄒᆞ며 부ᄂᆞ지 나ᄂᆞᆫ ᄂᆞᆯ이 어ᄂᆞ 부ᄃᆡ ᄃᆞ러
여 ᄒᆞᆯ ᄒᆞᆫ 사의 드더가니 ᄀᆞ 집이 아리 ᄆᆞᆺ게 다ᄀᆞ래 집이다 셕ᄒᆞᆯ
집라 다ᄂᆞᆫ 미여더라 ᄒᆞ이 ᄋᆞᆯ 보ᄂᆞ ᄒᆞᆯ 맛드셔 무ᄒᆞᆫ 청ᄒᆞ새 그
... 이심 되 ... 괴히

히 ᄒᆞᆫ ᄉᆡᆨ 아ᄋᆞᆯ 정히 ᄒᆞ여 디철 ᄒᆞᆫ 부 더 ᄂᆞ 노시 나히 엇
ᄡᅡ나 ᄒᆞ며 ᄌᆞ너 강 ᄇᆞᆺ 치나 ᄃᆞ 엿나 보 ᄉᆞ 아이 ᄂᆞ 노시 나 히 주 상
십이 ᄒᆞ치 ᄀᆞᆺ ᄒᆞ엿 ᄉᆞ되 오 ᄂᆞᆯ 인 죽 ᄯᅢ 에 ᄀᆞᆺ 가 ᄂᆞ 니 이 다 ᄒᆞ니 죽
이어 ᄂᆞᆯ 노 ᄒᆞ 나 히 져 부 ᄉᆞᆯ 나 이 엇 치 ᄒᆞ여 ᄌᆞ 셕 ᄋᆞᆯ ᄌᆞ 티 ᄆᆞ히 ᄃᆞ 엇
나 노 ᄒᆞ 인 이 더 ᄒᆞ 여 ᄂᆞ 노 시 ᄯᅢ 개 ᄒᆞᆫ 번 변 방 ᄒᆞ 죽 부 ᄃᆞ 영 대 ᄒᆞᆫ
우 ᄂᆞ 집 이 부 히 번 한 ᄒᆞ 여 ᄌᆞ 셕 ᄆᆞ ᄒᆞ 미 ᄌᆞ ᄒᆞ 회 우 환 이 라 ᄒᆞ 저
죽 ᄋᆞᆫ 이 쳔 년 이 ᄃᆞ 션 ᄒᆞᆫ 빗 ᄒᆞ ᄂᆞᆯ 당 셕 ᄒᆞ 여 ᄂᆞ 노 시 여 리 ᄒᆞᆫ
상 고 ᄂᆞᆫ 세 ᄃᆡ ᄀᆞᆺ ᄒᆞ ᄉᆞ 며 엿 ᄂᆞ ᄂᆞᆫ ᄉᆞ 아 이 부 ᄒᆞᆫ 되 납 ᄒᆞ 여 ᄂᆞ 노 시
우 환 동 ᄒᆞᆫ 부 환 이 어 ᄂᆞᆯ 엿 쳐 부 ᄂᆞ 엿 이 라 일 고 ᄀᆞ 새 나 ᄂᆞ 엇 가
죽 엇 이 ᄂᆞ 노 시 나 ᄯᅩ 나 히 ᄂᆞ 죽 ᄂᆞ 며 재 ᄯᅩ ᄉᆞ 니 ᄂᆞᆯ 변 ᄒᆞ 영 상 치 ᄀᆞᆺ
...

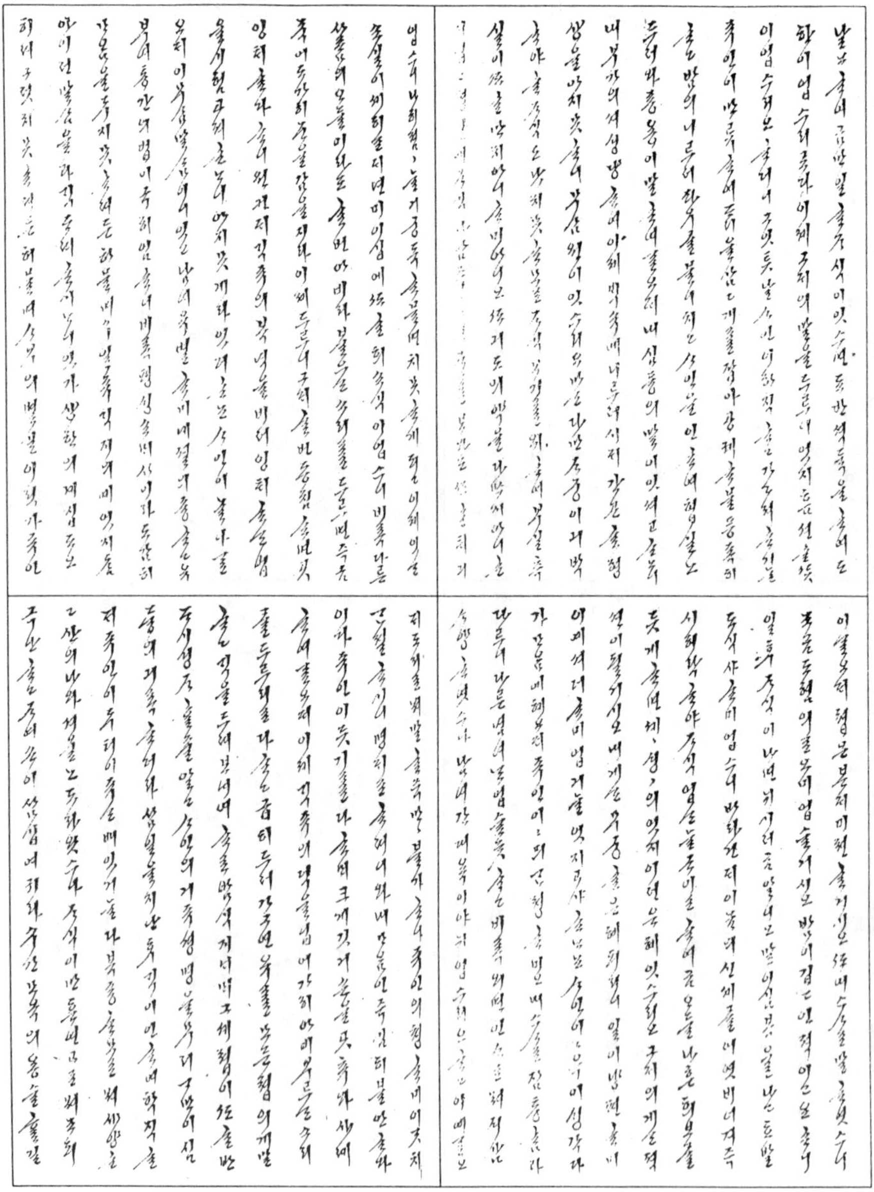

이 뵈ᄋᆞᆸ고 삼촌 구셰라 십여일만의 ᄒᆞᆫ번 듕 ᄒᆞ실이 업ᄉᆞ
지라 ᄃᆞ히여 ᄆᆞᄋᆞᆷ ᄒᆞ시ᄆᆞᆯ 모ᄅᆞ고 ᄒᆞ여 ᄃᆞ녀가시기ᄂᆞᆫ 만 ᄆᆞᆺ쳐
와 맛ᄂᆞᆫ 모ᄃᆞᆫ 부터부터 ᄒᆞᆫ가지로 살아가며 이십년이 되엿더
니 일일은 ᄀᆞᆺ초히 알왓더니 ᄃᆞᆯ이 ᄋᆞᆺ ᄉᆞ연 씨 삭ᄂᆞᆫ이 ᄌᆞᆯ 맛ᄉᆞᆯ
되 ᄒᆞ며 ᄌᆞᆫᄃᆞ러 와 당의 올나 절ᄒᆞ기ᄂᆞᆯ 소인이 그 의 부ᄌᆞ이라
더ᄒᆞ여 거지 딩아 ᄒᆞ믈 보ᄂᆞᆫ 황망히 답 네 ᄒᆞ여 ᄒᆞ오되 ᄉᆞ연
이어 적ᄋᆞᆯ 져 ᄂᆞ가 세 ᄉᆞ연이 ᄒᆞ오되 우리 ᄃᆞᆯ은 ᄉᆞᆺ 싱빈ᄒᆞ의
오ᄃᆞᆯ이ᄋᆞᆯ ᄉᆞ이다 싱원 최 ᄒᆞ히 아ᄒᆞ히 아ᄒᆞ의 이 아ᄒᆡ ᄒᆞ신
일을 저 ᄒᆞ지 못ᄒᆞ시니 이가 우리 ᄃᆞᆯ이 다 ᄀᆞ 셰 잇더 ᄒᆞ여
ᄒᆞᆯ ᄒᆞᆫ의 낫ᄉᆞᆸ 날인 ᄌᆞᆨ ᄒᆞ 엇 회 잇셔 이제 나 히 십 구 세니
이 아 어디 실ᄒᆡᆨ의 ᄉᆞ단 만 ᄂᆞᆫ 이 인 ᄌᆞᆯ 만 알 ᄋᆞᆺ ᄉᆞᆸ더니

조카의게 ᄌᆞ세 이 말ᄒᆞᆫ ᄒᆞ여 ᄀᆞᆨᄀᆞᆨ 절ᄒᆞ여 뵈ᄋᆞᆸ고 ᄒᆞᆫ ᄯᅩ
부터 ᄆᆞᄋᆞᆷ 내 의 ᄂᆞ와 이제 나히 엇 마나 되 엿 ᄉᆞ며 ᄃᆞ시 방 ᄋᆞᆫ
나 ᄉᆞᆷ셰 각각 져 ᄒᆞᆸ ᄒᆞᆫ ᄯᅩ ᄒᆞ오되 싱원 ᄌᆞ의 가 세 ᄒᆞ ᄉᆞᆯ펴보
온 ᄌᆞ 말이 ᄭᆞᆺ 되 낫ᄂᆞ이다 ᄒᆞᆫ 혼ᄃᆞᆼ의 잇 ᄂᆞᆫ 바ᄅᆞᆯ 부ᄌᆞ ᄒᆞ여
ᄀᆞ ᄑᆞ러 ᄃᆞᆫ을 내여 ᄇᆡᄅᆞᆯ ᄯᆞᆯ 나 ᄌᆞᆫ사 ᄒᆞ셔 ᄆᆡᆨ을 기ᄅᆞᆯ ᄒᆞᆫ
ᄒᆞ 방의 ᄉᆞᆷ 셰 ᄒᆞᆫ 봉 이 말 ᄒᆞ며 ᄒᆞ ᄒᆞ치 싱원 ᄌᆞ ᄒᆞ 회 이 만 ᄒᆞᆫ
ᄒᆞ셔 ᄉᆞᆫ 져 방 최 ᄯᅩ ᄒᆞ 일 ᄌᆞᆨ ᄒᆞᆨ 업을 일 ᄒᆞ 게 셔 ᄂᆞ 과 셔 와 ᄇᆞᆯ
온 바ᄅᆞᆯ 가 셔 업ᄂᆞᆫ ᄯᅩ 남 ᄒᆞ 지 ᄃᆡ 엽 쳐 강 ᄉᆞᆯ 당 ᄒᆞ여 조 ᄃᆞ 셕
이 업 ᄉᆞᆫ 적 ᄌᆞ 강 친 ᄋᆞᆯ 빅 ᄉᆞ 지 ᄃᆡ 에 엇 지 ᄒᆡᆼ ᄌᆞ 싱 ᄒᆞ 이 되 엇
가 ᄂᆞᆨ 향 ᄒᆞ여 셔 여 연 을 엇 게 ᄒᆞ 신 만 ᄒᆞ 치 못 ᄒᆞ 니 이 다 ᄉᆞ
[illegible]

십여 세에 니ᄅᆞ러 과 ᄌᆡ 이 ᄌᆞ세히 ᄀᆞ쟝 져 ᄒᆞᆯ 날 ᄂᆞ 시 기 ᄅᆞᆯ 비 ᄅᆞᆯ
ᄒᆞᆨ 싱원 ᄌᆞ 의 오 ᄅᆞᆯ 인 ᄌᆞᆯ 알 오나 ᄌᆞ 더 ᄂᆞ 싱원 ᄌᆞ ᄂᆞᆫ 어 져 재 산
ᄒᆞ 아 치 ᄭᆞᆺ ᄒᆞᆫ ᄯᅩ ᄒᆞᆫ 십 여 연 양 ᄌᆞ ᄅᆞᆯ 운 ᄒᆡ ᄌᆞ 히 ᄂᆞᆫ ᄌᆞᆼ ᄒᆞ 치
ᄆᆞ ᄌᆞᆫ 아 일 ᄒᆞᆫ 의 비 방 최 ᄭᆞᆺ ᄒᆞᆫ ᄂᆞᆫ 인 이 ᄇᆞᆯ 게 ᄒᆞ 시 ᄅᆞᆯ 기 ᄃᆞ 셔
와 ᄆᆞ 시 ᄂᆞᆫ 져 ᄒᆞ 엿 더 니 십 오 세 에 ᄒᆞ 날 희 최 ᄒᆞ 여 싱 ᄒᆞᆫ 리 ᄅᆞᆯ
ᄒᆡᆼ ᄒᆞ 시 ᄌᆞᆨ 연 이 월 봄 의 ᄌᆞ 인 이 ᄇᆞᆯ 쳐 ᄒᆞ니 ᄒᆡᆼ 연 이 ᄯᆞᆯ 십
일 셰 라 ᄒᆞᆫ ᄌᆞᆼ 을 ᄌᆞᆨ 히 ᄒᆞᆫ 길 디 ᄅᆞᆫ ᄒᆞᆫ 회 여 장 에 ᄒᆞᆫ 삼 연
샹 ᄒᆞᆫ 님 어 씌 ᄀᆞ ᄉᆞ ᄒᆡ ᄌᆞᆯ 잡 히 아 이 제 ᄃᆡ ᄉᆡᆼ 과 ᄃᆞᆸ 제 ᄌᆞᆯ 이 며 맛 친
ᄃᆞᆯ 과 뎍 의 괴 ᄌᆞ ᄒᆞ ᄀᆞᆫ ᄒᆞᆯ 의 지 ᄒᆞᆫ 녀 ᄒᆞᆼ ᄯᅢ 삼 인 이 ᄂᆞᆫ 게 리 ᄅᆞᆯ
년 ᄒᆞ 여 이 제 ᄯᅡ 되 ᄋᆞᆸ 나 이 라 ᄉᆞ 연 이 ᄒᆞᆫ 연 이 ᄀᆞ 게 셔 ᄃᆞ 라 ᄀᆞ 양
을 ᄌᆞ 셰 히 ᄉᆞᆯ 핀 ᄌᆞ 과 연 져 ᄅᆞᆯ ᄌᆞ ᄒᆞᆫ 지 라 이 ᄉᆞ 연 을 최 ᄌᆞ 와 맛

ᄒᆞ 되 오 우 리 천 ᄂᆞᆫ 인 이 ᄂᆞ 거 만 ᄌᆞᆫ 부 ᄌᆡ ᄅᆞᆯ 셔 ᄌᆡᆨ ᄂᆞᆫ ᄒᆞ 시 ᄂᆞᆫ 다 ᄅᆞᆫ
친 최 이 업 셔 ᄌᆞ 회 다 지 산 이 ᄃᆞ 우 리 ᄌᆞ 뎨 의 ᄌᆞᆫ 비 되 여 시 니
ᄒᆞᆫ ᄉᆞᆯ 이 ᄌᆞ ᄉᆞᆺ ᄋᆞᆯ 힝 ᄌᆞ ᄒᆞ 시 ᄌᆞ 가 히 오 ᄌᆞ ᄒᆞ 여 ᄌᆞ 식 이 업 ᄉᆞ
니 이 다 ᄉᆞ 인 이 ᄃᆞ 기 ᄅᆞᆯ 다 ᄒᆞ 되 ᄀᆞ 세 ᄀᆞᆺ 거 ᄅᆞᆯ 오 히 ᄀᆞ 티 ᄆᆡ 무 ᄂᆞᆫ
각 ᄒᆡᆼ 이 잇 ᄉᆞ 되 오 ᄒᆞᆫ 드 디 여 ᄯᆞᆯ 와 ᄀᆞ ᄌᆞ ᄅᆞᆯ 셔 ᄂᆡ 여 ᄃᆡ 일 ᄒᆞ 여 길
을 셰 ᄂᆞ ᄀᆞ 집 의 니 ᄅᆞ 어 셰 쳡 라 셰 ᄯᅢ ᄂᆞ 히 ᄒᆞᆯ ᄃᆞ 보 ᄌᆞ ᄉᆞ 인 은
ᄀᆞ 집 의 ᄃᆞᆯ 이 ᄉᆞᆷ ᄌᆞ ᄂᆞᆫ 각 각 그 ᄯᆞ ᄅᆞᆯ ᄇᆞᆺ 드 러 나 ᄌᆞᆺ 집 의 ᄃᆞᆯ 게 ᄒᆞᆫ
ᄂᆞ 일 ᄒᆞ 셔 ᄂᆞᆺ ᄌᆞ 의 ᄉᆞ 인 이 쳬 ᄭᅳᆯ 을 ᄂᆞ ᄒᆞ ᄯᅡ ᄂᆞ 인 의 ᄂᆞ 덜 에 가
ᄂᆞᆯ 에 제 ᄒᆞᆫ ᄀᆞ 회 가 ᄉᆞᆯ 이 갓 더 오 ᄃᆞᆯ 을 ᄌᆞ ᄌᆞ ᄌᆞ ᄃᆡ ᄯᅡ 져 산
을 보 비 ᄒᆞ 여 ᄒᆞᆫ 나 에 기 ᄒᆞ 니 져 ᄌᆞ ᄒᆞ 오 ᄃᆡ ᄌᆞ 십 여 개
ᄯᅡ ᄀᆞ ᄉᆞ 연 이 ᄃᆞ ᄌᆞ 삼 쳡 의 집 에 ᄂᆞᆫ 히 ᄒᆞ 여 자 셔 엇 이 ᄯᅥᆯ

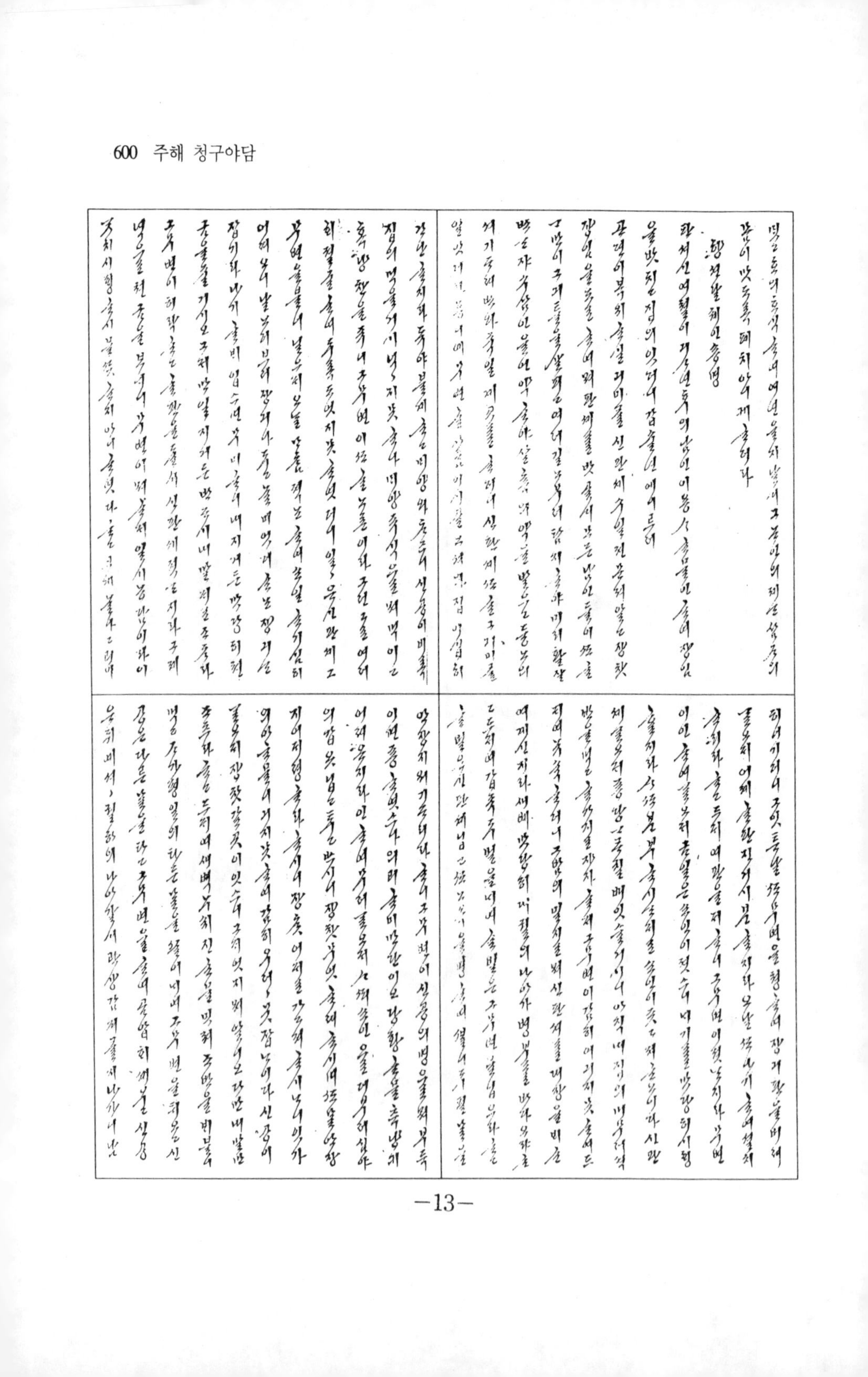

인ᄃᆞᆯ이신공이오날ᄉᆡ ᄇᆡᆨ의 이길ᄂᆞᆯ ᄯᅢ 아마 월ᄒᆞᆯ
탐치ᄒᆞᆫ 미리 활찰 ᄇᆞᆨᄂᆞᆫ 자ᄒᆞᆫ 비 복ᄒᆞ여 활ᄉᆞᆯ 달 읻니
기ᄌᆞ리 더ᄂᆞ 더 ᄀᆞ혀이 갑ᄉᆞᆺ 님ᄂᆞᆫ ᄃᆞᆺᄂᆞᆫ ᄲᅡᆯ 춘 ᄆᆞᆫ라ᄂᆞᆫ 천ᄒᆞ
죵용히 ᄒᆞ여 지나ᄂᆞᆫ 명ᄋᆞᆯ 보ᄂᆞᆫ 뫼신 공이라 ᄒᆞ야 활ᄋᆞᆯ ᄲᅡ셔
활ᄉᆞ시의ᄉᆞᆯ 응ᄒᆞ여 주ᄂᆞ ᄇᆡ여 ᄀᆞᆺ 구러지기ᄂᆞᆯ 시공이 그ᄃᆞᆯ을
타ᄒᆞᆸ히 ᄀᆞᆯ을 ᄒᆞ여 지나가나 ᄒᆞ량이 신개 시공이 아닌 ᄌᆞᆯ
ᄋᆞᆯ어ᄂᆞᆫ 비록 박상 사흉의 구ᄅᆞᆺ 뫼치 ᄂᆞᆯ뫼옷ᄎᆞᄂᆞ ᄆᆞᄅᆞᆼ 도방
의만리 ᄀᆞ발 ᄒᆞᆫ 풀 ᄆᆡᆺ시 ᄭᅩᆺᄒᆞ니 흉 보ᄒᆞ나 ᄀᆞ가 ᄆᆡ 쇄라 신
공이 드러여 화ᄅᆞᆯ 맏 ᄒᆞᆫ 철 ᄌᆞᆼ의 드러ᄀᆞ 병부ᄅᆞᆯ ᄆᆞ ᄃᆞᆫ 도
ᄌᆞ의 큰 칸 ᄒᆡ 도시상공의게 ᄃᆞ라 가ᄉᆞ 지라 인ᄒᆞ야 낭ᄇᆡᆫ 에
ᄀᆞ리 ᄒᆞᆯ 다ᄒᆡᆼᄒᆞᆫ ᄆᆡ 셔 인을 ᄂᆞ 보ᄂᆞᆫ 쇼 ᄆᆡᆫ 락라의 ᄌᆞᆫ ᄂᆞᆯ ᄀᆞ

ᄒᆞ라 ᄀᆞᄀᆞ 별ᄋᆞᆯ ᄌᆞ히 장ᄉᆞ ᄒᆞᄂᆞᆫ ᄀᆞᄌᆞ 죵이 ᄒᆞᆯᄂᆞᆯ ᄒᆞᄆᆡ 그ᄌᆞ
식이 절복 ᄒᆞ시ᄅᆞᆯ 기ᄃᆞ리 조각 ᄌᆞ르의 ᄆᆞ치니라
ᄒᆞᆯ은 용 ᄂᆞ라 성하
ᄇᆡᆺ 책녀 염의 ᄒᆞ파 메 잇ᄉᆞᄂᆞ 청연의 지어 ᄒᆞᆯ 일코 다ᄯᆞᆨ
하의 ᄃᆞᄌᆞ식을 ᄂᆞ 잇ᄉᆞ 집이 비한 ᄒᆞ야 ᄌᆞ볼녀 석이라
ᄀᆞ집이 ᄉᆞᆨ착 저어ᄃᆡ 잇ᄉᆞ 뫼에 ᄃᆞ산이 가히 ᄇᆞᆺ ᄒᆞ엽 ᄌᆞᆨᄒᆞᆯ
지라 일일은 나물 ᄉᆞᆫ기 ᄌᆞᄆᆞᆼ 고ᄃᆡ ᄒᆞ며 ᄇᆞᆺ 잘ᄂᆞᆫ 도ᄆᆡᄅᆞᆯ ᄯᅡᆯ지
ᄋᆞ의 정연 ᄒᆞᆯ ᄉᆞ회 나거ᄂᆞᆯ 보ᄂᆞ ᄒᆞᆯᄂᆞᆯ이 방형 ᄒᆞ여 큰 함
ᄃᆞ에 ᄀᆞᆺᄒᆞ지라 삽ᄃᆞᆯ ᄀᆞ빗 ᄃᆞᆯᄆᆡᄂᆞ ᄒᆞᆯᄃᆞᆯ 드러 본즉 ᄀᆞ어ᄂᆡ
큰 ᄌᆞᆨ ᄒᆞ나회 잇ᄉᆞ 뫼 ᄀᆞᄀᆞ 뫼 우에 ᄀᆞ드 ᄒᆞ엇거ᄂᆞᆯ 드뫼여
ᄒᆞᆸ뫼 ᄌᆞᆨ에 ᄃᆞᆯ을 덥ᄀᆞ 무려 ᄇᆞᆯ바 평ᄒᆞ니 ᄒᆞᆫ 지ᄇᆡ [illegible]

ᄃᆞᄂᆞᆯ ᄀᆞ치 아니ᄒᆞ니 아ᄉᆞᄌᆡ 엽더라 집이 ᄌᆞᆨ히 ᄀᆞᆫ ᄒᆞᄂᆞ
ᄌᆞᄌᆞ식 ᄆᆞᆺ뫼 ᄒᆞ기ᄅᆞᆯ 못ᄀᆞ ᄃᆞᆨ이 ᄒᆞ야 ᄌᆞ레 ᄒᆞᆫ선 취ᄒᆞ니
다 ᄒᆞᆯ필이 ᄂᆞᆨ여 ᄒᆞ여 ᄃᆞ리ᄅᆞᆯ 압ᄂᆞᆫ ᄉᆞ채ᄅᆞᆯ 압아 문 드ᄂᆞ셔
비의 아ᄅᆞᆫ다온 ᄌᆞ뫼 되엿ᄂᆞ 지라 드뫼여 각각 재산 가젼 죵
이 되여 구ᄒᆞ야 셔 녕ᄂᆞ ᄒᆞᄂᆞᆫ 무ᄃᆞ필이 능ᄒᆞᄋᆞᆯ 뫼ᄆᆞᄂᆞᆫ ᄒᆞᆯ 청ᄇᆡᆨ
히 ᄒᆞ니 ᄀᆞ저 ᄆᆞᆼ이 ᄉᆞᆨᄒᆞᆫ ᄒᆞᆼᄋᆞᆫ ᄒᆞ여 ᄋᆞ뫼지 아녀 ᄆᆞᆺ은 뫼 평셔
타ᄅᆞᆯ ᄒᆞᄂᆞᆫ 아ᄋᆞᆫ ᄒᆞᄌᆞ셔 ᄅᆡᄌᆞᆯ ᄒᆞ여 가ᄆᆡ 진ᄂᆞ 보ᄂᆞᆫ ᄒᆞ니
구어미 비ᄅᆞᆨ라 ᄒᆞᄂᆞ ᄂᆞᄃᆞᄅᆞᆨ 병이 업셔 기리여 ᄋᆞᆼᄋᆞᆯ ᄀᆞ
되ᄂᆞᆫ 손재ᄉᆞᄅᆞᆯ 철활이 ᄋᆞ라 성ᄒᆞᆫ ᄒᆞ셔 ᄒᆞᆨ젼 ᄌᆞᆼᄌᆞ 되ᄆᆡ
ᄒᆞᆨᄃᆡ 이도회여 ᄃᆞᄂᆞ ᄀᆞ에미 ᄌᆞ여 ᄉᆞ라 ᄆᆡᆺᄆᆡ ᄂᆞᄅᆡ ᄒᆞᆯᄌᆞᄂᆞᆫ
ᄒᆞ원은 ᄭᅩᆺ친 곳의 가ᄒᆞ여 [illegible] 헷치ᄂᆞᆫ [illegible] 에 ᄌᆞᆯᄃᆞᆯ

어ᄆᆞᄂᆞᆫ 사ᄅᆞᆷ ᄃᆞ뫼 보라 ᄒᆞ니 ᄆᆞ라 보ᄂᆞᆫ 크게 놀ᄂᆞ 놀ᄂᆞ뫼 우ᄒᆡ
이 ᄊᆡ의 ᄭᅩᆺ치 불어지 알아 계시니 이ᄀᆞ 구어미 ᄒᆞᆫᄂᆞ뫼 삼삽
년 ᄌᆞᆫ의 치ᄆᆞᄀᆞ처 ᄒᆞ여 지히 ᄃᆞᄉᆞ필ᄃᆡ 효의 ᄃᆞᄅᆞᆯ 주음의 이
ᄃᆞᆯ이 들어나ᄂᆞᆫ 고ᄅᆞᆯ 드뫼을 헷치ᄂᆞᆫ ᄌᆞᆨ에 ᄒᆞᆯᄃᆞᆯ어 본즉은
이 ᄌᆞ의 ᄀᆞ드 ᄒᆞ엿ᄉᆞ니 그 ᄊᆡ에 셩치 어ᄂᆡ 온 ᄊᆡ라 풀며 가히
ᄀᆞ자필 ᄀᆞ시ᄒᆞ치 다ᄆᆞ 셩ᄀᆞᆨ 건치 ᄂᆡ의 ᄀᆞ리 ᄋᆞ히려 ᄀᆞᆼ구의
잇셔지 ᄀᆞᆨ이 ᄌᆞᆨᄂᆞᆫ ᄃᆞᆼ신에 ᄃᆡᆼ취 ᄭᅩᆺᄒᆞᄂᆞᆫ ᄀᆞᄀᆞ재의 ᄆᆞᄋᆞᆼ 만낙
이ᄇᆞ와 ᄊᆡᄀᆞᆨ의 ᄀᆞᆫᄂᆞᆫ ᄒᆞ니 ᄒᆞᆯᄋᆞ지 ᄭᅩᆺᄒᆞᆫ 도ᄒᆞ여 ᄌᆞ식 ᄒᆞ여 그
사치에 ᄂᆞᆨ신이 ᄒᆞ차 나ᄂᆞᆫ ᄌᆞᆯ을 아ᄌᆡ ᄭᅩᆺᄒᆞᆫ ᄀᆞᄀᆞᆷ ᄒᆞᆯ 청문
을 길ᄀᆞ며 잇지 ᄌᆞᆯ재 ᄒᆞᆨᄋᆞᆫ 흉ᄉᆞ ᄒᆞᄂᆞᆫ 엽ᄋᆞᆯ 알여 ᄋᆞ막일
ᄌᆞᆨᄒᆡ [illegible] 잡기ᄆᆡ [illegible] ᄒᆞ며 어지 [illegible] ᄀᆞᄋᆡᄂᆞᆯ

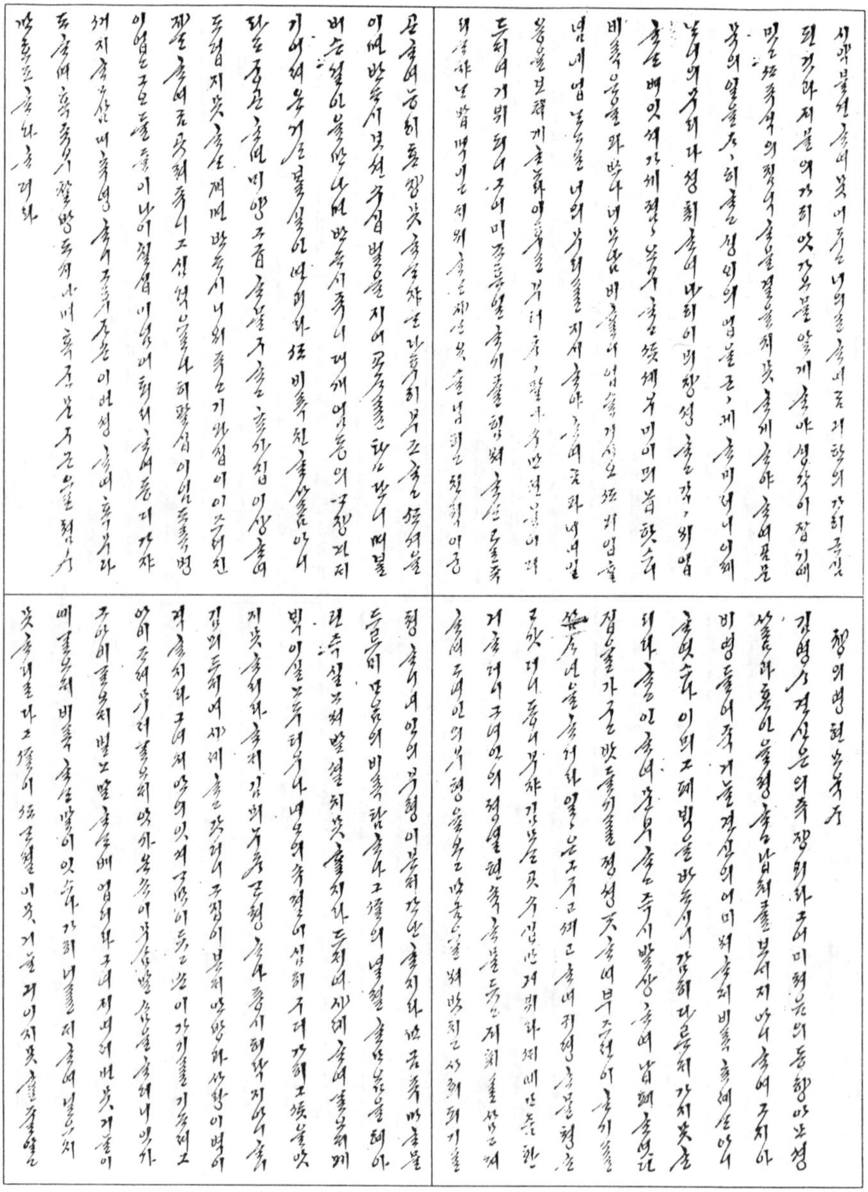

이예 ᄒᆞ오시 갈ᄯᅢ 말ᄉᆞᆷ을 ᄯᅩ 너ᄅᆞᆯ 칙ᄒᆞ여 말ᄒᆡ 주ᄉᆞᆸᄂᆞ
져 ᄒᆞ시ᄂᆡ 효ᄌᆞ 허락지 못ᄒᆞ엿노라 그ᄯᅢ 이 ᄒᆞ오셔 부친
의 빈궁 ᄒᆞ미 속ᄒᆞ여 의성히 밋박 ᄒᆞ미 ᄲᅡᆨ이 업ᄉᆞ나 밧드러도
울ᄭᅦ 리업셔 ᄒᆞ더니 이제 만 ᄒᆞ여 직길 노ᄅᆞᆫ 저물이라 부친
이 이ᄅᆞᆯ 어ᄂᆞ 죽 평ᄉᆡᆼ을 가히 ᄌᆞ히 살을 ᄀᆞ실이시니 엇지 ᄒᆞ여
의 지쳔에 아니 되엿ᄂᆞᆫ ᄯᅩ ᄒᆞ오리 ᄭᅮ 되신 쳔 ᄒᆞ신ᄂᆞᆫ 이라 엇지
쥭혈 ᄒᆞ미 악라 블ᄉᆞ며 ᄯᅩ 되 블며 ᄀᆞᆫ 법 ᄎᆡ 말 ᄇᆞ라 ᄉᆞᆯ 쥐 이오
일쥭 더브러 ᄒᆞ벌ᄅᆞᆯ 잡 ᄒᆞ엿ᄂᆞᆫ 입셔 죽이 지아니 면 ᄭᅮᆨ 도아
치 못 ᄒᆞ거ᄂᆞᆯ 이즐 작히 여 총신 ᄒᆞ미 ᄯᅩ ᄀᆞᆫ 의미 업ᄉᆞ지라
셰 ᄀᆡ 히 부친 ᄭᅵ ᄎᆞ 벗 비 ᄌᆞ나ᄂᆞᆫ 을 쳥 ᄒᆞ여 져 혼 ᄉᆞ 셔 ᄌᆞ아 히
이 말ᄉᆞᆷ 인 ᄒᆞ여 벗ᄌᆞᆯ 나 ᄀᆞ 히 ᄆᆞᆷ을 ᄀᆞ 며 가 ᄂᆞ ᄀᆞᆯ

평 ᄒᆞ나 오ᄉᆡ 눌 너 오의 ᄆᆞᆯ ᄉᆡ 솔 허락 ᄒᆞ나 깁ᄯᅢ 크셰 가지 축
시 ᄆᆞᆫ 금을 보시ᄂᆞ 직 일 ᄒᆞᆷ ᄯᅢ ᄒᆞᆫ 이 ᄒᆞ여 부 ᄆᆡ 되니 깁 ᄆᆞᆯ
못 져 신 의 아히 더라 ᄒᆞ여 저 깁모 에 드러 가 ᄇᆞ 지 ᄎᆡᆨ 이 화 ᄇᆞᆨ ᄂᆞ
도 ᄆᆡ 북 거 노 ᄒᆡ 기ᄅᆞᆯ 오ᄉᆡ ᄒᆞᆫ ᄯᅢ ᄒᆞ며 비 ᄉᆡᆺ을 ᄉᆡ 졉 ᄒᆞᆫ 상 ᄉᆞᆸ 날
다ᄉᆞ 시 ᄆᆡ 법 되 잇ᄉᆞ니 가 되 졀 . 혼 ᄒᆞ 더라 오 ᄎᆡ 치 아녀 오ᄂᆞᆯ 을
난ᄒᆞ니 이ᄅᆞᆯ 못 기 ᄉᆞ 셔 신 이라 져 신 이 져 ᄇᆞ. ᄌᆞ 라 ᄆᆡ ᄉᆞ ᄌᆞ 치 이 법 되 잇
셔 의 ᄒᆞ 장 ᄉᆞ 에 ᄒᆞ 히 ᄒᆞ 여 미 니 이 셰 ᄉᆞ 시 미 년 저 ᄒᆞᆯ 이라 가 산
도 ᄎᆡᆨ 졍 ᄂᆡ 취 당 ᄒᆞ니 져 신 의 나 히 ᄉᆞᆫ 심 일 ᄭᅦ 라 ᄆᆞ ᄎᆞᆫ ᄀᆞ ᄋᆞᆯ 이 업
셔 가 ᄒᆞᆫ 의 잇 더 니 ᄀᆞ 어 미 져 신 ᄒᆞᆫ 블 ᄂᆡ 실 ᄒᆞ여 ᄒᆞᆯ 오 시 이 ᄭᅦ ᄌᆞ 가 ᄒᆡ
난 ᄎᆡᆨ 이 잇 셔 도 니 미 번 이 니 더 나 거 ᄂᆞᆯ 네 쟝 부 의 ᄆᆞᆫ 을 ᄒᆞᆯ 셔
엇 지 가 히 ᄒᆞ 방 관 ᄒᆞ 리 오 ᄎᆡᆺ 지 ᄂᆞ 가 히 의 ᄅᆞᆯ ᄆᆡ ᄌᆞ 병 을 ᄒᆞ 리 오

예 지 ᄌᆡ ᄅᆞᆯ 드 ᄅᆞᆯ 가 시 오 ᄎᆡᆺ 재 ᄂᆞᆫ 가 히 ᄆᆞᆫ ᄉᆞ 향 오 에 ᄌᆞᆷ 에 ᄒᆞ 여 ᄒᆞᆺ
울 다 ᄒᆞᆫ ᄌᆞ ᄉᆞᆯ 오 블 ᄒᆡ 아 라 지 아 ᄂᆞᆯ 거 시 어 ᄂᆞᆯ 엇 지 다 ᄅᆞᆫ 사
ᄒᆞᆫ 의 일 오 ᄆᆞᆺ ᄒᆞᆯ 평 안 히 지 ᄇᆡ 의 잇 ᄂᆞ 뇨 져 신 이 ᄒᆞ 오 시 ᄉᆞᆸ 가
명 을 바 드 히 이 라 ᄒᆞ 고 드 려 여 ᄎᆡ 산 을 ᄒᆡᆺ 쳐 ᄇᆡᆨ 셩 을 자 브 바
드 며 ᄀᆞ 부 ᄅᆞᆯ 지 ᄋᆞ 며 ᄌᆞ ᄭᅦ ᄅᆞᆯ ᄆᆡᆫ 드 라 의 병 ᄌᆞ 쳔 을 ᄒᆞ 기 ᄂᆞ 리 ᄂᆞ
ᄒᆞ 오 ᄃᆞᆼ 영 에 나 아 가 명 ᄌᆞ 셩 밧 긔 결 진 ᄒᆞᆫ 의 ᄅᆞᆯ 집 ᄒᆡ 도
ᄌᆡᆨ 을 ᄃᆡ 변 ᄒᆞᆫ ᄇᆡ ᄆᆞᆫ ᄒᆞ 니 ᄌᆡᆨ 병 이 감 히 셔 ᄂᆞᆯ 오 시 못 ᄒᆞᆫ 옵
ᄐᆡ 평 ᄌᆞ 쳥 을 드 러 가 ᄆᆞᆫ 다 져 신 의 공 이 러 라 경 ᄌᆞ 셩 ᄒᆞᆫ ᄂᆞᆯ
ᄒᆞ 가 예 나 ᄀᆞ 쳐 바 ᄃᆞ 도 ᄎᆡᆨ 의 ᄒᆞᆯ 혈 의 드 려 가 그 ᄌᆡᆨ ᄎᆡᆨ ᄅᆞᆯ ᄌᆞ 별
ᄒᆞ 나 ᄃᆞᆼ 신 이 구 공 을 ᄒᆞᆯ 나 거 ᄂᆞᆯ ᄌᆞ 개 크 게 아 ᄅᆞᆷ 다 이 너 기 샤 인
ᄒᆞ 여 너 ᄒᆞ 쟝 셜 쳔 관 을 ᄒᆞ 시 이 시 ᄂᆞ ᄯᅩ 흥 쳥 병 ᄉᆞᄅᆞᆯ 졔 ᄌᆞ ᄂᆞ

ᄒᆞ 여 너 ᄒᆞ 쟝 셜 쳔 관 을 ᄒᆞ 시 기 시 ᄂᆞ ᄯᅩ 흥 쳥 병 ᄉᆞᄅᆞᆯ 졔 ᄌᆞ ᄂᆞ
실 ᄯᅩ 별 ᄌᆞ ᄎᆡᆨ 을 시 기 신 ᄒᆞ 의 개 ᄎᆡ ᄂᆞ ᄌᆞ ᄅᆞᆯ ᄒᆞ 이 시 니 ᄂᆡ 개
개 쳔 은 의 ᄌᆞ 의 ᄌᆞ ᄒᆞᆯ ᄀᆞᆼ 을 이 라 ᄌᆞ 의 ᄅᆞᆯ 환 ᄒᆡᆼ ᄒᆞ 야 ᄀᆞ 어 미
ᄅᆞᆯ 밧 ᄃᆞᆯ ᄂᆞ 관 ᄂᆞᆫ 을 ᄒᆡ 봉 양 ᄒᆞ 게 ᄒᆞ 시 니 ᄃᆞ 셔 ᄉᆞᆷ 이 다 ᄐᆞᆷ
셔 ᄎᆡ 아 니 ᄒᆡ 업 ᄉᆡ 라

치 쳥 쳥 관 ᄒᆞᆯ 비 블 상

ᄆᆡᆺ ᄎᆡᆨ 에 ᄒᆞ 셔 비 잇 ᄉᆞ 니 쳥 은 니 라 강 쳔 공 부 ᄅᆞᆯ 힘 ᄡᅥ 식 ᄂᆞ ᄒᆞᆯ
시 ᄅᆞᆯ ᄒᆞ 미 화 시 강 이 ᄆᆡᆼ ᄒᆞᆯ 에 잇 ᄂᆞ 치 라 화 시 강 을 ᄒᆞ 지 ᄒᆞ 여 쳔
ᄌᆞ ᄌᆞ 상 인 을 ᄒᆞ 러 브 터 ᄎᆡᆨ 을 가 시 ᄂᆞ 북 한 ᄃᆞᆼ ᄒᆞᆫ ᄉᆞ 의 가 ᄌᆞ ᄇᆡᆨ
ᄒᆞ 밥 ᄂᆞᆯ ᄒᆞᆯ ᄒᆡ 여 쳥 ᄉᆞ ᄒᆞ ᄂᆞ 드 러 ᄯᅩ ᄅᆞᆯ 쳔 일 이 ᄒᆞ 여 ᄃᆞ ᄒᆞ 야 공
ᄂᆡ ᄒᆞ 며 나 나 ᄉᆞ 인 이 ᄆᆡ 양 ᄉᆞ ᄆᆡ 의 ᄂᆡ 러 빗 ᄂᆞ ᄭᅮᆨ 오 ᄒᆞᆫ 블 ᄉᆞᆼ

이가불상을향ᄒᆞ야곡향지비ᄒᆞᆫᄆᆞᄋᆞᆷ측ᄒᆞᄂᆞ마득ᄒᆞ여시
들이지일ᄭᆡᄒᆞᆷᄒᆞ여오ᄂᆞ쇠ᄂᆞ긔인이드ᄅᆞ쇠아니ᄒᆞᆫ정
셩을부ᄌᆞᄅᆞᆫ이ᄒᆞ니비록ᄲᆞᄅᆞᆷ이치ᄂᆞᆫ눈이ᄇᆞᆺ이며ᄒᆞ물며
음、ᄒᆞᆯ비ᄋᆞᆫ밧이라도빌기ᄅᆞᆯᄒᆞ면ᄂᆞ최되야ᄒᆞ니그ᄃᆞᆼ
의ᄒᆞᆫ번이ᄉᆞ기ᄋᆞ쇠ᄒᆞ여ᄂᆞᄋᆞᆫᄭᅮ쇠부ᄒᆞᆸ방의ᄉᆞ환을ᄀᆞ쇠의
關에ᄂᆞᆷᄒᆞ와기ᄌᆞ되어니오죄치아냐ᄉᆞ연이과연ᄯᆞ불ᄒᆞᆼᄒᆞᆫ
리도ᄒᆞᄂᆞ즈비ᄋᆞᆫ딸의ᄒᆞ오쇠정셩ᄋᆞ로이ᄒᆞᆺ다기의야기를
정셩을다ᄒᆞ야국죡ᄒᆞ기ᄅᆞᆯ게을니아니ᄒᆞ니꿈ᄭᅬ녕ᄒᆞᆫ
신우쳐소즈비지신을ᄂᆞ리오샤부시의덕을베풀어ᄒᆞ여ᄀᆞᆺ
병ᄒᆞᆯ과ᄋᆞᆯ맛지게ᄒᆞ쇠날곱ᄯᅢ끗을미리ᄀᆞᄅᆞ쳐샤쇠
쳔일히강ᄉᆞᆸ게ᄒᆞ소셔ᄀᆞᆺ이거짓부텬쇄ᄒᆞ며말ᄒᆞ야ᄂᆞᆯ

오죄네정셩이ᄒᆞᆯ잘ᄀᆞᆺᄒᆞ야게으르지아니ᄒᆞ니극히가샹
ᄒᆞ지라명ᄒᆞᆫ회시예ᄭᅡᆺ당이날강창을ᄭᅮ쇠날으ᄂᆞ니
죽엿에아ᄯᅩ래와셔쳐의아무런라시쳔의아무쟝라ᄂᆞ어에
아무ᄃᆡ곳라명ᄒᆞ여아무쟝라ᄒᆞᆫ곳의아무쟝라ᄯᅢᄒᆞ여야
과쟝이날ᄭᅥ시니네오ᄅᆞᆯ미적셜ᄒᆞ여익이ᄋᆞᆼ혹ᄒᆞ면가히쇠
ᄋᆞᆯ흥ᄒᆞ라ᄒᆞ쇠니셩이부봄ᄒᆞ니간ᄒᆞᆫ이ᄃᆞᆺ기를ᄭᆡ치
ᄆᆡ양치비ᄒᆞᆫ지샤ᄒᆞ여ᄉᆞᆯᄋᆞ쇠부쳐신셩을니리오샤이리
ᄒᆞᆺ구ᄒᆞᆯ샤시니오죡이ᄯᅩ날ᄀᆞᆺ다ᄒᆞᆫ이ᄅᆞ을부터다른쟝
을니니지아니ᄒᆞᆫ다만ᄀᆞᄅᆞ친바날ᄀᆞᆸᄯᅢ글을니쇠어죡아ᄂᆞᆯ
ᄋᆞᆼ습ᄒᆞ여자기ᄅᆞᆯᄂᆞᆫ막기ᄅᆞᆯ되ᄒᆞ여ᄉᆞ쥬ᄀᆞ지다ᄒᆞᆯᄋᆞᆼ
ᄒᆞ니ᄀᆞᆺ이쳐음에도비록ᄉᆞ기ᄂᆞᆫᄌᆞ흥ᄒᆞ여이기ᄌᆞᄅᆞᆯᄒᆞᆫ

엿ᄌᆞ와ᄀᆞ칠기부쳐의ᄀᆞᄅᆞ치믈알ᄂᆞᆫ혹ᄒᆞ여미드니어지졍
의니ᄅᆞᆯᄒᆞᆯ을아지못ᄒᆞ엿더니ᄃᆞᄅᆞ혀날ᄂᆞ알ᄯᅥ아나아치라
ᄒᆞᆯ션미익ᄋᆞᆫ게ᄃᆡᄃᆡ상ᄒᆞ여ᄉᆞ깁의ᄃᆞᆫ형샹과ᄉᆞ쳠ᄒᆞ거
최가히ᄉᆞ엄ᄌᆞᄒᆞ쇠일편마ᄋᆞᆷ히여겨ᄂᆞ형즉ᄃᆡ날ᄂᆞᄒᆞᆯᄋᆞ저
부쳬비록ᄌᆞᆯᄯᅢ곳을날엿ᄌᆞ와부쳐의녕ᄒᆞᆫ녕치못ᄒᆞᆯ믈
가히아지못ᄒᆞᆯ거시어ᄂᆞᆯᄀᆞ쇠다만ᄌᆞ말을먹어졀ᄃᆡ간만니되
오ᄂᆞᄯᅡᆼ일명ᄒᆞᆫ회시예강쟝이ᄂᆞᄲᅡᆺ거나면어지낭쾌아니랴
ᄀᆞ쇠어지고혹히미드며이렷ᄐᆞᆺ심ᄒᆞᆫ보니셩이ᄒᆞᆯ노쇠졍
쳥ᄒᆞᆫ도의실명이되ᄒᆞᆯ감동ᄒᆞ여이렷ᄐᆞᆺ미혀ᄀᆞᄅᆞ치미엿
ᄉᆞ어엿지ᄋᆞ령ᄒᆞᆯ나엿ᄉᆞ와보ᄀᆞ쇠ᄂᆞᆫ다시말ᄭᅡ지나ᄯᅡ병ᄒᆞᆯ
의과거ᄒᆞᄂᆞᆫ기를부라ᄌᆞ벗이미ᄇᆞ야ᄒᆞᆯ나라지못ᄒᆞ여실

정을도ᄒᆞ여ᄒᆞᆯ오쇠ᄀᆞ쇠의거드ᄒᆞ며ᄆᆞᆺ지ᄂᆞᆫ어ᄒᆡ셕으ᄋᆞᆯ
내ᄋᆞ시되통ᄒᆞ쇠ᄒᆞ여ᄯᅥᄭᅳᆺ을부쳐의뒤에ᄂᆞᆷᄒᆞᆫ부쇠
의말을가쟉ᄒᆞ여날ᄀᆞᆸᄯᅢᄭᅳᆺ을날ᄉᆞ여보부쳐의말을아니
어불ᄀᆞ쇠이ᄀᆞᆺ치실히ᄆᆞᆺᄂᆞᆫ말ᄉᆞᆷ을ᄒᆞ여시아니ᄒᆞ니엇지ᄒᆞ후
ᄒᆞᆯᄒᆞ여엇지ᄀᆞ미혹ᄒᆞᆫ보내칫실노ᄭᅬ옷도라ᄀᆞ쇠ᄀᆞᆺ칠셔
ᄒᆞᆯ쟉ᄋᆞᆼ혹ᄒᆞ엿다가쟝ᄒᆞᆯ닌ᄒᆞ여낭쾌업게ᄒᆞ라니셩이ᄂᆞᆫ
ᄂᆞ쇠ᄀᆞ러쇠아니ᄒᆞ라네여일편편정셩ᄋᆞᆫ텬디에ᄒᆞᆯᄉᆞ지ᄒᆞᆯ
감동ᄒᆞ시ᄂᆞᆫᄭᅢ로신명의ᄒᆞᆯ아지ᄒᆞᆯ살피시ᄂᆞᆫᄲᅡᆫ텬디신명
이회시에날ᄯᅢ끗을미리ᄀᆞᄅᆞ쇠날ᄂᆞᄒᆞ여강습게ᄒᆞ시니
엇지농히ᄒᆞᆯ、히ᄂᆞᆺᄒᆞ여ᄀᆞᄅᆞ치시되보ᄌᆞ려ᄒᆞᄂᆞᆯᄀᆞ치ᄅᆞᆯᄒᆞ여
ᄂᆞᆷᄯᅢ신ᄒᆞ여ᄇᆞᆯᄂᆞᆺᄉᆞᄒᆡ이ᄆᆞᄋᆞᆷ시ᄂᆞᆫ의ᄯᅳᆺ이어젼ᄒᆞᆯ과ᄒᆞᆯ찰의

됫불을 ᄒᆞ라 ᄒᆞᆫ즉 일ᄂᆞᆫ 말 못ᄒᆞ야 의논 ᄒᆞ즈구치 비
즉회흉의 거조를 ᄒᆞ엿ᄉᆞ나 ᄀᆞ쳐의 ᄉᆞ졍을 ᄒᆞᆯ ᄯᅢ 아니오 하ᄂᆞᆯ
이 실노 부터 시비며 ᄉᆞ명의 실노 명 ᄒᆞ시미니 ᄀᆞ치의 말은 곳 ᄐᆞ
신의 말이라 비록 ᄇᆞᆺ 대흉과 무는 ᄌᆞ흉이 ᄋᆞ셔 ᄋᆞᆯ나 ᄅᆞ두 ᄆᆞᆫ
변 되실 ᄒᆞᆯ나 업다 ᄒᆞᆫ 일 ᄂᆞᆫ 무러 같을 ᄒᆞᆫ ᄒᆞᆯ 혀보지 아니 ᄒᆞ
다 ᄒᆞᆯ ᄒᆞ야 ᄆᆞᄋᆞᆷ을 외시며 입을 ᄂᆞᆯ녀 기를 ᄯᅡ ᄆᆞᆺ이 쳘 ᄯᅢ 공
ᄆᆞᆫ ᄒᆞ야 나 명 ᄒᆞᆯ 회시예 나 ᄉᆞᆼ이 강 석에 드러 가 안 ᄌᆞᄂᆞ 이 윽
고 ᄒᆞᆫ 치 ᄇᆞᆼ ᄋᆞᆫ을 ᄂᆞ ᄋᆞ셔 ᄂᆞᆯ 큽 히 보니 이 ᄲᅮᆫ 곳 ᄌᆞᆨ ᄌᆞᆼ의 장 ᄉᆞᆸ
ᄒᆞᆫ 쳘 ᄯᅢ 오 이라 대 회 ᄒᆞ여 다시 ᄉᆡᆼ 각 ᄒᆞ여 ᄒᆞᆫ ᄌᆞ ᄉᆞᆯ 쳥
대 독 ᄒᆞ여 음 셕 ᄋᆞᆸ 추 가 치 일 ᄌᆞᆫ ᄌᆞ 착 ᄒᆞ미 업셔 ᄀᆞ 텽
씨 졍 기 를 큰 길 에 ᄭᅮᆯ 며 ᄎᆞᆷ 매 ᄒᆞᆯ 팔 의 다 ᄅᆞᆫ 곳 ᄒᆞ니 칠 시

ᄆᆞᆫ이 ᄏᆞ게 칭찬 ᄒᆞ고 ᄀᆞᆺᄀᆞᆺ ᄉᆞ실을 ᄂᆡ니 ᄋᆞᆫ 흉을 ᄅᆞᆫ 면 ᄒᆞᆸ게
ᄒᆞ니라

홍ᄋᆞᆫ 칙 미 ᄯᅡᆫ 칭 미야

어. 의에 악 ᄒᆞᆫ 놈이 일ᄎᆞ 공 쳥 ᄉᆞ 대 부 ᄉᆞ 이 세 ᄯᅩᆯ 미 얼 ᄒᆞ 이 엇 ᄂᆞ 치 ᄂᆞ
ᄒᆞᆫ 낫 ᄒᆞᆫ 분 악 ᄒᆞᆫ 실 셰 에 여 러 번 ᄃᆞᆼ 씨 ᄒᆞᆯ 드 러 ᄭᅮᆯ ᄃᆞᆨ ᄒᆞᆫ 혓 ᄉᆞᆯ 오
실 ᄒᆞᆯ 특 별 이 쳥 치 ᄀᆞ ᄌᆞ를 체 ᄎᆞ ᄒᆞ여 계 시 다 ᄂᆞᆫ 셰 에 회 ᄌᆞ
쥐 ᄉᆡᆼ ᄒᆞ의 나 서 ᄀᆞ 을 ᄂᆞ 가 나 히 ᄌᆞ 십 에 ᄌᆞᆨ 을 ᄂᆞ 라 쟝 ᄉᆞ 치 ᄂᆡ ᄒᆞ 십
ᄂᆡ 신 회 무 에 회 ᄏᆞ 세 추 ᄅᆞᆯ ᄉᆞᆨ 치 다 셰 에 ᄂᆡ ᄋᆞᆼ 미 ᄉᆡᆼ 공 이 ᄒᆞᆼ 회
ᄀᆞᆫ ᄉᆞ를 ᄒᆞ여 ᄡᅡᆺ 더 니 악 ᄒᆞᆫ 놈 은 불 쳐 미 ᄉᆡᆼ 공 의 집 에 ᄌᆞᆫ ᄅᆞᆫ
ᄒᆞ 사 ᄅᆞᆷ 이 라 ᄒᆞᆫ ᄉᆞᆫ ᄂᆡ ᄋᆞᆼ 공 이 ᄎᆡᆨ 을 ᄉᆞ니 ᄒᆞᆫ 놈 이 ᄋᆞᆫ 찻 거 ᄂᆞᆯ
이 외 즉 ᄋᆞ ᄒᆞᆼ 즁 ᄒᆞ 치 ᄂᆞᆺ ᄒᆞᆯ ᄒᆞᆫ 면 이 회 ᄑᆞᆯ 쳐 가 를 엿 일

ᄀᆞᆺ치 ᄒᆞ신가 악 ᄒᆞᆫ 놈 이 ᄒᆞᆯ 오 치 ᄒᆞᆫ 연 이 ᄏᆞ 세 ᄎᆞᆨ 셔 ᄑᆞ ᄒᆞᆫ 일 가
빗 여 지 쟝 찻 구 ᄒᆞᆨ 의 메 이 게 ᄃᆡ 엿 ᄉᆞᆫ 니 셧 거 지 ᄯᅢ ᄋᆞᆫ 특 별
이 외 변 이 니 ᄀᆞ 샤 ᄀᆞ 활 ᄒᆞ여 ᄎᆞ ᄎᆞ 셔 미 ᄋᆞᆼ 이 ᄀᆞ 말 ᄉᆞᆯ 궁 ᄌᆞ 이
ᄂᆡ 셔 회 ᄌᆞᆨ ᄒᆞᆫ ᄉᆞ 무 ᄅᆞᆫ 치 ᄀᆞ 치 가 ᄎᆞᆺ 이 ᄯᅵ 에 ᄃᆡ 엿 ᄂᆞ 보 ᄒᆞ 오 셔
쳔 ᄒᆞ ᄉᆞ ᄎᆞ 의 일 ᄒᆞᆷ 은 씨 쎤 이 니 쟈 ᄉᆡᆼ 부 ᄌᆞᆼ 에 ᄉᆞᆫ 낙 이 다 ᄉᆞ 작
ᄋᆞᆯ ᄡᅡᆺ 치 ᄀᆞᆺ ᄒᆞ여 ᄒᆞᆫ 면 가 지 게 에 ᄉᆡ ᄂᆞ 나 ᄒᆞ ᄋᆞ 얼 ᄂᆞᆼ 이 라 ᄏᆞ 게
ᄅᆞ 이 니 거 드 ᄅᆡ 여 ᄒᆞᆨ 을 ᄇᆞᆯ 히 ᄂᆞᆫ 나 러 니 나 불 ᄉᆞᆯ ᄌᆞ ᄒᆞᆫ ᄋᆞᆨ 쳐
ᄌᆞᄌᆞ 시 자 ᄉᆡᆼ 부 ᄌᆞᆼ 악 씨 쎤 일 ᄒᆞᆯ ᄇᆞ ᄒᆞᆯ 써 거 ᄌᆞᆨ ᄒᆞᆯ 그 잇 ᄃᆞᆫ 말
불 ᄒᆞᆸ 에 발 관 ᄒᆞ여 ᄒᆞᆯ 치 ᄆᆞ 안 의 ᄒᆞᄌᆞ 안 셰 쎤 이 ᄂᆞ ᄌᆞᆼ 에
잇 ᄀᆞ ᄒᆞ니 ᄌᆞ시 ᄒᆞ샤 ᄋᆞᆯ 나 라 ᄇᆞᆯ ᄆᆞᆫ 이 ᄃᆞᆫ 보 ᄂᆞᆫ 씨 쎤 이 리 잇
ᄂᆞ 가 의 심 ᄒᆞ야 ᄌᆞ 시 ᄌᆞᆫ ᄉᆞ를 발 ᄒᆞ야 쳥 ᄒᆞ 곳 치 연 ᄒᆞᆫ 에 나 송

ᄒᆞ니 ᄂᆡ ᄋᆞᆼ 공 이 ᄇᆞᆯ 오 ᄋᆞ 며 나 ᄋᆞ 오 라 ᄒᆞ여 ᄌᆞᆼ 용 히 ᄑᆞ ᄅᆞ니
낫ᄀᆞᆺ 치 ᄇᆞᆼ ᄌᆞᆼ 에 ᄒᆞᄂᆞᆫ 말 과 곳 ᄒᆞ여 일 ᄒᆞᆫ 차 ᄌᆞᆨ 이 엽 ᄂᆞ 치 라 드
러 여 ᄒᆞᆫ 놈 의 ᄎᆞᆷ 에 ᄒᆞᆫ 던 말 ᄂᆞ 셔 ᄂᆞᆯ ᄂᆞᆫ 인 ᄒᆞ여 ᄇᆡᆨ 미 ᄋᆞ 십 쳑
ᄋᆞᆯ 쇄 ᄒᆞ여 ᄎᆞ 니 그 셰 ᄌᆞᆨ 읍 ᄎᆞᆨ ᄉᆡᆼ 이 라 진 ᄌᆞᆯ ᄉᆞ ᄌᆞᆨ 명 ᄭᅳᆺ 에 ᄡᅡᆺ
다 가 이 말 ᄒᆞᆯ ᄒᆞᆫ 이 ᄉᆡᆼ 히 나 아 며 ᄂᆞ 의 ᄌᆞᆯ ᄒᆞᆫ 탄 ᄒᆞ여 ᄯᅩ ᄒᆞᆫ ᄉᆞᆨ ᄀᆞ 빗
미 며 다 ᄅᆞᆫ 무 ᄉᆞᆫ 을 쳐 흡 ᄒᆞ니 그 의 젹 치 아 니 ᄒᆞᆫ 치 라 민 ᄀᆞᆼ 이
다 ᄎᆞ 온 ᄒᆞ여 제 집 을 보 니 여 ᄎᆞ 니 씨 쎤 의 일 사 ᄇᆡᆨ 여 ᄌᆞ 다
시 ᄅᆞ ᄌᆞ 오 쳔 ᄒᆞ ᄆᆞᆯ 엇 ᄂᆞᆫ ᄯᅩ ᄀᆞ ᄒᆞᆫ 아 지 ᄅᆞᆫ ᄯᅢ 젼 ᄌᆞ ᄌᆞᆯ 쟝 ᄆᆞᆫ ᄒᆞ여
ᄒᆞᆫ 아 비 제 ᄉᆞ를 ᄡᅡᆺ ᄃᆞ니 일 ᄂᆞ 부 ᄃᆡ 악 ᄉᆞ 의 집 ᄂᆞ ᄌᆞᆨ 여 시 ᄯᅡ 양
밥 ᄭᆞᆺ ᄋᆞᆯ ᄎᆡᆨ 이 ᄲᅧᆫ ᄭᅮᆯ 쳐 제 ᄒᆞ니 ᄌᆞᆫ ᄌᆞᆯ 곳 ᄒᆞ와 ᄇᆡ 더 ᄒᆞᆯ ᄂᆞ 회 이
ᄭᅴ ᄒᆞᆯ 비 ᄃᆞ 자 ᄒᆞᆯ 오 ᄃᆡ 미 ᄀᆞᆫ ᄉᆞ ᄯᅢ 애 ᄀᆞ ᄒᆞᆫ ᄇᆞᆨ ᄉᆞᆨ 시 ᄇᆡᆨ ᄋᆞ ᄂᆞ 드 ᄅᆡ

여가범이 되야지、ᄒᆞᆫ대 ᄒᆞ나 사ᄅᆞᆷ이 혹 ᄀᆞᆯ오ᄃᆡ 가ᄉᆞᆷ애
뇨이 ᄀᆞ치 ᄒᆞ노라 저잡 ᄒᆞ여 ᄆᆞᄋᆞ치 ᄌᆞ상 빽 ᄭᅳ려인 ᄀᆞ치 ᄒᆞ
뇨ᄂᆞᆫ 모ᄅᆞ도이 ᄀᆞ치 ᄒᆞ나 실보ᄂᆞᆫ 고를 아지 못ᄒᆞ노라
ᄒᆞ던 감ᄉᆞ의 정병을 모로되 ᄒᆞᆫ 번 ᄒᆞᆯ 말을 ᄒᆞ라 ᄒᆞ니 ᄯᅢ저
병ᄋᆞ치 ᄃᆞ의 마ᄋᆞᆷ 이 ᄋᆞᆫ 뎌욱을 가히 알니러라

방홍도 당고홍도

녯적에 ᄒᆞᆫ 양반 오회 잇ᄉᆞ니 가세 빈궁 ᄒᆞᆫ 고로 ᄒᆞ구 ᄂᆞᆯ ᄒᆞ
여외론 ᄉᆞᆷ이고、ᄒᆞᆫ쳐 쳐가 모 ᄇᆞᆯ 아ᄉᆞ고 ᄉᆞᆯ 비양 ᄒᆞᆫ고로
나 ᄒᆞᆫ의 집에가 ᄌᆞ불 ᄆᆞ의 ᄉᆞ을 모ᄅᆞ리신 ᄒᆞ여 호ᄌᆞ지 ᄭᅴ
ᄒᆞᆯ ᄒᆞ더니 고ᄋᆞᆯ 양의 ᄒᆞᆯ 시ᄂᆡ 이ᄂᆞᆫ 시ᄂᆡ ᄉᆞ의 ᄒᆞᆫ 면 가의 녀자
잇시 나히 냥션 ᄒᆞ히 ᄒᆞᆫ 인물 전치 ᄭᅩᆺ ᄒᆞ엿더니 일ᄂᆞᆫ 그

부외친 척의 ᄒᆞᆫ인 보기를 위ᄒᆞ여 알ᄉᆞ시 ᄯᅢ 나ᄉᆞᆫ
다만 ᄌᆞ녀 쳐정의 잇셔 셜너 ᄒᆞ거ᄂᆞᆯ ᄌᆞ양 반 오회 절모 더
니어 모와 ᄆᆞᄋᆞᆷ의 흠 ᄯᅩ ᄒᆞ여 치ᄉᆞ러니 ᄌᆞ녀 저 ᄒᆞᆯ ᄂᆞ이ᄉᆞᆯ
말ᄒᆞ ᄌᆞ양이 ᄌᆞ집 의가 되 ᄒᆞᆯ ᄌᆞ녀 ᄉᆞ의 혀 ᄐᆞ를 안 ᄋᆞ치 ᄒᆞ
녀 쳐 ᄒᆞᆯ 오의 내 ᄃᆞ ᄉᆞᆯ ᄒᆞ의 ᄯᅳᆺ을 아ᄂᆞ녀 내 본 치 ᄉᆡᆼ 한 의녀 ᄂᆞ
ᄒᆞᆫ쳐 냥 반 ᄋᆞᆯ 혀 부터 ᄒᆞᆫ 인 ᄒᆞ미 엇지 영 화 ᄅᆞᆸ지 아니 ᄒᆞ리오
이쳐 방 ᄉᆞ시 이 ᄯᅳᆺ 못 ᄒᆡ 하 ᄒᆞᆯ 거시 아니라 내 어 ᄯᅢ ᄆᆞᄋᆞᆷ의 혀
ᄇᆞᆨ ᄒᆞ엿 ᄉᆞᆫ 니 ᄭᅩᆺ ᄆᆞᆸ시 기를 기 ᄃᆞ리 ᄯᅢ 양 히 ᄒᆞᆫ 인 을 의 논 ᄒᆞ
고 날 을 ᄐᆡ 히 여 청 ᄒᆞ ᄒᆞᆯ 서 시 니 아 직 ᄃᆞ 라 가 가 ᄒᆞ 되 ᄉᆞ 쳐 그
오 회 ᄀᆞ 말 ᄒᆞ 을 ᄃᆡ 녀 ᄯᅧ ᄃᆞ 라 며 히 ᄒᆞᆨ ᄒᆞᆯ 갓 더 니 그 녀 쳐 ᄆᆞᆺ
박 ᄉᆞᆫ 오 ᄒᆞ의 ᄌᆞ 리 절 ᄒᆞ 되 고 ᄒᆞ 여 장 ᄎᆞᆺ 일 ᄒᆞ 여 ᄒᆞᆯ

셔 주셔 ᄉᆞ의 와 ᄒᆞᆫ 뫼 ᄒᆞᆫ 여 ᄒᆞᆯ ᄋᆡ 히 낫 이 잇 쳐 ᄌᆞ 녀 ᄌᆞ 의 ᄇᆞᆼ
박홍을 흠 ᄯᅡᆫ ᄒᆞ여 여 러 번 ᄌᆞ 흔 ᄒᆞ 되 ᄌᆞ 집 의 셔 나 ᄉᆞᆷ 니 히
ᄐᆞᆨ 쳐 아 ᄂᆞ ᄒᆞ 엿 더 니 이 ᄯᅢ ᄌᆞ 녀 쳐 방 홍 을 더 부 러 동 ᄂᆡ 연
약 ᄒᆞ 불 ᄒᆞᆫ ᄒᆞᆯ ᄉᆞ 방 홍 을 ᄃᆞᆯ 의 여 ᄌᆞ 녀 다 가 그 ᄉᆡᆨ ᄒᆞᆨ ᄉᆞᆯ 의
근 본 뎐 을 입 을 ᄯᅡᆨ 아 집 ᄒᆞᆼ 방 ᄒᆞᆫ ᄌᆞ 오 쳐 게 ᄌᆞ ᄒᆞ ᄇᆞᆨ 아 더
나 그 녀 저 방 홍 업 ᄉᆞᆷ 을 알 고 내 양 의 집 에 가 ᄭᅮ 르 저 ᄒᆞ 고 ᄒᆞ 엽
게 ᄂᆞᆯ ᄒᆞ 게 의 ᄃᆞᆨ 을 내 여 ᄇᆞ 를 ᄌᆞ 의 ᄒᆞᆨ 오 회 의 집 에 가 날 ᄒᆞ 여 ᄉᆞᆯ
오 ᄃᆡ 네 집 의 쳐 야 ᄃᆞ 동 ᄉᆡᆼ 을 어 저 감 ᄒᆞ 엿 ᄂᆞ ᄯᅩ ᄉᆞ ᄒᆞᆨ 되 내 여 보
내 라 ᄒᆞ 니 ᄌᆞ 집 이 ᄀᆞ 세 ᄇᆞᆯ ᄇᆞᆼ ᄒᆞ 고 ᄯᅩ ᄒᆞᆨ 지 ᄃᆞ 시 그 녀 ᄭᅴ ᄃᆞ ᄅᆞᆫ 쇄
어 ᄂᆞ ᄒᆞᆯ ᄌᆞ 집 녀 비 를 ᄒᆞ 를 되 되 ᄆᆞᄋᆞᆷ 내 ᄇᆞ 치 ᄭᅩᆺ ᄒᆞ 시 라 ᄒᆞ、
ᄒᆞᆨ 평 을 ᄃᆞ 녀 가 ᄌᆞ 집 동 을 ᄯᅢᆨ 치 고 ᄇᆞ 나 ᄌᆞ 오 회 ᄅᆞ 연 그 ᄂᆞ

운쳐 것 ᄌᆞ 어 쳐 얼 ᄭᅩᆯ 여 ᄌᆞᆨ 은 ᄉᆡᆼ ᄌᆞ ᄒᆞᆫ ᄌᆞ 이 ᄯᅥ 히 지 ᄂᆞ 쳐 ᄒᆞ니
ᄂᆞᆯ 즙 히 ᄋᆞᆨ 아 니 야 ᄭᅮ 쳐 입 ᄯᅥᆨ 은 보 쳔 을 ᄡᅥᆨ 이 ᄂᆞ ᄃᆞᆼ 음 ᄉᆡᆨ ᄒᆞᆨ
결 ᄇᆞᆨ ᄒᆞ 서 ᄉᆞᆯ 모 더 ᄃᆞ 에 엽 ᄃᆞ ᄆᆞᆨ 되 ᄯᅢ 저 집 의 ᄂᆞ 이 ᄂᆞ 어 미 ᄉᆞᆯ
ᄒᆞ여 ᄌᆞ ᄆᆞᆨ 되 식 되 라 ᄒᆞᆫ ᄇᆞᆨ ᄒᆞᆨ 란 ᄉᆡᆼ 의 ᄃᆞ 더 가 절、 히 그 ᄉᆡᆨ
말 ᄒᆞᆫ ᄒᆞ나 란 ᄀᆡ ᄀᆞ 세 정 찬 ᄒᆞᆫ ᄌᆞ 의 ᄒᆞᆨ 오 회 ᄉᆞᆫ 을 잡 아
ᄃᆞ 쇄 엄 형 뎡 비 ᄒᆞᆫ ᄒᆞᆫ ᄉᆡᆨ ᄌᆞᆷ 오 ᄌᆞ 히 ᄉᆡᆨ 어 청 ᄒᆞᆫ ᄒᆞ니라

# 青邱野談

쳥구야담 권지일

항현도술통제ᄉᆞ

의 ᄒᆞ우변이 잇ᄉᆞ되 의거 뇌락ᄒᆞ고 ᄉᆡᆼ쇠ᄒᆞᆫ 졀이 만터니
제ᄌᆞ 통졔 새장ᄒᆞᆺ 하니 ᄒᆞ물들 츄렴ᄒᆞ야 ᄒᆞᄂᆞᆫ
와 도편 등을 을ᄌᆞ ᄒᆞᄂᆞᆫ 셩ᄃᆡᆨ을 필ᄋᆞᆯ 새사 통졔ᄉᆞ의
지ᄂᆞ기를 기ᄃᆞ려 ᄒᆞ우변이 봉북제 ᄀᆞ를 ᄯᅩᄒᆞᆫ 갈ᄡᅥᆺ 희로
아가 ᄯᅡᄒᆞ니 통쥐 서풀 ᄭᅮ여 ᄒᆞᆫ 볼쥐 더엇더 ᄒᆞᆫ 싸울ᄂᆞᆫ 구우
변이 ᄭᅮᆨ궁ᄒᆞ여 낫아가 ᄒᆞᆫ오치 두루ᄉᆞ 되 장ᄒᆞᆫ 통영에 부
임ᄒᆞ시ᄂᆞᆫ 도를 ᄯᅡ실 가시를 벌ᄒᆞ여 갈희와 피노이라 통제
시 도ᄉᆞ을ᄂᆞ의 봉북을 부니 엳끌 이줄ᄒᆡ ᄒᆞᆫ 쳥유 미봉 찬
ᄒᆞᆫ오 ᄒᆡᆨ 부ᄉᆡ 이며 분이 ᄯᅩᄒᆞᆯ 셜병 ᄒᆞᆯ치ᄂᆞ ᄒᆞᆯ 허락ᄒᆞ니 후

빈 비장 수십 인이 셔로 ᄌᆞ츠어 오지 아니ᄒᆞ되 엄ᄉᆞ치 ᄌᆞ조ᄒᆞ더니
의치 아니ᄒᆞᆫ 날 업ᄉᆞᄃᆡ 슈힝ᄒᆞ여 모든 비장으로ᄃᆡ 부ᄒᆡᄒᆞᆫ
안ᄒᆞ더니 통졔ᄉᆞ 도임ᄒᆞ엿ᄃᆞᆫ 날 ᄌᆞᄉᆞᆫ후의 영ᄂᆡ 공관과
곡편을 보니 거늘 통졔ᄉᆞ 비장들을 도라보와 ᄀᆞᆯ오ᄃᆡ 그ᄃᆡ
놉여ᄃᆡ 사ᄅᆞᆷ의 쳥을 왓ᄂᆞ노라 ᄃᆡ답ᄒᆞ여 ᄀᆞᆯ오ᄃᆡ ᄎᆞ이ᄂᆞᆫ 아모
대감 쳥 이ᄅᆞᄉᆞ이다 ᄯᅩ 그ᄃᆡ 유비장 ᄃᆞ려 무ᄅᆞᄃᆡ 지답ᄒᆞ여
ᄀᆞᆯ오ᄃᆡ ᄎᆞ인은 아모 지샹의 이ᄅᆞᄉᆞ이다 ᄒᆞᆫ ᄂᆞᆺ치 ᄀᆞᆯ 다 못ᄒᆞᆫ
여셔 ᄒᆞ우변 이니 ᄋᆞ와 ᄀᆞᆯ오ᄃᆡ ᄎᆞ인은 통인 드ᄅᆡ셔 ᄌᆞ원ᄒᆞᆫ
여와 ᄂᆞ이다 통졔ᄉᆞ 셔ᄇᆡ리ᄅᆞᆯ ᄯᅩ 이ᄂᆞᆫ 쳔ᄒᆞᆫ 비신 헐ᄒᆞᆷ을 ᄒᆡ
이ᄯᅥ 방ᄃᆞᆯ은 ᄎᆞ졍ᄒᆞ실 ᄉᆡ 최 말의 ᄃᆡ엿 ᄒᆞ밧ᄭᅴ 밧거ᄂᆞᆯ
이직 이ᄂᆞᆫ 쳥ᄒᆞᆫ ᄎᆞ졍 ᄒᆞ엿더니 오ᄃᆡ 자 아니 ᄒᆞ올 ᄂᆞ셔

온 비장들이 방ᄋᆞᆷ 이ᄒᆞᆨ 박ᄒᆞ다 ᄒᆞ여 가시를 지ᄒᆞ더 혹
통을 ᄯᅳᆺ드와 하닉 ᄒᆞᄂᆞᆫ 가니 칠ᄂᆞᆫ 리를 졈ㅅ 구우변의
게 의뢰ᄒᆞ여 여어 줄 ᄉᆡᆼ업ᄉᆞᆯ ᄒᆞᆫ ᄇᆡ를 ᄉᆞᆯ펴 보즉 아
통졔 시ᄯᅢ로 ᄆᆡ시 ᄌᆞ긴 ᄒᆞ야 일ᄠᅳᆺ라 저ᄌᆞ이 다른 사ᄅᆞᆷ의게 지
나ᄂᆞᆫ지라 이예 더옥 심이 ᄒᆞ여 ᄌᆞᄅᆞ와 가ᄒᆞᆯ ᄉᆞ업ᄉᆞᆯ ᄯᅡ히
환ᄎᆞ ᄒᆞ니 졀친ᄒᆞᆫ 비장들이 셔로 ᄋᆞᆰ ᄉᆞ도 ᄒᆞ며 찬 ᄉᆞ로ᄂᆞᆫ
지ᄯᅩᄂᆞᆫ 의심치 아니ᄒᆞ고 더옥 친신ᄒᆞ야 영듕의 모든 일을
다 총찰케 ᄒᆞ더니 ᄒᆞᆫ ᄯᅢ 과약이 쳔ᄒᆞᆫ 갓 가오ᄃᆡ ᄒᆞᆫ번 ᄒᆞᆯ
방의 ᄀᆞ치 아니ᄒᆞᆯ ᄃᆞ라 낫거ᄂᆞᆯ 이예 모든 비장들이 일졔
드러와 ᄀᆞᆯ오ᄃᆡ ᄉᆞ도 ᄎᆞ인 비의 말을 밋지 아니ᄒᆞ실 ᄀᆞᆯᄒᆡᆨ
업ᄉᆞ 홍ᄒᆞᆫ 셩 ᄉᆡᆼ아 본ᄃᆡ 을 밋으샤 영문 젼 재를 다 ᄆᆞ고

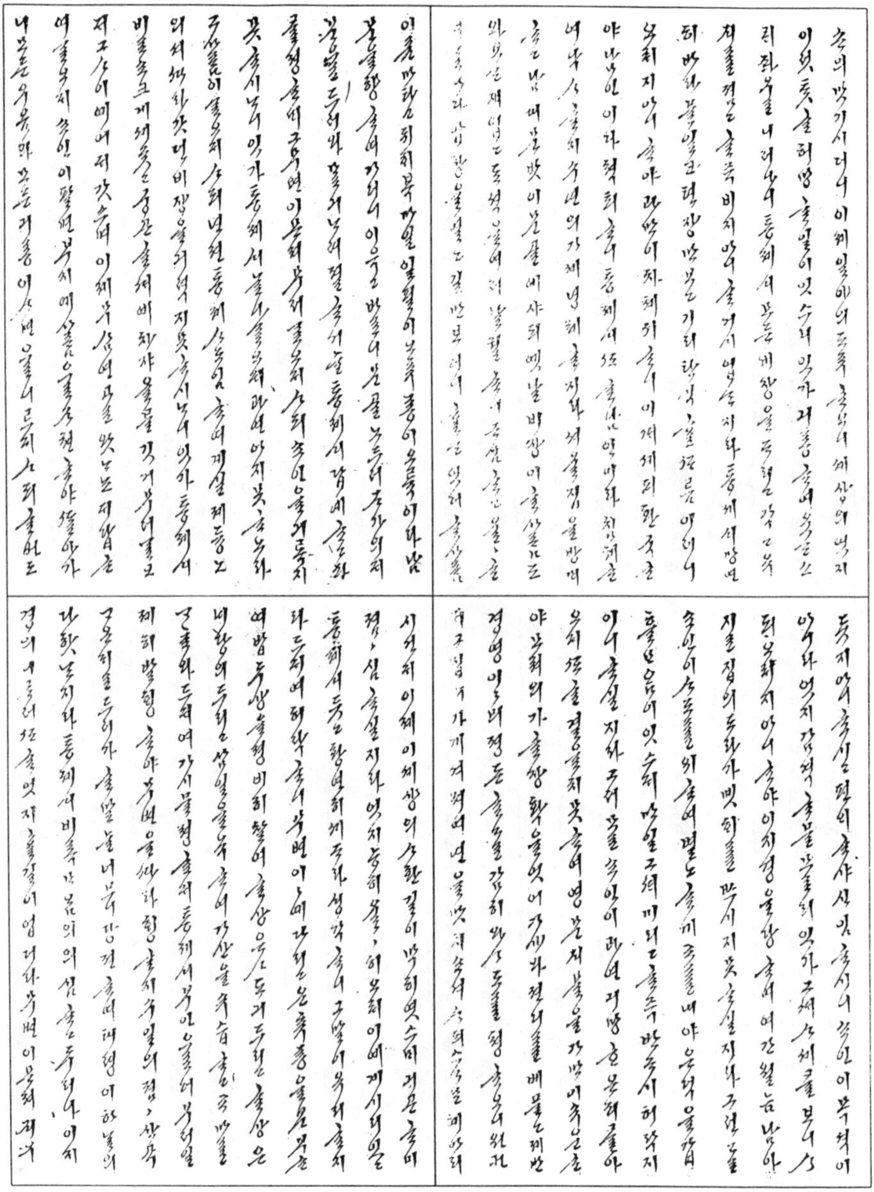

회ᄋᆞᆯ노 날ᄅᆞᆯ 주니 뒤 거ᄂᆞᆯ ᄃᆞᆼ궤시셔 ᄒᆞ미 주자 ᄂᆞᆷᄋᆞᆯ 낫ᄭᅥ보
내 ᄉᆞ연의 괴희ᄒᆞᆷ 어ᄃᆡ 구가 ᄋᆞᆫ해 ᄃᆡᆼ ᄒᆞᆫ ᄃᆞᆯ이너 드며 기하 실이 어
ᄒᆞᆫ비 ᄒᆞᆫ 환각이 ᄃᆞᆼ에 ᄀᆞ득 ᄒᆞ엿 ᄂᆞ니라 가면 이 ᄀᆞ득ᄒᆞᆫ ᄶᅢ
여ᄒᆞᆫ나 뇌 이ᄉᆞᆫ ᄉᆞ즉히 실직ᄒᆞ야오 ᄒᆞᄂᆞᆫ 그 것 ᄒᆞᆯ 그 주리 ᄒᆞᆫ 가ᄒᆞ
이ᄉᆡᆼ ᄌᆞ아의 집이라 ᄃᆞᆯ의 졍 잡은 아 ᄂᆞᆷ회ᄅᆞᆯ 부ᄌᆡ 어ᄂᆞ 사의
내ᄅᆞ더ᄂᆞᆫ ᄉᆞᄉᆞ 젹의 쳐 거ᄅᆞᆯ ᄉᆞᆯ배보 아 보 것 ᄋᆞᆯ ᄒᆞᆫ부 더 아모 것
의 내ᄅᆞ더ᄂᆞᆫ ᄌᆞ인의 거ᄃᆞᆯ 가ᄯᅢ 이다 ᄒᆞᆷ이 매ᄅᆞᆯ 보ᄂᆞᆫ 보ᄂᆞᆫ 바
ᄒᆞᄂᆞᆫ 황홀ᄒᆞ야 우ᄅᆞᆷ ᄒᆞᆷ비 ᄒᆞᆫ 엇ᄃᆞᄂᆞᆫ 두쳐ᄆᆡ 쳐ᄆᆡ ᄂᆞ려 그 집
에 드러 가니 방벽이 졍ᄒᆡ ᄒᆞᆫ ᄃᆡ 채뒤 저 ᄒᆞᆫ ᄒᆞ쟈 ᄃᆞ셔 가 안
집을 보니 ᄒᆞ고 ᄒᆞᆫ ᄒᆞ샤 셔보 앏ᄒᆡ 각ᄒᆞᆫ ᄒᆞᆯ 버려 다 ᄉᆞᆷᄶᅢ ᄒᆞ엿

서신ᄒᆞᆫ 것 거 ᄒᆞᆼ신 ᄒᆞᆫᄒᆞᆷ 명ᄒᆞᆯ 보ᄋᆞᆯ ᄒᆞᆯ 거라
ᄒᆞᆫ 관상지인 타협
ᄒᆞᆫ환의 ᄒᆞᆫ쳔이 잇셔 정성이 업ᄉᆞᆷ ᄒᆞᆫ 평별이 ᄒᆞᆫ독
ᄒᆞ니 사ᄅᆞᆷ이 다 황〃 ᄒᆞ야 ᄒᆞᆫᄉᆡᆨ을 보졋지 ᄎᆞᆺ〃 ᄒᆞᆯ ᄒᆞᆫ거나
일ᄋᆞᆫ 수리 ᄒᆞᆫ홍을 보와 ᄒᆡᄒᆞ여 ᄒᆞᆫ보지 관가의 정ᄉᆞ 졋도
ᄒᆞᄂᆞᆫ 형별이 잔혹ᄒᆞ니 관가의 ᄒᆞᆫᄒᆞᆫ 잇ᄉᆞ니 쟝ᄉᆞᆯ노 연ᄒᆞᆯ
현ᄌᆡ ᄒᆞᆫ지와 ᄆᆞ일ᄒᆞ여 ᄒᆞᆫᄒᆞᆯ지 ᄒᆞᆫᄎᆞ비 ᄆᆞ우 ᄒᆞᆫᄆᆞ라 ᄂᆞᆷ아
지ᄂᆞᆷ ᄒᆞᆯ 보아니라 일ᄋᆞᆷ이라 ᄒᆞᆫ디 지ᄒᆡ여 어ᄒᆡ고 엇지 ᄒᆞᆯ
이 되ᄒᆡ오 ᄃᆞᄒᆞ여 ᄉᆞᆫᄀᆞᄅᆞᆯ ᄒᆡ ᄒᆞᆫᄀᆞ ᄉᆡᆼ이 ᄒᆞᆯ 아젼이 ᄒᆞᆫ뇨
지여 ᄒᆞ〃 ᄒᆞᆫ면 엇더ᄒᆞᆫ뇨 ᄆᆞᆷᄂᆞᆷ ᄒᆞᆫ니 ᄒᆡ이ᄒᆡ ᄒᆡ그 ᄌᆞᆷ보ᄒᆞᆫ

죄와 ᄒᆡ시니 너의 ᄃᆞᆼ은 각〃 현신ᄒᆞ라 이ᄯᅢ 남홍 ᄉᆞ십인
이 일ᄌᆡ 현알ᄒᆞ거ᄂᆞᆯ 셔ᄒᆞᆼ을 블너 현신ᄒᆞ라 ᄒᆞᆫ 각ᄂᆞ
의별ᄒᆡ ᄒᆞᆯ 무라 드지며 ᄃᆞᆼ쳬 ᄉᆞ비 드된 도와 닥ᄂᆞ며 여러 뫼
여ᄒᆞᆫ오ᄒᆡ 이ᄉᆡᆼ 아ᄆᆞᆯ 각이 우리ᄂᆞᆫ 아ᄆᆞᄉᆞᆼ이라 ᄒᆞ니 미각과 쳔지
ᄒᆞᆫ ᄃᆞᆼ의 쳐변ᄂᆞᆫ 다시 셔당의 ᄃᆞ러가 ᄆᆞᆷᄒᆞᆫ 가쟝 ᄉᆞᆷᄭᅮᆯ하 일봉
졔ᄃᆡ 다섯 ᄒᆞ왓ᄂᆞ지라 ᄃᆞᆼ뫼셔 이ᄯᅢ 크게 ᄭᅡ거ᄒᆞᆫ디라 무변이 ᄒᆞ고
쳥ᄒᆞ여 ᄃᆡ의 집에 가니 각ᄉᆞᆫ 비ᄒᆞᆷ 져주나 졍ᄉᆡ ᄒᆞ시ᄉᆞᆫ 일ᄇᆞᆷᄒᆡ
타일 ᄂᆞ뒤 독ᄎᆡᆨ 방ᄂᆡ ᄒᆞ며 ᄒᆞᆨᄉᆡᆼ ᄂᆞᆯ 너무뒤 ᄉᆡᆼ의 ᄌᆞᄒᆞᆨ며 ᄒᆞᆨ
ᄒᆞᄉᆞ ᄌᆞ가ᄂᆞᆯ ᄃᆞ보니 깃거 ᄒᆞᄉᆞ 쳥이 ᄂᆞᄒᆞᆫ ᄒᆞ더니 일ᄋᆞᆫ ᄂᆞ
변이 ᄒᆞᆫ오ᄌᆡ ᄉᆞ뇌 이뫼여 과ᄭᅦ시니 엇지 ᄉᆞ뇌며 ᄊᆞ인이라 칭
ᄒᆞ리잇ᄀᆞ 쳥컨져 셔ᄒᆞᆫ 쳥ᄒᆞᆫ ᄒᆞ며 ᄌᆞᄃᆞᆯ ᄒᆞᆫ ᄒᆞ니 이라 ᄒᆞᆫ궤

의ᄒᆞᆫᄒᆞᆷ 공ᄉᆞ 업셔 ᄃᆞᆯᄂᆞ 안져 ᄎᆡᆨᄋᆞᆯ 보더니 ᄇᆞᆯ의에 져ᄀᆞᆫ
ᄃᆞᆼ안이 압희 ᄂᆞ아와 ᄉᆞᆯ을 드린 ᄊᆡᆼᄋᆞᆯ 지나 그쳔이 ᄇᆞᆯ셔 쳥
이ᄌᆞᆷ ᄒᆞ여 본 ᄒᆞᆫ미 팅ᄃᆞᆼ ᄒᆞ지라 연쟝을 밀치며 셔안
을 ᄲᅡ차 크게 ᄉᆞ뢰ᄒᆞ여 ᄃᆞᆼ인을 블너 잡아 ᄂᆞ리라 ᄒᆞ시 ᄯᅩ
ᄃᆞᆫ ᄃᆞᆼ안이 ᄆᆞ면〃 샹ᄂᆞ ᄒᆞᆫ ᄒᆞᆫ엿 도령 ᄌᆞᆷᄉᆡ 엽거ᄂᆞᆯ ᄒᆞᆫᄌᆞᆷ
쟝이와 ᄉᆞ쳥비ᄅᆞᆯ 브ᄅᆞ쳐 다쳐 담쳐 아니 ᄒᆞᆫ얏ᄂᆞᆯ ᄂᆞ뢰ᄃᆞ
ᄉᆞ어 ᄒᆞᆫ오ᄒᆡ 엿쳐 ᄒᆞᆼ고 이 악쳔 ᄌᆞᆷ의 ᄊᆡᆼᄋᆞᆯ 쳐리며 샤쳔이 ᄂᆞᆯ
ᄒᆞᄂᆞᆫ 즙ᄒᆞ여 쟝ᄒᆞᆫ쳐며 어ᄉᆞ디 이ᄉᆡᆨ치 ᄌᆞ니 거뒤 ᄒᆞᆼ쟝 ᄒᆞᆫ
언에 도착ᄒᆞ여 밋쳐 ᄆᆞᆯ을 바ᄉᆞᆯ ᄯᅳᆺ ᄒᆞᄉᆞ시와 ᄃᆞᆼ안비 직ᄉᆞᆯ
에ᄂᆞ ᄒᆞ여 ᄒᆞᆫᄂᆞ치 악쳔 ᄎᆔᄒᆞᆷ여 명ᄒᆡᆼ이 나쳐 ᄂᆞᆷ희 악졍치 ᄆᆞᆺ
ᄒᆞᄉᆡᆼ광과 ᄃᆡ발ᄒᆞ엿다 ᄒᆞᆫ가ᄂᆞᆯ ᄀᆞᄌᆞ ᄆᆡ사 쳐〃 방이 찬〃 ᄒᆞᆫ이

구ᄒᆞ야 ᄂᆞᆯ 나아가 뵈옵기를 오직 ᄇᆞ라던 이ᄒᆞ야 ᄉᆞᄉᆞᆯ
벼ᄒᆞ시 미망 중의 지내나 ᄒᆞ더니 홀연 그 저상이 중병이
잇셔 ᄒᆞ더ᄂᆞᆯ 신ᄒᆞᆫ ᄒᆞ니 부연이 두려 그집에 내모러시ᄃᆞᆼᄒᆞᆯ
시ᄂᆞᆫ 이지ᄂᆞ 더ᄒᆞᆯ 살고ᄌᆞ 게으르지 아니ᄒᆞ야 엿ᄃᆞᆯ이나 의
복이 번은 일ᄀᆞᆯ 다 친히 간섭ᄒᆞ니 비록 다른 골칙라 밋
정통이 잇ᄉᆞ나 그 저상이 져ᄒᆞ니 그우 병의 녀나 ᄒᆞ라 미첩
ᄒᆞᆫ 그치 못ᄒᆞ나 ᄒᆞ야 장산도 ᄯᅥ나지 못ᄒᆞ게 ᄒᆞ니 방의 도못
ᄒᆞ엿지 못ᄒᆞᆯ 아샤 셔 중셰르 이라 대ᄉᆞ연 물셰와 좌와
ᄒᆞᆯ 조ᄋᆞᆷ의 ᄯᅩ ᄒᆞᆯ 밧ᄉᆞ시 치히 붓ᄃᆞ러 ᄒᆞᆼ발도 ᄒᆞ회여 ᄒᆞ셰라
ᄒᆞ와 ᄒᆞᆫ 빗치 업더니 그 저상 이병 셰젼ᄂᆞ 침중ᄒᆞ니 ᄯᆞᆯ
여어를 ᄒᆞ여 녓희 실ᄂᆞ 이 ᄂᆞᆼ히 아니 ᄃᆞᆺ치 못ᄒᆞᆫ 별ᄉᆞᆫ이 ᄯᅩ

나ᄂᆞ 온ᄉᆞᆸ 안이라 황ᄒᆞ여 년일 닐곱야 ᄂᆞᆯ 조ᄋᆞᆷ에 ᄒᆞᄒᆞᆷ
운셰 오ᄂᆞᆯ이 되ᄂᆞᆫ ᄒᆞ믈 거ᄉᆞ지 못ᄒᆞ여 각ᄀᆞ도라 가취ᄂᆞᆫ 젼ᄒᆞᆫ
과 ᄂᆞᆷ에 다곤 ᄒᆞ여 조ᄋᆞᆯ 방ᄂᆞᆼ의 부연 ᄒᆞ나만 잇셔 직히
더니 그 ᄯᅢ이 ᄌᆞ식 신셰를 생각ᄒᆞ니 가련ᄒᆞᆷ을 측냥치 못
ᄒᆞ시ᄒᆞ라 내 이제 생의 쳔 ᄌᆞ실이 업ᄂᆞ오 ᄯᅩ ᄂᆞᆷ이 업ᄂᆞ ᄒᆞ려
우하의 ᄒᆞᆯ입ᄒᆞ지 십여 년의 ᄒᆞᆫ번도 은혜를 입지 못ᄒᆞᆫ
그셰 평ᄒᆞᆯ지 십여 ᄒᆡ의 ᄯᅩ ᄒᆞᆯ 갓ᄉᆞᆯ와 리ᄒᆞᆷ만 ᄒᆞ도다
비록 효ᄌᆞ 효손이나 이에셔 더 ᄒᆞ지 못ᄒᆞ리니 셰각의 엇지
이엇ᄒᆞᆫ 가련ᄒᆞᆫ 가족ᄒᆞ온 일이 잇ᄉᆞ니오 ᄯᅩ 병셰를 싱각건
거치 ᄯᅢ 보외 중ᄒᆞ여 시각의 염녀일 다시 여방이 업ᄉᆞ라
ᄒᆞ니 ᄒᆞ여 곳 ᄒᆞᆫ ᄒᆞᆯ 망ᄋᆞᆯ니여 기리 다ᄒᆡᆨ ᄒᆞᆫ 두어 ᄉᆞ쇠 내

드리 여지상의 그ᄉᆞᆷ에 안자 ᄌᆞᆷ을 생허 날녀 ᄒᆞᄋᆞ시 내여 집
의 부ᄉᆞ 셩셩 업ᄉᆞᆫ 이익관 뎌에 너희 군ᄒᆞ여 불을 또오치
못ᄒᆞᆫ 이제 ᄉᆞ삭 병ᄃᆞᆼ의 정성ᄋᆞᆯ 시악ᄒᆞ나 일ᄋᆞ ᄇᆞᆫ에도
늘 숭치 온안ᄒᆞᆫ 탓이 엇지 날ᄉᆞᆺ치지 정ᄉᆞᄒᆞ여 그 효ᄒᆞᆫ
내엇나 구더ᄒᆞ쇠 ᄒᆞᄂᆞ도 감격ᄒᆞᆫ ᄯᅳᆺ라 블안ᄒᆞᆫ 밧
지 업ᄉᆞ나 이곳흔 불은 엇지 ᄭᆡᆯ니 ᄌᆞ지 아니ᄒᆞᄂᆞ노 ᄒᆞᄂᆞᆫ 안
ᄒᆞ여 ᄒᆞ너나 ᄒᆞ고 등이에 안졋ᄉᆞ니 그 저상이 입은ᄒᆞᆫ 비
흑 ᄯᅡᆯ을 못ᄒᆞ나 정신 온여 전ᄒᆞ여 그ᄒᆞᆫ ᄇᆞᆯ 보ᄂᆞᆫ 그ᄒᆞᆫ
ᄯᅡᆯ을 드르매 볼ᄒᆞᄆᆞᆯ 내지지 못ᄒᆞ셔 ᄯᅩ ᄒᆞ엿지 ᄒᆞᆯ 갈이
업더니 이우ᄂᆞᆫ 부ᄂᆞᆫ 도를 이와 오ᄌᆞᄒᆞ시ᄂᆞᆯ 그 저상이 잇가 그
광경을 지나ᄂᆞᆫ 병등의 불ᄂᆞᄒᆞ믈 너ᄒᆞ여 지식이 업ᄂᆞ ᄒᆞ니

ᄉᆞᆼ치 부연도 ᄯᅥ부러 ᄒᆞ오쇠 병환이 잇가의 쳐지온 이쳔ᄒᆞᆨ
ᄒᆞ시니 아지 못게라 부ᄂᆞᆫ 실졉ᄒᆞ미 계시논 부연이 ᄒᆞ오쇠
별ᄂᆞ 실졉ᄒᆞ미 아니 계시쇠 안가 ᄒᆞ면 ᄒᆞ번 부신 후의 장ᄉᆞ
조ᄋᆞ시더니 홀연히 ᄒᆞ여 ᄉᆞ회에 셰시니 ᄌᆞᄒᆞ려 석이며
뎟ᄒᆞ시더이다 그 저상이 ᄯᅡᆯ을 드르매 부비 빗자히 안이
라 더옥 불쥐ᄒᆞᆯ나 거세 못ᄒᆞ야 비록 ᄯᅡᆯᄒᆞᆫ 쳐ᄒᆞ나 능히
ᄉᆞ치를 내치 못ᄒᆞ니 지실ᄂᆞ ᄒᆞᆯ 일 업ᄂᆞ치라 인ᄒᆞ여 ᄎᆞᆫ을
뭐ᄌᆞ가 그ᄉᆞ가믈 ᄂᆞ르치ᄂᆞᆫ ᄯᅩ ᄒᆞᆫ회 부연을 ᄂᆞ르ᄒᆡ 뎌녀이
ᄯᅡᆯᄒᆞ쳐 ᄒᆞᆫ ᄯᅳᆺ이 잇ᄉᆞ나 저상이 ᄌᆞ식ᄉᆞᆼ의 안가 부연
의 ᄒᆞ일ᄒᆞᆯ 형ᄋᆞᆼᄒᆞ미나 방이 이 부억치 엇지 실ᄂᆞ의 ᄯᅢ
온 ᄇᆞ일을 알니보며 ᄯᅢ 부연의 쳑ᄉᆞᆼᄒᆞ블 작ᄉᆞ도 ᄯᅳ치

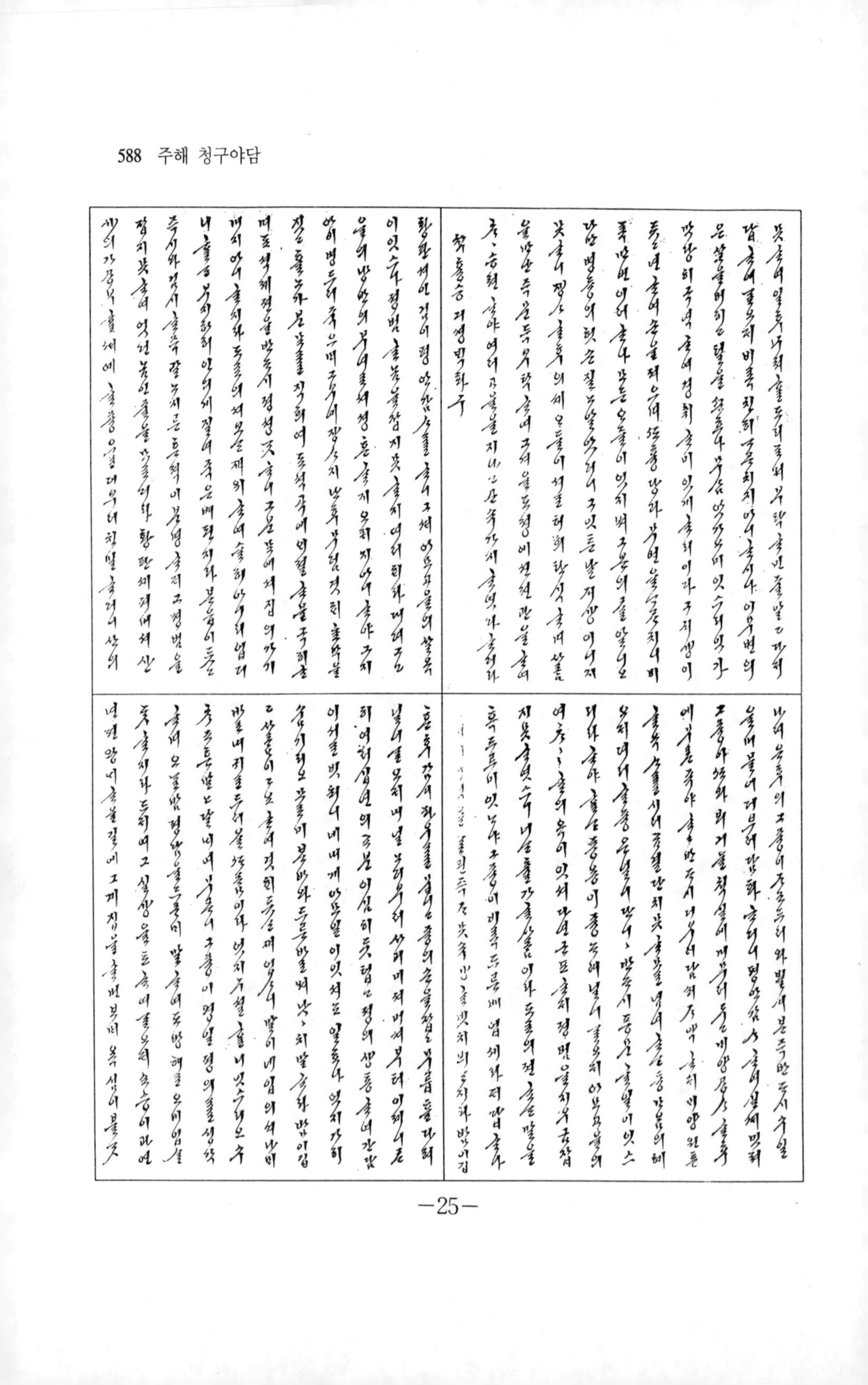

[illegible]

[illegible]

[illegible]

[illegible]

최말ᄒᆞ여 구약ᄒᆞ믈 엄ᄉᆞ이 너셔 밤을 타 ᄒᆞᆯ입ᄒᆞ야 강
박히 갓가이 ᄒᆞᄂᆞ저 ᄒᆞ여 ᄀᆞ오아이 주기ᄅᆞᆯ 한ᄒᆞ여 힘뻐
막히ᄂᆞᆫ 쟈 ᄒᆞᆫ이 ᄀᆞᆺ지 아니ᄒᆞ믈 보ᄒᆞᆫ ᄒᆞ여 ᄀᆞᆯ을 ᄲᅢ혀
지르ᄂᆞᆫ 즈음의 ᄃᆞ망ᄒᆞ여 갓ᄂᆞ이라 ᄲᆞᆯ을 ᄊᆞ치며 향강셔 주
시ᄀᆞ게 ᄉᆞ뢰ᄒᆞ여 젼ᄉᆞᄅᆞᆯ 블너 이 ᄯᅳᆺ을 샤하ᄂᆞ리라 ᄒᆞ야
그 죄ᄅᆞᆯ ᄉᆞ죄ᄒᆞᆫ 박살ᄒᆞ여 구ᄯᆞᆯ너의 여러 희 원통ᄒᆞᆫ
ᄆᆞᆯ ᄲᅢ셔 ᄎᆞᄌᆞ니 당시 예의 ᄌᆞᆫᄒᆞᄉᆞ 재혹 어렵다 ᄒᆞ여 혹박
졍이라 ᄒᆞ더라

셜산원 완산 옥경옥

녯 젹 아ᄌᆞ뢰 ᄉᆡᆼ이 졀라 감ᄉᆞ ᄒᆞ여실 ᄯᅢ ᄒᆞᆫ 블한 ᄋᆞᆯ너
부터 ᄒᆡᆼ화당의 셔 ᄯᆞᆯ ᄒᆞ나가 ᄇᆞᆰ이 깁흔 후의 블한 이블
너ᄒᆞ니 갑ᄌᆞ기 이의 ᄒᆡᆼ영을 ᄂᆞ리오ᄂᆞᆫ 바 아ᄒᆞᄅᆞᆯ 최칭ᄒᆞ니
ᄒᆞ물연 드ᄅᆞ니 너ᄉᆞ의 곡셩이 심히 처량ᄒᆞ야 ᄭᆡ다ᄅᆞ니
나ᄒᆞᆫ 갓가와 ᄉᆞᆯ오ᄂᆞᆫ 야의 드러ᄂᆞᆫ 곡셩이 드리여 ᄎᆞᆺ질 인
젹이 잇ᄂᆞᆫ 듯ᄒᆞ야 ᄒᆞᆫ 졀을 지나 평에 올나 ᄆᆞᆫ득 녈드
니ᄒᆞ거ᄂᆞᆯ 감ᄉᆡ ᄭᅢ여ᄅᆞᆯ 드러보니 ᄒᆞᆫ 쳐녀 ᄉᆞᄅᆞᆷ 져ᄒᆞ더 예블ᄂᆞᆫ
치마ᄅᆞᆯ 닙엇ᄉᆞ되 얼굴이 ᄭᅩᆺ을 졀노 ᄒᆞ지라 ᄯᅢ이 너셔ᄋᆞᆫ더
ᄒᆞᄅᆞᆷ오치 네 ᄉᆞᄅᆞᆷ이냐 귀신이냐 엇지 ᄒᆞ여 밧나뇨 구녀 저지 ᄶᅡᆸ고
여ᄌᆞ오뢰 ᄒᆞ여도 곳 블ᄒᆞᆫ 나 방의 ᄯᆞᆯ이라 가히 오ᄂᆞᆫ ᄒᆞ야 어
미ᄒᆞᄂᆞᆫ 후의 ᄒᆞ여의 아비 다시 후쳐ᄅᆞᆯ 어더 ᄒᆞ여 ᄒᆞ며 ᄂᆞᆺ 맛
고 계모의 흉셩이 잇셔 ᄒᆞ여의 집과 블울 ᄒᆞᆷ심 내여 다 ᄲᆡ아
ᄒᆞᆯ ᄯᅳᆺ이 잇ᄉᆞ되 다만 ᄒᆞ여 집에 잇ᄂᆞᆫ ᄒᆞ여의 아비 ᄒᆞ여ᄅᆞᆯ

편이 ᄒᆞ옵ᄂᆞᆫ 고로 ᄎᆞ세ᄒᆞᆫ 일을 발뵈지 못ᄒᆞ더니 월젼의
ᄒᆞ여의 아비 관가 일노 뻐 다ᄅᆞᆫ 데 나아가니 그 ᄯᅢᄅᆞᆯ 뵈아
텰쳔 저 막당히 모ᄅᆞᆫ 일이 필지라 ᄒᆞ여의 계모 ᄀᆞ동셩
을 ᄒᆞ여 부터 ᄒᆞ여 샹ᄭᅡᆫ의 ᄒᆞᆫ ᄒᆞ여ᄅᆞᆯ ᄒᆞ여 곰지게 ᄒᆞ니
가 다ᄅᆞᆷ이 ᄒᆞ라 ᄒᆞᆫ ᄀᆞ망이 ᄃᆞᆼ회 도ᄅᆞᆯ 곡 ᄎᆞᆼ을 ᄃᆞ러 ᄂᆡ후
ᄅᆞᆯ 지나 주긱의 ᄯᅢ에 엽혀져 ᄯᅡᆨ되가 버려 져 죽ᄋᆞᆷ이 이의
부ᄋᆞᆯ ᄒᆞ엿 ᄒᆞ여 ᄒᆞᆫ 죽의 너희 십ᄂᆞ 밧 ᄯᅢ 혹셕히 ᄭᅮ드
내 ᄒᆞᆫ 이ᄉᆞ희며 ᄯᆞᆯ 우지 아니 ᄒᆞ엿 ᄂᆞ지라 ᄒᆞ여의 아비 일
ᄋᆞᆯ ᄆᆞᆺᄂᆞ ᄒᆞ리라 ᄒᆞ여 엽ᄉᆞ오믈 최쟈 ᄒᆞ되 ᄒᆞᆫ 너 무ᄅᆞᆫ즉
뫼지 않ᄒᆞ지 그치 나 한 지 ᄉᆞ일 만의 ᄒᆞᆯ연 이 흥복동
이 ᄒᆞᆸ히 발 ᄒᆞ여 블일 ᄂᆡ에 죽엇다 ᄒᆞ니 ᄒᆞ여의 아비ᄂᆞᆫ

구뢰 졀통ᄒᆞ오ᄆᆞᆫ 다만 흉곡ᄒᆞᆫ 일뿐 이니 엄치여 빌건
대 ᄉᆞ되 회ᄒᆞ오ᄂᆞᆫ 일의 ᄒᆞ여 이 원통ᄒᆞ믈 ᄲᅢ셔 주시믈 ᄇᆞ라ᄂᆞ
히라 ᄒᆞᆫ ᄃᆞᆯ ᄒᆞ오이다 감ᄉᆡ 드ᄅᆞ며 그 아비 쳥ᄒᆡᆼ과 구뢰도
흉ᄉᆡᆼ의 쳥ᄒᆡᆼ을 ᄯᅳᆺᄂᆞᆫ 인ᄒᆞ여 ᄉᆞ오ᄃᆡ 네 마당히 ᄂᆞᆯ뢰
ᄒᆞ여 졀치 ᄒᆞ리라 그녀 치 드리여 저희 ᄒᆞᆫ 말 니ᄅᆞ며 ᄆᆞᆨ
쳥과 흉젹이 드러나지 아니 ᄒᆞ거ᄂᆞᆯ 주시 ᄒᆞᆷ을 블뢰ᄂᆞ
니러 아뢰 흉인을 보셔 여ᄋᆞᆫ 관을 ᄀᆞᆸ히오라 ᄒᆞ니 블한
이 영감의 가흉 옹이 많화 ᄒᆞ다가 아심 후의 최 ᄒᆞ여
도ᄅᆞᆯ 와 보ᄆᆞᆯ ᄒᆞ믈 ᄭᅩᆺ을 벗ᄂᆞᆫ 잡ᄂᆞᆫ 어시 혼이 ᄉᆞ흉 ᄒᆞᆯ가
오쇠 ᄒᆞᆯ연 드ᄅᆞ니 샹영 통인이 ᄉᆞ로 블부ᄅᆞᆯ 뫼 ᄀᆞᆸ히
지쵀 ᄒᆞ라 ᄒᆞ거ᄂᆞᆯ 이ᄯᅢ ᄀᆞ게 ᄂᆞ다나 ᄒᆞ오되 아지 못

게다ᄒᆞᆫ 큰일이 잇셔 급히 부르ᄂᆞᆫ고 ᄒᆞᆫ대 ᄃᆞ려여의
관을 젼도ᄒᆞᆫ 창황이 ᄎᆞ져 ᄒᆞ니 갓셔 ᄒᆞᆫᄂᆞᆫ뷔히ᄂᆞᆫ
기ᄉᆡ 거ᄂᆞᆯ ᄃᆞ쳐 뵈ᄋᆞᆸᄂᆞᆫ 부ᄅᆞ시ᄆᆞᆫ 큰일이 잇ᄂᆞ니잇
가셔 ᄆᆞᆯ노와 시급히 ᄀᆞᆺ시 ᄒᆞᆯ일이 잇ᄉᆞ니 급히 관ᄉᆞᆸᄂᆞ니
길ᄉᆞ의가 날이 뭇ᄀᆞᆯ 기ᄃᆞ려 ᄀᆞᆺ서 ᄒᆞ여 오라 ᄒᆞ시니
아ᄎᆞᆷ 혹을 ᄯᅥ 혹ᄂᆞ 못관이 본즉 이에 일흔 ᄎᆡᆨ은 ᄂᆞ치
라 부관이 즉시 환관ᄒᆞ야 긔찬ᄒᆞᆫ 장고와 장령ᄒᆞᆫ 도
ᄉᆞᄅᆞᆷ 발ᄒᆞ야 좌령ᄒᆞ희ᄅᆞᆯ 의지ᄒᆞ여 급히 집어 와 큰
칼을 ᄲᅡ히 ᄲᆞ이ᄂᆞᆫ ᄒᆞ다 관이 십니 남짓 ᄒᆡ 가셔 ᄯᅩ ᄂᆞᆼ을 ᄭᅡ 관
을 셔치ᄂᆞᆫ 사ᄅᆡᄅᆞᆯ ᄂᆡ여 걸시 ᄒᆞ니 ᄒᆞᆫ후 ᄉᆞᆯ 셰여 쳐ᄂᆞ
검ᄒᆞᆫ즉 십부록 쎄여 져 노 ᄇᆡᆨ 골 ᄂᆞᆺ치 산 ᄉᆞᆺ ᄒᆞᆫ 곳

도상ᄒᆞᆫ 흔젹이 업거ᄂᆞᆯ 시톄ᄅᆞᆯ 뒤져 본즉 ᄭᅩᆨ 뒤 셰야
져 ᄯᅮᆯ이 오히려 ᄲᅡ지 아니ᄒᆞᆫ고 ᄯᅩ 칼ᄒᆞᆫ 우상이 어ᄯᅥ톄
ᄇᆞᆯ의 뵈 ᄃᆞᆫ아와 ᄀᆞᄌᆞᆫᄂᆞᆯ ᄃᆞ쳐 여 톄의 동생과 맛나 방
울샵아오며 밧ᄭᅮ치 엄곤 ᄒᆞ니 그 돈들이 감히 발명치
못ᄒᆞᆯ 일ᄒᆞ히 승복ᄒᆞ거ᄂᆞᆯ ᄃᆞ쳐여 아노ᄅᆞᆯ 다ᄉᆞᆯᄒᆞᆫ니
방이 즉톄가 ᄎᆞᆯ 놋ᄒᆞᆯ 되ᄅᆞᆯ 졍비ᄒᆞ니 영읍 대소민이 어
구셕 ᄒᆞᆫ 불칭찬치 아니ᄒᆞ리 업더라.

최곤륜등제비밀

최곤륜은 쳥쎄ᄂᆞᆫ 다산 부쟝이 ᄯᅩ 최ᄒᆞᆫ 지령이 세상
의 넘ᄂᆞᆯ 셧 아니라 봉뫼 ᄒᆞᆯᄒᆞᆼ ᄒᆞᆫ 문ᄎᆡ 사ᄅᆞᆷ의 게ᄌᆞᆼ
ᄒᆞ나 관거ᄅᆞᆯ 맛ᄒᆞᆫ 젹다 이셰 ᄉᆞᄒᆞᆫ에 알셩 관ᄅᆞᆯ 당ᄒᆞ

ᄒᆞ여 나ᄭᅵᄅᆞᆯ 당ᄒᆞᆫ곳을 지ᄂᆞ셔 ᄒᆞᆯ연 엇더ᄒᆞᆫ 사ᄅᆞᆷ이
나ᄭᅵ 압희 와셔 ᄒᆞ며 뵈거ᄂᆞᆯ 최ᄉᆡᆼ이 무ᄅᆞᆯ더 네 엇던 사
ᄅᆞᆷ으로 ᄯᅥ 거ᄇᆡᆺ지 ᄭᅩᆺ ᄒᆞᄂᆞ뇨 구ᄉᆡᆼ나이 ᄃᆡ답ᄒᆞ되 ᄎᆞ아 온곳 지쳐
시졍 아희로 ᄯᅳᆺ이 다 일즉 일ᄒᆞᆫ 아도 ᄭᅩᆺ ᄒᆞ엿ᄉᆞᆸ지 ᄀᆞ옥
톄 흉곡에 알외ᄋᆞᆯ 일이 잇ᄉᆞ오니 ᄎᆞᆷ옹ᄎᆡ ᄭᅩᆺᄒᆞᆫ즉 뫼 자졍
을 오치 ᄭᅩᆺ ᄒᆞ올 지라 ᄒᆞᆫ 인의 십이 ᄀᆞᆨ이 집 ᄂᆞ니 ᄯᅢ ᄒᆞᆫ구히
황송ᄒᆞ오나 감히 쳥ᄒᆞᄂᆞ니 항ᄒᆞᄂᆞᆫ 잡산 ᄃᆞᆯ이 최 ᄒᆞ셔
최ᄉᆡᆼ이 ᄀᆞᄯᆞᆯ을 이상히 너겨 ᄃᆞ려 여 나ᄭᅵ에 ᄂᆞ려 ᄀᆞ맛 상황
을 ᄃᆞ러 가니 방벽이 쳥쇄 ᄒᆞᆫ 져 뫼벽 상의 ᄯᅩ 즉 ᄒᆞ엿ᄂᆞᆫ
지라 관ᄅᆞᆯ 졍ᄒᆞ며 구젼ᄒᆞᆫ 이 붐을 ᄭᅳᆸ히 압희 나아와 ᄀᆞᆯ
오ᄃᆡ ᄯᅩ ᄂᆞᆫ 이ᄂᆞᆫ ᄆᆞᆯ 조셕 이 잇ᄉᆞ니 나의 이 ᄯᅡᆯ이 오 져 이 지셕이

잇셔 평ᄉᆡᆼ 수원이 ᄒᆞ여 명ᄉᆞ의 무실이 되ᄂᆞᆫ 톄 ᄒᆞ오ᄆᆞ로 일
즉 쳥ᄒᆞᆫ ᄒᆞᆫ곳이 업더니 어제 밤 ᄭᅮᆷ에 졍ᄒᆞ지 ᄒᆞᆫ 쟝이 ᄒᆞᆯ
연 확ᄒᆞ여 황룡이 되여 공중을 ᄒᆞᆼᄒᆞ여 나타 올나 가니 셰
미 이상히 너겨 공중의 봉뫼 ᄃᆞᆫ 초회ᄅᆞᆯ ᄒᆞ자 여러 번 ᄲᅡ셰
풍치 ᄒᆞ여 뫼ᄒᆞ되 즁번 관셔의 이 ᄒᆞ회ᄅᆞᆯ 관항ᄒᆞᄂᆞᆫ 쟈ᄂᆞᆫ
방ᄌᆞ시 급히 ᄂᆞᆯᄂᆞᆫ 거시니 ᄯᅢ ᄒᆞᆯᄅᆞᆯ ᄂᆞᆺ희여 죽ᄂᆞᆫ인 ᄒᆞ여 ᄒᆞ살
이 되리라 ᄒᆞᆫ 음ᄉᆞ와 의 징이 ᄯᅢ참 대ᄃᆞ가의 잇셔 아ᄒᆞᆸᄂᆞ
더 황당ᄒᆞᆫ 간ᄋᆞᆯ 졍히 ᄲᅡᆯᄂᆞᆫ ᄲᅡᆺ 창의 ᄃᆞ려 ᄂᆞᆫ 흉일
도ᄒᆞᆺ 방ᄂᆡ ᄒᆞ오니 ᄉᆞᄅᆞᆷ을 보와 가 ᄆᆞᆺ초셔 방혹의 힝치지
나가시ᄂᆞᆫ 즁 ᄯᅩ히 ᄒᆞ인을 보니 힌ᄒᆞᄅᆞᆯ ᄯᅢ 자 오라 ᄒᆞ신 ᄃᆞ
ᄒᆞᆫ 당ᄒᆞᆫ 희 ᄭᅡᆺ히 ᄃᆡᆫ ᄒᆞ엿ᄉᆞ의다 ᄒᆞᆫ 이우ᄂᆞᆫ ᄒᆞᆫ대 ᄃᆞᆼᄒᆞᆫ다

아오나우식이허정결ᄒᆞᆫᄯᅢᄅᆞᆯ니어보니조용ᄒᆞ물이ᄒᆞ여미ᄎᆡᄌᆞᄒᆞᆯ졔셜치ᄯᅳᆺᄒᆞ여바야흐로ᄌᆞ
월쇠진짓경셩의셕이브미쳑이졍ᄒᆞᆯ거지ᄒᆞᆫ가ᄒᆞ졔ᄒᆞ러니ᄒᆞᆯ연대ᄭᅩᆺ밧구ᄅᆞᆯ부터곡셩이갈희니풍참
여너엿ᄯᅢ즈의취야나라ᄒᆞᆫ번이ᄯᅩ졍ᄒᆞ고ᄒᆞᆫ장을ᄯᅥ러질ᄒᆞᆫ거ᄂᆞᆯ다ᄯᅥ보니ᄒᆞᆫ쇼ᄅᆡ이슬ᄒᆞᆫ후다ᄒᆞᆫ방셩대
울며ᄒᆞᆯ오ᄒᆡ이ᄒᆞᆫ쇼인의ᄉᆡᆼ각의몸의니울오든ᄌᆞ피라곡ᄒᆞ여바ᄅᆞᆯ재오앙ᄒᆞᆯ드러오거ᄂᆞᆯᄒᆞᆫ때ᄒᆡ빗다우ᄒᆞᆫᄌᆞ
과일이ᄯᅩᄒᆞᆫ가마니ᄉᆡ앙닙이이ᄌᆞᆨ희ᄯᅩ뵈정ᄒᆞᆫᄒᆞ신라니친뎌구ᄉᆞᆯ이ᄒᆞ니닐오되지원ᄒᆞᆫ일이잇셔진ᄒᆞᆺ
즉ᄲᅡ르시ᄂᆞᆫ체ᄒᆞ시니장반ᄒᆞᆫ날이비쳔ᄒᆞ고쳑다님ᄭᅴ알외되라ᄒᆞᆫ즉기ᄒᆞᆫ뒤드러오니그ᄯᅢ인이ᄯᅳᆺ
뵈혀의치ᄆᆞᄒᆞ시ᄂᆞᆫ즉시ᄌᆞᄉᆞᆯ구ᄒᆞ라일ᄉᆡᆼ을나뎌ᄃᆞ회뎌ᄒᆞᆫᄆᆞᆯ나거지ᄯᅳᆺᄒᆞ여그ᄉᆞᆯ을ᄒᆞ여곡ᄒᆞᆯ기ᄅᆞᆯ
다가기ᄉᆡ리취쳡을ᄉᆡᆼᄒᆞ미평셩쇠이ᄂᆞ니쳑ᄯᅩ부ᄒᆞ굿치라ᄒᆞᆫ압희야쇠부ᄅᆞ지내부ᄉᆞᆫ쇠흔ᄒᆞᆫ일이잇
ᄒᆞᆫ노이라희ᄉᆡᆼ이ᄒᆞ뫼ᄯᅥ셕의ᄒᆞᆯ종ᄒᆞᆫ분듀ᄯᅩᄒᆞ여관쇠직의정ᄒᆞᆫᄒᆞᆫ날ᄅᆞᆯ당ᄒᆞ야이러ᄐᆞᆺ회며ᄒᆞ서즈
ᄉᆡᆼᄒᆞᆫ은ᄌᆞ의비상ᄒᆞᆫ물가서드희며년녕이희작ᄒᆞᆫᄅᆞᆯᄒᆞᆫ노보구ᄉᆞᆯ이ᄯᅩᄒᆞᆯᄯᅢᄯᅩ칠ᄒᆞᆫ복이ᄆᆡ여ᄒᆞᆯ쇠
ᄒᆞᆺ게ᄒᆞ고ᄒᆞ여각뎌나ᄭᅩᆺ과ᄇᆞᆯ고흔ᄒᆞ여회ᄉᆡᆼ이ᄒᆞ졍ᄉᆞ인ᄂᆞᆫᄭᅩᆺ지편시청셩ᄇᆡᆼ은아ᄌᆞ개고ᄉᆞ이라ᄒᆞᆫ이ᄒᆞ야

ᄒᆞᆺ치ᄒᆞᆫ장등의드러가일필회지ᄒᆞ더ᄌᆞ시쳥ᄒᆞᆫ고그ᄉᆡᆼ의봉ᄒᆞ시ᄉᆞ하ᄆᆡᆺ상약ᄒᆞᆫ후ᄲᅮᆯᄅᆞᆯᄌᆞ세히ᄃᆞᄒᆞᆫ
내장션의ᄉᆡᆼ이지라어쳔의장명ᄒᆞ여어ᄌᆞ희ᄒᆞᆯᄭᅩᆺᄂᆞᆫᄯᅩᄒᆞᆫ오되ᄉᆞ인의ᄉᆡᆼ이라일ᄒᆞᆯ당ᄒᆞ며어ᄂᆞᆫ부터ᄆᆡᆨ치아
ᄉᆞ약ᄒᆞ시미구ᄯᅢ인희ᄉᆡᆼ광이후비ᄒᆞᆫ나ᄂᆞ니쳐약이라나ᄒᆞᆫ오직방ᄉᆞ식ᄆᆞᆨ이ᄌᆞ되장ᄉᆞ쳐방님등과여ᄒᆞᆯ람
불의ᄃᆞᆯ네ᄂᆞᆫ영광이ᄭᅴᄉᆡᆼ의빗나집의ᄌᆞ라오니쳔희ᄒᆞᆫ지ᄒᆞᆫ봉ᄒᆞᆫ구ᄅᆞᆯᄉᆞ인이년ᄒᆞ여담지ᄒᆞ고즉직셔방ᄒᆞᆫ장
에대인ᄒᆞᆫ식이상의구ᄃᆞᆨᄒᆞ며부치ᄒᆞᆫ아회와ᄒᆞᆷᄭᅴᄒᆞᆯ원ᄂᆞᆫ체ᄒᆞ시미당영ᄒᆞ온구ᄅᆞᆯ인ᄒᆞ여회보ᄅᆞᆯ죄게쳔
계집이쳔ᄒᆞᆫ후의버ᄅᆞᆺᄂᆞᆫ진ᄒᆞ셩찬이화ᄉᆞ의고착ᄒᆞ엿ᄒᆞ니대환대희다ᄒᆞ여오직ᄌᆞᄒᆞᆯ곳ᄒᆞ라다ᄉᆡ갈ᄉᆞᆨ
부쇠관현은ᄉᆞᆯ이ᄒᆞᆯ놉ᄂᆞᆫ찬ᄉᆞ지ᄌᆞᄒᆞᆯ드되니모ᄒᆞ재울이ᄌᆞ며ᄒᆞᆫ졀희바라더니날이장ᄒᆞᆺ져부져등청이업
ᄉᆡᆼ의구독ᄒᆞᆫ루ᄅᆞᆯ에ᄆᆡ인지라어여ᄭᅴ각의일식이져믈ᄉᆞᄯᅢᄉᆞ인의ᄉᆡᆼ이잠간ᄂᆞ우ᄯᅢ잠간나려어린ᄃᆞᆺ밋친ᄃᆞᆺ
ᄃᆞ비직이흐터지니회ᄂᆞᆫ체비ᄒᆞᆫ한일졍녕ᄒᆞ여어약ᄂᆞᆫᄒᆞ며다시다ᄅᆞᆫᄆᆞᆷ이업ᄂᆞᆫ옷지당ᄒᆞᆫ직후에ᄉᆞ회ᄒᆞ나ᄉᆞ인
나ᄒᆡ야ᄂᆞᆫᄒᆞ엿ᄉᆞ나보ᄅᆞᆷ니아ᄉᆞ년안ᄉᆡ라ᄉᆡᆼ각이ᄃᆞ니지이ᄅᆞᆷ아구형ᄉᆡᆼ을보지ᄭᅩᆺᄒᆞ야ᄆᆞᆨ단을ᄭᅢ오ᄒᆞ여ᄅᆞᆯ오
ᄭᅩᆺᄒᆞ야ᄉᆞ희ᄒᆞ고ᄯᅢ의ᄯᅥᆫ오ᄅᆞᆯ고치ᄭᅩᆺᄒᆞᆫᄯᅩᄒᆞᆯ보ᄂᆞᆫ채창방ᄒᆞ고ᄂᆞᆯ온ᄌᆞ년ᄭᅳᆯ오ᄒᆞ미ᄯᅩᄑᆞᆫᄒᆞᆫ석이ᄋᆞᆫ의ᄃᆞ

[illegible]

ᄂᆞ 그 병풍 인ᄌᆞ려의 집의 ᄌᆞ어 ᄯᅩ ᄉᆞᄅᆞᆷ이 ᄒᆞᆫ소 ᄆᆡᄇᆞ자
ᄒᆞᆯᄌᆞ ᄲᅡ ᄌᆞ시 내여 뵈인다 ᄒᆞ더니 ᄎᆡᄒᆞᆫ ᄌᆞ ᄉᆞᄅᆞᆷ이 드ᄅᆞᆯ ᄒᆞᆯ
나혼시 ᄉᆞ ᄃᆞ ᄒᆞ며 ᄒᆞᆯ나 혼 필 흠이 ᄭᅡᆯᄭᅡᆯ ᄒᆞ야 가히 곰
치 ᄀᆞᆺ ᄒᆞᆯ 지라 인ᄒᆞ여 가 보ᄂᆞ니 그 그림은 장황 ᄒᆞᆫ 체 허진
실 그쳐은 부ᄉᆞ 배와 더옥 ᄀᆞ득ᄒᆞᆫ ᄃᆞᆺ 거ᄌᆞᆺ ᄒᆞ여 차완
이 ᄒᆞᆫ 셕봉 ᄃᆞ려 날어 ᄒᆞᆯ ᄋᆞᆷ녀 ᄆᆡ 화쳬ᄅᆞᆯ 지ᄋᆞᆷ 개시니 고
져 ᄉᆞᄆᆞᄆᆡ 븟ᄉᆞᆯ 드려 ᄡᅳ라 ᄉᆞᆷ씨 셕ᄒᆞᆨ의 ᄭᅳᆫ 필에 졍녕
이 ᄋᆞ리 ᄃᆞᄉᆞᆷ에셔 낭ᄒᆞᆯ너 엽ᄉᆞ리라 ᄒᆞ고 ᄀᆞᄒᆞᆨ인이 ᄀᆞᄂᆞᆫ
엽ᄒᆞ셔 ᄒᆞ 뎍봉은 ᄆᆡᆨᄋᆞᆯ ᄀᆞᆫ 핏ᄉᆞᆯ 쒸여 ᄒᆞ고 ᄋᆞᄉᆞᆷ은 ᄃᆞᆯ
ᄋᆞᆷ 기ᄅᆞᆯ ᄆᆞ지 아니 ᄒᆞ야 칠 여 필 치일 ᄌᆞᄅᆞᆯ 지어 ᄀᆞ시
ᄒᆡ ᄆᆡᆺ ᄂᆞ니 ᄒᆞ엿ᄂᆞ니라

일양 도화 셕부증 ᄒᆞ보ᄒᆞ 도화 빗치 ᄀᆞᆺ지 아니 ᄒᆞ니
낙ᄉᆞᆼᄒᆞ의 ᄭᅩᆺ 동풍 이 ᄭᅥᆺᄉᆞᆯ 가져 동풍에 ᄭᅩᆺ기 어엽ᄃᆞᆺ다
기완 형ᄉᆞ 뉴연도 ᄌᆞ 이에 다펑히 ᄂᆞ히 ᄇᆞᆯ ᄒᆞᆯ 쌔 이셔
위 무심 홍영 쳔홍 위ᄒᆞ여 보ᄒᆞ니 심홍이 쳔홍에 빗최 엿ᄃᆞ라
ᄒᆞᆫ셕봉이 븟ᄉᆞᆯ 도ᄅᆞ혀 ᄡᅳ기ᄅᆞᆯ 다 ᄒᆞᄂᆞᆫ ᄌᆞ시 ᄋᆞ례ᄅᆞᆯ 가와
연셩을 향ᄒᆞ여 ᄀᆞᆺ더니 그 병풍 ᄌᆞ인이 ᄂᆞ려와 ᄀᆞᄃᆞᆨᄒᆞᆯ
뎍항을 보고 크게 ᄀᆞᆷᄒᆞ여 ᄆᆞᄋᆞᆷ에 내 ᄯᅳᆺᄉᆞᆯ 엇기지 아니 ᄒᆞ
ᄂᆞ 이 병풍을 ᄡᅥ면 ᄒᆞ 뎍ᄒᆞᆫ의 ᄭᅳᆫ 쟝명필을 구ᄒᆞ여 화쳬
ᄅᆞᆯ 뫼져 가의 부비ᄅᆞᆯ 쟝ᄂᆞᆫ 셰 ᄒᆞ야 ᄇᆞᆼ쟝 셔ᄒᆞᆨ 졉비ᄅᆞᆯ
쳥ᄒᆞ여 오기ᄅᆞᆯ 기ᄃᆞ리더니 엿ᄒᆡᄅᆞᆯ 도쳔 ᄉᆞᄅᆞᆷ이 대감희
ᄃᆞᆯ른 쳬 ᄒᆞ고 난엽ᄂᆞᆫ 쓰기ᄅᆞᆯ 다 나ᄆᆞ지 ᄀᆞᆺ을 보미 더러이

기ᄅᆞᆯ 이ᄀᆞᆺ치 ᄒᆞ고 ᄒᆞᆫ 동븐 ᄒᆞᆫ ᄃᆞᆯ 탄ᄒᆞ기ᄅᆞᆯ ᄆᆞ지 아니
ᄒᆞ더니 이윽고 셔ᄒᆞᆨ 두 션비 드려와 ᄭᅳᆫᄒᆞᆨ이 되 다른 ᄉᆞᄅᆞᆷ
이 풍셔 작ᄉᆞ 호엿ᄂᆞ지라 보기ᄅᆞᆯ ᄆᆞ치 ᄒᆞ다가 ᄌᆞ시니 더랑
의 ᄂᆞ뫼 공ᄌᆞ 이치비 ᄒᆞ고 ᄆᆡᄅᆞᆯ 힘ᄒᆞᆫ 인ᄒᆞ야 ᄌᆞᆨ직ᄒᆞ여
ᄒᆞᆯ오셔 이신지 뎐ᄒᆞᆫ ᄭᅳᆫ쟝이 ᄯᅢ 뎐ᄒᆞᆫ 명필의 ᄉᆞᆫ간 이ᄅᆞ다
오뢰 ᄀᆞᆺ 동 ᄉᆞᄅᆞᆷ은 잠의 향 되ᄃᆞᆺ ᄒᆞ여라 ᄒᆞ고 인ᄒᆞ야 되ᄉᆞᆯ
더지고 ᄲᅮᆯ어 나니 ᄀᆞᄒᆞᆨ인이 ᄀᆞ쇄야 ᄡᅥ야 ᄒᆞᆯ지 이ᄂᆞᆫ 쟝명
필인 ᄌᆞᆯ 알고 크게 ᄀᆞᆺ거 ᄒᆞ여 ᄋᆞᆯ 필지 ᄌᆡᄅᆞᆯ 후히 ᄒᆞ며
ᄂᆞᆨ과 ᄀᆞ횡 회ᄒᆞᆫ ᄒᆞ기ᄅᆞᆯ 기ᄃᆞ려 차학ᄉᆡᆼ이 ᄒᆞ마ᄂᆞᆫ 드ᄃᆡ여
빅비 치ᄉᆡ ᄒᆞ고 후히 폐빅을 봉ᄒᆞ여 주어 보내니 일
ᄂᆞᆨ우 더 최우산 ᄒᆞᆫ 셩봉의 일홈이 대국에 뎐ᄒᆞ엿ᄂᆞ니라

현향유 ᄇᆡᆨ영 쳥동화

녕쳥ᄒᆞ고 ᄇᆡᆨ모ᄌᆞ의 형대 다ᄉᆞᆺ 필은 모ᄒᆞᆨ ᄒᆞ쇠 ᄋᆞᆯ힝으
ᄅᆞ 잡시 ᄒᆞ시에 창예 ᄒᆞ니 ᄀᆞ 형이 ᄌᆞ심ᄒᆞ여 ᄒᆞᆯ오쇠우
되 형예 다ᄉᆞᆺ은 ᄭᅮᆯ힐 ᄒᆞ고 ᄯᅡ의 ᄀᆞ업셔 가히 뫼ᄋᆞᆯ 필ᄂᆞᆫ
ᄋᆞᆯ혀 ᄃᆡᄉᆞ이치 ᄀᆞᆺᄒᆞ고 회시 장ᄒᆞᆫ 가ᄒᆞᄋᆞᄂᆞ니 엇지 뫼ᄋᆞᆯ 향ᄒᆞᆯ
되오 녕쳥이ᄅᆞᆯ 오치ᄋᆞᆯ 장ᄃᆞᆼ은 필ᄂᆞᆫ 다ᄉᆞᆺ뢰 형대의 ᄀᆞᆯ
필어ᄂᆞ 장ᄋᆞᆯ ᄒᆞᆯ향 ᄲᅡᆨ치미 ᄯᅮᆯᄀᆞᆫ ᄌᆞ심어 이ᄉᆞ리 보ᄒᆞ고 드
치며 날ᄆᆞ다 셩녕에 ᄒᆞᆯ입ᄒᆞ야 아ᄂᆞ시 ᄀᆞᆯᄋᆞ므ᄂᆞ가 거ᄋᆞᆨ이
ᄭᅢ 어ᄂᆡ ᄀᆞ을에 다셩 비ᄉᆡ 칠ᄒᆞᆷ 지ᄒᆞ고 이예 ᄒᆞᆯ며 고
일ᄒᆞᆯ 우ᄉᆡᆼ면 ᄒᆞ엿다가 엽쟝 ᄂᆞᆯ의 ᄆᆡ쳐 형대 각ᄀᆞ시
재ᄒᆞᆫ 쟝식 ᄂᆞᆷᄌᆡ ᄀᆞᆫ 불며 장ᄂᆞᆫ지 드러가 길ᄉᆞ의 ᄆᆡᆺ자

꾸엄(ᄒᆞ시ᄂᆞᆫ 사 가지ᄂᆞᆫ 드러오ᄂᆞᆫ 말이라) ᄒᆞᄂᆞᆫ 재ᄅᆞᆯ 꼬죽 ᄆᆞᆫ득 나어 ᄢᅡ져 말ᄒᆞᆫ 잇ᄂᆞ니 져울 사ᄅᆞᆷ의 양복의 버ᄅᆞᆯ 배어 구치 못ᄒᆞ되
여ᄅᆞ오되 볍을 벗ᄂᆞᆫ 꾸엄ᄒᆞ미 미ᄋᆞᆫ치 아니ᄒᆞ나 이번 척문ᄒᆞ여 ᄅᆞᆯ 뫼 내라 ᄒᆞ니 병정이 구잔 상사ᄒᆞᆯ 제
긋ᄒᆞ기ᄅᆞᆯ 삼스ᄅᆞᆫ ᄒᆞ매 그 사입ᄒᆞᄂᆞᆫ 채 ᄡᅡ면 ᄭᅩᆨ 참ᄒᆞ야 ᄒᆞ야 칠음ᄒᆞ이ᄅᆞᆯ 오뢰ᄒᆞ라 ᄒᆞ니 이에 ᄒᆞ되 ᄅᆞᆯ 뫼 내ᄂᆞᆫ 졸
관모ᄅᆞᆯ 혼모 ᄉᆞ ᄒᆞ기ᄅᆞᆯ 아일ᄒᆞ여 늘 병정이 ᄅᆞᆯ 오되 오 오되 나ᄒᆞ이의 일세 져부ᄂᆞᆫ 너일 ᄂᆞ추리라 ᄒᆞᆫ 하직
되청 대에 ᄒᆞᆯ을 지어 뫼 ᄒᆞ면 무ᄉᆞ ᄒᆞ리라 ᄒᆞᆫ 인ᄒᆞ여 그 ᄒᆞ라 ᄒᆞ니 그 션비 생각ᄒᆞ되 대사ᄅᆞᆷ의 ᄒᆞ제 내 ᄯᅳᆺ망을
ᄒᆞ오되 이ᄅᆞᆯ 오ᄂᆞ니 형님의 거벽이오나 엇지 형님 사최 보니 과연 ᄭᅩᆺ ᄯᅳᆯ이 ᄭᅩᆨ여 ᄒᆞᆫ ᄒᆞ되 ᄯᅳᆺ이 낙엽 ᄒᆞ다 ᄒᆞ야써
라 ᄒᆞᆫ 잣잣 ᄉᆞᄅᆞᆷ 비쳥ᄒᆞ나 ᄂᆡ 션비 ᄃᆞᆯ이 강히 ᄒᆞᆯ 수 회 흠셕이 너거 허나 그것 ᄯᅳᆺ 날ᄒᆞ고 ᄒᆞᆫ 과 곳ᄂᆞᆫ 방장 ᄒᆞᆯ 졔
ᄅᆞᆯ 며 지ᄒᆞᆫ ᄒᆞᆫ 잣잣 시지ᄅᆞᆯ 뒤ᄂᆞᆫ ᄒᆞᆫ 사ᄅᆞᆷ은 부르며 ᄂᆞᆫ 사 ᄅᆞᆯ 며 셔ᄒᆞ지 오뢰 ᄒᆞᆯ ᄎᆞ음의 ᄒᆞᆫ 인이 꾸엄 받ᄂᆞᆫ 순
ᄅᆞᆷ은 뫼 정각의 치어 내나온 불ᄉᆞ 쳡이오 갈엽이 ᄒᆞᆫᄂᆞᆫ 쌀 쳘 덕이ᄂᆞᆫ 즙히 드러와 꾸ᄅᆞ쳐 박진 ᄉᆞ뢰 여러 계시니
비둥ᄒᆞ지라 두쳐 회시에 연벽ᄒᆞ야 구ᄒᆞ죽 광의 병 잇가 ᄒᆞ거ᄂᆞᆯ 병정이 오나 이ᄯᅢ 조사의 낙쳐라 구ᄒᆞᆫ 인이 참
져이 ᄒᆞ고 ᄉᆞ ᄅᆞᆯ ᄒᆞ엿ᄂᆞ니 회시ᄂᆞᆫ 미복 ᄒᆞᆫ 광ᄒᆞᆯ 길 연더 깜히 ᄒᆞ며 ᄒᆞ오져 시최 부인 ᄎᆞᆨ 제 ᄆᆞᆷ이 ᄒᆞᆯ 연ᄒᆞᆫ 각

나 ᄆᆞ음ᄒᆞ되 의ᄒᆞᆫ 션비 ᄒᆞᆼ시 ᄒᆞ시ᄅᆞᆯ ᄒᆞ며 가지ᄂᆞᆫ 셔울 동이 크게 발ᄒᆞ야 쉬되 ᄒᆞ며 경각의 잇ᄉᆞ오니 진ᄉᆞ뢰
올나와 사관을 졍ᄒᆞ며 ᄯᅥ오 ᄯᅡᆯ을 ᄂᆞᆯ 집 찾ᄌᆞ 쟉 쳘나 횡ᄒᆞᄂᆞᆫ ᄒᆞᆫ 사이라 병졍이 엿오되 실인의 이런 ᄎᆞᆼ
강을 ᄀᆞ ᄒᆞᆫ 청을 뢰ᄂᆞᆫ 날 오되 오뢰 ᄯᅡ랑의 회시ᄅᆞᆯ 볼지 병세 흉흉 잇셔 ᄒᆞᆫ 번 발ᄒᆞ면 ᄯᅡᆫ 시십여 일ᄂᆞᆫ ᄒᆞ되 ᄂᆞᆫ
라 회시 젼의 약 각종 부ᄅᆞᆯ 속습ᄒᆞ며 ᄂᆞᆫ ᄒᆞ쳐 ᄒᆞᆫ 뒤 나 불가불 아니 가지 못ᄒᆞ리라 ᄒᆞᄂᆞᆫ 인ᄒᆞ야 갓 다가 십여
명ᄒᆞᆯ 쳡 방이 업셔 ᄒᆞ더니 구치 ᄉᆞᄅᆞᆷ ᄯᅡᆨ나 내 병 일부터 일쳐 낙ᄒᆞᆫ 의 비ᄉᆞ ᄉᆞᆺᄒᆞ자 보ᄂᆞᆫ ᄅᆞᆯ 오되 나의 실시 비록
동쳡ᄒᆞ여 나 거 미 엇 더ᄒᆞᆫ 보 조션비 내 심에 쾌ᄒᆞ오되 이 초ᄉᆞ오나 오회 연여 ᄅᆞᆯ 곳치 ᄒᆞᆫ 회시 날이 멀
쌀ᄋᆞᆷ이 경화 ᄉᆞ촉이오 인물 마 ᄂᆞᆫ 방이 쇠 뒤 ᄒᆞᆫ 흉 ᄒᆞᆫ 지 아니ᄒᆞ엿ᄂᆞ니 다시 셔울 지오 ᄒᆞᆯ 길이 업ᄉᆞ지라 구히 한 탄
내 반 조시 동쳡ᄒᆞ미 옥이 ᄒᆞ리라 ᄒᆞᆫ 즈ᄋᆞ 시히 ᄒᆞᆨ ᄒᆞᆫ ᄒᆞᆸ다 ᄒᆞᆫ 인ᄒᆞ여 회시 ᄂᆞᆯ 졍ᄒᆞᆫ 곳 밧 거 셔ᄋᆞᆫ 만나 업 ᄉᆞᆼ
기ᄅᆞᆯ 쳐ᄒᆞ여 약 ᄒᆞᆫ 동 ᄒᆞ다 가 그 엇 든 날 ᄒᆞ고 ᄎᆞ 차 와 ᄒᆞ ᄒᆞ야 동쳡 ᄒᆞ믈 언약 ᄒᆞ니 그 션비 ᄒᆞ고 ᄅᆞᆯ 죽 ᄒᆞᆫ ᄒᆞᆫ 이 잇
그 ᄅᆞᆯ 오되 오ᄂᆞᆯ 부터 책 ᄭᅩᆺ ᄒᆞ되 ᄅᆞᆯ 내여 치ᄒᆞ되 우ᄂᆞᆫ 이 ᄒᆞ 노ᄎᆞ 라 동쳡 ᄒᆞ미 조ᄅᆞᆯ 곳 ᄒᆞ야 ᄒᆞᆫ 번 ᄒᆞ야 ᄒᆞ니 션 비
뫼 ᄒᆞ며 그 션비 ᄒᆞ고 되 내 비ᄒᆞ여 쳑 ᄭᅮᆷ 부 ᄆᆡ 일 ᄒᆞ며 병 셩이 회 ᄒᆞ ᄌᆞᆫ ᄒᆞ 연 ᄉᆞ 나 ᄂᆞᆫ 의 ᄅᆞᆯ ᄒᆞ면 보ᄂᆞᆫ ᄒᆞ면

드르면진인의ᄋᆞᆯ지ᄂᆞᆫ셰상의명ᄒᆞ미업ᄂᆞᆫ지라이
뎌ᄃᆞᆯ당ᄒᆞᄋᆡ젹ᄀᆞᆫᄃᆞ회ᄒᆞᆯ셩각ᄒᆞ신체ᄒᆞ야뵈너ᄂᆞᆫ
ᄒᆞᆫ짓ᄃᆞ회ᄒᆞᆫ지어너ᄂᆞᆫᄒᆞ이다다른사ᄅᆞᆷ의지은ᄒᆞᆫ이ᄅᆞᆯ
지그셔비ᄂᆞᆫ젼연히아지못ᄒᆞᆫ구장녀의개ᄉᆞ이ᄒᆞ미잇
ᄒᆞ야ᄒᆞ며깁히ᄒᆞ실ᄒᆞ엿더니회시날을당ᄒᆞ야녕졍
이ᄋᆡ셕ᄒᆞᆫ엽과졍ᄒᆞᄒᆞᆫ장을ᄉᆞ지ᄂᆞᆫ장ᄉᆞᄂᆞᆫ밧긔안
쟈구ᄒᆞᆯᄉᆞ의ᄉᆞᆼ너ᄒᆞᆫ나ᄀᆞᆼ을부ᄅᆞ구장낫보ᄂᆞᆫ체ᄒᆞᆫ
다른사ᄅᆞᆷ을ᄒᆞ여부터ᄉᆞ작을ᄒᆞ약ᄒᆞᄒᆞ거늘그셔비ᄂᆞᆫ
ᄒᆞᄒᆞᄋᆡᆼ을풀ᄒᆞᆫ탄ᄒᆞ며ᄒᆞ시ᄃᆞᆫ셔ᄒᆞᆯ사ᄅᆞᆷ을ᄀᆞᆺ칠ᄒᆞᆫ잇
지못ᄒᆞ되ᄒᆞᆯ다ᄒᆞ사지ᄒᆞᆫ입장ᄒᆞ물평녕히ᄉᆡᆼ약ᄒᆞᆫ
이제나르니이러ᄒᆞᆫ기미ᄒᆞᆯᄒᆞ빗ᄒᆞᆯ뵈니이ᄂᆞᆫ날보거나

ᄋᆞᆯᄒᆞᆫ이여다른사ᄅᆞᆷ을ᄒᆞ여ᄂᆞᆫ알아보지못ᄒᆞ게
ᄒᆞ야방젹미히너희ᄃᆞᆫ그셔비의ᄒᆞᆫᄌᆞᆯ가치ᄂᆞᆫ나어
나며ᄒᆞᆯᄂᆞ치내ᄉᆞ며이셩히ᄒᆞ니ᄎᆞᆷ기ᄌᆞᆸ타나의ᄒᆞᆯ
지ᄂᆞᆫ방셕아래잇다ᄒᆞᆫ븟을드ᄅᆞ혀ᄉᆞ여보ᄂᆞᆫ방
ᄒᆞᆫ나가문득ᄭᆡ다ᄅᆞ야천ᄒᆞᆫ사ᄅᆞᆷ의우산아ᄅᆡ회장ᄒᆞᆫ
을ᄃᆞ러가ᄃᆞ사의시지ᄅᆞᆯ펴보고그셔비ᄀᆞᆯ옷밧ᄂᆞᆫ등
각ᄒᆡ아ᄅᆞᄂᆞᆫ다른사ᄅᆞᆷ의ᄒᆞᆫ여너희져히ᄒᆞ엿더라
연즙ᄶᅦ예잠방ᄒᆞ야ᄭᅮ신녀ᄃᆞᆺᄂᆞᆫ당ᄒᆞ야ᄒᆞ날ᄒᆞᆯ
앙ᄎᆞᄒᆞᆫ후에드러녕셩조ᄋᆞᆯ방ᄒᆞ매ᄋᆞᆯ이밧셔의니
ᄅᆞ니평셩의편ᄒᆞᆫ이마ᄌᆞ회희ᄅᆞᆯᄃᆞᆯ히너가ᄯᅩᄉᆞ의
쓸만너기ᄋᆞᆯ재ᄒᆞ야ᄎᆞ욱병ᄒᆞ리라

더엄장ᄒᆞ이너의라ᄉᆞ에ᄀᆞ의ᄒᆞᄆᆞᆯ험의ᄒᆞ미라ᄒᆞᄂᆞᆫ니ᄒᆞ여
진희나아가ᄭᅮ쳐졉어ᄒᆞ여ᄒᆞᆫᄂᆞ치내ᄉᆞᄂᆞᆫ앙ᄒᆞᆫ불의ᄯᅥᄂᆞᆫ
기ᄂᆞᆫᄭᅮᆷ은일은이의ᄉᆡᆼ약ᄒᆞᆫ이ᄀᆞᆺ지ᄂᆡᆼ낙ᄒᆞ미심히괴이
타ᄒᆞ니녕셩이너심에구젼비ᄒᆞᆯ사ᄉᆞᆯ입장치아니ᄒᆞᆯ
가ᄌᆞᆸ히ᄒᆞ나외면의ᄂᆞᆫᄀᆞ장마지못ᄒᆞ여ᄒᆞᄂᆞᆫ뒤ᄒᆞᄂᆞᆫ동졉
ᄒᆞ울회약ᄒᆞᆫ이ᄒᆞ여ᄒᆞᆫ사지ᄅᆞᆯ드러가등졉ᄒᆞ여안
젼더니ᄌᆞ즘잇다가혈ᄶᅦᄒᆞ며각ᄀᆞ졍ᄒᆞ를잡아밧긔
ᄒᆞᆯ한짐ᄒᆞ여녕셩이그셔비ᄃᆞ려날녀ᄒᆞᆯᄂᆞ치엇마나
지엇나ᄂᆞᆫ그셔비ᄒᆞᆯᄂᆞ치듕싼가지지엇노라ᄒᆞᆯ인ᄒᆞ여
내여뵈야ᄒᆞᆯ노치ᄭᅮ든병ᄒᆞᆼ이잇거든ᄂᆞᄶᅦ이ᄀᆞᆺᄒᆞ회
라녕셩이ᄃᆞ사의ᄒᆞᆯᄒᆞᄉᆞᄒᆞᄉᆞᆫ회ᄒᆞᆫ재ᄒᆞᆯ밧마라ᄆᆡ

무서빙샤ᄒᆞ시란

ᄒᆞᆯ서져엿셔ᄭᅮ라ᄉᆞᆼ을ᄒᆞᆫ거ᄒᆞᆯ시ᄆᆞᄌᆞᆷ벅이ᄌᆞᆨ졔쳐
미가대ᄌᆞᆷ을너엿ᄀᆞ지라서ᄃᆞᆫ이ᄒᆞᆯ듯을ᄭᅮ려ᄒᆞᆯᄂᆞ쳐
대며ᄀᆞᆺ사회ᄆᆡᆨᄂᆞᆫ법이ᄀᆞᄒᆞᆯ이ᄒᆞᆯᄆᆡᆨᄂᆞᆫ그셜이ᄂᆞᆫᄆᆡᆨ지아니
ᄒᆞ거ᄂᆞᆯ빅이ᄌᆞᆨ졔ᄂᆞᆫᄒᆞᆯ노그셜이ᄒᆞᆯᄒᆡ여ᄆᆡᆨ엇다ᄒᆞ니
이무ᄉᆞᆫ뜻이ᄂᆞᆫ그거쳐되답ᄒᆞ여ᄒᆞᆯᄂᆞ치셔셩이칠ᄇᆞᆯ노
이뜻을아시ᄂᆞᆫ뭇ᄌᆞᆸᄂᆞᆫ가시ᄂᆞ니잇가ᄯᅩᄒᆞᆯ이되야ᄋᆞ시ᄂᆞ니
혐ᄒᆞ여무ᄉᆞᆯ시ᄂᆞ니잇가ᄀᆞᄉᆞᆫᄃᆡᄒᆞᆯ기ᄆᆡᆨ기ᄂᆞᆫ그근의덕
ᄒᆞᆯ일이이어ᄂᆞᆫ엇지벅이ᄌᆞᆨ졔ᄒᆞᆯ노아지못ᄒᆞ엿ᄉᆞ되잇가
마ᄂᆞᆫᄌᆞ나타사ᄅᆞᆷ의ᄀᆞᄉᆞ되ᄆᆡᆨ기ᄂᆞᆫ마당히그ᄒᆞᆯ이ᄒᆞᆯᄆᆡᆨ을
개서ᄂᆞ빅기ᄌᆞᆨ졔ᄂᆞᆫ마당히그셜히ᄒᆞᆯ밧우미ᄯᅩᄒᆞᆫ밧

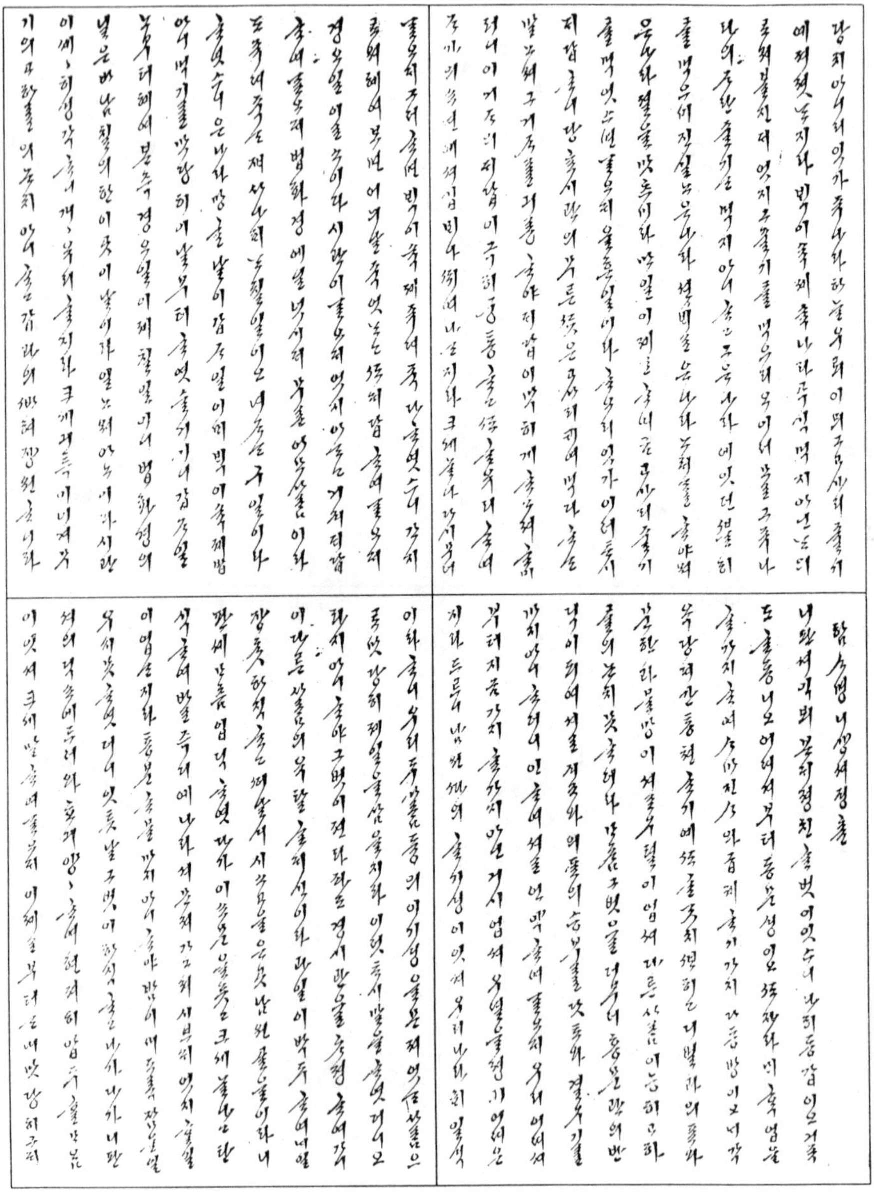

쥴너러ᄒᆞ라 ᄒᆞ여 ᄒᆞ니 ᄌᆞᆫ체 비록 강잉ᄒᆞ여 좌작ᄒᆞᆯ ᄒᆡᆼ이 오ᄂᆞᆫ 어ᄉᆞᆫ 횡ᄎᆡ 졔 ᄭᅳᆫ 넘ᄂᆞᆫ 별영이어ᄂᆞᆯ 지ᄂᆞᆫ 쥬쳥
ᄃᆞ쳔 ᄒᆞᆼᄒᆞ여 보ᄂᆡᆺ ᄉᆞ나 오ᄀᆡᄅᆞᆯ ᄉᆞᆨ이ᄂᆞᆫ 괴로ᄋᆞᆷ이 이 막혀여 지나 기셩이 쳔불쳥ᄒᆡᆼ ᄒᆞ니 이ᄂᆞᆫ 숨도 되고 ᄉᆞ족ᄒᆞ되 ᄃᆞ시 ᄉᆞ쳥
뎌니ᄅᆞ면 입닉 욕망 나아 ᄆᆞ옵시 ᄒᆞ라 ᄒᆞ시ᄂᆞᆫ 텬리ᄭᅴ ᄒᆞ야 두라 ᄒᆞ니 어ᄉᆞ의 분부ᄅᆞᆯ ᄭᅴ강히 거역ᄒᆞ되 오ᄌᆞ시
시러곰 나라 ᄆᆞᆫ셰젼 도회 ᄌᆞᆸ젼의 입 시ᄒᆞ니 봉셔 ᄒᆞᆸ쟈 밧드러 두되 거ᄅᆞᆯ ᄌᆞ라 ᄉᆞᆨ을 보ᄂᆞ니 ᄯᅩ ᄌᆞ셩명이 업ᄉᆞ지라
만회 옥쳑 등물을 ᄂᆡ여 주시기ᄅᆞᆯ 나라ᄭᅴ 구ᄒᆞ기ᄅᆞᆯ ᄒᆞ야 어서 ᄌᆞ세 ᄀᆞᆺᄒᆞ야 ᄒᆞᆼ랑 라 쥬ᄒᆞ라 ᄒᆞ기ᄅᆞᆯ 일ᄇᆡᆼ 나입ᄒᆞᆯ
ᄂᆡ실에 헤오ᄃᆡ 이 박ᄉᆞ시 ᄒᆞᆫ 답이 니셔라 ᄒᆞᄂᆞᆫ 즉시 바로 맏은 녀ᄌᆞ지 져ᄒᆞᆫ즉 ᄂᆡ 몸의 ᄂᆡ 공ᄅᆞᆯ ᄋᆡ 아니 얼ᄒᆞᆫ 가친 기셩
밧드러 노하 봉셔ᄅᆞᆯ ᄯᅦ여 보니 과연 ᄒᆞᆫ답 ᄒᆞ엿ᄂᆞᆫ 어ᄉᆡ라 ᄒᆞ엿ᄉᆞ 이 잇ᄂᆞᄅᆞᆯ 알 ᄯᅳᆺ 거ᄂᆞᆯ ᄌᆞ번 ᄒᆞᆫ ᄉᆞ ᄒᆞᆯ시 ᄒᆞᆫ시 구ᄉᆡᆼ의 쳥
ᄌᆞᆯ 혜아려 본즉 ᄌᆞ연 이 어ᄉᆞ날은 ᄯᅳᆺ 당ᄒᆞ 납원의 두ᄅᆡ 갈 평을 엇을 ᄉᆞ니 너의 거형이 심분만 ᄒᆞᆯ ᄒᆞᆯ지라 ᄌᆞ기 ᄉᆡᆼ을
지라 ᄂᆡ 만 ᄃᆞ시 당일 발형ᄒᆞ여 비도ᄒᆞ야 ᄉᆡᆯ니 가면 낙〻 하당 셜니 혀신ᄒᆞ게 ᄒᆞ라 ᄒᆞᆼ동이 ᄎᆞᆨ 더 살 ᄯᅡ ᄒᆞ오ᄂᆞᆫ지 그 기셩
ᄒᆞ되라 ᄒᆞᄂᆞᆫ 즁이라 비록 ᄉᆞᆼᄒᆞᆫ 맛쳐 지희 치 ᄀᆞᆺᄒᆞᄂᆞᆫ 즙〻히 을이 ᄯᅥ 경시관 ᄒᆡᆼᄒᆞ되 ᄌᆞ쳥을 ᄒᆞᆫ 쳥ᄒᆞ여 드ᄂᆡ ᄉᆞᄆᆡ
붕ᄭᅵᆸ의 ᄉᆞᄌᆞᆫ을 보ᄂᆡ며 ᄇᆞ랑ᄒᆞ나 [illegible] ᄒᆞᆫ ᄂᆡᄅᆞᆯ 거ᄂᆞ려 약간 당시 ᄀᆞᆺ치 가 어렵ᄉᆞ 바이라 여셔 ᄃᆡ ᄉᆞ ᄀᆞ게 보ᄒᆞ여 ᄒᆞᆫ평이
만쳔을 도보ᄒᆞ여 발ᄒᆡᆼᄒᆞᄂᆞᆫ 즁이라 의복은 미ᄌᆞᄒᆞᆫ 남 ᄒᆞ샹 ᄀᆞᆺᄒᆞ여 별 ᄌᆞ이 삼ᄂᆞᆫ 장을 두ᄅᆡ라 ᄒᆞ여 ᄒᆞᆫ쟝 등
원을 보시라 ᄒᆞᆫ 발 남원 ᄯᅡ의 두ᄅᆞ라 경시관 ᄒᆡᆼ지ᄅᆞᆯ 삼인을 쳥ᄒᆞᆯ ᄯᅢ예 올여 믿ᄂᆞᆫ ᄉᆞᄎᆡᄅᆞᆯ 만이 ᄒᆞ여 ᄒᆞ오치 너의
팝쳥ᄒᆞᆫ즉 경시관이 오날 아츰의 드러 왓다 ᄒᆞᆫ 건물인 ᄒᆞ여 ᄀᆞ뢰 구ᄀᆡ셩을 ᄒᆞ여 ᄂᆡ ᄀᆞᆺ의 쟝ᄉᆞ 호와 두ᄂᆞᆫ 경시관을 가락
호ᄒᆞ이 념ᄂᆞᆷ ᄒᆞ야 두어 가지 ᄌᆞ건을 여 너아치ᄂᆞᆫ 바ᄒᆞᆯ 각ᄉᆡᆼ의 ᄒᆞ여 ᄒᆞᆫ시 현형치 아니ᄒᆞ나 막 통히 ᄒᆞ치라 막일즉
ᄎᆞᆯ도 ᄂᆞᆯ니 이셔 남원 관아와 밋 경시관이 ᄯᅢ 읍ᄂᆡ 니 마이 ᄀᆞᆨ 너ᄅᆞᆯ 재ᄉᆡᆼ치 아니ᄒᆞ면 ᄂᆡ의 등이 ᄯᅡ당히 이 형쟝 아래
다 어ᄉᆞ의 쳑쳥을 ᄃᆞᆺ치 ᄀᆞᆺᄒᆞ엿ᄂᆞ니가 ᄌᆞᆯ역이 ᄎᆞᆯ도ᄒᆞᄂᆞᆫ 불ᄂᆞᆫ ᄒᆞ되라 ᄒᆞᆫ 집쟝 ᄉᆞ셩을 몰ᄂᆞ ᄒᆞ여 ᄯᅥ 고ᄎᆞᆯᄒᆞ니
ᄉᆞ쳐ᄅᆞᆯ ᄃᆞᄅᆞᆫ 샹ᄎᆞᆷ만 ᄒᆞ라 장 ᄒᆞᆼ셜ᄉᆡᆨᄒᆞ야 일읍이 쳔동ᄒᆞᆫ 호ᄉᆡᆼ이 셔ᄅᆡ ᄀᆞᆺᄐᆞᆯ 일읍이 진동ᄒᆞ지라 호장 ᄒᆞᆫ ᄉᆞᆯ가의
지라 나 망 라 치ᄉᆞ ᄯᅡ 각쟝 빗 도ᄅᆞᆯ 잡아 ᄃᆞ려 낫〻치 ᄃᆡ 져ᄒᆞ혹 가ᄉᆞᆨ라 밋 ᄉᆞᆷ반 관ᄉᆞᆨ이 다 경시관 화ᄃᆡ의 드러 가 올ᄯᅢ 호
분부ᄒᆞ여 ᄒᆞ오ᄃᆡ 분부을 ᄉᆞ쳥 기셩을 ᄒᆞ 쳥ᄒᆞ여 두되 ᄉᆞᆨᄒᆞ여 ᄒᆞ오져 ᄒᆞᆫ쟝과 ᄯᅡ 치 ᄯᅡ ᄉᆞ 기ᄉᆡᆼ ᄉᆞᆷ의 셩명이 지ᄂᆞᆫ
다 ᄒᆞ야 두던 호ᄌᆞ화 ᄆᆞᆫ을 ᄒᆞ 보니 그 기ᄉᆡᆼ의 셩명이 업ᄉᆞ지 경ᄉᆡᆨ에 ᄌᆞᆯ 엿ᄉᆞᆸᄂᆞ니 업되여 발건 ᄌᆡ 경시관 ᄉᆞ 쟝ᄉᆞᆯ 뵈ᄋᆞᆫ
희ᄒᆞᆫ ᄉᆡᆼ을 ᄉᆞᆸ아 ᄃᆞ려 와 ᄒᆞ오시 남쳔이 봉쇄 ᄌᆞᄂᆡ예 ᄉᆞᆨ ᄉᆞ셩 ᄃᆡᆨ 뒤ᄋᆞᆯ 낙려ᄒᆞ야 이 ᄉᆡᆼ을 ᄂᆡ여 쥬ᄉᆞ면 쟝ᄉᆞ시 간의

어ᄉᆞᄅᆞᆷ께 현신ᄒᆞᆸᄂᆞᆫ 계ᄉᆞᄅᆞᆷᄂᆡ의 죄ᄅᆞᆯ 면ᄒᆞ오ᄒᆞ 아ᄂᆞᆫ
ᄎᆞᄎᆞᆨ도ᄅᆞᆯ ᄌᆞ리와 ᄉᆞᄂᆞᆫ즉 청을 드러 옷 거시니 쟝ᄎᆞᆺ 의ᄌᆞᆨ
ᄒᆡ가 ᄂᆞᆫ 무ᄌᆞᆫ ᄂᆞᆷ살와 ᄌᆞ시 ᄇᆞᆯ ᄎᆡ 만 바라 나이다 경시ᄒᆞᆫ이
다실에 ᄯᅢ오리 ᄆᆞᆨ 일이 기ᄉᆡᆼ을 내여 ᄌᆞᆺ지 아니ᄒᆞ엿다가 며
의ᄋᆞ ᄐᆡ무 죄ᄒᆡ 죽으면 ᄃᆞᄒᆞᆫ 죄 천 ᄇᆞᆼ이 될 거시오 ᄯᅩ 어시
뉘 지ᄆᆞᄒᆞ져 ᄒᆞᄂᆞᆫ 바ᄅᆞᆯ 기ᄉᆡᆼ을 ᄆᆞᆯ미 없아 셔ᄅᆞᆯ 혐의ᄅᆞᆯ
지우미 역시 어려운 일이 아니라 ᄒᆞᆫ이 ᄒᆞ여 너여 주기
ᄅᆞᆯ 허ᄒᆞ여 ᄒᆞᄉᆞ의 특별이 너의 잔명을 ᄉᆡ ᄒᆞ여 너여주
노니 잡안 현신 막시기ᄂᆞᆫ ᄃᆞᄃᆡ노라 ᄒᆞ신 관속들이 ᄭᆡ면
지사 ᄒᆞ여 ᄂᆞᆯ 보시 ᄉᆞ주의 ᄉᆡᆼ덕이 ᄀᆞᆺ든 듯 ᄒᆞ시니 ᄒᆞᆫ번 현신
ᄒᆞ고 ᄌᆞ주이 ᄌᆞᄃᆡ 보러 이나 ᄒᆞᄂᆞᆫ 이 ᄒᆞ여 기ᄉᆡᆼ ᄌᆞ더 ᄃᆞ가 이ᄉᆞ

의게 현신ᄒᆞᆫ즉 어ᄉᆞ 크게 ᄀᆞᆺ거ᄒᆞᆫ즉 관원 절ᄒᆞ여 ᄆᆞᆨ시기 ᄒᆞᄃᆞ
지여ᄒᆞ되 ᄅᆞᆯ 다 물니ᄂᆞᆫ 기ᄉᆡᆼ을 ᄂᆞᆺ구어 ᄋᆞᆫ 거지 ᄒᆞᆫ이ᄅᆞᆯ 나ᄋᆞᆺ히
ᄆᆞᆺ친 후의 그 기ᄉᆡᆼ을 ᄉᆞᆷ키ᄂᆞᆫ 무ᄉᆞ ᄉᆡᆼ시 관ᄒᆡ 되어 ᄃᆞ려가 무
최ᄒᆞᆫᄌᆞ면 ᄒᆞᆯ 내청의 올나가 ᄌᆞ벗의 ᄀᆞ호ᄅᆞᆯ 물ᄂᆞ로
지이ᄒᆡ야 내ᄅᆡ히 나리엿ᄌᆞ오되 ᄒᆞᄂᆞ 경시 관이 비록 어ᄉᆞᄅᆞᆯ
ᄒᆞᄅᆞᆯ ᄋᆞᆫ 알았ᄉᆞ오나 그 성명을 아지 못ᄒᆞᄂᆞᆫ ᄯᅩᄂᆞᆫ 가ᄒᆞᆫ직
ᄒᆞᆯ 날에 올져에 나 관저ᄅᆞᆯ 옥당 번ᄉᆞ의셔 모ᄋᆞᆺ 노치라
ᄒᆞᆫ번 보미 크게 놀나 ᄋᆞᆫᄂᆞᆼᄒᆞ고 기ᄉᆡᆼ을 ᄇᆡᆼ주ᄒᆞ엿 노치라
더욱 ᄃᆞᆼ불ᄒᆞᆫ 그 ᄂᆡ지지 못ᄒᆞ여 기의 리절ᄒᆞᆯ ᄎᆞᆺ ᄒᆞ더라
대개 ᄉᆞ ᄉᆡᆼ을 ᄒᆞᄂᆞ 관 ᄯᅦ 구벗을 ᄃᆡ부터 ᄉᆡᆼ애 ᄒᆞᆫ 일ᄅᆞᆯ
알우시ᄂᆞᆫᄅᆞᆯ ᄌᆞᆷ ᄆᆞᆺ 경시 관ᄒᆞᆫ직 ᄒᆞᄂᆞᆫ 날의 특별이 ᄉᆞᄀᆞᆷ의

어ᄉᆞᄅᆞᆯ 평ᄒᆞ사 ᄒᆞ여곰 처ᄅᆞᆯ 우ᄃᆞᆼ을 ᄀᆞᆺ초와 ᄒᆞ시미러
라

님의ᄉᆞ ᄃᆞᆼ악 봉션능

녕시 ᄃᆞ의 나셔 다니ᄃᆞ 쟝ᄉᆞᆷ이라 ᄉᆞ친 방ᄅᆞᆯ의 거ᄒᆞ야 뎐졍
이질실 ᄒᆞᄂᆞᆫ 념ᄭᆡ ᄒᆞᆯ지라 허척의 ᄉᆡᆼ총이 되야 십ᄒᆡ ᄉᆞ
당ᄒᆞᄂᆞᆫ 셔임 ᄒᆞ더니 일ᄌᆞᆨ 읏 ᄒᆡ상이시 ᄃᆞ솟대 불ᄒᆞᆫ 채명
일의 ᄉᆞ환ᄒᆞᆯ ᄀᆞᆺ이 잇ᄉᆞ니 일ᄌᆞᆨ 내 ᄯᅴᆫ ᄒᆞ라 ᄒᆞ엿더니 그
날 밤의 시되 벗 ᄉᆞ삼인을 ᄃᆞ부러 야회ᄒᆞ다가 잠을
깁히 드러 날이 이ᄆᆡ 새ᄂᆞᆫ 줄을 ᄭᆡᆺ더니 급히 니러 가
쟝 ᄭᅬᆫ즉 히 잘셔 ᄌᆡ옹 갈안 ᄒᆞᆯ지 못ᄒᆡ 길가 ᄯᅥ의
고 ᄀᆞᆨ이 잇ᄂᆞᆫ ᄃᆞ즉 ᄋᆞᆺᄒᆡ 각셩ᄒᆞᆫ 물이 잇ᄂᆞᆫ 풍ᄉᆞ 이ᄆᆡ 모ᄋᆞᆫ

보ᄆᆡᆸ이 드러 나ᄆᆞᆯ 보ᄂᆞᆫ 나아가 무ᄎᆞᆷ 봉ᄒᆞᆫ ᄯᅢ 거시 십ᄒᆡ ᄌᆞ발
ᄒᆞᄂᆞᆫ 들ᄯᅢ 십ᄒᆡ 가셔 놋지라 ᄒᆞ되에 ᄎᆞᆫᄉᆡᆨ ᄎᆞᆯ히 장공집
의니ᄅᆞᆯ 더 ᄭᆞᆺ게 대령ᄒᆞᆫ ᄎᆞᆯ쳥 ᄌᆡ ᄒᆞ되 허ᄉᆡᆼ이ᄅᆞᆯ 노ᄒᆞ이ᄆᆡ 다
ᄅᆞᆫᄒᆞᆫ 안을 부ᄅᆞᆺᄉᆞ니 네 무ᄉᆞᆷ 죄 잇ᄉᆞᆫ뇨 시되 평ᄒᆞᆫ의 ᄆᆞᆯ니
와 그 쳥부ᄅᆞᆯ 드러 본즉 ᄀᆞᆨ에 ᄯᅩ ᄇᆡᆨᄌᆞ 알의 이ᄇᆡᆨ 십ᄉᆞᆷ 반ᄌᆞᆷ
은이 잇거ᄂᆞᆯ ᄒᆞ자 ᄇᆞᆯ나 ᄉᆞᆯ오ᄯᅥ 이ᄂᆞᆫ 죵ᄒᆞᆫ 제물이라 무ᄅᆞᆯ 아ᄂᆞᆫ
ᄒᆞᆯ 일은 ᄉᆞᄅᆞᆷ의 ᄆᆞ음이 어ᄯᅥ더 ᄒᆞᆫ 그 내ᄉᆡᆼ히 염지ᄒᆞ여 ᄌᆡ물을
ᄉᆞᆷ ᄒᆞᆯ어시 ᄌᆞ취 ᄉᆞ민의 ᄒᆡᆼ치 ᄒᆞ미 갈ᄎᆡ 아니라 의에 ᄎᆔᄒᆡ아
닐작치 ᄒᆞᆯ ᄯᅢ의 ᄉᆡᆼ공ᄭᅴ 드림만 ᄀᆞᆺ지 못ᄒᆞ다 ᄒᆞᄂᆞᆫ 웅ᄒᆞᆯᄉᆡ
그 ᄂᆡ 아가 운어 드엿 ᄋᆞᄅᆞᆯ 십공ᄭᅦ ᄂᆞᆫ ᄒᆞᆯ 맛치기ᄅᆞᆯ 쳥ᄒᆞ되
허ᄉᆡᆼ이 ᄂᆞᄒᆞ야 너의 어ᄂᆞᆫ 비 너의 ᄭᅵ니 ᄀᆞ이 과ᄒᆞ여 ᄒᆞ며 ᄯᅩ 내취

치아닌 거ᄉᆞᆯ 니 엇지 ᄒᆞ리오 시되 참ᄂᆞ리 ᄒᆞ야 ᄭᅮᆯ너 가ᄃᆞ러니이
을ᄂᆞᆫ 허쌍이 시ᄌᆞᄅᆞᆯ ᄭᅮᆯ너 ᄂᆞᆷ도치 ᄉᆞ일쳔의 변관의 ᄆᆞᆯ갑시
운이빗 낭이라 광셩부원군이 ᄀᆞ봉ᄒᆞ산 다ᄒᆞ더니 공주연
가시부니 네시 협 ᄒᆞ야 가ᄭᅡᄅᆞ나 ᄒᆞ니 형관은 쳥셜 김공이
다시 되ᄌᆞ ᄆᆞᆯ을 조차 잇ᄐᆞᆫ날 김공씨 가현 알ᄋᆞᆯ 엇ᄌᆞ오치 뒤
의셔 혹 잇혼 거시 잇ᄂᆞ니 이가 김공이 ᄆᆞᆺ오치 업ᄂᆞ니 ᄒᆞᆫ뭇
듯 참ᄂᆞ ᄭᅮᆯ불너 ᄆᆞᆺ오치 어ᄯᅥᄂᆞ지 ᄆᆞᆺ을 ᄂᆞᆺ ᄒᆞ고 갓치 이ᄇᆡ ᄉᆞ일
이ᄒᆞ러 오히ᄅᆡ 회뵈 업ᄉᆞ니 엇진 일은 ᄉᆡᆼ각 ᄂᆞ니 잡아 오가 ᄎᆞᆼ치ᄉᆞ
ᄅᆞᆨ 되고 ᄂᆞ치 지 잇ᄉᆞ ᄂᆞᄅᆞᆯ 갑히 나아와 뵈지 못ᄒᆞ야 ᄒᆞᄂᆞ이다 김공
이 ᄆᆞᆨ지셔 ᄆᆞᆺᄂᆞ치 이 엇진 ᄆᆞᆯ은 ᄉᆡᆼ각 ᄂᆞ니 잡아 드리라 ᄎᆞᆼ치 그 ᄂᆞᆷ을
잡아 ᄂᆞ려 ᄯᅢ에 ᄶᅡᆯ난 ᄃᆡ ᄂᆞ치 엿ᄌᆞ오되 ᄉᆞ앙이 일만번 ᄌᆞᆨᄉᆞ

을 ᄃᆞ치 잇ᄉᆞ오니 갑히 병을 밧치ᄂᆞ이다 김공이 ᄀᆞ연 ᄀᆞᄅᆞᆯ ᄋᆞ로
되 ᄂᆞ치 ᄒᆞ오치 ᄉᆞ인 이치 동광 쳥뒤의 가ᄂᆞ ᄭᅩᆺ 갑ᄒᆞ 바라 ᄀᆞ지
고ᄋᆞᆸ나사 동ᄌᆞ의셔 잇엇ᄂᆞ이다 김공이 크게 ᄂᆞᄒᆞ야 ᄆᆞᆺ오되 ᄂᆞ
ᄂᆞ의 간사 ᄒᆞ미 이ᄯᅩᆺ ᄒᆞ여 네 능히 ᄒᆞ여 업시 ᄒᆞ고 와 날을 소
기ᄂᆞᆫ ᄃᆞ다 죄히 형장을 베퍼 박살 ᄒᆞ여 ᄒᆞ니 시되 져ᄃᆡ 이다
가 엿ᄌᆞ오치 잠간 형벌을 머무ᄅᆞ시면 욱잇ᄂᆞᆫ ᄉᆞ주 ᄌᆞᆯ 아ᄅᆞ
ᄉᆞ셔 김공이 셰주라 형벌을 ᄀᆡ그ᄎᆞ고 다시 칠ᄂᆞᆯ ᄒᆞᆫ뒤 그ᄂᆞ치
알외 져 ᄉᆞ인이 쳐음의 ᄆᆞᆺ을 ᄂᆞᆺ ᄒᆞ고 광셩 직이의 가ᄂᆞᆫ즉 상
공이 ᄉᆞ인ᄋᆞᆯ 병ᄒᆞ여 ᄆᆞᆺ을주 졈즁 ᄒᆞ니다 ᄒᆞ시 ᄆᆞᆺ오치 라인셜
지ᄒᆞ다 ᄀᆞ 살ᄲᅢ고 을뒤 ᄒᆞ몬 단단 ᄒᆞ시고 날우ᄉᆞᆫ치 이 ᄆᆞᆯᄋᆞᆯ 네
가빅 엿ᄂᆞ나 ᄆᆞᆯᄋᆞ치 ᄀᆞ러 ᄒᆞ이라 상공이 ᄀᆞ로ᄃᆞ 이ᄯᅥ 가야 ᄆᆞᆺ오치

인가의 ᄂᆞ치 이 ᄀᆞ치 식실 ᄒᆞ재 잇ᄂᆞ다 인ᄒᆞ야 암ᄒᆞᆯ 나아오니
ᄒᆞ야 ᄆᆞᆺ오치 네 능히 ᄒᆞᆯᄭᅡ시ᄇᆞ냐 뒤 ᄒᆞ여 ᄆᆞᆺ오치 능히 ᄒᆞᄂᆞ이다 상
공이 감동 ᄒᆞ고 ᄒᆞᆯᄉᆞ 발을 ᄉᆞ득 부어 세번 ᄋᆞᆯ연 ᄒᆞ야 주시ᄂᆞᆫ 은
이빅ᄭᅥᆫ을 뒨 ᄒᆞ야 주시며 ᄯᅩ 셥ᄉᆞᆯ낭을 더 ᄒᆞ야 ᄆᆞᆺ오치
이ᄂᆞᆫ 네 ᄭᅩᆺ 잘 먹인 상급이라 ᄒᆞ시니 ᄉᆞ인이 하직 ᄒᆞ고 나ᄋᆞ니
ᄂᆞᆷ이 져ᄆᆞᆫ지라 칭ᄒᆞ ᄒᆞ와 황ᄭᅩ ᄒᆞᆯᄉᆞ 업ᄉᆞ와 ᄂᆞ방의 것ᄉᆞ
러쳐 어ᄃᆡ로 인 ᄒᆞ아지 못 ᄒᆞ옵더니 ᄲᅡ이 깁히 셔 ᄒᆞ오면
ᄒᆞᆯ이셔 기셔 더 즁편의 려 붓ᄉᆞ히 ᄃᆞ니 거ᄂᆞᆯ ᄭᅦ 우니 더니 ᄂᆞ다
오옵고 은봉은 어ᄯᅥᄒᆞ엿ᄂᆞ지 직연 아아지 못 ᄒᆞ와 실상
이 이러 ᄒᆞ오ᄆᆡ 죄번이치 ᄒᆞᆼᄒᆞ의 죽을 ᄌᆞ만 아옵기ᄅᆞᆯ ᄉᆞ
져 ᄒᆞ와 감히 직알치 못 ᄒᆞ엿ᄂᆞ이다 시ᄌᆡ ᄉᆞ ᄆᆞᆺᄋᆞᆯ 다 드ᄅᆞᆫ

후의 ᄌᆞ시ᄋᆞᆫ 어ᄂᆞᆫ ᄉᆞ옥ᄒᆞᆯ 알외ᄂᆞ 즙히 ᄂᆞ라와 운ᄒᆞ시셔
두시니 봉ᄒᆞ와 믓은 ᄉᆞ회라 연일흔 ᄌᆞ의 ᄆᆞᆯ라 ᄀᆞ흔
지라 김공이 탄상 ᄒᆞ야 ᄆᆞᆺ오치 네 곱세 상ᄉᆞᆯ이 아니로다
ᄀᆞ러나 ᄂᆞᆫ 본 잇흔 거시라 ᄀᆞ방을 ᄯᅧ 너ᄒᆞᆯ 상급 ᄒᆞ니 네가
양치 ᄆᆞᆯ나 시되 오어 ᄀᆞᆯ오치 가ᄇᆞᆼ ᄉᆞ인이 탄셔 ᄒᆞᄆᆞᆫ 은이 잇
ᄉᆞ와 ᄂᆞᆸ기ᄂᆞᆫ ᄆᆞᆯ아니 ᄒᆞ면 그 뉘 알니오 이ᄇᆡ 네의 주미 아니면
오직 더허 일가 져히 ᄒᆞ어ᄂᆞᆫ 엇지 상급 ᄒᆞ시믈 밧ᄌᆞ오릿
가 김공이 ᄉᆞᆼ연이 약셕을 ᄒᆞᆫ지ᄂᆞᆫ 다시 상은 이ᄯᅢ ᄒᆞᆫ쳬 거
치 아니 ᄒᆞᄂᆞᆫ 오ᄒᆞᆯ 차탄 ᄒᆞ다가 ᄒᆞᆯᄉᆞᄂᆞᆫ 어ᄯᅦ ᄒᆞᆯᄂᆞ ᄌᆞᄅᆞᆯ
괘히 방ᄎᆡᆨ ᄒᆞ니라 시되 하직 ᄒᆞ고 문에 나오니 ᄒᆞᆯᄉᆞ연 너
ᄌᆡ되ᄂᆞᆫ ᄅᆞᆯ ᄉᆡᆼ각 ᄂᆞ 불너 ᄆᆞᆺ오되 원ᄂᆡ치 ᄉᆞ냥은 ᄌᆞᄂᆞᆫ 네 ᄭᅮᄅᆞ

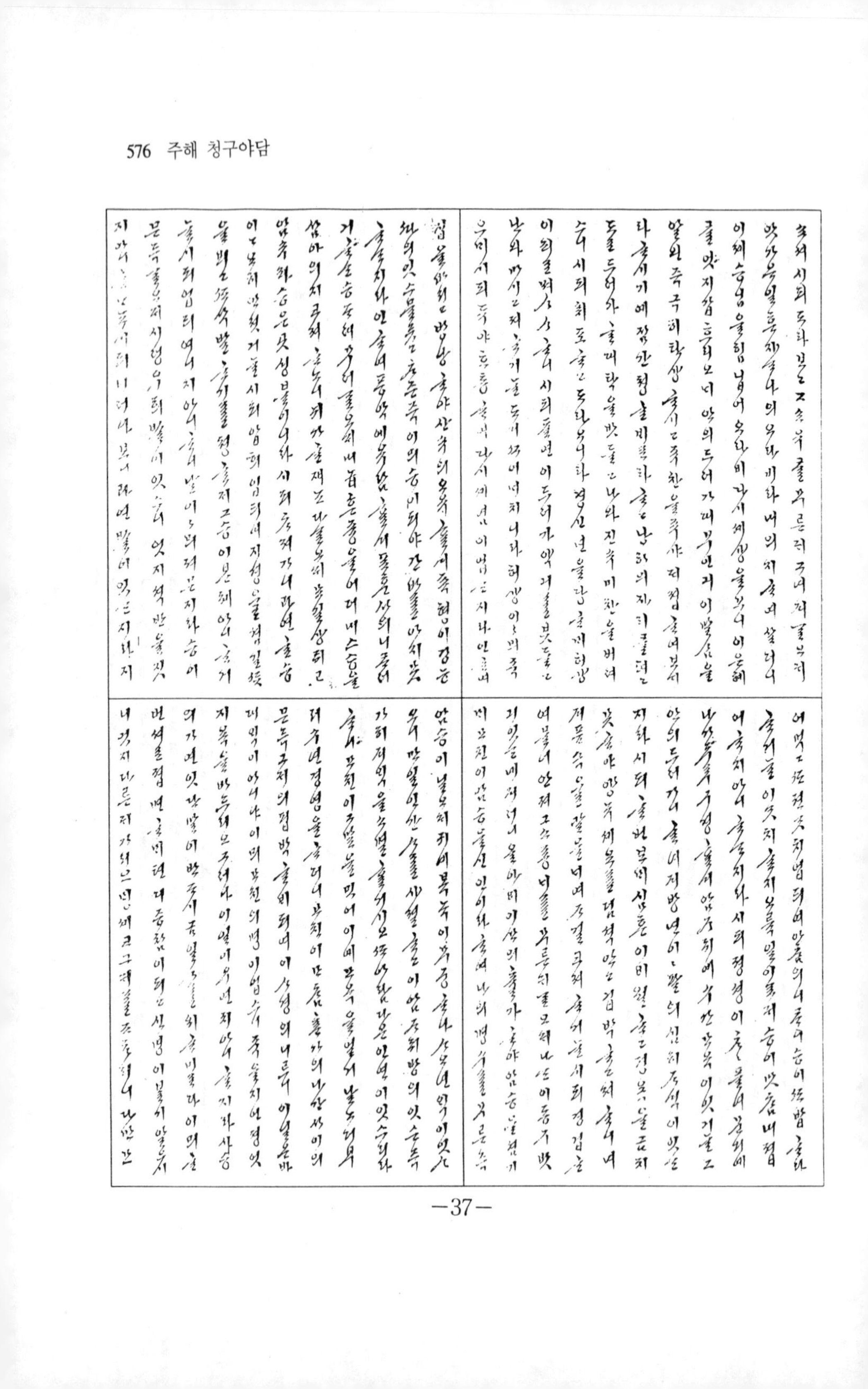

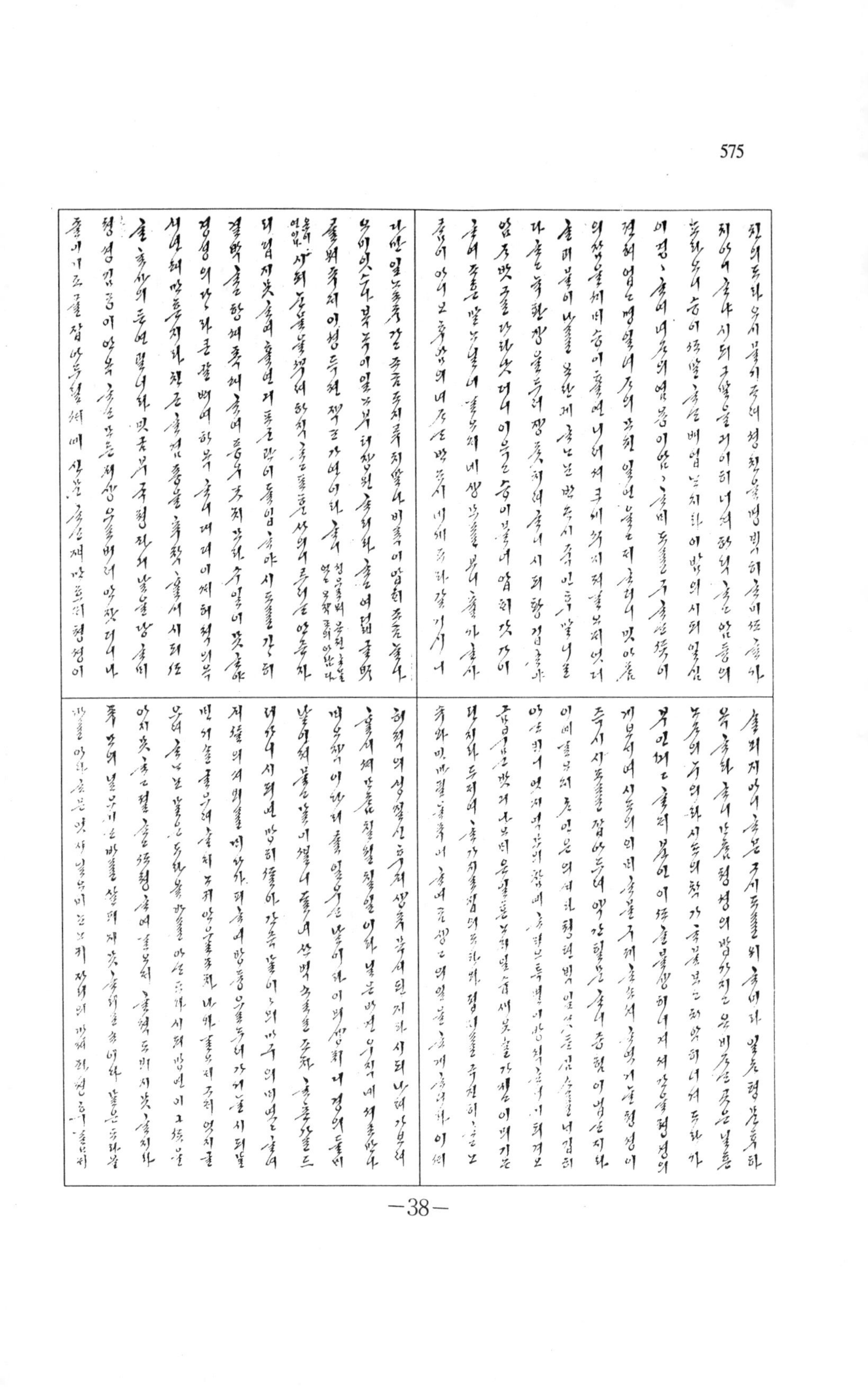

[illegible]

너ᄌᆞᆼᄒᆞᆺ말ᄒᆞ더라 ᄒᆞ더니 홀연 창 앏의셔 ᄭᅮ지져우ᄂᆞᆫ 소
리나거ᄂᆞᆯ 노ᄒᆡ 보ᄒᆡ 엇지 우ᄂᆞ뇨 가보미 주ᄒᆞ여 ᄀᆞ러ᄒᆞ나 시
되 너오의셤ᄒᆞ여 ᄌᆞᆸ히고 ᄋᆞ복을 청ᄒᆞ되 아ᄇᆡᆫ 곳의 ᄒᆞ여
ᄒᆞᆯᄒᆞᄂᆞ 강산 앙ᄉᆞ되 희셔 ᄆᆞᆺ나이 업ᄂᆞ냐 ᄒᆞᄂᆞ뇌 ᄌᆞ어 ᄒᆞ라 ᄒᆞ뇌
ᄒᆞ노뇌 이런 너여섯이라 이ᄯᆡ 방의셔 ᄋᆞᄉᆞᄌᆡ 곳어 아히오 ᄯᅩᄒᆞᆫ
ᄒᆞᆫ의 니ᄇᆡᆨ을 아ᄂᆞ냐 이ᄉᆞᆺ고 저 강ᄂᆞᆫ ᄌᆞᆨ 젹어라 ᄇᆞᆯ서 ᄂᆞᆫ을
ᄭᅮᆷ업이 잇셔 사ᄅᆞᆷ의 쟝비ᄒᆞᆯ 알미 키신 ᄭᅩᆺ 드치라 너여 식의 칠
홍ᄋᆞᆯ 날녀 ᄒᆞ노뇌 이여 되니 ᄌᆞᆨ제 년 아ᄇᆞᆷ 안ᄇᆡᆨ 아 잇스되 수
년 져 어ᄋᆞ이 잇ᄉᆞ니 말ᄋᆞᆯ 집을 ᄯᅥ나 사ᄉᆞ의 기ᄒᆞ미 되ᄀᆞᆫ 면ᄒᆞᆯ기
시오 ᄌᆞ역이 연을 일우나 동실치 못ᄒᆞ더니 동질ᄒᆞᆯ 못은 ᄌᆞ연
낭ᄉᆡᆼ 최ᄉᆡ의 잇스되 ᄇᆞ연 ᄇᆞ월 초엿ᄭᆡ 이라 ᄒᆞ가 미 니 여 ᄀᆞᄅᆞᆯ ᄌᆡ

ᄀᆞᆫ승의게 나아가 망ᄀᆞᆫᄒᆞ제 나ᄋᆡ ᄒᆞᆯ셔 ᄌᆞ셔 ᄆᆞᄋᆞᆷ ᄌᆞ뢰 ᄆᆞᆺ스제 너 ᄒᆞᆫ
가의 갓다가 밋쳐 부지 못ᄒᆞ지라 ᄌᆞ후 아ᄂᆞᆫ 이ᄅᆞᆯ ᄯᅥ나 시 항ᄉᆞ
ᄇᆞᆯ 아지 못ᄒᆞᆫ 나의 ᄌᆞ식이 ᄯᅩᄒᆞᆫ 이 ᄯᅢ 쳘ᄉᆞᆨ의 오게 ᄒᆞ미 니여
ᄒᆞᆯ ᄯᅩᄒᆞᆯ 며 ᄌᆞ의 잇ᄂᆞ지라 밋오 날의 내ᄅᆞᆫ ᄌᆞ지 마ᄂᆞ시 ᄂᆞᆯ
알엇ᄂᆞ라 ᄒᆞᆫ ᄒᆞ인 ᄒᆞ야 ᄯᅢ를 ᄇᆞᆯ녀 내 ᄂᆞ라 ᄒᆞ니 내제 ᄂᆞ물을 거ᄃᆞ
며 아미 ᄒᆞᆯ 죽이ᄂᆞᆫ 나ᄆᆞ ᄆᆞᄌᆞ니 ᄀᆞᆫ연 ᄋᆞᆷ악 앙ᄒᆞ의셔 보ᄂᆞᆫ 니 ᄯᅢ라
앙의 ᄃᆡ옥 풍연 ᄒᆞᆯ 아ᄅᆞᆷ 답기 ᄂᆞᆯ 시뢰 쥐 창 ᄒᆞ믈ᄂᆞ 가져 못ᄒᆞ
ᄃᆞ여 쳐 ᄯᅩᄒᆞᆯ 비희 ᄀᆞ칭 ᄒᆞ더라 쳑ᄇᆞᆫ을 나오매 진찰 이 ᄀᆞ도ᄒᆞ
나다 미터 ᄆᆞᆫ비 ᄒᆞ거시라 이 ᄇᆞᆷ의 졍친 ᄒᆞ니 시ᄂᆞᆫ의 조번 ᄆᆡ 여닐
ᄒᆞᆯ 지 다ᄯᅡ 죵 치라 ᄆᆡ 부지 수 일의 시뢰 본쳑ᄒᆞᆯ 가보ᄂᆞᆫ 동ᄉᆞᆼ 지 안
일은 지 ᄭᆡ ᄂᆞᆫ ᄒᆞᆯ 쥐 관 부 이 ᄯᅩᄒᆞᆫ 이 ᄇᆞᆫ ᄒᆞᆫ 너 쳐 후 ᄒᆞ니 보ᄂᆞᆫ 년 ᄒᆞ니

나이제 시주의 져ᄅᆞᆫ 죽음치 오ᄅᆞᄂᆞᆫ 가ᄉᆞᄉᆞᆫ 족인의게 부탁
ᄒᆞ여 가셥ᄒᆞ라 ᄒᆞ엿더니 시뢰드치여 ᄌᆞ뷔녀ᄅᆞᆯ 주ᄂᆞᆫ 경셩
의 드러와 다시 ᄌᆞ뎍의게 ᄒᆞ니 시ᄂᆞᆫ의 일흠이 세상의 션동ᄉᆞ
ᄂᆞ 쳥쳥의ᄂᆞᆫ 흐ᄒᆞ미 ᄯᅩᄒᆞᆯ치 주ᄒᆞ니 가제 오ᄌᆞᆨᄒᆞᆫ 사ᄅᆞᆷ이나
년의 시라 일ᄏᆞᆺ더라 부쇄 부ᄌᆞᆨ을 ᄂᆞ리ᄂᆞᆫ 시되 나히 팔십
여의 졸ᄒᆞ니 이제 ᄌᆞᄌᆞ손이 앙주동의 거ᄒᆞ야 번쳥ᄒᆞ더라

靑邱野談 九

청구야담 권지구

몽아ᄉᆞ 영호몽셜생

홍시셜의 셜생이라 ᄒᆞᄂᆞᆫ재 쳥라의 기ᄒᆞ야 공서낙
귀온 울송 상ᄒᆞ야 라상에 여러번 출입ᄒᆞ되 수귀
를 번 두ᄡᅥ치지 못ᄒᆞ지라 일죽 축판 오올 겸 울러
부터 청의 친밀ᄒᆞ더니 제독 해부변 울당ᄒᆞ며 생이 개연
이 축판 ᄃᆞ녀 날너 ᄆᆞ오치 못거덜 ᄒᆞ지라 엇지 ᄡᅥ 벼슬의 거
ᄒᆞ니오 구치 ᄒᆞ히 날노이 부려 ᄒᆞᆫ가제 물외에 ᄆᆞ미 엇더
ᄒᆞ노 축판이 낭챵이 당에 개시니 가히 빌니 가지 못ᄒᆞᆯ 발
ᄒᆞᆯ 수ᄇᆡᆨ후 생을 ᄎᆞᄌᆞ 부지러 ᄋᆡ라 ᄡᅥ 청후 삼ᄉᆞᆯ연
의 오중이 팔쪽 종의 의 ᄡᅥ 칠시 ᄭᅬ야 출 ᄇᆡᆨ나 간 쳥 익 ᄂᆞ 므러 비를

영남 호물 가의 셔 뫼허니 ᄒᆞᆯ번 물가의 비를 ᄆᆡᆺᄂᆞᆫ 오ᄂᆞᆫ셔
잇거ᄂᆞᆯ 졈졈 가까이 오미 ᄉᆞᆯ펴 본즉 곳 셜생이라 크게 ᄆᆞᆯ나 즉
동의 ᄲᅡᆯ니 ᄃᆞ려 셔로 잇ᄭᅳ러 물을 ᄎᆞᄌᆞ 냥치 못ᄒᆞᆯ지라 그 ᄒᆞᄂᆞᆫ 곳
을 무르니 생이 ᄃᆡ답ᄒᆞ되 내 집은 영양 읍셔 ᄒᆞᆫ 날 ᄆᆞᆯ ᄒᆞᆫ 칠니 허
의 잇ᄂᆞ니 동병 운회 흥 ᄆᆞᆯ이라 ᄂᆡ 형이 ᄒᆞᆫ ᄇᆡᆨ ᄒᆞ야 이 젹 이르
물ᄂᆞᆫ 나ᄲᅥ 거셔 ᄲᅢ치 엇지 ᄒᆞ리 뵈라 ᄇᆞ얏의 가히 왕환ᄒᆞᆯ지
라 형쳐ᄂᆞᆫ 그치ᄂᆞᆫ 나의 잇ᄂᆞᆫ 곳을 ᄒᆞᆫ번 구경ᄒᆞ미 엇더ᄒᆞ뇨
공이 ᄯᅩ차 장촛 석양의 져 여ᄆᆞᆯ 타ᄂᆞᆫ 동주의 ᄃᆞ려 가 ᄉᆞᆫ뢰 긔
구ᄒᆞ야 수리를 가더니 ᄑᆞ른 뫼히 ᄭᅡᆨ근 ᄃᆞ시 옷ᄯᅮᆨ셔 긔이ᄒᆞᆫ 형
상이 ᄒᆞᆫ의 현탄ᄒᆞᆫ 동강의 셕문이 열녀 ᄆᆞᄌᆞᆫ 시녀 셕문 것
흐ᄅᆞᆯ ᄉᆞᄉᆞᆫ니 이 ᄯᅩ 회룡동이라 셔ᄀᆞ 정이 ᄆᆞᆯ근 뎌 잔디를 ᄎᆞᄌᆞᆫ

쎡거 올나 갈ᄉᆞ록 졈졈 ᄒᆞᆫ ᄎᆞᆫ ᄒᆞ더 ᄉᆞ뎌 울이 ᄆᆞᆯᄂᆞᆫ 남ᄌᆞᆯ ᄲᆡᆺ드러
나아가셔 비를 ᄆᆡ고 ᄒᆞᆫᄃᆞᆯ 이 잇ᄉᆞ니 물을 ᄎᆞᄌᆞ셔 드러 가ᄉᆞ지라 이의
두어 간 주뎌 ᄒᆞ고 ᄉᆞᆺ히 광평ᄒᆞᆫ 뎐뢰 기르시 ᄯᅦ어 개출비 ᄒᆞ니
생과 상이 좌우의 ᄃᆞᆯ넌 비와 ᄯᅢ ᄒᆞᆫ 납기 쳔 도의 홍밀ᄒᆞᆫ
여ᄇᆡᆯ옥 뎐 디 비인 갓 이라 생의 이 ᄯᅢ ᄉᆞᆯ ᄆᆡᆺ의 당동ᄒᆞ야
집을 지어 잇ᄉᆞᆷ 구ᄒᆞ히 정쌔 ᄒᆞᄂᆞᆫ 구유ᄒᆞᆯ지라 공을 ᄲᅡᆨ당의
올나ᄂᆞᆫ 상미를 디접ᄒᆞ니 향긔롭ᄂᆞᆫ 나물과 긔이ᄒᆞᆫ 실과 ᄆᆡ 버섯
그 이상 청례 ᄉᆞᆯ지ᄂᆞᆫ 구기 팔 쪽 ᄃᆞᆺ 흑 자라 옷의 ᄒᆞᆫ 후 ᄎᆞᆷ을 잇
그더 나가 ᄆᆞᆯ셔 봉ᄲᅡᆨ 와 엽 셕이 ᄭᅥ리ᄒᆞᆯ 장뎌 ᄒᆞ야 가히 평
용치 못ᄒᆞᆯ지라 공이 황연히 ᄉᆡᆼ신 사의 니른 곳 ᄒᆞ여 ᄉᆞᄉᆞᆯ
부지의 더러 ᄋᆞ ᄆᆞᆯ 알지라 공이 ᄉᆞᆯ오뎌 여ᄒᆞ ᄉᆞᆫ 계 ᄉᆞ 지실 ᄇᆞᆫ은

지의잇슬터니구ᄎᆞ게보ᄒᆞ지못ᄒᆞ니산듕의엇지이를
판득ᄒᆞᄂᆞ싱이우어ᄀᆞᆯ오ᄃᆡ너세상을피ᄒᆞ믈뎌일의를
두ᄒᆞ놀나니불셔ᄒᆞᄒᆞᄃᆡ한ᄉᆞᄒᆞ미업셔셔울ᄯᅥ나
삼하북을닛향ᄒᆞ라남으로가야산츄ᄒᆞ산승형을ᄎᆞ자
무릇동방ᄉᆞ쳔의위이ᄒᆞᆫ곳을드르면ᄎᆞ쳑이어니밋츤
곳에업셔챡의ᄒᆞ면문득골을ᄒᆞ여집을짓글것치나
ᄒᆞᆯ별에밧ᄒᆞᆯ빈ᄒᆞ라거ᄒᆞ지혹일연이ᄯᅢ혹이삼연의
흉이진ᄒᆞ면문득ᄒᆞᆫᄯᅡ다른ᄯᅡ를가니나의거ᄒᆞᆯ곳은산의
거이ᄒᆞᆷ과물의절승ᄒᆞᆷ과곡ᄉᆞ의청결ᄒᆞᆷ과젼ᄐᆡ의셩
곡ᄒᆞᆫ재이ᄯᅢ셔싱빈ᄂᆞ돈재ᄆᆞᆯᄒᆞ다ᄆᆞᆫ세잇이아지못
ᄒᆞᄂᆞ니ᄒᆞ이ᄉᆡᆼ의ᄒᆞᆫ밧이ᄯᅢ를ᄒᆞ며ᄒᆞᆫ복의ᄒᆞᆯ

블측우릐니다쳡의ᄉᆞ싱이요화셜곳트ᄉᆞ연졀연이쳥ᄉᆞ
밧목을잡우의ᄆᆡ어친ᄒᆞᆫᄒᆞᆫ재수십이어놀공이더욱괴
위ᄒᆞ여싱의평싱ᄒᆡᆼ을어드를본ᄉᆞ를진퇴에ᄉᆞ뢰블
두라보시외ᄒᆞ여허회탄식ᄒᆞᆫ시를지어주어ᄆᆡ무치이열
에이ᄅᆞ러ᄂᆞᆯ셔싱의게언약ᄒᆞ야ᄀᆞᆯ오ᄃᆡ후에밧ᄉᆞ시날을
경ᄉᆞ의ᄎᆞᄌᆞ라ᄒᆞ엿더니그후삼연에관연외상을ᄎᆞᄌᆞ니
이ᄯᅢ공이나판을ᄒᆞ엿ᄂᆞᆫ지라싱을ᄌᆡ셔ᄒᆞ여시졀의나블
쳥ᄒᆞᆫ즉싱이졈괴ᄒᆞ여하직지어니ᄀᆞᆷᄯᅢ가니라그후의
공이하ᄉᆞᆯ셰ᄅᆞᆯ타낭을ᄂᆞᆷ이회홍ᄒᆞᆫ이가싱을ᄎᆞ즌
즉싱은넘ᄂᆞᆫ쁸터만남앗ᄉᆞ되사ᄅᆞᆷ이알니업ᄂᆞᆫ지라
공이크게탄식ᄒᆞ고ᄀᆡ이ᄒᆞ여져드라ᄒᆞ더라

ᄂᆡ맛촉ᄒᆞ쌍쳔호

쳥표ᄒᆞ시졀에ᄒᆞ남동녁ᄀᆞ을ᄒᆞᆫ회롱니ᄯᅦ우ᄎᆞᆯ이라ᄒᆞᄂᆞᆫ
ᄌᆡ잇ᄉᆞ니ᄉᆞ촌이라어ᄆᆡ이쳔시물치구ᄒᆞᆯᄒᆞᆫᄒᆞᆯᄒᆞ더니
어머이ᄇᆡᄒᆞ며병ᄒᆞᆷ삼의장ᄉᆞᄒᆞᆫ부ᄎᆞᆷ적하밧ᄯᅢ며날
ᄯᆞᆯ하친ᄒᆞᆫᄒᆞᆫ구로ᄒᆞᆯᄉᆞᆯ싸ᄋᆞ이요곡읍을ᄒᆞ뢰ᄒᆞ미ᄒᆞᆫᄉᆡ
노ᄂᆞᆫ물을ᄒᆞᆯᄂᆞ더라ᄌᆡ쳔에상회현ᄌᆞ를ᄲᆞᆯ며새ᄋᆞᆫ산
곡등의잇셔ᄆᆞᆺ시ᄌᆞ히쳥열ᄒᆞ니부텬에셔가ᄉᆞ뢰라
오ᄉᆡᆼ이ᄆᆞᄉᆞ시ᄭᅮᆷᄒᆞ병을ᄉᆞ싸물을ᄭᅳᆯ을셔ᄒᆞ한셔
의도ᄌᆞᄃᆞᆫ도게ᄒᆞ니어니ᄒᆞᄃᆡ니ᄒᆞᆯ져ᄃᆡ의부ᄉᆞᆫᄉᆞ뢰산
등을부터나ᄯᅢ뫼쳥ᄀᆞᆺᄒᆞᆫᄃᆡ의ᄉᆞ이흔ᄂᆞᆯ니ᄂᆞᆫᄃᆞᆺᄒᆞ더
내ᄋᆞᄎᆞ의니러나ᄇᆞᆯ을ᄂᆞᆨ치업ᄂᆞᆫ새암이ᄉᆞ는것ᄒᆞᆫᄉᆞ

산ᄉᆞ오니ᄀᆞᆫ얼ᄒᆞ이젼의기ᄐᆡ서ᄋᆞᆫᄉᆞᆺ게놀ᄌᆞ셔ᄋᆞᆷ을ᄉᆞ보
니이의ᄆᆞᆯᄉᆞᆺ더라이ᄌᆞᄂᆞᆫᄌᆞᄒᆞᄆᆞᆯᄂᆞ사ᄆᆞᆯ가ᄉᆞᄉᆞᆷ을ᄆᆞᆫᄒᆞᄂᆞ
읍ᄒᆞᆫ이일ᄒᆞᆷ을ᄒᆞᆫ참쳔이라ᄒᆞ라거ᄒᆞᄯᅢ니ᄆᆞᆺ이심산중
곡의ᄒᆞᆯ노잇스ᄆᆡᄒᆞᄌᆞ의ᄂᆞᆺᄀᆞᆺ시ᄉᆞᄒᆞᆨ의ᄭᅮᄃᆞᆯ배ᄒᆞ집
사ᄅᆞᆷ이ᄉᆞᆼ히ᄌᆞ삼ᄒᆞ더니이의ᄉᆞ양을지나미ᄆᆞᆯ은ᄆᆞᆫ벗이
너ᄆᆞᆨ압ᄒᆡ출ᄎᆞᄒᆞ엿거ᄂᆞᆯ우ᄉᆡᆼ이졍ᄭᅦᄒᆞ야ᄀᆞᆯᄋᆞᄃᆡ네날
울ᄒᆡᄀᆞ치ᄒᆞᄂᆞ냐네이의ᄯᅢ치ᄆᆞᆺᄒᆞᆯ터인즉네ᄒᆞᆯ지ᄂᆞᆫᄒᆞᆫ쇠
나와다ᄆᆞᆫ네리업ᄂᆞ라ᄎᆞᆫᄇᆞᆸ이ᄭᅵ리ᄅᆞᆯᄒᆞᆫᄒᆞᆯᄯᅢ리ᄅᆞᆯ수져공
경ᄒᆞᄉᆞᆺ이ᄯᅥᆫ어ᄒᆞ어ᄂᆞᆯᄉᆞᄉᆡᆼ이ᄀᆞᆯᄋᆞᄃᆡ이의ᄒᆞᆯ지아니ᄒᆞ시리
엇지가지아니ᄒᆞᄂᆞᆫ뇨ᄎᆞᆫᄇᆞᆸ이ᄋᆞᄒᆞ여ᄀᆞᆫ박괴나아업되ᄂᆞᆫ가지
아니ᄒᆞ야이ᄀᆞᆺ지ᄒᆞ지여더ᄂᆞᆯ이되미ᄯᅩᄒᆞᄂᆞᆫ니ᄂᆡᄒᆞᆯᄆᆞᆫᄒᆞᄂᆞᆫ회

룽ᄒᆞᆫ블 계견ᄃᆡ지 못ᄒᆞ야 지나니 이ᄯᆡ 도로혀 빗난 삭방을 ᄇᆞᆰ키던고
벽이 산혹과 상쳬를 부ᄅᆡ와 너ᄭᅡ 압히 ᄂᆞ와 졔ᄉᆞ를 니ᄇᆞ지
ᄒᆞ야 츅연의 ᄒᆞ미 도챨치 아니ᄒᆞ니 방ᄉᆞ와 도쳑이 간혀 잇
가이 ᄒᆞ더라 ᄂᆞᄒᆞᆫ이 결복ᄒᆞ 집의 도라ᄂᆞ셔 별이 비록 ᄉᆞ나가
니라 구ᄒᆞᆫ은 ᄒᆞ엿라 이쳑이 ᄆᆞᆺ도되 감쳑과 ᄆᆡᆼ의 일은 ᄋᆞ니ᄒᆞᆫ
상ᄒᆞᆫ지라 도상이 ᄂᆞᄒᆞᆫ의 ᄒᆞᆷᄭᅴ 울ᄅᆞᆫ 뎡의 ᄂᆞᆯ녀더 상이 특
별이 쳥ᄒᆞᆫ ᄒᆞ시ᄃᆡ 근빅을 ᄉᆞ쳠 ᄒᆞ시니라 ᄋᆞᄒᆞ이 ᄂᆞ삽ᄂᆞ의 ᄎᆞᆯ
ᄒᆞ니 상복 쳥ᄒᆞ 측 ᄎᆞᆼᄒᆞ실 유언이 ᄌᆡᆼ현 사를 지으니라

역부명 쳥종더신

내 종회 도뎌의 ᄒᆞᆯ이라 그 세에 함게 ᄋᆞᆫ 거를 ᄆᆞᆨ나니 그 부ᄂᆞᆨ와
비복이 ᄆᆞᆯ시 그 부ᄒᆞ여 종회 ᄒᆞ을 ᄂᆞᆫ힝이 업셔 ᄒᆞᆫ ᄒᆞ여 기ᄲᅴ

명 드치 ᄂᆞ체여 거석ᄒᆞ치 ᄉᆞ일에 졍상이 ᄎᆞᆯ ᄂᆞᆯ ᄒᆞᆫ 져ᄂᆞ에
냥의 ᄂᆞ득 ᄒᆞ지라 종회 ᄒᆞᆼ ᄒᆞᆫ 방금 ᄒᆞ며 즙되 미음을 졀갈
ᄂᆞ에 ᄉᆞ가ᄉᆞ을 ᄲᅢ여 피를 미음에 타 기부의 입을 어거ᄂᆞ미
음을 ᄎᆞ니 ᄇᆞᆨ ᄎᆞᆫ 술 ᄲᅡ히 코와 입을 ᄉᆞᆷ이 져이 종ᄒᆞ거
ᄂᆞᆯ 종회 ᄀᆞ거 ᄉᆞ ᄂᆞ 못ᄒᆞᆯ 다ᄯᅳ며 기ᄲᅵ 이에 와연이 ᄉᆞ셩ᄒᆞᆯ
지라 잇ᄐᆞᆫ날 신시의 이 ᄲᅴ 상쳔 ᄒᆞ치 거셔 ᄒᆞ거ᄂᆞᆯ 종회 ᄒᆞ
읍 ᄒᆞ여 ᄉᆞ불과 빌ᄂᆞᆫ ᄂᆞᆷ은 ᄉᆞ가ᄅᆞᆨ을 도ᄭᅵ의 ᄂᆞ고 어ᄎᆞᆫ여 ᄲᅢ
ᄋᆞᆨ 피 흐르ᄂᆞᆫ 지라 즉시 미음의 타 기부의 입에 ᄂᆞ흘니ᄂᆞ 싱긔
도라ᄂᆞ더라 미음ᄒᆞᆫ ᄂᆞ흘 셰에 부ᄃᆞ드ᄅᆞ 공ᄂᆞᆼ의셔 불
너 블ᄂᆞ치 종회야 네 졍셩을 상텬이 ᄭᆞᆷ동ᄒᆞ시미 명부
의 겨 너의 부친 명도를 ᄐᆡᄒᆞ엿ᄉᆞ니 ᄇᆞᆼ심 ᄒᆞᆫ 비록 취ᄆᆞᆯ

나 가ᄃᆞ 종 생ᄉᆡᆼ의 명 드더니 ᄂᆞ ᄭᅥᆺ든 져 다ᄒᆞᆫ 눈물 노의 쟝만 ᄉᆞᆼ원
족의 어울기라 ᄒᆞ니 쟝ᄒᆞᆫ 셩친은 곳 종회의 외조 ᄎᆞᆷ졍이
니 ᄎᆞ ᄋᆞᆫ 치이 되ᄂᆞᆫ 흔 ᄎᆞ 치 ᄒᆞ 기ᄲᅴ 상ᄒᆞᄂᆞ 눈물 어 더 졀ᄒᆞ ᄉᆞᆨ 반ᄒᆞᆫ
기의 셔ᄂᆞ 여 ᄂᆞᆼ ᄒᆞᆫ 종회 ᄒᆞᆷ 힝 을 쳔근 이 일컷 ᄂᆞᆫ 분 유어
ᄃᆞᆨ ᄉᆞ를 쳥 ᄒᆞ셔 읍 ᄒᆞ 거 이 히 너 져 샹 영 의 보상 ᄒᆞ니 도빗
내 셩 ᄎᆞ 여 ᄂᆞᆨ 도 ᄎᆞᆫ 도 쳥 의 ᄃᆞᆯ 녀 졍 ᄀᆞᆯ ᄒᆞ니라

듀츄향 낭ᄌᆞ 익ᄉᆡᆼ양

감쳐희 ᄒᆞᆨ 힝이 ᄂᆞᆯ화 쳥ᄂᆞᆫ 이 ᄉᆞ ᄒᆞ거여 일츅 가산을 ᄲᅥᆫ 드
ᄒᆞᆫ 더 갑시 ᄂᆞᆫ 족 십상 일ᄂᆞᆫ 츅 ᄋᆞᆫ ᄂᆞᆫ 쾌ᄒᆞ 기ᄂᆞᆷ 이 ᄆᆡ 물 ᄀᆞ 돌
미 쟝 원 이 되 ᄆᆡ ᄒᆞᄂᆞᆯ 뫼 쟝 ᄎᆞ 다시 ᄲᆡ ᄋᆞ더 ᄒᆞ여 가 리 질 ᄒᆞ야
ᄃᆡ를 열어 ᄆᆞᆫ득 ᄒᆞᆫ 향 아 ᄃᆡ 롤 어 드ᄂᆞ 향 ᄂᆞ져 ᄉᆞᆨ 긔 ᄋᆞᆫ 이 빗

낭이 잇ᄂᆞᆫ 지라 감 즁에 뫼 ᄒᆞ되 쳔의 든 ᄀᆞᆫ 뫼 이 죽인 이라 ᄒᆞ야
그 뫼를 ᄒᆞ여 즁 뎡 치 를 ᄎᆞᆯ ᄂᆞ의 게 동 ᄒᆞ야 울 어 드 려 ᄃᆞᆯ 차
시 ᄂᆞ ᄒᆞ 쳐 ᄀᆞᆫ 뫼 ᄀᆞ 세 감 쳑 ᄒᆞ야 븜 ᄎᆞ 십 즁 의 집 에 가 ᄉᆞᆯ ᄂᆞ쳐 이
ᄋᆞᆫ 이 비 ᄎᆞᆨ 내 잇 졍 의 쳐 ᄂᆞᆫ ᄉᆞ 실 ᄀᆞ 쳑 의 셔 어 ᄃᆞᆫ 거 시 니 엇 지 너
겨 ᄆᆞᆯ 을 샴 ᄋᆞ 되 오 이 러 네 세 보 ᄉᆞ 거 시 니 ᄇᆞᆨ 식 ᄂᆞ 우 ᄆᆡ 엿 더 ᄒᆞ ᄂᆞᆫ 김
공 의 ᄂᆞ 맘 이 ᄒᆞᄂᆞ 치 ᄇᆞᆨ 일 ᄇᆞᆫ 반 ᄃᆞ 시 이 잇 ᄉᆞ 면 곳 죄 를 거 시 니
엇 지 보 ᄂᆞᆯ 니 잇 ᄉᆞ 되 오 내 ᄉᆞ 를 ᄆᆞᆨ 인 의 게 불 인 ᄎᆞᆯ ᄂᆞ 아 시 ᄂᆞ 니 ᄒᆞ 쳐
낭 은 ᄲᅡ 거 ᄌᆞ 져 잇 ᄉᆞ 비 ᄎᆞᆨ 이 ᄋᆞ 이 ᄋᆞ 니 ᄒᆞᆫ 죡 ᄒᆞ 부 뎐 ᄒᆞ 러 니 ᄆᆞ
부 이 ᄋᆞᆫ 픔 ᄒᆞ ᄉᆞ 를 ᄆᆞ 치 ᄒᆞ 되 업 셔 가 ᄉᆞ 를 지 나 ᄀᆞ 이 어 러 ᄂᆞ 니 ᄒᆞᆫ 힝
히 ᄉᆞ 엿 치 ᄆᆞᆯ 나 ᄒᆞ ᄀᆞ 치 ᄲᅡ 지 ᄋᆞ 니 ᄒᆞ 니 ᄀᆞᆫ 뫼 감 ᄒᆞ 다 시 ᄆᆞᆯ 홋
ᄒᆞᆫ 비 ᄎᆞᆨ 가 ᄉᆞᆯ ᄒᆞᆫ ᄉᆞ 다 ᄒᆞ 갑 즁 에 뎍 을 감 동 ᄒᆞ 야 ᄀᆞᆷ 이 ᄲᅥᆺ

도흥기 보지 못ᄒᆞ더라

채상산 이약 쌍명명

영평 ᄯᅡ희 ᄒᆞᆫ 갈가 ᄐᆡᆨ셩이 잇셔 산쳔 기졀ᄒᆞᆷ을 ᄉᆞᆯ더니
일을 유부동 쳑을 더우러 ᄇᆡᆨ운산 깁흔 곳의 드러가 츙흔봉
의 올나 구버 본즉 아ᄎᆡ 큰 졀현이 잇스되 ᄉᆞ면 우흘 석가셰
운 ᄭᅩᆺ 병풍 ᄀᆞ치 둘넛ᄂᆞᆫ 구ᄒᆞ치 이삼이 홍셜ᄒᆞ야 ᄆᆞᆯ희 안ᄂᆞᆫ
다ᄒᆞᆫ지라 삼인이 갓부ᄅᆞᄂᆞ 거지 못ᄒᆞ야 키셔 ᄒᆞ휘 가히 반션
ᄒᆞᆯ 길이 업ᄉᆞᆫ지라 두ᄎᆡ여 물을 비ᄎᆡ 봉을 민ᄃᆞᆯᄂᆞ ᄎᆞ히 으
ᄅᆞᆯ 동아ᄒᆞᆯ ᄉᆞᆯ머 ᄒᆞ라 길 가ᄒᆞᆯ 동의 ᄆᆞ치ᄂᆞ ᄒᆞᆯᄋᆞᆯ 나ᄒᆡ니 가ᄂᆞ
이 ᄂᆞ려가 삼ᄋᆞᆯ ᄆᆞ희 키야 셥여 ᄌᆞᆨ을 ᄉᆞ니 기봉의 당아 올ᄂᆞᆫ
뎌 도ᄉᆞᄂᆞᆫ 이 우 ᄒᆡ셔 ᄒᆞᆯᄂᆞᆫ ᄒᆞᆫ ᄉᆞᆼ 거ᄂᆞ 노코 이 ᄒᆞ여 셔 봉을 ᄂᆞ니

위연ᄒᆞ여 키ᄂᆡ 올녀 삼이 거의 다ᄒᆞ미 ᄇᆞᆯ 맛이 상봉을 본ᄇᆞᆫ ᄒᆞ
ᄂᆞ 봉을 ᄯᅡ ᄅᆞ가니 길 궁이 ᄂᆞᆫ 쳔만ᄒᆞ여 ᄉᆞ면을 ᄒᆞ라 본
즉 즈벽이 ᄇᆡᆨ장이라 ᄇᆞᆷ의 ᄂᆞᆯ이 업ᄉᆞ니 엇지 가히 나오며 ᄯᅩ 막
ᄋᆞᆯ 이시 업ᄉᆞᆫ지라 ᄂᆞᆷ은 삼ᄋᆞᆯ ᄒᆞ여 ᄆᆡᆨ으니 ᄒᆞᆫ 칠일 화의 ᄋᆞᆯ
ᄋᆞᆫ ᄒᆞ여도 긔별이 ᄒᆞᆸ실 ᄒᆞ여 ᄲᅡᆫ 이면 ᄇᆞ회 ᄆᆞᆺ ᄒᆡ셔 산ᄂᆞᆫ 낫
이연 셕벽 ᄀᆞ온ᄃᆡ 도라 다녀 아모리 ᄒᆞ여도 ᄉᆡᆼ의 ᄂᆞ갈 ᄆᆡ 주
가ᄂᆡ 해화 쥭기를 기ᄃᆞ릴 ᄲᅮᆫ이러니 일일은 우연이 본즉 ᄒᆞᆫ
궁ᄇᆞᆺ ᄇᆞ회 ᄭᅳᆺ의 풀이 ᄲᅡ혀 지며 ᄭᅳᆺᄎᆡ 븟ᄂᆞᆫ 듯 더니 이윽ᄒᆞ ᄒᆞᆫ
대망이 ᄂᆡ려오ᄂᆞᆫᄃᆡ 크기 ᄌᆞᆫ ᄇᆞᆫ 회셜 ᄀᆞᆺᄒᆞ여 ᄆᆞᆯ 줄 ᄉᆞ을ᄋᆞᆯ
ᄂᆞ려 ᄂᆞᆫ 곳 깁 의안 좃지라 깁기 해ᄒᆞ지 이 ᄭᅢ ᄂᆞᆫ ᄂᆡ ᄎᆞᆨ 엇 가 ᄒᆞ
ᄂᆞ ᄆᆞᆺ 졋더니 ᄀᆞ ᄒᆡ ᄆᆞᆼ이 기ᄉᆞ의 ᄋᆞᆸ ᄌᆡ ᄂᆞ 가 ᄒᆞ야 돈 ᄒᆞ 여 ᄂᆞᆫ

셕벽을 향ᄒᆞ야 붉은 ᄇᆡᆨ의 봉ᄒᆡ 갈너ᄂᆞᆫ 셔ᄒᆡ를 깁의 압헤
두어 ᄂᆞ를 거늘 깁이 명 각 ᄒᆞ치 이 대망이 ᄉᆞᆷ을 ᄋᆞᆯ보기 ᄒᆡ쳐
아니ᄒᆞᆫ ᄇᆡᆺ 지를 흔들ᄒᆞ며 이 갓ᄃᆞ니 ᄂᆞᆯ연 ᄂᆞ올ᄉᆞ 지 ᄒᆞᆫ 지 ᄒᆞ너라
ᄒᆞᆫ 두ᄎᆡ며 ᄒᆡ 지 ᄯᅢ를 ᄎᆞ니 ᄒᆞᆫ 것 ᄒᆞᆫ ᄃᆡ 방의 셧 ᄯᅥ 에 ᄇᆞᆫ ᄃᆞ
ᄒᆞᆫ ᄭᅥᆺ ᄒᆞᆫ ᄂᆞ 가 ᄲᅮᆯ을 ᄆᆡ야 ᄀᆞ치 삽ᄋᆞᆫ 대강이 ᄒᆞᆫ 번 ᄂᆞᆯ ᄂᆞ ᄒᆞ며
ᄭᅳᆷ이 어ᄂᆡ ᄯᅥᆺ ᄒᆞᆯ ᄲᅮᆺ 기 나오지라 깁은 오 ᄌᆞᆨ의 오ᄅᆞᄂᆞᆫ 듯 ᄒᆞᆫ 대망
은 ᄎᆞ 풀 ᄂᆞᆫ 구ᄅᆞ가 ᄌᆞᆫ 곳을 ᄋᆞᆺ지 못ᄒᆞᄂᆞᆫ 라 길이 두ᄎᆡ여 엣 길
ᄋᆞᆯ ᄎᆞᆺ 져 삼의 ᄂᆞ리온즉 도ᄉᆞᆼᄂᆞᆫ 이 ᄂᆞ뵈 ᄋᆡ 채 ᄒᆞᆯ 가 ᄒᆞ엿 기ᄂᆞᆯ
깁이 ᄲᅡ ᄂᆞ 져 본 ᄂᆞᆯ 너 ᄒᆞ오 ᄃᆡ 드니 ᄎᆞᆷ이 오 ᄒᆡᆫ ᄯᅥ ᄂᆞᆫ ᄀᆡ ᄌᆞ ᄒᆞ라 ᄒᆞ니
엇ᄂᆞ냐 ᄒᆞᆫ 치 답지 아니ᄒᆞ여 ᄂᆞᆯ의 ᄋᆞ ᄒᆞ야 양 희 나 ᄆᆞ 가 본 즉
이 ᄲᅵ ᄌᆞᆨ 운 지 오 ᄒᆞᆫ 재 ᄎᆡ 관 은 ᄒᆞ야 조 ᄎᆞ 실 ᄒᆞᆯ ᄯᅢ 엇 너 ᄂᆞᆯ 깁

이 ᄀᆞ여ᄀᆞ를 ᄆᆞᆺ치 ᄭᅩᆺ ᄒᆞᆫ 즙히 도라와 도ᄉᆞᆼ의게 ᄒᆞ여 보지 ᄆᆡ 보니
ᄋᆞᆯ 더우러 ᄒᆞᆫ가지 삼을 키라 ᄒᆞ니 구ᄒᆞᆷ을 어더 나오셔 오ᄂᆞ니
도ᄉᆞᆼ은 ᄀᆞ치 ᄭᅩᆺ ᄒᆞ니 도ᄒᆞ니 ᄌᆞᆨ 막엿 ᄀᆞ치 ᄌᆞᆷᄒᆞᆫ ᄒᆞᄂᆞᆯ 엇
지 즉 ᄇᆞᆼ ᄒᆞ며 ᄀᆞ례ᄂᆞᆫ 아 ᄇᆞᆺ의 잇스나 ᄇᆞᆺ이 상녀의 ᄆᆡ어 오라 ᄒᆞᆫ
도상산을 도 집의 본ᄇᆞᆫ ᄒᆞ야 다ᄒᆞ니 방에 ᄇᆞᆫ 이상을 ᄋᆞᆯ 깁히
미ᄒᆞᆫ지라 즙히 ᄒᆞᆯ지 ᄆᆞᄂᆞᆫ 곳의 가시 되를 거ᄃᆞ니 상 ᄒᆞᆫ 곳이
ᄒᆞᆫ 곳 도 엄ᄂᆞ니 ᄂᆡ 복의 실이 업ᄂᆞᆫ 깁은 산을 ᄒᆞᆯ 셰ᄂᆞᆫ 가지 ᄂᆞ야
ᄂᆡ요 ᄀᆞ 상 ᄋᆞᆫ 쥭 ᄂᆞᆫ 삼셕 ᄒᆞ야 ᄒᆞ되 ᄯᅡ 깁의 나히 구십이 되도록
강건ᄒᆞ며 ᄒᆞᆫ ᄉᆞᆼ ᄒᆞᄂᆞᆫ 아 ᄒᆞ도 ᄋᆞᆫ ᄋᆞᆯ ᄂᆞ야 장건ᄒᆞ며 ᄭᅴ 상ᄋᆞᆯ 비여
다 부 병 잇스며 ᄒᆡᆼ 동의 쳥명 ᄒᆞ니 ᄂᆞᆷ은 나 ᄂᆞᆫ 샥의 집 흠
ᄋᆞᆯ ᄎᆞ ᄇᆞᆫ ᄒᆞ며 ᄇᆞᆫ 이 이 화ᄂᆞᆫ 나 히 ᄇᆡᆺ ᄒᆡ ᄒᆞᆫ 도ᄉᆞᆨ 졍 이 업ᄂᆞ

축이를 넘ᄒᆞ되 미ᄎᆞᆫ 쳐삼ᄒᆞ던 일을 ᄀᆞᄅᆞ쳐 ᄌᆞ란 일
너를 오래 부친 상ᄉᆞ의 ᄉᆞ정 화복이 다 ᄒᆞᆫ날 ᄀᆞ잇ᄉᆞ니 너의 일
절박연을 더여 ᄌᆞ ᄉᆞᆯᄂᆞᆫ ᄀᆞ치 말나 ᄒᆞ더라

여쳥ᄌᆞ 홍상셔의거

역관의 홍순언이 만녁 병술연의 졀ᄉᆞ ᄒᆡᆼᄎᆞᄅᆞᆯ ᄯᆞ라 황
셩의 드러가니 ᄎᆞ셰 ᄒᆞᆫ 쳥ᄌᆞᄅᆞᆯ 새로 ᄒᆞ니 무뢰ᄒᆞᆫ 판의 ᄒᆞ엿스
ᄃᆡ 은쳔냥이 아니면 쳥ᄌᆞ의 드지 못ᄒᆞ리라 ᄒᆞ엿ᄉᆞ니 당ᄉᆞ
비ᄌᆞ 갑시 ᄒᆞᆼ ᄒᆞᆫ길 협의 ᄒᆞ여 감히 ᄉᆡᆼ의치 못ᄒᆞ더니 홍역
관이 ᄒᆞᆫ ᄯᆞᆨ의 ᄃᆡ오려 갑세 이ᄂᆞ치 ᄌᆞᄅᆞᆯ ᄒᆞᆫ니 두 ᄂᆡ ᄂᆞᆫ 필연
편ᄒᆞᆫ 일ᄉᆡᆼ이라 ᄋᆞᆷ 쳥ᄉᆞᆼ을 어치 알기 뉘오 ᄒᆞ바 시험ᄒᆞ리라
ᄒᆞᆫ 즈 쇄ᄃᆡ 부흔 즈ᄋᆞ 족 장쇄 아이ᄂᆞᆫ 듯 아ᄌᆞ 사랑ᄒᆞ여 ᄌᆞ고

그부친이 공천 ᄌᆞᄉᆞᆷ 곳을 벗ᄒᆞ며 운둥의 엄ᄉᆞᄒᆞᆫ 방장
일ᄒᆞᆯ을 ᄒᆞ여 가삼을 당진ᄒᆞᆫ 인 죽엄의 ᄌᆞᆨ 등 ᄒᆞ지
삼쳔ᄒᆞ이 오히려 부족ᄒᆞ니 병을 이ᄋᆞᆺ 쇠ᄀᆞᆯ 이오 다른 면 홍이
업ᄉᆞ지라 이의 ᄌᆞ식이 업ᄂᆞᆫ 다ᄆᆞᆯ 개녀 ᄋᆡ 잇ᄉᆞᆷ ᄌᆞ식이 일채
ᄆᆡ체 일이라 녀쳬 비원ᄒᆞ믈 내이지 못ᄒᆞ여 몸을 파라 ᄌᆞᆷ을
어더 여쳥을 필납ᄒᆞ야 그 부친의 녕을 구ᄒᆞ고져 ᄒᆞ되 ᄆᆞ지 못
ᄒᆞ야 이거 ᄌᆞ를 ᄒᆞ엿다 ᄒᆞ거ᄂᆞᆯ 홍역관이 드르ᄆᆡ 그 졍셩을
가ᄅᆞᆼ ᄒᆡ너거 갑ᄒᆡ ᄌᆞ니 ᄌᆞ 보기를 ᄀᆞ치 아니ᄒᆞᆫ ᄒᆡᆼ동 ᄒᆡ 이의ᄂᆞᆫ
을 ᄯᆞ 뒤여 더니 그 ᄎᆡ 쳔의 찬 지라 인ᄒᆞ여 쳥ᄌᆞ의 보시ᄂᆞᆫ ᄉᆞ정
을 새ᄅᆞᆫ 나ᄂᆞ니라 ᄌᆞ녀지 ᄂᆞᆫ을 셔너 이치 아니ᄒᆞᆫ 삼쳔냥을
어려 공젼을 ᄒᆞᆫ 밥ᄒᆞ고 그 부친을 ᄌᆞ활ᄒᆞ니 홍역관의 은

덕을 ᄉᆡᆼ각ᄒᆞ니 ᄉᆞ이 업ᄂᆞᆫ 바ᄂᆡ 기ᄅᆞᆫ지라 ᄃᆞᆼ시의 삭여
ᄀᆞᄂᆞ 이 ᄯᅩᄂᆞᆫ 도록 결초ᄒᆞ려 ᄒᆞ더라 이의 쳥ᄂᆞ를 파ᄒᆞᄂᆞ 본가의
도라갓더니 후의 석상셔의 후취 되며 별노 비단을 ᄶᆞ 되질
ᄆᆞ다 보은이 ᄲᆡ를 ᄉᆞ ᄉᆞ라 미ᄉᆞᆼ ᄉᆞ힝 젼의 신ᄌᆞ희 ᄇᆞᆯ쳐 부어여
홍시 ᄃᆡ치 아니 ᄒᆞ더라 만녁 임진 왜란을 당ᄒᆞ매 ᄃᆡ개 홍ᄉᆞ의
파쳔 ᄒᆞ심을 ᄉᆞ신을 보ᄂᆡ 구완을 ᄃᆡ국에 쳥ᄒᆞᆯᄉᆡ 이ᄯᆡ 홍역
이 ᄯᆞᆯ아 갓더니 석상셔 ᄌᆞ시 임병 부샹셔를 잇셔 홍역관이 쟝
ᄒᆞᆼ의 ᄒᆞᆯ 부인의 ᄯᅳᆺ이 드러 잇더니 그 ᄯᅢ 부인이 홍역의 오믈
듯고 상셔의 ᄲᅳᆫ 쳥ᄒᆞ야 그 쥬셕ᄒᆞ믈 ᄌᆞ ᄒᆡ 인 길ᄒᆞᆫ지 성
ᄒᆡ오 됴ᄒᆞ 황ᄃᆡ 엿ᄃᆞ ᄒᆞᆫ 아희를 ᄌᆞ 녕에 부탁ᄒᆞ야 특별이
나 졔 도ᄀᆞ여 ᄒᆞᆫ을 보니여 쳔 ᄉᆞ ᄉᆞᆷ 만 여 ᄯᅥ라 병마ᄉᆞ 만명을 거

ᄂᆞ려 ᄀᆞ완ᄒᆞ게 ᄒᆞᆫ ᄉᆞᆼ 곡파 운수를 ᄂᆞ려 쳡제 ᄒᆞᆯ 광도를
삼아 ᄆᆞᆺ츰니 ᄯᅢ 칙을 ᄉᆞ평ᄒᆞᆫ 중 금은 채 쳥ᄒᆞ야 거저 환궁
ᄒᆞ시니 ᄌᆞᆼ 볼 ᄌᆞ 인 홍 환제 ᄉᆞᆨ 국을 ᄌᆞ를 ᄒᆞ신 번 병을 ᄎᆡ 조ᄎᆞ
시ᄂᆞᆫ 덕이 이러 ᄃᆞ ᄒᆞᆫ 석상셔 부인의 힘을 만히 닙으니라

두어 쳡 석상셔 부연

안동 ᄯᆡ의 젼 집 ᄂᆡ 잇ᄉᆞ니 ᄉᆞ 년의 진ᄉᆞ ᄒᆞ엿ᄉᆞ나 가세 지빈ᄒᆞᆫ지라
십이 못ᄒᆞ여 ᄉᆞ상 비 ᄒᆞᄂᆞ 이ᄆᆡ ᄃᆡ 미업ᄂᆞᆫ ᄉᆞ 비 부 이 업ᄉᆞ지라
신세 궁곤ᄒᆞᆫ 졍상이 ᄋᆞᆼ ᄒᆞ더니 너 ᄯᅩᆺ 의 ᄒᆞ과에 잇ᄉᆞ셔 ᄌᆞ식
이 잇ᄂᆞᆫ 가세 ᄂᆞ족 ᄒᆞ며 쳥년의 상부 ᄒᆞᆫ 실 결치 ᄆᆞᄌᆞᆼ 쇄ᄒᆞ야
ᄇᆞᆷ 가치 기를 정결히 ᄒᆞ니 ᄒᆞᆫ 편의 앗 ᄉᆞ벼 감히 쟝 의 지 못
ᄒᆞᄉᆞ지라 ᄒᆞᆫ 삭 셔 구ᄒᆞᆯ 길이 아 아ᄉᆞ 쇄 황을 ᄂᆡ ᄌᆞᆷ을 여ᄃᆞᆫ

부녀 ᄌᆞ흉ᄒᆞᆫ 일을 당ᄒᆞ시 ᄒᆞ미 과셰 일ᄒᆡᆼ 비ᄉᆞ ᄒᆞ니 ᄆᆡᆨ가 ᄂᆡ 해나
일은 지ᄂᆡ 셩의셔 ᄲᅧ히 ᄒᆞ더니 ᄀᆞ만이 ᄂᆞ옴 지ᄂᆡ 하가 보ᄂᆞᆫ
듯 ᄒᆞ여 ᄒᆞ회 진ᄉᆞ 흑일셩 안ᄒᆞ시나 일홈의 ᄉᆞ연이 일흐
왕ᄂᆡ치 아니 ᄒᆞᆫ 긔일이 성ᄒᆞ 흉ᄒᆞᆯ 치라 ᄂᆞᆯ 젹 ᄇᆡᆨ은 ᄯᅢ 집의
ᄂᆡ자시 엇더 ᄒᆞ노 지ᄂᆡ 상히 ᄯᅳ의 ᄒᆞ온 ᄒᆞ나 ᄆᆞ웁 쳐 기어렵더
ᄂᆡ ᄒᆞᆯ ᄒᆞ여의 ᄯᆞᆯ이 실노 의ᄂᆡ라 엇지 ᄀᆞᆺ 부지 아니 ᄒᆞ고 ᄒᆞ외 이
연형 블감 쳥이니 이 ᄯᅡ한 ᄒᆞ미 냥ᄉᆞ 하드면 여ᄃᆡ 않
ᄒᆞᆯ ᄂᆞᆯ이 기블ᄂᆞᆫ 치 ᄒᆞ여 ᄇᆡᆨ비 ᄀᆞ집의 강치 과ᄃᆡ 흔연히
ᄆᆞᆺ자 쳑 ᄆᆞᆺ을 쳥히 ᄒᆞ여 뎌쳡 ᄒᆞ며 ᄒᆞ옴 담ᄉᆞᆯ 주야히
ᄒᆞ라가 ᄆᆞᆫ득 ᄒᆞ며 진ᄉᆞ회 샹고을 ᄑᆞᆯ며 ᄉᆡᆨ을 ᄲᅢ고 날
노ᄅᆡ 부ᄅᆡ 엿ᄌᆞ오 ᄇᆞᆺᄂᆞ라 넘ᄂᆞᆫ 일ᄉᆡ 회ᄒᆞᆫ 울음 우며 엿ᄌᆞ오

내 일 지ᄂᆡ ᄒᆞ옴을 ᄋᆞ지 못ᄒᆞ니 쳥컨대 ᄒᆡᆼᄎᆞ 의논ᄒᆞ여 거
지 못ᄒᆞ야 ᄃᆡ외 ᄆᆞᆺ치 ᄒᆞ니 과여 ᄉᆞ졍을 방의 드러가ᄉᆞ
쟝을 ᄯᅥᄂᆞ 인 ᄃᆞᆯ치 진ᄉᆞ흑 ᄂᆞ부쳐 회칠 ᄒᆞ쳐 쳡은 ᄯᅢ
벽을 보ᄂᆞᆫ 드러ᄂᆞ희이라 ᄒᆞᆯ ᄉᆞ옴 ᄯᅢᄂᆞ 산치 ᄂᆞ희 ᄂᆞ치 아
니 ᄒᆞ며 ᄂᆞᆺ지ᄂᆡ의 ᄃᆡ ᄒᆞ여 뎐 ᄒᆞᆫ 장은 일ᄂᆞ치 못ᄒᆞ더니 삼
경이 못ᄒᆞ여 쟝 ᄇᆞᆺᄭᅴ 들ᄂᆡ ᄒᆞ여 ᄂᆞ여 여러 쟝쳥이 일쳬이
ᄒᆞᆯ엽 ᄒᆞ야 블 ᄭᅳᆫ 곡직 ᄒᆞᆫ ᄂᆡ 블을 ᄆᆞᆯ아가, 히 결박ᄒᆞ여
지고 거리로 ᄂᆞ가 ᄒᆞ십 ᄂᆞᆯ 횡ᄒᆞ며 ᄒᆞ며 ᄭᅮᆷ으로 드러가 일안
졍ᄉᆞᆯ ᄒᆞᆯ 회여 지ᄂᆞᆫ 나셔 ᄂᆞ고 ᄀᆞ셩 ᄇᆞᆨ ᄒᆞ기 ᄉᆞᆯ ᄒᆞᆫ 더 ᄂᆞᆫ나 진
셔ᄀᆞ 아 ᄉᆞᄇᆡ 과여 ᄎᆞᆯ회 ᄒᆞ고 이연 ᄒᆞᆫ 아니 아직 셔홍을 보려
ᄒᆞ여 ᄉᆞ회ᄅᆞᆯ 내지 아니 ᄒᆞᆫ ᄃᆞᆼ쳔 ᄂᆞᄉᆞᆯ 쳔ᄉᆞ 봉읍 ᄂᆞ반의

집이라 이 욕을 ᄂᆞ방이 드러와 미ᄒᆞᆫ ᄂᆞᆫ 년 ᄒᆞ여 ᄭᆡ나 ᄆᆞᆯ진
졍 ᄒᆞ라 ᄒᆞ니 ᄂᆞᆯ치 ᄂᆡ 집짓 ᄂᆡᄂᆞᆫ ᄂᆞ ᄒᆞᆫ 곱 ᄲᅧ 열ᄉᆞᆯ을 드려
ᄂᆡ지 아니 ᄒᆞᆫ 미ᄂᆞᆫ ᄆᆞᆯᄂᆞ 쳐 ᄆᆞᆺ지 아니 ᄒᆞ치 ᄂᆡ방이 ᄂᆞᆯ노
쳐오 ᄂᆞᆯ반인 즉 ᄌᆞ연 ᄭᆡ나 싯더 산ᄒᆞᆫ ᄂᆞᆯ시ᄂᆞ 아직 뎍히 쉬
게 ᄒᆞ라 ᄒᆞᆫ ᄂᆡᄂᆞᆯ ᄒᆞ여 ᄎᆞ ᄒᆞ아지 지게 ᄒᆞ야 일변 ᄭᆡᄂᆞᆫ 다
보ᄂᆞᆫ ᄒᆞ외 ᄒᆞᆫ 일변 ᄉᆞ대ᄅᆞᆯ ᄑᆞ리 ᄂᆞᆯ우ᄲᅦ ᄒᆞ라 ᄒᆞ니 ᄂᆡ방
의 셜우ᄂᆞ희 이 ᄯᆞᆯ이오 ᄋᆞᄉᆞ이 졀 ᄂᆞᆺ ᄒᆞ치라 부명을 여져ᄆᆡ
못ᄒᆞ야 ᄂᆡ 블ᄀᆞ치ᄂᆞᆫ 방의 드러가 부드ᄃᆡ 온 ᄯᅢᄂᆞ제 ᄒᆞᆫ ᄒᆞᆫ ᄃᆞ
치여 연칠 ᄒᆞ여 ᄂᆡ 블을 ᄭᆡ디 ᄆᆞᆺ히 ᄂᆞ ᄒᆞ여 ᄒᆞ쳐 ᄎᆡᆨ연 환거ᄉᆞᆯ
셩야 졍쳑 ᄒᆞᆯ ᄲᅧᄅᆞᆯ 당ᄒᆞ야 쳐여 ᄉᆞᆯ ᄒᆞᆫ 칠 ᄒᆞ며 엇지 ᄒᆞᆺᄂᆞᆫ
아자ᄂᆞ 대오 ᄌᆞ쳐나 흥쳑이 ᄎᆞᆯᄂᆞ ᄉᆞ가 쳐희 ᄆᆞᆯ을 ᄇᆞᆺᄂᆞ ᄒᆞᆫ다

ᄆᆞᆺᄉᆞ ᄆᆞᆺ이 채녀의 ᄒᆞᆫ 몸 ᄯᅥ 그려 ᄂᆡ블 ᄉᆞᆨ의 ᄂᆡ히 ᄲᅢᆼ을 ᄒᆞ라 ᄒᆞ며 쳣
ᄒᆞᆯ ᄯᅡ지 나 뫼 이 비록 의괴 ᄒᆞᄂᆞ의 뫼 과여 겁탈 ᄒᆞᆯ 울 ᄋᆞᆯ ᄆᆞᆺ
ᄂᆞ치라 엇지 다ᄅᆞᆫ 녕 ᄆᆡ 잇ᄉᆞ 리오 그 ᄒᆞᆯ 이ᄉᆞᆯ ᄂᆞ 분을 ᄋᆞᆯ 제 ᄒᆞ여
쳐 ᄒᆞ며 부터 뫼ᄒᆞᆯ ᄒᆞ더니 지셔 ᄀᆞ ᄂᆡ ᄉᆞ의 채 ᄋᆞᆺᄉᆞᆯ 가히 아ᄂᆞᆫ
ᄂᆞ ᄆᆞᆯ이 극히 ᄉᆞ샹 ᄒᆞ치라 뫼 ᄋᆡ 당황 ᄒᆞᆫ 경겁 ᄒᆞ니 ᄉᆞ ᄋᆡᆨ
ᄒᆞ여 치 엇지 강상 ᄒᆞᆯ 다 ᄀᆞᆯ 당 ᄒᆞ리오 감히 ᄒᆞᄉᆞ회 ᄒᆞᆯ ᄯᅳᆺ ᄒᆞᆫ
ᄃᆞᄉᆞᆨ 총명 ᄒᆞ니 일 ᄎᆞᆼ ᄉᆞ ᄉᆞᆯ ᄆᆞᆺ쳔 지라 ᄂᆞᆯ이 부ᄅᆡ 기ᄅᆞᆯ 기 ᄒᆞᄃᆡ
지 못 ᄒᆞᆫ 즉 시 나 ᄒᆞ 화 ᄒᆞ리 ᄒᆞᆫ 얀 의 이 죽그ᄂᆡ ᄒᆞ나 아직 그 일을 ᄂᆞ
ᄭᅳ의 게 셜 ᄑᆞ 치 못 ᄒᆞ엿 더니 잠 시 ᄆᆞᄋᆞᆷ 의 ᄂᆡ 블 ᄒᆞᆫ ᄂᆞᆫ 이 ᄂᆞ 리
아샤 창을 ᄆᆞᆯ 치ᄂᆞᆫ ᄂᆡ 방을 부 ᄒᆞ나 ᄉᆞ회ᄅᆞᆯ 구 ᄒᆡ ᄒᆞ여 ᄒᆞ 오 ᄒᆞ 네
ᄉᆞᆯ 노 쳐 ᄉᆡᆼ 만 의 게 드 ᄃᆡ 고 저 ᄒᆞᆫ 지 ᄒᆞᆫ 봉 이 ᄂᆡ 게 ᄒᆞᆫ ᄒᆞ야 고

강우ᄒᆞ오 드ᄅᆞᆫ후에 힝ᄒᆞᆯ가 시어ᄂᆞᆯ 잇지 감히 갑ᄒᆞᆫ 밤의 냥
반ᄋᆞᆯ의 거업을 결박ᄒᆞ야 가라 하니 네 ᄯᅳᆯ 나흥 칠ᄒᆞ게 ᄒᆞ며
부ᄉᆞᆫ도라오니 일노 ᄒᆡ 만가에ᄂᆞᆫ ᄒᆞᆫ족 네 ᄎᆡ 장ᄎᆞᆺ 어니치
경에 갈타 나 방에 뫼 능부터라 며 ᄀᆞᆯ 결박ᄒᆞ며 오ᄂᆞᆯ 말ᄉᆞᆯ
엇거나 엇지 ᄒᆞᆫ ᄇᆞᆷ을 구ᄅᆞᆺ 동혀 옷ᄉᆞᆯ 울너ᄂᆞ으오 분부ᄒᆞᆯᄃᆞ
르ᄆᆡ 황겁ᄒᆞ옵거나 과지 ᄯᅳᆺᄒᆞ라가 오려ᄒᆞᆫ 분즉 평일 친ᄒᆞᆫ
반친 셔라 일이 불의에 나며 ᄆᆞ치 ᄎᆞᄎᆞᄒᆞ며 엽치여 졀며
알의뫼 ᄒᆞ인의 죽ᄂᆞᆫ ᄯᅢ 장ᄒᆞ오며 망ᄉᆞ지 죄ᄅᆞᆯ 범ᄒᆞ엿ᄉᆞ오
나 죽이거나 살니거나 진ᄉᆞ죽 죄ᄇᆞᆯ ᄆᆞᄇᆞᆫ 노이라 ᄒᆞᆫ ᄆᆞ다
이 길ᄒᆞ거ᄂᆞᆯ 자셔의 관을 지명ᄒᆞ라 ᄒᆞᆫ ᄂᆞᆺ치 네 죄상
ᄋᆞᆯ 생각ᄒᆞ면 죽기ᄅᆞᆯ 면치 못ᄒᆞᆯ 거시ᄒᆞ치 네 ᄯᅳᆯ 부터 오려

엽ᄉᆞ올 치라 ᄒᆞ여나 일명이 지중ᄒᆞ니 엇지 죄달이 죽으
리오 그ᄉᆞᆼ 끗녀게 분부ᄒᆞ오ᄂᆞᆫᄃᆡ 어티나 망ᄯᅢ의게 회
절ᄒᆞ미 가ᄒᆞᆯ 셩ᄎᆡᆨᄉᆞ 죄ᄒᆡ게 죽의ᄒᆞ신지 오린 ᄌᆞᆯᄋᆞᆯ 아
오며 ᄉᆞ죽ᄒᆞ신 쳥ᄒᆞᆫᄋᆞᆯ 쓰옵의 ᄒᆞᆫ상 넣ᄀᆞᆺ더미라 지
ᄉᆞ죽 쳥시 불이의 ᄒᆡᄒᆞ도 작ᄋᆡ의 진ᄉᆞ죽ᄒᆞᆯ 살녀 여의
상ᄋᆞᆯ 한작ᄒᆞ여 너인의 부방ᄋᆞᆯ 적며 당ᄋᆡ의 복ᄋᆞᆯ 피
ᄒᆞᆫ 진ᄉᆞ죽ᄋᆞᆯ 지신ᄒᆞ야 일ᄋᆡ 품ᄒᆞᆫ 죽ᄌᆞᆨ 장ᄒᆞ오나 쳡
이 작실ᄒᆞᆯ 즁 ᄇᆡ회여 가이ᄋᆞᆯ 에 두ᄀᆞᆯ 셩부자응이 되
시ᄇᆞ부ᄋᆞᆯ 누닐 거시오며 ᄌᆞ절ᄒᆞ며 ᄌᆞᆯ우 방해나 오방
반ᄋᆞᆯ너 부어 ᄌᆞᆼᄋᆞᆯ 넛ᄒᆞᆫ 방의 드며 녀상ᄋᆞᆯ 밧ᄌᆞ와 넘
어 평셩 평ᄌᆞᆯ이 ᄀᆞ뫼 ᄯᅡ티 엿ᄉᆞ오니 이ᄯᅢ ᄉᆡᆼᄎᆞᆺ 자ᄉᆞ죄

일ᄋᆡ 연분이 잇ᄉᆞ니 인쳥이 업지 ᄎᆞᆺᄒᆞᆯ지라 십분 짐작ᄒᆞᆫ
여야 직 안져ᄒᆞ거나와 너의 장한ᄋᆞᆯ 반분ᄒᆞ며 네 ᄯᅳᆯᄉᆞᆯ 족
ᄃᆞ 네 ᄯᅳᆯ은 즉ᄒᆞᆫᄋᆞᆯ 곳ᄋᆡᄅᆞᆯ ᄒᆞᆯ쳐 분ᄎᆡᆨᄋᆞᆯ 치ᄒᆞ야 ᄒᆞ미 가ᄒᆞᆫ
단쳐 나 방이 ᄉᆞ동드셩ᄒᆞ며 ᄆᆞ분 희힝ᄒᆞ여 ᄆᆡᄃᆡᄅᆞᆯ ᄌᆞ하
ᄉᆞᄯᅴ ᄒᆞ며 ᄒᆞᆯ오뫼 ᄭᅮᆷ부티ᄒᆞᆫ ᄒᆞ되이라 ᄒᆞᆫ지 ᄉᆞ죽ᄉᆡᆨ후 와보
ᄒᆞ며 그 집의 도한ᄋᆞᆫ나 그나ᄀᆞᆺ 파ᄂᆡ 셩ᄒᆞᆯ 왓ᄉᆞ치라 우ᄂᆞᆫᄋᆞᆯ
맥ᄂᆞᆫ ᄒᆞᆯ오뫼 ᄂᆡ상 ᄭᅵᄒᆞᆯᄒᆞᆯ ᄀᆡ가치 ᄆᆞᆺᄎᆡ ᄆᆡᆼ쳬ᄒᆞ야 일십
이ᄃᆞ 되ᄀᆞ 드ᄯᅴ 막ᄒᆡ어 도ᄅᆞ혀 기어 쇄온지라 일쳔의 뎐ᄒᆞᆫ
노 말ᄉᆞᆷ 드ᄅᆞᆫ즉 분읍니 빈이 잔ᄎᆞᆺᄒᆞ야 의겁 ᄎᆔᄒᆞᆫ ᄃᆞᆯ
힝ᄒᆞ사 ᄒᆞ오며 심히 경ᄒᆞᄒᆞ치라 ᄭᅮᆷ이 ᄀᆞ뫼 오약ᄒᆞ오
나 막일이 지성ᄋᆞᆯ 랑ᄒᆞᄂᆞᆫ즉 ᄒᆞ며 죽ᄂᆞᆫ ᄯᅢ에 ᄯᅡᄅᆞᆫ 도라

ᄒᆞᆯ왜 시되니 일ᄉᆞ의 주미 쳡ᄉᆞ셔 ᄭᅮᆷᄒᆞ여 ᄒᆞᄂᆞ이라 이유
로니 방이 ᄯᅳᆯᄋᆞᆯ 치ᄒᆞᄒᆞᆫ 장화 파즉 분ᄒᆞᆫ 엇약ᄒᆞᆫ 치드
되니 친셔 것부미 죽ᄒᆞᆫ 셩ᄒᆞᆫ 너ᄇᆡ 샤죄ᄅᆞᆯ 답ᄒᆞ니 일ᄒᆡᆼ
갑뫼라 일실이 화목ᄒᆞᆫ ᄉᆞᆺᄉᆞᆫ이 엇ᄎᆞ ᄒᆞ려라

악비 홍셥 년 죽셔

나ᄉᆞᆼ아의 집이 남산 아ᄅᆡ 잇셔 심히 가난ᄒᆞ쳐 ᄒᆞ니뫼 가기ᄅᆞᆯ 쏘
히 너져 그뫼 ᄌᆞᆨ녀 ᄇᆞᆯ너 ᄒᆞᆯ오뫼 ᄆᆡ 십년 족엿ᄋᆞᆯ 나뫼 드뫼 ᄒᆞ니
그치ᄂᆞᆫ 히 여ᄉᆡᆼᄒᆞᆯ나 ᄋᆞᆯᄒᆞ며 가쇄ᄒᆞᆯ 노치 닥다 셩이 드되여
ᄭᅳᆷᄋᆞᆯ ᄭᅮᆷᄂᆞᆫ 방의 드더가 봉채ᄒᆞᆫ 창 ᄌᆞᆷᄒᆞᆯ ᄒᆞᆯ 그릇 져오 ᄉᆞ랑
ᄒᆞ며 ᄌᆞᆨ셕ᄋᆞᆯ 공제ᄒᆞ 쇄ᄒᆞᆯ 죽셔ᄒᆞ기ᄅᆞᆯ ᄌᆞ야 불쳘ᄒᆞ야 칠
년의 니르럿더니 일ᄂᆞᆯ은 ᄒᆞᆫ릉ᄋᆞᆯ 우연이 보니 ᄒᆞᆫ ᄆᆡ리

면ᄒᆞ이 창밧긔 구엇거ᄂᆞᆯ 정히 ᄒᆞ여 무ᄅᆞᆫ즉 답ᄒᆞᄂᆞᆫ 보니 구안
해라 ᄉᆡᆼ이 ᄀᆞ로ᄃᆡ 여ᄀᆞᆫ 무양이 보고 ᄀᆞ쟝 ᄀᆞ로ᄃᆡ 내 ᄲᅵ지 못
ᄒᆞᆯ지어ᄂᆞᆯ 이 ᄆᆞ을 이라 칠년 ᄉᆞ이 ᄒᆞ시 ᄒᆞᆯ 때 일 ᄯᅡᆯ이 남지 아
니ᄒᆞ니 이제 엇지 ᄒᆞᆯ고 이 엽조ᄒᆞ이다 ᄉᆡᆼ이 탄식 ᄒᆞᆫ 후
에 나와 일ᄒᆞᆫ 부자 홍동지 집에 가 홍동지 ᄃᆞ려 닐너 ᄀᆞᆯ오
ᄃᆡ ᄌᆞ네 날 보ᄂᆞ니 이 비록 ᄯᅢ 몸이 업ᄉᆞ나 내 ᄯᆞᆯ 잇ᄉᆞᆫ 고로
잠깐 ᄉᆞ흥을 ᄒᆞ희 ᄒᆞ야 홍이 ᄂᆞᆨ히 보라 가히 ᄒᆞ여 ᄀᆞ로ᄃᆡ 박
여러 불신을 어ᄃᆡ 잇ᄂᆞᆫ고 ᄒᆞᆫᄃᆡ ᄉᆡᆼ이 ᄀᆞ로ᄃᆡ 금일 나ᄂᆞᆫ 내
집의 ᄉᆞᆯ여 ᄒᆞ라 ᄒᆞᆫ ᄃᆞ려 ᄒᆞ야 잇더니 이울 ᄉᆞ쉐 예ᄉᆞᄂᆞᆫ
ᄯᆞᆯ 시훈 ᄒᆞ여 밧일에 다니드ᄂᆞᆫᄃᆡ 거ᄂᆞᆯ ᄉᆡᆼ이 ᄆᆡᄒᆞ며 ᄇᆞᆯ우ᄃᆡ 이
제ᄂᆞᆫ 혼인 잇ᄉᆞ니 내 다시 혹셕 ᄒᆞᆯ 바 어엽ᄭᆡ 청ᄒᆞ노라 ᄒᆞ
나 ᄀᆞ로ᄃᆡ ᄂᆞᆨ히 이 돈을 ᄎᆔ ᄉᆞᆨ ᄒᆞ야 ᄎᆡᆨ을 ᄒᆞ니 ᄂᆞᆯ ᄌᆞᄂᆞ 제 ᄀᆞ로ᄃᆡ
ᄆᆞᆫ이시 어셔 오라 ᄒᆞ고 ᄉᆡᆼ이 ᄂᆡ ᄃᆞ로 방ᄉᆞ의 드러가 의구히 니되
ᄋᆞᆫᄒᆞ라 가쇠 부ᄎᆡ 홍ᄒᆡ ᄒᆞᆯ 져 ᄌᆞ 돈을 ᄎᆞ여 쳔 ᄒᆞ면 무역
ᄒᆞᆯ 지 ᄒᆞ며 ᄎᆡᆨ 며 ᄒᆞ여 결 ᄒᆞ야 ᄉᆡᆼ업을 ᄯᆞᆯ ᄯᅡᆯ 하니 삼년 ᄉᆞ이
에 나 남은 거시 수만 ᄂᆞᆼ이라 ᄉᆡᆼ이 니ᄀᆡ 기ᄅᆞᆯ 맛치며 ᄎᆡᆨ을 덥고
돈 엿이 나와 그 돈을 보니 병 ᄒᆞ여 홍가의 집에 실닌 뒤 홍이
ᄀᆞᆯ오ᄃᆡ 나의 ᄒᆞ미 ᄉᆞ쇽 ᄒᆞᆷ이니 이ᄂᆞᆫ 쉬 예 엇지 아ᄂᆞ뇨 ᄉᆡᆼ이 ᄀᆞᆯ
오ᄃᆡ 네 ᄀᆞ쳐 ᄒᆞᆫ 을 ᄉᆞᆨ니 ᄒᆞ여시나 ᄀᆞᆺ ᄀᆞᆺ 희 ᄒᆞᆫ이라 내 엇지 가지
리오 홍이 ᄀᆞᆯ오ᄃᆡ 이ᄂᆞᆫ 내 ᄀᆞ 회ᄅᆞᆯ ᄒᆞᆨ 이며 오 ᄆᆡᆺ 수ᄅᆞᆯ ᄒᆞ미 어니 엇
지 나 ᄒᆞᆯᄂᆞᆯ ᄯᅡᆯ ᄒᆞ리오 ᄒᆞ고 ᄀᆞᆷ 쳔 냥 밧으나 ᄉᆡᆼ이 마지 못ᄒᆞ야 갑
제ᄅᆞᆯ 작고 가산을 ᄂᆞᆫ호니 ᄒᆞ며 ᄉᆞ쳔 쳡의 쳘 ᄌᆞᄅᆞᆯ 마희
쟝ᄯᆞᆯ ᄒᆞᆯ 아비ᄅᆞᆯ ᄎᆞ ᄇᆞ바다 드러와 살세ᄉᆞ오 ᄌᆞ연 대혼
을 ᄆᆡᆺ고 나 일년 후의 ᄋᆞ들 ᄒᆞ야 셕이라 이ᄅᆞ다 ᄀᆞ부 이 의셕
나 ᄒᆞᆯ ᄅᆞ라 ᄒᆞᆫ 후의 밧치 아니 ᄒᆞ니 ᄒᆞᆯ ᄯᆞᆯ 때 알아 ᄲᅧ금 일
에 나 ᄃᆡ미 ᄒᆞ라 ᄀᆞ혹 임진 ᄉᆞ의 ᄯᆞᆯ로 셩미 다 ᄒᆞ야 솟이 되니
ᄒᆞᆯ 보니 셩의 일ᄒᆞᆫ ᄒᆞ은 병화ᄅᆞᆯ 쟉지 아니ᄒᆞ니 일홈을 산
ᄒᆞᆫ이라 ᄒᆞ더라

젼회학 일시오셔

직쟝 니홍 ᄒᆞ야 ᄃᆞ라 관 봉 ᄒᆞᆫ이 ᄡᅳᆼ방 ᄒᆞ엿더니 ᄌᆞ
셔 직쟝 회 ᄒᆞᆯ 때 입ᄃᆡᆨ ᄒᆞ여 지조 길 ᄀᆞᆯ 기쳥을 보ᄂᆞᆯ 기ᄉᆞ
물ᄒᆞᆯ 회라 ᄒᆞ엿거ᄂᆞᆯ 니ᄃᆡᆨ 님이 ᄒᆞᆷ의 ᄯᅡᆯ 나 회ᄃᆡᆨ 댱이
ᄀᆞᆯ오ᄃᆡ 믜젹의 쳥쳔 ᄋᆞ희 이 연일 ᄒᆞᆫ 갑 ᄒᆞ여 실ᄅᆡ 맛
ᄒᆞᆫ ᄉᆞᆯ 영의 가ᄃᆞ니 ᄒᆞ시엿 기회의 편 ᄒᆞᆯ ᄯᆞᆯ ᄯᅢ ᄒᆞ되 ᄒᆞ니
ᄂᆞᆯ 쳥쳔이 구ᄒᆡ 쳥 ᄒᆞ여 되 치 ᄯᅡᆯ 나 ᄒᆞ되 ᄉᆞᆯ 나 ᄀᆞ로ᄃᆡ 그라
ᄒᆞᆫᄉᆞ희 ᄋᆞᆼ 쳐쳐 ᄎᆞᆺ ᄒᆞ라 ᄒᆞ다 쳥쳔이 ᄀᆞᆯ오ᄃᆡ 네 지극ᄒᆞᆫ 보빈
잇ᄉᆞ니 ᄉᆞ희 엇지 ᄒᆞ되 ᄒᆞ시ᄂᆞᆫ니잇고 믹 ᄯᅡᆯ의 ᄇᆞᆯ 엇ᄉᆞᆷ거
화가 거라 ᄒᆞ엿ᄉᆞ니 ᄒᆞᆫ 판이 그 ᄀᆞ로ᄃᆡ 거 ᄒᆞ되 ᄒᆞᄂᆞᆫ 니라 졋 희
ᄒᆞ시 셩이 잇다가 오여 ᄀᆞᆯ오ᄃᆡ 나 되 여의 거 관셔 ᄒᆞᆯ 진 되 사
랑을 쟝 ᄎᆞᆺ 에 ᄀᆡ의 쳥 ᄒᆞ되 ᄒᆞ세 보니 이ᄂᆞᆫ 쳥쳔이 ᄀᆞᆯ오ᄃᆡ
리이다 네 ᄯᅡᆯ이여 일시 오거 ᄒᆞ되 엇지 사랑을 ᄲᅡ혀 오 ᄒᆞ니
ᄀᆞ치 ᄇᆞ이 ᄉᆡᆼ을 쳥 쳐라 ᄎᆞᄌᆞ나 니 직쟝이 한 ᄉᆞᆫ을 ᄒᆞ라 ᄒᆞ면
와 ᄀᆞᆯ오ᄃᆡ ᄌᆞ네 ᄃᆞᆯ ᄆᆡ ᄯᅡᆯ 나라 한 ᄉᆞ셔 ᄒᆞ오셔 ᄀᆞᆯ오ᄃᆡ 엇지 ᄯᅡᆯ 니지
아니 ᄒᆞᆫ ᄯᅡᆯ는 ᄯᅢ ᄯᅡᆯ 나라 ᄒᆞᄂᆞ냐 내 직쟝이 ᄀᆞᆯ오ᄃᆡ ᄂᆡᄉᆞᆫ 쳐셔 인

이오그ᄒᆡ올 ᄋᆞ거 인이라 ᄒᆞ니 (강ᄒᆞᆫ 듕도 리ᄉᆞ 니ᄉᆞᆯ 한연 ᄒᆞᆫ추 ᄉᆞᆫ친 리라 ᄉᆞᆯ) 전ᄒᆞᆫ 이절
도ᄒᆞ더라
갑슐 쳐 ᄒᆞᆯ가 벽ᄌᆞᆨ
무오 칠ᄉᆞ ᄉᆡᆼ 소ᄉᆞᆷ이라 일ᄌᆞᆨ 부방을 막아 살ᄀᆞ 시ᄂᆞᆫ ᄂᆞᆫ
비츅 쟉이 부의 나르지 아니 ᄒᆞ더니 길목 ᄒᆞᆨ의 비ᄅᆞᆯ ᄊᆞᆨ 쳡
의도와 목죽 기쳐 황ᄉᆞ 실ᄒᆞᆫ ᄒᆞ여 일너ᄂᆞᆫ 나 ᄒᆞᆫ 노지라 ᄒᆞᆫ
셥이 너친 치 황ᄉᆞ 인 ᄒᆞ여 피 ᄒᆞ니 환ᄉᆞ의 즉 단이 봉이 죽
이가 의심 ᄒᆞ야 관가의 ᄃᆞ 굴의 관 리 잡아 힐 문 ᄒᆞ니 ᄀᆞ로 ᄃᆡ 상
울 엇치 못 ᄒᆞ여 칠 녀ᄂᆞᆯ 옥에 가ᄒᆞᆺ더니 ᄒᆞᆨ상 치정 막이 상
ᄒᆞᆨ을 ᄉᆞ죄야 실ᄉᆡ에 구원 엇 ᄒᆞ무ᄅᆞᆫ 황 녀ᄅᆞᆯ 구도 ᄒᆞ여
잡은 ᄒᆞᄂᆞᆫ 죽 이니 부ᄉᆡᆼ이 비을 흐ᄂᆞ 이 다 ᄉᆡᆼ 이 ᄒᆞᆯ 가 ᄒᆞ여 ᄉᆞᆫ

ᄉᆡᆼ원 최 살 일ᄋᆞ ᄒᆞ여 부 시의 자세 치 아니 ᄒᆞ니 소ᄉᆞᆼ비 부ᄉᆞᆫ
두 최 ᄒᆞ며 잇ᄂᆞ니 ᄋᆞ가 ᄃᆞᆨ이를 원 ᄒᆞᄂᆞ이라 ᄉᆡᆼ이 ᄋᆞ어 ᄒᆞᆯᄋᆞ치
내 ᄒᆞᆫ ᄒᆞᆫ식 빙이 너르니 ᄯᅢ ᄒᆞ여 날을 벗ᄂᆞ 쳐 ᄒᆞᆯ 친 지 각각 ᄒᆞᆫ
흡 ᄯᆡ을 미여 밥 ᄂᆞᆯ 치 어 오라 ᄒᆞᄂᆞ ᄉᆞ 집 이 이 ᄯᅢ 각각 ᄯᆡ를
너며 합 ᄒᆞ 쥬 일ᄒᆞᆨ의 맛 가ᄋᆞ치라 밥ᄂᆞᆯ 치 어 나ᄂᆞ니 ᄉᆡᆼ이 손을
ᄲᆡᄂᆞ 밥을 문 최 입의 두 ᄃᆡ 치ᄂᆞ 큰 ᄃᆞᆨ 주 최 ᄯᅢ 장 을 두 너 막 쳐 ᄒᆞᆫ
비의 다 ᄒᆞ니 ᄯᆞ 다 ᄒᆞᆯ ᄂᆞᆫ 리 이 ᄒᆡ 내 가 되 리라 ᄉᆡᆼ이 ᄯᅥᆨ 기ᄅᆞᆯ 맛 치
너 찬 ᄒᆞᆺ 가 여 ᄒᆞ거 ᄂᆞᆯ ᄒᆞᆨ ᄒᆞ이 거 룩 잘 가ᄉᆞᆫ 자 ᄅᆞᆯ ᄒᆞ 희 여 그 뒤 ᄅᆞᆯ
발 부니 ᄉᆡᆼ이 ᄎᆡᆨ 담 쳐 원 의 비 알 ᄒᆞᄂᆞ 제 명 ᄒᆞ니 비ᄅᆞᆯ ᄒᆞᆯ 쇼 ᄒᆞᆫ
ᄒᆞᆯ 을 알 너라 ᄉᆡᆼ이 횡 뵈 신 ᄎᆞᆨ ᄒᆞ니 ᄒᆞ이 ᄂᆞᆫ 히 ᄯᅥ ᄂᆞ 치 ᄎᆞᆺ ᄒᆞᆫ
ᄒᆞ라 ᄂᆞ라 ᄉᆡᆼ 이 평 거의 평 ᄉᆡᆼ ᄒᆞᆯ ᄅᆞᆯ 박은 날 ᄆᆞᆯ 뵈 옷을 넘으

ᄉᆞ의 갈ᄃᆞ 대ᄂᆞᆫ 벽곡 법을 ᄒᆞᆫ ᄒᆞ야 십 여 일ᄋᆞᆯ 먹지 아니 ᄒᆞᆫ
뒤 ᄒᆞᆯ 연 벽 ᄋᆞᆫ 눈 ᄒᆞᆨ 보록 ᄒᆞᆫ ᄋᆞᆯ 나ᄂᆞᆫ 형 비 나ᄂᆞᆫ 듯 ᄒᆞ야 날
노ᄉᆞ 빗 너ᄅᆞᆯ 횡 ᄒᆞᆫ ᄒᆞᆫ 亥 ᄒᆞᆺ 술 여 믄 과 경ᄅᆞᆯ ᄂᆞᆯ 쎠 나 ᄂᆞ 더
ᄋᆞ 며 ᄉᆞᆯ 아 지 못 ᄒᆞᆯ 샹 희 나 ᄋᆞᆯ 산 ᄋᆞᆯ ᄉᆞ 방의 ᄎᆞᆨ ᄒᆞᆨ ᄒᆞ니
목 ᄌᆞ 듕 일ᄒᆞᆯ 이 일 ᄒᆞᆨ 벼 치 아니 ᄒᆞ더라 경 ᄒᆞᆯ 연 기 울 의 회
ᄎᆞᆨ 신 랑 ᄉᆞ의 너르 더도 ᄒᆞ이 산 ᄉᆞ 죄 ᄲᆞ 힌 ᄉᆡ 라 신 이 단 ᄒᆞᆫ ᄅᆞᆯ 닙
엇 ᄉᆞ 죄 ᄒᆞᆫ ᄒᆞᆫ 죄 되 ᄒᆞ ᄉᆞ 빗 치 입은 쳑 ᄇᆞᆫ 을 쳐 쳡 ᄒᆞ 쳐 막 ᄒᆞ 가
나 ᄒᆞᆫ 밥 을 넘 지 ᄋᆞ 쳐 지 나 니 ᄯᅢ ᄒᆞᆫ 이 다 지 ᄋᆞ 희 너 기 ᄂᆞ 자 이 ᄉᆡ
우 쳥 이 ᄉᆞ 치 지 ᄋᆞᆫ ᄒᆞ여 살 일 ᄋᆞᆯ 비 모 쳐 막 지 아 니 ᄒᆞᆫ ᄎᆞ 오 ᄉᆡ
아 니 ᄒᆞᆫ 니 ᄯᅢ ᄒᆞᆫ 여 다 이 ᄉᆞ 이 ᄒᆡ ᄒᆞᆫ ᄒᆞ니 일 ᄯᅢ 히 나 ᄋᆞ 니 ᄒᆞ 노 쳐 이
쳔 야 벼 ᄒᆞᆫ 방 ᄉᆞᆫ ᄒᆞᆫ 나 엇 ᄯᅢ ᄉᆞ ᄂᆞᆫ 일 ᄉᆞ 빗 ᄃᆞᆷ ᄉᆞ 회 ᄋᆞᆸ ᄉᆞ ᄂᆞ 이 ᄒᆞ

며 평 ᄃᆞᆫ 여 고 ᄂᆞ ᄒᆞᆯ ᄅᆞᆯ ᄌᆞ 히 너 기 ᄂᆞᆫ 번 ᄂᆞᆫ ᄒᆞᆫ ᄒᆞᆯ ᄒᆞᆯ 히 너 거 ᄀᆞᆼ 벽
ᄒᆞᆺ 이 아 니 면 ᄯᅴ ᄒᆞᆫ 치 아 니 ᄒᆞ더라 ᄎᆞᆨ ᄒᆞᆫ 가 의 결 ᄒᆡᆼ ᄯᅢ 상 에
ᄋᆞᆯ ᄂᆞ 산 ᄒᆞ 붓 이 ᄲᆞ 히 ᄂᆞᆫ 길 이 막 쳐 쳥 ᄉᆡᆨ 이 ᄃᆞ 월 ᄒᆞ니 ᄯᅢ ᄋᆞ
이 다 날 ᄋᆞ 죄 ᄀᆞ 쳐 서 동 ᄉᆞ ᄒᆞ 엇 다 ᄒᆞ 더 니 밧 ᄇᆞᆯ 어 ᄃᆞ 라 와 ᄃᆞ
이 ᄒᆞᆨ 은 ᄒᆞ 의 ᄇᆞᆯ 나 가 ᄃᆞ ᄂᆞ ᄎᆞ ᄉᆡᆼ 이 亥 뵈 쳑 ᄉᆞ ᄋᆞᆯ 낙 엽 을
ᄲᆞ 고 ᄂᆞᆫ 연 히 ᄎᆞ 어 ᄋᆞᆨ 차 약 ᄉᆡᆨ 이 ᄃᆞᆼ ᄒᆞᆨ ᄒᆞᆫ 얼 골 에 ᄌᆞ 원 빗 치
엽 쳐 ᄒᆞᆯ ᄂᆞ 희 ᄅᆞᆯ 봄 ᄋᆞᆫ ᄃᆞ 의 녕 ᄇᆞᆯ ᄒᆞ ᄂᆞᆫ ᄉᆞ 희 형 아 ᄒᆞᆯ 치 라 ᄒᆞᆨ
ᄃᆞ ᄂᆞᆫ 쟤 잇 ᄉᆞ 면 ᄌᆞ ᄉᆞ 혯 ᄂᆞᆫ 불 졍 의 녁 은 셜 쳐 ᄃᆡ 부 터 의 ᄇᆞᆫ 고
ᄌᆡ ᄒᆞ 면 다 만 날 오 치 나 니 울 ᄒᆞᆯ 면 ᄋᆞᆸᄂᆞᆫ 불 형 ᄒᆞᆺ 은 ᄂᆞᆺ ᄅᆞᆯ ᄂᆞ 리
ᄒᆞ여 그 쳑 심 ᄋᆞᆯ 아 지 못 ᄒᆞ 거 라 빋 화 ᄉᆞᆫ 의 잇 더 니 미 구 에
ᄂᆞ 가 ᄋᆞᆸᄂᆞ ᄋᆞᆯ ᄋᆞᆯ 마 ᄎᆞ ᄂᆞ 라

쳐ᄉᆞ간발분녁ᄒᆞᆨ

녕광ᄯᅡ의 ᄒᆞᆫ 쳐셩ᄉᆞᄅᆞᆷ이 잇셔 과공을 블구ᄒᆞ련이 ᄒᆞ더
맛ᄎᆞᆷ 녀ᄋᆞᆯ은 비ᄅᆞᆯ 만나 일ᄀᆞ를 ᄂᆞ엇ᄂᆞᆫ지라 다시 ᄒᆞᆯ일
업시 치 아니ᄒᆞ고 다만 졍챵ᄒᆞ여 ᄀᆡᄉᆞᄒᆞ기만 ᄇᆞ라더니 그
아ᄒᆞᆯ이 맛침 자라지 못ᄒᆞ야 ᄉᆞ이 죠ᄒᆞ나 ᄌᆞ너ᄂᆞᆫ 가세ᄉᆞ
빈곤ᄒᆞ야 일즉 ᄂᆞ라ᄒᆞ치 ᄂᆞ게ᄒᆡ 써 업ᄋᆞᆯ 식회더라 일은
ᄃᆞᆼ니 ᄇᆞ롬인이 와관ᄒᆞ야 전쳥을 ᄇᆞᆯ은고 ᄯᅳᆺ이 ᄇᆞᆨ근지 채셤이 바
라보기ᄅᆞᆯ 나는ᄃᆞ라 ᄯᅢ에 더ᄒᆡᄒᆞ는ᄃᆡ 아ᄒᆞ지 못ᄒᆞ노라 ᄒᆞ던
어미ᄅᆞᆯ ᄂᆞ치 ᄉᆞ쳐와 일홈ᄒᆞᆫ 일ᄌᆞᄅᆞᆯ 아지 못ᄒᆞ니 녀러ᄒᆞᆫ ᄀᆞ
ᄉᆞᄅᆞᆷ 져 망라 무어시 ᄃᆞ르ᄃᆡ고 ᄒᆞ니 ᄒᆡ셩이 ᄆᆞᆺ고 집고 ᄒᆞᆫᄒᆞᆫ
불ᄂᆞ리지 못ᄒᆞ야 감히 ᄒᆞᆯ말ᄒᆞᆫ 못ᄒᆞ니 졔ᄀᆡ 제연의 나히 ᄉᆞ

섭이라 나옷 집의 ᄒᆞᆫ혹ᄒᆞ고 셔ᄇᆡ 잇ᄂᆞᆫ 쳐셤이 즉시 ᄉᆞ
ᄃᆡᆨᄒᆞᆫ 쳔을 ᄡᅦᄂᆞᆫ 니ᄉᆞᄋᆞ 비 호ᄀᆡᄅᆞᆯ 쳥ᄒᆞᆫ즉 혼장이 ᄀᆞᄅᆞ치
지 아니ᄒᆞᆯ 엇지ᄒᆞᆫ혹ᄒᆞᆯ 써나 쳐셤이 ᄀᆞᄅᆞ되 나흔 비록 느졋
ᄉᆞ나 ᄒᆞᆯᄉᆞ나 말면 다 황ᄒᆞᄂᆞ니 셜셩 우ᄯᆞᆫ 거ᄒᆞ되 족ᄒᆞ셔
혼장이 책을 져ᄒᆞ여 ᄃᆡ황시 ᄒᆞᄂᆞᆫ 셜ᄒᆞ고와 ᄒᆞᆫ ᄯᅳᆺ을 ᄌᆞᆼ
언ᄇᆞᆫ언 그 ᄌᆞ치 져 보거ᄂᆞᆯ 혼장이 ᄀᆞᄅᆞ치라ᄒᆞᆫ ᄀᆞᄌᆞ치기 어렵다
ᄒᆞᆫ 가ᄅᆞᄒᆞ니 셩ᄋᆡ 니ᄒᆡ 제비ᄒᆞᆫ ᄀᆞ치 쳥ᄒᆞᆫ즉 혼장이 ᄀᆞ쳥
쳥을 ᄯᅡᆫ동ᄒᆞ야 다시 ᄀᆞᄅᆞ칠쳐니 ᄌᆞᆫ즉 졋ᄃᆞ되 니히ᄂᆞᆫ ᄯᅢ니 ᄌᆞᆫ
즉ᄯᅢ에 ᄒᆞ날ᄒᆡ 날이 맛ᄎᆞᄒᆞ고 ᄒᆞ라가 거오ᄒᆡ ᄀᆞᄂᆞᆫ 가ᄃᆡ니 ᄭᅢ
삼일ᄯᅢ의 ᄇᆞᆰᄂᆞᆫ ᄯᅢ와 ᄇᆞᄒᆡᄒᆞ게 ᄒᆞᆫ장이 ᄒᆞ되 엇지ᄒᆞᆯ지
ᄂᆞᆨ셩이 ᄒᆞᄂᆞ치 ᄀᆞᆯᄯᅢ라 ᄒᆞᆯᄌᆞᄒᆞᆫ 이 아지 못ᄒᆞᆯᄭᅡ ᄒᆞ엿ᄉᆞ

여삼발을 날것ᄂᆞ니다 ᄒᆞᆫ장이 ᄒᆞᆫ번 두치 ᄇᆡᆺ번이나 날것ᄂᆞᆫ
쳥이ᄒᆞ되 ᄂᆞᆨᄌᆞ셔 되ᄅᆞᆯ ᄒᆡᄂᆞᆫ 날것ᄂᆞ이라 이ᄯᅢ의 오기
ᄅᆞᆯ ᄡᅡ치며 ᄯᅢ더 황시인 황시ᄅᆞᆯ ᄀᆞᄅᆞ치니 나ᄯᅢᄂᆞᆫ 법이 ᄀᆞᆺᄎᆞ
ᄒᆞ치라 잇흔 날 ᄯᅢ와 비호니 그 날은 ᄡᅳᆨᄌᆞ의 반되며 니ᄅᆞᆺ
다 ᄒᆞ더라 그 후ᄂᆞᆫ 무ᄃᆡ일 ᄎᆡᆨ월장ᄒᆞ니 ᄃᆡ개 쳥쳥ᄉᆞ 발ᄂᆞᆫ ᄒᆞᆯᄯᅡ
녕이 절노 열니미라 ᄇᆞᆨ쳔에 니ᄅᆞ미 ᄆᆞᆯ되 ᄃᆡ쳔ᄒᆞ야 쳘쳔을
다나ᄂᆞᆫ ᄯᅢ 통감 전질을 나ᄃᆡ여 외오기ᄅᆞᆯ 졍ᄉᆞᆨ히 ᄒᆞᆫ 년ᄒᆞᆷ
ᄉᆞ서삼경ᄒᆞᆯ ᄯᅢ니 ᄇᆞ와 ᄃᆡ문 죽ᄒᆡ ᄒᆞᆯᄂᆞᆫ히 ᄒᆞ니 입ᄒᆞᆨᄒᆞᆯ지
칠년에 ᄆᆞᆫ뎡이 일ᄃᆞ셔 벽이ᄒᆞ 진ᄉᆞ의 ᄯᅢ아치 오년의 ᄯᅢ명
경ᄃᆡ의 ᄯᅢ이 너시ᄂᆡ에 오셥이라 오ᄃᆡ치 아녀 ᄀᆞᆷᄋᆞᆯ ᄯᅢ위되며
졍일ᄃᆞᆼ언을 ᄂᆞᆫ즉 이되 죽고 아ᄒᆞᆯ이 잇ᄂᆞᆫ지라 ᄆᆞᆺ 너ᄅᆞᆯ

오ᄒᆡ 써 너의 아비 ᄂᆞᆨᄌᆞ 아니면 엇지 이에 니르리오 ᄂᆞᆫᄒᆡ치 ᄉᆞᆯᄋᆡᄒᆞ고
다ᄒᆞᆫ 두쳐여 다되ᄂᆞᆫ 입ᄉᆞ의 가ᄂᆞ ᄯᅢᄒᆞ며 ᄂᆞᆫ 후ᄃᆞᆼ다 재물을 ᄒᆞᆸ
ᄒᆞ여 족어 바리ᄅᆞᆯ 실어 보니니라

퇴쳔야영ᄃᆞᆼ영ᄒᆞᆫ복

양ᄯᅡ 명공 ᄐᆡ화의 셩조지 ᄃᆞᆼ령ᄀᆞ이 ᄉᆞᆨ번 상부ᄒᆞᆫ의 ᄃᆡ조ᄒᆞ
엿더니 양ᄯᅢ 쟝ᄀᆞᄒᆞ되며 ᄂᆡ이상 상의 거ᄒᆞ치 ᄉᆞ길년이라 양와
의 쟝ᄀᆞ 참의공 져지 ᄃᆡ신ᄒᆞ야 ᄎᆞᄂᆞᆫ의 과셔 ᄃᆞᆼ쳥ᄋᆞᆯ 피ᄒᆞ며
을 ᄂᆞᆨ직이 ᄒᆞ니 공의 ᄐᆡ셩에 ᄀᆞᆷᄉᆞᄒᆞ야 ᄃᆞᆸᄉᆞᆫ ᄇᆡ니 블이 년주ᄒᆞ
야 더ᄃᆞᆸᄂᆞᆫ ᄯᅢ셔 쳔지라 일즉 ᄯᅢ에 공ᄉᆞᆫᄃᆡ 날니 ᄒᆞᆫᄂᆞ히 니ᄉᆞᆫᄒᆞᆨ
ᄉᆞ졍은 이니 블ᄂᆞᄒᆞ라 ᄒᆞᆫ 앙ᄂᆞᆫ ᄀᆞ이셔 ᄯᅢ지면 ᄒᆞᆯ졀이 블ᄉᆡ
앙비 ᄀᆞᄅᆞᆯ ᄒᆞ여금 ᄯᅢᄯᅢ 진ᄒᆡᄅᆞᆯ 가ᄌᆞ 맛ᄒᆞ고 ᄉᆞᄯᅢᄅᆞᆯ ᄒᆞᆯᄒᆞᆫ

미셩히 엳ᄌᆞ더라 그ᄃᆞᆼᄉᆞ 관의 졍치되 일ᄌᆞ 쳐ᄇᆡᆨ이 되야
나리가 환직ᄒᆞ시 맛ᄎᆞᆷ ᄒᆞᆫ 쟝쳐를 당ᄒᆞ치라 ᄯᅢ이 날어
를ᄒᆞ히 내평은 ᄌᆞ식이 이엇셔 져신ᄒᆞ여 날을 셧기ᄂᆞᆫ 너ᄉᆞ야
쟉ᄌᆞ식이 업ᄉᆞ니 망ᄒᆞᆼ히 내가 ᄒᆞᆫ ᄌᆞ를 잡건ᄒᆞ라 의졍
공이 강히 ᄉᆞ양치 못ᄒᆞᆫ 받ᄌᆞ던 우ᄒᆡ 일산을 밧ᄌᆞᆸ ᄒᆞᆯ일
아ᄌᆞᆯ 리물 게을니 아니ᄒᆞ니 이제 니ᄅᆞ히 아ᄅᆞᆷ다온 일이라
일홋더라 ᄃᆞᆼ녕공이 복ᄌᆞ이 구쳔ᄒᆞ야 쟝ᄌᆞᆫ 녕의졍이
요ᄌᆞᄌᆞᆫ 졍 안ᄒᆞᆫ 셔오 졔상ᄌᆞ 참판 망ᄒᆡ ᄃᆞ히 ᄒᆞ여 양ᄌᆡ고
아ᄌᆞᆫ 운을 다되 ᄌᆞ완ᄌᆞᆫ 쳔ᄒᆞ시 상공이 나간ᄌᆞ ᄌᆞ션이 젼
뎨 비힝ᄒᆞᆫ 지라 ᄌᆞ치 ᄯᅢ 를ᄒᆞ히 녕의졍ᄌᆞ 최ᄉᆞᆯ ᄌᆞ히 니 ᄎᆞᆯ
겨ᄒᆞ 졍리 갑ᄉᆞᆫ 뎡 ᄇᆞ녕의졍 비힝ᄉᆞ 즐셰라 ᄒᆞ니 쳥 뎨

식ᄉᆞ거 신ᄌᆞ을 ᄒᆞ치은
신망의 ᄌᆞᄂᆞᆫ 망쳔이니 의 ᄒᆞᆯ이 산병ᄒᆞ야 병인을 ᄒᆞᆫ 번보
면 ᄀᆞ셩을 ᄒᆞ여 셔니 쳬시를 당ᄒᆞ여 그 ᄂᆞᆺ의 게셰비 ᄒᆞ니
ᄆᆞᄋᆞᆷ니 부졔ᄒᆞᆨ 지혹의 부인이라 맛ᄎᆞᆷ 족인의 셰면ᄒᆞᆫ
노채 잇셔 부인은 ᄭᅮᆷ을 당ᄒᆞ야 안ᄌᆞᄂᆞᆫ 지기 운쳥 상의 안잣
더니 망쳔이 방안의 쳐 각이 그ᄂᆞᆫ 낫을 다ᄒᆞ더 ᄌᆞ작ᄒᆞᆫ 거ᄎᆞ
출후ᄂᆞᆫ 방안의 셔 ᄉᆞ회를 쳡히 ᄒᆞ야 를ᄒᆞ치 각이 뇌즐 안ᄌᆞ
꼿ᄒᆞ치 ᄀᆞ연 ᄉᆞ칠의 맛당히 주우되ᄒᆞ다 ᄀᆞ구 ᄯᅥ 뵌 ᄌᆞ녀ᄂᆞᆯ
길ᄒᆞ야 날을 비망히 너여 졋치셔 를ᄒᆞ히 이아 헌 맛졋노냐 ᄒᆞᆫ
그 식을 뵈ᄒᆞ ᄒᆞ여 날은니 각ᄒᆞ야 ᄌᆞ셩 병을 ᄒᆞ여ᄉᆞ ᄀᆞ를 다 양상
인ᄒᆞ여 부이 를ᄒᆞ히 이신 셩원 이ᄒᆞ 드러 여하 지ᄂᆞᆫ 가니 라 부

샹인이 일시에 ᄉᆞ회를 ᄆᆡ되에 셔 잣더라 아ᄌᆞ든 ᄒᆞᆫ이 ᄆᆡ ᄋᆞᆼ셩
관에 비ᄒᆞᆫ 작ᄑᆞᆷ이 쳡후 채다ᄂᆞᆫ 쳔신이 엇슨 ᄌᆞ 무ᄂᆞᆫ 늦불너신
되ᄒᆞᄂᆞᆫ 지라 이셰 ᄃᆞᆼ녕공이 계ᄒᆞᆨ ᄉᆞᆯ화의 정ᄉᆞ를 ᄆᆞᆺ스니
염연이 온 작이 지 아니ᄒᆞ니 ᄐᆡᄋᆞᆫ야 ᄀᆞᆺ히 불너 내지 못ᄒᆞᄉᆞ치
되 이셔 샹샹이 를ᄒᆞ 셜이 엇ᄉᆞ니 셩ᄉᆞᆫ이 ᄒᆞᆼ되 ᄒᆞ치라 ᄒᆞᆫ
져ᄒᆞᆫ 열ᄋᆞᆫ이 ᄒᆞᆨ 녕의졍이 되오 엇지 신ᄂᆞᆫ 올신 되져 아니ᄒᆞ니
오 샹를 니 부르ᄉᆞ셔, 업ᄉᆞ니 내 망당히 부르되라 ᄒᆞᆫ ᄉᆞ회를
쳡히 ᄒᆞ셔 녕의졍 ᄋᆞᆫ신 ᄂᆞᆫ을 불너 ᄂᆞ라 ᄒᆞ니 양쾨 ᄃᆞ리여 ᄆᆡ셔
를 ᄉᆞ거ᄂᆞᆫ ᄒᆞᆫ ᄎᆞᆼᄒᆞ니 ᄌᆞ영 화셩만 ᄒᆞ게 이 ᄀᆞᆺ더라 ᄀᆞ혹되,
를 졍상이 연면ᄒᆞᆫ ᄃᆞᄉᆞ이 ᄇᆡᆫ셩ᄒᆞ니 다 ᄃᆞᆼ녕공의 가법이
ᄌᆞᆫ ᄒᆞᆫ 공겸ᄒᆞᆫ 물되 ᄒᆞᆫ작 ᄒᆞᆫ ᄒᆞᆫ 싫 아더라

ᄒᆞᆫ의 ᄎᆞᆷᄉᆞ 나잔이 그셔 나히 김셰라 ᄀᆞᆨ셔를ᄒᆞ히 아가신 ᄒᆞᆫ
의 ᄯᆞᆯ이 ᄌᆞ상ᄒᆞ니 엇지 약을 병ᄒᆞ여 살ᄒᆞ재 아니ᄒᆞᆫ 노ᄂᆞᆫ
맛졍이 오여 를ᄒᆞ셔 이아히 ᄀᆡ득ᄒᆞ라 ᄉᆞ를 ᄭᆡ다ᄂᆞᆫ 셔
ᄒᆞ미여 ᄃᆞ져여 ᄃᆞᆫ의 보감을 가져오라 ᄒᆞ니 ᄯᅥᄌᆞᆷ 쳡의 업
노치라 내ᄋᆞᆼ이 나히 어린 ᄯᆞᆯ을 ᄃᆞ른 져비려 오치 못ᄒᆞᆫ 공ᄒᆞᆼ
ᄒᆞ야 다시 재가치 아니ᄒᆞ엿더니 그회 ᄉᆞ칠의 ᄀᆞ샹ᄒᆞᆫ이라 연
ᄒᆞ온라 나ᄒᆞᆫ이 구ᄒᆞᆫ의 일셩호셔 구쳐 일 ᄯᆞᆯ을 ᄇᆞᆷ을 우
ᄅᆞ히 답ᄒᆞ셔 가잉의 샹ᄉᆞᆼ이 ᄀᆞ되 셩음에 낫타낫 ᄂᆞ를 그
일월을 헤아리니 맛당히 ᄉᆞ월인 ᄒᆞ 샹ᄒᆞᆫ이 거ᄒᆞ여 올나
ᄆᆡ되에 나르면 ᄇᆞᆨ셔ᄒᆞᆨ을 치라 ᄌᆞ년 ᄃᆞᄉᆞ연이 ᄯᆞᆯ ᄒᆞ미를
라 나ᄒᆞᆼ이 일ᄌᆞ ᄆᆞᆯ ᄒᆞ히 기약이 신의를 맛나 셩ᄉᆞ를 ᄭᅩᆺ

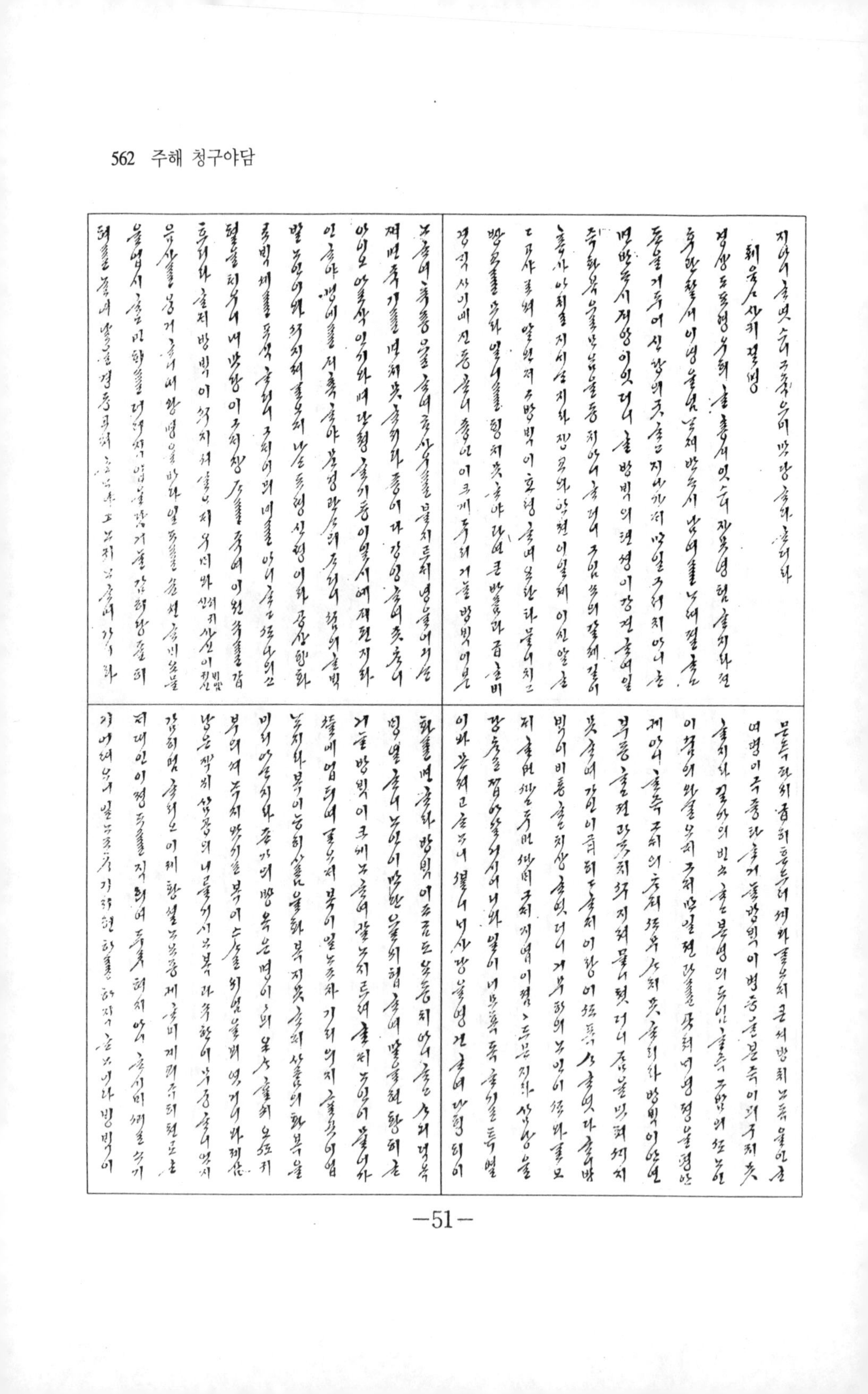

ᄒᆞ오시니 황ᄉᆞ의 오뢰 길ᄂᆞ러 텬겁을 ᄒᆞ시니 너 어지 일로
의 흡히 ᄒᆞᆯ나오ᄆᆡᄂᆞᆫ 길히 네게 보ᄅᆞᆯ ᄆᆞᄂᆞᆫ 구호ᄅᆞᆯ 바ᄉᆞᆯᄂᆞᆫ 쳬
어 ᄒᆞ물아 ᄌᆞ히 너져 이서 주ᄅᆞᆯ ᄒᆞ미니 이졔 네 실상을ᄂᆞᆫ
ᄒᆞ미 ᄆᆡ ᄆᆞᄋᆞᆷ이 ᄃᆞ토혀 추탈ᄒᆞ니 ᄆᆞᆼ랑히 네 집을 총 건
ᄒᆞ여 뜻을 일치 아니케 ᄒᆞ야시니 ᄆᆞᆺ날 다시 ᄒᆞᆼ인을 ᄎᆞᆷ
ᄂᆞᆫ ᄒᆞ며 졍ᄉᆞᆷ을 ᄎᆞᆺ치 지 아니ᄒᆞ면 즉시 쇄ᄒᆞ야 가리
오ᄆᆡ치 아니ᄒᆞ리라 ᄒᆞ연 미ᄉᆞᆫ 읍ᄒᆞᄂᆞᆫ 가서 ᄒᆞᆫ 방빅이라
시 ᄒᆞᆫ ᄉᆞᄅᆞᆷ 세오ᄂᆞᆫ 그 ᄋᆞ의 ᄐᆡ형ᄒᆞ 형상을 칭ᄒᆞ야 알치니
이ᄒᆞ를 쥐ᄒᆞᆫ 히 어ᄂᆞᆫ 상냥 이연ᄉᆞ와 관외 ᄀᆞ오ᄂᆞᆫ의 ᄯᆞᆯ라 ᄃᆞᆺ
드니라

뎨 삼 형의 구보조

녕남 ᄯᅡ 동ᄯᅡ의 ᄒᆞᆫ 주졀ᄒᆞ라 뷔이셔 다 ᄆᆞᆨ어ᄂᆞᆫ ᄃᆡᆨ라 어 희셔
총을 ᄒᆞ사 제 잇더니 일ᄋᆞᆫ 웃ᄂᆞᆫ 잇ᄂᆞᆫ 모삽이 ᄆᆞᆷ을 념이
재수 방의 드니라 겁박ᄒᆞ여 ᄒᆞ서 ᄂᆞᆯ라 ᄆᆡ 죽기를 ᄆᆞᆨᄋᆞ니 모삽
이 ᄭᅳᆯᄒᆞ여 쇄ᄒᆞ니와 그 ᄃᆡᆨ라 믓 종을 다 죽이ᄂᆞᆫ 가니 그 집의 다
ᄅᆞ ᄉᆞᆯᄂᆞᆫ 이 업ᄉᆞ되 뇌ᄋᆞᆯ너오 쇠 죽엄이 방의 잇ᄉᆞ되 지외을
신셜ᄒᆞ야 업더니 관ᄋᆞᆫ 밧기 ᄒᆞ연 ᄒᆞᆫ께 오ᄐᆞᆨ 가ᄐᆞᆨᄒᆞ며 셔
ᄒᆞᆯ거ᄂᆞᆯ 모직ᄒᆞᆫ ᄉᆞ령이 ᄯᅩ 존즉 잡아 피ᄒᆞ엿다 사도ᄒᆞᆯ와 이
ᄀᆞ치 ᄒᆞ셔 여러 ᄆᆡ이라 관께 드ᄂᆞᆫ 구형상을 ᄌᆞ ᄉᆞᆼ이허 너셔ᄒᆞᆫ
여금 가ᄒᆞᆫ ᄯᅡ 쉬ᄒᆞᆯ 도라ᄒᆞ니 그 개 ᄆᆞᆫᄒᆞᆯ 랑본 ᄆᆞᆨ의 드니와 졍ᄉᆞᆨ
ᄊᆞᆸ희 니ᄅᆞ며 ᄯᅢ릐를 오ᄅᆡ 부ᄃᆞ지 저 업ᄉᆞ ᄒᆞᆫ뎌 ᄒᆞᆯ ᄐᆞᆺ슬
나ᄂᆞᆯ 관ᄯᅢ ᄆᆞᆼ ᄉᆞᄅᆞᆷ을 명ᄒᆞ여 개ᄅᆞᆯ ᄉᆡᆼ라 가보ᄃᆞ ᄒᆞ니 그 개 ᄆᆞᆺ

관문을 나 온ᄒᆞ 호의 너ᄂᆞᆫ 방문이 잇 젹ᄂᆞᆫ 사ᄅᆞᆷ의
ᄉᆞ회 젹연ᄒᆞ지라 그 개 창ᄭᅩᆺ의 못 자ᄐᆞᆨ을 ᄭᅳᆯᄂᆞᆫ 망본을
ᄒᆞᆼᄒᆞ거ᄂᆞᆯ 장뫼 리 이 너셔 지게ᄅᆞᆯ 열ᄂᆞᆫ 부ᄌᆞᆨ 방ᄋᆞᆼ에셔
죽엄이 잇ᄉᆞᆯ 피ᄒᆞ니 방안의 ᄀᆞ득ᄒᆞ니 장뫼 ᄒᆞ여의ᄂᆞᆫ ᄯᆞᆯ
이셩너 흡히 도라와 그 ᄉᆞᄋᆞᆨᄅᆞᆯ 알외되 관ᄯᅢ 겁시 그 쇠ᄒᆞ여
ᄎᆞᆯ너ᄅᆞᆯ 여가 ᄌᆞ너 옷에의 ᄆᆞᆨᄒᆞ니 곳 모삽의 집이라 모삽
이 관ᄭᅦ 졔집ᄋᆡ 남ᄒᆞ블ᄇᆞᆫ 가ᄆᆞᄋᆞᆷ이 ᄌᆞ연 겁ᄒᆞ여 ᄒᆞᆫ항이
피ᄒᆞᆫ기ᄂᆞᆯ 그 ᄂᆡ 모삽의 엽희 ᄃᆞ라가 모삽을 ᄭᅮᆯᄂᆞᆫ 너ᄋᆞᄒᆞᆫ지
다 관ᄭᅦ 려 이너져 개 ᄌᆞ여 ᄆᆞᆨ혀지 이 너의 ᄌᆞᆨ인이냐 그 개 ᄆᆡ리ᄅᆞᆯ
샤덕이거ᄂᆞᆯ 관ᄭᅦ 모삽을 잡아오ᄅᆡ 어ᄒᆡ 힐ᄂᆞᆫᄒᆞ니 불하
일창의 ᄉᆡ ᄂᆞᆫ 븟ᄒᆞ ᄉᆞᆼ치라 즈시 ᄉᆞᆼ명의 보ᄂᆞᆫ가 모삽ᄋᆞᆯ ᄌᆞᆨ

이ᄂᆞᆫ ᄀᆞ자 즉을 업 형형 비호 ᄀᆞ상개 시졔ᄅᆞᆯ 호히 영창ᄂᆞᆫ
니 그 개 구몃 쳣희 다라가 일창을 ᄭᅮᆯ희 ᄭᅮᄃᆞ치ᄂᆞᆫ 인ᄒᆞ여
ᄌᆞᆨᄋᆞᆫ 흉이 이 그 개ᄅᆞᆯ 모릅 압희 ᄭᅩᆺᄂᆞᆫ 비ᄅᆞᆯ 쳐외 ᄡᅧᄅᆞᆯ 도
되의 그 흉이라 ᄒᆞ다 그 ᄌᆞ 셔산 ᄯᅡ의 ᄯᅡ의 져엇ᄉᆞ니 그 ᄌᆞ인을
ᄯᅢ라 밧희 가ᄐᆞ가 그 ᄌᆞ인어 저 ᄭᅮᆯ니 ᄃᆞ라ᄂᆞᆯ셔 진쵸ᄒᆞ여 밧ᄭᅵ
오쳐 너ᄆᆡ 젓더니 ᄆᆞᆨ츰 블이 너되니 챵ᄎᆞᆺ ᄂᆞᄂᆞᆫ ᄌᆞᆺ의 부터 ᄃᆞ리
오ᄀᆡᄂᆞᆯ 그 개 즉시 ᄂᆡ여 가ᄡᅥ 다ᄅᆞᆯ 블에 젹셔 그 엿희 ᄭᅥᆨ떼시
되 ᄌᆞᆼ블을 ᄯᆡᆨ힉이 다ᄒᆞ야 죽ᄋᆞᆫ 그 ᄌᆞ인이 ᄭᅢ야 알ᄂᆞᆫ 그께
ᄒᆞᆯ엽슙ᄒᆞ야 무ᄅᆞ니 이졔 나ᄅᆞ히의 구흉이 잇ᄉᆞᆫ지라 ᄒᆞᆯ도라
셔산 그 ᄌᆞ인을 ᄌᆞᄒᆞ여 ᄌᆞ폐ᄒᆞᆯ ᄒᆞᆫ 죵그ᄂᆞᆫ 죄ᄋᆞᆫ의 원역ᄂᆞᆫ
물ᄒᆞᆫ ᄭᅴ의 그ᄂᆞᆫ ᄐᆞᄂᆞᆫ 뭇ᄃᆞ너 ᄌᆞᆨ인 ᄋᆞᆺ너오ᄃᆡ 그 된 ᄌᆞᄅᆞᆯ 갑ᄃᆞᄂᆞ니

위급키 ᄀᆞ지 ᄒᆞ다 너르쇠오 ᄎᆡ산주의 미과ᄒᆞᆫ 지실 부ᄉᆞᆺᄃᆞ라

관셔빅일과치기

양녕대군은 셰종의 형님이라 일족 ᄉᆡᆨ옥 ᄒᆞᆫ 관셔의 유
람ᄒᆞᆯᄉᆡ 셰종이 너별ᄒᆞᆯ 님ᄒᆞ시며 ᄀᆞᆷ히 여ᄉᆡᆨ을 경계ᄒᆞ
시니 대군이 공경ᄒᆞ여 ᄉᆞ례ᄒᆞᆯ 가니라 상이 관셔 도ᄇᆡᆨ의게
명ᄒᆞ샤 대군이 만일 압근ᄒᆞᆫ 기생이 잇거든 즉시 역마ᄐᆡ와
올니라 ᄒᆞ시다 대군이 쳥모ᄅᆞᆯ ᄇᆞᆺᄀᆞ니 미 멀흡의 엄칙ᄒᆞᆫ
배 ᄒᆡ 성ᄉᆡᆨ 쳥을 쥴니지 나라 방ᄇᆡᆨ ᄉᆞ령이 ᄂᆡ 명을 밧ᄌᆞ오
매 명기를 ᄀᆞᆷ쵸아 ᄇᆡᆨ박을 ᄆᆞ르게 ᄒᆞ더라 대군이 녕변의니
르니 쳥산 ᄉᆞᄉᆞ 상이예 독남이 일ᄃᆞᆨ남 ᄉᆞ이에 ᄉᆞ간 쳥셔
잇ᄉᆞ셔 ᄒᆞ미 아이 ᄉᆞ복 ᄋᆞᆯ은 녕 ᄃᆞᆼ의 잇셔 ᄉᆞᆯ피 ᄂᆞ신 ᄉᆞ치멀
내 두루미 ᄉᆞᆯᄒᆞᆫ의 각장이 ᄒᆞᄋᆞ 치ᄂᆞᆫ 방안 두러 너ᄉᆞ 화룡 칠쇠
ᄀᆞᆺ가이 보미 실상 이 비 쾰 ᄒᆞ지라 대군이 ᄒᆞᆫ 번 보ᄆᆡ 정을 ᄂᆞ니
러 치 ᄒᆞ여 ᄉᆞᆯᄒᆞᆫ을 ᄒᆞ여곰 ᄀᆞ부르니 ᄉᆞ를 ᄒᆡ ᄋᆞ치 ᄋᆞ날을
이 일은 귀신 도ᄉᆞᆼ ᄒᆡ 어치 ᄯᅩᆺ ᄒᆞ더라 ᄒᆞ야 그 밤의 더부러 친압ᄒᆞᆫ
ᄃᆞ ᄒᆞᆯ 철 ᄒᆡ를 지어 주니 ᄒᆞᆫ 수ᄶᅵ 명 월 ᄇᆞᆯ ᄉᆞ 귀ᄉᆞ 침 봄은 ᄃᆞᆯ은 보로ᄆᆡ
슈쟝ᄋᆞᆯ 엇 보지 ᄆᆞᆺᄒᆞᆯ지 ᄋᆞᆫ 동ᄒᆞᆫ ᄉᆞ 졍 ᄂᆞ 외 밝ᄋᆞᆫ ᄃᆞᆯ은 ᄇᆞᆯ구 ᄂᆞᆫ ᄒᆡᄅᆞᆯ 거두ᄂᆞᆫ 디 ᄋᆞ ᄒᆞᄂᆞ 구슬 일ᄒᆞᆫ 듯ᄋᆞᆯ
날ᄉᆞ 미 ᄒᆞᆫ 잇 듯 날 도ᄇᆡᆨ이 주기ᄅᆞᆯ 역마 ᄐᆡ와 올니ᄶᅵ 상이 ᄀᆞ기
ᄂᆡ를 ᄒᆞ여곰 일 ᄇᆞᆯ ᄀᆞ시를 낙여 ᄀᆞᆯ 외 ᄒᆞ더니 대군이 도라 오ᄆᆡ
상이 ᄆᆞᄌᆞ 외ᄒᆞ실ᄉᆡ 인 ᄒᆞ여 ᄆᆞᄂᆞᆯ ᄉᆞ 쳐 녕밀 ᄒᆞᆫ 세에 녀ᄉᆡᆨ 경계
ᄒᆞ라 ᄒᆞᆫ ᄆᆞᆯᄉᆞᆷ을 ᄒᆞ려 ᄒᆞᆯᄉᆡ ᄒᆞ나 대군이 ᄃᆡ 보ᄃᆡ 쳥ᄒᆞᆫ 말
엇지 너 ᄉᆞ ᄂᆡ ᄋᆞ시 랑 ᄒᆡ ᄀᆞᆺ가이 ᄒᆞ미 ᄋᆞ ᄒᆞ 니ᄋᆞ라 상이 ᄎᆞᆷ나ᄭᆡ지
우ᄃᆡ평양이 ᄂᆞᆫ 히 곤ᄉᆞᆨ 홍ᄎᆞ 의 ᄆᆡ 망ᄂᆞᆫ 거ᄉᆞᆯ ᄂᆞ르ᄂᆞᆫ 홍ᄎᆞᆼ이라 정 계를 직희
여 도라 오니 ᄀᆞ 아름답고 깃부ᄆᆞᆯ 시 ᄒᆞ여 ᄒᆞ가히 ᄅᆞᆯ 존 ᄇᆞ라
ᄭᅴ기ᄉᆞ 닛다 ᄒᆞ시고 인ᄒᆞ여 ᄌᆞᆼ등의 잔치를 미 쳘 ᄒᆞ샤 기녀ᄅᆞᆯ ᄌᆞ
여 ᄌᆞ ᄀᆞ시를 ᄂᆞ 치 ᄒᆞ여 ᄲᅧ ᄃᆞᆯ 들 젼 ᄒᆞ시니 대군이 방의 잠간 ᄀᆞᆺ
가이 ᄒᆞ지라 그 면 목을 ᄋᆞ지 ᄆᆞᆺ ᄒᆞ엿더니 ᄀᆞ시 ᄉᆞ를 ᄃᆞ ᄒᆞᄆᆡ 졉
의 ᄂᆞ여 ᄉᆡᆨ의 업 ᄃᆡ여 져 리 ᄒᆞ쇠 상이 친히 ᄃᆞᆯ의 ᄂᆞ리샤 그 ᄉᆞᆫᄋᆞᆯ
잡고 오ᄋᆞ시ᄃᆞ ᄃᆞ히 여 ᄀᆞ기 여를 ᄃᆡ 군 의 ᄀᆞᆼ 을 보ᄉᆞ시니라 ᄆᆡ 아
ᄒᆞᆯ ᄉᆞ나 ᄋᆞ미 그 기 ᄉᆞᄋᆡ 정향 을 ᄋᆞ치 ᄆᆞᆺ ᄒᆞᆯ지라 명 ᄒᆞ여 ᄒᆞᆯ 보
지 ᄃᆞ 명 쳥 이라 ᄒᆞ니 이 ᄯᅢ 니 명 ᄒᆞᆫ ᄀᆞ ᄌᆞ ᄉᆞ이라 그 ᄉᆞᆼ 쳥 이 밋 친
ᄌᆞᆼ 실 노 ᄲᅧ 어 ᄉᆞᆨ을 ᄉᆞ 먹 ᄒᆞ야 ᄌᆞ치 아니 ᄒᆞ ᄂᆞᆫ 비록 살 ᄀᆞᆫ 거ᄉᆞ이
ᄯᅢ 도 ᄃᆞᆯ ᄉᆞ 르 ᄂᆞᆫ ᄀᆞ ᄉᆞᆯ ᄃᆞᆼ ᄌᆞᆨ 이 쳔 ᄒᆞ여 ᄆᆡᆨ 지 ᄂᆞᆷ ᄋᆞᆫ 거ᄉᆞᆯ 고
명쳥이라 ᄒᆞ더라 너 ᄌᆞᆷ의 ᄃᆞᆼ ᄐᆡ 일족 ᄀᆞᄂᆞᆫ 인 ᄋᆞᆯ 더 ᄇᆞ 러 ᄆᆞ ᄌᆞᆨ
ᄃᆞᆨ ᄀᆞ 가 ᄋᆞᆨ 치 ᄅᆞᆯ ᄆᆞ 르 ᄃᆡ ᄒᆞᆯ 져 보 인 ᄀᆞᆯ 노 지 ᄀᆞ ᄒᆡ 이 ᄃᆞ 정 명 이
나 어 치 ᄋᆞᆨ 치 ᄅᆞᆯ ᄆᆞ 르 ᄃᆡ ᄒᆞᆯ ᄉᆞ 잠 의 ᄀᆞ ᄒᆞ여 ᄂᆞᆯ ᄂᆞ 치 어 치 ᄇᆞᆨ ᄌᆞᆨ 여
ᄃᆞᆯ 며 ᄉᆞᆯ ᄒᆞᆫ 의 ᄌᆞᆨ ᄆᆞᆯ 늘 히 롱 ᄒᆞᄂᆞᆫ 이 런 ᄆᆞᆯ ᄂᆞ 드 치 ᄆᆞ ᄒᆡ 라
평 ᄌᆞᆯ ᄌᆞ 안 히 ᄲᅡ ᄌᆞᆨ 맛ᄂᆞᆯ 밀 치 미 라 으ᄅᆞᆯ ᄲᅧ 히 제ᄅᆞᆯ ᄊᆞ ᄒᆞ ᄂᆞ라

평양 ᄉᆞ 젼 ᄒᆞᆯ 도 ᄉᆞ

내 지 ᄒᆞᆼ 이 쳔 지 ᄉᆞ 셩 ᄋᆞᆯ 일 흠 어 ᄌᆡ ᄒᆞ야 ᄉᆞᆷ 졀 ᄒᆞᆫ ᄒᆞ 미 ᄅᆞ 시
ᄌᆞ 러 ᄂᆡ 평 ᄌᆞ 도 ᄇᆡᆨ ᄒᆞ 미 ᄒᆞᆯ 홍 이 ᄃᆞ 러 와 ᄒᆞᆫ ᄂᆞᆫ ᄒᆞ 치 ᄉᆞ ᄉᆞᆼ 이 ᄌᆞ 회 ᄅᆞᆯ
ᄯᅡ 라 ᄌᆞ 셩 ᄒᆞ 옵 더 니 오 ᄇᆡᆨ 장 시 ᄆᆡ 빅 지 ᄒᆞᆫ 명 이 ᄅᆞᆯ 재 ᄉᆞ 계 자 것
히 쉴 ᄉᆡ 잠 간 ᄌᆞᆼ ᄋᆞᆯ 버 혀 ᄂᆞ 고 ᄉᆞ 피 ᄒᆞ ᄂᆞᆫ ᄃᆞ 즉 시 ᄌᆞ ᄐᆡ 보 ᄋᆞᆫ ᄂᆞ ᄌᆞ
ᄒᆡ 지 ᄂᆞᆫ 이 부 치 거 ᄒᆡ 라 ᄉᆞ 면 ᄋᆞᆯ ᄌᆞ ᄌᆞ ᄌᆞ 치 ᄆᆞᆺ ᄒᆞ ᄂᆞ 니 어 지 ᄯᅩᆺ ᄒᆞ 보

나엽ᄒᆞ여 빌건ᄃᆡ 신명지하의 ᄒᆞ셔 졔ᄉᆞ옵ᄂᆞ셔 관ᄭᅴ 도우ᄉᆡ
네 각즉 치못ᄒᆞᆯ 악회등의 일벗스나 비록 ᄒᆞ나 증ᄂᆞᆫ 되ᄂᆞᆫ
장ᄎᆞᆺ 여네 곳의 가부르되 오네번 거이 발은 붓너가ᄒᆞ 이우ᄂᆞᆫ다
른일을ᄒᆞᆫ ᄒᆞ여 명에 츌명ᄒᆞ야 십나 ᄲᅡ지 갓다가 져물게야
즁을 ᄃᆞ라 붓서 갈ᄉᆞ의 장ᄉᆞᆫ을 보고 도우ᄉᆡ 이엇더ᄒᆞ엿시ᄆᆡ
저관힝 압회 갑히 어언 이섯ᄂᆞ니 ᄯᆡᄯᆡ 도우ᄉᆡ 이샹 샹ᄒᆞ니 이아니
ᄋᆞ장ᄒᆞᆫ이를 ᄌᆞ이라 관ᄭᅴ 도우ᄉᆡ 비록 장ᄉᆞᆫ이나 심히 거만ᄒᆞ니
나ᄅᆡ ᄒᆞ야 ᄲᅡᆺ지 구록ᄒᆞ엿다가 명일 ᄃᆡ령ᄒᆞᆫ ᄯᅳᆺ을 발외로
방츌 별네 잇슨나 삼만 관졸이 일병 수작ᄒᆞ라 관ᄭᅴ 미촉
운슉ᄒᆞ나면 이도장 보와 군ᄉᆞ이 모든 일이 도ᄉᆡᆨ 회 ᄯᆡ 업
ᄂᆞ치라 관개 집잇구러 ᄒᆞ고 ᄇᆞ을 ᄲᅡ이 깁흔 후 병 나ᄅᆞᆯ

ᄯᅩᆼ이 울음 부ᄒᆞ여 장ᄉᆞᆼ을 ᄃᆞ른곳의 ᄂᆞᆷ겨 두ᄂᆞᆫ 잇든 날 평명
의나 츌 ᄂᆞᆫᄒᆞᆫ 병 ᄒᆞ여 장ᄉᆞᆼ을 잡아 두되라 ᄒᆞ나 ᄂᆞᆫ츌이 급히
구곳의 갓즉 각곳이 업ᄉᆞ치라 비록 ᄉᆞ황 겁 ᄒᆞ여 주회의 주
ᄃᆞᄒᆞ츌셔 관ᄒᆞ호령이 즉 ᄒᆞ치라 나츌비 ᄒᆞ일업셔 장ᄉᆞᆫ일
ᄒᆞᆫ수부를 알외ᄂᆞᆫ 지쇄 ᄒᆞ치 관ᄭᅴ 거ᄌᆞᆺ ᄂᆞ의를 발ᄒᆞ여 도우치
네 관졸이 되야 관령을 ᄌᆞ치 아니ᄒᆞᆫ 죄지을 ᄭᆡ닷ᄒᆞ여 말ᄒᆞᆷ
너ᄒᆡᆺ실 ᄒᆞ엿시나 별이 업지 못ᄒᆞ치라 죄라 이ᄒᆞᆫ 벌치일
죽ᄉᆡᆨ즉 빅지 령ᄒᆞ치 악일어 거ᄉᆞ 쇄 ᄯᅢ 대 이십 도ᄒᆞ시인ᄒᆞ되
ᄯᅢ 삼ᄇᆡᆨ 여ᄒᆞᆫ 이 일시에 빅지를 ᄃᆞ쇄 관령의 ᄲᅡ하 ᄂᆞ게 ᄒᆞ시
작일 헝ᄌᆞᄒᆞᆫ 즁을 보니 ᄒᆞ여 ᄒᆞ엿ᄂᆞᆫ ᄌᆞ회를 이ᄀᆞᆫ지 ᄒᆞ
ᄒᆡᄉᆞ하 ᄒᆞ니 ᄉᆞᆷ의 ᄌᆞ회ᄉᆞ 붓치 ᄑᆞ ᄒᆞ여시 ᄋᆞᆺᄉᆞ치라 구ᄑᆞ를 ᄇᆞ라

ᄌᆞᆷ을 ᄭᆡ와 ᄭᆡ여나 ᄒᆞᆫ 당이의 찻치라 관ᄭᅴ 도우ᄉᆡ 이의네
ᄌᆞ회를 ᄌᆞᆺ져 시나 붓너 가ᄂᆞᆫ ᄃᆞ우ᄂᆞᆫ ᄌᆞ심ᄒᆞ여 간즉 ᄒᆞ다ᄉᆞ
이빗 비쳐사 ᄒᆞᆫ 나ᄉᆞ나라 관ᄭᅴ ᄀᆞᄌᆞ회 ᄉᆞ즁 비를 사힉 ᄒᆞ즉
장ᄉᆞ 면 ᄒᆞ 각 회 비의 도ᄉᆡᆨ ᄒᆞ 비라 재 집의 ᄲᅡ엿다가 관ᄉᆞ의
쳐 벌지 족 납 ᄒᆞᆯ 셰의 ᄌᆞ회 갑시 ᄃᆞ 등 ᄒᆞ을 알ᄂᆞᆫ 니여 갈미
더라 이에 철ᄒᆞᆫ 울 잡아 ᄃᆞ릐 ᄌᆞ회를 다ᄉᆞ니ᄃᆞ ᄌᆞ삼 ᄒᆞᆯ 붓너 상ᄒᆞᆫ
관졸을 ᄂᆞ와 ᄌᆞᄂᆞᆫ ᄀᆞ망은 ᄌᆞ회ᄉᆞ ᄃᆞ리 ᄲᅡ쇄 인울 ᄒᆞ여 ᄌᆞ각ᄌᆞ각
ᄒᆞ쇄 ᄉᆞ셔 ᄒᆞ니 이에 일ᄒᆞᆫ 이 ᄌᆞ신병 ᄒᆞ 붓향 복ᄒᆞ더라

ᄯᅩ ᄒᆞᆫ 쇄 병ᄉᆞ 연ᄂᆞᆫ

ᄃᆞᆼ현의 ᄭᅳᆫ악ᄌᆞ이 잇더니 일〻은 ᄒᆞ ᄂᆞᆯ 은 천비 ᄯᅦ의 ᄒᆞ 회ᄒᆞ ᄃᆞᆯ
연이 ᄃᆞ려 ᄇᆞ ᄒᆞ 도 증 이에 악챠 일ᄒᆞᆫ 울 ᄲᅡ나 ᄒᆞᆫ 날어 가ᄉᆞ 도촉
가지 아니 ᄒᆞ셔 ᄂᆞᆯ ᄌᆞ이어 ᄃᆡ이너 져부를 뎌 어ᄂᆡ 곳 ᄌᆞᆨ 이완 지 ᄀᆞ
삼 일 ᄂᆞ왓ᄂᆞ 보 기ᄋᆡᆫ 이 도우ᄉᆡ 내 ᄌᆞᆨ을 ᄃᆡ부터 이곳에 셔 ᄂᆞ되
기를 어 악ᄒᆞᆫ ᄃᆞ와 이제 ᄀᆞ져 ᄒᆞ노니 ᄌᆞ식의 오ᄎᆡ 버물미
불안 ᄒᆞ여 라 ᄌᆞ인 이를 ᄂᆞ쳐 ᄭᆡ어시 불안 ᄒᆞ되오 이운 ᄌᆞ
어여 ᄌᆞᆨ 방울 ᄒᆞᆫ ᄒᆞ즉 기악이 운지 아니 ᄒᆞᄂᆞᆫ ᄲᅡ ᄒᆞᆷ 벗구를
나가 밥집의 가 밥을 ᄉᆞ 먹ᄂᆞᆫ 다시와 여쳘히 ᄒᆞ야 수일이 ᄒᆞ되
기ᄉᆞ회 ᄯᅡ ᄲᅡ ᄉᆞᆼ을 보지 못ᄒᆞ셔 지라 ᄌᆞ인이 의ᄃᆡ ᄒᆞ나 ᄌᆞ ᄒᆞ ᄲᅡᆨ
졀히 붓너 치쇄 못ᄒᆞ여너 ᄆᆞᆫ득 일인 이 ᄇᆞ를 무ᄎᆡ 쇄이 ᄲᅡ야 ᄒᆞ
ᄌᆞ회 산 ᄒᆞ라가 ᄂᆞᆯ여 일ᄉᆞᆫ 이 ᄲᅦᆺ〻ᄒᆞ야 무ᄉᆞ 셜 안 ᄉᆞᄒᆞ나 쳔 건
쳐 낭 재를 이ᄃᆡ 이 ᄒᆞᆸ ᄒᆞ 물 ᄀᆞ ᄒᆞ쇄 ᄒᆞ노이다 ᄌᆞ인 이 도우치
ᄀᆞ쳐 ᄌᆞ ᄉᆞ ᄒᆞᄉᆞ 악 ᄯᅬ ᄉᆞ 쳐 악 간 비 ᄒᆞᆯ ᄋᆞᄉᆞ 악 다 ᄒᆞ야 ᄒᆞᆸ 병 즁

[illegible]

오이평안ᄒᆞ여 변ᄒᆞ미 되미 얼인지라 기지 갈ᄒᆞ ᄒᆞ치 지샹이
ᄒᆞᄂᆞ니 쳑ᄒᆞ미 동연이 업ᄉᆞ라 기쳐 ᄒᆞᄂᆞ니 병ᄂᆞᆫ 무의ᄂᆞᆫ 가뢰
편작이ᄒᆞᆯ ᄉᆞ이라 지샹이 ᄒᆞᄂᆞ니 아니라 약ᄉᆞ의 ᄂᆞᆨ슨 어네 곳
쌍ᄒᆞᆫ 인지 ᄯᅩᄒᆞ니 직실노신 의ᄒᆞ다 ᄒᆞᆫ 인ᄒᆞ여 쟉약을 업지ᄒᆞᆯ
팍황졍 과ᄒᆞᆫ며 맥은 일ᄒᆞᆯ 넌 온ᄉᆞᄒᆞ니 수삭 ᄲᅦ 중이
일동의 난핫ᄉᆞ니 긴ᄒᆞᆫ 체 금치라 네 칙히 가ᄶᆞ자 우미ᄭᆡ ᄒᆞᄂᆞ니라
기뢰병을 밧드러 즉히 약ᄉᆞ의 가깝ᄭᅴ ᄒᆞᆯ ᄉᆞᆯ날 ᄆᆞᆯ ᄒᆞᆫ 흡ᄲᅥ
가부형 ᄒᆞᆫ치 ᄀᆞᄂᆞ히 ᄭᅩᆺ슬 셜치ᄂᆞᆫ 나려 나ᄒᆞᆯ 스치 ᄂᆡ ᄀᆞ득 졍졍
의드러와 이던 더러온 ᄆᆞᆯ을 듯ᄭᅢ라 네 엇지 망동 빈이 되리
오ᄂᆞ치여 ᄑᆞᆨ연ᄒᆡ 가고ᄒᆞ기 ᄀᆡ 각ᄒᆞᆨ기 즉ᄒᆞ리 ᄒᆞ 조민 ᄉᆞᄒᆞᆯ 말
ᄒᆞ쳐 치샹이 ᄒᆞᄂᆞ치 개결ᄒᆞ다 풍속ᄒᆡ ᄊᆡ여 산 ᄉᆞᄅᆞᆷ이 ᄒᆞ다

ᄒᆞ화 ᄒᆞᆫ ᄒᆞᄆᆞᆯ ᄭᅢ치 ᄋᆞ니 ᄒᆞ더라 이윽고 샹ᄒᆡ 미령ᄒᆞ샤 졈졈
침중ᄒᆞ시니 ᄒᆞ여 나ᄒᆞ며 ᄒᆞᆫ 황망ᄒᆞ더니 그 치샹이 그ᄯᅢ에
악뵌 ᄃᆡ 동ᄒᆞᆯ 졈ᄒᆞ지라 맛ᄎᆞᆷ 쳔일ᄒᆞ 가의 일을 감동ᄒᆞ야
드러가 진ᄒᆞᆫ ᄒᆞᆫ 탑젼의 ᄂᆞ갈ᄒᆞ치 ᄆᆞᆨ황졍 과샨이 ᄂᆞᆨ약
ᄒᆞ거ᄒᆞ운 ᄯᅩᄒᆞ나 ᄉᆞ ᄒᆞᆯ 회ᄅᆞᆯ 웅비 엽ᄂᆞ이다 ᄒᆞᆫ 인ᄒᆞ여 ᄌᆞᆯ
혀드러 진이 ᄒᆞ시지 익일에 ᄋᆞᆨ회 평복ᄒᆞ시니 샹이 더
욱 차탄ᄒᆞ샤 불셕으ᄅᆞᆯ ᄂᆞ치 맛ᄎᆞᆷ 니 엇지 ᄯᅳᆺ ᄒᆞ제라 삭
재ᄒᆞ오치 이샹이 이ᄀᆞ이라 ᄒᆞ더라 대개 의셔에 날ᄋᆞ치 ᄂᆡ모이
ᄒᆞᆫ 환ᄒᆞ미 잇ᄉᆞ니 일시 ᄀᆞ의 ᄉᆞᄇᆡᆨ 병이 미ᄒᆞ니 다ᄅᆞᄂᆞ ᄂᆞ 병ᄂᆞᆫ 인
측연은 의ᄂᆞ 탄 ᄒᆞᆫ라 진실노 ᄀᆞ연 ᄋᆞᆫᄉᆞ이 더 ᄒᆞᆫ당 ᄒᆞᆫ샤 ᄂᆞᆨ약
을 쓴 측 비ᄒᆞᆨ 상당ᄒᆞᆫ 증이 아니라도 효험이 잇거든 ᄒᆞᆫ체

봉의신이나 취ᄒᆞᆫ 각ᄒᆞᄂᆞ 다ᄉᆞᆺ 동ᄭᅴ ᄒᆞᆯ 쇠ᄒᆞ아 약을 ᄲᅮ미 공
연히 ᄉᆞᄅᆞᆷ을 ᄒᆞᆨ 이ᄒᆞᄇᆡ라 대개 이 ᄉᆞᄅᆞᆷ은 ᄆᆞᄅᆞᆫ 미라 욕 ᄒᆞᆨ귀 재실
ᄒᆞᆯ ᄇᆞᆯ아 이 약이 아니면 능히 평복ᄒᆞ시기 어려온 노ᄅᆞᆯ 짐
작 약ᄉᆞ의 셔 이 일을 칭ᄒᆞ미라

쟝가인 삭탄 박명

나엽본은 져ᄂᆞ 봉의 각쇠라 여희 쳑부터 ᄎᆞ쳘 쳐ᄒᆞᆯ 살내여
유ᄀᆞᄉᆞ쇠 혹 ᄂᆞᄒᆞ ᄀᆞᆺᄒᆞᄆᆡ 혹 우ᄂᆞᆫ ᄃᆞᆺᄒᆞ며 혹 웃ᄂᆞᆫ ᄃᆞᆺᄒᆞᆫ
ᄯᅢ 혹 혹ᄇᆞᆼᄒᆞ며 ᄇᆞᆯᄉᆞ의 형상을 ᄒᆞ며 혹 ᄇᆞᆫ미ᄒᆞ야 가인
의 태도ᄅᆞᆯ 지으니 대개 그ᄯᅢ ᄒᆞ치온 시졀을 ᄯᅡ라 각각 그 능ᄒᆞᆫ
믈뫼며 ᄒᆞ시ᄒᆞ며 ᄒᆞ뉘 다 불너 듯더니 ᄒᆞ셔니의 부뫼
ᄌᆞ리 ᄌᆞᄒᆞ랍ᄒᆞᄒᆞ야 엽본ᄂᆞᆯ 약이 일ᄯᆞᆯ이 져졉ᄒᆞ미 친
당ᄀᆞᆺ치 ᄒᆞ여 동가지의 ᄒᆞ허ᄒᆞ더라 져뎌의 ᄒᆞᆯ ᄯᆞᆯ이 잇
ᄉᆞᄂᆞ 셩품이 당청 욱ᄎᆞᆫᄒᆞᆫ 쟉식이 ᄲᅢ여나 쳔리 ᄆᆞᆨ샹현
ᄃᆞ쳘연이라 엽복이 망ᄋᆞᆫ이 어려셔 졍신이 쵸탕ᄒᆞ야 능
히 졍을 ᄯᅥᆼ치 ᄯᅳᆺᄒᆞᆫ 미양 능ᄒᆞᆯ 맛치 ᄌᆡ기며 쳥삭ᄒᆞᆫ
옹ᄎᆡ아ᄉᆞᄒᆞ더니 일ᄂᆞᆫ 옹셔되 ᄇᆞᆨ뵈졀 일을 당ᄒᆞ야 합ᄀᆡ분
ᄭᅩᆺ히 갈너 외ᄒᆞ로 ᄌᆞ동에 ᄶᅡᆨ셔 ᄀᆞᆺᄒᆞ 엽ᄒᆡ 짐 ᄀᆞᆺ더니 엽복
이 ᄉᆞᄯᅢ에 당ᄒᆞᆯ 넘어 ᄂᆞ온 약의 드러가니 기에 ᄲᅡ이 도ᄒᆞᆯ 졈
이 깁혓거ᄂᆞᆯ 엽복이 ᄀᆞ혓히 ᄂᆞ어 ᄭᅢᄉᆞᄒᆞᆯ 시러 양ᄋᆞᆫᄒᆞ기
메ᄀᆞᄒᆡ ᄒᆞᆯ나 니더나 ᄒᆞᄂᆞ ᄒᆞ네 엇던 ᄉᆞᄅᆞᆷ이ᄂᆞᆫ ᄒᆞᄂᆞ 어ᄃᆡ ᄒᆞ라
기에 다ᄉᆞᆺ ᄀᆞᄒᆞ야 ᄒᆞᆯ ᄂᆞ치 ᄂᆡ ᄇᆞ태 부ᄆᆞ의 양ᄋᆞᆨ ᄒᆞ쳥의 지ᄎᆞᆫ
ᄒᆞᆫ믈 ᄉᆡᆼ각치 아니 ᄒᆞᆫ 도ᄅᆞᆯ 롸 ᄀᆞ회의 ᄒᆡᆼᄉᆞᆯ을 ᄎᆞᄆᆞᄂᆞ ᄒᆞᆫ

고옥셩을 드ᄅᆞ니 진지 업복이 바다 ᄒᆞ오ᄃᆡ 남ᄌᆞ의 벗이 ᄒᆞᆯ기
연ᄌᆞ도라 기에 더옥 분ᄒᆞ여 ᄯᅩ ᄒᆞ여 치니 ᄆᆡ상이 상ᄒᆞ되
가족이 ᄭᅢ여 보앗ᄉᆞ되 업복이 오히려 욕을 ᄒᆞᆫᄯᅢ ᄂᆞ 기ᄅᆞᆯ 무리 ᄂᆞᆯ느
니 여ᄎᆞ의 셩문이 분히 오야 ᄒᆞᆫ ᄯᅩ 불상히 너겨 ᄃᆞ리며 부ᄅᆞᆯ ᄒᆞ되
ᄒᆞᆫ치 업복이 미ᄋᆞᆷ ᄀᆞ지 이리 일장 분ᄒᆞᆫ 말을 ᄆᆞᆺ친 후 기에 너ᄂᆞᆫ 봉을
ᄭᅳᆯ어 이 의네 칼을 ᄲᆡ쳣ᄉᆞ며 ᄭᆡᆺ을 불러가라 업복이 강앙ᄒᆞ
여 나아가라 이 일의 셔ᄅᆞ 븟비 도라오ᄂᆞᆫ 걸 업복이 문후를
세가에 셧히 잇서 ᄇᆞᆨ 봉이 ᄌᆞᆷ깐 ᄒᆞᆫ 방쇄 아미ᄅᆞᆯ 셧엇ᄉᆞ니
일치니 ᄒᆡ 착 비를 셜ᄌᆞᆼᄒᆞ야 총ᄐᆡ 가던 ᄒᆞ지라 업복이 묵니
ᄂᆞ미 ᄃᆞᆨ 나셔 ᄭᅩᆺᄒᆞ야 일봉 셔신을 가바이 남ᄌᆞ의게 보니니
ᄃᆡ개 ᄯᅩ 일의 흥휘에 ᄯᅩ히 무러 악ᄒᆞ미라 기에 ᄒᆡ연이 악 ᄀᆞᆺ치

나ᄃᆡ미 ᄒᆞᆫ치 말ᄒᆞᆯ 거ᄉᆡ ᄯᅢ 완연이 정신 잇ᄂᆞᆫ 사ᄅᆞᆷ 갓거ᄂᆞᆯ
업복이 ᄀᆞᆯ오ᄃᆡ 남ᄌᆞ의 거ᄃᆡ 엇지 이ᄅᆡ 추상 ᄀᆞᄐᆞᆫ 기에 ᄀᆞᆯ오ᄃᆡ
ᄆᆞᄋᆞᆷ 드ᄅᆞ니 오ᄂᆞᆯ 져 황의 청도ᄉᆞᄅᆞᆯ 보ᄂᆡ여 말ᄉᆞᆷᄒᆞ고 ᄒᆞ되 네
사ᄅᆞᆷ의 ᄌᆞᆯ 모ᄅᆞᄂᆞᆫ 현박ᄒᆞᆫ 물인 ᄒᆞ여 더러온 욕을 ᄲᅡ라 바칠이
이ᄯᅢ니 ᄌᆞ너 치ᄂᆞᆫ 업원이 진실노 강한지라 이졔 셔복을 도라
오ᄂᆞᆯ 기회 진 연ᄒᆞ야 졀ᄒᆞ라 ᄒᆞᄂᆞᆫ ᄉᆞ재ᄅᆞᆯ 보신 도로 내 장ᄎᆞᆺᄂᆞᆫ
타 ᄉᆞ싀ᄒᆞᆫᄃᆞ 업복이 우어 ᄀᆞᆯ오ᄃᆡ 그 ᄌᆞ 어ᄌᆞ이 잇ᄂᆞᆫ가 네 ᄒᆞᆯ
오히려 ᄉᆡ재 내 셧ᄒᆡ엿다 ᄒᆞᆫ 공ᄉᆞᆼ을 향ᄒᆞ여 연쳐 ᄌᆞ약ᄒᆞᆷ
졔ᄇᆞᆨ지 칼을 ᄲᆡ여 사ᄅᆞᆷ을 ᄎᆞ녀 평ᄉᆡᆼ도 ᄒᆞ여 사ᄅᆞᆷ의 신을
ᄇᆡᆨ져 ᄒᆡ 말ᄒᆞᄉᆡᆫ ᄂᆞᆫ ᄆᆡᆼ도ᄒᆞ야 ᄒᆡ망ᄒᆞ게 ᄒᆡ텬 ᄒᆡ망 상이ᄅᆞᆯ
져ᄉᆞᆯᄂᆞᆫ 보지 못ᄒᆞᆯ 구라 업복이 ᄒᆞ오ᄃᆡ ᄃᆡ쳐ᄂᆞᆯ ᄀᆞᆺ치 ᄆᆞᆯ니

관ᄒᆞᆫ ᄂᆞᆫ 날 기에 ᄀᆞᆯ오ᄃᆡ ᄉᆞ쳐ᄂᆞᆫ 업복이 크게 놀나ᄂᆞ 추
ᄃᆡ 남ᄌᆞ 일노 오ᄃᆡ 더 ᄒᆞᆯ 노ᄅᆞᆯ ᄒᆞ오시나 ᄃᆡᄉᆞ 재ᄅᆞᆯ 더ᄒᆞ여 추
작ᄒᆞ미라 ᄒᆞ라 일ᄂᆞᆫ 기에 새벽의 니러 ᄀᆞᆸ바ᄅᆞᆯ ᄂᆞ지 ᄆᆞᆺᄒᆞᆫᄂᆡ
주부의 ᄯᅩᄒᆞᆫ 업복을 말미암아 화ᄅᆞᆯ 면ᄒᆞᆫ 줄을 아지 못ᄒᆞ
그 후 ᄎᆞᄎᆞ히 ᄆᆞᄎᆞᆷ내 엇지 못ᄒᆞ니라 업복이 샹히 ᄌᆞ가
의 신ᄎᆔ ᄇᆞᆨ오ᄒᆞ여 이러ᄒᆞᆫ가 연유ᄅᆞᆯ 혀ᄒᆞ지 못ᄒᆞ니 ᄒᆞᆫ탄
ᄒᆞ더라

탁동션 니졉 엽셩

니ᄌᆞᆷ판의 일홈은 광덕이오 별호ᄂᆞᆫ 판방이라 일ᄌᆞᆨ 앙
병을 엇고 와 북관에 암힝ᄒᆞ니 ᄎᆞᆼ쳑 ᄀᆞᆺᄀᆞᆺᄒᆞᆫ 가ᄉᆞᆷ을
ᄀᆞ ᄒᆞᆫ쳑 가 ᄀᆞ졍의 잠ᄀᆞᄅᆞᆯ ᄂᆡᆷ감ᄒᆞ여 ᄇᆡᆨ셩의 제 ᄆᆞ음 처듯

ᄒᆞ더니 장ᄎᆞᆺ 함흥의 니ᄅᆞ러 장ᄒᆡᄅᆞᆯ 드러 넘ᄌᆞ려 ᄒᆞ여 ᄎᆞᆷ차
ᄎᆞ안을 더ᄒᆞ더 져 물게 ᄎᆡᆼᄇᆞ예 드러가니 만 청인만 이 장황
보혼ᄒᆞ여 ᄒᆞᆫ오히 ᄎᆞ의 장ᄎᆞᆺ 니ᄅᆞ라 ᄒᆞ거ᄂᆞᆯ 니공이 의아ᄒᆞ
여 ᄒᆞᄋᆞᄃᆡ 일도의 ᄃᆞᄎᆞᆷ 힝ᄒᆞ되 ᄇᆞᆯ셔 ᄋᆞ채 업ᄃᆡ니 이졔 이
ᄃᆡ ᄎᆞᆺ 될 ᄯᅡᆯ ᄒᆞ니 혹 ᄎᆞᆼ안의 누설ᄒᆞ미가 의심ᄒᆞᆯ 도ᄅᆞᆯ 졍ᄇᆞᆺ
러 나와 ᄆᆞᄅᆞᆫ 족ᄎᆞᆫ을 ᄒᆞᆯ갈ᄒᆞ되 ᄯᅩ지 엽ᄒᆞ지라 ᄌᆞ일ᄒᆞ 다시
청ᄇᆞ예 드러가 미ᄋᆞᆷᄒᆞᆯ 도ᄒᆞ야 공ᄉᆞᄅᆞᆯ 판결ᄒᆞᆫ ᄯᅩ 유니
ᄒᆞ여 ᄇᆞ니 ᄀᆞᆯ오ᄃᆡ 너의 ᄇᆞ의 엇지 향일의 나의 ᄉᆞᆯ을 ᄆᆞᆺ엇ᄂᆞ
뇨 ᄆᆞᆯ니 엇ᄌᆞ오ᄃᆡ ᄆᆞᆫ쳥이 화텬ᄒᆞ니 어나 사ᄅᆞᆷ의 입에셔 ᄂᆞᆫ
져ᄂᆞᆫ 줄 아지 못ᄒᆞᄂᆞ이다 니공이 ᄆᆡᆼᄒᆞ여 ᄀᆞᆯ오ᄃᆡ ᄆᆞᆯ ᄀᆞ흰을
긔ᄒᆡ 드리라 ᄒᆞ니 ᄆᆞᆯ니 와 ᄒᆞᆫ참ᄒᆞᆫ 후 ᄎᆞᆯ세 가ᄐᆡᆨ의 창거

ᄒᆞ미라 ᄃᆞ니라 ᄌᆞ실상을 말ᄒᆞᆫ지 니 공이 가션으로 ᄒᆞ여곰 보내여 암
회ᄒᆞ여 친히 ᄀᆞ리 ᄒᆞ오시 네게 오샹 보ᄂᆡᆫ ᄉᆡ나 엇지 능히 ᄉᆞ쳥
을 본 연ᄒᆞᆫ ᄂᆞᆫ 디 ᄒᆞ며 ᄒᆞ오시 친이 녀졉 이 일ᄀᆞ의 잇ᄉᆞᆸ더니
평일에 우연이 ᄌᆞ장을 밀치고 본즉 ᄌᆞ필인이 길ᄉᆞ의 명자
ᄒᆞ매 ᄒᆞᆫ 길인은 옷시 비록 ᄉᆡ 옷ᄃᆞ나 두 손이 ᄒᆞ디 ᄒᆞ는 구ᄅᆞᆯ
ᄉᆞ소ᄅᆞᆯ ᄒᆞᆫ나 ᄃᆞ의 심 ᄒᆞ치 러ᄒᆞᆷ에 ᄒᆞᆫ 물 ᄒᆞᆫ 자는 ᄎᆞᆨᄎᆞᆨ이 ᄒᆞᆨ
ᄒᆞᆯ 실을 ᄒᆞ시 이ᄂᆞᆯ 멋지 저ᄒᆞ고 ᄀᆞᆫ 조심 본 ㅇ후 ᄒᆞᆯ ᄌᆞ유의
ᄀᆞ실인이 옷ᄒᆞᆯ 풀 나ᄅᆞᆯ 잡은 후 ᄌᆞᄒᆞ셥을 ᄎᆡ 젹히 길인
이 밧ᄃᆞ러 남희ᄂᆞᆫ 거둥이 공 ᄎᆞᆯᄒᆞ야 겸ᄎᆞᆼ이 ᄎᆔ인의 ᄉᆡ ᄒᆞᆷ과
ᄀᆞᆺ ᄒᆞ도ᄅᆞᆯ 그 ᄒᆞᆺ의 심ᄉᆞᄅᆞᆯ ᄒᆞ 본 ᄆᆡᆼ이 알고 가 인의 게 ᄀᆞ ᄒᆞᆫ ᄒᆞ엿
ᄃᆡ니 경식의 ᄀᆞ련 ᄒᆞᆯ 쳔ᄒᆞ야 일졀이 본 ᄂᆞᆫ ᄒᆞ미 ᄆᆡ니 ᄅᆞᆺ던

텬졍이 샹개ᄒᆞ야 ᄒᆞ야 졔ᄉᆞᆯ 용ᄆᆡᆼ의 젼ᄃᆞ후 ᄒᆞᆯ ᄉᆞᄅᆞᆯ 우ᄃᆡ기
ᄒᆞᆯ 오히니 기ᄯᅴ ᄯᅴ양 ᄆᆞᆰ은ᄒᆞᆫ다 ᄇᆞᆰ은 ᄉᆞᆷ의 공 ᄒᆞᆫ 뫼 ᄒᆞ야
ᄒᆞ며 셕 뫼오며 쳥ᄋᆞᆫ이 노ᄒᆞᆫ ᄒᆞ여 ᄇᆡᆨᄒᆞᆨ이 ᄇᆡᆨ공의 ᄋᆞᆯ
황망이 ᄌᆞᄌᆞ의 ᄂᆞ리 흠 ᄎᆞᄌᆞ니 공이 뫼ᄒᆞ야 는 물을 나ᄂᆡ
옷깃 ᄒᆞ 쳑실 일ᄎᆞᆯᄋᆞᆯ 우ᄃᆡ허 ᄒᆞ오치
항ᄒᆞᆫ 녀협 ᄆᆞᄌᆞ하 항ᄒᆞᆫ의 녀협에 개ᄃᆡ 예장 ᄒᆞ실은
뫼아고가 ᄇᆡᆼᄒᆞᆯᄉᆞ 발ᄒᆞ치 ᄒᆞ야 ᄂᆞᆸ히 ᄇᆡᆼᄒᆞᆯᄉᆞᆯ ᄂᆞ치 ᄒᆞᆫᄃᆞ
쟝ᄉᆞ ᄒᆞᆫᄉᆡ ᄉᆞᆯᄂᆞ니 읍ᄃᆞᄆᆡ ᄒᆞᆫ시 ᄉᆞᆯᄉᆡ의 나ᄅᆞ미
ᄒᆞ신 쳥ᄂᆞ 마항ᄎᆡ ᄒᆞᆯᄉᆞᆼ의 말은 ᄂᆞᆫ 물이 열 ᄆᆞᆺᄒᆞᆯ 기드엿ᄃᆞ라
일ᄋᆞᆫ 공이 시ᄅᆞᆯ 닙어 쟝ᄎᆞ 도라 ᄒᆞᆫ시 비ᄅᆞᆫ ᄀᆞ쳔 ᄒᆞ믈 어드니
공의 ᄃᆡ학ᄒᆞᆷ과 가셥의 졍ᄅᆞᆯ ᄀᆞ히 알니라 공이 ᄒᆞ오ᄂᆞᆫ

이라 나공이 구녕으ᄒᆞᆫ 물 심히 러이 히니 여 심히 ᄉᆞ랑 ᄒᆞ더니
밋ᄃᆞ라 ᄋᆞᆯ쇠 일ᄒᆞᆨ시ᄅᆞᆯ 지어 ᄎᆞ니 가셥이 ᄉᆡᆼ공의 ᄀᆡ수와 공
화ᄅᆞᆯ 단복 ᄒᆞᆫ 탁신 ᄒᆞᆯ ᄉᆡᆨ을 주어 년 광이 ᄂᆞ팔의 보히ᄃᆡ
비흥을 쳑 희여 공의 말을 기록 ᄒᆞᆫ 품을 다 ᄒᆞᆫ의 게 히 치 아니
ᄒᆞᆫ 불 ᄉᆡᆼ 케 ᄒᆞ니 공 은 실 샹 알 시 ᄭᅩᆺ ᄒᆞ 러 다 ᄀᆞᄒᆞ시 공이 일에
좌히 ᄒᆞ야 부 ᄅᆞᆫ에 잠비 ᄒᆞ며 ᄒᆞ니 비의 집에 ᄎᆞᆺ 인 ᄒᆞ니 가셥이
ᄒᆞᄒᆞ와 ᄆᆡ시며 ᄃᆞᆨ셕을 게 을 ᄂᆞ치 아니 ᄒᆞ니 공이 ᄉᆡᆼ구치 쳥을
감 ᄎᆞᆼ ᄒᆞ나 ᄭᅮᆷ이 ᄌᆡ ᄃᆞᆼ에 잇ᄉᆞ며 녀ᄉᆡᆨ을 ᄯᅥᆺ 가이 ᄭᅩᆺ ᄒᆞ리라 ᄒᆞᆫ
야 ᄃᆡ부터 잇ᄉᆞ치 ᄉᆞ오연 이ᄒᆞ치 일즉 아닙일 ᄒᆞ미 업ᄉᆞ니 가션
이 ᄃᆡ목 공의 뫼의와 도란을 ᄒᆞᆫ ᄒᆞ더라 공이 가션ᄃᆞ려
일즉 젹인 ᄒᆞ믈 쳔 ᄒᆞ치 ᄃᆡᄉᆞ ᄒᆞᆫ ᄃᆞᆺ 지 아니 ᄒᆞ니라 가셥의

야 ᄒᆞ오시 니의 ᄒᆡᆼ ᄒᆞ니 젹일 ᄒᆞ엿ᄉᆞ니 비록 너와 ᄒᆞ가지ᄅᆞᆯ
가ᄒᆞ쇠 시부나 ᄉᆞ 나히신 ᄋᆞ명이 오히지 아니 ᄒᆞ며 기ᄋᆞᆯ 후
기의 시ᄅᆞ미 ᄂᆡ ᄎᆞᆷ아 ᄒᆞ치 ᄭᅩᆺ ᄒᆞᆯ 히다 녀 나의 도라 가ᄒᆞ니 너ᄅᆞᆯ
ᄃᆞᄅᆡ 울 거시나 ᄌᆞᆨ곰 ᄃᆡ 히 불 ᄒᆞᆫ 치 ᄯᅩᆨ나 가셥이 ᄀᆞᆺ부ᄅᆞᆫ 미 가의
ᄉᆡ여 개 연이 응낙 ᄒᆞ니라 공이 도라 오치 오ᄒᆡ치 아녀 병을 인
ᄒᆞ여 ᄎᆡ샹을 ᄇᆞ리니 가셥이 ᄒᆞᆼ음을 듯고 졔 졀을 베드려 일장
통곡 ᄒᆞ고 ᄌᆞ결 ᄒᆞ니 인 ᄒᆞ야 길ᄉᆞ의 쟝ᄉᆞ ᄒᆞ니라 그 후 영
쳥 조 ᄇᆞᆨ 문 ᄎᆔ 북 관 을 안 ᄒᆞᆯ ᄉᆡ 가셥의 무덤을 ᄎᆞ치 니 나
가그 비에 뫼ᄒᆞ오지 항ᄒᆞᆫ 녀협 가셥 지뫼라 ᄒᆞ니라

혜ᄒᆞ더니 매졍친 ᄒᆞ나 방즁 가가의 ᄒᆞᆫ 사ᄅᆞᆷ이 ᄒᆞ니 ᄒᆞ니 인ᄂᆞᆫ
여압히 갓가이 ᄒᆞ서 ᄒᆞᆫ 사치 네엽 ᄒᆞᆫ 때 무엇시 보지 ᄒᆞ니ᄂᆞᆯ
모치막 간젼화 ᄒᆞᆫ 가지ᄂᆞᆫ 팔보와 잔ᄉᆞ ᄒᆞ와 키졀을 변ᄒᆞᆫᄂᆞᆫ
여서를 ᄯᅥᆨ하 나를 취ᄒᆞᄂᆞ 이라 창졍이 김히 막히 하엿
오부터 졀ᄒᆞᆫ이 빗난의 빗타 ᄌᆞᄒᆞᆫ 유ᄉᆞ에 장ᄒᆞ여 ᄒᆞᆫ일도아
나ᄒᆞ서ᄂᆞᆯ 비ᄌᆞᆯ 오쇠 사ᄅᆞᆷ이 셰상의 나ᄂᆞ 각각 엽이 엇거ᄂᆞᆯ
낭의 포식 ᄒᆞᄂᆞᆫ ᄒᆞᄂᆞᆯ일이 업ᄉᆞᆫ 엇지 ᄉᆡᆼ도ᄅᆞᆯ 어두히오 ᄯᅥᆯ
ᄒᆞᆫ이 ᄒᆞᆯ노쇠 만일 보ᄒᆞ리 ᄒᆞ야 재셩코져 ᄒᆞᆫ진ᄃᆡ 누ᄅᆞᆯ 미십ᄂᆞ
운ᄌᆞᄅᆞᆯ 어더야 이ᄯᆡ 가ᄒᆞ니라 비리ᄒᆞᆫ 노쇠 내 그히ᄅᆞᆯ 위ᄒᆞ여 ᄎᆞ
쳔ᄒᆞ더라 ᄒᆞᄂᆞᆫ 인ᄒᆞ여 듣ᄂᆞᆫ ᄇᆞᆯ라 대부인이 ᄌᆞ망ᄉᆞᆫ 말ᄒᆞᆫ ᄒᆞᆫ섭
녹은 낙ᄉᆞᆫ 쳥ᄒᆞ지 내 보인이 함쳥 히게 누ᄂᆞ 하 말ᄒᆞ여 참쳔

ᄒᆞ여 가더니 갈의 큰 다리 잇ᄂᆞᆫ 다리 아쇠 셜너 ᄒᆞᆯ ᄉᆞ쇠 엇거
ᄂᆞᆯ 깁흔 밤 너른 ᄃᆞᆯ의 인젹을 의지ᄒᆞ야 달 거느려 다녀
아래 ᄌᆞᆯ 구버 보ᄂᆞᆫ ᄒᆞᆫ 노용다 ᄒᆞᆫ 노리 벌셔 벗ᄂᆞ 굽은 곳
ᄉᆞᆯ 미쳐 ᄒᆞ다가 사ᄅᆞᆷ의 ᄌᆞ시 ᄒᆞᆯ 물 븟고 이 손을 ᄂᆞᆯ이 저가사
울 갈이 거ᄂᆞᆯ 졀ᄒᆞᆫ이 그 형상을 가ᄌᆞᆫ히 너쳐 그 노용을 단히오
희불너 나야 대션 ᄉᆞ의 두 엇든 ᄉᆞᆷ의 복을 다ᄂᆞ여 ᄌᆞᆯ쳐 보옹
보위 복복 치사 ᄒᆞᄂᆞᆫ 우ᄒᆞᆫ 두ᄂᆞ 재변 ᄒᆞᆫ 가ᄂᆞᆯ ᄀᆞᆺ치며 ᄁᆞ지ᄂᆞᆯ
이 가 블근 형 ᄒᆞᆫ 거ᄂᆞᆯ ᄒᆞᆫ 가지ᄂᆞᆫ 집의 두ᄂᆞ 간ᄌᆞ ᄉᆞ간 두 부이
져 오ᄂᆞᆫ 우ᄅᆞᆯ 가히 엇더라 낙ᄂᆞᆯ 맛거 ᄯᅢᄂᆞᆫ 실용의 ᄃᆞᆯ어가니
노은 모 뫼 본즉히 날ᄲᅡᆫ 그 쳐ᄅᆞᆯ 판비ᄒᆞ여 지쳡 ᄒᆞᆫ 가ᄂᆞᆯ 모시
ᄒᆞᆫ후 혈ᄌᆞᆨ ᄒᆞᆫ서 낙침ᄂᆞᆫ 쳥ᄒᆞᆫ히 노부 아석 가치 사이의

이원 당의 ᄯᅳᆺ을 숭ᄒᆞᆷ ᄒᆞ여 음ᄉᆞᆨ ᄒᆞ거ᄂᆞᆯ 두치여 음울 너며
다가 ᄌᆞᆯ치 졀ᄒᆞᆫ이 주은 ᄂᆞᆯ 팔아 돈을 가지ᄂᆞᆫ 광안 당의 의딘
에가 잠간 넙엇다가 버슨 의복을 도ᄒᆞ야 죵ᄌᆞ거ᄂᆞ 에ᄇᆡ
아ᄂᆞ고 평일 ᄒᆞᆫ 가지ᄂᆞᆯ 개길 ᄒᆞᄂᆞᆫ 동ᄌᆞᄅᆞᆯ 단속와의 복을
다남 히ᄂᆞᆫ ᄉᆞ상 모의 셜인을 ᄉᆞ한 남여 ᄒᆞᄂᆞᆫ 쳔ᄉᆞ치라 남의
ᄆᆡᄉᆞ ᄌᆞᆯ과 ᄉᆡᆼ향의 ᄌᆞ쇠 개길 ᄒᆞᄂᆞᆫ ᄌᆞᄅᆞᆯ 차ᄌᆞ ᄒᆞ나 낙ᄂᆞ
엽시 다남 편도의 구슴은 의복을 ᄂᆞᆯ개 샹니ᄂᆞᆫ 사ᄅᆞᆷ의 세지여
팔ᄌᆞᄅᆞᆯ 도라 나니며 보ᄀᆞᆸ ᄒᆞᆫ다 산일 졀ᄲᅡ와 ᄉᆞ습 의복이
남울지하 이에 대션 ᄉᆞ의 너희 ᄂᆞᆯ등의 ᄉᆡᆼᄂᆞᆫ 힝ᄒᆞ니 ᄉᆡ보 ᄎᆞᆷ
등취다 개인 ᄂᆞᆯ이 샹의 ᄂᆞᆯ은 말ᄂᆞᆫ 안개 ᄂᆞᆯ에 빗것 노치ᄉᆞ
일나 형님 ᄭᅡᆷ야 그 ᄒᆞᆫ 언이 엽ᄉᆞᆫ 지라 낙ᄂᆞᆯ 부라 길을 지ᄒᆞᆨ

ᄃᆞᆯ난 ᄒᆞᆫ ᄉᆞᄅᆞᆯ 나셔 ᄌᆞᆯ어 ᄂᆞᆯ 오쇠 가히 일ᄂᆞᆯ 버셔 ᄒᆞ라
졀ᄒᆞᆫ이 ᄲᅡᆫ다 ᄆᆡᄂᆞᆫ ᄌᆞ 엇히니 어ᄌᆞ 오구ᄒᆞ쇠 돕ᄉᆞᄅᆞᆯ ᄲᅡ쳐
즉 ᄌᆞᆷ셕 도ᄋᆞ나 오ᄂᆞᆫ 복도 ᄋᆞ나라 ᄌᆞ셰히 어ᄌᆞ ᄲᅡ치뎌 알갈
이 업더니 ᄒᆞᆫ연 ᄭᅩᆺ 밧거 원화 ᄒᆞᆫ ᄉᆞ쇠 심히 위어 ᄂᆞ이
잇셔 키재 ᄭᅩᆫ의 ᄂᆞᆷ ᄒᆞᆷ ᄀᆞᆺ더니 아이오 ᄒᆞᆫ 츠셔 녕ᄂᆞᆯ 용ᄒᆞᆫ
여ᄌᆞᄅᆞᆯ 잘 취코져 ᄒᆞ거ᄂᆞᆯ 졀ᄒᆞᆫ이 ᄒᆞᆯ노쇠 이ᄂᆞᆯ 나의
허ᄊᆡ ᄒᆞ매니 ᄌᆞ지 ᄀᆞᆺ ᄒᆞᆫᄂᆞ다 ᄉᆞᄌᆞᆯ이 나여 ᄃᆞᆯ어와 궁갈
ᄒᆞᆯ ᄉᆞ억 잘라 쇄ᄒᆞ쇠 졀ᄒᆞᆫ이 일ᄒᆡᆼ 구지 막우니 거
ᄌᆞᆨᄒᆞᆫ의 키ᄒᆞᆫ이 ᄒᆞᆼ도 복치ᄅᆞᆯ 품ᄂᆞᆫ ᄉᆞᄅᆞᆷ에 와 ᄉᆞ치져 ᄂᆞᆯ오
지에 엇지 이 포ᄌᆞᄅᆞᆯ 어더 이ᄀᆞᆺ치 지원ᄒᆞᆫ ᄉᆞᆫ다 졀ᄒᆞᆫ
이 ᄒᆞᆯ노쇠 이되니 ᄂᆞᆷ의 ᄃᆞᆯ 엇ᄉᆞ니 이에 가비야이 ᄒᆡ치 ᄀᆞᆺ

ᄒᆞ엿시나 실노 ᄲᆞ른 범ᄋᆞᆺ 무ᄅᆞᆯ ᄎᆞ라 키셔 ᄒᆞᆫ치 이ᄉᆞ
식화 ᄒᆞᆫ 부비라 ᄆᆞᆯ일 혹 터진 곳 파부셔 친은 ᄋᆞᆯ 그ᄆᆞᆫ
지니고 흔들 즉 경식의 운ᄒᆞ이 ᄑᆞᆷ 안의 차ᄂᆞ니 네 ᄆᆞᆫ지시
삼년 후의 동작 지에 다치ᄂᆞᆫ 라인을 ᄒᆞ여 즁 약세 ᄆᆞᆺ나
철합이 그세 가서 ᄒᆞᆫ번 ᄉᆞ쥐 ᄒᆞ니 이예 진상 일용이라 낫이
새ᄂᆞᆫ 쳐 ᄒᆞ거ᄂᆞᆯ 봉의 부 뷔이되 나니 즈ᄆᆞᆫ ᄒᆞᆫ츌 ᄒᆞ니 철합이
녀의 ᄆᆞᆯ ᄒᆞ여 ᄑᆞᆷ즈를 ᄆᆞᆺ다가 ᄒᆞᆫ치 ᄂᆞᆷ이 ᄆᆞᆺ되 ᄆᆞᆺ 믈니쳐
ᄒᆞᆯᄂᆞ쳐 이기시 ᄒᆞᆫ 존ᄃᆞ ᄆᆞᆺ치 아니 ᄒᆞ시ᄂᆞᆯ 엇지 ᄒᆞᆯᄂᆞᆫ와 ᄆᆞᆺᄂᆞ
되오 철합이 ᄯᅩ 옷ᄉᆞᆯ 버서 벽의 걸고 ᄂᆞ용 ᄃᆞ 버슨 헛 옷ᄉᆞᆯ
ᄀᆞᆺ ᄒᆞ야 님ᄃᆞ ᄀᆞᆯ을 ᄇᆞᆫ 뎍의 ᄆᆞ드 ᄑᆞᆷ즈를 집자 ᄇᆡ예 ᄇᆞᆺ내
ᄃᆞᄂᆞᆫ 놈 ᄋᆞᆷᄉᆞ 식 ᄒᆞᆫ 흰 ᄂᆞ의 갈식 ᄒᆞ니 ᄆᆞᆺ연 이 ᄎᆡᆨ일 평상

이라 쳔석을 가한 ᄒᆞ야 여러 날 ᄆᆞᆫ에 경성의 드러 참판 쳥
의 집을 ᄎᆞᄌᆞ 나아 ᄂᆞᆺ셔 ᄇᆞᆯ드 ᄉᆡᆼ각 ᄒᆞ지 져 일 ᄑᆞᆫ의 날쇠
쳔ᄒᆞ의 복이 ᄒᆞ니 ᄒᆞᆫ일 ᄃᆞ라 ᄂᆞᆯ쇠 ᄒᆞᆫ츌 ᄇᆡᆨ셜이라 ᄀᆡᆫ 문에 이
르ᄒᆞ미 잇ᄉᆞᆸᄂᆞ니 아ᄌᆞᆨ이 경계를 기ᄃᆞ려 인ᄌᆞᆨ이고로 ᄒᆞ옵ᄂᆞ
ᄒᆞ야 ᄀᆞ ᄆᆞᆺ이 드러가 미 ᄇᆞᆯ망 ᄒᆞ라 ᄒᆞᆫ 이에 분ᄒᆞᆫ즉 ᄉᆞ의 ᄂᆞᆷ
와 애석 이혼 후 ᄒᆞ여를 기ᄃᆞ려 별 ᄆᆞᆯ산 그 집의 드러 간즉
최 ᄉᆞᆼ준이 ᄇᆞᆫ ᄆᆞᆫ 닷치인 방문을 ᄌᆞᆷ간 ᄂᆞ지라 철합이 어둑
ᄒᆞᆫ 구석의 ᄯᅥ ᄂᆞᆯ ᄒᆞ오 이 치ᄂᆞᆫ 그 거슬 ᄌᆞᆷ셔 그 ᄆᆞᆺ이 ᄌᆞᆷ드니 마
이ᄂᆞ 비치 아닌 ᄂᆞᄅᆞ 와 지시를 ᄆᆞᆺ친 드러 누어 혹 치ᄆᆞᆯ 노ᄅᆞᆫ
우지 그 일로 경쳔이 ᄆᆞᆯ셔 나 된 ᄂᆞᆷ 그의 ᄉᆞ식 이ᄆᆞᆼ연 ᄒᆞ니
ᄂᆡ 그릇 사ᄂᆞᆫ 놀 보ᄂᆞᆺ 졉ᄉᆞ 지ᄌᆞ의 져 ᄇᆞᆺ ᄉᆞ나 ᄒᆞᆫ ᄆᆞᆯ 그릇 보앗스

ᄯᅡ장 찻 ᄋᆞᆺ치 ᄒᆞ되오 철합이 ᄆᆞᆺ 히기 짐 ᄒᆞᆫ치 비져 ᄂᆞᆫ 나ᄂᆞᆫ
오치 키고 ᄒᆞᆯᄂᆞ쳐 내ᄒᆞ라 ᄒᆞᆯᄂᆞ쳐 어디 갓다가 왓ᄂᆞ뇨 ᄒᆞᆯᄂᆞ쳐 ᄂᆞᆫ 열
고 믈 져 ᄒᆞ라 이예 그 집을 ᄂᆞᆺᄂᆞᆫ 방즁에 드러가 혹 ᄌᆞᆷ의 쳐ᄅᆞᆯ
지ᄒᆞᆫ즉 ᄒᆞᆫ쥐 ᄒᆞᆫ봉 부와 ᄂᆞᆷ누 ᄒᆞᆫ의 복이 져일에 비거 되ᄌᆞᆨ
챵 ᄒᆞ미 비나 ᄒᆞᆫ치라 비져 ᄇᆞᆨ이 ᄲᅦ여 ᄂᆞᆯ 준의 나 ᄉᆞ셕 ᄆᆞᆫ을
나 ᄋᆞᆺ ᄋᆞᆫ이 ᄂᆞᆫ ᄒᆞᆫ지 ᄒᆞᆫ취 ᄒᆞ니 새 ᄲᅧ 북이 ᄂᆞᆯ녀 비져 철합을 ᄭᅫ
와 여 안경 보를 ᄆᆞᆺ에 ᄆᆞᆺ ᄒᆞᆫ지 ᄒᆞᆯ ᄒᆞᆫ방 ᄒᆞ야 은일 ᄒᆞᆫ 죄를
ᄆᆞᆫ 크게 ᄒᆞᆫ치 철합이 ᄒᆞᆯᄂᆞ쳐 내 ᄉᆡᆼ상을 ᄃᆞᆫ ᄒᆞᆫ ᄒᆞ야 되 죄를
어 ᄒᆞᆫ치 어덩 엇지 쳐ᄅᆞᆫ ᄃᆞ방 ᄒᆞ야 화 ᄒᆞᆯ되 ᄋᆞᆫ되오 비져 ᄂᆞᆫ ᄒᆞ야
ᄒᆞᆯᄂᆞ쳐 구ᄒᆡᄂᆞᆫ ᄒᆞ이 일쳐ᄅᆞᆯ 보천치 ᄂᆞᆺ ᄒᆞᆫ ᄃᆞ ᄒᆞᆯ쳐 큰 ᄆᆞᆯ을 ᄒᆞᆫ 후
엇지 날 ᄂᆞ ᄆᆞᆺ티 ᄋᆞᆸ아 그 죄를 관계 ᄒᆞ리오 ᄆᆞᆺ지 ᄂᆞᆺ ᄒᆞ여야 거

ᄎᆞᆯ ᄒᆞ미 어ᄂᆞᆯ ᄂᆞ하쳐 장부의 일을 ᄒᆞ여 ᄒᆞᄂᆞ냐 철합이
ᄒᆞᆯᄂᆞ쳐 낭자 ᄆᆞᆺ일 ᄒᆡᆼ의 죽ᄒᆞᆫ 천지에 ᄎᆞᆷ정리 알외려 ᄒᆞ
엿ᄂᆞᆫ 말 ᄒᆞ세 ᄒᆞ되라 비져 ᄒᆞᆫ일 엄셔 약을 드려 가시ᄂᆞᆯ 철
합이 ᄂᆞ베 ᄑᆞᆷ즈를 ᄂᆡ야 ᄉᆞᆷ의 ᄃᆞᆯ은 ᄯᅡ각을 낭ᄌᆞ 상즁의
셔 ᄒᆡ여 너야 그ᄂᆞᆫ 쳐 ᄂᆞᆺ와ᄃᆞ ᄆᆞᆺ이 ᄒᆞᆫ왓 ᄒᆞᆫ 흔들즉 ᄑᆞᆷ즈
ᄅᆞᆯ 분즉 ᄇᆡᆨ쳘 ᄀᆞᆺ ᄒᆞᆫ운 이ᄂᆞᆫ즉 ᄒᆞ엿거ᄂᆞᆯ 방ᄌᆞ 셕의 ᄆᆞᆺ라ᄂᆞ
고 흔ᄃᆞᆯ ᄉᆞ흔ᄃᆞᆯ 어 ᄲᆞ든 우회 ᄉᆞ ᄲᆞᄂᆞᆫ ᄒᆞ니 좌ᄎᆞᆫ산이의 집 라가
ᄎᆞᄆᆡᆫ ᄒᆞ시ᄂᆞᆯ 비ᄉᆞ 서ᄅᆞᆫ 부ᄒᆞ여 ᄒᆞᆫ머 개를 ᄂᆞᆸ히 ᄒᆞᆫ ᄌᆞ으
니 나 비져 ᄂᆞᆺ자의 나와 ᄒᆞᆫ연 ᄭᅮᆷ이 시방의 그득 ᄒᆞ엿ᄃᆞ니
아 ᄒᆞ야 보를 드지ᄂᆞᆫ 봉즉 ᄃᆞ빗 ᄂᆞᆷ이 ᄆᆞᆺ이 이를 주ᄉᆞᆫ
ᄭᅩᆺ치 ᄒᆞ엿ᄉᆞ니 그 ᄆᆡᆺ쳔 ᄃᆞ를 ᄆᆞᆺ치 ᄭᅩᆺ ᄒᆞ여라 ᄂᆞᆫ 나ᄂᆞᆫ 것 블

ᄆᆞᄋᆞᆷ이 놀나 동ᄒᆞ엿ᄂᆞᆫ 입이 ᄯᅢᆨᄯᅢᆨᄒᆞ여 겨우 졍신을 ᄎᆞᆯ혀
보니 ᄎᆞ물이 어ᄃᆡ로 조ᄎᆞ 낫ᄂᆞᆫ지 뎔ᄒᆞᆫ이 보이지 ᄋᆞᆫᄋᆞᆫᄒᆞ나
녀ᄌᆡ 엇지 쟝부의 ᄌᆞ식을 알니오 ᄒᆞ여 ᄆᆞᄋᆞᆷ을 쳐여셔
ᄀᆞ희 ᄒᆞᆫᄋᆞᆯ 날셔 기ᄅᆞᆯ 기ᄃᆞ려 셔긋ᄂᆞᆫ 살아 입ᄂᆞᆫ 졍 졍ᄭᅴ뢰
ᄒᆞ니 ᄎᆞᆷ졍이 되ᄋᆞᆷ에 가득ᄒᆞᆫ 져ᄌᆞ ᄒᆞ믄 ᄂᆞᆫᄒᆞ다 뎔ᄒᆞᆫ ᄒᆞᄌᆞ
어러니 ᄒᆞ바 나 ᄒᆞᆫ ᄒᆞᆫ 평영이 입ᄉᆞ며 ᄆᆞᄋᆞᆷ의 실히 ᄋᆞᆫ혹ᄒᆞᆫ
더니 문득 작ᄇᆡᆨ의 ᄒᆞ결에 이 뎔ᄒᆞᆫ의 낭ᄌᆞ ᄒᆞ야 ᄃᆞ다와 ᄀᆞᆯ오ᄃᆡ
ᄂᆞᆫ 쳠쳥ᄭᅴ ᄌᆞᆸ고 ᄒᆞ니 쳠쳥이 악연ᄒᆞ야 밧비 ᄌᆞᆸ을 ᄯᅴ야
뭇ᄌᆞᆸᄂᆞᆫ 다ᄒᆞ 뎔ᄒᆞᆫ이 ᄌᆞᆷᄭᆞᆫ의 ᄌᆞ족을 지엿ᄂᆞᆫ ᄒᆞᄂᆞᆫ 보ᄂᆞᆫ 곱ᄒᆡ오
ᄅᆞ되 네 ᄒᆞ나 ᄒᆞᆯ 여의 ᄀᆞ ᄒᆞ엿ᄂᆞ냐 뎔ᄒᆞᆫ이 보ᄋᆞ되 감ᄒᆞ도
우시ᄂᆞᆫ 힘 ᄂᆡ ᄉᆞ와 득ᄒᆞ니 ᄒᆞ며 ᄀᆞ며 ᄒᆞᄂᆞ니 쳥커 되 이 길욱은

울드려 ᄃᆞ보지 니ᄅᆞᆯ 죵ᄂᆞ ᄒᆞ여 지엿다 쳠쳥이 보ᄋᆞ되 내엇
지니 ᄌᆞ졍ᄅᆞᆯ 바드리오 다만 분을 잇ᄂᆞᆫ 가ᄂᆞᆫ 다시 원뎔치 맛나 뎔ᄒᆞᆫ
이 보ᄋᆞ되 ᄉᆞ양이 ᄌᆞ욱을 치언뎡 니ᄎᆞᆯ 가히 드리지 아니ᄒᆞ치 ᄒᆞ엿ᄂᆞᆫ
되 ᄇᆞᄉᆞ어 가인 ᄒᆞ여 울ᄂᆞ여 ᄉᆞ히 ᄃᆞ되니 빗치 ᄌᆞ이 바ᄅᆡᄂᆞᆫ 가
히 ᄉᆞᆯ신셥 ᄃᆡ되 ᄉᆞᆫ지라 쳠쳥이 보ᄋᆞ되 ᄉᆞᆷᄉᆞᆨ이라 ᄃᆡ음 ᄋᆞᆫᄋᆡᆼ
ᄒᆞ라가 ᄒᆞᆫ번 ᄒᆡ 바드니 비져 ᄉᆞᆫ셥ᄂᆞᆫ ᄅᆞᆯ ᄃᆡ보인 되드니 졍
울 ᄒᆞ도 ᄒᆞᆫ ᄉᆞᆫᄉᆞᆸ ᄂᆞᆯ 떠 ᄀᆞᆯᄂᆞᆫ ᄇᆞ인ᄭᅴ 낭ᄒᆡ 드리ᄂᆞᆫ 기여 견
흉과 비복 비ᄅᆞᆯ 다 ᄋᆞᆷᄉᆞ이 낫ᄋᆞᆫᄒᆞ니 거ᄉᆡ 고ᄆᆞ이 너기ᄂᆞᆫ 정
ᄉᆡ ᄒᆞᆫ ᄆᆞᆯ ᄂᆞ ᄌᆞ지 아니ᄒᆞ더라 쳠쳥이 ᄉᆡᆨ뎍에 경인의 ᄀᆞᆨᄉᆞᄅᆞᆯ 셔ᄂᆡ
ᄒᆞ라 ᄒᆞᆫ 낭ᄌᆡ 고ᄒᆞ여 보ᄋᆞ되 ᄒᆞ 경이 비ᄌᆞᄅᆞᆯ ᄉᆡᄅᆡ ᄒᆞᆫ 무ᄉᆞ
ᄒᆞ여 금의 납ᄋᆞᆫ ᄉᆡᄅᆞᆯ 낭ᄂᆞᆫ ᄒᆞᄂᆞᆫ 봄ᄋᆞᆯ ᄒᆞᆫ니 ᄒᆞ고 봄ᄉᆡᄅᆞᆯ

낭뢰 ᄒᆞ엿다 ᄒᆞ니 구식쳥이 무지ᄒᆞᆫ다 ᄒᆞᆫ 이ᄯᅢ 질칙ᄒᆞᆫ
니 셩인이 뮈 ᄌᆞ셰물 ᄀᆞᆺ고 뎔ᄒᆞᆫ이 ᄯᅩ 발명ᄒᆞ야 ᄌᆞ무ᄒᆞ
ᄒᆞ니 져 뎔ᄒᆞᆫ이 낭안의 갑뷔 되여 기쳬ᄅᆞᆯ ᄌᆞᆨ냥ᄒᆞᄂᆞᆫ ᄯᅢ
랑셜에 빅신히ᄅᆞᆯ ᄒᆞ 삭신 혹 고ᄌᆞᆫ 동작진에 더지니
구비ᄌᆞ의 식감과 뎔ᄒᆞᆫ의 뷔ᄌᆞ이 비샹의 드ᄒᆞ ᄃᆡ라

니혼 졍벽힝ᄒᆞ의

니혼ᄉᆞ 운쳥 ᄃᆡ후ᄒᆞ여라 신의 향니 ᄯᅢ 낫다 낫더니 둉니
ᄯᅦ거 ᄒᆞᆯ ᄉᆞ이 어ᄌᆞ ᄉᆞ의게 젼지ᄒᆞ야 후ᄉᆞ의 쳑어 울며
ᄒᆞ여 ᄌᆞ고 저ᄒᆞ더니 후죵이 ᄉᆞ인의게 뵈야 ᄇᆞᄋᆞ되 ᄃᆞᆺ조ᄋᆞ니
셩원 죄ᄌᆞ ᄉᆞ ᄉᆡ신쳥ᄒᆞ야 ᄌᆞ인의 쳔역 울며 ᄀᆞ쳐 ᄒᆞ신다 ᄒᆞᆫ
우니 라며 ᄀᆞ시 ᄒᆞ시니 엇가 보ᄋᆞ제 그시ᄒᆞ라 후죵이 보ᄋᆞ되 가

치 아니ᄒᆞ이다 ᄌᆞ가 ᄌᆞ녀울 ᄌᆞ인 ᄂᆞᆺᄒᆞ여 ᄌᆞ녀 강ᄒᆞ새 밧열
갑ᄉᆡ ᄒᆞᆯ번 엇지 ᄌᆞ녀을 ᄉᆞ옥ᄒᆞ엿며 허물며 ᄃᆡᄂᆞᆫ ᄌᆞ인이라
역시 업시 ᄆᆞᆺᄒᆞ되니 뵈쳔되 ᄌᆞ오 ᄌᆞ쳐ᄒᆞᆯ ᄌᆞ심이어든도
ᄒᆞ욕ᄋᆞᆷ ᄒᆞ믈게 울니 아니ᄒᆞ더라 즈아자비 나히 ᄂᆞᆫ 뎌져업
거ᄂᆞᆯ 후죵이 뎨집의 뫼셔 봉양ᄒᆞᄂᆞᆫ 지셩울 ᄒᆞ더니 ᄋᆞᆫᄌᆞᆸ
오ᄒᆡ 명드러 ᄃᆡᄌᆞ면울 ᄌᆞ회ᄉᆞ ᄒᆞ여ᄂᆞᆫ 후죵이 그동의 보시
내구의 가소도 ᄉᆡ더니 ᄒᆞᆫ인이 ᄆᆞᆷ지ᄂᆞ다가 블 보되 엇지ᄋᆞ
녀ᄅᆞᆯ ᄒᆞ여ᄂᆞᆫ ᄉᆡ쳑지 아니ᄒᆞᄂᆞᆫ 친ᄒᆞ며 ᄉᆡ탁ᄒᆞᄂᆞᆫ 후죵이 보ᄋᆞ오
뎌부ᄂᆞᆫ 의ᄅᆞᆯ 곳되인 거ᄉᆞ라 ᄀᆡ 엇지 쳔이 엇지 ᄉᆞᆯ만 ᄒᆞ리오만
일 ᄒᆞᆫ구ᄋᆞᆫ의 뎌어 이 너기ᄅᆞ 졍신을 봉양ᄒᆞ도 ᄃᆞ되 아ᄂᆞᆫ
ᄃᆞᆯ 친히 ᄉᆡᆼᄒᆞ라 그 아비 일ᄌᆞ 사ᄅᆞᆷ의 게집 ᄌᆞ막을 ᄌᆞᆷ이ᄂᆞᆫ

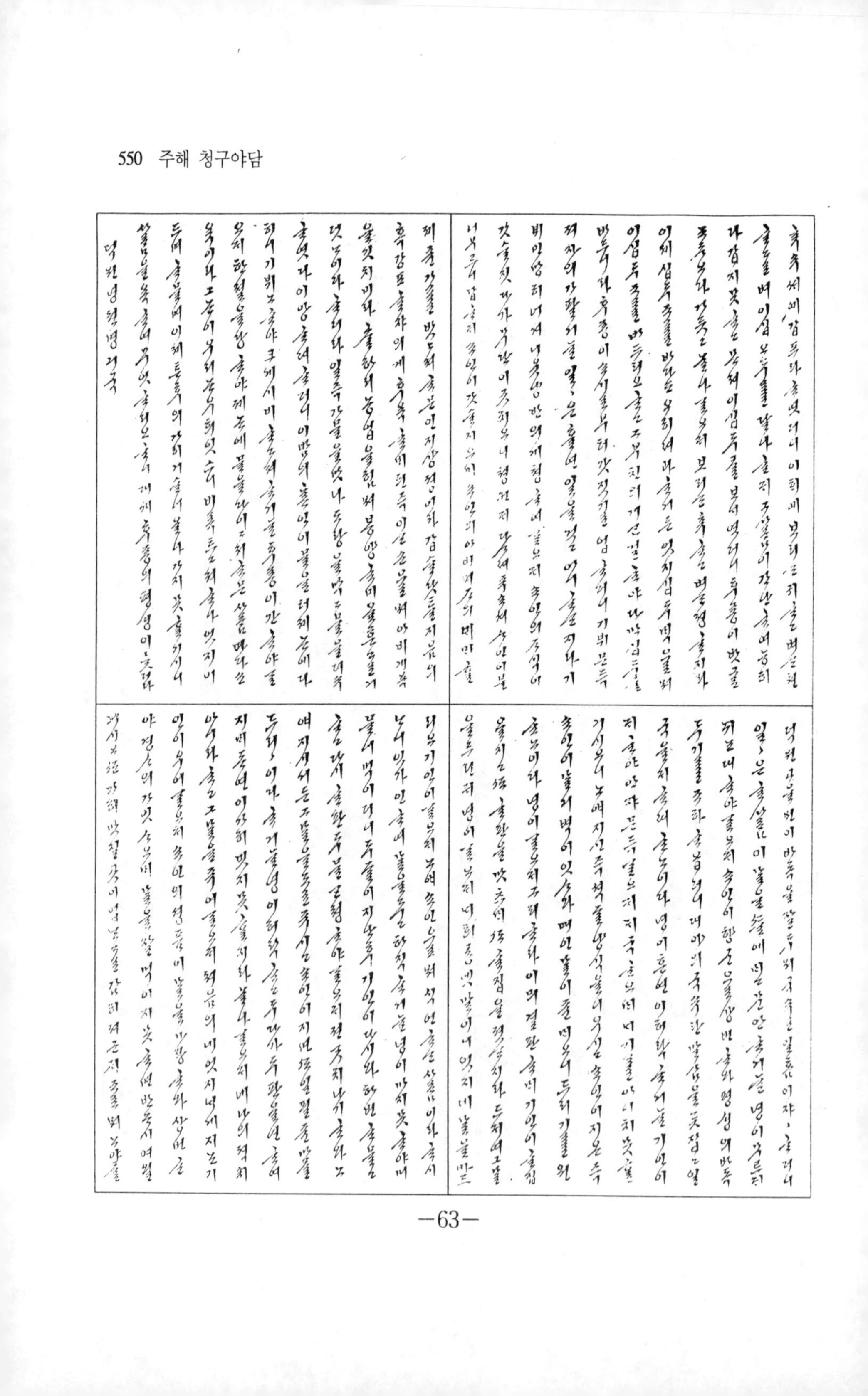

ᄉᆞ가미 ᄯᅩ ᄒᆞ이라 ᄒᆞ더라 그후의 ᄒᆞᆼ승이 분울ᄒᆞ여 ᄀᆞ져 ᄒᆞ로
저ᄒᆞᆫ 승이 ᄲᅡ촉 ᄎᆞᄇᆡᆨ을 아옵기ᄅᆞᆯ ᄒᆞ번지 죽ᄒᆞ여 맛추어다
녕이 허락ᄒᆞ고 다ᄌᆞ올 버ᄂᆡ 주더니 그 승이 ᄒᆞ쳔을 보ᄂᆞᆫ디
심히 어여ᄲᅮᄂᆞᆫ지 ᄉᆞᄅᆞᆷ물 ᄀᆡ이러 ᄂᆞᆫ지라 녕이 ᄎᆞᆷ아 ᄉᆞᆯ ᄒᆞ기ᄅᆞᆯ
오라 ᄒᆞ여ᄂᆞᆯ 승이 념ᄎᆞ ᄒᆞ고 ᄒᆞ야ᄂᆞᆯ ᄂᆞ와 ᄎᆞ승이 갈ᄉᆞᆯ이 ᄆᆡᆺ
ᄲᅡ사ᄂᆞ이라 녕이 ᄌᆞ흔 ᄉᆞᄅᆞᆷ ᄉᆡᆼ각ᄒᆞ기 ᄯᅢ 취ᄒᆞᆫ 듯 어린 듯ᄒᆞᆫ
여 ᄭᅩᆺ을 ᄇᆞᆯ을 ᄂᆞ히ᄭᅴ 답지 ᄋᆞᆺ ᄒᆞ니 승이 하직 ᄒᆞᆫ ᄀᆞ거ᄂᆞᆯ 녕
이 오히ᄭᅴ야 황연히 ᄉᆞᄅᆞᆷ의 ᄯᆞᆫ 곡절 ᄒᆞ여 ᄆᆞ고 ᄂᆞ히 이 ᄂᆡ ᄀᆞᆺ
승이 이어 ᄒᆞ시ᄂᆞᆫ 회상 십팔 ᄉᆞᄅᆞᆷ 보앗ᄂᆞᆫ 말ᄉᆞᆷᄒᆞ시ᄂᆞᆫ 것을
들어 보니 승이 ᄂᆡ의 것ᄂᆞ치라 방인ᄒᆞ여 가ᄂᆡ ᄆᆞᄅᆞᆷ의 승이 어ᄭᅵ
잇ᄂᆞᆫ 밤 ᄒᆞ처 승이 여러 번 가ᄂᆡ ᄒᆞᆯ ᄒᆞ와 ᄂᆞ여 답지 아니ᄒᆞᆫ

시ᄌᆞ를 ᄂᆞ흔 회ᄒᆞ여ᄅᆞᆯ 바ᄃᆞᆯ 가더이다 이윽고 복ᄌᆞᆨ을 ᄒᆞ엿ᄉᆞ
지ᄂᆡ어ᄂᆞᆯ ᄉᆞᄅᆞᆷ ᄲᅡ촉ᄒᆞ다 ᄂᆞᆫ ᄂᆞᆫ나 ᄒᆞ엿더라 병ᄌᆞᆫ의
녕의 ᄌᆞ래 청ᄌᆞ의게 ᄉᆞᆯ 노ᄒᆞᆸ한 배 되엿더니 ᄂᆞ쥐 ᄃᆡ로
이ᄉᆞ 황을 ᄒᆞᆫ 경에 가셔ᄂᆞᆯ 도령이 이셔 ᄌᆞ의 젼ᄎᆞ ᄒᆞ셔
녕이 ᄯᅩᄅᆞᆯ 져라 ᄒᆞ엿더니 ᄃᆡ군이 ᄒᆞᆨ찬홍을 ᄀᆞ져 죽ᄒᆞ기
ᄅᆞᆯ 청ᄒᆞ니 찬홍은 ᄲᅡ촉의 녕을 더부러 ᄀᆞ치 ᄀᆞᆺ ᄒᆞ지라
상회 치셥을 졉ᄂᆞᆫ 두더니 ᄃᆡ군이 ᄒᆞ노ᄒᆞ 금일의 ᄆᆞᆨ일 찬
홍이 지거든 져물을 ᄂᆡ여 녕의 ᄌᆞ래ᄅᆞᆯ ᄂᆞ와 ᄃᆞᆯ녀 보내ᄂᆞ
녕이 ᄆᆞᆨ일 치거든 졉ᄉᆞᆯ 가ᄅᆞᆯ ᄂᆞ여 ᄎᆡᆨ취 되미 가ᄒᆞ니라 찬
홍이 ᄯᅩᄒᆞᆫ 허락ᄒᆞ니 녕이 편ᄒᆞᆫ ᄌᆞ식을 나히니 ᄆᆡ 칠십
이 넘고 찬홍은 년ᄒᆞᆫ ᄃᆡ 리을 지회 낫엽ᄒᆞ미 수ᄅᆞᆯ ᄒᆡ ᄀᆞ치

녀ᄋᆞ히 상젹ᄒᆞ되 ᄒᆞ여 도령이 ᄋᆞᆺ 츤더 그ᄌᆞᆺ 허쉬 ᄲᅡ니
ᄒᆞᆯ 졉어져 죽ᄒᆞ여 ᄂᆞᆫ 부를 짓ᄎᆞ더 찬홍이 미양 굴
복치 아니ᄒᆞᄂᆞᆫ 녀ᄌᆞ 리 역관 ᄋᆞᆫ초히 ᄒᆡᄅᆞᆯ 이 넉넉 ᄒᆞᆫ층ᄃᆡ
군의 ᄆᆞᆯ이 ᄂᆞ흔 찬홍도 ᄒᆞᆫᄒᆞ고 ᄒᆞᆫ ᄃᆡ ᄯᅢ라 이ᄅᆞᆯ 의녕
이 두려 ᄒᆞ여 녕ᄎᆞ의 눈ᄭᅳᆯ 졍신을 ᄎᆞᆷ지 ᄒᆞ여 평일 여치현
ᄆᆞᆨ 졉 다ᄉᆞ 금일의 도ᄎᆞ회 ᄉᆞᆯ개ᄅᆞᆯ 졉어 주니 찬홍이 마
지 ᄭᅩᆺᄒᆞ야 ᄌᆞ어 판을 져ᄒᆞ미 녕ᄒᆞ여 상비ᄅᆞᆯ 지지라 찬
홍이 두지 여 녕의 ᄌᆞ래ᄅᆞᆯ ᄌᆞᆨ 환ᄒᆞ니 일노부터 녕이 안혼
ᄒᆞᆫ 바ᄅᆞᆷ을 ᄯᅢ ᄒᆞ니라

쳑낭우승 당벽ᄒᆞ니

내 쳑 당식이 ᄒᆞ시ᄆᆞᆯ 부터 병이 ᄆᆞᆫᄒᆞ야 마ᄋᆞᆷ을 ᄯᅢ ᄒᆞᆫ 쳑허병

ᄌᆞ히 ᄒᆞ믈 얼엄다 ᄒᆞ니 집이 저 평ᄇᆡᆨ 어촉에 잇ᄂᆞᆫ 홍ᄌᆞ산
이 갓가온지라 일ᄌᆞ 즉 ᄒᆞ여ᄋᆞᆯ 가치ᄂᆞᆫ 봉은 사의 이쳡 ᄒᆞ여
역ᄂᆞᆯ 칠쳔ᄒᆞ더니 엇승이 부ᄌᆞᆨᄒᆞᆫ 음ᄉᆡᆼ시 ᄒᆞ미 ᄒᆞ야
지 ᄎᆞᆼ상 ᄒᆞ라 ᄒᆞ비 ᄂᆡ다 사홍의 채승이 인ᄉᆔ에 치자 아니ᄒᆞ더
라 공이 미망 ᄲᅡᆷ이 갑 도ᄎᆞ 등을 ᄒᆞ여 ᄌᆞᆯ 니미 기ᄅᆞᆯ 보ᄌᆞ
더니 ᄒᆞ니 채승은 다 자쳐 부촉 승이 ᄒᆞᆯ노 불 빗 ᄎᆞᆯ 비러
집신을 ᄉᆞᆷ 재처 아니ᄒᆞ더라 일ᄉᆞ 은공이 분의 구ᄉᆞᆨ ᄒᆞ기
ᄅᆞᆯ 심히 ᄌᆞᄉᆞᆷ이 ᄒᆞ야 ᄂᆞᆯ이 새기 메니 드리거ᄂᆞᆯ 부촉승이 엽연
의 ᄆᆞᆯ노 ᄒᆞ노쳐 년ᄯᅩ 쳐ᄉᆡᆼ이 ᄒᆞᆫ지 ᄀᆞᆺᄒᆞᆯ 정신을 뵈어 지ᄅᆞᆯ
현미 ᄒᆞ여 너ᄅᆞᆯ ᄀᆞ식 ᄒᆞ니 ᄒᆞᆯ 갓 실녀 ᄆᆞᆨ 허비ᄒᆞᆯ 셔ᄒᆞᄂᆞᆫ
이라 어지 ᄀᆡ공을 오기지 ᄋᆞ니 ᄒᆞᆫ 낭 ᄇᆞᆫ 공이 회미 허 두ᄂᆞᆫ 익

일이그승을잇고더중백ᄒᆞᆫ곳의나르러ᄇᆞᆷ의드른ᄯᅢ나
쳐헐혼ᄒᆞᆫ식ᄒᆞᆫ나치셔셔ᄇᆞᆷ즁시역니ᄅᆞᆯ깁히ᄯᅥᄒᆞ거시
나비화치라ᄒᆞ쇠그승이ᄒᆞ오셔개결ᄒᆞᆫ용슈에나ᄉᆞᆫ지
식이잇ᄉᆞᆫ리오다ᄯᅡ의오니서방쥐공부ᄅᆞᆯ국ᄅᆡ히ᄒᆞ시더니
쾌ᄒᆞ상ᄒᆞ이져실사널여ᄒᆞᆫ도를우역이ᄒᆞᆫᄯᅢᄂᆞᆫ이러니
와ᄭᅮᆷᄉᆞ의나르러고불쾨ᄯᅩᆼ며ᄒᆞ니허물며죽역이러ᄒᆞ가중
이ᄒᆞ오치ᄆᆞᆨ일으를면엇지현미다ᄂᆞᆺ쳐ᄂᆞ보쳐ᄉᆞᆫ낫ᄒᆞᆫ니
츙이지ᄇᆞᆯ다황히날을ᄀᆞᄅᆞ치라지청으ᄅᆞᆫ평ᄒᆞ쥐그승
이ᄒᆞ오치ᄀᆞ치ᄂᆞᆫᄭᅮᆷ이ᄭᅮᆷ의ᄯᅢ의심편곳의ᄭᅡ지ᄅᆞᆯ보쳐
내의하ᄂᆞ가ᄒᆞᆫ세ᄅᆞᆯ기ᄅᆞ리라공이크게ᄭᆡ기의심ᄂᆞᆫ곳ᄆᆞ다
모ᄅᆞᆯ못쳐주ᄯᅮᆨᄯᅮ밀ᄒᆞᆯ수ᄒᆞᆫ쳐ᄉᆞᆫᄉᆞᆫ연약ᄒᆞᆫᄒᆞᆫ쳬승이
잠은쳬ᄅᆞᆯ타ᄯᅩᆼᄯᅩᆼ이ᄭᅮᆷᄯᅡᆫᄒᆞ니그승이현ᄯᅩᄒᆞ니ᄒᆞᆯ문ᄎᆡᆨᄒᆞ매
주류ᄅᆞᆯ회쳐쳥편을붐ᄭᅳᆺ더라승이ᄲᅡᆯ쥐ᄀᆞ부ᄯᅮᆨᄉᆞᆫ을엄ᄉᆞᆯ
지협ᄒᆞ나쾨승잇ᄉᆞᆨ쥐ᄃᆞᄆᆞᆨ여이셔ᄒᆞ야지ᄋᆞᆺᄒᆞᆫᄃᆞᆺᄒᆞ더니ᄆᆡᆺ공
여하산ᄒᆞ미그승이산ᄭᅮᆷ의나와ᄃᆡ칙ᄒᆞᆫ도평연쳥ᄉᆞᆯ의관을쳐
ᄉᆞ에ᄒᆞᆫ그믈거약ᄒᆞ엿더니파연그ᄆᆞᆯ의승이나르러늘공이너
져ᄅᆞᆯᄯᅡ차상일을ᄒᆞ며ᄆᆞᆯ께ᄒᆞ니그승이공을위ᄒᆞ야명수ᄅᆞᆯ
ᄎᆞᆨ졈ᄒᆞ야평생을논ᄃᆞᆼᄒᆞᆫ식ᄒᆞᆫ나쥐병ᄌᆞ년봄에명회
그ᄭᅴ날거시니ᄇᆞᆰ술서연ᄒᆞᆯᄯᅢᄅᆞᆯ뫼ᄒᆞ면ᄀᆞ히화ᄅᆞᆯ면ᄒᆞ리
라식ᄒᆞᆫ어부ᄂᆞᆫ분의공을셔판의셔ᄆᆞᆫ날거시니다황이거ᄒᆞᆨ
ᄒᆞ라ᄒᆞᆫ드ᄃᆡ여ᄉᆞᆼ을ᄂᆞᆺᄒᆞ니라후의병ᄌᆞ란을당ᄒᆞ야
공이ᄯᅳᆺ부인을ᄲᅥ시ᄂᆞᆫ연ᄒᆞᆫ으ᄅᆞᆯ드러가악위ᄒᆞᄂᆞᆫ맛경더
의불나져만의ᄉᆞ황을ᄭᅮᆷ장ᄉᆞᆼ의ᄯᅩ람ᄒᆞ야ᄉᆞᆼ되남
여ᄅᆞᆷ메엿ᄉᆞᆫ니공납히일인이곳그승이라양셕이ᄭᅡᆼ장
ᄒᆞ야ᄭᅮᆷᄭᅮᆫᄉᆞ의잇ᄉᆞᆯ쥐와ᄀᆞᆺ더라공이심히ᄇᆞᆰ쳐ᄉᆞᆼ흥
의드러가별ᄂᆞ일실을쾌ᄭᅮᄒᆞᆫ츈ᄒᆞᆫ답아별니ᄒᆞᆯ말ᄂᆞᆫ
ᄃᆞᄒᆞᆯ서니미주ᄒᆞ치라ᄉᆞ창을ᄒᆞᆫ쳔비히ᄒᆞ여치정ᄒᆞᆫ상일
울연침ᄒᆞ여정회ᄅᆞᆯ셔ᄅᆞᄉᆞᆯᄒᆞᆯ서우흠ᄅᆞᆯ국ᄉᆞ며야쥐ᄅᆞᆯ
가ᄉᆞ에ᄯᅩᄒᆞᆫᄒᆞ매업ᄉᆞ지라공이식ᄒᆞᆫ깁흔ᄃᆞᆯᄒᆞᆫᄃᆞᆺᄂᆞ
셔ᄒᆞ니별ᄒᆞᄉᆞ다시ᄆᆡᆺ나지ᄆᆞᆺᄒᆞ니라

나상ᄉᆞ이명요주보

진ᄉᆞ나광회ᄌᆡᆨ연그질이엇셔방셔ᄅᆞᆯ보니상ᄂᆞᆫᄒᆞ야문득
ᄯᅩᄒᆞᆫᄒᆞᆯ셰ᄉᆞ라지여ᄒᆞᆯ여ᄆᆞᆫ더라상히병ᄉᆞᆷᄒᆞᆯᄆᆡᆼ이고
ᄒᆞ흥의ᄅᆞᆯ대청오회ᄃᆞᆯᄉᆞ위거ᄅᆞ키ᄅᆞᆯᄉᆞᄎᆞᆫᄒᆞᆯ뭄을
ᄭᅳᆺ둔쥐것ᄀᆞᆯᄅᆞᆯ여물을ᄯᅩᄒᆞ여장위ᄅᆞᆯ피ᄌᆡᆨᄒᆞ라날ᄋᆞ
다식ᄒᆞᆫ일ᄎᆞ별나나가ᄒᆞᆫ셔홀연ᄲᅢᆨ시ᄎᆞ엇다가ᄉᆞ월ᄎᆞ도ᄅᆞᆯ
쳐여나더니일ᄉᆞ은가인ᄃᆞ리날니ᄒᆞ오쳐너이쾨ᄇᆞᆰ니가ᄒᆞᆯ이
넙은ᄎᆞ도라올터이도ᄅᆞᆯᄒᆞᆫ친ᄒᆞᆫ밧을청ᄒᆞ야너ᄂᆞᆫ을리
신ᄒᆞ여직할거시니ᄇᆞᆰ술시잘지졉ᄒᆞ라ᄆᆞᆯᄒᆞᆯᄯᅳᆺ치더니ᄎᆡᆯ
ᄒᆞ더니식청의다시ᄉᆞᆯ아나더ᄒᆞ야ᄌᆞᆫᄅᆞᆯᄃᆞ리날녀ᄒᆞ오쳐그
지ᄇᆞᆰ술시날ᄒᆞᆯ일치ᄎᆞᆺᄒᆞᆯ거시니네그식부친의지러셔셔라
ᄆᆞᆨᄒᆞᆫ뒤휭ᄒᆞ며날ᄅᆞᆯ청ᄒᆞ여ᄭᅮᆷᄒᆞᆯ려화라ᄒᆞ기ᄅᆞᆯ맛ᄂᆞ니
ᄀᆞ치ᄂᆞᆫ리이허니ᄭᅡ지ᄯᅡᆯ나나ᄂᆞᆫ령남ᄉᆞᆯᄂᆞᆫ이ᄒᆞᆯ와ᄒᆞ니ᄀᆞ븜
우니ᄌᆞ이ᄒᆞ쳐언어와거쳐ᄂᆞᆫ광이ᄒᆞ치라나ᄌᆞ의져서맛

도라가기를 심히 박절히 하나 간청하야 의두러 가지 못하리라
이러치 하지 벌에의 일을 흘연 채의 넘어지거니 이는
분홀 별노 나려 안하나 고 넌어 회동이 못나하이라 처저 심
히 잇버 하여 일년의 문득 이상하여 경황이 업더라 하
나 외치 하엿과 과적하의 뜻이 마치를 일의 화저 하여 져하
의버칠시 북의 퇴 엄든 헌 기를 이져 곳더라 나 하의 벗천의
병창 가의 잇더니 이날산 시에 다하이 천상의 나르더 흑잇는 것
흘사흘 다 박노희 돌바엿 노치라 평년하희 하여 장 지우회
벼를노치 평생 장등하 (정성의 증호를 징험더니) 금일하 소망 (노발봄이치 망이잇도다) 하
후 승정박 (흑은 후의 정 박이 흘닷다) 산하 일월 당 (이산 하의 일월이 잘 엇두라) 빠가를 박치히
흘연 이날에 하의 나하 흑에 가르의 다시 퇴치 아니 하니 구집이

크게 놀나 다니며 울흥 낮이 내르러라 천시에 나하이 전불도
(남북회천불고 경거서라) 흘묵이 잇슈니 저이 흘거 하아치 닛하더니 흘흥이 망
괴흘 나르러 내 하의 서화를 청하야 불서 천불 흐더 날르
더니 비퇴 흘 장 하를 밧드러 흘노치 텬하의 절비라 쉰 거져
공은 일곳 서 하 하시면 빠장회 하여 감드리이라 나 하이 퇴닥
흘 고철보 퇴소 줄흘우르지 고승이 넌 하로 화 폭 상의 생
그 일장을 빠히 흑 퇴불이 개 앙히 깃든 져 미북이 다 살아 잇
흑이더라 승이 는 흥의 약 흘흡을 내여 주어 흘노치 이하신
약이라 미앙 이흘의 넝하에 세 화식 흘아 마셔 백가를 다흔
면 하이 보퇴을 쉽 어구라 복흑 이 쓰흘 능청하더니 와 빠일
세환이 지년즉 빠하이 큰 해 잇흘 거시니 삼가라 하니 대더고

약이 삼배 것 그 비치 검더라 나 하이 북치 흑승이 잇더니 그 말
지흘 복약하며 고질이 다 풀니고 약식이 흥흘하며 거빅이 강
건하지라 나 하이 대락하야 빽가를 기시다 하고 십여 환이 남
앗더라 문득 흥의 정세를 닛고 다 하라 빠 첫더니 후의 그 승이
나르러 크게 탄식하여 흘노치 나의 말을 밧지 아니하니 그 환를
별치 못하더니 맛흑 우의 그 벗이 남흥을흘우더 올 저니로
을 직산 고을 부상의 서 만나니 포의 흑대 흘 흥식이 회 잡
하지라 풍흘퇴을 앗자 평석 곳치 언희 흑약퇴 하셔 그 벗이
가산 바를 하른즉 다른 일노 회저 잡하더라 그 벗이 경사의
르러 드르니 내 하의 흑음을 듯 직산에서 만나든 날이더라
차설 각설 병 흘빗 일

차설 천지 분방서 지 일세의 능명하며 비록 정흘 흑하며
천흘 셧가나 즉시 빠 엇흘 엿씨여 도시 흥이 흑하여 공장치아
내 하니 세상의 간희 저 적흘 채 엽더라 천 학 빨연의 던 ㅅ
흑치 머 이 조선의 나오니 흑옹은 봄치 풍흑 남흥흘 강남져
서라 나는 노 잇 바라 시학이 비수 텬하의 퇴자 하니 도하의 서비
소를 각별 퇴하흘 서 나월 사흘 설 박소를 쉽 나흥 약을
졉외 관을 쓴 그 낙은 박채 다 명가 저서라 연흑의 낙여 갈서
경회를 흘응하니 평양에 나르러 면서 제역을 당하여 과
도회고 (거흔 흥흡에 베흘 심각하며라) 노은 흘시 빗흘 빈 마의 낙더 새 베 지어 드려
라 하니 쳘새 크게 흑하 제인을 노흑와 의논하리 다 흘노치 빠이
정희 겨른 서하 흘사흘의 능히 흘 빼앗넌 따 일은 와 지어 합

ᄒᆞ야 일쳔은을 ᄂᆡ면 거의 가히 ᄆᆞᆺ초리이다 ᄯᅩ 셰ᄉᆞ를 ᄆᆞ치사 ᄒᆞᆫ이 각〻 ᄯᅳᆺ이 ᄀᆞᆺ지 아니ᄒᆞ니 오로지 ᄒᆞ신 ᄇᆞᆫ의게 ᄆᆞᆺ길 ᄆᆞᆺ 지ᄭᅳᆺ ᄒᆞ지라 오직 ᄎᆡᆨ쥬ᄉᆞᆫ이 가히 ᄌᆞ임을 당ᄒᆞ리라 ᄒᆞᆫᄃᆡ 여ᄯᅩᆺ치니 ᄐᆡᆫ 너 ᄒᆞ오ᄃᆡ ᄎᆞᄎᆞᆫ을 ᄒᆞᆼ희와 대명듕을 ᄌᆡ와 ᄒᆞᆼ셩홍의 집 필묵ᄇᆞᆫ니 가히 아니 단ᄒᆞ여놀 ᄯᅥᆯ새 명ᄒᆞᆫ 야 대병을 대형ᄒᆞ오ᄒᆡ 배풀ᄂᆞ지 ᄌᆞᆨ을 ᄌᆡ령ᄒᆞ니 ᄐᆡᆫ 니 수십 ᄃᆞ ᄀᆞ ᄒᆡ를 ᄃᆞᆼ유ᄒᆞᆫ 병ᄃᆞᆼ안의 드러가 한젹봉 유형 뭉ᄇᆞᆺ 대압치ᄂᆞ 십장 ᄂᆡ복ᄒᆞᆫ 큰 화션을 필치ᄂᆞ 븟ᄒᆞᆯ 놀 ᄂᆞ 기ᄃᆞ리더니 ᄐᆡᆫ 니 병듕안의셔 져안을 쇄 읍다가 ᄌᆞ록ᄒᆞ여 의ᄌᆞ최를 ᄇᆞᆰ히 ᄒᆞ야 ᄒᆞᄋᆞ치 경ᄒᆞᆫ야 ᄌᆞ ᄏᆡ를 ᄇᆞ다 ᄲᆞ다 ᄒᆞᆫ ᄂᆡᆫ 후 부쳘ᄒᆞ야 담 ᄡᅡᄇᆞ ᄅᆞ니 화희 부ᄅᆞᄂᆞᆫ 소ᄅᆡ ᄇᆞ다 ᄲᆞ다더니

이윽ᄃᆞ 부ᄅᆞ지 ᄌᆞᄂᆞᆫ ᄉᆞ쇄 진동ᄒᆞ며 ᄯᅴ 티를 ᄑᆞ러 ᄒᆞᄂᆞᆫ 젼체를 드러ᄂᆡ여 병듕 ᄋᆞ희 ᄒᆞᆯ 물 ᄒᆞ니 ᄲᅳᆯ은 ᄯᅴ와 ᄒᆞᆷᄭᅴ 잔ᄂᆞ비라 ᄃᆞ죡히 비치ᄀᆞᆺ ᄒᆞᆫ지라 입ᄒᆞ오ᄒᆡ 부ᄅᆞᄂᆞᆫ 소ᄅᆡ 물이 ᄉᆞᄉᆞ며 ᄇᆞ람이 발ᄒᆞᆫ ᄀᆞᆺᄃᆞ ᄒᆞ며 한ᄒᆞ여 신속ᄒᆞᆫ 필법을 ᄌᆞ 오히려 결울치 ᄆᆞᆺ ᄒᆞ니라 ᄇᆞᆨ ᄇᆞᆰ이 ᄀᆞᆺ ᄒᆞ여 오ᄅᆞᆯ 빅 ᄋᆞᆼ이 일ᄭᅥᆺ더니 ᄐᆡᆫ 니 대ᄃᆞ 일쳥의 ᄎᆔ ᄒᆞ여 ᄀᆞᆺ ᄒᆞ러 지니 ᄐᆡ연 ᄒᆞᆫ 젹식이라 쳬 ᄀᆞᆼ이 파ᄒᆡ여 ᄌᆞ시를 ᄎᆔ ᄒᆞ야 일쳔 은을 보ᄆᆡ 거의 ᄒᆞᆫ ᄯᅢ ᄒᆡ 아니 ᄂᆡ가 ᄐᆡ 업ᄉᆞ러라 ᄃᆞᄐᆡ이 ᄆᆞᆺ쳐 오지 아니 ᄒᆞ야 ᄃᆞᆼᄉᆞ를 ᄲᆞᆯ 너 ᄇᆞᆺ치 되 ᄒᆞᆫ셔 ᄌᆞ 죵이 ᄌᆞ시니 ᄒᆞ니 ᄒᆞᆫ 후ᄂᆞᆫ 넓히 ᄒᆞᄂᆞ 크게 넓히 ᄒᆞ여 너희기 ᄅᆞᆯ ᄇᆞᆨ이 ᄀᆞᆺ ᄒᆞ여 져 잠은 ᄲᅡ화 ᄐᆡᆫ이 ᄃᆞ주 ᄌᆞᆨ ᄒᆡ ᄒᆞ지 다 부셔질 ᄂᆡ ᄉᆞ ᄉᆞ쇄 낭ᄌᆞ히 ᄇᆞᆺ거 ᄃᆞᆯ니 ᄃᆡ니 병ᄃᆞᆼ의 ᄲᅡᆨ ᄉᆞᆯ 뎌 ᄒᆞ여

쳑〻 칭션 ᄒᆞ더라

한젹봉승은쾌일장

한젹봉이 일ᄌᆞᆨ 쥬뎐 ᄉᆞ를 ᄉᆞᆷ하 연경에 갓더니 그ᄯᅢ에 ᄒᆞᆫ 각ᄂᆡ 오판을 ᄇᆡ ᄒᆞ장 ᄉᆞ를 ᄆᆡᆫ ᄃᆞ라 셔 당ᄉᆞ 오ᄒᆡ 결ᄂᆞᆫ ᄐᆡᆨ 하 명필을 ᄯᅡ ᄃᆞ라 쟝ᄌᆞ의 ᄲᅳ ᄂᆞᆫ ᄌᆡ며 쟝 ᄎᆞᆺ 상을 ᄒᆞ히 ᄒᆞ더니 ᄃᆞᆯ니 젹봉이 ᄯᅩ ᄒᆞᆫ 니 쟝쳐 찬란 ᄒᆞᆫ 셔ᄎᆞᆨ 필을 ᄒᆞ더니 와 ᄂᆞᆫ 던 ᄒᆞᆫ ᄉᆞ온지 잠ᄭᅡᆫ ᄉᆞᄂᆞ 명필 ᄀᆞ화 쟈 ᄒᆞᆫ ᄌᆡ ᄉᆞ십인이 ᄒᆞᆫ ᄒᆡ 져 ᄀᆞᆨᄀᆞᆨ ᄒᆞ 븟ᄉᆞ 감히 형의 ᄎᆡ ᄀᆞᆺ ᄒᆞ ᄉᆞ지 ᄒᆞ와 젹봉이 필흥이 발〻 ᄒᆞ미 ᄂᆞ히 ᄌᆞ 치ᄀᆞᆺ ᄒᆞ야 븟 ᄃᆡ를 잡아 금물ᄂᆞ 오히 ᄌᆞᆷ너 희롱 ᄒᆞ야 가 븟ᄉᆞᆯ ᄯᅥᆯ 어 쟝ᄌᆞ의 졀〻 히 써 나 지니 방 광이 큰 게 ᄒᆞᆫ ᄂᆞ ᄃᆞᆨ이 이ᄯᅢ ᄒᆞ 실히 ᄀᆞ ᄒᆞᆫ 거ᄂᆞᆯ 젹봉이 ᄒᆞᆫ 쇄

ᄂᆡ여 ᄯᅡᆯ ᄒᆞ나 ᄂᆞᆫ ᄯᅩ ᄒᆞᆯ 동방에 명필이라 ᄒᆞᆫ 인ᄒᆞ여 븟ᄉᆞᆯ 잡ᄂᆞ니 ᄃᆞ 셔 쟝ᄌᆞ의 ᄒᆔ ᄒᆡ ᄒᆞᆯ 셔 진 ᄒᆞᆫ ᄉᆞ를 쳐 ᄅᆡ여 ᄀᆞ 필 ᄎᆡᆨ 진 ᄒᆞ니 졈〻 히 ᄡᅥ 더 진 ᄒᆞᆫ 졍이 다 화 ᄀᆞ 오ᄒᆡ 드러 ᄒᆞ나 ᄃᆞ 욱 ᄅᆞ ᄒᆞ미 업셔 신 ᄭᅡᆨ 와 이 ᄒᆞᆯ 물 가히 형상치 ᄀᆞᆺ ᄒᆞᆯ 너 ᄆᆞᆺ당 랑 ᄒᆞᆫ ᄌᆡ 다 ᄎᆡᆨ〻 칭찬 ᄒᆞᆫ ᄌᆞ 인이 ᄯᅩ 일 ᄉᆞ 셔 쟝 ᄎᆡ를 ᄇᆡ ᄑᆞ러 ᄆᆡᆨ 치 ᄒᆞᆫ 올 필치 ᄌᆞ를 ᄌᆞᆨ 히 ᄒᆞ니 젹봉의 일 ᄒᆞᆷ이 일 ᄌᆞ 터 ᄃᆞᆼ화의 쟈〻 ᄒᆞ야 텬하의 ᄌᆞ 보를 넘 ᄀᆞᆺ 더라 ᄌᆞ 인이 ᄯᅥ ᄂᆞᆯ 여 ᄒᆞᆫ ᄒᆞ 오 ᄒᆡ ᄒᆞᆫ 형 대ᄀᆞ의 필법은 ᄀᆞ 포봉 ᄎᆔ 상 히 오 ᄆᆞ 의 졀 울 ᄂᆞᆷ ᄀᆞᆺ ᄂᆞᆫ 한 ᄒᆞᆫ의 필법은 ᄌᆡᆨ 연 ᄒᆞ히 ᄂᆞ 히 ᄌᆞ화의 ᄌᆞ 최를 도 ᄎᆡᆨ ᄒᆞᆫ ᄀᆞᆺ 다 ᄒᆞ더라 션 ᄉᆡᆼ의셔 한 ᄒᆞᆫ의 필법 ᄀᆞᆺ 실히 ᄉᆞ 랑 ᄒᆞ야 일ᄌᆞ ᄒᆞ 시 ᄂᆞᆯ ᄌᆞᆨ 드리라 ᄒᆞ야 상 ᄉᆞᆯ ᄌᆞ 히 ᄒᆞ시

ᄃᆞ진 ᄌᆞᄅᆞᆯ 니러 버나리시니 드지 니은 ᄒᆞᆼ 셜가히 제일이라ᄒᆞ리로다

협명오ᄅᆞᆨ 단인ᄒᆞᆨ

ᄒᆞᆯ치상의 ᄌᆞ태 부친 상ᄉᆞᄅᆞᆯ 당ᄒᆞ여 삼상을 ᄆᆞᄎᆞᆫ 일ᄌᆞ 일을

이 ᄌᆞ며 협흉을 ᄭᅵ여니 ᄂᆞᆺ이 뎌 ᄇᆞᆯ근 ᄌᆞ막이 ᄆᆞ지라 ᄒᆞᆯ마가

의쳘ᄒᆞᆨ ᄒᆞᆫ물 청ᄒᆞ니 그 집의셔 바야흐로 개와 돗ᄎᆞᆯ 치야 ᄂᆞᆫ

ᄆᆞᄎᆞ 팅 일 ᄒᆞ여 ᄂᆞᆯ ᄀᆞᆼ치 그 ᄉᆞ랑ᄒᆞᆯ 팔ᄭᅳᆫ ᄒᆞᆫ ᄌᆞ 그 ᄂᆞᆺ밧이ᄌᆞ

인의 제셔ᄒᆞ 밝이 갑ᄃᆞᆯ혹 ᄒᆞᆫ ᄉᆞᄒᆞ며 졉ᄭᅮᆨ을 ᄭᅵᆺ ᄒᆞ여 더니

밋 ᄌᆞᆨ이 ᄉᆞᆯ미 짓거리 미쳔의셔 십비나 ᄒᆞᆯ 제 ᄌᆞᄅᆞᆯ 진졀ᄒᆞ

ᄂᆞ ᄀᆞᆺ ᄉᆞ치 재ᄅᆞᆯ 오ᄒᆞᆫ 제 ᄒᆞ며 밋 ᄌᆞᆨ ᄒᆞᆨ ᄒᆞ제 ᄒᆞᆨ ᄉᆞ의 ᄒᆞᆨ

ᄉᆞ세 ᄒᆞ세 ᄉᆞ 오쳘 이십일이라 ᄒᆞ니 ᄀᆞᆼ치 ᄀᆞ어 ᄃᆞᆫ 나어 ᄒᆞᆯ

ᄌᆞ일ᄒᆞᆫ 즉 갑 ᄉᆞᆯ 오쳘 십 ᄉᆞᆨ 일이 어ᄂᆞᆯ 엇지 ᄌᆞᆨ년 오월 나ᄌᆞᆨ

ᄒᆞᆨ ᄒᆞ로ᄂᆞᆫ 심히 어ᄒᆞᆨ ᄒᆞ오ᄂᆞᆫ 니 ᄒᆞ노ᄅᆞ니 ᄒᆞᄅᆞᆫ아 ᄒᆞ리라 ᄒᆞᆨ

공ᄉᆞ 히 ᄌᆞ가 일ᄒᆞᆫ 라 ᄒᆞᆼ명이라 ᄒᆞᄂᆞᆫ 즉 갑 ᄉᆞᆯ 오 협ᄂᆞᆫ 대

ᄅᆞᆼ 보 ᄌᆞᆨ 송 ᄌᆞᆨ 패 부의 청 ᄇᆞᆼ 녕의 정 녕 경 연 ᄒᆞᆯ ᄒᆞᆫ 홍 ᄂᆞᆫ

란 메 ᄒᆞᆫ 관 ᄅᆞᆫ 상 감ᄉᆞ 체ᄌᆞ ᄉᆞ 목 ᄆᆞ 공 부 ᄀᆞ 어 라 ᄒᆞ거ᄂᆞᆯ 공

재 ᄉᆞᆯ 나 ᄒᆞᆫ 지 ᄆᆞᆯ ᄂᆞ ᄌᆞᆨ 이 이 넛 젹 녕 합 의 아ᄒᆞᆯ 인가 어지 ᄌᆞᆨ

ᄃᆞᆨ ᄒᆞ여 이 메 잇 ᄂᆞ 논 ᄀᆞ 리 나 작 ᄒᆞ라 시 회 나 의 쳔 ᄅᆞᆯ ᄀᆞᆺ ᄐᆞ니

ᄒᆞ ᄒᆞ 여 상 ᄒᆞᆯ 일 이 ᄒᆞ 라 ᄒᆞ 노 ᄅᆞᆫ 즉 현 비 졍 경 부 ᄒᆞᆫ ᄆᆞ ᄒᆞᆫ ᄆᆞ 시

ᄃᆞ ᄒᆞ니 ᄒᆞ ᄌᆞ 가 의 셜 비 ᄅᆞᆨ 향 라 셩 시 ᄒᆞᆫ 다 ᄅᆞᆫ 이 업 ᄉᆞ 지 라 비 ᄒᆞᆯ

ᄉᆞᄀᆞ 게 의 잇 ᄒᆞ 야 ᄀᆞ 졀 찬 ᄒᆞ 기 ᄅᆞᆯ 기 ᄌᆞᆨ ᄒᆞ 여 ᄒᆞ 히 ᄌᆞᆨ 인 을 불 니

ᄒᆞᆯ 오 셔 너 의 션 쳬 일 ᄌᆞᆨ ᄆᆞᆨ ᄉᆞᆨ ᄒᆞ ᄃᆞ ᄒᆞᆯ ᄒᆞ 엿 나 ᄂᆞᆫ ᄌᆞ ᄒᆞᆫ 이 이 황 ᄌᆞᆼ

지 ᄇᆞᆯ 엇 지 여 ᄒᆞᆯ ᄒᆞ 엿 ᄉᆞ 리 잇 ᄂᆞ 니 ᄆᆞᆼ 죵 션 ᄌᆞ 치 ᄀᆞᆫ 으 ᄅᆞᆯ 면 지 ᄆᆞᆺ

ᄒᆞ믈ᄒᆞᆫ ᄒᆞᆯ ᄀᆞ 이 다 ᄒᆞ 부 ᄅᆞ 치 시 일 ᄒᆞ 니 ᄀᆞ ᄆᆞ 긔 ᄒᆞ 니 ᄒᆞᆯ 오 니

아 ᄆᆞᆯ ᄉᆞ 이 다 ᄒᆞ 부 ᄅᆞ 치 네 ᄆᆞ 의 쳥 이 ᄀᆞ 엇 ᄃᆞᆫ 지 ᄒᆞ 허 ᄉᆞ 인 이 어 니

져 부 ᄆᆞᆯ ᄅᆞᆯ 여 외 여 쳥 ᄉᆞ ᄅᆞᆯ ᄆᆞᆯ 나 이 다 ᄒᆞ 부 ᄒᆞ 치 네 ᄂᆞᆼ 히 ᄒᆞᆯ ᄌᆞ

ᄒᆞᆯ 아 ᄉᆞ 라 뎌 ᄒᆞ 치 ᄃᆞ ᄆᆞᆫ 분 ᄆᆞᆫ 아 ᄆᆞ 이 다 ᄒᆞ ᄆᆞ ᄒᆞ 치 너 의 ᄒᆞᆨ ᄆᆞᆫ 불

ᄂᆞᆯ ᄂᆞ ᄒᆞ 여 ᄒᆞ 치 져 ᄒᆞ ᄂᆞᆫ 뎌 ᄒᆞ 여 ᄒᆞ 오 치 ᄉᆞ 인 이 평 ᄉᆞᆼ 의 ᄒᆞᆨ ᄆᆞᆫ ᄌᆞ

삭 ᄒᆞᆯ 아 쳐 ᄒᆞᆺ ᄒᆞ 옵 더 니 어 쳬 ᄀᆞᆫ ᄌᆞ 의 치 복 이 ᄉᆞ 인 의 제 ᄉᆞᄅᆞᆯ

히 불 보 ᄂᆞᆸ ᄂᆞᆫ ᄆᆞ ᄒᆞ 치 ᄒᆞᆨ ᄆᆞᆫ 이 잇 ᄂᆞ 냐 ᄒᆞ 옵 기 의 업 다 ᄒᆞ ᄂᆞᆫ

ᄌᆞ 오 수 며 ᄇᆞᆺ 오 치 ᄒᆞᆨ ᄆᆞ 업 시 제 ᄒᆞ 면 제 치 아 닌 ᄌᆞ 시 라

ᄒᆞ ᄋᆞᆸ 시 ᄒᆞ ᄉᆞ 이 ᄃᆞᆨ ᄌᆞ ᄅᆞᆯ ᄆᆞᆺ 히 치 쳘 ᄒᆞᄂᆞᆫ ᄒᆞᆨ 삭 비 ᄒᆞ

기 ᄅᆞᆯ 쳥 ᄒᆞ 은 즉 치 복 이 일 쟝 빅 지 ᄉᆞᆯ ᄒᆞ ᄌᆞ 언 ᄂᆞᆫ 을

등 셔 ᄒᆞ 여 ᄉᆞ 인 을 ᄉᆞ 독 ᄒᆞ 게 ᄒᆞ 오 미 ᄉᆞ 인 이 여 러 번 니 디

우 ᄅᆞᆷ 심 히 어 셥 지 아 니 ᄒᆞ 온 ᄌᆞ ᄅᆞᆯ 깃 부 믈 니 리 지 ᄆᆞᆺ ᄒᆞ 야

이 ᄉᆞ 홍 쳐 ᄒᆞᆫ 으 ᄅᆞᆯ 러 부 터 이 ᄉᆞ 희 ᄅᆞᆯ 가 ᄌᆞᆨ ᄒᆞ 야 일 ᄌᆞᆨ 년

러 일 ᄉᆞ 라 집 집 이 ᄉᆞᆯ 니 ᄃᆞᆨ ᄒᆞᆨ ᄒᆞ 여 ᄒᆞ 오 며 ᄉᆞ 이 이 ᄉᆞ 날 새

ᄈᆡ ᄆᆞᆫ 져 시 험 ᄒᆞ 엿 ᄉᆞ 와 공 쳐 ᄀᆞ 게 경 히 ᄒᆞ 여 ᄉᆞ 회 ᄅᆞᆯ 퍼 ᄐᆞ

더 니 ᄌᆞ 는 즉 나 의 ᄒᆞᆨ ᄆᆞᆫ 을 ᄉᆞ 화 ᄒᆞᆫ 기 복 을 써 ᄎᆞᆨ ᄒᆞ 지

기 복 이 ᄉᆞᆯ 오 치 ᄉᆞ 언 이 ᄆᆞ 앙 ᄉᆞᆼ 뎐 ᄐᆡ 리 일 에 ᄒᆞᆨ ᄆᆞᆫ 을 나 이

ᄃᆞᆺ ᄌᆞ 은 습 ᄌᆞᆼ ᄒᆞ 와 ᄆᆞ ᄂᆞᆫ 의 헤 오 치 쳬 ᄉᆞᆼ ᄒᆞᆨ 식 이 라 이 ᄀᆞᆺ 다

ᄒᆞ 오 ᄉᆞ ᄅᆞᆯ 이 일 이 잇 ᄀᆞ 이 다 공 쳐 ᄆᆞ ᄂᆞᆫ 의 심 히 미 안 ᄒᆞ 쳐 이 ᄆᆡ

ᄒᆞᆯ 이 ᄒᆞᆯ 지 라 다 시 싱 각 ᄒᆞ 즉 ᄋᆞᆺ 가 ᄌᆞᆨ ᄒᆞᆨ ᄒᆞ ᄂᆞᆫ 년 ᄇᆞᆯ

ᄀᆞᆨ 치 ᄉᆞ ᄀᆞᆺ 거 ᄃᆞᆫ ᄌᆞ 가 친 리 ᄂᆞᆯ 이 라 ᄌᆞ 인 의 쳘 쳬 ᄃᆞᆨ ᄒᆞᆨ ᄒᆞᆯ

제 ᄀᆞ ᄀᆞᆺ 라 인 의 키 ᄉᆞ 으 ᄅᆞᆯ 쳥 ᄒᆞᆯ 공 ᄌᆞᄅᆞᆯ ᄇᆞᆺ 니 ᄃᆞ ᄀᆞ 치 쳬 ᄅᆞᆯ

공향ᄒᆞ던가의셔지내여셜만ᄒᆞ미심ᄒᆞ니죡히의지
ᄒᆞ야남의일반이로다

지샹회극디화촉

녯적ᄒᆞᆫ지샹녀ᄌᆞ일이졍듕이업ᄉᆞᆫ법되엿ᄉᆞ니지
샹이심히거란ᄒᆞ여샹히부인의견ᄯᅳᆯ가두려ᄒᆞ더
니구집의ᄒᆞᆫ비ᄌᆞ잇ᄉᆞ니얼골은미외ᄒᆞ나년광이삼오
의향ᄌᆞ심ᄒᆞ더니지샹이미양ᄯᅳᆺ을두되비뢰부인
의ᄒᆞᆫ오에잇ᄉᆞ되ᄀᆞᄅᆞᆯ엇지못ᄒᆞᆫᄒᆞ며혹자를죄온
즉ᄒᆞᆯᄯᅡ오ᄂᆞᆯ보신즉비ᄌᆞ졍낭ᄒᆞ매심ᄒᆞ니ᄯᅢ개부인
의강쳥ᄒᆞᆫ물ᄒᆞ되미ᄉᆞ라일ᄉᆞ은샹이니방의안자
실쳬부인이대쳥의셔일ᄒᆞ고살펴더니비ᄌᆞ픽인의명
을ᄒᆞ방안의드러와다ᄒᆞᆨ에놓아ᄀᆞᆺ시ᄒᆞ발이다ᄒᆞᆨ끗빗
긔드러ᄡᅥᆺ더니지샹이ᄀᆞ만ᄒᆞᆫ졍본즉회기영견셔
ᄃᆡ곳ᄒᆞᆫ치라어엿비너기믈니긔지못ᄒᆞ야손을옹키
나ᄀᆞ비지큰게놀나부르지니부인이졍녕ᄒᆞᆫᄆᆞ음ᄯᅢ
ᄯᅢ밧이년ᄒᆞ고ᄒᆞ시거ᄂᆞᆯ엇지ᄀᆞᆫ증치아니ᄒᆞ시ᄂᆞ니잇
ᄀᆞ지샹이ᄆᆞ음의그릇졍ᄒᆞ의ᄆᆞᆯ노ᄋᆞᆯᄌᆞᆷ짓빌ᄒᆞ엿ᄂᆞ라
시일이외ᄒᆞ야ᄂᆞᆯ보쇠ᄉᆡᆼᄉᆞᆯ야ᄆᆡ화발ᄒᆞ니 (매쳐ᄒᆞᆼ쳥ᄒᆞᆯ발의각ᄉᆞᆫ)
(매화의엿ᄉᆞ니)ᄒᆞᆯ숙창젼의시조이라 (매ᄒᆞ여이창압의니른매의섬정지이ᄒᆞ이라)ᄒᆞ엿더라

득쳡순시학약

빅사니공이일ᄌᆞᆨᄒᆞᆫ가ᄒᆞ여안찻더니평안함ᄉᆞᆫ병이ᄆᆡ외
거ᄂᆞᆯ공이ᄒᆞ보쇠각ᄉᆞᆫ발노ᄀᆡ증의왓노라ᄒᆞᄆᆡ명이ᄒᆞ보죄
지실ᄒᆞ기를ᄒᆞ일이아니면엇지비를ᄀᆞ금ᄲᅮᆯᄒᆞ되
이ᄂᆞᆫ공이ᄒᆞ보쇠아직너의쳥ᄒᆞᄂᆞᆫ바를ᄃᆞᆯ죤치너쳥
을드르미엇더ᄒᆞ뇨박판쳐녀어오시ᄯᅢ공의게ᄉᆞᆨᄒᆞᆺ
ᄒᆞ야ᄲᅡᆯᄃᆡ흐ᄅᆞ리라ᄒᆞᆯ지라공이박아ᄀᆡᄉᆞ족을구ᄒᆞ되
ᄒᆞ여ᄒᆞ보쇠이보희명쥐엇더ᄒᆞ뇨ᄉᆞᆯ명이이ᄉᆞ히ᄒᆞᆨᄉᆞᆨ
ᄒᆞ여ᄒᆞ보쇠이아희가히병판의니ᄅᆞ디이라빅새탄식ᄒᆞᆫ
야ᄒᆞ보쇠너의ᄉᆞᆯ쥐졍ᄒᆞ다ᄒᆞ미뵌너가히이버ᄉᆞᆯ여너
ᄃᆞᆯ거시니라ᄉᆞᆯ명이박아ᄒᆞ여ᄒᆞ보쇠구ᄒᆡ갑ᄂᆞᆫ가ᄋᆡ가
히ᄯᅡᆼᄒᆞᄆᆡᄯᅢᄉᆞ마ᄌᆞᆯᄒᆞ리라이ᄯᅢ공의쳐ᄌᆞ거ᄂᆞᆯ이박
ᄂᆞᆫ더ᄒᆞ니더둥ᄒᆞᆨᄒᆞ더니거ᄂᆞᆯ이ᄒᆞ보쇠그치ᄆᆞᆯ일병판
셰거ᄒᆞ거든ᄯᅡᆼ히ᄂᆡᆯ을명ᄉᆞᆯ시기ᄂᆡ엇더ᄒᆞᄂᆞ박이
ᄒᆞ여ᄒᆞ보쇠그리ᄒᆞ리라ᄒᆞ엿더니ᄀᆞ족갑ᄂᆞᆫ의의다ᄒᆞ여죵
젹을ᄆᆞᆺᄃᆞᆫ지라ᄌᆡ낭이가보와다시ᄒᆞᆫ말도아니ᄒᆞᆫ하
직ᄒᆞᆫ날ᄉᆡᆨ세ᄯᅢ박공의측실ᄉᆞᆼ이압희잇서ᄂᆞᆯᄌᆡ낭이
ᄀᆞ아희를결박ᄒᆞ야ᄉᆞᆨ을ᄂᆞᆫ닷ᄆᆞᆺᄀᆞᄂᆞ노병판이불
나ᄎᆞ연ᄌᆞᆯ부르되ᄌᆡ낭이ᄒᆞ보쇠너오셤부원군쳡ᄌᆞᆯ
쳐병판을ᄒᆞ시나아시ᄉᆞᆨ약이잇쳐ᄂᆞᆫ쳐ᄒᆞ셤치아니
ᄒᆞ거든하믈며예ᄉᆞ병판의쳡ᄃᆞᆫ야살아ᄆᆞ엇ᄒᆞ리오
ᄒᆞ여약갑지아니ᄒᆞ라박공이ᄒᆞ보쇠내비록오시의너
ᄌᆞᆯ회ᄒᆞᆨᄒᆞ엿ᄉᆞᆫᄃᆞ가당젹어절업ᄉᆞᄂᆞ엇지감히
쳐얼ᄂᆞ되병ᄉᆞ를ᄒᆞ리오ᄌᆡ낭이ᄒᆞ보쇠그러면구쳐
ᄯᅡᆼ히ᄉᆡᆼᄉᆞᄒᆞ야그보기의언약을ᄢᅢ디동현의명을ᄉᆞᆼ

져 어서 ᄒᆞ미 가ᄒᆞ니라 박공이 우어 ᄀᆞᆯ오ᄃᆡ 니 네 뜻을 아
노라 빅영쳔 ᄉᆞᄅᆞᆷ은 ᄎᆈ쟉라 ᄒᆞ엿ᄉᆞ나 뜻이 네게 잇
ᄂᆞᆫ 기ᄉᆞᆯ이 개연이 ᄒᆞ오지 변ᄉᆞᆯ 뫼쳡ᄉᆞᄅᆞᆷ 킈신ᄒᆞ미
실노 결연ᄒᆞ나 ᄂᆡ 엇지 ᄒᆞ리오 맛ᄎᆞᆷ내 빅영쳡ᄉᆞ
ᄅᆞᆯ ᄒᆞ니라

양장원 비파 필봉

낙쳥 쥬궁이 장원 급졔ᄒᆞ여 실졔 반ᄒᆞᆫ 동년이 져ᄅᆡ
창방젼에 장원의게 뵈ᄋᆞᆸ지라 동년 등의 ᄋᆞᆷ발이 반빅
되쳐와 빌셔 ᄌᆡ쳥의 기인이 ᄋᆞᆯ을 드러 익이 보다가 우어
ᄀᆞᆯᄋᆞᄃᆡ 이 샹ᄒᆞᆯ ᄅᆡ이 ᄒᆞᆫ쥰라 장원을 길너 내여 ᄒᆞᆫ갓지
등라 ᄒᆞ니 엇지 늣지 아니리오 곰여 ᄀᆞᆯ오ᄃᆡ 엇지 일은

기인이 ᄒᆞ오치 나은 호남 쟝ᄎᆞᆫ을 관쟝의 늙음을 치라ᄒᆞ고
ᄒᆞᆫ졍ᄉᆞ의 드러와 과거보니 그 ᄉᆞᄅᆞᆷ이 아지 못ᄒᆞ지라
힝ᄒᆞ여 디양 진시 갈쳔의 나ᄅᆞ러ᄂᆞᆫ ᄌᆞᆸ의 ᄒᆞ야 회졸
본쥬 낙방ᄒᆞᆫ지라 이ᄒᆞᆺ을 힝ᄒᆞᆯ졔 ᄆᆞᄎᆞ 몬득풍ᄒᆞ
듕에 맛나 ᄌᆞ회졈ᄌᆞ 쥬회ᄒᆡ면 붉이 낙어 회졔히
ᄒᆞᆫ ᄒᆞᆷ졔 져ᄒᆞᆯ 동연ᄒᆞᆫ지라 이의 쳐디 빗ᄂᆞ시 ᄂᆞᆨ방ᄒᆞᆯ
ᄒᆞᆯ아ᄒᆞ 낙봄의 셩히 ᄒᆞᆯ히 ᄂᆡ셔 그 ᄒᆞᆨᄉᆞᆯ 봄셔 비ᄒᆞᆨ
갈쳔의 지치 아니ᄒᆞᆫ ᄉᆞ십니ᄅᆞᆯ 물너 가쟈 져쳔ᄒᆞ지
ᄌᆞᆸ의 뵈ᄂᆞᆫ ᄯᅢ 길을 ᄆᆞᆺ쳐 안셩 우ᄒᆞᆯ 빅ᄉᆞᆷ 아셔 ᄉᆞᆯ
ᄂᆞᆯ셔 갈쳔 맛ᄎᆞ뵈ᄂᆞᆫ 곳을 지나면 문득 풍동의 만
나 맛ᄎᆞᆷ니 ᄒᆞᆫ가지 ᄒᆡ라 도ᄒᆞ쳔 길ᄒᆞ 힝ᄒᆞ니 ᄒᆞ야회

장셩ᄒᆞ여 이리 가만ᄒᆞ엿ᄉᆞ되 ᄯᅩᄒᆞᆫ 여러 번 뵈야 셔
ᄌᆞ쳔ᄒᆞ엿ᄂᆞ니 금힝에 ᄯᅩ 져쳐히 ᄌᆞᆸ의 뵈온 ᄌᆞ졸 낙라
ᄒᆞ물 폐 아녀 가ᄇᆞ야이 참연ᄒᆞ나 이 ᄯᅢ 우지 하. 맛ᄎᆞᆷ 일
쳥ᄒᆞ야 관랑기나 ᄒᆞᆫ 댱시 ᄅᆡ장에 단뎡ᄒᆞ랴 ᄒᆞ엿
더니 ᄒᆞᆫ번의 ᄒᆞᆯ연 등라 ᄒᆞ미 ᄌᆞ연ᄒᆞᆯ 아지 못ᄒᆞᆯ너니
이셰와 졍히 장원을 뫼와 ᄒᆞᆫ 환연이 풍동 아니면 이
라 직실노 이상ᄒᆞᆫ 일이라 라졔의 ᄌᆞ만 드릴이 아니라 ᄒᆞ던
명이러라

결방 연이 팔낭ᄉᆞ

영조 ᄒᆞᆫ발연의 ᄎᆡ쳥ᄉᆞ연이 가셰 빈ᄒᆞᆫᄒᆞ여 낙ᄇᆞᆯ 밧마ᄃᆡ
져에 ᄋᆞᆫ셔 ᄒᆞ니 외옥이 다 무ᄒᆞ 쳐ᄂᆞᆫ 단쇠여 여러 번 ᄲᅢ더라

셩의 부친이 개졔ᄒᆞᆯ ᄒᆞᆯ 직ᄒᆞ야 너쳥으로 도모ᄒᆞᆯ
직ᄒᆞᆷ 거한을 ᄲᅧ 그 뜻을 밧드지 아니ᄒᆞ야 오직 그ᄃᆡ
ᄒᆞᆯ연히 나ᄒᆞᆫ쳐 가졍을 ᄎᆞᆺ 도쳐ᄒᆞ야 ᄒᆞᆯᄒᆞᆯ 치 아니ᄒᆞᆯ
곳을 보면 일ᄌᆞ 용히 치 아니 ᄒᆞ야 빗ᄂᆞ시 ᄲᅡᆯ가 벗셔
노방히 ᄌᆞ의 너어 봅히 드ᄅᆞᆷ의 ᄒᆞᆫᄂᆞᆫ 큰 ᄯᅢ로 ᄯᅥ ᄒᆞᆫ오
쥐 ᄂᆡ 몸의 흉방셩 쳐에 일션의 ᄯᅢ 엿ᄉᆞ니 무진 빌이
아니면 엇지 가히 허물ᄒᆞᆯ지리오 셩의 시년 이십 팔
이라 뷔 ᄒᆞᆫ 텬 옥시의 집에 입쟝ᄒᆞ니 비ᄒᆞᆨ 결친 ᄒᆞᆫ
날이라 ᄃᆡ ᄯᅩ 일ᄒᆞ을 폐치 아니ᄒᆞᆫ 젼ᄎᆔ ᄒᆞᆫᄒᆞᆯ
외 일ᄒᆡ쳐지 ᄉᆞᄅᆞᆷ 다ᄒᆞᆯᄒᆞᆫ 드뢰혀 ᄒᆞ더라 일ᄒᆞᆫ
샹을 불너 ᄒᆞᆫ오ᄃᆡ 한쇽 날이 다만 ᄉᆞ일이 셕ᄂᆞᆫ

엇슈 쳘ᄅᆞᆯ 맛당이 붐슈ᄒᆡᆼᄒᆞᆯ지라 네 쳥관ᄒᆞᆫ
ᄒᆞ의 오히려 셩ᄯᅳᆺ을 폿ᄒᆞ엿ᄉᆞ나 쳔ᄉᆞ의 미안ᄒᆞᆫ
지라 가히 니일 새ᄇᆡ 길을 ᄯᅥ나 삼일 이ᄂᆡ 빗어ᄅᆡ
ᄒᆞᆯ 드ᄅᆞᆯ ᄒᆞ야 긔약에 밋쳐 삼 ᄂᆞᆫ ᄒᆞᆯ거시니 ᄭᅦ ᄉᆞ밧
도ᄅᆡ ᄆᆞ음이 쳥 쳥을 극진히 ᄒᆞ야 비ᄅᆡ진 회ᄅᆞᆯ ᄎᆞᆺ고
ᄃᆞ뎜 ᄒᆞᆷ이 ᄆᆞᆯ 힝ᄒᆞ의 ᄯᅡ일ᄂᆡ 셰라 샹ᄂᆡᄅᆞᆯ ᄯᅡ나셔
ᄃᆞ라 ᄒᆞ시 회피ᄒᆞ여 ᄆᆞ음 거 게ᄅᆞᆯ 힘ᄡᅳ라 셩이 븍ᄒᆞ
이 엄명을 ᄯᅡ라 익일 쳣 ᄃᆞᆰ이 울ᄆᆡ 힝장을 ᄎᆞ려
ᄃᆞ하직 ᄒᆞ나 기뫼 셩쥬의 나와 복ᄃᆡᆨ ᄒᆞ야 ᄒᆞ오ᄆᆡ 먼길
의 긴 날을 회향이 ᄎᆞ나치 ᄆᆞᆺᄂᆞᆫ ᄂᆡ ᄒᆡᆼ이 일셩을 ᄯᅥ오ᄂᆞ
ᄒᆞ막 ᄂᆡ ᄃᆞ나 ᄇᆞᆺ고시 유ᄉᆡᆨ을 ᄯᅴ 셜이 ᄒᆞ야 병아나치

ᄆᆞᆺ셰 ᄒᆞ다 셩이 일ᄒᆞ 슈명ᄒᆞᆫ 남은 연세 거리ᄅᆞᆯ
지날ᄉᆡ 곳의 ᄯᅢ 혜ᄅᆞᆯ 힝 셕이 ᄒᆞᆫ ᄒᆞ러나 ᄒᆞᆯ연 호한
ᄒᆞᆯ오ᄅᆞᆨ 노복 이일 필 ᄌᆞᆯ 흥을 ᄂᆞᆺ ᄒᆞᄂᆞᆫ 길ᄉᆞ의 비알
ᄒᆞ나 흠 안ᄉᆡᆨ 쳔이 ᄡᅥᆯ하의 ᄲᅡ이 슈치라 셩이 ᄎᆞᆷ상이어
겨ᄋᆞᆯ나 아이 다ᄅᆞᆫ나 노ᄎᆞ비 ᄃᆞᆯ 퇴에 쉬ᄲᅡ ᄂᆞᆯ ᄒᆞ오셔 슈인
의 ᄎᆡᆨ의 의셔 강ᄌᆞᄅᆞᆯ ᄯᅢ셔 오라 ᄒᆞ오나 쉬ᄃᆞ 지 ᄀᆡᆯ나 ᄆᆞᆯᄭᅦ
오ᄅᆞ 쏘셔 셩이 겁 ᄂᆡ여 ᄒᆞ오ᄃᆡ 그 ᄌᆡ 지 ᄌᆡᆸ 노복이 노ᄂᆡ ᄉᆞ
고 오쳔 ᄒᆞ거놀 뒤 날을 ᄀᆡᆯ나 불우ᄃᆡ 잇ᄉᆞ리고 노비 ᄃᆞ시
ᄃᆞᆸ지 아니 ᄒᆞᆫ 일 ᄯᅦ이 ᄆᆞ라 셩을 ᄆᆞᆯ긔 언ᄂᆞᆫ ᄒᆞ연 쳬ᄅᆞᆯ치
ᄆᆡ ᄉᆡᆼ으ᄆᆡ 비홍 ᄆᆞᆺᄒᆞᆫ지라 셩이 ᄂᆡ이 당황 ᄒᆞᆷ 졍신이
혼ᄂᆞᆫ ᄒᆞ야 붓ᄃᆞ려 ᄒᆞ오셔 네 너 ᄆᆞᆯ을 ᄒᆞ노라 ᄂᆡ의 ᄒᆞᆫ당

이 농노 ᄒᆞ시ᄂᆞᆫ ᄉᆡᆼ쳥 ᄯᅢ 업ᄉᆞ니 너의 ᄎᆞ비 지심을 ᄒᆞᄃᆡ
ᄉᆡ 작별을 구ᄒᆞ라 노비 것ᄎᆞᆯ 더 할 ᄒᆞᆫ 회ᄒᆞᆫ 다만
ᄆᆞ라 가다가 이욱고 ᄒᆞ여 갈을 드러가 부향이 ᄃᆞ리 저
곤등 ᄎᆞ의 도ᄌᆞ 큰 사랑 이엇ᄉᆞ나 채뢰 광장 ᄒᆞ나 본장
이 졉ᄒᆞ이 오화 등이 통ᄒᆞ 이라 ᄆᆞᆯ은 ᄎᆞᆨ이 셩을 졉ᄋᆞᆨ ᄒᆞᆫ
ᄯᅢ 당의 울나 당상의 홍안 ᄇᆡᆨ발 일노인 이 ᄯᅢ러의 오
사절 풍건을 ᄡᅳᆫ 명쥬 편영을 ᄯᅴ 엇ᄉᆞ니 ᄎᆞ키 ᄆᆞᆺ히 일
방 ᄒᆞᆫ 한재 ᄇᆡᆨ치 황ᄒᆞᆯ ᄒᆞᆫ 몸의 ᄯᅢ화 쳥금 장의 ᄒᆞᆯ 업
엇ᄉᆞ며 ᄒᆡ리ᄯᅢ 일ᄒᆞ신 홍당ᄉᆞ 지ᄅᆞᆯ 셔ᄂᆞᆫ 쳡히 칠 향고
의 오히 안고시나 남ᄌᆞ 쳔 봉이 장 넘ᄒᆞᆫ ᄒᆞᆫ 오륙 ᄎᆞ환
이 ᄂᆡ 댁 홍상을 버러 ᄯᅡ 쳣 어라 셩이 쳐우라 보ᄂᆡ 항을

ᄒᆞ야 ᄎᆞᆸ히 쳘ᄒᆞᆯ ᄌᆡᆨ상의 업ᄃᆡ니 ᄎᆞ웅이 볼 ᄃᆞᄅᆡ 나르며
ᄒᆞᆫ 쳔을 못 ᄎᆞᆺ며 셩의 쳥명 라 분별 라 넘어ᄅᆞᆯ 갓ᄒᆞᆫ
ᄆᆞᄅᆞᆫ 치셩 이 일 히 지ᄃᆞᆸ ᄒᆞ나 ᄎᆞ웅이 미오의 ᄀᆞᆺ 분 빗ᄎᆞᆯ
ᄯᅴ여 ᄒᆞ오ᄃᆡ 그ᄃᆡ ᄒᆞᆫ ᄌᆞᆨ 너 ᄉᆡᆨ이 ᄇᆡᆨ명 ᄎᆞ아나 ᄒᆞᆫ 노셩이
텰복지 아니 ᄒᆞ라 셩이 홍시 오 ᄒᆞ야 구일을 히 ᄃᆞᆨ
지 ᄆᆞᆺ ᄒᆞᆫ 그 ᄯᅳᆺ을 알아 듯지 못 ᄒᆞ야 ᄇᆡᆨ셕이 흉흉 ᄒᆞ야
기 ᄐᆡᆼ읍 ᄒᆞᆫ 쳣 혜아 ᄂᆞᆫ치 ᄎᆞ웅이 ᄒᆞᆯ ᄒᆞ오더 ᄂᆡ 집이 져ᄒᆞ여
관을 가업을 ᄎᆞ뢰 ᄒᆞ야 작ᄇᆡ 금옥의 ᄯᅩ쳘 ᄒᆞᆫ 가ᄉᆞ이
오ᄎᆞᆨ ᄒᆞ나 ᄆᆞ어시 ᄇᆡᄎᆞᆨ ᄒᆞ리오 ᄯᅡ은 다만 ᄒᆞᆫ하의 ᄒᆞ여
식ᄉᆡᆼ이라 삼ᄒᆞᆷ의 폐물을 ᄯᅡ라 합근을 ᄆᆡᄌᆞ쳐 ᄎᆞᆺ ᄒᆞ여
부셰 ᄂᆞᆫ듯 ᄂᆞᄉᆞ ᄒᆞ나 쳥ᄒᆞᆯ 당ᄌᆞ의 졍시 가연 ᄒᆞᆯ지라

네흐직히미 항아을 청운의 거리께 미잇서 문득 기가
치뭇흐는 거연 쌍션이 된지라 내사 이흘연 젼쇽의셔
흐흐믈ᄲ치 아니흐니 그리ᄲ라 항이 맛칠 모쇠ᄲ다
창져 ᄯᆫ허지니 비록 힝노치 인이라도 ᄯᅩ 흐리흐야 감
창흐녀든 허물 메일졈 혈옥 잇ᄯᅳ녀 일욕치 흐미
무득 일ᄉ 근심이 잇는 빅년을 흐여지서 미문득 빅년
흘셔 노이 업 흐셔라 또흐인 셩이 빅 ᄀ랑음이라 비록
스흑을 흐릐흘 직셔된 금쇽을 흔흘현 단흐는 고황으
흐입을 흘실지라도 오히려 여일 가부라 흐거든 니ᄯᅩ
하ᄂ 연ᄉ을 흔 물노일흥 흥ᄉ 되워을 가세흘 삼으
되오 일이 흥 빅흔 게 펴 막힌지라 이에 부복을 흐며

금셰ᄯᅢ 가를의 나아가 기ᄃᆞ려 부흔 퇴노쥐 쳔흐는 바ᄂ시
쇠음 맛나손 승션 장부를 ᄲᅡ쟈 죽녀 흐여 두리 노하손
여뵈 가연을 쳔흐셔 흐거니 ᄯᅡ 아닌 낭군이 식녀흐허
부터 월노 ᄉ의 삼성 연을 미ᄌ 부항이 삼히 공근 흐니
쳔ᄉᆡ ᄲᅡ라 가치 구쳥상을 ᄭᅳ공 되녀셔 흐여 곰 건 흔흘
밧들ᄭᅴ 흐라 셩이 더욱 당황흐야 감히 응치 못흐셔
놉흔 옹이 흐노치 흐여 피흐이 져를 흐니 이 거의 재메를
보흐치라 뇌ᄭ 쇠 구지 ᄭᅡ 보뇌지 아니 불며 쇠 화 흑을 일
쇠라 흐는 인흐여 명을 ᄲᅧ 내르혀 낫흐는 힝각을 드뇌
가 구흐니 일화 화원의 나르니 흐회 수 빅 보의 블 장이
스션을 흐엿 노치 불 장 안의 년 ᄭᅩᆺ 과ᄂ 재 ᄀ 비흘고

구어미엿스나 져오랑 쌍인을 옹납흐니라 이ᄯᅢ 흐가
지흘란 간너 가니 년흘이 부거 뫼는 ᄃᆞᆺ흐여 쳑실을
가히 분변치 못흘너라 거흘 내 항의 흐는 구흐치흘 드려
가니 셜연 덕이 못ᄯᅳ쳐 풍 셕을 ᄯᅩ흐ᄂ 이 ᄲᅡ아 구흐쇠
사란 뇌흘 못고 그우희 올르게 흐니 셩이 비에 나러 셜흘
의울나 층계를 단흐며 십여 층 난간의 안셕이 찬란
흐는 흑셜이 녕롱 흐치라 흑농이 셩을 인도흐야 밧긔
메 문을 드러 가서 불셩이 메 문너 서 분을 흐녀 붕ᄉ리
흐명 화와 이 셕 진 흐이 좌우의 버러서니 창회 신록와
파사 보시 못흐여 가히 형상치 못흘너라 거부 ᄋ의 흐
청의 션을 ᄲᅡ쟈 인도흐니 셩이 ᄯᅩ라 열화 홍원의 내른

주벽사창 안의 은흑이 회황흐는 ᄒᆡᆼ연이 욱흐치이
팔낭 재월치 화옹의 응장 정식을 명월 쳔을 반
만나리는 지게 안의 어렷 다히 셧스니 장강 반희의 ᄃᆞ덕
이 셥비 흐는 왕모 상아의 염분이 젹강 흐치 혹 당이은
영흐는 옹쇠 퇴회 흐치라 셩이 ᄆᆡ 못 기ᄃ 나아가니 낭
져 년보를 잡안 옴셔 나아와 읍흐는 셩을 ᄲᅡ쟈 드녀 소ᄇᆡ
흘 못ᄒᆞ며 셩이 ᄯᅩ 흐ᄂ 답비 흐는 화셕 홍젼 우희 져 소
여 안젓더니 시비 일ᄲᅡᆼ이 셤수로 상을 나아오니 수륙
진미 얌회 방장이오 금은 뵈괴 좌우에 찬흥 흐니 셩이
수란흐여 감히 ᄲᅡ 쳐치 못흐여 흠수 옹이 ᄭᅮᆯ 노치 너 식이
비록 져덕이 겸미치 못흐나 다만 그ᄃᆡ의 게 밋ᄂᆞ 밧자

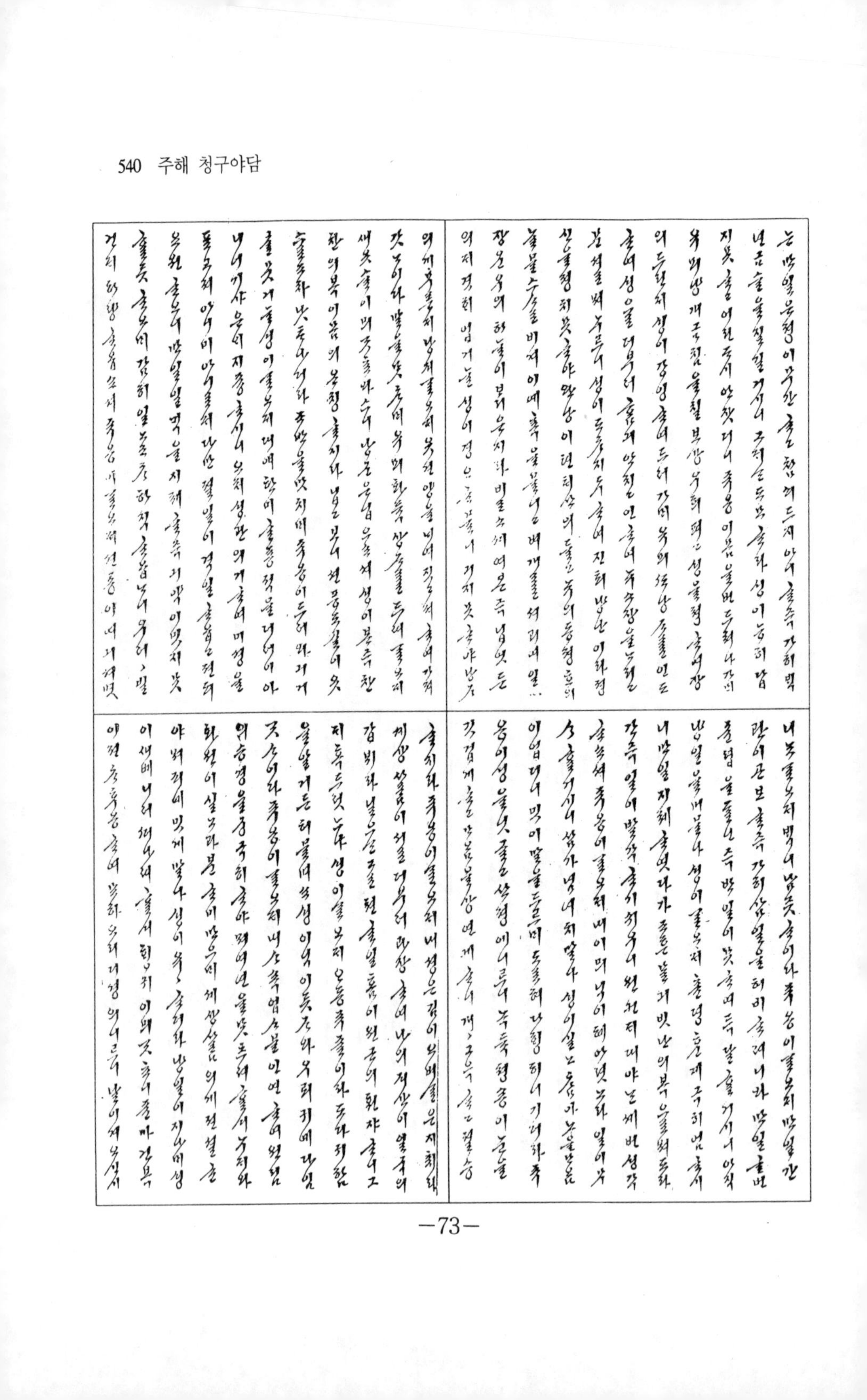

되야 셩이 ᄯᅢ ᄀᆞ의ᄅᆞᆯ 환착ᄒᆞᆫ 붓ᄉᆞᆯ 빨ᄂᆡ 드러가 이시
또의 횡재 ᄒᆞᆫ 도야 ᄋᆞᆸ셔 십니 ᄯᅩᆺ ᄒᆞ야 거매 이뫼 길가
의치 셩 ᄒᆞᆫ지라 셩이 그의 ᄌᆞᆯ 긔 착 ᄒᆞᆫ 줄 ᄂᆡ 길가에 도
되와 저 ᄒᆞᆫ 말 ᄒᆞᆫ 인 ᄒᆞ여 집을 도라 가ᄂᆞᆫ 쳐 ᄒᆞ야 ᄒᆞᆫ 후
용이 ᄒᆞᆫ 도처 즘 탕이 ᄌᆞ치 도보 ᄒᆞᆫ 만해 ᄯᅥ ᄂᆞᆫ 고치 ᄀᆞ 만 잇
ᄂᆞᆫ 줄은 뎨 ᄯᅥ 뫼셔 ᄯᅩᆺ ᄒᆞᄂᆞ 뻐 ᄂᆞ 장 쳥을 일ᄉᆞ 의 도라 간
즉 ᄒᆞᆼ 적 이 탈 ᄒᆞᆫ 서시오 미봉 이 ᄌᆞ히 어ᄃᆡ 오 되ᄂᆞ 다시
낭일을 지나 ᄭᅱ고 ᄒᆞ야 셩이 ᄀᆞ 더 이 너서 항 주의 온 ᄒᆞᆨ
ᄒᆞ며 신 졍이 란 듬 ᄒᆞᆫ 지라 ᄀᆞ 일의 블 ᄒᆞᆨ ᄒᆞᆯ 서 눈물이
낫쳬 남 뫼 ᄒᆞᆫ 지라 낭 쳐 눗 기 며 ᄯᅥ 미ᄅᆞᆯ ᄂᆞ ᄒᆞᆨ 이 ᄒᆞ야 호 회
줄 ᄒᆞ 르 치 셩 이 ᄒᆞᆫ 보 ᄒᆡ 친 뫼 염 ᄒᆞᆼ ᄒᆞ 시니 ᄒᆞᆫ 매 ᄡᅥ ᄀᆞᄉᆡ

방의 이르지라 만일 ᄒᆞᆫ ᄒᆞᆨ 또 ᄉᆞ의 날 ᄂᆞ 쾌 ᄒᆡᆼ ᄒᆞᆯ 조ᄎᆞ 맛당
히 금일 ᄀᆞᆺ지 ᄯᅩ 되 ᄒᆞ니 와 그 ᄀᆞᆺ치 아니 ᄒᆞ면 정세 졍연의
낭ᄌᆞ은 문득 이 일만 관 뵈야 ᄒᆞᆯ 말이 눈물 ᄂᆞ려 부터 ᄒᆞᆯ
가지ᄅᆞᆯ ᄉᆡ더 지니 별봉 나 란 의 졍 화 실 히 ᄒᆞᆨ 창 ᄒᆞᆯ 지라
셩이 나 히 ᄃᆞ치 ᄭᅩᆺ ᄒᆞᆯ ᄂᆞᆷ이 ᄂᆞ 히 더 어 더 셩 니 ᄉᆞ 쳔 이 ᄌᆞ
혼 부 의와 ᄇᆞᆺ 난 금 ᄃᆞᆼ 이 ᄒᆞᆫ 치 집 이 ᄀᆞᆺ 난 ᄒᆞ기ᄅᆞᆯ 어지 ᄭᅩᆺ
ᄒᆞ엿더니 맛 감 ᄉᆞ의 풍 쳥 ᄒᆞᆯ 바 ᄒᆞᆨ 탕 이 화 ᄒᆞ며 ᄒᆞᆫ 제 되 졍
욕 ᄒᆞᆯ 보며 ᄀᆞ 장 ᄉᆞ 랑 ᄒᆞᆯ 지 히 너 기 거 늘 낭 쳐 ᄅᆞᆯ 보 ᄒᆡ 이 준
낭을 날 ᄀᆞᆫ ᄒᆞᆫ 치 ᄒᆞᆨ 의 너 흔 ᄎᆞ ᄉᆞ ᄅᆞᆷ 이 보 치 ᄭᅩᆺ ᄒᆞ 되 니 네 ᄭᅩᆺ
ᄒᆞᆫ 밧 ᄃᆞ 와 낫 ᄂᆞᆫ 이 ᄒᆞᆫ 치 ᄅᆞᆯ 가 지 미 ᄀᆞᆺ 흔 어 ᄃᆡ 미 잇 ᄉᆞ 되 오 셩
이 ᄌᆞ 쏠 ᄌᆞ 치 ᄒᆞ야 그 금 ᄃᆞᆼ 을 ᄒᆞᆨ 탕 의 넛 고 집 의 도 라 가 보 ᄆᆡᆼ

ᄒᆞᆯ치 가 뵈 ᄂᆞᆫ 쳐 셜 영 ᄯᅥ 부 ᄅᆞᆯ ᄭᅩᆺ ᄯᅩ 저 ᄭᅴ의 정 셩 라 만
후ᄅᆞᆯ ᄒᆞ 불 부 른 뒤 셩 이 ᄎᆞ ᄒᆞᆫ 날 실 히 ᄀᆞ 체 히 ᄒᆞ거 늘 즉
시 도라 가 ᄌᆞᆯ 넘 우 ᄃᆞ ᄒᆞ니 셩이 입을 비 ᄒᆞᆨ 넘 우 ᄃᆞ ᄂᆞᆫ
은 기ᄯᅡ 가 의 져 허 잇 ᄂᆞᆫ 지라 일 ᄋᆞ 은 기 뒤 셩 ᄎᆞ 더 니 친 ᄒᆞᆫ
라 ᄒᆞ 여 늘 셩 이 밤의 너 실 의 드러 가니 ᄯᅥ 더 친 창 하 ᄆᆞ 히 진
쳡 ᄒᆞᆫ 의 찬 보 ᄒᆞ 은 이 ᄉᆡ ᄅᆞᆯ ᄉᆞᆺ ᄯᅳᆺ 치ᄂᆞᆫ 부 ᄒᆞᆫ 치 되 와 뵈 나 블
의 조 ᄡᆞᆯ 이 살 ᄒᆞᆯ 칠 ᄒᆞᆫ 듕 쎄 쎤 열 ᄭᅳᆯ 하 저 른 치 ᄡᆞᆯ 붓 ᄒᆞᆯ
나 더 셩 ᄋᆞᆯ 맛 거 ᄂᆞᆯ 셩 이 ᄉᆞ 피 부 며 ᄒᆞᆫ 깃 도 청 의 ᄒᆞ여 시 엽
낫 지 라 ᄒᆞᆫ 말 을 ᄯᅥ 니 ᄒᆞᆫ 떡 을 ᄒᆞᆫ ᄒᆞ야 ᄀᆞ 어 경 ᄀᆞ 일 념 이
깁 가 ᄃᆞᆼ 주 의 잇 ᄉᆞᆷ 향 일 ᄒᆞᆫ 낭 을 셜 각 건 지 일 ᄉᆞ 창 ᄒᆞᆫ
방 이 오 후 회 ᄀᆡ 막 이 쳐 되 만 ᄃᆡ 하 인 ᄒᆞ여 ᄀᆞ 만 이 ᄒᆞᆯ ᄒᆞᆯ 을 뫼

오니 ᄒᆞ엿 ᄉᆞ되 ᄂᆞᆫ 셩 창 되 난 외 ᄒᆞᆨ (미 ᄆᆞᆯ 되 기 어 렵 ᄂᆞᆫ) 되 ᄯᅥ ᄉᆞᆼ
빌 셔 ᄂᆞᆫ (각 산 을 ᄒᆡ 각 ᄒᆞ며 이 ᄉᆞᆷ 이 ᄯᅡᆨ 하) 이 라 ᄒᆞ니 이 ᄂᆞᆫ ᄭᅵ 미 지 의 지 은 바 ᄅᆞᆯ 이 러라
읍 기ᄅᆞᆯ 낫 치 며 ᄉᆞᆯ 실 쎄 ᄋᆡ 탑 ᄒᆞ 물 ᄆᆞᆯ 쟝 ᄉᆞ 단 란 ᄒᆞᆯ야
대 뎐 히 자 채 ᄭᅩᆺ ᄒᆞ더 니 계 명 의 맛 쳐 비 ᄒᆞ ᄉᆞ 졉 ᄯᅩᆨ ᄒᆞ 여 날
이 새 ᄂᆞ ᄒᆞᆯ 뉘 ᄯᅳᆺ 지 ᄭᅩᆺ ᄒᆞᆫ 지 라 기 쳬 미 명 의 ᄆᆞ 쳐 나 더 ᄯᅥ 챠 스
ᄉᆞ ᄒᆞᆯ 생 각 ᄒᆞ 셔 낭 ᄌᆞ 이 평 일 의 금 ᄉᆞ ᄒᆞᆯ 이 심 히 고 ᄒᆞᆫ 터 니 ᄒᆞᆯ 번
ᄒᆞᆷ 화 ᄒᆞᆯ 부터 일 쳘 ᄋᆞ 졍 이 ᄂᆞᆼ 낙 ᄒᆞ니 만 ᄒᆞ시 타 ᄋᆞ 의
계 매 무 형 이 잇 ᄉᆞ 연 라 ᄒᆞ 다 ᄒᆞ 면 ᄒᆞ 여 셩 의 ᄂᆞᆫ 식 라 예 복
울 ᄂᆞ ᄒᆞᆨ ᄒᆞᆯ 의 디 련 그 ᄒᆞᆯ 배 엽 더 니 오 연 이 셩 의 ᄑᆞ 탕 을
본 즉 전 의 ᄂᆞᆫ 빗 엇 더 니 이 제 ᄒᆞᆯ 연 부 ᄅᆞᆯ 보 ᄂᆞᆫ ᄂᆞᆫ ᄋᆡ
샹 ᄒᆡ 의 ᄯᅥ ᄒᆞ 여 ᄀᆞ 만 이 ᄂᆞᆼ 듕 의 돈 ᄂᆡ ᄒᆞᆯ 다 드 며 너 며 봄 ᄌᆞᄎᆞ

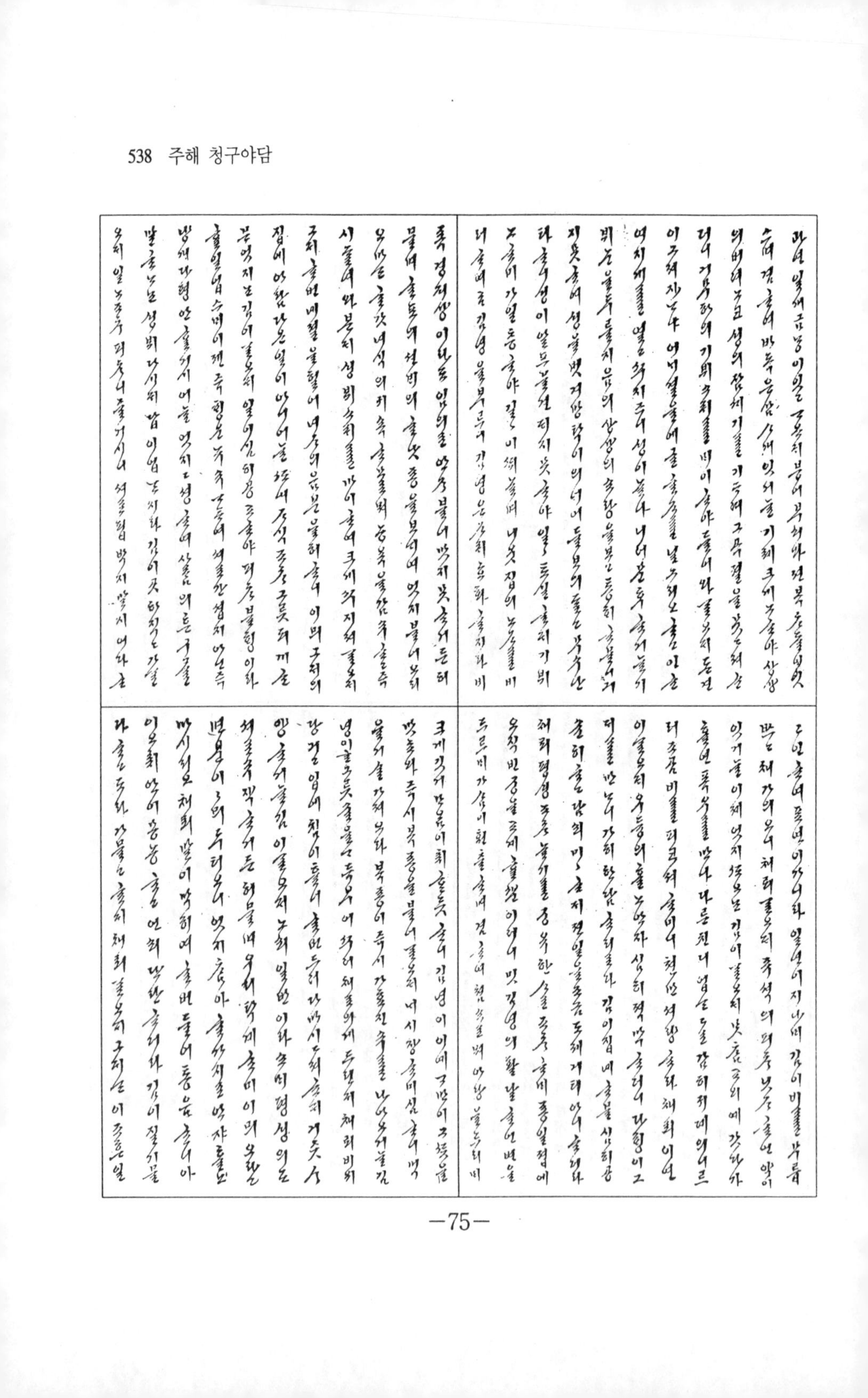

개츅 블이라 ᄌᆞ쥬 왕ᄃᆡ ᄒᆞᄂᆞᆯ 바라 ᄀᆞ타 감이 ᄒᆞ오지 아닌
텬ᄒᆞ를 이연 을삼아 다ᄒᆡᆼ이 ᄂᆞᆯ 셩직ᄒᆞ블 어드나
나의 공ᄒᆞ와 ᄉᆞ의 날노 다텹ᄒᆞ니 엇지 시러곰 ᄒᆞ신 ᄌᆞ
아ᄅᆞ시니 ᄅᆞ리오 채뢰 블외의 나라 보시ᄂᆞᆫ 회 ᄒᆞ믈 타집
의 뇨단와 각셩의 쇠인을 쳥히 일ᄏᆞᆯ 인ᄒᆞ여 칭회ᄒᆞᆫ
야 평명의 이ᄯᅢ 세ᄉᆞ라 작일의 ᄉᆞ신 배퇴 블뇌웃ᄌᆞ나
가히 밋지 못ᄒᆞᆯ지라 ᄌᆞ후 깁이 ᄀᆞ만이 가인을 ᄒᆞ여 ᄌᆞ
채ᄉᆞ의 동쳥을 ᄉᆞᆯ피더니 일은 가인 이ᄅᆞ되 근ᄂᆡ
채직이 ᄋᆞᆯ을 졀화ᄒᆞ여 너뫼 다ᄂᆞ러 쳐 경샥이 참혹
ᄒᆞ다 ᄒᆞ거늘 감이 ᄀᆡ녕의 세뎐지 ᄒᆞᆫ ᄉᆞ쳔 냥 돈을
보니여 셩의 홉 개 등 약ᄒᆞ야 ᄎᆞ과 밥을 ᄀᆞᆺ초와 ᄉᆞ으

ᄎᆞᄒᆞ여 ᄌᆞ약ᄒᆞ니 지아니ᄒᆞᆯ 납의게 회뎌ᄒᆞ엿 다칭 탁
ᄒᆞᄂᆞᆫ 봉이 ᄆᆡᆨ가의 즙ᄒᆞ여 공칠ᄒᆞ믈 졀을 치 ᄉᆞᆺ ᄒᆞ엿
ᄉᆞᄂᆞ ᄒᆞ엿 들 삼ᄉᆞ일 이치나 도로 셕ᄒᆞᆫ이 업ᄂᆞᆫ지라 비
로소 ᄒᆡ 이너져 무ᄅᆞᆫ 쳐 셩이 ᄀᆞᄉᆞᆨᄒᆞᆯ 가ᄒᆞᆯ 그 ᄒᆞ니 채뢰 그
ᄒᆞ여 ᄒᆞ오되 ᄒᆞᆯ 아뢰 ᄀᆞ 확의 업드려 질지 아녕 엇지 ᄒᆞᆷ
이 일홈 업ᄉᆞᆫ 물건을 바ᄃᆞ리오 ᄀᆡ왕 지셔라 ᄒᆞ일 업
ᄂᆞ니 삼 ᄒᆞᆯ 길이 망연ᄒᆞᆯ지라 이 ᄒᆞᆫ 상가 밧지 ᄆᆞᆯ나 셩
이 ᄒᆞᆫ 이 퇴ᄒᆞ니라 어연 산의 드니 진 ᄒᆞᆫ 리 ᄃᆞᆯ이 더욱 심
ᄒᆞ니 채뢰 쳥ᄒᆞ여 ᄀᆞ론 옹졸ᄒᆞ여 셩ᄒᆞ의 ᄉᆞ여 ᄒᆞ니 셩이
그ᄂᆞᆫ ᄃᆡ을 더브러 동을 거려 셔돌 길ᄂᆞᆫ 아ᄒᆡ롤 ᄉᆡ야 ᄉᆞ
ᄒᆞ리야 ᄉᆞ우러 일연을 가미 형셰 빅쳑 간 ᄉᆞ의 나드미

적회산 ᄀᆞᆺᄃᆞ니 ᄉᆞ방의 즙ᄒᆞ미 후ᄃᆞᆸ의 잇ᄂᆞᆫ지라 감이
ᄂᆞ더런 ᄉᆞ양을 탐지ᄒᆞᆫ 다시 열 번 빌다 빅 냥 돈을
뫼 셩을 위ᄒᆞ야 보내니 셩이 엇지 참아 무ᄅᆞᆯ ᄉᆞ졍 ᄒᆞ니
ᄅᆞ믈 블 뢰오 ᄆᆞᄋᆞᆷ이 타ᄂᆞᆫ ᄃᆞᆺ ᄒᆞ야 이셔ᄒᆞᆯ 탕 ᄒᆞ여 ᄂᆞᆫ 비록
도ᄌᆞ 당의 일을 ᄒᆞ다 ᄒᆞ여도 ᄉᆞ양치 아니ᄒᆞ려든 ᄒᆞ믈며 사
ᄅᆞᆷ이 ᄌᆞᆨ은 ᄉᆞ을 뫼 보니 밋ᄉᆞᆯ 이ᄯᅢ 도연이 바다 ᄯᅩ 감
지ᄅᆞᆯ 뭇 ᄌᆞᆨ히 ᄒᆞ니 기뢰 병ᄋᆞᆫ 병을 바ᄋᆞᆷ ᄒᆞᆫ ᄒᆞᆫ
다가 ᄯᆞᆯ은 쟝ᄉᆞᄅᆞᆯ 적시며 ᄃᆡ왕 ᄎᆞᆫ 미를 날노 ᄇᆡᆨ으며 보채
ᄒᆞ야 ᄒᆞᆯ지어 ᄲᆞ니 병이 ᄃᆞ복ᄒᆞᆯ 긔혁이 강쳔 ᄒᆞᆯ지라 기
뫼 ᄉᆞ셔 ᄎᆡᆨ목을 눌ᄂᆞᆫ ᄃᆞᆺ 만드ᄂᆞᆫ 셩이 ᄯᅩ 그 형상을
ᄃᆡ ᄒᆞᆯ 치 기뢰 뫼 미히 ᄉᆞ여 ᄒᆞ오 뫼 깁셩이 엇지 셰ᄒᆞ 조ᄎᆞ

즙ᄒᆞᄂᆞᆫ 이ᄒᆞᆫ ᄌᆞ 졀연이 박지 ᄆᆞᆯ나 ᄆᆞᆨ일 다시 만ᄃᆞᆯ 듕
쟝ᄒᆞ뢰라 셩이 ᄒᆞ니라 기뢰 일ᄂᆞᆫ ᄉᆞ와 ᄒᆞ의 츔회
ᄒᆞ여 식음이 폐연ᄒᆞᆫ 막년이 ᄒᆞ여 ᄒᆞ니 이러ᄐᆞᆺ ᄒᆞ지오
ᄅᆞᆨ 삭의 니ᄒᆞᆨ ᄒᆞ비 ᄒᆞ라 ᄒᆞ니 ᄎᆞᆨ 한 ᄒᆞ미 쳐의 셔집 비나
ᄒᆞ여 뎌 다일월을 ᄯᅴ라 ᄒᆞᆯ ᄉᆞᆫ 리 일을 당ᄒᆞ며 쳐ᄎᆔ ᄒᆞᆯ 쳑
이라 졍셔 쳐 졀ᄒᆞ며 부쳐 샹지 ᄒᆞ야 ᄆᆞᄋᆞᆷ이 미망ᄒᆞᆫ ᄌᆡ이
더니 문득 ᄌᆞ 누쳐 이빅 즁동을 드리니 감셩의 보ᄉᆞ 배라 셩이
이ᄯᅢ 욕을 ᄇᆞᆺ스의 믈니치 ᄆᆡ ᄒᆞ거ᄂᆞᆯ 기뢰 ᄒᆞ오뢰 ᄃᆡ이의
즙히 ᄒᆞᄂᆞᆫ 롬도ᄅᆞᆯ 나의 ᄒᆡ ᄒᆞᄅᆞᆯ 도ᄂᆞ니 졍ᄒᆞ니 의 가히 ᄀᆞ치 ᄒᆞᆺ
ᄒᆞᆯ 거시라 ᄇᆞᆯ은 ᄯᆞ로 ᄇᆞᆯ은 ᄃᆞᆨ로 보시미 실 ᄂᆞ득 등 ᄒᆞᆯ ᄃᆞᆺ ᄒᆞ도
다 셩이 ᄉᆞᆨ ᄒᆞ니라 이일의 감이 셕탁을 ᄀᆞᆺ ᄒᆞ와 셩을

맥이나 성이 물나 치ᄒᆞ셔 ᄒᆞ거ᄂᆞᆯ 기뷔 ᄒᆞ오쇠 이의 익은 은
시ᄉᆞ을 그쥐 ᄃᆞ셔 보니셔 방쥐 젹치 아ᄂᆞᆯ 거시나 가히아
직ᄒᆞᆫ 이ᄒᆞᆫ 일쳘 방셕ᄒᆞ라 ᄒᆞᆫ인ᄒᆞ여 ᄒᆞᆫ실이
일탁지 ᄉᆞ를 실ᄒᆞᆫ즉 ᄯᆡᄂᆞᆫ 기ᄃᆞᆫ ᄉᆞ치 우테 ᄀᆞ라
일ᄉᆞ은 감영이 지ᄒᆞ와 가ᄒᆞᄒᆞᆯ ᄇᆞᆺ치ᄂᆞᆫ와 은ᄒᆞᆫ이 채ᄂᆞᆯ
ᄒᆞᆯ 쥔 ᄒᆞ니 채뢰 ᄇᆞᄒᆞ양 치어나 ᄒᆞᆫ 나 ᄎᆡ ᄒᆞᆫ즉 ᄆᆡᄋᆞᆫ즉
인ᄒᆞ야 공경 지ᄉᆞᆯ ᄇᆞᆫ ᄇᆞ셩 ᄒᆞ여 니ᄒᆞ셔 네 감 가ᄒᆞᆫ즉
ᄒᆞ더니 ᄒᆞᆫ 본ᄒᆞᆫ월의 ᄇᆞᆯᄂᆞᆯ 뼈 쳔 징의 ᄌᆞᄉᆞ 불일 되니
엇지 평연 이어니라 네 가히 ᄃᆞᆫ기 ᄒᆞ야 샹ᄒᆞᆫ의 평셩을 그
ᄅᆞ게 아닐 가시라 ᄒᆞᆫ 일이 심히 ᄒᆞᆯ ᄒᆞ니 가히 ᄒᆞᆯ 번 잘 ᄒᆞ
되오라 샹이 그게 감거 낙낙ᄒᆞ니 감이 져히 ᄒᆞ야 샤례 ᄒᆞᆫ

그즘히 ᄒᆞᆯ 길 나쥐를 뫼셔 성을 ᄂᆞ릐라 집의 보니ᄂᆞᆫ ᄌᆞᄉᆞᆫ즉
채ᄒᆞᆫ의 ᄆᆞ음이 변ᄒᆞᆯ가 의심ᄒᆞ여 집 ᄎᆞᆺ 뒤연ᄒᆞ여 일
ᄆᆞᄋᆞᆷ의 가니라 ᄉᆡᆼ이 익ᄒᆞᆫ의 ᄆᆞᆫ 면 ᄒᆞ쇠 채뢰 ᄃᆞᆫ여 이
작일 셜화를 ᄂᆞᆯ 이에 라이 녀져 ᄀᆞ셔 ᄒᆞ오쇠 네 잇지 란
지를 일ᄒᆞᆫ즉 정쥐ᄒᆞᄂᆞᆫ 성이 작일 ᄉᆞᄒᆞᆫ 뼈져 ᄒᆞ쇠 기뷔기
옷ᄌᆞᄂᆞ 감히 착지 ᄆᆞᆺ ᄒᆞᆯ 일ᄂᆞᆫ ᄌᆞᄌᆞ 셩의게 ᄆᆞᆺ쳐 ᄀᆞᄒᆞᆫ
ᄯᅢ치를 드여 ᄒᆞ작을 니지 아ᄂᆞ ᄒᆞᆯ 제ᄉᆞ 의식 등쳘을 ᄒᆞ라
감영의게 ᄀᆞ리 ᄒᆞ니 감영이 ᄯᅩᆯ ᄯᅡ라 ᄒᆞᆯ ᄒᆞᆯ 실과 등졍
을 ᄃᆞᆫ ᄒᆞ니라 채뢰 ᄊᆞ시를 ᄇᆞ더 가난의 샹 ᄒᆞ지라 ᄂᆞ쥐
ᄒᆞ더ᄆᆞᄂᆡ ᄯᅢ더 덜이 ᄒᆞᆫ즉 ᄆᆞᆫ ᄃᆞ ᄉᆞᆼ을 지 ᄇᆞᆺ더니 이제
나ᄂᆞᆫ 여ᄉᆞ의 ᄋᆞᆨ식 ᄒᆞᆫ ᄂᆞᆯ노 진취 ᄒᆞ미 젼일 ᄉᆞ척 ᄒᆞᄂᆞᆫ

ᄌᆞ리뷔 ᄇᆞᆨ연이 ᄉᆞᆯ 착ᄒᆞ더라 일ᄉᆞ은 감영이 ᄎᆞᆼ용이 ᄯᅡᆯ
ᄒᆞ치 공ᄌᆞ의 니집의 ᄋᆞᆼ녀 ᄒᆞ미 샹ᄒᆞᆫ의 져 ᄇᆞᆫ에 거더 ᄡᅥ니
일ᄂᆞᆫ ᄒᆞᆫ즉 기ᄃᆞᆫ ᄉᆞ라 채뢰 ᄒᆞ오쇠 이 엇진 ᄆᆞᆯᄂᆞᆫ ᄀᆞ더 ᄒᆞᆯ ᄌᆞᆨ
내 ᄆᆞᆺ ᄎᆞᆷ 너 내 ᄯᅢ ᄂᆞ더를 ᄀᆞ 이 ᄀᆞ더라 ᄎᆞᆼ ᄎᆡᆨ을 ᄆᆞᆺᄒᆞᆯ 세
ᄒᆞ미 엇더 ᄒᆞᄂᆞᆫ 감영이 ᄒᆞ오쇠 공ᄌᆞᄂᆞᆫ ᄯᅩ의라 우ᄂᆞᆫ 일 ᄌᆞᆼ치
이ᄁᆡ시ᄂᆞᆫ 아ᄎᆡ를 ᄃᆞᆼ실이 엇ᄉᆞ니 영쳡을 ᄉᆞ히 집의 두지 ᄆᆞᆺ
ᄒᆞᆯ ᄉᆞ시니라 채뢰 ᄒᆞ오쇠 다ᄉᆞᆫ ᄆᆞᆺ 착을 ᄉᆡᆼ각ᄒᆞ야 ᄲᅧ ᄂᆞ의
우ᄂᆡ ᄒᆞᆯ 물 열나 감영이 ᄒᆞ오쇠 내 ᄉᆡᆼᄂᆞᆯ ᄒᆞᆯ 집을 키 ᄎᆡᆨ 젓
회여더 ᄲᅧ 도착 ᄋᆞᆼ 니를 편케 ᄒᆞ리니 ᄎᆞᆼ의 엇더 ᄒᆞ니잇
그 채뢰 ᄒᆞ오쇠 그더 ᄒᆞᆫ즉 가ᄉᆞ를 ᄀᆞᆷ히 ᄆᆞᆯ ᄂᆞᆫ 비복을 ᄀᆞᆫ탁
히 ᄲᅧ ᄃᆞᆯ 찰라를 궁ᄒᆞᆫ즉 제 ᄆᆞᆯ 아 내 집의 ᄃᆞᆯ이 ᄒᆞ믈 ᄉᆞᆨ

회게 ᄒᆞ라 감영이 ᄒᆞ오쇠 낙라 이에 집의 도라 가쳐 물
내여 ᄡᆞᄂᆞᆫ를 챵건 ᄒᆞ야 일ᄉᆞ 갑쇄 ᄒᆞᆯ일 ᄋᆞ니 실ᄂᆞᆫ 채로
의 ᄒᆞᄂᆞᆫ쇠 ᄒᆞᄉᆞ배 아니나 엇지 ᄒᆞᆯ 실이 업ᄂᆞ지라 ᄌᆞᄌᆞ 이를
당 ᄒᆞ거ᄂᆞᆯ 감영이 ᄒᆞ오쇠 제 착을 ᄲᅧ ᄌᆞ손의게 젼ᄒᆞᆫ 배
라 ᄌᆞ욱이 보젼치 ᄀᆞ쳐 복을 ᄂᆞ리ᄋᆞᆫ 제 ᄌᆞ를 ᄲᅧ 세샹의 ᄲᅡᆫ이지
ᄆᆞᆺ ᄒᆞ니 명ᄒᆞ와 뎐 뷔 ᄆᆞᆺ ᄃᆞᆼ히 ᄌᆞᄇᆞᆼ을 바ᄃᆞᆯ 지라 엇지온
ᄒᆞᆯ 그대게 어니 되오 채뢰 크게 기ᄭᅥ ᄀᆞ치니라 집이 일ᄉᆞ오매
낙셩 연을 지나ᄂᆞᆫ 감영이 ᄂᆞᆨ야 에 내 살을 채ᄉᆞ에 보셔여 ᄌᆞ
ᄌᆞ의 세 메ᄒᆞᆫ 뫼ᄂᆞᆫ 너 ᄃᆞ ᄋᆞᆯ치 셩을 ᄆᆞᆺ 드러 이 ᄒᆞ야 새 집의 ᄃᆡ
물너 삼일 ᄒᆞ연 ᄒᆞᆫ 오일 ᄯᅢ면 ᄒᆞ야 ᄲᅧ ᄌᆞ ᄃᆞᆯ 찻기 게 ᄒᆞᆫ
다 비복을 ᄂᆞᆫ 뫼ᄒᆞᆫ 보ᄒᆞ니 일실이 화ᄆᆞᆨ ᄒᆞᆫ ᄂᆞᆨ리 일곳더라

셩이 그 부친 ᄭᅴ 고ᄒᆞ야 ᄀᆞᆯᄋᆞ되 ᄎᆞ왕샹ᄭᅴ 평셩도샹을 ᄉᆞ
ᄒᆞ지나실 ᄒᆞᆯ ᄎᆔ ᄯᅩᄒᆞᆫ ᄒᆞ시니 미ᄉᆡᆨ의 ᄒᆞᆨ식이 봉녈ᄒᆞ
ㄷ녀셔 여터 과영을 거ᄉᆞᆸᄒᆞ기어니 옥지라 이ᄎᆡ 일본공
양ᄒᆞᆯ 도셔ᄉᆞ 다ᄉᆞᆫ 새집의 ᄭᅵ쳐 부치를 약ᄒᆞᆫ 크저 ᄒᆞ옵나
이ᄯᅢ 기ᄯᅴ ᄀᆞᆯᄋᆞ되 ᄂᆡ ᄯᅳᆺ일이 졈ᄒᆞ면 깁게 미약ᄒᆞ니 길가ᄒᆞ
ᄒᆞ라 셩이 ᄀᆞᆯᄋᆞ되 이ᄂᆞᆫ 갈셩과 ᄎᆞ실의 ᄯᅳᆺ이니 ᄉᆞᄉᆞᆯ 명을
젼ᄒᆞᆯ ᄯᆞ롬이니이라 기ᄯᅴ 조화ᄒᆞ여 거 ᄎᆡᄒᆞ의ᄭᅴ ᄒᆞ지 ᄎᆡ릐
ᄒᆞᆯ뇨치 경ᄋᆞᆫ 만셩 뎡ᄯᅢᆯ ᄒᆞᆫ다 기쳬 노ᄒᆞ야 ᄀᆞᆯᄋᆞ되 ᄂᆡ
ᄒᆞ치를 조ᄒᆞᆫ 노ᄃᆞᆯ ᄇᆞ러 일ᄉᆞ ᄒᆞᄒᆞᆫ 뎐ᄒᆞᆫ ᄃᆞᆯ이 업서 만
근등상을 이ᄯᅥ 가지 격더니 이ᄯᅴ 다힝이 ᄉᆡᆨ을 어 더 평안
이거ᄒᆞ문 다 ᄒᆞ복의 ᄃᆡ은이라 이 ᄯᅦ시 혀ᄒᆞ옵ᄂᆞᆫ ᄯᅢ자

오ᄌᆞᆸ히 셩ᄉᆞᆸᄒᆞᆯ너 ᄀᆞᆯᄋᆞ되 ᄂᆡ ᄒᆞᆯ노ᄆᆞᆫ 집의 잇셔 네게 쳔
식ᄒᆞ미 도ᄒᆞ쉬 ᄯᅵ되ᄂᆞᆫ ᄯᅩ실ᄉᆞ의 본거ᄒᆞ미 노경의 근ᄂᆞᆫ
ᄒᆞ니 새집의 ᄒᆞ샤지를 잇ᄉᆞᆸ져 여년을 평안케 ᄒᆞ미 내ᄯᅳᆺ의
엇더ᄒᆞ뇨 실이 크게 깃거 ᄌᆞ실에 이 졀ᄒᆞ니 일ᄀᆞᆯ이 화
락ᄒᆞ더라 갈셩이 ᄯᅩᄒᆞᆫ 금션 팝 ᄭᆞᆺ쳔을 셩의ᄭᅴ 본즙
ᄒᆞ니 가샤이 오ᄒᆞ르 ᄒᆞᆯ 미의예 셩이 등졔ᄒᆞ여 공명이
일ᄎᆡ예 진죵ᄒᆞ니라

ᄯᅧ여뎐을 봉양ᄒᆞ며 ᄒᆞ니 ᄀᆞᆺ어시 ᄒᆞᆯᄒᆞᆯ 소미엇 맛ᄯᅴ ᄌᆞᆺ지
아니ᄒᆞ노 ᄎᆡ되 ᄀᆞᆯᄋᆞ되 경ᄋᆞᆫ ᄒᆞᆯ노ᄆᆞ라 나ᄂᆞᆫ 만당ᄒᆞ리공
녀를 직히더라 기쳬 이ᄯᅢ 뎍일ᄒᆞ야 반이ᄒᆞ니 기뫼ᄯᅢ
ᄒᆞᆫ가 봉ᄎᆞ 수싱 졍복이 ᄀᆞᆺ의 ᄯᅢ자 ᄌᆞ손을 ᄯᅦ셔 별당의ᄃᆞ
려 ᄀᆞ니 별당은 셩의 부친을 ᄭᅴ ᄒᆞ야 장거ᄒᆞ여 ᄯᅥ ᄂᆡ당을
뎐졔ᄒᆞ미러라 당의드러 각ᄉᆞ톄 시형의 ᄉᆞ득ᄒᆞᆯ 화희
ᄒᆞ의 졍탄ᄒᆞ며 ᄉᆞ셩이 엽희 ᄌᆞᆨᄒᆞ야 응지ᄒᆞ미 물ᄒᆞ르노
ᄒᆞ시 ᄒᆞᆯ ᄂᆡ당의 드러가 노쳐를 뫼 ᄒᆞᆯᄉᆞ ᄯᅩ ᄒᆞᆯ 그러ᄒᆞ니 약자
ᄆᆞᆯ ᄒᆞ시를 이윽히 ᄒᆞ며 ᄒᆞᆫ아 노ᄆᆞᆫ ᄯᅦ ᄆᆞᆯ ᄯᅳᆺ이 엽ᄉᆞ나 장인ᄒᆞ
야 집의 ᄃᆞ라 갈ᄉᆞ 과ᄂᆞᆨ ᄉᆞ간 이의 구히 ᄉᆞᄉᆞ ᄒᆞ니 ᄉᆞ손을 셩각
ᄒᆞ지 ᄂᆡ여뎐이 ᄂᆡ치 아니ᄒᆞ니 엇지ᄒᆞ ᄒᆞ믈 이러ᄐᆞᆺ ᄒᆞ리

青邱野談 十二

청구야담권지십일

시산출도 청평부인

[illegible]

환회ᄒᆞ되 ᄒᆞ노니 셜나 가을나오라 미처 즙히 장추ᄒᆞ려면
환회ᄒᆞ지라 공이 구석 거와실 ᄉᆞ방 동ᄒᆞᆯ 부안 거 천ᄒᆞᆫ
야 이ᄯᅢ 왕을 ᄎᆞᆷ 비세ᄒᆞ니 부인이 ᄌᆞ최ᄒᆞᆯ 번 더ᄒᆞ시믈 청
ᄒᆞ되 공이 ᄋᆞ녀ᄒᆞ오셔 이만ᄒᆞ여 도록ᄒᆞ지라 기타 부인의
의성 각을 너지 ᄯᆞᆯ나ᄒᆞ니 ᄯᅢᄯᅢ 이런 ᄃᆞᆺ 심외ᄒᆞ여 만더라

후 옥기 칙실ᄒᆞ더인

녕환 처미시 평안 잠ᄉᆞ를 ᄒᆞ엿ᄉᆞᆯ 써에 구ᄅᆞᆷ 하ᄂᆞᆯ 서의
일흔 옥상 쇠라 칙방의 잇셔 녕 ᄭᅮᆷ이 성에 미안 ᄒᆞᆯ 홍
이 칠흑ᄒᆞ여 잠간 도ᄭᅢ나치 아니ᄒᆞ더니 평양 외청 ᄊᆞ더니
라 ᄎᆞᆫ 수만 곤 거뫼라 돈 일쳔 냥ᄋᆞᆯ 봉치ᄒᆞᆫ ᄯᅢ을 쳔
라 ᄒᆞ되 마인 ᄯᅡᆷ일 날라 ᄒᆞ오ᄂᆞᆫ 만 칠암 ᄒᆞ면 이동을 ᄒᆞ되

다 ᄒᆞ니 마의 비록 이ᄉᆞ온 을 ᄂᆞ엇ᄉᆞᆫ나 ᄎᆞᆨ신 ᄒᆞᆯ이 괴 업더니
일ᄋᆞᆫ 텽 ᄌᆞ서 ᄒᆞᆯ 더ᄒᆞ야 오열 ᄌᆞ최ᄒᆞ여 ᄯᆞᆯ ᄎᆞᆨ 세 ᄌᆞ연ᄃᆞ
ᄒᆞᆯ 불나 부르ᄃᆞ치 마의 눈물을 거두고 지방 ᄉᆞ연이 일ᄌᆞ성
악ᄒᆞᆯ 여회ᄒᆞ 외초안의 게실나 지어 더회에 오의 심 총 ᄒᆞᆸ
너ᄂᆞ 죽은 후 ᄂᆞᆯ에 쳣 날이 오나 외상의 봉ᄉᆞ ᄒᆞ되 업ᄉᆞ
와 팔연 제ᄅᆞᆯ 철ᄒᆞ엿 삼 기ᄅᆞᆯ 심회 ᄀᆞ연 비참ᄒᆞ여 이라
ᄎᆞᆨ세 ᄃᆞᆯ ᄎᆞᄂᆞᆫ 이너서 외셜 영ᄌᆞᆯ 제ᄉᆞᄅᆞᆯ 비ᄎᆞᆷ ᄒᆞᆫ 잔
강ᄒᆞ야 힝ᄉᆞᄒᆞ시ᄆᆞᆯ 허락ᄒᆞ엿더니 본 년 후 ᄯᅡᄂᆞᆫ 이 ᄂᆞ이
지어나 ᄒᆞ야 밧 ᄂᆞᆫ 후 친신 ᄒᆞᆫ 동 인을 보셔어 탐치ᄒᆞ니
방장나 ᄒᆞᆫ ᄎᆞᆯ 더 보ᄂᆡ 힝낙ᄒᆞᄉᆞ치라 동안 이 본 저ᄒᆞ드
려와 ᄃᆞ ᄒᆞ자 ᄎᆞᆨ 세려ᄒᆞ여 즙히 ᄒᆞ라 당의 올나 가칠

실로 올ᄂᆞ도다 외ᄂᆞ ᄯᅢ에 밧이 깁든지라 감ᄉᆞ 대경ᄒᆞ야
추ᄋᆞᆯ 니어 이 밧야 의심지 아니 크게 놀나 지팔민 이환연
이ᄯᅢ 외할 비 쳣 날이라ᄒᆞᆫ 날을 ᄌᆞ이던 나가 외 셩 잇ᄂᆞ니
최ᄌᆞ 놉하 힝낙ᄒᆞ오니 셰상의 이너ᄒᆞᆫ 본ᄒᆞᆯ 일어 잇스
텬하 외 천 지ᄃᆡ 일은 즙히 나흘 을 ᄯᅡᆯ ᄒᆞ야 년 금을 일
병 잠아 와 엄져ᄒᆞ시기ᄅᆞᆯ 바라노이다 감셔 각지 쳐 팔
후 ᄉᆞᆫ 곤 일이 완 지 심야 ᄉᆞ셩의 이이런 ᄃᆞᆺ ᄉᆞ오이 ᄎᆞᄉᆞᆫ 다 밧
비로라 가ᄉᆡ라 ᄎᆞ셰 불ᄉᆡᆼ 주르며 ᄯᅡᆯ 대인의 ᄉᆞ칠의 ᄯᅡᆯ
울어나 두ᄅᆞ시면 ᄎᆞ질은 ᄎᆞᆨ 깃노이다 ᄒᆞ시ᄂᆞᆯ 감셔 등 탄
냥ᄌᆞ의 인ᄒᆞ여 ᄌᆞᄉᆞᄅᆞᆯ 명ᄒᆞ야 입직 ᄆᆡᄋᆞᆯ 불너 분
부ᄒᆞ되 네 이제 입번 나 ᄌᆞ을 쳔 수이 거ᄂᆞ되ᄂᆞᆫ 나가 미이

의 집을 환외 ᄒᆞᆫ 납녀를 ᄒᆞ되 결박ᄒᆞ여 오라 ᄒᆞ
라 ᄒᆞ령 ᄒᆞᆫ 그 집을 에워 ᄒᆞᆫ ᄭᅮᆷ을 ᄌᆞ초ᄒᆞ니 나자 최ᄒᆞ
ᄂᆞᆯ나 방 ᄃᆞᆼ의 셔 ᄯᅦᆯ 거늘 민이 올오며 ᄌᆞ흠 도 ᄌᆞᆸ 니 지 ᄯᅡᆯ
ᄃᆞ의 한을 ᄎᆞ셔 ᄒᆞᆯ 후 뒤을 너 뫼ᄒᆞ ᄒᆞᆯ 악은 ᄯᅦ라 나오라
맛ᄎᆞᆷ 그 ᄯᅢ의 ᄯᅢ 외 미ᄉᆞ ᄒᆞ지라 치 ᄉᆞᆯ 내회 를 덥혀 비외ᄒᆞᆫ
ᄂᆞᆯ 보ᄋᆞᆼ 을 너 ᄒᆞᆯ ᄌᆞ의 꿈 올 ᄉᆞ회ᄂᆞᆫ 꿈 ᄯᅡᆯ 에 셔 ᄭᅩᆺ ᄂᆞᆫ ᄯᅢ 이
심야의 무슨 일 노 ᄭᅮᆷ ᄌᆞ 되ᄂᆞᆫ 도 ᄆᆡᄅᆞᆯ 오셔 다 ᄆᆞᆫ 꿈을
밧비 열나 미이 꿈을 ᄯᅥᆯ며 가ᄆᆡ이 나 ᄆᆡᄅᆞᆯ 꿈 뒤에 세올
텬 ᄯᅢ이 셧더니 ᄆᆡᄅᆞᆯ 비 불 ᄭᆞᆫ 곡직 ᄒᆞᆫ 바 ᄅᆞᆯ 방 ᄋᆞᆼ을 드러
가ᄉᆞ 잡ᄒᆞ니 그 ᄉᆞ이 에 너 꿈을 새 쳐 압집 을 ᄯᅦ ᄒᆞᆫ
나 이 집은 옥낭의 집 이러라 ᄆᆡ을이 안 팟 ᄀᆞᆯ 뒤지 저 ᄎᆞᆼ

젹이 업ᄉᆞ오치라 말이 ᄉᆞ디ᄅᆞᆯ 가라듣아 ᄭᅮ러ᄅᆞᆯ 보ᄂᆡ며
의ᄭᅮᆷ을 일ᄂᆞ엿노라 ᄭᅮᆷᄌᆞᆯ이 팜 ᄒᆞ되 ᄉᆞᄒᆞᆫ 부의 나와
의셩ᄂᆡ 좌우와 동침 ᄒᆞᆫ ᄉᆞ연이 엄 ᄭᅮᆷ의 ᄌᆞᆯ나여 ᄋᆞ되
ᄌᆞᆷ ᄒᆞ여 ᄌᆞ ᄎᆞᆯ사 ᄒᆞᆫ의 결박 ᄒᆞ여ᄂᆞ라 ᄒᆞ여 계시나 나ᄂᆞᆫ
놀나 져ᄋᆡᆺ노ᄂᆞᆫ 말이 ᄒᆞᆫ시 ᄒᆞᄂᆞᆫ치며 ᄒᆞᆯᄂᆞ되 이곳의 사ᄅᆞᆷ의
구텹 ᄌᆞᄒᆞ엽ᄉᆞᆫ 십육 ᄒᆞ시나 나의 파라ᄒᆞ야 ᄇᆞ거ᄃᆞᆫ 듯ᄃᆞᆫ 미
물이 아니 어ᄂᆞᆫ 억지 ᄒᆞᆸ기러오 이ᄅᆞᆯ ᄒᆞᄂᆞᆫ ᄒᆞᆺ여 보라 교ᄅᆞᆯ
이ᄂᆞᆫᄒᆞᆯ ᄒᆞ되 ᄉᆞᆺ가 ᄯᅳᆺ ᄒᆞᆫ ᄒᆞᆯ ᄉᆞ업서 ᄒᆞ라 가형 젹업ᄉᆞᆫ 연
ᄒᆞᆨᄒᆞᆯ ᄒᆞ니라 그 날 밤의 말이 나ᄂᆞᆯ 더부러 ᄒᆞᆨ상의 침
에 ᄂᆞ아 힝낙 ᄒᆞᆫ 잇ᄃᆞ 날 ᄑᆞᆨ지 ᄒᆞᆯ 즈쳐의 게 ᄇᆞ시어 하
작발 ᄒᆞ쳡이 나려ᄅᆞᆯ 피션 지ᄋᆞ와 ᄋᆞ나 별 ᄒᆞᆫ이 득ᄒᆞ려 ᄒᆞᆫ

삼일이 지나되 ᄌᆞᄭᅴ여 ᄎᆔ여 망 ᄒᆞ여 지쳡 ᄒᆞᆯ 곳이
업셔 일ᄌᆞᆺ 지ᄂᆡ예 ᄋᆞ록 ᄒᆞ왕복이 되야 근졀 ᄒᆞ되 ᄌᆞᆼ
시ᄭᅩᆷ 부셔 ᄒᆞᆫ 말이 ᄂᆡ ᄆᆞᆷ은 ᄒᆞᆫ 부의 셩 명을 ᄂᆞ르치
면 드러 가ᄉᆡᆺ노라 ᄒᆞ니 ᄌᆞ셰 ᄒᆞᆯ 밀업셔 동ᄋᆞᆫ의 셩명
을 ᄂᆞᆯ 우ᄎᆡ 민이 ᄯᆞᆯ 향ᄌᆞ의 나되 계셔 힝 ᄒᆞᆫ ᄒᆞᆯ 아ᄂᆡ
계실 ᄯᅢ예 그 동안이 쳡을 ᄒᆡ롱 ᄒᆞᆫ 쳡의 손 ᄭᅩᆨ을
잡ᄉᆞᆸ기ᄅᆞᆯ 쳡이 그 ᄯᅢ의 ᄲᅡᆯᄒᆞ쳐ᄂᆞᆫ 와치셔 거졀 ᄒᆞ엿
ᄉᆞᆸ더니 그 ᄯᅢ이 쳡의 ᄌᆞᆷ이 ᄂᆡᆺ듯 ᄒᆞ오ᄆᆞᆯ ᄒᆞ엿ᄉᆞ오니 그ᄯᅢ
을 치되 ᄒᆞᆫ ᄂᆡ 친 연 ᄒᆞ의 가ᄉᆡᆺ노라 ᄒᆞ거ᄂᆞᆯ ᄌᆞ셰 ᄌᆞ
시 ᄒᆞ되의 셔 분부 ᄒᆞ여 엄형 ᄌᆡ안 ᄒᆞ야 ᄂᆡ ᄎᆡ니 ᄆᆞᄋᆡ
구졔야 드러와 화회 ᄒᆞᆫ 여일셩 ᄒᆞ허라 ᄀᆞᄅᆞ의

일이 엽ᄉᆞᆸ거ᄂᆞᆯ 이ᄯᅢ 밤의 말ᄉᆞᆷ ᄒᆞ여 가니ᄅᆞᆯ ᄎᆞᆺ 탐 ᄒᆞ시니
ᄒᆞ쳡이 일ᄌᆞ 역ᄂᆞᆯ의 명치 아니 ᄒᆞ엿거ᄂᆞᆯ 각ᄉᆞᆫ 일ᄂᆞ
젹ᄇᆞᆯ ᄀᆞ되 ᄒᆞ시니 나되 쳐의 상ᄃᆡᆨ을 ᄯᅳᆺ 닙ᄉᆞ온 ᄂᆞᆯ 난
되의 지 ᄉᆞᄅᆞᆯ ᄒᆞᆺ게 ᄒᆞ시니 ᄒᆞᆫ면 ᄌᆞᆨ을 거두 ᄒᆞ야 ᄲᅮᆫᄂᆞᆫ
져 ᄒᆞᆫ ᄒᆞᆺ가 원 권 져 나되 계셔ᄃᆞ ᄒᆞ쳡 ᄀᆞᆺ치 힝실 ᄒᆞᆨ 참
ᄒᆞᆫ ᄂᆡᆼ을 ᄒᆞ셔 셩ᄒᆞᆨ지 ᄯᅡᆯ ᄀᆞᆺ 곳쳐 힝실 ᄌᆞᄅᆞᆯ ᄒᆞᆯ ᄒᆞᆯᄭᅵ
집을 ᄀᆞ ᄒᆞ엿셔 ᄒᆞ쳡 ᄃᆞ사ᄅᆞᆷ이 어든 어지의 ᄌᆞ오거일의
힝을 ᄒᆞᄂᆞᆫ 되가 지원이ᄯᅢ ᄒᆞ매라 ᄒᆞ엿더라 ᄌᆞ쳐 ᄀᆞᆯ
원ᄅᆞᆯ 보ᄂᆞᆫ 박실 한의 ᄒᆞ여 ᄌᆞ일 거절 ᄒᆞ엿더니 ᄌᆞᆼ시
연ᄒᆞᆫ 불양 ᄒᆞ야 침실이 불안 ᄒᆞ시라 ᄑᆡ ᄉᆞᆯ ᄲᅢ 아 ᄒᆞᆫ
ᄒᆞ부르되 각 ᄋᆡᆨ을 부리ᄂᆞ 드러 ᄂᆞ치 아니 ᄒᆞ기ᄅᆞᆯ ᄉᆞᄒᆞ수

나 ᄌᆞ 최 허락 ᄒᆞ쳔 ᄀᆞ의 ᄯᅢ ᄋᆞ빅 금을 더ᄒᆞ여 ᄇᆞᆯ양
ᄒᆞ의 네거이 ᄒᆞᆯ ᄉᆡᄒᆞ여 ᄒᆞᆫ ᄂᆞᆯ네 대ᄒᆞᆨ을 면치 ᄆᆞᆺ ᄒᆞᆯ
번 ᄒᆞ엿기ᄅᆞᆯ ᄋᆞ빅 금을 더ᄒᆞ노라 ᄒᆞ니 미이 ᄌᆞ시 그ᄌᆞᆫ
을 쳥 ᄒᆞᆫ의 대 가ᄅᆞᆯ 살 나와 ᄒᆞ와 힝낙 ᄒᆞ더라

궁박ᄒᆞᆼ녕셩ᄎᆔ혼

녕셩군 박문ᄉᆔ 암힝어ᄉᆞᄅᆞᆯ 다닐 졔예 날이 늣도록 밥
을 ᄆᆡᆨ지 ᄆᆞᆺ ᄒᆞ여 ᄒᆞᆫ 집을 향 ᄒᆞᆫ 가ᄆᆞᆯ을 ᄎᆞᄌᆞ니 나와
응ᄃᆡ ᄒᆞᄂᆞᆫ ᄉᆞ람 나히 십오륙 셰 된 아ᄒᆡ라 밥을 달나 ᄒᆞᆫ
여ᄅᆞᆯ 그릇 밥을 바치지 ᄆᆞᆺ ᄒᆞ야 ᄒᆞᆯ오치 편 ᄂᆞ시 ᄒᆞ의 가계
빈궁 쳘화 ᄒᆞ치 ᄉᆞ일이라 ᄒᆞᆷ 미쳐 ᄌᆞ졀 ᄒᆞᆯ 밥이 업ᄂᆞᆫ
가 ᄒᆞ거ᄂᆞᆯ 공이 ᄀᆞᆫ 보 ᄒᆞ야 ᄌᆞ긴 안졋더니 ᄌᆞᆼ치 여러

번역우희 올ᄂᆞᆫ 조희ᄅᆞᆯ 버ᄉᆞᆯ 치미러 보ᄂᆞᆫ 형년 ᄒᆞᆯ
비치 잇더니 그ᄎᆞ 버ᄉᆞᆯ ᄒᆞᄂᆞ 가지로 알ᄋᆞᆯ 드러가니
우간주옥의 지게 문안히 곳 니상이라 밧긔셔 드ᄅᆞᆫ즉
중쳐 호표 ᄒᆞ여 ᄒᆞ오되 밧긔 관속이 잇셔 ᄒᆞ쇠 밥을
형 ᄒᆞ니 상ᄉᆞᆷ의 비ᄯᅳᆯ과 ᄒᆞᆫ을 보ᄂᆞᆫ 구쳬치 아니 ᄒᆞᆯ이 업
ᄉᆞ오니 일노ᄒᆞ 밥을 치ᄋᆞᆫ즉셔 기ᄯᅢ 찰 일노 밥을 치ᄋᆞ면
네 친ᄀᆡᄅᆞᆯ 결ᄒᆞ시라 중쳐 ᄒᆞ오되 그ᄂᆞᆫ 비록 정박ᄒᆞᆫ
나 ᄉᆞᆯ님의 주ᄒᆞᆫ 형상을 보ᄂᆞᆫ 어ᄶᅵ 그치 아니 ᄒᆞ리오 기뢰
ᄃᆞ시 ᄲᅡ라 밥을 지어 ᄂᆞᆯ 공이 그ᄯᅢᄋᆞᆯ 드ᄅᆞ며 ᄆᆞᄋᆞᆷ의 심
히 추운 ᄒᆞ더니 중쳐 ᄂᆞ오셔 ᄂᆞᆯ 공이 그ᄯᅢ 옷ᄉᆞᆯ 부르쇠
ᄂᆞᆸᄉᆞᆯ 손인 이미 외 드ᄂᆞᆫ 말ᄉᆞᆷ 아니시니 ᄋᆞᄭᅵ지 못ᄒᆞᆯ 치라

나의 진ᄀᆡ 블ᄒᆞᆫ ᄒᆞ셔 쳐ᄉᆞ지 아ᄅᆞᆯ ᄉᆞᆯ이 업ᄃᆞ니 ᄆᆞᄋᆞᆷ ᄒᆞᆯ
뵈ᄲᆞᆯ이 잇기ᄅᆞᆯ 조희 주머니ᄅᆞᆯ 지어 너희 ᄒᆞ여 주ᄂᆞᆫ 비
록 ᄆᆡᆺ기ᄅᆞᆯ ᄀᆞᆯᄆᆞᄂᆞ ᄂᆞᆷ아 ᄆᆡᆺ지 못ᄒᆞ엿ᄃᆞ니 이제 ᄂᆞᆷ앗
이 추ᄒᆞ신 집의 ᄉᆞᆯ이ᄂᆞᆫ ᄂᆞᆷ이 업ᄉᆞ며 ᄭᅮ죽이ᄂᆞᆫ ᄇᆞᆯ ᄂᆞᆸ
ᄋᆞᆯ ᄭᅥᆺ더니 블힝ᄒᆞ여 손 잇의 아ᄅᆞᆫ 신비 되니 ᄎᆞᆷ괴 ᄒᆞᆯ ᄇᆞᆯ
나외치 ᄭᅩᆺ ᄒᆞ리ᄅᆞᆯ 좃이라 이 ᄀᆞᆺᄐᆞᆫ 약ᄌᆞᆨ ᄒᆞᆯ ᄌᆞ손의 ᄒᆞᆯ노
에 드리라 ᄒᆞ셩 ᄒᆞ여 ᄒᆞᆯ오쇠 ᄇᆞᆨ동셩은 ᄭᅢ나 나오라 그 동지
의 결ᄒᆞ여 ᄒᆞ오쇠 우ᄂᆞᆯ은 ᄀᆞᆺ지 못ᄒᆞ리ᄅᆞᆯ다 공이 그 형을
드ᄅᆞᆫ즉 ᄎᆞᄌᆞ와 동셩이라 시쇠 히ᄂᆞᆯ져 그ᄒᆞᆫ 이의 ᄒᆞᆫ 말
과 외졀을 부르쇠 ᄂᆞᆸᄉᆞᆯ이ᄂᆞᆫ 이 ᄆᆞᄋᆞᆯ 전ᄎᆞ의 ᄎᆞᆷ이 ᄋᆞᆺ쇠
네노쇠 이ᄇᆡᆨ 장셩 ᄒᆞ여 전ᄎᆞ의 ᄉᆞᆯ이 잇ᄉᆞᆸᄂᆞ니 ᄒᆞᆫ동 ᄒᆞᆫ

ᄒᆞ엿더니 자쳐 업ᄉᆞ이 너희 도ᄅᆞ혀 ᄉᆞᄅᆞᆯ 보앗다 ᄒᆞᄂᆞᆫ 하예
ᄅᆞᆯ 보니여 ᄂᆞᆯ을 ᄌᆞ바라 가ᄂᆞ ᄎᆞ후 ᄒᆞ더니 이제 ᄉᆞᆯᄉᆞᆯ 부ᄉᆞ
더ᄋᆞᆺᄂᆞ 이라 ᄒᆞ거ᄂᆞᆯ 공이 그 ᄒᆞᆫ 아ᄋᆞᆯ 쇠 지쳐 ᄲᆞᆯᄂᆞᆫ이 도셩
의 ᄎᆞ 뫼ᄂᆞ니 쇠신 ᄒᆞ여 가ᄒᆞ라 ᄒᆞᆫ 밥 ᄆᆡᆨ은 ᄒᆞ고 ᄌᆞ총을 ᄒᆞᆫ
다 감ᄌᆞ ᄌᆞ ᄒᆞ라 ᄒᆞᄂᆞᆫ 채 잡아 드리라 ᄒᆞ시ᄂᆞᆯ 공이 ᄇᆞ야흐
노ᄉᆞᆨ을 치어 ᄇᆞᆯ 평상의 올나가 ᄂᆞᆯ오쇠 네 ᄌᆞ죡의 ᄀᆞᆺ별
이 ᄂᆞ희의 셔은 ᄒᆞ셔 블 드ᄅᆞ 별이 집이 ᄀᆞᆫ ᄒᆞ시ᄅᆞᆯ 그쇠의게
통ᄒᆞᆫ ᄒᆞ엿더니 ᄆᆞᆯ 셜과 ᄀᆞ치 아ᄅᆞᆯ 진뎌 그ᄆᆞᄃᆞ 미ᄅᆞᆯ 쳐
ᄂᆞᆯ 엇지 ᄒᆞ여 미ᄋᆞᆼ 잡아다가 ᄎᆞᄅᆞᆯ 뫼니 그쇠ᄂᆞᆫ ᄂᆞᆸᄂᆞᆼ ᄎᆞ
ᄒᆡᆼ을 전ᄉᆞᆨ이 잇셔 그쇠 ᄀᆞᆺ 힝약 ᄒᆞᄂᆞᄂᆞ 잔쳐 지ᄅᆞᆯ ᄒᆞ여
그 ᄒᆞᆫᄂᆞᆯ ᄉᆞᆸᄂᆞ 아드려 ᄉᆞ치되 ᄒᆞᆯ부쳐 ᄂᆡ 박ᄒᆞᆫᄂᆞᆯ 잡아오라 ᄒᆞᆫ

엿ᄀᆡᄂᆞᆯ 엇지 이런 광ᄎᆞᆨ을 잡아와 네 ᄉᆡᆼ뎐 으ᄅᆞᆯ ᄒᆞ여 ᄒᆞᆫ
옥을 보게 ᄒᆞᄂᆞ라 ᄒᆞ시ᄂᆞᆯ 공이 ᄌᆞ며 옥을 ᄭᆡ치ᄅᆞᆯ 잡
간드려 너여 뵈며 ᄒᆞ오쇠 네 엇지 이러ᄐᆞᆺ 방ᄌᆞ ᄒᆞ뇨 ᄒᆞ라 ᄒᆞ쇠
ᄒᆞ며 보ᄃᆡ 얼골이 흙빗 ᄂᆞ ᄒᆞ여 졔ᄒᆞᆫ의 노ᄅᆡ 부복 ᄒᆞ여 ᄒᆞ오
되 쥭어지만 이라 ᄒᆞ시ᄂᆞᆯ 공이 ᄒᆞ오쇠 이제ᄂᆞᆫ 결혼 ᄒᆞ엿ᄂᆞ
지 ᄲᆞᆯ명 ᄒᆞ시ᄂᆞᆫ 쳐ᄅᆞᆯ ᄒᆞ리이라 ᄉᆞᄅᆞᆯ 노쇠 ᄆᆡ쳐 녀을 보내셔
명일이 대ᄉᆞᆯ ᄒᆞ니 이 ᄀᆞᆺ엇 당이 ᄉᆞ랑을 ᄒᆞ며 ᄂᆞᆯᄋᆞᆫ 신ᄌᆞ 흔
ᄀᆞᄅᆞᆯ 갓ᄒᆞᄂᆞᆫ 기ᄉᆞ리라 잔쳐 부북ᄋᆞᆫ 복 ᄒᆞ시ᄂᆞᆯ ᄌᆞᆼ이ᄂᆞᆫ
여본을 나와 ᄇᆡ을 ᄂᆡ의 드ᄒᆡ가 ᄒᆞᆯᄉᆞ후 부잔 ᄌᆞ쇠 부ᄐᆞᆨ
ᄉᆞᆯ내 총쳘이 잇더니 아ᄆᆞᄂᆞᆫ 의셔 이 ᄆᆞ을 전ᄎᆞᄅᆞᆯ 더부러 흔
안지시ᄂᆞᆫ 길일이 져ᄇᆡᆼ 길이 ᄋᆞᆺ셔에 밧ᄀᆞᆺ 졔구ᄒᆞ 잔쇠

찬ᄒᆞᆯ 랴ᄒᆞ실 ᄎᆞᆷ비ᄒᆞ여 ᄒᆞ미 어허 ᄒᆞᄂᆞᆫ 고ᄒᆞᆫ 말이ᄂᆞ
ᄒᆞᄂᆞᆫ 일이ᄂᆞ ᄯᅡᆼ이 우ᄒᆞ 히오 ᄌᆞ ᄒᆞᄂᆡ 이라 ᄒᆞ셔ᄂᆞᆯ 나
나읍 ᄒᆞ영을 영ᄒᆞ라 ᄒᆞᆫ 이날의 사ᄅᆞᆷ을 ᄯᅥ 무러ᄉᆞ
가하 죄의 나ᄅᆞ리 ᄆᆡᆨ복을 영제 ᄒᆞᆫ 공이ᄯᅴ 의ᄅᆞᆯ ᄀᆞᆺ초
와 퇴ᄒᆞᆯ ᄉᆞ로ᄒᆞ니 ᄌᆞᄒᆞ의 집에 구름ᄀᆞᆺ치 일어 ᄒᆞᆫ울의 ᄂᆞᆫ소
엿ᄌᆞ ᄒᆞ륙치 잔ᄎᆡ 박샹의 낭ᄌᆞᆯ ᄀᆞᆯ치 ᄌᆡ샹의 어ᄉᆞ룡
이ᄒᆞ벽 ᄒᆞᄂᆞᆫ ᄆᆞᄂᆞᆫ ᄒᆞ영이 이별ᄒᆞ라 ᄒᆞ니 ᄌᆞᄒᆞ의 집이 일
춘 광쳐 회황ᄒᆞ더라 형에 ᄒᆞᆫ샹이 나ᄂᆞᆫ 우거ᄂᆞᆯ 어셔
명ᄒᆞ여 ᄌᆞᄒᆞ를 나입ᄒᆞ니 ᄌᆞ회 ᄃᆞᄅᆞᆨ ᄒᆞ거ᄂᆞᆯ 어셔 ᄅᆞ노회
내셜 ᄃᆞᆷ다 ᄂᆞ비와 오ᄯᆡ와 거명 ᄎᆞᆷ 불이 얼ᄯᅡ ᄐᆡ 나ᄂᆞᆫ 담
살 더 ᄃᆞᆷ은 ᄆᆞᆺ 셕직이오 ᄂᆞ비ᄂᆞᆫ ᄆᆞᆺ 구오 오ᄯᆡᆫ ᄆᆞᆺ 필이오 거

공이 우 어ᄅᆞ노치 내ᄯᆞᆯ 곳을 지치 귀샹의 엇ᄎᆡ이 ᄀᆞᆺ치 결
비ᄒᆞᆫ 사ᄅᆞᆷ이 잇ᄂᆞ뇨 진실노 어렵도다 ᄒᆞ더니 이ᄒᆞᆨᄀᆞᆯ
ᄀᆡ령ᄒᆞᆯ 임 ᄒᆞ엿다 가ᄉᆞ라 ᄒᆞ던 신샹의 ᄉᆞ합 ᄒᆞᆫ 사ᄅᆞᆷ을
어ᄃᆡᆺᄂᆞ니 잇가 ᄀᆞᆺ더라 일을 ᄋᆞᆫ신 공이 ᄌᆡ동을 치 ᄂᆞ라가여
되야회 ᄃᆞᆯ이 회ᄒᆡᆨ ᄒᆞᄂᆞᆫ 동의 ᄒᆞ야회 나히 십여 세ᄂᆞᆫ 될
봉ᄌᆞ 난 발의 ᄯᅢ ᄭᆡ치를 닷 ᄌᆞ오ᄂᆞᆫ 지방 ᄒᆞ셔ᄂᆞᆯ 공이 ᄂᆞᆫ
환을 ᄆᆡ 무른 ᄃᆞᆯ 펴 본 즉 의롭 이ᄂᆞᆷ ᄀᆞ ᄒᆞᆫ 얼골의 졔 ᄀᆞ
덧ᄉᆞ니 비샹ᄒᆞᆫ 골격이 ᄯᅴ 무의 나타나거ᄂᆞᆯ ᄒᆞᆫ ᄯᅢ를 명ᄒᆞ여
블너 오라 ᄒᆞ즉 ᄀᆞᄋᆞ회 ᄆᆡ ᄌᆡᄅᆞᆯ ᄃᆞᄂᆞᆫᄃᆡ 셔오ᄂᆞᆫᄃᆡ 어ᄂᆞᆯ ᄒᆞ거
ᄂᆞᆯ 공이 ᄭᅮᆷ은 ᄒᆞᆫ 에ᄂᆞᆫ 못ᄒᆞ리오 ᄒᆞ고 ᄌᆞ치 ᄀᆞ야 ᄒᆞᆫᄂᆞᆯ ᄆᆡ 날엇더
ᄒᆞᆫ 관원이 공ᄭᅴ 이 날을 잡아 오라 ᄒᆞ니 내 ᄆᆞᄋᆞᆷ 쾌잇 ᄀᆞᆺ치

명ᄉᆞᄒᆞᆫ ᄂᆞᆫ 엇ᄯᅥᆫ 일을 ᄒᆞ더니 ᄒᆞ니 공이 ᄅᆞ노회 본 ᄯᅡᆫ ᄒᆞ야ᄉᆞ
회를 ᄒᆞᄅᆞ라 ᄒᆞᆷ ᄒᆞ여 ᄅᆞ노회 명치ᄅᆞᆯ ᄒᆞ더이라 ᄒᆞ시ᄂᆞᆯ 어셔
명ᄒᆞ야 곧 셔를 ᄲᅡᆯ ᄒᆞᆫ 인을 ᄂᆞᆯ셔 ᄆᆡ 너의 어ᄉᆞ 박 곧 회다
ᄒᆞᆫ 버ᄀᆡ 본 관의 쳥명을 ᄲᆞᆯ 각읍 ᄒᆞ영 이별치 ᄒᆞ여 마
뫼를 ᄃᆡ셔 춤 여ᄒᆞ의 인 ᄒᆞ여 다ᄅᆞᆫ 곳을 노ᄒᆞ니라

택은 ᄉᆡ신져셔샹

신관셔의 별호ᄂᆞᆫ 한 ᄃᆞᆨ당이라 지인지감이 잇더니 ᄌᆞᆨᄌᆞ를
두어라 가일ᄌᆞᆨ 우회 ᄌᆞᄒᆞ 복에 잇셔 나히 가ᄂᆞᆫ ᄒᆞ엿 ᄂᆞ치라
구ᄒᆞ셔 ᄒᆞᄂᆞᆫ 며ᄂᆞ리 미양 시부의 세 쳥 ᄒᆞ여 ᄯᆞᆯ이 ᄒᆞᆯ의 신당
운ᄒᆞᆫ 지 친히 보ᄂᆞᆫ ᄃᆡ회 ᄒᆞ셔 공이 ᄅᆞ노회 내 엇더 신당을 ᄀᆞ
ᄒᆞᄂᆞ 보치 ᄡᆞᆯ 당ᄒᆞ ᄒᆞᆫ 부귀 다ᄂᆞᆷ ᄌᆞ ᄒᆞᆫ 사ᄅᆞᆷ을 구 ᄒᆞ야셔

이럿틋 ᄒᆞᄂᆞᆫ 고ᄒᆡ에 못ᄂᆞ더 ᄒᆞᆫ 업회 내ᄅᆞ거ᄂᆞᆯ ᄒᆞᆫ 이무
더ᄅᆞ노회 너의 골 벌이 엇더ᄒᆞᆫ 사ᄅᆞᆷ ᄂᆞ뇨 ᄒᆞ회 내 골 벌
인즉 ᄉᆞ부 어ᄂᆞ 와 이셰 무어 무엇 ᄒᆞ시ᄂᆞᆫ 쳐부 고ᄒᆡ 내
경영은 무어시며 나흔 몃 ᄉᆞᆯ이며 집은 어ᄃᆡ뇨 ᄌᆡ 발 봉
뜻화 ᄌᆡ ᄒᆞ여 고 쳥의 총ᄉᆞᄒᆞ회 ᄒᆞ시 노ᄒᆞ 가 ᄀᆞ더ᄂᆞ 내 셩은
욕ᄒᆞ고 나흔 실ᄉᆞᆷ 셰오 집은 ᄀᆞᆫ 너 골 이오ᄂᆞ 이 ᄭᅦᄂᆞᆫ ᄌᆞ 잇ᄂᆞ
와 보니 ᄡᅳ셔 ᄒᆞ셔 ᄂᆞᆯ 공이 ᄌᆞ셔 구집을 ᄌᆞᄌᆞ ᄉᆞ 간 즉 ᄉᆞ 한 ᄌᆞ
녹의 동ᄂᆞᄅᆞᆯ 갈 회지 못 ᄒᆞ회라 다만 구ᄒᆞ셔 ᄒᆞᄂᆞᆫ 부인
이 잇거ᄂᆞᆯ 구ᄒᆞ ᄉᆞᄅᆞᆯ 블너 져 갈 ᄒᆞ회 나 ᄉᆞᆫ 아ᄯᅩ 치 ᄉᆞᄂᆞᆫ신
판셰어ᄂᆞ 손에 잇셔 가ᄂᆞᆫ ᄒᆞ이를 직ᄌᆞ에 ᄲᅡ 쳥 ᄒᆞᆫ ᄒᆞᄂᆞᆫ
가ᄂᆞ ᄌᆞ터 ᄂᆞᆯ으ᄂᆞᆫ셔 ᄒᆞᆫ 인ᄒᆞ여 ᄒᆞᆫ 에 ᄆᆡ ᄃᆞᆯ 당 부 ᄒᆞ여 집의로

다가이런 말ᄉᆞᆷ나 ᄒᆞᆯ 다ᄅᆞ외 각 ᄃᆞ사 저물게 ᄒᆞ라 ᄒᆞᆫᄃᆞ고
며ᄂᆞ리 ᄯᅩ 시랑 저ᄉᆞᆨ에 드ᄅᆞ물 뭇거ᄂᆞᆯ 공이 ᄋᆞ여 발네 어ᄃᆞᆯ
시랑을 주 ᄒᆞᄂᆞᆫ 뎌 사ᄅᆞᆷ이 쳐음 말ᄒᆞᆫ 것이ᄂᆞᆯ 공이 ᄒᆞᆫ 말
ᄋᆞᆫ 불이 야 여ᄉᆞᆺ ᄃᆞ라 가며 ᄂᆞ리 ᄃᆞᆺ연이 ᄭᅩᄅᆞ지 ᄭᅵ 집 아ᄃᆞᆯ이
며 집을 어 지나오ᄂᆞᆫ 공이 ᄆᆞᆯ시 주ᄃᆞᆺ여 즙히 아라 ᄒᆞ엿ᄂᆞᆫ
리ᄋᆞ ᄒᆞ더니 밋 ᄉᆞᄎᆡ일을 당ᄒᆞ여 비로소 ᄉᆞ세히 ᄂᆞᆯ오니 며
ᄂᆞ리 즙히 일어ᄂᆞᆫ 미ᄉᆞᆯ 보시며 구집 가세와 시랑의 인ᄂᆞᆯ
뵈ᄋᆞ니라 ᄒᆞ엿더니 이윽고 도라와 ᄂᆞᆫ ᄒᆞ치 집은 ᄉᆞ한 ᄃᆞ옥
의 풍ᄋᆞᆯ 가리오지 못ᄒᆞᆯ 부억의 연기 나ᄂᆞᆫ ᄃᆞᆺ오 회 거의
ᄒᆞᆯ 치며 시랑은 ᄂᆞᆫ 이랑 ᄒᆞ려 ᄒᆞᆫ ᄒᆞᆯ 때라도 다복 ᄡᅮᆨ 갓ᄒᆞᆫ
며 입을 ᄯᅳᆺ 화ᄒᆞ라 ᄒᆞᆺ ᄀᆞᆺᄒᆞᆫ ᄋᆞ리 ᄉᆞ처ᄅᆞᆯ 엿ᄌᆞ 그런 집의 보니되

ᄒᆞᆫ가 ᄒᆞ시ᄂᆞᆯ 가며 ᄂᆞ리 이 말ᄉᆞᆷ을 드ᄅᆞ시매 당이 ᄭᅢ여 젹ᄋᆞᆫ ᄒᆞ이나
라 ᄂᆞ리 ᄉᆞ치 ᄒᆞᆯ 날이라 ᄒᆞᆯ일 엄서 ᄂᆞᆫ 불을 ᄯᅥᆨ으ᄂᆞᆫ 혼
ᄋᆞᆯ ᄉᆞᆯ히 다니 이 ᄃᆞᆯ 시랑이 드러와 힝례 ᄒᆞ거ᄂᆞᆯ 公
이 본즉 다만 기연이라 ᄆᆞᄋᆞᆷ이 부서지ᄂᆞᆫ 듯 ᄒᆞ믈 엇지 ᄒᆞ
히ᄋᆞ 삼일을 ᄒᆞ지 ᄂᆞᆫ 후 시랑을 보내더니 저녁 ᄯᅢ의 도로 도
라 오거ᄂᆞᆯ 시랑이 ᄭᅮ르ᄒᆡ 네 엇지 ᄒᆞ여 다시 오ᄂᆞ뇨 답왈 집
의 도라 갈 ᄯᅡᄒᆞ 저녁 밥이 업ᄂᆞᆫ 고로 ᄎᆞ리 ᄒᆞᆫ 연ᄯᅡᆺ 이 잇기
ᄒᆞ로 ᄯᅡᆺ ᄂᆞ이다 공이 ᄋᆞᆯ 매ᄆᆞᆯ어 ᄃᆞᆺ더니 이ᄂᆞᆯ 인ᄒᆞᆫ
야 며ᄂᆞ리 일년 ᄒᆞ니 시뷔 아칠 장부의게 이 잇되
거의 ᄯᅢᆼ이 날지 셩이라 공이 ᄒᆞᆷ ᄒᆞ야 시랑ᄃᆞ려 왈 네 엇
지 연일 내 집 ᄒᆞ려오 오 날은 밧 과 나와 날 ᄂᆞ려 부려 ᄀᆞ치

자라 시랑 왈 ᄒᆞ라 ᄒᆞ시ᄂᆞᆫ 뒤ᄅᆞᆯ ᄒᆞ리이다 ᄒᆞ더니 공이
회칠 ᄒᆞ되 시랑의 철구ᄅᆞᆯ 가져 다가 공의 압헤 ᄯᅦ거ᄂᆞᆯ
어더니 공이 참 가잠이 ᄃᆞ되 부랑이 손을 ᄆᆞᆯᄋᆞ의 ᄀᆞᄅᆞ치ᄂᆞᆯ
치시ᄂᆞᆯ 공이 놀나 ᄆᆞᆯ오되 네 엇지 ᄒᆞ야 이러ᄒᆞᄂᆞ뇨 부랑 왈
ᄉᆞ세 참ᄉᆞ되 뎐 치 못ᄒᆞ면 혼ᄉᆞ 등의 비ᄋᆞᆼ 이러 ᄒᆞᆯ일이
잇ᄂᆞ이라 공이 ᄆᆞᆯ오되 이런 ᄯᅳᆺ 말나 ᄒᆞ엿더니 오라지 아니ᄒᆞ야
불ᄒᆞ시ᄂᆞᆯ 공이 놀나 ᄭᅢ여 ᄭᅢ치 젓더니 장ᄉᆞ 이라 가ᄂᆞᆫ
을 ᄎᆡ며 불 ᄂᆞ오 거ᄂᆞᆯ 공이 젼혀 저 뭇 ᄒᆞ여 ᄆᆞᆯ오되 너ᄂᆞᆫ 드
가라 ᄒᆞ니 부랑이 즉지 철구ᄅᆞᆯ 가려 가지ᄂᆞᆫ 약을 드려 산
즉 ᄆᆞ춤 일ᄉᆞ집 부녀들이 와 시랑의 처 ᄉᆞᆨᄉᆞᆨ ᄒᆞᄂᆞ아 삽
야 ᄉᆞ경의 별안 가 시랑이 드러오ᄂᆞ지라 ᄆᆞ라 ᄋᆞ나 니러나 긔

ᄒᆞ야 시랑이 ᄋᆞᄎᆞᆯ 흠히 ᄒᆞ야 ᄆᆞᆯᄋᆞ되 ᄆᆞᄋᆞᆷ 부녀ᄂᆞᆫ 다 돌와 ᄒᆞᆯ
ᄉᆞ 처 앙칙 ᄆᆞᆯ어 ᄂᆞᆯ나 ᄒᆞ니 이런 고로 처 가ᄉᆞᆷ 이라 ᄒᆞᆫ 회여
ᄒᆞᆫ 리ᄒᆞ와 ᄒᆞ더라 시랑이 황화 ᄒᆞ얀 ᄒᆞᆫ ᄒᆞᆫ 시 비팅ᄂᆞᆯ.
게 ᄂᆞ며 나며 가며 부랑을 ᄒᆞ여 게ᄂᆞ며 ᄂᆞ게 ᄒᆞᄂᆞ 그 며 ᄂᆞ리 뎡
ᄒᆞ여 ᄆᆞᆯ오되 부랑 온ᄉᆞ히 ᄂᆞ려 가지 말ᄋᆞᆯ 머물나 ᄒᆞ여 ᄀᆞᆯᄋᆞᄃᆞ
ᄒᆞ여 곤 참시라 도연히 쉬게 ᄒᆞ며 ᄎᆞᄎᆞ 듯 ᄒᆞ이다 공이 히랑
지 아니 ᄒᆞᆫ 거 ᄂᆞ며 각 더니 마ᄎᆞᆷ 맥 ᄀᆞ상 ᄒᆞ셔라 부랑을 불
너 ᄋᆞ여 왈 너 도ᄯᅥᆨ ᄂᆞᆯ ᄲᆞᆺ여 ᄒᆞ나 ᄆᆞᆯ오되 ᄎᆞ시면 ᄲᅳ겟ᄂᆞ이다
공이 ᄯᅥᆨ ᄂᆞᆯ ᄂᆞ드ᄒᆡ ᄆᆞᆯ오되 내 ᄆᆞᄋᆞᆷ 치ᄅᆞᆯ 믈ᄒᆞᆫ여 가져 라 부랑
이 대절 무 밥 ᄃᆞᆼᄂᆞᆯ 믈ᄒᆞᆫ 여 주 거ᄂᆞᆯ 뎌 감히 쟝이 ᄋᆞᆯ 와 여
ᄆᆞᆯᄋᆞ되 ᄆᆞ일 이런 듯 ᄒᆞ면 직상 ᄂᆞᆯ 쳘 ᄒᆞᆫ 녀 에 잇ᄂᆞ이다

공이 ᄒᆞᆯ노ᄒᆞ여 급히 다시 지우라 ᄒᆞᆫᄃᆡ 옥당이 져실의 ᄒᆞ라 ᄒᆞ야 ᄯᅩ 메
ᄒᆞ나 노ᄒᆞ야 ᄒᆞ고 ᄒᆞ게 ᄃᆞᆷ 어치 엽ᄂᆞ니라 옥당은 곳 옥상
국 ᄎᆡᆨ거ᄂᆞ 만ᄒᆡ 팔십을 ᄒᆞᆫ 나히 되믈 ᄒᆞ고 노ᄒᆞ이 ᄒᆡᆼ
대 ᄂᆞᆷ 집이 옥부 ᄒᆞ나 ᄆᆡ여 시공의 ᄉᆡᆼ업이 업ᄭᅥ ᄒᆞ라 그
후의 옥공이 ᄒᆡ ᄇᆡᆨ을 ᄒᆞ여 ᄀᆞ셔 ᄒᆞᆫ번 삼을 ᄀᆞ ᄒᆞ니
갈니 ᄒᆞᆫᄃᆡ ᄆᆡᆨ 진상 ᄒᆞᆯ 셰를 당ᄒᆞ엿ᄂᆞ지라 홍ᄉᆡᆼ을
불너 ᄒᆞᄂᆞ지 ᄇᆡᆨ을 ᄲᆞᆯ ᄯᆡ 이ᄉᆞ든 ᄒᆞ회여 가지라 ᄒᆞ니 홍
ᄉᆡᆼ이 ᄯᆡ 절ᄒᆞᆨ이 중 만동 절ᄒᆞᆨ 삼동이라 ᄒᆞ 절ᄒᆞᆨ 보ᄒᆞᆫ을
ᄒᆞ회여 두 거울 강이 ᄒᆞᄂᆞ지 더 ᄒᆞ회라 홍ᄉᆡᆼ ᄲᆞᆯ 붓ᄉᆞᆺ 불
건이라 ᄒᆞᆫ 쳥이 엇ᄂᆞ니 ᄒᆞᆫ셰 ᄯᆡ 일너 가지면 자상을 ᄒᆞ여스
로 ᄒᆞ미 셔ᄒᆞᆯ ᄒᆞᆫ 운 옥 것ᄉᆞᆯ ᄒᆞ시니 ᄒᆞᄂᆞ니 엇가 공이

ᄒᆞᆯ ᄒᆞ지 ᄒᆞ니 일은 그 ᄒᆞ여 역신 ᄒᆞ여 시 ᄒᆞᆫ 날부터 다ᄉᆞ리
지 ᄒᆞᆫ 층 제 ᄆᆞᆺ흔 지라 옥ᄉᆡᆼ이 ᄂᆞ의 이 ᄂᆞ회를 주고
여 너 처 ᄭᅳᆺ ᄒᆞ던 다시 의 ᄒᆞᆯ을 ᄒᆡᆼ 치 아ᄂᆞ ᄒᆞ리라 ᄒᆞ고 당한 오
륙 개를 압ᄒᆡ 버리고 증세를 ᄯᆞ라 약을 ᄡᅳ더니 일은
ᄉᆞᆼ이 충ᄉᆞᆫ의 ᄒᆞᄉᆞᆫ 이라 옥ᄉᆡᆼ의 일ᄒᆞᆫ을 불너 ᄒᆞ노치
네 엇지 ᄒᆞ여 이 아희를 구ᄒᆞ리오 ᄒᆞ노라 옥의 ᄒᆞ노치 아희 집
정ᄉᆡᆼ이 가공 ᄒᆞ기를 ᄇᆞ라시 ᄀᆞ ᄒᆞ여 살니리오 ᄒᆞ노라 가히 여
ᄒᆞ노치 너ᄉᆞ만 ᄒᆞ시 살니 ᄃᆞ리 ᄒᆞ되 빗ᄎᆞ 보ᄂᆞᄉᆞ 죽이리라
옥의 ᄒᆞ노되 네 엇지 ᄒᆞ여 이 아희를 죽이리오 ᄒᆞ노라 기인
이 ᄒᆞ노치 이 아희 날노ᄃᆡ 부터 ᄉᆞᄒᆞᆫ 이 엇기를 죽이리오 ᄒᆞ니
내 네 ᄋᆞ노리 ᄆᆡᆨ을 ᄒᆞ여 주ᄒᆞᆯ 힘이 업ᄉᆞ리라 옥의 ᄒᆞ노치 네 비

ᄂᆞ을 ᄒᆞᆯ 거여 보ᄂᆞ여 ᄒᆞ노치 긴 ᄒᆞ시고 ᄒᆞ시니와 내ᄉᆞ라
ᄒᆡᆼ 이라 ᄒᆞᆯ 처 죽이라 ᄒᆞ더니 과연 그 말과 ᄀᆞᆺ더라

진비강촌상쳥가어

옥상은 ᄒᆞᆨ 팔십여 일흔 난 의원 이라 더옥 역질 방문
의 정ᄆᆡᆯ ᄒᆞ여 ᄂᆞᆷ의 어린 ᄋᆞ희를 ᄆᆞᆭ히 살녓더니 그 후ᄂᆞ
의 ᄒᆞᆯ 동 ᄒᆞᆫ의 집이 잇ᄉᆞ되 부모 ᄒᆞᆯ 죽ᄎᆡᆨ을 ᄀᆞ셔 ᄒᆞ야
다만 옥복 저 잇ᄉᆞᄂᆞ 나히 십 질ᄒᆡ라 역질을 저나서 ᄀᆞᆺ ᄒᆞᆫ
엿더니 ᄀᆞ이 ᄆᆡ 집을 옥상 의접 ᄒᆞ회의 살 구ᄒᆞ회를 옥상
의게 부탁ᄒᆞ여 잡ᄒᆞᆫ의 ᄉᆡᄂᆞᆯ 낫ᄂᆞᆫ 가라 ᄒᆞ고 ᄒᆞᆯ 풍비히
ᄒᆞ야 날ᄯᆞ라 보니기를 죽어 되되 ᄃᆞ록 ᄀᆞᆺ든 ᄃᆞ게 ᄒᆞ니 엇
ᄒᆞ니 옥상 이 그 ᄒᆞᆫᄒᆞᆯ ᄀᆞᆷ흔 ᄒᆞ여 구ᄒᆞ회를 다려 다ᄀᆞ ᄒᆞᆯ

ᄒᆞᆨ ᄒᆞᆨ 이셔 ᄒᆞ여 ᄃᆞᄂᆞᆫ 리 ᄒᆞ여 이 살니리라 가인 이 ᄒᆞ노치 네 아
ᄀᆞ시ᄂᆞ 동 보라 ᄒᆞᆫ 보ᄂᆡ ᄒᆞᆯ 셔여 나가 거ᄒᆞᆯ ᄒᆞ의 년 ᄒᆞ여
약을 ᄡᅥ 가신이 ᄉᆞ십 일에 나흘 ᄯᅩ 더니 구ᄉᆞᆯ이 ᄒᆡᆼ과 ᄀᆞᆺ더라
ᄒᆞ 치 네 이 세 돈이 아희를 살니라 ᄒᆞᆫᄃᆞ라 아부ᄒᆞ야 보라 ᄒᆞᆫ
나ᄀᆞ더니 이 ᄂᆞᆫ 꿈 ᄭᆡ기 ᄃᆞᆯ 여셔 약 쳔 처리와 ᄉᆞ병이 ᄯᅢ 당
쳔하인 ᄃᆞᆯ이 ᄒᆞᆯ을 헐셕 이 ᄯᅢ 와 말 ᄒᆞᄃᆡ 상회 주칠ᄀᆞ ᄯᅢ
쳥 ᄒᆞ시니 ᄉᆞ츅 입셔 ᄒᆞ라 ᄒᆞᆫ 년망 이 처 ᄒᆞᆨ ᄒᆞ셔 ᄂᆞᆯ 셜ᄂᆡ
ᄒᆞ여 입 철 ᄒᆞ옥 ᄒᆞᆯ 인 ᄒᆞ야 ᄉᆞ 일을 ᄂᆞ노 치 ᄀᆞᆺ ᄒᆞ엿더니 그
아희를 구 ᄒᆡ ᄭᅳᆺ ᄒᆞ니라 주ᄉᆡᆼ 주 회ᄀᆞ 층 ᄒᆞ시며 옥의 제미
드ᄒᆞᆯ ᄡᅳ 처 ᄒᆞ며 이 ᄉᆞᆫ을 명셩 ᄯᅢ 비 년의 픔 ᄯᅡᆯ ᄒᆞᆫ
ᄃᆡ 비 게 ᄂᆞ셔 ᄒᆞᆨ셰 ᄒᆞᄂᆞ ᄒᆞᄂᆞ ᄭᅴ 되 이 ᄀᆞᆺ든 ᄒᆞᆯ ᄯᅢ를 엇지 전 어

ᄒᆞ시ᄆᆡ 이ᄉᆞ 대불가 ᄒᆞ다 ᄒᆞ시니 ᄂᆡ의 마ᄋᆞᆷ에 초됴ᄒᆞᆷ 밧가옥
더ᄒᆞ엿더니 대비 하교ᄒᆞ시되 네 이약을 ᄡᅳ고져 ᄒᆞᄂᆞ냐 ᄂᆡ의
알외되 가히 아니 ᄡᅳ지 못 ᄒᆞ리로소이다 대비 노ᄒᆞ여 ᄀᆞᄅᆞ샤
되 네 무ᄉᆞᆷ 이ᄂᆞᆫ 별이냐 ᄂᆡ의 부복ᄒᆞ여 알외되 수십의 ᄆᆞ디ᄅᆞᆯ
비록 버히실지라도 이약을 친이 ᄒᆞᆸᄂᆞᆫ 후의야 ᄒᆞ여지이
다 대비 맛ᄎᆞᆷ내 불윤 ᄒᆞ시거ᄂᆞᆯ ᄂᆡ의 이에 약그ᄅᆞᄉᆞᆯ ᄉᆞ매 속
의 너코 드러가 진어ᄒᆞᆫ대 ᄒᆞᆫ 그ᄅᆞᄉᆞᆯ 진어 ᄒᆞ엿더니 식경
후의 보ᄂᆞᆫ 증세 다ᄉᆞ리고 졍히 평복 ᄒᆞ시니 비록 ᄌᆞ종
의 도우시믈 힘닙ᄉᆞ오나 역ᄉᆞᆫ ᄂᆡ상의 ᄒᆞᆫ 법 도ᄉᆞ리다 일을
내 ᄒᆞ교ᄒᆞ의 이 공 ᄂᆡᆫᄅᆞᆯ 듯ᄌᆞ오시고 무ᄉᆞᄅᆞᆯ 졔ᄎᆞ ᄒᆞ샤 무림 ᄒᆞ엿
다 나 알ᄂᆞᆫ 쳑 ᄯᅩ의 셔 연 ᄒᆞᆼ을 친어 ᄒᆞ실 인 ᄒᆞ여란

내 이우ᄂᆞᆫ 제 괴ᄂᆞ 되시니 이 일이 역ᄉᆞ ᄒᆞᆫ 이상 ᄒᆞ더라

탁대박 박엽 ᄎᆞ셔 방

박엽이 평안 감ᄉᆞᄅᆞᆯ 잇ᄉᆞᆯ 졔에 친구의 집 상이 ᄀᆞᄃᆞᆨᄒᆞᆯ
길시 ᄆᆡ부 탁 ᄒᆞ여 ᄡᆞᆯ이 노히ᄅᆞᆯ 붓 지의게 수ᄅᆞᆯ 부르ᄂᆞᆫ즉
큰 뫼의 큰 익이 잇ᄉᆞᆫ니 맛일 장군의 ᄒᆞᆫ 의 됸즉 부ᄉᆞᆫ
되리라 ᄒᆞ거ᄂᆞᆯ 이 노히ᄅᆞᆯ 보내니 발션지 ᄆᆡ부더 주어 쳬 ᄌᆞᆫ
여ᄌᆞ ᄒᆞ셔 박엽이 하직ᄒᆞᆫ ᄆᆡ부더 주엇더니 열은 그
오히 맛ᄌᆞ샤 ᄂᆞᆯ 박엽이 ᄒᆞᆫ 드리 셔여 보내ᄂᆞᆯ 보ᄂᆞᆯ ᄉᆞᆷ
의 네게 큰 익이 잇ᄉᆞᆫ니 맛일 내 말 졔ᄅᆞᆯ ᄒᆞᆫ즉 가히 익을 면
ᄒᆞ거시와 그러치 아닌즉 면치 못ᄒᆞ리라 그 오히 ᄃᆞ오되 명
지 ᄌᆞᆫ ᄒᆞ리이다 박엽이 ᄀᆞᄅᆞ되 아직 져물기ᄅᆞᆯ 기ᄃᆞ리라

젹 ᄒᆞ시매 ᄆᆞᆯ 사ᄅᆞᆷ을 ᄆᆡ여 ᄂᆡ의ᄅᆞᆯ 불너 드려 진맥 ᄒᆞ라 ᄒᆞᆫ
시니 ᄂᆡ의 맛야 ᄒᆞ여 셔간의 너흔즉 ᄇᆞᆯ을 ᄯᅡ 직 열지 아니
ᄒᆞ엿거ᄂᆞᆯ 불 맛ᄋᆞᆯ 부터 명 ᄉᆞ의 ᄀᆞ ᄒᆞ야 ᄂᆞᆷ ᄃᆞᆯ ᄒᆞᆫ 번을
열ᄆᆡ 그 왕비 ᄒᆞ샤 어 잠간 대편 지라 정ᄒᆞ되 ᄒᆞᆫ ᄒᆞᆫ 당이 잇
셔 등불이 현연 ᄒᆞ거ᄂᆞᆯ 인 ᄒᆞ여 그 집의 ᄉᆞᆷ간 ᄒᆞ더니 ᄂᆞᆯ
ᄂᆞᆫ 할이 방안의 잇ᄉᆞ 져 ᄒᆞᆸ 아희 ᄌᆞ셔 보더니 아가 ᄈᆞᆯ 브ᄅᆞᆯ
울어 ᄒᆞ더 ᄃᆞ 엇ᄂᆞᆫ 현 ᄒᆞ되 ᄃᆞ부의 ᄉᆡ 더 실 쳬ᄒᆞ ᄒᆞ거ᄂᆞᆯ ᄂᆡ
의 괴이 너겨 무ᄅᆞ되 져 ᄒᆞᆸ ᄒᆞ셔 ᄈᆞᆯ ᄉᆞᆫ 믈이 ᄂᆞᆫ 부의 ᄉᆡ 더 진
즉 ᄂᆞ셔 삭 아지 ᄂᆞ이라 ᄆᆞᆯ ᄒᆞ샤 이의 형 ᄭᅡ이 ᄆᆞ ᄂᆞ시 ᄂᆞᆯ ᄂᆡ
의 이에 임졀 ᄒᆞ여 증후ᄅᆞᆯ 무ᄅᆞᆫ즉 연 포의 죄 ᄒᆞ엿지라
내 ᄌᆞ우ᄂᆞᆫ ᄈᆞᆯ ᄉᆞᆫ 믈 ᄒᆞᆫ ᄌᆞᆫ슬 드려 다ᄉᆞ시 대 ᄒᆞ 진어 ᄒᆞ엿더

ᄒᆞ더니 황혼 후의 ᄂᆞ가 ᄃᆞᆫ 부녀ᄅᆞᆯ ᄉᆞ더 ᄆᆡ여 약 ᄌᆞᆼ을 ᄂᆞ
ᄒᆞ라 ᄒᆞ의ᄅᆞᆯ 대ᄆᆞ 경계 ᄒᆞ여 ᄀᆞᄅᆞ되 내 이 부녀 가ᄂᆞᆫ 지
ᄅᆞᆯ 믿 나ᄅᆞᆯ 가면 그 뒤 져 ᄂᆞᆫ 곳이 잇ᄉᆞᆯ 거시니 네 이ᄅᆞᆯ 소 ᄂᆞ리거
더 실ᄆᆞᆯ ᄎᆞ자 드러가면 큰 졀이 잇ᄉᆞᆯ 지라 그 상방의 드러
가 ᄌᆞ 큰 도의 ᄒᆞᆫ 장이 잇ᄉᆞᆯ 거시니 네 그 ᄒᆞᆫ 의ᄅᆞᆯ 무ᄅᆞᆸ ᄡᅳ
ᄂᆞ 엇ᄉᆞ면 ᄆᆞᆯ 불승이 드러와 그 ᄒᆞᆫ ᄅᆞᆯ ᄂᆞᆫ ᄒᆞᆫ 즐 거시니 일졀 ᄎᆞ
지 말고 맛일 아 일지 경의 내 ᄃᆞᆯ 거든 갈노 그 ᄒᆞᆫ 의ᄅᆞᆯ 버히라
양 ᄒᆞ면 가히 약지 못 ᄒᆞᆯ 지라 이런 ᄃᆞᆺ 상지 ᄒᆞ야 주의 이ᄂᆞᆫ
즉 부ᄉᆞ ᄒᆞ거시니 ᄌᆞ히 부ᄌᆞ의 비로ᄉᆞ ᄂᆞ ᄒᆞᆫ의ᄅᆞᆯ 준즉
네 일 ᄂᆞᆯ 면 ᄒᆞ리라 그 ᄒᆞ의 ᄡᆞ오 ᄎᆞᆫ치 시ᄂᆞᆫ 지 ᄒᆞᆫ ᄂᆞᆫ
되 이다 ᄀᆞᆫ안 ᄒᆞ여 ᄂᆞ샤ᄅᆞᆯ ᄃᆞᆫ 부ᄂᆞᆫ 쇼ᄌᆞ 그곳 향 ᄒᆞ미 나

보ᄂᆞᆫ듯ᄒᆞ여 ᄃᆞᆯ나 나니 부ᄎᆞᆫ ᄉᆞ죄 쳔이라 가ᄂᆞᆫ 향 방을 아사
갓ᄒᆞᆫ 상ᄒᆞ지 나며 병을 나며 ᄒᆞᆫ산 곡의 나흔너 머물
너셔 거늘 인ᄒᆞ야 악쟝의 노여 ᄒᆞ며 ᄒᆞ월 광을 ᄡᅥ여 호
곡ᄒᆞ고 ᄌᆞ자 ᄃᆞ려 가더니 파연 ᄒᆞᆫ 폐ᄉᆡ 앗거늘 드러가 구ᄉᆞᆼ방
을 열ᄂᆞᆫ 본즉 ᄐᆡ부어 ᄇᆡ이ᄂᆞᆫ 방안의 큰 호피 ᄒᆞᆫ쟝 이ᄋᆞᆫ
지라 인ᄒᆞ여 ᄀᆞ로ᄒᆡ를 무릅 ᄡᅳᆫ 듯 ᄒᆞ엿더니 죽어신 경ᄒᆞ
의 흉연 ᄒᆞᆫ 노승이 드러오니 상ᄭᅴ 흉녕ᄒᆞ지라 문을 열ᄂᆞᆫ
들어와 ᄒᆞᆫ오ᄎᆡ 이ᄋᆞ회 앗도다 ᄒᆞᆫ 압회 나ᄋᆞ와 ᄒᆞᆫ오ᄎᆡ 네
어ᄎᆡ 이 호피를 무릅 ᄡᅳᆫ 뒤엿나냐 ᄭᆡᆯ니 버서 내라 ᄒᆞ거늘
ᄀᆞ로ᄒᆡ 더답지 아니ᄒᆞᆫᄃᆞ 무엇 가ᄅᆞᆯ 조ᄆᆡᆨ히 ᄒᆞ나 ᄀᆞ흥이 ᄀᆞᆺ
벗기도셰 ᄒᆞ여 돌 ᄭᆞᆯ을 드러 ᄀᆞ로ᄒᆡ를 버히ᄂᆞᆫ 쳬 ᄒᆞ니

ᄀᆞ초ᄂᆞᆫ 물너 안기를 이ᄀᆞᆺ 듯 오륙 ᄎᆞ ᄉᆡᆼ치 ᄒᆞ물치 ᄋᆞ니 현
혼ᄒᆞ니 우ᄂᆞᆫ ᄉᆞ죄 ᄒᆞ나 ᄀᆞ흥이 우어 ᄀᆞᆯ오ᄃᆡ 이ᄂᆞᆫ 박엽의 일
온ᄒᆞᆫ 다 ᄆᆞᆫ은 ᄭᅡᆯ ᄒᆞᆫ 엇지 ᄒᆞ리오 ᄒᆞᆫ 인ᄒᆞ여 ᄀᆞ로ᄒᆡ를 블
너 ᄲᆞᆯ ᄂᆡ여 졔ᄂᆞᆫ 호피를 날을 주어 도ᄒᆞ여 ᄒᆞ오미 엄ᄉᆞ리니 너
ᄋᆞᆫ주ᄃᆞᆺ ᄀᆞ로ᄒᆡ 이의 박엽의 ᄯᆞᆯ을 드른ᄃᆞᆺ ᄒᆞᆫ인 ᄒᆞ여 호피
를 주ᄂᆞᆫ 내려 ᄋᆞᆫ주ᄎᆡ ᄀᆞ흥이 ᄀᆞᆯ오ᄃᆡ 네 넙은 의복을 버서 날
을 주ᄂᆞᆫ 일쳘 ᄭᅮᆷ 엘ᄂᆞᆫ 보지 말나 ᄀᆞ로ᄒᆡ ᄀᆞᄯᆞᆯ 져를 버서 주니
ᄀᆞ초ᄂᆞᆫ 여 옷과 호피를 가지ᄂᆞᆫ 잠 ᄆᆞᆺ ᄀᆞᆯ 나ᄋᆞ거늘 ᄀᆞᄋᆞ회 창틈
으로 ᄋᆞ 허본즉 ᄀᆞ흥이 호피를 무릅 ᄡᅳᆫ 번 ᄒᆞ야 큰 범이
되어 ᄀᆞ죄를 벗녁 ᄀᆞ치 지르며 압흘 향ᄒᆞ야 ᄀᆞᆺ ᄒᆞᆯ 월
ᄀᆞ도ᄒᆞ 이ᄲᅥᆺ 더니 인ᄒᆞ야 호피를 벗고 다시 노승이 되여 온

을 열ᄂᆞᆫ 드러와 ᄃᆞ녀 진 쟝ᄉᆞᄅᆞᆯ 열ᄂᆞᆫ 즁의 상ᄌᆞ의 의복을
니여 닙히ᄂᆞᆫ 겨ᄋᆞ치 ᄒᆞᆫ ᄒᆞᆫ흑을 니여 되여 보ᄂᆞᆫ 블근 붓ᄉᆞ
로 ᄀᆞᄋᆞ회 일홈을 쳥지ᄂᆞᆫ ᄒᆞᆫ오ᄎᆡ 가박 법 ᄌᆞ셔 뎐
지를 ᄌᆞ셜치 말나 ᄒᆞ라 너ᄂᆞᆫ 이ᄒᆞ로 비록 호랑 흉
흉의 ᄃᆞ나 ᄉᆡᆼ ᄒᆞᆯ 념 ᄆᆡ 엽 수리라 ᄒᆞᆫ 옥지 ᄒᆞᆫ ᄌᆞ쳑
을 ᄌᆞ어 ᄒᆞᆫ오ᄃᆡ 이를 가지ᄂᆞᆫ 가다가 혹 길을 ᄆᆡᆨ 낫케 잇
거든 이 ᄌᆞ회를 ᄂᆡ여 뵈라 ᄀᆞ로ᄒᆡ ᄀᆞᄯᆞᆯ을 ᄒᆞ고 문을 난
즉 곳 이 호랑이 잇셔 길을 ᄆᆡᆨ 우련 미양 이 ᄌᆞ회를 ᄂᆡ
여 뵌즉 ᄲᅵ셔를 ᄒᆞ이ᄂᆞᆫ 가더니 즁노의 ᄆᆞ치 ᄀᆞᆺ ᄒᆞ야 ᄒᆞᆫ
범이 압ᄒᆞᆯ ᄆᆡᆨ 거늘 이 ᄌᆞ회를 ᄂᆡ여 뵌즉 ᄌᆞ시 보ᄂᆞᆫ ᄒᆞ야
내 ᄒᆞᆫ 물너 ᄒᆞ거늘 ᄀᆞ로ᄒᆡ ᄒᆞᆫ오ᄎᆡ 맛 일이 이 ᄀᆞᆺ치 ᄒᆞ면

날 ᄂᆞ리부터 ᄒᆞ사 ᄉᆡᆨ로 사ᄅᆞᆷ의 ᄉᆞᄉᆞᆼ 의게 가셜 ᄒᆞᆯ 흐
자 ᄒᆞ더니 ᄀᆞ호랑이 ᄆᆡ셔 ᄂᆞᆯ 흘 거늘 더부러 ᄉᆞᄅᆞᆷ의 너
죽어 노승이 ᄀᆞᆯ오ᄃᆡ 엇거늘 ᄀᆞᄋᆞᆫ 연을 ᄒᆞᆫ 노승이 ᄀᆞᆯ오
ᄃᆡ 랑이 ᄅᆞᆯ 외치 져 ᄒᆞᆫ오ᄎᆡ 네 엇지 비령 울어 져ᄂᆞᆫ 다 고
범이 ᄒᆞᆫ오ᄎᆡ 명을 ᄋᆞ지 못 ᄒᆞ이 ᄋᆞᆺ나라 ᄲᅵ ᄒᆞᆫ 뎐 지ᄋᆞᆫ 일
이ᄢᅵᄂᆞᆫ 기를 ᄇᆞᆯ야 엇지 노화 ᄇᆞᆺ 비록 녕을 ᄂᆞᆫ 어 ᄀᆞ나
노화 부터지 못 ᄒᆞ리오 ᄉᆞ이라 노승 쌀 ᄀᆞ려 ᄒᆞ면 즁을 조
ᄎᆞ ᄒᆞ야 ᄆᆞᆫ사면 ᄒᆞᆫ 쳔 탑 ᄡᅳᆯ ᄉᆞᆯ 이ᄅᆞᆯ 거시니 ᄀᆞ초를 셔
신 ᄒᆞ야 ᄂᆞᆺ 외 ᄒᆞ라 ᄒᆞᆫ 니 ᄀᆞ호랑이 ᄀᆞᄯᆞᆯ을 돌 ᄒᆞᆯ 난
지도 어 ᄉᆞᆨ 경의 ᄒᆞᆯ 연 도 쳥 이 벌너 져 나 거늘 노승이 ᄆᆞ
어 ᄲᆞᆯ 그 ᄂᆞᆫ 이 죽 엇도다 ᄒᆞ 셔 늘 ᄀᆞᄋᆞ회 엳ᄂᆞᆫ ᄅᆞᆯ 부ᄅᆞ치

노승ᄋᆞᆯ 그ᄂᆞᆯ이 나의 존ᄉᆞᆯ 서 녕ᄂᆞᆯ 츳지 아니 ᄒᆞᄂᆞᆫ
존 종ᄀᆞᆯ 가족의 ᄉᆞᆷ에 ᄌᆞ게 ᄒᆞ엿ᄂᆞ라 그ᄋᆞᆫ회 ᄒᆞᆫ착
ᄒᆞᆯ 둥주를 난측 ᄒᆞᆫᄂᆞᆫ이 장 ᄒᆞᆺ보니 ᄀᆞ새ᄉᆞᆫ 폭ᄋᆞᆯ
ᄉᆞᆺ 거ᄂᆞᆯ 인 ᄒᆞ여 ᄃᆞᆫ도라 박ᄋᆞᆸ ᄂᆞᆯ보ᄂᆞᆫ 그ᄋᆞᆸ생ᄋᆞᆯ 일
일히 말ᄒᆞ며 박엽쌀 ᄀᆞ니 ᄒᆞ더라 ᄒᆞᆯ ᄀᆞ오회를 치웅
ᄒᆞ여 ᄂᆞᆯ여 보서 엇더니 그후에 그ᄋᆞᆫ회 ᄀᆞ께 달 ᄒᆞ니라

낙씨 혼ᄉᆞ 지룡 향욕

나ᄒᆞᆫ한 퇴영의 모를 ᄒᆞᆫ합이 척ᄉᆞ의 가미 며ᄂᆞᆯ ᄋᆞᆯ ᄒᆞᆫ되ᄂᆞᆫ 낙
게 혼ᄉᆞ 새집의 가ᄉᆞᆯ며 박ᄋᆞᆫ기와 고기 낙기ᄅᆞᆯ 제씨 ᄊᆞᆯ을
보이며니 그월쳘을 당 ᄒᆞ야 시족이 디욕 등등 ᄒᆞ니
졍히 등후 가졀이라 나 잠관 이ᄎᆞ 칠판 재를 디우니

스렵 쁜 낙치를 주며 메ᄂᆞᆫ 니오ᄂᆞᆯ 존 ᄉᆞᆯᄒᆞᆫ 둘라 젓
가며서 네ᄉᆞᆫ의 서ᄉᆞ며 낙더니 ᄒᆞᆯ며 ᄒᆞᆯ 천비 평보를
지ᄂᆞᆫ 둑ᄉᆞᆼ을 ᄯᆞᆯᄂᆞᆫ 와시니 구의 악ᄉᆞ며 꾸며 발 그치어
네옷에 ᄲᅥ ᄊᆞ보ᄂᆞᆫ 납ᄊᆞᆯ 이ᄋᆞᆨ며을 의써 ᄊᆞᄂᆞᆫ라 ᄯᅩ부터
ᄊᆞᆯ 그치 의ᄒᆞᆫ 한 ᄉᆞ를 보니 남측 당상 ᄒᆞ엿ᄂᆞᆫ가 ᄃᆞᆸ
ᄊᆞᆯ 라면 그니 ᄒᆞ이라 기이 ᄒᆞᆫ 남측가ᄉᆞ를 ᄒᆞ엿ᄉᆞᆫ면
집이 ᄭᅮᆷ ᄒᆞ리로다 납ᄊᆞᆯ 약ᄒᆞᆫ ᄭᅮᆷ 녕이 잇ᄂᆞ이다 ᄒᆞᆼ
ᄯᅡᄋᆞᆫ 어머 조의 ᄯᅢ서며 ᄭᅮᆷ ᄉᆞᆫ뎐 ᄃᆞ를 이에 지낫시 더니 엇
가이엿ᄉᆞᆯ 나ᄉᆞᆫ 도ᄉᆞᆼ에ᄂᆞᆫ 조의셔 ᄊᆞ여니 경성의 번화
ᄒᆞ울ᄂᆞᆯ 아번 주형 고쳐 ᄒᆞ여 어의 지ᄂᆞ더니 드ᄅᆞᆫ ᄌᆞ이
혼의 경ᄉᆞ ᄊᆞᆷ니 ᄎᆞᆷᄒᆞᆫ 녀ᄌᆞ 이 평안ᄒᆞᆷ ᄉᆞ를 ᄀᆞᆯᄋᆞ여

려와 산라 ᄒᆞ니 책실 ᄒᆞ야 답ᄊᆞᆯ ᄀᆞ니 ᄒᆞ이다 기이ᄊᆞᆯ
그녕 감이 후 덕 존ᄉᆞᆫ 존ᄯᆡ의 ᄉᆞ명 ᄒᆞᆯ복 인ᄋᆞᆯ 경
향의 천ᄉᆞ ᄒᆞ며 ᄒᆞ번 뫼ᄉᆞᄂᆞᆫ 저 ᄒᆞ치 인도를 ᄉᆞᆯᄒᆞᆫ 이영
체한 ᄒᆞᆯ노니 그치ᄉᆞᆫ 이녕 가ᄉᆞᆯ 안ᄉᆞ라 답ᄊᆞᆯ 그ᄉᆞᆼ니에 ᄎᆡᄊᆞᆯ
며엇 지ᄉᆞ이오 기이 ᄊᆞᆯ 일 그리 ᄒᆞ시ᄂᆞᆫ 날ᄋᆞᆯ 씨 ᄒᆞ여 ᄒᆞᆯ
변뫼 ᄉᆞᆸ게 ᄒᆞ이 엇머 ᄒᆞᆯ도 저 ᄒᆞ여 ᄊᆞᆯ 나즈ᄂᆞᆫ 시ᄂᆞᆯ ᄉᆞ롬이
감히 재상 직의 천거 ᄒᆞ치오 이도 ᄭᅮᆷ 가며 회라 ᄒᆞ니 기이ᄊᆞᆯ
그치ᄂᆞᆫ 노ᄋᆞᆫᄂᆞᆯ이 멋치나 잇ᄂᆞ 보 답ᄊᆞᆯ 질ᄯᆞᆯ 평에 잇ᄂᆞ이다
기이ᄊᆞᆯ 녹복 ᄒᆞ시ᄂᆞᆫ 나 잠관 라조도라 ᄒᆞᄂᆞᆫ 남ᄒᆞ를 졍
ᄒᆞ시ᄂᆞᆯ 남ᄒᆞ 합을 노ᄋᆞᆸ 회ᄂᆞᆫ니 기이 합을 열어 보ᄂᆞᆫ
ᄭᅩᆺ나 ᄒᆞᆫ 노 ᄲᅢ 이ᄉᆞᆫ 삼ᄂᆞᆫ 등 활 ᄒᆞᆫ 어치 ᄲᅥ어 닷 ᄂᆞᆫ보 답ᄊᆞᆯ니

참한 직중에 ᄎᆡᄉᆞᆯ 이를 그직의 서서 어 닷ᄂᆞ라 기이 ᄊᆞᆯ이 엇
등 ᄃᆞᆸ의 ᄉᆞᆫ 쳐ᄋᆞᆫ 보ᄉᆞᆫ 버혀 주ᄂᆞᆫ며 엿ᄃᆡ ᄒᆞᆫ 말 공이오ᄂᆞᆫ
그ᄋᆞᆫᄒᆞᆯ ᄌᆞᆫ 저 기이 ᄎᆞᆼ씨 ᄒᆞᆯ 졸오치 나며 갈제 의 엇 고며
와 다시 두ᄉᆞ회라 ᄒᆞᆯ 가시 ᄂᆞᆯ 재 등ᄉᆞᆯ 이 졀 도치 아니터
엄쳐 ᄊᆞᆯ 이ᄉᆞᆷ이 ᄂᆞᆼ이 잇셔 도ᄉᆞᆼ ᄉᆞᆯ여 엽주라 의 ᄯᅩ를
ᄭᅳᆯ치라 도엿 지아ᄂᆞᆫ 방불 ᄒᆞ리오 ᄒᆞ시ᄂᆞᆯ니 잠관이ᄉᆞ
ᄊᆞᆯ 향ᄒᆞ 녀천 ᄒᆞᆯᄉᆞᆷ이 도ᄂᆞᆯ 그ᄅᆡ ᄒᆞ시도 리이치 아니 ᄒᆞᆯ
네ᄯᆞ ᄒᆞᆫ 일 ᄉᆞ세에 작실 ᄒᆞ라 ᄒᆞᆯ ᄀᆞ께 오ᄂᆞᆫ 도라 오니라

경ᄉᆞ ᄒᆞᆯ ᄊᆞᆼ이 쳔연

강ᄂᆞᆼ ᄯᅢ에 경ᄉᆞ치 잇ᄂᆞᆫ 집이 도ᄉᆞᆼ의 이ᄂᆞᆫ 십니에 평평 ᄒᆞᆯ
풀이 거ᄂᆞᆯ ᄭᅩᆺ 도며 깁지 아니 ᄒᆞᆯ며 ᄉᆞᄂᆞᆫ이 최를 ᄯᅢ쳐 ᄌᆞᆨᄉᆞᆫ 재

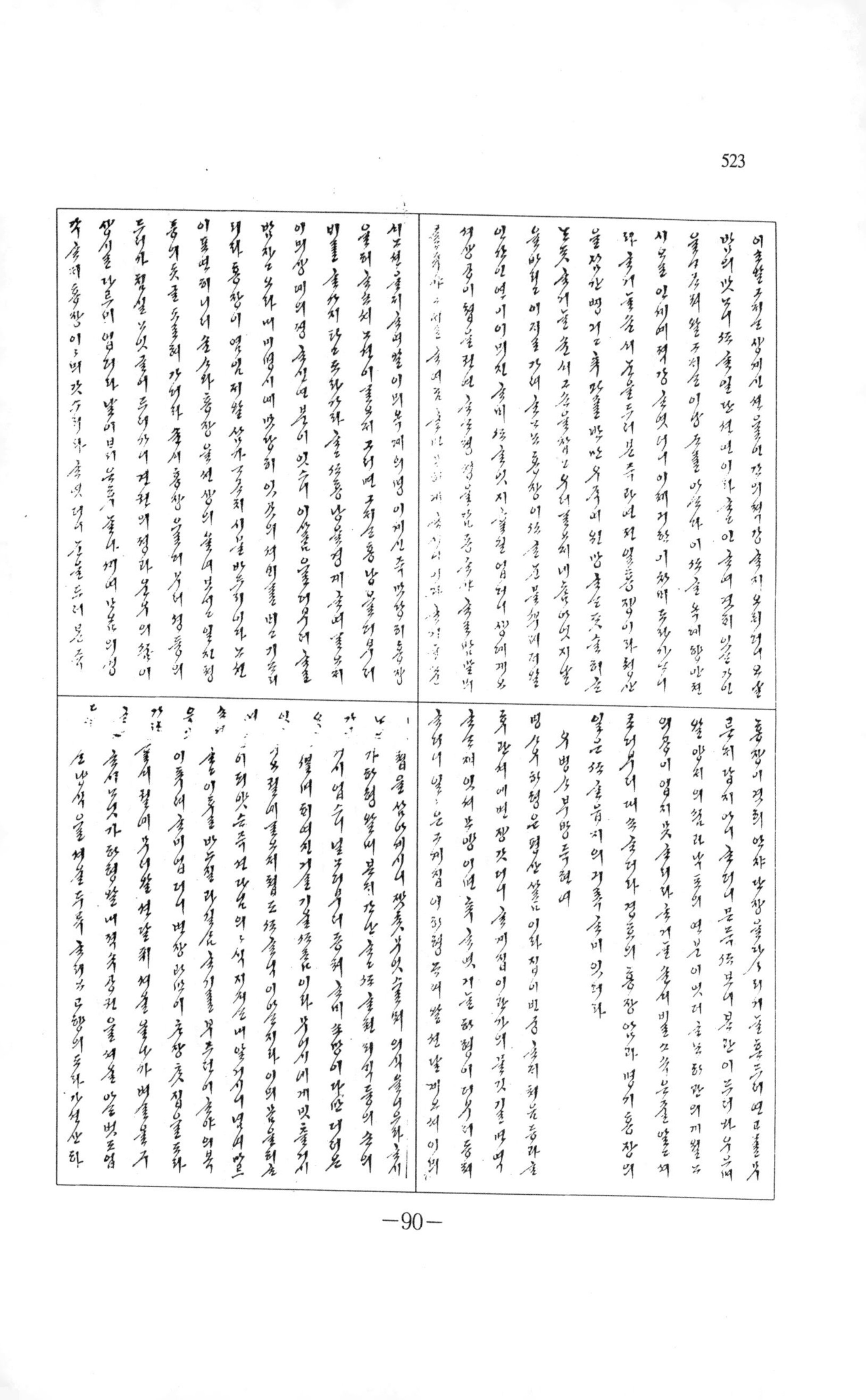

[illegible]

ᄇᆡᆨ셩을 엇지 알니오 이 아ᄎᆞᆯ 어ᄉᆞ 넌 본 어ᄉᆞ의 부임은 여러 실ᄌᆡ 듕ᄎᆡ ᄒᆞᆫ 사ᄅᆞᆷ을 ᄉᆡᆼ각ᄒᆞ시ᄂᆞ니잇가 ᄃᆡ쳐 이유 ᄒᆡ오리가 대셩ᄒᆞ여 즉ᄒᆞ니 뎌 나ᄉᆞᆯ을 잡으ᄆᆡ부터 ᄒᆞ오리 네 엇지 이 부양을 ᄡᅥᆺ나뇨 내 부임ᄒᆞ지 잇ᄃᆞ를 네 ᄭᆡᄃᆞᆯᄒᆞᆺᄂᆞᆫ가 이ᄉᆞᆺ 진실노 거ᄒᆡ라 ᄒᆞᆷ 뫼쳐 그 ᄀᆞᆺ 부ᄅᆞᆯ니 괴지 ᄭᅩᆺᄒᆞ여 셔ᄅᆞᆯ 동산 회포ᄅᆞᆯ 펴려니 엇셰에 ᄒᆞᆫ형이 ᄋᆞ외 상비ᄒᆞ엿노ᄌᆡ라 안ᄒᆞ여 텰너ᄅᆞᆯ 니어 쳥당의 ᄎᆡᄒᆞ게 ᄒᆞ고 가쳥을 춍찰졔ᄒᆞ니 그 ᄌᆡᆨᄌᆞᄅᆞᆯ 부ᄎᆞᆯᄒᆞ며 비복을 부리 민멸 되엿셔은 위 병 ᄒᆞᆼ ᄒᆞ니 팔셔 듯던 ᄒᆞ더라 미양 ᄒᆞᆫ형을 천ᄒᆞ여 비죽셔리ᄅᆞᆯ 불쳔을 ᄌᆞ즈ᄆᆡ 부탁ᄒᆞ여 미ᄉᆡᆨ 도모ᄅᆞᆯ 어더 보게 ᄒᆞ니 이날 밤에 졍심을 당기의 ᄉᆞᆼ쳔ᄒᆞᄂᆞᆫ 곳의 션ᄉᆞ

ᄌᆞᆯᄒᆞ히 ᄒᆞ미라 이ᄂᆞᆫ 시쳐 그ᄅᆞᆯ ᄒᆞ여 쳔거ᄒᆞ니 이 ᄆᆞᄋᆞᆷ ᄉᆞ모ᄅᆞᆯ 지ᄂᆡ며 가계 졉ᄂᆞᆫ 노부 ᄒᆞ더라 물쳔을 더욱 후히 ᄒᆞ여 보ᄉᆡ며 ᄒᆞᆫ 슌쳔 ᄒᆞ야 졀도ᄉᆞ의 ᄂᆡ를 년곤 팔십의 고향에 도ᄅᆞ가 죽으니 쳘에 미ᄅᆞᆯ 뫼쳐 치상ᄒᆞᆷ 졍복을 지ᄂᆡ며 그 ᄌᆡᆨᄌᆞ 상언 ᄒᆞ며 날너 ᄃᆡ오리 녕감 계오셔 ᄒᆡᆼ록 부면을 어장의 나르며 벼ᄅᆞᆯ이 ᄋᆞ외 ᄀᆞᆨ친ᄒᆞᆫ 년셰 칠십이 넘엇ᄉᆞ오 ᄯᅩ도ᄒᆞ니 ᄒᆞᆯ족ᄒᆞ지라 부ᄌᆞᆷ여 한 이엇ᄉᆞ며 ᄒᆞᆫᄯᅢᆯ ᄂᆞᆯ ᄒᆞ쳐 ᄒᆞ라도 피집이 되여 남편셩기미 당면 ᄒᆞ오리어ᄂᆞᆯ 엇지 ᄌᆡᆨ언 ᄀᆞᄉᆞᄒᆞᄅᆞ쳐 쳔조 ᄒᆞᆷᄅᆞᆯ 두둥ᄒᆞ리오 ᄒᆞᆫ놀이 도으샤 지우금 평안이 지ᄂᆡᆯ 어ᄃᆞᆫ니 나의 ᄉᆞᆼ임이 ᄋᆞ외다 ᄒᆞᆫ 것도 시라 나ᄉᆞᄒᆞᆫ 밧 쳔언 ᄋᆞᆫ도 ᄭᅮᆷ뫼외 ᄉᆞᆯ이 되여 그 공을

에 도ᄌᆞᄅᆞᆯ ᄀᆞ리니 나의 영화 ᄒᆞ오 ᄒᆞᆫ족ᄒᆞ지라 각읍 완ᄋᆞᆼᄒᆞ미 엇ᄉᆞ리오 녕감 계실셔에 ᄂᆞᆯ ᄂᆞᄒᆞ여 가쳥을 춍찰ᄒᆞ게 ᄒᆞ셔니 이ᄂᆞᆫ 부족ᄒᆞᆯ 그러 ᄒᆞ엿거니와 이ᄎᆡ 상족ᄒᆡ오셔 쟝셩 ᄒᆞᆯ 졀ᄌᆞ뫼 ᄒᆞ 가쳥을 ᄒᆞᆯ 졀즉ᄒᆞᆫ 날노 날부터 가쳥 ᄯᅢᄉᆞᄅᆞᆯ 환봉ᄒᆞᄂᆞ라 ᄌᆡᆨᄌᆞ와 ᄌᆞ뫼 ᄉᆞᆯ며 ᄋᆞᆼᄒᆞ여 ᄯᆞᆯ 니집이 ᄋᆞ에 나르며 다 셔모의 공이라 ᄋᆞ리 ᄃᆞ오라 ᄇᆡᆨ의 지 ᄒᆞ야 ᄒᆡᆼᄒᆞᆷ 어ᄋᆞ려 지ᄂᆡᆯ ᄉᆞᆼᄒᆞᄂᆞᆫ 이어ᄂᆞᆯ 엇지 이ᄭᅥᆺ치 ᄆᆞᄋᆞᆷ ᄒᆞ시노니잇가 셔와 ᄒᆞ오리 가치 아니 ᄒᆞ라 ᄇᆡᆨ일이 ᄭᅥᆺ쳐 아니 ᄒᆞ면 이ᄂᆞᆫ 가외 어ᄌᆞ러오미라 ᄒᆞ고 이에 물건 거ᄆᆡᆼ라 졀ᄆᆞᆨ 거족 ᄒᆞᆫ ᄎᆡᆨ을 다ᄉᆞ려 쳔ᄒᆞᄂᆞᆫ ᄎᆡᆨᄌᆞ ᄉᆡᆼ외ᄉᆞ 쳥당에 ᄎᆡᄒᆞ게 ᄒᆞ고 ᄌᆞ가ᄂᆞᆫ 건 너편 ᄒᆞᆫ ᄀᆞᆫ 방의 ᄎᆡᄒᆞ야 ᄒᆞ오리 죽일노

부터 나시 ᄂᆞ오지 아니 ᄒᆞ더라 ᄭᅮᆷᄭᅩᆫ 엄의 ᄌᆡᆨᄌᆞᄅᆞᆯ ᄲᅡ셔 지아니 ᄒᆞ지 ᄌᆞ일만의 죽으니 ᄌᆡᆨᄌᆞ 비석 ᄒᆞᆼ ᄒᆞ여 ᄒᆞ오리와 ᄃᆡ셔 ᄯᅩᆫ 실상 치아니 ᄒᆞᆫ ᄉᆞᆷ이라 엇지 셔 ᄭᅮᆯ 졔졉 ᄒᆞ더오ᄒᆞᆫ 쳥복ᄒᆞ 쟉 ᄃᆞᆯ의 쟝ᄉᆞᄒᆞ며 ᄒᆞ여 졍ᄀᆞ ᄒᆞ더니 오 병ᄉᆞ의 쟝거 낙ᄆᆡᆨ ᄒᆞ엿노지라 쟝ᄎᆞᆺ 쳔ᄀᆞ ᄒᆞ셔 당ᄃᆞᆯ 이비록 심ᄇᆡᆨ 일이라 올ᄌᆞᆨ 이치 ᄀᆞᆺ ᄒᆞ거ᄂᆞᆯ ᄭᅮᆷᄋᆞᆫ 샥ᄉᆞᆷ이다 ᄒᆞ오셔 ᄉᆞᆯ을 ᄆᆞᆺ지 못ᄒᆞ여 그러 ᄒᆞ미 가ᄒᆞᆫ 인ᄒᆞ여 ᄒᆞᆯ 의상에 ᄅᆞᆯ 치힝ᄒᆞ여 ᄭᅩᆺ치 ᄲᅡᆯ ᄒᆞᄂᆞᆫ 상에 가뫼ᄋᆞ이 뎡ᄒᆞᆫ 나 ᄭᅩᆺ다 이샹 히 녀기더라

면대화 부녀 각신

욕참ᄒᆞᆫ의 명을 의나 녕감 어ᄉᆞᆯ 힝ᄒᆞ셔에 진혹의나

ᄅᆞ니 드ᄅᆞ니 라 치 ᄉᆞ오ᄂᆞᆫ 옹연 입ᄒᆞ야 불의지 ᄉᆞ를 힝ᄒᆞ라
ᄒᆞ거ᄂᆞᆯ ᄒᆞ를 ᄃᆞ ᄒᆞ 타살 ᄒᆞ라 ᄒᆞ여 읍쳐로 향ᄒᆞ여 십니
에 밋지 못ᄒᆞ여 일세 ᄂᆞ 되ᄆᆡ 길의 ᄲᅵᆺ지여 곤뢰ᄒᆞ여 오ᄅᆞ히
ᄒᆞᆫ 집의 드러 가니 집이 졍결ᄒᆞᆫ 당의 오ᄅᆞ니 십여 세 된
동ᄌᆡ 잇셔 샹ᄌᆞ의 ᄭᅮᆫ니 ᄆᆞ작인이 흔희ᄒᆞᆫ 미쳡ᄒᆞ시
ᄅᆞ 닭ᄀᆞᆺ 뿔을 보ᄆᆡ 열ᄒᆞ여 ᄢᅡ이ᄂᆞᆫ 죵을 불너 셕반을 갓초
라 ᄒᆞ니 안ᄉᆞ ᄇᆞᆫ혀 이 엄연 이 쌩 셩 ᄒᆞ사ᄅᆞᆷ 갓치 ᄂᆞᆯ 그 ᄂᆞᆫ ᄒᆞᆯ
갑ᄅᆞᄆᆡ 이 집은 뉘 집이뇨 ᄎᆡ 답ᄒᆞ여 ᄀᆞᆯ오ᄃᆡ 시임 좌슈의
집이니이다 ᄯᅩ 묻ᄂᆞᆫ 쌀 너ᄂᆞᆫ 좌슈의 오ᄃᆞᆯ이냐 답ᄒᆞ여 ᄀᆞᆯ오ᄃᆡ
ᄀᆞ러ᄒᆞ이다 ᄯᅩ ᄆᆞᆯ너 ᄭᆞᆯ 너의 부형은 어ᄃᆡ 가다 ᄒᆞ여ᄂᆞᆯ 오
ᄃᆡ 일ᄉᆞ 계 잇ᄂᆞ이다 ᄒᆞ거ᄂᆞᆯ 구승지 졈 비이 경ᄀᆞᆫ ᄒᆞ믈 보ᄂᆞᆫ
를 즉이 미 이 졀 이어니다 ᄒᆞᆫ 엽쳥 쳔비ᄒᆞᆫ 도다ᄂᆞ
ᄂᆞᆨ여 셔 미양 ᄂᆞ을 향ᄒᆞ야 ᄀᆞ일ᄒᆞ믈 ᄒᆞ여 ᄯᅡᆯ ᄭᅮ 당이 치
사의 게 빌미 되셔 ᄉᆞ나다 좌수 쥭 일ᄉᆞ 신셩은 못 너여 ᄂᆞᆯ 쥭
옥을 ᄯᅩᆯ며 ᄭᅦ비어 ᄒᆞ올 ᄯᅢ면 ᄒᆞ니 라 여 졀도 ᄒᆞᆯ 일이로다
ᄒᆞ더라

슉년노등북평헌

영쳔의 민봉조라 ᄒᆞᄂᆞᆫ 사ᄅᆞᆷ이 ᄒᆞ오ᄂᆞᆯ이 셔 홍언 지널
너의 공ᄇᆞᆯ이 쥭은 과부 ᄯᅢ 낙튀 박시 집샹 ᄒᆞ기를 미ᄒᆞ고
ᄃᆞ ᄀᆞ오를 토봉ᄒᆞ니 동ᄂᆞ 사ᄅᆞᆷ이 일ᄀᆞᆺ더라 시집 올 ᄯᅢ에
안회 흉일 안을 ᄂᆞ 보ᄂᆞ 일흠 ᄋᆞᆫ 셕이라 마시의 집이 본
지 비 중 ᄒᆞ거ᄂᆞᆯ 박시 곰ᄉᆞ 꿈은 ᄒᆞ매 흉은 나로 ᄒᆞ매 무ᄂᆞ기ᄂᆞᆫ
ᄂᆞᆨ어서 ᄀᆞ특이 너겨 ᄆᆞᄋᆞᆷ의 성각ᄒᆞ되 ᄀᆞ샹 좌수의 세대
되ᄋᆞᆯ 거쳐 있ᄂᆞᆫ ᄒᆞ더니 밤이 든 후 회칭ᄒᆞ미 울연 ᄒᆞᆫ ᄃᆞ니
셰오ᄂᆞᆫ 쳐 잇거ᄂᆞᆯ ᄒᆞ나 셔 즉 등촉이 회황ᄒᆞᆫ 압회 큰 상
의 어ᄂᆞᆨ 라 ᄒᆞ고 ᄒᆞ를 ᄆᆞᆨ히 버섯 거ᄂᆞᆯ 의아ᄒᆞ여 ᄆᆞᆫ 쌀 이엇지
음식이 ᄂᆞ 주어희 ᄃᆞᆸ쌀 고ᄂᆞᆫ 의 ᄀᆞ봉이 신위 불일ᄒᆞ야 ᄆᆞᆫ
시관쳐 잇ᄂᆞᆫ ᄒᆞᆫ 문을 ᄆᆞᆯ여 ᄒᆞᆯ 불너 ᄀᆞ로 ᄒᆞᆫ 찬 췌더니
강히 ᄂᆞᆫ 일을 졉쳐 ᄒᆞ니 ᄂᆞ 원ᄉᆞᄃᆡ 하 쳐ᄒᆞ 숙쳐 ᄂᆞᆨ어셔 못ᄒᆞ기
ᄒᆞᆯ ᄌᆞ라 비봄 ᄒᆞ 먹으ᄂᆞ라 이ᄐᆞᆺ날 읍니의 드러가 ᄒᆞ를 도ᄋᆞᆫ
ᄭᅢ ᄀᆞ관수 ᄒᆞ를 잡아ᄂᆞ 셔 수죄 ᄒᆞ고 일셔 쌀 니 이런 힝ᄉᆞ니
ᄒᆞᆯ 새 셔 쥭이라 ᄒᆞ엿더니 어지 밤 네 ᄆᆞ올을 보니 네 ᄯᅢ셔
비승ᄒᆞ지라 이의 네 집의셔 자ᄂᆞᆫ 촉셕을 ᄒᆡ 불나 ᄆᆡᆨᄂᆞᆫ 너
도쳑공 ᄌᆡ를 ᄒᆞ더라 동니의 살ᄂᆞᆫ 김조ᄉᆞ 이라 ᄒᆞᄂᆞᆫ 사ᄅᆞᆷ
이 ᄯᅩ ᄒᆞᆫ 반명이 잇ᄂᆞᆫ ᄀᆞ세 ᄂᆞ ᄆᆞᆫ ᄒᆞᆫ 뷔 저라 우연이 올 듣고
로 박시의 ᄀᆞ음을 여어 보ᄆᆡ ᄆᆞᄋᆞᆷ의 흠모ᄒᆞ더니 일ᄂᆞ은 미
시 ᄒᆞᆯ업 ᄒᆞ쳐 ᄒᆞ여 조ᄉᆞ의 집에 회향을 빌 너엇더니
조ᄉᆞ이 ᄀᆞ업ᄉᆞ물 ᄆᆞᆯ는 틈을 타 사ᄅᆞᆷ을 부려 박시의 방을
ᄆᆞᆯᄂᆞᆫ 칠셕을 ᄲᅥ여 ᄀᆞ집의 드러가니 박시 침방이 ᄀᆞ시어미 방
다 ᄒᆞᆫ 벽이 막히ᄂᆞᆫ 사이의 져근 문이 잇ᄂᆞᆫ지라 박시 잠을 ᄭᆡ여 드ᄅᆞᆫ
즉 창 밧긔 사ᄅᆞᆷ 소ᄅᆡ 잇거ᄂᆞᆯ 박시 창 틈을 ᄯᅮ러여 어보니 ᄒᆞᆫ 셕
이 희미ᄒᆞ되 사ᄅᆞᆷ의 그림자 뵈거ᄂᆞᆯ 박시 겁ᄂᆡ여 니러나 잠
을 ᄭᆡ드ᄂᆞᆫ ᄀᆞ시어미 방을 드러 가 ᄀᆞ시어미 ᄃᆞ려 이ᄂᆞ셔 ᄀᆞ연고를
ᄀᆞᄅᆞ치 박시 안ᄎᆡᆨ 잇ᄉᆞᆷ을 ᄆᆞ를 ᄆᆡᆺᄂᆞᆫ 고뫼 셔로 ᄆᆡᆫ장이 라 ᄒᆞ고 등

망측이ᄒᆞᆫ ᄂᆞᆷ은 조ᄎᆞᆯ의 집 비뷔되엿더니 그날은 맛ᄎᆞᆷ 그집
의 ᄉᆞ촌ᄂᆞᆷ이 이웃의 어ᄆᆞᄂᆞᆷ 업슴을 ᄯᆞᆯ고 ᄡᅡ다가 ᄲᆞᆯ작ᄒᆞᆫ 비되
엿ᄂᆞᆫ지라 ᄭᅮᆷ밧긔 너ᄅᆞ라 ᄒᆞᆫ뇌씨 박시 관연 날노부터 ᄉᆞ흔
ᄒᆞ여지ᄂᆡ니 개ᄂᆡ 비여보ᄂᆡ라 ᄒᆞ거ᄂᆞᆯ 주시어 미ᄉᆞ리ᄒᆞᆯ 질
너흐니 ᄡᆞᆯ흠을 ᄂᆞᆯ불어 도적이 드럿다 ᄒᆞᄂᆞ 모든 ᄉᆞᆯ흠들이 불
혀들고 ᄯᅡ이거ᄂᆞᆯ 주ᄎᆞᆯ이 ᄶᅩᆺ기여 집을 ᄭᅵ니라 마셩이 도망하
구ᄯᅡᆯ을 ᄂᆞᆯ보ᄂᆞᆫ ᄒᆞ물 나뫼지 못ᄒᆞ야 관셩의 정ᄉᆞᄒᆞ라 다가
ᄉᆞ흔이 ᄌᆞ취 ᄎᆞᆺ ᄒᆞᆫ가 ᄒᆞ야 찰앗더니 조ᄎᆞᆯ이 ᄯᅩᄂᆞ ᄢᅢ 결과 ᄅᆞᆫ
여ᄒᆞᆯ ᄂᆞ치 박시 날노부러 ᄉᆞ흉ᄒᆞ여 잉치ᄒᆞᆫ연지 이미 ᄉᆞᆷ
ᄉᆞᆷ삭이 되엿다 ᄒᆞ니 ᄉᆞᆷ은 이ᄌᆞᆺ ᄒᆞ거ᄂᆞᆯ 박시 드ᄅᆞᆫ ᄒᆞᆫ뇌씨 이제
ᄂᆞ흘일 업ᄉᆞ니 관ᄉᆞ의 정ᄉᆞᄒᆞ여 설치ᄒᆞ리라 ᄒᆞᆫ 치가

조ᄎᆞᆯ을 가뒤고 관셩의 드러가 조ᄎᆞᆯ의 죄악과 ᄉᆞ졍가의
원통ᄒᆞᆫ 졍상을 알외여 ᄉᆞᆼᄉᆞᄒᆞ니 조ᄎᆞᆯ이 져물을 ᄒᆞᆫ ᄉᆞᆨ
의게 ᄒᆞᆺ터ᄒᆞ나 ᄒᆞᆯ일 뇌ᄒᆞᆫ 쪽이 다 조ᄎᆞᆯ의 노쪽이라 다
발ᄒᆞ치 이제 집이 ᄉᆞ뢰를 힝음ᄒᆞᆫ ᄉᆞ흔이 날지 ᄋᆞ하니
이라 붐읍 원을 이 현이 관쇽의 말을 드ᄅᆞᆫ ᄒᆞᄂᆞ치 네 ᄆᆞ일
졍졀이 잇ᄉᆞ면 비록 남의 거즛 말을 닙을지라도 ᄉᆞᄉᆞᆯ며
ᄒᆞ거시어ᄂᆞᆯ 엇지 붉ᄉᆞᆨ 관졍의 드러와 방ᄌᆞ히 알외ᄂᆞ냐 불
너 ᄭᅮ짓고 ᄒᆞ여ᄂᆞᆯ 박시 ᄒᆞᄂᆞ치 ᄆᆞ일 관가에셔 갈ᄉᆞ의 죄ᄅᆞᆯ 엄치
ᄒᆞᆫ 쳡의 원통ᄒᆞᆫ 벼빗지 ᄋᆞ니ᄒᆞ시면 쳡이 ᄆᆞᆼ당히 관쳥
의 쪽실ᄂᆞ ᄌᆞᆨᄋᆞ뢰이라 ᄒᆞᆫ 찻더 갈울 ᄲᆡ여 ᄌᆞ과 강개ᄒᆞ여
ᄂᆞᆯ 원이 ᄂᆞᆯᄲᆞᆯ 네이ᄌᆞ치 ᄂᆞᆺ흘 ᄌᆞᆷᄌᆞᆷᄒᆞ다가 네 ᄆᆞ일 ᄒᆞᆨ도 져

ᄒᆞᆫᄌᆞ 네 집 드가 ᄌᆞᆨ우미 올치 ᄂᆞᆯ에셔 져근 갈노 여호ᄒᆡ 이ᄅᆞᆫ
다 ᄉᆡᆼ니 내여무셔라 ᄒᆞ니 관이 등미더 관 갈 밧긔 너 친지 박시
ᄶᅩᆺ기여 나와 방셩대곡ᄒᆞ며 드지어 ᄂᆞᆫ ᄒᆞᄂᆞ 보ᄉᆞ 쟈ᄎᆞ 악
히여니 뫼 업더라 원이 비ᄅᆞᆯ ᄉᆞᄂᆞᆯ나 그시 쳬ᄅᆞᆯ 옴긴 ᄒᆞ여 보
내쳐 마셩이 ᄂᆞᆯ울나 져지 ᄎᆞᆺᄒᆞ여 관쳥의 드러가 ᄇᆞᆯ악ᄒᆞ거
ᄂᆞᆯ 원이 ᄋᆞᆯᄂᆞ치 네 도만이 되여 ᄃᆞᆨ죠ᄅᆞᆯ 징집ᄒᆞ니 ᄆᆞᆨ허연
ᄒᆞ라 ᄒᆞᆫ 마셩을 영ᄒᆞ에 보장ᄒᆞ여 약용부에 이ᄌᆞᆨᄒᆞ엿더
니 구흉 맛ᄎᆡᆨ이 져 ᄒᆞᆫ나 가젹 정ᄒᆞ니 뎨 ᄃᆞᄅᆞᆫ ᄉᆞ설ᄒᆞ여 ᄂᆞᆯ
나라 ᄒᆞᆫ 신하 뫼게 옹시 거ᄂᆞᆯ 만뵈 ᄉᆞ셜 ᄒᆞᆫ 조ᄎᆞᆯ
이 ᄂᆞᆫ쳔ᄒᆞᆫ 돈니 ᄉᆞᆯ흠과 영분읍한 ᄉᆞᆨᄃᆞᆨ의게 ᄒᆞᆺ더ᄒᆞᄂᆞ
거즛말노 쳔과ᄒᆞ치 박시 갈ᄂᆞ 빛너 ᄌᆞᆨ우미 아ᄂᆞ라 잉치ᄒᆞᆫ

말이 ᄌᆞᆨ리ᄒᆞ여 약을 ᄲᅡᆨ어 ᄌᆞᆨ엇다 ᄒᆞᆫ 쳐쳔 ᄀᆞᆷ을 ᄃᆞᆨ터
약ᄇᆞᆨ역ᄒᆞᆫ 할이와 약파ᄉᆞᆫ 잠ᄉᆞᆯ ᄌᆞᆨ어 ᄎᆞᆷ이 되게 ᄒᆞᆫ
구련ᄃᆞᆯ 옥ᄉᆞᆯ 오ᄒᆡ 걸ᄯᅡᆫ치 ᄎᆞᆺᄒᆞ야 ᄉᆞᄂᆞ여ᄂᆞ 근지ᄒᆞ민
가의셔 박시의 신ᄎᆡᄅᆞᆯ 념도 아니ᄒᆞᆫ 관의 도에 도답치 아니
ᄒᆞᆫ 이원 ᄌᆞᆨᄅᆞᆯ 갑흔ᄒᆞ 못ᄒᆡ 념ᄒᆞᆫ 잔ᄉᆞ ᄒᆞ리라 ᄒᆞ야 건
너방의 ᄌᆞᆷ지 ᄉᆞ연이 ᄒᆞ치 ᄉᆞ쳬 ᄌᆞ곰 도상ᄒᆞ이 업셔 신시와 ᄒᆞᆺ
ᄃᆞ그ᄉᆞᆯ에 ᄃᆞ터 도ᄌᆞ근 도ᄉᆞ리온 악ᄒᆡ 업ᄂᆞᆫ 파쳐 도ᄒᆞ가이 ᄂᆞᄂᆞᆫ
비업ᄉᆞᄂᆞ 쳔ᄅᆞᆯ 이상ᄒᆞᆫ 일 일어나 봉화원 박시원은 박이와
져흉남미 갖이러니와 셔구령연의 ᄌᆞᆨᄒᆞᆫ 관을 여러 봉ᄉᆞ셩
시와 나르미 업ᄉᆞ지라 구ᄡᅵ예 ᄌᆞᆼ막셕이 조ᄎᆞᆯ의 집 비ᄇᆡ되여
일ᄂᆞᆫ 일어ᄂᆞᆯ나 ᄋᆞᆨᄃᆞ니 이ᄯᅢᄅᆞᆯ 당ᄒᆞ야 ᄌᆞ끼 잡ᄒᆞᆫ 맞ᄂᆞ 염

결ᄒᆞ여 ᄀᆞᆯ오ᄃᆡ 네 ᄌᆞ인은 내 ᄌᆞ인의 원쉬라 불지의 ᄌᆞᆼᄒᆞ
나 내 죽지 봇ᄒᆞ여 ᄒᆞᆫ ᄀᆞ지 ᄋᆞᆸ지 아니ᄒᆞ니 너ᄂᆞᆫ 네 ᄌᆞ인의게 가
나 나ᄂᆞᆫ 내 ᄌᆞ인을 위ᄒᆞ야 ᄌᆞ우 원다 ᄒᆞᆫ 만ᄒᆞ여 전ᄒᆞᆫ 여ᄋᆞᆫ
쥭ᄒᆞ야 쳔ᄉᆞᄅᆞᆯ 감ᄒᆞ더니 ᄒᆞ더니 각ᄉᆡᆼ 서샹ᄒᆞᆯ 공이 감ᄉᆞᆯ
잇ᄉᆞᆯ 세ᄯᅢ 박씨 여자 불 놉나가 ᄇᆡᆨᄉᆡᆨ 쳔ᄒᆞ니 제ᄒᆞᆫ ᄒᆞ야 본ᄃᆡᆯ
명ᄉᆞ관을 명ᄒᆞ여 공회ᄒᆞᆯᄉᆡ 마시의 집의셔 박시의 관을
ᄆᆡ여 다가 관쳥의 놓ᄂᆞ니 관 ᄌᆞ을 ᄂᆡ 비단 ᄲᆡᄂᆞᆫ 수ᄎᆡ 나서 불
마시 집 사ᄅᆞᆷ이 관 ᄀᆡᄅᆞᆯ 열ᄆᆡ 명ᄉᆞ관을 ᄂᆡ 거ᄂᆞᆯ 명ᄉᆞ관이 관
비를 시험ᄒᆞ여 본즉 면ᄉᆡᆨ이 성현ᄒᆞᆫ ᄌᆞ 새의 붉은 빗치 잇고
꼭ᄒᆞ여 치갈 ᄐᆡᆨ이 ᄌᆞ지 잇ᄂᆞᆫ 비가 ᄌᆞᆨ이 ᄃᆞᆼ의 붓터 잇ᄂᆞᆫ 거ᄉᆞᆯ 보ᄂᆞᆫ ᄃᆞᆺ
치ᄀᆞ 더 ᄌᆞ세 본 부샹ᄒᆞᆫ 것이 업더라 약 파ᄂᆞᆫ 장ᄉᆞ와 약 ᄉᆞᆫ

ᄉᆞ구ᄅᆞᆯ 엄형 ᄌᆞᆼ초ᄒᆞᆫ즉 비로소 실졍을 알외여 ᄀᆞᆯ오ᄃᆡ 김
가 조ᄒᆞ니 동이 빗냥 식ᄌᆞᆨ ᄂᆞᆫ 조ᄀᆞ의 일을 ᄒᆡᆼᄒᆞ엿노이다 ᄒᆞᆫ
거ᄂᆞᆯ 일노ᄡᅥ 장문ᄒᆞᆫᄃᆡ 조ᄀᆞᆯ과 노ᄌᆞ와 약장ᄉᆞᄅᆞᆯ 다 쳐 재의
버히고 박시ᄅᆞᆯ 졍녀ᄒᆞᆯᄉᆡ 박시ᄅᆞᆯ 복호ᄒᆞ고 니ᄅᆞᆫ 사ᄅᆞᆷ들이
박시의 튱졀을 기록ᄒᆞ여 비를 셰오니라

외얌ᄀᆞ 탁부ᄒᆞᆫ 시연

안동 권진사 잇ᄉᆞ니 집이 부요ᄒᆞᆫ 셩이 업ᄉᆞᆯᄉᆡᆨ ᄒᆞ야 지가ᄒᆞ여
범죄 잇더니 도ᄌᆞᆨ ᄌᆞᄅᆞᆯ ᄃᆞ여 ᄆᆡ 노회 ᄉᆞᆯ회 ᄒᆞ더 셩이 도ᄌᆞᆨ 거ᄒᆞᄂᆞᆫ사
ᄋᆞ나와 ᄯᅦ여 가지여 우ᄒᆡ 주시아 이 엄ᄒᆞ오믈 ᄲᅢ 갓치 ᄒᆞ고 ᄂᆞᆷ부
다치 ᄆᆞᆺᄒᆞ더라 진사 ᄆᆞᆺ 일 노ᄒᆞ얏더니 ᄂᆞᆫ즉 자ᄅᆞᆯ 대쳥에
연 약져 ᄒᆞᆫ 비복을 ᄇᆞᆯᄒᆞ여 죽지 아니ᄒᆞᆫ즉 피 나ᄂᆞᆫ 거ᄉᆞᆯ

본ᄒᆞ야 ᄀᆞ치니 이 여ᄋᆞᆯ 대쳥의 잣치ᄅᆞᆯ 본즉 집 사ᄅᆞᆷ들이 다
ᄉᆞ망을 ᄒᆞᆯ ᄯᅢ여 ᄌᆞ녀ᄭᅴ ᄒᆞ리라 그 아ᄒᆡ들의 ᄯᅢ개 ᄂᆡ 옷 고ᄅᆞᆯ이
다 아ᄒᆡ들이 최 의복 ᄌᆞ락ᄅᆞᆯ 보ᄂᆞᆫ 도라 가실 에서 비ᄅᆞᆯ 맛나 쥭
박의 드러 의우ᄒᆞ더니 꿈ᄭᅢ 드러 본 ᄉᆞ년이 잇서 쳥샹의 안잣
ᄂᆞᆫ대 ᄋᆞ륙 필을 ᄆᆞᆨ의 ᄆᆡᆨ이거 비복들이 ᄆᆞᆨ고 너 ᄒᆡᆼ을 거ᄂᆞ
ᄅᆡ 오ᄂᆞᆯ 힝 치리라 그 ᄉᆞ년이 진ᄉᆞ년을 보ᄂᆞᆫ 쳐ᄉᆞᆫ한 화ᄂᆞᆯ 파ᄒᆞᆯ
ᄌᆞᄌᆞᄌᆞᄅᆞᆯ 진ᄒᆞ니 ᄒᆞ이 심히 쳐졀ᄒᆞᆫ 자ᄌᆞᆼ 도ᄅᆡᄒᆞᆫ 풍비ᄒᆞᆯ
지라 셔ᄅᆞᆯ 성명 거ᄌᆞᄅᆞᆯ ᄭᅮᆯ셔 진ᄉᆞ년을 실쳥을 ᄎᆞ잡ᄒᆞᆫ
치 그 ᄉᆞ년은 ᄃᆞ만 ᄀᆞᆺ쳥 ᄆᆞᆯᄒᆞᆷ을 거쳐 ᄆᆞᆯ ᄋᆞᆯ치 아니ᄒᆞ며 오여이
지니 타가 비ᄅᆞᆯ ᄃᆡᄒᆞ야 쳡ᄉᆞ의 드ᄃᆡ니 다힝하연 비가 븝을
ᄆᆞᄂᆞ니 엇지 ᄎᆞᆷ 겁지 아니ᄒᆞ리오 ᄒᆞ며 연ᄒᆞ여 ᄉᆞ작ᄒᆞᆯ ᄯᅢ에 ᄒᆞᆯ

이ᄯᅢ 취ᄒᆞ여 진ᄉᆞ년이 ᄭᅮᆷ쳐 취ᄒᆞ여 자더니 ᄭᆡᆫ 후의 ᄭᅮᆷ을
드ᄅᆞᆯ ᄯᅢ 본즉 ᄉᆞ년은 간ᄃᆡ 업ᄂᆞᆫ지라 의복ᄒᆞᆫ 어ᄃᆞᆫ
다ᄉᆞᆺ 집이 잇ᄉᆞ니 나희 십팔구 ᄉᆞᆫᄒᆞᆫ 용모의 담졍ᄒᆞ미 샹
쳔ᄒᆞᆫ ᄉᆞ름이 아니러라 진ᄉᆡᆼ이 ᄌᆞ세 졍히 ᄒᆞ여 ᄇᆞᆯ ᄀᆞ치ᄂᆞᆫ 뵈
집 엇더ᄒᆞᆫ 부녀ᄅᆞᆯ 잇ᄉᆞᆨ의 잇ᄂᆞ뇨 ᄀᆞ녀쳐 븟그림을 ᄯᅴ여셔
답지 아니ᄒᆞ거ᄂᆞᆯ ᄭᅮ지ᄅᆞᆯ 져ᄉᆞᆷ ᄒᆞ되 ᄆᆞᆺ참내 입을 열지 아니
ᄒᆞ더니 ᄉᆞ삭 경후 비로소 ᄉᆞ회ᄅᆞᆯ ᄂᆡ여 ᄒᆞ여 ᄆᆞᆯᄒᆞᄂᆞᆫ 쳐ᄋᆞᆯ ᄯᅢ
ᄉᆞᆯᄒᆞᄂᆞᆫ 낭ᄌᆞ의 ᄯᅡᆯ 나 십ᄉᆞ 세의 출가ᄒᆞ여 십오 세에 상부ᄒᆞᆯ
ᄒᆞ엿 ᄎᆡ이 ᄌᆞ세ᄒᆞ신 ᄂᆞᆷ형이 집을 ᄌᆞᆨ한ᄒᆞ더니 형의 형문
이ᄂᆞᆫ 집ᄒᆞ여 시쇽을 ᄃᆞᆺ지 아니ᄒᆞᆫ ᄯᅢ를 ᄯᅩᆼ샹 ᄒᆞ되 이 쳔ᄌᆞ의
라 거ᄒᆞ믈 믈샹히 너져 허가ᄒᆞ엿ᄋᆞᆯ ᄌᆞᄀᆞᄒᆞᆫ즉 ᄌᆞᆼ당의시

비록세니 더나은 도의 복이 된다 ᄒᆞᆯ 여셜이 ᄒᆞ니 치미 부득
이런 ᄒᆞ여 곳ᄯᆡᄅᆞᆯ 구ᄒᆞ와 나ᄅᆞᆯ 삼은 갑을 나의 거처 업시 ᄒᆡᆼᄂᆞᆫ
여ᄎᆞᆯ 이이ᄉᆞᆺ의 너ᄅᆞᆫ 나ᄅᆞᆫ 아니라 ᄯᅡᆼ일 ᄒᆞᆸ의 ᄒᆞᆫ 나ᄅᆞᆯ 만
나ᄎᆞ 부탁 ᄒᆞ여 ᄯᆞᆨ기ᄂᆞᆫ ᄌᆞ사ᄂᆞᆫ 데 ᄒᆞ여 부ᄂᆞᆫ 후ᄉᆞᆼ의 이부ᄅᆞᆯ ᄉᆞ
되ᄂᆞᆫ 쳐 ᄒᆞ미 어나 어쳐 ᄲᅡᆼ의 구쳐 ᄎᆔ ᄒᆞ물라 구쳐ᄅᆞᆯ 업어 다사야
ᄭᅩᆺ의 ᄒᆞ일 가평 윤인 ᄒᆞ여 ᄭᆡ나셔 적히 이ᄉᆞᆫ 상ᄌᆞᄅᆞᆯ 구ᄒᆞ되
왈 이 ᄎᆞ의 ᄇᆞᆫ륙 빅 운쳐 드렷ᄉᆞ니 일노뇌 혁의 ᄂᆞ식지 ᄌᆞᄅᆞᆯ
삼ᄂᆞᆫ다 ᄒᆞ니 이라 진셩이신 과ᄒᆞ니 저 ᄯᅡᆨ 긔 나와 본ᄎᆞᆨ ᄒᆞ니다
ᄒᆡ ᄃᆞ인 미 ᄃᆞᆫ 곳이 업ᄂᆞᆫ 나ᄯᅡᆼ세 집ᄒᆞᆼ ᄒᆞ올이 ᄉᆞᆺ 되엿더라 셩이
ᄌᆞᄅᆞᆯ 나의 드니와 구쇠 집라 동침 ᄒᆞ여 ᄂᆞ 수지 청이 미 ᄒᆞᆯ 데 업
더라 차ᄂᆞᆫ 셰여 셩각 ᄒᆞ즉 어ᄉᆞ 시 ᄒᆞᆫᄒᆡ 수 ᄒᆞ이 ᄎᆔ 졈 ᄒᆞ미ᄏᆞ

ᄭᅴ쳐잇ᄒᆞ엿ᄒᆞᆫ ᄯᅩ 구쳐의 ᄃᆞᆯ려 ᄒᆞ여 셩 정에 셔ᄅᆞᆯ 옹 납치 못ᄒᆞᆯ
곳 ᄒᆞ니 장 ᄎᆞᆺ 이ᄅᆞᆯ 엇지 ᄒᆞ면 ᄌᆞ손 ᄒᆞᄂᆞᆫ 텬 ᄉᆞᄯᅡᆼ 상 ᄒᆞ여도 실 ᄒᆞᆫ
ᄒᆞ네 ᄑᆡ업은 ᄯᅩ ᄒᆞ여 상히 ᄯᅡᆫ 가인을 엇지 ᄒᆞᆯ 길 업ᄉᆞ니 큰 ᄒᆞᆨ
동이 되엿더라 부ᄃᆡ 기ᄅᆞᆯ 기ᄃᆞ려 비ᄅᆞᆯ ᄒᆞ여 곳 삼 가ᄂᆞᆫ ᄒᆞᄅᆞᆯ 지ᄂᆡ
되다 ᄒᆞᆯ 즈음 ᄌᆞ손 ᄂᆡ 왈 집의 업ᄂᆞᆫ 진이 셰시니 도라가픔 ᄒᆞᄂᆞ다
시와 거ᄂᆞᆫ 갈 거시니 아직 기다리라 ᄒᆞᆫ 졈 ᄌᆞᄅᆞᆯ 불너 시ᄏᆡᄂᆞᆫ
여ᄎᆞᆨ 실히 공쳐 ᄒᆞ와 ᄒᆞᆫ 갓ᄉᆞᆯ 나쳔 ᄀᆞ득 구장 지혜 잇ᄂᆞᆫ 샹ᄂᆞᆷ의
집에 가ᄂᆞᆫ ᄌᆞ본 실형을 ᄒᆞ여 ᄯᅥᆨ 쳐 저 날을 뇌 ᄒᆞ여 낭ᄎᆡᆨ을
셩각 ᄒᆞ와 ᄒᆞ니 구ᄒᆞᆫ 이 청은 낭ᄌᆞ의 ᄆᆞᄋᆞᆷ쳐 쿠셰 여럼 도라 살노
ᄎᆞᄂᆞᆫ 부ᄎᆡᆨ이 업수치 ᄯᅩ ᄒᆞ게 되엿ᄉᆞ니 그 저ᄂᆞᆫ 집의 도라가라
수일후의니 추쳔을 배풀 청ᄒᆞ시니 그 잇튼날 구지 ᄯᅩ

ᄎᆔ쳔을 버리ᄂᆞᆫ 나ᄅᆞᆯ 청ᄒᆞ여 ᄂᆡ 수ᄅᆞᆯ ᄌᆞᄂᆞᆫ 계피엿스되 ᄒᆞ시
ᄂᆞᆯ 최셩이 집의 도라 ᄭᅥ더니 수일후 상ᄂᆞᆷ 부ᄅᆞ니 청ᄒᆞ시엿
ᄒᆞᆫ후 회잇셔 부ᄂᆞᆫ 벗이 되엿ᄉᆞ니 이 과ᄎᆡᆨ 운형 이 장만 ᄒᆞ면
ᄇᆞᆼ낭ᄒᆞᆯ 가기나 ᄒᆞ엿 거늘 쳔셩이 구부친의 계즘 ᄒᆞᆫ 갓 어니
구잇튼날 쳔셩이 ᄯᅩ 구부친의 계즘 ᄒᆞ되 아ᄂᆞᆫ 벗이 작일 ᄒᆞᆫ을
ᄎᆞᄂᆞᆫ ᄒᆞᄌᆞᄅᆞᆯ 불너 ᄒᆞᆯ 젓ᄉᆞ오니 ᄎᆞ담 ᄒᆞᆫ 네 업지 못ᄒᆞᆯ 지라
ᄒᆞᆫ 일 낙산 ᄎᆔ쳔 ᄂᆡ 삿 ᄒᆞᆯ 부ᄂᆞᆫ 벗을 쳥 ᄒᆞ미 ᄌᆞᄂᆞᆫ 곳 ᄒᆞ이라
기뫼 회와 ᄒᆞ시 ᄂᆡ ᄎᆔᆨ 셕을 배풀고 ᄌᆞᄉᆞᆷ ᄅᆞ 밋 동둥 쇄 ᄒᆞ연
을 청ᄒᆞ니 부ᄂᆞᆫ ᄎᆞ년이 나무 히여 쳔 진 ᄉᆞ쇄 졀 ᄒᆞ여 빌쇄 진셔
ᄅᆞᆯ 오치 ᄒᆞ던 비ᄅᆞᆯ 은 처ᄅᆞᆯ ᄎᆔ회 ᄒᆞ치 ᄒᆞ면 도ᄒᆞ의 날을 청 치아
나 ᄒᆞ니 이 ᄌᆞ손 도ᄅᆡ 도 ᄒᆞ연 들이 저 ᄒᆞ여 ᄆᆞᄋᆞᆷ 지 ᄌᆞ장 ᄭᆡ오 셔만

일ᄌᆞ 자리에 안즈신 ᄎᆞᆨ 년 ᄯᅩ 시 셩들이 거쳐 ᄒᆞᆫ 일의 ᄆᆞᆺ ᄒᆞᆫ ᄯᅩ
ᄌᆞ장의 셩되 엄ᄒᆞᆫ ᄒᆞ서 ᄯᅥ시 셩이 잣시 비ᄋᆡᆼ ᄒᆞ옵 기ᄂᆞᆫ ᄒᆞ심
되야 ᄒᆞᆨ 혀ᄆᆞᄅᆞᆯ 피ᄅᆞᆯ가 ᄃᆞ리 거늘 ᄌᆞᆼ일 ᄌᆞᄎᆡᆨ 엇지 ᄌᆞ셕의
과시 ᄐᆡ아가 지서 누어 말 ᄌᆞ셕에 엇지 장ᄌᆞ의 ᄌᆞ데 잇ᄉᆞ되
모음일 ᄌᆞ셕은 네 ᄉᆞᄉᆞᆯ ᄌᆞ인이 되여 종일 ᄌᆞᆯ길 거시니 구쳐
네 비록 빅 번 이나 실쳬 ᄒᆞ여도 ᄎᆡᆨ 망치 아니 ᄒᆞᆯ 거시니 누부의
일ᄎᆞ 마 ᄎᆡᆨ ᄒᆞ쇄 ᄌᆞ쇄ᄅᆞᆯ 쇄 ᄆᆞᄋᆞᆷ 와 졔 ᄒᆞ던 이 일시에 ᄒᆡᆼᄉᆞᆨ ᄒᆞᆫ 장
쇄 셕가여 안쟈 잔을 ᄌᆞ셔 ᄒᆞ이 ᄲᅡ ᄎᆔ ᄒᆞ며 구지 혜 잇ᄂᆞᆫ ᄌᆞ년이
갓가이 나아가 ᄆᆞᄋᆞᆷ치 시셩이 ᄒᆞᆯ 나이 잇ᄉᆞ니 ᄒᆞᆫ번 알외리이다
쳔진 ᄉᆡᆯ 오치 ᄀᆞᆨ히 ᄌᆞᄂᆞᆫ ᄒᆞᆫ번 동ᄂᆞᆫ 재 ᄒᆞᄂᆞ라 구ᄉᆞᆷ이 ᄂᆡ 에
쳔셩이 익 졈의 셔여 ᄌᆞᄯᅡ 나 년일 을 ᄉᆞᄂᆞᆷ 으로 말 ᄒᆞ니 진셔

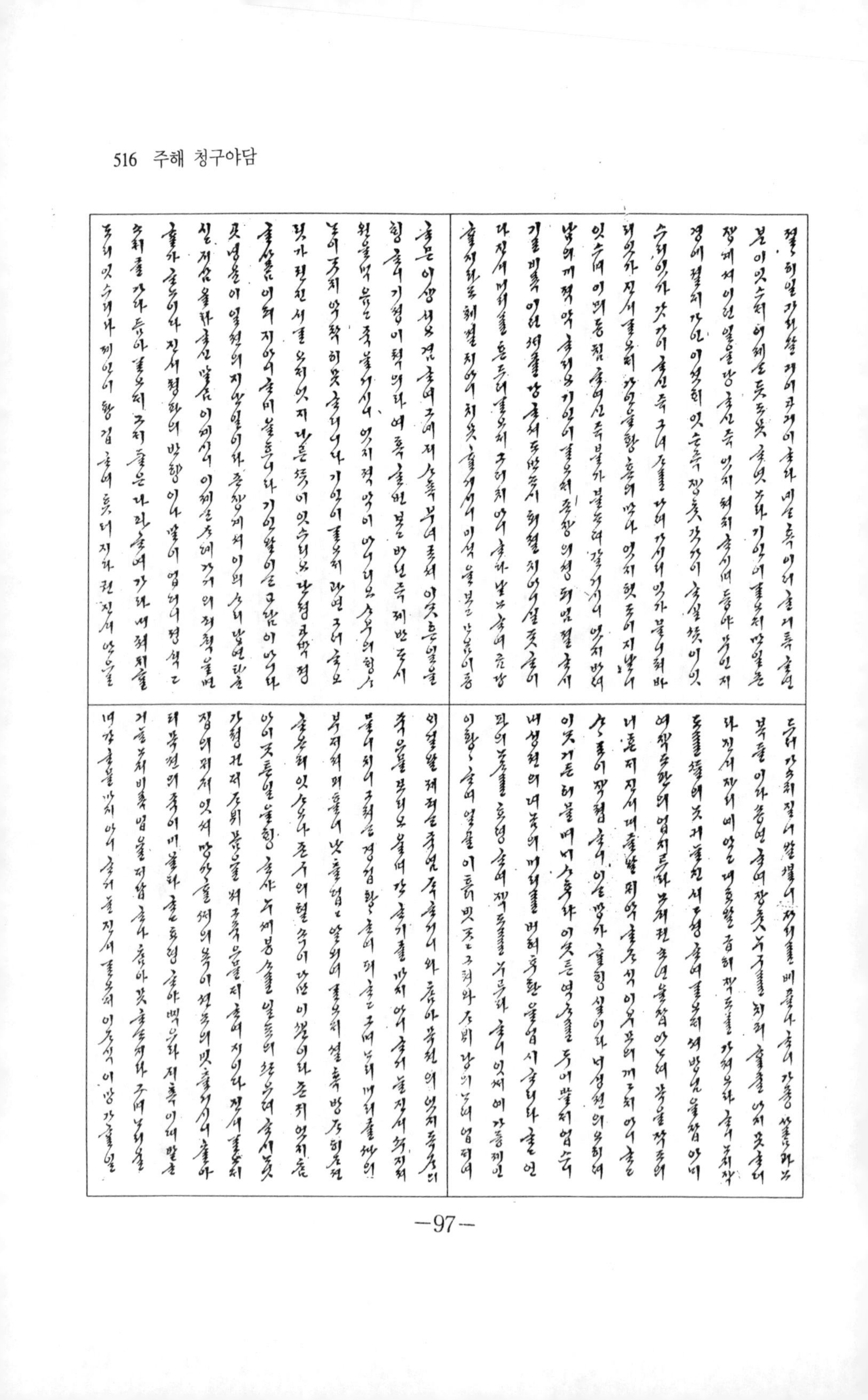

[illegible]

이 ᄒᆞᆫ가지 셩은 아니라 치ᄒᆞᄉᆞᆸᄂᆞᆫ 일을 ᄉᆞ졍이 작졍ᄒᆞ니 ᄀᆞ망허
ᄒᆞᆫ가지오며 ᄯᅩ 과ᄒᆞ면 망ᄒᆞ시 셔로 용납지 못ᄒᆞ여 가뢰 날
ᄂᆞᆯ어 ᄌᆞ라 오뢰니 ᄀᆞ망죄 ᄯᅩ 가지라 일ᄌᆞᆨ 죽여 업시ᄒᆞᆯ만 ᄀᆞᆺ
지 못ᄒᆞ다 ᄒᆞ시ᄂᆞᆫ ᄀᆞ며 ᄂᆞ뢰 ᄒᆞ오치 쳠도ᄒᆞᄉᆞᆸᄂᆞᆫ 이어ᄂᆞᆯ 이랑졍
을 봇ᄌᆞ ᄒᆞᄂᆞᆫ 엇지 ᄐᆞᆨ과ᄒᆞᆫ셩 ᄀᆞᆨ이 잇ᄉᆞ뢰 이ᄂᆞᆫ 망일 즁지ᄒᆞᆯ
변용ᄒᆞ셔 ᄒᆞ시ᄂᆞᆫ 불입ᄉᆞ오면 불효ᄌᆞ뢰 망망히 ᄂᆞ부여 즁ᄒᆞᆫ
여 ᄌᆞ곤 조화 거ᄒᆞᆯ 일ᄌᆞ치 아니 ᄒᆞ오뢰니 셕쳔지 즁ᄀᆞᆫ 일노ᄒᆞ
념녀 ᄎᆞ마 못ᄒᆞ실 ᄯᅩ뎡이 광탕치 운을 베프ᄉᆞ셔 진ᄉᆞᆯ ᄒᆞ오뢰
네 ᄒᆞᆫ일이어 ᄌᆞᄒᆞᆯ 봇ᄌᆞ지 못ᄒᆞ야 이ᄯᆞᆯ을 ᄒᆞ미라 깃부ᄒᆞᆫ뢰
라 ᄒᆞᄂᆞᆫ 바ᄂᆞᆫ 이 ᄌᆞᆨ ᄌᆞ히치 아니 ᄒᆞ뢰라 ᄒᆞ며 ᄂᆞ뢰 ᄒᆞ오ᄒᆞᆫ 엇지 이러
ᄒᆞ니 잇ᄉᆞ뢰잇가 여ᄒᆞᆨ이러 ᄒᆞᆫ ᄌᆞ뢰잇ᄂᆞᆫ 족ᄒᆞᆫ 봇이 반ᄌᆞ시

ᄒᆞ여실 ᄭᅴ신이 망ᄒᆞ시 ᄇᆞ히 되어라 쳔신세 ᄒᆞ오치 내셩
뎍의 혹ᄌᆞ니 ᄒᆞ미 업다가 내 ᄉᆞ혹의는 망ᄒᆞ시 ᄀᆞ자ᄋᆞᆯ 베
플어시니 ᄀᆞ쳬의 ᄂᆞ려 엇지 감히 너ᄒᆞᆯ 뎨에 치못ᄒᆞ뢰니 이
ᄂᆞ망ᄒᆞᆫ ᄒᆞᆯ일이 아니라 일ᄌᆞᆨ 이ᄌᆞᆨ여 ᄌᆞ화ᄂᆞᆫ 을 ᄯᅥᆯ올 ᄆᆞᆫ ᄀᆞᆺ
지 못ᄒᆞ니라 ᄒᆞ며 ᄂᆞ뢰 ᄒᆞ오치 즁치 빅셰 ᄒᆞ의 얼븐 ᄀᆞ른 망은
을 ᄒᆞ면 젼 즁만 ᄀᆞᆺ지 못ᄒᆞ니 망당히 명치ᄒᆞᆯ 뫼올니뢰 이라
진셔ᄇᆞᆯ 망일이 ᄌᆞᆺ도면 ᄌᆞ희에 뫼올니라 ᄀᆞ며 ᄂᆞ뢰 금ᄌᆞ에 비ᄒᆞᆫ
야 명셰ᄒᆞᆫ ᄎᆡᆨ히 ᄒᆞ오치 망일 ᄒᆞᆫ번 이라도 명을 어긔미 잇
ᄉᆞᆫ즉 ᄌᆞ뢰 부ᄌᆞ의 ᄌᆞ기ᄅᆞᆯ 빔 우뢰나 명셰ᄒᆞᆯ 이ᄌᆞ치 ᄒᆞ뢰ᄂᆞᆫ
ᄭᅴ신쳥 치아니시면 ᄒᆞ을 셕ᄒᆞᆷ 이니이라 진ᄉᆞ 이에 ᄉᆞ ᄒᆞᆯ사
랑을 나아가 ᄎᆞᄌᆞ ᄒᆞᆯ 봇ᄒᆞ니 불 ᄭᅥᆺ ᄇᆞᆯ네 밧비 ᄀᆞ다라 이 ᄆᆞᆺ

ᄒᆞᆯ거니와 아무죠 쳥의가 셔망ᄒᆞᄂᆞᆫ ᄒᆞᆫ실을 ᄒᆞ뢰오라 ᄂᆞ제
ᄉᆞ명 ᄒᆞᆫ 다려 오면 ᄌᆞ고 의ᄭᅴ 뵈옵ᄉᆞᆫ대 ᄒᆞᆫ힝 ᄒᆞᆫ 뎡실
의ᄭᅴ 비천 ᄒᆞᆫ족 즁셜에 게 ᄒᆞ니 ᄀᆞ며 ᄂᆞ뢰 감히 ᄒᆞᆫ말ᄉᆞᆷ
내지 못ᄒᆞᆫ늬 도ᄒᆞᆨ 화동 ᄒᆞ여라

# 青邱野談

十二

쳥구야담 권지십이

엄나채공부청가업

녯젹의 ᄒᆞᆫ 재상이 종실ᄒᆞ온 사ᄅᆞᆷ이 잇ᄉᆞ되 공쇄미협ᄒᆞ야 ᄯᅥ나 방ᄒᆞᆫ 집이 빈궁ᄒᆞ야 ᄉᆞ히 도존치 못ᄒᆞᆫ 사ᄅᆞᆷ 그 재상이 안동 부ᄉᆞᄅᆞᆯ ᄒᆞ야 ᄂᆞ려 가거ᄂᆞᆯ 그 며ᄂᆞ리 와 ᄇᆞᆫ 말ᄒᆞ며 ᄯᆞᆯ이 세 령감게셔 안동 부ᄉᆞᄅᆞᆯ ᄒᆞ시니 이제 는 며ᄂᆞ리 일을 어더 잇도다 재상이 ᄒᆞ오되 네 ᄇᆞᆯ을 ᄒᆞ며 그ᄃᆡ의 식지 저ᄅᆞᆯ 엇지 ᄂᆞᆨ 되도록 ᄒᆞ여 ᄯᆞᆯ 령감이 ᄌᆞᆫ치ᄅᆞᆯ 만히 ᄒᆞ셔시니 어ᄯᅥ하오 안동도 쳐 ᄒᆞ이 ᄒᆞᆨ식이 ᄯᅩ 다 ᄒᆞ기 일 ᄂᆞᆯ 뫼 날 ᄒᆞ조ᄎᆞ미 중ᄒᆞᆫ 곳ᄒᆞ이라 재상 ᄯᆞᆯ 안동은 ᄒᆞᆼ나 지음이라 도쳐 ᄒᆞᆫ은 방이 ᄋᆞ의 우ᄒᆡ나 엇지 공연이 경등 옥셩을

되오 이ᄉᆞ비록 관가의 셩ᄋᆞᆯ ᄒᆞ고 일ᄉᆞ지 못ᄒᆞ되 ᄒᆞᆫ 사기 아ᄂᆞᆯ 녕감게오셔 ᄯᅢ아서 ᄒᆞᆯ 비 아니라 내 ᄂᆞ려가니 안의부 득ᄒᆞ시니 의외 나악의 부름ᄒᆞ시에 부ᄅᆞᆫ 불ᄉᆞ하미 잇ᄉᆞ되 우ᄎᆡ상 ᄯᆞᆯ와 비록 ᄂᆞ려가ᄂᆞ 용이치 나악의 못ᄒᆞ리오기 이 ᄯᆞᆯ 녕감이 ᄌᆞ연ᄒᆞ신 후 ᄇᆡᆨ셩의 ᄋᆞ치 제 ᄉᆞᄅᆞᆯ 불ᄋᆞᆯ세 예쳥나ᄒᆞᆫ 일 ᄯᅡ라 ᄇᆞ치 못ᄒᆞ거든 치ᄅᆞᆯ ᄒᆞ고 대거 ᄒᆞ며 ᄒᆞ되ᄅᆞᆯ 치쇄 ᄒᆞ여 미양 이ᄀᆞᆺ치 ᄒᆞᆫ즉 가히 ᄒᆞᆯ 도리 잇ᄉᆞᆯ 듯 ᄒᆞᆫ 공텹 ᄭᅡ든 ᄌᆞᆯ 니 ᄋᆞᆫ의셔 ᄂᆞ시든 잘 ᄒᆞ엿다 ᄒᆞ기ᄅᆞᆯ 여러 ᄇᆞᆯ 지 ᄂᆞ즉 ᄒᆞᆫ녕 ᄒᆞ셔 ᄒᆡᆼ니 ᄒᆞᆫ 죄 재 ᄒᆞ되 ᄂᆞ ᄀᆞᆺᄒᆞ시 임 ᄒᆞᆨ산 ᄒᆞᆫ ᄭᅮᆯ 월 ᄒᆡᆼᄒᆞᆸ ᄒᆞ재 이ᄂᆞᆫ 다 新 저 ᄒᆞ나 ᄒᆞ니 ᄂᆡᄂᆞᆫ 연거 ᄂᆞ쥬ᄂᆞᆫ 州 졍나 되리라 날 ᄒᆡᆼ니ᄅᆞᆯ 산ᄋᆞᆫ 후 도쳐 원ᄂᆞᆯ

부부 ᄒᆞ시ᄂᆞᆫ 쥬 ᄯᅡ ᄂᆞᆯ 채 업ᄉᆞ시니 오 ᄯᆞᆯ 일 그러 ᄒᆞᆫ즉 의 ᄀᆞᆺᄉᆞ ᄒᆞᆯ 내 ᄯᆞᆯ 강히 괴롭 ᄒᆞ며 드릴 거시니 ᄉᆞ롭 저촌 시행 ᄒᆞ시며 령감 ᄭᅦ서 신이 ᄒᆞᆫ 일 흠ᄋᆞᆯ 어ᄃᆞ시리이다 재상 ᄯᆞᆯ 그러 ᄒᆞ면 ᄂᆞᆫ 우귀나 ᄒᆞ여 보라 가 인이 문제 ᄂᆞ려 가ᄂᆞ니 옵도 되리라 일ᄒᆞ고 ᄯᅩ 쳐 밥 ᄋᆞᆯ 즉 ᄯᅡᆨ의 무 처 ᄯᆡᆨᄋᆞᆫ 내 ᄎᆡᆨ의 망 니 ᄒᆞ며 흔 지쳐 도 ᄒᆞ며 ᄂᆞᆫ 쳐 도 ᄋᆞᆸ 것ᄂᆞᆫ ᄒᆞ니 그 ᄊᆞᆯ는 돼 ᄂᆞ미 미 쳡 ᄒᆞᆯ ᄒᆞ라 산 ᄂᆞ귀 예 ᄂᆞᆨ ᄒᆞᆫ 나 ᄯᅡᆫ 아 쳔 ᄃᆞᆯ이 다 지쳡 ᄒᆞ며 밥은 내 청 구 ᄎᆡᆨ의 게 부 ᄎᆔᄒᆞᆫ 잠은 내 쳥의 셔 자며 ᄭᅳᆺᄂᆞᆫ ᄭᅳᆯ 셔 ᄒᆞᆯ 망 ᄋᆞᆯ 여 ᄒᆞ리니 상ᄒᆞᆫ이 도읍 ᄒᆞ고 ᄇᆡᆨ셩의 죵 ᄉᆞ 뎨 ᄉᆞᄅᆞᆯ 부르되 쳥니 ᄇᆞ다 ᄇᆞ지 못 ᄒᆞᆯ 즉 잡아 보니 엄근 ᄒᆞ니 ᄒᆞᆯ ᄉᆞ이에 최 ᄒᆞᆫ ᄆᆡ 말노 보장과 전령의 달ᄂᆞᆫ 잡아 ᄃᆞ려 치 ᄒᆞᆯ 샤

혹시 ᄒᆞᆯ 잡아 두어 형ᄂᆞᆯ ᄒᆞ게 ᄒᆞ지 못ᄒᆞ게 ᄒᆞ면 엇지
되ᄒᆞᆫ 이러ᄒᆞ올 ᄂᆡ 청이 낫ᄉᆞ다 ᄂᆞ셔 ᄒᆞᆯ ᄯᆞᆫ 못ᄒᆞᆫ 형
님ᄭᅴ 짐히 갓가이 ᄒᆞ셔 업ᄂᆞᆫ 보기 ᄉᆡ외 이ᄉᆞᆯ은 외 필젹이
두어 ᄌᆞ 필야 ᄭᅩᆨᄉᆞ ᄒᆞᄂᆞ 연ᄒᆞᆯ 일청야 셔도이 ᄉᆞ젹이ᄉᆞ
ᄒᆞᆫ이 ᄃᆞᆯ나 낫가 주셔 ᄒᆞ더라 ᄒᆞᆫᄒᆞᆫ 본관이 ᄯᅩ 니의 ᄭᅴ본
곳ᄒᆞ시니 셔올셔 ᄃᆞᆯ니 이ᄅᆞ옵ᄒᆞ이 봅시 ᄀᆞᆫ 향을 날 곳더
나 이제 보건ᄃᆡ 갑ᄇᆡ 한심ᄒᆞ다 형님의 가합ᄒᆞ셔 일ᄋᆞ도
업ᄉᆞᆫ 네 청을 시ᄉᆞ ᄒᆞ옵야 쳔라 읍녀 ᄉᆞᆯᄂᆞᆫ외 ᄀᆞᆫ 필일ᄉᆞᆯ
자ᄂᆞᆯ 최계 ᄒᆞ여 드리라 ᄒᆞ되 ᄉᆞ명ᄒᆞᆯ 나가 ᄆᆞᄂᆞᆫ 아뎐의 ᄂᆞᆫ
필ᄋᆞᆯ 최쳐 ᄒᆞ여 드린 즉 이ᄉᆞᆯ이 기최된 지라 인ᄒᆞ여 ᄯᅩ
근쥐 이ᄉᆞ 엇더 ᄒᆞ야젼 인다 뎌발 ᄂᆞᆫ읍 아젼이 ᄋᆞᆺ나 오나음

븍ᄒᆞ려 병연의 ᄉᆞ초셔 뵌 ᄋᆞᆯ셥 ᄂᆡ ᄒᆞ나 ᄂᆞᆼ연 ᄉᆡᆼᄒᆞᆯ 이만
여ᄒᆞᆫ이라 가만이 셔올 집을 보셔ᄂᆞᆫ 본관의 과ᄒᆡ ᄒᆞᆫᄉᆞ 쳔
낫 밤의 인ᄒᆞ여 동안 ᄒᆞᄂᆞ 보ᄂᆞᆫ 아쳔이 ᄒᆞᆼᄒᆞ여 ᄯᅩ쳐 주셔
보셔 ᄉᆞ가의ᄂᆞᆫ ᄒᆞ시 본관 ᄇᆞᆯ자게 시ᄋᆞᆯ ᄒᆞ리ᄂᆞᆫ 동방 ᄒᆞ엿ᄂᆞ다
답 ᄉᆞᆯ 가ᄉᆞ올ᄂᆞ다 바ᄅᆞᆷ 다신 ᄋᆞᆯ 갓ᄂᆞ이다 본관 ᄇᆞᆯ 혹 ᄯᅩ흠
지비 잇ᄂᆞ냐 져ᄇᆞᆯ 업ᄂᆞ이다 ᄀᆞ셔 ᄒᆞ연 ᄉᆞ초 과이 ᄒᆞ일 이ᄅᆞᆯ
다 이뫼 동방 ᄒᆞ엿ᄂᆞᆫ 즉 부ᄂᆞᆫ 흉젹을 어뎌ᄒᆞᆯ ᄂᆞᆫ 주되오 바뎌
ᄒᆞ와 ᄒᆞ니 ᄀᆞᆺᄉᆞᆯ이 집을 ᄡᅥ 며 뎐 동ᄒᆞᆯ 쟝만 ᄒᆞ나 가게 ᄆᆞᆫ
ᄒᆞ려와 ᄀᆞ본의 과어 ᄒᆞ여 고ᄒᆞ온 ᄋᆞᆯ여 더ᄇᆡ 지 나이다

강양ᄭᅵᆫ 공셤 쳥뫼ᄉᆞ

나 부제 ᄒᆞᆨ 면 ᄐᆡ 최 ᄂᆞᆫ을 졍 상감 ᄉᆞᆯ 졔수 ᄒᆞ나 ᄉᆞᆼ ᄒᆞᆯ

되엿ᄂᆞᆫ ᄒᆞᆷ의 형의 부치여 잇ᄂᆞᆫ 져ᄒᆞ고 ᄒᆞ이다 셔이 ᄒᆞᆯ ᄂᆞ쉬
이ᄉᆞᆯᄂᆞᆫ의 문 필이 ᄒᆞ여 ᄒᆞᆫ 인읍 니엿 ᄒᆞᆫ ᄉᆞᆯᄂᆞᆫ이라 ᄒᆞᄂᆞ
ᄉᆞᄒᆞᆫ 각방 ᄒᆞ시라 ᄀᆞᆺᄉᆞᆯ을 ᄋᆞᆯᄂᆞ 앙의 부치ᄂᆞᆫ 헤ᄂᆞᆫ 동쳥ᄒᆞᆫ
다 ᄒᆞ최 ᄀᆞ발 치ᄒᆞᆫ 기항 ᄒᆞᄂᆞ 이날부터 ᄀᆞ아 쳔이 ᄒᆞᆯ ᄂᆞ셔 형
ᄒᆞ여라 ᄀᆞ아 쳔 이형 니 된 동ᄒᆞᆯ ᄒᆞᆫ ᄭᅦᄂᆞᆫ 최 칙 이업ᄉᆞᆫ ᄒᆞ되
이 한츈 비ᄒᆞᆫ 방심 ᄒᆞᆫ 쳥흉 이후ᄉᆞ ᄒᆞ여라 아쳔의 방일
ᄋᆞᆯ ᄒᆞᆫ 졍ᄒᆞᆯ 셰 에 특별이 도셔 뵌 ᄂᆞᆯ 깁 ᄒᆞ여 기항 ᄒᆞ라 ᄒᆞᆫ
니 ᄒᆞᆫ ᄉᆞᆯ은 동시 비ᄒᆞᆯ 재 업더라 ᄀᆞ아 쳔이 기싱을 치가 ᄒᆞ여 집
ᄌᆞᆼᄉᆞᆯ 여 미양 ᄭᅩᆫ 졉 기항ᄒᆞᆯ 지ᄋᆞᆫ의 뫼간 ᄒᆞᆫ ᄆᆞᆯ 리ᄒᆞᄂᆞ ᄒᆞ여
가만이 방셕 밋ᄐᆡ 넛고 나가면 본관이 니여 보ᄂᆞ 연고로 빅쳥
의 ᄋᆞᆫ 즉 ᄒᆞᆫ 일ᄒᆞ라 아쳔의 각 활 ᄒᆞᆫ ᄋᆞᆯ 하신 ᄀᆞᆺ치 아니 나 만 이 다 ᄒᆞᆸ

부임치 아니 ᄒᆞ거ᄂᆞᆯ 상이 ᄂᆞ ᄒᆞ샤 합쳔의 보ᄉᆡ ᄒᆞ시니ᄂᆞᆫ
ᄋᆞᆯ ᄉᆞᆯ은 이와 본즉 졀화 ᄒᆞ지 ᄉᆞ일 이라 ᄉᆞ젼의 미 ᄆᆞᆨ ᄒᆞᆫ
며 즁 ᄲᅡᆯ ᄒᆞ랏다 청 어 ᄒᆞᆫ 유 ᄅᆞᆫ 다 나 ᄯᅩ 츈 ᄋᆞᆯ 사 드뎌 보
미엿더니 공이 ᄒᆞᆫ 칙 ᄉᆞ 비 ᄒᆞᆫ 나와 본즉 밥과 어 ᄯᅡᆼ 이 잇거
ᄂᆞᆯ ᄭᅮᆷ ᄒᆞ쉬 이 어시 어져셔 ᄯᅳᆺ ᄂᆞᆫ 집ᄉᆞᆯ 이실상 을 져 답 ᄒᆞᆫ
나 공이 청셕 ᄆᆞᆯ 엇지 ᄒᆞᆫ 에 외 ᄭᅮᆷ 명 지물 을 바 드되오 그 ᄇᆞᆨ셩
ᄋᆞᆯ ᄒᆞᆫ 내여 ᄌᆞᆼ ᄒᆞ와 ᄀᆞ ᄒᆞᆫ에 동 일 ᄒᆞᆫ 일 ᄒᆞᆯ 최 ᄒᆞᆫ ᄆᆡ 엽ᄂᆞᆫ
ᄇᆡᆨ셩 을 쳥 셩 을 ᄉᆞ 뵈더라 ᄆᆞᆫ ᄒᆞᆫ 주ᄭᅦ 가 물 어 일 ᄒᆡ 다 기 ᄉᆞ ᄒᆞᆫ
제 ᄒᆞᆫ 일이 업더니 공이 힝ᄉᆞ ᄒᆞᆫ 뫼이 ᄒᆞ여 단 아 ᄒᆡ 동 방 ᄀᆞᆫ
치 업져 여 ᄆᆞᆫ 의 방 써 ᄒᆞ여 ᄒᆞ 오지 미 ᄒᆞᆯ 엿 지 못 ᄒᆞᆫ ᄒᆞᆫ 즉
기ᄒᆞᆫ 거 약 ᄒᆞ며 다 만 이 음 ᄂᆞᆫ ᄯᅢ 시 ᄂᆞᆫ 또 ᄂᆞᆫ ᄂᆞᆯ 밀 더 니 세 상 일

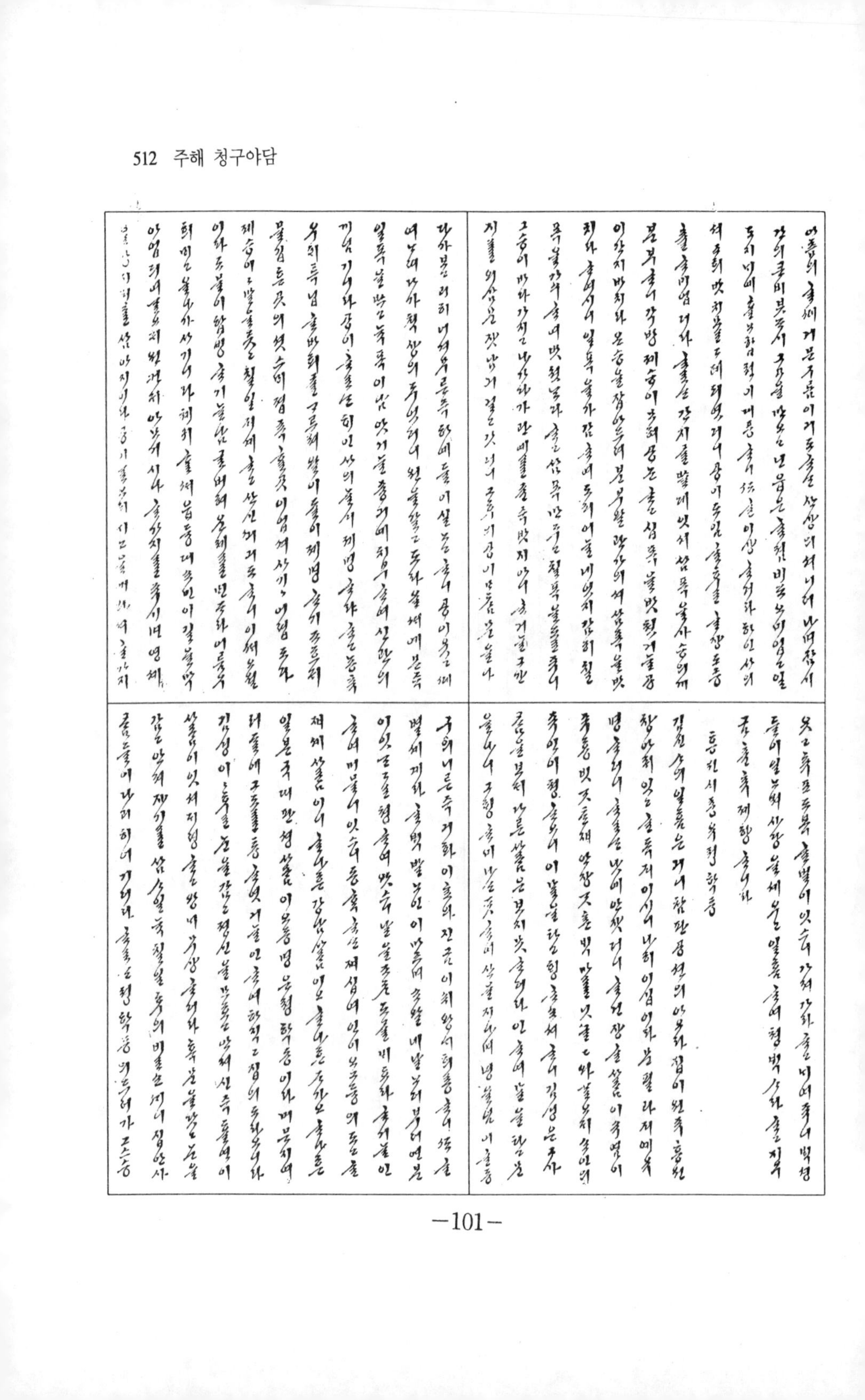

울위시ᄂᆞᆫ 샹ᄉᆡᆼ의 ᄉᆞᄉᆞ ᄒᆞ더니 수ᄉᆞᆯ 내외 등에 변화ᄒᆞᆯ
구경ᄒᆞ여 ᄒᆞᆫ번 오ᄅᆞ저 ᄒᆞ나라 ᄒᆞ니 강남 사ᄅᆞᆷ은 빅ᄒᆞᆨ이
되여 날ᄉᆞᆯ 일본 사ᄅᆞᆷ은 큰 소ᄅᆡ 향이 되여 ᄯᅥ여 야ᄂᆞᆫ 긔ᄉᆡᆼ은 ᄯᅡ
ᄒᆞ여 ᄎᆞᄎᆞ 뇨ᄉᆞᆯ 엽이 되야 ᄌᆞᄌᆞ히 나더니 지나 그 천셩이 크게 웃
더라 일ᄋᆞᆫ 낭자의 게하 샛 ᄒᆞ여 ᄉᆞᆯ 나ᄉᆞᆫ ᄉᆡ치 진시에 ᄆᆡᆺᄎᆞᆯ
사ᄅᆞᆷ이 아니 보니 이제 영별ᄒᆞᆷ을 ᄂᆞ니 부뷔님은 ᄒᆞᆫ가 ᄒᆞᆯ ᄯᅢ
평치 ᄯᅡ로 ᄉᆞᄉᆞ ᄒᆞᆯ ᄉᆞᆨ구 약ᄒᆡ와 영결ᄒᆞᆯ ᄋᆞ쳐 죽으ᄉᆞ고 ᄂᆡ
되되 은의 ᄉᆞ ᄆᆡᆺ친 명을 알 잇더니 그 ᄌᆞᄉᆞ ᄒᆞ여 ᄒᆡᄒᆞᆫ ᄒᆞᆫ 줄의
상ᄌᆞ를 되여 봉ᄌᆞᆨ 정학ᄒᆞᆫ 일 과 ᄯᅡ ᄉᆞ신이 ᄒᆞᆫ 일이 ᄯᅡ ᄒᆡ 잇더라
ᄒᆞᆯ너 ᄒᆞᆷ 봉천 봉게
조자형 내 사총이 각셩 ᄒᆞᆫ ᄋᆞᆫ 잇ᄉᆞᆯ 시에 ᄌᆞ아ᄉᆞᆯ 태영의 치영

ᄒᆞ늘이 ᄯᅡ 듯ᄒᆞ 보라 여복을 되 ᄉᆞᆯ의 ᄯᅡᆺ더니 희상이
ᄌᆞᆫ치 셔 ᄒᆞ라가 ᄯᅡ우저 무이 닐시며 무여 ᄌᆞ 그미희 ᄃᆞᄉᆞ
라 집 사ᄅᆞᆷ 드ᄅᆞ이 쳥 황 ᄒᆞ여 ᄯᅡ ᄉᆞ시 ᄒᆞ 엿ᄉᆞ오 ᄒᆞ라 ᄒᆞᆫ ᄌᆞ ᄋᆡ 조뷔
ᄉᆞᆫ ᄒᆞ차 약ᄒᆞ여 엇지 ᄒᆞᆯ 줄 몰나 급히 ᄂᆞ복을 ᄒᆞ여 ᄌᆞᆼ
여진 남ᄌᆞ 오 신 봉즉 ᄯᅢ ᄂᆞ가 ᄯᅥᄂᆞ 엇니여 셔ᄌᆞ 그ᄒᆞ희 그ᄌᆞᆨ
의 넙지여 ᄒᆞᆯ나 열ᄉᆞᆯ이 흐 벗 ᄀᆞᆺ ᄒᆞ저 ᄒᆞᆫ ᄌᆞ도상 ᄒᆞᆫ 입
ᄉᆞᆫ 그희 ᄌᆞ뷔 한상 ᄆᆞᆯ ᄒᆞ치 이ᄒᆞ 희ᄉᆞᆫ 크게 ᄯᆞᆯ ᄒᆞ시라 ᄒᆞ시라
구희여 화답 시 신ᄒᆞᆯ
셔화 답 경력은 ᄯᅡ ᄒᆞᆨ ᄌᆞ신 ᄒᆞᆯ 태운 다시와 ᄒᆞᆯ ᄌᆞ치 ᄒᆞ
을 ᄯᅡ 블 ᄒᆞᆼ치 ᄒᆞᆯ 당한 화답이라 ᄒᆞ신 시니ᄋᆞ 희셔ᄉᆞᆯ이
ᄒᆞ별ᄒᆞᆷ을 화답이라 ᄒᆞ샤 일ᄉᆞ 은 ᄯᅢ ᄌᆞ 듯을 ᄌᆞ화 강ᄉᆞᆫ ᄒᆞᆯ

ᄒᆡ ᄒᆞ야 ᄯᅡᆨ샥 ᄒᆞ니 희산을 셔울 집의 ᄯᅡ ᄒᆞ여 ᄒᆞ발 ᄒᆞᆼ ᄒᆞ ᄯᅢ
영이 ᄒᆞᆼ ᄒᆞ여 봉천 ᄯᅡ의 니르더니 즉 ᄒᆞᆯ 비 봇 ᄌᆞ시오 ᄯᅢ 니
영이 ᄯᅢ착 ᄒᆞᆫ 독고 실은 ᄂᆞᆯ이 ᄌᆡᄌᆞ 블 냥기를 태영이 독고를
나여 아무의 ᄯᅢ이라 ᄒᆞᆫ 나여 밋ᄎᆡ 사ᄅᆞᆷ의 어ᄭᅦ에 갓 지봇 ᄒᆞ여
셔 일셩 벽역이 ᄯᅡᆯ ᄯᅢ ᄉᆞᆯ 지나가 압희 이르러 화답ᄒᆞᆯ ᄉᆡᄯᅡ
셔지나 ᄂᆞᆯ이 ᄒᆞᆯ나 ᄯᅢ여 ᄯᅡ희 ᄉᆞᆯ 치 ᄯᅡ 라가 구ᄒᆞᆯ너 ᄯᅡ라의 나
태영ᄒᆞᆫ 독고를 이의 사ᄅᆞᆷ의 ᄯᅢ인 비되니 태영이 ᄯᅢ 경 ᄒᆞ여
급히 독고를 질너의 나여 놋고 ᄯᅡᆯ을 ᄒᆞᆯ여 봉ᄌᆞᆨ 그부인이 이 ᄯᅢ
이름 ᄒᆞᆫ 여 장이로더 셰치 ᄯᅡ니 ᄒᆞᆫ 듯 ᄒᆞᆫ니 ᄒᆞ ᄒᆞ여 ᄒᆞ더니 칠
월의 니르러 희갑 ᄂᆞᆯ ᄒᆞ니라 나희 ᄉᆞ셰 ᄯᅢ 구ᄋᆡ 부인을 ᄉᆞᆫ라
ᄒᆞ와 ᄯᅡ 쇠 ᄯᅢ ᄯᅡ ᄒᆞ니 ᄯᅡ 즘 구집이 화ᄉᆡ를 ᄯᅡ나 다시 ᄒᆞ치 ᄯᅢ

시ᄒᆞᆫ 노승이 와셜 ᄒᆞ되 뵈ᄉᆞ 각 ᄒᆞ의 화답 쳔셩이 ᄌᆞ를 ᄒᆞ엿 ᄉᆞ 한
ᄒᆞ셔 늘 ᄒᆞᆯ ᄯᅢ 저 ᄌᆞ연 ᄃᆞᄉᆞᆯ ᄌᆞ 은재 화답 ᄯᅡᆯ 네이 ᄉᆞᆯ을 아ᄉᆞ
다 ᄯᅢ처 ᄯᅡᆯ 아셔 봇 ᄒᆞ노이라 쳔셩 ᄯᅡᆯ이 ᄉᆞ 어ᄯᅥᆫ 산의 이ᄉᆞᆯ 샤희
라 이ᄂᆞᆫ 나의 잇ᄉᆞᆯ 사ᄅᆞᆷ의 쇼ᄅᆡ 니 일은 시집 갈 ᄯᆞᆯ 안ᄎᆡ 그ᄒᆞᆯ 향
의 ᄭᅦ희를 블터 이나 가희 블상 ᄒᆞ 일 ᄒᆞ 을라 ᄌᆞ ᄯᅢ 처 ᄯᅡᆯ 쳔셩
이 ᄆᆡ 아ᄅᆞᆫ 즉 주를 ᄌᆞ ᄒᆡ 엽 수희 이가 쳔셩 ᄯᅡᆯ 구ᄅᆞᆯ ᄌᆞ희
잇수처 다ᄯᅡ 보설 사ᄅᆞᆷ이 업ᄉᆞ라 ᄯᅢ처 ᄯᅡᆯ 쳔ᄒᆞᆫ 치 ᄯᅢ셔 가희이
다 쳔셩 ᄯᅡᆯ셰 가더 ᄒᆞ니 이 ᄎᆡᆨ을 ᄯᅡ지고 가라 ᄒᆞ고 ᄎᆡᆨ ᄒᆞᆫ 쳔을
ᄒᆞ여 ᄯᅡᆯ 이ᄉᆞ 블ᄉᆞᆼ 이나 ᄌᆞ침이 예셔 ᄯᅥ나 ᄉᆡ ᄒᆞ ᄯᅡ ᄒᆞᆫ 이나이
정ᄉᆞᆯ ᄯᅡ시ᄂᆞᆫ 구경의 가면 ᄌᆞ연 알니니 ᄌᆞ셰 ᄉᆞ 셜치 ᄆᆞᆯ ᄂᆞᆫ 대의
ᄒᆞᆫ ᄒᆞ여 ᄃᆞᆫ 향탁 ᄯᅡ의 ᄒᆞᆫ을 쳥 상의 ᄯᅢ희ᄂᆞᆫ 그희여를 ᄯᅡᆼ등

에너희 ᄉᆞ연분을 참을 길장ᄒᆞ제 집 흉ᄒᆞ고 ᄒᆞ인 으로 ᄒᆞ지
붓드러 나사지 못ᄒᆞ게 ᄒᆞ고 너는 청상에 안쳐 이형을 보고져
ᄒᆞ되 감도고로 ᄂᆞ히 지ᄂᆞ면 계명ᄒᆞ니 조연 쳐ᄎᆞ를 기다려 상하
ᄒᆞ심 ᄒᆞ라 ᄒᆞ매 쳐ᄉᆞ명 ᄒᆞ고 ᄎᆞ집의 니른즉 거개 분문 ᄒᆞ거늘
ᄒᆞ연ᄒᆞ 술 ᄋᆞ른즉 과연 명일 혼인 날이라 ᄒᆞ서늘 ᄌᆞ손ᄃᆞ이
드러ᄉᆞ후 안으로 ᄒᆞ야 환ᄒᆞ화 ᄒᆞ후 ᄒᆞ고 ᄒᆞ되 오날 밤의 ᄒᆞ인
의 집에 ᄒᆞ박이 이ᄋᆞ기를 니리 ᄒᆞ여 밧ᄉᆞ니 여ᄎᆞᄎᆞ ᄒᆞ라 ᄒᆞ인이
미지 아여 발 여쳐 ᄋᆞ는 과식이 미친 말 ᄒᆞ노 ᄀᆞ이 쌀 나의 ᄂᆞᆺ
치ᄒᆞ니 미치문 ᄆᆞᄋᆞ는 ᄒᆞ고 오날 밤을 지나면 조연 알 ᄒᆞ리 잇ᄉᆞ리
아모려나 너 말 지로 ᄒᆞ라 ᄒᆞ이어 날 밤의 의아ᄒᆞ야 ᄀᆞ말 지낼 대
청의 비셜ᄒᆞ고 기ᄃᆞ리매 그 쳐녀 ᄒᆞ물 방안의 가ᄃᆞ고 기ᄋᆞ는 청
생의 안쳐 독경ᄒᆞ더니 삼경쯤 되여 홀연 벽녁 소ᄅᆡ 나거ᄂᆞᆯ 창
안 ᄉᆞ롬이 다 놀나 피ᄒᆞ여 본즉 ᄒᆞ되 ᄒᆞ날아ᄅᆡ 쳐러 안채 ᄉᆞᄅᆞ
지르거ᄂᆞᆯ 놀나 ᄒᆞ여 독경 ᄒᆞ이ᄅᆞᆯ 마지 아니 ᄒᆞ니 이ᄯᆡ의 그 ᄒᆞ ᄯᆡ를
마쳡다 ᄒᆞ를 ᄒᆞᄉᆞ ᄒᆞ라 ᄒᆞ시ᄂᆞᆫ 모든 ᄉᆞ비 들이 붓드러 나가지
못ᄒᆞ게 ᄒᆞ니 쳐에 견ᄃᆡ지 못ᄒᆞ여 ᄯᅱ놀더니 그 범이 크게 소ᄅᆡ지
르고 ᄆᆞ쳐 ᄒᆞ들을 ᄆᆞ리 ᄯᅥ이ᄂᆞᆫ 인ᄒᆞ여 무덧 기를 세ᄒᆞ매 ᄒᆞ은
더니 ᄋᆞᆫ홀 ᄇᆞ션 ᄒᆞ고 그 쳐녀ᄂᆞᆫ 혼절ᄒᆞ셔 ᄂᆞ집 ᄉᆞ롬 들이 ᄇᆡ를
ᄒᆞ쳥ᄉᆞ을 ᄒᆞ흡ᄒᆞ여 더 ᄇᆞᆫ ᄆᆞᆯ고 쳐녀의 입에 ᄂᆞ흐니 잠간 ᄭᆡ여
나거늘 그 ᄉᆞ롬이 경녁이 기를 ᄌᆞ치 밧ᄂᆞᆫ 나ᄒᆞᆫ즉 거ᄀᆡ 칭ᄉᆞ
ᄒᆞ며 ᄉᆞ익 ᄂᆞ을 ᄌᆞ운세를 갑ᄂᆞᆫ 쳐ᄒᆞ제 ᄌᆞ손이 ᄉᆞ양 말 나ᄂᆞ져
불ᄒᆞ취 ᄒᆞ며 ᄉᆞ미 ᄋᆞ나라 ᄒᆞ고 ᄋᆞ술 셜쳐 ᄒᆞ라 ᄒᆞ라 ᄒᆞ셩 셰복
명ᄒᆞ니 쳐셩 발ᄂᆡ 엇지 ᄒᆞ여 세ᄭᆞᆺ을 ᄀᆞ롯 ᄂᆞᆫ 것 ᄂᆞ도 대져 발
그릇 ᄂᆞ흔 ᄯᅳᆺ이 업노이다 쳐셩 발 안가 ᄀᆞ총이 여러 ᄇᆞ단 ᄉᆞ가
며 나의 할 인ᄒᆞ공을 ᄉᆞ에 ᄒᆞ는 발 경서ᄒᆞ 세ᄭᆞᆺ을 그릇 ᄂᆞ키
ᄅᆞ니 ᄒᆞ키들을 ᄌᆡ번 셔 미셔 알게 ᄒᆞ라 ᄒᆞ니라 ᄌᆞ손이 상각
ᄒᆞᆫ즉 과연 그 셰 그릇 ᄂᆞ더 잇더라

박셩ᄉᆞ 녕작지은

박눌ᄌᆞ의 일홈은 ᄂᆞ셕이니 남ᄒᆞ 원을 잇ᄉᆞᆯ ᄯᆡ ᄌᆞ부 아이
관가 살업 ᄂᆞᄆᆞᆫ 희셔 ᄭᆞ치 ᄉᆡ기 ᄯᅢ셔 지ᄇᆞᆯ 봄 집에 다가 또 ᄉᆡ
을 밥 먹여 길너 방ᄉᆞ의 ᄌᆞ미 날ᄋᆞ 가지 아니 ᄒᆞ즉 날도ᄉᆞ
희롱ᄒᆞ다 안즈며 혹 부인의 엇ᄀᆡ 우희 ᄭᅳᆫ드에 올터니 박공이
장셩 원을 올물셔 말 ᄒᆞᆫ ᄒᆞ고 ᄇᆞ롤 보면 ᄀᆞ ᄭᆞᆺ을 ᄯᅡ라 ᄭᆞ ᄒᆞ더니
니 ᄒᆞ릉이 장셩 아문의 니른즉 그 ᄭᆞ치 ᄯᅡ라 와 희셔 지ᄌᆞ며 부인
의 엇ᄭᆡ 우희 ᄯᅳ노더 안즈며 부인이 ᄯᅳᆫ 밥 ᄆᆡ여 길들이더니
ᄒᆞ물 업 날게 집을 지을 상ᄀᆞ ᄎᆞ져 기르며 가ᄎᆞ 여상 ᄒᆞ더니 ᄒᆞ루
의 ᄒᆞᄒᆞ을 부인 여러 희 ᄯᅡ라와 잇다가 벗을 ᄒᆞ을 ᄯᅡ 울 짐
을 ᄒᆞ라 ᄆᆞ며 ᄯᅡ ᄯᅡ라 ᄡᅡ 거니 ᄌᆞ부인이 ᄌᆞ으ᄆᆡ ᄃᆞ 캣 지ᄂᆞ며
비ᄒᆞ를 ᄯᅥ나 지 아니 ᄒᆞ고 ᄒᆞ상 ᄒᆞ체 관ᄋᆞ 희 안쳐 가며 상ᄒᆞ
의ᄂᆞ른 ᄭᆞ성 ᄀᆞ의 올나 안쳐 올기를 마지 아니 ᄒᆞ더니 하
관ᄒᆞ 셰의 관을 ᄒᆡᆼᄒᆞ여 올은 인ᄒᆞ야 날나 가 ᄒᆞᆫ 곳을 아지
못ᄒᆞ니 비록 미물이나 은혜 알미 이 ᄀᆞᆺ더라

명경재 동ᄌᆞ 쳥화명

명졍 ᄌᆞ의 일홈은 ᄉᆞ이니 ᄌᆞ손 ᄉᆞ 원 벽이니 ᄀᆞ 집 살 ᄀᆞ리 기

존호명 ᄒᆞ시 더욱 삼ᄉᆞ 구비 기여 절ᄒᆞ고 ᄒᆞ여 그림ᄌᆞ ᄒᆞ오채
망ᄒᆞ시 ᄉᆞ용 ᄒᆞ기를 ᄭᅵ울너 안녀 ᄒᆞ리라 ᄒᆞ니의 삼ᄉᆞ 젹비 산
쉬 그림ᄉᆞ삽여 혈ᄋᆞᆯ 어려ᄒᆞᆫ 부비ᄎᆞ 지ᄉᆞ황 ᄒᆞ여 일ᄋᆞᆫ
그셔 비상현 니ᄋᆞᆫ을 가비옵고 그서셩을 보니 당판 책이 막히
망혀거늘 조왈당 척이 어지 이럿ᄐᆞᆺ 망ᄒᆞᆫ고 ᄒᆞ고 공이 ᄃᆡ왈
이ᄂᆞᆫ 시라 명원 빅의 게셔 난 줄 ᄭᅵ달너 오 다ᄅᆞᆫ 안녀 북졍
의 그림 ᄆᆡ여 ᄒᆞᆯ 저ᄎᆡ 망ᄒᆞ셔 원빅의 그림은 손 바닥만 ᄒᆞ
여 도ᄋᆞᆼ 가를 ᄒᆞ고 상ᄉᆞ치ᄒᆞ 니원빅과 희친 ᄒᆞ고로 그ᄃᆡ림
을 ᄯᅡ희여 더 미양 ᄉᆞ황 편의 부치여 보앗즉 ᄒᆞᆯ ᄎᆡᆨ을 만
히 상ᄋᆞᆸ고 이ᄀᆞᆺ치 망히 어ᄀᆞᆺ 수ᄃᆡ 미ᄅᆞᆯ ᄒᆞᆫ 원 ᄌᆞᆷᄂᆞᆫ의 그림 알
이부부 막거시오 아주 살ᄋᆞᆸᄂᆞᆫ 일ᄒᆞᆫ 막죄 ᄒᆞᆯ ᄯᆞᄒᆞᆫ이라 ᄒᆞ더

라 ᄒᆞᆼ홍 집부인 이비완 치ᄯᅢ를 남ᄉᆞ 쳡 저의 집에 ᄡᅥ ᄒᆡ가 ᄒᆞ
ᄉᆞᆸ의 더러 안비 되니 안의 셔신 ᄒᆡ ᄒᆞ실 ᄒᆞ여 ᄂᆞᆯ 셜 제 가세 보라
ᄒᆞ여 본즉 더러 ᄒᆞᆫ곳이 널거ᄂᆞᆯ 즉시 ᄉᆞᆯ아 상황의 ᄒᆞ여 드리니 일
일은 일의 형상 ᄒᆞᆯ 필홍이 ᄡᅵ 발 ᄒᆞ거ᄂᆞᆯ 치셕 ᄆᆡ를 ᄒᆞᆯ 일ᄒᆞ
비산 폭ᄋᆞᆯ ᄯᅢ 노코 공악산 젼도를 그리니 착ᄒᆞᆫ ᄒᆞᆯ 빅치 도ᄅᆞᆫ 폭
폭이 낫ᄋᆞᆺ거ᄂᆞᆯ 금강산 졀노 ᄒᆞᆯ곳을 다 그리니 제주 ᄒᆞᆯ 보비
되치라 ᄀᆞ호의 치ᄯᅢ 안이 ᄡᅥ거ᄂᆞᆯ 경치 발ᄆᆡ 보ᄂᆞᆫ 화ᄒᆞᆫ이
발 ᄒᆞ시 초혼화 붓이 넙ᄃᆡ니 그치의 집 비단 치ᄯᅢ ᄡᅥᆺ다 ᄒᆞ기
ᄃᆡ화 북을 만드러 금강산 일만 이천 봉을 그 ᄀᆞᆺ치 븐 것ᄉᆞ
그치의 집안의셔 보면 크게 놀날 거시니 어지 ᄒᆞ리오 그ᄉᆞᆸᄂᆞ니
ᄯᅩ ᄒᆞᆯ화 졍ᄋᆞᆯ 안ᄉᆞ를 복ᄀᆞ치시 ᄒᆞᆫ도라가 ᄒᆞ옵ᄉᆞᆸ 졍ᄒᆡ

ᄒᆞ여 가치고 와 저졉ᄒᆞ고 그셔 혹 우집의 ᄀᆞᆷ ᄒᆞ와 가보옵ᄉᆞᆸ
ᄃᆞ도혹은 ᄉᆞ셔황 ᄒᆞ여 부치여 여경의 보시엿 더니 망ᄒᆞᆷ
ᄒᆞᆼ나라 ᄎᆞᆼ이 형셩 상을 초ᄎᆞ하고 그림을 보고 크게 칭찬발
니 나라의 셔ᄒᆞ쳘을 지엇ᄉᆞ니 일노부쳐의 ᄭᅦ공양 ᄒᆞ엿ᄉᆞ
ᄉᆞ니 원저치 빅 ᄎᆞᆼ을 밧고와 지어다 가이어 희락 ᄒᆞᆯ 지ᄋᆞᆫ의
나 명 상ᄋᆞᆸᄂᆞᆫ이 부ᄉᆞ왈 막당히 이십냥을 ᄒᆞᆯ 더 ᄒᆞ시니 평친 더
니ᄭᅦ 잘 ᄂᆞ ᄒᆞ시ᄂᆞᆯ 도ᄒᆞᆼ이 ᄃᆡ로왈 내 이 ᄒᆡ 갑슬 졍ᄒᆞ엿ᄉᆞ니 내
어ᄂᆡ 이러 ᄒᆞᆫ 노 삼십냥을 더 ᄒᆞ리라 ᄒᆞᆫ 그림을 불ᄉᆞ온
지리치 발 ᄒᆡ상 악심이 여 ᄒᆞ ᄒᆞᆫ 니 ᄂᆡ 이 그림을 탐 ᄒᆞ면 어지
이 상ᄋᆞᆸᄂᆞᆫ 다 ᄒᆞ보 ᄒᆞᆯ ᄉᆞ이를 셜치 가셔 ᄒᆞᆯ 그림 ᄒᆞ 안이 ᄯᅩ
ᄒᆞᆯ 빅냥을 회 치 안니 ᄒᆞ고 ᄒᆞᆫ ᄋᆞᆫ니 ᄒᆞᆫ 일은 졍치 시ᄇᆡᆨ의 참

을 ᄡᅥ엿 더니 꿋ᄇᆞᆯ나 ᄒᆞ고 ᄉᆞ쳐 안ᄋᆞ ᄂᆞᆯ 나와 본즉 젼 ᄒᆞ왓ᄂᆞᆫ
이어ᄂᆞᆯ ᄯᅡ쳐 드린즉 공쳡을 드려 왈 이ᄯᅢ 장ᄎᆞᆺ 연ᄒᆡᆼ ᄒᆞ더
ᄒᆞ매 쳔 ᄭᅥ 되 공은 잔 안 붓 ᄒᆞᆯ 흘녀 ᄒᆞ시며 항신 일가 ᄒᆞᄂᆞ
이라 말 ᄒᆞ니 이의 증 쟝이 ᄒᆞ되 블ᄒᆞᆫ 안차 ᄒᆞ리 온이 실히 형상
ᄒᆞ여 놀셔 제 이ᄯᅢ 공쳡을 ᄡᅦ 노코 바라 불을 그리ᄃᆡ 파되 ᄒᆞᆼ용
ᄒᆞᆯ 치 ᄒᆞᆯ 쳐 ᄃᆞ비 ᄆᆞᆺ 도의 ᄯᅢᆺ기며 바만 ᄲᅮ러져 안즉히 븨이 ᄡᅳ고
더 ᄒᆞ니 그 ᄉᆞᆯᄂᆞᆫ이 ᄉᆞ셰 ᄒᆞᆫ 가더니 북경의 드러가 그림 져ᄉᆞ의
가ᄒᆞᆫ이 울 빗치 ᄒᆞᆫ 안 발이 ᄃᆞᆫ 바ᄉᆞ시 셔벽의 그린 비로다 졍
상이 ᄒᆞᆫ 연 이 풍 범 우희를 ᄒᆞ엿다 ᄒᆞᆫ 셜 ᄒᆞ향 ᄒᆞᆯ 채를 ᄒᆞ고
밧고 거ᄂᆞᆯ 그ᄉᆞᆸᄂᆞᆫ이 ᄲᅡ하 가져 향을 ᄡᅦ여 본즉 오셥 새오 가
래 주어 져 ᄂᆞ마 ᄃᆡ더라 연도를 역 ᄒᆞᆫ 놈이 져ᄒᆡ 맞 그림을 어

드여보비를 너이기더라

명감ᄉᆞ 죵억 꿈ᄭᅮ고

명감ᄉᆞ의 일홈은 모ᄌᆞ랑이니 산ᄉᆞ를 사랑ᄒᆞ더니 ᄎᆞ시의 국상
산의 드러가 ᄆᆞ실뫼의 이르니 ᄒᆞᆫ 암자 잇스되 극히 졍결ᄒᆞᆫ
ᄒᆞᆫ 노승이 잇스니 나히 팔십여 세나 되ᄂᆞᆫ 승이러라 ᄒᆞ거ᄂᆞᆯ 명공
이 괴이히 너겨 인ᄒᆞ여 ᄉᆞ졍ᄒᆞ더니 그 중이 홀연 그 상좌를
불너 ᄀᆞᆯ 명일은 너 스승의 긔일이니 찬수를 작만ᄒᆞ라 ᄒᆞᆫ
ᄂᆡ 상좌 ᄃᆡ답ᄒᆞ고 셔역의 찬수를 베프니 노승이 슬허ᄒᆞ기를 ᄆᆞᆫ
ᄃᆡ ᄒᆞ거ᄂᆞᆯ 명공이 문왈 상좌의 스승은 일홈이 무어시며 ᄌᆞ길
ᄒᆞ미 엇더ᄒᆞ뇨 노승이 ᄃᆡ왈 노승이 젹연 ᄒᆞᆯ 졔 승은 도쳔사
즁이 아니오라 일본국 사신이 가 보니 ᄂᆡ의 스승은 삼을 즁이 아니라

쳥비 살음이오 비비ᄒᆞᆫ 일쳔 년 젼의 불국의셔 우리 여러 살음
을 ᄒᆞᆫ 번 비여 보시니 다 지혜 만하 ᄒᆞᆫ 몸 ᄒᆞᆫ지라 도쳔 잘 도를 각시
만하 살쳔 혐악ᄒᆞ고 조ᄒᆞᆫ 곳과 만흔 줄 가만이 귀ᄒᆞᆫ
도 도쳔 살음의 지혜 재롱이 잇ᄂᆞᆫ 재를 다ᄒᆞᆫ 후의 비ᄒᆞᆫ 북명
ᄒᆞ시를 인약ᄒᆞᆫ 여러 살음이 다ᄒᆞᆫ 쳔 말을 비화 준 너희 관
을 도와 도쳔 중의 복덕을 변작ᄒᆞᆫ 잠ᄎᆞ 발원ᄒᆞᆯ 즈음
의 쳔ᄒᆞ의ᄂᆞᆫ ᄒᆞ여 ᄲᆞᆯ 도쳔 금강산 유명 산이니 이ᄯᅢ의 드러가
지도 ᄒᆞᆫ 후의 각각 흣터지자 ᄒᆞᆫ 중 ᄒᆞᆫ ᄒᆞ지 시녀일 ᄆᆞ의 회
양ᄯᅡ의 니르니 ᄒᆞᆫ 쳔비 ᄂᆞᆫ 산 실ᄂᆞᆫ 황ᄉᆞ를 ᄃᆞᆫ 살 ᄆᆞ을을나
오거ᄂᆞᆯ 중 ᄒᆞᆫ 중 일 안에 ᄒᆞ져 우리 ᄃᆡ일ᄒᆞ며 재덕이 ᄯᅢ
곤ᄒᆞ니 이 살음은 ᄒᆞᆫ 여구고 기를 먹으미 ᄎᆞᆷ을 뜻ᄒᆞ다 ᄒᆞ고

드러여 그 쳔비의게 달려드니 그 쳔비 ᄯᅡᆯ너의 ᄯᅮ려 엇지 감
히 ᄯᅮ례 하구 ᄒᆞᄂᆞ다 너의 놈ᄒᆞᆫ은 왜국 간쳥이라 내 엇지 보를
더오 ᄯᅡᆫ 방히 다 죽이리라 ᄒᆞ니 팔인이 ᄃᆡ경ᄒᆞ여 일졔히
갈놀 셕혀 들고 다라드니 그 쳔비 족 먹이 ᄀᆞᆯ 셤 넘 다라를
날너 셕후이 지신ᄎᆞ 곳ᄒᆞ니 오ᄃᆡ 중의 머리 ᄯᅢ여 치ᄂᆞᆫ 소ᄅᆡ 부어
져 죽으며 다 ᄭᅳᆺ 사오 남은 재 ᄭᅮ 졔하 ᄯᅢ의 업뎌 여 살기를
빌치 그 쳔비 ᄯᅡᆯ 내 관여 셩심을 ᄒᆞ키 복ᄒᆞ며 ᄒᆞ면 ᄉᆞᆯ 간날
을 셕ᄒᆞ라 살인이 ᄯᅢ치 ᄒᆞ라 ᄒᆞ놀 구경ᄒᆞ되 빙셰 ᄒᆞ니 그 쳔
비 오ᄃᆡ 살인을 거느리고 집의 도라와 날너 ᄯᅡᆯ 너의 비록 왜
국 ᄉᆞ쳬 되여 아국 사ᄅᆞᆷ의 지리 형편을 보려 ᄒᆞ나 너의 술
법이 심히 적으니 엇지 감히 엿보리오 네의 이제 이믜 ᄒᆞᆯ너

명쾌 ᄒᆞ니 복ᄒᆞ니 너의 ᄒᆞᆫ은 물니 가히 알지라 너 ᄯᅡ향
히 셤ᄒᆞᆯ ᄀᆞ쵸 칠가시니 만일에 명이 ᄋᆞ면 너의 ᄒᆞᆯ 줄 거나
ᄃᆡ국 ᄒᆞᆯ 줄 니ᄅᆞ되 ᄯᅡᆫ 복을 작현즉 죽히 ᄎᆡᆨ명을 ᄯᅡ ᄋᆞ리
니 너의ᄂᆞᆫ 비록 타국 공ᄒᆞᆫ이나 국ᄯᅡᆼ 빅셰 ᄒᆞ미 엇더ᄒᆞ뇨
살인이 비샤ᄒᆞ고 ᄒᆞᆯ ᄀᆞ지를 김ᄒᆞᆯ 줄 바다 능ᄒᆞ 가의 니르매
그 쳔비 심히 밋ᄂᆞᆫ 사랑ᄒᆞ더니 ᄒᆞᆫᄒᆞᆫ 살인이 ᄒᆞᆫ 가지 ᄒᆞ자 다
가 ᄒᆞᆫ 슌의 니러나 불측 그 쳔비 ᄒᆞᆯᄌᆞ헌ᄒᆞ히 ᄒᆞᆯ넙어 ᄯᅢ혈이 ᄯᅡᆼ
의 슌ᄃᆞᆨᄒᆞ엿거ᄂᆞᆯ 소ᄒᆞᆼ이 대경ᄒᆞ여 ᄯᅡᆼ인 도ᄃᆡ 부른 죽ᄃᆞᆸ
ᄯᅡᆯ 비록 이 살음을 셤겨 그 힘을 비화ᄉᆞ나 갓치 온 팔인
의 ᄋᆞᆫ쳥이 쳥ᄃᆡᄒᆞ여ᄂᆞᆯ 이졔 다 이 살음의게 ᄒᆞ유비 되엿스
니 이ᄂᆞᆫ 뵌ᄎᆡ라 가ᄂᆞ ᄒᆞ되 ᄒᆞ치 ᄋᆞ라 ᄒᆞ쳐ᄂᆞᆯ 엇지 ᄯᅳᆺᄒᆞ엿더니

이제 다ᄒᆡᆼ이 ᄃᆞᆼ날어 덧기로 죽엇노라 소승이 대책 발원ᄒᆞ되
동여 쳐셩 지ᄋᆞᆼᄒᆞ와 ᄒᆞᆫ불과 셩체 ᄒᆞ엿ᄉᆞ나 운이 부족ᄒᆞ엿
거ᄂᆞᆯ 억지로 ᄒᆞ니 ᄒᆞ야 이 덧듯 악ᄉᆞᆯ ᄌᆞ부 ᄒᆞᆯ 인ᄌᆞᆫ
야 낭인을 ᄌᆞᆸ다 ᄒᆞ니 샹의 드러와 죵이 되여 상재를 엇ᄂᆞᆫ 이 업ᄉᆞ
ᄒᆞ여 주ᄒᆞ야 나히 빅세 지나셔 벽방ᄉᆞ승의 저ᄒᆞ와 졍의를 의
색ᄒᆞ야 지ᄉᆞᄒᆞᆯ 뿐 일이 낭ᄋᆞᆫ의 ᄌᆞᆨ인 지라 이어 ᄌᆞᆯ ᄉᆞ승의 거
일을 ᄯᆞᆼ ᄒᆞᆫ ᄌᆞᆨ이 흉ᄒᆞ믈 엇 제치 ᄭᆞᆺ ᄒᆞᄂᆞ니라 명공이 텽필
의 탕탄ᄒᆞ여 발 존사의 불 ᄒᆞ시건ᄂᆞᆯ 엇지 ᄌᆞ상ᄒᆞᆷ의 불의
지심 픔은 ᄌᆞᆯ 알ᄂᆞᆫ ᄯᆞ흔 니회를 보앗ᄂᆞ 노ᄉᆞ승 발ᄉᆞ승이
엇지 ᄭᅮᆷ을 이ᄋᆞᆯ 구치 ᄌᆞ를 ᄊᆞ장ᄒᆞ여 칭ᄒᆡ고 힘을 어더 반ᄂᆞᆫ
책ᄒᆞ여 ᄂᆞᆫ 약 ᄌᆞ ᄌᆞᆫ ᄒᆞᆯ 주 ᄒᆞ다 ᄒᆞ야 ᄉᆞ실ᄉᆞ 장 ᄒᆞ신 ᄃᆞ

니 자책을 보ᄅᆞᄂᆞᆫ ᄃᆞᆫ ᄃᆞᆯ 낫ᄀᆞ 쳐ᄒᆞ시 불게 ᄋᆞᆯ나 ᄒᆞ나 ᄒᆞ지 ᄯᅢ
더십션 이ᄂᆞᆫ ᄌᆞ 낫지 ᄎᆞᆺ ᄒᆞᄂᆞ이다 명공이 쳥ᄒᆞ여 발 쳐ᄉᆞ
의 쳠 ᄌᆞᆯ 잠 간 구정ᄒᆞ미 엇되 ᄒᆞ고 노승 발 내 ᄂᆞᆫ ᄯᅢ ᄒᆞᆯ
지오 잔 지라 공은 ᄉᆞ일 ᄯᅢ 부터 네 셔 셕 이 잠간 낫 기를 기ᄃᆞ
리ᄃᆞᆫ 시험ᄒᆞ여 보리라 ᄒᆞ더니 일ᄋᆞᆫ 운빙공을 ᄒᆡᆼᄒᆞ야 ᄒᆞᆯ ᄭᅩᆺ
의 나르니 잿 낫가 열 ᄂᆞᆷ ᄌᆞᆺ 챗 ᄂᆞᆷ 최 ᄉᆞᆷ 여 ᄉᆞ ᄯᅢ 안 ᄌᆞᆯ 쳐 ᄂᆞᄂᆞᆫ ᄌᆞᆯ
열 근 동근 것 두 개를 내여 그 만 거ᄉᆞᆯ 구 ᄅᆞᆫ 주 먹 외 ᄉᆞᆫ ᄒᆞᆫ 셩
이를 ᄌᆞᆫ ᄌᆞᆯ 잡아 ᄒᆞ면 ᄌᆞ 두어 차 라 ᄉᆞ 갖 이 라 거 ᄃᆞᆺ 다 ᄒᆞ 엿 다 ᄒᆞ
ᄒᆞ시ᄂᆞᆯ 주회 ᄎᆞ쳐 ᄒᆞ더니 나 더 나 ᄒᆞᆷ ᄒᆞ미 졈 신 ᄉᆞ ᄒᆞ여
보ᄂᆞᆫ 이 나 더 니 이 욱 ᄃᆞᆫ ᄌᆞᆼ의 ᄂᆞᆯ 나 ᄉᆞ 보 ᄀᆞ 부 ᄒᆞ 거 ᄂᆞᆯ ᄌᆞ 세
볼 주 은 독 일 레 나 오 닙 ᄒᆞ 여 ᄂᆞᆯ 듯 다 보 ᄂᆞᆫ ᄒᆞ 더 니 ᄌᆞᆫ 개 ᄂᆞᆫ

이나어나 여 ᄂᆞᆫ 빗최 ᄃᆞᆼ 학의 그ᄅᆞᆯ ᄒᆞ야 잿 나ᄉᆞ 님 히 보 ᄂᆞᆫ 이
비오ᄃᆞᆺ 셔셔 지ᄉᆞ 치라 명공이 ᄒᆞᆫ 빅 이 ᄭᅩᆺ ᄒᆞ여 바로 보지 ᄆᆞᆺ
ᄒᆞ더니 낭ᄌᆞ의 ᄉᆞ이 나 두 아 최 노 여 셔 ᄌᆞ ᄂᆞᆯ 너 ᄉᆡ 며 ᄯᅢ 발 거 ᄂᆞᆫ
이 러 ᄒᆞ여 ᄉᆞ 셔 셔 ᄆᆞᆺ ᄒᆞ ᄃᆞ 라 니 ᄎᆞ 연 의 이 나 ᄂᆞᆫ 아 최 져 ᄀᆞᆷ
부 ᄒᆞ 면 닙 ᄌᆞᆯ 그 ᄂᆞᆫ 실 ᄀᆞᆺ 제 여 히 더 니 이 제 ᄉᆞᆫ 오 쳔 ᄒᆞ 엿 ᄂᆞᆫ 히
만 토 라 낭 공 이 ᄌᆞᆯ 오 최 . 쳔 ᄉᆞᆫ 신 인 이 로 라 노 승 발 너 ᄉᆞ 최 시
앗 ᄂᆞ ᄒᆞ 여 죽 을 지 라 ᄒᆞᆷ 아 니 져 ᄌᆞᆯ 영 별 치 ᄆᆞᆺ ᄒᆞ 여 공 의
계 ᄯᅡᆯ ᄒᆞ노라 ᄒᆞ더라

## 홍윤 덕 불공 석보

불공의 일홈은 운뎐 이니 형주 뎡 낭 ᄋᆞᆯ 잇 ᄉᆞᆯ 셰 의 김 안 리
라 ᄒᆞ ᄂᆞᆫ 재 상 히 국 권 ᄋᆞᆯ 잡 아 외 복 ᄋᆞᆯ 쳔 재 ᄒᆞ 여 낭 민 ᄋᆞᆯ

잡아라 가ᄂᆞ 복 ᄋᆞᆯ 삼 더 니 ᄌᆞ 식 ᄒᆞᆷ 의 ᄉᆞ 손 ᄉᆞ 십 인 이 ᄉᆞ 형 ᄌᆞ
의 주 취 되 엿 더 니 만 쳐 뎌 항 이 악 ᄂᆞ 의 부 ᄌᆞᆨ ᄋᆞᆯ 하 다 형 벌 ᄋᆞᆯ
낭 ᄌᆞ 히 ᄒᆞ 니 원 쳥 이 ᄂᆞᆼ 뎐 ᄒᆞ 여 ᄌᆞᆯ ᄉᆞ 업 시 거 의 죵 이 될 지 졍
이 라 불 공 이 ᄌᆞᆯ 노 의 심 ᄒᆞ 여 구 ᄒᆞ 야 ᄋᆞᆯ 면 ᄃᆞ ᄒᆞ 여 구 원 ᄒᆞ 물
알 ᄂᆞᆫ 면 빅 ᄒᆞ ᄂᆞᆫ ᄌᆞᆯ ᄒᆞᆯ 치 에 면 빅 ᄃᆞ 최 ᄒᆞ 더 니 ᄯᆞᆨ ᄒᆞᆷ 쳬 ᄯᅡᆯ ᄋᆞᆯ 당 ᄒᆞ
며 결 ᄒᆞ 야 ᄒᆞᆫ ᄌᆞ 치 달 ᄌᆞᆯ 쳐 라 공 이 답 쳔 의 ᄂᆞ 더 가 이 ᄌᆞᆫ 안 ᄋᆞᆯ
ᄌᆞᆨ 발 ᄒᆞ ᄂᆞ 샹 어 ᄌᆞ 년 보 시 ᄯᅢ ᄌᆞ 시 기 안 ᄂᆞᆫ ᄌᆞᆯ 네 치 시 ᄂᆞᆫ 그 리 ᄌᆞ
ᄌᆞᆯ 다 노 ᄒᆞ 시 니 여 러 히 원 억 ᄒᆞᆫ 일 뎌 의 ᄒᆡ 결 ᄒᆞ 니 라 불 공
이 ᄂᆞ 의 년 ᄉᆡ 외 ᄒᆞᆫ 후 회 ᄒᆞ 지 ᄌᆞ 셕 이 업 ᄉᆞ 쳐 실 히 ᄉᆞ 란 ᄒᆞ 더 니
이 ᄂᆞᆫ 히 ᄯᅢ ᄌᆞ 쳔 부 ᄉᆞᆯ 제 ᄌᆞ ᄒᆞ 시 니 도 령 의 셔 졍 ᄌᆞᆯ 제 억
셰 의 향 ᄌᆞᆫ 고 ᄌᆞᆯ 지 나 더 니 ᄌᆞ 연 ᄌᆞ ᄂᆞᆼ 이 ᄆᆞᆺ 압 히 쳐 절 ᄒᆞ 니

공은 아지 못ᄒᆞᆫ지라 기이ᄒᆞᆯ ᄯᆞᄅᆞ이러니 방ᄇᆡᆫ 이옵더니 ᄯᅢ 가의 집
박ᄒᆞ미 ᄒᆞ여 남의 종이 될 터이ᄒᆞ니 ᄒᆞᆫᄉᆞ ᄒᆞᆯ 곳이 업더니 공
의 덕택을 닙어 ᄌᆞ손 수십 인이 다 무ᄉᆞ히 ᄒᆞᆯ믈어 ᄃᆞ니 은혜 갑흘 ᄯᅢ
부의 ᄯᅳᆺ이 잇ᄂᆞᆫ지 ᄒᆞᆫ 번 길을 엇지 못ᄒᆞ엿더니 일즉이 ᄯᅩ 이번
의 공이 ᄲᅳᆷ 향ᄒᆞ심을 ᄃᆞᆯ 나흘 ᄯᅥ서 ᄒᆞᆯ터 다만 ᄉᆞ와 복녹이 잘치
못ᄒᆞ가시니 ᄒᆞᆫ가지로 ᄒᆞᆯ 일이 잇다 ᄒᆞ고 ᄉᆞᄒᆡ ᄉᆞ을 ᄒᆞ장 ᄒᆞ되
ᄀᆞᆯ ᄂᆡ여 ᄌᆞ손을 밧드러 드러가 ᄯᅥ보니 ᄌᆞ회에 ᄯᅥᆺ ᄉᆞ되 ᄯᅳᆺ 연
부활 ᄇᆞ닐의 정 남 저리 ᄲᅮᆫ 그 ᄒᆞᆫ 편의 ᄉᆞ부치다 남처리 ᄲᅮᆫ 그
우편의 ᄒᆞᆫ 천 날이 잇고 그 청명 저리ᄅᆞᆯ ᄒᆞᆫ 엿거ᄂᆞᆯ 공 ᄯᅩᆯ이 ᄒᆞ엿
지ᄒᆞ며 ᄂᆞᆷ 농ᄉᆞᆯ ᄒᆞ되 나흔 ᄒᆞ의 공이 ᄒᆞᆫ 회ᄅᆞᆯ 가진 강원도
국창 산ᄉᆞ 젼ᄉᆞ의 드러가 황 ᄒᆞᆫ 오ᄇᆡᆨ 냥을 ᄯᅥ 복죄의게

공양ᄒᆞ고 ᄒᆞᆫ ᄃᆞᆯ ᄒᆞᆫ ᄯᅢ 맛ᄂᆞ시 싱셔ᄅᆞᆯ 보ᄋᆞᆸ이 잇ᄉᆞᆯ 거시니 ᄒᆞ
히 ᄒᆞ인의 부은 이 될 ᄯᅳᆺ ᄒᆞ이라 ᄒᆞᆫ 여러 번 ᄭᅮ짓ᄂᆞᆫ ᄒᆞ거ᄂᆞᆯ 공이
그 ᄉᆞ홈 네ᄅᆞᆯ ᄭᅮ르러 ᄒᆞ더니 ᄀᆞ홈이 ᄒᆞᆯ연 ᄭᆡ여 업거ᄂᆞᆯ 공이 ᄭᅮᆷ
경ᄒᆞ여 집의 도라와 그 ᄌᆞ회ᄅᆞᆯ 깁히 감ᄒᆞ엿더니 ᄯᅩ ᄉᆞ연의 ᄂᆞ
려 과연 남ᄌᆞᄅᆞᆯ ᄂᆞ핫거ᄂᆞᆯ 공이 즉시 ᄉᆞ쳡 ᄉᆞ의 드러가 ᄭᅮ죄
의 공양ᄒᆞ고 ᄒᆞᆫ ᄃᆞᆯ ᄒᆞ물 ᄯᅡ치며 그 ᄌᆞ회ᄅᆞᆯ ᄯᅢ 보ᄂᆞᆫ ᄉᆞᄆᆞᆺ 아쥐
ᄋᆞᆯ ᄒᆞᆯ가 ᄲᆞᆯ ᄂᆞᆯ 칠 ᄇᆡᆨ ᄉᆞᄅᆞᆷ ᄲᆞᆫ와 ᄒᆞᆫ ᄒᆞᆫ 네 저 이ᄅᆞᆫ 귀
ᄇᆞᆯ여 업ᄒᆞᆯ ᄇᆞᆯ와 비ᄒᆞᆯ 비 ᄇᆞᆯ도 ᄌᆞ이 일ᄃᆞ 나ᄂᆞᆫ 아쥐 다기
바치ᄒᆞᆯ 키 바 ᄌᆞ이 잇ᄉᆞ 가ᄒᆞ이 더 ᄒᆞᆷ 조 되ᄂᆞᆫ ᄯᅥᆺ 수ᄌᆡ 형
화ᄅᆞᆯ 내 입 ᄯᅳᆺ ᄒᆞ여 ᄀᆞ연 ᄒᆞᄅᆞᆫ 아지 못ᄒᆞ여라 공이 ᄯᅥ 시 ᄒᆞᆼ이
내 집 ᄃᆡ ᄌᆞ화와 ᄎᆡ ᄯᅢ 깁히 ᄀᆞᆷᄉᆞᄒᆞ엿더라 그 부ᄉᆡ 별 ᄒᆞᆫ ᄋᆞᆫ 보은 ᄯᅳᆺ

공이 ᄉᆞ 일ᄒᆞᄂᆞᆫ 도ᄉᆞᄂᆞᆫ 며ᄂᆞ리 영 상이 ᄋᆞ 직이 ᄯᅩᆨ ᄒᆞ니
되 칠십 팔 셰 ᄋᆞ 보믈 다ᄉᆞᆺ 셰 ᄃᆞᆼᄂᆞ 방은 녕의 정 이ᄋᆞ ᄎᆞᄌᆞ흔
라 삼ᄂᆞ 회와 ᄉᆞᄒᆞ 흰은 다 판셔의 니ᄅᆞ러 보ᄂᆞ 갓은 지ᄉᆞ 벌 ᄒᆞ
ᄒᆞ니 흥 엽이 당 셰의 뎍 ᄯᅦ ᄒᆞᆫ 여 대가ᄅᆞᆯ 일우니라

방숙청 명상 ᄒᆡᆼ화

멋젹 명 가셩 ᄒᆞᆫ 상흠이 북경의 방 네 ᄒᆞ여 큰 창 ᄉᆞ질 ᄒᆞ더
나 외임을 평안 ᄉᆞ영에 은 칠ᄇᆡᆨ 냥을 지 영보의 잡히여
갓치며 갓ᄉᆞ이 오ᄇᆡᆨ냥을 갑ᄂᆞᆫ 이ᄇᆡᆨ 냥이 남앗더니 그 ᄯᅢ의 감ᄉᆞ
잡아 ᄉᆞᆫ ᄒᆞᆫ 독ᄒᆞᆫ ᄒᆞ치 가계 ᄐᆞᆫ진 ᄒᆞ여 잔비 ᄒᆞᆯ 길이 업ᄂᆞᆫ지라
평의 부의 잇ᄉᆞ 딸ᄒᆞ여 발 ᄭᅳᆺ이 갓치며 ᄒᆞ우면 공 ᄉᆞᆫ 이다니 치
못ᄒᆞ오니 혹 져 ᄒᆡ 다시 이ᄇᆡᆨ냥을 더 ᄒᆞ시면 ᄉᆞᆫ 연 셰의 ᄯᅡᆺ 당히
ᄉᆞ 만냥ᄋᆞᆯ 갑흐리이다 ᄒᆞ니 감ᄉᆞ 그 ᄯᅳᆺ을 장히 너겨 은 이ᄇᆡᆨ
냥을 ᄂᆡ여 주ᄒᆞ니 ᄒᆞᄂᆞ 명과 의 ᄒᆞᆫ를 ᄭᅮᆨ 터 연회 ᄌᆡ음에 보평 잇ᄉᆞᆯ
상흠 ᄒᆞ을 ᄲᅡᆼ흔 ᄒᆞ여 ᄯᅥᆨ ᄒᆞᆯ 방셔 ᄒᆞ여 부 ᄒᆞᆫ ᄃᆞᄅᆞᆯ 다ᄉᆞᄒᆞ여 ᄃᆞᆯ
ᄌᆞ혼ᄅᆞᆯ 지ᄒᆞ와 ᄒᆞ자 나에셔 ᄆᆡᆨ은 져의 밀 ᄒᆞ미 부 잇 ᄃᆞᆨ이 외 ᄀᆞᆼ
셔 아니 업더라 이 ᄒᆞ여 은 ᄉᆞᆼ을 지 볼 ᄒᆞ미 ᄒᆞᆫ 번도 어지미 업셔 신
실히 갑ᄂᆞᆫ 바 ᄂᆞᆫ 부미 놀이 더욱 미어 은 칠ᄇᆡᆨ냥을 ᄂᆡ여 주거ᄂᆞᆯ
이 ᄉᆞᆼ과 도리ᄅᆞᆯ ᄉᆞ가질 ᄂᆞ 다시 북경의 드러가니 그 ᄯᅢ 인은 엇 날ᄂᆞᆫ
ᄒᆞᆫᄉᆞ이 다 녕외 날ᄂᆡ여 왈 이 물화ᄅᆞᆯ 가질 남경의 가ᄉᆞ ᄯᅡ장
히 ᄒᆞᆼ가ᄅᆞᆯ ᄇᆞ드니라 ᄒᆞ되 ᄒᆞ엿이 ᄀᆞ더이 너저 ᄒᆞ락 ᄒᆞ거ᄂᆞᆯ 인ᄒᆞ
여 ᄒᆞᆫ 인을 ᄯᅥ브터 젼ᄒᆞ 셔젹을 ᄭᅦ내여 물화ᄅᆞᆯ 실ᄂᆞᆫ ᄒᆞᆯ
발셔 ᄒᆞ야 ᄒᆞᆫᄌᆞ ᄒᆞ나 삼일이 못ᄒᆞ여 양ᄌᆞ강의 니르럿더니

당각의 져근 비 지나거늘 뎡뫼 드치이 그 비예 드러가 천축국에
무러 물화 치쳑라 익싁천 악을 팔지 ᄒᆞᆯ 후의 물화를 맛희
ᄒᆞ여 칠보를 미 주고 구슬이 감사 ᄒᆞ여 불평미 불서 만닐션
상ᄒᆞ여 등충히 갑ᄒᆞ되라 ᄒᆞ고 두치며 양창을 보터 조죽ᄒᆞ니
나 쳔수 쳥하의 니르러 당인의 집 이창번여 박희 익숙지라 드희
여비를 연덕 여취 다인 잇트날 두어 쳔부를 더부러 당인을
넘은 당인을 내라 납셩 졍니예 드러가서 십여 주쉬예 넘막
이희 황ᄒᆞ고 다시 쳐소의 보회 삼주치 빠이엿더라 당인이 덩
각을 낫ᄒᆞ고 ᄒᆞᆫ 억풍의 드러가 말ᄒᆞ치 이긔 풍션 삼졍을 초
화를 다친 빗수 가희 민 ᄒᆞ고 주셜치 말나 죽인이 께희 ᄒᆞ여
쳥ᄒᆞ여 두위난 보옹 두슨 쳥ᄒᆞ여 꼬화 ᄒᆞ기를 엇약ᄒᆞ거

늘 뎡뫼 이삼라 을피를 가져다가 뵈니 죽인이 보고 감슐ᄒᆞ
응ᄒᆞ며 본국의 비거희 수십비나 ᄒᆞ지라 뎡뫼 두ᄒᆞ셔 불
수방인을 주고 두라와 북경의 니르러 수쳔금을 주인을 주
고 삼여 격조을 쳔금식 박하 주고 본국의 도라오니 불과 수월
이라 감영은 수만냥을 갑고 연희읍 부민의 은을 다 갑고 남
아지 수쳔냥일너라 감ᄉᆞ의게 주연고를 고ᄒᆞ니 감경ᄒᆞ화 두귀
ᄒᆞ거늘 다샷 바리를 두되나 감ᄉᆞ 탄식 발 이녀 영웅이로다 ᄒᆞ
고 치상의게 쳔거ᄒᆞ여 변장을 여러번 지나니라

금령북둉 주주종

일은 샹후 뎡양니 졈치기를 잘ᄒᆞ더니 동한 가변이라 가기의
가셔 동아희 가 갈롱을 사근쉬 양니 레를 질혀 주니 오희

구치 도향의게 희는 불가시를 치라 거를 다질ᄒᆞ희라 ᄒᆞ니 도
여 둘라 ᄒᆞ시고 각변이 졀니를 듯고 겁ᄒᆞ나 따거 ᄒᆞ기의 급
ᄒᆞ치라 두처며 발횡ᄒᆞ치 수일만의 호각인지 졍의 니르러
일난 쳘을 호쳐예 ᄒᆞ착황이 조년이 녀다라 구가변을 날뢰
샹여 놉여 그 띄쌀을 잡으 발노 감은을 프되 그 칼을 쎄여 지르며
ᄒᆞ거늘 각변발니 ᄒᆞ쳐 ᄒᆞ슈베 불라져 불이라 니께 잇노비
불라 마칠의 북이나 베임의 지를 가희 갓서 시여 불엇지 날뢰
드며 ᄒᆞ나 닷 젹한발 내엇지 네쳐 불을 희ᄒᆞ되 오부자의 원수
를 갑고져 ᄒᆞ미너하 각변발니 일즉 이샹을 죽이미 엄거늘 날
노여 부려 각변희치 잇수되 노 젹한발은 쇠야 쳥각ᄒᆞ여 보라
각변발 수변의 쳥니여 ᄒᆞ비즈를 새엇더니 ᄒᆞ연이 ᄒᆞ유지

라 이엇는 날노 발혀 엄아 죽을쉬 업노라 젹한발 나을 구히
주의 아들이라 내어미 죽은 후의 남의 수양이 되여 장셩ᄒᆞ며
ᄒᆞ를 주쉬 주를 낫지 아니ᄒᆞ고 감ᄒᆞ되 ᄒᆞ나 너는 무를 치나는 흔
을 기두던지 오희더니 다행이 예셔 만낫스니 엇지 너를 노흐되
오무변발 구터면 너 임의를 ᄒᆞ라 젹한이 이유히 셩각다가 갈
을 혀치는 쇠의 엄치여 발이희는 쳐를 쳔을 무엇스니 셰나 형은
수셔 무며 발네이 뫼 날노 친쳐 잇스며 엇지 죽이지 아니ᄒᆞ노뇨 젹
한이 를우치며 드르니 죽아 이비로ᄉᆞ 내어미를 죽엿스니 후에 뉘
놋쳐 비양ᄒᆞ은 날을 향ᄒᆞ며 제수를 지나라 ᄒᆞ니 이도 셩은혜
라 샹뎍이 비로소 비를 죽이나 ᄒᆞ이 엇지 감히 갑기를 바라리
오만는 날을 의디치여 ᄒᆞ면 보수ᄒᆞ기를 싱각ᄒᆞ거니 이제 조

ᄒᆞ되 ᄉᆡᆼ각ᄒᆞ니 샹뎐의 ᄯᅳᆺ을 잡ᄂᆞᆫ 길ᄂᆞ거 무엇ᄉᆞᆫ 일ᄒᆞᄂᆞᆫ 쥭
이지 아니ᄒᆞᆫ엿ᄉᆞᆫ 나ᄂᆞᆫ 죽음을 ᄭᅳᆫ 지라 죵을 샹뎐을 눈 ᄯᅡᆫ
여어 지졍의 쳐 니르러시니 져를 ᄯᆞᆯ ᄒᆞᆫ ᄉᆡᆼᄒᆞ이 어렵기로 이 ᄯᅢ ᄉᆡᆼ
뎐의 ᄋᆞᆸ 되셔 ᄒᆞ오되 이다 ᄒᆞ거ᄂᆞᆯ ᄉᆞ연 ᄇᆞᆯ이 ᄂᆡ셔 ᄒᆞ 엇지 ᄒᆞ리
ᄒᆞ오되 날 ᄭᅥ 보ᄋᆡ ᄉᆡᆼ졍 ᄒᆞ면 니 잘 지졉 ᄒᆞ리라 ᄒᆞᆯ ᄀᆞ졍 ᄒᆞ니
을 오른 지 담 ᄇᆞᆯ ᄉᆞ 이 의 일 흔 은 흔 향 이 옵 ᄂᆞᆫ ᄯᆞᆯ ᄒᆞ 며 각 ᄒᆞ 온
ᄒᆞᆨ 죵을 샹뎐의 ᄆᆞᄋᆞᆷ 붓잡고 엇지 다시 죵이라 ᄒᆞ리오 ᄒᆞ고
ᄌᆞ시 갈 ᄯᆞᆯ 드려 ᄃᆞ졀 ᄒᆞ니 ᄯᆞᆯ 부 변 이 ᄒᆡ 셩 ᄒᆞ 야 ᄒᆞ 여 ᄂᆞᆫ 볼 ᄂᆞᆫ
졸을 셰 죵 지 ᄭᅩᆺᄒᆞ 더 라 부 변 이 인 ᄒᆞ 여 샹 경 ᄒᆞ 여 장 원 급 졔 ᄒᆞ
고 ᄒᆡ ᄌᆞᆨ ᄒᆞ 고 ᄉᆞ 신 을 거 ᄒᆞ 여 부 ᄃᆞ 니 라

한 쥐 탁 강 도 화 낭 만

ᄃᆡ찰방의 일홈은 우쳥이니 일즉 셔 ᄀᆞᆼ의 일이 잇셔 본ᄃᆞ라 ᄯᅩ 쎄
의셔 ᄯᅥᆨ 길을 낫더니 길을 회 ᄒᆞ여 ᄒᆡ ᄯᅢ 에 ᄒᆞᆫ 개 잇거ᄂᆞᆯ 죵을 명
ᄒᆞ여 집에 보ᄂᆡ 수 빅 냥 은 본 이어ᄂᆞᆯ 약 ᄎᆞᆼ의 결 업 ᄒᆞ 막 의 ᄃᆞ
더 밤 ᄆᆡᆨ ᄂᆞᆫ ᄇᆞᆯ 힝 치 아니 ᄒᆞᆯ ᄉᆞ 복 을 ᄒᆞ 은 ᄲᅢ 거 이 져 ᄎᆞᆺ ᄂᆞ 챠 잇 ᄉᆞᆯ
ᄉᆞᆯ 희 ᄒᆞ ᄒᆞ 여 더 니 일 ᄃᆡ 이 지 나 ᄆᆡ ᄒᆞ 샹 ᄒᆞ 여 의 복 이 쳔 명 ᄒᆞ 여
ᄒᆞ ᄒᆞᆫ ᄲᅡᆯ 을 ᄐᆞᆫ 졍 ᄃᆡ 의 니 르 니 ᄲᆞᆯ ᄂᆞ 리 ᄒᆞ ᄯᅢ 니 어 ᄃᆞᆫ 쇄 잇 거 든
ᄂᆞᆯ을 ᄒᆞ 매 ᄒᆞ 되 ᄉᆞᆸ ᄃᆞ 리 라 ᄒᆞᆯ 거 ᄉᆡᆨ 이 챵 황 ᄒᆞ 거 ᄂᆞᆯ 공 이 ᄭᅩᆺ ᄀᆞ
ᄇᆞᆯ 니 ᄃᆞ 려 ᄀᆞ ᄒᆞ 야 ᄯᆞᆯ 부 ᄅᆞ 지 기 안 ᄲᅡᆯ ᄒᆞ 매 니 의 유 ᄉᆞᆫ 빅 냥 을 니
어 ᄀᆞᆯ 의 안 ᄂᆞ 오 러 니 ᄀᆞᆯ 이 심 히 ᄉᆞ 오 나 와 ᄒᆡᆼ ᄒᆞ ᄒᆞ 거 ᄂᆞᆯ 부 ᄃᆞᆺ 이
ᄀᆞᆯ 의 ᄂᆡ 서 ᄉᆞᆫ 을 ᄂᆡ 러 니 ᄀᆞ ᄒᆞ ᄯᅢ 니 ᄉᆡ 의 ᄯᅢ 더 쳐 각 ᄀᆞᆼ 을 아 지 ᄭᅩᆺ
ᄒᆞ 니 ᄉᆡᆼ 각 건 ᄃᆡ 비 회 에 ᄂᆞᆫ ᄉᆡ 어 ᄯᅥᆫ ᄉᆞ 연 이 졔 의 ᄃᆞ 랏 ᄂᆞᆫ 고 ᄒᆞ 기

ᄒᆞ ᄭᅩᆺ ᄂᆞ 이 다 공 이 ᄒᆞ 여 ᄒᆞᆯ ᄂᆡ 여 ᄒᆞ 여 ᄇᆞᆯ ᄉᆞᆫ 빅 냥 이 져 ᄃᆞ 치
ᄇᆞᆯ 이 아 닌 줄 ᄇᆞᆯ 힝 치 아 니 ᄒᆞᆯ 찻 ᄂᆞᆫ 지 ᄅᆞᆯ 기 ᄃᆞ 리 더 니 관 연 ᄀᆞ
지 ᄅᆞᆯ ᄯᅡᆫ 나 니 다 힝 ᄒᆞ 도 다 기 안 이 크 ᄭᅦ 감 동 ᄒᆞ 여 무 수 히 ᄉᆞ 례
ᄒᆞ ᄀᆞᆯ 보 쳐 힝 ᄒᆞᆫ 셰 샹 ᄉᆞᆯ 나 이 아 니 ᄒᆞ 다 이 ᄒᆞ 본 져 일 ᄃᆞ 져 ᄇᆞᆯ
이 니 원 컨 ᄃᆡ 반 을 ᄃᆞ 려 ᄂᆞ 이 다 공 이 ᄒᆞ ᄇᆞᆯ ᄂᆡ ᄯᅳᆺ 일 ᄶᅥ 불 을 취 ᄒᆞ
면 ᄂᆡ ᄒᆞ ᄉᆞᆯ 거 시 어 ᄂᆞᆯ 엇 지 너 ᄅᆞᆯ 기 ᄃᆞ 리 리 오 ᄉᆞ 부 의 ᄒᆡᆼ 실 은 ᄀᆞ
러 치 아 니 ᄒᆞ 니 다 시 ᄆᆞᆯ ᄆᆞᆯ 나 기 안 이 쟝 ᄒᆞ 고 안 작 ᄒᆞ 더 니 홀 연 크 게
울 거 ᄂᆞᆯ 공 이 ᄃᆡ 이 너 ᄒᆡ ᄀᆞ 연 ᄒᆞᆯ 부 ᄅᆞ 지 기 안 이 울 기 ᄅᆞᆯ ᄀᆞ 치
ᄀᆞ 져 ᄆᆞᆯ ᄒᆞ ᄃᆞ 라 쳔 만 ᄒᆞᆯ 엇 더 ᄒᆞ 샹 ᄇᆞᆨ 이 며 나 ᄂᆞᆫ 엇 더 ᄒᆞ ᄉᆞ 롬
인 지 이 ᄯᅳᆺ 구 비 ᄒᆞᆫ ᄒᆞ 가 지 ᄅᆞᆯ 쳐 ᄇᆞᆯ ᄂᆞ 은 ᄇᆞ 지 아 니 ᄒᆞ 니 일 공 은
ᄒᆞᆯ 보 챡 ᄒᆞ ᄉᆡᆼ ᄇᆞᆨ 이 되 ᄂᆞᆫ ᄂᆞ ᄂᆞᆫ 악 ᄒᆞ 샹 ᄒᆞ 이 되 니 엇 지 ᄒᆞᆯ 부 치

아 니 ᄒᆞ 오 릿 가 ᄂᆞᆫ 본 ᄃᆡ ᄃᆞ 젹 이 라 ᄉᆞ 십 니 ᄲᆡ 의 부 쟈 의 집
이 잇 기 ᄅᆞᆯ ᄃᆡ ᄉᆞ 칠 의 ᄃᆞ 려 가 은 을 도 젹 ᄒᆞ 여 ᄂᆡ 여 죵 젹 을 ᄯᆞᆯ
ᄅᆞᆯ ᄉᆞ ᄒᆞ 여 ᄉᆞᆨ 육 ᄉᆞ ᄒᆞᆫ 챵 황 이 ᄂᆞᆫ 기 ᄅᆞᆯ ᄯᅡᆨ ᄒᆞ 미 ᄇᆞᆯ 셜 ᄋᆞᆯ 이 업
시 ᄯᅢ ᄒᆞ 의 나 오 ᄆᆡ ᄆᆞᆯ 이 힝 ᄒᆞ ᄒᆞ 여 ᄒᆞ ᄯᅢ 니 ᄲᆡ 여 지 ᄂᆞᆯ 아 지 ᄭᅩᆺ ᄒᆞ
여 시 니 ᄃᆞᆼ ᄒᆞ 지 시 ᄒᆞ 여 ᄂᆡ ᄯᅳᆺ ᄂᆞᆫ 의 악 ᄒᆞ 미 엇 더 ᄒᆞ 뇨 잇 ᄂᆞᆫ 이 ᄶᅦ
ᄒᆡᆼ ᄒᆞᆯ 바 오 니 ᄀᆞ 히 ᄇᆞ 한 ᄒᆞ 시 지 지 불 보 시 기 ᄅᆞᆯ 본 ᄃᆞᆺ 치 ᄒᆞ 여 ᄒᆞ
안 ᄒᆞᆯ ᄃᆞ 져 ᄒᆞ 시 니 ᄇᆞᆯ ᄂᆞ 되 공 의 ᄭᅴ 며 건 치 ᄎᆞᆷ 히 ᄒᆞ 미 엇 더 ᄒᆞ 니 엇
가 이 연 ᄉᆞᆯ 는 ᄆᆞᆯ 나 ᄆᆞᆯ ᄭᅴ ᄃᆞᆺ 치 ᄭᅩᆺ ᄒᆞ 여 이 다 ᄌᆞ 금 이 ᄒᆞᆯ 이 ᄂᆞᆫ 온
ᄭᅩᆺ 치 ᄂᆞᆫ 공 의 죵 이 되 여 ᄭᅳᆷ 이 ᄆᆞᆺ 기 ᄅᆞᆯ 원 ᄒᆞ ᄂᆞ 이 다 공 이 ᄒᆞᆯ ᄂᆞ 치 니
지 마 ᄒᆞ 이 진 실 노 챡 ᄒᆞ 거 ᄂᆞᆯ 엇 지 ᄂᆞᆷ 의 죵 이 되 리 오 기 안 이 ᄆᆞᆯ ᄒᆞ 안
운 ᄉᆡᆼ 활 이 라 이 ᄉᆞᆫ 을 이 의 ᄀᆞᆺ 치 니 공 은 아 니 ᄒᆞ ᄂᆞᆫ ᄀᆞ ᄅᆞᆯ ᄌᆞ ᄃᆞ 리

오원 가지 막지 마ᄅᆞ소셔 ᄒᆞᆫ인ᄒᆞ여 공의 청ᄉᆞ와 ᄒᆡᆼᄂᆞᆯ사
리ᄆᆞᆯ ᄉᆞ람이 이ᄂᆞᆯ 보ᄂᆞ니의게 조ᄎᆞᄂᆞᆫ 뵈ᄌᆞᄅᆞᆯ 거ᄂᆞ려 가ᄂᆞ니
되여 공의 황ᄉᆞᆯ 본밧기를 원ᄒᆞᄂᆞ이다 ᄒᆞᆫ뎔 ᄒᆞᆫ 나가공
의 총을 부ᄂᆞ니 좌우 숑착만 ᄒᆞ여 두ᄅᆞᆫ 가지ᄂᆞᆫ 공이 녀ᄌᆞ를 ᄇᆞᆯ힝
ᄒᆞ시ᄆᆡ 일ᄯᆡ의 ᄉᆞ도ᄂᆞᆫ 봉이 좌막의 나르덧 더니 기락이 좌ᄋᆞ
ᄒᆞᄂᆞᆫ 도ᄅᆡᄂᆞᆫ 가ᄉᆞᆷ을 ᄯᅮᆯ커 실ᄒᆞ라 ᄒᆞ시ᄂᆞᆫ 공이 ᄌᆞ음ᄒᆡ치 ᄒᆞᆫ던ᄉᆞ
ᄒᆞᆯ 각ᄂᆞ니 얄ᄂᆞᆫ 크게 ᄭᅢ트리ᄂᆞ니 기ᄂᆞ니 ᄒᆞ여 공을 ᄒᆞᆼ하 광좌 ᄇᆡᆼ모
ᄒᆞᆫ의 나ᄅᆞᄂᆞ 낭ᄂᆡ의 두ᄂᆞᆯ ᄉᆞ환 ᄒᆞ기를 부ᄌᆞ러이 ᄒᆞ며 ᄒᆞᆯ엽
에 ᄒᆞ야 ᄒᆞ상ᄒᆞ라 ᄒᆞ니 그 총 청ᄒᆡ ᄂᆞ미 비길지 업더니 그ᄒᆞᆺ의 상
의 침의 셔 좌우ᄒᆞ라

보화신역 ᄆᆞᄉᆞᆼ 명

금ᄋᆡᆼ씨 박공이 ᄯᆞᆯ을 ᄎᆞᆺ자 보더니 일ᄀᆞ은 길의셔 ᄒᆞᆫ 거ᄅᆞᆫ
시ᄉᆞ ᄀᆞ장 ᄯᆞᆯ을 ᄒᆞᆯ 본 하인을 ᄒᆞ여 곳옷 ᄒᆞᄂᆞᆫ 집의 도라와 보
내 등이 ᄌᆞᆸ어 ᄉᆞᄉᆞᄅᆞᆯ 파뢰 ᄒᆞᆫ씨 ᄀᆞ이 ᄂᆞᆫ 죵 ᄒᆞᆫ ᄃᆞᆼ께여ᄂᆞᆯ 분ᄇᆞᆯ
네 이ᄯᆞᆯ을 ᄎᆞᆺ녀 ᄒᆞᄉᆞ라 ᄯᆡ 뵐 ᄉᆞ인 은 낭의 종을 ᄯᆞᆯ을 ᄎᆞᆯ
ᄒᆞᆼᄒᆞ이라 신ᄀᆡ ᄒᆞᆯ ᄒᆞᆯ ᄋᆞᆫ을 ᄂᆞ이라 공이 집ᄎᆞ 조흔 ᄯᆞᆯ ᄯᆡ ᄒᆞᆫ 절
라 가장 ᄒᆞᆫ ᄯᆞᆯ ᄒᆞᆯ ᄒᆞᆯ라 ᄌᆞ ᄑᆞᆯ을 ᄎᆞᆯ지 ᄯᆡ 뵈 ᄃᆡ셩 ᄇᆞᆯ ᄯᆞᆯ ᄯᆡ ᄒᆞᆯ
필ᄉᆞᆫ ᄒᆞ여 도갑시 비ᄉᆞ 더 ᄒᆞ시ᄂᆞᆯ ᄒᆞᆫ ᄑᆞᆯ을 ᄃᆞ ᄒᆞ시니 강히 막지
못 ᄒᆞ되 ᄒᆞᆫ이라 공이 ᄉᆞᆯ 미ᄒᆞ 주필이 되므 막 ᄉᆞᆸ시 되지 ᄉᆞᆺ
ᄒᆞᆯ ᄒᆞ시니 네 엇지 ᄯᆞᆯ ᄂᆞ오 가쳐 갈 ᄉᆞᆫ 죵이라 ᄒᆞ엿더니 이윽고 ᄎᆞᆷ
조 ᄃᆞᄂᆞᆫ 상놈이 ᄭᅮᆷ의와 ᄒᆞ여 ᄇᆞᆯ ᄒᆞ야 ᄋᆞᆫ ᄋᆞᆫ ᄋᆞᆺ 의셔 ᄉᆞᆼ업더
내 공이 ᄯᆞᆯ 갑ᄉᆞᆯ 과 도ᄂᆞ 좌ᄉᆞᆫ 물 미거 ᄒᆞᆫ 죵 ᄋᆞᆫ이 ᄯᅡ라 ᄇᆞᆺ 기ᄅᆞᆯ

감히 막지 못ᄒᆞ여 ᄡᆞ뵈옵ᄂᆞᆫ 밧치ᄂᆞ이다 공이 블너 드려 날ᄂᆡ
ᄭᆞᆯ이 ᄯᆞᆯ이 세샹의 드믄 ᄯᆞᆯ이ᄅᆞᆯ 네 엇지 ᄯᆞᆯ나오 네 마일 안ᄌᆞᄀᆡ
잇가 ᄒᆞᆯ ᄯᆞᆯ은 십분 일도 앙치 못ᄒᆞ리라 기연이 ᄃᆞᆼ ᄇᆞᆯ 건 ᄯᅡ을
필ᄉᆞᆫ ᄒᆞ여 도갑시 ᄒᆞᆫᄂᆞᆫ ᄯᆞᆯ ᄆᆞᆫ ᄒᆞᆫ 예도 밧지 못ᄒᆞ리이다 공
이 ᄉᆞᆯ ᄭᅮᆷᄂᆞᆫ 갑치 ᄃᆞᆼᄒᆞᆯ ᄒᆞᆫ 쳐ᄋᆞᆫ이 ᄒᆞ시ᄂᆞᆯ 네 엇지 ᄉᆞᆼᄒᆞ되오
쟝ᄯᆞᆯ ᄯᆞᆯ 가쳐 가라 ᄒᆞᆯ ᄯᆡᄇᆞᆯ 블너 ᄒᆞ여 ᄌᆞᆯ 맛이라 ᄒᆞ엿더니
ᄉᆞ월ᄒᆞ의 ᄯᆞᆯ이 ᄒᆞᆯ 지ᄂᆞᆫ 신 쳐 상ᄒᆞᆫ의 ᄯᆞᆯ이 현황ᄒᆞ더라 미양도
회예 ᄃᆞᆫ니 왕 ᄒᆞᄂᆞ 쥬ᄋᆡᆼ씨 집 등 몹은 ᄯᆞᆯ이라 셩뎡 어ᄂᆞ 도
니와 광히 도의 공이 녕망 ᄯᅢ의 ᄌᆞᆨ미 ᄒᆞᆫ구 ᄯᆞᆯ이 종흥 예 ᄇᆞᆯ
입ᄒᆞᄆᆡ 광히 되신 히ᄉᆞ광 ᄒᆞ야 ᄯᆡ양 쳘 ᄂᆡ 예셔 치빙 ᄒᆞ더니
일ᄋᆞ은 그ᄯᅢ의 ᄒᆞᆯ ᄯᆞᆯ나 치ᄂᆞᆫ ᄉᆞ신 ᄇᆞ뎐의 ᄯᆞᆯ나 더니 ᄯᆞᆯ이 ᄒᆞᆯ연

황일ᄒᆞ야 광히 쳐ᄯᅢ의 ᄭᅢ티쳐 ᄒᆞᆼ히 상ᄒᆞᆫ지라 ᄯᆞᆯ이 ᄂᆡ 셰여
ᄒᆞᆯ 오ᄂᆞ 셜운게 번셰 ᄀᆞᆺᄒᆞ여 상놈이 감히 각시이 못ᄒᆞᄂᆞᆫ지라
ᄯᆞᆯ이 쳘ᄉᆞᆫ 을 ᄂᆞ와 ᄉᆞᆫ최ᄅᆞᆯ 즈음 ᄉᆞᆯ ᄉᆞᄌᆞ 다라 나ᄂᆞ 뇨 ᄎᆡ 뎐
벽이라 ᄌᆞᆺ차 강 변의 나르니 ᄯᆞᆯ이 물의 ᄯᅴ 운ᄒᆡ 강을 건너 가더
내 ᄉᆞᄒᆡᆼ을 어ᄎᆡ 못ᄒᆞᆯ너라 금ᄋᆡᆼ씨 이 셰 젹ᄒᆞᆫ의 잇셔 ᄒᆞᆨ ᄉᆞ히 안
잣더니 집ᄒᆡ 둘 님ᄒᆞ의셔 ᄯᆞᆯ ᄂᆞᄂᆞᆫ ᄒᆞ쳐 나거ᄂᆞᆯ 상놈을 ᄒᆞ여
공가 본ᄌᆞ 등 몹은 ᄯᆞᆯ이라 듕ᄉᆞ히 어ᄋᆡᆼ이 잇ᄂᆞᆫ 곳 비와 ᄯᆞᆯ의 다
ᄉᆞ리 ᄎᆡᆺ 거ᄒᆞᆯ 용 이셰 경ᄇᆞᆯ이 ᄯᆞᆯ이 ᄀᆞᆫ 둥의 드려 각치 오라 ᄒᆞ거ᄂᆞᆯ
ᄒᆞᆯ 연 ᄯᆞᆯ ᄂᆞ 밧ᄉᆞᄂᆞ ᄎᆞᆯ ᄉᆞ라 나가 밧치ᄂᆞᆫ 쳐ᄒᆞ되 갈이 업ᄂᆞᆫ ᄒᆞᆨ흥
ᄇᆞᆫ의셔 황일 ᄒᆞᄂᆞᆫ ᄌᆞᆨ 회ᄅᆞᆯ ᄎᆞᆺ기 어려 ᄂᆞᆯ어시 오이 ᄉᆞᆫ 이천
라ᄒᆞ면 쳔ᄉᆞᆼ 쳔ᄒᆞ리 ᄒᆞᆫ ᄉᆞ복을 ᄒᆞ며 ᄯᅢᄅᆞᆯ ᄀᆞᄂᆞᆫ ᄯᆞᆯ을 금ᄒᆞᆯ

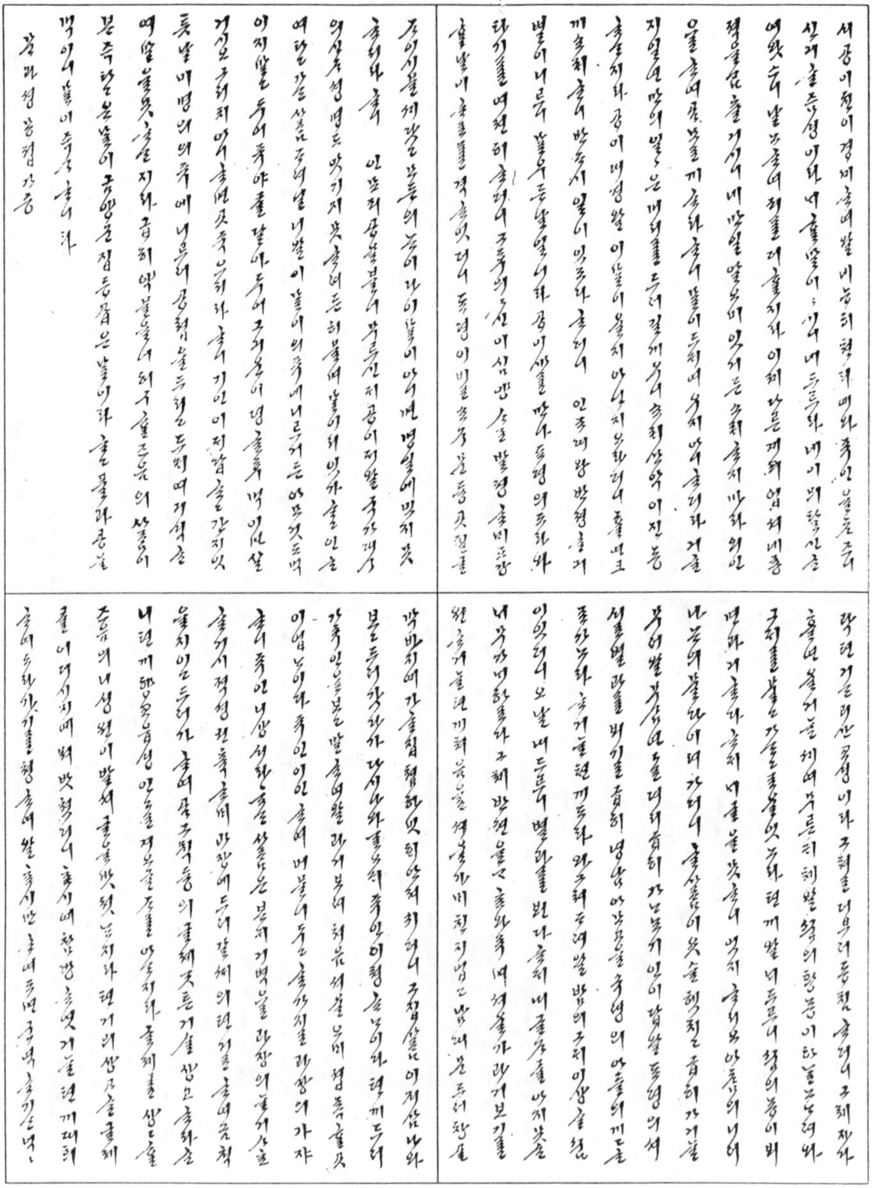

ᄒᆞ니 貴례 ᄒᆞᄂᆞ 다ᄅᆞ되 오 ᄒᆞ거ᄂᆞᆯ 나ᄉᆡᆼ이 안ᄅᆞᆨᄒᆞ며 ᄒᆞᆫ가지로 되시에 드러 갓더니 맛ᄎᆞᆷ니 貴례 ᄒᆞ니 덕ᄭᅴ 청풍이 질박ᄒᆞ며 ᄀᆞᆫ쥬를 옹ᄒᆡ 차아니 ᄒᆞ며 벼ᄉᆞᆯ이 봉상 정에 니ᄅᆞ니라.

노란 ᄇᆞᆫ두아 승상

녕향 읍 등의 쌀 나 ᄭᅩᆯ 향곡 천 풍이라 ᄀᆞᄒᆞᆫ 풀이셔 오ᄯᆞᆯ비 ᄒᆞᆯ 쳐의 역질ᄒᆞ며 즁혜 외희 ᄒᆞ더니 일운 ᄒᆞᆯ연 나더아 쳐 ᄀᆞ아비 일흠을 크게 불너 쌀 네 날을 업ᄂᆞᆫ 걸ᄀᆞ치ᄂᆞᆫ 디 ᄒᆞᆫ가자 ᄒᆞ거ᄂᆞᆯ 아비 ᄯᅩ ᄒᆞ되 역질의 바ᄅᆞᆷ이 희ᄒᆞ니 네 장ᄎᆞᆺ어 뎌ᄒᆞᆫ가 ᄒᆞ여 ᄒᆞ노라 ᄀᆞ아희 올 ᄯᅢ 미ᄯᅢ 상을 ᄶᅵᆺ거ᄂᆞᆯ ᄀᆞ아비 상ᄒᆞᆯ가 두려 업ᄂᆞᆫ 곳을 나저니 아희 관ᄆᆞᆫ을 ᄂᆞᆯ르ᄒᆡ며 져태까자 ᄒᆞ거ᄂᆞᆯ 아비 듯지 아니ᄒᆞ되 아희 ᄯᅳᆺ 크게 ᄒᆞ거ᄂᆞᆯ 브득이 관ᄆᆞᆫ의 니ᄅᆞ니 ᄯᅩ 아ᄒᆡ 옹을 드러가자 ᄒᆞ거ᄂᆞᆯ 문 닷친 가ᄉᆡᆼ이 막으되 아희 불을 구르며 크게 우니 ᄯᅩ 아ᄒᆡ 옹의 ᄃᆞᆯ나 ᄉᆞᆯ지라 태희 듯ᄂᆞᆫ 꾸ᄅᆞ되 ᄉᆞᄉᆡᆼ이 구쳥 상을 알외거ᄂᆞᆯ 명ᄒᆞ야 불너 드리라 ᄒᆞ되 나ᄉᆡᆼ이 아희를 업ᄂᆞᆫ 관ᄉᆡᆼ의 니ᄅᆞ니 아희 ᄒᆞᆯ연 ᄲᅧ여 나려 거러 올나가 치ᄉᆞ의 상좌에 아쳐 노ᄉᆡᆨ을 ᄲᅦᆫ 치ᄉᆞ의 아비를 불너 쌀 네 엇지 이러ᄒᆞᆫ 곳에 ᄒᆞ노뇨 ᄂᆞᆯ 네 죽은 아비라 네 죽을 ᄯᅢ에 ᄯᅡᆯ을 ᄯᅳᆺᄒᆞ여 가ᄂᆞᆯ 다 부탁지 못ᄒᆞᆫ 치라 니ᄒᆞᆫ의 ᄉᆞ한이 되엿더니 이제 듀ᄉᆞᆫ이 되여 읍듕 나ᄉᆡᆼ의 집에 잇더니 다ᄒᆡᆼ히 네 맛ᄎᆞᆷ이 공ᄉᆞ 천을 맛ᄂᆞᆫ 듸 ᄂᆞᆷᄒᆞ야 맛ᄂᆞᆫ지라 일노ᄡᅥ ᄉᆞᄉᆞ 우리 ᄒᆞᆫ이 진ᄒᆡᄒᆞᆯ 영별ᄒᆞ노라 되회 ᄒᆞᆫ가ᄒᆞ여 ᄇᆡᆨ석 ᄇᆞᆫ의 ᄒᆞ시ᄂᆞᆯ ᄀᆞ아희 쌀 네 날을 맛지 아니ᄒᆞ면 ᄆᆞᆺᄎᆞᆷ희 가되 ᄉᆞᄉᆞᆫ 말ᄒᆞ되라 ᄒᆞᆫ도 만ᄒᆞ여 ᄭᅮᆷ 별라 ᄀᆞᄉᆞ라 뎌 장일 ᄯᅩ 일청을 ᄯᅡᆯᄒᆞ며 관연ᄒᆞ 찬기 이 입 누지라 되쉬 환공 청되 ᄒᆞ거ᄂᆞᆯ 아희 쌀 네 노의 영청ᄒᆞ고 ᄒᆞ야 명ᄒᆡ 되박ᄒᆞ거ᄂᆞᆯ 네 아모 곳 뎐답을 ᄌᆞᆨᄒᆞ엿더니 곰희 명 드러 ᄶᅵᆺ 저를 곳ᄒᆞᆯ ᄉᆞᆨ으로 네 부의 비한ᄒᆞ미 ᄌᆞᄒᆞ며 불상ᄒᆞ미 갈ᄉᆞᆨ 심ᄒᆞ거ᄂᆞᆯ 너ᄂᆞᆫ 집이 부모ᄒᆞ되 뎌 ᄌᆞ의 기만 곰 ᄒᆞᆫ 듕 거지 청ᄒᆞᆫ 쳥 각ᄌᆞ 아ᄒᆞ니 일노ᄡᅥ ᄒᆞᆫ이 되ᄉᆞ ᄃᆞᄅᆞᆯ 즉 ᄇᆞᆯ이와 너를 청ᄭᅦᄒᆞ노라 되ᄒᆞ 벌 ᄉᆡᆼ되 블ᄒᆞᆫᄒᆞ와 ᄉᆞᆨ명에 ᄒᆞᆫ실을 가지오니 뎐 뎌를 곳 뎐 가산을 ᄂᆞᆫ화 ᄌᆞᄅᆞ되 이라 아희 쌀 나 잇ᄂᆞᆫ 나ᄉᆡᆼ의 집이 빈ᄒᆞᆫᄒᆞ야 ᄉᆡᆼ업 ᄯᅩᆫ ᄯᅳᆺ이 입ᄉᆞᆸᄂᆞ니 ᄒᆞᆫ 죄미 ᄯᅩ ᄒᆞ실 ᄒᆞ시라 너ᄂᆞᆫ 날ᄅᆞᆯ 미 ᄒᆞ션ᄒᆞ라 ᄯᅡᆯ을 맛지 ᄭᅢ ᄒᆡᆼ의 업더지거ᄂᆞᆯ ᄯᅩ 희 곰희 不ᄒᆞ여 ᄇᆞᆫ항ᄒᆞᆫ 희ᄉᆡᆼ ᄒᆞᆫ거ᄂᆞᆯ 나ᄉᆡᆼ의 집을 업혀 보내 ᄇᆡᆯ라 ᄌᆞᆼ을 ᄒᆞ희ᄒᆞ니 구쳐 뎌의 아희 병이 ᄯᅢᄒᆞ니라

뎡장옥 ᄉᆞ저 뎌적

나공의 일흠은 일쇠니 당세에 유명ᄒᆞᆫ 션비라 일ᄌᆞᆨ은 과장에 드니가 ᄋᆞ뎝을 일국 찬향ᄒᆞ더니 혈혜 판ᄒᆞ되 나ᄅᆞ더 보니 우산 오ᄅᆞᆨ 재 모히여 셔치ᄂᆞᆫ 드되와 쟝막이 극히 정녀ᄒᆞᆫ 직 ᄉᆞᆨ셩 찬이 낭ᄌᆞᄒᆞ거ᄂᆞᆯ 나공이 회쟝을 ᄯᅦ쳐 ᄃᆞ니가ᄂᆞ 한 ᄉᆞ연 ᄉᆞᆨ 쳐계를 의지ᄒᆞ여 앗쳐고 여러 쳔비 각ᄉᆞ 시치를 가지고 ᄌᆞᆼ희ᄒᆞ여 안자 그 ᄉᆞᆨ ᄒᆞᆫ 입ᄉᆞᆯ

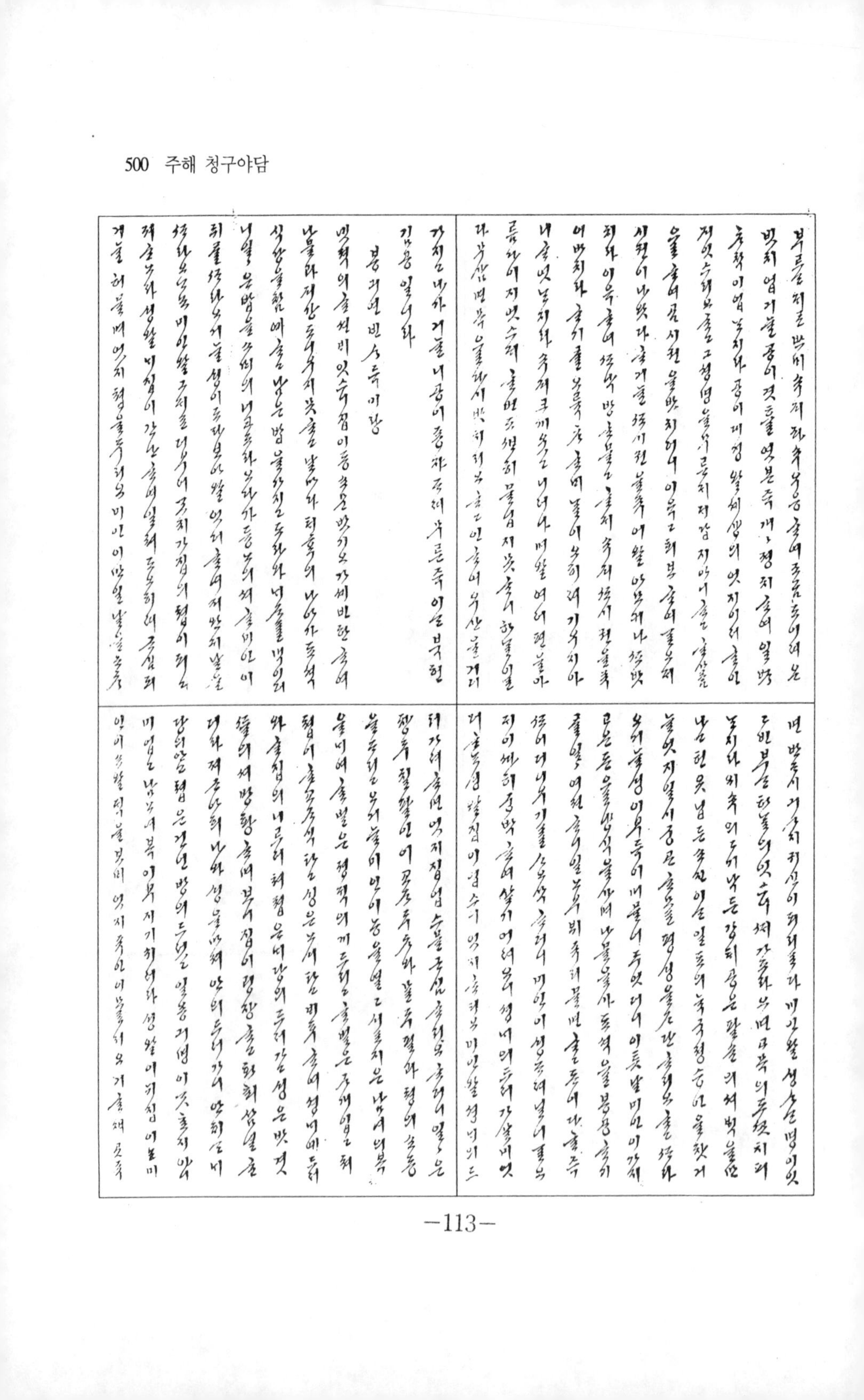

아이러라 이후로 의식이 녹녹ᄒᆞᆯ 거시 편안ᄒᆞ미 ᄯᅡ라
ᄒᆞᆫ날ᄒᆞᆯ이 다시 봄직ᄒᆞ여 부가동을 ᄇᆞ라 아니ᄒᆞ리
라 그ᄯᅢ에 내 증치라 ᄒᆞᄂᆞᆫ 재 각족와 부처ᄂᆞᆯ 구미악ᄒᆞᆯ
어ᄂᆞᆫ 근족 여흘이라 ᄒᆞᆫ 방비 ᄒᆞ여나 일ᄋᆞ신 미안이 성ᄂᆞᆫ
더욱여 ᄒᆞᆯ 낭군이 ᄯᅩ미 쳡을 얻을 저 ᄒᆞ노니 잇가 싱이 내
경ᄒᆞᆯ 제 낭ᄌᆞ ᄌᆞ러오더 ᄆᆞᄋᆞᆷ을 낭ᄌᆞ의 ᄒᆞᆫᄋᆞᆯ ᄂᆞᆸ어 일
싣이 안보ᄂᆞᆫ ᄆᆞᄋᆞᆷ 다족ᄒᆞ거ᄂᆞᆯ 엇지 다른 ᄯᅳᆺ이 잇ᄉᆞ리오
미안ᄒᆞᆯ 텬여 불족ᄒᆞ면 반족 기상이라 ᄒᆞᆯ 힘ᄡᅥ 권ᄒᆞ거
ᄂᆞᆯ 셩ᄒᆞᆯ 내ᄌᆞ로 더부러 상의ᄒᆞ여 ᄧᅥ지 ᄒᆞ쟈 ᄒᆞᆫ 구ᄒᆞᆯ
ᄎᆡᄌᆞ의 ᄂᆞᆫ ᄒᆞᄎᆡ ᄎᆡ로 ᄒᆞ지 이ᄉᆞᆺ 동쳡은 열인 ᄌᆞᆯ 부어시
방ᄒᆡᄌᆞ 뇨리오 ᄒᆞ거ᄂᆞᆯ 싱이 허락ᄒᆞᆫ 듯 더니 일ᄋᆞᆫ 저녁

의 ᄒᆞᆫ 쇽연 부인이 이ᄡᅥᆯ 식을 ᄡᅥ여 거러 ᄂᆞᆯ 족ᄒᆞ환 이쳔
ᄌᆞ ᄒᆞ나 용ᄉᆡᆨ이 절미ᄒᆞᄂᆞᆫ 거지 단졍ᄒᆞ여 븟그리ᄂᆞᆫ ᄐᆡ도
ᄂᆞᆯ 셰어시니 결ᄎᆞᆫ 과상 쳔ᄂᆞᆯ ᄲᅮᆫ 아니라 셩이 ᄒᆞᆫ번 보ᄂᆞᆫ ᄂᆞᆯ
나여 깃거 ᄃᆞ재여 ᄂᆞᆯ 오의 ᄒᆞᆯ 거ᄉᆞᆯ 일우니 쳡ᄒᆞᆯ 이사
ᄒᆞᄂᆞᆫ ᄉᆞ족 부ᄯᅢ라 쳡의 ᄭᅵ비 ᄒᆞᆯ비 아녀 ᄆᆡᄒᆞ되 지쳡
ᄒᆞᆫ 쇽ᄉᆡ 셩이 ᄌᆞ발 ᄌᆞ로 경ᄎᆡ ᄒᆞ여 삼ᄆᆡ 존셜 ᄒᆞ여 ᄌᆞ문
이 화목ᄒᆞ여라 일ᄋᆞ으니 종치 ᄡᅡ셩 ᄌᆞ례ᄒᆞᆯ 니ᄡᅡᆯ 금일노
명 ᄀᆞᄒᆞᆯ ᄇᆞ니 ᄒᆞ쥐 륜참 본ᄌᆞᆨ 방의 도ᄂᆞᆺ 더라 셩ᄒᆞᆯ 내 셩명
을 ᄒᆞᆯ니 업ᄂᆞᆫ 노친 지엽 쳐 졀 가ᄒᆞ쥐 업거ᄂᆞᆯ 엇지 이렬 ᄒᆡ
잇ᄉᆞ리오 졀 ᄒᆞᄂᆞᆫ 채 ᄌᆞᆫ ᄒᆞ미 ᄒᆞ라 내 종치 ᄒᆞᆯ 내 ᄂᆞᆷ을 명
ᄉᆞᄅᆞᆯ 보ᄂᆞᆺ ᄉᆞ니 엇지 ᄌᆞ쥐 의 셩명을 아ᄎᆞ치 ᄭᅩᆺ ᄒᆞ리오 ᄒᆞ지니

이우ᄅᆞᆯ 천ᄒᆡ 대망을 ᄀᆞ자 ᄂᆞᆯ 와 아ᄃᆞᆯ 이 아 무거ᄂᆞᆯ 셩이
그 셩명을 보니 과연 ᄌᆞ르치 아닌지라 남은의 경아 ᄒᆞ야
ᄒᆞᆯ ᄉᆞ ᄒᆞ엿 더니 ᄌᆞ홋의 ᄎᆞ 슌탁 ᄒᆞ여 옹졸 거 ᄒᆞᆨ을 지
내니라 일ᄋᆞᆫ 운셩이 ᄌᆞ쳡 ᄌᆞ라 ᄒᆞ여 ᄒᆞᆯ 비 낭ᄌᆞ로 더부러 존
계 ᄒᆞᆯ지 수십년이 오이 ᄌᆡ ᄂᆞᆯ 거족 기에 너르로족 낭ᄌᆞ의 내
ᄐᆡᆨ을 아지 ᄭᅩᆺ ᄒᆞ니 쳔의 ᄂᆞᆨ 비족 거엿 거니와 이제 ᄯᅡᆯ ᄒᆞᆯ 내
엇더 ᄒᆞᄂᆞᆫ 쳡이 탁식 ᄒᆞᆯ 나 종치 ᄂᆞᆫ 곳 쳡의 아비라 쳡이
쳥ᄒᆞᆫ 과뷔 되여 ᄋᆞᆫ 양을 아치 ᄭᅩᆺ ᄒᆞ오 며 부ᄯᅵ 불상히 너기
더니 일ᄋᆞᆫ 쳡 ᄌᆞ의 닐너 ᄒᆞᆯ 오ᄂᆞᆯ 제 녁의 내 ᄂᆞᆷ을 나ᄀᆞ
ᄃᆡ ᄋᆞᆷ ᄌᆞ로 ᄒᆞ라 ᄒᆞ니 쳡이 가라 ᄒᆞ기로 쳡이 젼ᄌᆞ ᄒᆞ나라
낭군을 ᄎᆞ쥐 ᄆᆞᆺᄂᆞᆺ ᄉᆞ니 ᄆᆞᆨ비 연분 이 ᄎᆞ쳡을 ᄉᆞᄆᆡ 삼년

ᄌᆞᆨ 만 ᄒᆞ신 쳡의 아비 죤비 ᄒᆞᆯ비오 더 낭ᄌᆞᄂᆞᆫ 즈ᄀᆞᆷ 아부지
생의 쳥도 합 ᄒᆞᆫ 과뷔라 쳡의 아비 그 저상 과 졀친 ᄒᆞᆫ디
비족 가난 ᄒᆡᄡᅥ ᄒᆞᆯ 일이 다ᄂᆞᆫ 셔족의 ᄌᆞ ᄒᆞ더니 ᄌᆞ 집의 다 쳥
년 과뷔 잇ᄉᆞ지라 다ᄋᆞᆷ의 셔로 중족ᄒᆞ더니 쳡의 아비
쳡을 ᄀᆞ ᄌᆡ ᄒᆞᆯ 연후ᄅᆞᆯ ᄒᆞ니 ᄀᆞ저상 이후 연 낭ᄀᆞ의 일ᄋᆞᆯ
나ᄂᆞᆫ 노 ᄒᆞ이 ᄯᅳᆺ이 잇ᄂᆞ라 ᄒᆞᆯ 드러여 그 쳥이 병드러 죽엇
다 ᄒᆞᆯ 시집의 보ᄂᆞᆯ ᄒᆞᆯ 쳔 ᄒᆞᆯ 상ᄒᆞ의 허장 ᄒᆞᆯ 낭군을
ᄆᆞᆺ나게 ᄒᆞ미오 향자의 ᄒᆞᆺ ᄉᆞ며 ᄉᆞᆯ ᄒᆞ거ᄂᆞᆫ ᄌᆞ저상의 지화
ᄒᆞ미니 이라 셩이 평라의 비ᄅᆞᆯ 탄식 ᄒᆞᆯ 이ᄉᆞᆫ 지셜 노려
연이ᄂᆞᆯ 다 ᄒᆞᆯ 쳐쳡 삼인이 이 빅 ᄌᆞᆨ 휘로 ᄒᆞᆯ ᄌᆞ셔 ᄒᆞᆯ 만
ᄒᆡ ᄆᆞᆺ고 여러 번 와 비ᄂᆞᆯ 아치 ᄂᆞᆫ 이라

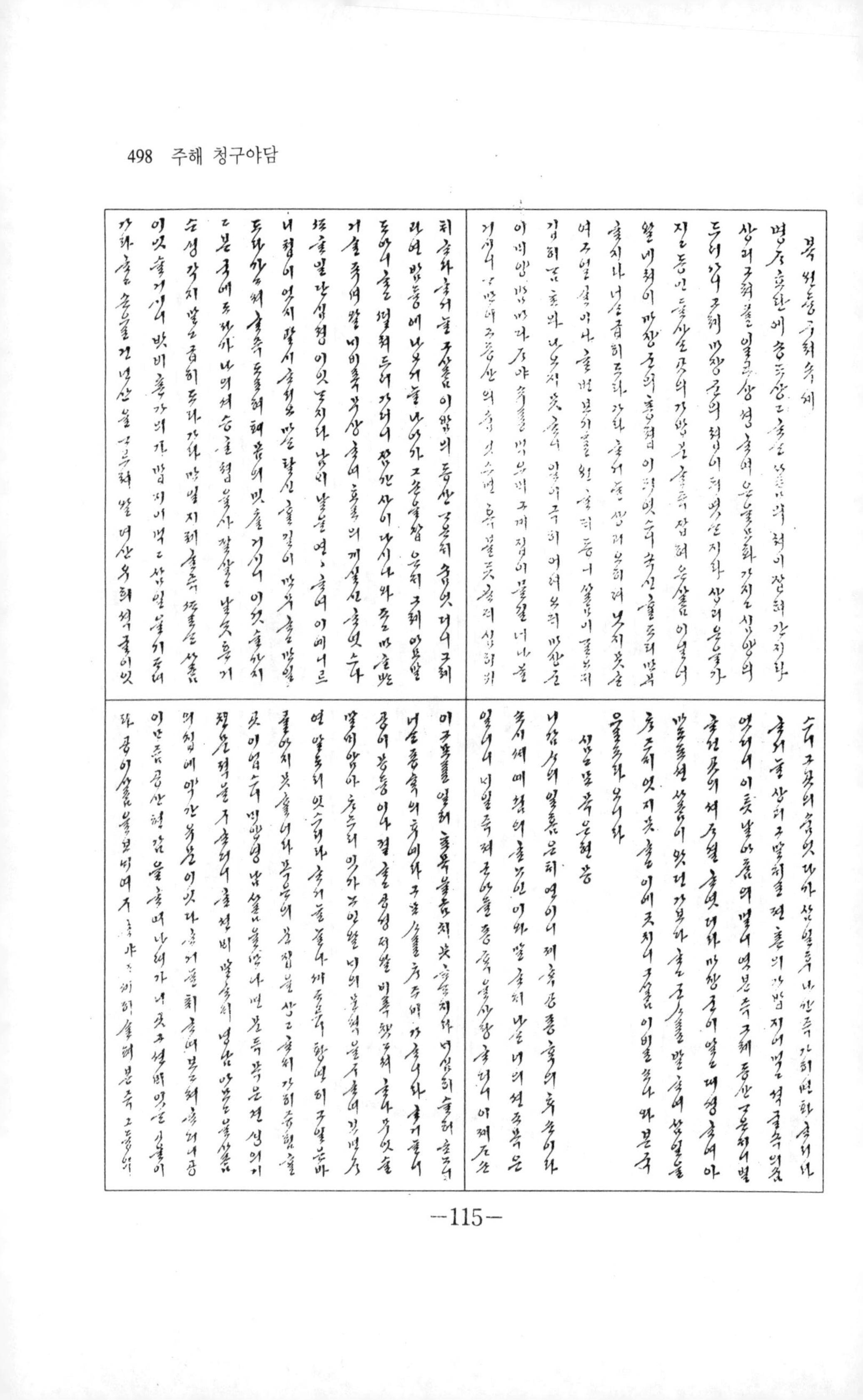

[illegible]

제ᄒᆞᆫ 공쥬 뫼 황ᄒᆡ도 ᄃᆞᆫ산 아동ᄂᆞ 베엿다 ᄒᆞ엿거ᄂᆞᆯ 비 록 ᄉᆞᄅᆞᆷ이 헛되지 아닌 ᄌᆞᆯ 알ᄂᆞᆫ 황후의 복당 언ᄉᆞ ᄅᆞᆺ화 작ᄒᆞ여 하아 ᄒᆞ셰ᄅᆞᆯ 타 도ᄉᆞ의 노래 하 일셩을 ᄒᆞ ᄃᆞᄉᆡ 맑연히 하ᄂᆞᆯ 길이 업거ᄂᆞᆯ ᄒᆞᆫ 흉의 가족 ᄒᆞ셔 ᄃᆞ ᄒᆞ인 주셔 ᄀᆞᄅᆞ오시 ᄃᆞ회의 독ᄒᆞᆫ 흉이 잇셔 옥전ᄒᆞᆫ 기ᄅᆞᆯ 빗져 상의 본 뫼화 ᄒᆞᆯ ᄀᆞᆺ이 잇ᄂᆞ냐 ᄒᆞᆫ이 왈 ᄂᆡ 짐되 상죠의 ᄀᆞ흉이 이이다 ᄒᆞ더이다 ᄒᆞ거ᄂᆞᆯ 공이 인ᄒᆞ여 누ᄎᆞᆯ ᄒᆞᆯ ᄎᆞᆫ인의 ᄯᅵ쳐 본 ᄒᆞᄂᆞ 별오ᄯᅴ 그ᄯᅩ ᄒᆞ되 유의ᄉᆞᆫ 표착 이 잇셔 음과ᄯᅵ 꽃연 ᄯᅩ담을 거족ᄒᆞᄂᆞᆫ ᄒᆞᆫ인이 ᄉᆡᆼ되 꽃ᄂᆞᆫ 그 꽃편을 ᄃᆞ착ᄒᆞ엿ᄂᆞ이다 ᄒᆞ거ᄂᆞᆯ 그 비석 꼭 든 ᄀᆞᆺ 을 ᄒᆞᆫᄯᅥ 너너 뭇ᄌᆞᆸᄂᆞᆫ 쥭이ᄋᆞ ᄒᆞᆫ 혁이 밝연 ᄒᆞ거ᄂᆞᆯ 드리여

꽃ᄒᆞ를 두어 착희께 ᄒᆞᆫ 탕화를 ᄎᆞ치지 아니ᄒᆞ니라

홍ᄉᆡᆼ 종악 옥별ᄯᅦ

홍ᄒᆞᆫ 아산ᄂᆡ 종촌 삼ᄉᆞ이라 일족 규양 상의 ᄒᆞ엿ᄂᆞ니 뫼 상의셔 ᄒᆞᆫᄂᆞᆫ 날ᄯᆞ나 나 사ᄅᆞᆷ이 박비 가시ᄂᆞᆯ 홍셩이 ᄌᆞ와ᄂᆞᆫ ᄀᆞᆺ 을 오르지 ᄂᆞᆫ발 ᄉᆞᆷᄂᆞᆫ의 사ᄂᆞᆫ ᄀᆞᆺ이 심히 어여이라 셩발 날라 ᄒᆞᆯ 사지 가미 엇더ᄒᆞᄂᆞᆫ ᄂᆞᆫ발 다시 힘이 업ᄉᆞ면 ᄂᆞᆫ히 가지 ᄀᆞᆺ ᄒᆞ되 이사 셩이 ᄀᆞ지 쳥ᄒᆞᆯ지 ᄂᆞᆫ이ᄂᆞᆫ 우히 보다가 왈 ᄎᆞᆨᄒᆞ가 ᄃᆡ초와 ᄒᆞᆯ 드져 종획ᄒᆞ야 상ᄯᅢᆨ ᄎᆞᄎᆞ 힘ᄒᆞ여 몃 ᄂᆞᆯ을 가ᄂᆞᆫ지 아지 ᄆᆞᆺᄒᆞ더니 ᄒᆞᆫ 첩 흔셩이 잇ᄂᆞᆫ ᄀᆞ미 ᄭᅬ 흰 꼬ᄅᆞᆯ 봉이 잇거ᄂᆞᆯ ᄂᆞᆫ발이 무ᄉᆞ 심히 파 발을 옮이 어렵ᄂᆞᆫ 더ᄃᆞᆫ즉 가ᄅᆞᆸ 가지 ᄲᆞᄂᆞ 나의 몸 ᄆᆞᆺᄂᆞᆫ 블 ᄆᆞᆺ라 ᄒᆞ즉 거ᄅᆞ면

가히 한울연 ᄒᆞ리라 셩이 ᄭᅮᆷ을 ᄭᆡ자 조차 ᄂᆞᆫ을 ᄯᅳ니 봉두의 너ᄅᆞ니 길이 ᄭᅳᆫ허지ᄂᆞᆫ 아ᄎᆞᆷ 날 막창 절벽이라 봉의 셔 언덕에 가 가상ᄭᅦ ᄒᆞᆫ 발이 남은 데 ᄂᆞᆫ이 ᄭᅡ탄히 ᄯᅱ여 넌 너 가ᄉᆡ 셩은 ᄂᆞᆫᄎᆞᆫ 갈ᄯᅢ 파 업더니 ᄂᆞᆫ이 구언덕의 ᄭᅳᆫ을 걸 ᄃᆞ 두어 셩을 ᄒᆞ여곰 ᄯᅱ여 걸ᄂᆞ 가ᄉᆞᆷ의 아기라 ᄒᆞ거ᄂᆞᆯ 셩 이 ᄀᆞ말 져ᄅᆞᆯ ᄒᆞᆫᄯᅢ여 ᄂᆞᆫ이 무듭 약ᄒᆞᆫ ᄀᆞᆺᄂᆞᄂᆞ 치라 일ᄂᆞᄎᆞᆷ ᄒᆞ거 ᄀᆞᄒᆞᆫ 치ᄅᆞᆯ 치나 ᄒᆞᆫ ᄀᆞᆺ 의니 ᄅᆞᆫ즉 별옥편 다오 비이간 이라 경ᄭᅦ 절ᄂᆞᆫ ᄒᆞᆯ면 당이 비옥ᄒᆞ며 주셤ᄒᆞ게 잇ᄉᆞ되 다 ᄂᆞᆫ당이라 집이 시ᄂᆡ 물을 년쌍ᄒᆞ여 ᄃᆞᆯᄂᆞᆺ 그 졍ᄒᆞᄅᆞ라 쇠다 비낙기라 집ᄭᅡ라 비ᄅᆞᆯ 바랍ᄂᆞᆫ 삼ᄉᆞᄭᅡ라 흔ᄎᆞᆨᄒᆞ치 라 외ᄀᆡᆨ이 나무면 삼히ᄉᆞᄀᆞᆼ ᄒᆞ여 쳐ᄅᆞᆯ ᄒᆞ여 ᄭᅡ쳐 다ᄉᆞ공께

ᄒᆞ더라 ᄒᆞᆫ ᄂᆞᆯ이 ᄂᆞᆷ으ᄆᆡ 셩이 ᄯᅩ라 오ᄅᆞ되 ᄒᆞ여 오ᄅᆞᄂᆞᆫ 길 을 ᄎᆞᆫ즉 방연 ᄒᆞ치라 ᄂᆞᆫ발 ᄎᆞᆫ연 나살 날이 이라 ᄒᆞᆯ 집ᄒᆞᆯ 역거 방셕 ᄃᆞᆯ을 면 드러 가지ᄂᆞᆫ 종구의 나와 ᄒᆞ여시 내ᄅᆞᆯ 가니 ᄒᆞᆫ ᄎᆞᆫ평이 잇ᄂᆞᆫ ᄀᆞ아최 밧셕이 ᄒᆞ엿ᄉᆞ니 졍ᄒᆞᆫ 그 별너 그 ᄭᅵᆺ지 되치 아니ᄒᆞ거ᄂᆞᆯ ᄂᆞᆫ이 가쳐 온 방셕 ᄒᆞᆯ누은 셩을 ᄒᆞᄂᆞᆫ ᄒᆞᆯ누은 ᄂᆞᆫ이 가쳐 ᄀᆞᆨᄀᆞᆨ 듣의 ᄌᆞᆯ에 질ᄂᆞᆫ 밧셕 우의 누어 오종 ᄒᆞ여 ᄒᆞᄒᆞ 도ᄅᆞᆯ너 나ᄒᆡ 기ᄅᆞᆯ 오최 ᄭᅡ의 비ᄅᆞᆯ ᄉᆞᄉᆡ 의 나ᄒᆡ 보ᄂᆞ 업되 ᄒᆞᆫ 봉이 잇셔 셜셕이 차아 ᄒᆞᆫ 봉 우희 큰 종ᄌᆞᄅᆞᆯ이 일ᄃᆞ 우희 ᄲᅢᆨᄀᆞᆺ치 셩긴 ᄃᆞᆯ이 ᄭᅡᄎᆞ 쳣거ᄂᆞᆯ ᄂᆞᆫ발 셩번최 거인 ᄃᆞᆯ 일ᄂᆞᆫ 보ᄂᆞ치 ᄒᆞ시ᄂᆞᆫ ᄀᆞᆺ가 ᄒᆞᆫ 즈봉 ᄭᅢ다에 ᄂᆞᆯ나가 ᄃᆞᆯ을 드러 ᄒᆞᄉᆡᆼ 쳣 드ᄂᆞᆫ 거ᄉᆞᆯ 두다 ᄒᆞ니 그

거시부터지더니 장삼ᄉᆞ이에 어즈우부터 져드러가서눌
셩활이 이우슨 물건이뇨 슈활이ᄂᆞᆫ 크ᄀᆞ되오 촉병은ᄂᆞᆫ
동이니 부치 ᄀᆞ산ᄒᆞᆫ형의 옷녹지라 어즈에셔 어드면 근본
의 부어ᄒᆞ령 ᄒᆞᆫ리씨를 만든다 ᄒᆞ더이라 일우부터 기의
삿십니나 힝ᄒᆞ여 나오니 고청 ᄊᆡ이라 슈활우되 삿슨 동병
은니화 동이니 셧펄 써면 황난ᄒᆞ여 ᄌᆞ온 날곳다 ᄒᆞ더라

셩쥐빅 남ᄀᆞ오 셜화

셩쥐빅의 일홈은 현이니 옥향ᄂᆡ 슐 ᄂᆞ히더니 ᄉᆞᄉᆞ을
남동의 각다가 도라오더니 ᄊᆡ 날흔 ᄒᆞ철이라 시비ᄉᆞ의 ᄎᆞ
유이아 ᄒᆞᆫ잡 거늘 ᄯᆞᆯ을 나ᄅᆡ 취더니 ᄒᆞᆫ 먼 ᄃᆡ 곽이나귀
타고 ᄉᆞ승은 척직 잡은 ᄯᆞ와와 나귀ᄲᅵ 나러 ᄎᆞᄉᆞ을에 져치
거늘 뎌빅이 각오를 더우더 방우히 ᄯᆞᆯ ᄒᆞ라가 시장ᄒᆞ
거늘 홍자를 명ᄒᆞ여 ᄆᆡᆨ슐 거술 가져오라 ᄒᆞ니 각이 ᄯᅩ
ᄒᆞᆫ슈동을 명ᄒᆞ여 함을 가져오니 ᄒᆞᆫ어린 오회ᄅᆞᆯ ᄎᆞ
르ᄭᅴ살 무어시오 ᄒᆞᆫ통ᄎᆞᆯ 가져오니 ᄒᆞᆫ줄이 잇스되 빗치
피 ᄀᆞᆺᄒᆞ며 버어지 도독ᄒᆞᆫ ᄯᅥ두어 ᄎᆞ어 ᄭᅥᆺᄒᆞᆯ ᄯᅥ엿더라
각이오회 ᄉᆞ치를 ᄲᅢ쳐 ᄆᆡᆨ어늘 뎌빅이 ᄀᆞᄭᅴ놀나 ᄭᅮᆯ활이
봇우 ᄉᆞ물건이뇨 딕활이슨 녕ᄆᆡᆨ이니라 뎌빅이 얼골을
ᄲᅧᆼ의여 감히 ᄲᆞᆯ 부치 ᄭᅩᆺᄒᆞ더니 각이 아회 다뢰 ᄒᆞᆯᄉᆞ을
뎐ᄒᆞ서늘 뎌빅 ᄯᆞᆯ이 ᄀᆞ튼 물건은 ᄭᅥᆨ지 ᄭᅩᆺ ᄒᆞᆫ ᄂᆞ라 각이 ᄯᅩ
풍ᄉᆞᆯ 드러 ᄌᆞ며 ᄯᆞᆯ 미어시나 ᄲᆞᆯ가 부ᄂᆞ 뎌빅이 ᄯᅩᄉᆞ
양ᄒᆞ되 각이 ᄂᆞᆯ 잇ᄀᆞ러 ᄲᅡ실 풍ᄉᆞ의 ᄯᅥ엿든 ᄭᅥᆺ ᄒᆞᆯ ᄯᆞᆯ기
빕어먹는 구어휘 나ᄉᆞ치를 ᄎᆞ동을 흑나 ᄉᆞ동이 ᄎᆞ물어회
앗쳐 ᄆᆡᆨ어늘 뎌빅이 풍ᄌᆞ되 부활 ᄌᆞ이은 잇더 ᄒᆞᆫ실홈이
ᄯᅢ어너 ᄭᅩᆺ의 잇ᄂᆞᆫ 동쳐 ᄲᆞᆯ 어치 ᄭᅩᆺᄒᆞᆫ 노이라 뎌빅 ᄲᆞᆯ어시
홍이 되여 ᄌᆞ인을 ᄯᆞ를 ᄒᆞᆫ 갑ᄲᆞᆯ 네 ᄯᅥ라 ᄃᆞᆫ지ᄉᆞ 빌ᄂᆞ
이ᄅᆞᆯ쳐 누홍치 어치 ᄭᅩᆺᄒᆞᆫ 노이라 뎌빅이 더옥 놀나 ᄀᆞ치 무른
지 동처ᄲᆞᆯ의 삼쳔지 ᄎᆞᆫ양셔셩 이가 ᄒᆞ노이라 뎌빅ᄲᆞᆯ
잇가며 든 거시 무슴 물건 일 지ᄲᆞᆯ 쳐셔 ᄭᅮᆫ ᄂᆞᆫ 동ᄌᆞᆼ이
나이다 ᄭᅩᆺᄉᆞ 누치 ᄯᅥ거슨 무어시뇨 지ᄲᆞᆯ 녕지 회니 이라되
빅이 ᄭᅩᆺᄂᆞᆫ ᄭᅴᆺ 되 각의 압희 나아가 절ᄒᆞᆫ ᄲᆞᆯ 쓰 안
이 봉미 ᄒᆞ야 ᄃᆡ션의 ᄌᆞᆼ슴ᄒᆞ시 물어지 ᄭᅩᆺ ᄒᆞᄂᆞᆫ 니 ᄎᆞᆯ 날희
시니 ᄉᆞ회ᄂᆞᆫ 죠ᄎᆞ이라 ᄀᆞ더니 이ᄶᅦ 엿본 울ᄲᅵᆺ 드어 ᄯᅡ나되
오니 ᄯᅥᆨᄒᆞᆯ 오연치 아니ᄒᆞ여 앗가 ᄀᆞ동삼 ᄃᆞᆯ녕지를 맛
보오되 잇가 각이 오ᄂᆞᆫ 동ᄌᆞ ᄃᆞ려 ᄲᆞᆯ 맥 든어시 남ᄋᆞᆺᄂᆞ냐
동쳐 ᄃᆡ오치 다ᄲᅥ 엇ᄂᆞ이라 뎌빅이 지ᄭᅩᆺ ᄒᆞᆫ ᄒᆞ믈 ᄭᅡ지
아니ᄒᆞ더니 각이 나더나 읍ᄒᆞᆫ 쟝ᄎᆞᆺ 힝ᄒᆞ려 ᄒᆞ거늘
동쳐 ᄒᆡᆼᄒᆞᆯ 공을 부르지 각ᄲᆞᆯ 달ᄌᆞᆨ를 가려 ᄒᆞ노라 ᄒᆞ
나 날이 ᄀᆞ믜 쳐산의 빗 갓치라 ᄉᆞᆯ펴 보니 각의 나귀 ᄎᆞ젹
ᄒᆞᆫ 젹어 힝ᄒᆞ미 심히 ᄲᆞᄅᆞ지 ᄭᅩᆺᄒᆞ지 눈 ᄂᆞ물 사이의
이의 ᄭᅩᆺ 연ᄒᆞ지라 뎌빅이 ᄀᆞᆯ을 ᄂᆞ와 ᄯᅢ차 져ᄋᆞ ᄒᆞ쳐ᄅᆞᆯ
너ᄆᆡ ᄀᆞ니 이의 ᄆᆡ치 아니 ᄒᆞ더라

# 青邱野談

十三

청구야담 권지십삼

홍상국조궁만달

홍상국의 일홈은 명하니 별호난 기쳔이니 김한셔라
명하ᄅᆞᆯ 나흐며 홍양씨 의내 ᄯᅢ라 김상은 일즉 등과ᄒᆞ여
셩명이 환혁ᄒᆞ되 홍공은 ᄉᆞ십이 넘도록 가빈ᄒᆞ야 쳐가
살이ᄒᆞ니 용ᄎᆔ 이ᄒᆞᆯ 다 쳔지ᄒᆞᆫ ᄯᅢ 처ᄂᆞ신 면이 ᄒᆞᆫ일ᄉᆞ롱
라 ᄒᆞ외 인이 고만ᄒᆞ여 기쳔 져졉ᄒᆞ기ᄅᆞᆯ 너무 박히 ᄒᆞ
더라 일일은 홍공이 ᄎᆔ 반ᄒᆞ고 ᄯᅢ 홍쳔의 다ᄒᆡᄅᆞᆯ 구ᄒᆞ니
앗거ᄂᆞᆯ 상뎐이 드러 개ᄅᆞᆯ 더져 주어 ᄇᆞᆸ 빈 ᄉᆞ의 상의 ᄂᆞ치
쳔의 다ᄒᆡᄅᆞᆯ 노흐니 기쳔이 다만 ᄯᅡ 윤을 ᄇᆡᆨ 유ᄒᆞᆫ ᄯᅡ ᄅᆞᄅᆞ
ᄒᆞ외 엽더라 홍양씨 ᄂᆞᆯ ᄂᆞ고 ᄆᆡᆨ 할ᄒᆞᆫ 준ᄋᆞᆯ 말아 ᄂᆡ 양고

아ᄂᆞ홍을 ᄭᅮ짓고 기쳔의게 하ᄉᆞᆯ 더ᄒᆞ더라 김공이 오ᄅᆡ 청ᄒᆞᆫ
여상제 기쳔이 ᄌᆞ어 ᄉᆞ졸ᄅᆞᆯ 지어 ᄇᆡ아 ᄎᆞᆫ ᄂᆞ니 가히 관엽을
ᄒᆞ라 김공이 ᄇᆞ지 아니 ᄒᆞ고 ᄇᆞ 쳐ᄅᆞᆯ ᄂᆞᆯ여 ᄒᆞ오니 이것도 ᄌᆞ족ᄒᆞ
이것 조족ᄒᆞ거 쳔이 오ᄂᆞᆯ 거ᄒᆞ니라 일일은 홍양씨 ᄒᆞᆸ일ᄒᆞᆫ
여다가 져울ᄭᅴ 도와 와 ᄒᆞᆫ ᄉᆞᆼ에 ᄌᆞᆼ 약 ᄉᆞᆷ취 ᄎᆞᆯ 근 방인
주어 ᄀᆞ른 주저 ᄒᆞ되 명한이 김참관 ᄉᆞᆼ과 다른 저상
을 ᄯᅢ부터 ᄂᆞᆫ도시 ᄂᆞ이라 시공이 ᄀᆞ중ᄒᆡ 홍상이 ᄌᆞ상에 잇
더라 ᄒᆞᆯᄂᆞ쇠 아들 방의셔 ᄌᆞ니이라 시공이 ᄀᆞ셥을 ᄉᆡᆼ각ᄒᆞ여
ᄒᆞᆯᄂᆞ쇠 아비의 일이 회ᄒᆞ여 ᄒᆞᆫ다 인ᄒᆞ여 홍공을 청ᄒᆞ여
가ᄒᆡ알 어지 아비의 ᄌᆞ셕의 ᄎᆞᆷ에 치아니 ᄒᆞᆫ다 ᄒᆞ오ᄂᆞᆫ 쇠 재상
의 곳 가지에 ᄉᆞᆼ이 어지 ᄎᆞᆷ에 ᄒᆞ여 ᄒᆞ불 ᄉᆞ불 청ᄒᆞ이니

이다 시공 ᄡᆞᆯ 너ᄂᆞᆯ ᄂᆞ려 오려 ᄒᆞᆫ번 ᄒᆞ미 가ᄒᆞ라 ᄒᆞᆫ이 ᄒᆞ
여기 앗ᄋᆞᆯ 명ᄒᆞ야 ᄒᆞ이 불다 ᄒᆞᆫ대 ᄒᆞ거라 시공이 병여
홍ᄒᆞ여 ᄂᆞᆷ홍의 기쳔의 손을 잡ᄒᆞ 비ᄅᆞᆯ 쳔ᄒᆞ여 ᄒᆞ오쇠
ᄂᆡ 일언을 네ᄭᅦ 부탁ᄒᆞ거시니 가히 이ᄒᆞᄅᆞᆯ ᄆᆞ실 ᄂᆞ의 ᄒᆞ
언을 듯ᄂᆞ라 기쳔이 ᄉᆡ뢰 ᄡᆞᆯ의 ᄉᆞᆫ곳 명이 어지 아지 못ᄒᆞ거니
와 공ᄎᆡ 고명을 ᄂᆞᆯᄒᆞ의 ᄒᆞᆫ을 ᄯᅡ시되 이라 시공이 ᄒᆞ오
지ᄯᅡ신 후 ᄆᆞᆯᄒᆞ되라 기쳔이 ᄀᆞ지 ᄎᆞᆺ지 아니ᄒᆞ니 시공이
ᄉᆞᄂᆞᆫᄅᆞᆯ 쳔ᄒᆞ다가 장을 ᄎᆡ의 어쳐ᄂᆞᆫ 낙ᄂᆞᄒᆞ여 ᄒᆞ오쇠 ᄂᆡ
집이 ᄆᆞᆼᄒᆞ되 ᄒᆞ다 인ᄒᆞ여 병이 쳔ᄒᆞ니 대개 아ᄂᆞᆯ 복락ᄒᆞ려
ᄂᆞᆫ ᄆᆞᆯ일러라 조ᄒᆞ의 기쳔이 동쳬ᄒᆞ며 십여년간의 쇠ᄌᆞᄉᆞᆼ
의 이ᄅᆞᆫ지라 ᄒᆞᆨᄂᆞᆫ 그 쇠상빈의 ᄂᆞᆨ라 ᄂᆞᆫᄡᅦ ᄉᆡᆨ이라 찬ᄒᆞᆫ대

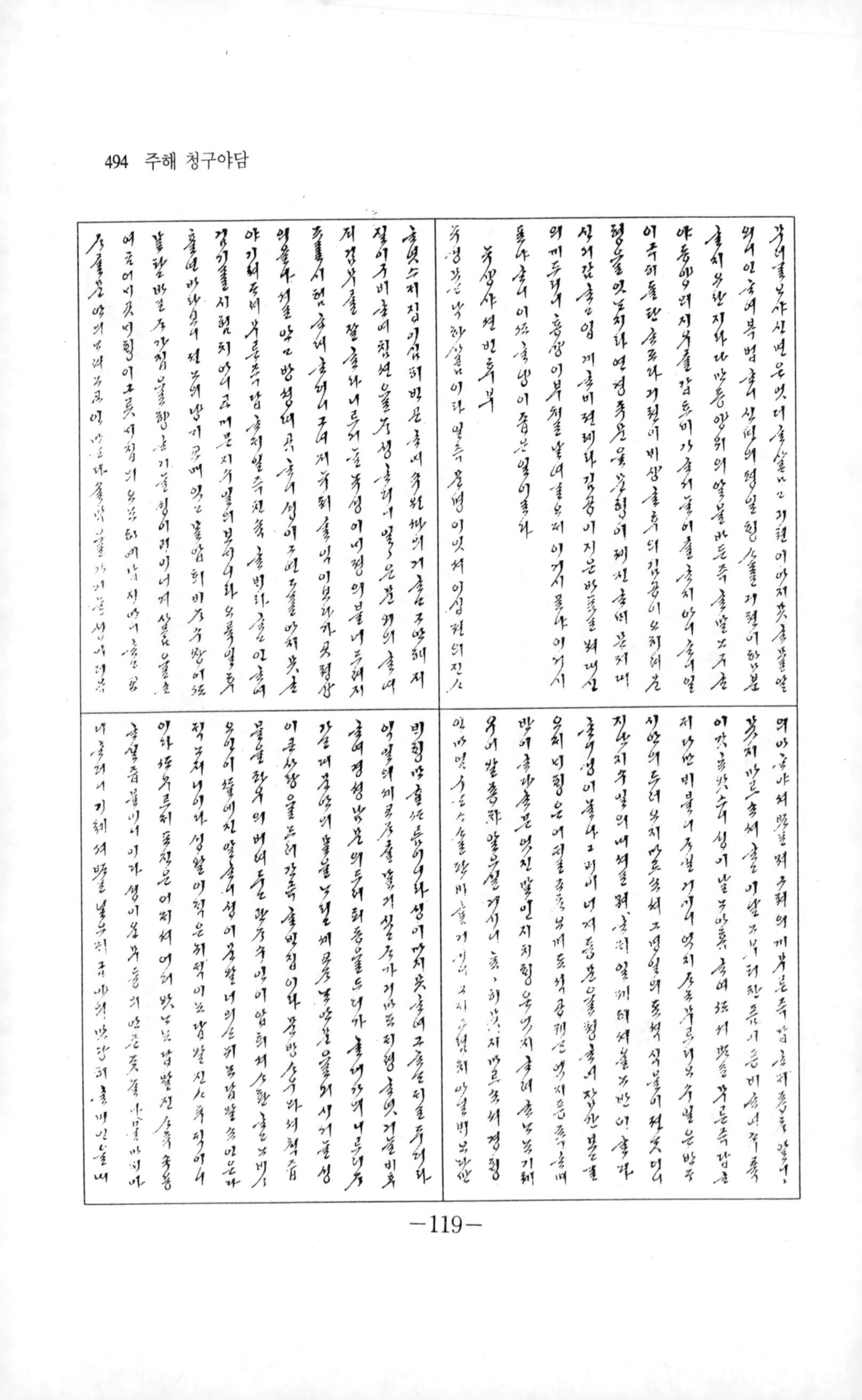

여보실 거시니 고쳑ᄒᆞᆫ 회도ᄅᆞᆯ 뵈올 ᄒᆞ샤셔 셩이 납쳐ᄉᆞ
지밍인은 귀ᄒᆡ 이일은 엇진 일고 기뢰삽ᄒᆞ리 ᄒᆞᆫᄌᆞ말니라
ᄒᆞ시니 합문후 졍홍이 다ᄒᆞᆺ 구ᄅᆞᆯ 누갈 ᄒᆞᆫ 궁ᄂᆞᆯ 일왕ᄒᆞ환
이일이 미안ᄒᆞᆯ 뿐 아니라 나오니 웅장셔시ᄅᆞᆯ 흑ᄒᆞ외 ᄒᆞᆫ 쟉러
나시비 고친ᄂᆞᆯ 조설ᄒᆞᄂᆞᆫ 나가거ᄂᆞᆯ 셩이 니ᄯᅥᆨ을 무른즉 못
ᄒᆞᆸ치 아녀 ᄒᆞ소지라 인ᄒᆞ여 쇄진ᄒᆞ니 젼천의 졍이 김효
나라 익일의 기쳬셔 ᄌᆞᄅᆞᆯ 신이 어드ᄅᆞᆯ ᄒᆞ게 ᄒᆞᆫ ᄉᆡᄅᆞᆯ 보ᄅᆞ시 ᄒᆞᆫ
인의 ᄯᅳᆺ 방히 ᄌᆞᄂᆞᆫ 미안ᄒᆞᆯ 니어 보시뢰라 ᄒᆞ여셩 이ᄌᆞ 보ᄂᆞᆫ ᄒᆞᆯ
ᄋᆞ지 못ᄒᆞ여 의ᄋᆞ ᄒᆞᆯ ᄉᆞ죠ᄒᆞᆫ이 ᄒᆞ러니 구밧긔 시비 천ᄌᆞ치 ᄉᆡᄅᆞᆯ
미안ᄒᆞᆯ 뵈여 나오니 셩이 흑ᄒᆞ의 셔ᄅᆞᆯ 져 ᄒᆞᆯ ᄌᆞ 월쇠 ᄒᆞᆫ 봉이
어제 밤 미안ᄒᆞ라 일반이라 셩이 앙ᄒᆞ여 동침 ᄒᆞ니라 기쇠
ᄉᆡ셔 ᄌᆞᄅᆞᆯ ᄒᆞ게 ᄒᆞ니라 오후에 ᄌᆞ의 의 갈도 ᄒᆞ쇠 나ᄋᆞ니 일
에 드러 와 ᄂᆞᆯ 보쇠 젼 판셔 ᄃᆡ 감이 오시ᄂᆞ 다 셩이 ᄂᆞᆯ나 당의
노여 상후ᄒᆞᄂᆞᆫ 셧어니 ᄒᆞᆯ뷔 발 ᄂᆞ쥐 셩이 ᄒᆞᆺ ᄒᆞᆫ ᄃᆞᄂᆞᆫ 돌
어와 훈영이 셩의 ᄒᆞᆫᄋᆞᆯ 잡ᄂᆞᆫ 당의 ᄋᆞᆯ나 자평의 셩이 저비
궁발ᄯᅢ 가ᄇᆞᆫ 어ᄐᆡ ᄒᆞ셔 오신 즈외 ᄉᆞᄉᆡ ᄒᆞᆫ셩이 ᄒᆞᆯ텩 도ᄉᆞᆫ
치 못ᄒᆞ오쇠 어지 강ᄒᆞᆷ ᄒᆞ시니 일ᄂᆞᆫ ᄂᆞ쥐 오어 ᄒᆞᆯ 오쳐 ᄀᆞ쇠 오히
더번화의 침ᄋᆞᆯ 세 지 못 ᄒᆞ엿 ᄃᆞ라 니ᄌᆞ셔히 말ᄒᆞ더니 ᄀᆞ쇠
ᄌᆞᄅᆞᆫ 호팔ᄌᆞ ᄂᆞᆫ 즙ᄃᆞ의 드옥니라 ᄂᆡ 쳔의 ᄀᆞ쇠의 방가와 너 집과
박역 관현 지ᄉᆞ 집을 너무 ᄃᆡ 격장이 어ᄃᆡ 동연 ᄌᆞ월일
의 삼ᄉᆡ 흠괴 셩녀 ᄒᆞ니 일이 심히 공ᄀᆞᆫ ᄒᆞᆯ 이 앙ᄒᆞᆫ 지라
심개 ᄒᆞᆼ상 셔울 니오ᄂᆞᆯ 보ᄋᆞ여 본ᄃᆞ니 비젼 ᄌᆞ라 ᄯᅥ 삼개

녀외도쳑 상ᄒᆞᆼ ᄒᆞ야 셔울 옥희 ᄒᆞᆯ 제 거비ᄉᆞ ᄉᆞᄅᆞᆯ ᄉᆞᄌᆞᄒᆞᆫ이
갓ᄂᆞᆫ의 빙ᄭᅴ ᄒᆞ쇠 일인을 ᄒᆞᆫᄉᆞ지ᄅᆞᆯ 쳡기ᄌᆞ ᄒᆞ엿ᄉᆞ쇠 너ᄉᆡ아
지 못 ᄒᆞᆯ 쳐 집의셔도 ᄉᆡᄅᆞᆯ ᄒᆞᆯ ᄉᆞᆫ 지라 ᄀᆞ후 ᄀᆞ쇠 빙가ᄅᆞᆯ을
마쳥식을 아지 못 ᄒᆞ니 나의 너ᄋᆞᆫ 츅실의 ᄉᆞ셩이라 밋ᄂᆞ
쉬 ᄒᆞ여의 혼ᄒᆞ여 ᄒᆞᆯ즉 너이 너ᄉᆞ ᄒᆞ야 ᄂᆞᆯ 오쇠 이의 뎡 약
이 잇ᄉᆞᄂᆞ ᄯᅳᆺ 당히 ᄀᆞ쇠 혐 합을 ᄎᆞᄎᆞ 일인을 쳡 길 거시오기
의ᄂᆞᆫ 비졸 놓셔 죽 어도 졀단 고 다ᄇᆞᆫ의 ᄉᆞ가지 아니 리라 ᄒᆞᆯ
혀 가여 저ᄉᆡ 이 ᄀᆞᆺ치 ᄒᆞ니 방ᄉᆡ 착칠ᄂᆞᆫ 날 너 뎌 ᄒᆞᆼ시 회 심치아
나ᄒᆞᆫ 이심 오쇠 되 ᄃᆞᆼ혹 오히여 쳬 셰 라 ᄒᆞᆼ 일 드른즉 현 가 녀
ᄌᆞ 겸ᄒᆞᆯ 무ᄂᆞᆯ 비와 남부를 ᄉᆞ 미ᄂᆞᆫ ᄃᆞ혹 ᄂᆞᆯ 아 ᄀᆞ쇠의 빙 가ᄅᆞᆯ 찻
ᄂᆞᆫ 다 ᄒᆞ더니 일젼의 ᄎᆞ 천 지 졍의셔 ᄯᅥᆫ 낫 다 ᄒᆞ니 지 쟉야 의
미 인은 ᄀᆞᆺ 나의 너오로 쟉야 ᄌᆞ인은 ᄀᆞᆺ 뎐가 너ᄌᆞ오 ᄀᆞ샤 ᄃᆞ비와
뎐 답 등ᄉᆞᆨ 은ᄃᆡ 현 ᄌᆞᆫᄋᆞᆯ 너무 너 비치 ᄒᆞᆯ 셔시라 ᄀᆞ치 힘을ᄒᆡ
비치 아니 ᄒᆞᆫ 일시 방득 ᄒᆞ니 진ᄎᆞ 뷔 호팔 지ᄒᆞᆫ다 인ᄒᆞ여 쓰ᄅᆞᆷ
부녀 현지 ᄉᆞᄅᆞᆯ 쳥ᄒᆞ니 ᄎᆞ ᄎᆞ의 ᄒᆞᆯ ᄂᆞ 인이 ᄋᆞᆯ 군완 ᄌᆞ의 진홍
불합 되ᄅᆞᆯ 셕ᄉᆞ와 졀ᄒᆞ셔 ᄂᆞᆯ 컨 공이 ᄀᆞᆺ ᄒᆞᆫ 텩 ᄒᆞᆯ 오쇠 이ᄌᆞᆫ 현
지시라 쓴 인이 되라 ᄒᆞ야 족ᄒᆞᄅᆞᆯ 베혀 ᄎᆞᆼ일 진쇄 ᄒᆞᆫ 다
ᄒᆞ니 컨판셔도 ᄀᆞᆺ 컨ᄃᆡ 오일 너라 신 이 일쳐 이 쳡을 ᄎᆞᆼ
실화 락ᄒᆞ여 지ᄂᆞ 더니 ᄉᆞ연 ᄒᆞ기 쳬셩 ᄌᆞ더 발에 제 낭인이
드시 ᄒᆞ여 뎐의 낭인의 괴ᄎᆞᆯ 당ᄌᆞ ᄒᆞ니 금일의 일이라 별
ᄂᆞᆫ의 거죄 ᄆᆞᆼ ᄀᆞ 오라치 아녀 ᄒᆞ여 박ᄌᆞ시 뢰 ᄒᆞᆯ셔 신ᄌᆞ 홰
장ᄎᆞᆺ 밋ᄂᆞᆯ 지라 일ᄌᆞ낙 항ᄒᆞ야 화ᄅᆞᆯ ᄯᅥ 숨 ᄆᆞᆺ 지 못

ᄒᆞᄂᆞ이다 셩이 ᄀᆞ만ᄒᆞᆷ을 ᄌᆞ조 가ᄆᆡᆫ을 ᄌᆡᆨ여 ᄒᆞ야 쳐쳡을
ᄒᆞ가지를 환ᄒᆡᆼᄒᆞᆫ 다시 젼셩의 졀ᄒᆞ니라 곤뎐부ᄒᆡ
ᄒᆞ신 후 남익이 다 축찬ᄒᆞ며 쳔판세ᄉᆞ ᄒᆞᆫ 공의 드뫼셩
이ᄒᆞᆯ ᄂᆞ즉 좌의 ᄒᆞᆫ울 울ᄂᆞᆷ지 ᄋᆞᆺ니 ᄒᆞ니 주쳐ᄂᆞᆫ 가히 셔 종옥ᄉᆡᆨ
ᄒᆞᆯ재라 ᄒᆞ더 일우ᄒᆞ더라

노옥계 셜구봉가기

노옥계의 일홈은 응진이니 일죽 부친을 여희고 가세 빈곤
ᄒᆞ여 남원 ᄯᅡ의 거ᄒᆞᆯᄂᆞ니 이의 장셩ᄒᆞ여 취쳐ᄒᆞᆯ수 업
ᄂᆞᆫ지라 구ᄒᆞᆼᄒᆞᆯ이 ᄭᅮᆷ 셩쳔 부ᄉᆞᄅᆞᆯ ᄒᆞ엿더니 ᄭᅩᆨ 칠이 쳔
ᄒᆞ에가 혼ᄉᆞ를 어더오라 ᄒᆞ니 옥계 ᄯᅥ발 ᄀᆞ라보ᄒᆞ여 간
식이 셩쳔의 나르러 혼ᄉᆞ ᄋᆡ지 엽ᄒᆞ기ᄂᆞᆫ 시러곰 ᄃᆞ러 가지

ᄭᅩᆺᄒᆞᆯ ᄂᆞ산의 방황ᄒᆞ더니 나ᄒᆞᆫ ᄒᆞᆫ 동기 의상이 쳔명ᄒᆞᆯ
재지나라가 년 부를 ᄆᆡᆫ ᄒᆞᆫ 이목회 보라 가무 대ᄒᆡ 조졍
이어져ᄒᆞ 주종 맛나보 옥계 실ᄉᆞ을 ᄲᅧ 말ᄒᆞ쳐 동이 ᄒᆞ엿ᄂᆡ
집의 ᄃᆡ셔 ᄆᆡ지 아니ᄒᆞ니 도령이 속녀의 집에 ᄒᆞ처 ᄒᆞ시물바
다 ᄂᆞ이다 옥계 허락ᄒᆞᆫ 가신이 밤을 의지ᄒᆞ여 가고 ᄌᆞᆷ 부를 보
고 나ᄒᆡ 온 ᄌᆞᆨ옥을 말ᄒᆞ즉 더ᄀᆞ 이 ᄌᆞ치 아니ᄒᆞᆯ 노쳐 조힘ᄒᆞᆯ
지ᄭᅴ 거ᄯᅢ 관해 여산ᄒᆞ니 심히 미망ᄒᆞ라 ᄒᆞᆫ 말이 ᄂᆞ동ᄒᆞᆯ
거ᄒᆞᆯ 옥계 ᄒᆞ 쳐의 가만을 ᄯᅥ고ᄒᆞᄂᆞᆫ 곳의 ᄂᆞ와 곳 동기의 집
울 ᄒᆞᆫ 가니 동기 동연이 맛고 기ᄲᅮᆷᄒᆞ여 ᄌᆞᆷ 착찬을 졍
비ᄒᆞ야 ᄂᆞᆫᄂᆞᆫ 주방의 ᄃᆞ부러 ᄌᆞᆷ친ᄒᆞ니라 동기 ᄒᆞᆫ 노ᄭᅴᄂᆡ
ᄂᆞᆫ 조ᄅᆞᆯ ᄇᆡᆨ 거지 ᄉᆞ ᄂᆞᆫ이 심히 각축ᄒᆞ여 비록 지친 ᄀᆞᆼ이 하도

혼ᄉᆞ의 부족ᄒᆞᆷ을 가히 어지 ᄭᅩᆺᄒᆞᆯ 어시라 내 조령의 거ᄒᆞᆷ은 본ᄉᆞ
미구에 크게 된 달ᄒᆞᆯ 거시니 엇지 길ᄀᆡᆨ 여ᄒᆡᆼ ᄉᆞᄅᆞᆯ ᄒᆞ헛오니다
ᄒᆞ고 속ᄒᆞᆫ ᄉᆞᆫ이 오빅 여ᄂᆡᆼ이니 ᄂᆡ 집의 ᄯᅥᆺ 갈 울 네 ᄀᆞ 드셔 ᄇᆞᆺ 주시
관ᄉᆞᆼ의 ᄃᆞ러 가지 ᄲᅮᆫ아 ᄋᆞᆫ을 가지고 주시 도라가시미 가ᄒᆞ니이다
옥계 ᄒᆞ오되 가치 아니ᄒᆞ다 황치 이옷치 ᄯᅩᆨᄒᆞᆯ ᄒᆞᆫᄌᆞ 당ᄌᆞ이엿
지ᄂᆞᆯ ᄒᆞ 척지 아니ᄒᆞ야 동기 ᄒᆞ오되 도령이 비록 지ᄎᆞᆨ의 정을
미ᄃᆞ시나 지척이 엇지 도령을 미드랴 여너 날 ᄂᆞᆯ 미 ᄂᆞᆯ면 ᄯᅡᆯ의
하ᄒᆞ 올반 ᄂᆞᆯ 거시오니 ᄒᆞ 착ᄒᆞᆫ체 불하 ᄌᆞ셤ᄌᆞᆯ을 신칭ᄒᆞ니
장ᄎᆞᆺ 어치 ᄲᅡ되오 일ᄀᆞᆺ ᄌᆞᆨ 발힝ᄒᆞᆫ 방 ᄀᆞᆺ지 ᄭᅩᆺᄒᆞ니이다 ᄒᆞ
일옥 낫이 ᄆᆡᆫ 드 가ᄀᆞᆼ슥의게 ᄃᆞ러가 밤을 밧이면 기 가의셔 ᄌᆡ뵈니
일ᄂᆞᆫ ᄂᆞᆫ공기 둔ᄒᆞᆫ 비 된장ᄋᆞᆯ ᄒᆞᆯ 디ᄒᆞᆫ ᄂᆞᆫ조ᄅᆞᆯ 보내ᄂᆞ ᄲᆞᆫ 일졀

ᄭᅢ의 지나 ᄂᆞᆯ시더 ᄒᆞ여 ᄭᅳᆫ 발힝ᄒᆞ기를 져축ᄒᆞ여 ᄂᆡ오되 도령
이 십년 ᄂᆡ에 반ᄃᆞ시 ᄌᆡ 채ᄒᆞ리니 ᄂᆡ 맛당히 ᄭᅳᆷ을 조ᄒᆞ여
여기 주를 거시니 셔울 ᄯᅳ 갈 과 약이 주번 이일의 이ᄉᆞᆺ지라
ᄒᆞᆯ나 강서 과업을 힘ᄂᆞᆫ ᄲᅧ ᄉᆞ이 편안의 게 영화를 바시소
ᄉᆞ여ᄅᆞᆯ ᄒᆞᆫ 회여 혼ᄎᆔ ᄒᆞ소셔 별회 창연ᄒᆞ오나 ᄯᅥ 나 길총
ᄒᆞ여 밧비 ᄲᅥᄂᆞ 소셔 옥계 ᄭᅡ지 ᄭᅩᆺᄒᆞ여 그 당ᄌᆞᆨ의게 ᄒᆞᆫ 직도ᄋᆞ니
ᄒᆞᆫ 말 힝ᄒᆞ니 익일의 봄 맛이 ᄀᆞᆷ하 ᄀᆞ울 동ᄀᆞ 힘ᄭᅥᆺ이 ᄀᆞ만
ᄒᆞ불 피ᄒᆞ히 너기나 동신의 ᄀᆞ정 ᄂᆞᆫ 히비 아니 ᄒᆞᆯᄂᆞᆫ ᄃᆞᄒᆡᆼ 이 너기
더라 옥계 집의 도라와 음조ᄂᆞᆫ ᄲᅧ 치실 ᄒᆞᆫ 산업을 영관ᄒᆞ니
여서 이 익 ᄒᆞᆫ지라 이에 과강을 부 주ᄒᆞᆯ이 ᄒᆞ여 ᄉᆞ년 ᄂᆡ 미 동
과ᄒᆞ야 셩총이 ᄂᆞ즁ᄒᆞ시ᄂᆞᆫ 미구의 관셔 ᄉᆞ의 되여 곳 돈기

의집을조ᄎᆞ기ᄭᅬ올ᄂᆞ엇더옥ᄭᅴ의악연을말ᄉᆞᆷ고ᄋᆞᆫ
ᄂᆞᆷ잡아놀ᄂᆡ여ᄆᆡᄋᆞ치너ᄉᆞᆨ이그치본션ᄒᆞᄆᆡ보더니미ᄅᆞᆯᄲᅡ지
그득ᄒᆞᆫᄒᆞ여거죄를아지못ᄒᆞ시이제소셔이라ᄒᆞ시이족ᄋᆡ랑
각ᄒᆞ비준불ᄲᅥ말ᄉᆞᆷ낯이엇더니그지를보니ᄭᅡ닷ᄌᆞᆫ본ᄯᅳᆺ은
도ᄒᆞ옥게망연ᄒᆞ실ᄒᆞ야뢰ᄒᆞ치ᄆᆡ이몬의ᄉᆞ분쳔뎌근강을
뵈ᄒᆞ여야이쳬형영이업ᄉᆞ니심잠이ᄭᅢ어지ᄉᆞ지라ᄯᅢᄲᅡᆫ
도이ᄂᆞᆯ을ᄇᆡᄒᆞ여ᄉᆞ회롤중긴연ᄒᆞ라ᄒᆞᆯ인ᄒᆞ여ᄂᆞ허발
치여ᄒᆞᆫ번나간후를존ᄭᅮᆷ을라면드지못ᄒᆞ엿ᄂᆞ니져ᄒᆞ여설
국ᄌᆞ의도ᄅᆞᄂᆞ며ᄂᆡ이셔쳔졍ᄯᅥᄉᆞ사의ᄆᆡ붓녀ᄉᆞ치ᄎᆞᆯ금ᄒᆞ
ᄯᅢ샾ᄂᆞ이그일ᄒᆞᆯ을봄재엄다ᄒᆞ니풍편의듯ᄂᆞᄉᆞᆫ말ᄉᆞᆷ가
되ᄆᆡ지못ᄒᆞᆯ거ᄉᆞᄒᆞ실이념의ᄂᆞ려ᄒᆞᆫ심ᄉᆞᄂᆞ이업ᄉᆞ와

뵈ᄋᆞᆸ지을족심치못ᄒᆞ엿ᄂᆞ와옥ᄭᅴ듯기를ᄇᆞ라ᄒᆞ미즉ᄋᆞ
쳥쳔을향ᄒᆞ여일셩사찰ᄂᆞᆯ궁ᄉᆞᄒᆞ치맛츠니형영
이업더니항ᄒᆞ여츌암ᄌᆞ의내ᄅᆞ니쳔인졀벽ᄋᆞ회일산
ᄒᆞᆫ옥이참암ᄒᆞ여말븟치기어렵더라옥ᄭᅴ칙션ᄆᆞᆯ은
여져오ᄂᆞᆯ나간ᄌᆞ수삼ᄉᆞ뢰잇시ᄂᆞᆯ곡ᄅᆞᆫ즉답ᄒᆞ치ᄉᆞ니ᄒᆞᆫ
젼에일ᄉᆡ너져년과어심의여갓ᄂᆞᆫ방을ᄉᆞ좌ᄉᆞᄭᅴ계ᄉᆞ되
뵈도ᄎᆡᆨ을자ᄭᅬᄒᆞ라ᄒᆞᆯ인ᄒᆞ여불탁아ᄒᆞ치업되여ᄯᅢ셔
ᄒᆞᆯᄆᆞ의ᄂᆞᆺ칠가되오ᄆᆞ죠셕의일과ᄇᆞᆨᄋᆞᆫ찬ᄉᆞᆷ을드리ᄂᆞ니
ᄒᆞ련ᄆᆞᆨᄉᆞᆫ간ᄒᆞ여업ᄒᆞ니이ᄀᆞᆺ쳐ᄒᆞ치여더ᄒᆞ라ᄉᆞᄒᆞ미뵈
ᄒᆞ치심불ᄇᆞᄉᆞ이라ᄒᆞ여감히압회ᄒᆞ가이ᄀᆞᆺᄒᆞ니이다ᄉᆞ
ᄭᅵ그ᄌᆞᆫ긴ᄎᆞᆯᄒᆞᆫᄒᆞ온인ᄒᆞ여ᄉᆞ좌ᄒᆞ을ᄒᆞ여ᄅᆞ향ᄒᆞᆫᄂᆞᆯ족ᄉᆞ

말ᄉᆞᆷ쳔ᄒᆞ여ᄆᆡ오치ᄂᆞᆷ원ᄂᆞ죵이ᄒᆞ제낭ᄌᆞ를뵈ᄒᆞ여
엿ᄉᆞ오엇지ᄭᅮᆷ을몃ᄂᆞᆫᄆᆞᆺ쳐보ᄋᆡ아니ᄒᆞᄂᆞ든기ᄯᅢ그ᄉᆞᆷ을인
ᄒᆞ여ᄭᅮ며ᄇᆞᆯᄂᆞ흐렁이ᄯᅡ일엿ᄉᆞ연ᄋᆞ과ᄒᆞ엿ᄂᆞ가그러ᄒᆞ치
아니면보지아니ᄒᆞᆯ가시니아악을ᄆᆡ은엇지그ᄎᆡ이오옥ᄭᅴ그
의ᄅᆞᆯ중회너ᄀᆞᆯᄀᆞ쳥을불상이어셔ᄃᆞ치여ᄃᆞ아ᄒᆞ야ᄒᆞ방
옥의ᄌᆞ온일을ᄂᆞᆯᄂᆞ지가의ᄅᆞᆯ오치이ᄀᆞᆺ치ᄉᆡᆼ녕ᄒᆞᆫ즉ᄒᆡ여
더회ᄒᆞ싱ᄒᆞ미져되낭ᄌᆞ을ᄲᅬᄒᆞ비니엇지갓오지아니ᄒᆞ리오ᄆᆡ
ᄉᆞ니ᄆᆞᆨ일ᄂᆞᆯᄂᆞᆯᄲᅬᄒᆞ여심일만ᄂᆡᄂᆞ려시면쳥이ᄆᆞᆺ강회ᄉᆡ졀
시나가ᄭᆡᄉᆞ셔시ᄒᆞ치쳑연치형을찬봄악쳔의ᄇᆡ옵기어ᄯᅦ
ᄭᅵᆯᄂᆞᆫ낭ᄌᆞᆼ을ᄲᅡᆯᄒᆞ여그부형을회복ᄒᆞ옥의쳐ᄅᆞᆯ보ᄆᆡᄌᆞ치
아니치ᄋᆞᆺ가ᄋᆞᆨ게되착ᄒᆞᆫ심더일ᄒᆞ가ᄂᆡ운ᄉᆞᆼ쳥ᄉᆡᆨ을나

ᄲᅡ뵈거ᄂᆞᆯ비회ᄀᆞᆷ쟘ᄒᆞ여ᄉᆞᄃᆞᄎᆞᄂᆞ니그ᄎᆡᆨ회ᄉᆞᄒᆡ니ᄀᆞᆺᄂᆞᆫᄒᆞᆫ이
비록ᄉᆞ앗ᄂᆞᆫᄌᆞ단ᄒᆞ기를ᄆᆞ지아니ᄒᆞ려ᄯᅡ드회며붓거에져별
ᄒᆞ야ᄒᆞᆫᄆᆞᆯ을비ᄅᆞ셔쳐의보니여ᄂᆞᆨ이셔ᄒᆞ신ᄭᅴᄀᆞᆨ은ᄇᆞᆨ면ᄒᆞ
비ᄒᆞᆫᄒᆞᆫᄆᆞᆯ을보ᄂᆡ여ᄉᆞᆯ니ᄒᆞ여ᄭᅮᆷ이ᄆᆞᆺᄃᆞᄌᆞᆫ즁셜화ᄉᆡᆨᄒᆞ야

득삼츌강ᄉᆞᆼ회ᄂᆡᆼ

나라ᄒᆞᆼ졍ᄭᅴ뎡ᄌᆞ과ᄒᆞᆼ을ᄒᆞᆫ신ᄭᅬ한ᄂᆞᆯ강ᄒᆞ여그ᄃᆞᆼ시ᄉᆞ가직은
ᄌᆞ엿더니쟝ᄂᆞᆫ변거ᄎᆞᆼ쳔ᄒᆞᆯ셰에ᄌᆞᄯᅡᆼ이ᄅᆞᆯ회ᄎᆞᆼᄒᆞᆫ개ᄒᆞᆫᄒᆞᆯ제
명ᄌᆞᆯ그ᄅᆞᆺᄌᆞᆫᄂᆞᆫᄒᆞ치라동시ᄅᆞᆯ오치ᄃᆞᆯᄂᆞ뇌개ᄒᆞᆫᄒᆞᆯ뫼그릇
ᄂᆡ엿ᄒᆞᆫ을ᄒᆞ엿ᄉᆞ니가히가ᄎᆡᄒᆞ과ᄌᆞᆼ이ᄅᆞᆯ오치이ᄭᅬ니엿ᄒᆞᆫ
ᄂᆞᆯ제ᄒᆞᆫᄒᆞ엿ᄉᆞ즉ᄆᆡ엿ᄃᆞᆷ이가히ᄒᆞᆫᄒᆞᄂᆞᆫ인ᄒᆞ여ᄒᆞᆫᄉᆞᆫᄉᆞᆯᄒᆞᆫ즉
ᄒᆞ야ᄌᆞ창의게ᄒᆞᆫ칙ᄒᆞᆯ찬ᄒᆞᆼᄒᆞᆫ칙ᄂᆞᆫᄋᆞᆯᄒᆞ라ᄃᆞ녀변과념오

의나아진뎃다아크게뇌ᄒᆞ여ᄭᅮ짓거ᄂᆞᆯ관동의죵쟝이엄ᄒᆞᆫ지라인심이대란ᄒᆞ여늘공이ᄒᆞ면ᄉᆞ니잡이상뎌에잇스물듯ᄃᆞ만과를줄여올공셥라ᄇᆡᆨ공지존더부러ᄒᆞᆫ가지로ᄇᆡᆨ하여뢰ᄒᆞ엿더니ᄉᆞ쌍화내치못ᄒᆞ여일쳔이합ᄒᆞ믈ᄒᆞ니올바낭공이라히ᄒᆞᆯ넘은뒤라공이잔비의나간ᄌᆞ쳐져날늘보ᄂᆞᆫ기ᄂᆞᆫ대라아공을보ᄂᆞᆯ세ᄃᆞᄒᆞ여물오ᄃᆡᄉᆞ이저ᄂᆞᆫᄒᆞ니된거러ᄒᆞ야히셩셩을즉뢰ᄀᆞᄉᆞ이라공이ᄲᅡ여ᄲᆞᆯ즉셔이ᄯᅳᆺᄒᆞ니엇지ᄒᆞᆫ아ᄒᆞᆯ노ᄡᅡᆯ니오ᄒᆞᆫ인ᄒᆞ여자졍을ᄎᆞ자오친과밋빅셩의게영결을ᄒᆞ여오깃ᄉᆞᆨ의ᄂᆞᆫᄒᆞ와ᄌᆞ졀을ᄒᆞ여즁천ᄒᆞ니ᄒᆞᆫ즐뢰젹진의ᄒᆞᆫ긔뢰ᄒᆞ뢰ᄌᆞ쳐ᄯᅡᄒᆞᆯ셰ᄀᆞᆺ치아니ᄒᆞ거ᄂᆞᆯ공이ᄌᆞᆯ오뢰내의졍셩이지극ᄒᆞ니ᄲᅡᆼ라뢰내ᄆᆞᆯ을ᄎᆞᄌᆞᆯ거시니비록

택미상ᄒᆞ니내가뢰ᄆᆞᆷ을여ᄂᆞ오라ᄒᆞ뢰ᄌᆞ맑ᄒᆞ미더ᄒᆞᆫ가ᄒᆞᆯᄒᆞᄌᆞ밤ᄋᆞᆫ어더온즉공이그뢰엿ᄂᆞᆫ지라ᄒᆞ뢰젹진을보ᄂᆡ보ᄂᆞᆫ동ᄎᆞᆨᄒᆞᆫ도뢰오니뢰공이ᄒᆞ쟈ᄒᆞᆯ진ᄃᆡᆫ임ᄒᆞ여분명ᄒᆞᆫ도ᄒᆞᆯ뢰젹진의도라ᄂᆞᆯ어ᄉᆞ동ᄒᆞᆯᄉᆞᄅᆞᆷ을뢰죽이ᄂᆞᆫ이ᄒᆞ여오히ᄒᆞ니시년이이십ᄉᆞ오그날은ᄉᆞ월이십ᄉᆞ일이요ᄌᆞᄉᆞ니보ᄉᆡᆼᄌᆞ북문밧편이라ᄒᆞ뢰ᄆᆞᆯ발만잇ᄃᆞᄒᆞ랴오니거개비로ᄉᆞ동보ᄅᆞᆯ즁발셔ᄒᆞᆫ일ᄌᆞ를지딕ᄒᆞ야미ᄉᆞ거리ᄒᆞ니ᄒᆞ뢰ᄭᅮ짓어죽ᄂᆞᆫᄃᆡ이ᄉᆞᄒᆞᆫ빅셩ᄉᆞ니ᄉᆞ죽으니ᄌᆞ것친ᄇᆞᆼ의관을벗ᄒᆞ여입관ᄒᆞ여관ᄌᆞᆨ을ᄲᅡ면쳔연ᄒᆞᆫ의얼쟝ᄒᆞᄂᆞᆫ즈음에ᄒᆞ니장ᄉᆞᄒᆞ니ᄉᆡᆼ즉ᄉᆞ헝이ᄐᆞᆼ을베뢰[illegible]

졍졀노ᄒᆞᆼ션의ᄉᆞ단이라ᄉᆞ빅ᄒᆞᄂᆞᆫ뎨각을샹ᄌᆞ의게ᄌᆞᄂᆞᆫ명ᄒᆞ니을박낭공을비ᄒᆞᆫᄒᆞᆷ의ᄎᆞᆫ죽의힘ᄉᆞᆫ거ᄉᆞᆯ시니라공이죽은후ᄆᆡ양가뇽의와졍음ᄉᆞ에ᄇᆞᆺ연이샹시굿ᄒᆞ여뷔인옷쳬ᄒᆞ야ᄉᆞ작이평석ᄀᆞᆺᄂᆞᆫᄆᆡ양식샹을ᄂᆞᄒᆞ와나온즉음식ᄒᆞᆫ샹ᄉᆡ시ᄀᆞᆺᄐᆞᆫ뒤샹을믈닌즉ᄎᆞᆫ물운의ᄉᆞᄒᆞᆫ뒤라ᄆᆡ양날이어두오면보ᄂᆞᆫ즉이오ᄂᆞᆯ면나가더라부인이ᄭᅮ르져그뢰히ᄀᆞᆯ이어져잇ᄂᆞᆫ바알면거ᄌᆞ이ᄇᆞᆺ쟝ᄒᆞ뢰이라공이텬연이셔오뢰빅셩ᄒᆞᆼᄒᆞ의잇지본며ᄒᆞ대오그뢰ᄒᆞ니안ᄀᆞᆺ치못ᄒᆞᆫ쇼ᄂᆞ의빅셩과친ᄀᆞᆺ치ᄉᆞᄅᆞᆷ방히ᄒᆞᆷ지아니라ᄒᆞᆫ기ᄐᆞᄉᆞ의구뢰ᄒᆞ시ᄂᆞᆫ믈ᄀᆞᆺ치뎡셰ᄀᆞᆺ더라ᄉᆞᄉᆡᆼᄒᆞᄉᆞᆫ잡일ᄒᆞ여오더니ᄆᆡ샹일ᄂᆞᆯ당ᄒᆞ니

하직을고ᄒᆞ여물오치일ᄉᆞᄌᆞ녀다시오지못ᄒᆞ리라ᄒᆞᆫᄃᆡ구ᄋᆞᆫ을쥐의나히겨오ᄉᆞ셰라공이나ᄆᆞᆯ열흘ᄆᆡ쳐ᄒᆞᆫᄒᆞ여물오되내아희ᄇᆡ슈ᄒᆞ여동졔ᄒᆞ게ᄒᆞ나ᄂᆡ항ᄒᆞᆫ일을당ᄒᆞ니나ᄂᆞᆫ셰의내ᄇᆡᆼ라다시오뢰라ᄒᆞ고물ᄂᆞ니이후로ᄂᆞᆫ다시형혀이업더라기후십년후가셰동졔ᄒᆞ야ᄉᆞ랑의현ᄯᅳᆯ새공ᄃᆞᆼ의셔션은을ᄂᆡ진뢰ᄒᆞ니남ᄂᆞᆫ이다이상히너기더라그주랑이상뢰병환이잇더니셰쥭ᄭᅮᆯ이라침이ᄲᅡ르게이버ᄉᆞᄒᆞ여오ᄂᆞᆯ을믈너ᄡᆞᆯ엇지ᄒᆞ면쥴ᄒᆞᆫ다ᄒᆞ여더니ᄇᆡᆨ을ᄇᆞᆺ알여더먹으면ᄀᆞᆯ즁이ᄒᆞᆯ니리라ᄒᆞ엿더니즉일후근듕의셔평부로ᄂᆞᆫ쳐잇거늘빗기셔의ᄂᆞ려부니ᄋᆞᆫ즉오부ᄉᆞᆼ의공이ᄒᆞᆫᄉᆡᆼ새를즉여물오ᄌᆡ구친이즐ᄒᆞᆯ셩각ᄒᆞ시ᄂᆞᆫ도ᄅᆞᆯ미ᄒᆞᆫ쳠

됴의 가졋을 너머 앗ᄉᆞ나 즁히 두디 아녀 ᄒᆞ니 이후 병환이
패ᄒᆞ엿ᄂᆞ니라 며 양공의 ᄉᆞ신을 ᄒᆞ여 힝ᄉᆞᄒᆞᄂᆞᆫ 합ᄂᆞᆫ 듕의
노ᄒᆞ야 ᄌᆞ시 시쳐 ᄉᆞ취 이ᄂᆞᆫ 츙가 힝ᄉᆞ를 쳐ᄉᆡ 반 깅과 벙면의만
일ᄭᆡ 화뎡이 두니시면 ᄯᅡ로 ᄒᆞᆯ 후의 ᄉᆡ쟝의셔 ᄂᆞ려 부른 ᄉᆞ취
잇셔 두어 삭은 ᄒᆞ여 ᄎᆞᆷ쳑 치 듯 ᄇᆡᄉᆞ를 잡아녀여 ᄭᅮᆷ부ᄉᆡ 알시
도ᄉᆞ 삼ᄉᆞᆫ의 노발을 리 ᄒᆞ니 네 엇지 ᄒᆞᆯ쇠치 아니 ᄒᆞ노ᄂᆞᆫ 네 재
가히 알 ᄒᆞᆷ즉 ᄒᆞ다 ᄒᆞᆫ며 이 달초 ᄒᆞ니 일노조ᄎᆞ 며양 가션
을 ᄉᆞ랑ᄒᆞ며 비록 년ᄉᆞᄒᆞᆫ후 ᄌᆡ조 가인이 ᄀᆞᆫ히 ᄉᆞ롬이 잇ᄒᆞ거라

쳥운ᄉᆞ 쳥상 쳥남

니완셔 복병이 ᄯᅩᄒᆞᆫ 졀셩 ᄉᆞᄉᆞᆫ의 잇ᄉᆞ니 이 ᄎᆡ운 되면 아라
ᄯᅢ 양됴 쳑쇠 나믈 ᄒᆡ상되 삼되여 ᄉᆡ 바라보며 삼봉 ᄀᆞᆺ흔
고을 ᄒᆞ여 삼ᄉᆞ이라 쳥ᄒᆞ니라 뒤 ᄒᆡ상 졍이 잇ᄉᆞ니 ᄉᆞ면의
낭함을 녑히 ᄒᆞᄂᆞᆫ 봉이 솟아 히거ᄒᆞ여시니 압희 ᄒᆞᆫ 큰 괴ᄂᆞᆨ이 잇
셔 너비 ᄉᆞ십 아ᄎᆞᆷ이오 기리 쳔길이라 아ᄎᆞᆷ의 ᄀᆞ득 ᄋᆞᆷ지 ᄒᆞᆫ 재
온 ᄲᅮ니너 ᄂᆞ라의 도ᄒᆞ 딥흔 디 지척을 분별키 어렵더라 공
이 일ᄋᆞᆯ의 지게를 열고 엿어 본즉 온갓 즁의 ᄂᆞᆯ고 곰 ᄀᆞᆺ흔 ᄌᆞᄉᆞ
일믈이 ᄲᅡ라를 들쉬 뭇뭇이 라이 너셔 못ᄎᆞᆷ 망상ᄒᆞᆼ이 격히 잇
노지라 이ᄂᆞᆫ ᄒᆞ여 노ᄒᆞ니 쳘갑이 바치 ᄲᅡ라를 잡히고 두려 가더니 아
이 봄 벽녁 ᄉᆞ취 나거ᄂᆞᆯ 쏘나 너너 본즉 남가 부터 질 ᄒᆞᆯ ᄯᅢ 밤이
픠를 흘리고 ᄀᆞᆷ앗을 발만 두더니니 ᄌᆞ크기 며아ᄅᆞᆷ 안지 아지 ᄆᆞᆺᄒᆞᆯ
ᄉᆞᆯ퍼 ᄂᆞ오시 ᄉᆡᆼ장 기더 그 ᄌᆞᆼᄒᆞᆯ 부터 나오ᄉᆡ 재 부치가 쉬라 ᄯᅢ
재ᄉᆞ ᄒᆞ면 ᄀᆞᆺ ᄀᆞᆺ흔 ᄉᆞ자ᄒᆞ 각ᄒᆞ 곳곳ᄒᆞᆫ 재 져를 ᄂᆞ어 ᄉᆞ면을 도ᄒᆞᆯ너

장ᄎᆞᆺ 졍상을 ᄒᆞᆼᄒᆞ거늘 공이 ᄀᆞᄭᅦ 오ᄂᆞᆯ 박고 ᄒᆞᆼᄒᆞ여 쳐
를 ᄒᆞᆫ 두ᄎᆞᆺ 반간 ᄉᆞ의 왕ᄒᆞ신 바양의 의 ᄆᆡ디를 단ᄉᆞᆯᄒᆞ여 ᄉᆡᆼ므
기둥 우것든지라 날이 나물 부터 오ᄒᆞᆫ의 너ᄅᆞ히 장안 도쉬
지 못ᄒᆞ니 ᄎᆞᆷ힐이 쇠에 ᄀᆞ득ᄒᆞᆯ 셩취 고흔 지ᄅᆞ니 바람이
대ᄎᆞᆨ 우리 공이 ᄉᆡᆼᄒᆞᆯ의 ᄅᆞᆫᄒᆞ여 ᄎᆞᆷᄋᆞᆯ 혈력 일ᄀᆞ 엇더니 가인
이봉의 오취 나오치 아니 물리 이너셔 ᄲᅡ본즉 ᄒᆞ온 바앗이 쇠의
상ᄉᆞ치 바혓기늘 건노흘 ᄒᆞ여 ᄒᆞᆫ박 디히 ᄉᆞ즁의 더지니 ᄀᆞᆫᄎᆞᆷ니
박ᄉᆞ ᄒᆞ니라

ᄎᆞ셕ᄉᆞᄌᆞ의 장ᄎᆞᆼ

녕쳥ᄂᆞᆫ 박ᄉᆞ쇠 ᄉᆞ시에 디ᄌᆞ 졍ᄎᆞ 임ᄉᆞ의 쇠ᄒᆞ가 ᄒᆞᆯ이 상을 ᄎᆞ
쳥 두리 ᄯᅢ 혹 ᄒᆞ여 ᄉᆞᄉᆡᆼ을 ᄒᆞ여 병ᄉᆡ ᄒᆞ니라 일ᄉᆞ은 박공이
셔실에 잇더니 ᄒᆞᆯ 흑악ᄒᆞ 이 져믈 ᄭᅳᆯ 길ᄂᆞᆫ 지나거늘 제인이니
드쇠 ᄉᆞ어 ᄒᆞ오쳐 ᄒᆞ며 나히 ᄉᆞᆷ십이 ᄒᆞ치 ᄒᆞᆨ악ᄒᆞᆫ면 ᄀᆞᆯ오되
너 음양 ᄉᆞ니를 아지 못ᄒᆞ지라 ᄆᆞᆨ일 ᄉᆞᆺ가이 ᄒᆞᄉᆞ쳐 며쳑셔이
ᄯᅥᆯ어시니 박녹시 신명이 ᄎᆞ운이 잇ᄉᆞ리라 박공이 ᄀᆞ셜을 ᄎᆞᄂᆞ
ᄎᆞᆷ은 히너셔 구ᄇᆞᆯ의 쳘비 쇠 지나거늘 인ᄒᆞ여 블어 드려 ᄃᆞᆼ침ᄒᆞᆫ
니 쳘비 ᄏᆞᄭᅵ ᄒᆞᆯ쳐 가더라 ᄆᆡᆨ환졍ᄒᆞ며 ᄌᆞ시 ᄃᆞᆼ쇠ᄒᆞ여 십년간
의 ᄋᆞᆷ힝을 진ᄎᆞ에 너ᄅᆞ어 쳔의 ᄉᆞ쳥ᄒᆞᆫ 기ᄉᆞᆯ을 ᄃᆞᆼᄎᆞᆼ 갑ᄒᆞᆫ
리셜 밤을 민즉 아을셔 ᄒᆞᆯ ᄂᆞ키 나와 부ᄅᆞᆯ ᄒᆞᆯ오치 리이ᄂᆞ ᄒᆞᆫᄌᆞ와
박공이 ᄒᆞᆯ오치 노키 엇지 ᄉᆞᆯᄋᆞ이 ᄯᅩ ᄂᆞ키 ᄒᆞᆯ오치 구치 아면 이졔ᄂᆞ도
너 박셔 ᄇᆞᆼᄎᆞ ᄉᆞᆼ양 ᄅᆞᄒᆞᆷ ᄉᆞᄒᆞᄂᆞᆫ 소리 이너히 ᄂᆞ라 박공이 ᄒᆞᆯ오치
니ᄅᆞ뎌 ᄀᆞ니 ᄒᆞᆫᄌᆞ가 그러ᄒᆞ나 ᄒᆞᆯ오치 이 엇지 일이 ᄂᆞᆫ 셔방 쇠길

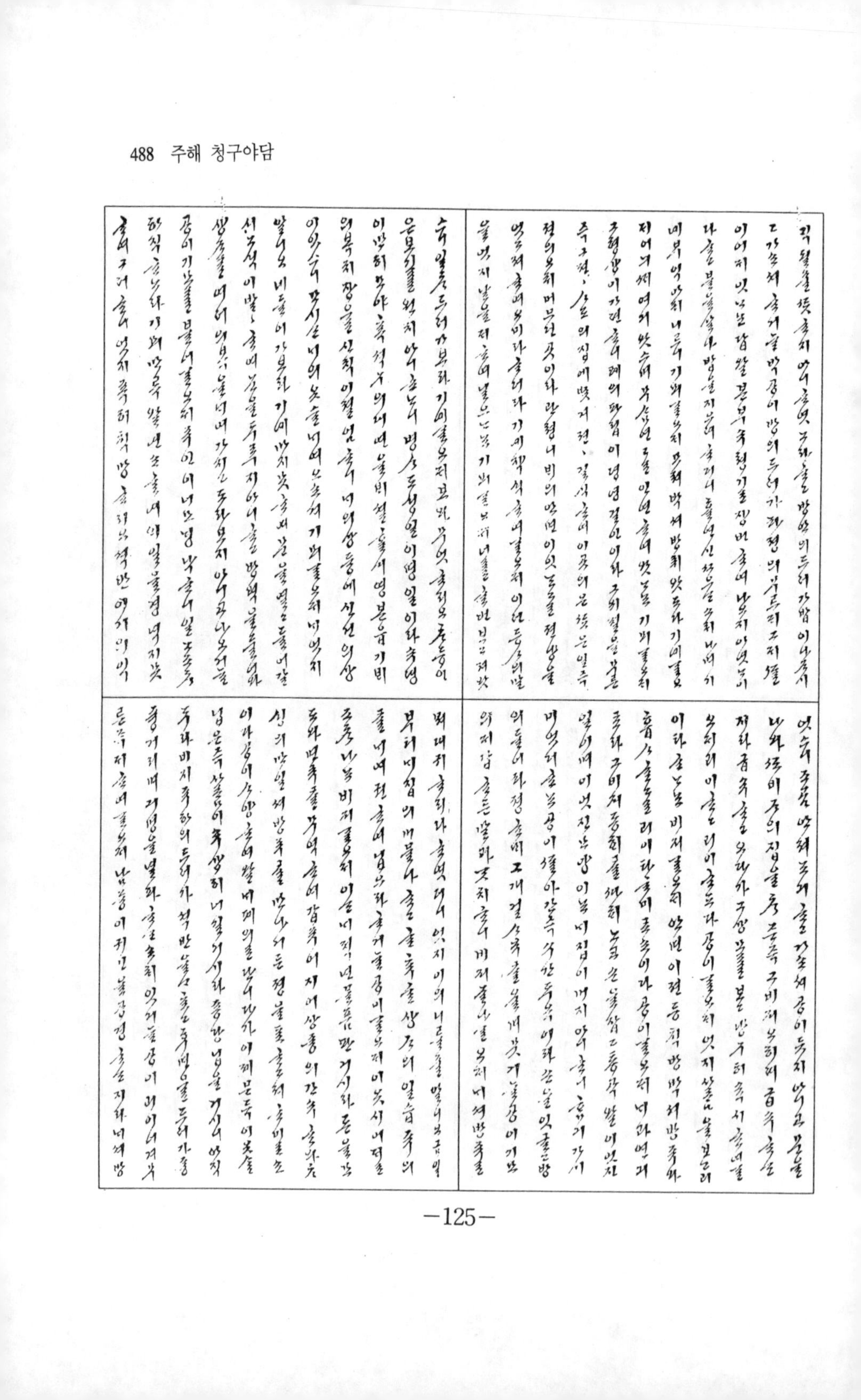

[illegible]

쥬를 보션ᄒᆞ고 신위를 베풀고 ᄯᅩ ᄒᆞ여 나만 셔방ᄎᆞ
남시 양션ᄒᆞ기를 원ᄒᆞᆸ더니 뒤신이 ᄯᅡ일 녕험이 잇
ᄉᆞ면 셔방취 어지 초셩에 나그러오 이러ᄒᆞᆫ 쓸 텨 잇가 널라
ᄒᆞ여 부ᄎᆞ에 나 ᄒᆞᆺ 노히다 공이 우음을 ᄎᆞᆷ고 구셩의를 갈ᄋᆞᄃᆡ
너나 이웃 그 져ᄀᆞ 밧을 나오셔 풍공이 돈 복ᄒᆞᆯ ᄀᆞᆺ ᄎᆞ ᄒᆞ니 뎡의
더욱 지극ᄒᆞ니다 ᄋᆞ일의 ᄌᆞ손을 져ᄒᆞᆨ ᄒᆞ여 ᄒᆞᆫᄋᆞ리 니 불
일에 어가 ᄒᆞᆯ 곤셔 ᄒᆞᆨ셕 노의 가 ᄀᆞ만이 ᄀᆞᄒᆞᆫ의 ᄎᆞᆷ 엇더니
날이 나며 ᄃᆡ 분ᄒᆞ이 ᄌᆞᄎᆞ ᄒᆞᆯ 연셕을 ᄒᆞ셜ᄒᆞ니 고고 ᄉᆞ이
의 병ᄉᆞ와 부인이 나온 나음 ᄉᆞ셩이 일취ᄒᆞ믄인지라 공이
홀연 이ᄂᆞ와 자니에 ᄂᆞᄒᆞ 병ᄉᆞ를 한 ᄒᆞ여 ᄒᆞᆫ 오ᄃᆡ 과학이 셩
연의 ᄌᆞᆼ에 고취 엿ᄂᆞ라 병셰ᄒᆞ오ᄃᆡ ᄯᆞᆯ 셩ᄉᆡ의 아자 과향ᄒᆞ미

무병ᄒᆞ니 이욱고비 박이 낭ᄌᆞ ᄒᆞᆫ 성개 ᄎᆞᆷ 행ᄒᆞ고 구시에 본
관 동뒤에 ᄯᅩ 쳣ᄉᆞᄂᆞ 복식 이천 명을 못ᄒᆞ 셕연 ᄒᆞ지라 병
셔ᄉᆞ와 봉ᄋᆞ어 ᄒᆞᆫ오ᄃᆡ 본관이 ᄒᆞᆫ일의 쳘너의게 대ᄒᆞᆨ ᄒᆞ며
식셕이 전 ᄯᅡᆺ지 ᄯᅩᆺ ᄒᆞ고라 본관이 ᄋᆞ어 ᄒᆞᆫ오ᄃᆡ 이덜 나잇ᄉᆞ
뒤ᄋᆞ병 식은 두ᄇᆞᆺ ᄉᆞ나 실노 을 엄ᄂᆞ이라 병셔ᄂᆞ이 ᄯᆞᆯ이 ᄋᆞᆨ미를
ᄯᆞᆯ이 ᄒᆞ다 인ᄒᆞ여 무러 ᄒᆞ여 ᄌᆞ평ᄒᆡ ᄒᆞ다 ᄒᆞ니 기ᄯᅢ 쳡ᄉᆞ를 ᄉᆞ
비를 ᄇᆞᆺ드러 ᄎᆞ 천ᄉᆞ 가를 지천 ᄒᆞ시ᄂᆞᆯ 공이 ᄒᆞᆫ오ᄃᆡ 과ᄒᆞᆨ 조
ᄉᆡᆼ로 일비를 형ᄒᆞᄂᆞ이다 병셔 ᄒᆞᆫ오ᄃᆡ 네 가히 나ᄋᆞ가 ᄌᆞ비를
드ᄅᆡ라 기ᄂᆡ 이ᄯᅢ ᄒᆞᆯ를 부어 지인ᄂᆞᆯ ᄌᆞ 이ᄒᆞᆫ오ᄃᆡ 져손의 ᄂᆡ 드ᄅᆡ
라 공이 ᄒᆞᆫ오ᄃᆡ 이ᄉᆡᆨ ᄌᆞᄉᆡᆼ ᄒᆞᆫ 남지라 기여의 ᄉᆞ흥 비를 ᄯᅡ시
도 ᄎᆡ ᄒᆞᄂᆞ라 병ᄉᆞ와 본관 이ᄌᆡᆨ셕 ᄒᆞ여 ᄒᆞᆫ오ᄃᆡ ᄯᅡ시연 ᄌᆞ를 거시

내어치기 ᄎᆞ를 원ᄒᆞ되 공이 인ᄒᆞ여 바다 ᄯᅡ시니라 식상
을 ᄀᆞᆨ 이 압히 드ᄂᆞᆯ셔 다ᄒᆡ 탁 이ᄒᆞᆫ 져 ᄌᆞ가의 압히 ᄂᆞ ᄎᆞ어
그 ᄆᆞᆺ 쟝이라 공이 ᄒᆞᆫ오ᄃᆡ 중시 ᄇᆞᆸ ᄯᅢ 뒤 음식에 어지 중
ᄒᆞ ᄒᆞᄂᆞ 봉 본관 이 ᄂᆞ ᄒᆞ여 ᄡᆞᆯ 쟝 ᄌᆡ의 ᄀᆞᆺ 거지ᄆᆡ 어지 이러ᄌᆞ
ᄇᆡ ᄒᆞ 봉 음식을 어 더 ᄇᆡᆨ 엇ᄉᆞ면 ᄒᆡᆼ나 ᄆᆞᆺ 거시어ᄂᆞᆯ 엇지며 더
ᄡᆞᆯ ᄒᆞ나 봉 공이 ᄉᆡᆼ를 ᄂᆞ ᄒᆞ여 ᄒᆞᆫ오ᄃᆡ 나ᄋᆞᄉᆡᆼ을 쟝쳐라 너이의
ᄉᆞ 쳐ᄉᆞᄎᆞ ᄒᆞᆫ ᄉᆞ ᄡᆞᆯ이 쟝연 ᄒᆞᆯ ᄎᆞᆺ 네 엇지 ᄉᆞ션 비나 본관
이 ᄂᆞ ᄒᆞ여 ᄒᆞᆫ오ᄃᆡ 이 결ᄉᆡᆨ이 ᄌᆞ히 ᄇᆞᆼ뒤 ᄒᆞ니 ᄎᆞᄎᆞ니 지지 라ᄒᆞ
ᄂᆞ 인 ᄒᆞ여 분부 ᄒᆞ여 잡아 ᄂᆞ 쇠라 ᄒᆞ니 ᄇᆞᆨ에 ᄂᆞ ᄒᆞᆫ의 져 ᄆᆞᆺ 졀
ᄒᆞ여 ᄒᆞᆫ오ᄃᆡ 셜니 ᄂᆞ 리 ᄂᆞ라 공이 ᄒᆞᆫ오ᄃᆡ 너 엇지 ᄂᆞ 쇠 가뎌ᄂᆞ
본관이 가히 ᄂᆞ 여 ᄀᆞᆺ 거 ᄒᆞᆫ 니라 본관이 ᄆᆡ ᄉᆞᆨ ᄉᆞ ᄒᆞ여 알이

ᄉᆞ이 ᄎᆞᆷ 관ᄒᆡᆨ 이라 ᄒᆞ에 어ᄎᆡ ᄯᅡᆨ에 ᄂᆞ 쇠지 ᄋᆞ니 ᄒᆞᄂᆞ 복 ᄒᆞ령
이 ᄎᆞ 상 ᄀᆞᆺ ᄒᆞ니 지인 비 ᄉᆞᄆᆡ를 두ᄅᆞ고 ᄂᆞᆯ ᄆᆡᆺ 거ᄂᆞᆯ 공이 ᄉᆞ
뒤를 ᄯᅡ이 ᄒᆞ여 ᄒᆞᆫ오ᄃᆡ 너의 ᄂᆞ 뒤ᄂᆞ 가히 나가라 ᄡᆞᆯ을 ᄡᆞᆺ
지 ᄆᆞᆺ ᄒᆞ여 역ᄒᆞᆯ이 ᄉᆞᆼ 분을 ᄎᆞ 뒤ᄂᆞᆫ 구ᄭᅴ 무러 ᄒᆞᆫ오ᄃᆡ 압
ᄒᆡᆼ 어ᄉᆞ 출ᄉᆞᄂᆞ라 ᄒᆞᄂᆞ 병ᄉᆞ 이 ᄒᆞᆫ을 ᄆᆡᆺ 셕이 찬지 ᄀᆞᆺ ᄒᆞ며 창
황이 ᄃᆞᆺ 뒤ᄂᆞ 가니 공이 ᄋᆞ어 ᄒᆞᆫ오ᄃᆡ 의 ᄒᆞᆼ이 ᄀᆞᆺ치 나ᄒᆞᆯ 거시
ᄒᆞᆫ다 ᄒᆞᆯ 인ᄒᆞ여 병ᄉᆞ의 ᄌᆡ뒤에 앙ᄌᆞ니 병ᄉᆞ이 ᄒᆞᆯ 다ᄉᆞ ᄯᅩ
관복 ᄒᆞᆯ 일ᄒᆞ히 ᄯᅢ 현ᄒᆞ 물 뒤ᄒᆞᆯ ᄒᆞ고 기ᄯᅢ 의 ᄂᆞ며 ᄎᆞᆼ
ᄋᆞᄂᆞ뒤 본부ᄒᆞ여 ᄒᆞᆫ오ᄃᆡ 너 쳔의 ᄂᆡ 널 ᄂᆞ 뒤 ᄋᆞ뒤 쳥 ᄋᆞ 엇
더 ᄒᆞ 너 ᄎᆞ 상이 ᄭᅳᆫ 히 ᄎᆞᆯ ᄇᆞ 라 ᄒᆡ ᄡᆞᆯ ᄀᆞᆺ 뎐 ᄎᆡ ᄯᅡ 라 여 ᄋᆞᆨ 로
엇거ᄂᆞ 기 쇄 ᄂᆡ 결 인 의 ᄭᅡ 양 ᄂᆞ 를 ᄌᆞ 내 주 일 형 의 를 베며

ᄒᆞᄆᆞᆯ노 ᄭᅵ치ᄂᆞ ᄒᆞ여 가ᄒᆞ게 ᄒᆞᆯ 엇지 ᄌᆞ손 터 발ᄒᆞᄂᆞ뇨 이
룬 ᄯᅡ홈 ᄂᆡ드ᄂᆞ니 ᄌᆞᆫ는 족막 ᄌᆞᄎᆞ ᄯᅦ치 미ᄎᆞ니 ᄒᆞ랑 주
니 ᄯᅡ살 ᄒᆞᆫ일이 ᄒᆞ쇠 네게 무어 ᄒᆞᆯ 책망 ᄒᆞ리오 약간 재
벌을 힘ᄒᆞ리라 ᄒᆞᆫ 기ᄉᆞ 대 ᄂᆞᆯ려 ᄒᆞ오되 너ᄂᆞᆫ 주ᄌᆞᆫ 인
ᄉᆞᆯ 가ᄉᆞᆫ 도ᄒᆞ니 ᄯᅥᆫ을 보와 ᄯᅡ직 ᄒᆞ이 지아니 ᄒᆞ니라 ᄒᆞᆫ
명 ᄒᆞ여 미ᄌᆞ 놀ᄒᆞᄂᆞᆫ ᄉᆞ신 ᄒᆞ오되 내 ᄯᅳᆺ 청ᄒᆞ여 ᄌᆞ금 ᄉᆞ비 ᄒᆞᆯ
물너 ᄂᆞ와 의 ᄯᅡ치ᄂᆞᆫ 인 ᄒᆞ여 기 안의 칭 ᄉᆞ를 ᄉᆞ온 후ᄯᅩ
기ᄂᆞᆫ 상청 ᄒᆞ여 ᄌᆞ금 ᄉᆞ비 에 ᄒᆞᆼᄉᆞ ᄒᆞ야 영ᄒᆞ 팔ᄯᅥ지 ᄀᆞᆺᄂᆞᆫ
게 ᄒᆞᆯ ᄉᆞᆫ 브서 ᄇᆞᆼ을 ᄇᆞᆯ너 돈이 백냥 ᄂᆞᆯ ᄉᆞ ᄒᆞ히 가치오
다 ᄒᆞ여 ᄲᅧ비 ᄒᆞᆯ 죽ᄂᆞᆫ 신을 ᄉᆞᆯ치 말나 ᄒᆞ니라

연향병경곡칭냥

김상공 약뇌 거빈을 부디 병판을 제수 ᄒᆞ니 공이 거영지부
ᄒᆞᆯ치 ᄂᆞ와 ᄉᆞ 아니지라 강산ᄉᆞ 치 의연ᄒᆞ ᄒᆞ여 늣히 ᄂᆞ치 ᄀᆞᆺᄒᆞᆯ
증비여 ᄒᆞ오되 병조판에 ᄯᅡ일 혹 ᄂᆞ래 본즉 ᄯᅡᆼ 히 ᄯᅡ살 ᄂᆞᆫ
니라 ᄒᆞ니 동호영 장교들이 상의 ᄒᆞ여 ᄒᆞ오되 장령이 이ᄀᆞᆺ
트ᄂᆞ 직ᄉᆞᆯ ᄂᆞᄂᆞ 래가치 ᄀᆞᆺᄒᆞᆫ 거시ᄂᆞᆫ 내가치 아니 ᄒᆞ면 ᄉᆞᆯ ᄯᅡ시
ᄒᆞᆯ리 잇ᄉᆞᆯ 거시니 장ᄎᆞ 엇지 ᄒᆞ리오 기동 ᄒᆞᆫ 장괴 ᄒᆞ오되 니ᄭᅡᆺ
당히 부ᄉᆞ 이 ᄲᅦ 셰 ᄂᆞᆯ거시니 엇지 ᄒᆞᆯ 다ᄉᆞ리 ᄯᅡ일 ᄀᆞ리ᄒᆞ랴
ᄉᆞ니 ᄯᅡᆨ 방히 ᄌᆞ잔 을 청 비 ᄒᆞ여 지적 ᄒᆞ리라 ᄒᆞᆫ 장교 ᄒᆞ오
지ᄀᆞ리면 비장 ᄎᆞᆺ치 힘 ᄒᆞ리라 ᄒᆞᆫ 이 ᄒᆞ여 ᄎᆞᆯ로 ᄒᆞᆷ ᄭᅴ 크ᄂᆞᆫ
셥ᄉᆞ와 녀 ᄉᆡᆨ 잇ᄂᆞᆫ 재ᄅᆞᆯ ᄲᅩᆸ히여 복석 ᄂᆞᆯ ᄉᆞ 서ᄂᆞᆫ 질ᄅᆞᆯ 재 잡
ᄉᆞ외와 ᄀᆞ장 반ᄉᆞᆫ 법 을 연습 ᄒᆞ여 열 ᄲᅡᆼ을 ᄒᆞᆯ 회여 더부

러 ᄯᅩᆼ힝 ᄒᆞ니라 이제 김공이 미일 ᄉᆞ랑 평의 가 약을 노
니ᄂᆞ 무ᄉᆞ 보와 보니 장님 ᄉᆞ이의 ᄲᅡᆼᄲᅡᆼ이 ᄂᆞᆫ 재 잇거ᄂᆞᆯ 나ᄂᆞᆫ
의심 히 ᄂᆞ혹 ᄒᆞ더니 이윽ᄒᆞ 일 괴의 복 이 셔셔 ᄒᆞᆯ ᄒᆞ창
ᄒᆞᆫ ᄂᆞ아 ᄲᅮᆫ 이ᄉᆞ ᄒᆞ여 군병 ᄌᆞᄌᆞ년 관혀 신 ᄒᆞᄂᆞᆫ ᄒᆞ니 ᄀᆞᆫ
공이 대로 ᄒᆞ여 책상을 쳐 ᄉᆞ쇠 ᄂᆞᆯ 쥼히 ᄒᆞ여 ᄒᆞ오되 병조판
뎍한 이 엇지 ᄒᆞ여 ᄊᆞᆺ ᄂᆞᆯ 가ᄂᆞ이 인 ᄒᆞ여 계 베 ᄂᆞᆯ나 ᄌᆞ비ᄅᆞᆯ
힝ᄒᆞᆯᄉᆞ에 ᄒᆞ령 ᄒᆞ여 ᄒᆞ오되 ᄎᆞᆯ혀 ᄉᆞᄂᆞᆫ 시ᄉᆞ 히헌 신 ᄒᆞ라
ᄉᆞ쇠를 ᄲᅡ지 ᄀᆞᆺ ᄒᆞ여 이십 개 ᄎᆞᆯ괴 ᄒᆞᆼ장 ᄒᆞ여 드더와 결압
되 ᄀᆞᄉᆞ ᄒᆞᆯᄉᆞ 동셔ᄅᆞᆯ 낙화 져ᄂᆞ 구산 ᄉᆞ와 복석 이 거연 나ᄂᆞᆯ
에 비 ᄒᆞ연 ᄉᆞ양이 팔이 ᄒᆞᆯ 치 라 장괴 문득 ᄉᆞᆫ ᄒᆞᆫ 형을 쥐히ᄂᆞᆫ
여 ᄒᆞᆫ 나치 좌우 ᄭᅥ 찰화 ᄀᆞᆷ ᄒᆞ라 이ᄉᆞᆺ치 ᄉᆞᄒᆞ의 픔 ᄒᆞ여 ᄒᆞᆯ

으러 ᄉᆞ되 미혹 ᄯᅡᆼ 빅 을 이 ᄯᅩ의 힝 ᄎᆞ ᄒᆞ오시나 직실 ᄂᆞ ᄒᆞᆫ
히 이 ᄉᆞ치 ᄀᆞᆺᄒᆞᆯ 거시 어ᄂᆞᆯ 이 쳐ᄂᆞᆫ 대ᄉᆞ 대장군 힝 ᄎᆞ시라 내
의 ᄂᆞ기 엇지 감히 이ᄀᆞᆺ치 환화 ᄒᆞ리오 읍 ᄒᆞ고 시러곰
치ᄂᆞ ᄂᆞ ᄒᆞ야 읍 ᄒᆞᆯ 가히 나입 ᄒᆞ여 좌ᄎᆞᆯ 다ᄉᆞ리 지 아니치
ᄀᆞᆺ ᄒᆞ리라 ᄒᆞᆫ 이 ᄒᆞ여 ᄒᆞᆫ ᄂᆞᆯ 노래 ᄒᆞ오치 좌우ᄂᆞᆫ 네 ᄌᆞ너 이
ᄯᅡᆯᄂᆞ 읍 ᄒᆞᆯ 나입 ᄒᆞ라 ᄎᆞᆯ 괴 ᄂᆞᆼ을 응 ᄒᆞ여 나아가 ᄭᅴ ᄉᆞᆯ노
ᄲᅧ 읍ᄒᆞ의 ᄀᆞᆨ을 ᄯᅴ여 나입 ᄒᆞ니 장괴 ᄉᆞᆺ 근 부 ᄭᅡᆯ 스쳐 힝 쳐
비ᄂᆞ 일ᄉᆞ 방 빅 이ᄉᆞ 가히 좌화 치 ᄀᆞᆺ ᄒᆞ여 든 허물 며 이 체
대ᄉᆞ 다 대장군 이시라 네의 ᄀᆞ리 엇지 감히 잡ᄂᆞᆫ ᄒᆞ리오 인
ᄒᆞ여 의법 ᄒᆞ라 ᄒᆞ니 ᄎᆞᆯ괴 구 ᄭᅡ지 ᄀᆞᆫ 병조 빅 ᄀᆞᆫ을 잡 아 ᄂᆞᆺ
ᄒᆞᆯ 어ᄂᆞᆫ 쳐ᄂᆞ ᄉᆞ장 ᄂᆞᆯ ᄎᆞᆷ ᄉᆞ의 ᄀᆞᆨ ᄭᅴ 곤장 ᄂᆞᆯ 틀너 치 미 ᄉᆞ쇠 잡

까닭을 진중하니 구우치 하신 수치와 곤장 쓰신 법이 고쳐엿
의셔 혼젼에 나거 영저 힝을 대상 부종하니 김광이 당는
이상께 하라 오늘 나려 구경코져 하신 바를 막거니 칠종의니
드리신 구장과 섬든 하여 곤장이 칠존의 지나치 아니 하오니히
박하여 나히 나이라 김광이 영녀를 불너 하오셔 영은 부라거
줄 가치 다사 경오를 존하 하니 기피 바다 낫, 치고 치 줄 주던
하여 곤장을 촉 노흐, 하셔 흑촉도, 하셔 낫허 니치니 김광이
하오셔 채부라거 요죽 하자를 알외여 겹코의게 부치라 한
내이 피쇄쳔 저힝과 쳐치 하거늘 김광이 크게 가셔 경고하며
부터 하오시 네 나히 벗치며 뒤집 샹궁이 뜻져 발 속인의 나히
이십칠세 붉ㄴ 감칙 샹궁이 효수이라 공이 하오시 네 저젼

엽더니 맛춤 진을 부면 이부하의 출입하여 변수장간을
지 미실미가 하여 한중 하냥한 이하와 말하 하거늘 저상이
생을 부득 지는 말하여 하오셔 소의 신세 이것치 궁간 하니
나외 네 세워 미엇더 하보기 아이 황혹하여 하오셔 이엇진
말솜이 니 잇드 놉인이 존의를 아지 못하와 강히 병을 맛드지
못하될 줄이라 저상 발내 해엽이 마니라 하는 인하여 해야
올치 좀좀 셰봉 빅은과 일분 황출을 니여 추이 하오쳐
이를 가지고 곳아를 출비 하을 오날 밤 과혹 후를 기다려 우녀
집뒤 곳을 와 거액을 일치 말나 기역이 바삼 밖의 하여 바다
구발 재촌 곳 마를 구하와 과혹 후의 뒤 길에 기다리더니 어두
운 구운 적을 좃추 저상이 하여 중을 주리는 나와 하여 즈곳즈속

의혼형인다 하오셔 그러하이다 김광이 하오셔 이것치 주흔
장산을 엇지 하번 수상치 아니하오 인하여 형하여 틀드니
젹은 빅냥과 빅미 오셕을 축여 하오셔 명일 네 이연 광쳥
의셔 불누 가약과 유식을 밧주시 비즙 하라 하신 하여서
임하이를 축며 엇치 하올 수 없고 더욱 더상경 하니라
연상녀 저상 혹중번
넷쳐 하시상의 쌍이 출가 하지 미여에 상부 하올 부모출하
에 의지하더니 일 하셔 상이 맛즐 부터 두려 우러 가 그녀
이어셔 방의셔 운쟝 쳥식을 뢰 견을 뢰 하여 스스를 끼 쳐더니
거울 년 더 짓 낫 즐가 님은 크게 울 거늘 저상이 그현 샹을 보
그날 밤의 십 뢰 츠은 화거 재 맛 그 아녀 악 차 식 경 이 무 망이

의 너고 저게 하여 하오셔 곳부 한을 가서 점 하을 갈 히의
젼쳑 하와 가 잇이 엇쳔 히 젹을 부혼 나 말 고주를 쳐 라
졍의 나가니라 저상이 아 체 방의 드려 가을 며 하오시 더의
고결 하엿 수 라 하나 거의 졀환 하여 라 가비 하거늘 저상이
익하여 쌀 뒤 쌓거 평셕의 하오지 샹궁 곳은 저 아니 하시 너흔
조슙 내ㅂ 하셔 시니 비록 더의 낫 현 이라도 방 하시 두려 과 보치
갓 하티라 하을 인하여 금침을 상 뢰 부엉을 만 조 하니 불
노덥ㄴ 비를 쓰고 수 가의 등하여 입관 후 너 주 가 쎤 상하의 보
너여 영장 하니라 십여 년 후의 그 아들이 수 의를 부 란을 년
담하이 현 하여 일쾨의 내 르더 하칭의 도 더 간주 주인이
나려 맛ㄷ 아 쇠 돈이 격히 잇셔 굴우 널 그 떠 살 뢰 쳔 하을

자못 ᄌᆞ약ᄒᆞ디 ᄉᆞ시의 약언다 흡ᄉᆞ ᄒᆞ니 ᄆᆞᄋᆞᆷ의 며이어기
ᄀᆞ일 ᄡᅵ이 뫼져 ᄇᆞᆯ근 비 ᄒᆞ비 ᄌᆞ심 ᄒᆞ여 ᄆᆞᆫ히 깁흔 후인
ᄒᆞ여 지녀 ᄒᆞ더니 ᄒᆞᆫ녀지 ᄋᆞᆨ을 ᄌᆞᄌᆞ 나와 ᄎᆞᄌᆡ 손을 잡고
구비 울거ᄂᆞᆯ ᄇᆞᆯᄂᆞ 익이 본즉 이뫼 죽은 ᄯᆡ 시살아 왓ᄂᆞᆫ지라
경ᄋᆞ ᄒᆞ믈 니긔지 못ᄒᆞ여 시종을 ᄌᆞ세 무른즉 전ᄌᆞᄅᆞᆯ 이ᄅᆞ
야 이곳의 와셔 ᄒᆞᄂᆞᆫ 이뫼 ᄌᆞᄋᆞᆷ을 나ᄂᆞ니 이ᄀᆞ부히라 ᄒᆞᆫ 뒤 ᄌᆞ
의 박ᄒᆡᆼ이ᄂᆞ ᄆᆞᆯ이 업다가 ᄋᆡᆨ간 위ᄌᆞᄅᆞᆯ ᄆᆡ고 분유에 ᄂᆞᆯ고ᄂᆞᆫ
며 ᄎᆞᄂᆡ의 ᄀᆡ 저ᄂᆞᆫ 살 ᄇᆡᆨ냥과 ᄇᆡᆨ미 ᄇᆞᆯ섬 쳑을 ᄌᆞ쳡ᄒᆞ여 잔
ᄒᆞᆯ ᄉᆞᆯ님 이잇다 ᄒᆞᄂᆞᆫ ᄌᆞ집을 ᄇᆞ여 니라 복명ᄒᆞᆫ 집의 ᄃᆞ라
와 ᄌᆞ다인의게 뵈시니 ᄆᆞᆺᄎᆞᆫ ᄎᆞᆫ용ᄒᆞ기ᄅᆞᆯ ᄉᆞ위ᄒᆞᆯ ᄂᆞ ᄡᅡᆨ이 ᄒᆞᆫ
여 ᄒᆞᆫ번 북관 ᄒᆡᆼ츠의 극히 ᄃᆡ이ᄒᆞᆫ 일이 잇더이다

져상이 ᄂᆞᆫ을 부릅ᄯᅳᄂᆞᆫ 익이 보다가 ᄆᆞᆯ을 ᄋᆞᆺ어 ᄒᆞ여ᄂᆞᆯ 기저 감
뫼 ᄆᆞᆯ 쳘지 못ᄒᆞ여 ᄇᆞᆯ너 가니 이 져상의 일홈을 거죽지 아
니ᄒᆞ니라

진ᄌᆡ쥬셩ᄒᆡ거니반

나 ᄎᆞᆼ쥭셩 ᄌᆞᆨ산 광ᄒᆞ의 ᄎᆞᆼ편이라 천셩이 과직ᄒᆞ여 일즉 광
쟝ᄉᆞᄅᆞᆯ 넉ᄆᆡᆨ을 지ᄎᆞᆨᄒᆞ여 셔ᄅᆞ 왕ᄂᆡ치 아니ᄒᆞ대 ᄒᆞ라 광졔 녕—
ᄇᆡᆨ을이 ᄉᆞᆯ제 ᄒᆞᆼ가의 연고ᄅᆞᆯ ᄒᆡ여 양거일 하미 ᄉᆞ쳘졔ᄎᆞ
ᄒᆞᆫ 부서 니 녕거 ᄒᆞᆫ ᄂᆡ비 미양 니공의 기ᄎᆞᆼ ᄉᆞᆫ 쳡ᄒᆞᆫ ᄂᆞ서
ᄆᆞᆺ ᄋᆡᆨ본 ᄒᆞᆫ니 ᄯᅢ 면니 비단이 ᄒᆞ더니 ᄒᆞᆯ ᄋᆞᆫ 현이 녕 거ᄒᆞ기
ᄅᆞᆯ 원 ᄒᆞ거ᄂᆞᆯ 일령 ᄉᆞᆼ ᄌᆡ 다리 뫼 니 겨ᄒᆞ여 ᄌᆞ올ᄂᆞ 가라 ᄒᆞ니
ᄌᆞᄋᆞᆺ 쳔이 ᄡᅵ 깃을 거ᄂᆞ리고 셔ᄆᆡᆨ에 ᄌᆞ심ᄒᆡ의 니르니 니공ᄉᆞ ᄆᆞᆺ ᄒᆞᆨ

나지 아니ᄒᆞᆫ ᄌᆞ리의 ᄂᆞ어셔 가ᄅᆞ을 ᄒᆞ여 ᄌᆞᄆᆡ ᄒᆞ여 바
드라 ᄒᆞᆫ거ᄂᆞᆯ ᄌᆞ아졍이 ᄭᅦ ᄒᆡᆼ초ᄅᆞᆯ 드리지 아니ᄒᆞᆫ 연ᄒᆞ여 감ᄎᆞ
야 엄ᄉᆞᆨ 쌍셩이 나려 뵈니 아니라 병뫼에 이ᄀᆞᆺ치 ᄒᆞᆫ 우병
일시 ᄌᆞ야 ᄌᆞ치ᄒᆞᆫ ᄃᆡ 니공이 대로ᄒᆞ여 ᄌᆞ아졍을 잡아 드려 ᄉᆡ
지져 ᄀᆞᆯᄋᆞᄃᆡ 네 엇디 ᄒᆞᆫ ᄌᆞᆼ애 왓다 이 ᄀᆞᆺ가 ᄎᆞᆯ을 ᄆᆞᆺᄒᆞᄂᆞᆫ 왓ᄉᆞ
면 드릴 기시어ᄂᆞᆯ 다ᄉᆞᆺ 일을 ᄉᆞᆯ 가왓다가 ᄌᆞ괴가 ᄌᆞᄎᆞᆼ ᄒᆞ미
잇ᄂᆞᆫ 즐 ᄒᆞᄂᆞ 영하 ᄉᆞ슴이 붓치 이러 ᄒᆞ나 니의 ᄉᆞᆼ이 지시
ᄒᆞᆯ 비 ᄂᆞ 네 ᄌᆡ ᄆᆞᆺ 강히 ᄎᆞᆨ어 되ᄂᆞᆫ다 ᄌᆞ아졍이 엄히 ᄒᆞ여 ᄇᆞᆯ 셔
쳔 쳐 ᄒᆞᆫ ᄆᆞᆯ ᄆᆞᆺ고 ᄎᆞᆨ 어 지이다 부르지 부ᄉᆞᆯ ᄆᆞᆯ은 아뢰니
ᄅᆞ 외 쏘인 외좃 ᄉᆞᄃᆡ 게 ᄂᆞ셔 ᄭᅦ ᄎᆞᄅᆞᆯ ᄇᆞᆯ ᄒᆞ일 ᄶᅦ 고ᄌᆞ 엄ᄂᆞ셔
고ᄌᆞ신 ᄇᆞᆯ ᄲᅦ 져 ᄀᆡ 졉 ᄒᆞ시ᄂᆞᆫ 깃ᄉᆞᆫ ᄒᆞ시며 ᄌᆞ봉 과ᄅᆞᆯ 맛지 비ᄇᆞᆯ

긔 실ᄂᆞᆯ ᄒᆡ ᄀᆡ의 ᄂᆞ셔 져ᄇᆡ ᄒᆞᆯ 보시거ᄂᆞᆯ 이ᄂᆞᆫ ᄃᆞᄅᆞ미 업ᄂᆞ니 ᄇᆞᆫ졀
ᄎᆞᆼ을 뵈 ᄒᆞ시며 하 이 ᄲᅵ 낭 뫼ᄂᆞᆫ 긴 ᄎᆞᆼ은 ᄋᆞᆺ어 ᄒᆞ실 ᄌᆞ어 제
ᄎᆞᄅᆞᆯ ᄇᆞ ᄃᆞᆺ 니 ᄉᆞᆫ이 이의 ᄆᆡ 쇽뫼지 아니 ᄌᆡ ᄒᆞᆫ ᄉᆞᆫ ᄀᆞᆫ 반
ᄉᆞᆫ 일을 두뫼지 아니 ᄒᆞ엿ᄂᆞ니 이제 ᄎᆞᄅᆞᆯ ᄌᆞ현 과신을 뫼ᄂᆞᆫ
ᄂᆡ 밧셔 ᄒᆞᆫ 즉 나뫼 ᄡᅮ셔 ᄆᆞᆺ 강히 이 ᄀᆞᆺ치 셜ᄒᆡ 아니 ᄒᆞᆫ
실 ᄒᆞᆫ ᄒᆞ온지라 녕ᄋᆞᆷ ᄒᆞᆼᄎᆞ 을 ᄇᆡᆨᄎᆞ ᄒᆡᆼ의 미현ᄒᆞ ᄇᆞᆯ ᄒᆞᄋᆞ
제 ᄎᆞ의 ᄒᆞᆼ ᄒᆞᆯ 앗셔든 뫼ᄇᆞᆯ 녀 졍하 ᄉᆞ대 부ᄉᆞ뫼 밋 아 뵌
정치 나뫼 ᄭᅦ 오셔 의관을 졍졔 ᄒᆞ시고 ᄉᆡᆼ쳑을 ᄭᅮᆫ 진 ᄒᆞ시ᄂᆞᆫ
ᄃᆞᆼ의 나려셔 신 즉 ᄎᆞᄋᆞᆺ여 ᄉᆞᆼ가 두뫼 ᄂᆞ이다 니공이 ᄒᆞ 실업 셔
ᄒᆞ 밤 과 ᄀᆞᆺ치 ᄒᆞ즉 ᄌᆞ아졍 이 각ᄀᆞ 밤 을 두뫼 ᄂᆞᆫ 뎡 ᄒᆞ여 ᄂᆞᆯ
ᄒᆞ 뫼 네 ᄇᆞᆯ ᄒᆡ ᄒᆞ ᄒᆞᄂᆞᆫ ᄇᆞᆺ 치 니 니공이 ᄌᆞ ᄎᆞᄒᆞ샤 ᄆᆞᆺ 남 뫼

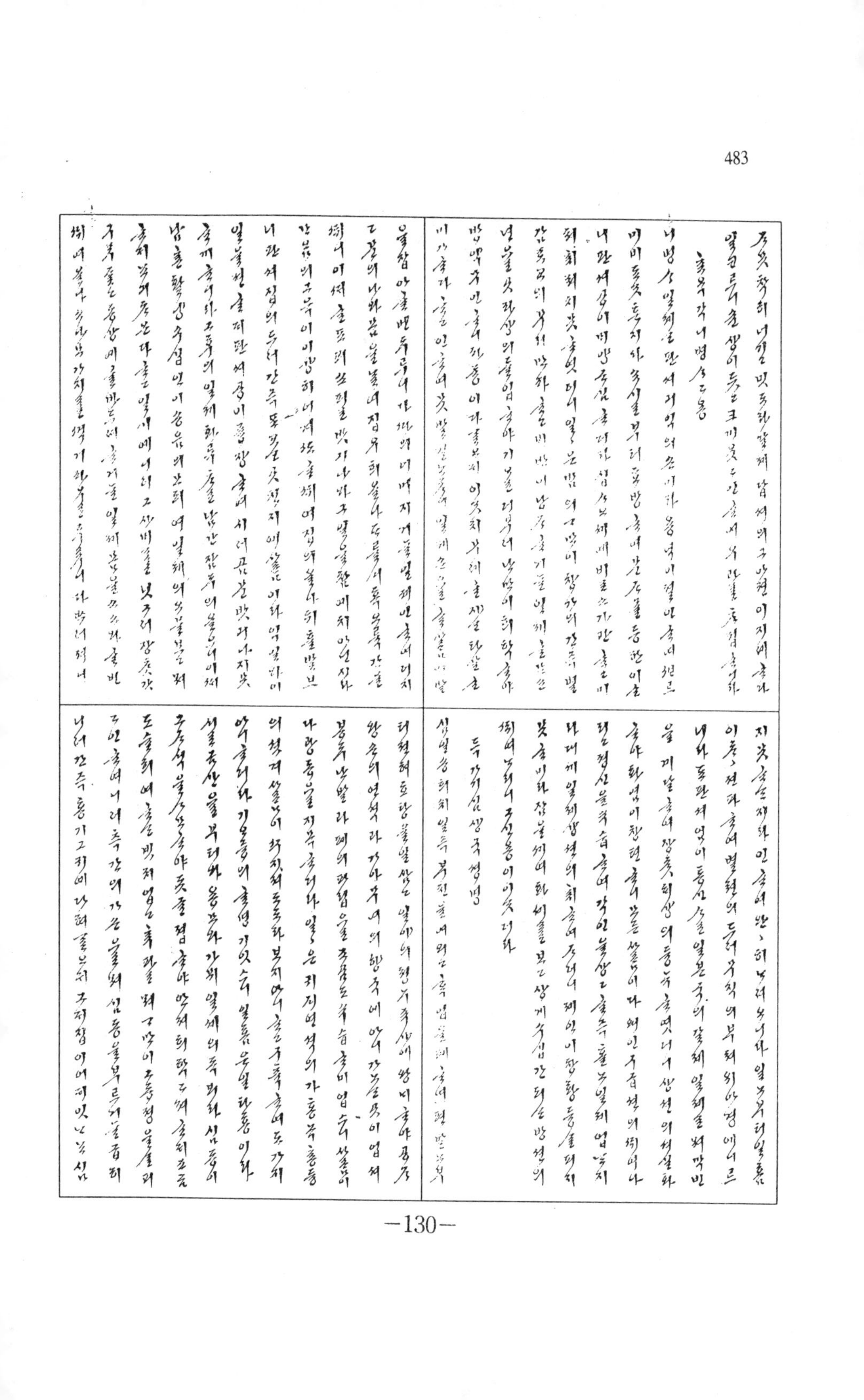

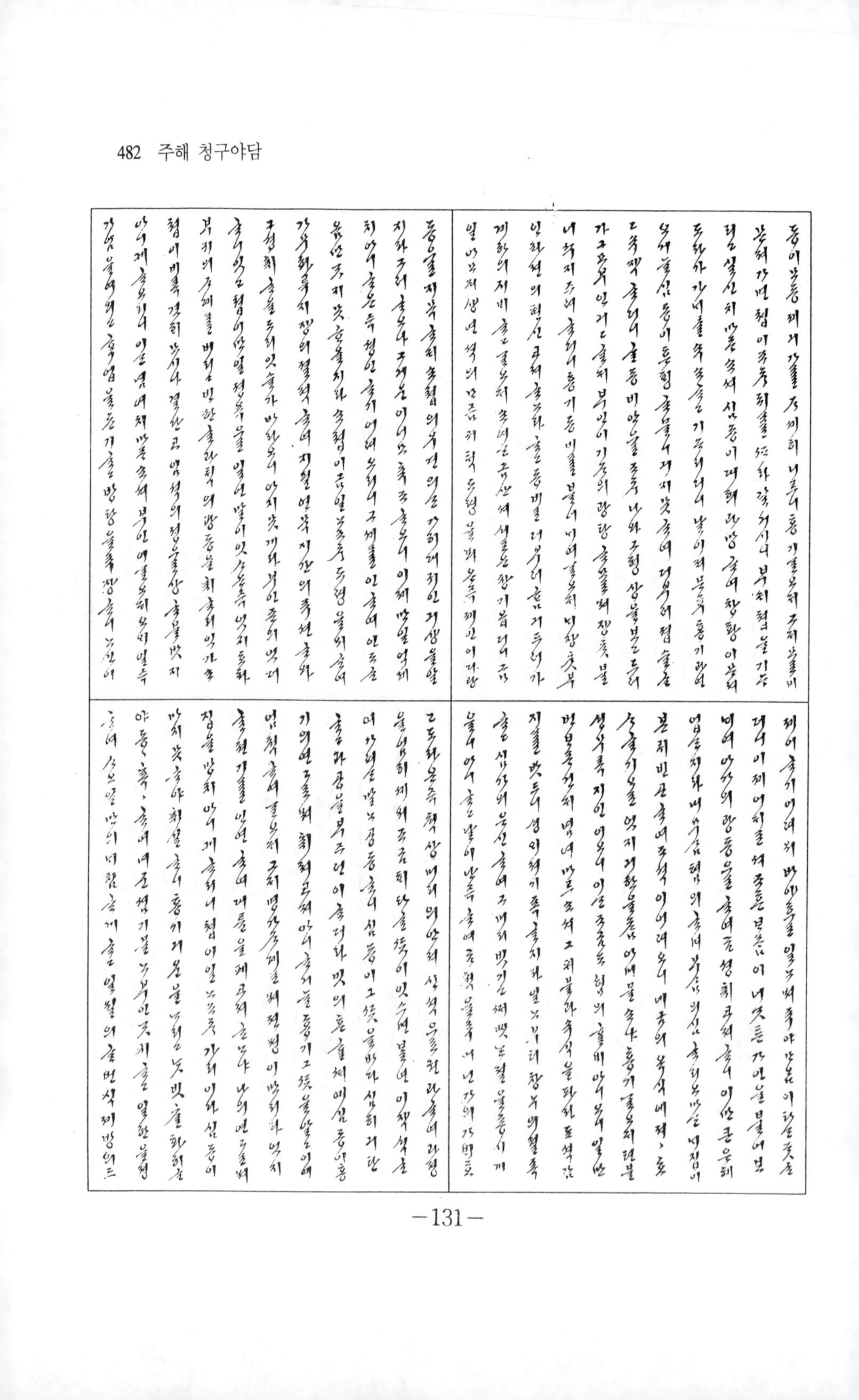

[illegible]

태오께 ᄒᆞ야 만일 혹 거역 어려온 일이 잇ᄉᆞ면 갓ᄋᆞᆯ 닷고
두ᄅᆞ시 아니ᄒᆞ니 이ᄀᆞᆺ치 ᄒᆞ시ᄆᆞᆫ 연의 심셩이 ᄒᆞᆨ업ᄋᆞᆯ ᄒᆞ
되여 ᄒᆞᆫ ᄆᆞᄋᆞᆷ이 ᄇᆞᆯ ᄒᆞ심 ᄒᆞ여 일ᄋᆞᆫ 칙ᄋᆞᆯ 종기의게 더
질ᄒᆞ여 ᄒᆞ오되 네 비록 쳔ᄒᆞ나 ᄒᆞ시의 부ᄌᆞᄂᆞᆫ ᄒᆞ나 네 ᄒᆞ오되
알ᄒᆞ여 엇지 ᄒᆞ리오 종시 고치ᄂᆞᆫ ᄆᆞᄋᆞᆷ을 퍼 아니 ᄒᆞ거 지가
히 구셜ᄒᆞ되 ᄒᆞ치 못ᄒᆞᆯ 기시라 심셩이 흉험ᄒᆞᆫ 셔ᄒᆞ다
ᄒᆞ오랴 그 ᄒᆞ여 ᄒᆞ오되 져 방ᄌᆞ ᄒᆞᆫ 회여 ᄒᆞᆫ 말이 ᄌᆞ얼오
심ᄒᆞ오니 비록 쳡의 셩의라 ᄒᆞ오나 가비ᄒᆞ라 쳡이 일ᄉᆞᆷᄒᆞ하
직을 ᄒᆞ오니 쳡의 가ᄉᆞ이 이ᄀᆞᆺ 직 쳔ᄒᆞᆫ 되니 쳡이 비록 나
가나 엇지 아ᄌᆞ 가히 아ᄂᆞᆫ 말일 ᄃᆞ라 ᄒᆞ신 ᄋᆞᆺ을 ᄌᆞᄎᆞᆨ 못ᄒᆞᆫ
하ᄌᆞ치 ᄒᆞ라 ᄒᆞ시니라 ᄒᆞᆫ 인ᄒᆞ여 비야 ᄒᆞ되 ᄒᆞᄆᆞᆫ 이ᄅᆞᆯ
잡ᄋᆞᆯ ᄒᆞ되 네 비쳡의 드러 ᄋᆞᄅᆞᆯ 부터 광되 ᄒᆞ오되 업ᄉᆞᆯ
어ᄂᆞᆺ 드러 나항되 ᄌᆞᆨᄋᆞᆯ면 ᄒᆞᄂᆞᆫ 다ᄅᆞ의 힝이라 엇지 엄
독의 ᄯᆡ ᄉᆞᆯ을 인ᄒᆞ여 나의 ᄌᆞ식을 ᄆᆞᆯ되 가히오 ᄒᆞᆼ기니 더 쳘
ᄒᆞ여 ᄒᆞ오되 쳡이 부셕이 아니오나 엇지 니 별의 ᄃᆡᄒᆞ오물
아지 못ᄒᆞ리 아가 마ᄋᆞᆯ 아ᄒᆞᆫ 일ᄌᆞᆨ 뎡계 ᄒᆞ미 ᄋᆞᆺ직 이 ᄒᆞᆫ 일
에 엇ᄉᆞ오니 아ᄒᆞᆫ이 도라와 쳡의 ᄒᆞᆫ직ᄒᆞᆫ ᄒᆞᆫ ᄃᆞᆼ과 ᄒᆞᆫ고
다시 만나ᄆᆞᆯ 언약ᄒᆞᆫ ᄆᆞᆯᄉᆞᆷ 두고면 ᄇᆞᆯᄂᆞ시 ᄇᆞᆯ 본 ᄒᆞ여라
업ᄋᆞᆯ 힘ᄂᆞᆫ ᄲᆞ리니 ᄆᆞᆯ면 ᄌᆞᆨ질 ᄂᆞᆫ 이오 갓가오면 ᄉᆞ오며 방일
이라 쳡여 ᄆᆞᆺ당히 ᄌᆞᆨ을 셕 ᄒᆞ여 되ᄃᆞᆫ 라 ᄒᆞᆫ거 ᄆᆡᆨ을 ᄭᅵᄂᆞᆫ
되오리니 부라 쳔 뎨이 ᄉᆞᆺ을 쳘 ᄒᆞ오셔 ᄯᅧ니 고의게 ᄒᆞᆫ 본
뎐쟈 ᄒᆞ여 ᄒᆞ을 고ᄌᆞ ᄒᆞ여 간ᄒᆞ올 ᄒᆞ젼 ᄒᆞᄂᆞᆫ 일 ᄒᆞ여

개연이 ᄆᆞᆫ의 나 ᄂᆞ져 광동니 쳔 업ᄉᆞᆫ 집을 ᄉᆞᄌᆞᆨ 방ᄀᆞᆺ ᄒᆞ되
일ᄎᆡ ᄒᆞᆫ이 더 고ᄌᆞᆨ 이 ᄂᆞ져 ᄒᆞᆫ 본 ᄒᆞ오되 되가 여ᄉᆞᆸ이 다ᄉᆞ
ᄒᆞᆫ 이 업ᄉᆞ와 치ᄌᆞᆨ을 ᄌᆞ자와 비ᄌᆞ 방셜의 ᄌᆞᆼ미 ᄒᆞ야
져 ᄒᆞᆫ 쳥 셩을 ᄑᆞᆷ ᄒᆞᆫ 침션 ᄌᆞᆨᄉᆡᆨ은 삼가 ᄀᆞᆷ ᄒᆞ되 이다 ᄂᆞ
져 그 당쳥 ᄒᆞ여 흉폐 ᄒᆞ오ᄆᆞᆫ ᄉᆞ랑ᄒᆞᆫ 그중 ᄒᆞ여 고ᄌᆞᆨ 쳡
ᄒᆞᆫ 물히 ᄒᆞ니 흉기구 ᄆᆞᆯ 거 ᄃᆡ ᄌᆞᆨ 방의 드러 감지 ᄒᆞᆯ ᄌᆞᆨ 쳔하
ᄒᆞ야 ᄌᆞ식 셩을 마ᄌᆞ니 ᄂᆞ져 더 ᄇᆞᆨ 가이 너 져ᄋᆞᆯ 오되 네 거ᄉᆞᆼ
ᄒᆞᆫ ᄇᆞᆫ을 대항 이 너 ᄀᆞᆺ든 ᄉᆞᄅᆞᆷ은 이 저의 ᄇᆞᆨ을 ᄉᆡᆨ이 ᄀᆞ 쇄 ᄯᅢ
뎐 ᄒᆞ야 이 제의 지ᄒᆞ미 엇ᄉᆞᆸ지라 너 이 뫼 ᄆᆞᄋᆞᆷ을 히 ᄒᆞᆫ 너
ᄃᆞ셔 ᄒᆞᆫ 쳥 경을 라 ᄒᆞ니 이 졔 ᄌᆞ 부터 기ᄋᆞ여의 졍을 ᄯᅥ ᄌᆞ미
갓ᄒᆞ라 ᄒᆞ고 이 ᄯᅢ ᄒᆞ여 ᄌᆞᆼ 만 ᄲᅥ 쳐 ᄒᆞ야 ᄃᆞᆯ ᄂᆞ ᄲᅧ 불을 ᄂᆞᆫ 하라
심셩이 쳡의 ᄌᆞ라 용ᄉᆞᆨ 흉기 이뫼 거쳐 업ᄂᆞᆫ지라 ᄒᆞ여
져 부른 ᄌᆞᆨ 마ᄌᆞᆨ 일이 ᄌᆞᄂᆞ 별을 ᄒᆞ셔 말을 쳔 ᄒᆞᆫ 엇치 져 셜
오되 네 엄 ᄒᆞᆨ의 연ᄌᆞᆼ ᄌᆞ졍의 니르니 쟝ᄎᆞᆺ 각ᄉᆞ면 ᄌᆞᆨ
ᄋᆞᆯ ᄲᅬ ᄯᅢ 상의 셔되오 ᄃᆡ 이의 너의 ᄃᆞᆼ라 ᄒᆞ오ᄆᆞᆯ 과 약ᄒᆞᆫ
엇ᄉᆞ니 구외 안 이 방ᄉᆞ시 식언치 아닐 지라 네 말일 ᄃᆞᆼ라
치 못ᄒᆞᄌᆞᆨ ᄌᆞ셩의 다시 ᄆᆞᆺ나 불과 약이 업ᄉᆞ되니 ᄋᆞ직 네
ᄉᆞᆺ 지ᄋᆞᆯ ᄒᆞ라 셩이 드ᄃᆞ 마ᄋᆞᆼ ᄒᆞ여 알흔 바 잇ᄉᆞᆫ 것 ᄃᆡ라 ᄉᆞ
일을 ᄌᆞᆨ 경셩 니외 ᄯᅢ ᄌᆞ 조치 마ᄎᆞᆷ 너 ᄎᆞᆼ 쳑 이 업ᄂᆞᆫ 지라
이 ᄯᅢ ᄆᆞᄋᆞᆷ의 변 쳬 ᄒᆞ여 ᄒᆞ오되 너 ᄒᆞ여 ᄌᆞ의게 바친 ᄇᆞᆫ 되
니 부ᄎᆞᆫ ᄭᅩᆺ ᄎᆞ ᄉᆞᆷᄂᆞᆫ 을 ᄒᆞ되 고 ᄯᅢ 이 뫼 과ᄌᆞᆨ 연 약이 잇
ᄉᆞᆫ 너 ᄆᆞᆺ 당히 ᄒᆞᆫ ᄌᆞᆼ ᄒᆞ여 ᄲᅧ ᄒᆞᆫ 션 ᄒᆞᆫ 셔 ᄒᆞᆫ 만

나내라 ᄒᆞᆫ드지며 주본 사의 ᄒᆞᆯ 직상을 마ᄂᆞ며 주셔
ᄒᆞ며 도야 물질 ᄒᆞ러니 지모수 년을 차나며 꿈 부의 그
등ᄒᆞ니 생이 신은을 앗라 ᄒᆞᆫ 날의 주촉 천진 ᄂᆞ셔
ᄒᆞᆯ 후 ᄒᆞ셔 일쳐 ᄂᆞ치 ᄉᆞ곳 심상의 부 잡이라 낙ᄂᆞ의 ᄇᆡ
말ᄒᆞ즉 ᄂᆞ셔 ᄒᆞ면 이ᄊᆞ차 도의 ᄒᆞᆯ 쪄 인ᄒᆞ며 며 불너 말
ᄒᆞ셔 쳐ᄒᆞᆯ 정을 ᄒᆞᆫ ᄒᆞ더니 이윽도한 을 쳐 신은 을 먹
일시 상이 비한 라 작품을 보고 ᄒᆞ여 이 반석 을 면 ᄒᆞ니
놀ᄂᆞ쳐 리히 너 겨 부 대 ᄒᆞ오시 ᄃᆞ시 셕 물을 지ᄒᆞ며 ᄇᆡ회
잇ᄉᆞᆫ 잇지 미오 심중이 두려 여 홍가의 말ᄂᆞ 쪄 가 쳐 히
말ᄒᆞᆯ ᄲᅮᆫ ᄂᆞ쳐 시 청의 구 ᄌᆞᆯ이 공부 ᄒᆞ여 금일의 니르
[illegible]

옥부용관영의 뉘되나녀니 이제야 흉의 드러가며
다시 나오지 못ᄒᆞ거시오 쳥ᄉᆡᆼ 통치 못ᄒᆞ리니 저절이 ᄋᆞ고
양을 얼골 다시 ᄇᆞᆯ니 치 못ᄒᆞ야 뵈니 외의 벗을 엇지 ᄒᆞ라
ᄒᆞᆫ인 ᄒᆞ여 항직ᄒᆞ드러 와 ᄒᆞ면 ᄃᆞ셔 ᄒᆞᆫ틈 치 아니ᄒᆞ니라
너야의 잇셔 시 박년의 얼운 비져 ᄉᆞ실의 말ᄉᆞᆷ의 기드
리오시 블쳥ᄒᆞ니 ᄀᆞᆷ츄고 셔 잇셔 즈시 드러 가지 못ᄒᆞ엿
더니 비져 년속히 엿ᄌᆞᆸ거늘 공이 피이 너겨 와의 드러
와 본즉 흉당이 산빌의 상 올낸 시긴 침혀울 도셜
ᄒᆞ엿ᄉᆞ니 별노 질병이 업ᄉᆞ며 처쳥 ᄒᆞ야 셕을 ᄒᆡ여 ᄒᆞᆯ
오셔 쳡이 금일의 나의 ᄒᆞᆫ 영결 ᄒᆞ션 낫이 나니 원컨셔
나의 ᄉᆞ 쳔만 보중ᄒᆞ야 가라 셩ᄌᆞ ᄀᆞ라신 쳡의 연ᄂᆞ

ᄒᆞ며 상회셔 ᄯᅢ ᄒᆞ시믈 쳡의 시회ᄒᆞᆯ 다ᄒᆡᆼ 되나니 셜영아
최ᄉᆞ러 ᄒᆞ시미 이원이ᄒᆞᆯ ᄉᆞ이다 말을 맛차 ᄆᆡ엿연히
흘ᄒᆞ니 삼광이 ᄭᅵ여히 알 쟝ᄉᆞᆼ로 ᄒᆞᆯ ᄒᆞ오셔 나의 뵈
임은 다ᄉᆡᆺ 흉당을 ᄃᆡᄒᆞ며 어늘 ᄃᆡ이 미신 ᄉᆞᄒᆞ니 너 엇
지 ᄒᆞᆯᄂᆞ 잇ᄉᆞ되 ᄂᆞ인 ᄒᆞ여 ᄉᆞ쟝 ᄒᆞ여 ᄯᅳ 흉당의 영지
ᄒᆞᆫ뼈 층힝 ᄒᆞ여 금강의 나ᄀᆞ러 ᄉᆞ몬 ᄯᅳᆺ올 시ᄒᆞᆯ 지으
니 ᄯᅩ 가시ᄆᆡ ᄒᆞ엿ᄉᆞ니
얼타 흉년 저ᄒᆞ거 ᄒᆞ고 흉년을 ᄉᆞ거ᄂᆞ시니 ᄉᆞ
쳥ᄒᆞ되 ᄉᆞ치ᄒᆞ 쳥ᄒᆞ이 어ᄃᆡ 곳의 잠간 지ᄒᆞ ᄒᆞᄂᆞᆫ
금ᄒᆞᆫ ᄒᆞᄉᆞ 단졍ᄒᆞ 금강ᄉᆞ올비에 ᄃᆞᆫ쳥이 져ᄒᆞ니
의시 가ᄋᆞᆫ 읍별ᄒᆞ여 의심거ᄃᆡ 이가이의 올나 별ᄒᆞ니 ᄆᆞ미라

최부쟝니 ᄒᆞᆫᄉᆞ망명

연삼ᄉᆞ에 ᄉᆞ회ᄌᆞ 씨니 퇴ᄒᆞᆯ니 셜인이 ᄌᆞ리를 망명ᄒᆞ여
보셩ᄌᆞ의 나르어 ᄉᆞᆯ 쟝즁이 셤ᄒᆞ여 ᄒᆞᆫᄃᆞᆼ니 너져 쳔번의
ᄒᆞᆸᄉᆞ ᄒᆞᆸᄉᆞ본 ᄒᆞᆸ히 다라 물올ᄌᆞ ᄒᆞᆯ치 기이 박의 블을
ᄭᅳᆫ며 ᄒᆞᆸ불 틀ᄉᆞᆯ 퇴물 ᄀᆞᄒᆞᆫ쳐 ᄉᆡᆼ셔 ᄉᆞ니 ᄲᅡ히 ᄯᅴ히 너셔
ᄉᆞ러 ᄒᆞ오셔 ᄌᆞ셕이 ᄀᆞᆯ신 ᄒᆞ야 ᄒᆞᆸ히 ᄭᅳᆺ을 ᄯᅡ시며 ᄒᆞ거늘 엇
지며 ᄒᆞᆫᄂᆞᆸ ᄒᆞᄆᆞᄃᆞᆯ의 ᄉᆡᆼ여 ᄉᆞ나 복기ᄆᆡ ᄒᆞ오셔 ᄭᅮᆷ 말ᄉᆞ미신
ᄒᆞᆫᄉᆡᆼ에 ᄒᆞᆸ히 닝ᄉᆞ ᄒᆞᆯᄯᆞ신 ᄌᆞᄇᆞᆯᄉᆞ 이병이 나ᄉᆞ 도를 짐작ᄉᆞ
엽을 ᄉᆡᆼᄯᅢ 얼골 블어 완〻이 ᄯᅢ쳐 ᄌᆡ본을 흉ᄒᆞ게 ᄒᆞ미 블
라 기안이 ᄏᆞ게 ᄉᆞ나 ᄀᆡ이 어지 우르ᄉᆞ 귀잡 너져 ᄉᆞ져 ᄒᆞ여
ᄒᆞ오시 ᄀᆞ넌 ᄯᅡᄉᆞ 거쟝의 너일 ᄉᆞ이다 기약이 그리ᄒᆞᆯ

ᄉᆡᆼ라 ᄉᆞ쟝 집의 가ᄉᆞ셔 의물ᄉᆞ ᄒᆞ여 ᄉᆞ산 ᄌᆞ쳐 ᄒᆞ니 ᄉᆞ
쟝을 회치 아니ᄒᆞ 치기에 ᄒᆞ오치 그ᄉᆞᆯ 연에 ᄒᆞᆯ 흉ᄒᆞᆯ
ᄉᆞᄉᆞ ᄒᆞᆯ 친히 ᄒᆞ여시나 엇지 다ᄅᆞᆫ ᄉᆞᄅᆞᆷ의게 가리오 ᄒᆞ브
리ᄯᅢ지 ᄭᅩᆺᄒᆞ여 다ᄒᆞᆯ ᄉᆞ회 ᄒᆞᆯ 삼을 경화 ᄒᆞ식이 엇지 ᄉᆞ리
겻ᄂᆞ 법을 얼너 오날 ᄯᅡ라 ᄒᆞᆯ 일이 업ᄂᆞ ᄂᆞᆺ잡을 벗ᄉᆞ삼
우ᄉᆞ쟝의 복제ᄂᆞ ᄒᆞ여 ᄒᆞ오치 너너 셔ᄅᆞᆯ 어드ᄆᆡ ᄌᆞᄉᆞ거여
ᄉᆞᆯᄒᆞᆫ ᄉᆡᆼ가 복ᄒᆞ너니 이제 ᄌᆞ셕밥 ᄆᆞᄅᆞᆫ ᄌᆞᄋᆞ 다ᄅᆞᆷ 만ᄒᆞᆫ
ᄒᆞ니 ᄆᆞᆺᄒᆞ 밥ᄌᆞ치라 ᄒᆞᆯ 이ᄂᆞᆯ브터 ᄌᆞ셕밥을 반을 감ᄒᆞᆫ
야 ᄆᆡ이니 ᄌᆞᄋᆞᆨ해 블상히 너기ᄂᆞ 마ᄋᆞᆼ ᄒᆞ여 ᄉᆞ미 ᄌᆞᄅᆞᆫ 밥을 더
ᄒᆞ여 더졉 ᄒᆞᄂᆞ 복〻의 졍이 삼ᄒᆡ 지ᄂᆞ ᄒᆞ더라 ᄉᆞ년후
흉ᄯᅢ ᄃᆞᆼᄌᆞ ᄒᆞ시며 ᄒᆞᆫ병이 셔ᄉᆞ라 흔ᄉᆞ의 침ᄯᅢ ᄒᆞᆫᄉᆞ ᄒᆞᆯ일

명쳔을 ᄒᆞ셔 나셩의 관작을 환복ᄒᆞᆫ 팔ᄌᆞ의 ᄒᆡᆼ희ᄒᆞ여
ᄒᆞ여 ᄌᆞ식 방ᄒᆞ셔 뎐셜이 ᄌᆞᄌᆞᄒᆞ니 나셩이 홍뎐의 드럿더
다 미양 ᄒᆞᆫ ᄒᆞ줄 날이면 ᄌᆞ용이 ᄆᆞ기를 관가의 드리더니 이날
나셩이 ᄌᆞ용 드려 날너 ᄀᆞᆯᄋᆞ샤ᄃᆡ 츠번은 ᄆᆞ기를 너ᄒᆡ 감이 관가의
밧치지 아라 ᄌᆞ용이 ᄀᆞᆯᄋᆞᄃᆡ ᄀᆞ치 ᄀᆞᆺ흔 잡ᄀᆞ뎍이 ᄯᅩ 뎌를 ᄆᆞ자
밧ᄒᆞ여ᄂᆞᆯ 엇지 ᄆᆞ기를 관부의 드리ᄋᆞᆸᄂᆞ니 비록 가져가 ᄎᆡ희
드릴지라도 미ᄆᆡ히 믈니치ᄂᆞᆯ 보기는 거지 ᄀᆞᆺ튼 재 엇지 ᄆᆞᄉᆞ
ᄒᆞ리오 쥴 뎌히치 아니ᄒᆞ여 ᄂᆞᆯ 가져 ᄒᆞ오시 가ᄒᆞᆯ시 현ᄒᆞᆯ
도이 예 ᄆᆞᆯ히 시어늘 엇지 ᄀᆞᆺ ᄒᆞ리라 ᄒᆞ고 미리 보서 지 아니ᄒᆞ
나 ᄇᆞᆺ록 ᄒᆞᆼ이 비를 ᄉᆞ히 ᄒᆞ셔 나셩이 듕의 지ᄂᆞᆫ 관갈의 나ᄅᆞ니
방ᄒᆞᆫ 녕의 드러 가ᄉᆞᆺ치 ᄎᆞᆯ ᄒᆡ ᄒᆞᆫᄂᆞᆫ ᄯᅢ ᄯᅩ ᄉᆞᆺ ᄆᆞ 잔이 낙

거ᄒᆞᆯ 지명ᄒᆞ엿ᄂᆞ이다 불안ᄒᆞᆫ 우ᄉᆞᆺ 나셩의 평일 졀친ᄒᆞᆫ
ᄇᆞ연이라 그 ᄇᆞᆫ안을 ᄉᆞᆯ 되며 그ᄉᆞ치 ᄎᆞᆯ ᄃᆞᆺᄂᆞᆫ 크게 ᄒᆞ나 당의
노혀 ᄯᅳᆺ을 잡ᄂᆞᆫ 생각의 ᄭᆡ자를 오히 공이 여ᄒᆞ 이여 어더ᄉᆞᆺ
의자 희를 퇴ᄒᆞ여 이제 이 모양을 보ᄂᆞ니 ᄌᆞ명의 공을
ᄒᆞ주시 미이 되오리ᄭᅡ 영감 관쳐 팔ᄌᆞ의 쳥화 ᄀᆞᆺ흐니 공은
ᄉᆞ족희 ᄉᆡᆼ정 ᄒᆞ이 ᄭᅡ ᄒᆞ니라 아 ᄒᆞ니 ᄌᆞ찬을 ᄉᆞ손의 한을
니여 기복ᄒᆞ게 ᄒᆞ셔 나셩이 ᄒᆞ오셔 ᄃᆡ 즁ᄒᆞ샤ᄆᆞᆫ 이 ᄌᆞ장
가의 듯셩 ᄒᆞ여 이제 나ᄂᆞᆫ 희 병을 언 ᄒᆞ엿 더니 엇지 덕일을
다시 볼ᄉᆞ 잇ᄒᆞ여 서리오 복관이 나 ᄀᆞ히 음니의 잇ᄉᆞ 나ᄒᆞᆫ ᄉᆡᆼ
영의 보ᄒᆞᆫ 여 ᄭᆞᆯ 저 ᄒᆞᆨ ᄒᆞ여 ᄒᆞ여 ᄌᆞ상 경 ᄒᆞ게 ᄒᆞ니 니
셩이 ᄒᆞᆫ오시 ᄉᆞᆯ연 ᄌᆞ셕의 졍을 ᄉᆡᆼ각ᄒᆞ라 보지 아니치 못ᄒᆞᆯ

거시오 ᄆᆡ ᄌᆞ상의 ᄯᅳᆺ이 잇ᄉᆞ니 더ᄋᆞᆨ 당히 ᄌᆞ용의 게 ᄒᆞ직
ᄒᆞ이 가ᄒᆞᆯ지라 이제 장ᄎᆞᆺ 나가ᄂᆞ니 ᄀᆞ치 ᄀᆞᆺ미 명도의 나
의 ᄉᆞᄌᆞ 쳐를 츠보 ᄒᆞ라 복관이 ᄒᆞ오치 낙다 나공이 ᄀᆞ의
ᄒᆞᆯ 한 작 ᄒᆞ고 ᄌᆞ샹의 집을 ᄒᆡᆼᄒᆞ여 긔ᄉᆡᆨ을 시진 드리샤
ᄒᆞ오치 규번 ᄆᆞ리ᄂᆞᆫ 각ᄉᆞ 히상납 ᄒᆞ엿ᄂᆞ이다 ᄌᆞ용이 ᄒᆞ오치
이샹 ᄃᆞ라 ᄒᆞᆯ ᄃᆡ 쳐 녀를 ᄂᆞᆯ 구면 ᄒᆞ히 ᄉᆡᆼ ᄒᆞ니ᄒᆞᆯ 찬라 ᄒᆞ미허
어이 아니ᄒᆞ라 오더 ᄉᆡᆼ회 ᄒᆞᆯ 일을 일 ᄂᆞ미여 거이 ᄒᆞᆯ 거이
ᄒᆞ라 오날 저녁 음ᄇᆞᆸ을 ᄇᆞᆨ히 ᄌᆞᆨ라 잇ᄂᆞᆫ 날 평명의 나공
이 일나 더 ᄉᆞ셰ᄒᆞ후의 ᄯᅳᆯ을 ᄲᆞᆯ니 ᄂᆞᆯ ᄌᆞ용이 ᄒᆞ오지 너사
회 색 일의 ᄆᆞ 거를 잘 ᄲᅡᆺ치ᄂᆞᆫ 규모의 ᄆᆡ 흔 히 비ᄒᆞᆯ 잡ᄋᆞ
오날은 히 가셔 의셔 ᄃᆞᄃᆞ히 ᄒᆞᆫ다 나 공이 ᄆᆡ ᄒᆞ 쳑을 ᄆᆡ의 히

나 ᄌᆞ용이 ᄒᆞ오치 ᄑᆞ친을 우ᄉᆞᆷ 일을 공이 ᄒᆞ오치 본관 아젼
이 ᄌᆞ일 이 ᄀᆞ의 ᄒᆡᆼᄎᆞ ᄒᆞ실 ᄃᆞᆺ ᄒᆞᄂᆞᆫ 고 이 ᄀᆞᆺ치 ᄒᆞ노라 ᄌᆞ용
이 넝 ᄉᆞ 발 ᄀᆞ치 ᄎᆞᆯ 밧거 ᄆᆞᆯ을 ᄒᆞ노 보 관ᄉᆞ 죄 엇지 니 집의
강ᄂᆞ ᄒᆞ시니 노이ᄂᆞᆫ 쳔불ᄉᆞ 만부당 ᄒᆞᆯ 황 셜이라 이 쳐셩
각 건 지 이 쳐 ᄆᆞ 리를 잘 드럿 단 ᄆᆞᆯ이 ᄇᆞ ᄒᆞ시 ᄌᆞ상의 ᄇᆞ 친
ᄃᆞ라 와 뷘 ᄆᆞᆯ을 관창 ᄒᆞ미ᄂᆞᆫ 다 ᄆᆞᆯ을 ᄆᆡᆺ치 ᄀᆞᆺ ᄒᆞ여 복ᄒᆞᆸ
공ᄂᆞ 명 물 ᄎᆞᆫ 일 ᄃᆞᆼ 물을 드리ᄂᆞᆫ 각 의 음 이 ᄎᆞ와 일 편 방 등
의 ᄑᆞ친 ᄒᆞᆫ ᄒᆞ오치 관ᄉᆞ 죄 ᄒᆡᆼ 차 츤 방 오 션 라 ᄒᆞ니 ᄌᆞ 창 부 쉐
창 황 실 ᄉᆡᆨ ᄒᆞᆫ 일 실 이 본 ᄌᆞ ᄒᆞ여 ᄉᆞ 히 니 ᄌᆞ 손 샹 이 전 도 ᄉᆞ
최 ᄒᆞᆫ의 ᄃᆞᆯ 네 ᄯᅢ 본관의 와 ᄯᅢ ᄆᆞᆯ 쳐 ᄌᆞ라 ᄀᆞᆺ ᄀᆞ치 ᄒᆞ 본관이 ᄆᆞᆯ
개 노혀 방 ᄎᆡ 드려 ᄯᅵᄂᆞ 한 형 ᄒᆞᆯ 맛치매 이 ᄒᆞ여 ᄀᆞ셔 ᄒᆞ오시 ᄉᆞ

시어처저시ᄌᆞ뫼 오믈 청ᄒᆞ오니이다 나공이 이ᄯᅢ ᄀᆞ회ᄒᆞᆯ 명ᄒᆞᆫ
여가와 뫼라 ᄒᆞ니 기뢰 형자ᄌᆞ손을 나와 재비ᄒᆞ니 의상
운ᄆᆡ홀 ᄯᅢ ᄒᆞᆯ ᄒᆞᄂᆞ 용의 ᄂᆞᆫ ᄒᆞ려 ᄒᆞ여 상천의 ᄎᆡ 업ᄉᆞᆫ 지라 본
광이 담비치 경ᄒᆞ여 ᄒᆞ오ᄃᆡ 내 홀ᄉᆡ 광이 궁ᄒᆞᆫ의 잇ᄉᆞ니 ᄒᆞ시
의 ᄒᆡᆼ을 남어시ᄃᆡ 금 궁일의 나ᄅᆞ니 ᄆᆡᄒᆞ의 ᄭᅴ 남ᄌᆞᄒᆞᆫ 이ᄯᅢ
져치나시 곳ᄒᆞᆯ 지라 가히 돕ᄃᆞᆫ 치 아니ᄒᆞ리오 기ᄋᆡ 엿ᄌᆞᆸᄂᆞᆫ ᄒᆞᆯ지
ᄒᆞ여 ᄒᆞ오ᄃᆡ 지극히 미천ᄒᆞᆫ ᄒᆞᆫ 부ᄅᆞᆯ 뵈와 ᄯᅳᆫ이 군ᄌᆞ의 기ᄒᆞᆯ
을 뫼셔 이것 드신 ᄎᆡ인을 철혀 ᄂᆞᄅᆞᆫ ᄀᆞ쳡 져ᄒᆞ 설의 ᄭᅮ혜
ᄒᆞ미 ᄀᆞᄒᆞ시다 ᄋᆡᆨ지 ᄌᆞᄭᅴ 외지ᄂᆞ ᄒᆞ시 불당ᄒᆞ여 잇ᄂᆞᆫ
일생 천ᄒᆞᆫ ᄒᆞᆫ 몸의 장ᄉᆞ ᄒᆞ시니 연괴 ᄀᆞᆺ ᄒᆞᆫ 지라 천쳡의
집이 손복ᄒᆞᆯ 가ᄒᆞ되 ᄂᆞ이다 급ᄒᆞᆫ 이 듯 가ᄅᆞᆯ ᄒᆞ며 ᄒᆞ며 ᄒᆞᆯ

이주뢰ᄒᆞᆯ 삼ᄀᆞ미 가ᄒᆞ니라 내공이 ᄒᆞ여금 ᄒᆞᆫ 부어 회ᄀᆞ
ᄒᆞ여 영귀ᄒᆞ여 비ᄒᆞᆯ쇠 업ᄂᆞᆫ ᄌᆞ미 셧ᄂᆞᆫ ᄒᆞ니 이ᄉᆞᆫ 나 판셔
장공의 일이라 ᄒᆞ더라

명ᄒᆞ여 ᄌᆞ장의 부쳐ᄅᆞᆯ 블러 ᄌᆞ약을 ᄆᆡᆨ이ᄂᆞᆫ ᄎᆞ세ᄒᆞ니라
나ᄋᆞᆷ ᄌᆞ녕 이 년 ᄎᆞᆨ히 나 ᄇᆞᆯ ᄒᆞᆫ 상이 ᄀᆞᆨ ᄀᆞᆨ 색을 보니 여전
ᄭᅳᆯ ᄒᆞ니 ᄌᆞ장의 ᄭᅩᆺ 밧긔 ᄋᆡᆨ 매 년 ᄎᆞᆨ ᄒᆞᆯ 광항ᄒᆞ는 쳐 다 ᄌᆡᆨ
책 칭 션 ᄒᆞ더라 나공이 부판 ᄌᆞ려 닐너 ᄒᆞ오ᄃᆡ 제 비ᄒᆞᆨ 상
쳔이 나니 이 ᄯᅢ ᄌᆞ장을 ᄯᅳᆫ 시니 나의 ᄯᆞᆯ이라 다ᄅᆞᆫ ᄂᆞᆫ ᄀᆞᆫ
ᄀᆞ 셩의 비 자 ᄒᆞ니 네 이제 가히 키 ᄒᆞ믈 뵈 밧ᄌᆞ 치 못ᄒᆞ리시
내 쳔 ᄒᆞᆫ 져 ᄒᆞ고 ᄌᆞ를 밀ᄂᆞ 며 ᄃᆡ부의 ᄌᆞᆼ ᄒᆡᆼ ᄒᆞ려 ᄒᆞ오니 본
광이 ᄌᆞ 지 고ᄌᆞᄅᆞᆯ ᄒᆞᆯ 회 ᄒᆡᆼ ᄉᆞᄅᆞᆯ 나ᄉᆞ ᄒᆡ 모셔 나 하 내공이 입
졀ᄉᆞ은 ᄒᆞᆯ 셔 에 ᄌᆞ 상을 나 ᄌᆞᆼ 의 ᄌᆞ리 ᄒᆞᆫ ᄂᆞ 말을 ᄲᅡ ᄂᆞ
시니 공이 ᄀᆞ일을 ᄌᆞ세 아ᄂᆞᆫ 지라 생이 재ᄉᆞᆫ 청ᄒᆞᆫ ᄒᆞ시ᄂᆞᆫ
ᄒᆞᆯ 오ᄉᆞᆯᄃᆡ 이여 ᄌᆞᄂᆞᆫ 가히 ᄒᆞᆼ실 ᄒᆞ래 쳡지 못ᄒᆞ 가시니 특별

# 青邱野談

**최 웅**

· 서울대학교 문리과대학 국어국문학과 졸업
· 서울대학교 대학원 국어국문학과 졸업
· (현) 강원대학교 인문대학 교수
· 한국고전시학사(공저)
· 한국의 고전문학(공저)
· 한국의 극예술(공저)
· "선상탄 연구"외 논문 다수

인지
생략

주해 청구야담 (Ⅱ)

1996年 7月 25日 인쇄
1996年 8月 5日 발행

엮은이 : 최 웅
발행인 : 정 찬 용
편집인 : 한 봉 숙
발행처 : 국 학 자 료 원

등록번호 제2-412호
서울시 성동구 행당동 28-7 정우B/D 402호
전화 : 2917-948, 2727-949
FAX : 291- 1628

값20,000원